LITTÉRATURE

GRECQUE ET LATINE

LE MANS. — IMPR. A. LOGIN, C. J. BOULAY ET Ce.

LITTÉRATURES

ANCIENNES ET MODERNES

—◇◇◇—

LITTÉRATURE GRECQUE ET LATINE

GENRES — BIOGRAPHIES — MODÈLES

PAR

M. HENRI HURÉ

Chef d'institution, à Paris

ET

M. JULES PICARD

De la Bibliothèque Sainte-Geneviève

—◦◦◦—

TOME I

—————◦◦◦—————

LIBRAIRIE CATHOLIQUE DE PÉRISSE FRÈRES
(NOUVELLE MAISON)

RÉGIS RUFFET ET Cᵉ, SUCCESSEURS

PARIS
38, RUE SAINT-SULPICE

BRUXELLES
PARVIS SAINTE-GUDULE, 4

LYON (ANCIENNE MAISON), RUE MERCIÈRE, 49

—

1863

PRÉFACE

L'ouvrage que nous offrons au public est le résultat de patientes recherches et de longues études. Cependant ce genre de publication, si souvent entrepris, sera peut-être, à cause de cette circonstance même, jugé œuvre facile et d'un mérite secondaire par ceux qui n'ont pas étudié les graves et importantes questions de l'enseignement; mais, nous osons l'espérer, les vues des auteurs et la portée du travail n'échapperont pas aux hommes qui ont fait de l'éducation de la jeunesse l'objet de leur plus grande sollicitude : leur opinion ne saurait manquer de nous être favorable.

Quoi qu'il advienne, nous recevrions une récompense inappréciable, si nous réussissions à développer, à exalter les forces et la puissance de la jeunesse intelligente; si, en même temps, nous faisions contribuer les chefs-d'œuvre de toutes les époques à former les cœurs aux vertus et aux généreuses résolutions. Car nous sommes du nombre de ceux qui veulent voir les élèves, studieux et appliqués, non plus se charger la mémoire de nomenclatures plus ou moins complètes, bien ou mal digérées, pour, à un jour donné, répondre à peu près à des questions désignées d'avance, mais acquérir des connais-

sances sérieuses et pratiques et préparer le travail intellec-
tuel qui fait des hommes capables de réflexions utiles. Nous
voulons enfin hâter le retour durable aux études réelles, qui
mènent à savoir et à approfondir ; guérir l'ennui, cette plaie
douloureuse de la vie humaine, par l'activité et par l'ardeur ;
tuer l'égoïsme, en provoquant dans les cœurs encore tendres
le sentiment du beau, et le goût de tout ce qui peut exister de
bon en quelque endroit que ce soit.

Mais, s'il faut donner aux jeunes gens des lumières, il faut
aussi marquer leurs âmes d'une empreinte inaltérable de religion et de vertu, sous peine de voir plus tard la chaleur fécon-
dante de l'étude devenir un feu qui les dévore. Glorifions les
lettres : elles sont la source des jouissances les plus douces,
elles policent, elles perfectionnent ; mais n'oublions pas que
nous ouvrons ce trésor à des mains empressées qui demanderont bientôt à toucher et à saisir tout sans entraves, à puiser et
à épuiser : craignons de leur laisser rencontrer le plomb vil à
côté de l'or. Nos enfants ont recueilli des lèvres de leurs mères
tous bons sentiments, toutes bonnes pensées, toutes généreuses inspirations. Dans la masse des aliments que nous pré-
sentons à leur esprit, adoptons les plus simples, les plus purs ;
évitons ceux qui irritent l'appétit sans jamais rassasier, ceux
qui surexcitent le goût et le corrompent, ceux qui séduisent
mais qui tuent.

Le conseil a été donné par saint Basile aux jeunes gens,
dans un discours célèbre, de recueillir, comme l'abeille buti-
nant les fleurs, ce qu'ont produit de meilleur l'écrivain profane et l'écrivain sacré. La moisson est encore plus fertile aujourd'hui qu'elle ne l'était de son temps, puisqu'aux richesses
de l'antiquité nous pouvons joindre celles des temps modernes. Nous allons, comme l'entend le grand évêque de Césarée,

traverser, les yeux ouverts, ce champ vaste et précieux sillonné par le génie des anciens et par celui de notre époque ;
nous allons prendre les plus beaux épis, et présenter aux jeunes gens le fruit suave et choisi, la fleur de la récolte.

« La littérature, a dit Népomucène Lemercier, se rattache
à tout, tout y rentre et rayonne d'elle ; enfin elle est le centre
unique d'où émanent les vérités universellement reconnues. »
Développer en entier cette proposition, ce serait écrire à la
fois l'histoire de l'esprit humain et celle des différentes sociétés
qui se sont succédé depuis Homère. Nous n'affichons pas de
si grandes prétentions, et nous resterions sans doute au-dessous de la tâche. Nous n'avons pas non plus l'intention de
faire de la haute critique littéraire ou philosophique. Tout
simplement, nous passerons en revue les grands génies de la
Grèce et ceux de l'Italie. Nous énumérerons ensuite avec orgueil nos gloires littéraires de France ; enfin, nous irons chercher et nous proposerons en exemple ce que nous trouverons
de plus remarquable dans les auteurs étrangers.

La marche, à proprement parler, est toute tracée. Chaque
genre aura sa place et sa mention ; et, en peu de mots, nous
définirons ce genre chez le peuple dont il sera question. Puis,
à mesure que les maîtres viendront, chacun à leur tour, nous
instruire par leurs préceptes et nous apprendre comment ils
les ont eux-mêmes observés, les morceaux que nous en citerons seront précédés de la biographie de leur auteur, et, s'il
y a lieu, de l'appréciation des juges les plus compétents.

Quant au choix des pièces, celles que la critique la plus sévère et la plus accréditée a classées parmi les belles, seront
l'objet de notre prédilection. Toute belle chose y aura droit de
cité, à la condition cependant qu'elle puisse y apparaître telle
qu'elle est et sans avoir besoin d'un voile.

En vue de faciliter aux maîtres et aux élèves la recherche des passages qu'ils ont à traiter, des textes qu'ils ont à expliquer, nous avons jugé à propos de placer une table analytique (noms des matières et noms des auteurs) à la fin de chaque volume de l'ouvrage. A nos yeux, un livre, s'il a quelque étendue, n'est réellement complet qu'à la condition de renfermer ce résumé intelligent, destiné à couronner l'édifice. Ceux qui ont à consulter un grand nombre de volumes, et pour qui le temps est toujours si précieux, nous sauront gré, sans doute, d'avoir donné ce bon exemple.

A qui ce nouveau cours de littérature est-il destiné? A toute la jeunesse d'abord, mais aussi à l'homme du monde. C'est le complément d'études nécessaire, fait d'avance pour le candidat au baccalauréat ès lettres. Il repassera, dans ce recueil, ses auteurs favoris, et reverra avec bonheur les beaux passages qu'il a admirés. Il se mettra rapidement en état, sans faire usage d'un froid manuel, qui produit le desséchement du cœur et de l'intelligence, de retrouver le précepte du genre, la biographie de l'auteur, le morceau de choix qu'il doit citer. C'est encore l'ami bienveillant du jeune homme destiné aux sciences, à l'industrie, à l'état militaire. Il a pu arriver que des occupations sévères l'aient détourné de la lecture si douce, si bonne, si civilisatrice des chefs-d'œuvre anciens et modernes : une semaine ou deux de loisir lui procure le moyen de les goûter, d'en entendre parler et d'en parler lui-même avec discernement. S'il est familiarisé déjà avec les sciences abstraites, il ne sera plus étranger désormais à ce que son père a admiré, à ce que le cœur de sa mère et de ses sœurs a su apprécier et retenir. Il n'est plus de ce monde et de la conversation comme s'il ne leur appartenait que par le côté uniquement matériel.

Les jeunes filles elles-mêmes, qui doivent un jour régner, comme mères de famille, au foyer domestique, chercheront et retrouveront dans ce *vade mecum* l'extrait de ce qu'elles doivent savoir pour n'être indifférentes à aucune des ques-- tions de l'esprit. Elles y recueilleront les éléments d'une société nouvelle, qui saura jouir de ce qui est beau, et qui retrouvera le secret perdu des conversations fines et sensées. Nous avons dit assez que leur imagination et leur cœur n'y rencontreront rien qui puisse les effrayer ou les flétrir.

L'homme du monde et l'homme d'affaires ne mépriseront pas non plus un livre sans prétentions, rappelant de beaux vers et de bonne prose réfugiés dans un coin de la mémoire, et reposant l'esprit de combinaisons ou de formules.

Nous ne pouvons certainement pas nous flatter d'avoir composé un ouvrage d'un caractère essentiellement nouveau, mais nous avons du moins la conviction que le plan de notre travail et notre mode de traduction (1) feront distinguer cette

---

(1) C'est ici le moment de nous expliquer en peu de mots sur la marche que nous avons cru devoir suivre pour la traduction des auteurs grecs et latins.

Après avoir fait un examen approfondi des divers systèmes dont se sont servi nos prédécesseurs, après avoir recueilli les préceptes des maîtres dans l'art de traduire, nous avons adopté un plan qui nous a paru conforme à la logique et parfaitement approprié aux exigences de l'œuvre. Ce plan, dont nous ne revendiquons point l'invention, ressort des lignes suivantes qu'écrivait un auteur célèbre du siècle dernier :

« On peut traduire un poëte, en exprimant seulement le fond de ses pensées; mais, pour le bien faire connaître, pour donner une juste idée de sa langue, il faut traduire non-seulement ses pensées, mais tous les accessoires. Si le poëte a employé une métaphore, il faut lui substituer une autre métaphore; s'il se sert d'un mot qui soit bas dans sa langue, on doit le rendre par un autre qui soit bas dans la nôtre. C'est un tableau dont il faut copier exactement l'ordonnance, les attitudes, le coloris, les défauts et les beautés, sans quoi vous donnez votre ouvrage pour le sien.»

Si, pour demeurer fidèle à notre programme, nous avons voulu tra-

publication de celles qui l'ont précédée. On remarquera que
les auteurs se sont appliqués à démontrer, par une succession
d'idées et de faits et en s'appuyant sur l'autorité des maîtres,
que non-seulement l'étude simultanée des auteurs profanes et
des auteurs sacrés ne présente aucun danger, mais qu'au
contraire, elle a tourné constamment au profit de ceux qui
l'ont cultivée avec une sage et prudente réserve. Il en est,
nous le craignons, des lectures dont se nourrit l'esprit, comme
des aliments dont se nourrit le corps ; le même travail de
mystérieuse assimilation s'accomplit. Comme l'estomac, ce
laborieux et habile ouvrier, divise les aliments qu'il reçoit et
n'en garde que les éléments utiles ; ainsi l'esprit, nous parlons

duire nous-mêmes la plus grande partie des textes grecs et latins, est-ce
à dire que nous croyons avoir fait mieux que tous nos illustres devanciers ? Telle n'est pas notre prétention. En réservant notre jugement personnel sur le mérite absolu de leurs traductions, nous nous sommes toujours inclinés devant les hommes accrédités auprès de l'opinion publique ;
en conséquence nous avons regardé comme un devoir, lors même que l'attrait ne nous y sollicitait pas, de leur faire des emprunts. Ainsi toute question d'amour-propre est absente de notre pensée comme de notre travail ;
le seul mobile qui nous ait guidés, c'est l'utile. Nous avons compris même
que notre livre s'enrichirait d'autant plus qu'il unirait un plus grand
nombre de noms et de talents modernes aux noms célèbres et aux ouvrages consacrés que nous ont légués les siècles. Ces principes suffiront, nous
l'espérons du moins, pour définir d'une manière nette et parfaitement
claire le but et la composition de notre livre.
    Qu'on le sache bien, nous n'imitons en rien les cours si justement ap-
préciés de Noël et de Feugère. Ils se sont circonscrits dans une langue et
dans un âge de littérature. Par là, ils ont eu le tort de borner le coup
d'œil de leurs jeunes lecteurs et de n'offrir qu'un côté des vastes horizons
de l'esprit et de l'inspiration humaine. Il faut, selon nous, à notre époque
essentiellement éclectique, procéder différemment. Le lecteur ne doit pas
être initié d'une manière isolée à la littérature, soit latine, soit française :
il est nécessaire de lui soumettre des points de comparaison, afin qu'il
soit en état d'observer, par degrés, le développement de l'intelligence
dans tous les temps et chez tous les peuples. Nous avons essayé, qu'on
nous permette l'expression, de faire la *chronologie de la pensée*.

d'un esprit sain et bien préparé, choisit, en quelque sorte à
son insu, parmi les idées qui passent devant lui, celles qui
peuvent l'élever et l'agrandir, dédaignant ce qui est étroit et
bas. Et qui oserait nier de nos jours que ce fût à la richesse
comparée des deux langues et au secours mutuel qu'elles se
sont prêté, que les grands écrivains, les penseurs éminents,
les critiques judicieux, ont demandé, avec leur inspiration,
ces brillantes couleurs, cette originalité et ce bonheur d'expressions, cette finesse et cette sûreté de jugement qui distinguent leurs travaux.

Puisse ce travail, conçu dans le désir d'orner l'esprit et de
former le cœur, réaliser le vœu de ceux qui y ont consacré
leur temps! Puisse le choix pur et sévère qu'ils ont fait, élever
jusqu'à Dieu la pensée de quelques-uns, emportée trop loin
de lui, ou rabaissée par le culte des intérêts matériels !

LITTÉRATURE

GRECQUE ET LATINE

PREMIÈRE PARTIE

LITTÉRATURE GRECQUE

APERÇU GÉNÉRAL

S'il est vrai que nos littérateurs aient emprunté leurs principaux chefs-d'œuvre aux grands génies de la Grèce et de Rome, il
est juste que nous leur consacrions nos premières études. Les deux
grandes nations ne sont plus reines, et nous voyons pourtant
qu'elles dominent dans nos mœurs, dans nos lois, dans tous les
travaux de l'esprit. Allons donc à la source même puiser ces grandes idées qui règlent encore aujourd'hui le perfectionnement intel-
lectuel ; suivons cette heureuse filière, assez riche encore à notre
époque pour suffire à l'ornement des plus belles œuvres.

Nous avons à étudier le rayonnement de ce foyer qui fit jaillir
tout à coup les sciences, les arts et les lettres, de façon à éclairer
bientôt tout un monde et mille générations. Athènes était la ville
de la sagesse et des grâces : le goût, la politesse, l'amour de la
gloire, l'atticisme, la profondeur, la gaieté, la philosophie, tout
y excelle. Les génies les plus rares et les plus variés s'y cou-
doient ; l'architecte, le sculpteur, le musicien, le peintre, l'homme
de guerre, l'habile médecin, le géomètre, l'orateur, se voient,
se saluent, se goûtent, se comprennent ; ils aspirent à l'immortalité, et leurs glorieux efforts l'ont conquise. Mais nous n'avons
pas à dresser la liste de toutes les illustrations de la Grèce ; nous

ne devons passer en revue que ses poëtes, ses orateurs et ses historiens ; et la matière est si fertile que, malgré l'opulente moisson de beautés que nous aurons à cueillir, nous jetterons plus d'un regard de regret sur les fleurs que nous serons contraints de laisser derrière nous.

La série des nobles écrivains s'ouvre par Linus et Orphée, qui sont à la fois prêtres, poëtes et musiciens. Homère et Hésiode répandent des torrents de lumière dont l'éclat brille encore aujourd'hui ; estimés à leur valeur dès l'origine, ils sont regardés comme sacrés ; les enfants les épèlent, les récitent et puisent dans leurs vers cette ardeur de poésie qui est le caractère particulier de la Grèce. Après eux, il semble que l'admiration qu'ils inspirent impose le silence et le recueillement ; d'ailleurs les États enfantent leur constitution, la patrie et la liberté méditent leurs triomphes, Lycurgue et Solon dictent leurs lois.

Mais voici venir une phalange serrée de poëtes illustres : Pindare, qui chante les vainqueurs aux grands jeux sur une lyre enthousiaste et religieuse, et qui prélude aux passions violentes de la scène ; Anacréon, le poëte du plaisir ; Simonide, le créateur de la touchante élégie ; Eschyle, le père de la tragédie, aux idées grandes et hardies, au style élevé et encore lyrique ; Sophocle, roi du drame, peintre des passions fortes, moraliste austère ; Euripide, le poëte élégant et harmonieux, qui sait toujours émouvoir, parce qu'il sacrifie tout au pathétique ; Aristophane, observateur habile et fidèle, censeur inexorable des mœurs d'Athènes, mais trop licencieux dans sa colère ; Ménandre, enfin, le créateur de la *Comédie nouvelle*, qui s'attaque aux vices et aux ridicules et qui craindrait de tuer un sage en le nommant dans sa comédie. Les orateurs relèvent le patriotisme par leurs accents emportés, ou entretiennent par leurs judicieux préceptes le goût de la rhétorique ; c'est Périclès, c'est Alcibiade, Démosthène, Eschine, Isocrate, Lysias et tant d'autres. Les historiens transmettent à la postérité attentive les faits héroïques de leur temps : Hérodote raconte naïvement, et conquiert le titre de *Père de l'histoire* ; Thucydide, prenant part aux affaires publiques, crée l'histoire politique et révèle les secrets des partis et des gouvernements ; Xénophon, l'*Abeille attique*, introduit la philosophie dans l'histoire et tire de fécondes conclusions des événements dont il fait le récit éloquent.

Avec le triomphe des rois macédoniens commence l'ère de la décadence pour les lettres grecques ; mais le feu de leur vieille gloire jette encore par intervalle de joyeux et puissants reflets. D'Athènes, par l'initiative de Ptolémée, le siége de la littérature est transporté à Alexandrie. Là se lève la pléiade dont Callimaque et Théocrite sont les astres les plus brillants. Le savoir prend la place du génie, l'enthousiasme est détrôné par l'érudition. Plutarque et Josèphe sont, pour ce temps-là, les héros de l'histoire; mais, si la langue est encore celle de Thucydide, l'énergie a cédé le pas au développement philosophique, la biographie à l'histoire, et ce n'est qu'après la venue du Christ et la régénération du monde, que l'éloquence pourra compter des champions forts et triomphants. Chrysostome, Basile, Grégoire de Nazianze, renouvelleront les splendeurs de l'art oratoire en soutenant victorieusement la gloire de Dieu et celle de l'Église.

DIVISION

L'expression de la pensée humaine a deux formes : dans l'une, le langage se développe en liberté; dans l'autre, il subit, pour les syllabes, pour les consonnances, des lois absolues et respectées. La première de ces formes s'appelle prose, la seconde se nomme vers. Notre plan se trouve donc tracé de lui-même.

Ainsi, en premier lieu, après avoir fait connaître par quelques réflexions les six époques de la poésie des Grecs, nous examinerons successivement l'ode, l'épopée, le drame, le genre didactique, le genre élégiaque, le genre pastoral, la fable et les petits genres ; et nous donnerons les préceptes de chacun d'eux. Quand nous mentionnerons un passage, nous esquisserons brièvement une notice de l'auteur, en indiquant à quelle époque il a vécu. En second lieu, nous diviserons en deux groupes les prosateurs, orateurs et historiens ; nous étudierons les genres d'éloquence : le genre délibératif, le genre judiciaire et le genre démonstratif; et nous classerons les maîtres de chaque genre selon l'ordre des époques auxquelles ils ont appartenu. Enfin nous citerons les morceaux les plus brillants des grands historiens de la Grèce , en les faisant précéder des notions biographiques que nous aurons recueillies et des règles du genre dans l'ordre de leurs classes : 1° les historiens attiques; 2° les historiens gréco-romains ; 3° les historiens byzantins.

LIVRE PREMIER

POËTES

--

CHAPITRE PREMIER

LES SIX ÉPOQUES DE LA POÉSIE GRECQUE

Les poëtes grecs se succédèrent, dans un espace de deux mille ans, avec les variations de goût, de talent et de génie que les révolutions amènent presque nécessairement dans la littérature. Aussi l'inégalité dans les œuvres serait-elle trop blessante, si la critique n'introduisait une division calculée sur les temps et sur les circonstances. Cette division ayant été donnée avec une grande clarté par M. Geruzez, dans son *Cours de littérature*, nous solliciterons du savant et spirituel écrivain la permission de lui en faire l'emprunt.

« Aucune littérature n'embrasse un espace de temps aussi considérable que la littérature grecque. Nous trouvons son berceau à l'époque fabuleuse qui précède la guerre de Troie, et elle ne périt que vers le milieu du XVᵉ siècle de notre ère, lorsque les Turcs s'emparèrent de Constantinople ; encore ne périt-elle pas complétement, car les œuvres qu'elle a enfantées vont féconder d'autres littératures ; et, au XIXᵉ siècle, l'indépendance de la Grèce lui prépare une vie nouvelle. La poésie est la portion la plus brillante de cette riche littérature. Nous devons nous en occuper en premier lieu, parce que, dans l'ordre des temps, elle précède tout autre développement de la pensée. La poésie est le fruit le plus naturel de l'intelligence : la prose arrive plus tard ; cette antériorité tient sans doute à la vivacité des premières impressions de l'âme, et au besoin de soumettre à la mesure l'expression de la pensée, pour que la mémoire en conserve plus facilement le dépôt.

« L'histoire de la poésie grecque se divise naturellement en plusieurs époques marquées par les révolutions de la pensée et le déplacement du centre littéraire.

« La première époque, qu'on peut appeler mystique, et qui remonte au delà des temps héroïques pour s'arrêter à la guerre de Troie (1270 av. J.-C.), n'a laissé d'autres souvenirs que les noms de quelques poëtes théologiens et législateurs, dont les chants religieux commencèrent à civiliser les peuplades barbares de la Thrace et de la Grèce. C'est le temps de la poésie sacerdotale ; la fable s'y mêle à l'histoire et porte l'incertitude avec la vénération autour des noms des Linus et des Orphée. On donne aux poëtes de cette époque le nom d'Aèdes (ἀοιδοί).

« La seconde (1270-594 av. J.-C.), que nous nommons héroïque, ouverte par les poésies d'Homère, qui la remplissent presque tout entière, est encore illustrée par Hésiode. L'Asie-Mineure est alors le principal foyer du mouvement poétique. Après l'épopée, on voit paraitre la poésie cosmogonique, morale et didactique, et, sur la limite de la période suivante, se produisent les chants lyriques, élégiaques et satiriques. Toute cette époque est marquée d'un caractère de grandeur imposante, puisque, après Homère et Hésiode, elle nous présente encore les Alcée, les Sappho, les Archiloque, les Tyrtée.

« Dans la troisième époque (594-336 av. J.-C.), âge d'or de la poésie, qui commence avec Solon et qui se termine après Alexandre, le génie grec atteint sa perfection. C'est une de ces rares époques d'éclat et de maturité tout ensemble, qui impriment aux œuvres qu'elles produisent le caractère de cette beauté durable à laquelle on rend toujours hommage, lors même qu'on est devenu inhabile à l'imiter. La principale gloire de la poésie de ce temps, ce sont les chefs-d'œuvre du genre dramatique, porté à sa perfection dans la tragédie par Sophocle, et par Aristophane dans la comédie politique. Périclès a donné son nom à la période la plus brillante de ce mouvement poétique, dont Athènes fut le principal foyer.

« Dans la quatrième époque, lorsque la Grèce eut perdu son indépendance, la poésie se déplaça et vint fleurir à Alexandrie, à la cour des Ptolémées. Cette poésie artificielle ne manqua pas de grâce, mais elle ne garda ni la force ni la vérité qu'elle avait reçues du siècle de Périclès (335-146 av. J.-C.); toutefois elle produisit Théocrite, que ses idylles placent au rang des maitres.

« Ainsi la poésie brilla successivement dans la Thrace, dans l'Asie-Mineure, à Athènes, à Alexandrie. L'Europe, l'Asie et l'Afrique virent le génie grec se naturaliser et s'épanouir dans des conditions différentes et sous des climats divers.

« Dans la cinquième époque (146 av. J.-C., 306 de J.-C.), la littérature se dissémine ; la Grèce, vaincue, porte partout, sous les auspices de Rome, les monuments de son génie et des arts dégénérés. Sa poésie, encore active, manque d'inspiration. Cette période, à laquelle on donne le nom de gréco-latine, ne produit que des compositions frivoles et de courte haleine, ou bien elle versifie la science dans de longs traités didactiques où l'on ne reconnaît plus que l'appareil extérieur de la poésie.

« La sixième époque, ou époque byzantine (306-1453 de J.-C.), est moins stérile que la précédente. Byzance étant devenue, au préjudice de Rome, la capitale du monde, le fantôme qui survivait à la poésie s'y transporta. Le Bas-Empire n'avait, pour inspirer ce qu'il appelait encore les muses par tradition, ni la liberté qui ennoblit les âmes, ni la gloire qui dédommage de la liberté. Les versificateurs de ce temps se contentèrent en général de flatter les grands par de petites pièces qui ne demandaient pas la gloire pour salaire. Toutefois, sous l'influence de la religion chrétienne et de la philosophie platonicienne, la poésie produisit alors quelques chants inspirés. Il y eut, en outre, d'estimables tentatives pour remettre en honneur par de nouvelles épopées les temps héroïques.

« Dans les deux premières de ces époques, l'inspiration du génie caractérise la poésie ; la troisième marque l'alliance intime et harmonieuse de l'art et de la nature. L'art domine dans la quatrième, et fait place au métier dans les époques suivantes. La poésie, exclusivement lyrique et religieuse dans le premier âge, devient ensuite épique et héroïque ; elle est surtout dramatique dans la période suivante ; elle brilla dans la pastorale à la cour des Ptolémées, et pendant la décadence de l'Empire et du Bas-Empire, elle serait presque exclusivement didactique, si, à l'époque byzantine, l'imitation des poëmes d'Homère et l'influence du christianisme ne lui avaient rendu quelque dignité. »

CHAPITRE II

POÉSIE LYRIQUE

PRÉCEPTES

Le poëte lyrique est inspiré ; il semble emporté par l'enthousiasme et la passion ; et, ne pouvant plus contenir l'ardeur qui le possède, il l'exhale par des chants énergiques. Saisi d'une forte émotion, ou devant la majesté divine, ou devant les mystères de la sagesse et de la puissance des dieux, ou en présence des exploits des héros, il cède à l'exaltation. L'un, dit Boileau,

Élevant jusqu'au ciel son vol ambitieux,
Entretient dans ses vers commerce avec les dieux;
Aux athlètes dans Pise il ouvre la barrière,
Chante un vainqueur poudreux au bout de la carrière;
L'autre peint les festins, les danses et les ris.

Ce genre se compose donc du cantique, de l'hymne guerrier, du dithyrambe, de l'ode héroïque, de l'ode gracieuse, de la cantate, de la chanson et des chœurs; il est enfant de la Grèce, et il est inauguré par les hymnes d'Orphée.

Les maîtres les plus illustres après lui, parmi les Grecs, sont Archiloque, Pindare, Tyrtée, Sappho, Anacréon, Callimaque; enfin, après la cinquième époque qui fut muette, le byzantin Proclus.

Chez les Grecs, l'ode, comme l'indique son nom (ᾠδή), était chantée; il est facile de comprendre combien les accents d'une musique appropriée devaient ajouter à la verve et à l'enthousiasme du poëte, et quel charme la lyre donnait à des vers inspirés. Son caractère se modifiait suivant les différents objets de l'émotion du chantre. L'ode sacrée recherchait la richesse, le cri de la colère, et souvent le ton mélancolique; l'ode héroïque respirait la noblesse, la grandeur, quelquefois l'indignation, toujours le plus ardent patriotisme; le dithyrambe, chanté en l'honneur de Bacchus, aimait le désordre et l'emportement, en sorte qu'il semble que Boileau l'ait eu en vue quand il a dit de l'ode :

Son style impétueux souvent marche au hasard;
Chez elle un beau désordre est un effet de l'art.

Enfin les chœurs, qui servaient aux tragédies anciennes d'intermèdes et de conseillers, voulaient surtout imprimer le calme, la sagesse et la dignité. Tout le lyrisme grec est rempli de vie et de charme, d'images saisissantes, de rhythmes variés. Le premier, et l'on pourrait dire le seul précepte du genre, c'est l'inspiration. Mais le « beau désordre » de Boileau ne peut être pris absolument à la lettre ; et, pour conquérir le nom de poëtes lyriques, il ne suffit pas de « marcher au hasard. » Si l'enthousiasme a l'expression hardie, l'image vive, le mouvement rapide, il a dû cependant naître pour quelque objet puissant et déterminé; et, dans ses emportements, le poëte doit rester fidèle à l'unité de son sentiment et de son idée. De même, plus l'objet est relevé, plus grande doit être la pensée; sinon la stance retombe impuissante et triviale. Enfin une ode ne peut ni ne doit être un long poëme; car les passions durent d'autant moins longtemps qu'elles ont plus de fougue et d'intensité.

AUTEURS ET MORCEAUX

1re Époque

LINUS. — Les Grecs connaissaient plusieurs poëtes de ce nom :
l'un, fils d'Apollon et de Terpsichore ou de Calliope ; un autre, fils
d'Uranie ; un troisième, fils d'Ismène. On leur attribue l'éducation
d'Orphée et d'Hercule : si le premier profita des leçons du maître,
le second était, dit-on, fort indocile, inattentif, et assez peu reconnaissant pour avoir jeté sa lyre à la tête de Linus et l'avoir tué.
Au dire de quelques auteurs, le poëte aurait péri sous les coups
d'Apollon jaloux. Les Thébains rendaient de grands honneurs à
cette mort tragique. Il ne nous reste aucun fragment de ces poëtes
lyriques, et Pausanias affirme qu'on ne possédait déjà rien de son
temps qui pût leur être attribué.

OLEN. — Pausanias fait venir ce poëte, des régions septentrionales,
en Lycie, et plus tard jusqu'à Délos ; c'est Olen qui créa la religion
d'Apollon et de Diane, dont il fut le pontife. Ses odes, chantées
avec une sorte de représentation dramatique, se répétaient encore
à Délos au temps d'Alexandre le Grand. Nous ne les avons plus.

ORPHÉE. — On compte un grand nombre d'Orphée, mais toutes
les traditions qui les concernent ont été rapportées à celui de
Thrace, qui vivait vers le xive siècle av. J.-C., environ un siècle
avant la guerre de Troie. Fils du roi Olagre, il eut pour maître Linus, visita l'Égypte et prit part à l'expédition des Argonautes, comme barde inspiré. Époux d'Eurydice, qui meurt de la
piqûre d'un serpent, il descend aux enfers chercher cette épouse
chérie : ses chants mélodieux désarment Pluton. S'il ne jette pas
un regard derrière lui avant de quitter la demeure ténébreuse,
Eurydice lui sera rendue ; mais son amour trahit sa prudence, et
sa compagne lui est à jamais ravie. Cette cruelle séparation n'est
encore que le prélude de plus grands malheurs : on le verra bientôt, en effet, errant et fugitif, traîner sa douleur sur les sommets
de l'Olympe et du Rhodope, et enfin se faire massacrer par les
femmes de Thrace, dans les fureurs des fêtes de Bacchus. Il mérita
néanmoins l'immortalité par ses nombreux bienfaits. C'est lui qui
abolit les sacrifices humains ; il réconcilia les familles, adoucit les
mœurs et purifia le culte des dieux. On a nié l'existence d'Orphée ;
mais, en admettant que ce soit un personnage plus mythologique
qu'historique, il faut bien reconnaître que les récits des poëtes et
des prêtres s'appuient sur des faits positifs. Pour ce qui est des

hymnes sacerdotales, au nombre de quatre-vingts environ, qui lui sont attribuées, s'il en est l'auteur, nous ne les avons pas certainement telles qu'il les a composées. Elles ont été rajeunies, sinon écrites du temps de Pisistrate, par Hippias et Onomacrite. Les autres œuvres qui portent le nom d'Orphée seront examinées lorsque nous parlerons du genre auquel elles appartiennent. Voici deux hymnes d'Orphée choisies parmi les plus belles.

PARFUM DE JUPITER

LE STYRAX (1)

Jupiter vénérable! Jupiter incorruptible! nous voici plaçant devant toi ce témoignage d'expiation et de prière. O roi, par ta volonté souveraine se dévoilent à nos regards et la divine Rhéa, la terre féconde, avec les sommets sonores des montagnes, et la mer, et tout ce que le ciel embrasse en son circuit. O Jupiter, fils magnanime de Saturne, toi qui portes le sceptre et abaisses les superbes, toi le père, le principe et la fin de toutes choses, toi qui ébranles la terre, qui récompenses et châties, dont la main toute-puissante se joue des éclairs, des tonnerres et de la foudre! je t'invoque sous toutes les formes que tu revêts; exauce ma prière; accorde-moi la santé du corps et celle du cœur, la sainte paix et des richesses sans remords.

PARFUM DE LA JUSTICE

L'ENCENS

Bienfaitrice équitable des mortels, source des biens, amie désirable, tu te montres toujours également favorable à ceux qui sont bons; partout l'on te révère, partout l'on t'exalte, illustre et sublime Justice! Ta sentence impartiale et pleine d'intégrité attribue à chacun ce qui lui appartient; mais tous ceux qui voudraient s'affranchir de ton joug, se mettre au-dessus de tes lois, à l'abri de tes coups, ceux-là tu les frappes et tu les blesses. Tu n'as d'autre ennemie que la discorde; toujours bienveillante et digne d'amour, tu souris à la paix et à la stabilité; tu souris à l'égalité parfaite; mais tu te détournes de l'iniquité, parce que la perfection de toute sagesse repose en toi. O divine Justice! toi qui châties la malice des hommes, entends-moi. Toi à qui nous devons de voir marcher dans les droits sentiers de l'honneur tout ce qui vit et respire, tout ce qui se nourrit de fruits, tout ce qui s'agite au sein de la terre ou sous les ondes de la mer, exauce-moi!

MUSÉE. — Il doit à ses hymnes religieuses l'honneur d'avoir été placé par Virgile aux champs Élysées, et même d'y présider la troupe glorieuse des poëtes et des musiciens. De ces hymnes si vantées, il ne nous est parvenu que deux titres. L'une avait été composée en l'honneur de Bacchus, l'autre en l'honneur de Cérès législatrice. L'existence des autres ouvrages, que nous ne connaissons que par leurs noms, et qui ne sont pas du genre lyrique, nous a été révélée par Hérodote, Pausanias et Philostrate.

(1. Le styrax est un baume naturel que les anciens recueillaient dans l'Asie-Mineure. Les hymnes d'Orphée sont ainsi presque toutes précédées du nom d'un parfum.

Ce poëte, de l'illustre famille des Eumolpides, était citoyen de l'Attique, disciple d'Orphée et civilisateur comme son maître. Il ne faut pas le confondre avec Musée le Grammairien, qui a vécu vers le IVe siècle de notre ère.

2e Époque

HOMÈRE. — Nous réservons pour le moment où nous parlerons du genre épique la notice du grand poëte; mais nous devons mentionner ici les trente-trois hymnes qui lui sont attribuées à tort ou à raison. Nous allons, comme modèles, en citer deux : la première, religieuse, dans le genre de celles d'Orphée ; la dernière, semi-épique, consacrée à chanter la vie des dieux. Si elles ne sont pas d'Homère, du moins on peut affirmer qu'elles imitent avec habileté et son genre et son style.

HYMNE A MARS

O Mars, dont la puissance fait ployer le char, dont le casque est brillant d'or, dont le cœur magnanime est couvert d'un bouclier! Mars cuirassé d'airain, l'effroi des villes; toi qui protéges l'Olympe avec ta lance forte et éprouvée! O père des victoires équitables, champion de la justice, ennemi de la violence, chef des hommes vertueux, roi de la valeur! O toi qui promènes autour des sept astres brillants ton cercle enflammé! des hauteurs du troisième orbite jusqu'où t'ont emporté tes coursiers fumants, daigne entendre ma prière, puisque tu inspires l'audace aux jeunes cœurs. Daigne jeter sur mes pas ta lumière et me prêter ton courage. Donne-moi la force d'éloigner la douleur et son amertume, la prudence de modérer des élans téméraires, la puissance d'éteindre les feux d'une colère bouillante qui m'entraîne à toutes les horreurs du combat. Mais pourtant, divinité bienheureuse! en me donnant de ton intrépidité, fais que je vive dans la paix et sous l'inviolabilité des lois; que j'échappe au tumulte de la guerre, et que ma mort soit douce et sans violence.

HYMNE A BACCHUS

Je vais chanter Bacchus, l'illustre fils de Sémélé, et redire comment, sur les bords retentissants de la mer, au sommet d'un promontoire élevé, il apparut semblable à un héros florissant de jeunesse. Sa belle chevelure noire flottait sur son corps, un manteau de pourpre recouvrait ses robustes épaules. Mais soudain, sur un navire que font avancer rapidement, à la surface des sombres flots, les bras de nombreux rameurs, des pirates Tyrrhéniens s'avancent, guidés par un funeste destin. Ils ont vu Bacchus; ils se font des signes; ils débarquent aussitôt et le saisissent. Tout joyeux de leur proie, ils le transportent sur leur esquif, car ils le croient fils d'un de ces rois qui descendent de Jupiter; et déjà ils préparent pour le captif des liens solides. Mais des liens étaient impuissants à le retenir. L'osier entrelacé tombe de ses mains et de ses pieds, et le héros aux yeux bleus reste calme et souriant. A cette vue, le pilote se tourne vers ses compagnons, et leur dit :

« Malheureux! quel dieu puissant voulez-vous saisir et enchaîner? Il n'est vaisseau assez fort pour porter un tel fardeau. Sans doute, c'est Jupiter ou Apollon à l'arc d'argent, ou Neptune lui-même, car il n'a pas l'aspect d'un mortel, mais il ressemble aux divinités qui séjournent dans l'Olympe. Allons! remettons-le promptement à terre; point de violence. Craignons que, dans son courroux, il ne soulève contre nous et les vents formidables et les flots amoncelés.» Ainsi parla le pilote. Mais le chef qui commande le navire l'accable d'aigres reproches. « Vois donc, insensé! le vent nous favorise. Veille à la manœuvre, et tends toutes les voiles; quant au reste, c'est l'affaire des matelots. Nous le transporterons, je l'espère, en Égypte, à l'île de Chypre, jusque chez les Hyperboréens, ou même plus loin encore; quelque jour, il se résoudra sans doute à nous révéler quels sont ses frères, ses amis et ses biens. Oui, c'est un Dieu qui nous l'envoie! »

Cela dit, il dressait le mât et tendait les voiles. Le vent souffle et les gonfle; les matelots préparent les agrès. Mais tout à coup, mille prodiges frappent leurs yeux surpris. Un vin délicieux, un vin parfumé coule à flots sur le pont; une odeur toute divine le pénètre, et l'équipage reste frappé de stupeur. Puis voilà que des pampres bordent en festons la frange de la voile, suspendant çà et là leurs grappes abondantes; un lierre sombre, garni de fleurs et de fruits vermeils, grimpe en s'élançant jusqu'au sommet du mât; les bancs sont ornés de guirlandes. Alors on ordonne au pilote, fils de Médès, de gagner le rivage; mais Bacchus, qui occupait l'extrémité du navire, s'est transformé en un lion redoutable, poussant de sourds rugissements; au centre apparaît une ourse au cou velu et hérissé, faisant des bonds de fureur. Le lion demeure à son poste élevé, lançant des regards de colère et de menace. Tous, ou fuient en désordre, ou immobiles d'effroi se serrent autour du pilote, dont ils avaient méprisé la sagesse. C'est sur le chef que le lion dirige son attention; il l'emporte, et les matelots, pour échapper à la mort, s'élancent tous dans les flots, où ils sont changés en dauphins.

Le dieu cependant retint le pilote, et lui promit le bonheur en ces termes: « Courage, digne pilote; tu as réjoui mon cœur. Je suis Bacchus, je suis le fils de Sémélé. »

Honneur, honneur à toi, enfant gracieux de la Cadméenne! on ne peut plus moduler de suaves accents, si l'on ne célèbre ton nom.

ARCHILOQUE. — Ce poëte, né à Paros, vers l'an 728 av. J.-C., fut honoré dans la Grèce à l'égal d'Homère. Violent et fougueux, il se jeta au milieu des partis, attaquant tout le monde, ses amis aussi bien que ses ennemis. On l'a représenté comme un envieux et un méchant : n'était-ce pas plutôt une de ces âmes honnêtes, mais susceptibles et irritables, que l'injustice révolte, que le malheur rend furieuses. Il avait été soldat; mais, comme Horace, il jeta son bouclier pour n'être pas dérangé dans sa fuite, disant plaisamment « qu'il pourrait toujours en acheter un autre. » Cette existence devait être semée d'aventures et de périls. Il traverse la Grèce, arrive à Lacédémone, où il subit une cruelle humiliation. Les Lacédémoniens redoutèrent assez son humeur satirique pour lui fermer les portes de leur ville. Quelque fâcheux que fût cet échec, il ne déconcerta pourtant pas Archiloque; nous le voyons, en effet, peu de temps après, se présenter aux jeux olympiques et y recevoir une couronne pour son *Hymne à Hercule*. Enfin il fera oublier plus tard sa fuite honteuse en mourant sur un champ de bataille. Ces deux derniers traits honorent sans doute leur auteur, mais ils ne doivent pas nous rendre plus indulgents qu'il ne convient. Il faut bien le reconnaître, la plume d'Archiloque fit plus de victimes que son épée, s'il est vrai que Lycambe fut réduit à se pendre pour échapper à la violence des satires du poëte. On vante, sur la foi de l'antiquité, la vigueur de son style et la vivacité de ses images. Il a écrit encore dans d'autres genres; mais il ne nous reste plus de lui que quelques courts fragments, parmi lesquels on peut citer avec éloge celui que nous a transmis Stobée. On sait qu'Archiloque créa ou plutôt mit en honneur le vers iambique (1).

FRAGMENT D'ARCHILOQUE

Homme fort, que la persécution et la douleur étreignent, sois ferme; fais face aux coups de l'infortune, et reste inébranlable et sans crainte au milieu des traits de tes ennemis. Vainqueur, sois digne de tes succès et garde-toi de l'insolence; mais vaincu, ne reste pas oisif à ton foyer, déplorant tes défaites. Médite les événements, vois les vicissitudes, observe l'agitation des hommes : apprends à ne te réjouir que du vrai bien, et à ne te point laisser accabler par l'adversité.

ALCMAN. — C'était le fils d'un esclave spartiate; il naquit à Sardes, en Lydie, vers l'an 670 av. J.-C., et fut le maître d'Arion de Méthymne. Il dut à son génie poétique d'être rendu à la liberté, et il passa la plus grande partie de sa vie à Sparte, où il avait obtenu le droit de cité. Il ne nous reste de lui que des fragments sans importance.

IBYCUS. — Il fleurit à Rhégium, environ 540 ans av. J.-C. Ses épigrammes, son poëme de Ganymède et de Tithon, et d'autres ouvrages écrits dans le dialecte dorique, lui valurent d'être placé au nombre des poëtes distingués de cette époque; cependant il est bien difficile d'asseoir un jugement exact sur des compositions qui ne nous sont parvenues qu'à l'état de fragments. On rapporte de lui qu'étant près de succomber sous le fer de ses assassins, il leva les yeux vers le ciel ; une troupe de grues passait : « Oiseaux de Jupiter! s'écria le poëte, je vous prends à témoin de ma mort, et vous confie le soin de ma vengeance. » Il tomba sanglant. Mais son appel suprême ne fut pas emporté par le vent, car les oiseaux témoins du crime devaient en dévoiler le mystère. En effet, quelque temps après, un des assassins, voyant des grues, dit à ses complices : « Voilà les témoins d'Ibycus. » Et ces paroles, dénoncées aux juges, firent découvrir le crime et punir les coupables.

BACCHYLIDE. — Ce poëte lyrique était, dit-on, neveu de Simonide : il naquit dans l'île de Céos, d'autres disent en Béotie. Hiéron

(1) *Archilochum proprio rabies armavit iambo.* (HOR.)

préférait les vers du poëte à ceux mêmes de Pindare; et, si nous ajoutons foi au témoignage d'Ammien Marcellin, l'empereur Julien faisait ses délices de la lecture des œuvres de Bacchylide. Nous savons encore qu'Horace lui a emprunté l'idée d'une de ses plus belles odes (1). Voici un passage plein de grâce choisi parmi les fragments malheureusement trop rares qui nous restent.

FRAGMENT DE BACCHYLIDE (2)

« L'homme de bien arrive chez son hôte; il paraît debout sur le seuil de la porte pendant qu'on prépare le frugal repas. L'hôte lui dit : «Les bons viennent naturellement s'asseoir à la table de ceux qui leur ressemblent. Nous n'avons à vous offrir ni des bœufs entiers, ni des vases d'or, ni des tapis de pourpre; mais nous vous offrons des âmes tendres, une douce musique, et du vin agréable dans nos humbles coupes de Béotie. » L'étranger, entendant ces paroles, vient s'asseoir à table; il étend les bras et remercie en mangeant. »

ALCÉE. — Ce poëte, inventeur de la strophe nommée *alcaïque*, naquit à Mytilène, dans l'île de Lesbos, vers l'an 604 av. J.-C., et fut contemporain de Sappho, à laquelle il rend justice dans ses vers. Mêlé aux divisions qui déchirèrent son pays, il combattit pour la liberté avec son épée et avec sa lyre; et, devenu l'adversaire du sage Pittacus, il tomba entre ses mains, mais pour être bientôt rendu aux affaires publiques. Ses chants, pleins de feu et d'éclat, inspirent l'amour du bien. Il nous reste de lui quelques vers, et l'on voit, en lisant Horace, quel cas il faisait de cette poésie et de cette manière. «Quand Alcée s'attaque à la tyrannie, dit Quintilien, c'est avec raison qu'Horace célèbre son plectre d'or. C'est un artiste habile à faire la peinture des mœurs; c'est un écrivain abondant, vif et orné. Il a de l'analogie avec le grand Homère.»

FRAGMENT D'ALCÉE (3)

J'apporterai mon glaive, caché sous une branche de myrte; et je suivrai l'exemple d'Harmodius et d'Aristogiton, alors qu'ils immolèrent le tyran et firent régner dans Athènes l'égalité des droits. Héros cher à mon cœur, ô Harmodius! non, tu n'es pas mort; on dit que tu séjournes dans ces îles des bienheureux, où vivent encore Achille aux pieds légers et le fils de Tydée, le vaillant Diomède.

J'apporterai mon glaive, caché sous une branche de myrte; je suivrai l'exemple d'Harmodius et d'Aristogiton, alors que, pendant les sacrifices offerts à Minerve, ils immolèrent le tyran Hipparque. Héros chers à mon cœur, ô Harmodius, ô Aristogiton! votre gloire restera éternellement vivante sur la terre, parce que vous avez frappé le tyran et fait régner à Athènes l'égalité des droits.

(1) C'est l'ode du livre premier, commençant par ces mots : *Pastor quum traheret per freta navibus.* — (2. E. Falconet. — (3) Nous reconnaissons avec Schœll que ce fragment ne peut être d'Alcée, puisqu'il vivait près de 50 ans avant Hipparque et Hippias; mais, comme il était nécessaire de ne pas omettre ce beau morceau de poésie, nous avons cru devoir, au risque de commettre un anachronisme, lui laisser Alcée pour parrain.

AUTRE FRAGMENT

Que n'est-il en notre pouvoir de faire pénétrer nos regards jusqu'au plus profond du cœur de l'homme; d'interroger sa pensée, de la connaître; puis, refermant ce cœur, d'apprécier et de choisir un véritable ami !

SAPPHO. — Cette femme illustre naquit à Lesbos, vers l'an 612 av. J.-C. Elle savait jouer, dit-on, de tous les instruments et enseignait la musique et la poésie aux jeunes filles de sa patrie: c'est elle qui inventa l'endécasyllabe ou vers de onze syllabes qu'on a appelé vers *sapphique*, et dont Pindare et Horace tirèrent parti. Elle avait composé neuf livres de poésies; les fragments qui nous sont parvenus justifient l'admiration des anciens pour la première femme poëte qui ait reçu le nom de *dixième muse*. Sa vie est une suite de circonstances romanesques terminées par une mort tragique : on dit qu'elle se précipita du haut de la roche de Leucade dans la mer.

ÉPITAPHE DE PÉLAGON

Ménisque a déposé sur la tombe de Pélagon une nasse et une rame; c'est le souvenir de la vie pénible d'un pêcheur.

ÉPITAPHE DE TIMAS

Ici furent recueillies les cendres de la jeune Timas : l'hyménée n'avait point encore allumé pour elle ses flambeaux, quand Proserpine l'appela dans son séjour de ténèbres. Toutes ses compagnes dépouillèrent leurs fronts de leur précieuse chevelure pour en couvrir son tombeau.

TYRTÉE. — Il fut contemporain des guerres de Messénie et vécut vers l'an 684 av. J.-C. Sparte avait perdu deux batailles contre les Messéniens, commandés par Aristomène; affligés et craignant une nouvelle défaite, ils recoururent à l'oracle de Delphes, qui leur persuada de demander un bon conseiller aux Athéniens. Ceux-ci leur envoyèrent un maître d'école borgne et boiteux. C'était Tyrtée, fils d'Archimbrote, assez triste homme de guerre, mais chantre inspiré. D'abord il rétablit la concorde chez les Spartiates, puis il sait les ranimer, et leur souffle l'enthousiasme guerrier. Les Spartiates battirent leurs ennemis; et, à certaines époques, on relisait les vers de Tyrtée pour réchauffer l'ardeur martiale de la jeunesse. Tout est nerveux et mâle dans cette admirable poésie; le style est toujours à la hauteur de la pensée.

2e MESSÉNIQUE [1]

« Vous êtes la race de l'invincible Hercule, osez donc! Jupiter n'a pas encore détourné de vous ses regards. Que craignez-vous? Ne redoutez pas le nombre de vos ennemis!

[1] E. Falconet.

« Que chaque guerrier tienne son bouclier dressé contre les assaillants, qu'il abjure l'amour de la vie, qu'il chérisse les sentiers obscurs de la mort autant que les rayons du soleil.

« Mars fait verser beaucoup de larmes, mais vous savez aussi quelle gloire il distribue! Vous avez déjà affronté les périls du combat; car si l'on vous a vus fuir devant l'ennemi, on vous a vus aussi le poursuivre avec ardeur, ô jeunes guerriers!

« Ceux qui osent, serrés les uns contre les autres, épaule contre épaule, marcher d'un pas ferme au-devant des phalanges, meurent en petit nombre et sauvent les soldats qui les suivent. Les guerriers timides perdent courage, et l'on ne saurait dire quels maux sont réservés aux lâches.

« C'est une honte cruelle d'être frappé par derrière, en fuyant l'ennemi; c'est une honte cruelle qu'un cadavre gisant dans la poussière et présentant sur le dos une sanglante blessure.

« Mais qu'il est beau, l'homme qui, un pied en avant, se tient ferme à la terre, mord ses lèvres avec ses dents, et, sous le contour d'un large bouclier protégeant ses genoux, sa poitrine et ses épaules, brandit de la main droite sa forte lance et agite sur sa tête son aigrette redoutable.

« Imitez les belles actions, apprenez à combattre vaillamment; n'allez pas, à l'ombre d'un bouclier, vous tenir loin de la portée des traits : élancez-vous plutôt, armés de la longue pique et du glaive, frappez au premier rang, emparez-vous d'un ennemi.

« Pied contre pied, bouclier contre bouclier, aigrette contre aigrette, casque contre casque, poitrine contre poitrine, luttez avec votre adversaire, saisissez le pommeau de son glaive ou le bout de sa lance.

« Et vous, soldats de la troupe légère, faites-vous l'un à l'autre un abri sous vos boucliers, accablez l'ennemi d'une grêle de pierres, et la lance en main harcelez de près les panoplites. »

3ᵉ Époque

STÉSICHORE. — Il ne nous reste que quelques vers de ce poëte illustre, qui naquit à Himère, en Sicile, 570 ans av. J.-C. Durant sa longue carrière de 95 années, il se consacra tout entier au culte des muses. Suidas nous apprend, en effet, qu'il composa plus de vingt-six livres de poésie. On prétendait qu'à sa naissance un rossignol s'était abattu sur ses lèvres, présage de la douceur de ses chants. Et ses concitoyens disaient : « Connaissez-vous les trois vertus de Stésichore? Il est probe, bienfaisant et poëte. »

Nous citerons, mais sous la responsabilité de Pausanias, une autre particularité sur la vie du poëte. Castor et Pollux, ayant appris que Stésichore avait fait une satire contre Hélène, condamnèrent le coupable à perdre la vue; la sentence eut son effet. Mais, quelque temps après, le poëte ayant composé des vers en l'honneur d'Hélène, obtint sa guérison. Pourquoi faut-il que nous ne puission-placer ici au moins un fragment de ce maître, que Quintilien ne craint pas de comparer à Homère!

PINDARE. — Voilà le véritable roi du lyrisme, la majestueuse personnification du poëte enthousiaste et inspiré. Esquissons d'abord avec le pinceau d'Horace (1) les principaux traits qui caractérisent ce beau génie, avant d'écrire sa biographie.

« O Iule, vouloir rivaliser avec Pindare, c'est prétendre s'élever jusqu'aux nues, comme le fils de Dédale, sur des ailes de cire, pour donner son nom au cristal des mers!

« Un fleuve que les pluies grossissent et qui descend avec fracas des montagnes, s'épand partout au-dessus de ses bords : ainsi bouillonne et s'élance majestueux le génie divin de Pindare.

« Il faut ceindre son front du laurier d'Apollon, soit que son audacieux dithyrambe nous révèle de nouveaux prodiges, soit que son rhythme harmonieux s'affranchisse de l'entrave des lois reçues;

« Soit qu'il chante les dieux, et les rois fils des dieux, qui frappèrent d'une juste mort les Centaures coupables, qui étouffèrent les feux de la terrible Chimère;

« Soit qu'il chante l'athlète ou le coursier vainqueur dans l'Élide, revenant chargé de palmes immortelles, et qu'il leur élève, dans ses vers, un monument plus précieux que des milliers de statues;

« Soit qu'il arrose de larmes les cendres du jeune époux, ravi à sa compagne éplorée, et qu'exaltant jusqu'aux astres sa force, sa valeur, sa vertu, il arrache la proie de cette gloire à l'avidité de l'Orcus.

« Non, rien ne peut arrêter le vol du cygne de Dyrcé, quand son aile légère l'emporte dans la nue! »

Qu'ajouterons-nous à la louange de Pindare, après avoir écrit ce qu'en pensait le juge souverain en pareille matière?

Né à Cynocéphales, près de Thèbes, l'an 522 av. J.-C. d'une famille sacerdotale, Pindare cultive, dès l'enfance, la poésie et la musique; il passe près du temple ses premières années, et apprend à conduire les chœurs. Sa jeunesse s'écoule sans orage, loin des affaires, loin du tumulte, dans le silence et le recueillement qui convient au vrai poète. Mais sa gloire le trahit : désormais le vainqueur dans les jeux ne se croira plus couronné si son triomphe n'a été célébré et comme sanctionné dans les chants de Pindare; les villes se disputent l'honneur de le posséder et sollicitent une place dans ses stances pour perpétuer le souvenir de leurs noms. Sa renommée eut bientôt franchi les limites de la Grèce. Hiéron l'appela en Sicile; Alexandre, fils d'Amyntas, l'attira en Macédoine. Le poète s'éteignit paisiblement, à l'âge de 80 ans; et, lorsque la nouvelle de sa mort se répandit dans la Grèce, la nation tout entière fut en deuil, et se crut abandonnée du dieu de la poésie. La gloire de Pindare lui a survécu; les statues qui lui ont été élevées par ses concitoyens ont, avec ses œuvres, transmis

---

1) HORACE, liv. IV, ode 1re.

de siècle en siècle ses titres à la reconnaissance publique; Alexandre a respecté sa demeure, et son nom seul, prononcé de nos jours, représente à l'imagination une sorte d'incarnation du génie.

Toutes les œuvres du poëte ne nous sont pas parvenues; celles que nous possédons chantent les victoires olympiques, pythiques, néméennes et isthmiques. Il avait fait aussi des hymnes, des épigrammes et même des tragédies. «Composées pour être chantées devant une assemblée nombreuse, dit Schœll dans son *Histoire de la littérature grecque*, les odes de Pindare respirent cette dignité qui convient à des monuments publics, à des spectacles nationaux. La suite régulière des strophes, des antistrophes et des épodes, leur donne quelque chose de majestueux. Elles tiennent un peu de l'épopée, parce qu'à l'éloge du vainqueur le poëte rattache celui de ses ancêtres, de sa famille et de sa patrie; mais leur principal caractère est lyrique, et c'est dans cette partie surtout que le génie du poëte domine par des jugements fougueux, fiers, irréguliers; ses images sont grandes et sublimes, ses métaphores hardies, ses pensées fortes, ses maximes étincelantes de traits de lumière.»

2ᵉ OLYMPIQUE

A THÉNON D'AGRIGENTE

VAINQUEUR A LA COURSE DES CHARS

Hymnes qui régnez sur ma cythare, quel dieu, quel héros, quel guerrier voulez-vous chanter aujourd'hui? Jupiter préside aux destinées de Pise; Hercule, enrichi de glorieuses dépouilles, institua les luttes d'Olympie; mais Théron a vaincu dans la course des chars; c'est Théron que je veux chanter, le prince juste et généreux, le rempart d'Agrigente, le modérateur des cités, le plus brillant rejeton de la plus noble race. Ses aïeux furent longtemps agités par le malheur, mais enfin il leur fut donné d'habiter les rives du fleuve sacré d'Agrigente. Désormais leur vie s'est écoulée dans la joie; à leurs vertus natives, ils ont joint l'éclat des richesses et de la puissance; ils sont devenus la lumière de la Sicile. O fils de Saturne et de Rhéa, souverain des palais des dieux! prête l'oreille à mes chants; et, accordant un sourire à ces luttes glorieuses, au cours gracieux de l'Alphée, fais fleurir en paix le sol qui les a vus naître.

Le temps, qui donne à tout la vie, est impuissant à anéantir les faits accomplis bons ou mauvais; mais la prospérité réussit du moins à les effacer de la mémoire. Et, si la volonté des dieux nous conduit à quelque haute fortune, l'odieux souvenir de nos maux périt étouffé par la jouissance inaccoutumée du bonheur. Ainsi les filles de Cadmus, plongées autrefois dans les plus effroyables malheurs, oublient leurs larmes sur des trônes. Ainsi la gracieuse Sémélé, frappée de la foudre en un jour de colère, règne aujourd'hui au séjour des dieux, chère à Pallas, chère à Jupiter, chère surtout à son propre fils que le lierre couronne. Ainsi, du milieu des flots où la recueillirent les Néréides, Ino passa tout à coup à une vie immortelle et divine.

Sans doute, aucun mortel ne peut savoir le terme que les destins ont fixé à son existence. Le plus beau des jours éclairés par Phébus finira-t-il aussi heureusement qu'il a commencé? Hélas! le cœur de l'homme est la proie de

mille agitations : la douleur chasse la joie ; mais le plaisir aussi met en fuite
le chagrin.

La fortune avait versé sur cette heureuse famille l'abondance des biens qui
nous viennent des dieux ; bientôt le sort jaloux l'accable de ses coups les
plus rudes. Il arme fatalement l'enfant contre le père. Laïus périt de la main
de son propre fils! ainsi l'avait prédit l'ancien oracle de Python. Rien ne peut
échapper à la vue perçante d'Erinnys. Les deux fils d'un père maudit, armés
l'un contre l'autre, souillent leurs épées d'un sang fratricide!

Mais voilà qu'un fils est resté pour venger la mort de Polynice : Thersandre
grandit plein de gloire dans les exercices de la jeunesse, dans les jeux sanglants de la guerre ; il se mêle à la noble race des Adrastides, et devient la
souche de tes glorieux ancêtres, ô Théron! Fils d'Énésidame, c'est toi, c'est
ton nom glorieux, que vont redire mes chants!

Théron a conquis aujourd'hui la couronne olympique : récemment encore,
son père (car les triomphes sont un héritage dans cette famille), son père,
dont le char a douze fois parcouru victorieusement la carrière, avait cueilli
et les palmes pythiques et les palmes de l'Isthme.

Plus de chagrins! plus de noirs soucis pour celui qui descendit dans l'arène
et remporta le prix! Il possède à la fois l'opulence et la vertu ; avec elles il
peut tout oser, avec elles il possède la sagesse, le plus précieux des biens, le
flambeau divin qui éclaire et qui assure le pas de l'homme dans la vie!

Sagesse sublime! c'est toi qui révèles l'avenir au juste, toi qui lui dévoiles
les supplices réservés aux âmes coupables, et la sentence irrévocable sortant
de la bouche sévère du juge de l'enfer.

Mais échauffés, et le jour et la nuit, des rayons de l'astre bienfaisant, les
hommes de bien voient s'écouler leur vie sans fatigue ; pour prolonger leur
existence, ils n'usent point leurs mains à remuer la terre, leurs bras à entr'ouvrir les flots. Ainsi, pendant que les justes, ceux qui respectèrent la foi des
serments, s'enivrent d'une félicité sans larmes près des héros admis par les
dieux, les hommes criminels endurent des supplices dont la vue même ne
saurait supporter l'appareil.

. . . .

. . . .

Courage! courage encore, ô mon génie! Tends de nouveau ton arc, et ne
manque pas le but! Et quel est ce but que tes traits poursuivent? C'est celui
qu'ils ont atteint déjà. C'est vers Agrigente que je veux les faire voler!

La vérité va s'échapper entière de mes lèvres, et je l'attesterai de mes serments les plus sacrés. Nulle cité, depuis cent ans, n'a produit un héros plus
magnifique, un plus grand cœur, une main plus généreuse. Théron est victorieux en tout.

7ᵉ PYTHIQUE

A MÉGACLÈS, D'ATHÈNES

VAINQUEUR AU QUADRIGE

Préludons à nos chants de triomphe par la louange de la puissante famille
d'Alcméon, par la victoire de ses coursiers! Répétons dans nos vers la gloire
de la superbe Athènes. Quelle patrie plus illustre qu'Athènes entre les cités
de la Grèce? Quelle famille plus noble que la race des Alcméonides?

Toutes les nations ont entendu le bruit et la renommée du peuple
d'Érechthée, du peuple qui t'éleva, dans l'enceinte de Python, un temple
digne de ton culte, ô Apollon!

O Mégaclès! ô ancêtres illustres de Mégaclès! quelle riche matière appor-
tez-vous à ma muse, vous qui fûtes cinq fois vainqueurs à l'Isthme, deux

fois vainqueurs à Cirrha, mais par-dessus tout vainqueurs aux jeux de Corinthe, que protége Jupiter ?

Oui, la dernière palme que tu viens de cueillir me réjouit et me transporte! Mais quelle est cette pensée qui refroidit mes transports?... L'envie corrompra sans doute l'éclat de tes hauts faits. Que veux-tu? tout mortel est soumis à semblable destin. Il n'est félicité si durable et si florissante que la jalousie n'essaie de la flétrir.

6ᵉ NÉMÉENNE

A ALCIMÈDE, D'ÉGINE

VAINQUEUR A LA LUTTE

Des hommes et des dieux l'origine est la même : une mère commune nous anima tous du souffle de la vie. Le pouvoir entre nous fait seul la différence ; faible mortel, l'homme n'est rien , et les dieux habitent à jamais un ciel d'airain, demeure inébranlable de toute leur puissance. Cependant une grande âme, une intelligence sublime nous donnent quelques traits de ressemblance avec la divinité ; quoique, nuit et jour, la fortune nous entraîne vers un but que nous ignorons.

La race du jeune Alcimède peut être comparée à ces terres fertiles qui alternativement fournissent aux hommes d'abondantes récoltes, et se reposent ensuite pour acquérir une nouvelle fécondité. Dès son début à la lutte, Alcimède remplit noblement la destinée que lui fixa Jupiter. A peine au printemps de la vie, on l'a vu, à Némée, s'élancer dans la lice comme un chasseur sur sa proie. Ainsi ce jeune héros marche d'un pas assuré sur les traces de Praxidamas, son aïeul paternel, qui, le premier des descendants d'Éaque, ceignit aux jeux Olympiques son front de l'olivier cueilli sur les bords de l'Alphée, qui, cinq fois couronné à l'Isthme et trois fois dans Némée, tira de l'oubli Socolide, son père, le premier des fils d'Agésimaque.

Et maintenant trois athlètes célèbres, issus de cette même tige, sont parvenus par la victoire à ce comble de gloire, où l'homme enfin peut goûter en paix le fruit de ses travaux. Jamais famille dans toute la Grèce ne fut à ce point favorisée des dieux, et ne remporta plus de couronnes aux luttes du pugilat.

J'ai à célébrer de grandes, de sublimes louanges; mais j'ai la douce espérance que la magnificence de mes chants ne sera point indigne de mes héros. Ainsi donc, ô ma Muse, bande ton arc et fais voler un trait vers ce noble but; que tes hymnes, portés sur les ailes des vents, retentissent au loin. Ce sont les chants des poëtes et les récits de l'histoire qui transmettent à la posterité les hauts faits des grands hommes qui nous ont devancés dans le tombeau. Et où trouver ailleurs de plus illustres actions que dans la famille des Bassides? Quel vaste champ d'éloge n'offre pas son antique gloire aux sages favoris des filles du Piérus! C'est de son sein qu'est parti ce Callius, qui, armé du pesant gantelet, remporta la victoire dans Pytho. Chéri des enfants de Latone à la quenouille d'or, il entendit près de Castalie, au milieu des chœurs des Grâces, ses amis répéter ses louanges jusqu'au lever de l'étoile du soir. Il fut encore le théâtre de sa victoire, cet isthme fameux qui, semblable à une digue, sépare à jamais les deux rivages de l'infatigable élément. Là, près du bois sacré de Neptune, il fut couronné de la main des Amphictyons dans ces jeux que, tous les trois ans, on voit reparaître avec éclat; enfin, au pied de ces monts antiques, qui, de leurs sombres forêts, ombragent Philinte, il ceignit sa tête de cette couronne dont l'herbe rappelle le vainqueur du lion de Némée.

De toutes parts l'illustre Egine ouvre à mon génie des routes magnifiques;

de toutes parts elle offre une ample matière à mes chants. Les nobles enfants d'Éaque, par leurs vertus héroïques, se sont fait une grande, une immortelle destinée. Volant sur la terre et par delà les mers, leur renommée est parvenue jusqu'en ces contrées qu'habitent les Éthiopiens; elle leur apprit le funeste sort de leur roi Memnon et l'affreux combat où Achille, descendant de son char, perça de sa lance homicide ce fils de la brillante Aurore.

Mais pourquoi, dans mes vers, suivrais-je la route où mille poëtes avant moi ont aussi traîné le char triomphal des Éacides? Que le nautonier pâlisse à la vue des flots écumeux qui battent les flancs de son navire; moi je ne plierai pas sous le double fardeau dont je me suis chargé, et je proclamerai la victoire que, pour la vingt-cinquième fois, cette illustre famille vient de remporter dans les combats que la Grèce appelle sacrés.

O Alcimède! tu viens de répandre un nouveau lustre sur la noblesse de ton sang, malgré la jalouse fortune qui a ravi à ta jeunesse, ainsi qu'à Tesmidas ton émule, deux couronnes auprès du bois de Jupiter Olympien. Quant à Mélisias qui t'a formé, je dirai que cet habile écuyer a la légèreté du dauphin qui rase avec vitesse la surface des mers.

ANACRÉON. — Ce poëte naquit en Ionie, à Téos, l'an 530 av. J.-C. Suivant Platon, il descendait de l'illustre Codrus, dernier roi d'Athènes. Le tyran de Samos, Polycrate, sut l'attirer à sa cour; et, plus tard, Hipparque, fils de Pisistrate, tyran d'Athènes, l'appela auprès de lui, et lui donna, dit-on, une grosse somme d'argent, mais à la condition qu'il ne quitterait plus le palais. Dès le lendemain, Anacréon rapportait le présent qu'il avait accepté sans réflexion et redemandait sa gaieté et ses chansons. C'est dans cette anecdote que la Fontaine a puisé le sujet de sa fable *le Savetier et le Financier*. Après la chute d'Hipparque, Anacréon retourna à Téos, et de là se rendit à Abdère, où il mourut étouffé par un pepin de raisin.

Ses chants sont remplis de grâce et de douceur, et ils justifient la statue qui fut érigée en son honneur à Téos. Mais on doit lui reprocher d'avoir trop souvent puisé ses inspirations dans les plaisirs des festins. « On sent toutefois, dit M. Théry, que l'idée de la mort l'obsède, et qu'il s'en occupe beaucoup plus qu'il ne voudrait le paraître, lui vieillard et buveur. » Le genre d'Anacréon nous oblige à être sobres de citations.

ODE IXe

SUR UNE COLOMBE

Aimable colombe, d'où viens-tu? En traversant les airs, tu exhales, tu sèmes autour de toi de suaves parfums. D'où me les apportes-tu? Dis-moi quelle mission tu remplis?

— Anacréon m'envoie vers Bathylle, son ami; Anacréon n'a pas cru me payer trop cher en me dotant d'une de ses chansons. Il m'a fait son esclave; et, tu le vois, je porte ses messages. Bientôt, il me l'assure, je recouvrerai ma liberté; mais, dût-il me la donner de sa main, je préfère demeurer esclave auprès de lui. Pourquoi voleter çà et là sur les monts et dans la plaine?

Pourquoi me poser sur les branches et me nourrir de quelques baies sauvages? Maintenant je puis dérober de ses doigts et becqueter le pain d'Anacréon. Je bois dans sa coupe le vin qu'ont effleuré ses lèvres; je voltige autour de lui et je l'ombrage de mes ailes. Puis, fatiguée, je m'incline et je m'endors sur son luth. J'ai tout dit : adieu, questionneur! En vérité, j'ai, pour te plaire, bavardé plus que la corneille.

ODE IIIᵉ

SUR UNE HIRONDELLE

Hirondelle babillarde! à quels supplices te dois-je livrer? Faut-il briser tes ailes rapides? Ou bien faudra-t-il, à l'exemple de Térée, couper cette langue bavarde? Pourquoi venir, avant le jour, battre de l'aile à mes oreilles? Pourquoi m'arracher à mes doux songes?

ASCLÉPIADE, GLYCON, PHALEUCUS. — Ces trois poëtes lyriques possédaient de leur temps la faveur publique. mais leurs œuvres sont entièrement perdues pour nous. On leur attribue l'invention de trois formes de vers. auxquelles ils ont donné leur nom. Horace et Catulle se sont servis de ces vers avec succès.

ÉRINNE. — Cette femme avait été admise à l'école de musique et de poésie fondée par Sappho; elle était née. comme celle-ci. à Lesbos ou à Téos. On cite de ce poëte un joli recueil de poésies intitulé *Le Fuseau*. Elle mourut fort jeune. Nous citerons l'*Hymne à la Force*, ode pleine de charmes, qui lui est généralement attribuée, et qui se trouve dans Stobée.

ODE A LA FORCE

Force! fille de Mars, salut! Guerrière à la couronne d'or, tu règnes sur nos terres, sans jamais quitter l'auguste séjour de l'Olympe. A toi seule le destin a conféré ce privilége, de voir ton sceptre, à qui rien ne résiste, demeurer ferme et toujours verdoyant.

Tu imposes à la terre, tu imposes à la mer, aux contours sinueux, des chaines qu'elles ne sauraient rompre; et les villes que tu gouvernes ne connaissent point le changement.

Le temps lui-même, le temps, qui se plait aux transformations et aux ruines, rafraîchit de ses ailes ton éternel empire.

Ta race est vaillante entre toutes et connaît l'art des combats : Cérès ne donne pas plus d'épis à la terre que tu n'enfantes de héros.

PRAXILLE. TÉLESILLE. — La première. née à Sicyone, composa des dithyrambes; la seconde est auteur de chants guerriers.

CORINNE. — Rivale de Pindare, Corinne l'emporta quelquefois sur lui ; le grand lyrique s'en vengea dans ses vers. Nous n'avons d'elle que des fragments insignifiants.

CHŒURS LYRIQUES. — C'est encore à la 3me époque qu'il faut rapporter la poésie des chœurs, introduits dans leurs drames par Eschyle, Sophocle et Euripide. Trente personnages environ, distribués autour de l'autel de Bacchus, placés en avant et un peu au-dessous de la scène, formaient le chœur. Tantôt il remplissait le rôle d'un acteur, mêlé à la pièce, concourant à la marche de l'intrigue; tantôt il restait seul, dansant sous la direction d'un coryphée, et lui laissant la parole. Les mouvements chorégraphiques variaient d'après certaines règles qu'indiquent ces mots mêmes : *strophe, antistrophe* et *épode.* Le chant était accompagné de la flûte. Mais l'accompagnement ne devait sans doute jamais couvrir la voix; sans cela, l'on eût perdu les plus beaux vers du poëte, son morceau de choix, celui dans lequel étaient réunis tous les charmes et toutes les richesses de la plus sublime inspiration.

Dans cette mine si riche de modèles lyriques, nous choisissons quelques chœurs de la tragédie d'*Œdipe roi :* ils suffiront à faire connaître comment le poëte savait manier sa lyre, quelle hauteur il savait donner au langage du bon sens et de la morale, quels accents il prêtait à la voix du peuple dont le chœur était le symbole.

Ier CHŒUR [1]

STROPHE I.

Voix du maître des dieux! quelle obscure parole,
     Quittant son sanctuaire d'or,
Vers ces murs tant vantés que la peste désole,
     Loin de Delphes prit son essor?
Vous le voyez : mon cœur est dévoré de crainte,
     Mon âme n'a plus de repos :
Le respect me saisit; mais écoutez ma plainte,
     Monarque puissant de Délos!
Les effets de l'oracle à mon impatience
     Seront-ils bientôt accordés?
Faut-il attendre encor? Fille de l'Espérance,
     Voix immortelle, répondez!

ANTISTROPHE I.

Ah! recueillez mes vœux, mon ardente prière,
Et vous, fille du ciel, Minerve tutélaire!
     Et vous, Diane! vous, sa sœur,
Qui visitez le monde, et qui, dans cette ville,
Ne dédaignâtes pas de choisir un asile!
     Et vous, Apollon, dieu vengeur!
Si jadis, dans nos murs, quand soufflaient des tempêtes,
Vous avez détourné l'orage de nos têtes,

(1 Le lecteur qui connaît la tragédie de Sophocle constatera l'art avec lequel le poëte dispose cette cantate en quatre parties, de façon qu'elle ait, comme la pièce, et son exposition, et son nœud, et son dénoûment.

Si vous avez sauvé nos jours,
Aujourd'hui qu'un fléau plus triste nous dévore,
Que ce peuple à genoux tous les trois vous implore,
    Nous laisserez-vous sans secours?

STROPHE II.

Dieux! pourra-t-on jamais dire tout ce qu'endure
        Ce peuple abattu, languissant?
A ses peines sans nombre, à ses maux sans mesure
        L'art désormais est impuissant.
La plante cherche en vain dans le sein de la terre
        Les sucs qui font son aliment,
Et l'on voit succomber la jeune et tendre mère
        Aux douleurs de l'enfantement!
Plus vive que le feu, plus que l'oiseau rapide,
        Se réjouissant de nos maux,
L'un sur l'autre, la Mort jette à la barque avide
        Ceux que peut atteindre sa faux!

ANTISTROPHE II.

Thèbes, autant que nous, ressent notre détresse;
La mort qui nous atteint d'un même coup la blesse;
        Ses fils, sans exciter de pleurs,
Couvrent le sol fatal; des femmes désolées,
Jeunes, en cheveux blancs, au temple agenouillées,
        Racontent aux dieux leurs douleurs!
L'hymne, qui vers le ciel en sons plaintifs s'élance,
Le sourd gémissement qu'arrache la souffrance,
        Font entendre un seul cri dans l'air;
Témoin de nos douleurs, témoin de nos alarmes,
Venez nous rassurer, venez sécher nos larmes,
        Noble fille de Jupiter!

STROPHE III.

Chassez loin ce fléau, nouveau dieu des batailles,
        Qui, sans armes ni bouclier,
Prend, en place de fer, pour saper nos murailles,
        La fièvre et son feu meurtrier!
Qu'il aille à l'Océan porter sa violence
        Et se perdre au milieu des flots!
Ni la nuit ni le jour sa farouche insolence
        Ne nous veut laisser de repos.
O vous, maître des cieux, vous qui régnez en père
        Sur les dieux et sur les humains,
Frappez-le sans pitié des éclats du tonnerre,
        Jouet de vos puissantes mains!

ANTISTROPHE III.

Et vous, roi de Lycie, Apollon, daignez prendre
Un de ces traits vengeurs dont rien ne peut défendre,
        Et faites ployer son orgueil!
Diane! de nos monts n'éclairez plus le faîte;
Enflammez des rayons qui parent votre tête
        L'auteur cruel de notre deuil!

Et vous qui nous donnez les doux fruits de l'automne,
Dont le front chargé d'or de bandeaux se couronne,
    Qui prenez le nom de ces lieux,
Bacchus! laissez les chœurs des Ménades sanglantes,
Poursuivez, consumez de vos torches ardentes
    Ce dieu qu'abhorrent tous les dieux!

2ᵉ CHŒUR

STROPHE I.

Montrez-nous l'homme aux mains sanglantes
    Qui du ciel arme le courroux;
    De Delphes les pierres parlantes
    Livrent le coupable à nos coups!
Qu'il se hâte, il est temps; qu'il dispose sa fuite;
    Que, semblable au rapide éclair,
Son coursier le dérobe à l'ardente poursuite
    Du fils altier de Jupiter!
    Le dieu, dans sa main redoutable,
    Agite les célestes feux;
    Et d'une furie implacable
    Guide les pas impétueux!

ANTISTROPHE I.

Une voix dont l'accent le glace,
    Du sommet neigeux du Parnasse,
Fait frissonner le monstre et le met aux abois:
    Il fuit sous les roches profondes
    Et dans les cavernes immondes
Par où l'on voit errer le taureau dans nos bois!
    Loin de son réduit salutaire,
    L'oracle, sortant de la terre,
Le force à promener son malheur en tous lieux;
    Sa crainte jamais ne sommeille;
    Forte et terrible à son oreille
Il entend résonner la menace des dieux!

STROPHE II.

Incertitude, nuit obscure!
Que dire et que penser, hélas!
Faut-il me rire de l'augure?
En croirai-je Tirésias?
Le passé, le présent n'offrent rien qui décide,
    Rien qui dirige mes efforts;
Et le fils de Polybe et le sang labdacide
    Entre eux n'ont pas eu de rapports.
    Ciel! que mon doute se dissipe!
    Parlez-nous, oracle divin!
    Devrons-nous accuser Œdipe?
    Œdipe est-il un assassin?

ANTISTROPHE II.

Les dieux, plus sages que les hommes,
Seuls connaissent ce que nous sommes:

Croirons-nous qu'un devin partage leur savoir?
Que les faits prouvent sa prudence,
Qu'il nous démontre sa science,
Ou méprisons aussi son futile pouvoir.
Au Sphynx, venu pour nous confondre,
Œdipe seul a su répondre;
De la lutte à nos yeux il sortit triomphant :
Par sa vertu, par sa sagesse,
Il fit cesser notre détresse;
Celui qui nous sauva ne peut être un méchant.

4ᵉ Époque

CALLIMAQUE. — Il est le chantre de la *Chevelure de Bérénice*. Ce ne sera pas assurément à ce titre que nous l'étudierons ici, mais bien comme auteur de six hymnes fort remarquables pour l'époque à laquelle elles ont été écrites.

Il naquit 260 ans av. J.-C., à Cyrène, en Libye, d'une ancienne et grande famille. Les rois recherchaient la société du poëte; et, ce qui est certain, c'est que Ptolémée Philadelphe l'accueillit à sa cour avec de grandes marques d'honneur. Parmi les sept poëtes qui formèrent la *pléiade*, Callimaque fut sans contredit le plus distingué. Après avoir entrepris quelques voyages, il se rendit chez le roi d'Égypte, qui le reçut avec beaucoup d'égards, l'introduisit dans sa fameuse bibliothèque, et lui accorda la faveur d'y pénétrer à toute heure. Le poëte-bibliothécaire du roi eut désormais le loisir de se livrer à son goût pour les lettres. Il composa un grand nombre d'ouvrages; celles de ses poésies qui ont survécu sont incontestablement au-dessous des œuvres lyriques de la troisième période, mais elles n'en justifient pas moins l'admiration des auteurs qui le suivirent, et l'espèce de culte que Properce et Ovide professaient hautement pour lui.

2ᵉ HYMNE

EN L'HONNEUR D'APOLLON

Voilà le laurier d'Apollon qui s'agite, voilà le sanctuaire qui s'ébranle tout entier! Loin, loin d'ici tout profane ! Voyez... déjà Phébus, plein de majesté, a dépassé le seuil. Le palmier de Délos s'est paisiblement incliné, et le cygne a fait résonner les airs de ses chants harmonieux! Plus d'obstacles! Plus de barrières! Portes, ouvrez-vous! le Dieu va paraître; jeunes gens, apprêtez-vous à chanter; organisez le chœur de danse!

Apollon n'apparaît point à tous; il ne se révèle qu'à l'homme juste : qui peut le voir, est vraiment grand; qui ne l'aperçoit pas, est petit. Pour nous, ô dieu qui lances au loin tes traits, nous te verrons, et nous ne connaîtrons plus la bassesse ! •

Phébus est descendu jusque parmi nous! enfants, ne laissez pas votre lyre endormie, frappez vos pieds en cadence, si vous voulez voir l'âge d'homme, si vous voulez voir vos cheveux blanchir, et bâtir vos murailles sur d'inébranlables fondements.

Gloire à vous, enfants! votre luth ne reste pas oisif! Écoutons avec respect les chants consacrés à Apollon! La mer elle-même reste attentive, lorsqu'on célèbre la lyre et les flèches du dieu de Lycorée.

Io Pœan! Io Pœan! à ce cri, Thétis, reine de la mer, ne regrette plus Achille, et le roc qui pleure, ce marbre qui fut jadis une femme et que le destin tient enchaîné dans la Phrygie, cesse de verser des larmes sur ses malheurs. Io! Io! répétez tous : Io Pœan! c'est folie d'entrer en lutte avec les immortels. Que celui qui ose soutenir cette lutte impie, vienne attaquer mon roi. S'il insulte mon roi, qu'il sache bien que c'est Apollon qu'il insulte!

Mais Apollon vous sourira, si vos chants touchent son cœur; il peut vous protéger, puisqu'il siège à la droite de Jupiter. Vos chants et vos danses doivent se prolonger plus d'un jour: la louange de ce dieu est facile, ce dieu est doux à chanter.

Sa robe est resplendissante d'or; son agrafe, sa lyre, son arc, sa corde, son carquois, ses brodequins sont d'or; il ne s'offre aux yeux que couvert d'or et de richesse : son temple de Delphes nous l'atteste!

Phébus est toujours beau, Phébus est toujours jeune : le duvet n'a jamais ombragé sa joue vermeille, sa chevelure exhale un délicieux parfum... mais non, ce n'est pas un parfum qui s'échappe de ses cheveux, c'est la panacée (1) elle-même; et le sol fortuné sur lequel en tombera une seule goutte, se couvrira de plantes bienfaisantes à l'homme.

Nul ne peut approcher d'Apollon; il excelle en tous les arts. Il a pour attribut l'arc et la lyre; il est le roi des poëtes et des archers, le maître des augures et des oracles; il a révélé le secret de vaincre les maladies et la mort.

. . . .

Phébus! c'est toi qui nous appris à fonder et à construire les villes, car tu aimes à voir s'élever nos murailles, et toi-même tu en jettes les fondements. Oui, c'est à l'âge de quatre ans, sur les bords sinueux du lac, qu'Apollon, dans la belle Ortygie, fit son premier essai. Diane lui apportait sans relâche les cornes des chèvres qu'elle avait tuées sur le mont Cynthius. Avec ces cornes, il formait la base, les contours, l'édifice d'un autel, et nous donnait ainsi la première leçon d'architecture.

Plus tard, il indiquait à Battus l'emplacement de la ville où je devais recevoir la naissance, et, transformé en un corbeau favorable, il le dirigeait vers la Libye; il a juré qu'il donnerait des murs à nos rois, et Apollon n'a jamais juré vainement.

O Apollon! des peuples nombreux t'invoquent sous le non de Boédromios, d'autres sous celui de Clarios : mille noms divers te furent prodigués. Moi, je t'appelle Carnien, comme l'ont voulu mes pères.

Carnien! ainsi Sparte te révéra la première, puis Théré, et enfin Cyrène à son tour. Quand le sixième fils d'Œdipe vint jusqu'à Théré, il y transporta ton autel; de Théré, il passa, par les soins d'Aristote, sur le sol des Asbytes; il y éleva un temple magnifique en ton honneur et y établit des fêtes et des sacrifices annuels, où de nombreux taureaux, ô mon prince, inondent tes autels de leur sang.

Io! Io! Carnien, tant de fois invoqué! tes autels, au printemps, quand Zéphyr boit la rosée, se couvrent de mille fleurs; dans l'hiver, ils sont saturés des parfums de safran ; la flamme brille sans cesse dans ton sanctuaire, et la cendre ne l'étouffe jamais.

....Io Pœan! ce cri, nous l'entendons répéter; car ce fut l'hymne d'enthousiasme chanté d'abord par le peuple de Delphes, lorsque, pour le défendre, tu lui montras la portée de tes flèches d'or. Python, le monstre fatal, le terrible serpent, s'avançait contre toi; tu multiplies tes coups, tu le tues. Et le

_____

(1) Remède pour tous les maux.

peuple s'écriait : « Io Pœan ! frappe, frappe ! Ta mère t'a destiné pour être notre sauveur. » Ce nom divin s'est perpétué dans nos chants.

Mais l'Envie glisse tout bas ces mots dans l'oreille d'Apollon : « Je fais peu de cas du poëte, si ses vers n'égalent en nombre les flots de la mer ! » Apollon la repousse du pied, et lui dit : « Le cours du fleuve assyrien est long sans doute ; mais il roule sous les eaux la fange et le limon. Les nymphes n'apportent pas à Cérès une onde puisée au hasard, mais un filet pur et cristallin, qu'elles recueillent pour la déesse comme une offrande précieuse et sacrée. »

Salut encore, prince Apollon ! que la Censure retourne avec l'Envie dans le Tartare qu'elle habite !

CLÉANTHE. — Ce fut un philosophe et un disciple fervent de Zénon ; il devint, après son maître, le chef de l'école stoïcienne. Cléanthe naquit à Assos, en Éolie, vers l'an 260 av. J.-C. Pour suffire aux nécessités de la vie et trouver le moyen de suivre, le jour, les leçons de Zénon, il passait ses nuits à tirer de l'eau. Les Athéniens étaient remplis de vénération pour lui, et l'on raconte qu'ils voulurent chasser Sosithée qui, dans une de ses comédies, l'avait tourné en ridicule. Nous citons de lui l'*Ode à Jupiter,* que nous a conservée Stobée.

HYMNE A JUPITER

O Jupiter, père des dieux ! ton nom seul comprend tous les autres noms, et ta vertu, qui est une, est en même temps infinie. C'est toi qui as créé le monde, et tu le diriges d'après les conseils de la sublime sagesse. Salut ! salut, roi tout-puissant ! puisque tu as daigné nous permettre de t'adresser nos hommages ! Oui, Jupiter ! c'est à toi qu'appartiennent les prémices de nos louanges ; c'est à toi que nous devons consacrer nos hymnes et nos cantiques. N'est-ce pas toi qui fais ployer sous ton sceptre tout ce qui existe ; tous les mortels ne redoutent-ils pas les traits foudroyants de tes invincibles mains ? Sans toi, maître souverain, rien n'a été fait, rien ne peut se faire dans la nature ; c'est toi qui distribues et les biens et les maux, en suivant les lois de la prévoyance éternelle.

Grand Jupiter ! toi dont le tonnerre retentit avec éclat dans la nue, jette un rayon de ta lumière éternelle sur les faibles mortels, chasse de leur esprit l'erreur funeste qui les aveugle et les perd : fais luire dans leurs cœurs une étincelle de cette sagesse divine qui gouverne la terre. Dès lors, nul autre soin ne leur sera plus doux que celui de louer et de bénir tes ordres immuables auxquels ils résistaient.

5e Époque

Cette époque, nommée gréco-latine, quelque longue qu'elle ait été, reste, pour la littérature, la moins productive de toutes. La Grèce a lutté ; mais elle est vaincue par les armes. Cependant elle semble ne pas s'apercevoir de sa défaite, tant son vainqueur s'est montré habile à lui faire aimer la servitude.

Toutes ses gloires, tout son génie entrent comme en triomphe à

Rome; sa langue même est adoptée par ses nouveaux maîtres :
comment n'oublierait-elle pas sa défaite?

Toutefois cet état de servitude et d'assoupissement moral devait
tuer l'inspiration du génie en même temps qu'il précipitait l'œuvre
de destruction de la nationalité grecque. Les mauvaises passions,
les débauches, le scepticisme ayant ébranlé la croyance aux dieux,
que reste-t-il maintenant à ce peuple qu'il puisse chanter avec enthousiasme? Il n'a plus d'hymnes religieuses, plus de chants de
triomphe, plus d'accents patriotiques! Le bien-être de Rome pacifique a pénétré jusqu'au foyer du poëte, qui ne sait plus rien sentir
de libre et de grand. La Grèce n'est plus, parce que les dieux sont
morts. Mais voici venir le christianisme; son aurore brillante, se
dégageant de cette diffusion d'éléments si divers, dissipera bientôt
le faux éclat des grandeurs païennes, et donnera au monde les
plus sublimes doctrines, et des lois plus en harmonie avec les besoins et la dignité de l'homme.

La cinquième époque, par ce fait qu'elle portait en elle le caractère de la transition, de la régénération, n'a pas eu, dans le
genre lyrique, un seul représentant.

6ᵉ Époque

PROCLUS. — Le paganisme, à cette époque toute chrétienne, a
cependant encore rencontré, chez les Grecs, un adepte et un poëte.
Proclus, né à Constantinople, 412 ans après J.-C., était allé étudier à Alexandrie, puis à Athènes. Pythagoricien et initié à tous
les secrets de la magie, homme à la fois d'une grande pénétration
et d'une imagination vive, il approfondit la connaissance des religions antiques et des poésies orphiques. Il voulut expliquer les
mystères et les cérémonies du paganisme, dont il se fit le grand
pontife, et les rattacher à des vérités qui l'éblouissaient, mais qu'il
refusait de croire. Ses hymnes, écrites à la manière de celles d'Orphée, lui étaient, disait-il, inspirées par les dieux eux-mêmes, qui
le favorisaient de leur apparition. La plupart de ses nombreux
travaux sont philosophiques et mathématiques. Nous n'avons à
parler que de ses poésies; et, hâtons-nous de le reconnaître, toutes
justifieraient presque leur renommée, si elles ne trahissaient pas
trop souvent le mysticisme et l'initiation.

HYMNE EN L'HONNEUR DES MUSES

Nous chantons dans nos vers cette lumière qui illumine l'âme de l'homme,
les neuf filles à la voix douce du grand Jupiter! Elles nous voyaient errer
à travers les profondeurs de la vie ; par leur science mystérieuse, par leurs

livres, qui agrandissent l'esprit, elles nous préservèrent des douleurs insupportables de la terre, nous firent marcher avec ardeur, nous apprirent à nous maintenir au-dessus des abîmes du Léthé, et à rejoindre purs encore l'astre éternel dont nous descendons. Nos âmes se sont éloignées de ce séjour, depuis qu'éprises des richesses profanes, elles ont recherché, dans leur folie, le sol de la terre productive.

O déesses! calmez les mouvements tumultueux de mon cœur, enivrez-moi des libres paroles des sages; ne permettez pas que la foule de ces hommes qui n'éprouvent en présence des dieux d'autres sentiments que ceux de la crainte, me détourne jamais de la voie fructueuse et éclatante du ciel!

O déesses! mon âme se perd au hasard au milieu de mille générations égarées; arrachez-la à cette foule impétueuse; elle s'est pénétrée de l'espoir des doctrines fortifiantes; elle possède à jamais l'art suave et entraînant de la parole; portez-la jusqu'aux sources de la pure lumière.

O déesses! entendez ma prière; car vous tenez les rênes de la sagesse sacrée, vous allumez dans les âmes des mortels le feu mystique, vous leur rendez méprisables les ténèbres profondes d'ici-bas; et, les purifiant par les hymnes de l'initiation ineffable, vous les faites arriver près des immortels.

O déesses conservatrices! que vos leçons sacrées, dissipant toutes les ombres, m'éclairent de la céleste vérité!

Révélez-moi le mystère de l'homme et celui de l'idée immortelle.

Ne permettez pas que l'esprit, auteur du mal, me retienne sous ses ondes infernales loin de la demeure des bienheureux; car je ne veux pas rester plongé dans de ténébreuses horreurs; je ne veux pas demeurer dans l'égarement éternel; je ne veux plus être retenu par les chaînes odieuses de la vie.

Guides éclatantes de la divine sagesse, exaucez ma prière; révélez à mon âme les mystères et les formules des initiations sacrées; entraînez-moi sur vos pas dans la route qui conduit aux célestes hauteurs!

SAINT GRÉGOIRE DE NAZIANZE. — A côté de la pensée obscure et indécise de Proclus, le dernier poëte païen, il est intéressant de suivre les débuts de la poésie chrétienne, si bien caractérisée dans les hymnes, simples et grandes à la fois, du pieux évêque de Nazianze. Celle que nous donnons ici est un chef-d'œuvre du genre. Nous retrouverons saint Grégoire de Nazianze quand nous parlerons des orateurs, et nous donnerons alors sa biographie.

ODE I

Roi immortel! mon seigneur et mon maître, souffre que je te célèbre dans mes cantiques. C'est toi seul qui donnes l'inspiration à mes hymnes, car tu guides les chœurs des anges! Par toi, les siècles sont éternels, le soleil répand son éclat, la lune poursuit sa course régulière, les astres brillent de mille feux; par toi, l'homme, ton chef-d'œuvre, a obtenu le privilége de comprendre les choses divines!

C'est toi qui créas cet univers; à chaque objet tu assignas sa place, et la Providence maintient ton œuvre.

Tu as dit ton Verbe, et tout a été fait : ton Verbe, c'est ton fils, et c'est Dieu! car sa nature est la tienne, sa dignité est égale à celle de son père; il a fait concorder toutes choses, pour commander à tout.... Et l'Esprit-Saint, Dieu comme le Fils et comme le Père, embrasse et conserve tout par sa Providence.

Honneur et gloire à toi, ô Trinité vivante, puissance unique! immuable nature, qui n'as pas eu de principe, nature d'une substance ineffable!

O Esprit de sagesse, qui ne peux être perçu! O empire éternel des cieux, qui n'as pas commencé, qui ne finiras pas! O lumière sur laquelle l'œil de l'homme ne peut s'arrêter! O science qui as la faculté de tout approfondir, depuis la terre jusqu'à l'abîme, salut!

O Père, sois-moi propice! Fais que je ne cesse jamais d'être en adoration devant ta Majesté; que je sois purgé de toute souillure; que ma conscience ne conçoive aucune pensée mauvaise! Qu'élevant vers toi des mains sans tache, je loue dignement mon Christ et mon Dieu!

Que, ployant en ta présence mes genoux suppliants, j'obtienne d'être nommé ton serviteur, en ce jour où tu viendras régner!

O Père! sois-moi propice! verse sur moi tes miséricordes et tes grâces! Toute reconnaissance et tout honneur te sont dus jusque dans les innombrables siècles!

SYNÉSIUS. — Une place honorable doit être réservée à cet hymnographe chrétien, qui manque peut-être de l'ardent enthousiasme de saint Grégoire de Nazianze, mais dont le style est toujours pur et élégant. Élève de l'école d'Alexandrie et de l'école d'Athènes, le génie de Synésius ne put sans doute que se fortifier par l'étude simultanée des travaux et de l'esprit des deux écoles, mais il y perdit de son originalité. Ses écrits démontrent qu'il ne sut jamais bien dégager les dogmes chrétiens des idées platoniciennes.

Synésius naquit à Cyrène, vers l'an 350, d'une famille illustre et opulente; ses concitoyens le députèrent à l'empereur Arcadius, pour obtenir un dégrèvement d'impôts; plus tard, il fut nommé évêque de Ptolémaïs, et combattit à outrance les progrès de l'arianisme. Il donna l'exemple de toutes les vertus et porta haut la dignité épiscopale et le caractère sacré dont il était revêtu. Quand le préfet Andronicus persécute les fidèles, Synésius affronte sa colère pour les protéger; quand la disgrâce atteint le persécuteur, l'évêque le met à l'abri des fureurs du peuple ameuté contre lui; quand enfin les barbares viennent attaquer Ptolémaïs, il trouve des paroles puissantes pour relever les cœurs abattus des habitants, qui parviennent à éloigner l'ennemi des murs de la ville. Tous les ouvrages de cet illustre évêque sont généralement estimés.

HYMNE VII

Le premier, j'ai trouvé des accents pour tes chants, être bienheureux et immortel, illustre fils d'une Vierge, ô Jésus de Jérusalem! J'apprends aux cordes de ma lyre à répéter de nouveaux accords.

O roi des cieux! sois-moi propice, prête l'oreille à des vers et à des chants pieux!

Nous chanterons le Dieu, fils de Dieu, grand et immortel; le Fils, artisan du monde, d'un Père qui a créé les siècles; nature de Dieu et nature d'homme à la fois; sagesse incommensurable; Dieu pour les habitants du ciel, mortel pour les habitants de la terre.

Quand tu parus au monde, né du sein d'une Vierge, les Mages avec leur sagesse ne surent, à la venue de l'étoile, définir ce que pouvait être cet enfant qui cachait un Dieu!

Venez tous, accourez! apportez vos offrandes! Versez la myrrhe, donnez de l'or, brûlez les parfums de l'encens! Tu es Dieu, reçois l'encens; roi, je te présente de l'or; la myrrhe embaumera ton sépulcre!

C'est toi qui as purifié la terre, et les flots de la mer, et les sentiers des démons, et les plaines liquides de l'air, et les ténèbres infernales; ô Dieu! descends dans les lieux bas pour porter ton assistance aux morts.

O roi des cieux! sois-moi propice, prête l'oreille à des vers et à des chants pieux.

SAINT JEAN DAMASCÈNE. — Le nom de Damascène donné à Jean lui vint de la ville de Damas, où il naquit vers l'an 676. C'est, à proprement dire, le dernier représentant du lyrisme grec qui puisse être cité. Ses vertus furent appréciées des infidèles mêmes, au point que le calife, voulant l'associer aux affaires de l'État, ne craignit pas de lui accorder la dignité de premier ministre. Mais il résigna bientôt ses hautes fonctions pour pouvoir se consacrer aux soins et à la défense de l'Église. Retiré dans le monastère de Saint-Sabas, il attaqua vigoureusement l'erreur des iconoclastes, par l'autorité des livres saints, en s'appuyant sur la raison. Ses poésies ne sont pas les seuls ouvrages qu'il ait composés. Outre ses œuvres théologiques, il écrivit une *Dialectique* d'après Aristote.

EXTRAIT DU CANTIQUE SUR L'ASCENSION DE N.·S. J.·C.

C'est le Dieu sauveur, celui qui conduisit son peuple à pieds secs à travers les mers, et engloutit le Pharaon avec toute son armée; c'est lui seul que nous devons chanter, parce qu'il a été glorifié.

Chantons un hymne de victoire en l'honneur du Christ montant au ciel, porté sur les épaules des chérubins; et, nous plaçant à la droite du Père, peuples, chantons, parce qu'il a été glorifié.

Le Christ médiateur entre Dieu et les hommes, les chœurs des anges l'ont vu s'élever avec sa chair jusqu'au plus haut des cieux, et ils sont restés stupéfaits; mais bientôt ils ont repris leur chant de victoire, parce qu'il a été glorifié.

O Christ! par la puissance de ta croix, donne à mon esprit la force de chanter, la force de glorifier ton ascension salutaire! Déjà les anges, ô Christ, voyant ta nature mortelle disparaître avec toi, te glorifiaient dans leur incessante admiration.

Seigneur, on m'a appris la puissance de ta croix; j'ai su que par elle le paradis s'était ouvert : gloire à ta puissance, ô Seigneur!

En voyant monter jusqu'au Père le Sauveur avec sa chair, toute l'armée des anges fut saisie d'admiration; elle a crié : Gloire à ta puissance, ô Seigneur!

Les puissances des cieux se répétaient l'une à l'autre, de proche en proche : Ouvrez les portes au Christ, notre roi, à celui que nous nommons dans nos cantiques avec le Père et avec l'Esprit!

CHAPITRE III

POÉSIE ÉPIQUE

—

PRÉCEPTES

L'épopée est de deux sortes : noble et sérieuse, comique et badine. L'épopée noble, c'est la grande parole (ἔπος) et non plus le chant (ᾠδή). On peut la définir ainsi : récit poétique d'un grand événement historique, accompli sous la direction de la divinité. L'épopée badine est le récit d'une action peu importante, fait avec les formes héroïques, dans le but d'amuser et de provoquer le rire du lecteur. Quand l'action est sérieuse et historique, mais dépourvue de fiction, on appelle l'œuvre un poëme héroïque. L'épopée a cette différence essentielle avec l'histoire que celle-ci présente les faits tels qu'ils se sont passés, avec une scrupuleuse exactitude, tandis que la première les peint sous des couleurs vives et embellies, en donnant aux personnages plus de grandeur et de dignité.

Quatre points sont à considérer dans l'épopée : l'action, la forme, les mœurs et le merveilleux.

L'*action* doit être une, grande attachante.

La loi de l'unité est commune à toute œuvre de l'esprit; mais elle oblige plus particulièrement le poëte épique. C'est le vice du poëte fantaisiste de notre temps, vice que les anciens ont su sagement éviter, que de mêler sans règle et sans ordre mille actions diverses et peu concordantes. Pour que l'action soit une, il faut qu'elle forme un tout, que le milieu réponde au commencement et tende à la fin. Les épisodes sont permises, elles amènent une variété désirable et ajoutent même un ornement au poëme; mais, pour ne pas rompre l'unité, elles doivent dépendre de l'action mère, y intéresser et ne point entraver la marche. L'étendue et la durée de l'action sont laissées au bon goût du poëte, qui peut y consacrer l'espace de temps qui lui semble nécessaire pour le développement du fait.

L'action ne peut être grande que si les événements sont grands et les personnages importants. Un fait, même historique, n'est point du domaine de l'épopée, s'il n'intéresse assez une nation pour qu'elle se pénètre de patriotisme et d'enthousiasme en le sant; un héros n'est point épique, s'il agit comme le reste des hommes.

Enfin, l'action sera attachante si elle conduit avec art les faits, si elle gradue les complications, les merveilles jusqu'au dénoûment, de manière à ne tenir jamais en suspens l'esprit du lecteur, à ne le laisser jamais froid et indifférent.

La *forme* d'un poëme épique est particulièrement poétique. L'on ne se sent qu'imparfaitement satisfait de la plus belle épopée, lorsqu'elle est écrite en prose. L'épopée est un récit; mais elle doit donner aux personnages un corps et un visage, aux événements de la force et de la majesté. Le vers lui confère la couleur et le brillant que la grandeur des situations réclame.

On entend par *mœurs* ou *passions* les instincts différents qui entraînent l'homme à agir : elles amènent les variétés des caractères. Tout caractère doit être ressemblant, soutenu et convenable. La ressemblance d'un caractère, c'est sa conformité aux données de l'histoire : un Achille pacifique ne serait pas ressemblant, pas plus qu'un Nestor vif et emporté. Un caractère est soutenu, si, du commencement à la fin, il ne se dément ni dans les paroles ni dans les actes. Enfin le caractère est convenable si le langage et les sentiments ne se trouvent jamais contraires ou malséants au sexe, à l'âge, à la condition du personnage. Le prêtre, le guerrier, la femme, l'esclave, l'homme libre, ont chacun une manière de faire, de dire et de voir qui leur est, en quelque façon, particulière.

Le *merveilleux* est le dernier mot d'une épopée : les poëtes qui ont tenté de n'en pas faire usage semblent plutôt avoir versifié des faits qu'écrit un véritable poëme. Ce puissant ressort donne une juste grandeur aux héros et aux événements : des mortels et des faits, pour lesquels les dieux interviennent, prennent tout d'abord une proportion grandiose, et l'on se sent fier d'être initié à de si hauts mystères. Mais, pour que le merveilleux soit puissant, il faut que le poëte y attache sa foi; s'il est soupçonné d'incrédulité, tout l'effet est manqué, et le reste même en souffre. L'épopée, aussi bien que l'ode, est une œuvre de croyant.

AUTEURS ET MORCEAUX

1re Époque

Orphée. — Nous avons esquissé déjà la biographie d'Orphée, quand nous avons traité de la poésie lyrique; il nous intéresse actuellement comme auteur de l'*Expédition des Argonautes*, s'il faut lui attribuer ce poëme. Il raconte les faits comme témoin oculaire, et adresse ce récit à Musée, son disciple, à qui il légua sa lyre. Nous allons citer le passage de l'*Argonautique* où Orphée raconte l'embarquement des hardis aventuriers.

ARGONAUTIQUE

(228-301)

Or les chefs se réunissaient ainsi en troupe auprès du navire ; et, à mesure qu'ils arrivaient, celui-là d'une contrée, celui-ci d'une autre, ils s'abordaient, s'entretenaient ensemble, et prenaient place à des tables hospitalières. Mais leur joyeuse collation était à peine terminée que déjà les assistants n'exprimaient plus qu'un désir, celui d'entreprendre le grand œuvre. On les vit se lever tous ensemble de l'arène profonde et se diriger vers l'endroit où reposait le navire qui devait les emporter, et dont la vue les frappa tout d'abord de stupeur. C'est alors qu'Argus, suivant les conseils de la sagesse, songea à mettre en mouvement cette masse, au moyen de rouleaux de bois et de câbles fortement tordus qu'il avait attachés à la poupe, et à encourager par des éloges tous les guerriers à lui prêter leur aide. On obéit avec ardeur, on se débarrasse des armes : chacun, s'attachant en forme de chaîne le câble autour de la poitrine, dépense toute sa force pour entraîner jusqu'aux flots rapides Argo, ce navire qui a le don de la parole.

Mais il reste immobile, enseveli dans le sable par son propre poids, attaché à la terre par des algues sèches ; en vain les héros vigoureux redoublent leurs efforts, Argo résiste toujours. Le cœur de Jason s'en émut de tristesse ; son œil me fit un signe dont le sens ne put m'échapper : il me priait de ranimer par mes chants le courage et les forces de ces hommes épuisés ; et moi, tendant les cordes de ma lyre, je choisis la délicieuse mélodie que je tenais de ma mère, et je fis entendre ces accents harmonieux :

« Sang illustre de la race des héros myniens! allons, courage! manœuvrez avec ensemble ; en appuyant les cordes sur vos robustes poitrines, imprimez fortement vos pieds sur la terre, forcez à se tendre les muscles de vos pieds, et entraînez joyeusement la nef jusqu'aux flots superbes.

« Et toi, navire Argo, dont la charpente est formée de sapins et de chênes, reconnais ma voix ; car tu l'as entendue déjà, quand j'agitais les arbres sur les sommets boisés, quand je charmais les pierres que le soleil seul avait touchées, quand tu descendis à ma suite du haut des monts jusqu'à la mer. Suis-moi encore sur la route de la mer Parthénienne ; fidèle à ma lyre, fidèle aux divins accents de ma voix, atteins avec moi les rives du Phase. »

Alors le hêtre coupé sur le Tamarus par Argus, d'après l'ordre de Pallas, pour en former la carène de son vaisseau noir, répond à mes chants par un frémissement : bientôt il se soulève ; il disperse sur son passage les chevilles nombreuses dressées en ligne pour le contenir ; il pénètre au milieu du port ; et les ondes, abaissées dans leur fierté, reculent devant lui. Sur les deux rives le sable mugit sous les flots, et le cœur de Jason bondit de joie. Argus se précipite dans le vaisseau, et Cyphis s'y jette derrière lui. Puis l'on y dépose les agrès préparés, le mât et les voiles ; on attache le gouvernail à la poupe, où il est retenu par de fortes courroies. Les rameurs étendent de part et d'autre les avirons ; les Myniens sont invités à se transporter tous sur le vaisseau, et le fils d'Éson leur adresse rapidement ces paroles :

« Vaillants princes, écoutez-moi ; la pensée ne m'est pas venue de donner des ordres à des gens qui valent mieux que moi. C'est à vous de désigner pour chef de l'entreprise celui qui sera le plus selon votre cœur : qu'il ait mission d'ordonner toutes choses, de régler ce qui doit être dit, ce qui doit être fait, de nous guider à travers les flots et de nous conduire, soit en

Colchide, soit chez un autre peuple. Certes, je vois autour de moi grand nombre de courageux héros tout fiers de leur origine divine, et tous nous aspirons à remporter le prix glorieux de nos nobles efforts; mais parmi nous je ne vois aucun prince meilleur et plus valeureux que le magnanime Hercule, et j'ai la conviction que vous pensez comme moi. »

Il dit, et tous applaudissent à ce choix; la foule des guerriers frémit d'enthousiasme. Ils crient qu'Alcide doit commander aux Myniens, parce qu'il est supérieur à tous les héros qui l'accompagnent. Mais le sage héros ne veut pas accéder à ce désir : il sait bien que, dans les conseils de Junon, l'honneur est destiné au fils d'Eson, que la gloire doit lui en appartenir jusque dans la postérité la plus éloignée.

Ainsi se prononça Hercule, en désignant Jason pour diriger les cinquante rameurs d'Argo sur la terre et sur la mer. Tous se conformèrent à cette décision, et l'autorité souveraine fut remise aux mains de Jason.

MUSÉE. — Ce poëte, qui a été cité parmi les lyriques, mérite encore une mention dans le genre épique pour une épopée dont nous n'avons malheureusement conservé que le titre : *la Guerre des Titans.*

2e Époque

HOMÈRE. — L'histoire ne nous révèle rien de la vie d'Homère : la date de sa naissance est incertaine, et l'on doit, selon toutes les probabilités, la placer environ deux cents ans après la guerre de Troie. Sa patrie n'est pas mieux connue, mais tout semble indiquer qu'il appartient à l'harmonieuse Ionie; et, parmi les prétentions des sept villes qui se le sont disputé, Athènes, Argos, Chios, Colophon, Ios, Salamine et Smyrne, la plus fondée semble être celle de Chios, que Simonide désigne, et où des honneurs particuliers étaient rendus à sa mémoire. La légende fabuleuse en fait un voyageur, pauvre et aveugle, gagnant le pain de l'hospitalité en chantant quelques vers de ses poëmes.

Les deux œuvres immortelles d'Homère sont l'*Iliade* et l'*Odyssée*. L'*Iliade* est l'œuvre favorite du poëte, son travail de jeunesse et de vigueur; l'*Odyssée* est le fruit de sa vieillesse aimable et conteuse. Longin comparait l'auteur de l'*Iliade* au soleil levant, et l'auteur de l'*Odyssée* au soleil couchant. Du temps de Lycurgue, ces poëmes étaient connus dans toute la Grèce; mais c'est à Solon et à Pisistrate que nous sommes redevables des premières copies véritablement correctes. Le sujet de l'*Iliade* est le récit de la lutte des Grecs et des Troyens devant la ville même d'Ilion; celui de l'*Odyssée* est le récit des courses vagabondes d'Ulysse, contrarié dans son retour par des divinités ennemies. La division de ces deux œuvres en vingt-quatre chants, portant chacun une des lettres de l'alphabet grec et un titre particulier, est l'œuvre des grammairiens, et en particulier d'Aristarque d'Alexandrie.

On ne saurait mieux faire que de reproduire l'admirable critique du savant M. A. Pierron sur le génie du grand poëte dont J. Chénier a dit :

Trois mille ans ont passé sur la cendre d'Homère,
Et depuis trois mille ans, Homère respecté
Est jeune encor de gloire et d'immortalité.

« Ce qui est plus admirable encore que d'avoir conçu une fable intéressante et suivie, et d'avoir monté, comme on dit quelquefois, une grande machine, c'est la création de tout ce monde de dieux et de héros qui vivent et qui se meuvent dans le poëme. Non pas, certes, qu'Homère ait fait tout de rien; ses dieux, il les a trouvés dans la croyance populaire ; ses héros, dans les légendes de la Grèce. Mais à des indications vagues il a substitué des types; mais de simples noms sont devenus, grâce à son génie, des réalités immortelles. Tout s'est transformé, tout s'est agrandi, tout s'est animé sous sa main puissante. A des éléments confus, disparates, incohérents, legs des anciens âges, il a imprimé l'ordre et l'unité ; il les a revêtus de la beauté, de la vie, d'une impérissable durée. Voilà comment le Jupiter de l'*Iliade* est le Jupiter d'Homère ; voilà comment Homère a le droit de revendiquer comme siens et cet incomparable Achille, et Hector, et Ajax, et Andromaque, et Hélène, et tant d'autres héros et héroïnes, que nous ne saurions pas même représenter sous d'autres traits que ceux qu'Homère leur a donnés.

« Que dirai-je d'Homère peintre de l'homme, d'Homère saisissant au vif nos sentiments, nos pensées, d'Homère maitre dans la science des choses de la vie humaine? Les anciens ont cru que quelque divinité lui avait révélé ces mystères. Aussi n'ont-ils pas très-bien accueilli la sévère et impitoyable critique à laquelle Platon soumet ce qu'il nomme la morale de l'*Iliade* et de l'*Odyssée*. Le poëte qui avait si bien fait parler les douleurs et les joies, qui avait jeté sur le monde un coup d'œil si profond, et développé d'une main si sûre les replis du cœur humain, conserva pendant des siècles, en dépit de la philosophie dogmatique, le renom de moraliste par excellence, que lui avait décerné l'admiration naïve des vieux âges. Mille ans après Homère, Horace écrivait encore à son ami Lollius « J'ai relu à Préneste le poëte de la guerre de « Troie, qui a dit plus complétement et mieux que Chrysippe et « Crantor ce qui est beau ou honteux, ce qui est utile ou ne l'est « pas. » Et il développe sa thèse en faisant ressortir le sens moral de quelques-unes des principales inventions du poëte. Bien longtemps après Homère, et en plein christianisme, on reconnaissait encore dans cette poésie le même mérite qu'y avait relevé le satirique latin. Les écoles en retentissaient, et saint Basile lui-

même n'hésitait pas à écrire ces lignes caractéristiques : « La poé-
« sie, chez Homère, comme je l'ai entendu dire à un homme ha-
« bile à saisir le sens d'un poëte, est un perpétuel éloge de la
« vertu ; et c'est là le but principal qu'il se propose. Cela est
« visible, surtout dans le passage où Homère a représenté le
« chef des Céphalléniens ; échappé nu au naufrage, il ne fait
« que paraitre et il frappe de respect la fille du roi (Nausicaa,
« fille d'Alcinoüs), bien loin d'éprouver aucune confusion. C'est
« que le poëte l'avait représenté orné de vertu en place de vête-
« ments. Puis après, les autres Phéaciens le tiennent en telle es-
« time, que, méprisant la mollesse où ils vivaient tous, ils ont
« les yeux fixés sur lui, tous lui portent envie, et il n'y a pas un
« Phéacien, en cet instant, qui fasse d'autre souhait que de deve-
« nir Ulysse, Ulysse échappé à un naufrage, et arrivé nu sur
« le rivage. »

. . . .

« Les rhéteurs étaient bien mieux fondés encore que les moralistes à chercher dans Homère des exemples et des préceptes. Les
héros d'Homère en remontreraient, suivant Quintilien même, aux
plus consommés orateurs sur tout ce qui fait la puissance, la force
irrésistible d'un discours. C'est qu'en effet la rhétorique de la nature vaut pour le moins celle des rhéteurs. Dès qu'un homme dit
ce qu'il doit, rien ne manque à son éloquence : l'art ne franchit
pas ces colonnes d'Hercule, et Homère y a touché du premier bond.
Essayez, par exemple, de découvrir, dans le discours de Priam à
Achille, aucune faute contre ces règles dont les rhéteurs, depuis
Gorgias, font si ridiculement tant de bruit.

« Dans l'*Iliade* et dans l'*Odyssée*, l'œuvre est égale à la conception, le réel à l'idéal, et l'on sent que le poëte, comme Dieu après
la création, n'a pas été mécontent de ce qui était sorti de ses mains.
Chacun des deux poëmes est une sorte de petit monde, un ensemble
harmonieux, où se sont fondus, dans je ne sais quelle mystérieuse
unité, pensées, sentiments, images, expressions, tout enfin, jusqu'à
l'accent des syllabes, jusqu'au son des mots. Le poëte est roi dans
cet univers ; rien n'y est rétif à sa volonté. La langue poétique est
une matière qui se prête, sans nul effort, à tous les besoins de sa
pensée, à tous les caprices même de son imagination. Il a créé à
l'infini les formes exquises, en vertu d'un goût infaillible que ne
gênent ni la tyrannie souvent absurde de l'usage, ni les prescrip-
tions mesquines des grammairiens. Les mots ondoient, pour ainsi
dire, sous le rhythme qui les presse sans les enchainer. On les voit
s'allonger ou se raccourcir, au gré de la cadence, sans rien perdre
jamais ni de leur merveilleuse clarté, ni de leur énergie expres-
sive. Sa phrase a la limpidité des flots, comme elle en a la fluidité.

Elle est courte d'ordinaire et bornée à deux ou trois vers : les longues périodes ne se rencontrent guère que dans les comparaisons où l'unité de pensée produit naturellement l'unité de phrase, malgré la variété des détails poétiques ; et aussi dans les discours, où le souffle de la passion entraine et soutient le personnage qui parle, sans lui permettre les pauses répétées de la diction commune. Nulle part on ne sent ces artifices que les rhéteurs enseignent comme les secrets du beau style. Les termes se placent d'eux-mêmes, simplement, uniformément, et dans leurs rapports naturels rien ne vise à l'effet ; rien n'est sacrifié en vue de ces surprises qu'aiment les esprits blasés. Le poëte ne se fait faute ni de reproduire les mêmes tournures, ni de répéter les mêmes mots, quand l'idée le commande ; que dis-je ? des vers entiers, de longues tirades même. Il ne court point après la variété factice, et il ne craint ni l'ennui, ni la satiété du lecteur ; naïveté qui n'est qu'un charme de plus, et que le goût dédaigneux de quelques-uns n'a point assez prisée... Homère est la franchise, la facilité, la clarté suprêmes.

« Il n'y a pas, dans toute la littérature grecque, un poëte dont la lecture exige moins d'effort. Si vous possédez à fond un chant, un seul chant de l'*Iliade* ou de l'*Odyssée*, vous avez la clef d'Homère, vous êtes en mesure pour pénétrer partout dans les deux poëmes. »

QUERELLE DE JUPITER ET DE JUNON
Iliade, chant I (500-604).

Thétis vint donc s'asseoir devant Jupiter ; de sa main gauche elle le prit par les genoux, et de sa main droite, lui caressant le menton, elle fit cette prière au fils de Saturne : « O Jupiter ! ô mon père ! si jamais je t'ai pu rendre quelque service, soit en action, soit en parole, exauce le vœu que je t'adresse ; par égard pour moi, accorde ton intérêt à mon fils dont la vie sera si courte. Agamemnon, le chef des guerriers, vient de lui faire une sanglante insulte, en lui enlevant lui-même la récompense qu'il avait obtenue. O sage roi de l'Olympe, ô Jupiter ! donne-lui satisfaction ; rends les Troyens victorieux jusqu'à ce que les Grecs aient vengé mon fils, en le comblant d'honneurs. »

Tel fut le discours de Thétis. Et Jupiter, le dieu qui amoncelle les nuages, demeura longtemps immobile sans lui répondre. Mais Thétis ne se décourageait pas ; elle tenait toujours les genoux de Jupiter embrassés, et elle reprit en ces termes : « Je t'en conjure, donne-moi une assurance sincère ; fais un simple signe de consentement, ou dis-moi que tu me refuses. Tu es au-dessus de la crainte. Mais parle donc ; que je comprenne enfin avec certitude à quel point Thétis est méprisée par les immortels. »

Alors Jupiter, le dieu qui amoncelle les nuages, poussa un profond soupir et lui dit : « Oh ! tu me prépares de terribles ennuis, en me sollicitant à irriter Junon, en m'exposant ainsi, à mon tour, à ses injurieuses paroles ! N'avait-elle pas assez de sujets de plaintes contre moi, sans celui-ci ? Elle ne m'a que trop querellé déjà, lorsque, en présence des dieux, elle m'a reproché de prendre, dans cette guerre, le parti des Troyens. Va, éloigne-toi bien vite, et prends garde qu'elle ne te rencontre. Pour moi, je songerai à régler ce

débat; et, vois-tu, je vais toujours t'accorder un signe de la tête, pour te
tranquilliser. Car, tu ne l'ignores pas, c'est la plus haute preuve de ma volonté chez les dieux! Toute promesse est absolue et irrévocable, toute promesse s'accomplit, du moment que je l'ai appuyée d'un signe de tête.» Voilà
ce que dit le fils de Saturne, et il fit le signe, en contractant ses noirs sourcils; en même temps s'agita la chevelure parfumée d'ambroisie qui couronne
sa tête immortelle, et le grand Olympe en fut tout ébranlé. Les deux divinités, ainsi mises d'accord, se séparèrent. Thétis se précipita du brillant
Olympe dans les flots profonds de la mer, et Jupiter se retira dans sa demeure. A ce moment, et dès qu'ils eurent aperçu leur père, les dieux quittèrent leurs siéges; aucun d'eux n'osa rester assis à son entrée, et tous
ensemble se tinrent debout en sa présence : il prit place sur son trône. C'est
alors que Junon, qui avait surpris son secret, et qui avait bien compris que
Thétis aux pieds d'argent, la fille du vieux marin Nérée, s'était entendue avec
Jupiter, adressa au fils de Saturne ces paroles amères :

« Esprit dissimulé! quel dieu s'est encore mêlé de comploter avec toi; tu
te plais sans cesse à former et à exécuter à mon insu des projets mystérieux ;
jamais ton cœur ne te porte à me dire un mot des desseins que tu as conçus!»

Le père des dieux et des hommes lui répondit : «Junon, n'espère pas
pénétrer toutes mes résolutions ; car, bien que tu sois l'épouse de Jupiter,
l'entreprise serait trop difficile pour toi. Cependant, s'il est un secret que je
crois bon de t'apprendre, sois persuadée que nul dieu, nul mortel n'en aura
connaissance avant toi. Mais, si je conçois un dessein que je veuille laisser
ignorer aux dieux, ne me questionne pas, et ne cherche à faire aucune découverte. »

«Cruel fils de Saturne! reprit l'auguste Junon aux grands yeux, quel est ce
langage? Je me défends de t'avoir jamais questionné ou d'avoir cherché à
sonder ta pensée; je te laisse, en effet, très-paisiblement résoudre toutes
choses selon ta volonté. Mais aujourd'hui je crains fort que tu ne te sois
laissé séduire par Thétis aux pieds d'argent, la fille du vieux marin Nérée.
Ce matin elle est venue s'asseoir près de toi, elle a embrassé tes genoux, et
je jurerais que tu lui as fait le signe de tête irrévocable, pour lui promettre qu'Achille serait vengé, et que tu accumulerais les victimes sur les
vaisseaux des Grecs.»

Or Jupiter qui amoncelle les nuages lui répondit : « Malheureuse! voilà
comme tu soupçonnes sans cesse, comme tu t'exerces à me deviner! Néanmoins tu n'atteindras pas ton but; tu ne réussiras qu'à t'éloigner de mon
cœur; et certes, de toutes tes afflictions, celle-ci sera la plus grande. Au
reste, tes conjectures fussent-elles fondées, la seule conséquence que tu pourrais tirer, c'est qu'il me convenait d'en agir ainsi. Assieds-toi, et garde le
silence; crains surtout de ne trouver aucun secours parmi tous les dieux qui
habitent l'Olympe, si je venais à porter sur toi mes mains irrésistibles.»

A ces mots, l'auguste Junon aux grands yeux, glacée d'effroi, alla s'asseoir,
sans oser proférer une parole. Les dieux célestes qui se trouvaient dans le
palais compatirent à sa peine; mais Vulcain seul, le grand artiste, osa défendre et consoler Junon aux bras blancs, sa mère chérie.

« Certes, s'écria-t-il, ce sera un bien fâcheux spectacle et une situation intolérable, si, pour les affaires des mortels, vous vous querellez et semez ainsi
le désordre parmi les dieux! Il n'y aura plus le moindre plaisir à prendre
dans un bon festin, lorsque le chagrin s'y installera en maître. Pour moi,
toute sage qu'est ma mère, je lui conseille d'adresser quelques douces paroles
à Jupiter, mon père chéri, pour qu'il cesse de lui parler sévèrement, et de
troubler nos festins. Le maître de l'Olympe pourrait certainement, s'il le
voulait, nous renverser de nos siéges, car entre tous les dieux il est le
plus puissant. Mais dis-lui seulement quelques bonnes paroles, et bientôt le

visage du souverain de l'Olympe nous sourira. » En achevant ces mots, Vulcain s'élance, place entre les doigts de sa mère bien-aimée une coupe à double fond, puis il ajoute :

« Allons, bon courage, ma mère; prends en patience ton chagrin, quelque cruel qu'il paraisse; que je n'aie pas la douleur de te voir frapper sous mes yeux, toi que j'aime tendrement; car, si malheureux que j'en fusse, je ne pourrais arrêter son bras. Le roi de l'Olympe est bien terrible quand on prétend lutter contre lui. Je ne le sais que trop, moi, qu'il saisit une fois par les pieds, et précipita de la porte des cieux, pour avoir voulu accourir à ton aide. Ma chute dura tout un jour; et enfin, à l'heure où se couche le soleil, je tombai dans l'île de Lemnos; mais, lorsque je fus recueilli par les Sintiens, qui avaient été témoins de ma chute, il ne me restait plus qu'un léger souffle de vie. » Ainsi s'exprima Vulcain; la déesse aux bras blancs se mit à sourire, et, en souriant, elle prit la coupe des mains de son fils. Et lui, puisant au cratère le délicieux nectar, il allait à la ronde versant à tous les dieux. A l'aspect du boiteux Vulcain faisant fonctions d'échanson dans l'Olympe, les immortels bienheureux ne purent se contenir, et un rire inextinguible s'empara de la céleste assemblée. Ils restèrent à table jusqu'au coucher du soleil, enchantés d'avoir tous été également bien traités, et charmés des accords de la lyre ravissante que tenait Apollon, mariés aux délicieux accents des Muses.

ULYSSE ET THERSITE

Iliade, chant II (185-268).

Ulysse s'en vint trouver Agamemnon, le fils d'Atrée, et il reçut de lui le sceptre de ses pères, qui ne se flétrira jamais; et, ce sceptre à la main, il s'en allait parcourant les vaisseaux des Grecs cuirassés d'airain. S'il rencontrait un roi, un guerrier distingué, il s'arrêtait et savait le retenir par de sages réflexions.

« Cher ami, lui disait-il, ce n'est pas à toi qu'il convient de trembler comme un lâche; reste assis, et fais asseoir tes hommes. Tu ne peux pas connaître encore les intentions du fils d'Atrée; c'est une épreuve qu'il réserve aux Grecs, et il ne tardera pas à les punir. Et puis, nous n'avons pas tous été admis à entendre les communications qu'il a faites au conseil. Qui sait si, dans sa colère, il ne va pas châtier le peuple grec? Tu n'ignores pas combien est à redouter la colère d'un roi, nourrisson de Jupiter. Aussi quelles marques d'honneur ne doit-il pas à ce sage Jupiter, qui lui témoigne son amour. »

Trouvait-il quelque homme du peuple, poussant des cris, il le frappait de son sceptre, et lui adressait ces reproches : « Allons, misérable ! tiens-toi en repos, écoute parler ceux qui valent mieux que toi, homme sans force et sans cœur, dont on ne fait pas plus de cas dans le conseil que dans le combat. Assurément il n'est pas possible qu'il y ait ici autant de rois que de Grecs, et il n'est pas bon d'avoir plusieurs chefs. Qu'il n'y ait donc qu'une tête, qu'un roi, celui à qui le fils du rusé Saturne a donné, avec le sceptre, le pouvoir de régner sur nous ! »

Ulysse parcourant ainsi les rangs de l'armée avec autorité, tous quittaient à grand bruit leurs tentes et leurs vaisseaux pour retourner à l'assemblée; on eût cru entendre le frémissement des flots brisés sur le rivage et les sourds gémissements de la mer. Chacun reprenait donc sa place, et demeurait à son banc; mais un bavard intarissable, Thersite, continuait à crier comme un geai. Son esprit lui fournissait sans cesse des discours insolents contre les rois, et des quolibets pour faire rire les Grecs. Or, de tous les combattants qui étaient venus assiéger Ilion, celui-ci était, sans contredit, le plus difforme : il louchait et boitait; ses deux épaules, escarpées, se recourbaient sur sa poitrine, et sa tête, terminée en pointe, était plantée de quelques rares cheveux. Enfin cet horrible personnage avait su particulièrement se rendre odieux à Achille et à Ulysse par les insultes dont il se plaisait à les accabler. En ce moment même, et en dépit de la haine et de l'indignation dont il était l'objet de la part des Grecs, sa voix glapissante vomissait contre Agamemnon ces injurieux reproches :

« Atride, quel acte nouveau as-tu donc à blâmer? quelle demande nouvelle à former? Tes tentes ne sont - elles pas remplies d'airain et garnies de captifs de choix, que nous t'offrons quand nous avons eu, nous autres, la peine de prendre une ville? Voyons! est-ce de l'or qu'il te faut? Désires-tu que moi, ou tout autre Grec, nous te procurions la rançon de quelques Troyens, dompteurs de coursiers, que son père voudrait racheter? Sous le prétexte qu'il est le chef de l'armée, il n'est pas juste qu'il fasse ainsi le malheur des Grecs. Lâches et misérables que vous êtes! femmes plutôt que soldats! Partons! retournons dans notre pays avec nos vaisseaux. Laissons - le ici, devant sa ville de Troie, jouir de son butin; il comprendra bientôt si nous lui sommes ou non bons à quelque chose, cet homme qui vient encore d'outrager Achille, — un guerrier bien supérieur à lui, — en lui enlevant et en lui retenant sa récompense. N'était qu'Achille fût bien faible et difficile à émouvoir, tu l'aurais, Atride, insulté aujourd'hui pour la dernière fois. »

Il se disposait à poursuivre ces invectives contre Agamemnon, le pasteur des peuples, quand le divin Ulysse, s'approchant de cet insolent provocateur et lançant sur lui un terrible regard, l'arrêta par ces sévères représentations : « Thersite, éternel parleur, si harmonieuse qu'est ta langue, retiens-la, et ne t'élève pas seul ainsi contre les rois. Je déclare, moi, que, de tous ceux qui suivirent à Troie les Atrides, tu es certainement le plus misérable. Cesse donc d'avoir toujours à la bouche le nom sacré des rois; cesse de les outrager, et ne prends pas tant de souci au sujet de notre départ! En attendant que nous soyons de retour, tu te contentes de rester là, assis, outrageant l'Atride Agamemnon, le pasteur des peuples, et tu prétends jeter sur lui le ridicule, parce que les héros de la Grèce le comblent de biens. Mais écoute-moi, attendu que ce que je vais t'annoncer aura son accomplissement : Que je te surprenne, répétant encore tes impertinents propos, et je consens à n'avoir plus sur mes épaules la tête d'Ulysse, à ne plus être appelé le père de Télémaque, si je ne te prends, si je ne te dépouille et de ta tunique, et de ta robe, et de tous tes vêtements, et si je ne te renvoie tout pleurant sur nos rapides vaisseaux, chassé de nos assemblées et rudement battu. »

Il dit, et il le frappa de son sceptre sur le dos et sur les deux épaules; Thersite se courba et versa des larmes abondantes; car, sous le sceptre d'or, son dos portait une large et sanglante tumeur. Alors il s'assit et il trembla.

ANDROMAQUE ET HECTOR

Iliade, chant VI (407-496).

« O mon ami ! ta valeur te perdra; tu ne prends point compassion de ce pauvre enfant, et de ta malheureuse épouse, qui bientôt sera veuve; car les Grecs se précipiteront tous sur toi et t'arracheront la vie. Oh! si je dois cesser de te voir, que ne m'est-il donné d'être la première enfouie dans la terre; si tu succombes, toute consolation me sera ravie; je vivrai seule avec ma douleur. J'ai déjà perdu ma vénérable mère! mon père n'est plus! tu t'en souviens, il a péri sous les coups du divin Achille... Et mes frères, qui habitaient avec moi dans le palais, tous les sept, en un seul jour, ils sont descendus dans les enfers... Enfin, Hector, tu es devenu pour moi tout à la fois, avec le titre qui m'est le plus cher, et mon père, et ma vénérable mère, et mes frères : tu es mon époux bien-aimé. Aie donc aujourd'hui en pitié le sort d'Andromaque ; reste dans cette tour, si tu ne veux pas faire de ton épouse une veuve, et de ton fils un orphelin. Retiens l'armée près du figuier sauvage, du côté où la ville présente le plus d'accès, à l'endroit où le mur peut être escaladé. Je ne t'apprendrai pas que trois fois déjà l'assaut a été tenté par les plus vaillants, les deux Ajax, l'illustre Idoménée, les Atrides, et le fils belliqueux de Tydée. Je ne sais si quelque devin les a instruits de la volonté des dieux, ou si leur courage les a seul guidés dans cette audacieuse entreprise.

— Chère épouse, lui répondit le magnanime Hector, à l'aigrette flottante, ces pensées qui t'agitent ne me trouvent pas indifférent ; mais mon âme, ne fût-elle plus sensible aux charmes qu'elle trouvait autrefois dans les périls de la guerre, je ne pourrais, sans me couvrir de honte aux yeux des Troyens et des Troyennes aux longues tuniques, m'éloigner de l'armée à cette heure suprême. J'ai toujours appris à me montrer vaillant, à combattre au premier rang des Troyens et à porter haut la gloire de mon père et la mienne : je ne faillirai pas. Et cependant, mon esprit le comprend et mon cœur le pressent : un jour viendra, qui verra tomber la ville sacrée d'Ilion, et Priam, et le peuple du belliqueux Priam. Mais ce qui me cause le plus de tourments pour l'avenir, ce n'est pas tant encore l'affliction des Troyens, celle même d'Hécube et du roi Priam, celle de mes frères roulés dans la poussière, malgré leurs courageux efforts, par de cruels ennemis, que ton propre malheur, Andromaque, lorsque, sans égard pour tes larmes, un Grec couvert d'airain t'entraînera captive. Alors, dans Argos, tu seras réduite à tisser la toile sous les ordres d'une femme dont tu deviendras l'esclave ; tu seras condamnée à porter l'eau des fontaines de Messéis et d'Hypérée, car la destinée sera plus forte que toi. Un jour, en apercevant Andromaque en pleurs, on dira : « Voilà « donc l'épouse d'Hector, du héros qui se montrait toujours à la tête des « guerriers troyens, de ces guerriers qui domptaient les coursiers, quand nous « combattions autour d'Ilion. » Et si ces paroles frappent ton oreille, quelles douleurs nouvelles, quels nouveaux chagrins ne ressentiras-tu pas en pensant que tu ne peux plus compter sur Hector pour te délivrer de la captivité. Ah ! que du moins la pierre du tombeau recouvre mon corps avant que j'entende tes cris, ou que je te voie arrachée par nos ennemis ! »

Le brillant Hector ayant ainsi parlé, tendit la main à son fils. Mais l'enfant, effrayé par l'éclatant aspect du casque et par la terrible aigrette de crin qui s'agite au-dessus de la tête de son père, se détourne et se renverse en criant sur le sein de sa nourrice : ce mouvement d'effroi fait sourire son tendre père et son tendre auguste mère. Aussitôt Hector saisit ce casque effrayant et le dépose à terre : il embrasse l'enfant, le balance sur ses mains, et, invoquant Jupiter et les autres dieux, il leur adresse cette prière : « Jupiter, et vous, dieux ! faites que mon fils devienne un jour, comme son père, illustre entre les Troyens ; qu'il soit un guerrier accompli, qu'il règne avec puissance sur le trône d'Ilion ! Qu'on dise, en le voyant revenir du combat : Ce héros est encore plus grand que son père ! Oui, qu'il rentre dans nos murs, chargé des dépouilles d'un ennemi immolé par sa main, et que le cœur de sa mère en soit réjoui ! »

Il dit, et remet son fils entre les mains de sa tendre épouse ; et celle-ci le presse contre son sein en souriant avec des larmes dans les yeux. Hector se sent ému, il la caresse de la main, et ajoute encore ces mots : « Chère Andromaque, ne te laisse pas vaincre ainsi par la douleur : nul homme ne précipitera le cours de mes jours avant le terme fatal, et certes jamais mortel, depuis l'heure de sa naissance, n'a pu échapper à son sort, qu'il fût lâche ou brave. Regagne donc avec confiance le palais, reprends, avec tes travaux habituels, ta quenouille et la toile, et ordonne à tes servantes de remplir leurs

tâches. Quant à nous, défenseurs d'Ilion, et moi le premier, nous allons
donner nos soins à la guerre. »

UN EXPLOIT D'HECTOR

Iliade, chant XII (440-471) [1].

Enfin Jupiter va couronner la gloire d'Hector et la tête des siens ; ce héros
vole à la fatale muraille : « Accourez, s'écrie-t-il, ô généreux Troyens ! esca-
ladez ce rempart ; embrasez ces vaisseaux. » Il dit ; tous se précipitent à sa
voix ; tous, la pique à la main, ils s'élancent sur les créneaux.

Non loin de là était un vaste rocher, qu'aujourd'hui les deux plus robustes
mortels, à l'aide de leviers, élèveraient avec peine sur un char. Le héros le
saisit seul et sans effort. Telle, et moins légère encore, est à la main d'un
berger la dépouille d'une brebis. Pour soulever cette lourde masse, Jupiter
lui a prêté le secours d'un invincible bras. Il marche à la porte : des ais étroi-
tement unis en défendent l'entrée ; les deux battants, fixés sur des gonds
d'airain, sont, par une serrure, l'un à l'autre enchaînés ; deux poutres mobiles les contiennent et les arrêtent. Hector approche, s'assure sur ses jambes,
et au milieu de la porte lance le bloc meurtrier. Soudain les ais mugissent,
les gonds sont brisés, les poutres s'écartent, les deux battants fuient, et le
rocher va rouler dans le camp.

Le héros vole après le rocher ; telle une nuit funeste vient, d'une ombre
soudaine, obscurcir la nature. Des éclairs jaillissent de l'acier qui le couvre ;
deux javelots étincellent dans sa main ; la flamme pétille dans ses yeux. Un
dieu craindrait d'affronter ses regards, et ne pourrait arrêter son essor. Il se
retourne vers ses guerriers ; il les appelle ; tous volent sur ses traces. Déjà ils
ont franchi la muraille ; déjà les portes sont brisées ; partout on entend les
cris du désespoir et de la mort.

PRIAM ET ACHILLE

Iliade, chant XXIV (469-518).

Priam descendit de son char, et, après avoir confié à la garde d'Idée ses
chevaux et ses mulets, il se dirigea vers la tente d'Achille. Celui-ci s'y trouvait assis en ce moment, et à quelques pas de lui se tenait un cercle de guerriers, dont l'attitude était toute respectueuse. Entre tous ces guerriers, on
distinguait deux rejetons de Mars, Alcinus et Automédon, tous deux spécia-
lement attachés au service du héros. Achille venait d'achever son repas, et
la table était encore dressée devant lui. C'est dans ces circonstances, et sans
que personne se fût aperçu de son arrivée, que le vénérable Priam entra sous
la tente, et qu'aussitôt, s'approchant d'Achille, il embrassa ses genoux et
baisa les mains terribles, les mains homicides qui ont donné la mort à ses
fils. Alors, de même qu'un étranger, victime d'une impitoyable destinée,
après s'être souillé dans sa patrie d'un meurtre involontaire, est venu chercher refuge en la demeure d'un puissant mortel, et jette, par son arrivée, la
stupeur dans l'âme de tous ceux qui le voient ; de même, à l'entrée soudaine
de ce vieillard comparable à un dieu, Achille éprouva la plus vive émotion
de surprise, et les guerriers de sa suite, interdits, se regardèrent les uns les
autres. Priam adressa au héros ces paroles suppliantes :

« Achille, semblable aux dieux, souviens-toi de ton père, dont l'âge se
rapproche du mien, et touche de fort près le seuil fatal de la vieillesse ! Qui
sait si ses voisins ne troublent pas sa vie, s'ils n'assiégent pas son palais ? car

(1) Traduction par le prince Le Brun.

il n'a auprès de lui personne pour le défendre contre l'outrage, contre la
guerre... Mais que dis-je? il reçoit au moins des nouvelles de son fils, et cette
assurance fait battre son cœur encore de joie; chaque jour, il conserve l'espoir de le revoir et de presser sur son sein cet enfant, revenu triomphant
des murs de Troie. Mais moi, ô funeste sort! j'avais des fils braves, l'honneur de ma patrie; ils ne sont plus! J'en comptais cinquante, quand les
Grecs descendirent sur nos rivages; mais, hélas! le cruel Mars les a précipités dans le sombre empire des morts! Pourtant il m'en restait un : c'était
mon appui, c'était le rempart de la ville : il a succombé sous tes coups, cet
Hector infortuné, en combattant pour le salut de son pays. C'est pour lui,
c'est pour racheter sa dépouille mortelle que je me suis rapproché des vaisseaux des Grecs, apportant avec moi une riche rançon. Achille! respecte les
dieux, et prends pitié d'un vieillard, en pensant à ton propre père. Combien
je suis plus à plaindre que lui, puisque, ô comble d'infortune! ô suprême
sacrifice qu'avant moi ne connut aucun mortel!... j'ai approché de ma
bouche la main de l'homme qui a tué mes enfants!... » Le vieillard cessa de
parler; mais déjà, au souvenir de son père chéri, Achille avait senti sa poitrine se soulever, des larmes inondaient son visage, et sous l'empire de cette
émotion profonde, il saisissait la main de Priam et l'éloignait avec douceur.
Tous deux alors donnèrent cours à leurs larmes : l'un pleurait son fils, prosterné aux genoux de son vainqueur; l'autre, en songeant à son père et à
Patrocle, ne pouvait plus retenir ses sanglots : la tente était remplie de leurs
gémissements.

Après ces premiers épanchements, et lorsque Achille se fut enfin rendu
maître et de son cœur et de ses sens, il tendit la main au vieillard, et, plein
de respect pour sa tête blanche et sa barbe blanche, il le releva avec douceur.

MINERVE ET TÉLÉMAQUE

Odyssée, chant I (230-324).

Le sage Télémaque répondit à Minerve (cachée sous les traits de Mentès) :
« O mon hôte! je vais satisfaire à tes questions, et m'efforcer de justifier
l'intérêt que tu m'accordes.

« Sans doute ce palais présentait autrefois le caractère de la décence et de
la grandeur, quand le prince l'habitait avec son peuple; mais tout a changé
d'aspect depuis que les dieux . dans leur colère, ont permis qu'Ulysse restât
le plus ignoré d'entre les mortels. Et je ne déplorerais pas ainsi, même son
trépas, s'il eût péri glorieusement au milieu de ses compagnons, ou s'il se
fût éteint entre les bras de ses amis, après le succès de la guerre! Au moins
les Grecs se fussent réunis pour ériger un tombeau à sa mémoire, et lui-
même, par ses exploits, eût élevé à son fils un monument de gloire impérissable. Mais non! il a fini ses jours misérablement; les Harpies l'ont déchiré
sur quelque rivage inconnu; il est mort sans témoins, sans éclat, laissant à
moi seul la douleur et les larmes. Telles sont contre moi les rigueurs du
sort, et encore n'est-ce là que le prélude d'autres affreux malheurs. J'éprouve
malgré moi un sentiment de tristesse, lorsque je me reporte par la pensée
vers le lieu de ma naissance; car, je ne l'ignore pas, les princes qui règnent
sur nos îles, à Dulichium, à Samos, à Zacynthe aux riches forêts, les jeunes
hommes qui brillent dans notre âpre Ithaque, recherchent la main de ma
mère, et mettent au pillage les biens de son fils. Je me la représente surtout
livrée sans défense à leurs détestables obsessions, et résistant avec courage à
leurs coupables insistances. Je vois enfin ces hommes au moment d'accomplir la destruction de l'héritage de mon père, et ma propre perte. — Dieux
secourables! s'écria Minerve, profondément touchée par le récit de ces infor-

tunes. Quels regrets ne dois-tu pas éprouver en te voyant ainsi privé de l'appui de ton père, dans ces graves circonstances! Que n'est-il ici! son bras aurait bientôt fait justice de l'insolence de ces rivaux! Que ne se présente-t-il en ce moment? que n'apparaît-il sur ce seuil, couvert de son casque et de son bouclier, armé de deux javelots, tel que je le vis pour la première fois, lorsque, revenant d'Éphyre (de chez Ilus, le fils de Mermerus), il s'arrêta dans notre palais pour boire le vin de l'hospitalité. Il était arrivé sur son vaisseau rapide, cherchant une substance empoisonnée qui rendît ses flèches mortelles : il est vrai qu'Ilus la lui refusa, parce qu'il craignait les dieux immortels; mais mon père le satisfit, car il l'aimait bien tendrement. Oh! oui, s'il se montrait ainsi au milieu des prétendants, ils maudiraient bien vite et leur poursuite impie et leur destin trop court. Mais les dieux sont les arbitres de l'avenir : c'est à eux de décider s'il reviendra, s'il punira ou non dans son palais ces princes impudents.

« Mais c'est à toi, Télémaque, de trouver les moyens de chasser du palais cette troupe audacieuse. Écoute-moi donc, et médite ce que je vais te dire. Demain, réunis le peuple en assemblée, adresse à tous la parole et prends à témoins les dieux. Dis aux prétendants de se retirer dans leurs demeures; dis à ta mère, si elle s'est décidée à contracter un hymen nouveau, de retourner aux palais opulents de son père; qu'on fasse alors pour elle choix d'un autre époux, qu'on lui prépare une dot large, et en rapport avec la fortune de ses parents. Pour toi, si tu veux m'en croire, je vais te tracer une ligne de conduite prudente. Équipe un navire; pars et va chercher des nouvelles d'un père depuis trop longtemps absent; interroge ceux des mortels qui peuvent t'instruire, tiens compte de ces bruits qui émanent de Jupiter et qui peuvent révéler aux hommes la vérité. D'abord cours à Pylos, et consulte le divin Nestor; de là passe à Sparte, auprès du blond Ménélas; c'est le dernier des Grecs à l'armure d'airain qui soit rentré dans sa patrie. Et, s'il t'est révélé que ton père vit encore, si tu apprends son retour, alors, malgré ton inquiétude, aie la patience d'attendre une année de plus. Mais, si tu ne reçois que de fâcheux rapports, si l'on t'annonce le trépas de ton père, reviens enfin dans cette patrie qui t'est si chère, élève un tombeau à sa mémoire et rends-lui les honneurs qu'il mérite; puis donne à ta mère un nouvel époux. Et quand enfin tu auras fidèlement suivi mes conseils, médite longtemps et résous fermement comment tu pourras, soit avec adresse, soit avec violence, immoler dans ton palais les insolents qui le déshonorent. Souviens-toi que tu n'es plus d'un âge où il soit bon de penser à de pareils divertissements. N'as-tu pas su quelle gloire s'est acquise le divin Oreste parmi les hommes, pour avoir frappé le meurtrier de son père et le trompeur Égisthe, qui trempa ses mains dans le sang de l'illustre Agamemnon? Ainsi donc, ami, car je te vois déjà grand et robuste, montre que tu as du cœur, et songe à mériter les éloges de la postérité. Pour moi, je m'en vais regagner mon vaisseau rapide et mes compagnons, sans doute impatients de me revoir; seulement réfléchis à ce que je viens de te dire, et suis exactement mes conseils. »

Le sage Télémaque répondit en ces termes au discours de son hôte : « Tes paroles sortent d'un cœur ami, comme celles d'un père à son fils, et je ne les oublierai jamais. Mais demeure encore un peu, si pressé de partir que tu puisses être. Qu'un bain rafraîchisse tes membres, jouis d'une table hospitalière, et ne rejoins ton navire qu'après avoir reçu de mes mains quelque don précieux et magnifique, quelque souvenir agréable de mon amitié, tel que les amis en offrent ordinairement à leurs amis. »

Mais la déesse aux yeux bleus lui répondit : « Ne cherche pas à me retenir davantage, car je désire vivement me remettre en chemin. Ce présent que ton cœur te presse de me faire, tu me l'offriras à mon retour; et je pourrai reconnaître ta générosité par un souvenir digne de tes bons sentiments à mon égard. »

La déesse aux beaux yeux, ayant ainsi parlé, s'échappa dans les airs sous la forme d'un oiseau ; mais elle mit au cœur de Télémaque de la force et de l'audace ; il semblait que la pensée de son père s'éveillait en son âme plus vivante encore qu'auparavant. Cependant, s'examinant lui-même, il resta tout étonné, et il reconnut bien qu'il venait de s'entretenir avec une déesse.

LE NAUFRAGE D'ULYSSE

Odyssée, chant V (314-457) (1)

Une vague épouvantable fond sur la tête d'Ulysse : le radeau penche ; lui-même est jeté dans les flots ; le gouvernail échappe de ses mains, le mât est brisé, et la voile et l'antenne tombent dans la mer. Longtemps il reste plongé sous les eaux, et, toujours poussé par les vagues, il ne peut se relever ; le poids des vêtements que lui donna Calypso le surcharge et l'accable. Enfin il surnage, vomit une onde amère, et des flots écumeux dégouttent de sa tête.

Mais, tout épuisé qu'il est, il n'oublie pas son radeau ; se débattant contre les vagues, il le saisit, s'y établit une seconde fois, et se défend contre la mort.

Un flot emporte le radeau et s'en joue, comme Borée, aux jours de l'automne, enlève et tourmente dans l'air des faisceaux d'épines entrelacées.

Ainsi les vents promènent sur la surface des eaux Ulysse et son radeau ; tantôt le Notus le renvoie à Borée, tantôt l'Eurus le rejette au Zéphire... Enfin Neptune soulève une vague terrible, immense, qui tombe sur le radeau de tout son poids, le brise et le disperse. Tel, emporté par un vent impétueux, un monceau de paille desséchée erre dans le vague des airs ; telles les pièces du radeau flottent éparses sur la surface des eaux.

Ulysse en saisit une, s'y attache, s'y assied, comme un cavalier sur le coursier qu'il a dompté. Il dépouille les vêtements que Calypso lui a donnés, et soudain il applique sur son sein l'immortel tissu qu'il a reçu de Leucothoé, et qui doit le sauver ; il se précipite dans la mer la tête la première, et, les bras étendus, il se met à nager.

Neptune le voit ; il secoue la tête : « Va, dit-il, erre encore sur les flots, jusqu'à ce que tu te retrouves au milieu des mortels. J'espère bien que tu es loin encore du terme de tes peines. » A ces mots il pique de l'aiguillon ses immortels coursiers, et bientôt il est dans Aigues, où s'élève son palais tout brillant de cristal et d'azur.

Cependant Minerve a les yeux toujours ouverts sur le héros qu'elle protége : elle ferme aux vents leur carrière, leur ordonne de se calmer et de s'endormir. Elle laisse au seul Borée l'empire des airs : il souffle, les flots s'apaisent sous sa froide haleine, et restent presque immobiles, jusqu'à ce qu'Ulysse, échappé à la mort, ait touché aux rives des Phéaciens.

Pendant deux nuits, pendant deux jours, il erre sur un monceau de glace ; et toujours la mort se présente à sa vue : une troisième aurore se lève, Borée cesse de souffler, et un calme plus doux règne sur la plaine liquide. Le héros soulève sa tête, et, dans le lointain, il aperçoit la terre ; il respire et renaît à cette vue.

Tel, étendu longtemps sur un lit de douleur, consumé d'une maladie cruelle, sous la main d'un dieu qui l'a frappé, un père sent enfin la santé circuler dans ses veines, ses forces se raniment, le sourire de la joie est sur ses lèvres ; ses enfants, autour de lui, tressaillent d'allégresse. Ainsi renaissait

(1) Traduction du prince Le Brun.

Ulysse à la vie et à l'espérance. Cette terre, ces bois sourient à sa vue; il nage, il redouble d'efforts pour atteindre enfin cette rive désirée. Déjà il n'est plus qu'à la distance d'où ses cris peuvent être entendus. Le bruit des ondes qui se brisent contre les rocs retentit à ses oreilles; il voit les flots expirant sur le sable qu'ils blanchissent de leur écume. Mais il n'y a ni port ni rade pour recevoir les vaisseaux. Ce ne sont que des côtes escarpées, des écueils, des rochers.

A cette vue, ses muscles se détendent, ses forces l'abandonnent; il soupire, il s'écrie : « Hélas! Jupiter m'avait donné de voir cette terre que je n'attendais plus; j'avais franchi ce gouffre immense, et il n'y a aucun moyen de sortir de ces eaux! Là des rochers escarpés, autour de moi des flots mugissants, devant moi une pierre lisse et sans saillies, à laquelle je ne puis me pendre ni m'attacher; sous moi un abîme où mes pieds ne peuvent poser; nul moyen d'échapper à ma perte. Si je veux gagner la terre, la vague me pousse et me jette contre ces pierres, et tous mes efforts sont perdus.... Si je nageais plus loin; si, sur cette rive sinueuse, je trouvais un abord plus doux, un asile plus hospitalier.... Mais une tempête soudaine me reportera et me rejettera faible et gémissant dans cette mer immense.... Peut-être le dieu qui me poursuit déchaînera sur moi quelqu'un de ces monstres que nourrit le sein d'Amphitrite; je retrouve partout le courroux de Neptune.»

Tandis qu'il exhale ces plaintes, une vague le pousse contre une partie du rivage hérissée de rochers. Sa peau allait être déchirée, ses os fracassés, si Minerve ne l'eût inspiré. Il s'élance, et des deux mains il se prend au rocher, et s'y tient attaché jusqu'à ce que le flot se retire. Ainsi il échappe au premier choc de la vague. Une autre vague vient, le remporte et le rentraîne dans la mer. Il y est couvert par les flots, ses mains ont été déchirées par les pointes du rocher, et des débris de pierre y restent attachés. Ainsi, quand le polype est arraché de son asile, ses bras demeurent encore chargés de particules des cailloux auxquels ils étaient suspendus.

Ulysse allait périr, si Minerve n'eût redoublé son courage et sa prudence. Il nage, et cherche encore des yeux s'il trouvera quelque côte plus facile, quelque abri contre les tempêtes. A force de nager, il arrive à l'embouchure d'un fleuve; là sont des rives plus douces, point de pierres, point de rochers; là c'est un abri sûr contre les vents. Ulysse reconnaît le cours du fleuve et implore le dieu qui préside à ses eaux.

« O toi, qui que tu sois, qui règnes sur cette onde, daigne entendre ma prière! Je viens à toi pour me dérober au courroux de Neptune. Un mortel malheureux, errant, persécuté, a droit à la protection des dieux. Accablé de longues disgrâces, je viens chercher un asile dans ton sein; je me jette à tes genoux; daigne avoir pitié de moi, daigne recevoir un suppliant qui t'implore. »

Il dit; le dieu ralentit son cours, aplanit ses ondes et reçoit le héros dans son lit. Ulysse fléchit les genoux et tend des mains suppliantes; son courage était abattu, tout son corps était enflé; des flots amers coulaient de sa bouche et de ses narines; épuisé de fatigue, il tombe sur la terre défaillant, sans haleine et sans voix.

LE DISQUE

Odyssée. chant VIII (120-199).

Les jeux commencèrent par la course. La barrière tombe, la lice est ouverte; tous partent, soulevant dans les plaines des nuages de poussière sous leurs pas. Or ce fut le beau Chytonée qui remporta le prix de la course; car, autant les mulets dépassent les bœufs avec lesquels ils tracent un sillon, autant Chytonée dépasse ses rivaux qu'il laisse derrière lui.

Ensuite on se livra à l'exercice de la lutte pénible; et, à ce terrible jeu, Euryale tint le premier rang parmi les plus habiles. Pour le saut, Amphiale l'emporta sur tous les autres. Élatrie gagna le prix du disque; celui du pugilat échut à Laodamas, l'illustre fils d'Alcinoüs. Enfin, quand tous les cœurs se furent réjouis de ces spectacles agréables, Laodamas, le fils d'Alcinoüs, prit la parole : « Allons, amis, demandons à notre hôte s'il a appris à briller dans quelque exercice. Certes, les bras, les jambes, les muscles, la tête ferme et droite, tout l'extérieur chez lui annonce une vigueur presque juvénile; il est vrai que de nombreux malheurs l'ont brisé, et je me figure que rien n'est puissant comme la mer pour abattre un homme, si robuste qu'il puisse être. »

Euryale ajouta : « Oui, Laodamas, je crois bien que tu ne te trompes pas. Va donc le trouver, et adresse-lui quelque défi. » Le vaillant fils d'Alcinoüs sourit à la proposition; il s'avance au milieu de l'assemblée, et, s'adressant à Ulysse : « Allons, viens, hôte vénérable! essaie-toi un peu à nos jeux, si jamais tu t'y es exercé; oui, je suis convaincu que tu as déjà fait tes preuves. Je ne sais rien de plus glorieux pour un homme que de vaincre ses adversaires à la course ou à la lutte. Tente donc l'aventure; chasse le chagrin de ton âme. Maintenant ton départ ne peut plus tarder, puisque le navire qui t'est destiné a été mis à flot, et que l'équipage est prêt. » Le sage Ulysse lui répondit : « Laodamas, pourquoi m'adresser ce défi qui est presque une injure? Ah! mon cœur est bien plus occupé de mes chagrins que de vos exercices. Après tous les maux que j'ai soufferts, après tant de traverses, assis au milieu de vous, pauvre et abandonné, je ne songe plus qu'à obtenir la pitié de ce peuple et de son roi. »

Ce fut avec une sorte de raillerie qu'Euryale lui répondit : « Ce n'est pas, étranger, que je te regarde comme un homme fort habile dans tous ces jeux, qui ont toujours été jugés glorieux parmi les mortels. Oui, tu parais bien avoir passé ta vie au milieu des rameurs, maître de matelots qui manœuvrent un vaisseau marchand, tenant compte du chargement, habile à calculer et le gain et la perte; mais je ne t'ai jamais pris pour un athlète. » Alors le sage Ulysse lui lança un regard terrible : « Mon hôte, dit-il, tu n'as pas bien parlé, et tu as agi comme un homme qui serait méchant. Voilà comme les dieux ne donnent jamais aux mortels tous les dons heureux de la vie à la fois, la beauté, l'esprit et l'éloquence. L'un n'a peut-être pas un extérieur heureux; mais ses paroles ont le charme et la grâce : aussi tous les regards le cherchent, quand il parle avec calme, avec une suave modération; il brille dans l'assemblée des sages, et, quand il avance dans la ville, on le vénère comme un dieu. Un autre par sa beauté est semblable aux dieux immortels; mais son discours n'a rien qui plaise. Toi, Euryale, tu as une figure agréable... les dieux ne pourraient imaginer rien de plus charmant; mais ton âme est grossière. Pour avoir parlé sans convenance, tu as ému mon cœur dans ma poitrine. Non, je n'ignore pas vos exercices, comme tu t'es plu à le dire; je crois même que j'y ai brillé parmi les premiers, quand j'avais encore ma jeunesse et la vigueur. Mais aujourd'hui, je suis en proie au chagrin et à la douleur, car j'ai soutenu la guerre entre les héros, j'ai enduré les rigueurs des naufrages. Cependant, malgré mes souffrances, je veux bien essayer de vos joyeux combats : c'est ta parole mordante qui m'y aura entraîné. »

Il dit; et, sans se débarrasser de son manteau, il saisit vivement un disque épais, beaucoup plus grand, beaucoup plus lourd que ceux dont se servent d'habitude les Phéaciens. Il le balance rapidement, le lance d'une main nerveuse, et l'on entend siffler la masse. On vit alors ces marins aux puissants avirons, ces navigateurs illustres, trembler et incliner la tête sous ce mouvement vigoureux. Parti de la main du héros, le disque s'en alla dépasser la chute de tous les autres; et Minerve, sous la figure d'un homme, marqua la place où il était tombé, en s'écriant : « Au toucher seul, un aveugle, ô étranger, mesurerait la distance; car ton disque ne s'est pas confondu avec les autres, il est de bien loin le premier. Tu peux être tranquille sur l'issue de la lutte; pas un Phéacien ne surpassera, n'atteindra même un si beau coup. »

ULYSSE ET POLYPHÈME

Odyssée, chant IX (181-436).

Nous abordons : près du rivage, on apercevait une immense caverne, couverte de touffes de lauriers; tout alentour paissaient de nombreux troupeaux de brebis et de chèvres. Une cour fort large était enclose d'énormes quartiers de rocher, de troncs de sapins et de chênes à la cime touffue. Là habitait un homme, ou plutôt un géant, qui s'en allait seul faire paître ses troupeaux; il se tenait toujours à l'écart des autres, roulant dans son cœur de sinistres projets. C'était un monstre horrible : il ne ressemblait en rien aux hommes qui se nourrissent de pain, mais il était comparable au pic brisé d'un mont plus élevé que les autres monts, et se détachant seul au milieu d'eux.

Je laissai à la garde du navire la foule de mes compagnons, et j'en choisis douze des plus vaillants pour m'accompagner; mais je pris soin d'emporter avec moi une outre remplie d'un excellent vin que je tenais de la libéralité du fils d'Évanthée... J'y joignis d'autres provisions, car mon esprit pressentait déjà la présence de quelque terrible adversaire doué d'une force plus qu'humaine, la présence d'un sauvage, étranger à toutes lois et à tout sentiment. Nous pénétrons dans l'antre, le maître était absent : sans doute il faisait paître ses troupeaux dans les gras pâturages; mais nous pouvons à l'aise satisfaire notre curiosité : nous voyons les rayons remplis de fromages; les étables pleines d'agneaux et de chevreaux, distribués suivant leur grosseur et suivant leur âge; des places réservées pour les plus petits, des vases pour le petit-lait, des seaux, tous les ustensiles d'une laiterie. Mes compagnons voulaient emporter ces richesses... et fuir à travers l'eau salée... Hélas! je refusai; je voulus voir le monstre, tenter son hospitalité... Sa vue devait être pourtant bien funeste à mes amis !

Nous allumons du feu, nous faisons un repas des fromages de notre hôte, et nous attendons tranquillement son retour. Il revient, traînant une charge énorme de bois sec, pour apprêter son repas; il la jette sur le seuil, et, à ce bruit, nous fuyons épouvantés dans les profondeurs de la caverne. Cependant le Cyclope, retenant au dehors dans la cour les béliers et les boucs, ne laissait pénétrer avec lui que ses bêtes laitières. Pour fermeture, il adapte à l'entrée un énorme rocher, que vingt-deux chars à quatre roues n'auraient pu détacher du sol; puis il s'assied et commence à traire ses chèvres et ses brebis...

Enfin il termina son travail, et il se préparait à allumer son feu, quand soudain il nous aperçut : « Etrangers, cria-t-il, qui êtes-vous? Que venez-vous faire sur ces mers? Êtes-vous marchands? Êtes-vous de ces pirates, errant au hasard sur les flots, exposant chaque jour leur vie pour causer la ruine des autres mortels? »

Il dit; à cette vue effroyable, à cette voix mugissante, nous tremblons, notre cœur se brise. Enfin je lui répondis : « Nous sommes de malheureux Grecs égarés par les vents contraires... Nous avons enfin été jetés sur ce rivage, et nous embrassons tes genoux... O mon hôte! respecte les dieux, et songe que nous sommes tes suppliants; car Jupiter venge l'injure de l'étranger, il le protége et veut qu'il soit protégé. »

A mes supplications il répondit d'un ton cruel : « Tu n'es qu'un fou, étranger, ou il paraît que tu viens de bien loin, toi qui me parles de craindre ou

de respecter les dieux. Les Cyclopes n'ont guère souci de ce Jupiter qui porte
l'égide, ou des dieux qu'on nomme bienheureux; nous sommes bien plus
puissants qu'eux tous. Ce ne serait certes pas pour éviter leur courroux que
j'épargnerais ta vie et celle de tes compagnons, si tel n'était pas mon caprice...
Mais, dis-moi, où as-tu laissé ton navire? Est-ce à l'extrémité de nos rives?
Est-ce ici près? »

Il parlait ainsi pour me tenter; mais mon expérience l'avait compris, et
je voulus le tromper à mon tour : « Neptune, lui dis-je, le terrible Neptune
a lancé mon vaisseau sur des rochers, le vent l'a brisé contre un promontoire, à l'extrémité de ce pays; moi seul et ces malheureux, nous avons
échappé à la mort. » Quand j'eus dit, le Cyclope, sans répondre une parole,
se précipita avec fureur sur mes amis; il en saisit deux, et il les broyait
contre terre, comme il eût fait de deux jeunes chiens; leur cervelle coulait
et inondait la terre. Alors il les déchira par morceaux pour en faire sa nourriture; et, comme le lion de la montagne, il dévora, sans rien laisser, les
chairs, les intestins, les os même et leur moelle.

Et nous, infortunés! nous pleurions, nous tendions nos mains vers Jupiter,
à la vue de cet abominable festin. En proie au désespoir, nous voyons le
Cyclope, rassasié de cette viande humaine, alourdi par le lait pur qu'il a bu,
se coucher de son long dans l'antre, pêle-mêle avec ses troupeaux. Mon courage m'inspirait la pensée de m'approcher, de tirer mon glaive et de le lui
plonger au cœur; mais j'hésitai; il nous aurait fallu périr également de cette
mort cruelle, car nos faibles mains n'eussent jamais pu soulever la masse
de pierre que le monstre avait placée à l'entrée de la caverne. Nous attendîmes en gémissant le retour de la divine Aurore.

Quand elle apparut enfin, cette Aurore, la fille du Matin aux doigts de
rose, nous vîmes le géant reprendre ses occupations, rallumer son feu, traire
ses brebis; puis, ces préparatifs terminés, saisir deux nouvelles victimes destinées à son repas. Mais, quand il est repu, il chasse dehors son troupeau,
enlève sa porte massive et la replace aussi facilement que l'archer ouvre et
referme son carquois. J'entends quelque temps encore le bruit de sa marche
vers la montagne, puis je reste plongé dans de sombres réflexions, songeant
à la vengeance, suppliant Minerve de m'en fournir les moyens.

Tout à coup une idée féconde se révéla à mon esprit. Une forte branche
d'olivier gisait là dans l'étable; le bois était encore vert, et le Cyclope en
la coupant avait pensé s'en faire une massue dès qu'elle serait séchée.

..... J'en coupai en me dressant la longueur d'une brasse, et donnai l'ordre à mes compagnons de la préparer; cela fait, j'en aiguisai l'extrémité que
je fis durcir au feu du foyer ardent, et je cachai cette arme nouvelle dans
l'épais fumier qui recouvrait le sol...

Le soir revint, et avec le soir le terrible pasteur et son troupeau; mais
il fit sur-le-champ rentrer toutes ses bêtes, sans en laisser une seule au
dehors. Avait-il quelque soupçon, ou bien fut-ce un dieu qui l'inspira?
Nous vîmes le géant reprendre ses occupations, rallumer son feu, traire ses
brebis; puis, ces préparatifs terminés, saisir deux nouvelles victimes destinées à son repas. Mais alors je me tiens près de lui, tenant à la main une
coupe remplie de mon vieux vin. « Prends, Cyclope, lui dis-je, bois moi ce
vin, après ce festin de chairs humaines; tu goûteras au moins de la délicieuse
cargaison de mon navire. Elle t'était destinée, si tu m'eusses laissé libre;
mais ta fureur dépasse toutes les bornes. Méchant! comment veux-tu qu'on
ose désormais t'approcher, quand tu as commis de telles cruautés? » Il prit
et but; alors, tout réjoui de ce délicieux breuvage, il en voulut davantage :
« Allons, dit-il, verse encore, et dis-moi ton nom, pour que je t'accorde
mon présent d'hospitalité; il te fera plaisir. Certes la terre généreuse fournit
aux Cyclopes de belles grappes que les pluies font mûrir; mais ton vin,

c'est du nectar, c'est une véritable ambroisie. » Je lui présentai de nouveau la coupe, je la lui remplis trois fois, et trois fois, dans sa folie, il la vida jusqu'au fond. Quand je reconnus que le vin lui troublait déjà le cerveau, je me mis à lui parler d'un ton caressant : « Cyclope, tu désires donc savoir de quel nom je m'appelle, je vais te le dire; mais fais-moi ton présent d'hospitalité, suivant ta promesse. Je me nomme Personne ; mon père, ma mère, tous mes amis me nomment Personne. — Eh bien! reprit le monstre toujours cruel, quand j'aurai dévoré tes autres compagnons, je ferai la faveur à Personne de n'être dévoré que le dernier; voilà mon présent d'hospitalité. » Et, en disant ces mots, son énorme tête s'inclina; il tomba de son long à la renverse, et un sommeil vainqueur l'accabla. Or de son gosier s'échappaient le vin qu'il avait bu et des morceaux de chair saignante, mêlés à d'ignobles ronflements.

En ce moment je plongeai mon pieu profondément dans les cendres pour le chauffer; j'encourageai mes compagnons à ne pas avoir la faiblesse de m'abandonner. Puis, quand je vis mon bois d'olivier tout prêt à prendre feu, si vert qu'il fût, je le retirai vivement; mes compagnons m'entouraient, un dieu nous prêta son audace. Mes amis saisissent le pieu et l'enfoncent dans l'œil du monstre, tandis que moi, dressé sur mes pieds, je le faisais tourner. De même que l'ouvrier perce de sa tarière une pièce destinée au navire, pendant que ses camarades s'attellent à la courroie pour aider ses efforts ; ainsi nous tournions notre pieu dans cet œil enflammé; et le sang tout chaud jaillissait alentour, et son sourcil avec sa paupière embrasée s'enveloppait d'une noire vapeur, et le feu faisait siffler les racines même de cet œil, en laissant échapper des torrents de vapeur, comme il arrive quand le forgeron, pour tremper une cognée, une hache, les plonge tout à coup dans l'eau froide : soudain l'acier fume, crie et siffle.

Le géant pousse une formidable clameur, répercutée par la caverne ; nous nous écartons, saisis de terreur. Il arrache de son œil le pieu tout sanglant encore, et le lance loin de lui avec fureur ; il appelle à grands cris les Cyclopes qui habitent autour de lui dans des cavernes situées sur les promontoires battus par les vents. Ils accoururent, en effet, de tous les côtés ; et, en dehors de l'antre, ils lui demandaient la cause de ce douloureux appel : « Eh quoi! Polyphème, qui te pousse à crier ainsi durant cette nuit divine, et à nous tenir tous éveillés ? Est-ce qu'on t'aurait enlevé tes brebis? Crains-tu pour ta vie la ruse ou la violence? — Mes amis, leur répondait Polyphème de sa forte voix, c'est Personne. — Personne, dit-tu? Si tu es seul, tu sais bien qu'il n'y a pas moyen de se soustraire aux maux que Jupiter nous envoie. Contente-toi d'invoquer le puissant dieu Neptune. »

Et ils partirent. Mon cœur riait tout bas de leur méprise au sujet de mon nom, et du succès de ma ruse. Le Cyclope cependant s'en va à tâtons, criant et gémissant, retirer la roche qui ferme l'entrée, il s'assied, les bras étendus, prêt à saisir celui de nous qui voudrait s'échapper avec ses brebis; car il me croyait assez sot pour tenter l'entreprise. Pour moi, je songeais au meilleur moyen de procurer le salut des miens et de moi-même; je tendais les ressorts de mon esprit : il s'agissait de la vie, et le moment pressait. Or voici le stratagème qui s'offrit à ma pensée. Les béliers étaient bien nourris, forts, gras, et couverts d'une laine bonne et épaisse; avec les osiers flexibles qui avaient servi de litière au géant, j'attache ces animaux trois à trois : celui du milieu doit porter un de mes hommes, les deux autres seront la sauvegarde du fugitif. Mes compagnons s'échappent ainsi. Un bélier restait, le plus beau du troupeau; je le saisis par la toison, je me cramponne et me suspends sous son ventre; je demeure immobile, attaché à cette laine solide, sans perdre cœur. Sauvés alors, mais encore inquiets, nous attendîmes le retour de la divine Aurore.

LE VIEUX CHIEN ARGUS

Odyssée, chant XVII (290-328)

Ulysse et Eumée s'entretenaient ensemble tout bas : voilà qu'un chien
relève tout à coup la tête et dresse les oreilles; c'est Argus, le chien du valeureux Ulysse, que la main du héros a nourri, sans avoir pu jamais jouir
de ces soins; car il l'avait laissé en partant pour Ilion. Les jeunes hommes
emmenaient autrefois ce chien pour chasser les chèvres sauvages, les cerfs
et les lièvres; maintenant, en l'absence de son maître, il languissait négligé,
couché sur le fumier des mulets et des bœufs dont le sol était couvert devant
la porte... C'était donc ainsi que ce pauvre Argus était là gisant, dévoré de
vermine. Mais il a senti près de lui son maître; il agite sa queue, il abaisse
ses deux oreilles. Hélas! il n'a plus la force de se traîner jusqu'à lui. Ulysse
aussi le reconnut et il essuya une larme, qu'il sut dérober à Eumée.

Et sur-le-champ, prenant la parole : « Eumée, dit-il, il est bien étrange
qu'on laisse ce chien sur le fumier. Il est d'une belle taille; mais, tel que le
voilà, on ne saurait reconnaître s'il fut jamais rapide à la course, ou s'il fut
un de ces chiens de table que leurs maîtres nourrissent uniquement pour
leur plaisir. — Hélas! reprit Eumée, c'est le chien de mon pauvre maître
qui périt au loin. S'il était encore aussi fort, aussi fin que le laissa Ulysse
lorsqu'il partit pour Troie, tu ne pourrais trop admirer sa souplesse et sa
vigueur. Jamais la bête ne lui échappait dans les profondeurs des forêts;
son flair ne l'a jamais trahi. Aujourd'hui le mal l'a dompté, son maître n'est
plus là, les femmes oublieuses le négligent; car les serviteurs, dès qu'ils ne
sont plus sous l'œil du maître, abandonnent bien vite leurs devoirs; et,
d'ailleurs, quand Jupiter permet qu'un homme libre devienne esclave, il lui
enlève la moitié de sa vertu. »

Il dit, et pénétra dans le palais marchant droit son chemin au milieu des
fiers prétendants. Cependant, heureux d'avoir revu son maître après vingt
ans de séparation, le pauvre Argus était mort d'émotion.

LA BATRACHOMYOMACHIE

(202-278)

C'est alors que deux moucherons, munis de grosses trompettes, entonnèrent un terrible chant de guerre; au haut du ciel, Jupiter, fils de Saturne,
fit retentir sa foudre : c'était le signal d'un épouvantable combat.

Le premier de tous Grand-Criard (1) frappa : voyant Lèche-Tout (2) au
premier rang des combattants, il le frappa de sa lance au milieu du ventre :
le malheureux tomba, souillant ses poils moelleux dans la poussière; le sol
frémit et les armes du guerrier retentirent sous sa chute. Hôte-des-Cavernes (3)
appelle Fils-de-la-Fange (4) et lui perce la poitrine de sa lance vigoureuse; la
mort l'attendait, et la vie se retira de son corps dès qu'il fut à terre. Rouge-
Poirée (5) visé au cœur et tue Tête-aux-Pots (6); mais Mange-Légumes (7) indigné le perce de son jonc pointu. Plus loin, Rouge-Pain (8) perforait le ventre
de Forte-Voix (9), qui tombait à la renverse et abandonnait la vie. En voyant
la chute de son ami, Habitant-du-Lac (10) saisit vivement une pierre grosse
comme une meule, qu'il lance à la tête d'Hôte-des-Cavernes : le voile du
trépas couvrit les yeux du héros. Le vainqueur sentit à son tour la force de

(1) Ὑψιβόας. — (2) Λειχήνωρ. — (3) Τρωγλοδίτης. — (4) Πηλείων. — (5) Σευτ-
λαῖος. — (6) Ἐμβασίχυτρος. — (7) Ὠκιμίδης. — (8) Ἀρτοφάγος. — (9) Πολύφωνος.
— (10) Λιμνόχαρις.

Lèche-Tout, qui, assurant sa lance brillante, poussa droit et lui perça le flanc; Ronge-Choux (1) vit cet exploit, au moment où, sans cesser de combattre, il trébuchait en courant sur le bord escarpé; il se jette sur son ennemi, qu'il terrasse et qui ne se relèvera plus; car, étendu le long du rivage, son sang teignait déjà de pourpre les eaux du lac, en s'échappant de ses puissants intestins. La même main immole encore auprès des mêmes rives Fléau-des-Fromages (2).

Cependant Ami-de-la-Menthe (3) aperçoit Creuse-Jambon (4), et son cœur est saisi d'effroi; il jette son bouclier et se précipite en fuyant dans le lac; pendant que Couche-au-Bourbier (5) donnait la mort à Mange-Panais (6) et que Hôte-des-Eaux (7) la donnait à Ronge-Lard (8) en lui brisant le crâne d'un coup de pierre : la cervelle s'échappa par les narines, et la terre fut souillée de sang. Couche-au-Bourbier reçoit un coup de lance terrible de Perce-Bois (9), et la lumière disparaît à ses yeux; Mord-Poireau (10) aperçoit Flaire-Rôti (11), et l'entraîne par le tendon sous les eaux du lac et l'étrangle; mais, avant d'avoir pu reprendre terre, il succomba lui-même sous les coups de Voleur-de-Miettes (12), le rempart de sa troupe, et descendit sous l'Orcus. Trotte-en-Boue (13), témoin de ce triomphe, lance à son ennemi une poignée de bourbe, lui en couvre la figure et l'aveugle presque; celui-ci entre en fureur, et d'une main forte saisissant dans la plaine une pierre dont le poids charge le sol, il atteint son adversaire au-dessous du genou, lui brise la jambe droite et le couche dans la poussière.

Dans l'armée des rats brillait un jeune héros, habile à combattre de près : c'était l'enfant chéri du noble Guerre-au-Pain (14); c'était un prince belliqueux comme le dieu Mars, le valeureux Grippe-Morceaux (15). Ce modèle des guerriers de sa nation se dressa fièrement sur la rive du lac, en avant des autres, se vantant de perdre à jamais la race des grenouilles combattantes. Et il l'eût fait comme il le disait, si le père des dieux et des hommes, témoin de ces événements, n'eût pris en pitié le malheureux sort de ce peuple. Il agita sa tête divine et parla en ces termes. « O dieux! certes j'ai sous les yeux un merveilleux spectacle, et je me sens tout ému encore des terribles exploits accomplis contre ses ennemis par ce Grippe-Morceaux; mais, sans perdre de temps, dépêchons notre fille belliqueuse Minerve, ou bien Mars lui-même pour écarter de la lutte ce formidable jouteur! »

3ᵉ Époque

Durant cette époque, l'âge d'or de la poésie grecque, l'épopée est muette. Faut-il croire que les chants d'Homère enlevèrent aux grands génies qui apparurent en ces temps l'espoir de les imiter, ou au moins d'en approcher? Ou bien leurs contemporains accueillirent-ils avec froideur les essais épiques qui osèrent se produire? Quoi qu'il en soit, nous ne pouvons citer alors aucun poëte qui ait cultivé ce genre. Nous devons attribuer ce dénûment aux grands faits d'armes dont cette époque glorieuse fut remplie. Sans doute

(1) Κραμβόφαγος. — (2) Τυροφάγος. — (3) Καλαμίνθιος. — (4) Πτερνόγλυφος. — (5) Βορβοροκοίτης. — (6) Φιλτραῖος. — (7) Ὑδρόχαρις. — (8) Πτερνοφάγος. — (9) Λειχοπίναξ. — (10) Πρασσοφάγος. — (11) Κνισσωδιώκτης. — (12) Ψιχάρπαξ. — (13) Πηλοβάτης. — (14) Ἀρτεπίβουλος. — (15) Μεριδάρπαξ.

ils excitèrent l'enthousiasme de la Grèce, victorieuse des barbares de
l'Asie, et ne laissant place qu'à l'inspiration lyrique ou aux rapides
émotions de la scène, ils ne permirent pas au génie assez de calme
et de loisir pour méditer et écrire une grande action poétique et
nationale.

4ᵉ Époque

APOLLONIUS DE RHODES. — Malgré ce surnom, il est avéré qu'A-
pollonius était né en Égypte à Alexandrie, environ 276 ans av.
J.-C., sous le règne de Ptolémée-Philadelphe. Il eut pour maître en poésie cet élégant lyrique Callimaque dont nous avons
donné la biographie et quelques vers. Plus tard, le maître et le disciple devinrent rivaux ; mais il serait difficile d'établir de quel côté
vint le tort de cette désunion, car leurs ouvrages, ceux surtout
d'Apollonius, n'en laissent rien percer. Pourtant, dans les derniers vers de l'ode à Apollon, de Callimaque, que nous avons citée
plus haut, on a cru voir une attaque faite à Apollonius. « L'envie
glisse tout bas ces mots dans l'oreille d'Apollon : « Je fais peu de
« cas du poëte, si ses vers n'égalent en nombre les flots de la mer ! »
Apollon la repousse du pied, et lui dit : « Le cours du fleuve Assy-
« rien est long sans doute ; mais il roule sous ses eaux la fange et
« le limon. Les Nymphes n'apportent pas à Cérès des eaux puisées
« au hasard ; mais c'est le mince filet d'eau, s'il est d'une source
« pure et sacrée, qu'elles recueillent pour la déesse comme une
« offrande. » Salut encore, prince Apollon ! que la censure retourne
avec l'envie dans le Tartare qu'elle habite. »

Ce fut Callimaque qui l'emporta sans doute dans le cœur de Ptolémée, puisqu'il ne cessa d'être toujours en crédit à la cour du roi,
tandis que le malheureux Apollonius fut contraint de s'exiler à
Rhodes, où il ouvrit une école de littérature, donnant un grand
exemple de patience et de modération.

Cependant les tourments de l'exil furent pour celui-ci bien adou-
cis par les témoignages de considération et les honneurs dont les
Rhodiens le comblèrent : le poëte se sentait fier surtout de s'entendre appeler le Rhodien, et, en effet, avec ce titre, le peuple lui avait
conféré les lettres de naturalisation les plus honorables qu'un
étranger puisse ambitionner.

De retour dans sa patrie, il trouva les haines assoupies ; mais il
ne paraît pas qu'il ait songé à se mêler aux affaires publiques :
toutefois il dirigea, à la place d'Eratosthène, la bibliothèque d'A-
lexandrie. Il s'éteignit à l'âge de quatre-vingt-dix ans, ayant laissé
l'exemple de hautes vertus et d'une existence bien remplie.

Ptolémée Épiphane, tout en respectant les causes de l'éloigne-

ment momentané de ces deux cœurs de poëtes, voulut réunir leurs
cendres dans la tombe de Callimaque : il y a dans l'idée de cette
réconciliation posthume de deux grands hommes quelque chose
de grand, un sentiment élevé qui honore le caractère du roi.

Le poëme des *Argonautiques* qui nous est resté d'Apollonius est
divisé en quatre chants. Nous venons de voir que cette œuvre ne
fut pas goûtée d'abord par les contemporains; et ils sont excusa-
bles s'ils la comparaient aux poëmes d'Homère. Cependant ce sera
toujours une gloire pour Apollonius d'avoir osé faire revivre l'épopée, tout en étant persuadé qu'il resterait fort au-dessous de son
modèle. Quintilien l'a loué « d'avoir écrit un ouvrage estimable
dans un genre tempéré. » La louange est modeste. Longin a dit :
« Cet auteur ne tombe jamais.» Mais si, pour compléter ces minces
éloges, nous constatons que, dans son quatrième chant de l'*Énéide*,
Virgile emprunte la pensée, quelquefois même l'expression d'A-
pollonius; si nous ajoutons que Varron l'a traduit en latin, il faut
convenir qu'Apollonius a des beautés que la difficulté seule de le
bien entendre a peut-être fait nier à certains auteurs modernes.

LES ARGONAUTES ET ORPHÉE
Chant I 450-519) (1).

Le soleil avait déjà parcouru la moitié de sa carrière, et les ombres des
rochers s'étendaient dans la plaine, lorsque les compagnons de Jason, ayant
couvert le rivage d'épais feuillages, s'assirent tous ensemble pour prendre
leur repas. Des viandes abondantes sont servies devant eux. Un vin délicieux coule dans les coupes. Des discours agréables se mêlent au festin. Une
gaieté délicate, et qui ne connaît point l'injure outrageante, se répand parmi
les convives.

Cependant Jason, occupé à des soins plus importants, avait les yeux baissés et réfléchissait profondément. « Fils d'Eson! s'écria le bouillant Idas
avec insolence, quel dessein roules-tu dans ton esprit? Découvre-nous tes
pensées. La crainte, ce tyran des âmes faibles, s'emparerait-elle de toi? J'en
atteste cette lance avec laquelle j'ai acquis dans les combats une gloire que
rien n'égale, cette lance qui vaut mieux pour moi que le secours de Jupiter!
non, puisque Idas est avec toi, tu n'as rien à craindre, et rien ne pourra te
résister, quand même un dieu combattrait contre toi. Tel est, puisqu'il faut
me faire connaître, celui qui, pour te secourir, a quitté le séjour d'Arène. »

Il dit; et, saisissant à deux mains une coupe remplie de vin, il avale d'un
trait la liqueur écumante, qui se répand sur ses joues et sur sa poitrine. Un
murmure d'indignation s'élève aussitôt parmi les convives, et le devin Id-
mon adressa ainsi la parole à Idas : « Téméraire, est-ce ton audace naturelle
qui t'inspire ces sentiments, ou bien est-ce le vin qui t'enfle le cœur et te
fait courir à ta perte en blasphémant les dieux ? On peut consoler un ami et
relever son courage par d'autres discours. Les tiens sont aussi insensés que
ceux des enfants d'Aloée (2) lorsqu'ils vomissaient des injures contre les
dieux. Apollon les fit expirer sous ses flèches rapides, et cependant leur force
était beaucoup au-dessus de la tienne. »

(1) Traduction de M. Caussin. — (2) Otus et Ephialte, appelés aussi les Aloïdes, étaient d'une taille gigantesque, et voulaient escalader le ciel. (HOMÈRE, *Odyssée*, XI, 304.)

A ce discours, Idas ne répondit d'abord que par des éclats de rire; bientôt il adressa, d'un ton moqueur, ces mots au devin : « Peut-être les dieux
me réservent-ils un sort pareil à celui que ton père fit éprouver aux enfants
d'Aloée. Tu peux nous faire part de leurs desseins; mais, si ta prédiction est
vaine, songe à te soustraire à ma fureur. » Idas, en parlant ainsi, frémissait
de colère, et il allait se porter aux derniers excès; mais ses compagnons
l'arrêtèrent, et Jason apaisa la querelle. Dans le même temps le divin Orphée
prit en main sa lyre; et, mêlant à ses accords les doux accents de sa voix, il
chanta comment la terre, le ciel et la mer, autrefois confondus ensemble,
avaient été tirés de cet état funeste de chaos et de discorde; la route constante que suivent dans les airs le soleil, la lune et les autres astres; la for-
mation des montagnes, celle des fleuves, des nymphes et des animaux (1).
Il chantait encore comment Ophion et Eurynome, fils de l'Océan, régnè-
rent sur l'Olympe, jusqu'à ce qu'ils en fussent chassés, et précipités dans les
flots de l'Océan par Saturne et Rhéa, qui donnèrent dès lors des lois aux
heureux Titans. Jupiter était alors enfant. Il habitait dans un antre du mont
Dicté, et les Cyclopes n'avaient point encore armé ses mains de la foudre,
instrument de la gloire du souverain des dieux. Orphée avait fini de chanter, et chacun restait immobile. La tête avancée, l'oreille attentive, on l'é-
coutait encore, tant était vive l'impression que ses chants laissaient dans les
âmes.

Le repas fut terminé par des libations qu'on répandit, selon l'usage, sur
les langues enflammées des victimes; et, la nuit étant survenue, chacun se
livra au sommeil.

UN EXPLOIT DE POLLUX
Chant II (1-98).

Sur ce rivage était la demeure d'Amycus, roi des Bébryces (2), et les étables qui renfermaient ses nombreux troupeaux. Fils de Neptune et de la
nymphe Mélia, Amycus était le plus féroce et le plus orgueilleux des mortels. Par une loi barbare, il obligeait les étrangers à se battre au pugilat
contre lui, et avait déjà fait périr ainsi plusieurs de ses voisins. Dès qu'il
aperçut le vaisseau, il s'approcha du rivage; et, sans daigner s'informer ni
quels étaient les Argonautes, ni quel était le sujet de leur voyage : « Vaga-
bonds, leur dit-il fièrement, écoutez ce qu'il faut que vous sachiez. De tous
ceux qui abordent chez les Bébryces, aucun ne s'en retourne sans avoir auparavant essayé ses bras contre les miens; choisissez donc le plus habile
d'entre vous au combat du ceste, afin qu'il se mesure à l'instant avec moi.
Telle est la loi que j'ai établie; si vous refusiez de vous y soumettre, la force
saurait bien vous y contraindre. »

Ce discours remplit d'indignation les Argonautes. Pollux, plus vivement
offensé du défi qu'aucun autre, s'empressa de l'accepter, et répondit ainsi :
« Arrête, qui que tu sois, et cesse de parler de violence. Nous obéirons volontiers à ta loi; tu vois ton adversaire, et je suis prêt à combattre. » Amycus, étonné de sa hardiesse, le regarde en roulant des yeux farouches;
comme un lion, environné par des chasseurs, fixe ses yeux ardents sur celui
qui lui a porté le premier coup.

Le fils de Tyndare dépose aussitôt son manteau, dont le tissu délicat était
l'ouvrage d'une Lemnienne. Le roi des Bébryces détache en même temps le
sien, de couleur noire et d'une étoffe grossière, et le jette par terre avec le

---

(1)   Namque canebat, uti magnum per mare coacta
             Semina terrarumque, animæque, marisve fuissent,
             Et liquidi simul ignis, etc. . . . . (VIRG., *Eglog.* VI. 31.)
(2) Peuple de Bithynie.

bâton noueux qu'il portait à la main. Près d'eux était un lieu commode pour le combat. Les Argonautes et les Bébryces se rangent alentour, et s'asseyent séparément sur le sable. Les deux rivaux offraient aux yeux des spectacles bien différents. Amycus ressemblait à un fils de l'affreux Typhon (1), ces géants que la terre irritée enfanta contre Jupiter (2). Pollux était aussi beau que l'étoile brillante du soir : un léger duvet ombrageait encore ses joues, la grâce de la jeunesse brillait dans ses yeux ; mais il avait la force et le courage d'un lion. Tandis qu'il déployait ses bras (3), pour essayer si la fatigue et le poids de la rame ne leur avaient point ôté leur souplesse, Amycus, qui n'avait pas besoin d'une pareille épreuve, le regardait de loin en silence (4) et brûlait de verser son sang.

Lycorée, l'un des serviteurs du roi, jeta devant eux des cestes d'une force et d'une dureté à toute épreuve. « Prends sans tirer au sort, dit fièrement Amycus, et choisis ceux que tu voudras, afin qu'après le combat tu n'aies aucun reproche à me faire ; arme tes mains, et bientôt tu pourras dire si je sais porter un gantelet de cuir, et faire couler le sang des joues de mes adversaires. »

Pollux ne répond qu'en souriant, et ramasse les cestes qui étaient à ses pieds. Castor et Talaüs s'approchèrent pour les lui attacher, et l'animèrent en même temps par leurs discours. Arétus et Ornytus attachèrent ceux du roi, bien éloignés de penser qu'ils rendaient pour la dernière fois ce service à leur maître.

Bientôt les deux combattants s'avancent en tenant leurs mains pesantes élevées devant leurs visages. Le roi des Bébryces fond sur son adversaire comme un flot impétueux. Semblable à un pilote habile qui détourne adroitement son vaisseau pour éviter la vague qui se précipite et menace de le submerger, Pollux, par un mouvement léger, se dérobe aux coups d'Amycus, qui le poursuit sans relâche. Ensuite, ayant bien examiné les forces de son adversaire, et connaissant sa manière de combattre, il fait ferme à son tour, déploie ses bras nerveux, et cherche les endroits qu'Amycus sait le moins garantir. Comme on voit des ouvriers assembler à grands coups les pièces d'un navire, et faire retentir l'air du bruit de leurs marteaux ; ainsi les deux combattants se frappent avec furie les joues et les mâchoires, et font sans cesse résonner leurs dents sous la pesanteur de leurs poings. La fatigue épuise enfin leurs forces ; ils se séparent, et, tout hors d'haleine, essuient la sueur qui coule à grands flots de leurs fronts. Bientôt ils courent de nouveau l'un sur l'autre, semblables à des taureaux furieux (5). Amycus, se dressant sur la pointe des pieds (6), comme un homme prêt à assommer une victime (7), lève avec fureur un bras redoutable. Pollux penche la tête, évite adroitement le coup qui ne fait qu'effleurer son épaule, et, s'avançant aussitôt sur son adversaire, le frappe de toutes ses forces au-dessus de l'oreille. L'air retentit au loin, les os sont fracassés ; Amycus, vaincu par l'excès de la douleur, tombe sur ses genoux et rend le dernier soupir.

---

(1) Monstre moitié homme et moitié bête, suivant la fable.

(2)   Illam terra parens ira irritata deorum...

        Progenuit. . . . . (VIRG., Enéide, IV, 178.)

(3)   . . . . Alternaque jactat

        Brachia protendens. . . . . (Id. ibid., V, 376.)

(4)   . . . . Totumque pererrat

        Luminibus tacitis. . . . . ' Id. ibid., IV, 363.)

(5)   Digredimur paulum : rursumque ad bella coïmus. . .

        Non aliter fortes vidi concurrere tauros. . . . . (OVIDE, Métam., IX, 42.)

(6)   In digitos arrectus. . . . . (VIRG. Enéide, V, 426.)

(7)   Elatumque alte, veluti qui candida tauri

        Rumpere sacrifica molitur colla securi,

        Illisit fronti Lapithæ. . . . . (OVID., Métam., XII, 248.)

5ᵉ Époque

APOLLODORE. — Né 140 ans av. J.-C., à Athènes, où il étudia la philosophie sous Panétius, et la grammaire sous Aristarque. C'est à défaut d'autres poëtes épiques que nous mentionnons Apollodore. Ce grammairien mit en lumière l'histoire depuis le siége de Troie jusqu'à la 169ᵉ olympiade. Son œuvre est divisée en quatre chants. Outre le poëme que nous indiquons, et dont il ne nous est rien resté, il avait composé un commentaire sur Homère, et, de plus, un ouvrage sur les dieux, lequel a été conservé sous le titre de *Bibliothèque*.

ARCHIAS. — C'était un grammairien d'Antioche qui vint à Rome chercher fortune. Ses deux poëmes ne nous sont pas parvenus, mais nous savons qu'ils célébraient la guerre des Cimbres et la guerre de Mithridate. C'est grâce à cette poésie, peu épique, qu'il sut intéresser les hommes importants de la république, Marius, Lucullus, Cicéron, et qu'il réussit à obtenir le titre de citoyen romain. On se rappelle qu'il fut défendu par le prince des orateurs latins : le discours si brillant et si moral *Pro Archia poeta,* aurait suffi à lui seul pour l'immortaliser.

NESTOR. — « A la fin du second siècle de notre ère, dit M. E. Géruzez, un certain Nestor, de Laranda en Lycaonie, avait composé, sous le titre d'Ἰλιὰς λειπογράμματος (1), un poëme en vingt-quatre chants qui avait cela de remarquable qu'une lettre de l'alphabet était exclue de chacun des chants. Ce versificateur puéril avait composé une *Alexandréïde,* des *Métamorphoses* et un poëme sur les *Jardins.* »

6ᵉ Époque

MUSÉE LE GRAMMAIRIEN. — Il ne faut pas confondre ce Musée avec l'ancien poëte grec dont il a déjà été fait mention, bien que le poëme de *Héro et Léandre* lui ait été attribué. L'auteur de cette œuvre si gracieuse, quoique entachée de recherche, est celui qu'on a surnommé le Grammairien. Le titre de grammairien était un honneur alors, et tout écrivain, en prose ou en vers, se glorifiait de le porter. A la lecture seule de ce petit poëme, il est facile de reconnaître qu'il ne doit pas être attribué au grave Musée du XIIᵉ siècle av. J.-C., et qu'il a été composé non pas par un chantre sévère de la Divinité, mais par un des écrivains légers de l'époque des

_____

(1) Ces deux mots signifient proprement : *Iliade qui a une lettre de moins.*

rhéteurs. Les détails sur la vie de Musée le Grammairien manquent entièrement. Nous devons être en conséquence sobres de citations; mais nous croyons néanmoins pouvoir introduire ici la mort, si poétiquement racontée, des infortunés Léandre et Héro.

MORT DE LÉANDRE ET DE HÉRO

Au milieu de la nuit, au moment où les flots sont soulevés avec furie par les vents, où tout frémit sous leur haleine glaciale, où les vagues, violemment repoussées, viennent battre les deux rivages du détroit, Léandre, emporté par le désir de revoir encore une fois sa tendre épouse, se précipite à la nage sur la surface agitée des ondes. Mais les flots roulent et s'amoncellent, et ils semblent vouloir défier la nue; les vents se déclarent une guerre acharnée dont l'espace retentit : l'Eurus combat le Zéphyre; Borée arme tout son souffle contre le Notus : les abîmes de la mer retentissent de l'effroyable fracas de la tempête.

Seul et désarmé dans cet horrible désordre, Léandre appelle à son aide et Vénus, la fille de la mer, et Neptune, le maître des orages; il invoque Borée lui-même. Mais tous les dieux furent sourds à sa prière, aucun ne sut entraver la volonté du destin. L'infortuné ne peut plus tenir tête au ballottement des vagues, qui l'emportent au gré de leur caprice; ses pieds perdent leur élasticité, ses bras épuisés se refusent à de nouveaux efforts. Déjà l'onde amère pénètre entre ses lèvres entr'ouvertes, il avale déjà le funeste breuvage; alors les vents déchaînés soufflent et éteignent le perfide flambeau, et mettent un terme à la vie et à la tendresse du malheureux Léandre.

Cependant Héro, impatiente du retour de son époux, est restée l'œil attentivement fixé, et le cœur en proie aux plus sombres inquiétudes. L'aurore la retrouve attendant encore; hélas! elle n'a rien aperçu; une dernière fois elle parcourt du regard la plaine immense des eaux, pour voir si Léandre égaré, ne voyant plus briller le signal, ne s'est pas perdu dans le dédale des flots. Le triste objet qu'elle reconnaît enfin au bas de la tour, c'est le corps de son époux privé de vie, de Léandre que les aspérités des rochers ont mis en pièces. Alors elle déchire les magnifiques vêtements qui la recouvrent, elle pousse un cri et se laisse tomber au pied de la tour. Héro rendit ainsi le dernier soupir sur le cadavre de son époux, et ils restèrent unis jusque dans la mort.

NONNUS. — Ce poëte était de Palopolis en Égypte, et vivait vers l'année 410. Il a laissé deux ouvrages de genres bien différents : le premier est la biographie en quarante-huit chants du dieu Bacchus, sous le titre de *Dionysiaques* ou *Bassariques*. Le second est une *Paraphrase en vers de l'Évangile de saint Jean.*

Le contraste entre ces deux poëmes s'explique par la conversion de Nonnus, qui, ayant été d'abord un fervent adorateur des faux dieux, devint ensuite un chrétien ardent. Le poëme des *Dionysiaques* est plein de science mythologique et mystique : le Bacchus du poëte n'est, suivant Dupuis, autre chose que le soleil, et ses aventures ne sont que des allégories astronomiques. Quant à la *Paraphrase*, bien qu'elle n'appartienne pas à la haute poésie, elle présente en germe cette tendance à l'imitation des modèles antiques, caractère distinctif des auteurs chrétiens de cette époque. Nous citons un fragment du trente-huitième chant des *Dionysiaques;* on peut le comparer à cette partie des *Métamorphoses* où Ovide traite le même sujet.

DESTIN DE PHAÉTHON, LE MALHEUREUX COCHER

Chant XXXVIII (18-434) (1).

Phaéthon, grandi, et dans la fleur de l'adolescence, s'approchait des flammes paternelles; il soulevait de ses petits bras les harnais brûlants et le fouet étoilé. Il prenait soin de la roue, et s'amusait à flatter les coursiers de ses mains de neige, ou serrait de ses doigts le mors flamboyant. La passion de guider les chars le transporte; assis sur les genoux de son père, il verse des larmes suppliantes, et lui demande son siége de feu et son attelage aérien. Le père refuse; alors il le presse de prières plus insinuantes et de plus de caresses. Enfin, pour lui faire oublier le char des airs, le tendre père dit à son enfant de cette voix qui traverse l'espace.

« O fils du Soleil, rejeton chéri de l'Océan, demande une autre faveur. Que te fait le char de l'Olympe? Laisse là cette carrière et cet inimitable exercice. Tu ne pourrais diriger mon char, dont je suis à peine le maître moi-même. Jamais l'intrépide Mars ne s'est armé de la foudre brûlante; son harmonie, c'est le clairon, et non le tonnerre. Apollon, qui conduit un cygne ailé et non un coursier rapide, ne vibre point l'éclair brûlant de son père. Mercure a un caducée, et ne porte point l'égide paternelle... Crains, mon fils, de subir aussi des châtiments tout pareils. »

Il dit, mais sans le persuader; l'enfant battit son père, et versa sur ses vêtements de plus brûlantes larmes. Puis il caressa de sa main la barbe étincelante de l'auteur de ses jours; et, dans ses supplications, il courba jusque sur le sol sa tête inclinée. A cette vue, le père eut pitié de son fils. La plaintive Chimène redoublait ses instances; et le Soleil, qui au fond du cœur connaissait les inflexibles décrets de la Parque, consentit enfin douloureusement; il essuya de sa robe le ruisseau de larmes qui ne cessait de couler sur le visage de Phaéthon, baisa ses lèvres, et lui adressa ces paroles :

« Il est en tout douze maisons de l'air enflammé, reliées ensemble par le cercle élégant du zodiaque; séparées, mais rangées l'une à côté de l'autre, elles forment la voie oblique et contournée dans laquelle seule se meuvent les planètes fixes... Que mes coursiers impétueux n'aillent pas t'égarer dans les airs. Ne va pas, en apercevant devant toi douze voies, passer trop vite d'une maison à l'autre... Contiens tes coursiers dans les limites de leur chemin habituel. Ne t'emporte pas à l'aspect des cinq cercles parallèles que parcourent les ourses entrelacées l'une à l'autre dans leur tortueuse circonférence, et ne quitte jamais le sentier accoutumé de ton père... En partant, laisse de côté Cimé, que tu verras près de toi, et suis fidèlement la route que t'indique l'étoile du matin, ce guide ne peut égarer ta carrière; les douze Heures circulaires la dirigeront aussi dans leur marche alternative. »

Il dit, et il affermit sur la tête de Phaéthon le casque d'or; il couronne son fils de ses feux, arrondit sur sa chevelure les sept rayons, attache en écharpe autour de sa tête la ceinture argentée; il l'enveloppe de sa robe brûlante, passe à ses pieds les brodequins incandescents et lui livre son char. Les Heures amenèrent de la crèche orientale les coursiers flamboyants du Soleil; l'intrépide Héosphore, s'approchant du joug, boucle le brillant harnais sur leur tête soumise.

_____

(1) Cette traduction est du comte de Marcellus.

Phaéthon monte ; son père lui tend les rênes, les rênes éblouissantes, le fouet étincelant, et il frémit en silence, à la pensée de la courte existence de son fils : près de la rive, Chimène, à demi voilée, regarde le jeune conducteur du char enflammé, et son cœur maternel attendri palpite de joie.

Déjà pâlit l'étoile humide et rougissante ; Phaéthon, baigné des ondes de l'Océan, son aïeul, s'élève et montre son disque matinal : le guide téméraire des coursiers illuminateurs observe d'en haut le ciel émaillé sous le chœur des astres, et encerclé des sept zones ; il voit les étoiles errantes en face de lui, et la terre, semblable à un cône fixé sur un axe, exhaussée sur ses vastes précipices et fortifiée de tous côtés par les vents qui protégent ses voûtes ; il voit les fleuves et les bords escarpés de l'Océan repoussant les flots contre les flots. Mais, tandis qu'il tend ses regards vers les cieux et qu'il contemple les penchants des astres, les diverses tribus de la terre, la surface mobile des mers comme les bases arrondies du monde infini, les ardents coursiers, entraînant leur joug, ont dépassé le cercle accoutumé du zodiaque : l'inexpérimenté Phaéthon, armé du fouet de feu, en frappe leur crinière dans sa fureur ; et, furieux à leur tour, les coursiers, effrayés de l'aiguillon d'un guide qui ne sait pas les ménager, se précipitent malgré eux sur la barrière de leur antique route, et attendent une seconde direction de leur conducteur accoutumé : ils courent à l'aventure autour de la ligne du pôle. Le tumulte naît aux confins du Midi comme aux penchants arctiques de Borée. Les Heures légères, debout sous les portiques célestes, s'étonnent de ce jour étrange et inconnu ; l'Aurore tremble, et l'astre du matin s'écrie :

« Où vas-tu, cher enfant ? Pourquoi cette colère en dirigeant tes coursiers ? Ménage ton noble fouet ; surveille à la fois la marche des constellations fixes ou mobiles, de crainte que le furieux Orion ne t'immole de son glaive, ou que le vieux Bouvier ne te frappe de son incandescente massue. Redoute aussi de tourner vers la mer, de peur que la Baleine Olympienne ne t'engloutisse, même au milieu des airs, dans ses vastes flancs.... Tremble qu'enfin un autre chaos ne montre en plein jour les étoiles du ciel ou que, sur son char, l'inconstante Aurore n'aille rencontrer la Lune à l'heure de midi. »

Il dit ; et Phaéthon n'en continue que mieux à diriger son char vers Notos, vers Borée, père de l'Euros ou du Zéphyre. L'Éther se confond, et ébranle l'immobile harmonie du monde, l'axe lui-même plie sous l'effort des airs, dont il perce le centre. C'est à peine si, en soutenant la sphère, le Libyen Atlas, agenouillé, peut supporter sans fléchir ce poids exorbitant. En dehors de l'Ourse, le Dragon traînant son cercle équinoxial sur les anneaux arrondis de son ventre vient siffler auprès du Taureau constellé ; le Lion rugit contre le Chien embrasé, échauffe l'air du feu de sa gorge redoutable, se dresse audacieux, et, dans un élan qui secoue sa crinière, il tourmente les huit pieds de l'Écrevisse ; sa queue altérée fouette derrière ses jarrets la Vierge sa voisine, et la Vierge ailée elle-même, lancée sur le Bouvier, se rapproche du l'axe et s'enlace au Chariot...

Le père des dieux frappa de la foudre Phaéthon, qui tomba aussitôt du haut des airs dans les flots de l'Éridan. Il ramena l'harmonie en rattachant la chaîne des cercles, rendit ses coursiers au Soleil, replaça le char des airs à l'Orient ; et les Heures légères, suivantes de Phébus, reprirent leur marche auprès de la voie primitive. La terre entière sourit de nouveau. La pluie féconde de Jupiter vint du haut des airs nettoyer tous les champs, et ses gouttes pénétrantes éteignirent tout ce que, de leur gorge embrasée, les coursiers hennissants et fougueux avaient vomi sur le sol immense.

Le Soleil se leva, reprit les rênes de son char ; les moissons grandirent, et le verger, sous l'ancienne température qui donne la vie, refleurit. Notre père Jupiter établit Phaéthon dans l'Olympe. Là il est encore le Cocher, dont il a

le nom et la forme. Il dirige de son bras étincelant, dans les cieux, un char
constellé; il représente un guide emporté dans la carrière, comme s'il enviait
encore, même au sein des astres, le char paternel. Le fleuve consumé parvint aussi dans la sphère céleste par les décrets de Jupiter; l'onde tortueuse
du brûlant Éridan s'y enroule en un cercle étoilé; les sœurs du guide tombé
et disparu si vite furent métamorphosées en arbres, et les feuilles de leurs
rameaux qui pleurent distillent encore une opulente liqueur.

QUINTUS DE SMYRNE. — Ce poëte a été surnommé Quintus de
Calabre. Bien des controverses se sont élevées sans résultat sur le
lieu de sa naissance et sur le temps où il a vécu. Ce qui paraît
certain, c'est qu'il florissait dans le IVᵉ siècle après J.-C. Son
double surnom lui vient de ce que, dans ses vers, il désigne
lui-même Smyrne comme son berceau, et de ce que ce fut en Calabre que son poëme fut découvert. Ce poëme, qui a pour titre
Post-Homerica, ou *Homeri Paralipomena*, est divisé en quatorze
chants, et, comme son nom l'indique, sert de continuation à
l'*Iliade*. C'est en vain que Quintus cherche à imiter Homère, il ne
peut parvenir à cette simplicité sublime; il y gagne du moins d'é-
viter l'affectation ridicule de son époque. On doit même reconnaître qu'il écrit presque toujours avec convenance, et que sa
pensée ne manque pas d'une certaine finesse. Le récit commence
après la mort d'Hector et se termine après la prise de Troie.

MORT ET FUNÉRAILLES D'ACHILLE

Chant III (10-745).

Achille ressentit vivement la perte d'Antiloque son ami, et se prépara sans
retard à en tirer une sanglante vengeance. Les Troyens, tout effrayés qu'ils
fussent à la vue de la lance du héros, sortirent de leurs murailles : c'était
le Destin qui leur inspirait cette audace funeste. S'il fallait que l'Éacide périt
au pied de la cité de Priam, c'est qu'il devait sans doute précipiter auparavant dans le Tartare un grand nombre d'illustres victimes. Les phalanges
grecques et troyennes descendent dans la plaine, animées d'une ardeur
guerrière; Achille sème la mort dans les rangs des ennemis : la terre, nourrice des mortels, se désaltère de leur sang, et le Xanthe et le Simoïs roulent
des cadavres dans leurs eaux. Le héros renversait tout sur son passage....
et il eût, le fer à la main, conduit les Grecs jusque dans Ilion, si Phébus, à
la vue de tant de héros immolés, sentant son cœur gonflé de colère, ne fût
descendu de l'Olympe comme une bête furieuse, portant sur les épaules son
carquois et ses flèches impitoyables : il se tint en face d'Achille; son arc et
son carquois retentirent, de ses yeux s'échappèrent des flammes; la terre
trembla sous ses pas, sa bouche fit entendre un formidable cri : il espérait
par cette voix divine éloigner son adversaire du combat, et arracher les
Troyens à leur sort : « Allons, fils de Pélée, éloigne-toi de la mêlée; tu ne
continueras pas davantage d'accabler ainsi tes ennemis, sans qu'un des
immortels te frappe aussi à ton tour. »

Mais ces paroles divines ne purent émouvoir le héros; la fatalité semblait
déjà le désigner comme sa proie; et, sans se préoccuper du dieu, il s'écria de
toutes ses forces : « Phébus, pourquoi me pousser, malgré moi, à lutter contre les immortels? Je n'en veux qu'aux Troyens. Déjà tu m'as été funeste en

me détournant du combat, en arrachant à mes coups une première fois cet Hector qui faisait alors toute la confiance des guerriers de Troie. Retire-toi, regagne ta céleste demeure, afin que mes traits n'atteignent pas un des immortels. » Après quoi il s'éloignait du dieu et se jetait sur les Troyens; tous se précipitaient vers la ville, poursuivis par le héros. Et Phébus indigné, se parlant à lui-même : « Quelle fureur l'emporte? disait-il. Jupiter lui-même ne pourrait arrêter cet insensé, cet ennemi des dieux. »

Il dit; et, enveloppé d'un voile de nuages, il lance un trait fatal, et perce le talon du guerrier. Celui-ci sent pénétrer la douleur jusqu'à son cœur, et il tombe à la renverse comme une tour qu'un tremblement de terre détache de sa base et de ses fondements, et couche sur le sol; et Achille, dans sa chute, portait autour de lui ses regards sur la foule de ses ennemis implacables. « Qui m'a lancé ce trait perfide et mortel? Qu'il se montre en face, que ma javeline verse son sang noir avec ses intestins, et que je l'envoie dans les sombres demeures de Pluton! Je ne connais aucun guerrier sur cette terre qui ait osé m'attaquer de près, qui puisse me dompter d'un coup de lance, eût-il autour de la poitrine un triple airain et une armure de fer. Les lâches emploient la ruse pour s'attaquer aux vaillants : qu'il vienne donc, cet adversaire, quand même il serait un dieu. » Et, tout en parlant, il arracha de ses mains vigoureuses le fer de la blessure sans remède. Le sang sortit avec la javeline, et la souffrance dompta ce cœur héroïque.

Cependant Achille ne s'abandonne pas à sa faiblesse : son sang bouillonne encore dans ses veines infatigables; il veut encore livrer des combats ; et personne n'ose s'approcher ou l'attaquer dans son abattement. On les voit, au contraire, s'écarter tous à la fois, comme les pasteurs en présence du lion, arrêté dans les broussailles et renversé par le chasseur. L'animal sent un moment l'atteinte du fer, il oublie un moment sa force; mais il roule encore des yeux pleins de menaces, il pousse un épouvantable rugissement : de même la colère et la pointe du javelot ne servent qu'à aiguillonner la grande âme du fils de Pélée : il s'élance, pousse à l'ennemi, tenant à la main sa javeline; il vise Orythaon, l'ami intrépide d'Hector. L'arme n'est point arrêtée par le casque; elle le pénètre, perce les os du crâne et la cervelle, et glace en un instant le cœur bouillant du guerrier. Il renverse Hipponoüs... Il frappe Alconoüs à la face, et lui tranche la langue... Il tue, il sacrifie çà et là les fuyards qu'il rencontre, tant que le sang garde quelque chaleur dans sa poitrine.

Et même, après qu'enfin le froid s'est emparé de ses membres, quand sa respiration le trahit, Achille reste encore debout, appuyé sur sa lance, et les Troyens fuyaient toujours. « Lâches enfants de Tros et de Dardanus, leur criait-il, mon dernier soupir ne vous mettra pas même à l'abri de mes coups; ma vengeance vous aura voués aux Furies. » A ces mots, tous frémissent d'épouvante. S'ils entendaient la voix frémissante du lion sur la montagne, ils trembleraient, ils voudraient fuir loin du monstre; ainsi les Troyens et leurs alliés sentent leurs cheveux se hérisser aux dernières menaces du fils de Pélée, comme s'il était encore sans blessure. Hélas! la mort déjà commence à dompter ce vainqueur audacieux ; elle roidit ses robustes membres; il s'abat au milieu de sa moisson de cadavres, de même que s'abattrait la montagne; la terre rebondit sous sa chute, et le cliquetis étrange de ses armes révéla qu'Achille n'existait plus.

. . . .
. . . .

Quand la riante Aurore entr'ouvrit enfin les cieux, pour répandre le doux éclat de sa lumière sur les humains, sur les Troyens même et sur Priam, les Grecs, plongés dans l'accablement de leurs regrets, pleuraient encore Achille, et ils le pleurèrent pendant bien des jours. Les rivages sans fin de la mer répétaient leurs sanglots, et ceux du vieux Nérée, affligé de la douleur de sa fille, et ceux des autres dieux de la mer, inconsolables de la perte du puissant Achille.

Les Grecs déposèrent cette illustre dépouille sur le bûcher : ils avaient amassé d'immenses fardeaux de bois recueilli sur le mont Ida, et tous, animés de la même ardeur, s'étaient empressés de prêter leurs bras à ce pieux devoir, pour que la flamme dévorât promptement les restes du magnanime fils de Pélée. Ils alimentèrent ce vaste brasier en y jetant les armes des guerriers morts; ils immolèrent des jeunes gens et lancèrent au bûcher leurs cadavres... Les servantes, baignées de larmes, tiraient des cassettes les étoffes précieuses qu'elles donnaient avec de l'or et de l'ambre à dévorer aux flammes; tandis que les Myrmidons, la tête rasée, semblaient garder encore leur prince dans la mort. .   .   .   .

Tout à coup les vents, se précipitant en tourbillon d'après l'ordre de Jupiter lui-même... viennent activer ce feu dévorant : des tourbillons de fumée s'élèvent dans les airs, la forêt entière paraît enflammée, tout se couvre d'un voile de cendres noirâtres; bientôt tout fut consumé; et les corps d'hommes et de chevaux, et les trésors que les Grecs mouillés de pleurs avaient accumulés à l'envi, et le grand roi Achille. Les Myrmidons éteignirent le bûcher sous des flots de vin : les ossements du héros apparurent, semblables aux restes mortels d'un géant. .   .   .   .

Or les coursiers immortels d'Achille pleuraient aussi auprès des vaisseaux des Grecs.

COLUTHUS. — « Coluthus, dit M. Stanislas Julien, était de Lycopolis, aujourd'hui Siout, ville et nome de la Thébaïde, située à 280 kilomètres du Caire. Nous ne savons presque rien sur la vie et les ouvrages de ce poëte. A en juger par son style, il doit être à peu près du même âge que Triphyodore et Quintus Calaber. Si nous en croyons Suidas, le seul des anciens qui en ait parlé, il vivait sous l'empereur Anastase, c'est-à-dire vers la fin du v⁰ siècle, ou au commencement du VI⁰.

« Il avait écrit un poëme en six chants, intitulé les *Calydoniaques*, un autre nommé les *Portiques*, et des *Eloges* en vers; mais tous ces ouvrages sont perdus. On lui attribue communément l'*Enlèvement d'Hélène*, quoique Suidas n'en fasse pas mention. La découverte est due au savant Bessarion, qui, venant de Constantinople pour se rendre au concile de Florence, le trouva au bourg de Casoli, près d'Otrante, dans le monastère de son ordre, ruiné par les Turcs en 1480. »

Ajoutons que le poëme qui nous est parvenu n'offre que de rares beautés; le style est plein de recherche et d'afféterie.

LA DISCORDE AUX NOCES DE PÉLÉE
(17-63) (1).

Déjà l'hymen de Pélée faisait retentir de chants mélodieux les montagnes de la Thessalie, et Ganymède, obéissant au maître des dieux, versait le

(1) La traduction de ce passage est due au savant M. Stanislas Julien.

nectar aux convives; toute la cour céleste s'empressa d'honorer de sa présence les noces de la blanche sœur d'Amphitrite. Jupiter quitte l'Olympe, Neptune son liquide empire; et, du riant séjour de l'Hélicon, Phébus arrive, amenant à sa suite le chœur harmonieux des Muses. Après eux, vint la sœur de Jupiter, l'auguste Junon.... Vénus elle-même ne se fit pas attendre dans les bois habités par le Centaure. La déesse dont les doigts ont tressé la couronne nuptiale, la Persuasion y vint aussi, armée des traits et du carquois de l'Amour. Minerve dépose son casque redoutable, et veut assister à cette solennité... La fille de Latone, Diane, toute sauvage qu'elle est, ne dédaigne pas de les imiter. Mars se montra... sans casque ni javelot; sa poitrine n'était pas armée de fer, un glaive ne brillait pas dans sa main, et on le vit danser avec un visage animé par les ris.

Mais Chiron et Pélée repoussèrent la Discorde, sans se mettre en peine des suites d'un pareil affront. Elle secoue ses blonds cheveux, et le vent fait voler ses boucles ondoyantes : semblable à la génisse qui, piquée par un insecte ennemi, abandonne des pacages riants et fertiles, pour errer dans des bois solitaires, la Discorde, percée des traits de l'Envie, porte en tous lieux ses pas inquiets, et cherche les moyens de troubler le festin des dieux. Tantôt s'élançant de son siége, formé d'une pierre dure et polie, elle reste immobile; tantôt elle s'y rejette avec transport. Insensible à la dureté du roc, elle frappe le sol d'une main forcenée. Elle voulait allumer un tourbillon de feu, ouvrir les sombres cachots du Tartare; et, rappelant les Titans de leurs abîmes souterrains, anéantir le ciel, séjour du maître suprême; mais sa fureur est maîtrisée par Vulcain, dont le bras forge le fer, et alimente la flamme immortelle. Alors elle songe à effrayer les dieux par un cliquetis de boucliers, afin que la crainte d'une attaque imprévue les arrache du banquet. Mais elle renonce à ce nouveau stratagème ; elle redoutait trop le dieu Mars, toujours armé d'un bouclier de fer. Bientôt les pommes d'or des Hespérides se retracent à son souvenir; elle va détacher le fruit, présage de la guerre, et imagine d'en faire naître les plus terribles malheurs. Déjà elle a lancé au milieu du festin la pomme, cause du futur désastre; déjà elle a répandu le trouble parmi les déesses.

TRYPHIODORE. — C'est encore un de ces poëtes de la décadence qui croient utile à leur gloire de composer bon nombre d'épopées, avec plus ou moins d'artifices naïfs dans le genre de celui de Nestor de Laranda. Les œuvres de Tryphiodore sont : 1° une *Odyssée* λειπογράμματος (nous avons déjà expliqué le sens de ce mot), les *Marathoniques*, *Hippodamie* et la *Destruction de Troie,* dont nous allons donner ici un échantillon. L'auteur s'est diverti, dans ce dernier poëme, à exclure successivement de chaque vers une des lettres de l'alphabet. C'est dire assez que le versificateur a presque déjà pris la place du poëte; et pourtant il y a encore dans les vers de Tryphiodore quelques morceaux d'une certaine richesse d'expression, sinon de pensée. Tryphiodore était né à Lycopolis, comme Coluthus, et il fut son contemporain. L'on n'a du reste aucun détail sur sa vie.

CASSANDRE
(302-361) (1)

Cassandre, agitée par l'esprit prophétique, et ne pouvant plus demeurer renfermée dans son appartement, en avait brisé la porte et courait au dehors. Telle on voit une génisse piquée par un insecte, vrai fléau de son espèce, s'élancer avec légèreté : c'est en vain que le berger attend son retour; elle n'entend plus sa voix qui l'appelle, elle a oublié ses pâturages, qu'elle aimait tant; depuis qu'elle a senti l'aiguillon de son ennemi, elle a fui de son parc. Telle la fille de Priam, en proie au trait dont elle était déchirée en découvrant un avenir affreux, agitait le laurier sacré; elle remplissait la ville de ses hurlements; ni ce qu'elle doit au rang illustre dont elle est issue, ni ce qu'elle doit à ses amis, rien ne peut la retenir, elle a perdu jusqu'au sentiment de la pudeur si chère à son sexe.

L'excès de fureur auquel elle est livrée est pire que l'état de ces femmes thraces qui, troublées par le son des flûtes de Bacchus, lorsqu'il court sur les montagnes, et ressentant toute la rage que ce dieu sait inspirer, restent immobiles, sans que rien puisse détourner leurs regards de l'objet sur lequel ils se sont fixés : on les voit secouer leur tête dépouillée de tout ornement, et ceinte uniquement d'une bandelette de lierre attachée par un cordon; ainsi Cassandre, conduite par son délire, errait çà et là. Souvent, dans les accès de son désespoir, elle s'arrachait les cheveux; et, déchirant sa poitrine, elle jetait des cris effroyables : « Insensés que vous êtes, dit-elle en s'adressant aux Troyens, quelle fureur aveugle vous a fait conduire dans vos portes ce cheval, ouvrage de la perfidie? Pourquoi vous précipiter ainsi dans la nuit éternelle? C'est à la mort que vous courez; un sommeil funeste va fermer vos yeux pour jamais. Ne voyez-vous pas que vos ennemis sont campés dans cette prodigieuse machine? C'est à cette heure que vont s'accomplir les tristes visions qui ont troublé le repos d'Hécube? Rien ne s'opposera désormais aux efforts de nos ennemis; ils touchent à l'exécution de leurs entreprises, et leurs succès vont terminer la guerre. Un bataillon de héros grecs est prêt à foudre sur nous; ils n'attendent qu'une nuit obscure pour sortir des flancs où ils sont renfermés; ils brûlent de descendre à terre pour nous livrer combat. Malgré les ténèbres, nous verrons briller le fer homicide levé contre nous. Avec quelle ardeur ces braves guerriers vont s'élancer dans la mêlée! Vos femmes, alarmées à l'aspect de tant de soldats issus du ventre du cheval, s'enfuiront et ne pourront tenir contre une semblable multitude; la déesse qui a conçu le plan de cette machine la délivrera du poids dont elle est surchargée; Pallas elle-même, qui se plaît à désoler les cités, favorisera cette espèce d'enfantement qui doit nous coûter tant de larmes. Je vois déjà les flots de notre sang rejaillir sur nos meurtriers; ils se repaissent de carnage. Les femmes, enveloppées dans le malheur commun, sont chargées de fer. Un feu dévorant s'est glissé dans nos murs; c'est du sein du cheval qu'il est sorti. Hélas! malheureuse Cassandre! hélas! chère patrie! tu vas être réduite en poussière. L'ouvrage des dieux va périr : des murs qu'ils ont bâtis eux-mêmes et que Laomédon fonda jadis sont près d'être renversés. O mon père! je gémis d'avance sur tes malheurs et sur ceux d'une race infortunée. »

Elle parla ainsi, sans qu'on ajoutât foi à ses discours. Apollon, qui lui avait accordé le don de prévoir l'avenir, avait fait en sorte que personne ne crût à ses discours.

(1) E. Falconet.

Pisidès. — Voici ce que Suidas nous apprend de ce poëte : « Georges, diacre de la grande Église, et garde des chartes, surnommé Pisidès, a composé l'*Œuvre des six jours* (Hexameron) en trois mille vers ïambiques. Il écrivit aussi en prose l'histoire de l'empereur Héraclius et de la guerre de Perse, et l'histoire de la guerre des Avares; il fit de plus le panégyrique du martyr saint Anastase. » Il vivait donc vers l'an 360 av. J.-C.

Ajoutons qu'on ne saurait, assurément, refuser une grande facilité et même quelquefois un style élégant à cet écrivain qui, de son temps, jouissait déjà du renom de poëte ingénieux et délicat.

LA CRÉATION ÉLÈVE LA PENSÉE VERS LE CRÉATEUR
(883-1190, *passim.*)

Quel homme, en admirant les fruits et la peinture des roses, ne reconnaîtrait aussitôt le divin artisan des couleurs ?

Quel homme, en respirant la suave odeur du baume, ne voudrait d'abord aspirer ton essence, ô toi le plus sublime des êtres ?

Qui a dressé le cèdre? Qui a étendu ses larges rameaux? Qui, du bois, fit exhaler un parfum pénétrant?

Qui engraisse le nard et sait extraire, de son épi bienfaisant, un si délicieux arome?

D'où vient que le palmier, naissant dans la plaine desséchée, verse un suc doux comme le miel dans les grappes onctueuses de son fruit?

Qui donc a su garnir de pointes aiguës la pomme d'Assyrie et lui fournir ainsi une défense naturelle ?

Quelle sagesse a veillé aux premiers développements du fruit?

Aux uns elle a fourni l'enveloppe osseuse d'un noyau : c'est qu'ils sont extérieurement nus et délicats; aux autres elle a tissu une enveloppe résistante : car ils sont mous et frêles à l'intérieur.

Qui donne au lion l'audace? Qui donne au daim timide des pieds agiles pour échapper à l'effroi?

Qui donne au taureau la vigueur, comme à l'ouvrier, et la force de briser le sol sous la charrue? Qui enseigne aux oiseaux leur langue harmonieuse et leurs mélodieux accents?...

Qui apprend à l'hôte fidèle de nos basses-cours à saluer de son cri perçant les heures de la nuit, à prévoir le matin avant le lever de l'aurore, à appeler au travail l'artisan endormi?

Qui créa l'araignée, aux doigts subtils, habile à filer, tirant de ses propres entrailles la matière même de ses réseaux? Comme l'expert tisserand, elle attache à de fermes bases les fils et les chaînes de son œuvre, du centre elle dirige les rayons, et forme, de son industrieux compas, ses trames circulaires...

Approche, fourmi travailleuse, qui mets nos blés au pillage; tu sais diviser en deux parts et placer en deux greniers un seul grain, pour le mettre à l'abri de l'humidité, à l'abri de la pourriture, à l'abri même de la germination...

Tzetzès. — Jean Tzetzès fut, comme on disait de son temps, poëte et grammairien; il naquit à Constantinople en 1120, et mourut en 1183. Dès sa plus grande jeunesse, il montra pour l'étude les meilleures dispositions ; aussi rien ne fut négligé de ce qui pouvait en amener le développement. Devenu homme, il révéla un esprit vif et fin, une aptitude variée, et principalement une grande facilité pour apprendre toutes les langues ; ces précieuses qualités le firent connaitre et goûter de l'impératrice Irène. Son mérite, il est vrai, lui attira des envieux, car il fut contraint de s'exiler de sa ville natale ; mais il sut mettre à profit ces disgrâces en entreprenant des voyages utiles. Les œuvres de Tzetzès, plus savantes que véritablement inspirées, sont : 1° *Les Iliaques*, en trois parties, *Ante-Homerica, Homerica, Post-Homerica*; 2° des commentaires sur *Hérodote;* 3° des commentaires sur *Lycophron;* 4° *Les Chiliades*, au nombre de treize, ou *Livre d'histoires variées;* 5° des poésies diverses ou épigrammes.

CHAPITRE IV

POÉSIE GNOMIQUE

—

PRÉCEPTES

C'est à la suite des chantres lyriques et après ceux de l'épopée que les gnomiques prennent leur rang naturel. Les demi-dieux inspirés à la première époque entremêlèrent leurs chants de leçons de morale, de conseils pratiques : les conceptions d'Homère et des autres poëtes de la seconde époque mirent, par place et suivant les circonstances, la morale dans les faits. La troisième époque isole le précepte, le versifie sous une forme élégante et particulière, et crée un genre qui lui est particulier, le genre gnomique.

Ce mot gnomique vient du mot γνωμή, sentence; cette appellation a été attribuée aux poëtes qui ont écrit des maximes. « La poésie gnomique, dit Schœll, convenait à un peuple placé au premier degré de la culture intellectuelle, comme l'étaient les Grecs du VIᵉ siècle av. J.-C., où elle fut en vogue. Son but était le même que se proposait l'apologue d'Ésope, savoir, d'instruire la multitude. On appelait gnomes des sentences détachées dans lesquelles des hommes d'une sagesse reconnue et d'une expérience consommée exprimaient avec sensibilité et concision le résultat de leurs observations morales. La forme métrique, qu'on choisit pour ces préceptes, contribuait à les imprimer plus fortement dans la mémoire. »

Il ne faut pas s'attendre à trouver dans ces poëtes de riches couleurs et de brillantes images. Ce sont des proverbes qu'ils nous donnent, et les proverbes, pour vivre longtemps dans la bouche des peuples, ont besoin d'abord d'être précis : ils doivent parler plus à l'esprit et au cœur qu'à l'imagination.

AUTEURS ET MORCEAUX

SOLON. — Né l'an 638 av. J.-C. à Salamine. C'est le législateur d'Athènes, l'un des sept sages de la Grèce. Par son père, il descendait de Codrus, le dernier roi des Athéniens, et par sa mère (aïeule de Platon), de Pisistrate. Exéchistidès, son père, ne lui ayant laissé aucun bien, il entreprit de faire fortune; et, pour atteindre plus promptement ce but, il embrassa la carrière du commerce. Lorsque, plus tard, il entra dans la vie publique, son génie pour les affaires ne tarda pas à se révéler. Son premier acte politique fut de replacer Salamine sous la domination de sa patrie, entreprise qui accusait chez son auteur une grande force de caractère et un esprit supérieur.

« Les Mégariens avaient conquis Salamine sur les Athéniens, qui, après de long et inutiles efforts pour recouvrer cette île, s'étaient soumis à une paix honteuse. Ils avaient même, par une loi, décrété la peine de mort contre quiconque proposerait de tenter de nouveau la conquête de Salamine. Solon, indigné de cette détermination, mais n'osant enfreindre le décret, contrefait l'insensé, sort de sa maison dans un grotesque accoutrement, se dirige vers la place publique, monte sur la pierre où se plaçaient les hérauts, et chante une élégie inspirée. Le peuple se presse autour du prétendu fou et l'écoute avec intérêt; mais, lorsque le nouveau Tyrtée eut encore élevé les hauteurs de son chant, les Athéniens ne purent contenir leurs transports; la loi fut révoquée, et la guerre décidée. Solon, élu général, eut la gloire de reprendre Salamine (1). »

Ce succès le rendit illustre. Athènes était alors déchirée par la lutte entre les pauvres et les riches. Les dettes s'étaient accrues d'une manière effrayante, et le débiteur était contraint ou de vendre ses enfants ou de se faire esclave. En outre, trois partis déchiraient la cité : la *plaine*, ou le parti oligarchique; la *montagne*, ou la démocratie; les *paraliens*, ou la conciliation. On chargea Solon, que tous estimaient, de régler les différends et de calmer les colères. Il réussit, non sans peine, à faire goûter ses palliatifs,

(1) Ch. du Rozoir.

et usa de son crédit pour donner au pays un code de lois. On sait qu'il en fit jurer l'observation à ses concitoyens, et qu'ayant entrepris un long voyage, il visita l'Égypte, la Lydie, l'île de Chypre. A son retour, il vit Pisistrate maître des affaires, et ne pouvant obtenir de lui qu'il quittât le pouvoir, il reprit le cours de ses pérégrinations, qui le menèrent jusqu'en Égypte. Il mourut à Chypre, en 559 av. J.-C.

Outre le poëme, par lequel Solon engagea les Athéniens à faire la guerre aux Mégariens, et qui ne nous est pas parvenu, il a laissé des lettres à Pisistrate, à Crésus, à Épiménide et à Périandre; et, enfin, des vers gnomiques. Un petit nombre seulement nous en est resté, recueilli par Plutarque, Diogène-Laërce et Clément d'Alexandrie. Le style en est simple, mais d'une grande dignité; et la pensée dominante est l'utilité de la modération, le calme au milieu des vicissitudes de la fortune, la pratique des vertus.

SENTENCES DE SOLON

La parole est l'image des actions.

N'enlève pas ce que tu n'as pas posé.

Médite attentivement ce qui est grand et beau.

Donne au prince, non les conseils les plus agréables, mais les plus utiles (1).

Les donations des mourants doivent être sacrées.

Le manque du nécessaire suit et accompagne l'admiration qu'on éprouve pour le superflu (2).

Attache-toi de préférence à la probité : elle mérite plus de confiance que le serment (3).

Jamais poëte mortel n'a loué ou ne louera le ciel comme il doit être loué (4).

L'insensé ne peut apprendre à se taire.

Que le chef d'un peuple se gouverne lui-même, avant de gouverner les autres.

La langue du méchant est plus aiguë que la pointe d'un glaive (5).

THÉOGNIS. — Ce gnomique était de Mégare en Sicile, quelques-uns disent de Mégare en Achaïe; il naquit vers la 59e olympiade, c'est-à-dire vers l'an 550 av. J.-C. On sait qu'ayant été exilé de sa patrie, il alla s'établir à Thèbes. Ses *Exhortations* (παραίνεσεις), au nombre de près de quinze cents, en forme de distiques, furent composées pour l'instruction morale du jeune Cyrné, et elles sont remarquables surtout par la concision de la pensée, toujours remplie de sagesse. Les exhortations qu'il adresse à son disciple portent sur la piété, l'amour de la famille, et le choix prudent des amis.

Ce recueil devint pour les Grecs un code de bons conseils à l'u-

---

(1) Diog. Laërce. — (2) Plutarque. — (3) Stobée. — (4 Aristide. — (5 *Excerpt. ex diversis scriptoribus.*

sage des jeunes gens, et ils l'apprenaient par cœur, comme on apprend les maximes dans nos écoles.

SENTENCES DE THÉOGNIS

Celui qui, avec une seule langue, a un cœur double, est un compagnon funeste; un ennemi déclaré vaut mieux qu'un faux ami.

L'homme qui se laisse vaincre par la pauvreté ne sait plus ni agir ni parler : sa langue même est liée.

La plus douce chose au monde, c'est de rencontrer ce qu'on désire; la meilleure, c'est d'être sain; mais la plus belle, c'est d'être juste.

Hélas! Cyrné, l'homme cesse d'être l'ami de l'homme qui devient malheureux, fussent-ils nés tous deux de la même mère.

Crains en toute chose l'excès : dans la médiocrité reposent le bonheur et la vertu, ces deux biens si difficiles à acquérir.

Le moyen de savoir ce que veut le peuple? Je fais bien, je ne lui plais pas; je fais mal, je lui déplais.

Que je boive, que je m'enivre; jamais le vin ne me fera mal parler d'un ami.

Veux-tu devenir sage? écoute parler les sages, et recueille précieusement tout ce qu'ils auront pu dire.

Il est plus facile de faire du mal avec le bien, que du bien avec le mal.

La soif insatiable, toujours mécontente de ce qu'elle a, a perdu plus d'hommes que la famine.

Cyrné! ne te mets jamais en colère contre un homme : ton cœur est soumis aux mêmes passions que le sien.

Le riche a beaucoup d'amis, le pauvre n'en a guère; je ne sais pas même s'il a conservé sa vertu.

Hommes insensés! vous pleurez les morts, et vous ne trouvez pas une larme pour un jeune cœur qui se flétrit.

Toutes les divinités s'en sont retournées au ciel : il n'en est resté qu'une, l'Espérance.

Je ne souhaite pas la fortune; les seuls biens que j'envie, c'est l'absence du mal et la modération.

PHOCYLIDE. — Il fut le contemporain de Théognis, et cultiva le même genre que lui, mais avec une grande supériorité. Ses sentences jouissaient d'une si haute estime, que les rhapsodes les chantaient comme les vers d'Homère et d'Hésiode. Il ne nous en reste qu'un petit nombre; car le poëme l'*Exhortation*, attribué par certains auteurs à Phocylide, doit être restitué à un écrivain chrétien qui se sera plu à l'imiter. Nous en extrairons plusieurs maximes.

MAXIMES DE PHOCYLIDE

Que ta pensée soit sur tes lèvres : que le secret d'autrui reste dans ton cœur.

Ne te laisse pas accabler par le souvenir d'un malheur accompli : il ne peut s'accomplir deux fois, et il ne peut non plus ne pas être accompli.

Qu'on traite frugalement son hôte, mais qu'on le serve avec célérité : il se trouvera mieux de cet empressement à le servir que si on lui faisait attendre de bons morceaux.

Nous voulons de beaux chevaux, de forts taureaux, de bons chiens : nous ne tenons pas à avoir une femme parfaite.

Sache entendre un sage conseil, même de la bouche d'un esclave.

XÉNOPHANE. — Né vers 617 av. J.-C. (40e olympiade), à Colophon, dans l'Asie-Mineure. Xénophane est le fondateur de l'école d'Élée. Exilé de sa patrie, il alla se fixer en Sicile et pourvut à ses besoins en exerçant à la cour des tyrans le métier de rhapsode. Il s'éloigna de la Sicile à l'âge de quatre-vingts ans, s'établit à Élée dans la grande Grèce, et y enseigna la philosophie. Il ne nous est parvenu de Xénophane que de trop rares fragments. Nous ne l'étudions pas ici comme philosophe, mais comme gnomique.

FRAGMENTS

Il est un dieu unique, supérieur aux dieux et aux hommes; il n'est semblable aux mortels ni par la forme, ni par l'esprit; il règle tout par sa puissante intelligence et ne connaît pas la fatigue.

SENTENCES DES SEPT SAGES [1]

THALÈS.

Rien de plus ancien que Dieu, car il n'a pas été créé; rien de plus beau que le monde, et c'est l'ouvrage de Dieu; rien de plus actif que la pensée, elle se porte dans tout l'univers; rien de plus fort que la nécessité, car tout lui est soumis; rien de plus sage, que le temps, puisqu'on lui doit toutes les découvertes.

SOLON.

Solon avait perdu son fils et le pleurait. On lui représenta qu'il ne pouvait lui faire aucun bien par ses larmes. « C'est pour cela que je pleure, » répondit-il.

La maison la plus heureuse est celle qui ne doit pas ses richesses à l'injustice, qui ne les conserve pas par la mauvaise foi, à qui ses dépenses ne causent pas de repentir.

CHILON.

Tes amis t'invitent à un repas, arrive tard si tu veux; ils t'appellent pour les consoler, hâte-toi.

BIAS.

Désirer l'impossible, être insensible à la peine des autres : voilà deux grandes maladies de l'âme.

Écoute beaucoup, et ne parle qu'à propos.

PITTACUS.

Heureux le prince, quand ses sujets craignent pour lui et ne le craignent pas.

CLÉOBROLE.

Puissé-je vivre dans un État où les citoyens craignent moins les lois que la honte ! Répands tes bienfaits sur tes amis, pour qu'ils t'aiment plus tendrement encore; répands-les sur tes ennemis, pour qu'ils deviennent enfin tes amis.

---

(1) M. Lévesque.

PÉRIANDRE.

Quand tu parles de ton ennemi, songe qu'un jour peut-être tu deviendras son ami.

PYTHAGORE. — Ce philosophe naquit, à ce qu'on croit, à Samos, environ 590 ans av. J.-C. Il passa presque entièrement sa vie à voyager. S'il n'entre pas dans notre plan d'exposer ici le système de philosophie auquel il a donné son nom, nous citerons du moins les sentences célèbres recueillies par ses disciples, sous le titre de *Vers dorés* (χρυσᾶ ἔπη).

EXTRAIT DES VERS DORÉS

Entre tous les hommes, prends de préférence pour ami celui qui a le plus de vertu.

La force tient sa demeure tout près de la nécessité.

Délibère et approfondis avant d'agir, si tu veux éviter les actions folles. Ne fais rien qui puisse plus tard t'apporter un chagrin ou un repentir.

Evite toute action qui exciterait contre toi l'envie.

Quand tu es sur ta couche, ne clos point la paupière avant d'avoir mûrement examiné tes actes de la journée. Quel mal ai-je fait? Quel bien ai-je omis de faire?

Ne commence aucune affaire sans prier les dieux de mener à fin ton entreprise.

Abstiens-toi des viandes qui sont défendues.

NOTA. — A ces gnomes il convient d'en ajouter quelques autres. Nous ne donnerons pas la biographie de leurs auteurs, chacun d'eux n'ayant laissé le plus souvent qu'une maxime ou deux; mais nous pensons qu'un choix sobrement fait parmi les milliers de sentences de l'antiquité grecque est nécessaire pour compléter heureusement ce travail entièrement neuf, et nous espérons qu'il sera profitable à ceux qui le liront.

La mort des hommes pieux sera douce. (ORPHÉE.)

L'abondance des paroles n'est jamais la preuve de la sagesse. (THALÈS dans Diogène-Laërce.)

Ajoute miette à miette, et n'interromps jamais ce travail, tu feras un monceau. (HÉSIODE.)

Oublie le soin de ta gloire, et te voilà sage tout à coup. (CLÉANTHE.)

Tout ignorant peut passer pour un sage, à la condition de se taire. (PALLADE.)

Un mot dit de trop suffit pour rompre les plus fortes amitiés. (Dans Aristote.)

La guerre est le fléau des gens de bien; elle ne profite qu'aux méchants. (ANACRÉON)

Dans les affaires difficiles, on ne peut faire que tout le monde soit content. (SOLON.)

Le mal est toujours honteux, qu'il paraisse ou ne paraisse pas être tel. (CLÉANTHE.)

Les hommes de cœur sont les plus puissants remparts d'une ville. (ALCÉE.)

Si je reçois quelque honneur particulier de la main des mortels, je crains toujours d'avoir commis quelque crime à l'égard des dieux. (IBYCUS.)

Une ville petite bâtie sur le roc, et réglée par la modération, est plus forte que la cité de Ninus mal gouvernée. (PHOCYLIDE.)

La plus belle de toutes les chasses est celle qui se fait à la poursuite de la vertu. (ARISTOTE.)

6ᵉ Époque

SAINT GRÉGOIRE DE NAZIANZE. — Nous avons signalé déjà comme poète lyrique cet admirable génie ; citons-le encore pour ses maximes chrétiennes, et nous le retrouverons plus tard illustre et brillant en d'autres genres. Il semble que le saint évêque ait été pénétré de cette vérité, qu'aux cœurs épris des beautés d'une religion nouvelle, il fallait d'autres gnomes, des pensées plus nobles et plus pures.

GNOMES

Heureux celui qui, au prix de tous ses biens, achète la possession du Christ !

Heureux celui qui, doux et indulgent pour les autres, se concilie la faveur du maître des cieux !

C'est parce qu'il ne s'est pas comparé aux modèles illustres de vertu, que l'homme bien souvent conçoit de lui de trop hautes pensées.

Une barque solidement construite est plus forte qu'un navire dont les ais sont mal joints.

Garde sans cesse en ta mémoire le souvenir de la mort, et tu la verras venir sans la craindre comme on craint un ennemi.

Connais-toi toi-même ; mais connais aussi ta céleste origine, si tu veux approcher du souverain modèle.

Quand ta plaie réclame les soins du médecin, refuser de la montrer, c'est vouloir que la gangrène s'y mette.

La modération est le meilleur des biens : point de rigidité dans la justice, point de finesse dans la prudence !

Comme le feu éprouve l'or, ainsi l'adversité éprouve l'homme courageux : telle douleur est souvent plus légère que la prospérité.

Les vers rongent tout : n'abandonne pas au sépulcre ta dépouille entière. C'est vaincre la mort, que de laisser un beau nom.

Les paroles d'un sot ressemblent au bruit de la mer, qui fait retentir le rivage sans profit pour la fertilité des champs.

Comme le bois sec alimente la flamme, le vin réveille les passions assoupies.

Il est dur d'ajouter un fardeau à un fardeau : cependant un chagrin est souvent le remède d'un chagrin.

Ni confiance excessive, ni défiance exagérée : la première amollit, la seconde tue.

Ne jure jamais. — Comment me croira-t-on ? — En voyant tes actes.

L'œil voit tout, mais il ne se voit pas.

Sois bon pour tous, suivant ton pouvoir ; mais sois meilleur encore pour tes proches. — Pourquoi cela ? — Qui croira à ta bienveillance pour des étrangers, si tu te montres dur pour les tiens ?

Exerce la force, non en faisant du mal, mais en faisant du bien, et tu imiteras Dieu.

CHAPITRE V

POÉSIE DRAMATIQUE

—

PRÉCEPTES

Le *Drame*, dans le sens le plus large du mot (δράω), c'est une action représentée. Cette action est réelle ou feinte ; mais, dans les deux cas, les personnages agissent conformément aux faits, tels qu'ils se sont passés, ou, dans le rapport de la vraisemblance, tels qu'ils devraient se passer ; ils parlent suivant la vérité ou d'après la convenance.

Ou l'action dramatique cherche à émouvoir le cœur, en y excitant la pitié, en y faisant concevoir la terreur ; ou bien elle cherche à distraire et à provoquer le rire par la peinture du ridicule. Dans le premier cas, elle s'appelle *tragédie ;* dans le second cas, *comédie*. Les préceptes du poëme dramatique sont donc de deux sortes ; les règles de la tragédie ne peuvent toutes s'appliquer à la comédie. Et nous devons traiter séparément l'une et l'autre, en faisant observer toutefois qu'elles exigent du poëte toutes les deux, soit au milieu des situations violentes et héroïques, soit dans les scènes familières et plaisantes, la moralité du but, l'intention d'instruire, le désir de corriger.

TRAGÉDIE.— Elle prit naissance aux fêtes de Bacchus. Et, comme le dit Boileau :

> Là, le vin et la joie éveillant les esprits,
> Du plus habile chantre un bouc était le prix.

C'est assez dire que le dithyrambe est le père de la tragédie (τράγος, ᾠδή). «Son invention, dit un habile critique, fut spontanée, et cela se conçoit chez ce peuple de poëtes qui avait conservé dans son esprit et dans son cœur l'émotion encore récente de l'*Iliade* d'Homère. Les fêtes de Bacchus se célébraient au milieu de la vendange ; la joie était partout, et même la licence tant soit peu effrontée ; on promenait dans les villes et dans les bourgs un homme déguisé en Silène, et monté sur un âne ; d'autres l'accompagnaient, barbouillés de lie, et chantant le dieu du vin ; on s'attaquait de toutes sortes de propos, de toutes sortes de moqueries surtout ;

car la nation grecque, tout comme la nation française, a été de tout temps un peu moqueuse. Cela se passait parfois sur les tréteaux chargés de vendanges, à l'ombre des cuves fumantes, et, le plus souvent, du haut de tombereaux ambulants, qui portaient en tous lieux la poésie et la joie, le sarcasme et l'ironie. Bientôt un poëte, Thespis, essaya d'introduire au milieu de cette foule avinée un acteur chargé de réciter, d'une voix sonore et ferme, tantôt les plus beaux passages de l'*Iliade*, tantôt une épopée en l'honneur de Bacchus, ou même étrangère à ce dieu dont on célébrait l'histoire. Thespis, en variant ainsi le choix des sujets, trouva le moyen d'exciter dans l'âme des auditeurs les deux sentiments qui sont le nerf de la tragédie : la pitié et la terreur. Il frappait d'une commotion électrique ces esprits encore neufs, qui ne demandaient pas mieux que de croire à un récit fait à pleine voix, avec les mouvements et la conviction de l'éloquence. Ceci est encore l'art informe, il est vrai; mais c'est déjà un grand art.

« Cette invention de Thespis fut continuée par Eschyle, qui ajouta un acteur à celui qui avait été d'abord mis en scène, et introduisit ainsi le dialogue dans la tragédie. C'était un progrès considérable, que le poëte féconda encore par ses compositions où l'on remarque, mêlé aux fougueuses inspirations d'un génie primitif, un caractère incontestable de grandeur et de puissance.

« Vinrent ensuite deux excellents poëtes, deux grands maîtres en l'art d'écrire, Sophocle et Euripide : le premier se montra solennel, austère comme ses devanciers, toujours au niveau des plus terribles mouvements de l'âme humaine ; mais il sut éviter leur excès, et unir la rigueur à la décence, la force à la grâce et à la correction. Le second se distingua beaucoup moins par la puissance de l'invention que par ce doux trait qui naît de la délicatesse des sentiments ; il est encore le plus tendre, le plus sympathique, en un mot, le plus charmant des poëtes tragiques. Grâce à ces deux illustres maîtres dans l'art de remuer les passions, la tragédie n'eut plus de progrès à faire.

« Le tombereau du vieux et rustique Thespis avait été remplacé par un vaste théâtre où venait s'asseoir, à certains jours marqués par des fêtes, la Grèce entière dans son plus somptueux appareil. Et c'était là un spectacle admirable ! Tout ce grand peuple qui bat des mains à l'histoire représentée de ses victoires et de ses défaites, de ses haines, de ses vengeances, de ses conquêtes ! Là se montrait dans des appareils si divers toute la race hellénique ! là retentissaient d'une façon si formidable tous les grands noms de l'*Iliade!* A la voix des poëtes, les dieux eux-mêmes étaient convoqués dans cette arène de sang et de mort, de pitié et de terreur.

L'Olympe descendait, en quelque sorte, pour venir rendre compte
de sa conduite aux hommes assemblés, et le plus souvent pour
mêler son influence aux incidents de l'action dramatique. Ainsi
chacun jouait son rôle dans ces grands drames; le peuple lui-
même était représenté par le chœur, personnage complexe qui
empruntait toujours l'accent de la raison et dont la voix répriman-
dait ou encourageait tour à tour les dieux et les hommes. La parole du chœur était correcte et simple; il jugeait en dernier
ressort toute chose, il était la justice suprème, il représentait le
peuple athénien. Nous autres, les Athéniens modernes, nous
n'aurons jamais l'idée de ce que devaient être ces solennités de la
poésie antique. Le théâtre était immense; les acteurs, rehaussés
par le cothurne, avaient huit coudées, comme les héros d'Homère;
un masque tout rempli d'expression couvrait leur visage, et s'ar-
rondissait au-devant de la bouche en une sorte de trompe ou de
porte-voix; ils traînaient de grands manteaux sur cette large scène,
des vases d'airain augmentaient au centuple la force et la sono-
rité de ces voix poétiques, et d'ailleurs c'était une émotion qui ne
revenait qu'une fois par année; c'était un prix décerné tout exprès par les magistrats de la ville; c'était de la gloire comme en
ramassait sur la place publique Démosthène en personne. Malheureusement cette nation athénienne n'a duré qu'un jour. »
    Au tableau historique de la tragédie grecque, ajoutons un ren-
seignement nécessaire sur la disposition du drame, et l'artifice du
poëte pour ménager l'intérêt. On ne représentait pas une pièce
seulement; quand on prétendait au prix de la tragédie, on apportait sur la scène une *trilogie*, c'est-à-dire une grande action en
trois parties, ou même une *tétralogie,* c'est-à-dire une trilogie
suivie d'un drame satyrique, ou tableau burlesque, « ce qui, dit
M. Patin, ramenait le spectacle tragique à ce dont il s'était fort
écarté, à son origine dithyrambique, qui le rattachait, par un
dernier lien, à l'esprit des fêtes de Bacchus. » De ces trois pièces,
la première servait en quelque sorte d'exposition, et préparait
l'âme aux grandes émotions; la seconde frappait les grands coups
tragiques, amenait les complications de l'intrigue; la troisième
servait de complément et de dénoûment. Mais ce qu'on pourrait
appeler les trois actions se groupait toujours autour des mêmes
personnages, et ne faisait en réalité qu'un tout. Il nous reste une
trilogie véritablement complète, due à Eschyle : la fatalité qui
poursuit les Atrides se déroule dans *Agamemnon, les Coéphores*
et les *Euménides;* la tétralogie se complétait par un drame satyrique, intitulé *Protée,* qui n'est pas venu jusqu'à nous. Le seul
drame satyrique, complément de la tétralogie, qui nous soit parvenu, c'est le *Cyclope* d'Euripide. Cependant il arrivait souvent

que les quatre pièces traitaient des sujets différents et n'ayant
entre eux aucune liaison.

Les règles de la tragédie sont indiquées naturellement par le
but que nous avons attribué à cette œuvre éminente de l'esprit.
Supposons que l'action, au lieu de nous être révélée par un récit,
se passe en réalité sous nos yeux : de quelle émotion serions-nous
saisis ! Combien les malheurs , les dangers , les catastrophes
d'*Agamemnon*, d'*Œdipe*, frapperaient vivement et nos cœurs et
nos imaginations ! Mais aussi quel attrait de terreur, de pitié, de
douloureux plaisir, dans cette lutte de passions, cette foule d'événements, cette variété de caractères ! Voilà la tragédie offerte à la
curiosité des Grecs.

Donc ce qu'on venait contempler, sur cette scène splendide,
c'était l'homme, le héros surtout, mis en face du malheur de la
fatalité, des passions violentes et succombant ou résistant à leurs
étreintes. Il ne fallait pas que la pensée fût un instant distraite
de ce magnifique objet, ni par un trop long intervalle d'années,
ni par la distance des lieux, ni surtout par la variété des personnages et des intérêts. On devait chercher l'unité de temps, l'unité
de lieu, l'unité d'action.

Si grande que fût la complaisance du spectateur à se prêter à
l'illusion, et quand le chœur ne quittait jamais un seul moment
la scène, était-il permis de supposer que l'action du drame pût
dépasser en durée le temps de la représentation, ou que la foule
des acteurs fût prise dans des lieux différents et éloignés?

L'entr'acte, qui coupe les pièces modernes, permet encore chez
nous cette concession d'indulgence; mais les Grecs, plus sérieux,
plus scrupuleux dans leurs jouissances, prenant fait et cause pour
le héros, poursuivant volontiers, comme des Bretons d'Outre-
Manche, leurs ennemis de murmures, s'incorporaient trop, pour
ainsi dire, à la représentation, pour se résigner jamais ou à voyager ou à vieillir si vite.

Quant à l'unité d'action, elle doit être plus sévère encore que
pour l'épopée; car, plus rapide, elle craint tout épisode pouvant
faire obstacle à sa marche; bien plus, la tragédie ne veut pas
même de personne qui ne tourne dans le cercle d'activité du
héros principal, vers lequel sont tendus et les regards et les pensées. Cette règle est la seule estimée inviolable par les critiques,
et M. Villemain, qui la conteste avec celle des deux autres unités,
paraît avoir oublié un instant combien de liens secrets et inconnus aujourd'hui aux érudits les plus profonds rattachaient
alors les familles diverses de la Grèce, héros et dieux ; et que, si
l'intérêt semble multiple et variable aux yeux des modernes, il
devait en être autrement pour le peuple athénien, fort curieux de

généalogie, voire même de théogonie. Il n'y a pas lieu de parler en ce moment des mœurs du drame tragique; celles de l'épopée, que nous avons exposées, lui conviennent sans restriction.

La tragédie antique ne se divisait point en actes; et pourtant, ce qui est un argument en faveur du théâtre tragique moderne, la division en cinq actes se retrouve facilement, sans être indiquée nettement, dans les œuvres surtout de Sophocle et d'Euripide. Il semble que l'attention fatiguée ait besoin de variété, sinon de repos, et le chœur vient mêler les beautés lyriques à l'intérêt du drame. C'est la dernière trace de l'origine bachique de ce genre; c'est, à proprement parler, le refrain de l'antique dithyrambe; mais ces strophes et ces antistrophes splendides sont devenues, sous le feu du génie, une merveille de plus.

COMÉDIE. — La comédie (χώμη, ᾠδή), chant du village, dut avoir la même origine que la tragédie : le tombereau du vendangeur inspirait sans doute plus de quolibets burlesques que de récits grandioses; et, comme l'épopée fut le point de départ du drame tragique, la satire fut sans doute la mère de la comédie; c'est le sentiment de la Harpe. « La tragédie et la comédie, dit Aristote, s'étant une fois montrées, tous ceux que leur esprit portait à l'une ou à l'autre, préférèrent, les uns, composer des comédies au lieu de satires, les autres, des tragédies en place d'épopées, parce qu'ils en retiraient plus de célébrité. » On a dit que les Athéniens, dans les loisirs d'une longue paix, ayant insulté les paysans, les virent à la fin répondre la nuit à leur injustice par des invectives et des cris satiriques. Les provocateurs devinrent plus réservés, et les poëtes crurent pouvoir, avec leurs vers, combattre utilement les excès et l'insolence des puissants. On conçoit que ces productions ne se firent pas jour sans résistance; mais les exigences populaires eurent le dessus, et la comédie monta sur la scène.

> Là, le Grec, né moqueur, par mille jeux plaisants,
> Distilla le venin de ses traits médisants.

Voilà les origines de la comédie d'après l'histoire; mais l'observation divulgue assez que l'enfance, la jeunesse, l'âge de l'homme imitent ou contrefont successivement pour en rire les infirmités du corps, puis les exagérations de manières et enfin les travers de l'esprit. « Cette malice, naturelle aux hommes, dit Marmontel, est le principe de la comédie. Nous voyons les défauts de nos semblables avec une complaisance mêlée de mépris, lorsque ces défauts ne sont ni assez affligeants pour exciter la compassion, ni assez révoltants pour donner de la haine, ni assez dangereux pour donner de l'effroi. Ces images nous font sourire, si elles sont peintes

avec finesse ; elles nous font rire, si les traits de cette maligne joie,
aussi frappants qu'inattendus, sont aiguisés par la surprise.

« De cette disposition à saisir le ridicule, la comédie tire sa force
et ses moyens. Il eût été sans doute plus avantageux de changer
en nous cette complaisance vicieuse en pitié philosophique ; mais
on a trouvé plus facile et plus sûr de faire servir la malice humaine à corriger les autres vices de l'humanité, à peu près comme
on emploie les pointes (la poussière) du diamant à polir le diamant même : c'est là l'objet ou la fin de la comédie. »

La comédie grecque, dont les premiers essais furent faits à
Athènes, doit être divisée en trois époques bien distinctes : *comédie ancienne, comédie moyenne* et *comédie nouvelle.* « Ce qu'on appelle la vieille comédie, dit la Harpe, n'était autre chose que la satire en dialogue. Elle nommait les personnes, et les immolait sans
nulle pudeur à la risée publique. Ce genre de drame ne pouvait
être toléré que dans une démocratie effrénée comme celle d'Athènes. Il n'y a qu'une multitude sans principes, sans règle et sans
éducation, qui soit portée à protéger et à encourager publiquement la médisance et la calomnie, parce qu'elle ne les craint pas,
et que rien ne trouble le plaisir malin qu'elle goûte à les voir se
déchaîner contre tout ce qui est l'objet de sa haine ou de sa jalousie. C'est une espèce de vengeance qu'elle exerce sur tout ce qui
est au-dessus d'elle ; car l'égalité civile, qui ne fait que constater
l'égalité des droits naturels, ne saurait détruire les inégalités morales, sociales et physiques, établies par la nature même, et rien
au monde ne peut faire que, dans l'ordre social, un fripon soit
l'égal d'un honnête homme, ni un sot l'égal d'un homme d'esprit. » Quand on sait que la comédie des *Huées* prépara l'arrêt qui
atteignit le sage Socrate, en fournissant à son accusateur Anytus
ses arguments mortels, on se sent animé contre la comédie ancienne des mêmes sentiments d'horreur que ceux qu'éprouvait
Plutarque.

Sous Alcibiade, on mit des bornes à la licence des comiques,
par une loi interdisant de dire du mal d'un homme vivant, et de le
nommer sur la scène. On avait laissé insulter les dieux et les hommes de bien, sans y trouver à dire ; il fallut que l'aréopage fût mis
en cause pour qu'on sentît le besoin d'une réforme. Les auteurs
regimbèrent contre ce décret ; et, si les personnes ne furent plus
désignées par leur nom, la malice n'y perdit rien. On imagina de
raconter des aventures connues, sous le voile de noms supposés,
qu'on eut cette fois le plaisir de deviner. Ce fut la comédie
moyenne, sœur fort ressemblante de son aînée.

Un arrêt nouveau brisa ses dernières armes ; la comédie nouvelle fut restreinte à la peinture des vices et des ridicules, au pro-

lit de la moralité publique et du véritable génie. C'était quelques années avant l'avénement d'Alexandre le Grand : Ménandre fut le modèle de ce genre nouveau pour les Grecs et pour nous. Lemercier, après avoir jugé avec équité ces trois époques, donne la palme à la comédie nouvelle. Vous l'admirez « par la même raison, dit-il, que vous prisez moins un bouffon dont le vif esprit vous égaye, en s'affranchissant des lois du bon ton et de la décence, qu'un plaisant de bonne compagnie, dont le goût sûr et fin vous charme, en réglant sa verve et ses saillies subtiles. » La comédie, qui instruit et amuse en même temps, a les mêmes règles que la tragédie, et elle est soumise aux trois unités, mais avec moins de rigueur. C'est aux mœurs de préférence que le poëte comique doit s'attacher, et son principal mérite consiste dans le choix et la composition des caractères. Le poëte épique et tragique a, dans l'histoire, des données presque certaines d'après lesquelles il copie en quelque sorte son modèle. Le comique n'a d'autre guide que l'étude de l'humanité, et c'est avec ces traits épars et recueillis çà et là, sur des travers fréquents et longuement médités, qu'il crée un type si vrai et si parfait que tous les yeux, même les moins clairvoyants, le reconnaissent et le comprennent, et que les générations se le transmettent pour le goûter et en rire tour à tour.

Il s'agit de provoquer le rire. « Le rire, dit M. Géruzez, naît à l'aspect de certaines difformités physiques et morales qui n'ont rien de repoussant. Le défaut de proportion dans les traits, les travers du caractère, les manies de l'esprit, quand elles ne nous blessent pas directement, provoquent le rire. On rit d'une chute, d'une dissonance, d'un manque de grâce mêlé à la prétention de plaire, de l'avortement d'un bon mot, d'une raillerie piquante, surtout quand celui qu'elle atteint ne s'en doute pas. Le comique se rencontre dans les formes, dans les situations, dans les idées, dans les mots même, façonnés ou placés d'une certaine manière. Les contrastes, les surprises, les méprises, les mécomptes, engendrent le rire : on peut rire de tout, de rien même, par voie de contagion, lorsqu'on rit. La balourdise même, la malice, la gravité comme la folie, fournissent des matériaux au comique. C'est dans ce vaste champ que la comédie moissonne pour plaire et pour instruire. »

AUTEURS ET MORCEAUX

1re et 2e Époque

Ces deux époques sont stériles pour la poésie dramatique. Cependant Olen, poëte lyrique de la première, faisait, dans les cérémonies sacrées, débiter ses odes avec certains caractères religieux

6

et dramatiques à la fois, qui ont peut-être fourni l'idée première
du drame, si brillant surtout chez les Grecs. Mais n'existait-il
pas déjà dans les récits simples et touchants d'Homère? Le dialogue de Thersite et d'Ulysse, la lutte plaisante et terrible à la fois
du roi d'Ithaque avec le Cyclope Polyphème, les adieux d'Hector
et d'Andromaque, ne sont-ce pas là des scènes véritablement dramatiques? Platon a dit que le véritable maître de la tragédie, qui
lui emprunta presque tous ses sujets, ce fut Homère ; il fut aussi
le père de la comédie.

3ᵉ Époque

TRAGÉDIE.— Thespis.— S'il en faut croire Suidas, cet inventeur
du drame aurait appartenu à la 61ᵉ olympiade, c'est-à-dire qu'il
aurait vécu en 595 av. J.-C. Nous avons dit assez déjà qu'il créa
aussi bien le genre comique que la tragédie dans ces scènes burlesques et informes où tout se confondait, le rire et les larmes, les
hommes et les dieux. Que pouvaient être ces étranges compositions? Hélas! nous ne saurions en donner la moindre idée, puisque rien ne nous en reste, et que leurs titres mêmes sont à peine
certains. Thespis est-il l'auteur d'*Alceste* et de *Penthée?* Ces graves
sujets sembleraient indiquer que Thespis avait eu des prédécesseurs dans son art, dont le premier surtout convient médiocrement à des tréteaux. Il semble plus naturel d'accorder à ce poëte
la gloire d'avoir inventé le drame satyrique que d'avoir conçu le
premier la fable tragique.

Phrynicus. — Comme Thespis, ce poëte était sans doute à la
fois et auteur et acteur. La tradition nous le représente superbe-
ment vêtu, faisant valoir ses œuvres célèbres par le chant, par la
danse, et attachant sur lui tous les regards. Rien ne nous est resté
de lui, si l'on en excepte les titres de deux de ses tragédies, *Pleu-
ron* et les *Phéniciennes*, et une anecdote transmise par Hérodote et
Plutarque sur une troisième : *La Prise de Milet.* Les Athéniens
avaient encore le cœur tout ému de la prise de cette ville par
Darius. Phrynicus leur peint les horreurs du siége avec les plus
vives couleurs, les larmes s'échappent de tous les yeux. Le poëte
venait d'obtenir sans doute un grand succès; mais le peuple
trouva mauvais qu'on l'eût fait pleurer sur ses malheurs, et l'auteur fut condamné à l'amende.

Pratinas, Chérilus. — Nous nous contenterons de rappeler le
nom de ces deux derniers poëtes tragiques, dont l'unique gloire est
d'avoir précédé les trois astres brillants du drame.

ESCHYLE. — Ayant à esquisser le portrait de cet homme de génie et voulant donner en même temps une idée du poëte et une idée de l'œuvre, nous ne pouvons mieux faire que d'emprunter à M. Tissot, de l'Académie française, sa notice si complète sur Eschyle. « Eschyle, fils d'Euphorion, était né à Éleusis, bourg de l'Afrique, vers le commencement de la 60e olympiade suivant les uns, et dans la dernière année de la 53e olympiade suivant les marbres d'Arundel. Il embrassa les dogmes de Pythagore. On raconte que, s'étant endormi auprès d'une vigne, dans son adolescence, il crut voir en songe Bacchus qui lui ordonnait de faire des tragédies. Quoi qu'il en soit de cette anecdote, qui n'a rien d'extraordinaire, Eschyle ne négligea point le culte du dieu; Lucien l'accuse même, avec sa malice ordinaire, d'avoir été trop dévot au culte de Liber (Bacchus).

« Avant de devenir le créateur du théâtre, Eschyle était un grand citoyen et un guerrier renommé : il avait combattu successivement et avec gloire aux batailles de Marathon, de Salamine et de Platée; son frère Cynégyre, distingué comme lui par le plus brillant courage, mourut à Marathon. Eschyle avait un génie libre et indépendant qui faillit lui coûter cher.... Cité devant l'Aréopage pour avoir indiscrètement révélé les mystères de Cérès, il allait être condamné, lorsque Aminias, qui avait combattu auprès de lui à Marathon, se levant tout à coup, et découvrant un bras mutilé au service de la république, peignit avec tant de chaleur le courage et les exploits de son frère, que celui-ci fut acquitté. Plus tard Socrate n'eut pas le même bonheur. L'esprit belliqueux domine dans plusieurs pièces d'Eschyle ; sa tragédie des *Sept chefs devant Thèbes* fut appelée par excellence l'*enfantement de Mars*. Effectivement, on sent à la lecture de cette mâle tragédie que l'auteur avait vu des combats et des champs de bataille. Comme les héros de l'*Iliade*, les personnages de la tragédie des *Sept* ont chacun leur caractère et leur courage particulier : son *Tydée,* son *Capanée,* sont tracés avec une fierté de pinceau extraordinaire. Homère n'a peut-être pas une scène semblable à celle des sept chefs argiens qui, venant d'immoler un taureau sur un bouclier noir, et tous, la main dans le sang de la victime, jurent par le dieu Mars, par Bellone et la Terreur de détruire la ville de Cadmus, ou de mourir les armes à la main. Toutefois des larmes coulent de leurs yeux ; eux-mêmes ils ont mis sur le char d'Adraste des gages de souvenir pour leurs parents ; mais cette pensée ne les amollit pas, nulle pitié n'est dans leur bouche : tels que des lions affamés de carnage, ces cœurs de fer ne respirent que les combats.

« Le même caractère éclate dans les *Perses,* où la bataille de Salamine se trouve racontée si vivement que l'on croit y assister

et entendre le fracas des armes, le bruit de la guerre, les cris des
mourants. Le courrier revient de l'action qu'il retrace, il en est
plein, et son cœur déborde. Mais bientôt Xerxès lui-même paraît
sur la scène : un arc vide, voilà tout ce qu'il rapporte du champ
de bataille; il tremble de paraître devant le peuple, et c'est au
milieu des cris du désespoir qu'il nous annonce les désastres de
la Perse, qui a perdu son armée par la faute d'un seul homme.
Ici le cœur du citoyen a vraiment inspiré le génie du poëte, qui
a pris un singulier plaisir à montrer aux Athéniens, délivrés
des terreurs que leur causait le débordement de l'Asie sur leur
contrée, un despote réduit à trembler et à pleurer devant ses
sujets... »

C'est encore dans l'*Iliade* et dans l'*Odyssée* qu'Eschyle a pris
le sujet de ses *Coéphores* et de ses *Euménides*, qui forment, avec
l'*Agamemnon,* une trilogie complète. Le principe de la terreur tragique, toujours croissante dans cette trilogie, se trouve dans le récit
de la mort d'Agamemnon par Ménélas; mais le poëte a développé
ce principe avec une vigueur extraordinaire. Dans la pièce d'*Agamemnon,* Clytemnestre a été assez hardie pour avouer publiquement son forfait, assez emportée pour braver les cris du peuple
qui la poursuivent, ainsi que son complice couronné. Oreste
enfant a été enlevé du palais et soustrait, comme le Joas d'*Athalie*, à la fureur d'une femme impitoyable, qui avait peut-être
prononcé contre lui ce cri de mort de la femme de Térée contre
son fils Itys : *Ah! qu'il ressemble à son père!* Au début des *Coéphores*, il est de retour dans le palais paternel, avec son ami Pylade;
caché à tous les yeux sous un déguisement, il se voit reconnu par
sa sœur Électre. Voilà les trois ministres que la justice éternelle
a choisis pour donner la mort à un couple infâme et barbare, qui
ne sait pas qu'un Dieu vengeur est debout derrière lui :

Nescius ultorem post caput esse deum.

Oreste accomplit le double meurtre; mais, comme la plus grande
des impiétés est l'immolation d'une mère par son fils, Oreste,
encore armé du glaive qui vient de frapper, voit déjà les Gorgones
accourir pour s'emparer de lui, et il prend la fuite dans une
affreuse épouvante.

« Les *Euménides* représentent sous la plus terrible image le
supplice moral d'Oreste, parricide, abandonné de tout le monde,
privé même des consolations de sa sœur et du secours de Pylade, le modèle des amis. On peut juger des effets de la présence
des terribles déesses chez un peuple qui croyait à leur existence, et les regardait comme les ministres de Jupiter...

Les *Suppliants* et le *Prométhée* complètent ce qui nous reste des nombreuses tragédies d'Eschyle. Le *Prométhée* me parait être le commentaire du début si connu de l'ode d'Horace :

Justum et tenacem propositi virum,

et l'admirable esquisse du Satan de Milton, que la foudre sillonne sans l'abattre. Il est curieux de faire un singulier rapprochement entre la religion païenne et la nôtre : Prométhée est puni pour avoir ravi le feu divin et révélé aux hommes toutes les connaissances, comme Adam et sa compagne pour avoir touché au fruit de l'arbre de la science du bien et du mal. Mais Prométhée se révolte et défie le ciel, s'applaudit de son ouvrage et insulte au dieu qui le punit; tandis qu'Adam pleure sur ses fautes, sur les races à venir, et invoque sur le seuil du paradis, qu'il quitte à jamais, la clémence du Dieu dont il a transgressé les ordres.

« Eschyle n'a pas seulement créé la tragédie ; outre l'élévation du génie, outre l'enthousiasme d'une pythonisse sur le trépied, outre le mérite de sa composition, et une grandeur qui ajoute quelquefois à celle d'Homère, il possédait encore un esprit fertile en inventions relatives à l'art dramatique : décorations, machines, architecture, scénique, costumes, réunion des divers moyens qui peuvent produire l'illusion, il embrassait tout, et encore aujourd'hui nous vivons du bienfait de ses créations. Il y a quelque chose d'inspiré, de solennel et de religieux dans Eschyle. Ce poëte avait un grand talent qui provenait d'une grande âme. A la vérité, il a les défauts de ses qualités : l'hyperbole et l'enflure ne lui sont que trop naturelles ; il emploie des figures forcées ; il hérisse son style de mots composés qui lui ôtent le mérite de la clarté comme celui de l'harmonie. A force de prodiguer ce qu'on appelle le *trait,* il manque de naturel dans son dialogue, comme il manque de régularité dans ses plans et de vraisemblance dans ses intrigues. Mais, après trois mille ans, il n'a pas encore été surpassé dans certaines parties de l'art.

« Eschyle aurait dû applaudir le premier aux triomphes d'un rival tel que Sophocle, et les mettre même au nombre de ses propres victoires; mais cette soif de la gloire qui tourmente sans cesse les grands écrivains, est une passion ombrageuse et jalouse : pour elle, une défaite devient presque un coup mortel.

« Eschyle vaincu par Sophocle, dans un concours où les juges étaient dix généraux d'armée venus pour assister à une cérémonie religieuse en l'honneur des ossements de Thésée, rapportés à Athènes par Cimon, ne put supporter sa disgrâce, et dit un éternel adieu aux Athéniens : il se retira en Sicile, à la cour de Hiéron, qui le traita avec la même distinction que Simonide, Épicharme et Pindare. Ce fut dans cette terre classique des arts

et des lettres que le vieux poëte mourut, écrasé, dit-on, par une
tortue qu'une aigle laissa tomber sur sa tête. Il laissait après lui
deux fils, Euphorion et Dion, qui se distinguèrent à son exemple
dans la carrière des lettres. Les Siciliens élevèrent un tombeau à
leur poëte adoptif; les Athéniens, qui l'avaient laissé partir avec
indifférence, rendirent de grands honneurs à sa mémoire; ils
la célébraient pendant les fêtes de Bacchus. Les auteurs dramatiques allaient l'invoquer et déclamer leurs pièces sur son tombeau.

« Eschyle avait composé un grand nombre de tragédies : soixante,
suivant l'auteur anonyme de sa vie; quatre-vingt-dix, suivant
Suidas. Sept seulement ont échappé aux ravages du temps. On
ne peut cesser de déplorer une perte aussi grande que celle de tant
d'ouvrages d'un homme de génie. »

LES SEPT CHEFS DEVANT THÈBES

(Sept princes grecs forment une confédération et s'avancent contre
Thèbes pour renverser du trône Etéocle et y replacer Polynice. Nous verrons plus tard le même sujet traité par Euripide sous le titre des *Phéniciennes*. Cette pièce faisait partie d'une tétralogie composée de *Laïus*,
d'*Œdipe*, de la *Thébaïde*, et d'un drame satyrique, le *Sphynx*.)

ÉTÉOCLE ACCEPTE DE COMBATTRE CONTRE SON FRÈRE [1]

L'ESPION.

Pour le septième chef, celui qui marche contre la septième porte et qui, il
faut bien le dire, n'est autre que votre frère, de quelles fortunes il nous menace! Franchir nos tours, entrer en roi dans notre ville, y faire retentir
l'hymne de la victoire, et puis vous chercher et vous combattre, vous immoler quand il devrait lui-même périr, ou, s'il faut que vous viviez, vous
qui lui avez ravi l'honneur, vous flétrir à votre tour d'un exil déshonorant :
voilà ses vœux! Il les proclame, il ose en prendre à témoins les dieux qui
présidèrent à votre commune naissance, les dieux de la terre paternelle.
Sur son bouclier, d'un travail récent et habile, se voient deux figures : l'une,
ciselée en or, est celle d'un guerrier; l'autre représente une femme qui le
conduit majestueusement par la main : « Je suis la Justice, lui fait dire l'inscription; je ramènerai cet homme; il rentrera dans sa patrie, dans la maison de ses pères..... »

ÉTÉOCLE.

O race que les dieux égarent, que les dieux détestent! race déplorable
d'Œdipe! malheureux! maintenant s'accomplit la malédiction de notre
père. Mais ce n'est pas le temps de pleurer ni de gémir, il ne faut pas que
mon exemple donne naissance à d'importunes lamentations...
O Polynice! on saura bientôt ce que produiront tes emblèmes; si elles te
font rentrer dans Thèbes, ces lettres d'or que le métal bouillant a tracées
sur ton bouclier avec ton insolence. Peut-être, si cette fille de Jupiter, cette
vierge céleste, la Justice, était pour quelque chose dans tes œuvres et dans

---

(1) Dans le choix de la plupart de nos citations tragiques, nous avons cru ne pouvoir être mieux guidés
que par le goût si juste et si éclairé de M. Patin ; souvent aussi nous avons transporté la traduction qu'il
adopte, et nous l'indiquons par des guillemets.

tes pensées. Mais jamais, ni dans ton enfance, ni dans ta jeunesse, ni depuis que la barbe s'est épaissie sur ton menton, la Justice ne daigna t'honorer d'un regard, et je ne pense pas que, pour t'aider à opprimer ta patrie, elle réponde aujourd'hui à ton appel... C'est moi qui te combattrai; oui, moi-même : et quel autre? Roi contre roi, frère contre frère, rival contre rival, je dois te combattre. Courez, apportez mes armes, ma lance, ma cuirasse!

LE CHŒUR.

O cher prince! ô fils d'Œdipe! n'imitez pas dans sa rage celui dont tout à l'heure vous détestiez l'attentat. C'est assez que les enfants de Cadmus se mesurent avec les Argiens... Le sang d'un ennemi peut s'expier; mais le sang de deux frères, un double parricide, quelle vieillesse assez longue peut en effacer la souillure?

ÉTÉOCLE.

Quel que soit mon sort, je l'accepte, s'il est sans honte. Est-il d'autre bien après la mort? Les lâches, quelle mémoire laissent-ils?

LE CHŒUR.

O mon fils! que veux-tu faire? Ne te laisse pas emporter à ces mouvements d'indomptable courroux, de fureur belliqueuse; rejette, il en est temps encore, une criminelle envie.

ÉTÉOCLE.

Le ciel le veut et presse l'événement. Vogue donc, au vent de sa colère, sur les eaux du Cocyte, toute cette race détestée d'Apollon, la race de Laïus!

LE CHŒUR.

C'est un farouche penchant qui te pousse à consommer un meurtre fécond en fruits amers, à verser un sang interdit à ton épée.

ÉTÉOCLE.

Non, c'est l'imprécation d'un père, cette furie vengeresse qui achève son œuvre; elle est là, l'œil sec et sans larmes, qui me dit : Tu n'as plus qu'un bien à attendre, la mort la plus prompte...

LE CHŒUR.

Veux-tu en croire des femmes, malgré ta haine pour leur sexe?

ÉTÉOCLE.

Vains efforts! c'est assez.

LE CHŒUR.

Quitte cette voie funeste, ne va point à cette porte.

ÉTÉOCLE.

Pensez-vous par des paroles émousser le tranchant de ma colère?

LE CHŒUR.

Une telle défaite est honorée des dieux.

ÉTÉOCLE.

Mais une telle maxime ne peut plaire à un guerrier.

LE CHŒUR.

Tu veux donc verser le sang d'un frère?

ÉTÉOCLE.

Si les dieux me secondent, il ne peu m'échapper.

PLAINTES D'ANTIGONE ET D'ISMÈNE [1]

(960-1005)

ANTIGONE.

Éclatez mes sanglots!

ISMÈNE.

Coulez, coulez mes pleurs!

ANTIGONE.

Tu frappes et péris.

ISMÈNE.

En immolant tu meurs.

ANTIGONE.

Son glaive te renverse.

ISMÈNE.

Et sous ton glaive il tombe.

ANTIGONE.

Même âge!

ISMÈNE.

Même sang!

ANTIGONE.

Et bientôt même tombe!

O frères malheureux!

ISMÈNE.

Plus misérables sœurs!

ANTIGONE.

Éclatez mes sanglots!

ISMÈNE.

Coulez, coulez, mes pleurs!

ANTIGONE.

Mes yeux se couvrent de ténèbres,
Mon cœur succombe à ses tourments.

ISMÈNE.

Ma voix, lasse de cris funèbres,
S'éteint en sourds gémissements.

ANTIGONE.

Quoi! périr d'une main si chère!

ISMÈNE.

Quoi! percer le cœur de son frère!

ANTIGONE.

Tous deux vainqueurs!

ISMÈNE.

Vaincus tous deux!

(1) Imitation due à C. Delavigne , *Poésies diverses*.

ANTIGONE.

O récit qui me désespère!

ISMÈNE.

O spectacle encore plus affreux!

ANTIGONE.

Où les ensevelir?

ISMÈNE.

Étéocle, mon frère!

ENSEMBLE.

Et nous, plus misérables sœurs!

ANTIGONE.

Éclatez mes sanglots!

ISMÈNE.

Coulez, coulez, mes pleurs!

LES PERSES

(Eschyle donna cette tragédie huit ans après la bataille de Salamine; il y raconte la défaite des Perses dans le combat naval. La scène est à Suze, dans le palais des grands rois. Cette pièce, ainsi appelée parce que le chœur était composé de femmes perses, est pleine d'intérêt; elle devait certainement produire une grande impression sur des cœurs grecs, qui poussaient à un si haut degré le sentiment du patriotisme.)

L'OMBRE DE DARIUS APPARAIT A ATOSSA
(681-840)

L'OMBRE.

O vous, fidèles entre les fidèles, vieillards autrefois jeunes avec moi, dites-moi les malheurs de la patrie... Me voilà; vous n'accuserez pas ma lenteur? Quel malheur nouveau est venu fondre sur les Perses?...

LE CHŒUR.

Je crains de t'obéir, je redoute de te répondre : les maux d'un ami sont pénibles à raconter à un ami.

L'OMBRE.

Si le souvenir respectueux de votre ancien maître vous retient, ô toi, ma noble épouse, ma compagne d'autrefois, modère ces lamentations et ces pleurs, et dis-moi toute la vérité...

ATOSSA.

O toi, dont le bonheur surpassa le bonheur de tous les autres hommes! tant que tes yeux ont joui de l'éclat du soleil, tu fus un objet d'envie et de culte pour les Perses. Un seul mot, Darius, te fera tout connaître : la puissance des Perses n'est plus!

L'OMBRE.

Quel fléau les désole? Est-ce la peste? Est-ce la guerre civile?

ATOSSA.

Non; mais nos armées ont été détruites près d'Athènes.

L'OMBRE.

Qui donc parmi mes fils les y avait conduites?

ATOSSA.

Xerxès, dont l'emportement guerrier dépeupla nos villes et nos champs.

L'OMBRE.

Est-ce par terre, est-ce par mer qu'il entreprit une aussi folle expédition?

ATOSSA.

Et par terre et par mer; il voulut frapper deux coups à la fois.

L'OMBRE.

Comment donc fit-il traverser à ses troupes un espace si immense?

ATOSSA.

Il joignit les deux rives de l'Hellespont pour leur ouvrir un passage.

L'OMBRE.

Il aurait eu l'audace de fermer le Bosphore?

ATOSSA.

Hélas! oui; sans doute un dieu l'entraînait...

L'OMBRE.

Un dieu trop puissant! un dieu l'aveugla!

ATOSSA.

Nous le voyons aujourd'hui par les malheurs qui sont venus fondre sur nous.

L'OMBRE.

Ah! raconte-moi cette terrible défaite, qui vous arrache tant de sanglots.

ATOSSA.

La perte de nos vaisseaux a entraîné la ruine de notre armée de terre.

L'OMBRE.

Ainsi tous les guerriers ont succombé dans cet affreux désastre?

ATOSSA.

Suze a tout perdu! Suze n'a plus un seul défenseur!

L'OMBRE.

Des troupes si brillantes! une force si redoutable!

ATOSSA.

Un peuple entier de Bactriens n'est plus, un peuple dans la fleur de la jeunesse!

L'OMBRE.

Oh! malheur! malheur à celui qui causa la perte de tant de jeunes alliés!

ATOSSA.

Xerxès a survécu, mais seul, presque abandonné!...

L'OMBRE.

Enfin a-t-il pu revenir sauf jusqu'ici? En a-t-on reçu la nouvelle?

ATOSSA.

Oui, le bruit paraît certain et ne nous laisse plus aucun doute.

L'OMBRE.

Hélas! voilà donc les oracles accomplis, et Jupiter a voulu que mon fils vérifiât leurs prédictions. J'avais espéré pourtant que les dieux en retarderaient l'effet, mais ils poussent à sa perte l'imprudent qui la cherche...

LE CHŒUR.

O prince! ô mon maître! montre-nous une issue pour sortir de ces calamités. Comment à l'avenir procurerons-nous quelque bonheur au peuple de la Perse?

L'OMBRE.

Ne portez jamais la guerre chez les Grecs, quand même vos forces seraient plus considérables encore; la terre même combat pour eux...

LE CHŒUR.

Que dis-tu? la terre combat pour eux?

L'OMBRE.

Oui, car elle tue par la famine tes armées innombrables.

LE CHŒUR.

Nous enverrons contre eux une armée légère et choisie.

L'OMBRE.

Hélas! les faibles débris qui restent encore dans la Grèce ne reverront jamais leur patrie.

LE CHŒUR.

Quoi! se peut-il que nos armées n'aient pas encore toutes repassé l'Hellespont et quitté l'Europe?

L'OMBRE.

Sachez donc qu'un petit nombre reviendra, s'il faut en croire les oracles des dieux! Xerxès, dans sa folle espérance, laisse en vain sur le sol grec l'élite de ses guerriers; campés dans les plaines que baigne l'Asopus, ils engraisseront les champs de la Béotie. Là les attend le plus horrible destin : ils n'ont pas craint, en envahissant la Grèce, de dépouiller et de brûler les temples; ils ont dévasté les autels et les sanctuaires, ils les ont renversés de fond en comble. Leur châtiment doit égaler leurs crimes; ils n'ont pas épuisé la coupe de leur malheur; d'autres désastres les menacent. Quel monceau de cadavres et de sang s'amasse pour le fer des Grecs dans les champs de Platée! Les morts, amoncelés sur les morts jusqu'à la troisième génération, rediront aux hommes cette terrible leçon : « Un mortel ne doit pas concevoir de trop hautes pensées. L'insolence ne fera jamais germer que l'épi du malheur, et la moisson qu'elle donne à cueillir est une moisson de larmes?... » Adieu! je retourne aux royaumes ténébreux!

AGAMEMNON [1]

(Après la prise de Troie, Agamemnon revient dans sa patrie; il est assassiné par Égisthe et par Clytemnestre, sa coupable épouse. La belle figure de Cassandre prédisant les malheurs qui vont atteindre l'odieuse famille des Atrides, donne à cette tragédie une grande hauteur et un mouvement passionné.)

[1] Traduction du P. Brunoy.

LE DÉLIRE DE CASSANDRE
(1072-1345)

CASSANDRE.

Ah! ah! dieux! O Apollon! Apollon!

LE CHŒUR.

Pourquoi ces soupirs envoyés vers Apollon? La plainte n'est point l'hommage qui lui convient.

CASSANDRE.

Ah! ah! dieux! O Apollon! Apollon!

LE CHŒUR.

Elle poursuit ses tristes plaintes, et les adresse à un dieu qu'on n'invoque point dans les larmes.

CASSANDRE.

O Apollon conducteur! dieu trop bien nommé pour moi (1)!

LE CHŒUR.

On dirait qu'elle va prophétiser sur ses propres malheurs; tout esclave qu'elle est, un dieu l'inspire encore.

CASSANDRE.

O Apollon conducteur! Apollon, dieu trop bien nommé pour moi, où m'as-tu conduite?

LE CHŒUR.

Dans le palais des Atrides; si vous l'ignorez encore, je vous l'apprends, et ne vous trompe point.

CASSANDRE.

Dans un palais abhorré des dieux, complice de forfaits parricides et d'apprêts de mort; en ce lieu du massacre d'un époux, en ce réceptacle de sang!

LE CHŒUR.

Quelle est donc la sagacité de cette étrangère (2)? Elle connaît trop bien ces lieux ensanglantés.

CASSANDRE.

J'en crois ces témoins... ces enfants qui crient... qu'on égorge... dont les chairs servent de nourriture à leur père.

LE CHŒUR.

Vous avez le don des oracles, je le sais...

CASSANDRE.

Ah! dieux! que prépare-t-on? Quel crime nouveau, quel forfait horrible on médite en ce palais? Attentat odieux à des sujets fidèles, irréparable!... Le secours est éloigné... Ah! malheureuse! tu l'oses?. . Achèverai-je?... l'instant approche... les coups se redoublent et se pressent... Ciel! ô ciel! que vois-je! Est-ce le filet de l'enfer?... Quel piége!... L'assassin, c'est l'épouse elle-même!... Furies insatiables du sang de Pélops, réjouissez-vous sur ce sanglant sacrifice.

LE CHŒUR.

. . . . . Un malheur prochain nous menace.

---

(1) Le nom d'Apollon, en grec, signifie *qui perd*. — (2) Littéralement : elle semble avoir la sagacité d'un chien.

CASSANDRE.

Voyez... voyez... elle le surprend enveloppé dans un funeste vêtement... elle le frappe... il tombe dans son bain... dans la vase de la ruse et de la mort...

. . . . . O noces de Pâris, fatales à tous les siens ! O Scamandre qui abreuvais ma patrie ! Tes murs ont vu croître et s'élever mon enfance ; bientôt je rendrai mes oracles sur les bords du Cocyte et de l'Achéron.

LE CHŒUR.

. . . . . Ce dernier oracle ne se fait que trop bien entendre !...

CASSANDRE.

O travaux infructueux d'un empire renversé ! Nombreux sacrifices de taureaux engraissés, que mon père offrait aux dieux sous nos murs, de quoi nous avez-vous servi ? Ilion n'est plus, et moi je verserai bientôt ici tout mon sang.

LE CHŒUR.

. . . . . Quel terme auront ces présages ?

CASSANDRE.

. . . . . Je ne parle plus en énigmes. Soyez témoins si je suis sur la trace de vos antiques malheurs. Ce palais retentit sans cesse d'un concert dissonant et funeste. Ivre de sang humain, une troupe enhardie de furies domestiques y reste ; on ne peut les en chasser...
Ah ! ciel ! ô douleurs !... Un nouveau transport prophétique m'agite, de nouveaux présages me troublent... Voyez-vous dans ce palais ces enfants pareils aux spectres de la nuit ?... Massacrés par ceux qui doivent les chérir... ils portent dans leurs mains leurs chairs, leurs entrailles, leurs cœurs !... Mets épouvantables !... leur père en a goûté !... Pour les venger un lion, mais un lion sans courage, n'attend que le retour de mon maître (esclave, je dois m'accoutumer à ce nom). Le chef des Grecs, le destructeur d'Ilion, ne sait pas quels maux lui prépare le monstre domestique dont la bouche semblait le flatter et le visage lui sourire... Une femme l'osera !... Poignarder un homme !... Comment la nommerai-je ? serpent à double tête ? mère de l'enfer ?... L'impie !... elle pousse des cris de joie comme après une victoire ! On dirait qu'elle revient triomphante... Dussiez-vous ne pas me croire (car tel est mon sort), ma prédiction s'accomplira...

LE CHŒUR.

J'ai reconnu le repas affreux de Thyeste ; j'en ai frémi. A ce récit fidèle, la crainte m'a saisi ; j'ai écouté le reste, mais je ne puis le comprendre.

CASSANDRE.

Vous verrez, je vous le déclare, vous verrez la mort d'Agamemnon !

. . . .

AGAMEMNON (*derrière le théâtre*).

Ah ! ciel ! je suis percé d'un coup mortel !

LE CHŒUR.

Écoutons. J'entends des cris : qui donc est frappé ?

AGAMEMNON.

Ah ! dieux ! on me frappe encore !

LES COÉPHORES

(Ce mot signifie : *femmes qui portent des libations*. Cette pièce est la seconde de la trilogie, nommée par Aristophane *Orestie*. *Agamemnon*, la première, c'est le meurtre commis par *Clytemnestre* sur son époux; la seconde, les *Coéphores*, c'est le châtiment de *Clytemnestre*, tuée par *Oreste*; la troisième, les *Euménides*, nous peint les remords d'*Oreste*.)

MORT DE CLYTEMNESTRE

(892)

ORESTE (*à sa mère*).
C'est toi que je cherche; Égisthe a éprouvé le sort qu'il avait mérité...

CLYTEMNESTRE.
Arrête, mon fils! ne frappe pas ce sein sur lequel tu as dormi.

ORESTE.
Pylade, que faire? Faut-il?... Oserai-je immoler une mère?

PYLADE.
Que deviennent donc les oracles d'Apollon, tes serments solennels à Pytho? Choisis des hommes ou des dieux; qui préfères-tu avoir pour ennemis?

ORESTE.
Tu dis vrai; tes conseils me décident. (*A sa mère.*) Tiens... c'est près de ton complice que tu dois mourir...

CLYTEMNESTRE.
Je t'ai nourri; laisse-moi vieillir.

ORESTE.
Auprès de moi, toi, qui as tué mon père!

CLYTEMNESTRE.
La faute, mon fils, est au destin.

ORESTE.
Le destin aussi a décidé ta mort.

CLYTEMNESTRE.
Crains les imprécations d'une mère, ô mon fils!

ORESTE.
Ton fils, tu l'as rejeté, précipité dans l'infortune.

CLYTEMNESTRE.
Oh! non, mais envoyé dans une demeure amie.

ORESTE.
On m'a vendu, doublement vendu, moi, le fils d'un père libre...

CLYTEMNESTRE.
Mon fils! tu veux donc tuer ta mère?

ORESTE.

C'est par toi, non par moi, que tu péris.

CLYTEMNESTRE.

Songe aux chiens vengeurs d'une mère!

ORESTE.

Et ceux d'un père, où les fuir, si je t'oublie?...

CLYTEMNESTRE.

En vain je pleure, je supplie, vivante encore; c'est parler à la tombe.

ORESTE.

Le destin de mon père a réglé ton sort!

CLYTEMNESTRE.

Hélas! c'est bien un serpent que je nourrissais; il n'était que trop vrai, mon effroyable songe.

ORESTE.

C'est à ton tour de souffrir le mal que tu as fait toi-même.

LES EUMÉNIDES

(C'est la troisième pièce de la trilogie : cette scène nous représente l'aréopage présidé par Minerve jugeant Oreste meurtrier. Il y a dans cette situation quelque chose de puissant qui ne pouvait manquer de produire sur l'imagination athénienne, déjà excitée par la solennité et l'appareil d'un grand spectacle, une profonde émotion.)

L'ARÉOPAGE
(574-734)

LE CHŒUR.

Prince Apollon! exerce ton pouvoir dans les limites de ton empire; que prétends-tu faire en ces lieux? Parle...

APOLLON.

Je viens prêter à cet homme mon témoignage; il a été suppliant dans mon temple, il est devenu l'hôte de ma demeure, je l'ai purifié du meurtre, je plaiderai sa cause et la mienne à la fois. Minerve! à toi d'appeler la cause, à toi aussi de prononcer la sentence!

MINERVE.

J'appelle la cause. (Au chœur des Euménides.) Je vous donne la parole; elle appartient d'abord à l'accusateur. Énoncez les faits.

LE CHŒUR.

Nous sommes nombreuses; mais nous exposerons en peu de mots l'accusation. (A Oreste.) Accusé, réponds par un mot à chaque question. Réponds d'abord : as-tu tué ta mère?

ORESTE.

Je l'ai tuée; je ne pourrais le nier.

LE CHŒUR.

Première épreuve, première chute!

ORESTE.

L'athlète n'est pas terrassé; vous triomphez trop tôt.

LE CHŒUR.

Dis-nous, maintenant, comment l'as-tu tuée?

ORESTE.

Je vous le dirai. De cette main, armée du glaive, et qui frappa son sein.

LE CHŒUR.

Et qui t'y a poussé? Quels conseils?

ORESTE.

Les oracles de ce dieu; il est là pour l'attester.

LE CHŒUR.

Un dieu prophète t'a ordonné le parricide!

ORESTE.

Sans doute, et jusqu'ici je n'accuse point la fortune.

LE CHŒUR.

Que leurs suffrages t'atteignent, tu changeras de langage.

ORESTE.

J'espère mieux. De son tombeau mon père me protégera.

LE CHŒUR.

Compte sur les morts, je t'y encourage, assassin d'une mère!

ORESTE.

Deux crimes provoquaient ma vengeance.

LE CHŒUR.

Comment? Démontre-le à tes juges.

ORESTE.

En tuant son époux, elle avait tué mon père.

LE CHŒUR.

Mais tu vis, toi; et elle, son trépas sanglant l'a affranchie.

ORESTE.

Vivante, que ne la poursuiviez-vous?

LE CHŒUR.

L'homme qu'elle avait tué n'était pas de son sang.

ORESTE.

Et moi, suis-je donc du sang de ma mère?

LE CHŒUR.

Hé quoi! ne t'a-t-elle pas nourri dans son sein, misérable? Oses-tu renier le joug maternel, le joug le plus cher?

ORESTE.

Apollon! témoigne pour moi maintenant; déclare si j'ai dû frapper ma mère, car je ne veux pas nier le meurtre. Ai-je ou non agi avec justice, en versant ce sang de ma main? Réponds à mes juges.

. . . .

MINERVE (1).

La cause est suffisamment entendue : que chacun donne son suffrage avec une sévère équité... Ce tribunal subsistera éternellement pour le peuple d'Egée...

. . . .

APOLLON.

Comptez maintenant le nombre exact des suffrages; veillez à ce qu'aucune erreur ne puisse se produire ; elle compromettrait le sort de l'accusé. Un suffrage de moins peut causer la perte d'un homme; un suffrage de plus peut le rendre à ses amis.

MINERVE.

Le nombre des suffrages est égal de part et d'autre, l'accusé est absous!

PROMÉTHÉE ENCHAINÉ

(Cette pièce est la seconde d'une trilogie ; la première s'appelait : *Prométhée apportant le feu aux hommes ;* la troisième, *Prométhée délivré.* Nous avons déjà interprété à nos lecteurs l'idée de cette étrange composition. Nous donnons ici un fragment de la troisième pièce, conservé par Cicéron, et traduit par M. Anceau.)

O race des Titans, par le ciel enfantée,
Vous que le nœud du sang unit à Prométhée,
Voyez-le sur ce roc où les dieux l'ont fixé.
Tel que le frêle esquif par les vents menacé,
Qu'à l'aspect d'une nuit où s'amasse l'orage,
Les pâles matelots attachent au rivage,
Ainsi de Jupiter m'enchaîne la fureur.
De Vulcain le barbare invoque la rigueur :
Le noir dieu de Lemnos, à son père fidèle,
Forge ces coins de fer ; sa main, sa main cruelle,
Les enfonce avec art dans mon corps fracassé,
Et captif impuissant, de mille traits percé,
J'habite en frémissant ce séjour des Furies.
C'est peu, je suis en proie à d'autres barbaries :
Quand la troisième aurore importune mes yeux,
Je vois fondre sur moi, d'un vol impétueux,
Le satellite ailé du tyran qui m'opprime.
Il approche, il s'abaisse, il couvre sa victime;
Ses ongles recourbés me déchirent les flancs;
Il dévore à loisir mes membres palpitants.
Las enfin de creuser ma poitrine vivante,
Il pousse un vaste cri; d'une aile triomphante,
Se joue en remontant au séjour éthéré,
Et s'applaudit du sang dont il est enivré.
Mais, quand mon cœur rongé croit et se renouvelle,
Le monstre, que la faim aiguillonne et rappelle,
Vient chercher de nouveau son horrible festin.
Je renais pour nourrir l'implacable assassin,
Qu'un tyran a chargé d'éterniser mes peines.

(1) L'accusateur a terminé sa plainte, Apollon le défenseur a plaidé ; Minerve (nous avons dit qu'elle préside au procès) résume le débat.

Hélas! vous le voyez, esclave dans ces chaînes
Dont Jupiter sur moi fait peser le fardeau,
Je ne puis de mes flancs écarter mon bourreau.
Inutile à moi-même, il faut, sans résistance,
Subir de mon rival l'inflexible vengeance.
J'implore enfin la mort, et je ne l'obtiens pas :
Jupiter à mes vœux interdit le trépas.
Rien n'assoupit mes maux ; par les ans amassées,
Ces antiques douleurs dans mon corps sont fixées ;
Jouet d'un lâche orgueil, ce cadavre animé,
Se dissout aux rayons d'un soleil enflammé,
Et, sous l'astre ennemi qui le perce et l'embrase,
D'une sueur sanglante arrose le Caucase.

SOPHOCLE. — Il est difficile de préciser l'époque de la naissance de Sophocle ; le scoliaste grec le fait naître vers l'an 495 av. J.-C. Sa patrie fut Colone, bourg de l'Attique ; et, d'après certains auteurs, son père, Sophile, aurait été forgeron. Dans sa jeunesse, il cultiva la musique et les exercices gymnastiques ; et c'est à l'âge de vingt ans qu'il écrivit sa première tragédie. Il avait pour concurrent Eschyle, alors dans tout l'éclat de sa gloire : les juges étant fort incertains, la décision fut déférée aux dix généraux qui venaient de vaincre les Perses ; ils décernèrent la palme au jeune Sophocle.

A partir de ce jour de triomphe, il consacra sa vie à écrire des tragédies, et il remporta vingt fois le premier prix. Quand il eut fait représenter *Antigone*, à l'âge de cinquante-sept ans, ses concitoyens le nommèrent stratége pour l'expédition contre Samos. Plus sage qu'Eschyle, qui n'avait pu supporter le triomphe de son rival, Sophocle applaudit aux succès d'Euripide, et pleura sa mort ; cependant il blâmait la manière adoptée par lui dans les chœurs, et lui préférait Eschyle. On sait combien ses vieux ans furent affligés par la malice de ses enfants ; il mourut vers l'an 406. peu de temps après Euripide : de joie, disent les uns, en apprenant son dernier triomphe ; étouffé par un grain de raisin, disent les autres.

Nous continuerons à donner, en tête des citations, un canevas très-court de chacune des pièces qui nous sont parvenues. Qu'on nous permette de citer, après M. Schœll, le portrait de Sophocle tracé de main de maître par le célèbre Schlegel (1). « On dirait, pour parler dans le sens des religions anciennes, qu'une providence bienfaisante voulût faire connaître au genre humain la dignité et la félicité auxquelles il est quelquefois réservé, lorsqu'elle réunit dans cet homme unique tous les dons divins capables à la fois d'orner l'esprit et d'élever l'âme à tous les biens terrestres

(1) *Über dramatische Kunst. und litteratur*, vol. I, p. 109.

qu'on peut désirer. Le premier avantage de Sophocle fut de naître dans l'État le plus civilisé de la Grèce libre. La beauté du corps et celle de l'âme, l'usage non interrompu de ses forces et de ses facultés intellectuelles jusqu'à la fin de sa longue carrière, une éducation soignée, où la gymnastique et la musique concoururent, par ce qu'elles ont de plus recherché et de plus parfait, à donner, l'une une énergie nouvelle aux précieuses dispositions de la nature, l'autre à les mettre toutes en harmonie entre elles; l'agrément et les charmes de la jeunesse, la maturité et les fruits de l'âge mûr, le talent de la poésie, développée dans toute son étendue avec un art infini, la pratique de la plus haute sagesse, l'estime et l'amour de ses concitoyens, la célébrité la plus grande parmi les étrangers, la bienveillance et la faveur des dieux : tels sont les traits principaux de la vie de ce poëte pieux et vraiment sacré.....

« Les dieux le firent sortir de la vie de la manière la plus douce, afin qu'à son insu il échangeât une immortalité pour une autre, et que la cessation de sa longue existence sur terre fût le commencement d'une gloire qui ne devait jamais s'éteindre. A l'âge de seize ans, sa beauté le fit choisir pour conduire en dansant au son des instruments le chœur des jeunes gens qui formaient le pœan; c'était la danse sacrée qu'on exécutait autour des trophées élevés après cette bataille de Salamine, où Eschyle avait combattu, et qu'il a décrite avec tant d'énergie. Ainsi la jeunesse de Sophocle brilla de son plus bel éclat à l'époque la plus glorieuse de l'histoire de sa patrie. Aux approches de la vieillesse, il remplit les fonctions de général, concurremment avec Périclès et Thucydide, et celles de prêtre d'un héros d'Athènes. A l'âge de vingt-cinq ans il commença à donner des tragédies; vingt fois il obtint la palme : souvent il occupa la seconde place, jamais il ne descendit à la troisième. Des succès toujours croissants signalèrent ses pas dans cette carrière qu'il poursuivit au delà de sa quatre-vingtième année; peut-être même quelques-uns de ses chefs-d'œuvre datent-ils de ses dernières années. On rapporte que ses enfants l'accusèrent d'être tombé en enfance, et de n'être plus en état d'administrer son bien, parce qu'il leur préférait un fils d'une seconde femme. Pour toute réponse, il lut à ses juges son *OEdipe à Colone*, qu'il venait d'achever, ou seulement, suivant d'autres auteurs, le chœur magnifique de cette pièce dans laquelle il célèbre Colone, sa patrie. Le tribunal se sépara, frappé d'admiration, et Sophocle fut reconduit chez lui en triomphe.

« S'il est certain qu'il a écrit ce second *OEdipe* dans un âge très-avancé, n'y trouvons-nous pas l'image de la vieillesse la plus aimable à la fois et la plus respectable?

« Si ses ouvrages respirent la grandeur, l'aménité et la simplicité
antique, il n'en est pas moins de tous les poëtes grecs celui dont les
sentiments ont le plus d'analogie avec l'esprit de notre religion.
La nature lui ayant refusé un seul don, un bel organe pour le
chant, il ne pouvait que guider les voix étrangères lorsqu'elles
répétaient les accents harmonieux dont il avait donné le sujet.
Voilà pourquoi il s'affranchit personnellement de l'usage où
étaient les poëtes de jouer dans leurs pièces; une seule fois, dit-on,
il parut jouant de la lyre dans le rôle de l'aveugle Thamiris. »

AJAX FURIEUX

(Le sujet de cette tragédie est la fureur d'Ajax, quand les Grecs ont
accordé à l'éloquence d'Ulysse l'héritage des armes d'Achille qu'il croyait
dues à sa valeur; il ne put survivre à la honte et se tua. Une dispute s'élève
après la mort d'Ajax au sujet de sa sépulture : Ulysse la termine généreusement en offrant de prêter son aide à Teucer pour les funérailles du héros.)

LE DÉLIRE D'AJAX
(208

LE CHŒUR.

Dis-nous, fille de Téleutas le Phrygien, dis-nous quelle calamité cette nuit
a fait succéder à la paisible journée d'hier.

TECMESSE (1).

..... Cette nuit, Ajax, en proie à un horrible délire, s'est couvert de déshonneur. Vous verrez dans sa tente les troupeaux immolés par sa main
comme par la main d'un boucher.

LE CHŒUR.

Quelle funeste preuve d'un esprit trop emporté !..... Sans doute les Grecs
vont accabler ce grand homme, victime d'un mal qui ne peut être guéri !

TECMESSE.

Il est guéri..... hélas! une nouvelle douleur assiége le malheureux! Quelle
peine n'éprouve-t-on pas, en effet, en contemplant ses propres maux lorsque
seul on les a causés !

.   .   .   .

LE CHŒUR.

Raconte-nous donc comment ce délire s'est emparé de lui ; instruis ceux
qui pleurent avec toi sur ces malheurs.

TECMESSE.

Puisque vous comprenez mon affliction, apprenez tout ce qui s'est passé.
Au milieu de la nuit, à l'heure où les lampes du soir avaient cessé de briller,
il prend sa redoutable épée, il se dispose à sortir malgré l'obscurité. « Que
veux-tu faire, Ajax, lui dis-je? Où prétends-tu aller? Personne ne t'appelle,
nul messager ne t'a mandé, la trompette n'a pas sonné; toute l'armée est
ensevelie dans le sommeil. » Il se contente de me répéter sa sentence accou-

_____

1. Ce personnage est l'épouse même d'Ajax.

tumée : « Femme, une femme doit se taire. » Je cessai donc de l'arrêter. Il sortit seul, et je ne sus alors ce qu'il avait pu faire. Mais voilà qu'il rentre, poussant devant lui des taureaux, des béliers, des chiens, tous enchaînés : il leur tranche la tête, ou les couche à terre et les étrangle, il les dépèce; les autres, il les tue à coups de fouet, massacrant des bestiaux comme il eût immolé des guerriers.

C'est alors que, s'élançant hors de sa tente, il s'adressait en criant à je ne sais quel fantôme, insultant par ses moqueries et les Atrides et Ulysse, comme s'il s'était enfin vengé de leurs injures.

Quand il rentra, revenant à lui-même peu à peu, il vit sa demeure remplie de l'effroyable carnage accompli dans sa fureur. Il se frappe la tête, il pousse des clameurs, il se couche étendu sur les cadavres amoncelés, il s'arrache les cheveux. Après un long silence, il exige, par les plus terribles menaces, que je lui redise ce qui est arrivé, en quel état il s'est trouvé lui-même. Hélas! toute tremblante, je lui racontai sans rien omettre tout ce que je pouvais savoir..... Maintenant, accablé par son malheur, il refuse tout aliment, il reste sans mouvement au milieu des victimes qu'il a faites : on sent bien qu'il médite un acte de désespoir, aux paroles et aux soupirs qu'il exhale. O mes amis! c'est pour cela que je m'adresse à vous; mes amis, secourez-le, si vous le pouvez. Les hommes, réduits à un pareil état de malheur, écoutent encore leurs amis.

. . . .

AJAX (au dehors).

Malheur! malheur à moi!

TECMESSE.

Voilà ses fureurs qui recommencent... l'avez-vous entendu? Ce sont les cris d'Ajax.

AJAX.

Malédiction sur moi!

LE CHŒUR.

Il semble que le délire s'empare de nouveau de lui... ou c'est le souvenir. honteux de ses excès ..

AJAX.

Mon fils! mon fils!

TECMESSE.

O malheureuse! c'est Eurysace, c'est mon fils qu'il appelle! Que veut-il?.. Où es-tu! mère infortunée!...

ÉLECTRE

(Cette tragédie, si belle et si pathétique, a pour sujet la vengeance exercée par Oreste contre les assassins de son père, contre sa propre mère, Clytemnestre. Electre, fille d'Agamemnon et sœur d'Oreste, reconnaît son père, et veille sur lui quand il exécute l'acte furieux que les oracles ont imposé à ce malheureux enfant d'une mère coupable.)

LA RÉSOLUTION D'ÉLECTRE (1)
(947-990)

Écoutez un dessein que la vertu m'inspire :
Nous n'avons plus d'amis; le dieu du sombre empire
Les a tous entraînés dans la nuit des enfers;

(1) Imitation due à M. Anceau.

Nous sommes désormais seules dans l'univers.
Tant qu'un récit flatteur fit croire à ma tendresse,
Que mon frère vivait florissant de jeunesse,
Je pensai qu'il viendrait, levant enfin le bras,
Remplir le vœu d'un peuple, et venger son trépas.
Aujourd'hui qu'il n'est plus (1), c'est en vain que j'espère ;
Oui, j'attends que ma sœur, partageant ma colère,
A mes pieux efforts associera sa main,
Et d'un père avec moi frappera l'assassin.
Qu'il meure ! je le veux ; ma juste impatience
Ne doit pas devant vous se forcer au silence,
Eh ! quand s'éveillera votre molle langueur ?
Quel espoir peut encor soutenir votre cœur ?
Un tyran vous ravit votre antique héritage ;
Les larmes, les soupirs sont votre seul partage.

. . . .

. . . .
Ah ! suivez la vertu qui me parle et m'éclaire ;
Vous honorez la cendre et d'un père et d'un frère,
Et leurs mânes sacrés, dans le sombre séjour,
Vous pairont un tribut de justice et d'amour ;
La liberté, jadis votre noble apanage,
De vos heureux destins redeviendra le gage,
Et votre fière audace, attirant tous les yeux,
Vous assure un hymen digne de vos aïeux.
Quoi ! ne voyez-vous pas quelle gloire sublime
Répand sur moi, sur vous, cet effort magnanime ?
Partout, comme en ces lieux, quel homme, à notre aspect,
Ne témoignera pas le plus touchant respect ?
« Voyez, amis, voyez ces deux sœurs, dont le zèle,
Sans secours, a sauvé la maison paternelle ;
Prodigue de leurs jours, leur intrépide bras
A des tyrans altiers sut donner le trépas.
O vertueux élan du plus mâle courage !
Le monde entier leur doit un éclatant hommage ;
Oui, qu'en ces jours sacrés où fument les autels,
On leur rende à genoux des honneurs solennels ! »
Ainsi tous les humains publiront notre gloire,
Et la mort ne pourra flétrir notre mémoire.
Chère sœur, entrez donc dans un projet si beau :
Consolez votre père au fond de son tombeau ;
Vengez la mort d'Oreste ; à sa misère extrême
Arrachez votre sœur ; délivrez-vous vous-même,
Et songez qu'une vie en proie au déshonneur
Est pour le sang des rois le plus affreux malheur.

OEDIPE ROI

(Le roi Laïus a été assassiné, et la peste désole le pays : c'est un châtiment
envoyé par les dieux. Le successeur de Laïus, Œdipe, cherche à découvrir
le coupable ; ses efforts ne tendent qu'à lui révéler cette vérité. Non-seulement lui seul est l'auteur du meurtre ; mais, horrible secret ! il a tué son

_____

(1 Electre et sa sœur croyaient leur frère mort.

propre père, et il a épousé sa mère ! La malheureuse se tue, et Œdipe se crève
les yeux. Cette tragédie est le modèle du drame antique ; aussi avons-nous
cru devoir consacrer à nos citations une plus large part que d'habitude.)

EXPOSITION
(1-64)

ŒDIPE.

De l'antique Cadmus, ô jeunes descendants !
Au pied de ce palais, que faites-vous, enfants ?
Chargés de ces rameaux, quel objet vous amène ?

.   .   .   .

(*Au grand prêtre.*)

.   .   .   . Vieillard, avec franchise
(Avant ceux-ci ton âge à parler t'autorise),
Dis-moi pourquoi ces cris, cette agitation,
Pourquoi je vois mon peuple en cette affliction ?
Est-ce crainte ou douleur ? Moi, son roi, moi, son père,
Je désire avant tout soulager sa misère ;
A ces tristes soupirs, à cet appel touchant
Si je n'étais ému, je serais un méchant !

LE GRAND PRÊTRE.

Grand prince, qui sur nous régnez par la sagesse,
Voyez comme à vos pieds cette foule se presse !
Aux portes du palais sont venus à pas lents,
Des vieillards tout courbés sous le fardeau des ans :
La brillante jeunesse et la débile enfance
Accourent jusqu'ici chercher votre assistance ;
Tous aussi, nous voilà, prêtres de Jupiter !
Semblable aux flots pressés d'une orageuse mer,
Le reste est prosterné sur la place publique,
De l'Ismène scrutant la cendre prophétique,
Ou sur son double autel interrogeant Pallas.
O roi ! vous le savez, depuis longtemps, hélas !
Ce malheureux pays endure la tempête ;
Sous le joug qui l'inonde il a baissé la tête ;
La semence des fruits qu'appellent nos douleurs
Se sèche avant le temps au calice des fleurs ;
Sur nos troupeaux le ciel allume sa colère ;
L'enfant trouve la mort dans le sein de sa mère !
Car la fièvre en nos murs, sombre divinité,
Promène la souffrance et la mortalité !
Nos campagnes, hélas ! seront bientôt désertes,
Et l'enfer enrichi se rira de nos pertes !
Ces enfants malheureux sont venus avec moi
Se jeter suppliants aux genoux de leur roi :
Sans vouloir l'égaler aux dieux, maîtres du monde,
C'est en lui désormais que notre espoir se fonde,
Seul il peut en nos maux nous prêter un appui,
Et du courroux du ciel nous sauver aujourd'hui !
De ses premiers bienfaits nous gardons la mémoire :
Le Sphynx, un monstre affreux, sur notre territoire
Portait partout le deuil ; mais Œdipe parut :
Il fit bientôt cesser un horrible tribut.

Sans conseils, sans secours, sa louable prudence
N'avait voulu qu'aux dieux demander assistance...
Thèbes l'a proclamé son maitre et son sauveur !
Oui, prince, c'est à vous, en ces jours de douleur,
Que ce peuple s'adresse ; et, par vous il espère
Voir ses maux terminés et le ciel plus prospère.
Peut-être de nos dieux vous ouïtes la voix,
Ou vous prites conseil d'un homme.... Que de fois
Le sort fut conjuré par les avis d'un sage !
Ah ! seigneur, de nos murs éloignez cet orage !
La cité, pour payer votre premier bienfait,
Vous nomma son sauveur ; mais vous n'avez rien fait,
Si, témoin des douleurs dont elle est abreuvée,
Vous la laissez périr après l'avoir sauvée !....

. . . .

ŒDIPE.

Je sais, oui, je sais trop, enfants infortunés,
L'objet de vos soupirs, ce mal qui vous dévore ;
Et pourtant, croyez-moi, bien plus que vous encore,
Votre prince affligé souffre de vos douleurs :
Sur la ville et sur vous qu'il a versé de pleurs !
Vous souffrez, il est vrai ; mais sans songer aux autres ;
Œdipe à ses chagrins doit joindre aussi les vôtres.....

LE RÉCIT D'ŒDIPE
(769-814)

JOCASTE.

. . . . . . Du moins qu'en ce moment j'obtienne,
Si jamais mon amour a de vous mérité,
Si j'ai sur votre cœur la moindre autorité,
Ma part de ces chagrins qui tourmentent votre âme.

ŒDIPE.

Je ferai le récit que votre amour réclame !
Dans l'attente qui tient en suspens mes esprits,
Par qui mieux que par vous pourrais-je être compris ?
A qui dire les maux que m'a faits la fortune?...
Pourtant je ne fus pas de naissance commune...
J'eus pour père Polybe, héritier de cent rois,
A Corinthe, comme eux, il dicte encor des lois ;
Mérope m'enfanta, princesse dorienne...
Nulle gloire en ces lieux n'approchait de la mienne ;
Et, révérant en moi les restes d'un tel sang,
Nul ne me disputait l'honneur du premier rang ;
J'étais heureux... Un mot léger, sans importance,
Vint seul empoisonner cette triste existence.
Dès lors je pressentis un horrible destin !
C'était parmi la joie et les cris d'un festin...
Tout à coup un convive, à demi fou d'ivresse,
Me désigne du doigt, à grand'peine se dresse,
Et : « Ton père, dit-il, n'est point celui qu'on croit. »
J'essaye à contenir ma fureur qui s'accroit ;
Mais, quand le jour revient pour éclairer la terre,

Je sors, cours au palais ; je ne puis plus me taire ;
De mes parents j'exige une explication...
Je ne lis dans leurs yeux que l'indignation
Contre les vils propos d'un imposteur infâme.
Leur colère m'apaise et réjouit mon âme.
Pourtant cette parole. et j'ignore pourquoi,
Chagrinait mon esprit, et me glaçait d'effroi !
Enfin, pour dissiper la nuit qui m'enveloppe,
A l'insu de Polybe, à l'insu de Mérope,
A Delphes je m'en vais interroger les dieux...
Je voulais être instruit, je ne le fus pas mieux.
L'oracle d'Apollon me laisse sans réponse ;
Puis change de sujet, et tout à coup m'annonce
(Mon âme se soulève à ce seul souvenir !)
Avec d'étranges mots un atroce avenir :
Qu'un jour, moi, je serai le mari de ma mère,
Que d'exécrables fils je deviendrai le père,
Et, pour comble d'horreur, que ce bras assassin
A mon père, madame, ira percer le sein !
Ainsi s'était ma joie en un seul jour flétrie,
Ainsi je dus quitter à regret ma patrie,
M'éloigner à grands pas de tous ceux que j'aimais
Et par pitié pour eux ne les revoir jamais...
Fuyant donc les horreurs que l'on m'avait prédites,
Déjà loin de Corinthe et de ses tours maudites,
Marchant seul, abattu, je me trouvais un jour
Entre plusieurs chemins formant un carrefour,
Comme la route, hélas ! par votre époux suivie,
Quand, d'après vous, Jocaste, il termina sa vie.
Ma bouche vous dira toute la vérité !
D'un obstacle soudain je me vois arrêté :
C'était, tel qu'à mes yeux vous venez de le peindre,
Un homme sur un char ; il voulut me contraindre,
Aidé de son héraut, à céder le chemin
Aux rapides coursiers modérés par sa main.
L'un des siens osa même user de violence.
Moi, superbe, indigné d'une telle insolence,
Je le frappe ; à grands pas je m'approche du char ;
Je vois levé sur moi l'aiguillon du vieillard ;
Son bras descend, le coup déchire mon visage !...
Ma vengeance, madame, a trop puni l'outrage...
Le malheureux, frappé, pousse un cri déchirant,
Et tombe, de son char à mes pieds, expirant !...
J'obtins, pour couronner ma sinistre victoire,
Par le trépas du reste une honteuse gloire...
J'ai tout dit. . . . .

ANTIGONE

(Après le départ d'Œdipe, quand Étéocle et Polynice, dans une guerre
mpie l'un contre l'autre, se furent donné la mort, Créon, devenu roi de
Thèbes, défendait de donner la sépulture à Polynice. Antigone, sa sœur,
nalgré les conseils timides d'Ismène, enfreignit, par de nobles sentiments,
a défense de cette loi, et fut victime de son dévouement. Tel est le sujet de
ette pièce pathétique, qui fit donner à son auteur un commandement con-
re les Samiens.)

ANTIGONE ET CRÉON [1]

(441-471)

CRÉON.

Est-il vray? avez vous cette faute commise?
Y avez vous esté par ces gardes surprise?
Levez les yeux de terre et ne déguisez rien.

ANTIGONE.

Il est vray, je l'ay fait.

CRÉON.

Ne sçaviez vous pas bien
Qu'il estoit défendu par publique ordonnance?

ANTIGONE.

Oui, je le sçavois bien, j'en avois connoissance.

CRÉON.

Qui vous a doncque fait enfreindre cette loi?

ANTIGONE.

L'ordonnance de Dieu, qui est notre grand roi.

CRÉON.

Dieu ne commande pas qu'aux loix on n'obéisse.

ANTIGONE.

Si fait, quand elles sont si pleines d'injustice.
Le grand Dieu, qui le ciel et la terre a formé,
Des hommes a les loix aux siennes conformé,
Qu'il nous enjoint garder comme loix salutaires,
Et celles rejetter qui leur seront contraires;
Nulles loix des tyrans ne doivent avoir lieu
Que l'on voit répugner aux préceptes de Dieu.
Or le dieu des enfers, qui aux ombres commande,
Et celui qui préside à la céleste bande,
Recommandent surtout l'humaine piété :
Et vous nous commandez toute inhumanité.
Non, non, je ne fais pas de vos loix tant d'estime
Que pour les observer j'aille commettre un crime,
Et viole des dieux les préceptes sacrés,
Qui naturellement sont en nos cœurs encrez :
Ils durent éternels en l'essence des hommes,
Et nez à les garder dès le berceau nous sommes.
Ai-je deu les corrompre? Ai-je deu, ai-je deu,
Pour vostre authorité, les estimer si peu?
Vous me ferez mourir; j'en estois bien certaine,
Mais la crainte de mort en mon endroit est vaine;
Je ne souhaite qu'elle en mon extreme deuil.
Quiconque a grands ennuis désire le cercueil.
Quoi! eussé-je, Créon, violentant nature,
Souffert mon propre frère estre des loups pasture,
Faute de l'inhumer, comme il est ordonné?

[1] Imitation de Garnier.

Mon frère, mon germain, de même ventre né ?
J'eusse offensé les dieux aux morts propitiables,
Et les eusse vers nous rendus impitoyables.

LES TRACHINIENNES

(Malgré l'obscurité du titre, le sujet de cette pièce est fort connu et fort
célèbre : le lieu de la scène, qui est Trachine, au pied du mont Œta, suffit à
l'expliquer. Cette tragédie amène et punit la mort d'Hercule. « Les *Trachiniennes*, dit M. W. Schlegel, me paraissent tellement au-dessous des autres
pièces de Sophocle, que je voudrais trouver quelque témoignage d'après lequel il me fût permis d'avancer qu'on a, par erreur, attribué à ce poëte une
tragédie composée de son temps, et dans son école, peut-être même par son
fils, qu'il avait élevé pour lui succéder. » Cette infériorité des *Trachiniennes*
doit nous engager à n'en rien citer, et à laisser plus de place aux chefs-
d'œuvre des grands tragiques.)

PHILOCTÈTE

(Les Grecs avaient relégué Philoctète dans l'île de Lemnos ; quand les
oracles leur révélèrent que Troie ne pourrait être prise sans l'appui de ce
héros et sans le secours des flèches d'Hercule qu'il avait conservées, ils
dépêchèrent Ulysse vers lui. Cette ambassade, qui importait tant à la cause
des Grecs, fait le sujet de cette tragédie, l'une des mieux conduites de Sophocle.)

NÉOPTOLÈME ET PHILOCTÈTE
(865-1074)

NÉOPTOLÈME (*au chœur*).
Gardez le silence et tenez-vous calmes, il me semble que les yeux de
l'homme ont remué et qu'il a agité la tête.

PHILOCTÈTE.
O douce lumière qui accueille mon réveil ! garde fidèle et inattendue ! je
n'espérais pas, mon fils, te trouver si compatissant pour mes douleurs, restant ainsi pour veiller sur moi et me protéger. Les Atrides, ces fameux capitaines, n'ont pas eu pour elles ces égards. Toi, mon fils, tu accuses bien ta
noble nature, ta noble origine ; tu as su écouter mes cris, vivre près de ma
blessure. En ce moment, mes maux semblent vouloir m'oublier et me laisser un peu de repos ; soulève-moi, mon enfant, dresse-moi sur mes pieds ;
et, si ma langueur me donne quelque répit, allons au vaisseau et ne retar-
dons pas le départ.

NÉOPTOLÈME.
Je me réjouis de te voir ainsi, contre mon attente, sans douleur et rempli
d'énergie ; car il n'y a qu'un instant, dans tes souffrances, tu paraissais vraiment jouir à peine de la vie. Allons, relève-toi ; si même tu le préfères, mes
amis te transporteront. Pour nous être à tous deux agréables, ils ne refuse-
ront pas de prendre cette peine.

PHILOCTÈTE.
Je te remercie, mon fils ; dresse-moi, comme tu le désirais. Nous congé-
dierons tes amis, afin de leur éviter, avant le moment nécessaire, les inconvénients de ma plaie ; ils n'auront que trop à en souffrir sur le vaisseau.

NÉOPTOLÈME.
Il suffit, relève-toi et essaye de te soutenir.

PHILOCTÈTE.

Sois sans inquiétude; je vais tenter de me soulever selon mon habitude.

NÉOPTOLÈME.

Ah! comment m'y prendrai-je maintenant?

PHILOCTÈTE.

Quoi! mon fils, que veux-tu dire?

NÉOPTOLÈME.

Comment entamer ce difficile entretien?

PHILOCTÈTE.

Si tu ne sais que dire, mon enfant, ne parle pas.

NÉOPTOLÈME.

Mais j'en ai déjà trop dit...

PHILOCTÈTE.

J'en ai le doux espoir, mes maux ne t'ont pas assez frappé pour que tu puisses maintenant refuser de m'accepter pour passager?

NÉOPTOLÈME.

Tout devient difficile à l'homme qui, oubliant son caractère, entreprend une œuvre qui répugne à ses sentiments.

PHILOCTÈTE.

Certes tu ne fais rien, tu ne dis rien qui soit indigne de ton père, en te montrant généreux à l'égard d'un homme de cœur.

NÉOPTOLÈME.

Je serai couvert de honte : voilà la cause de mon chagrin.

PHILOCTÈTE.

De honte? Pour ce que tu as fait, non; pour ce que tu dis, je le crains.

NÉOPTOLÈME.

O Jupiter! que ferai-je? me déshonorerai-je en dissimulant ce que je ne dois pas taire, ou en proférant d'ignobles mensonges?

PHILOCTÈTE.

Ou je me trompe, ou le malheureux va me trahir, il va repartir et m'abandonner ici.

NÉOPTOLÈME.

T'abandonner? oh! non; mais je crains plutôt de redoubler tes maux en t'emmenant avec moi.

PHILOCTÈTE.

Que veux-tu? dis-le-moi, mon fils, je t'en prie... Je ne te comprends plus.

NÉOPTOLÈME.

Je ne veux plus te rien cacher : il faut me suivre jusqu'à Troie, jusque chez les Grecs, jusqu'à la flotte des Atrides.

PHILOCTÈTE.

Malheur! qu'as-tu dit?

NÉOPTOLÈME.

Ne t'afflige pas avant d'avoir tout appris.

PHILOCTÈTE.

Qu'ai-je à apprendre? que penses-tu faire de moi?

NÉOPTOLÈME.

D'abord calmer tes inquiétudes, puis partir avec toi pour dévaster les plaines de Troie.

PHILOCTÈTE.

Malheureux! je suis trahi! Quel crime médites-tu? Rends-moi sur-le-champ et mon arc et mes flèches.

NÉOPTOLÈME.

Je ne le puis : la justice et la nécessité m'obligent d'obéir à ceux qui commandent.

PHILOCTÈTE.

O homme! feu dévorant, objet de ma terreur, artisan de ruses infâmes, qu'as-tu fait? Comme tu m'as joué! Ne rougis-tu pas de me voir ainsi me roulant à tes pieds. Cruel! je me fais ton suppliant... Tu m'arraches la vie, en me ravissant mon arc... Rends-le-moi, je t'en prie; rends-le-moi, mon fils, je t'en conjure. Par les dieux paternels, ne m'arrache pas mon seul moyen de vivre! Oh! malédiction! il ne me répond même pas!... Il ne veut pas me le rendre... il détourne son visage.

O ports! ô promontoires! ô retraites des bêtes fauves! ô rocher! c'est à vous, puisque vous seuls voulez m'entendre, c'est à vous qui me connaissez, que je veux raconter les forfaits du fils d'Achille. Il m'avait juré de me ramener dans ma patrie, il veut me traîner à Troie. Mon arc, ce don sacré d'Hercule, le fils de Jupiter, mon arc que, sur sa foi, je confiai à sa garde, il le retient, il veut s'en parer aux yeux des Grecs. Comme s'il s'attaquait à un vigoureux guerrier, il emploie la violence... Il ne voit donc pas qu'il s'acharne sur une ombre, qu'il va frapper un cadavre. Son triomphe eût été plus difficile dans les jours de ma force; il n'a surmonté ma faiblesse qu'en employant la ruse.

Oui, c'est par l'astuce que je suis perdu. Que faire?... Rends-les-moi, je t'en conjure... Reviens à toi-même... Que dis-tu?... tu te tais... oh malheureux que je suis!

O triste roche toujours ouverte! tu vas revoir ton hôte, désarmé, sans nourriture! Il me faudra m'éteindre seul dans mon antre : l'oiseau rapide, la bête de la montagne n'ont plus rien à craindre de mes flèches; infortuné! moi-même je servirai de pâture à qui me nourrissait... J'expierai par ma mort les coups que j'ai portés... et je devrai mon trépas à un enfant que j'ai cru sans artifice.

Puisses-tu périr! à moins que tu n'aies conçu le repentir; sinon, puisses-tu périr!

LE CHŒUR.

Prince! que ferons-nous? Il est en ton pouvoir. Partirons-nous? Aurons-nous égard aux prières de cet homme?

PHILOCTÈTE.

Mon fils, pitié! Au nom des dieux, pitié!... Ne consomme pas ton déshonneur en m'enlevant malgré moi!

NÉOPTOLÈME.

Quelle incertitude! Ah! pourquoi ai-je quitté Scyros? j'eusse échappé à ces angoisses.

PHILOCTÈTE.

Je le vois, tu n'es point méchant mais ce sont des méchants qui ont

voulu te séduire. Rends-leur ce qu'ils ont voulu me faire ; donne-moi mes
armes et mets à la voile.

NÉOPTOLÈME.

Que faire, mes amis?

ULYSSE.

O homme cruel! recule et laisse-moi cet arc.

PHILOCTÈTE.

Ah! quel est cet homme? N'est-ce pas Ulysse qui a parlé?

ULYSSE.

Oui, c'est moi-même, c'est Ulysse que tu vois!

PHILOCTÈTE.

Malheureux! je suis vendu... c'est ma mort... Voilà celui qui m'a surpris,
qui m'a dépouillé de mes armes.

ULYSSE.

Tu dis vrai; c'est moi, je ne m'en défends pas.

PHILOCTÈTE.

Mon fils! donne, donne-moi mon arc.

ULYSSE.

Lors même qu'il le voudrait, sois certain qu'il ne le ferait pas; il faut que
tu viennes avec tes armes, ou l'on t'emportera malgré toi.

PHILOCTÈTE.

Moi! scélérat! moi! lâche! on m'emportera malgré ma volonté!

ULYSSE.

Si tu ne cèdes de bonne grâce...

PHILOCTÈTE.

Jamais! jamais! quoi que je doive souffrir!...

ULYSSE.

Quel est donc ton dessein!

PHILOCTÈTE.

Je me précipiterai du haut de cette roche, je me briserai la tête sur les
pierres.

ULYSSE.

Qu'on le saisisse, qu'il ne puisse accomplir son sinistre projet.

PHILOCTÈTE.

..... O ma patrie! ô dieux qui voyez ce qui se passe! punissez-les, punissez-
les tous, si vous prenez pitié de moi... Mon existence est bien misérable ;
mais, si je suis témoin de leur châtiment, je ne me croirai plus malheureux!

ULYSSE.

Je sais bien ce que je pourrais te répondre... Certes j'aime à remporter
la victoire; je ferai exception pour toi... Je consens à te la céder. Laissez-
le aller, ne le retenez plus; il peut demeurer ici. D'ailleurs nous avons tes
armes, nous n'avons plus besoin de toi... Adieu, reste à Lemnos... Pour
nous, partons... Peut-être il m'est réservé, cet illustre honneur qui semblait
t'être dû.

PHILOCTÈTE.

Oh! doute affreux! le verra-t-on parmi les Grecs paré de ces nobles armes?

ULYSSE.

C'est assez ; n'ajoute plus un mot, je pars.

PHILOCTÈTE.

Fils d'Achille! je n'entendrai donc plus un seul mot sortir de ta bouche! Partiras-tu sans me dire une parole?

ULYSSE.

Viens, Néoptolème, ne te retourne plus... Ne va pas compromettre par excès de pitié un si heureux succès.

PHILOCTÈTE.

Et vous, mes amis! vous allez donc tous m'abandonner ainsi? votre cœur n'est donc point ému?

LE CHŒUR.

Ce jeune héros commande notre navire; ce qu'il te dit, nous devons le croire comme lui.

ŒDIPE A COLONNE

(Œdipe a quitté Thèbes, conduit par Antigone; il ne vient pas chercher une nouvelle patrie, mais un tombeau. Cependant, arrivé à Colone, près du temple des Euménides, il se voit repoussé par l'effroi que sa funeste destinée inspire à tous. Cette tombe qu'il réclame, il ne pourra l'obtenir, s'il ne démontre que la volonté des dieux est conforme à ses désirs. On se le rappelle, cette tragédie fut la réponse de Sophocle à l'accusation de folie que ses fils avaient osé porter contre lui.)

LES ADIEUX ET LA MORT D'ŒDIPE
(1540)

ŒDIPE.

Fils d'Egée ! les dieux ne manquent pas, si tard qu'ils le reconnaissent, de retrouver celui qui a méprisé leur volonté... Ne l'oublie jamais! Mais à quoi bon te rappeler ce que tu sais déjà? Gagnons le lieu fatal... Il est temps de s'y rendre; les dieux m'appellent, marchons sans crainte. O mes enfants, suivez-moi; je vais vous guider, comme vous avez longtemps guidé votre père... C'est par ici, par ici. Voici la route que m'indiquent le conducteur et la déesse des ombres. O lumière que je ne vois plus, les rayons me touchent pour la dernière fois; déjà je me traîne vers le lieu où la fin de ma vie doit rester cachée... dans les enfers. O cher hôte, et vous tous soumis à ses lois, habitants de cette terre, soyez heureux, et dans votre prospérité à jamais durable, n'oubliez point celui qui va mourir.

. . . .

LE MESSAGER.

Citoyens! en peu de mots je dois vous apprendre une triste nouvelle ; Œdipe n'est plus!...

LE CHŒUR.

Est-il vrai? l'infortuné n'est plus!

LE MESSAGER.

Oui, cette vie tristement longue, il l'a quittée!

LE CHŒUR.

De quelle manière? Est-il mort doucement avec l'aide des dieux?

LE MESSAGER.

Sa fin même restera comme un objet digne d'admiration. Vous l'avez vu tous quitter ces lieux; vous avez tous observé comment il est parti, sans être conduit par ses amis, et dirigeant lui-même leurs pas... Il accomplit avec joie, avec scrupule tous les rites qui lui avaient été prescrits. Alors un tonnerre souterrain se fit entendre, et, à ce bruit, qui les glaçait d'effroi, les deux jeunes filles tombèrent aux genoux de leur père, ne cessant de pleurer, de gémir, de frapper leur poitrine. Et lui cependant les avait entourées de ses bras, et leur disait : « Mes enfants! c'en est fait, dès aujourd'hui vous n'avez plus de père, il ne vous reste plus rien de lui; vous voilà dégagées du soin de pourvoir à ma nourriture; soin pénible, je le sais bien, mes enfants; mais quelque chose en allégeait l'ennui, c'est que personne ne vous aima jamais autant que celui qui va vous quitter, et sans qui vous achèverez heureusement, je l'espère, le reste de votre vie. » Longtemps ils se tinrent embrassés, pleurant, sanglotant ensemble; à la fin leur douleur se fatigua, leurs plaintes cessèrent; ce ne fut plus qu'un grand silence. Tout à coup éclate je ne sais quelle voix, dont le son terrible nous fait à tous dresser les cheveux. Cette voix divine appelait Œdipe sans relâche : « Œdipe! criait-elle, pourquoi ces délais? Tu te fais bien attendre! » Ainsi pressé par le dieu, Œdipe prie notre roi Thésée de s'approcher, et puis lui dit : « Cher prince, donne-moi ta main en signe de l'inviolable foi que tu garderas à mes filles; les vôtres aussi, mes enfants! Engage-toi, prince, à ne les jamais abandonner volontairement, à faire toujours pour elles, dans ta bienveillance, ce que tu leur jugeras utile. » Il le jura, mais sans faiblesse, en hôte généreux. Œdipe alors, pressant de nouveau ses filles entre ses bras tremblants : « O mes filles, leur dit il, c'est maintenant que, cédant à la nécessité, il vous faut avec courage vous éloigner de ce lieu, sans demander à voir, à entendre ce qui vous est interdit. Allez donc, et au plus vite. Le roi seul, Thésée, doit être témoin de ce qui va se passer. » Nous avons tous compris ces paroles, et, fondant en larmes, gémissant comme les jeunes filles, nous nous sommes retirés avec elles. A quelques pas de là, et au bout de quelques moments, nous nous sommes retournés et n'avons plus vu Œdipe, mais seulement Thésée, les mains sur les yeux comme pour s'épargner la vue d'un spectacle effrayant; nous l'avons vu bientôt après qui, se prosternant, adorait et la terre et l'Olympe, séjour des dieux. Comment a fini Œdipe? Nul mortel ne peut le dire que Thésée. Les traits enflammés de la foudre ne l'ont point frappé, les flots d'une tempête ne l'ont point englouti. Quelque dieu secourable est venu l'emmener, sans doute; ou bien la terre s'est d'elle-même entr'ouverte pour le faire descendre doucement au séjour des ombres...

LE CHŒUR.

Que sont devenues les deux jeunes filles : nos amis les avaient emmenées avec eux.

LE MESSAGER.

Elles ne peuvent être bien loin, le bruit des larmes et des sanglots vous annonce qu'elles approchent.

EURIPIDE. — Notre notice sur ce poëte tragique est empruntée tout entière à M. Artaud; qui pouvait mieux le connaître, dans sa vie et dans ses œuvres, que son habile et patient traducteur?

« Euripide naquit la première année de la 75e olympiade (480 ans av. J.-C.), à Salamine, le jour même où les Grecs remportèrent une victoire mémorable sur les Perses. Ce jour fait époque dans l'histoire de la tragédie, car Eschyle s'y distingua au nombre des combattants, et le jeune Sophocle chanta l'hymne de la victoire et marcha en tête du chœur qui la célébrait. La famille d'Euripide s'était réfugiée dans l'île de Salamine, peu avant l'invasion de Xerxès dans l'Attique. Son père Mnésarque était cabaretier, au rapport des biographes, et sa mère Clito était marchande d'herbes. Aristophane fait de fréquentes allusions à la bassesse de sa naissance, notamment dans les *Acharniens* (1), les *Chevaliers* et les *Fêtes de Cérès*. Par déférence pour un oracle mal interprété, on éleva d'abord Euripide pour en faire un athlète. Cet oracle annonçait qu'il serait vainqueur dans les jeux publics. Il se livra donc aux exercices du corps, et l'on dit même qu'il remporta une fois le prix. Mais son esprit le porta bientôt à d'autres études. Il s'exerça d'abord à la peinture, puis il étudia la rhétorique sous Prodicus, et la philosophie sous Anaxagore. On ajoute qu'il fut intimement lié avec Socrate, plus jeune que lui de dix ans. Celui-ci, qui fréquentait peu le théâtre, ne manquait pas cependant de s'y rendre, lorsqu'on représentait quelque pièce d'Euripide. Ces études de la jeunesse du poëte laissèrent quelques traces profondes dans ses compositions tragiques. On y retrouve le système d'Anaxagore sur l'origine des êtres, et les principes de la morale de Socrate, ce qui le fit appeler le philosophe du théâtre. D'un autre côté, on sait le cas que Quintilien faisait de ses beautés oratoires, et il conseille aux jeunes gens qui se destinent au barreau la lecture de ses ouvrages, comme un excellent modèle de l'art de convaincre et de persuader.

« Ce fut la première année de la 81e olympiade qu'Euripide fit son début dans la carrière dramatique. Son premier ouvrage fut les *Péliades ;* il n'obtint que la troisième nomination. On a la date de quelques-unes de ses autres pièces; d'après l'argument de la *Médée*, elle fut représentée la première année de la 83e olympiade ; elle faisait partie d'une tétralogie, et il n'obtint encore que le troisième prix. Trois ans plus tard, quatrième année de la 87e olympiade, il réussit complétement avec l'*Hippolyte*. Les *Phéniciennes* furent représentées la première année de la 112e olympiade, d'après le scoliaste d'Aristophane sur les grenouilles ; et *Oreste*, la quatrième année de la même olympiade. Il paraît que ce fut là son dernier ouvrage, car il mourut deux ans après, deuxième année de la 113e olympiade, suivant les marbres de Paros, à la cour

---

(1) Nous en verrons la preuve dans la citation extraite de cette pièce d'Aristophane. On la trouvera plus loin.

d'Archélaüs, roi de Macédoine, où il s'était retiré dans les derniers
temps de sa vie. On n'est pas d'accord sur le genre de sa mort. Les
uns racontent que, se promenant un jour dans un lieu solitaire,
des chiens furieux se jetèrent sur lui et le mirent en pièces ; d'autres prétendent qu'il fut déchiré par des femmes. Cette dernière
tradition repose sans doute sur la haine qu'on lui attribue pour
le sexe en général. On sait qu'Aristophane, dans sa comédie des
Fêtes de Cérès, suppose que les femmes, brûlant de se venger des
injures qu'Euripide leur prodigue dans ses tragédies, délibèrent
entre elles sur les moyens de le perdre ; et l'auteur comique, tout
en feignant de prendre le parti des femmes contre Euripide, les
outrage lui-même bien plus audacieusement que ce dernier.

« Aulu-Gelle rapporte, sur le témoignage de Varron, qu'Euripide avait composé soixante-quinze tragédies, et qu'il ne remporta
le prix que cinq fois. Cependant sa biographie rédigée par Thomas
Magister porte qu'il fit quatre-vingt-douze tragédies, et qu'il vainquit
quinze fois. Mais les autres biographes, Suidas et Moschopolus, ne
parlent que de cinq victoires. Il ne nous reste de lui que dix-neuf
pièces (1) ; en voici les titres : *Hécube*, *Oreste*, les *Phéniciennes*,
Médée, *Hippolyte*, *Alceste*, *Andromaque*, le *Cyclope*, les *Suppliantes*,
Iphigénie en Aulide, les *Troyennes*, *Rhésus*, les *Bacchantes*, les *Héraclides*, *Hélène*, *Ion*, *Hercule furieux*, *Électre*. Parmi les nombreux
fragments de ses ouvrages, il nous reste aussi le prologue de
Danaé, avec un fragment de chœur, plus trois passages assez considérables du *Phaéthon*, trouvés, en 1810, dans un manuscrit de la
bibliothèque impériale.

« On a porté des jugements très-divers sur le mérite d'Euripide
comme poëte tragique, tant chez les anciens que chez les modernes. Aristophane, son contemporain, l'a fréquemment parodié
et tourné en ridicule dans ses comédies, surtout dans les *Acharniens*, les *Fêtes de Cérès* et les *Grenouilles*. Dans la première de
ces pièces, le poëte comique fait paraître un pauvre homme qui,
ayant à se défendre devant le peuple, et cherchant les moyens
d'attendrir les juges, va emprunter à Euripide quelques-uns des
haillons dont il habille ses héros, se moquant ainsi de la piperie
dramatique et des moyens matériels employés trop souvent par
Euripide pour produire le pathétique. Nous avons indiqué plus
haut le sujet des *Fêtes de Cérès*, dont toute la dernière partie se
compose de longues parodies des tragédies d'Euripide, et en particulier de son *Palamède*, de son *Andromède* et de son *Hélène*. Enfin,
le sujet des *Grenouilles* est la dispute d'Eschyle et d'Euripide sur
la prééminence tragique ; c'est de la critique littéraire sous une

---

1) En y comprenant le drame satyrique, intitulé le *Cyclope*, dont nous parlerons à la suite des tragédies.

forme bouffonne. Aristote, dans sa *Poétique,* appelle Euripide le
plus tragique des poëtes; mais c'est par allusion au grand effet de
ses catastrophes funestes; puis il ajoute : « quoiqu'il ne soit pas
« toujours heureux dans la conduite de ses pièces. » Quintilien,
de son côté, préfère Euripide à Sophocle, en les jugeant de son
point de vue de rhéteur. « On s'est demandé, entre les deux ma-
« nières de ces écrivains, qui de Sophocle et d'Euripide avait été
« le meilleur poëte. Pour moi, l'affaire n'ayant aucun intérêt pour
« ce qui nous occupe, je laisserai là cette question sans la résoudre.
« Mais il faut bien avouer cependant que, pour ceux qui se destinent
« au barreau, Euripide est de beaucoup le plus utile..... » Chez
les modernes aussi, Euripide 'a longtemps obtenu la préférence.
Racine paraît l'avoir étudié plus particulièrement, et l'a souvent
imité.

   « De nos jours, au contraire, un célèbre critique, V. A. Schlegel, l'a rabaissé fort au-dessous d'Eschyle et de Sophocle. On en
jugera par le passage suivant : « Quand on considère Euripide en
« lui-même, sans le comparer avec ses prédécesseurs, quand on
« rassemble ses meilleures pièces, et les morceaux admirables ré-
« pandus dans quelques autres, on peut faire de lui l'éloge le plus
« pompeux; mais si, au contraire, on le contemple dans l'ensemble
« de l'histoire de l'art, si l'on examine, sous le rapport de la mo-
« ralité, l'effet général de ses tragédies et la tendance des efforts
« du poëte, on ne peut s'empêcher de le juger avec sévérité et de
« le censurer de diverses manières. Il est peu d'écrivains dont on
« puisse dire avec vérité autant de bien et autant de mal. C'est un
« esprit extraordinairement ingénieux, d'une adresse merveilleuse
« dans tous les exercices intellectuels; mais, parmi une foule de
« qualités aimables et brillantes, on ne trouve en lui ni cette pro-
« fondeur sérieuse d'une âme élevée, ni cette sagesse harmo-
« nieuse et ordonnatrice que nous admirons dans Eschyle et dans
« Sophocle. Il cherche toujours à plaire, sans être difficile sur les
« moyens. De là vient qu'il est sans cesse inégal à lui-même; il
« a des passages d'une beauté ravissante, et d'autres fois il tombe
« dans de veritables trivialités. Mais, avec tous ses défauts, il pos-
« sède la facilité la plus heureuse, et un certain charme séduisant
« qui ne l'abandonne point. »

   « En général, Schlegel me paraît avoir jugé Euripide d'un point
de vue trop limité. Il lui préfère Eschyle, parce que celui-ci a
mieux conservé le caractère religieux qui fut d'abord inhérent au
théâtre. On sait, en effet, que les représentations dramatiques
étaient, dans le principe, des cérémonies religieuses. Les chœurs,
auxquels la tragédie grecque dut son origine, furent d'abord les
hymnes que l'on chantait en l'honneur de Bacchus pour célébrer

les fêtes. L'esprit religieux du chœur, et l'idée imposante du destin
qui plane sur toute l'action : tels sont les traits fondamentaux de
la tragédie grecque, surtout dans Eschyle et dans Sophocle. Il n'est
pas besoin de rappeler les *Mystères*, et le caractère profondément catholique du théâtre pendant le moyen âge. Mais on ne tarda pas à
prendre plaisir à ces représentations pour elles-mêmes. L'idée religieuse n'y fut bientôt plus qu'accessoire. L'art dramatique, après
avoir eu son berceau auprès des autels, grandit et se développa hors
du sanctuaire ; et l'élément religieux finit par disparaître. Euripide
marque d'une manière frappante cette transition de l'époque religieuse à l'époque philosophique. Quelques reproches qu'il mérite
d'ailleurs, on ne peut s'empêcher de reconnaître en lui un grand
peintre du cœur humain. C'est par là qu'il touche, qu'il attache et
qu'il doit plaire dans tous les temps, parce qu'il a retracé les sentiments éternels du cœur de l'homme. Son but principal est d'é-
mouvoir ; il connaissait la nature des passions, et il savait trouver
les situations dans lesquelles elles se développent avec le plus de
force.

« On peut faire bien des objections contre ses plans mal or-
donnés, contre le choix de ses sujets, et les hors-d'œuvre de ses
chœurs ; mais il reste supérieur dans l'expression vraie et naturelle
des passions, dans l'art d'inventer des situations intéressantes, de
grouper des caractères originaux, et de saisir la nature humaine
sous toutes ses faces. Il est maître dans l'art de traiter le dialogue,
d'adapter les discours et les répliques au caractère, au sexe, à la
condition des personnages. Tout en rendant justice à l'élégance
et à la facilité de son style, il faut reconnaître qu'il a souvent fait
abus des sentences et des tirades philosophiques. Par ses défauts
comme par ses qualités, il était plus accessible à l'esprit des modernes ; c'est ce qui explique la préférence que certains écrivains
lui ont donnée sur Sophocle, bien que celui-ci ait toujours su
maintenir l'art dans une région plus pure et plus idéale. »

HÉCUBE

(Après la prise de Troie, les Grecs se retirent et vont camper dans la
Chersonèse de Thrace, où règne Polymnestor. Ils ont entraîné une foule de
captifs au nombre desquels se trouve Hécube, et ils se préparent à offrir un
sacrifice à Achille pour apaiser ses mânes, lorsque le héros leur apparaît
demandant l'immolation de Polyxène, la fille de Priam et d'Hécube, qu'il
devait épouser au moment même où il succomba. Polyxène est sacrifiée
malgré les cris et les plaintes de sa mère, et rejoint dans le séjour des morts
son frère Polydore, dont Polymnestor s'est défait par un sentiment de cupidité. Hécube tire vengeance de son ennemi. Tel est le sujet de cette tragédie.)

HÉCUBE ET ULYSSE [1]

(237-294)

HÉCUBE.

Vous souvient-il encor du jour où, dans Pergame,
Sous d'obscurs vêtements déguisant vos projets,
Vous veniez des Troyens surprendre les secrets ?
Hélène pénétra cet important mystère ;
Je fus de son aveu seule dépositaire.
Ulysse, quel Troyen ne vous eût condamné ?
A mes pieds sans espoir vous étiez prosterné,
Et, glacé par la mort à vos regards présente,
Vers moi vous étendiez une main suppliante.
N'étais-je pas alors arbitre de vos jours ?

ULYSSE.

D'un seul mot votre bouche en eût tranché le cours.
Vous pouviez me punir...

HÉCUBE.

                Je le devais peut-être,
Ingrat ; et ma pitié ne te fit point connaître.
Je t'épargne un trépas honteux et mérité ;
Tu me dois tout, l'honneur, le jour, la liberté,
Et tu veux m'accabler ; et, pour reconnaissance,
Tu prends un soin cruel d'irriter ma souffrance.
Sur l'esprit des soldats que ton art a séduit,
L'ouvrage de mes pleurs par toi seul est détruit ;
Pour Achille et les dieux c'est toi qui les décides.
Les dieux commandent-ils à vos mains parricides
De traîner des captifs sous le couteau mortel,
Comme de vils troupeaux réservés à l'autel ?
Mais je veux que, flatté d'une pareille offrande,
En faveur d'un héros le ciel vous le commande.
Est-ce à moi d'honorer par ce tribut sanglant
Celui dont les exploits ont déchiré mon flanc ?
Faut-il sacrifier ma fille à sa mémoire ?
Doit-elle de ses jours payer votre victoire ?
Pour mourir sous vos coups, quels sont ses attentats ?
Elle n'a point causé nos funestes débats,
Et, brûlant sur ces bords d'une flamme adultère,
Appelé dans nos champs la famine et la guerre.
Une autre a divisé les Grecs et les Troyens ;
Elle seule a perdu vos guerriers et les miens.
De son crime au tombeau qu'elle emporte la peine :
Justifiez les dieux en punissant Hélène ;
Mais respectez ma fille, épargnez mes vieux ans,
Laissez-moi cet appui de mes pas chancelants.
Près d'elle, mes douleurs me semblent moins amères,
En elle je retrouve et son père et ses frères.
C'est me ravir encor tout ce que j'ai perdu,
Que m'enlever ce bien par qui tout m'est rendu,

[1] Imitation d'Hécube, par C. Delavigne.

Ce doux et cher trésor qui me reste de Troie,
Mon guide, mon espoir, ma famille et ma joie.
Écoutez ma prière et soyez généreux ;
Instruit par vos malheurs, plaignez les malheureux.
Ulysse, par ma voix l'équité vous supplie
De ne point opprimer qui vous donna la vie.
Qu'un service passé vous parle ici pour nous :
Je vous vis à mes pieds, j'embrasse vos genoux ;
Je vis couler vos pleurs, tournez sur moi la vue ;
Contemplez l'infortune où je suis descendue ;
Moi, veuve de Priam, j'implore vos regards,
Et je baise la main qui brisa nos remparts.
Oui, vous nous défendrez, vous serez notre asile ;
Sauvez-nous ; retournez vers le tombeau d'Achille ;
Par l'amour combattu, Pyrrhus doit hésiter ;
Atride à vos discours ne pourra résister ;
Vous saurez dans les cœurs réveiller la clémence,
Vous fléchirez les Grecs, et, si votre éloquence
De Calchas et des dieux désarme le courroux,
Vous ferez plus pour moi que je n'ai fait pour vous.

. . . .

ORESTE

(Clytemnestre n'est plus : le peuple est réuni à Argos pour prononcer son jugement sur Électre et sur Oreste. Les deux accusés croient pouvoir compter sur l'appui de Ménélas ; mais celui-ci, dans l'espoir d'obtenir la succession de son frère Agamemnon, excite, au contraire, le peuple à les condamner tous les deux. La sentence les oblige à se punir eux-mêmes ; ils veulent au moins, pour se venger, tuer Hélène, leur ennemie. Apollon les en empêche ; et la pièce, à la façon des drames modernes, se termine par deux mariages : Oreste épouse Hermione, la fille d'Hélène, et Pylade épouse Électre.)

LE FRÈRE ET LA SŒUR
(211-315)

ORESTE (s'éveillant).

Toi qui charmes les sens, qui apaises la souffrance, doux sommeil, que tu m'es venu à propos dans ma détresse ! Oubli des maux ! dieu bienfaisant ! que ton secours a de puissance, qu'il semble désirable aux infortunés !... Mais où étais-je donc, et comment me trouvé-je en ce lieu ? Je ne sais plus ce que j'ai dit dans mon égarement.

ÉLECTRE.

Cher Oreste ! avec quelle joie je t'ai vu t'assoupir ! Veux-tu que je t'aide à te soulever ?

ORESTE.

Oui, soutiens, soutiens-moi ; essuie en même temps sur mes tristes lèvres, sur mes yeux, cette épaisse écume.

ÉLECTRE.

Oui, c'est un doux office, et la main d'une sœur ne refusera pas ses soins au corps affligé d'un frère.

ORESTE.

Ces cheveux détachés et poudreux, écarte-les de mon front ; à peine si un faible jour luit pour moi.

ÉLECTRE.

Pauvre tête, si échevelée, si défaite, que depuis si longtemps l'eau n'a point rafraîchie ; comme ton aspect est devenu sauvage !

ORESTE.

Remets-moi sur mon lit; quand ce mal, quand cette fureur me quitte, je demeure brisé et sans force.

ÉLECTRE.

Oui, repose sur ton lit : le lit est cher au malade; c'est un séjour bien triste, mais nécessaire.

ORESTE.

Redresse mon corps, relève-moi...

ÉLECTRE.

Si tu essayais de poser tes pieds à terre et de faire doucement quelques pas? Changer paraît si bon !

ORESTE.

Sans doute : c'est l'apparence de la santé, et l'apparence est quelque chose là où manque la réalité.

ÉLECTRE.

Écoute-moi maintenant, mon frère, tandis que les Furies laissent tes sens en liberté.

ORESTE.

As-tu quelque chose à m'apprendre? Si c'est une nouvelle heureuse, ah ! tu me charmes et me ranimes. Sinon, j'ai bien assez de malheurs.

ÉLECTRE.

Ménélas arrive, Ménélas, le frère de ton père. Les vaisseaux sont déjà dans le port de Nauplie.

ORESTE.

Qu'as-tu dit ? il arrive! O lumière imprévue au milieu de mes maux et des tiens! un homme de notre sang, comblé des bienfaits de mon père !

ÉLECTRE.

Il vient, n'en doute pas; et, pour preuve, sache qu'il ramène Hélène des murs de Troie.

ORESTE.

S'il eût échappé seul, je le trouverais plus digne d'envie. Revenir avec une semblable épouse, c'est revenir chargé d'un triste fardeau.

ÉLECTRE.

Tyndare a mis au jour des filles d'une bien triste renommée, bien malheureusement célèbres dans la Grèce !

ORESTE.

Toi donc, fuis, tu le peux, leurs exemples pervers. Qu'ainsi que tes paroles, ton cœur soit toujours pur !

ÉLECTRE.

Mon frère, ton œil se trouble : tout à l'heure plein de sens, tu passes tout à coup aux transports de la rage.

ORESTE.

Je t'en conjure, ô ma mère, ne lance point contre moi ces femmes aux yeux sanglants, à la tête hérissée de vipères. Les voilà, les voilà qui bondissent à mes côtés.

ÉLECTRE.

Reste, infortuné, en repos sur ta couche. Tu ne vois rien de ce que tu crois voir.

ORESTE.

O Phébus, ils me tueront, ces chiens dévorants, ces êtres hideux et farouches, ces prêtresses des morts, ces terribles déesses.

ÉLECTRE.

Je ne te quitte point : je veux t'entourer de mes bras et contenir ces élans furieux.

ORESTE.

Loin de moi, Furie, qui me tiens embrassé pour me précipiter au Tartare !

ÉLECTRE.

Malheureuse, quel secours attendre, quand les dieux sont contre nous.

ORESTE.

Donnez-moi l'arc, présent d'Apollon, l'arc qu'il me remit pour repousser ces déesses, si elles venaient m'épouvanter de leur rage insensée.

ÉLECTRE.

Crois-tu qu'une main mortelle puisse atteindre des déesses?

ORESTE.

Oui, si elles ne se dérobent pas à mes yeux. Quoi ! vous n'entendez pas, vous ne voyez pas les traits ailés, partis de mon arc infaillible! Eh bien, qu'attendez-vous? Prenez votre vol dans les airs, et allez, au lieu de moi, accuser Phébus et ses oracles. Hélas! pourquoi suis-je donc si épuisé, si haletant? Où m'égaré-je loin de ma couche? Du sein des flots et de l'orage, je vois renaître le calme. Qu'as-tu, ma sœur? tu pleures; tu caches ta tête dans tes voiles? Ah! je rougis de t'associer à mes peines, de te faire partager, pauvre jeune fille, les ennuis de ma maladie. Cesse de te consumer ainsi par des infortunes qui sont les miennes. Si tu as consenti au meurtre d'une mère, c'est moi qui l'ai commis. Que dis-je? c'est Apollon que je dois accuser, lui qui, après m'avoir poussé à cet acte impie, m'a consolé par de vaines paroles, et puis m'a laissé sans secours. Mon père même, je n'en doute pas, si j'eusse pu l'interroger en face, et lui demander : Faut-il tuer ma mère? mon père eût étendu vers moi des mains suppliantes, et, avec d'instantes prières, il m'eût conjuré de ne point porter le couteau dans le sein qui m'enfanta, puisque, sans le rendre à la vie, je devais par cet acte combler ma misère. Et maintenant, ma sœur, découvre ton visage; sèche ces larmes où tu te plonges, quel que soit notre triste sort. Lorsque tu me vois hors de moi-même, c'est à toi de calmer mes fureurs, de rappeler ma raison qui s'égare; et moi, quand tu gémis, je dois être là, près de toi, pour te consoler, pour te reprendre tendrement. Un tel échange de soins sied bien à l'amitié. Va donc, infortunée, rentre dans le palais, livre au sommeil tes paupières fatiguées d'une longue insomnie, baigne-toi, prends quelque nourriture. Si tu venais à me manquer, si par quelque veille trop assidue tu te rendais malade à ton tour, ah! je serais perdu, car je n'ai plus que toi pour me secourir, abandonné, tu le vois, de tout le reste?

ÉLECTRE.

Non, non; avec toi je veux mourir, avec toi je veux vivre. Pour moi, c'est même chose. Eh! si tu meurs, que pourrai-je faire? Que deviendrai-je, faible femme, seule au monde, sans frère, sans père, sans amis? Mais tu le veux; il faut t'obéir. Étends seulement sur ta couche tes membres fatigués; ne te laisse pas trop facilement surprendre par ces terreurs qui t'en arrachent; demeures-y paisiblement. Lorsqu'on n'est pas malade, mais qu'on croit l'être, on ressent tout le trouble, tout l'accablement de la maladie.

LES PHÉNICIENNES

(Cette tragédie, c'est, dit Schœll, la mort d'Étéocle et de Polynice, c'est le sujet de la *Thébaïde* de Sénèque et de celle de Racine. Stace l'a souvent imitée dans son poëme épique, ainsi qu'a fait Rotrou dans les deux premiers actes de son *Antigone*... Hugo Grotius a regardé les *Phéniciennes* comme le chef-d'œuvre d'Euripide; le ton qui y règne est plus élevé que dans aucune autre de ses pièces.)

LE COMBAT DES DEUX FRÈRES
(1375-1458)

LE MESSAGER.

Tout à coup, aussi éclatant qu'une torche qui s'allume, retentit le son de la trompette thyrrhénienne; c'est le signal du combat : les deux frères courent l'un sur l'autre avec fureur... leurs lances en avant; chacun d'eux en même temps se couvre de l'abri de son bouclier, et les deux corps restent sans blessures; si l'un d'eux laisse à découvert une partie du visage pour suivre les mouvements de son adversaire, l'autre le frappe à l'instant; mais le coup a été prévu, la lance rencontre le bouclier. Les spectateurs semblaient plus émus que les combattants : chaque parti craignait pour son prince. Enfin Étéocle heurte une pierre du pied, et découvre la jambe. Polynice le voit, saisit l'occasion, perce son ennemi de sa lance argienne, et son armée pousse un cri de triomphe. Mais, dans son effort, Polynice a fait apercevoir l'épaule. Étéocle, tout blessé qu'il est, pousse alors avec vigueur son fer contre la poitrine de son ennemi : c'est à l'armée des enfants de Cadmus de pousser un cri de joie, car le bout de la lance s'est brisé, et le roi, presque désarmé, recule un instant; il saisit une pierre, et fracasse à son tour l'arme de son frère. Le combat redevient égal... ils tirent leurs glaives et s'attaquent de près; ils engagent leurs boucliers, ils frappent et font retentir l'airain. Alors Etéocle, nourri à l'école des guerriers thessaliens, a recours à la ruse : il cesse un instant des efforts inutiles, ramène en arrière la jambe gauche, couvre le corps, avance le pied droit, pousse l'épée jusqu'au ventre et dans les entrailles de Polynice, qui s'ébranle, ploie son corps sous les atteintes de la douleur et tombe roulant dans son propre sang. Mais le vainqueur tout glorieux jette son glaive, et, sans plus se préoccuper de sa défense, il avance pour dépouiller le vaincu ! Sa confiance l'a perdu, car Polynice respire encore; dans sa chute il a retenu son fer, et il l'enfonce dans le cœur d'Étéocle. On les voit retomber tous les deux, l'un après l'autre; il n'y eut ainsi ni vainqueur ni vaincu. . . . . En ce moment accourt leur mère infortunée... Elle considère ses deux fils qu'enveloppe déjà l'ombre de la mort : « Mes enfants, s'écrie-t-elle, j'arrive trop tard pour vous secourir. » Elle se jette sur leurs corps, elle gémit sur le sort de ceux qu'elle a nourris de son lait, elle fait entendre des cris de douleur... Cependant Étéocle poussait avec peine, du fond de sa poitrine, un dernier soupir. Il entend sa mère, et soulève vers elle sa main sanglante. Mais il ne peut lui adresser une parole; ses yeux seuls, par leurs larmes, lui parlent de son amour. Polynice respirait encore; il a regardé sa sœur, sa vieille mère, et leur a dit : « Je meurs, ô ma mère; je te plains, et toi, et ma sœur, et ce mort qui était mon frère. Ensevelissez-moi, ô ma mère, ô ma sœur, dans la terre où je suis né; apaisez ma patrie irritée; que j'en obtienne un coin de terre pour mon tombeau, au lieu de ce trône que j'ai perdu. O ma mère, ferme mes yeux.» Et, en disant ces mots, il lui prenait la main et l'approchait de ses paupières. « Adieu! déjà la nuit m'environne! »

MÉDÉE

(Médée, s'étant éprise de Jason, lui avait procuré la conquête de la toison d'or. Mais celui-ci, une fois maître du précieux trésor, délaissa la magicienne pour épouser Créuse. Médée, que cet abandon a remplie de fureur, conçoit alors les plus sombres projets de vengeance : ce n'est pas le coupable lui-même qu'elle frappera, le châtiment ne serait pas assez cruel; non, elle immolera sans pitié ses enfants, et, ô comble d'horreurs! elle condamnera ce malheureux à laisser les victimes privées de sépulture. Telle est la donnée saisissante de cette tragédie.)

MÉDÉE ET SES ENFANTS
(1021-1080)

... O mes enfants, mes enfants! vous avez donc une ville, une maison à habiter, et pour toujours, loin de moi, malheureuse! sans votre mère. Et moi je m'en vais dans l'exil, vers une autre terre, avant d'avoir pu jouir de vous, de vous avoir vu heureux; je n'ordonnerai point votre hymen, je ne parerai point l'épouse, je ne porterai point le flambeau sacré: infortunée! voilà l'effet de mes emportements... Chers enfants! c'est donc en vain que je vous ai élevés, que j'ai supporté pour vous tant d'inquiétudes, tant de peines, que mon sein a été déchiré par les cruelles douleurs de l'enfantement! Hélas! que d'espérances j'avais placées en vous! Vous deviez me nourrir dans ma vieillesse, m'ensevelir de vos mains après ma mort; tendres soins, si désirés des mortels! et, maintenant, c'en est fait de cette douce attente. Privée de ses enfants, votre mère va traîner une vie triste, misérable; vous-mêmes, vous ne la verrez plus; il vous faudra passer à une existence nouvelle... Hélas! hélas! ô mes enfants! pourquoi ce regard? pourquoi ce sourire, ce dernier sourire?... Que ferai-je, malheureuse!... Tout mon cœur s'en va, ô femmes! sitôt que je rencontre l'œil serein de mes enfants... Non, je ne puis : loin de moi ce barbare dessein! je les emmènerai hors d'ici. Si je dois punir leur père, faut-il que ce soit au prix de leur bonheur, en me rendant moi-même deux fois plus malheureuse? Non certes, non; périssent mes desseins!... Mais, cependant que fais-je? Veux-je donc encourir leur risée? mes ennemis resteront-ils sans châtiment? Rappelons notre audace, accomplissons notre œuvre : c'est faiblesse de me laisser ainsi amollir le cœur par ces lâches pensées. Allez, enfants, rentrez. S'éloigne qui voudra de ce sanglant sacrifice; ma main ne tremblera plus... Arrête, ô mon courroux, arrête; n'achève pas : épargne tes enfants, malheureuse ! ils te suivront hors de ces lieux, ils te réjouiront dans ton exil... Non, par les dieux des enfers, par les démons vengeurs, non, il n'en sera point ainsi. Je ne souffrirai point que mes enfants soient en butte aux outrages, à la violence : ne faut-il pas que tôt ou tard ils y succombent, qu'ils périssent? et, puisque c'est un arrêt du sort, je veux les tuer moi-même, moi qui les ai fait naître. Leur destinée est fixée, rien ne peut les y soustraire... Et déjà la couronne est sur le front de la jeune princesse; déjà elle expire, je le sais, enveloppée de la robe fatale (1). Entrons dans la triste voie qui m'est ouverte; ouvrons à mes

_____

(1) La robe empoisonnée du Centaure Nessus.

enfants une voie plus triste encore... Je veux leur parler une dernière fois.
Donnez, mes chers enfants, donnez-moi votre main ; que votre mère la baise.
O chères mains, lèvres chéries, aimable aspect, nobles traits de mes enfants !...
Soyez heureux ! mais non pas ici : le bonheur de cette terre, votre père vous
l'a ravi... Délicieux embrassements ! Ces fraîches et tendres joues, cette
douce haleine... Sortez, sortez ; je ne puis plus soutenir votre vue ; je cède à
l'excès de mes maux. Cet acte que je vais commettre, j'en comprends toute
l'horreur : mais la passion qui pousse l'homme aux plus grands crimes, la
passion est plus forte que les conseils de ma raison.

HIPPOLYTE

(C'est à cette tragédie que Racine a emprunté le sujet de celle de *Phèdre*.
L'épouse de Thésée, en proie à une passion criminelle, devient à tous les
yeux, à ses yeux mêmes, un objet d'aversion ; elle calomnie Hippolyte auprès
de Thésée, qui veut se défaire de son fils, et elle meurt enfin pour échapper
à sa propre honte. Comme comparaison avec le célèbre récit de Théramène
dans Racine : *A peine nous sortions*, etc.; nous donnons ici le récit fait par
l'esclave dans Euripide.)

LA MORT D'HIPPOLYTE
(1173-1251)

L'ESCLAVE.

Nous étions auprès du rivage baigné par les flots, et nous lissions les crins
luisants des coursiers. Nous pleurions, car on venait de nous apprendre
qu'Hippolyte ne foulerait plus ce sol de ses pieds et qu'il partait pour la
terre de l'exil. A ce moment il nous rejoint et nous apprend lui-même la
triste nouvelle ; il était accompagné de la foule de ses amis. Enfin, après
avoir donné un libre cours à ses larmes : « Pourquoi me plaindre, dit-il, il
faut obéir aux ordres d'un père. Enfants, attelez les coursiers au char ;
pour moi désormais cette cité n'est plus. » Nous nous empressons tous à lui
complaire plus vite que la parole, et nous amenons son attelage préparé. Il
prend alors ses chaussures de voyage, il tient en main les rênes détachées du
siége, et, tendant ses bras au ciel : « O Jupiter, dit-il, que je cesse maintenant de vivre, si je suis un méchant ! mais permets que mon père soit
éclairé sur son injustice à mon égard, soit aujourd'hui que je vis encore,
soit lorsque je ne serai plus. » Il prend la route qui mène droit à Argos et à
Epidaure.

Nous venions d'entrer dans un lieu désert, où le rivage regarde la mer
Saronique : soudain un bruit souterrain, semblable au tonnerre que Jupiter
agite, retentit avec un éclat épouvantable ; les chevaux dressent la tête et
pointent leurs oreilles. Et nous, saisis d'effroi, nous cherchions d'où pouvait naître ce fracas, quand, jetant les yeux sur la plage, nous vîmes une
vague immense, qui semblait toucher le ciel, nous dérober l'aspect des
bords scyroniens, couvrir l'isthme et la demeure d'Esculape. Et cette vague
se gonflait, et elle se déroulait vers le rivage toute blanche d'écume auprès
du char de notre prince. Enfin, s'entr'ouvrant comme un nuage grossi par la
tempête, elle jette sur le sable un taureau, un monstre furieux dont les
horribles mugissements font retentir au loin la terre ; spectacle effroyable et
que nos yeux pouvaient à peine soutenir. Les chevaux sont saisis d'une
violente terreur : notre maître, habile à les conduire, saisit les rênes, et les
ramène fortement en enveloppant du cuir tout le corps des coursiers,
comme un matelot fendant l'onde de sa rame. L'attelage mord des dents

le frein durci, et s'emporte avec furie, ne connaissant plus rien, ni le char,
ni les rênes, ni la voix même de leur conducteur. Quand Hippolyte cherchait à gaguer la plaine, le monstre faisait face aux chevaux, et, redoublant
leur terreur, les contraignait à reculer devant lui; s'ils retournaient vers
les rochers, fous de rage, le taureau se glissait en rampant à leur suite le
long du char. Enfin le cercle de la roue vint toucher la roche et s'y brisa :
ce ne fut plus qu'un amas d'éclats et de débris. Lui-même, notre prince infortuné, embarrassé au milieu des rênes, retenu dans ces liens inextricables,
est traîné çà et là le long des rochers, son corps déchiré, sa tête brisée
contre la pierre. Ses cris faisaient frissonner : « Arrêtez, arrêtez!... C'est
moi qui vous ai nourris!... Ne m'achevez pas!... O fatales malédictions d'un
père!... N'y a-t-il ici personne qui veuille sauver un homme innocent? » Nous
le voulions tous; mais, malgré nous, nous ne pouvions le suivre que de loin.
Et, quand, enfin débarrassé des courroies qui l'enchaînent par un hasard
inconnu, Hippolyte tomba sur le sol, n'ayant plus qu'un souffle de vie, les
chevaux, le monstre, tout avait disparu derrière la montagne.

ALCESTE

(Le fond de la tragédie porte sur cette situation : Alceste, épouse d'Admète,
a fait le sacrifice de sa vie pour préserver son mari de la mort ; elle va succomber, victime offerte aux mânes de Pélias, quand Hercule, touché par le
récit des malheurs d'Admète dont il se rappelle avoir autrefois reçu assistance, s'offre à délivrer la princesse du péril qui la menace ; il réussit dans
son œuvre et ramène Alceste à son père.)

LA MORT D'ALCESTE
(393-571)

ALCESTE.

O mes enfants! vous l'avez entendu, votre père promet de ne point vous
donner une marâtre, de ne jamais oublier sa tendre Alceste.

ADMÈTE.

Je le promets encore et je tiendrai ma promesse.

ALCESTE.

Reçois donc de ma main ces enfants.

ADMÈTE.

Don chéri d'une chère main !

ALCESTE.

Prends ma place, sers-leur de mère.

ADMÈTE.

Nécessité cruelle, puisqu'ils ne t'auront plus !

ALCESTE.

Je voudrais vivre pour vous, ô mes enfants, et je meurs!

ADMÈTE.

Malheureux! que deviendrai-je sans toi?

ALCESTE.

Le temps adoucira ta peine. Ce n'est plus rien qu'un mort.

ADMÈTE.

Emmène-moi, au nom des dieux, emmène-moi aux enfers.

ALCESTE.

C'est assez de moi, assez d'une victime pour te sauver.

ADMÈTE.

O destin! quelle épouse tu me ravis!

ALCESTE.

Mes yeux se couvrent d'un nuage, et déjà s'appesantissent.

ADMÈTE.

Je péris si tu me quittes, ô femme !

ALCESTE.

Je ne suis plus, ne me compte plus au nombre des vivants.

ADMÈTE.

Relève ta tête, n'abandonne pas tes enfants.

ALCESTE.

Que ne puis-je! mais adieu, mes enfants! adieu!

ADMÈTE.

Regarde-les! regarde-les!

ALCESTE.

C'est fait de moi!

ADMÈTE.

Quoi! tu nous abandonnes?

ALCESTE.

Adieu!

ADMÈTE.

Je suis perdu, infortuné!

LE CHŒUR.

Elle a cessé de vivre, Admète n'a plus d'épouse!

ANDROMAQUE

(La scène de cette tragédie est entre Phthie, où règne Néoptolème, le fils d'Achille, et Pharsale, que gouverne Pélée, son père : le sujet est la mort de ce fils d'Achille, tué par Oreste, qui lui a enlevé Hermione. Andromaque, devenue la captive de Néoptolème, se voit imposer par Ménélas, le père d'Hermione, le terrible choix ou de mourir elle-même, ou d'abandonner à la mort son fils Molossus; le vieux Pélée vient la sauver. Racine a dit, dans la préface de son Andromaque : « Quoique ma tragédie porte le même nom que celle d'Euripide, le sujet en est pourtant fort différent. Andromaque, dans Euripide, craint pour la vie de Molossus, qui est un fils qu'elle a eu de Pyrrhus et qu'Hermione veut faire mourir avec sa mère. Mais ici, il ne s'agit point de Molossus. Andromaque ne connaît point d'autre mari qu'Hector, ni d'autre fils qu'Astyanax. J'ai cru en cela me conformer à l'idée que nous avons maintenant de cette princesse. La plupart de ceux qui ont entendu parler d'Andromaque ne la connaissent guère que pour la veuve d'Hector et pour la mère d'Astyanax. On ne croit pas qu'elle doive aimer un autre mari ni un autre fils; et je doute que les larmes d'Andromaque eussent fait sur l'esprit de mes spectateurs l'impression qu'elles y ont faite, si elles avaient coulé pour un autre fils que celui qu'elle avait d'Hector. » Ce jugement porté par Racine sur le goût français est fort délicat et fort juste; mais Euripide a su trouver dans les mœurs et les sentiments des Grecs matière à émouvoir encore bien vivement, par la peinture du dévouement et de l'amour d'une mère.)

LES PLAINTES D'ANDROMAQUE

(380-515)

MÉNÉLAS.

Lève-toi, Andromaque! Sors du temple de la déesse. Si tu meurs, cet enfant pourra du moins échapper à la mort; mais, si tu tiens à la vie, c'est sur lui que tomberont mes coups. Quoi qu'il arrive, il faut que l'un de vous deux périsse!

ANDROMAQUE.

Oh! malheur! « douloureuse alternative! cruelle rançon qui m'est demandée! Que j'accepte, que je refuse, je suis également malheureuse. O toi, qu'un si mince intérêt pousse à de tels excès, pourquoi veux-tu me tuer? Que t'ai-je fait? Ai-je livré tes Etats, massacré tes enfants, embrasé ton palais? J'ai cédé à la force; je suis, malgré moi, devenue la femme de mes maîtres. Faut-il me tuer pour ce crime involontaire, et en épargner l'auteur? Faut-il se détourner de la cause, et ne poursuivre que ses suites? Hélas! quel comble de maux! O ma patrie, à quoi suis-je réduite? Devais-je, dans l'esclavage, mettre au jour des enfants, et à toutes mes misères ajouter cette misère nouvelle? Quelle douceur m'offrirait encore la vie? Où reposer mes regards? Sur mon sort présent? sur ma fortune passée? J'ai vu Hector égorgé et emporté par un char dans la poussière; j'ai vu, spectacle affreux! Ilion livré aux flammes; esclave, on m'a traînée par les cheveux vers les Grecs, et, transportée à Phthie, je suis tombée dans les bras des meurtriers d'Hector. Mais que fais-je? et pourquoi revenir sur ces malheurs, déjà loin de moi, lorsque d'autres sont là, qui me menacent et que je dois pleurer? Un fils m'était resté, un fils l'œil de ma vie; et ils vont le tuer! Non, il ne périra pas pour racheter mes jours misérables: le sauver est tout mon espoir, et quelle honte à moi de n'oser mourir à la place de mon enfant! Voyez! je quitte l'autel; je me livre entre vos mains, vous pouvez me tuer, m'égorger, me charger de liens, entourer mon corps du nœud fatal. O mon enfant, je t'ai donné la vie, et, pour que tu ne meures pas, je m'en vais chez Pluton. Si tu échappes à ton destin, souviens-toi de ta mère, de ses souffrances, de son trépas; dis à ton père, avec des baisers, des larmes, de tendres caresses, dis-lui ce que j'ai fait pour toi. Ah! nos enfants sont notre âme, notre vie; celui qui, sans l'avoir connue, condamne cette tendresse, celui-là peut-être a moins de peine; mais aussi, quel triste bonheur! »

. . . .

MÉNÉLAS.

Esclaves! qu'on la saisisse et qu'on l'enchaîne; car mes paroles vont la révolter. Oui, c'est pour te faire abandonner l'asile de la déesse que je t'ai menacée du trépas de ton fils et forcée de te remettre en mes mains; ma fille décidera maintenant si l'enfant doit ou non périr. Rentre; et, esclave, apprends à ne pas insulter tes maîtres!

ANDROMAQUE.

O dieux! voilà donc tes ruses! voilà comme tu m'as trompée!..... « Les mains ensanglantées par ces liens, on m'entraîne aux sombres demeures.

MOLOSSUS.

O ma mère, ma mère, j'y descends avec toi, sous ton aile.

ANDROMAQUE.

Quel sacrifice, ô princes de la Phthiotide!

MOLOSSUS.

Viens, mon père, secourir les tiens.

ANDROMAQUE.

Cher enfant, tu vas reposer sur le sein de ta mère, au tombeau, sous la
terre, ton corps près de son corps.

MOLOSSUS.

Hélas! hélas! infortuné! quel est mon sort! quel est le tien, ma mère! »

LES SUPPLIANTES

(Une ambassade suppliante des femmes d'Argos, qui ont perdu leurs époux
devant Thèbes, se présente, accompagnée du roi Adraste, au palais de Thésée,
roi d'Athènes; elle le conjure de venger leurs pères et leurs fils, et de leur
faire donner les honneurs de la sépulture. Thésée se laisse fléchir et promet
son secours. Tel est le sujet et l'explication du titre de cette tragédie. On
remarque particulièrement dans cette pièce l'exposition, qui offre de splendides beautés.)

IPHIGÉNIE EN AULIDE

(Cette tragédie, qui a fourni à Racine un chef-d'œuvre, met en action le
sacrifice d'Iphigénie, la fille d'Agamemnon, sacrifice demandé par le devin
Calchas comme l'unique moyen de désarmer la colère des dieux qui arrêtaient
la flotte des Grecs en Aulide. On attire à l'autel cette victime sous le prétexte spécieux de l'unir à Achille. Au moment de l'immolation, la déesse lui
substitue une biche, et la transporte en Tauride où elle devient sa prêtresse.
Nous recommandons au lecteur, ainsi que nous l'avons déjà fait pour la tragédie d'Hippolyte, la tirade mise par Racine dans la bouche de la jeune fille:

. . . . Mon père !
Cessez de vous troubler, vous n'êtes point trahi... etc. ;

et nous citons en regard la réponse si gracieuse, et d'une si touchante mélancolie, que le poëte grec a prêtée à son intéressante héroïne.)

LA PRIÈRE D'IPHIGÉNIE
(1211-1253)

O mon père, si j'avais la voix persuasive d'Orphée, pour me faire suivre
des rochers en chantant, et fléchir qui je voudrais par mes paroles, ce serait
là mon refuge; mais je n'ai d'autre science que mes larmes; voilà tout ce
que je peux; comme une suppliante, je presse contre tes genoux ce corps
que celle-ci a mis au monde pour toi. Ne me fais pas mourir avant le temps :
il est doux de regarder la lumière; ne me contrains pas à voir des abîmes
souterrains. Le première, je t'ai nommé mon père; la première, penchée sur
tes genoux, je t'ai donné de douces caresses et j'en ai reçu de toi. Tu me
disais alors : « O ma fille, te verrai-je quelque jour dans la maison d'un
puissant époux, heureuse et florissante comme il est digne de moi? » et moi,
je te disais, suspendue à ton cou, et pressant ta barbe que je touche encore :
« Te recevrai-je vieillissant, ô mon père, dans l'agréable hospitalité de ma
maison, pour te rendre ces soins qui m'ont nourrie dans mon enfance? » Je

garde la mémoire de ces paroles; mais tu les as oubliées, et tu veux me faire mourir. N'achève pas, au nom de Pélops, et de ton père Atrée, et de ma mère qui souffre en ce moment une douleur égale à celle de l'enfantement. Qu'y a-t-il de commun entre moi et les noces d'Hélène et de Pâris? D'où est-il venu pour ma perte? Tourne les yeux vers moi; donne-moi un regard et un baiser, afin qu'en mourant j'emporte ce gage de toi, si tu n'es pas persuadé par mes paroles. Et toi, mon frère, tu es un faible défenseur pour tes amis; viens cependant avec tes larmes supplier ton père de ne pas tuer ta sœur. Il y a dans les enfants mêmes l'intelligence du malheur. Vois, mon père; en se taisant, il te supplie. Épargne-moi, prends pitié de ma vie. Nous te conjurons tous deux, l'un faible enfant, l'autre déjà grande. Je n'ajouterai qu'un mot plus fort que tout : rien n'est plus doux pour les mortels que de voir le jour. Personne ne souhaite la nuit des enfers. Insensé qui veut mourir ! une vie malheureuse est préférable à la plus belle mort. »

IPHIGÉNIE EN TAURIDE

(Nous avons vu, dans la tragédie qui précède, Iphigénie enlevée par Diane pour devenir sa prêtresse en Tauride : là, les étrangers sont immolés sur son autel. Oreste, échoué sur ces côtes funestes, va périr; sa sœur le reconnaît et part avec lui pour retourner en Grèce. Guimond de la Touche a imité avec succès cette pièce touchante et remplie d'un intérêt qui va toujours en croissant du premier vers au dernier.)

ORESTE ET PYLADE
(657-716)

ORESTE.

Au nom des dieux, Pylade, dis-moi! ne te sens-tu pas comme moi pénétré d'émotion.

PYLADE.

Je ne sais... je ne saurais que te répondre.

ORESTE.

Quelle peut être cette jeune fille? As-tu remarqué quel intérêt elle porte aux choses de la Grèce? Comme elle nous questionnait sur les fatigues de Troie, sur le retour du siége, sur Calchas l'habile augure, sur l'illustre Achille? Quelle pitié elle témoignait pour les malheurs d'Agamemnon, quelle curiosité avide sur son épouse, sur ses enfants! Il faut que cette femme soit Grecque d'origine; sans cela, elle n'aurait pas lieu d'adresser une lettre à Argos ni de s'informer de ce qui s'y passe, comme si la fortune des Argiens devait la toucher aussi.

PYLADE.

Tu n'as fait que parler avant moi; tu as dit tout ce que j'allais dire... un seul point t'a échappé : les malheurs de nos rois sont connus de tout le monde; mais cette vierge nous a donné un détail tout particulier.

ORESTE.

Parle... mettons tout en commun, nos cœurs et notre esprit.

PYLADE.

C'est qu'il serait honteux, si tu meurs, que je visse encore la lumière. Je t'ai suivi dans ton exil, je dois te suivre à la mort. De retour à Argos, dans les champs de la Phocide, on m'accusera d'avoir été lâche et timide

On croira, il y a tant de méchants! on croira, me voyant seul de retour, que je t'ai trahi, que je t'ai tué peut-être... Je suis ton ami, laisse-moi donc mourir avec mon ami...

ORESTE.

Tes paroles me sont bien douces, Pylade; mais « c'est à moi de souffrir ce qui ne regarde que moi... J'ai assez de mon malheur, je ne pourrais suffire à deux. N'allègue point la honte, elle serait pour ton ami, si, en récompense de tant de dévouement, il te laissait périr. Quant à ce qui me touche, tu peux me croire, traité par les dieux comme je le suis, je ne dois point regretter de mourir. C'est à toi de vivre, toi dont le sort est prospère, dont la maison est pure et fortunée, tandis que la mienne est coupable et malheureuse. Vis donc avec Électre ma sœur : tu l'as reçue de mes mains, elle sera ton épouse, la mère de tes enfants; par vous, mon nom subsistera, ma race ne sera point entièrement éteinte. Va-t'en, Pylade; vis, habite la maison de mon père. Mais, quand tu seras de retour en Grèce, que tu reverras Argos, je t'en conjure, par cette main que je presse, élève-moi un tombeau qui perpétue ma mémoire; que ma sœur y vienne porter pieusement l'offrande de ses pleurs et de ses cheveux; fais-lui connaître comment j'ai péri sur un autel par la main d'une Grecque. N'abandonne jamais ma sœur; reste fidèle à mon alliance, à ma maison dont tu deviens le soutien. Adieu, le plus cher, le plus constant des amis, mon compagnon d'enfance et de plaisirs, toi qui as si généreusement partagé le poids de mes peines. Apollon nous avait trompés; il ne voulait, ce prophète menteur, que nous écarter de la Grèce, où nous lui étions, à cause de ses anciens oracles, un objet d'horreur. Pour m'être livré à sa conduite, pour avoir cru ses conseils, j'ai tué ma mère, et, à mon tour, je meurs. »

LES TROYENNES

(Cette tragédie nous peint, comme celle d'*Hécube*, et avec la même fécondité d'imagination, la prise de Troie, l'opposition de la plus grande gloire avec le comble des misères, la captivité de la noble famille qui régnait à Troie après la mort de tous ses défenseurs. Nous plaçons ici une imitation des *Troyennes*, due à la verve si mâle et si bien inspirée de Casimir Delavigne, qui associe dans ses vers la muse des Grecs à l'harmonie biblique.)

LES CAPTIVES DE TROIE

Au bord du Simoïs, les Troyennes captives,
Ensemble rappelaient, par des chants douloureux,
De leur félicité les heures fugitives;
Et, le deuil sur le front, les larmes dans les yeux,
    Adressaient, de leurs voix plaintives,
Aux restes d'Ilion, ces éternels adieux.

CHŒUR.

D'un peuple d'exilés déplorable patrie,
Ton empire n'est plus et ta gloire est flétrie!

UNE TROYENNE.

    Des rois voisins puissant recours,
Ilion florissait au sein de l'opulence,
    Un nombreux et bruyant concours
S'agitait dans les murs de cette ville immense.

Nos tours bravaient des ans les progrès destructeurs,
Et, fondés par les dieux, nos temples magnifiques
Touchaient de leurs voûtes antiques
Au séjour de leurs fondateurs.

UNE AUTRE.

Cinquante fils, l'orgueil de Troie,
Assis au banquet paternel,
Environnaient Priam de splendeur et de joie ;
Ils étaient les rayons de son trône éternel.

UNE TROYENNE.

Royal espoir de ta famille,
Hector, tu prends le bouclier ;
Sur ton sein la cuirasse brille,
Le fer couvre ton front guerrier.
Aux yeux du peuple qui frissonne,
Par les jeux chéris de Bellone
Occupe ton vaillant repos :
Plus tard, aux champs de la victoire,
Ton bras nous donnera la gloire,
Ton regard fera des héros.

UNE JEUNE FILLE.

Polyxène disait à ses jeunes compagnes :
« Dépouillez ce vallon, favorisé des cieux ;
C'est pour vous que les fleurs naissent dans ces campagnes ;
Le printemps sourit à nos jeux. »
Elle ne disait pas : « Vous plaindrez ma misère,
Sur ces bords où mes jours coulent dans les honneurs. »
Elle ne disait pas : « Mon sang teindra la terre
Où je cueille aujourd'hui des fleurs. »

CHŒUR.

D'un peuple d'exilés déplorable patrie,
Ton empire n'est plus et ta gloire est flétrie !

UNE TROYENNE.

Sous l'azur d'un beau ciel, qui promet d'heureux jours,
Quel est ce passager dont la nef couronnée,
Dans un calme profond s'avance abandonnée
Au souffle des amours ?

UNE AUTRE.

Elle apporte dans nos murailles
Le carnage et les funérailles.
Neptune, au fond des mers, que ton trident vengeur
Ouvre une tombe à l'adultère !
Et vous, dieux de l'Olympe, ordonnez au tonnerre
De dévorer le ravisseur.

UNE AUTRE.

Mais non : le clairon sonne et le fer étincelle ;
Je vois tomber les rois, j'entends siffler les dards ;
Dans les champs dévastés le sang au loin ruisselle ;
Les chars sont heurtés par les chars.
Achille s'élance,

Il vole : tout fuit ;
L'horreur le devance,
Le trépas le suit ;
La crainte et la honte
Sont dans tous les yeux ;
Hector seul affronte
Achille et les dieux.

UNE AUTRE.

Sur les restes d'Hector qu'on épanche une eau pure ;
Apportez des parfums, faites fumer l'encens ;
Qu'autour de son bûcher vos sourds gémissements
Forment un douloureux murmure.
Ah ! gémissez, Troyens ! soldats, baignez de pleurs
Une cendre si chère !
Des fleurs, vierges ! semez des fleurs ;
Hector dans le tombeau précède son vieux père.

CHŒUR.

Des fleurs, vierges, etc.

UNE TROYENNE.

Ilion, Ilion, tu dors ; et dans tes murs
Pyrrhus veille, enflammé d'une cruelle joie ;
Tels que des loups errants, par des sentiers obscurs,
Les Grecs viennent saisir leur proie.

UNE AUTRE.

Hélas ! demain, à son retour,
Le soleil pour Argos ramènera le jour ;
Mais il ne luira plus pour Troie.

UNE TROYENNE.

Θ détestable nuit ! ô perfide sommeil !
D'où vient qu'autour de moi brille une clarté sombre ?
Quels affreux hurlements se prolongent dans l'ombre ?
Quel épouvantable réveil !

UNE JEUNE TROYENNE.

Sthénélus massacre mon frère !

UNE AUTRE.

Ajax poursuit ma sœur dans les bras de ma mère !

UNE AUTRE.

Ulysse foule aux pieds mon père !

UNE TROYENNE.

En des fleuves de sang nos ruisseaux sont changés,
Nos palais sont ravagés,
Nos saints temples saccagés,
Nos défenseurs égorgés ;
Femmes, enfants, vieillards, sous le fer tout succombe ;
Par un même trépas, dans une même tombe,
Tous les citoyens sont plongés.

UNE AUTRE.

Adieu, champs où fut Troie ! adieu, terre chérie !

Adieu, mânes sacrés des héros et des rois !
Doux soleil de l'Ida, beau ciel de la patrie,
        Adieu, pour la dernière fois !

UNE AUTRE.

Un jour, en parcourant la plage solitaire,
        Des forêts le tigre indompté
Souillera de ses pas l'auguste sanctuaire,
        Séjour de la divinité.

UNE AUTRE.

Le pâtre de l'Ida, seul près d'un vieux portique,
Sous les rameaux sanglants du laurier domestique,
Où l'ombre de Priam semble gémir encor,
Cherchera des cités l'antique souveraine,
Tandis que le bélier bondira dans la plaine
        Sur le tombeau d'Hector.

UNE AUTRE.

Et nous, tristes débris battus par les tempêtes,
La mer nous jettera sur quelque bord lointain,
        Des vainqueurs nous verrons les fêtes,
Nous dresserons aux Grecs la table du festin.
Leurs épouses riront de notre obéissance,
Et dans les coupes d'or où buvaient nos aïeux,
Debout, nous verserons aux convives joyeux
        Le vin, l'ivresse et l'arrogance.

UNE AUTRE.

« Chantez cette Ilion proscrite par les dieux,
Chantez, nous diront-ils, misérables captives,
Et que l'hymne troyen retentisse en ces lieux. »
O fleuves d'Ilion ! nous chantions sur vos rives,
Quand des murs de Priam les nombreux citoyens,
Enrichis dans la paix, triomphaient dans la guerre ;
        Mais les hymnes troyens
Ne retentiront pas sur la rive étrangère.

UNE AUTRE.

        Si tu veux entendre nos chants,
Rends-nous, peuple cruel, nos époux et nos pères,
        Nos enfants et nos frères.
Fais sortir Ilion de ses débris fumants ;
Mais, puisque nul effort aujourd'hui ne peut rendre
        La splendeur à Pergame en cendre,
        La vie aux guerriers Phrygiens,
Sans cesse nous voulons pleurer notre misère ;
        Et les hymnes troyens
Ne retentiront pas sur la rive étrangère.

CHŒUR.

Adieu, mânes sacrés des héros et des rois !
        Adieu, terre chérie !
Doux sommets de l'Ida, beau ciel de la patrie,
Vous entendez nos chants pour la dernière fois.

RHÉSUS

(On s'est longtemps demandé et l'on se demande encore si cette tragédie doit être attribuée à Euripide. M. Patin, le savant et judicieux critique, penche pour l'affirmative. M. Schœll admet comme démontrée la négative : il ne nous appartient pas de discuter cette question. Ce qui est certain, c'est qu'on trouve dans le *Rhésus* les défauts d'Euripide, sans y rencontrer de véritables beautés.)

LES BACCHANTES

(Ce drame était regardé par les anciens comme un chef-d'œuvre : il est moins estimé aujourd'hui, quoique Schlegel lui accorde une admiration peut-être exagérée. C'est l'arrivée de Bacchus à Thèbes : la mère et la sœur de Penthée, dans leur délire de bacchantes, le mettent en pièces, et déplorent, bientôt après, le crime que le dieu leur a fait commettre. Cette pièce est remplie d'admirables récits, riches de grâce, de naïveté et de sentiment.)

LE RÉVEIL DE LA BACCHANTE
(1263-1298)

CADMUS.

« D'abord regarde le ciel.

AGAVÉ.

Je le regarde ; mais pourquoi ?

CADMUS.

Paraît-il toujours le même à tes yeux...?

AGAVÉ.

Il me paraît plus pur, plus serein encore qu'auparavant.

CADMUS.

Ton âme est donc toujours égarée ?

AGAVÉ.

Je ne puis comprendre... Mais il me semble qu'une révolution soudaine se fait en moi, que je retrouve mes sens et mes esprits.

CADMUS.

Veux-tu m'écouter et me répondre ?

AGAVÉ.

O mon père, tout ce que je t'ai dit, je ne m'en souviens plus.

CADMUS.

Dans quelle maison t'a fait entrer l'hyménée ?

AGAVÉ.

Dans celle d'Échion, né, dit-on, des dents du serpent.

CADMUS.

Et quel fils as-tu donné à ton époux ?

AGAVÉ.

Penthée, né de tous deux.

CADMUS.

Que tiens-tu dans tes mains?

AGAVÉ.

La tête d'un lion, m'ont dit les chasseresses, mes compagnes.

CADMUS.

Regarde-la, un instant suffit.

AGAVÉ.

Ah! que vois-je? que porté-je?

CADMUS.

Regarde encore, apprends...

AGAVÉ.

La plus grande des douleurs, ô malheureuse!

CADMUS.

Te semble-t-il que ce soit la dépouille d'un lion?

AGAVÉ.

Non, c'est la tête de Penthée! Infortunée!

CADMUS.

Je le pleurais, que tu le méconnaissais encore.

AGAVÉ.

Qui l'a tué? Comment ses restes sont-ils en mes mains?

CADMUS.

Terrible vérité! que ta venue est désolante!

AGAVÉ.

Achève, mon cœur s'élance vers tes paroles.

CADMUS.

Tu l'as tué, toi et ta sœur.

AGAVÉ.

Où donc? dans ce palais? en quel lieu?

CADMUS.

Au lieu où Actéon fut dévoré par ses chiens.

AGAVÉ.

Mais qui conduisait au Cithéron ce malheureux?

CADMUS.

Le désir d'insulter à Bacchus et à vos cérémonies.

AGAVÉ.

Et nous, comment y étions-nous?

CADMUS.

Par suite de la fureur dont Bacchus a rempli toute la ville.

AGAVÉ.

Ah! Bacchus nous a perdus.

CADMUS.

Vous l'aviez offensé!... »

LES HÉRACLIDES

(Entre cette pièce, qui emprunte beaucoup aux *Perses* d'Eschyle, et les *Suppliantes*, il y a une ressemblance presque complète; le style même rappelle à chaque instant d'autres compositions. Voici quel en est le sujet : les enfants d'Hercule, pour échapper à Eurysthée, se réfugient à Athènes. Les Athéniens leur accordent leur protection; et Eurysthée tombe victime, lui-même, de la perfidie qu'il avait méditée contre eux.)

HÉLÈNE

(Euripide est conforme en cette pièce au récit historique d'Hérodote, excepté cependant dans les événements accessoires, qui sont purement d'imagination. Après la prise de Troie, Ménélas arrivant en Egypte y rencontre Hélène, que le roi Protée avait retenue à sa cour, malgré la résistance de Pâris, qui voulait l'emmener dans sa patrie. En vain Théoclymène, son fils, voudrait-il l'empêcher de partir; elle emploie la ruse et parvient ainsi à lui échapper avec son mari Ménélas. Cette tragédie captive surtout par le piquant des situations dans lesquelles le poëte a su placer ses personnages. La scène est en Egypte, sur les bords du Nil.)

ION

(Ion, fils d'Apollon, dit Schœll, et de Créuse, qui était fille d'Erechtée, roi d'Athènes, a été élevé parmi les prêtres à Delphes. Le dessein d'Apollon est de faire passer ce jeune homme pour le fils de Xuthus, qui a épousé Créuse. L'intérêt de la pièce, qui est un peu compliquée et a besoin d'une longue exposition dont se charge Mercure, consiste dans le double danger que courent Créuse d'être tuée par Ion, et celui-ci de périr par le poison que lui a préparé une mère qui ne le connaît pas. Le lieu de la scène est à l'entrée du temple d'Apollon, à Delphes, lieu choisi exprès pour donner au spectacle un air de pompe et de solennité; il règne dans toute la pièce un ton religieux plein de gravité et de douceur. Elle a beaucoup de rapport avec l'*Athalie* de Racine.)

CRÉUSE ET ION
(307-355)

ION.

« Hélas ! parmi tant de prospérités, quel sujet de tristesse !

CRÉUSE.

Mais vous-même, qui êtes-vous? Que celle qui vous a mis au jour me semble heureuse !

ION.

On m'appelle le serviteur du dieu, et je le suis, ô femme !

CRÉUSE.

Lui avez-vous été donné par la ville, ou bien vendu comme esclave?

ION.

Je l'ignore; tout ce que je sais, c'est que j'appartiens à Apollon.

CRÉUSE.

Je vous plains à mon tour, ô étranger

ION.

Il est triste, en effet, de ne pas connaître quelle mère vous a donné la vie, d'ignorer de quel père on est né.

CRÉUSE.

Est-ce en ce temple que vous faites votre demeure?

ION.

Ma maison est celle du dieu, partout où m'y surprend le sommeil.

CRÉUSE.

Et quand y êtes-vous venu? dans votre enfance? dans un âge plus avancé?

ION.

Je ne faisais que de naître, à ce qu'on assure.

CRÉUSE.

Quelle est, parmi les femmes de Delphes, celle qui vous a nourri de son lait?

ION.

Jamais femme ne m'offrit sa mamelle. C'est ici qu'on m'a élevé.

CRÉUSE.

Qui donc, infortuné?... Quel rapport entre son sort et le mien!

ION.

La prêtresse de Phébus. Elle me tint lieu de mère.

CRÉUSE.

Mais vous avez atteint l'âge d'homme? Qui pourvoit à vos besoins?

ION.

Les autels qui me nourrissent, les dons des étrangers, jusqu'à ce jour.

CRÉUSE.

Malheureuse, quelle qu'elle soit, celle qui vous fit naître!

ION.

Peut-être dut-elle rougir de ma naissance?

CRÉUSE.

Vous possédez sans doute quelque bien? Ces vêtements annoncent l'aisance?

ION.

Je les dois au dieu que je sers.

CRÉUSE.

N'avez-vous point cherché à découvrir vos parents?

ION.

Je n'avais, pour cette recherche, aucun indice.

CRÉUSE.

Hélas! je suis une femme bien malheureuse, et comme votre mère.

ION.

Laquelle?... apprenez-moi... Venez à mon aide, de grâce!

CRÉUSE.

C'est pour elle que je me suis rendue ici...

ION.

Dans quel dessein? Si je pouvais vous servir?

CRÉUSE.

Pour obtenir de Phébus une secrète réponse.

ION.

Et sur quoi? Dites seulement; le reste me regarde.

CRÉUSE.

..... Cette femme... le dieu la rendit mère d'un fils.

ION.

Non, cela ne peut être. C'est là le crime d'un homme et non pas celui d'un dieu.

CRÉUSE.

Ce qu'elle raconte n'est que trop véritable. Elle eut ensuite bien à souffrir.

ION.

Eh quoi donc! l'épouse d'un dieu!

CRÉUSE.

Elle exposa son fils...

ION.

Cet enfant, où est-il? Voit-il encore la lumière?

CRÉUSE.

Qui le sait? C'est ce que je viens demander à l'oracle.

ION.

Mais s'il n'est plus, comment pense-t-on qu'il ait pu périr?

CRÉUSE.

Elle craint qu'il ne soit devenu la proie des bêtes sauvages.

ION.

Et qui le lui fait croire?

CRÉUSE.

Lorsqu'elle revint à la place où elle l'avait mis, elle ne le trouva plus.

ION.

Y vit-elle des traces de sang?

CRÉUSE.

Non, à ce qu'elle assure; et cependant elle visita soigneusement tous les lieux d'alentour.

ION.

Quel temps s'est écoulé depuis qu'a disparu cet enfant malheureux?

CRÉUSE.

S'il vivait, il serait à peu près de votre âge. »

HERCULE FURIEUX

(Il faut reconnaître dans l'*Hercule furieux* quelques-uns des défauts assez fréquents chez Euripide, des détails souvent trop froids, des discussions sophistiques à propos d'événements sérieux; mais les images sont vivantes,

l'expression noble et précise, l'intérêt élevé. Hercule est devenu furieux
comme Ajax, mais plus terrible et plus malheureux encore; c'est sa femme
et ses enfants qu'il a immolés. Après avoir commis cet attentat, il se réfugie
à Athènes pour y oublier ses crimes et se soumet aux cérémonies d'expiation.

ÉLECTRE

(Nous ne citons rien de cette tragédie; non qu'elle ne présente aucune de
ces beautés dont Euripide n'est pas avare, mais ce sujet a été traité déjà
par Eschyle et par Sophocle, qui nous ont laissé moins de richesses qu'Euripide, et l'on doit convenir que ces deux rivaux l'ont ici emporté sur lui.)

LE CYCLOPE

(Le drame satyrique constitue en quelque sorte un genre particulier; et,
bien que le *Cyclope* d'Euripide nous soit resté comme le seul type de cette
œuvre de l'esprit, nous le savons assez et nous l'avons dit, c'était la quatrième partie d'une tétralogie. Eschyle et Sophocle en ont écrit : c'est un
motif assez puissant pour donner une notice de cette tragi-comédie. La
première fois, dit M. Schœll, qu'un auteur tragique s'avisa de mettre en
scène une fable qui ne se rapportait pas à Bacchus, le parterre (pour nous
servir d'une expression moderne, s'écria : « Cela n'a rien de commun avec
Bacchus ¹ ! » expression qui devint proverbiale et l'origine d'un nouveau
mot de la langue grecque. Néanmoins la hardiesse de ce poëte trouva des
imitateurs, et bientôt Bacchus partagea l'empire de la scène avec toutes les
divinités de l'Olympe et tous les héros de la mythologie. Il paraît que ce fut
pour expier ce manque de respect montré pour l'inventeur du vin, et pour
revenir, en quelque sorte, à la constitution primitive de la tragédie, qu'on
imagina le drame satyrique, genre de poésie aussi étranger à nos mœurs
qu'à nos littératures. Ces drames étaient donc une sorte d'intermédiaire
entre la tragédie et la comédie : les personnages étaient bien pour la plupart
ceux que nous avons rencontrés dans la tragédie; mais le fond était plaisant. On se moquait surtout des divinités étranges; on représentait cette
sorte d'émotion bizarre qui fait que nous voulons rire de ce qui nous
effraye; on ridiculisait et les Cyclopes, et les monstres, et les brigands.
Chœrilus, Pratinas et Aristias, son fils, régularisèrent les premiers ces
pièces singulières; Eschyle y excella. Sophocle obtint ce privilége d'être dispensé du drame satyrique à la suite de ses tragédies; et cependant, à la fin
de ses premières trilogies, il fit bafouer par Silène et les Satyres les brigands
vaincus par Hercule. L'idée du *Cyclope* est empruntée à Homère, et nous
avons cité le passage de l'Odyssée qui l'a fournie. Voici le canevas : Silène,
et les Satyres ses fils cherchaient Bacchus enlevé par des pirates, lorsqu'une
tempête les jeta sur les côtes de la Sicile, et ils tombèrent au pouvoir du
géant Polyphème, qui les retint en esclavage. Ils voudraient bien s'échapper
de ses mains, mais le courage leur manque. Ulysse arrive, et crève l'œil du
monstre; si les Satyres l'ont plutôt embarrassé que servi dans cet exploit,
ils n'en savent pas moins profiter de sa bravoure et s'échappent avec lui.)

ULYSSE, LE CHŒUR, PUIS LE CYCLOPE

ULYSSE.

Allons, par les dieux ! qu'on se taise un peu et qu'on ne desserre plus les
dents. Défense expresse de souffler, de cligner de l'œil, de cracher ! Il ne
faut pas que le monstre puisse s'éveiller avant que le feu nous ait fait raison
de son œil.

1 Οὐδὲν πρὸς τὸν Διόνυσον.

LE CHŒUR.

Oui, taisons-nous! Retenons, avalons notre haleine.

ULYSSE.

Voilà le moment ! Prenez-moi ce pieu et entrez : il est tout rouge.

LE CHŒUR.

Si tu voulais bien désigner toi-même ceux qui doivent porter ce gros tison, et passer les premiers, pour brûler l'œil du Cyclope..., ceux qui doivent prendre leur part de cet exploit?

UN DEMI-CHŒUR.

D'abord, en ce qui nous concerne personnellement, nous sommes placés un peu trop loin de la porte ; nous ne pourrions jamais mettre le feu à cet œil énorme.

L'AUTRE DEMI-CHŒUR.

Et nous, nous venons de nous apercevoir que nous boitons.

1er DEMI-CHŒUR.

Tiens ! c'est justement ce qui nous arrive ! Je ne sais comment cela s'est fait ; mais là, tout à l'heure, tout debout, nous nous sommes donné une entorse.

ULYSSE.

Debout! une entorse!

2e DEMI-CHŒUR.

Et voilà que nos yeux sont remplis de poussière et de cendre ; d'où cela peut-il venir ?

ULYSSE.

Les lâches ! en vérité ce sont des alliés bien utiles !

LE CHŒUR.

Dis donc, pour avoir égard à ses épaules et à son dos, et pour craindre les coups et tenir à sa mâchoire, il ne s'ensuit pas qu'on soit lâche... Ecoutez, je sais un air magique d'Orphée, excellent pour faire entrer toute seule la pièce enflammée dans l'œil unique du géant.

ULYSSE.

J'avais bien une idée de ce que pouviez être; mais je sais encore mieux maintenant ce que je dois penser de votre valeur. Je ferai bien de m'en tenir au secours de mes compagnons. Mais, si vos bras sont inutiles, faites au moins manœuvrer vos voix et vos lèvres, de manière à encourager mes amis.

LE CHŒUR.

Tu peux y compter. Nous combattrons dans la personne de nos remplaçants ; et, à force d'encouragements, il faudra bien que cet œil se brûle... Allons, allons! courage ! enfoncez-moi ce pieu ! Grillez-moi les sourcils de cette bête qui fait bombance avec la chair de ses hôtes ! Trouez cet œil du berger de l'Etna!... Est-ce fait? Vite en arrière! le monstre, dans sa douleur, pourrait bien vous faire un mauvais parti.

LE CYCLOPE (en dehors).

Oh! malheur! on a brûlé mon œil !

LE CHŒUR.

Le bel hymne ! Redis-nous donc encore ta chanson, Cyclope!

LE CYCLOPE.

Oh! oui, malheur! Comme ils m'ont traité! Comme ils m'ont assassiné!
Mais, brigands! ne vous figurez pas pouvoir vous échapper impunément de
mon antre; je vais me tenir à l'entrée, et de mes mains je vous barrerai le
passage.

LE CHŒUR.

Qu'as-tu à crier de la sorte, Cyclope?

LE CYCLOPE (*entrant*).

Je suis mort!

LE CHŒUR.

Dieux! que tu es laid!

LE CYCLOPE.

Je suis encore bien plus malheureux.

LE CHŒUR.

Est-ce que dans ton ivresse tu te serais laissé tomber dans le feu. Qui t'a
arrangé de la sorte?

LE CYCLOPE.

Personne.

LE CHŒUR.

On ne t'a point fait de mal?

LE CYCLOPE.

Qui donc m'a crevé l'œil? Je vous dis: Personne.

LE CHŒUR.

Alors tu n'es pas aveugle.

LE CYCLOPE.

Puisses-tu l'être comme moi!

LE CHŒUR.

Comment cela? On te demande qui t'a fait cela, et tu réponds: Personne.

LE CYCLOPE.

Tu ris: mais où trouver mon bourreau.

LE CHŒUR.

Nulle part (1).

Ion ou Xuthus. — La gloire de ce poëte a été telle chez les
anciens que les grammairiens d'Alexandrie l'ont jugé digne de
leurs interprétations. Malheureusement, sauf quelques fragments,
ses tragédies ont été perdues. On sait qu'il vivait vers l'an 450
av. J.-C., et qu'outre l'*Agamemnon*, le *Phénix*, les *Gardiens*, *Om-
phale*, *Alcmène*, les *Argiens*, etc., il fut auteur de dithyrambes, de
comédies et d'épigrammes. Il dut lutter avec les grands tragiques
et remporter quelques victoires.

Achœus. — On nomme deux Achœus: le plus ancien était
d'Érétrie, il fut contemporain d'Euripide; le second était de Syracuse. On a d'eux quelques fragments, attribués indifféremment à
l'un ou à l'autre.

(1) Pour les tragiques nous nous sommes servis de l'édit. Brunck et de celle de Didot.

AGATHON. — «Agathon, dit Schœll, fut l'ami intime d'Euripide. C'est chez lui que Platon a placé la scène de son banquet. Les anciens faisaient grand cas de ses tragédies; cependant Aristote lui reproche une innovation qui contribua à la décadence du théâtre; c'est qu'il introduisit l'usage de ne plus composer des chœurs exprès pour les pièces, mais de prendre au hasard dans divers ouvrages des morceaux de poésie, et de les placer dans les entr'actes comme des intermèdes, ἐμβεβολίσματα. On blâme aussi un peu trop de recherche dans sa diction; c'est un grand défaut, puisque la simplicité, qui caractérise l'ancienne tragédie, était l'ennemie de toute affectation. Les tragédies d'Agathon, parmi lesquelles il y avait un *Thyeste* et un *Télèphe*, sont perdues, à peu de fragments près. »

Nous nommons encore, pour compléter la liste des tragiques de la 3e époque : Mélannipide, Philoclès, qui vainquit Sophocle; Mélanthus, auteur d'une *Médée;* les deux fils d'Eschyle, Bion et Euphorion; le fécond Aristarque; Xénoclès, qui fut le rival heureux d'Euripide à la 111e olympiade; Critias, Carcinus et Néophron.

COMÉDIE.—SUSARION.—La naissance de ce poëte doit être placée entre 576 et 561 av. J.-C.; ce qui donne à la comédie une origine antérieure à celle de la tragédie. Nous devons à Suidas quatre vers de ce poëte, qui, monté sur un tombereau, faisait avec son collègue Dolon de ces parades plus ou moins improvisées qui ont fait les délices de nos pères.

MAGNÈS. — Il continua et perfectionna ce genre primitif; il écrivit, dit-on, neuf comédies, et obtint deux prix.

CRATÈS. — Il fit faire un nouveau pas à la comédie, et eut le mérite de l'introduire dans les fêtes de Bacchus à Athènes.

EPICHARME. — « La comédie, dit M. Géruzez, qui s'était aussi développée en Sicile, atteignit sous Épicharme un certain degré de perfection. Ce poëte, qui vivait sous Hiéron Ier, 470 av. J.-C., n'a pas été sans influence sur le théâtre d'Athènes. Suivant Barthélemy, au lieu d'un recueil de scènes sans suite, Épicharme établit une action, en lia toutes les parties, la traita dans une juste étendue et sans écart jusqu'à la fin. Les courts fragments que nous possédons de ce poëte ne peuvent nous donner une idée de ses comédies; mais, vivant à la cour d'un roi, il est au moins vraisemblable qu'il suivit une autre route que les poëtes de la démocratie athénienne; il paraît certain que le genre qu'il cultiva se rapporte à la comédie nouvelle d'Athènes. »

CRATINUS. — Né 456 ans av. J.-C., à Athènes, il remporta neuf fois
le prix de la comédie. Il luttait avec Eupolis, qui fut dix fois couronné. Ces deux poëtes sont réellement les pères de la comédie
ancienne et les précurseurs d'Aristophane, avec Platon et Phéré-
crate.

ARISTOPHANE. — C'est à ce poëte surtout que nous devons notre
attention, puisque c'est le seul dont nous ayons des pièces complètes, le seul par conséquent qui puisse nous faire connaître la
comédie des Grecs. Il naquit à Athènes, vers le milieu du ve siècle,
d'un certain Philippus, commença sa réputation la quatrième
année de la guerre du Péloponèse, et mourut vers l'an 384 av.
J.-C. Un démagogue, le fameux Cléon, contre lequel il avait lancé
quelques-uns de ses traits les plus piquants, l'accusa d'avoir
usurpé sans titre le nom de citoyen d'Athènes, et ce grief lui fut
plus d'une fois opposé. Il répondit à l'accusation par des plaisanteries qui désarmèrent ses juges et ses ennemis; mais il ne leur
pardonna pas. Il se vengea des juges dans les *Guêpes,* de Cléon
dans les *Chevaliers;* et, personne n'osant jouer le rôle de Cléon, il
s'en chargea lui-même. Nous dirons plus tard comment il faut
interpréter ses attaques contre Euripide le tragique, et Socrate le
philosophe.

Celui que les anciens appelaient par excellence le *comique,*
comme ils nommaient Homère le *poëte,* composa, dit-on, cinquante-
quatre comédies; il nous en reste encore onze, qui sans doute sont
un choix précieux des chefs-d'œuvre de l'ancienne comédie. La
plus grave de ces pièces, c'est *Plutus,* la dernière; pour les autres,
elles approchent de la farce, et vont souvent jusqu'à la licence;
mais elles sont une source féconde pour qui veut se faire une juste
idée de l'esprit et des mœurs des Athéniens de ce temps. Dans le petit
nombre de citations que nous nous efforcerons d'introduire, nous
espérons faire comprendre comment, par le charme du style, par
la vivacité de la plaisanterie, sinon par le bon goût du vrai comique, Aristophane a su conquérir une si grande place dans l'estime de l'antiquité. Sa verve, sa finesse, sa gaieté ne tarissent
point; mais aussi son impudence n'a pas de limites : et c'est ce
qui devra nous rendre fort sobres dans nos citations. Cependant
Athènes goûtait son poëte comique, et ne songeait à lui reprocher
ni la finesse ni l'enjouement qui faisaient le fond de son propre
caractère. Platon disait que les Grâces avaient choisi son esprit
pour leur demeure. « Quant à nous, dit un critique moderne, nous
croirions plutôt que l'âme d'Aristophane est le séjour du plus
malicieux et du plus méchant des Satyres, ou nous le nomme-
rions, avec Gœthe, l'enfant gâté des Grâces. »

La fable comique d'Aristophane est toujours une allégorie transparente, au travers de laquelle on saisit tout de suite le masque
et la caricature des choses ou des hommes qu'il veut tourner en
ridicule. C'est un ami des mœurs austères des aïeux, des arts
antiques, des vieilles doctrines. Quand, dans les *Nuées*, il met
en scène Socrate, on voit assez que ce n'est pas à Socrate qu'il
en veut surtout, mais à l'invasion de toute nouvelle secte, à
l'innovation philosophique; quand, dans les *Grenouilles* et plusieurs autres de ses comédies, il redouble à toute occasion ses
sorties contre Euripide, c'est qu'il est admirateur passionné de
la grande manière d'Eschyle et de Sophocle; il ne comprend
pas ce qu'il appelle l'afféterie et la sensiblerie de l'auteur des
deux *Iphigénie*. Du reste, la liberté de l'ancienne comédie lui permet de rire à l'aise de tous ou de chacun; et rien de ridicule
ne s'offre à lui qu'il n'en fasse le jouet de sa sanglante parodie.
Le peuple même d'Athènes, si malin, mais si rude quelquefois,
il le traite sans le moindre ménagement, et le plus plaisant comme
le plus glorieux succès pour le poëte, c'est que le vieux Démos,
comme il nomme les citoyens, rit lui-même de lui-même; il laisse ridiculiser, et son inconstance, et son inconséquence, et sa crédulité,
et sa facilité à l'entraînement. Bien plus, ce Démos enthousiaste
du génie de son poëte, qui sait si bien le fustiger, lui décerne la
belle récompense dont il honore le génie, une couronne de l'olivier sacré.

L'explication du succès obtenu par l'ancienne comédie et par
son représentant Aristophane est tout entière dans l'amour jaloux de liberté qui dévore les Athéniens. Ils regardent ces satires
vigoureuses comme le véritable palladium de la démocratie. C'est
une ardeur insatiable que l'excès même est impuissant à modérer.
Aussi n'est-ce pas le peuple qui s'en lasse, mais le pouvoir d'un
seul. Et ce n'est qu'après la guerre du Péloponèse que l'on ose
mettre des entraves à la licence comique; c'est en 338 seulement
qu'une loi interdit de désigner personne par son nom. Aristophane
est vieux alors; mais il pressent la révolution de son art, et il donne
sous le nom de son fils la pièce de *Cocalus*, premier essai d'une
comédie moins aigre et moins libre, qui représente bien plus les
mœurs d'une société que les vices d'un homme.

Voici, dans l'ordre de leurs représentations, les comédies que
nous possédons : les *Acharniens*, les *Chevaliers*, les *Nuées*, les *Guêpes*,
les *Oiseaux*, les *Fêtes de Cérès*, la *Paix*, *Lysistrate*, les *Grenouilles*,
les *Harangueuses* et *Plutus*. Cette dernière, comme nous l'avons dit,
appartient à la comédie moyenne; c'est, du reste, le seul exemple
que nous puissions donner de ce genre. Comme pour les grands tragiques, nous ferons accompagner de quelques remarques, et suivre

d'un extrait chacune des pièces d'Aristophane, toutes les fois que la licence du poëte nous l'aura permis.

Notons encore que la comédie a ses chœurs comme la tragédie, par strophe et par antistrophe, avec cette différence que le poëte y introduisait la parabase, récitée par le coryphée ; c'était entre l'auteur et son public un échange de pensées qui devait charmer tout particulièrement ces spectateurs intéressés au sujet, bien qu'elle dût nuire à la fiction. « Sages spectateurs, dit une parabase des *Nuées*, la Folie préside à vos conseils ; mais les dieux font tourner à bien toutes les fautes que vous commettez..... Prenez Cléon, cette mouette vorace ; et, quand vous l'aurez convaincu de rapine et de corruption, serrez-lui le cou dans une travée ; votre faute sera alors réparée. » C'était véritablement transporter toute la cité sur la scène.

LES ACHARNIENS

(Cette pièce fut représentée l'an 426 av. J.-C. « Le but du poëte, dit Schœll, c'est d'engager Athènes à se réconcilier avec Lacédémone, en faisant voir, par le moyen d'une allégorie combien la paix est préférable à la guerre. Il feint qu'un individu d'Acharné, qu'il appelle Dicœpolis, la *cité juste*, trouva le secret de séparer sa cause de celle de ses concitoyens, en faisant pour sa personne la paix avec l'ennemi, tandis que les Acharniens, égarés par les instigations des chefs et des généraux de la république, souffrent de toutes les calamités de la guerre. » Aristophane prévoyait sans doute les résultats désastreux de la guerre du Péloponèse : son intention est donc grande et noble, et il la développe dans des situations et par des incidents d'un comique admirable.)

DICŒPOLIS ET EURIPIDE [1]
(393-471)

DICŒPOLIS.

. . . . . Holà ! holà ! garçon !

CÉPHISOPHON (2).

Qui est là ?

DICŒPOLIS.

Euripide y est-il ?

CÉPHISOPHON.

Il y est, il n'y est pas... cela dépend de votre manière de voir (3).

DICŒPOLIS.

Comment cela ? Il est chez lui et il n'y est pas !

CÉPHISOPHON.

Certes, vieillard ! Son esprit, parti à la recherche lointaine de ses petits

(1) Notre héros veut parler pour les Lacédémoniens, et, afin de paraître plus digne de pitié, il a résolu de se déguiser en mendiant misérable. A qui mieux s'adresser qu'à Euripide, l'auteur du *Téléphe ?* Voilà pourquoi notre Dicœpolis s'en va heurter à la porte d'Euripide. — (2) C'est l'esclave ou l'élève d'Euripide, imbu des doctrines tragiques de son maître. — (3) C'est déjà une attaque contre Euripide ; on lit dans son *Alceste* : « Elle vit et elle ne vit plus. »

vers, n'y est évidemment pas. Pour son corps, il y est; mais là-haut, les jambes croisées (1), ruminant une tragédie.

DICŒPOLIS.

Heureux, trois fois heureux Euripide d'avoir un valet si bien stylé!... Allons! appelle-le.

CÉPHISOPHON.

Ah! mais non!

DICŒPOLIS.

Cependant... je ne veux pas être venu pour rien... Je vais frapper. Euripide, délicieux Euripide! écoute-moi, si jamais tu as su écouter! Oui, c'est Dicœpolis, c'est le chollide qui t'appelle.

EURIPIDE (2).

Je n'ai pas le temps.

DICŒPOLIS.

Fais-toi descendre et transporter ici (3).

EURIPIDE.

Impossible!

DICŒPOLIS.

Mais pourtant...

EURIPIDE.

Allons! je vais me faire transporter; car réellement je n'ai pas le temps de descendre.

DICŒPOLIS.

Euripide!...

EURIPIDE.

Qu'as-tu donc encore à crier?

DICŒPOLIS.

Se peut-il qu'il te faille être si haut perché pour faire des tragédies, au lieu de rester à terre? Je ne m'étonne plus s'il y a tant de boiteux dans tes pièces (4). Eh! mais te voilà bien déplorablement habillé!... Ce sont les costumes de tes personnages, sans doute. Je ne m'étonne plus s'il y a tant de mendiants dans tes pièces!... Voyons, mon bon Euripide, je t'en supplie à genoux, cède-moi quelques vieux lambeaux de tes vieux tragiques; il faut que je débite à ce peuple une harangue assez longue, et il y va de ma vie si je parle mal.

EURIPIDE.

Quels haillons te donner? Veux-tu ceux qui servirent à Œnée, l'infortuné vieillard?

DICŒPOLIS.

Non pas ceux-là; ceux qui servirent à cet autre, bien plus misérable...

EURIPIDE.

Ah!... ceux du pauvre aveugle Phénix?

DICŒPOLIS.

Eh! non! un autre, bien plus malheureux que Phénix.

EURIPIDE.

Ah çà! mais quelle vieille défroque veut-il donc? celle de ce triste Philoctète?

_____

(1) Reproche à l'adresse de la mollesse vraie ou prétendue d'Euripide. — (2) Il est entendu qu'Euripide ne se montre pas encore. — 3) Le mot grec ἐκκυκλήθητ' signifie : Fais-toi voiturer par une machine : allusion au procédé à l'aide duquel apparaissaient sur la scène les dieux et les héros. — (4) Télèphe, Bellérophon, Philoctète.

DICŒPOLIS.

Non, celui que je veux dire était bien plus gueux que ce gueux de Philoctète.

EURIPIDE.

Alors, c'est donc le vêtement crasseux de l'illustre boiteux, de Bellérophon?

DICŒPOLIS.

Bah! Bellérophon! mon homme était à la fois bavard, boiteux, criard et
mendiant.

EURIPIDE.

Bon, je sais; c'est Télèphe le Mysien.

DICŒPOLIS.

Tout juste. Je t'en supplie, cède-moi son costume.

EURIPIDE.

Eh! garçon! apporte ici les guenilles de Télèphe... Elles sont au-dessus de
celles de Thyeste, après celles d'Ino.

CÉPHISOPHON.

Les voici.

DICŒPOLIS.

Grand Jupiter! toi dont l'œil pénètre tout (1), permets que je m'affuble de
ces misérables vêtements!... Euripide, puisque tu es si complaisant, donne-
moi donc aussi le complément de cette dépouille; tu sais, le petit bonnet
mysien! Il faut en ce jour apparaître « malheureux; être, non ce que je suis,
mais ce que je veux paraître (2). » Le public saura bien à quoi s'en tenir sur
mon compte; mais je veux tromper l'œil de ce sot peuple d'Acharne.

EURIPIDE.

Ma foi! je ne veux pas contrarier tes spirituels desseins.

DICŒPOLIS.

« Que les dieux te récompensent; qu'ils comblent les vœux que je forme
pour Télèphe (3). » Hein! comme déjà l'inspiration tragique me pénètre!...
Mais je ne saurais me passer du bâton que porte le mendiant.

EURIPIDE.

Tiens, prends; mais quitte cette porte.

DICŒPOLIS.

Voyez-vous comme il me chasse déjà... Je ne suis pas encore au complet,
pourtant; il me faut quêter, mendier, importuner... Euripide! donne-moi
la vieille sébile, toute noircie de fumée.

EURIPIDE.

« A quoi bon, malheureux! prendre tant d'embarras (4). »

DICŒPOLIS.

Tu as raison. Mais n'importe, il le faut absolument.

EURIPIDE.

Sais-tu bien que tu commences à m'ennuyer fort? Allons, va-t'en d'ici.

_____

(1) Allusion au mauvais état des haillons. — (2) Ces mots entre guillemets sont la traduction de deux
vers du *Télèphe en Mysie*. — (3) Parodie du *Télèphe*. — (4) *Idem*.

DICŒPOLIS.

Ah! que les dieux versent sur vous leur rosée bienfaisante comme sur votre mère autrefois (1)!

EURIPIDE.

Sortiras-tu!

DICŒPOLIS.

Non, pas encore; un petit gobelet, je t'en prie, une écuelle dont le bord soit ébréché.

EURIPIDE.

Allons, prends; mais va-t'en... Vraiment tu me pousses à bout.

DICŒPOLIS (à part).

Et moi donc, tu me fatigues bien plus encore. (Haut.) Euripide, mon petit Euripide! rien qu'une petite marmite, avec une éponge au fond (2).

EURIPIDE.

Il ne me restera rien de ma tragédie (3)... Prends ta marmite, et laisse-moi.

DICŒPOLIS.

Je te laisse... Ah! mais, il me manque encore une chose... et, sans cela, je suis perdu. Mon bon, mon généreux Euripide! encore cette petite chose, et je me retire... dans mon écuelle, je t'en supplie, quelques feuilles de légumes (4).

EURIPIDE.

Vrai! tu me ruines. Prends; mais maintenant il ne me reste plus que l'ombre de mes pièces.

LES CHEVALIERS

(C'est l'œuvre la plus complète du poëte, et le peuple d'Athènes peut y revendiquer sa bonne part de ridicule; Aristophane le met en scène sous les traits d'un certain Démos, vieillard imbécile, capricieux, se laissant mener par celui-ci ou par celui-là, et devenant, comme l'explique la pièce, l'esclave de ses propres esclaves, c'est-à-dire des généraux qui doivent lui obéir. Or Athènes se fatiguait depuis longtemps du siège de Sphactérie, et Cléon, démagogue sans talent, fut chargé de la guerre. Ainsi le plus misérable, le plus lâche des hommes a donc, dit Aristophane, la confiance de Démos. Mais on a persuadé à un certain Agoracrite qu'il est né pour gouverner Athènes, et il est entré en lutte avec Cléon. Le vieux Démos finit par se laisser éclairer sur les roueries de Cléon : il le chasse honteusement, et, par cet acte de vigueur, il retrouve toute la force d'un jeune homme. Nul n'avait osé jouer Cléon; l'auteur fut obligé de s'en charger. Le rôle d'Agoracrite a donné à Molière l'idée de son *Médecin malgré lui*.)

UN HOMME APPELÉ A GOUVERNER

(143-223)

DÉMOSTHÈNE (5).

Oui, c'est un marchand de boudins (comme l'entend l'oracle) qui nous débarrassera de Cléon.

(1 Allusion à l'origine d'Euripide, dont la mère était marchande d'herbes et de fruits. — (2) Pour s'en servir en guise de pot en tête, suivant l'usage des anciens. — (3) Trait sanglant contre Euripide dont, suivant Aristophane, tout le mérite ne consistait que dans les costumes et l'appareil du spectacle. — (4) Nouvelle attaque lancée contre la mère d'Euripide. — 5) Ce général et Nicias, illustres dans la guerre du Péloponèse, cherchent à supplanter Cléon dans l'esprit du peuple (*Demos*).

NICIAS.

Un marchand de boudins? O Neptune! l'illustre profession! Mais où le rencontrer?

DÉMOSTHÈNE.

Cherchons-le.

NICIAS.

Eh! justement en voici un qui arrive au marché... C'est le ciel qui nous l'envoie.

DÉMOSTHÈNE.

O fortuné marchand de boudins! viens, viens, cher ami, approche, toi que le destin désigne pour notre sauveur, pour le libérateur de l'Etat.

LE MARCHAND DE BOUDINS.

Qu'est-ce? Pourquoi m'appelle-t-on?

DÉMOSTHÈNE.

Viens ici, viens apprendre ton bonheur et ta fortune.

NICIAS.

Ote-lui d'abord l'attirail de son métier, et fais-lui comprendre l'oracle. Pendant ce temps-là, je sors un instant pour surveiller les actions du Paphlagonien (1).

DÉMOSTHÈNE.

Allons, mets-moi par terre cette boutique portative. Bien! adore la terre et les dieux.

LE MARCHAND DE BOUDINS,

Voilà... Que signifie?...

DÉMOSTHÈNE.

O homme heureux! ô homme fortuné! ô toi qui n'es rien encore et qui demain seras tout (2)! ô guide de la splendide Athènes!

LE MARCHAND DE BOUDINS.

Or çà, brave homme! pourquoi vouloir m'empêcher de laver mes tripes et de débiter ma marchandise? Prétends-tu me railler?

DÉMOSTHÈNE.

Comment! des tripes! Insensé, regarde ici : tu vois cette foule de peuple?

LE MARCHAND DE BOUDINS.

Je la vois.

DÉMOSTHÈNE.

Eh bien! tu en seras le chef et le prince, aussi bien que de la place publique, des ports, de la tribune. Tu auras le sénat à tes pieds; les généraux, tu les réformeras, tu les fustigeras, tu les jetteras en prison; le Prytanée, tu le profaneras si tu le veux.

LE MARCHAND DE BOUDINS.

Qui ça? moi?

DÉMOSTHÈNE.

Oui, toi. Et encore ce n'est pas tout. Grimpe un peu sur ta boutique et regarde toutes ces îles qui nous environnent.

_____

(1) Surnom de Cléon; non pas qu'il fût de la Paphlagonie, mais à cause de ses clameurs qui ressemblaient au bruit des flots. — (2) Ces révolutions subites n'étaient pas rares chez les Athéniens.

LE MARCHAND DE BOUDINS.

Je regarde.

DÉMOSTHÈNE.

Vois-tu tous ces ports, tous ces vaisseaux chargés?

LE MARCHAND DE BOUDINS.

Oui.

DÉMOSTHÈNE.

Ose dire que tu ne seras pas heureux! Tiens, tourne un œil à droite, vers la Carie, l'autre du côté de la Chalcédoine (1).

LE MARCHAND DE BOUDINS.

C'est-à-dire que je serai heureux, si je réussis à loucher.

DÉMOSTHÈNE.

Non pas; mais tu pourras faire marché de tout ce que tu vois. Tu vas devenir un grand homme; c'est l'oracle qui l'a dit.

LE MARCHAND DE BOUDINS.

Comment! moi qui vends du boudin, je vais devenir un homme important!

DÉMOSTHÈNE.

Oui, je sais : tu n'es qu'un insolent, un drôle, un gueux. Voilà justement pourquoi tu deviendras un personnage.

LE MARCHAND DE BOUDINS.

Je ne me figurerai jamais être capable de monter si haut.

DÉMOSTHÈNE.

Et mais, pourquoi donc n'en serais-tu pas capable? Tu m'as l'air en ce moment d'avoir quelque bonne idée. Est-ce que tu sortirais, par hasard, de quelque famille estimée et honorable?

LE MARCHAND DE BOUDINS.

Bah! je sors de tout ce qu'on peut trouver de pire.

DÉMOSTHÈNE.

Heureux drôle! comme la nature a pourvu à lui procurer toutes les qualités propres au gouvernement !

LE MARCHAND DE BOUDINS.

Mais, cher ami, je n'ai pas étudié ; si je sais lire, c'est tout au plus.

DÉMOSTHÈNE.

Si mal que tu lises, tant pis, c'est déjà trop. Pour gouverner la république, vois-tu, ce ne sont pas des savants, des habiles, des honnêtes gens qu'il faut, mais des imbéciles et des vauriens... Tu comprends maintenant qu'il faut te conformer au vœu de l'oracle.

LE MARCHAND DE BOUDINS.

Et que chante-t-il cet oracle ?

DÉMOSTHÈNE.

D'excellentes choses, je t'assure, suffisamment ingénieuses, bizarres et

(1) C'étaient les deux points au nord et au sud d'Athènes, mais à une grande distance.

ambiguës. « Quand un aigle corroyeur, aux serres crochues, aura saisi de la mâchoire le stupide serpent qui se désaltère de sang, alors périra la saumure à l'ail des Paphlagoniens; aux marchands est réservée par le ciel une gloire immense, à moins qu'ils n'aiment mieux continuer à vendre leurs boudins. »

LE MARCHAND DE BOUDINS.

Mais, dites-moi, que puis-je avoir de commun avec tout cela?

DÉMOSTHÈNE.

Cet aigle corroyeur, c'est le Paphlagonien.

LE MARCHAND DE BOUDINS.

Que veulent dire ces mots : aux serres crochues?

DÉMOSTHÈNE.

C'est une figure pour désigner les mains friponnes et rapaces du Paphlagonien.

LE MARCHAND DE BOUDINS.

Mais le serpent?

DÉMOSTHÈNE.

C'est assez clair. Le serpent est allongé, le boudin l'est aussi. Quant à avaler du sang, un boudin s'en acquitte tout aussi bien qu'un serpent. Et l'oracle dit expressément que le serpent viendra à bout de l'aigle, pourvu qu'il ne se laisse pas amuser par de trompeuses paroles.

LE MARCHAND DE BOUDINS.

Allons! voilà une prédiction qui me ravit. C'est égal, je ne vois pas toujours comment je pourrai diriger les affaires de l'État.

DÉMOSTHÈNE.

C'est cependant bien facile. Continue à faire ce que tu faisais auparavant. Brouille, remue, emmêle les affaires, comme tu le faisais pour ta marchandise. Attire à toi le peuple par de petits mots caressants, par des douceurs de cuisine. Du reste, tu as tout ce qu'il faut pour te gagner nos concitoyens: une voix terrible, de la malice naturelle; tu es né pour la place publique, mon cher, et rien ne te manque pour administrer la cité. D'ailleurs les oracles te l'annoncent, voire même celui d'Apollon : place-moi une couronne sur la tête, fais tes libations à la folie, et veille à rencontrer vigoureusement ton adversaire.

LES NUÉES

(Cette comédie est un des chefs-d'œuvre d'Aristophane. Molière y a puisé sans doute l'idée de son *Bourgeois gentilhomme*, dans le rôle de Strépsiade allant prendre des leçons de Socrate, et sa première scène du *Malade imaginaire*. Nous avons tenté plus haut de disculper le poëte de l'accusation qui le représente comme s'étant fait l'interprète de la haine de Mélitus et d'Anytus, les deux ennemis de Socrate. Cependant, ainsi que le dit fort bien M. Jassogne, la comédie des *Nuées* nous fournit un mémorable exemple de l'influence funeste exercée par la critique sur un peuple léger et dont les impressions étaient si mobiles. Représentée en l'an 424 av. J.-C., cette comédie est bien antérieure au jugement de Socrate ; mais on ne saurait se dissimuler qu'elle ait pu, vingt-quatre ans d'avance, préparer la coupe de ciguë au philosophe athénien. La mort de Socrate restera toujours une tache pour la gloire d'Aristophane. Les traits comiques, les imputations hasardées, souvent même calomnieuses qui y sont dirigées contre le philosophe, dictèrent plus tard les motifs et jusqu'aux termes d'une véritable accusation capitale. Aristophane désigne Socrate à la multitude comme le champion de la philosophie matérialiste ; il ne voit en lui que le type de ces sophistes corrupteurs qui mettent indifféremment au service de l'erreur, du vice ou de la vérité, leur talent d'argumentation.)

STRÉPSIADE ET LE DISCIPLE DE SOCRATE [1]

(180-219)

STRÉPSIADE.

Allons, n'hésitons pas plus longtemps ; frappons à cette porte. Holà ! quelqu'un !

LE DISCIPLE.

Maudit soit l'importun ! qui a frappé ?

STRÉPSIADE.

Strépsiade, fils de Phidon, de Cycinne.

LE DISCIPLE.

Il faut être bien rustique pour venir sans aucun égard, sans réflexion, heurter ainsi du pied à notre porte (2). Tu m'as fait perdre la suite des idées que j'avais conçues.

STRÉPSIADE.

Mille excuses ! c'est que je demeure loin d'ici, à la campagne. Mais quelles sont ces belles idées que j'ai mises en fuite ?

LE DISCIPLE.

« Il n'est permis de révéler ces mystères qu'aux personnes initiées.

STRÉPSIADE.

Dites donc hardiment ; car je viens pour m'initier à cette école.

LE DISCIPLE.

Je me rends ; mais au moins songez que ce sont là de grands mystères. Socrate demandait tout à l'heure à Chairéphon combien une puce sautait de longueurs de ses petites pattes ; car il faut noter qu'une puce s'était attachée au sourcil de Chairéphon, et avait sauté de là sur la tête de Socrate.

STRÉPSIADE.

Et comment a-t-il mesuré cela ?

LE DISCIPLE.

On ne peut plus ingénieusement ; car, ayant fait fondre de la cire, il y a plongé les pattes de l'insecte, et, lorsque cette cire a été refroidie, la puce s'est trouvée avoir des souliers. On les lui a ôtés, et avec leur empreinte on a mesuré sans peine l'espace qu'elle avait sauté ?

STRÉPSIADE.

Grands dieux ! quelle subtilité d'esprit !

LE DISCIPLE.

Que diriez-vous donc si je vous révélais une autre belle idée de Socrate.

---

(1) Strépsiade, ruiné par les folles dépenses de son fils, s'en vient trouver Socrate pour apprendre de lui quelque subtil faux-fuyant, pour se dispenser de payer ses dettes. Cette traduction est en partie empruntée au *Théâtre des Grecs*. — (2) L'expression grecque signifie proprement *rues*.

STRÉPSIADE.

Quelle ! dites-la-moi, je vous en prie. . . . .

LE DISCIPLE.

Hier, nous n'avions rien pour souper.

STRÉPSIADE.

Eh bien ! quel remède trouva-t-il à cela ?

LE DISCIPLE.

Étant alors dans le lieu destiné pour la lutte, il répandit de la poussière sur la table, et, tandis qu'il amusait d'une main ses auditeurs avec un compas, de l'autre il décrocha subitement un manteau avec un fer recourbé.

STRÉPSIADE.

Thalès après cela n'est plus une si grande merveille. Ouvrez, ouvrez-moi bien vite cette école, et montrez-moi Socrate à l'instant, car je brûle d'être adepte. Mais ouvrez donc. (On ouvre.) O Hercule! quels animaux sont-ce là ?

LE DISCIPLE.

De quoi vous étonnez-vous? A quoi trouvez-vous donc qu'ils ressemblent ?

STRÉPSIADE.

Aux prisonniers de guerre que l'on fit à Pyle sur les Lacédémoniens (1). Mais pourquoi regardent-ils à terre?

LE DISCIPLE.

Ils cherchent ce qu'elle a dans son sein.

STRÉPSIADE.

Ils cherchent donc des oignons ? Mes pauvres gens, ne vous mettez pas en peine, je sais où il y en a de plus gros et de meilleurs. Mais que font tous ceux-là qui sont complétement inclinés ?

LE DISCIPLE.

Ils veulent pénétrer jusqu'au fond du Tartare... Mais entrez, de peur que Socrate ne vous trouve ici.

STRÉPSIADE.

Ha! pas encore, pas encore; qu'ils demeurent ici, afin que je leur communique une petite affaire que j'ai à régler.

LE DISCIPLE.

Mais ils ne peuvent pas demeurer si longtemps à l'air. »

STRÉPSIADE.

Dites-moi, au nom des dieux! ce que c'est que tout cela ?

LE DISCIPLE.

C'est là l'astronomie.

STRÉPSIADE.

Et cela ?

LE DISCIPLE.

La géométrie.

(1) Ils étaient venus à Athènes pâles et maigres par suite de leurs souffrances. Les philosophes affectaient de paraître affaiblis et tout défaits.

STRÉPSIADE.

Et à quoi cela est-il bon?

LE DISCIPLE.

A mesurer la terre.

STRÉPSIADE.

Quoi! celle que l'on distribue après la victoire?

LE DISCIPLE.

Oh! non, toute la terre, la terre universelle.

STRÉPSIADE.

Charmante nouvelle! idée merveilleusement utile à l'État!

LE DISCIPLE.

Tiens, voilà tout le tour de la terre. Le vois-tu? Regarde, voilà Athènes.

STRÉPSIADE.

Que dites-vous là! je n'en crois rien, car je n'y remarque point de juges sur leurs siéges (1).

LE DISCIPLE.

Voilà pourtant tout le territoire de l'Attique.

STRÉPSIADE.

En quel endroit sont les Cycinniens, mes compatriotes?

LE DISCIPLE.

Les voici. Et voilà l'Eubée. Comme tu vois, cette île est d'une très-grande étendue.

STRÉPSIADE.

Oui, Périclès et vous l'avez rendue d'une grande étendue pour le revenu. Mais où est Lacédémone?

LE DISCIPLE.

Où elle est? la voilà.

STRÉPSIADE.

Oh! oh! elle est bien près de nous! N'allez pas oublier de l'éloigner bien loin d'ici.

LE DISCIPLE.

Il n'y a, de par tous les dieux, pas moyen.

STRÉPSIADE.

Tant pis pour vous. Mais quel est cet homme juché en l'air dans un panier (2).

LE DISCIPLE.

C'est lui-même!

STRÉPSIADE.

Qui, lui-même?

LE DISCIPLE.

Socrate!

---

(1) Trait contre la fureur que les Athéniens avaient de délibérer et de juger. Cette maladie, Aristophane la leur reproche surtout dans les *Guêpes*, et ailleurs. — (2) Dans les *Acharniens*, Aristophane nous avait montré Euripide perché sur une machine.

STRÉPSIADE ET SON FILS [1]
(814-867)

STRÉPSIADE.

« Non, par les Nuées, tu ne demeureras pas plus longtemps dans ma maison... Va-t'en manger les colonnes de Mégaclès.

PHIDIPPIDE.

Hélas, mon pauvre père, qu'avez-vous donc? Vous n'êtes pas en votre bon sens; non, par le grand Jupiter Olympien!

STRÉPSIADE.

Ne voilà-t-il pas! Par Jupiter Olympien! quelle extravagance, à ton âge, de croire qu'il y ait un Jupiter (2)!

PHIDIPPIDE.

Et de quoi riez-vous donc?

STRÉPSIADE.

Je ris de ce que tu n'es qu'un enfant, un sot, et que tu raisonnes comme un homme de l'autre monde. Crois-moi, viens, afin que tu en saches davantage; je t'apprendrai ce qui te mettra dans le cas d'être un homme. Mais garde-toi de communiquer ce secret à personne, au moins.

PHIDIPPIDE.

Eh bien! quoi? qu'est-ce?

STRÉPSIADE.

Tu viens de jurer par Jupiter.

PHIDIPPIDE.

Oui, sans doute.

STRÉPSIADE.

Vois s'il est avantageux de s'instruire : il n'y a point de Jupiter, mon cher Phidippide.

PHIDIPPIDE.

Qu'y a-t-il donc?

STRÉPSIADE

Tourbillon règne présentement dans le ciel, d'où il a chassé Jupiter.

PHIDIPPIDE.

Bons dieux! quelle extravagance !

STRÉPSIADE.

Crois qu'il en est ainsi.

PHIDIPPIDE.

Eh! qui vous en a tant appris?

STRÉPSIADE.

Socrate le Mélien (3) et Chairéphon, qui sait mesurer le saut des puces.

(1 Socrate, dans son entretien avec Strepsiade, l'a engagé à lui amener son fils pour l'endoctriner, et, dans la scène que nous citons ici, le père cherche à répéter au fils quelques-unes des belles choses que lui a apprises le philosophe. — 2) Voila en germe l'accusation intentée plus tard contre Socrate : il a demandé à instruire Phidippide, il a nié devant le père l'existence de Jupiter. On lui reprochera de corrompre la jeunesse, de nier l'existence des dieux. — 3) Tous les Méliens avaient la réputation d'être athées, depuis le philosophe Diagoras, qui s'avisa de nier la divinité. Voila pourquoi Aristophane donne ce nom à Socrate.

PHILIPPIDE.

Quoi donc, mon père, en êtes-vous arrivé à ce point de folie de croire ces bourrus atrabilaires?

STRÉPSIADE.

Doucement, mon fils; ne dites pas de mal de ces sages qui ont tant de lumières, et qui portent l'épargne jusqu'à ne connaître ni barbiers, ni parfumeurs, ni baigneurs, lorsque toi, tu me dévores les entrailles comme si j'étais mort. Mais va les trouver au plus vite, et deviens le disciple à ma place.

PHILIPPIDE.

Et que pourrait-on en apprendre de bon?

STRÉPSIADE.

Est-il bien vrai que tu me le demandes? Oh! tout ce qu'il y a de sciences parmi les hommes. Tu connaîtras toi-même combien tu es ignorant et grossier... Mais attends-moi un moment ici.

PHILIPPIDE.

Grands dieux! que dois-je faire? Mon père extravague! Dois-je prouver en justice qu'il est fou, ou le livrer pieds et mains liés aux faiseurs de bierres?

STRÉPSIADE.

Or çà! voyons un peu. Que penses-tu que je tienne là?

PHILIPPIDE.

Un merle.

STRÉPSIADE.

Fort bien. Et ici?

PHILIPPIDE.

Un merle.

STRÉPSIADE.

Ils ne font donc tous les deux qu'une même chose? Tu es bien ridicule. Ne va pas dire ailleurs cette impertinence. Mais désormais appelle celle-ci une merlesse, et celui-ci un merle.

PHILIPPIDE.

Une merlesse, dites-vous? Ce sont donc là les belles choses que vous ont enseignées ces enfants de la Terre (1).

STRÉPSIADE.

Oh! vraiment! ils m'en ont bien enseigné d'autres; mais ma vieillesse est cause que j'ai tout oublié à mesure que je l'ai appris.

PHILIPPIDE.

Est-ce pour ce même motif que vous avez perdu votre manteau?

STRÉPSIADE.

Je ne l'ai pas perdu, je l'ai employé aux frais de mon instruction.

PHILIPPIDE.

Et vos souliers, qu'en avez-vous fait, pauvre homme?

_____

(1) Pour faire entendre qu'ils étaient aussi impies que les géants qui firent la guerre aux dieux.

STRÉPSIADE.

Je les ai employés où il fallait, comme Périclès (1). Mais allons, marche ; viens avec moi et ne t'inquiète pas si tu commets des erreurs, pourvu que tu les commettes en obéissant à ton père. Lorsque tu n'avais que trois ans, et que tu ne faisais encore que bégayer, j'avais une complaisance aveugle pour toi, et je me souviens que de la première obole que je touchai à Héliœe, je t'achetai un petit chariot au marché de Jupiter.

PHILIPPIDE.

Vous vous repentirez un jour de tout ceci.

STRÉPSIADE.

Bon. C'est bien à toi de m'obéir. Holà, Socrate, holà ! je vous amène mon fils, que j'ai enfin persuadé, malgré qu'il en eût.

LES GUÊPES

(Dans les *Guêpes*, comédie que Racine a prise pour modèle dans ses *Plaideurs*, Aristophane s'est proposé de corriger ses concitoyens de la manie des procès, laquelle entretenait, à Athènes seulement, plus de deux mille juges.

Un magistrat fanatique de ses fonctions est devenu en quelque sorte fou ; son fils entreprend de le ramener à la raison. Mais, pour atteindre ce but, il faut composer avec la passion du magistrat, flatter ses fureurs ; telle est la conduite que tiendra le jeune homme ; il ira plus loin encore : il lui érigera dans leur propre maison une façon de tribunal, et, grâce à cet artifice, parviendra à l'éloigner complétement de la place publique.

Les juges, compagnons du héros principal, sont costumés en guêpes, et de cette circonstance vient le titre de la pièce.)

LA FOLIE DE PHILOCLÉON

(1-168)

SOSIE.

Hé ! Xanthie ! que fais-tu là ?

XANTHIE.

J'apprends à me débarrasser de la veillée qu'on m'impose.

SOSIE.

C'est une dette sans doute que devait payer ton pauvre corps. Et sais-tu sur quelle espèce d'animal nous avons à veiller ?

XANTHIE.

Oui, je le sais ; mais j'ai envie de dormir.

SOSIE.

Eh bien ! cours-en la chance... Il me semble aussi que le doux sommeil va me fermer les yeux... Je dois sans doute cette envie de dormir à Bacchus.

(1) C'est le mot de Périclès lorsque, dans sa reddition de compte, il en fut venu à dix talents qu'il avait employés à corrompre Plistonax, qui était entré sur le territoire de l'Attique. Périclès ne voulut point donner de publicité à ce fait ; il se contenta de dire qu'il avait employé ces dix talents où *il fallait ;* ce sont les expressions de Plutarque, qui ajoute que « le peuple l'alloua sans vouloir enquérir comment, ny en quoy, ny advertir s'yl estoit vray. » (Trad. d'Amyot, tom. II, pag. 227. 228.)

XANTHIE.

Allons, je vois que tu as pour ce dieu-là même dévotion que moi... Mais, un instant! j'ai quelques explications à donner aux spectateurs, et je leur exposerai ce dont il s'agit ici. Qu'ils n'aillent pas compter sur le débit de quelque magnifique sujet, ou sur de mauvaises plaisanteries de quelques Mégariens(1). Nous n'avons pas ici d'esclaves qui jettent leurs noix ou leurs restes au public (2). Nous n'avons pas d'Hercule à qui l'on vole son dîner. Vous ne verrez pas Euripide tourné en ridicule ; Cléon, tout glorieux de ses derniers succès, dus au hasard, n'a rien à craindre aujourd'hui de nos piquantes railleries. Non, notre sujet n'est pas si sot; et, quoiqu'il ne surpasse pas notre sagesse, il est cependant plus fin et plus joli que n'importe quelle fade comédie. Voici. Nous avons un maître qui dort tout au haut de cette maison; c'est un maître puissant. Il nous a donné l'ordre de veiller sur son père qu'il tient enfermé pour l'empêcher de s'échapper. Le fait est que ce père a une affection bien étrange; et nul de vous ne pourrait savoir ni deviner sa nature, si nous ne vous le disions. D'ailleurs, si vous refusez de me croire, devinez, je vous le permets. Amynias, le fils de Pronepus, dit que c'est la maladie du jeu; c'est ne rien dire.

SOSIE.

Rien absolument. Il en juge d'après lui-même.

XANTHIE.

. . . . . Ah! voilà un Sosie qui souffle à Dercylus que c'est la maladie des buveurs.

SOSIE.

Ah! mais non, car celle-là attaque de préférence les braves gens.

XANTHIE.

J'entends Nicostrate prétendre... mais vous chercheriez en vain, vous ne trouveriez jamais. Vous voulez le savoir? Eh bien! silence! je vais vous conter la maladie de mon maître. Il a la folie de juger, comme pas un; il en perd la tête, il pousse des gémissements s'il n'est le premier assis sur son banc de juge. La nuit, il ne prend pas un instant de sommeil; à peine va-t-il fermer l'œil, que sa manie le pousse à observer la clepsydre. Il s'est tellement bien habitué à tenir son suffrage, qu'il s'éveille et se lève, les trois doigts serrés, comme s'il allait jeter l'encens sur les charbons à la nouvelle lune... Son coq, un soir, s'étant mis à chanter, il prétendit qu'il ne l'éveillait si tard que parce qu'un plaideur lui avait graissé la patte. Vite au sortir de table, il demande sa chaussure ; il arrive avant le jour au tribunal, et s'endort là, collé à la colonne comme un colimaçon. Pour tous sévère et sans pitié, il écrit toujours la formule de condamnation; et, quand il rentre, ses ongles sont encore tout imprégnés de cire comme les pattes de l'abeille. On dirait qu'il a peur de manquer de cailloux pour les suffrages; sa maison est comme une plage couverte de galets. Voilà la rage de notre homme : plus on lui fait d'observations, plus il veut aller juger ; aussi le tenons-nous bien enfermé, de peur qu'il ne nous échappe. Son fils en est au désespoir. Il a essayé d'abord des moyens de douceur ; il l'a engagé à quitter son manteau de juge, à ne plus sortir; il n'a rien gagné... Il lui a fait faire le voyage d'Egine, et l'a forcé à coucher une nuit dans le temple d'Esculape... Dès le matin, il était déjà à la barre du tribunal. Il nous a donc fallu le retenir prisonnier dans

_____

(1) Suivant Aristote, c'est à Mégare que la comédie prit naissance. — (2) Les acteurs, quand on avait représenté quelque repas, jetaient aux spectateurs le reste du festin.

sa maison. Il nous échappait par tous les trous, par tous les conduits; nous avons bouché, nous avons bourré toutes les issues; il enfonçait des piquets dans la muraille, et, sautant comme un vieux geai, il trouvait moyen de s'envoler. Enfin, nous avons tendu des filets tout autour de la salle, et nous le tenons ainsi dans sa cage. Le vieux s'appelle Philocléon; le jeune, Bdélycléon.

BDÉLYCLÉON.

Xantie! Sosie! est-ce que vous dormez?

XANTHIE.

Hélas!

SOSIE.

Qu'est-ce?

XANTHIE.

C'est Bdélycléon qui arrive.

BDÉLYCLÉON.

L'un de vous deux n'accourra-t-il pas plus vite? Mon père a pénétré dans la cheminée; on l'y entend fouiller partout comme un rat dans son trou. Attention! qu'il n'aille pas s'échapper par l'ouverture. Toi, reste à la porte.

XANTHIE.

On y va, notre maître.

BDÉLYCLÉON.

Par Neptune! quel est ce bruit qu'on entend dans le conduit? Eh! qui est là?

PHILOCLÉON.

C'est la fumée qui sort.

BDÉLYCLÉON.

. . . . . Allons, descendez, mon père... Vous, donnez le couvercle, que je ferme l'ouverture... et je vais ajouter une traverse pour le soutenir. Là! maintenant qu'il cherche une autre issue...

SOSIE (à Xanthie).

Toi, l'ami, pousse la porte et appuie vigoureusement; je vais aller t'aider. Veille à la serrure, et prends garde que le verrou ne cède.

PHILOCLÉON.

Ah çà! que voulez-vous, mauvais drôles? Ne me laisserez-vous donc pas aller juger? Sera-t-il dit que Dracontidès ne sera pas condamné?

BDÉLYCLÉON.

Quel chagrin cela peut-il vous faire?

PHILOCLÉON.

Quel chagrin? Et l'oracle de Delphes qui m'a prédit la mort à moi-même pour le premier accusé qui échapperait à la condamnation!

BDÉLYCLÉON.

Terrible Apollon! quel oracle!

PHILOCLÉON.

Par grâce, laisse-moi, je vais crever ici.

BDÉLYCLÉON.

Non, Philocléon, non, par Neptune, vous ne sortirez pas!

PHILOCLÉON.

Eh bien! je rongerai le filet avec mes dents.

BDÉLYCLÉON.

Vous n'en avez plus, mon père.

PHILOCLÉON.

Malheureux! comment en finir avec toi? Comment?... vite, mon épée;
vite mes tablettes de condamnation à mort!

LES OISEAUX

(Cette comédie fut jouée au commencement de la guerre de Sicile,
l'an 415 av. J.-C. « Deux Athéniens, dit Schœll, dégoûtés de la division
qui règne à Athènes, se transportent au pays des oiseaux, qui leur bâtissent
une ville. Le dessein du poëte paraît avoir été d'empêcher ses compatriotes
de fortifier Décélie, dans la crainte que cette ville ne devînt une place
d'armes pour les Lacédémoniens, et de les engager à rappeler leurs troupes
de Sicile, pour les opposer aux entreprises des Lacédémoniens. » Le genre
de cette pièce est assez fantastique; mais c'est une moquerie fort piquante à
l'adresse des Athéniens, moquerie où la religion du pays n'est même pas
respectée.)

LES FÊTES DE CÉRÈS

(Le sujet de cette pièce est la fête de Cérès et de Proserpine, deux divinités fort honorées à Athènes. Elle fut jouée l'an 412 av. J.-C. Nous avons
fait remarquer déjà qu'Euripide, dans ses tragédies, avait fréquemment
attaqué les femmes; celles-ci, saisissant l'occasion de la fête, se réunissent
pour décréter la perte du poëte. Euripide, voulant échapper au danger qui
le menace, recourt à toutes sortes de ruses et de stratagèmes; il met dans
ses intérêts un des juges; il l'habille en femme, et s'assure ainsi une voix
au conseil. Fort de cet appui, le coupable ne tarde pas à désarmer ses juges
et à obtenir d'eux un pardon définitif.

Nul doute qu'Aristophane n'ait voulu peindre Euripide, contre lequel il
se déchaînait sans cesse, comme un homme que tout genre de ruses n'arrêtait pas, et dont les doctrines philosophiques s'attaquaient à la religion
établie. Cette comédie ne réussit pas; et nous croyons à propos, après cet
exposé, de nous abstenir de citations)

LA PAIX

(Cette pièce traite le même sujet que les *Acharniens*, et, comme dit un
critique, elle est encore plus remplie d'allusions difficiles à expliquer. L'auteur indique lui-même la date de la représentation; c'est la 13ᵐᵉ année de
la guerre du Péloponèse; son dessein est évidemment d'engager les Athéniens à terminer une guerre funeste et à négocier une paix désirable pour
les deux partis. Un vigneron, Trygée, monte sur un escarbot et s'en va
solliciter Jupiter de donner la paix aux Grecs. « La Guerre, lui dit Mercure,
tient la Paix enchaînée dans un antre, il s'agit de l'en faire sortir. » Différents peuples, divers généraux s'attellent à la pierre qui la retient captive,
mais sans succès. Ce sont les laboureurs et les vignerons qui en viennent à
bout.)

LA GUERRE ET LA PAIX
(221-289)

MERCURE.

« J'ignore, en vérité, si jamais vous reverrez la Paix.

TRYGÉE.

Où donc s'en est-elle allée ?

MERCURE.

La Guerre l'a précipitée dans un antre profond.

TRYGÉE.

Où cela ?

MERCURE.

Là, au fond. Vois-tu ce monceau de pierres qu'elle a accumulées à l'entrée, pour que vous ne puissiez l'en arracher ?

TRYGÉE.

Dis-moi, quel malheur nous prépare encore la Guerre ?

MERCURE.

Je ne sais trop ; mais hier au soir elle a apporté un énorme mortier.

TRYGÉE.

Et qu'en veut-elle faire de ce mortier ?

MERCURE.

Y piler les villes grecques ; mais je pars, car il me semble l'entendre faire son tapage là dedans.

TRYGÉE.

C'est fait de moi ! je l'entends aussi, cet effroyable tumulte ; je m'enfuis.

LA GUERRE.

Ah ! mortels ! mortels ! malheureux mortels ! comme il va vous en cuire !

TRYGÉE.

O divin Apollon ! quel gros mortier ! quel fléau que le seul aspect de ce monstre ! La voilà donc celle qui me cause tant de peur !...

LA GUERRE.

O Prasie ! trois fois, cinq fois, dix fois malheureuse Prasie (1), voilà comme tu périras aujourd'hui (2).

TRYGÉE.

Allons ! mes amis, ce n'est pas encore de vous qu'il s'agit. Ce malheur n'atteint que les Lacédémoniens.

LA GUERRE.

O Mégare ! Mégare ! comme je vais te pétrir ! quel salmis je vais faire de toi !

TRYGÉE.

Hélas ! que de larmes ! quels pleurs amers elle prépare aux Mégariens !

---

(1) Ville laconienne, prise et détruite par les Athéniens. — (2) Il la jette dans le mortier.

LA GUERRE.

A ton tour, Sicile! Voilà ta mort.

TRYGÉE.

Quelle triste ville va-t-elle encore broyer?

LA GUERRE.

Qu'on m'apporte un peu de ce miel attique (1).

TRYGÉE.

Halte-là! je t'en supplie, prends d'un autre miel. Sais-tu que le miel attique coûte quatre oboles?

LA GUERRE.

Holà! ici! l'ami Tumulte?

LE TUMULTE.

Que me veux-tu?

LA GUERRE.

Paresseux! qui reste là à rien faire! Je te ferai marcher, moi! Reçois cette
gourmade.

TRYGÉE.

Courage, allons!

LE CHŒUR.

Comme il y a de mauvaises gens parmi nous!

TRYGÉE.

Pour vous, qui avez le vrai désir de la Paix, employez toutes vos forces.

LE CHŒUR.

Il y en a qui arrêtent tout.

TRYGÉE.

O Mégariens! puissiez-vous finir tous malheureusement! Vous êtes en
horreur à la déesse, qui se 'rappelle l'ail dont vous avez été les premiers à la
parfumer. Je vous ordonne aussi, ô Athéniens, de cesser de tirer du côté
où vous êtes; car vous ne vous plaisez qu'à juger. Si vous voulez que nous
délivrions la Paix, retirez-vous sur les bords de la mer.

LE CHŒUR.

C'est à nous autres laboureurs à exécuter seuls ce projet.

MERCURE.

Tout en va beaucoup mieux, ô braves gens!

LE CHŒUR.

Il dit que cela va mieux; continuons donc nos efforts.

TRYGÉE.

Notre entreprise ne réussit, en vérité, que depuis que les laboureurs sont
les seuls à s'en mêler.

LE CHŒUR.

Courage, dans ce moment : que chacun s'évertue. Nous touchons presque
au succès : ne mollissons pas, mais redoublons nos efforts. Allons, voilà qui
est fait. O courage donc maintenant, courage tous! O eia, eia, ô eia, eia, ô
eia, eia. O courage tous! »

1) Allusion aux pertes essuyées par les Athéniens.

11

LYSISTRATE

(Cette pièce, écrite comme la précédente dans le but d'engager Athènes à mettre fin à la guerre, fut représentée l'an 412 av. J.-C. Lysistrate est une des premières femmes de la cité : elle forme avec les dames athéniennes et celles des villes ennemies le dessein de contraindre leurs maris à déposer les armes, en se séparant d'eux, toutes, le même jour. Ce plan s'exécute; les Athéniennes se rendent maîtresses de la Citadelle, où se trouve le trésor public destiné aux frais de la guerre. On les assiége, mais sans succès. Arrêtés par cette résistance opiniâtre, les deux partis sont amenés forcément à se faire de mutuelles concessions. Des ambassadeurs de Sparte se présentent avec des paroles de conciliation, et un nouveau traité de paix est signé entre les deux peuples. La pièce se termine par un festin que donne Lysistrate.)

LES GRENOUILLES

(Les *Grenouilles* furent représentées l'an 406 av. J.-C. « Cette pièce, dit Schœll, fit remporter le prix à Aristophane sur Phrynicus et Platon, qui avaient concouru avec lui. Le peuple demanda à la voir une seconde fois, ce qui était une distinction extraordinaire. Le poëte s'y moque des auteurs de tragédies, principalement d'Euripide, qui venait de mourir. Le chœur est composé de grenouilles du Styx, fleuve que Bacchus passe pour aller chercher Eschyle, afin de le ramener sur la terre, préférablement à Euripide. » Cet éloge du passé aux dépens du présent est le caractère de la critique, et fait pardonner à Aristophane l'excès de ses attaques : cette âme énergique ne goûtait point les délicatesses d'Euripide, et leur préférait la sévérité de ses devanciers.)

LA LUTTE D'ESCHYLE ET D'EURIPIDE
(757-1111)

XANTHIE.

Quel est donc ce bruit? d'où viennent ces cris et ces disputes?

ÉAQUE.

C'est la querelle d'Eschyle et d'Euripide... elle soulève parmi les morts des mouvements sérieux; c'est une révolte, en vérité.

XANTHIE.

A quel propos ?

ÉAQUE.

Une loi des enfers veut que le plus habile dans son genre, en ce qui concerne, bien entendu, les arts éminents, soit nourri au Prytanée et assis auprès de Pluton...

XANTHIE.

J'entends.

ÉAQUE.

Jusqu'à l'arrivée d'un talent supérieur, auquel il faut alors qu'il cède la place.

XANTHIE.

Qu'importe à Eschyle?

ÉAQUE.

Il était en possession du trône tragique, et il n'avait point de rival.

XANTHIE.

En a-t-il un maintenant?

ÉAQUE.

Euripide, en débarquant ici, a débuté par donner un échantillon de son savoir-faire aux mauvais gars, aux coupeurs de bourses, aux assassins, aux enfonceurs de murailles, enfin à tout ce qu'il y a de plus méprisable ici dans les enfers. Ces gueux, voyant son habileté à plaider le pour et le contre, ses faux-fuyants, ses détours, sont devenus fous de lui et le proclament le plus sage des hommes. Et lui, fier de ce triste succès, il prétend occuper le trône sur lequel siégeait Eschyle.

XANTHIE.

Et on ne l'a pas lapidé?

ÉAQUE.

Non, certes; mais chacun réclamait un jugement solennel attestant leur mérite.

XANTHIE.

Jugement prononcé par ces scélérats sans doute?... Eschyle devait avoir au moins quelques amis?

ÉAQUE.

Il n'y a guère de braves gens aux enfers, pas plus qu'ici (1).

XANTHIE.

Et Pluton, que songe-t-il faire?

ÉAQUE.

A établir entre eux un concours, pour qu'on puisse les comparer et juger qui des deux mérite la préférence...

ESCHYLE.

L'idée seule d'une pareille lutte me met en fureur; ma bile se soulève d'avoir à rencontrer un semblable adversaire. Mais il ne sera pas dit qu'il triomphera de mon silence. Fais-moi connaître, Euripide, ce qui paraît le plus digne d'admiration dans un poëte.

EURIPIDE.

Sa sagesse, son habileté à rendre meilleurs ses concitoyens.

ESCHYLE.

Eh bien! si tu ne les as pas rendus meilleurs, mais si tu as changé leur honnêteté, leur générosité en vices, quel supplice mérites-tu, dis-le-moi?... Voyez quels hommes il a reçus de moi: des hommes forts, de quatre coudées, ne voulant se soustraire à aucune charge publique. Ce n'était pas, comme aujourd'hui, des gens processifs, rusés, retors; ils ne songeaient qu'aux lances, aux javelots, aux casques à blanches aigrettes, à des armures de sept peaux de taureaux comme celle d'Ajax.

EURIPIDE.

Et toi, Eschyle, dis-nous donc comment tu leur appris à être courageux?...

ESCHYLE.

En écrivant des vers que Mars inspirait... Mais c'est assez; c'est une balance qu'il faut pour le confondre. Une balance décidera du mérite des deux poëtes, et déterminera le poids de nos paroles...

(1) L'acteur qui jouait le rôle d'Éaque montrait l'assistance en disant ces paroles.

BACCHUS.

Allons, approchez-vous des plateaux.

EURIPIDE ET ESCHYLE.

Nous y voici.

BACCHUS.

Tenez-les bien, récitez chacun un vers, et ne les lâchez que quand j'aurai crié : coucou !

EURIPIDE ET ESCHYLE.

Nous les tenons.

BACCHUS.

Maintenant récitez votre vers au-dessus de la balance.

EURIPIDE.

« Plût à dieu que le navire Argo n'eût jamais volé sur l'onde ! »

ESCHYLE.

« O fleuve Sperchius ! ô pâturages riches et abondants ! »

BACCHUS.

Coucou ! lâchez. Ce dernier vers a fait descendre plus bas le plateau.

EURIPIDE.

Mais enfin, pourquoi ?

BACCHUS.

Voilà : c'est qu'Eschyle a imité les marchands, qui mouillent leur laine pour la rendre plus pesante ; son vers était humide de l'eau d'un fleuve, le tien avait des ailes.

EURIPIDE.

Recommençons ; qu'il récite un autre vers pour faire contre-poids au mien... « Le discours éloquent est le vrai temple de la Persuasion. »

ESCHYLE.

« La Mort est la seule divinité que ne fléchissent pas les présents. »

BACCHUS.

Lâchez, lâchez tout. Ah ! ce dernier vers est encore le plus lourd ; il est vrai qu'il renferme la Mort, le plus pesant de tous les maux.

EURIPIDE.

Moi, j'y ai introduit la Persuasion ; et assurément c'est un beau vers.

BACCHUS.

Oui, mais la Persuasion n'est pas lourde, et elle manque de cervelle. Voyons, Euripide ! encore un vers, un solide, capable de faire pencher le plateau de votre côté, un de ces vers... là... mâle et robuste.

EURIPIDE.

Mais où en trouver un comme cela ? Où, dis-moi ?

BACCHUS.

Un dans le genre de celui-ci : « Achille a amené quatre et deux. » Dépêchons ; ce sera la dernière épreuve de la balance.

EURIPIDE.

« Sa main saisit une massue aussi lourde que le fer. »

ESCHYLE.

« Chars sur chars, cadavres sur cadavres. »

BACCHUS.

C'est encore Eschyle le plus fort.

ESCHYLE.

Assez de cette lutte vers par vers; qu'il se mette lui-même dans le bassin de la balance, avec sa femme, ses enfants, Céphisophon, et tous ses livres par-dessus le marché; je ferai contre-poids à tout cela avec deux de mes vers.

LES HARANGUEUSES

(Cette pièce fut représentée l'an 393 av. J.-C. L'auteur semble y avoir eu pour but de tourner en ridicule le rêve de la république de Platon, et de fustiger ces communistes qui agitaient Athènes, comme leurs successeurs ont depuis troublé les Etats modernes.

Proxagora, femme d'un des chefs de la république, forme avec ses amies le dessein de bouleverser la cité et de s'arroger le pouvoir. Elles fondent leurs prétentions sur la mauvaise administration des hommes. Leur première tentative est d'abord couronnée de succès, grâce aux moyens subtils qu'elles emploient; mais, lorsque plus tard elles sont devenues maîtresses des affaires, elles accumulent des lois étranges, absurdes, et fournissent par là au poëte un des moyens comiques les plus puissants de son œuvre : le contre-coup, vraiment ingénieux, retomba sur le mauvais gouvernement qui, à cette époque, régissait la république d'Athènes.)

LE DISCOURS DE PROXAGORA
(205)

PROXAGORA (*en homme*).

C'est toi, malheureux peuple! toi, la seule cause de tous nos malheurs ! toi, qui consumes les fonds du trésor à payer ton suffrage! toi, qui ne songes qu'au bien particulier que tu peux faire, sans voir que le bien public s'en va marchant comme Æsimus, clopin clopant. Ah! si vous vouliez m'en croire, il y aurait moyen de vous sauver. Oui, je soutiens que le gouvernail de la cité doit être remis aux mains des femmes. Ne sont-elles pas déjà les économes et les dépensières du foyer domestique.

UNE FEMME.

Très-bien! oh ! très-bien! par Jupiter ! Continue! continue ! Très-bien! mon ami!

PROXAGORA.

Écoutez! vous allez voir combien les femmes l'emportent sur nous! D'abord, d'après l'antique coutume, elles lavent, toutes, la laine à l'eau chaude, ce qui est une preuve qu'elles n'ont aucune idée de tenter quelque innovation. Si la cité athénienne voulait suivre cet exemple, ne consacrerait-elle pas son salut, n'éviterait-elle pas une curiosité avide et funeste? Pour griller nos aliments, elles restent assises, comme au vieux temps ; elles portent le fardeau sur la tête, comme au vieux temps; elles célèbrent les thesmophories, comme au vieux temps; elles cuisent leurs gâteaux, comme au vieux temps; elles aiment le vin pur, comme au vieux temps; comme au vieux temps enfin, elles font enrager leurs maris. Si donc, citoyens, nous leur li-

vrons le gouvernement, nous n'avons aucun lieu de nous inquiéter de leur
conduite, de soupçonner leurs projets. Oui, laissons-les diriger nos affaires;
sûrs que, mères des citoyens, elles ne manqueront pas de sollicitude pour
cette vie précieuse à l'État. D'ailleurs qui, mieux qu'une mère, saura nourrir
un État? Y a-t-il génie plus adroit et plus fin que celui d'une femme pour
savoir amasser une épargne? Donnez-leur le pouvoir, qui sera assez habile
pour les tromper, elles-mêmes si habiles à n'être point les dupes des autres?
Je pourrais pousser bien plus loin l'énumération des avantages qu'elles promettent : j'en ai dit assez pour vous montrer, si vous voulez m'en croire, que
vous ferez ainsi votre bonheur.

UNE FEMME.

Parfait! charmante Proxagora! délicieusement imaginé! Mais, ma mie, dis-
nous, je te prie, où tu as pu apprendre à si bien parler?

PROXAGORA.

Au temps de nos malheurs, je logeais sur le Pnyx, avec mon mari; et j'ai
si souvent entendu les harangues de nos orateurs, que j'ai fini par savoir moi-
même débiter un discours.

UNE FEMME.

Voilà donc, ma bonne, pourquoi tu sais si bien et si finement manier la
parole. Eh bien! pour l'exécution de nos projets, c'est toi, oui, c'est toi que
nous nommons notre chef.

PLUTUS

(Aristophane fit représenter cette pièce l'an 409 av. J.-C.; elle reparut
vingt ans après, sans doute revue et corrigée, car il en existe deux éditions.
Déjà l'on s'aperçoit que des entraves nouvelles gênent les allures de la comédie ancienne, depuis que le gouvernement démocratique a vu lui-même
sa licence réfrénée. Non pas que le poëte s'abstienne de nommer ses masques; mais la raillerie est moins mordante, et le charme puissant de la médisance est remplacé par l'agrément du cadre et de la fiction. Un campagnard
rencontre un aveugle, qu'il recueille dans sa demeure et auquel il prodigue
tous ses soins. Or c'est Plutus, le dieu des richesses, qui recouvre la vue après
avoir dormi dans le temple d'Esculape. On lui donne la place de Jupiter, et
il agit de telle sorte que l'avarice athénienne devient le but de mille railleries et de sanglants reproches.)

GLORIFICATION DE PLUTUS [1]
(24-194)

CARION.

Je ne serai pas tranquille que tu ne m'aies dit enfin quel est cet homme.
Tu dois savoir que, cette question, je ne te la fais que dans ton intérêt.

CHRÉMYLE.

Eh bien, je vais te le dire; car de tous mes gens tu es, à mon avis, le
plus fidèle; (à part) je veux dire le plus filou. (Haut.) Sache donc que, tant
que j'ai été juste et craignant les dieux, j'ai vécu gueux et misérable.

CARION.

Oh! je sais cela.

[1] Extrait du père Brumoy.

CHRÉMYLE.

Pour les autres, par exemple, sacriléges, chicaniers, délateurs, scélérats de toute espèce, je les ai vus riches.

CARION.

Je le crois bien vraiment.

CHRÉMYLE.

Je me suis donc avisé d'aller consulter l'oracle, comme étant sur la fin de mes jours et de ma misère, pour savoir si le fils unique que j'ai ne ferait pas mieux de changer de train pour devenir fourbe, injuste et méchant, puisque c'est le vrai moyen d'être heureux.

CARION.

Et qu'a répondu le dieu du fond de ses épais lauriers?

CHRÉMYLE.

Il m'a dit de m'attacher au premier homme que je trouverais à l'issue du temple, de ne le pas quitter, et de l'engager à me suivre chez moi.

CARION.

Voilà donc la belle rencontre que vous avez faite (1) !... Ma foi! vous n'avez pas pris la pensée de l'oracle. Elle est plus claire que le jour. Il vous dit de former votre fils aux mœurs de ses compatriotes.

CHRÉMYLE.

Et sur quoi fondes-tu ta conjecture?

CARION.

Un aveugle le verrait. Est-il rien de plus utile et de plus à la mode aujourd'hui que d'être fripon?

CHRÉMYLE.

Non, non... l'oracle a trait à quelque chose de plus relevé... Qui es-tu ?

PLUTUS.

... Je suis Plutus.

CHRÉMYLE.

O le plus scélérat de tous les hommes ! tu serais Plutus, et tu nous l'aurais caché!

CARION.

Toi! Plutus? bâti comme te voilà!

CHRÉMYLE.

O Phébus! ô grands dieux! ô toutes les divinités ensemble! ô Jupiter! quoi! tu serais effectivement Plutus?

PLUTUS.

Oui.

CHRÉMYLE.

Lui-même?

PLUTUS.

Lui, en personne...

CHRÉMYLE.

Mais d'où te vient le mal que tu as aux yeux?

(1) Il regarde l'aveugle Plutus en disant ces mots.

PLUTUS.

Que voulez-vous? Jupiter est jaloux des gens de bien. Je le menaçai, dans ma jeunesse, de n'aller qu'avec la vertu et la science. Pour m'ôter le discernement, il m'aveugla.

CHRÉMYLE.

Mais ce n'est que par les personnes justes et vertueuses qu'il est honoré.

PLUTUS.

Il est vrai.

CHRÉMYLE.

Dis-moi la vérité. Si tu recouvrais la vue, serais-tu encore d'humeur à fuir les méchants?

PLUTUS.

Oh! oui.

CHRÉMYLE.

Et tu irais chez les bons?

PLUTUS.

Assurément; car il y a longtemps que je n'en ai vu.

CHRÉMYLE.

Belle merveille! J'ai les yeux bons, et j'en peux dire autant que toi...

PLUTUS.

Laissez-moi présentement, car vous savez tout ce qui me regarde.

CHRÉMYLE.

... Je t'en conjure, ne me quitte point. Tu auras beau chercher, tu ne trouveras pas un si honnête homme que moi. Non, par Jupiter! il n'y en a pas assurément, et je suis l'unique.

PLUTUS.

Oh! tous tiennent le même langage quand il est question de m'avoir; mais, suis-je une fois à eux, adieu à la vertu!

CHRÉMYLE.

... Je te ferai recouvrer la vue.

PLUTUS.

Ne faites rien de cela, je ne veux pas recouvrer la vue... Jupiter me perdrait sans ressource... Je l'appréhende terriblement.

CHRÉMYLE.

... Eh! crois-tu que l'empire de Jupiter et tous ses tonnerres valussent seulement une triobole, si tu avais l'usage de tes yeux pour un moment?... Je vais te prouver que tu es beaucoup plus puissant que Jupiter... D'abord, qui est-ce qui fait que Jupiter règne sur les autres dieux?

CARION.

C'est l'argent, car il en a beaucoup.

CHRÉMYLE.

Et qui lui donne cet argent?

CARION.

Celui-ci.

CHRÉMYLE.

Et qui fait que les hommes lui sacrifient? N'est-ce pas aussi Plutus?

CARION.

Oui, sans doute; car les hommes ne font de sacrifices à Jupiter que pour le prier de les enrichir.

CHRÉMYLE.

C'est donc Plutus qui est cause de tous les sacrifices; et, s'il voulait, ils cesseraient dans un moment.

PLUTUS.

Comment cela?

CHRÉMYLE.

Parce que, si tu voulais, il n'y aurait pas un homme qui lui sacrifiât désormais ni bœufs, ni brebis, ni qui lui offrît la moindre chose, pas un gâteau.

PLUTUS.

Comment donc?

CHRÉMYLE.

Comment donc? Hé! parce que personne n'aurait d'argent pour en acheter, si tu n'en donnais; de sorte que, si Jupiter s'avisait de te chagriner, tu pourrais, toi seul, détruire toute sa puissance.

PLUTUS.

Que dis-tu là? C'est moi qui suis cause qu'on lui sacrifie?

CHRÉMYLE.

Oui, te dis-je; et bien plus, c'est que, parmi les hommes, il n'y a rien de beau et d'agréable que par toi, et aujourd'hui les richesses font tout.

PLUTUS.

Je suis bien à plaindre d'avoir ignoré tout cela jusqu'ici.

CHRÉMYLE.

Hé! n'est-ce pas de Plutus que vient la fierté du grand Roi (1).

CARION.

N'est-ce pas par Plutus que se font les assemblées au sujet du gouvernement (2).

CHRÉMYLE.

Quoi! n'équipez-vous pas les flottes?

CARION.

Ne payez-vous pas les troupes étrangères à Corinthe?

CHRÉMYLE.

Hé! d'où vient le chagrin de Pamphyle (3)?

CARION.

Et celui de Télénopole (4)?

CHRÉMYLE.

Et l'insolence d'Argyrius?

CARION.

Et les contes de Philipsius (5)?...

CHRÉMYLE.

Enfin, c'est vous qui faites tout, biens et maux.

(1) Le roi de Perse. — 2) On y donnait de l'argent pour l'assistance. — (3. Célèbre partisan dont on confisqua les biens. — (4. Parasite du précédent. — 5) Homme ruiné qui disait des contes pour vivre.

PLUTUS.

Quoi, tout cela ! et moi seul ?

CHRÉMYLE.

Oh! beaucoup plus encore. On se lasse de tout, mais jamais de toi. On se lasse, par exemple...

CARION.

De pain.

CHRÉMYLE.

De science.

CARION.

De confitures.

CHRÉMYLE.

D'honneurs.

CARION.

De gâteaux.

CHRÉMYLE.

De probité.

CARION.

De figues.

CHRÉMYLE.

De belle gloire.

CARION.

De potage.

CHRÉMYLE.

De commandement...

CARION.

De lentilles.

CHRÉMYLE.

Mais on ne se lasse jamais de Plutus, etc. »

MÉNANDRE. — Le père de la comédie nouvelle, naquit dans l'Attique, 342 av. J.-C., et mourut vers l'an 290. Il avait étudié sous Théophraste, et c'est à son école sans doute qu'il forma ce talent d'observation qui l'a placé au premier rang, non-seulement parmi les auteurs comiques, mais même parmi les moralistes.

Génie précoce, Ménandre avait à peine atteint sa vingt-troisième année que déjà il donnait au théâtre sa première comédie ; et depuis, la renommée du poëte grandit si vite et s'étendit si loin, que les rois étrangers équipaient des vaisseaux pour le faire venir à leur cour. Les Athéniens cependant ne rendirent pas à Ménandre, pendant sa vie, toute la justice qui lui était due. En effet, bien que ses œuvres fussent supérieures à celles de ses rivaux, « de plus de cent comédies qu'il composa, il ne remporta la palme que dans huit seulement ; soit cabale et conspiration contre lui, soit mauvais goût des juges, Philémon, qui ne méritait certainement que la seconde place, lui fut presque toujours préféré. » (QUINT., liv. X, ch. I.)

Quintilien, Plutarque, Denis d'Halicarnasse et Ovide ne cessent de louer, et la finesse avec laquelle il sait peindre les mœurs, et sa pureté, et son naturel, et sa force comique. Ménandre apportait un soin particulier à dresser le plan de son œuvre; aussi avait-il coutume de dire, lorsque l'ensemble de la composition était bien conçu et bien dessiné dans son esprit : « Ma pièce est finie; je n'ai plus que les vers à faire. » Ses pièces ont été souvent imitées par les comiques qui vécurent après lui; et César appelait Térence un demi-Ménandre. De toutes les pièces de Ménandre, aucune ne nous est parvenue complète; on connait les titres de quatre-vingts; on possède les fragments d'un grand nombre d'entre elles (Recueil de Meinecke, placé à la suite des œuvres d'Aristophane, édit. Didot); mais il serait néanmoins, croyons-nous, fort difficile d'asseoir un jugement sur les œuvres de cet illustre chef d'école.

Les comédies de Ménandre, dont nous avons des fragments, sont : les *Adelphes*, les *Pêcheurs*, la *Messénienne*, l'*Andrienne*, l'*Androgyne*, les *Cousins*, l'*Arréphore*, le *Bouclier*, l'*Héautopenthon*, l'*Heautontimoroumenos*, la *Bague*, les *Sœurs jumelles*, le *Laboureur*, le *Bourru*, la *Superstition*, le *Double Imposteur*, l'*Orpheline héritière*, les *Flatteurs*, le *Dépôt*, la *Périnthienne*, le *Spectre*, le *Trésor*, l'*Ivrognerie*, le *Misogyne*, la *Colère*, le *Collier*, le *Joueur de flûte*, la *Bandelette*, le *Carthaginois*, etc. Nous devons ces fragments à Stobée, à Athénée, et aux grammairiens, et leurs titres rappelleront suffisamment les imitateurs de ces pièces. Nous faisons un choix fort court parmi ces lambeaux d'un grand génie.

FRAGMENTS

Il ne faut pas que l'homme cède à l'adversité : il doit résister aux maux qui le menacent, s'il ne veut voir sa vie emportée, deçà delà.

Le pauvre a bien de la peine à rencontrer un homme qui consente à être son parent ; tous voient un étranger dans l'homme qui ne se suffit pas à lui-même, car ils craignent à chaque instant qu'il ne leur adresse quelque requête.

Le pauvre est timide et se croit toujours en butte au mépris. Lampria, quand on se sent mal en fonds, les plus légères contrariétés deviennent des malheurs. (*Les Adelphes.*)

O patrie chère à mon cœur! après un si long temps, je te revois enfin et je te salue : le reste du monde n'est plus rien à mes yeux, quand mes yeux contemplent le sol qui m'a vu naître. Je révère comme sacré le lieu qui m'a nourri. (*Les Pêcheurs.*)

A. Si tu es sage, ne te marie pas, ne quitte pas ton heureux genre de vie... Je me suis marié, moi; voilà justement pourquoi je t'engage à ne pas faire ce que j'ai fait.

B. Tant pis, c'est une affaire décidée... le sort en est jeté maintenant. (*L'Arréphore.*)

O rois, vous êtes bien malheureux! Qu'avez-vous, en effet, plus que les autres mortels? Votre vie est en proie à toutes les inquiétudes, malgré les veilles de vos satellites, et la défense de vos citadelles. Obligés de soupçonner sans cesse tout homme armé qui vous approche, votre supplice est éternel. (*Le Bouclier.*)

Il ne faut pas se rire de la calomnie, si évidemment fausse qu'elle soit, car il se trouvera toujours des méchants pour y ajouter encore ; la sagesse veut donc que tu en tiennes compte et que tu t'en gardes. (La Béotie.)

Tu me parles sans cesse de tes richesses; c'est une possession bien fragile. Si tu as la certitude qu'elles te resteront toujours, à la bonne heure! garde-les et n'en fais part à personne, j'y consens, tu en es le maître. Mais, mon père, si tu n'en es pas le possesseur éternel, si la fortune peut te réclamer son bien, pourquoi donc t'en montres-tu avare pour les autres? Tu sais comme elle est inconstante; elle pourra bien gratifier de tes richesses quelque homme moins digne que toi. Aussi, veux-tu m'en croire? pendant que tu les as en ta possession, mon père, tu en useras libéralement, tu secourras les pauvres, tu enrichiras le plus d'amis qu'il te sera possible. Voilà qui est glorieux; et, si le malheur vient à l'atteindre à ton tour, tu seras en droit d'attendre des services que tu auras rendus. Un véritable ami vaut cent fois mieux qu'un trésor enfoui dans un trou. (Le Bourru.)

Celui qui vit dans sa patrie et qui y vit libre, doit se trouver heureux, ou mourir. (Héautontimoroumenos.)

Supposons qu'un dieu vienne me dire : « Craton, après ta mort, tu recommenceras une nouvelle vie ; tu seras ce que tu voudras être, bouc, chien, brebis, cheval ou homme ; car tu as la permission de revivre, les destins y consentent. Choisis une nouvelle existence. » Ma foi! il me semble que je lui répondrais incontinent : « Fais de moi ce que tu voudras, mais n'en fais pas un homme : c'est le seul animal qui ne sache tirer parti ni du bien ni du mal. Un bon cheval est mieux traité qu'un autre; un chien agile est plus estimé qu'un chien sans vigueur; on a pour un coq généreux des soins qu'on n'a pas pour un autre, et le coq timide le redoute. Mais qu'un homme soit bien né, bien élevé, de bonnes mœurs, il n'en est pas plus prisé dans ce siècle-ci. Le premier rang est pour le flatteur; le second, pour le calomniateur; le troisième, pour le méchant. Soyons ânes, plutôt que de voir des misérables avoir le pas sur nous dans la scène de la vie. » (La Superstition.)

PHILIPPIDE. — « Philippide d'Athènes, fils de Philoclès, dit Schœll, a fleuri vers la fin de la période précédente et au commencement de celle-ci. » Il a écrit quarante-cinq comédies, parmi lesquelles on cite le Remémoratif (ἀνανέωσις, proprement l'action de rappeler quelque chose à la mémoire de quelqu'un), l'Argent perdu, les Femmes naviguant ensemble, les Frères amis, l'Avare, l'Ami d'Euripide.

DIPHILE de Sinope, qu'Athénée appelle ἥδιστον, le plus doux des poëtes, a composé une cinquantaine de pièces, parmi lesquelles on cite les suivantes : l'Ignorance, les Frères, l'Insatiable, le Bain, le Mariage, le Parasite, le Soldat, le Marchand, etc.

APOLLODORE. — Il y a plusieurs poëtes du nom d'Apollodore; toutefois, il est regrettable que nous ne sachions pas le nom de celui qui a été placé dans le canon des grammairiens d'Alexandrie. L'un d'eux était Athénien et fit quarante-sept pièces, au nombre desquelles se trouvaient les originaux de l'Hécyre et du Phormion de Térence; l'autre était de Caryste; le troisième, de Géla en Sicile.

Il reste des fragments de quelques pièces de l'un des deux derniers, ou peut-être de tous les deux, car on ne les a pas toujours distingués. Voici les titres de cinq de ses comédies : l'*Écrivain* (γραμματιδωποιός, le rédacteur de requêtes), la *Prêtresse*, la *Femme qui a abandonné son mari*, les *Frères amis*, etc.

Philémon. — On connaît deux Philémon, le père et le fils. Le premier, qui était de Soles ou Pompéiopolis en Cilicie, paraît avoir fait un très-long séjour à Syracuse. Il mourut plus que centenaire, avec la réputation d'une grande abondance littéraire; il donna quatre-vingt-dix-sept comédies. Quoiqu'il ait remporté plusieurs prix sur Ménandre, les anciens lui assignent cependant une place bien inférieure à celle de ce grand poëte. Son fils composa aussi cinquante-quatre comédies. Nous allons donner les titres de quelques-unes des comédies de Philémon de Soles dont il reste des fragments : le *Paysan*, les *Frères*, le *Remémoratif* (ἀνανεουμένη, proprement la femme dont on rafraîchit la mémoire), le *Trésor*, le *Médecin*, la *Mendiante*, le *Soldat*, le *Spectre*, la *Veuve;* ces titres indiquent des comédies de caractère ou d'intrigue. Nous citerons, comme nous l'avons fait pour Ménandre, quelques fragments de Philémon.

FRAGMENTS

Lachès! Ceux qui naviguent sur les mers ne sont pas, à mon sens, les seuls que ballottent les tempêtes; on peut aussi rencontrer l'orage en se promenant dans nos portiques, et même en demeurant chez soi. Ceux qui se confient aux flots de l'Océan peuvent supporter la tourmente un jour et une nuit; mais, soit qu'ils rentrent dans le port, soit que le ciel leur envoie des vents favorables, ils sont bientôt assurés de leur vie. Hélas! je n'ai pas ce bonheur; ce n'est pas pour un jour, c'est pour le reste de mon existence que j'ai à endurer le malheur, et mes maux semblent augmenter de jour en jour. (*Le Jeune Homme.*)

Eh bien, oui! mais je n'ai qu'un maître, moi; tandis que vous tous, qu'on appelle libres, vous devez obéir à la loi, au tyran; le tyran lui-même obéit à la crainte. Les rois dominent sur leurs sujets, les dieux sur les rois, le destin sur les dieux. Rien n'est indépendant, tout reconnaît un maître : les petits obéissent aux grands, ou plutôt nous sommes tous les esclaves les uns des autres. (*Les Thébains.*)

Une seule vertu sera éternellement louée par les mortels et par les dieux : c'est la justice. (*Palamède.*)

La troupe toujours anxieuse des philosophes cherche, m'a-t-on dit (avec quelle dépense de temps, grands dieux!), en quoi consiste le vrai bien; mais elle ne parvient pas à le découvrir. Les uns mettent au premier rang la vertu; les autres, la sagesse : ils savent définir toute chose justement, excepté le vrai bien. Et moi qui remue la terre, moi qui passe ma vie aux champs, avec quelle facilité, Jupiter! j'ai fait cette rare découverte. La paix, c'est la déesse de clémence et de salut; nous lui devons tout : des enfants, des parents, des fêtes sacrées, des amis, une épouse, du pain, du vin, la santé, la joie, les richesses; et, privée de ces faveurs, la vie cesse d'être supportable pour les mortels. (*Le Roux.*)

4° Époque

TRAGÉDIE.— Un abîme sépare la tragédie de la troisième époque de celle de la quatrième : la première était destinée à l'enseignement d'un peuple entier, elle lui donnait, comme l'a dit Bossuet, de grandes et de sublimes leçons; la dernière était une œuvre de cabinet, un effort de travail et non plus un jet d'inspiration, un hors-d'œuvre plus ou moins relevé servi à la table des rois et des courtisans. « La tragédie de cette époque, dit M. Géruzez, destinée à l'école et au théâtre, est empreinte de déclamation. Les poëtes qui la cultivèrent forment ce qu'on appelle la *Pléiade tragique*, composée d'Alexandre l'Étolien, de Phyliscus de Corcyre, de Sosithée, d'Homère le Jeune, d'OEantide, de Sosiphane et de Lycophron. Ce dernier est le seul qui se soit fait un nom, et ce nom désigne l'obscurité du langage.

« LYCOPHRON de Chalcis, qui vivait à la cour de Ptolémée-Philadelphe, composa de prétendues tragédies et quelques drames satyriques. Le seul poëme qui nous reste de lui, intitulé *Cassandre,* monologue de quatorze cent soixante vers iambiques, dans lequel la fille de Priam prédit à son père les malheurs qui menacent les Troyens, est une longue énigme à peu près impénétrable, où le poëte obscurcit à dessein sa pensée par des périphrases inintelligibles et des allusions insaisissables. Ces écrits étaient sans doute destinés à exercer la pénétration des jeunes gens; mais l'exercice en est trop violent, la gymnastique trop rude, et l'on court risque, à ce métier, de tuer les intelligences qu'on prétend fortifier. »

TIMON de Phlionte. — Il écrivit, dit-on, soixante tragédies et composa des pièces, nommées *Silles*, où, choisissant quelques passages des auteurs les plus illustres, il les détournait de leur sens naturel en parodies satyriques pour y trouver des personnalités actuelles. Il était disciple de Pyrrhon le Sceptique. Ce fut un poëte voyageur; car, après avoir enseigné la philosophie à Chalcédonie, et avoir séjourné à la cour du second Ptolémée, il se rendit en Grèce et s'arrêta auprès du roi de Macédoine, Antigone.

DRAME SATYRIQUE. — Dans cette période, le drame satyrique s'éloigne de la tragédie pour se rapprocher de la comédie,et, comme conséquence, il abandonne les dieux pour traiter des sujets pris dans la vie ordinaire. C'est presque un retour, au talent près, vers la licence aristophanesque. Les auteurs mettent en scène et ridiculisent leurs ennemis personnels. Citons 1° Lycophron, qui, dans

le drame intitulé *Ménédème,* se joue du chef de l'école de Mégare
en le travestissant lui-même en Silène, et ses disciples en Satyres ;
2° Rhinthon de Syracuse, qui amusait, au temps de Ptolémée Soter,
les voluptueux citoyens de Tarente, et qui écrivit un *Amphitryon,*
que Plaute avait sans doute étudié ; 3° Sosithéa, auteur de *Daphnis
et Lytierse,* et le même peut-être que le tragique de la pléiade.

COMÉDIE. — « Nous ne trouvons, dit Schœll, que deux poëtes
d'Alexandrie qui aient travaillé pour le théâtre comique ; ce sont
Machon de Sinope, ou, selon d'autres, de Corinthe, qui vécut sous
Ptolémée III Évergète et sous ses successeurs, et Aristonyme, qui,
sous Ptolémée IV Philopator, fut un des inspecteurs de la bibliothèque d'Alexandrie. Dégoûté du séjour de cette ville, il projeta
de se fixer à Pergame. Ptolémée tenta tous les moyens pour l'en
dissuader ; il alla même jusqu'à le retenir de force. Lorsqu'il vit
que la résolution du poëte était inébranlable, il lui permit de l'exécuter. Aristonyme se rendit, en effet, à la cour d'Eumène. Avec
lui, Thalie quitta le sol de l'Égypte. Athénée cite deux comédies
d'Aristonyme, l'une portant le titre bizarre du *Soleil qui gèle,* Ἥλιος
ῥιγῶν, l'autre celui de *Thésée.* Nos connaissances sur Aristonyme
se bornent à ces faibles notions. »

5ᵉ Époque

La scène tragique et la scène comique sont complétement
muettes durant cette période. Nous avons déjà donné les raisons
de ce silence. Il y a eu cependant, durant cette période, une tragédie sacrée, écrite par un Juif nommé Ézéchiel, qui vivait environ l'an 110 av. J.-C. Sa pièce portait le titre de la *Sortie d'Égypte ;*
elle ne mérite pas notre attention.

6ᵉ Époque

Certains écrivains ont cru voir dans cette époque byzantine une
renaissance des lettres qui les a jetés dans l'admiration ; d'autres
ont peut-être traité trop légèrement les nobles efforts qui furent ten-
tés alors. Julien l'Apostat déclarait qu'il ne songeait pas à verser
le sang des chrétiens ; mais, sous le masque de cette tolérance hy-
pocrite, il ne négligeait aucun moyen de les déconsidérer et de les
perdre. « Vous ne voulez pas de nos dieux, leur disait-il, et vous
trouvez admirables, sublimes, vous prenez pour modèles, vous
faites étudier dans vos écoles les poëtes qui les ont chantés ; vous
vous passerez de nos livres qui corrompraient votre jeunesse. »

Homère, Virgile, Sophocle, et les autres grands maîtres, furent dès lors interdits aux écoles des chrétiens ; mais le subtil sophiste n'avait pas tout prévu : nourris de la lecture des chefs-d'œuvre antiques, d'habiles professeurs puisèrent dans leurs souvenirs et dans leur zèle de quoi suppléer au défaut des trésors du paganisme. Julien ne put atteindre le but qu'il s'était proposé en faisant ce coup d'État. Nous verrons, en effet, par la suite, que les actes de rigueur de l'empereur homme de lettres, loin de stériliser le génie chrétien, ne firent qu'aider à son majestueux développement : ils préparèrent la venue d'un nouveau genre de littérature qui, sous la forme d'anthologie, compte des beautés de langue et des richesses philosophiques incomparables.

GRÉGOIRE DE NAZIANZE. — La biographie de ce grand évêque viendra à sa place, lorsque nous traiterons de l'éloquence. Nous avons à citer ici une composition dramatique qui lui est attribuée : c'est la *Passion de Jésus-Christ*. Hâtons-nous de le dire, cette œuvre n'a rien de commun, comme on pourrait le penser, avec les mystères représentés dans l'enfance de notre théâtre. C'est, tout au long, une imitation d'Euripide, qui, malgré l'opinion de Schœll, ne laisse pas d'offrir d'appréciables beautés. Nous en donnons deux extraits curieux : le premier fait le récit de la trahison de Judas, le second exhale la plainte de la mère de Dieu auprès de la croix.

LA TRAHISON DE JUDAS
(150-269)

LA MÈRE DE DIEU.

Malheur, malheur ! j'entrevois à ton langage que tu nous apportes de tristes nouvelles.

LE MESSAGER.

Oui, j'annonce de terribles, de trop véritables malheurs. Il avait mangé la Pâque nouvelle, comme il disait lui-même ; il avait servi à ses disciples un repas, un repas sublime ; par des paroles couvertes, il avait désigné celui qui devait trahir le Verbe ; il avait lavé les pieds de ses amis. Il sort, et, sui vant son habitude, il gagne le mont couvert d'oliviers : là, il annonce aux siens les maux qu'il lui faudra souffrir ; et, après les avoir fortifiés par ses sacrés mystères, voici l'invocation qu'il adresse à Dieu : « Mon père, donne à ma gloire un dernier accomplissement ! De cette dignité dont je ne veux pas cesser de jouir auprès de toi, fais que je parvienne à une dignité plus grande, celle d'être vainqueur de l'ennemi des hommes. Déjà par toi je possédais toutes choses : ajoute à mes biens le don des nations; et, quand je les aurai toutes recueillies, quand, trophée salutaire, je serai suspendu pour elles, je te les rendrai, ô mon père ! ô... » Et, poussant un cri comme les mortels en poussent... « Déjà je t'ai glorifié, dit-il, je te glorifierai plus encore !... » Ses disciples le suivent jusqu'au torrent, près duquel ils aiment à s'asseoir. Le vendeur, le traître, savait bien qu'il y viendrait ; il était là d'avance, à la tête d'une escorte de scélérats, d'assassins respirant le carnage. Il s'approche du maître comme eût fait un ami : « Salut, maître ! » dit-il, et il eut la perfidie de l'embrasser.

LA MÈRE DE DIEU.

Hélas ! qui a jamais conçu un crime plus atroce !... Que lui répondit mon fils ?

LE MESSAGER.

Rien que ces mots : « Mon ami, pourquoi êtes-vous venu? » Et ces bandits portèrent sur lui leurs mains. Nous l'abandonnâmes, nous prîmes la fuite dans toutes les directions. Pierre lui-même, Pierre le renia : seul, le disciple qui reposait sur sa poitrine le suivit en silence. Alors il me sembla qu'une voix murmurait à l'oreille de ce traitre vendeur de son maître : « Va! ô impie! non, tu ne crains pas Dieu!... Admis parmi les disciples, tu les as couverts de déshonneur. Ce grand maître des mystères, hélas! celui que tu vends pour une somme d'argent, c'est à la mort que tu le livres. Il te l'avait dit; inquiet de ton âme, il t'avait instruit à comprendre ces douleurs qu'il consent à endurer. Rien n'a pu t'arrêter; mais tu ne tarderas pas à en porter la peine... la justice l'ordonne : infâme, tu mourras d'une mort infâme; du lacet fatal où tu te seras suspendu, tes élancements furieux te précipiteront aux enfers... Hélas! tu n'as pas même la volonté de te soustraire au châtiment... Ta folie est si grande, malheureux! que, restant libre encore de prendre une résolution vigoureuse, libre de tout quitter, libre de tomber aux genoux du maître, en versant de tes yeux des larmes brûlantes, tu travailles à serrer à ton cou le déplorable nœud... Eh bien! de cet état horrible d'abjection, il peut encore te sauver, il peut jeter sur ton repentir un regard de pitié... Mais Dieu ne te forcera pas à recouvrer ta raison; les mortels sont laissés maitres de comprendre et de vouloir le bien. » Qui parlait ainsi au traître, à celui qui vendait le Verbe, était-ce un ange, était-ce un homme? Je ne saurais le dire.

LA MÈRE DE DIEU.

O terre qui nous nourris! ô espace du ciel! quel horrible récit viens-je d'entendre !

LA VIERGE MÈRE ET SON FILS

(843-928)

LE CHŒUR.

Ce cri que nous venons d'entendre déchire mon triste cœur !... Mais toi, parle-nous, regarde-nous. Hélas! quelle nouvelle douleur! Tes yeux s'éteignent, les couleurs de la vie semblent abandonner ton visage.

LA MÈRE DE DIEU.

Silence, femmes, notre malheur est trop certain ; retenez vos voix, je veux interroger mon fils, car, je le sens, il va mourir. Déjà s'incline sa tête si digne de nos respects, et peu de paroles prononcées suffiraient pour le faire défaillir. Mais quoi! qu'ai-je vu? Ton corps n'est plus qu'un cadavre, ô mon fils! O stupéfiante douleur! le voilà celui dont la voix puissante, appelant son Père, ébranla les profondeurs de la terre, et fut répétée par mille sinistres échos; celui dont nos yeux tout à l'heure ne pouvaient supporter le regard; celui qui contemplait la lumière, celui que je pouvais contempler encore! Qu'est-il donc arrivé? Comment donc as-tu pu succomber, mon fils? C'est de toi seul que je veux l'apprendre. Oui, je veux tout savoir, je veux connaître tous mes maux. Hélas! hélas! voilà bien l'accomplissement de ce qu'annonçaient nos prophéties! Ah! que faire? mon cœur n'a plus de force.

O femmes! qu'est devenu le visage si brillant et si beau de mon fils? Ses couleurs, le charme de ses traits, tout a disparu. Horreur! je n'ose plus le

12

toucher, parce qu'il est mort. Il est mort! le deuil des astres me le révèle; les
entrailles déchirées de la terre, les rochers brisés me le disent. Allez, je n'ai
plus le courage de le regarder; je succombe sous la peine. Et pourtant je
connais déjà la marche des événements qui vont suivre; mais le chagrin me
rend sourd à la voix de l'espérance. O fils du roi suprême! pourquoi faut-il
que tu subisses la mort, parce que nos antiques parents ont voulu mourir?
Tu t'es envolé tout à coup, tu as quitté volontairement la vie; car la mort n'eût
rien pu contre toi, si toi-même tu n'eusses voulu rendre ton esprit au Père:
j'ai entendu, oui, j'ai entendu les derniers mots que tu lui adressais. Pourquoi
donc demande-t-il que tu quittes la terre? Pourquoi t'abandonne-t-il à un
trépas si ignominieux? Et toi, tu laisses donc ainsi dans l'isolement ta mère,
celle qui t'a porté dans son sein! O mon cher enfant, que je meure avec toi!

Privée de toi, en quel lieu chercherai-je un asile? Quel hôte peut m'offrir
un refuge inviolable, une demeure sûre, un toit pour reposer ma faiblesse?
Mais je veux t'attendre encore; quand l'aurore brillante nous ramènera le
troisième jour, tu l'as annoncé toi-même, je dois voir ta résurrection: c'est
là qu'est ma force; je l'espère! j'y crois!

En te voyant ainsi suspendu mort à ce gibet, je ne puis te plaindre, mais
je gémis sur le sort de ta mère, privée de toi désormais; car c'est ma mort
que tu as causée, quand tu consentis à la tienne.

O cher fils! que n'ai-je pu mourir à ta place! Ah! je meurs aussi, la vie
n'est plus rien pour moi. Oui, les ténèbres jettent déjà un voile sur mes
yeux; je meurs, je pars, je veux toucher le seuil du trépas. En quittant ce
séjour, c'est sous la terre, dans ses sombres entrailles que je veux habiter,
puisque je ne te verrai plus...

Insensée! quelles espérances de bonheur j'avais conçues! Tu devais, dans
ma vieillesse, être mon soutien et mon recours; tu devais, après ma mort,
rendre à mes restes tes derniers et si précieux honneurs! Cher fils! quoique
tu sois mort, je veux nourrir encore un doux espoir. Il me retrace tes doux
entretiens, les charmes de notre existence commune, et ton gracieux visage,
et cette beauté ineffable bien au-dessus de celle des hommes, image inexprimable d'une forme plus inexprimable encore. Comment la douleur a-t-elle
défiguré ces traits, au point que je n'en puisse supporter la vue? Pourquoi
ta bouche est-elle ainsi fermée? Un mot, un seul mot! une seule parole pour
consoler ta mère!

PLOCHEIRUS (Michel). — Nous ne saurions préciser l'époque à
laquelle vécut ce poëte, qui cependant a légué aux lettres un essai
dramatique assez remarquable, publié par Fréd. Morel. Voici le sujet
de cette composition: Un paysan surprend la Fortune, aveugle,
entrant chez lui; un orateur (c'était, dans la pensée de l'auteur,
un grammairien) veut, de son côté, l'attirer dans sa demeure;
et en même temps il exprime hautement son mépris, il laisse voir
ses sentiments d'ingratitude pour les Muses, auxquelles il est redevable des connaissances qu'il possède. C'est toujours, en ce temps
comme au nôtre, le même dualisme, l'art placé en face de la
pauvreté.

L'HOMME DE LETTRES ET LES MUSES
(43-88)

LES MUSES.

Salut, astre brillant de l'éloquence!

L'HOMME DE LETTRES.

Que vient-il donc de m'arriver de si heureux...?

LES MUSES.

Tu possèdes et le charme, et la grâce, et l'éclat de la parole.

L'HOMME DE LETTRES.

Chœur, viens ici, je t'en prie; garde la porte.

LES MUSES.

O maître! réjouis toi, les Muses sont là.

L'HOMME DE LETTRES.

Bon ! repousse-les, écarte-les de mon seuil.

LE CHŒUR.

Tu ne voudrais pas, maître, traiter ainsi de si grandes déesses.

L'HOMME DE LETTRES.

Quand donc ai-je éprouvé leur puissance ? dis-le-moi.

LE CHŒUR.

N'ont-elles pas fait de toi un savant orateur?

L'HOMME DE LETTRES.

Je n'ai jamais retiré le moindre profit de ce savoir.

LE CHŒUR.

N'es-tu pas renommé pour tes sages et profondes pensées ?

L'HOMME DE LETTRES.

Je songe sans cesse à éviter la misère, et je n'en ai pas encore trouvé le moyen.

LE CHŒUR.

Mais tu possèdes tous les trésors des lettres.

L'HOMME DE LETTRES.

On ne peut rien acheter avec cela au marché!

LE CHŒUR.

Ne recueilles-tu pas au moins une riche moisson d'éloges?

L'HOMME DE LETTRES.

La louange peut-elle satisfaire un ventre affamé? O misère! un paysan est bien plus heureux !

LE CHŒUR.

Voudrais-tu abandonner les lettres pour cultiver les champs?

L'HOMME DE LETTRES.

Faites de moi un artisan, faites de moi un casseur de pierres ou un corroyeur, j'y consens. Un marchand de viandes, un débitant de nourriture, un ignare qui ne sait dire deux mots, qui vous crache, en balbutiant, sa salive au visage, un sot, un barbare, un homme hideux, grossier comme la boue, s'avance fier et tenant le haut du chemin, entouré comme un prince d'une escorte de grands et affectant de tenir un superbe langage; mais le malheureux, qui n'a pour lui que sa noble parole et son éloquence, erre vagabond sans feu ni lieu, misérable et dépourvu. Que voit-on dans nos assemblées? Le premier rang est pour les sots; l'on méprise les sages, l'on encense les ignorants. On ne connaît plus, on ne vénère plus que l'or.

LE CHŒUR.

Maître, ménage tes paroles; permets aux Muses de s'entretenir avec toi. Les voici : regarde comme elles se présentent avec grâce.

LES MUSES.

Ah! que de larmes nous avons versées; nous, les maîtresses de la sagesse! nous, les déesses de l'éloquence!

L'HOMME DE LETTRES.

Dites-moi, je vous prie, la cause de ces pleurs.

LES MUSES.

Hélas! nous voyons bien que vous, les hommes éloquents, vous que nous avons faits les rois de la parole, vous n'avez plus pour nous que de la haine.

THÉODORE PRODROME. — Nous croyons qu'il faut admettre l'existence de deux poëtes de ce nom. Le plus ancien, ce serait ce Cyrus ou Seigneur, qui écrivit l'*Amitié exilée* dont nous allons faire un extrait. Il assista à la prise de Carthage par Genséric, fut patrice, préfet du prétoire et préfet de Constantinople. Le second, Théodorus Prodromus Junior, serait l'auteur du mauvais roman grec *Rhodante et Dosiclès,* et de la tragédie burlesque la *Galéomachie.* Ce dernier dut vivre vers le commencement du XIIᵉ siècle, et il avait embrassé la vie monastique. Voici le sujet : L'Amitié est chassée par le Monde, son époux, qui, cédant aux conseils de la Sottise, sa servante, prend pour femme l'Inimitié. Elle trouve asile chez un hôte vertueux et éprouvé.

L'AMITIÉ EXILÉE
(14-294)

L'HÔTE.
Comme tu sembles triste ! Où vas-tu? d'où viens-tu?

L'AMITIÉ.
Je quitte la terre pour remonter à mon père, à Dieu.

L'HÔTE.
Le Monde est donc privé désormais de l'Amitié?

L'AMITIÉ.
Privé! mais c'est lui qui m'a accablée d'outrages...

L'HÔTE.
Viens à moi, entre dans ma cabane, visite ma pauvre demeure. Tu peux goûter mon pain, te désaltérer à ma coupe, partager mon toit et mon sel.

L'AMITIÉ.

Cesse tes offres, ô mon hôte! j'ai déjà assez, j'ai déjà trop souffert. Mes maux passés me suffisent sans y en ajouter de nouveaux.

L'HÔTE.

Tu as raison, amie, et tes paroles sont sages; c'est d'après le passé que tu conjectures l'avenir. Mais je m'engage par serment à ne jamais rien faire qui puisse t'affliger un instant...

L'AMITIÉ.

Si donc je consens à me fiancer à toi, es-tu disposé toi-même à me faire les offrandes nuptiales?

L'HÔTE.

Quelles sont ces offrandes? Dis, je suis prêt.

L'AMITIÉ.

Peux-tu te sentir joyeux de la félicité des autres?

L'HÔTE.

Je le puis.

L'AMITIÉ.

Pleureras-tu avec ceux qui pleurent?

L'HÔTE.

Sans doute.

L'AMITIÉ.

Fuiras-tu l'esprit de dissimulation et de duplicité? Ta parole ne sera-t elle jamais que l'expression de ta pensée?

L'HÔTE.

Sois-en convaincue. Cherche encore ce que tu voudrais de moi.

L'AMITIÉ.

Sauras-tu sacrifier ton intérêt à celui de tes amis?

L'HÔTE.

Oui.

L'AMITIÉ.

Souhaiteras-tu de mourir pour eux?

L'HÔTE.

Je mourrai même, s'il le faut.

L'AMITIÉ.

Tu ne haïras pas ceux qui te haïssent?

L'HÔTE.

Non.

L'AMITIÉ.

Iras-tu jusqu'à les aimer?

L'HÔTE.

Oui.

L'AMITIÉ.

Je crains encore que ta langue seule accueille mes conditions, et que tes actions ne démentent ta promesse.

L'HÔTE.

Je l'appuie par un solennel serment.

L'AMITIÉ.

Sois-y fidèle : je me donne à toi.

CHAPITRE VI

POÉSIE DIDACTIQUE ET DESCRIPTIVE

PRÉCEPTES

Ce mot didactique ($\delta\iota\delta\acute{\alpha}\sigma\kappa\omega$, j'instruis) a une large compréhension : tout ouvrage qui a pour but d'instruire, de faire connaître les principes et les lois d'une science, les préceptes et les règles d'un art, appartient au genre didactique. Cependant on laisse assez ordinairement, en prose, à chaque ouvrage de cette espèce, son titre particulier de traité, de grammaire, de prosodie, etc., et la dénomination de didactique est réservée au genre de poésie qui a pour objet d'instruire. Cet enseignement poétique a, sur les traités en prose, un avantage incontestable, c'est qu'il se fait lire par tous, par les connaisseurs et par les curieux; car, s'il formule avec netteté, s'il peint avec énergie, s'il met en quelque sorte en proverbe ses préceptes les plus précieux, si enfin il doit solidement instruire, il doit encore, et c'est la condition de sa vie, intéresser et plaire.

Il peut arriver, il arrive souvent même que la matière est froide, le travail pénible, la marche unie et sans agrément; mais c'est alors surtout que le talent du poëte didactique se donnera carrière. A lui revient l'honneur de faire fructifier ce sol infertile en apparence, de mettre la variété dans les formes, d'enrichir les détails, d'élever son sujet, de l'échauffer, de lui donner la vie. Tant de conditions difficiles réunies pour bien traiter un sujet souvent plus difficile encore, font que, si beaucoup ont abordé ce genre, fort peu y ont excellé ou seulement réussi; nous serons sobres de citations.

Quant à la poésie descriptive, elle est bien plus abondante en productions que la poésie didactique. Cette dernière demandait l'ordre et le génie; le descriptif ne se préoccupe plus guère que du style. « Le poëme descriptif, dit M. Géruzez, est l'abus du genre didactique; il décrit pour décrire, sans intention morale ou scientifique. C'est la mise en vers de tous les phénomènes sensibles ; et, dans cette lutte perpétuelle de la versification contre l'art et la nature, on est bientôt fatigué de ces tours de force, qui laissent l'âme sans émotion, en éblouissant les yeux.» Après avoir reproduit quelques belles pages du genre didactique, appartenant aux premières époques, nous constaterons que, dans les dernières périodes, le descriptif envahit tout ; l'on ne trouvera plus que des poëmes sans actions, des couleurs sans dessins, des phrases sans pensées.

AUTEURS ET MORCEAUX

1re Époque

ORPHÉE. — Parmi les œuvres attribuées à Orphée, nous indiquons seulement comme faisant partie de ce genre un poëme sur les propriétés médicinales de certaines pierres, et des fragments d'un autre poëme sur l'histoire naturelle et sur les tremblements de terre, considérés comme principes des événements.

MUSÉE. — Il composa dans ce genre un poëme astrologique, appelé *Sphère*, dont il ne nous est parvenu que le titre.

2e Époque

HÉSIODE. — Ce poëte nous apprend lui-même qu'il naquit au pied de l'Hélicon, dans le bourg d'Ascra, d'un père pauvre. Les uns le font contemporain d'Homère, d'autres le placent avant lui, quelques autres après. Si l'on se prononce d'après le caractère de ses ouvrages et le détail de mœurs dans lequel il entre, il semble qu'on doive admettre cette dernière opinion. Les ouvrages généralement reconnus comme appartenant à Hésiode, sont : les *Travaux et les Jours*, la *Théogonie*, le *Bouclier d'Hercule*. Cependant certains critiques refusent de lui attribuer ces deux derniers. Des poëmes, dont les noms seuls nous sont parvenus, ont été regardés comme écrits par lui ; ce sont : la *Mélampodie*, les *Héroïdes*, la *Grande Année astronomique*, etc.

Les *Travaux et les Jours* sont, dit M. Cornut, « un poëme sur l'agriculture dans le genre des *Géorgiques* de Virgile, qui, en imitant Hésiode, a su lui être supérieur pour le fond comme pour la forme. Hésiode marque, comme nos faiseurs d'almanachs, les jours heureux et malheureux pour la culture, et supplée à la science agricole par des descriptions, des fables ou des préceptes moraux assurément très-bons, mais qui ne paraissent pas tenir assez intimement au sujet. Comme poésie et comme peinture des mœurs primitives, cet ouvrage est, sans contredit, un des plus beaux livres, et l'un des plus précieux restes de l'antiquité. Les Béotiens en conservaient précieusement un exemplaire écrit sur des feuilles de plomb, qu'ils montrèrent à Pausanias comme une relique nationale.

« La *Théogonie* est le monument le plus important qui nous reste de la théologie païenne. Le poëte semble n'y avoir eu d'autre but que de recueillir les traditions populaires sur l'origine et la classification des dieux, et non d'exposer des idées et des sentiments qui lui soient propres. Le ton de simplicité respectueuse et de bonne foi convaincue, avec lequel il raconte ces fables, leur donne une autorité qui n'est peut-être pas au même degré dans les poëmes d'Homère, où l'on croit sentir le doute philosophique, quelquefois même l'ironie envers les dieux.

« Le *Bouclier d'Hercule* paraît n'être qu'un morceau détaché d'un plus grand poëme composé, dit-on, par Hésiode, sur la mythologie héroïque... La poésie de cet ouvrage est empreinte d'une élévation et d'une magnificence qu'on ne retrouve point dans les autres poésies d'Hésiode, et qui sont dignes du génie d'Homère. »

Les extraits que nous donnerons de ce poëte sont empruntés à l'excellente traduction de M. A. Bignon dans le *Panthéon littéraire*.

LES BONS CONSEILS
(*Les Travaux et les Jours.*)

Persès (1)! ô rejeton des dieux ! garde l'éternel souvenir de mes amis : travaille, si tu veux que la Famine te prenne en horreur et que l'auguste Cérès à la belle couronne, pleine d'amour envers toi, remplisse tes granges de moissons. En effet, la Famine est toujours la compagne de l'homme paresseux; les dieux et les mortels haïssent également celui qui vit dans l'oisiveté, semblable en ses désirs à ces frelons privés de dards qui, tranquilles, dévorent et consument le travail des abeilles. Livre-toi avec plaisir à d'utiles ouvrages, afin que tes granges soient remplies des fruits amassés pendant la saison propice. C'est le travail qui multiplie les troupeaux et accroît l'opulence. En travaillant, tu seras bien plus cher aux dieux et aux mortels; car les oisifs leur sont odieux.

Ce n'est point le travail, c'est l'oisiveté qui est en déshonneur. Si tu travailles, les paresseux bientôt seront jaloux de toi en te voyant t'enrichir; la vertu et la gloire accompagnent la richesse : ainsi tu deviendras semblable à la divinité. Il vaut donc mieux travailler, ne pas envier inconsidérément la fortune d'autrui et diriger ton esprit vers des occupations qui te procureront ta subsistance : voilà le conseil que je te donne.

La mauvaise honte est le partage de l'indigent. La honte est très-utile ou très-nuisible aux mortels. La honte mène à la pauvreté, la confiance à la richesse. Ce n'est point par la violence qu'il faut s'enrichir; les biens donnés par les dieux sont les meilleurs de tous. Si un ambitieux s'empare de nom-

_____

(1) Ce poëme est adressé par Hésiode à son frère Persès, fils de Dios.

breux trésors par la force de ses mains, ou les usurpe par l'adresse de sa langue (comme il arrive trop souvent lorsque l'amour du gain séduit l'esprit des hommes, et que l'imprudence chasse toute pudeur), les dieux le précipitent bientôt vers sa ruine ; sa famille s'anéantit, et il ne jouit que peu de temps de sa richesse. Il est aussi coupable que celui qui maltraiterait un suppliant ou un hôte..., qui dépouillerait par une indigne ruse des enfants orphelins ou accablerait d'injurieux discours un père parvenu au triste seuil de sa vieillesse. Jupiter s'irrite contre cet homme, et lui envoie enfin un châtiment terrible en échange de ses iniquités. Mais toi, que ton esprit insensé s'abstienne de semblables crimes.

Offre, selon tes facultés, des sacrifices aux dieux immortels avec un cœur chaste et pur, et brûle en leur honneur les cuisses brûlantes des victimes. Apaise-les par des libations et par de l'encens, quand tu vas dormir, ou lorsque brille la lumière sacrée du jour, afin qu'ils aient pour toi une âme bienveillante et que tu achètes toujours le champ d'autrui sans jamais vendre le tien.

Invite ton ami à tes festins et laisse là ton ennemi; invite surtout l'ami qui est près de toi : car, s'il t'arrive quelque accident domestique, tes voisins accourent sans ceinture, tandis que tes parents se ceignent encore.

Un mauvais voisin est un fléau autant qu'un bon voisin est un bienfait. C'est un trésor que l'on rencontre dans un voisin vertueux. Il ne mourra jamais un de tes bœufs, à moins que tu n'aies un méchant voisin. Mesure avec soin tout ce que tu empruntes à ton voisin; mais rends-lui autant et davantage, si tu le peux, afin que si, un jour, tu as besoin de lui, tu le trouves prêt à te secourir.

JUPITER ET TYPHOÉ
(*Théogonie.*)

Où sont placées avec ordre les premières limites de la sombre terre, du ténébreux tartare, de la stérile mer et du ciel étoilé, limites fatales, impures, abhorrées même par les dieux, là on voit des portes de marbre et un seuil d'airain, inébranlable, appuyé sur des bases profondes et construit de lui-même. A l'entrée, loin de tous les dieux, demeurent les Titans, par delà les sombres chaos ; mais les illustres défenseurs de Jupiter, maître de la foudre, Cottus et Gygès, habitent un palais aux sources de l'Océan. Quant au valeureux Briarée, le bruyant Neptune en a fait son gendre ; il lui a donné pour épouse sa fille Cymopolie. Lorsque Jupiter eut chassé du ciel les Titans, la vaste Terre, s'unissant au Tartare, grâce à Vénus à la parure d'or, engendra Typhoé, le dernier de ses enfants : les vigoureuses mains de ce dieu puissant travaillaient sans relâche, et ses pieds étaient infatigables; sur ses épaules se dressaient les cent têtes d'un horrible dragon, et chacune dardait une langue noire ; des yeux qui armaient ces monstrueuses têtes, jaillissait une flamme étincelante à travers leurs sourcils; toutes, hideuses à voir, proféraient mille sons inexplicables, et quelquefois si aigus que les dieux mêmes pouvaient les entendre : tantôt la mugissante voix d'un taureau sauvage et indompté, tantôt le rugissement d'un lion au cœur farouche ; souvent, ô prodige! les aboiements d'un chien ou des clameurs perçantes dont retentissaient les hautes montagnes. Sans doute le jour de la naissance de Typhoé aurait été témoin d'un malheur inévitable; il aurait usurpé l'empire sur les hommes et sur les dieux, si leur père souverain n'eût tout à coup deviné ses projets. Jupiter lança avec force son rapide tonnerre, qui fit retentir horriblement toute la terre, le ciel élevé, la mer, les flots de l'Océan et les abîmes les plus profonds. Quand le roi des dieux se leva, le grand Olympe chancela sous ses pieds immortels, et la terre gémit. La sombre mer fut envahie à la fois par le tonnerre et par la foudre, par le feu que vomissait le monstre, par les tourbillons des vents enflammés et par les éclairs au loin resplendissants. Partout bouillonnaient le ciel, la terre et la mer; sous le choc des célestes rivaux, les vastes flots se brisaient contre leurs rivages; un irrésistible ébranlement secouait l'univers. Le dieu qui règne sur les morts des enfers, Pluton, s'épouvanta, et les Titans, renfermés dans le tartare autour de Saturne, frissonnèrent en écoutant ce bruit interminable et ce terrible combat. Enfin Jupiter, rassemblant toutes ses forces, s'arma de sa foudre, de ses éclairs et de son tonnerre étincelant, s'élança du haut de l'Olympe sur Typhoé, le frappa, et réduisit en poudre les énormes têtes de ce monstre effrayant qui, vaincu par ces coups redoublés, tomba mutilé, et, dans sa chute, fit retentir la terre immense. La flamme s'échappait du corps de ce géant foudroyé dans les gorges d'un mont escarpé et couvert d'épaisses forêts. La vaste terre brûlait partout enveloppée d'une immense vapeur; elle se consumait comme l'étain échauffé par les soins des plus jeunes forgerons dans une fournaise à la large ouverture, ou comme le fer, le plus solide des métaux, dompté par le feu dévorant dans les profondeurs d'une montagne, lorsque Vulcain, sur la terre sacrée, le travaille de ses habiles mains: ainsi la terre fondait, embrasée par la flamme étincelante. Jupiter plongea avec douleur Typhoé dans le vaste tartare.

De Typhoé naquirent les humides vents, excepté Notus, Borée et l'agile Zéphyre : ces trois vents, issus d'une divine race, prêtent un grand secours aux humains; les autres, entièrement inutiles, agitent la mer, se précipitent sur ses sombres vagues et causent des maux nombreux aux mortels en excitant de violents orages. Tantôt, soufflant de tous les côtés, ils dispersent les navires et font périr les matelots : alors il ne reste plus d'espoir de salut aux infortunés qui les rencontrent sur la mer; tantôt, déchaînés sur l'immensité de la terre fleurie, ils détruisent les brillants travaux des hommes nés de son sein en les couvrant d'une poussière épaisse et d'une paille aride.

3ᵉ Époque

XÉNOPHANE. — C'est le chef de l'école didactique de cette époque, et cette époque est purement philosophique. En parlant des gnomiques, nous avons ébauché la biographie de Xénophane, qui appartient au genre didactique comme auteur d'un poëme en vers hexamètres, intitulé *De la Nature;* ce poëme ne nous est pas parvenu, mais il a été le type de tous les ouvrages du même genre.

PARMÉNIDE. — 535 ans av. J.-C., né à Élée, en Lucanie. Il fut disciple de Xénophane, dont il adopta les doctrines. Dans les hautes fonctions auxquelles il fut appelé, il sut se rendre important et même nécessaire. Sa patrie lui fut redevable de sages et bienfaisantes lois. Vers la fin de sa vie, il quitta les affaires publiques pour se livrer tout entier à la philosophie, qu'il alla même enseigner à Athènes. Son système fut par lui décrit en un poëme didactique. Malheureusement il ne reste plus de ce poëme que quelques fragments, recueillis par Henri Estienne.

EMPÉDOCLE. — 444 ans av. J.-C., né à Agrigente, d'une famille riche

et considérée. On croit qu'il se forma à l'école de quelques pythagoriciens. De grands talents, une probité à toute épreuve, une
fortune considérable, lui procurèrent les moyens d'introduire une
heureuse réforme dans les mœurs corrompues de sa cité. On lui a
cependant reproché son faste et son orgueil; mais ce reproche
ne nous semble aucunement fondé. En effet, s'il avait été vraiment ambitieux, il eût accepté l'autorité que ses concitoyens voulurent lui conférer en plusieurs circonstances, et notamment
après la chute de l'aristocratie. Sa mort a été diversement racontée : les uns affirment qu'il périt dans un naufrage; d'autres, dans
une éruption de l'Etna. La légende veut qu'il se soit précipité
lui-même dans le cratère, afin que sa disparition subite le fît passer pour un dieu; elle veut aussi que ses pantoufles de métal, rejetées par le volcan, aient révélé la supercherie du faux dieu ?

Le poëme d'Empédocle a pour titre : *De la Nature et des principes des choses;* il n'en reste que des fragments. Son style est brillant et plein d'images : Aristote l'a comparé à celui d'Homère, et
l'on chantait ses vers aux jeux Olympiques.

4ᵉ Époque

« ARCHESTRATE de Gela, contemporain d'Aristote, dit Schœll,
parcourut tous les pays civilisés et toutes les mers afin de connaître ce que chaque contrée produisait pour la nourriture humaine : il étudia surtout les poissons, leur histoire naturelle et
la manière de les préparer pour la table. Les fruits de son expérience furent consignés dans un poëme auquel il donna le titre de
Gastrologie... Les fragments qu'Athénée nous en a conservés vont
à 270 vers. »

DICÉARQUE. — Il naquit à Messine et fut disciple d'Aristote. Outre
une *Vie des hommes illustres*, et ses œuvres philosophiques, qui ne
nous sont pas parvenues, Dicéarque composa des ouvrages de
géographie. Nous ne possédons de ce poëte didactique que deux
fragments en vers ïambiques, l'un de la *Description de la Grèce*,
l'autre du *Mont Pélion.*

ARATUS. — « Le plus célèbre des poëtes qui prirent alors la
science pour muse est, dit M. Géruzez, Aratus de Soles, qui fleurit
(250 ans av. J.-C.) à la cour d'Antigone Gonatas, roi de Macédoine. Le poëme des *Phénomènes et des Signes,* que nous possédons,
n'est pas sans mérite, et il était célèbre dans l'antiquité. Cicéron
l'a traduit en vers latins, et, après lui, Germanicus et Rufus Aviénus reproduisirent le poëme d'Aratus. Virgile, Ovide, Manilius et

Stace n'ont pas dédaigné de lui faire de nombreux emprunts. Ce poëme se divise en deux parties qui répondent à son double titre : la première décrit les phénomènes célestes, elle est purement astronomique; la seconde est astrologique, et elle tire de l'observation des phénomènes des inductions pour les connaissances de l'avenir. On vante l'élégance du style d'Aratus, et plusieurs passages de son poëme, surtout dans la seconde partie, révèlent un poëte véritable. »

NICANDRE. — Il était médecin, poëte et grammairien, et fut originaire de Colophon, en Lydie. Les anciens l'ont tenu en fort grande estime. Il avait composé des *Géorgiques* que Virgile a dû étudier, et des *Métamorphoses* qui servirent à Ovide; en outre, il écrivit en vers hexamètres plusieurs traités de médecine, dont deux nous sont parvenus, l'*Alexipharmaca* et la *Theriaca :* ce dernier indiquant les remèdes contre les morsures venimeuses, l'autre les remèdes contre les poisons.

5e Époque

APOLLODORE. — Le titre de cet écrivain au nom de poëte didactique se fonde sur un ouvrage nommé les *Chroniques*, qu'il avait dédié à Attale II Philadelphe, roi de Pergame. Le sujet prêtait peu à la poésie; mais le livre dut être fort utile à tous les écrivains qui l'eurent entre les mains, et il serait encore plus précieux aujourd'hui : c'était un recueil concis de grands événements historiques, les siéges, les guerres, les émigrations, les fondations de villes, les établissements de colonies, depuis la prise de Troie jusqu'au temps de l'auteur. Il avait encore composé une *Description de la terre* en vers ïambiques. Les ouvrages d'Apollodore sont perdus, sauf un traité en prose.

SCYMNUS de Chios et DENYS de Charax. — Le premier est de l'an 80, l'autre de l'an 50 av. J.-C.; et ils sont tous deux auteurs de poëmes géographiques, que ni l'art, ni la science ne recommandent aux lettres.

MARCELLUS SIDÉTÈS. — Ce poëte écrivit un long poëme sur la médecine, dont il existe un court fragment. Il était contemporain des Antonins.

OPPIEN. — Ce poëte naquit en Cilicie, d'un philosophe nommé Agésilas, vers la fin du IIe siècle ap. J.-C. Élevé dans l'amour des lettres, il fit un poëme sur la pêche, qu'il dédia à Caracalla. Il

reçut de Sévère, qui vivait encore, une pièce d'or par vers, et
obtint le rappel de son père exilé. Il mourut de la peste à l'âge
de 30 ans. On attribue encore à Oppien un poëme sur la chasse.
Les différences de style et de talents qu'on remarque entre les
Halieutiques et les *Cynégétiques* ont fait croire qu'il y avait deux
Oppien, le père et le fils. En tout cas, ces deux poëtes ont chacun
leur propre mérite, bien qu'il faille accorder au premier, l'auteur
des *Halieutiques,* une véritable supériorité sur le second.

LA PÊCHE DU CÉTACÉ (1)

(Chant V)

Les cétacés vivent en grand nombre et de grande dimension dans le sein
des hautes mers; ils ne s'élèvent que rarement à la surface, retenus dans le
fond par l'énormité de leur poids. Une faim toujours active, toujours impérieuse les tourmente sans cesse; leur indomptable voracité ne connaît point
de relâche. Quel serait le mets d'une grosseur suffisante pour combler le
gouffre de leur vaste estomac, pour assouvir ce besoin toujours renaissant
d'une nouvelle proie? Ils se détruisent mutuellement : le plus fort donne
violemment la mort au plus faible; ils se dévorent entre eux et se servent
les uns aux autres de nourriture. Trop souvent leur présence glace les nau-
toniers d'épouvante dans la mer occidentale d'Ibérie, lorsque, quittant les
abîmes immenses de l'Océan, ils se portent de préférence sur ces parages,
tels que des vaisseaux à vingt rames. Trop souvent, dans le séjour qu'ils font
dans ces mers, ils s'approchent des rivages à grands fonds où les pêcheurs
leur font la guerre. Ces énormes habitants des eaux ont tous, si l'on en
excepte ceux de la race des chiens, des membres lourds et peu propres aux
courses rapides. Leur vue ne s'étend pas au loin; ils ne se montrent pas sur
toute l'étendue des ondes, embarrassés par le jeu difficile de leurs parties
trop massives; ils se roulent pesamment et avec lenteur sur les flots; aussi
vont-ils toujours escortés d'un poisson de taille médiocre à corps long, à
queue grêle, qui, en avant et à une petite distance, leur sert comme de signal
et les conduit sur les mers; de là le nom de *conducteur* (2) qu'on lui a donné.
Il est, pour le cétacé, un compagnon extrêmement cher et précieux, son
guide, son gardien qui l'entraîne sans effort partout il veut. Toujours fidèle
à son conducteur, le cétacé le suit aveuglément et ne suit que lui. Le poisson ne s'en éloigne jamais, avance la queue à portée de ses yeux et l'avertit
par elle de toutes choses : de l'approche d'une proie, de la présence de quelque obstacle, de quelque bas-fond qu'il est facile d'éviter. Cette queue, comme
si elle jouissait du don de la voix, l'informe de tout, et le cétacé se règle sur
son rapport. Enfin, ce poisson est son enseigne, ses oreilles, ses yeux; il
n'entend ni ne voit que par lui; il lui livre sans réserve le soin de sa garde
et de sa vie. Ainsi qu'un jeune homme que son pieux amour fait rendre à
son vieux père de tendres soins, si doux à la vieillesse, en retour de ceux
qu'il reçut dans l'enfance; qui, toujours à ses côtés, lui prodiguant les plus
touchantes caresses, guide les pas chancelants de ce père chéri dont les ans
ont affaibli les organes et rendu la vue incertaine; qui, d'une main tutélaire,
le soutient dans sa marche et lui sert de défenseur; les enfants sont, en effet,
la force renaissante des vieillards : ainsi ce poisson dirige par amour ce co-
losse des mers comme un pilote qui, le gouvernail en main, règle le mou-

(1) Ce passage est emprunté à la traduction de M. J.-M. Limes. — 2) Le centronople-pilote.

vement d'un navire; soit que, dès le moment de leur naissance, les nœuds du sang les aient unis; soit que l'instinct libre de sa bienveillance ait attaché le poisson au cétacé.

Ainsi l'avantage d'un corps vigoureux, celui de la beauté, sont au-dessus de ceux de l'esprit. Ainsi la force sans intelligence est un don de peu de valeur. L'homme même le plus fort est vaincu, tandis qu'un autre plus faible, mais d'un heureux génie, triomphe. C'est ainsi que l'énorme cétacé, aux vastes membres, se fait précéder d'un petit poisson. Le pêcheur s'occupe d'abord de prendre ce vigilant conducteur en mettant sous ses yeux le frauduleux appât, le perfide hameçon. Tant qu'il serait vivant, le pêcheur ne réussirait pas, malgré tous ses efforts, à dompter le cétacé; lorsqu'il aura tué son guide, la victoire lui coûtera moins de peines et de fatigues. L'animal, privé de son compagnon, ne voit plus d'une manière si distincte sa route sur les mers, n'évite pas si aisément les dangereux écueils. Pareil à un bateau de transport qui a perdu son nautonier, il erre au hasard et sans défense au gré des flots, se porte dans les endroits obscurs et sans abri, veuf de son guide protecteur, et va donner, dans sa marche vagabonde, contre les rochers et les rives. tant est épais le nuage qui plane sur ses yeux. Les pêcheurs alors, plus prompts que la pensée, volent à l'attaque en priant les dieux qui président à ce genre de pêche de favoriser leur entreprise contre les monstres d'Amphitrite. Comme un gros détachement de guerriers qui, dans la nuit, se porte furtivement, avec précaution, sous les murs d'une ville ennemie, qui, trouvant, par une faveur signalée du dieu des combats, les sentinelles, les gardiens des portes endormis, tombent sur eux et les massacrent, de là s'élancent avec audace dans la ville même et dans le fort, armés du tison fatal prêt à réduire en cendres leurs bâtiments d'une si belle construction : ainsi la bande des pêcheurs s'avance avec confiance devant le cétacé dénué de son gardien que la mort lui a ravi. Ils cherchent d'abord à reconnaître la masse et la grandeur de l'animal; ils s'arrêtent à ces signes : s'il ne laisse paraître au-dessus des ondes, lorsqu'il s'agite dans leur sein, qu'une très-petite partie de son dos, et la sommité seulement de sa tête, qui est grosse et vaste, les flots surchargés de son poids ne le soulèvent qu'à peine, ne le supportent que difficilement; si son dos se montre davantage, on en augure un poids plus faible. Les moindres sont plus rapides dans leur course. Les pêcheurs ont une corde tressée de plusieurs plus petites fortement tordues, pareille au câble moyen d'un vaisseau : sa longueur sans limite a l'étendue qu'exige la pêche. Leur hameçon est un gros fer crochu hérissé des deux côtés de pointes aiguës qui se correspondent, qui seraient capables de déraciner une pierre ou quelque fragment de rocher, enfin d'une assez grande dimension pour occuper la vaste gueule du cétacé.

Au manche du noir hameçon est fixée une chaîne forte et solide, dans le cas de résister aux violents efforts de ses dents, ainsi qu'aux autres défenses de sa bouche; cette chaîne est protégée par des liens circulaires et très-rapprochés les uns des autres, qui contiennent l'animal dans ses écarts et l'empêchent de rompre le fer lorsqu'il se tourmente, tout sanglant et déchiré par les plus terribles douleurs. Les pêcheurs roulent donc tout autour une corde flexible; ils garnissent l'hameçon d'un funeste appât, de l'épaule ou du foie gras et noir d'un bœuf, mets analogue à la gueule de l'animal. Ils prennent une foule d'instruments, nouvellement polis et aiguisés comme pour une bataille : des épieux forts, de robustes tridents, des harpons, d'horribles tranchants, et tant d'autres sortis naguère de dessus les enclumes retentissantes des fils de Vulcain. S'embarquant avec ardeur sur leurs navires solidement assemblés, ils se demandent par des signes et se font passer les uns aux autres en silence ce qui est nécessaire à chacun; leurs rames muettes blanchissent l'onde amère; eux-mêmes s'interdisent le

moindre bruit, dans la crainte que le cétacé, ayant l'éveil de quelque dessein, ne disparaisse en se portant dans les plus profonds abîmes, et que
leurs travaux n'aient qu'une issue. Lorsqu'ils sont assez près, ils lancent du
haut de la proue vers lui le terrible hameçon. A peine voit-il cet énorme
appât, il s'élance, et cédant à son irrésistible voracité, se jette sur cette
proie : sa large gueule s'ouvre pour la saisir, et saisit tout ensemble le fer
recourbé qui s'engage dans ses chairs, qui s'y fixe par ses pointes. Irrité de
sa blessure, il avance et tourmente d'abord avec rage sa terrible mâchoire,
dans l'espoir de rompre la chaîne de fer. Efforts inutiles : excité par les
plus ardentes douleurs, il se roule précipitamment dans les gouffres les
plus reculés des mers. Les pêcheurs aussitôt lui abandonnent toute la
corde, car les mortels ne sont pas doués d'une assez grande force pour enlever, pour dompter malgré lui cet immense animal, qui, lorsqu'il est emporté par son impétueuse fureur, les entraînerait eux et leurs galères au
fond des flots. Au moment qu'il s'y plonge, ils lui envoient de grandes outres remplies d'air qui tiennent à des cordes dont ils les attachent. Mis hors
de lui-même par les tourments qu'il éprouve, il s'embarrasse peu de ces
outres et les fait suivre forcément, quelque résistance qu'elles opposent,
avec quelque effort qu'elles se portent au haut des ondes. Mais lorsque, le
cœur dévoré d'inquiétude, il approche de leur fond, il s'arrête, écumant de
rage et de douleur... Les outres, quelque désir qui le presse, ne lui permettent pas le moindre relâche au-dessous des eaux ; elles remontent à l'instant même avec rapidité et jaillissent à leur surface, enlevées par l'air
qu'elles renferment. Il est ainsi en butte à un nouveau genre de combat.
Il s'élance, vainement ambitieux de punir de ses morsures ces outres téméraires ; elles reculent à son approche et ne se laissent jamais atteindre,
semblables à des êtres vivants qui ont pris la fuite. Frémissant de fureur,
il s'enfonce de nouveau dans les mers et s'y précipite en tourbillons nombreux, tantôt volontairement, tantôt malgré lui, tirant et tiré tour à tour...
Bouillonnant de douleur, il vomit au loin sur les eaux une noire écume ;
son souffle terrible mugit sous l'onde qui mugit aussi emprisonnée ; on dirait
que celui de l'impétueux Borée est engouffré dans son sein. L'animal pousse
son haleine avec force et violence : tour à tour, les nombreux torrents de
ce souffle, lancés en longs ruisseaux dans l'abîme, forcent et creusent les
eaux en s'y frayant une route. Comme entre les dernières extrémités des
mers d'Ionie et de la bruyante Tyrrhène, dans l'espace resserré qui forme
le détroit toujours agité par les expirations véhémentes du Typhon, l'onde
grosse et rapide est tourmentée par les chocs des anfractuosités qu'elle
rencontre sans cesse, et la noire Charybde tourbillonne, entraînée sur elle-
même par ces reflux trop fréquents ; ainsi l'empire d'Amphitrite, mis partout en mouvement par l'immense et rapide haleine du monstre, est bou-
leversé jusque dans ses gouffres.

Un des pêcheurs, pressant alors la rame, conduit promptement sa nacelle
vers la terre, lie la corde à quelque roche de la rive, et retourne comme s'il
avait amarré un bâtiment avec le câble et la proue. Lorsque le cétacé, las de
tant d'agitations, plongé dans l'ivresse par la douleur, sent son cœur féroce
s'affaiblir, dompté par la fatigue, et que les balances inclinées de l'odieuse
mort l'entraînent, une des outres surgit, messagère et premier signal de la
victoire. Sa présence excite une joie vive parmi les pêcheurs... Bientôt les
outres s'élèvent et remontent à la surface des flots, amenant après elles
l'énorme animal : accablé de ses douleurs et de ses blessures, il est enlevé
malgré lui.

A cette vue l'audace des pêcheurs s'allume ; ils poussent à force de rames
leurs galères vers le cétacé ; la mer retentit au loin des cris et des clameurs
de ces marins, qui s'appellent, qui s'excitent les uns les autres : on croirait

voir les approches et les dispositions d'un combat naval, tant ils montrent d'ardeur, tant est grand le tumulte dont ils étourdissent les mers.

L'horrible et mortelle attaque commence. Quelques-uns des pêcheurs mettent en œuvre l'affreux trident, les autres l'épieu à pointe aiguë; ceux-ci font mouvoir la faux au dos courbe, ceux-là frappent de la hache tranchante; tous sont occupés; tous, armés de fers redoutables, les dirigent contre la vaste mâchoire du cétacé; ils le parcourent aussi tout autour, frappant, blessant, accablant de coups sans relâche ce malheureux animal. Abandonné de son immense force, il ne peut plus, quel que soit son désir, écarter de sa gueule ces bâtiments ennemis dont il est assiégé.

Toutefois, en s'agitant dans l'onde, ses énormes nageoires ou l'extrémité de sa queue leur impriment encore un choc terrible du côté de la poupe et rendent vains une dernière fois les travaux des rames, l'effort guerrier des pêcheurs... On entend des cris confus de ces marins qui retombent sur l'animal; la mer est souillée du sang noir que vomissent ses cruelles blessures, l'onde en bouillonne et en est rougie... Les pêcheurs, par des jets adroitement dirigés, font pénétrer un poison dans ses plaies; l'onde même, par le sel dont elle est imprégnée, devient brûlante pour elles comme le feu, et conspire à précipiter sa mort... Mais lorsque, accablée sous le poids d'intolérables maux, le cétacé touche, au milieu des plus rudes angoisses, aux portes du trépas, les pêcheurs, ravis de joie, le tirent chargé de liens vers le rivage; il est traîné malgré lui, toujours percé de fers acérés, de robustes épieux, chancelant et dans l'étourdissement, et dans la fatale ivresse de la mort. Les pêcheurs, entonnant alors le grand *pœan* de la victoire, balançant les rames de leurs bras vigoureux, s'abandonnent aux plus vifs transports; et, dans le temps qu'ils pressent leurs navires, remplissent les airs de leurs chants rauques et aigus... Lorsque le monstre est près de toucher au rivage, c'est alors le trop réel et terrible moment de sa mort : il palpite, il bat l'onde de ses nageoires frémissantes comme un oiseau qui s'agite et se débat aux autels contre la mort prête à en faire sa proie. Infortuné! qui soupire sans doute après des eaux d'une plus grande profondeur, son énorme puissance est anéantie, ses membres engourdis n'obéissent plus; il est entraîné sur la terre poussant d'affreuses haleines... Toute la grève est couverte de ses immenses membres gisants. Étendu mort, il est même horrible à voir. Quoiqu'il ait cessé de vivre, quoiqu'il soit couché sur le sable, on n'ose s'avancer trop près de son informe cadavre; on tremble encore, lorsqu'il n'existe plus; on frémit encore après son trépas, à la vue des dents dont ses terribles mâchoires sont armées. Enfin les pêcheurs s'animent entre eux autour de cette masse qu'ils ne voient même qu'avec effroi ; les uns considèrent l'épouvantable charpente de ses mâchoires, le triple rang de ses dents saillantes en fers de lance très-rapprochées, à pointes nombreuses et aiguës; d'autres se plaisent à toucher ces cruelles blessures, dont leurs instruments meurtriers ont accablé le monstre : ceux-là regardent avec étonnement cette épine tranchante de son dos hérissé d'atroces aiguillons; ceux-ci attachent leurs regards sur sa queue, d'autres sur son ventre à si vaste capacité, d'autres sur son énorme tête. L'un d'entre eux, en voyant cet horrible tyran des mers, plus habitué à passer sa vie sur le continent que dans l'empire d'Amphitrite, prononce ces mots qui sont entendus de ceux de ses compagnons dont il est entouré : « Que je ne sois pas une des victimes des nombreux dangers des mers! »

6ᵉ Époque

MAXIME. — Il fut, comme philosophe, le maître de l'empereur Julien, et composa un poëme astrologique intitulé *des Élections*, dans lequel il enseigne l'influence des signes heureux ou malheureux des astres sur les entreprises humaines.

PAUL LE SILENTIAIRE. — On cite de ce poëte deux ouvrages descriptifs : la *Description de l'église de Sainte-Sophie*, et la *Description de la chaire placée dans la première grande allée du palais patriarcal*. Ces compositions étaient fort estimées et ne laissent pas, en effet, d'avoir un certain mérite. Le Silentiaire vivait sous l'empereur Justinien.

MANUEL PHILÉ. — Il était d'Éphèse et vivait au commencement du XIVᵉ siècle. Nous le mentionnons ici pour son poëme des *Propriétés des animaux*, sa *Description de l'éléphant*, et son *Ver à soie*. Le premier de ces ouvrages fut dédié à Michel Paléologue le Jeune.

CHAPITRE III

ÉLÉGIE, SATIRE, GENRE PASTORAL
ÉPIGRAMME, FABLE, APOLOGUE

PRÉCEPTES

1º L'élégie révèle, d'après son nom même, un chant de douleur et de tristesse ; à son début, elle resta fidèle à ce nom, et chanta, ou les chagrins privés, ou les intérêts d'un peuple. Plus tard, on la consacra encore à peindre l'agitation et le déchirement des passions du cœur. Le ton resta, néanmoins, celui d'une mélancolie douce, plaintive, et ne s'éleva que rarement à la véhémence de l'indignation. Tyrtée et Callinus chantèrent, dans le rhythme consacré à la tristesse, les combats et les ardeurs guerrières ; Solon, dans la *Salamine*, illustrait sans doute la chute des nations et le triomphe du patriotisme ; Mimnerme et Philétas ont célébré les mouvements de la passion.

Le distique, c'est-à-dire la répétition alternative du vers de six et du vers de cinq pieds, est consacré à l'élégie. « Je vis venir l'élégie, dit Ovide, la chevelure parfumée et nouée avec art ; l'un de ses pieds était plus long que l'autre, son air était noble, sa parure légère et son regard attendri. Sa main droite tenait une

branche de myrte, etc. » Les poëtes latins n'avaient goûté que
l'élégie de Mimnerme.

2° La satire n'a pas pris chez les Grecs un caractère bien déterminé : cependant on ne devra pas conclure de ce fait qu'ils aient
dédaigné ce genre, et même il serait plus que hasardé d'en rapporter l'invention aux Romains, comme Quintilien l'a fait. Les
poëtes qui ont écrit dans ce genre ayant été mentionnés plus haut,
nous n'avons pas à nous en occuper ici.

La satire, comme le dit Fleury, s'assied avec Vulcain et Momus
à la table des dieux d'Homère ; elle trouve sa place dans les imprécations des personnages tragiques et dans les chœurs de la tragédie, ou bien dans les comédies-pamphlets d'Aristophane ; elle
adresse aux gouvernants et aux gouvernés, aux sophistes et aux
femmes, de dures vérités enveloppées d'ingénieux emblèmes ; elle
se mêle aux sentences de Théognis et de Solon, ou elle traverse les
scènes bocagères de Théocrite, et frappe de son fouet brûlant, tour
à tour les rois et les bergers. Elle prend même une forme particulière ; à l'hexamètre d'Homère, elle préfère l'iambe et devient
presque un genre où se distinguent Archiloque, Simonide d'Amor-
gos et Hipponax, dont les vers conduisaient au désespoir et au
suicide ceux qui en avaient été l'objet.

3° Le genre pastoral renferme les idylles et les églogues. Les
unes sont un tableau de la vie champêtre, les autres des dialogues
entre bergers ; on a prétendu qu'elles furent les premiers essais
de poésie des anciens peuples ; la disposition naturelle à l'homme
contrarie cette opinion que les faits eux-mêmes combattent. On ne
sent le besoin de louer le repos et les plaisirs des champs, qu'après
avoir péniblement et inutilement lutté dans la vie réelle. La pastorale
se montre, pour la première fois, sous les Ptolémées. C'est presque
à une époque de décadence que Théocrite fait chanter les bouviers
et les moissonneurs. « La pastorale, dit M. Geruzez, est un petit
poëme dramatique dont la scène est aux champs, dont les personnages sont des bergers ; elle présente une peinture embellie
des mœurs de la campagne, destinée à inspirer aux habitants des
villes l'amour de la nature. »

4° L'épigramme des Grecs était fort différente de l'épigramme
moderne ; ce n'était pas une saillie rendue par la rime, ni un bon
mot, ni une peinture fine, ni une pensée délicate ; c'était une
inscription, comme son nom l'indique, ἐπίγραμμα. Ce n'est qu'à la
longue que cette inscription devint plus ingénieuse, plus recherchée. L'anthologie en recueille des milliers, entre lesquels un
choix, pour être bon, doit être nécessairement sévère. On sent que,
dans un cadre aussi restreint que le nôtre, on ne peut se permettre
la négligence ; l'épigramme n'est rien en dehors de l'exécution.

5° L'apologue est un récit allégorique composé dans le but de donner une leçon morale ; ce récit est plus ou moins orné. Ésope, croit-on, en est le premier inventeur, et les apologues qu'il débitait ont tous été refondus, soit en vers, soit en prose. C'est à Planude que nous en devons le recueil, recueil composé malheureusement sans beaucoup d'intelligence ; au point que les philologues ne savent pas s'il faut y démêler de la prose ou des vers. On trouve l'apologue dans Hésiode ; on voit dans les fables d'Aphtonius, au IIe siècle, le développement de celles d'Ésope, et Sabinus remania avec habileté ces mêmes fables au siècle d'Auguste. On doit encore à saint Cyrille, au IXe siècle, des apologues moraux qui ne nous sont pas parvenus dans l'original. Le caractère de ce genre de composition, c'est la mise en scène des animaux, des plantes, des divinités allégoriques ; ils vivent, agissent, font échange de pensées, et, sous le voile, donnent à méditer une vérité morale facile à pénétrer. L'apologue veut, dans le choix du sujet, le naturel et la simplicité ; dans l'expression, de la délicatesse et de la malice.

AUTEURS ET MORCEAUX

2e Époque

LES ÉPIGRAMMES. — Nous avons seize épigrammes d'Homère, et ce sont évidemment les plus anciennes, s'il est vrai qu'il en soit l'auteur.

A THESTORIDE

Thestoride, que de secrets, que de mystères cachés aux mortels ! Rien pourtant n'est plus impénétrable que l'esprit même de l'homme.

A LA MAISON HOSPITALIÈRE

La gloire d'un homme, ce sont ses enfants ; l'honneur d'une ville, ce sont ses tours ; les coursiers font l'ornement de la plaine ; les navires, celui de la mer ; les richesses grandissent une famille, et les rois augustes, assis pour présider aux assemblées, sont un glorieux spectacle pour les citoyens ; mais bien plus belle me paraît une maison dont le foyer resplendit, un jour d'hiver, quand le fils de Saturne blanchit la terre de neige.

Il faut encore mentionner un morceau de six vers, attribué à Ésope, sur les malheurs de la vie des mortels ; ce morceau est dans le goût des sentences de Solon.

L'APOLOGUE. — Hésiode est l'auteur de la fable la plus ancienne dont nous voyions trace chez les Grecs ; aussi sa place se trouve-t-elle ici tout naturellement.

L'ÉPERVIER ET L'ALOUETTE [1]

Les Travaux et les Jours (202-212).

Maintenant je raconterai aux rois une fable que leur sagesse même ne dé-
daignera pas. Un épervier venait de saisir un rossignol au gosier sonore, et
il l'emportait à travers les nues ; déchiré par ses serres recourbées, le rossignol gémissait tristement ; mais l'épervier lui dit avec arrogance : « Malheureux ! pourquoi ces plaintes ? Tu es au pouvoir du plus fort ; quoique chanteur harmonieux, tu vas où je te conduis ; je peux à mon gré, ou faire de toi
mon repas, ou te rendre la liberté. » Ainsi parla l'épervier au vol rapide et
aux ailes étendues. Malheur à l'insensé qui ose lutter contre un ennemi
plus puissant ! Privé de la victoire, il voit encore la souffrance s'ajouter à sa
honte.

L'ÉLÉGIE. — CALLINUS, l'inventeur du poëme pour lequel on se
servait du mètre élégiaque, a dû vivre, si l'on fait Hésiode posté-
rieur à Homère, entre l'un et l'autre de ces deux poëtes. Nous
devons à Stobée un fragment d'une élégie, écrite sans doute par
Callinus, pour exhorter les Éphésiens, ses compatriotes, à lutter
vaillamment contre les Magnésiens leurs ennemis. Il s'attache à
montrer quel déshonneur encourt le lâche, et quelle gloire se prépare celui qui défend sa patrie et sa famille. Ce morceau a été
également attribué à Tyrtée.

TYRTÉE. — Nous avons cité les pièces plus lyriques qu'élégiaques de ce poëte inspiré.

MIMNERME, de Colophon en Ionie, dit Schœll, « donna, 590
ans av. J.-C., le premier exemple du nouvel emploi du mètre
élégiaque (le distique). La poésie de Mimnerme était si suave et
si harmonieuse, qu'on lui donna le nom de *ligystade* (λιγύς,
sonore). Les vers qui nous restent de ce poëte (ils sont en petit
nombre) respirent une douce mélancolie : il y déplore la brièveté
de la vie, et la rapidité avec laquelle la jeunesse s'évanouit, ainsi
que les maux qui affligent l'humanité. »

« Cette époque, ajoute M. Geruzez, vit encore naître le *Scolie*,
espèce de poëme lyrique au mètre irrégulier, dont les strophes
étaient chantées dans les festins et successivement par les convives, qui se passaient de main en main une branche de myrte. On
explique ordinairement le mot *scolie*, qui signifie oblique, par les
tours et détours que faisait la branche de myrte ainsi transmise.
Terpandre, né dans l'île de Lesbos ou en Béotie, 670 ans av. J.-C.,
passe pour l'inventeur de ce genre de poésie. »

1, A. Bignan.

3ᵉ Époque

L'ÉLÉGIE. — Nous avons déjà nommé Solon parmi les gnomiques; une honorable place lui est encore due comme poëte
élégiaque, pour les vers éloquents que lui inspirèrent les malheurs
de Salamine séparée d'Athènes, et qu'il ne put débiter en public
qu'à la faveur d'un stratagème : on se rappelle qu'il contrefit l'insensé pour éluder les rigueurs de la loi. Combien il est à regretter que nous ne possédions plus que huit vers de cette élégie, si
curieuse par son double caractère de pièce historique et littéraire !...

SIMONIDE, qui fut poëte et philosophe, naquit dans l'île de Céos,
l'une des Cyclades, 558 ans av. J.-C. Il voyagea, et parcourut, en
chantant, l'Asie Mineure pour gagner sa vie, jusqu'à ce qu'il eût été
recueilli par Hipparque, fils de Pisistrate, et plus tard par Alénas,
roi de Thessalie. C'est là qu'il faut placer l'aventure que raconte de
lui la Fontaine après Phèdre, et qui témoigne de l'estime dans laquelle le tenaient Castor et Pollux. Revenu à Athènes, il chanta
la chute du tyran Hipparque, passa à Sparte et de là auprès d'Hiéron, à qui il donna de sages conseils de gouvernement. Il mourut
en Sicile, fort âgé, entouré de la considération générale. On lui a
reproché cependant son avarice. Platon l'a loué en l'appelant
divin ; saint Cyrille le place parmi les sept sages ; saint Jérôme
nomme le roi David le *Simonide chrétien*. Il chanta dans ses élégies
les combats d'Artémisium, de Salamine et des Thermopyles. Il peignit avec beaucoup de sentiment la douleur d'une famille, les
malheurs de Danaé emportée par les flots avec son fils, et Achille
sortant de sa tombe pour prédire de nouveaux malheurs. De ce
riche bagage poétique, il ne nous reste que des fragments.

LES DOULEURS DE LA VIE

Les choses humaines n'ont point une fortune assurée, le chantre de Chios
nous l'a bien dit, et il ne s'est pas trompé; la race des mortels n'a pas plus
de solidité que les feuilles qui tombent à l'automne. Ces vérités ont frappé
toutes les oreilles, mais peu d'hommes les ont gravées dans leur cœur : car
l'espérance facile, de bonne heure conçue, flatte et caresse toujours les esprits trop crédules. Tant que la joyeuse jeunesse est encore dans sa fleur
brillante, en vain de tristes pressentiments frappent à la porte de l'âme inconstante et légère ; elle ne redoute ni la vieillesse ni la mort; elle ne devine
pas même la possibilité de la douleur.

Insensés ! cœurs trop confiants ! vous ignorez donc combien est courte notre vie, combien les heures s'écoulent avec rapidité ! Pour toi, que j'avertis
placé au seuil du noir trépas, vis encore, vis joyeux et rends grâce à ton bienfaisant génie.

4ᵉ Époque

L'ÉLÉGIE. — Philétas de Cos vivait auprès du premier Ptolémée, et il fut un des poëtes illustres de cette époque. Il écrivit des élégies et des odes qui lui méritèrent, d'après Quintilien, la seconde place, si l'on met Callimaque à la première. Il ne nous reste de lui que des fragments insignifiants.

Callimaque. — Nous n'avons pas à revenir sur la biographie de ce poëte, que nous avons cité parmi les lyriques. Nous devons parler de lui comme élégiaque, et son mérite en ce genre a été fort estimé, surtout par Ovide et Properce, qui l'ont jugé digne de leurs imitations. On distinguait surtout la *Chevelure de Bérénice*, imitée par Catulle, et *Cydippe*, imitée par Ovide.

LA BUCOLIQUE. — Théocrite. — Une tradition racontait qu'un berger de Sicile, beau, bon et gracieux, en commerce quotidien avec les dieux, charmait ses loisirs par des chants pleins de poésie, et civilisait les mœurs un peu rudes de ses compagnons. « Théocrite de Syracuse, qui florissait dans le IIIᵉ siècle av. J.-C., recueillit en Sicile, dit M. Geruzez, les souvenirs que Daphnis y avait laissés, et alla, sans doute, s'inspirer de la beauté des campagnes voisines de l'Etna. Médiocrement récompensé par Hiéron le Jeune, roi de Syracuse, il passa à la cour de Ptolémée Philadelphe, qui encourageait les arts avec plus de libéralité. On sait peu de choses des circonstances de sa vie, qui fut celle d'un poëte courtisan; mais la beauté de son génie, empreinte dans ses ouvrages, a rendu son nom immortel. Il n'a pas été surpassé par Virgile, qui l'a imité. Théocrite brille entre tous les poëtes par sa fidélité dans la description du paysage où il place le lieu de la scène, par la peinture des caractères et l'expression des passions. Il donne la vie aux tableaux qu'il décrit, aux personnages qu'il met en scène, aux sentiments qu'il exprime. Ses pasteurs, ses bergers, ses chevriers ont tous une physionomie distincte; et, lorsqu'il fait parler des pêcheurs, la scène, le langage et les idées prennent un aspect nouveau analogue à la nature qu'il peint et aux acteurs qu'il introduit. Théocrite, qui s'élève à la majesté de l'épopée dans le combat de Pollux et d'Amycus, n'est pas moins à l'aise lorsqu'il fait parler, avec la verve piquante d'un poëte comique, ses *Syracusains*. Ce poëte est, sans contredit, un des plus heureux génies de l'antiquité; on l'admirerait s'il était né dans une époque de perfection; l'étonnement se mêle à l'admiration, lorsque l'on songe que l'altération du goût, sensible dans tous les ouvrages de ses contemporains, n'a pas laissé de trace dans les petits chefs-d'œuvre qui l'ont fait surnommer l'Homère de la poésie bucolique. »

LE BERGER THYRSIS, LE CHEVRIER [1]

THYRSIS.

Chevrier, le pin qui ombrage cette source fait entendre un doux frémissement; et toi, tu tires de ta flûte des sons enchanteurs. Tu ne le cèdes qu'à Pan; si ce dieu accepte un bouc haut encorné, tu recevras une chèvre ; mais, s'il désire la chèvre, tu auras le chevreau; la chair du chevreau nouvellement sevré est exquise.

LE CHEVRIER.

O berger! ton chant est plus doux que le murmure de la source qui coule du haut de ce rocher; si les Muses obtiennent une brebis, tu auras l'agneau encore renfermé dans la bergerie ; si cependant elles préfèrent l'agneau, tu obtiendras la brebis.

THYRSIS.

Au nom des Nymphes, veux-tu, chevrier, veux-tu venir t'asseoir sur le penchant de cette colline, au milieu des bruyères, et jouer de la flûte? Pendant ce temps-là, je surveillerai tes chèvres.

LE CHEVRIER.

Berger, je ne le puis; déjà il est midi, et à midi il n'est pas permis de jouer de la flûte : c'est l'heure que Pan , fatigué de la chasse, a choisie pour se reposer. Ce dieu est cruel, la colère siége continuellement sur son front; aussi je le crains beaucoup. Mais toi, Thyrsis, tu connais les malheurs de Daphnis, et tu excelles dans le chant bucolique. Allons nous asseoir sous cet ormeau, en face de ces sources limpides, ou sur ce banc de gazon, à l'ombre des chênes; si tu chantes comme tu le fis naguère, lorsque tu vainquis le Lydien Chromis, je te laisserai traire trois fois cette chèvre qui nourrit deux jumeaux et remplit encore deux vases de son lait. Je te donnerai aussi une coupe profonde enduite de cire odoriférante; elle est garnie de deux anses et sort à peine des mains du sculpteur. Un lierre, comme une guirlande de fleurs, couronne les bords supérieurs de cette coupe, et se marie à un hélichryse qui descend entourer le pied, où s'épanouit son fruit d'or.

Au fond est ciselée une femme de rare beauté, parée d'un voile et d'un réseau qui retient ses cheveux... Au milieu, on voit aussi un rocher escarpé, sur lequel un vieux pêcheur encore plein de virilité traîne à la hâte, et non sans peine, un immense filet qu'il veut jeter à la mer. On croit voir ses pénibles efforts : sur son cou nerveux ses veines se gonflent, et l'âge a blanchi son front sans affaiblir son corps.

Non loin de ce vieux marin, une vigne plie sous le poids de ses raisins pourprés. Un jeune enfant la garde assis sous un tronc d'arbre. Près de lui sont deux renards; l'un se promène parmi les ceps , se gorgeant des grappes mûres; l'autre assiége la panetière du berger et ne veut s'éloigner qu'après avoir dévoré tout son déjeuner. Cependant le petit gardien tresse avec du jonc et de la paille un piège pour prendre des cigales, et semble moins occupé de sa panetière et des raisins, que du plaisir qu'il prend à son travail. Une molle acanthe embrasse aussi cette coupe, vrai chef-d'œuvre étolien. J'ai donné en échange, à un pilote de Calédonie, une chèvre et un énorme et délicieux fromage. Elle est toute neuve, je ne l'ai pas encore ap-

(1) B.... de L....

prochée de mes lèvres, et je te la donnerai sans regret si tu me répètes ce chant admirable. Je ne suis pas jaloux de ton talent. Allons, mon cher Thyrsis, commence; ne réserve pas tes chants pour l'oublieux empire de Pluton.

THYRSIS. (*Il chante.*)

Commencez, Muses chéries, commencez un chant bucolique; je suis Thyrsis de l'Etna, ma voix est la voix de Thyrsis. Où étiez-vous, ô Nymphes! lorsque le mal consumait Daphnis? Dans les riantes prairies qu'arrose le Pénée, ou bien sur le Pinde? Car vous ne vous délassiez ni sur les bords du majestueux Anapus, ni sur la cime de l'Etna, ni dans les ondes sacrées de l'Alis.

Commencez, Muses chéries, commencez un chant bucolique.

Les loups et les bêtes féroces l'ont pleuré par leurs hurlements, et le lion en a rugi de fureur dans les forêts.

Commencez, Muses chéries, commencez un chant bucolique.

Ses nombreuses génisses et leurs mères, ses mille taureaux et ses bœufs, gémissaient, couchés à ses pieds.

Commencez, Muses chéries, commencez un chant bucolique.

Mercure le premier accourut du haut des monts, et lui dit : « Daphnis, qui t'a mis dans cet état? Je t'en prie, quel est l'objet d'un chagrin si violent? »

Commencez, Muses chéries, commencez un chant bucolique.

Les pâtres, les bergers, les chevriers, réunis autour de sa couche, lui demandaient le sujet de ses maux. Priopa vint: « Infortuné Daphnis, lui dit-il, pourquoi te chagriner ainsi? »

Commencez, Muses chéries, commencez un chant bucolique.

Le berger ne répondait rien; il laissait le mal cruel dévorer sa languissante vie.

Commencez, Muses chéries, commencez un chant bucolique.

Daphnis s'écria enfin : « Loups, ours et vous tous hôtes des forêts, recevez mes adieux; vous ne verrez plus Daphnis dans les bois ni sur les coteaux. Adieu, Aréthuse; adieu, fleuves, qui portez le tribut de vos ondes dans les flots limpides du Thymbris.

« Commencez, Muses chéries, commencez un chant bucolique.

« Je suis ce Daphnis qui paissais mes bœufs dans ces pâturages, ce Daphnis qui abreuvais dans vos sources mes taureaux et mes génisses.

« Commencez, Muses chéries, commencez un chant bucolique.

« O Dieu Pan! soit que tes pas errent en ce moment sur le Lycée ou sur le haut Ménale, viens en Sicile; abandonne le promontoire d'Hélice et le magnifique tombeau du fils de Lycam, honoré des dieux mêmes.

« Cessez, Muses, oh! cessez le chant bucolique.

« Approche, roi des chanteurs, reçois cette flûte si douce, si belle, si bien vernie; son embouchure recourbée s'adapte parfaitement aux lèvres. Prends-la, car déjà ma fatale passion m'entraîne aux enfers.

« Cessez, Muses, oh! cessez le chant bucolique.

« Buissons, et vous, ronces, produisez des violettes ; que le beau Narcisse fleurisse sur le genièvre. Nature, change tes lois, et que sur le pin la poire mûrisse, car Daphnis se meurt. Que le cerf traîne après lui le chien captif, et que le hibou le dispute au rossignol sur nos montagnes.

« Cessez, Muses, oh! cessez le chant bucolique. »

Il dit, et languissant il expire. Vénus veut le rappeler à la vie; mais déjà les Parques en ont tranché les derniers fils. Daphnis a donc traversé le fleuve de la mort, et l'onde infernale enchaîne pour jamais ce mortel cher aux Muses et bien-aimé des Nymphes.

Cessez, Muses, oh! cessez le chant bucolique.

Donne-moi maintenant la coupe et fais approcher la chèvre; je veux la traire et faire une libation aux Muses. Adieu, mille fois adieu, déesses d'Aonie! Qu'une autre fois mes chants soient plus dignes de vous.

LE CHEVRIER.

Puisse, ô Thyrsis! puisse ton gosier si harmonieux être toujours plein de miel et ne se nourrir que des figues délicates d'Égile! Le chant de la cigale est moins doux que le tien.

Voici la coupe; examine-la, mon ami; quel parfum elle exhale! On dirait qu'elle a été plongée dans la fontaine des Heures.

Cissetha, ici!... Toi, exprime le lait de ses mamelles... Mes chèvres, ne bondissez pas.

BION. — Né à Phlossa, près de Smyrne, en Ionie, il vivait sous Ptolémée Philadelphe, roi d'Égypte, vers l'an 288 av. J.-C. Moschus nous assure qu'il fut regretté de Théocrite. On conjecture d'un vers de l'*Épithalame d'Achille et de Déidamie* qu'il a dû passer une partie de sa vie en Sicile, et il paraît certain aussi qu'il mourut empoisonné. La simplicité naïve, la grâce naturelle de Théocrite ne se retrouvent déjà plus dans Bion; mais on y distingue encore ce charme musical, cette coquetterie molle qui accompagne partout la muse grecque. Nous n'avons de ce poëte que sept morceaux entiers, dont les principaux sont le *Chant funèbre d'Adonis*, l'*Épithalame* et quelques fragments.

CLÉODAMUS ET MYRSON [1]

CLÉODAMUS.

Du printemps, ô Myrson, de l'hiver, de l'automne, ou de l'été, lequel t'est le plus agréable? Lequel aimes-tu mieux voir arriver? Est-ce l'été, lui qui mûrit tous nos travaux? Est-ce le doux automne, lui qui soulage la faim des hommes? Est-ce l'hiver paresseux, lui qui nous voit auprès de nos foyers, réunis en grand nombre jouir du repos et de l'oisiveté? Est-ce le beau printemps qui te plaît davantage? Dis-moi ce que ton cœur préfère, car le temps nous permet de causer ensemble.

MYRSON.

Il n'appartient pas aux mortels de juger les œuvres des dieux : tout ce qu'ils font est sacré et doit nous plaire. Cependant je te dirai, Cléodamus, quelle saison j'aime le mieux. Ce n'est pas l'été, car alors les chaleurs sont brûlantes; ce n'est pas l'automne, car ses fruits engendrent des maladies; l'hiver est pernicieux, je redoute la neige et les frimas; que le printemps, unique objet de mes désirs, règne l'année entière : ni le froid, ni la chaleur ne nous incommodent alors. Au printemps, toute la nature enfante; au printemps, les plus belles productions se développent, et les nuits sont égales aux jours.

MOSCHUS. — C'est encore une gloire de cette période. Il naquit à Syracuse vers l'an 180 av. J.-C., et c'est tout ce que nous savons de lui. Ses œuvres sont des idylles, recouvertes d'une certaine

teinte philosophique qui ne leur messied point. Une des plus
gracieuses est l'*Enlèvement d'Europe;* la plus riche est celle qu'il
composa sur la mort de Bion. Il est généralement préféré à ce
dernier, comme plus simple et plus habile à peindre les sentiments délicats.

CHANT FUNÈBRE DE BION [1]

   Soupirez tristement avec moi, sombres vallons, flots doriens; et vous,
fleuves, pleurez l'aimable Bion. Pleurez avec moi, plantes; et vous, bois
épais; vous, fleurs, expirez sur vos tiges languissantes. Maintenant, ô roses!
ô anémones! parez-vous d'un rouge plus sombre... Un doux chantre est
mort!
   Commencez le chant funèbre; commencez, Muses siciliennes.
   Rossignols, qui pleurez sous l'épais feuillage, annoncez aux ondes de la
sicilienne Aréthuse que le pasteur Bion n'est plus, qu'avec lui ont péri les
chants mélodieux et la Muse dorienne.
   Commencez le chant funèbre; commencez, Muses siciliennes.
   Cygnes du Strymon, gémissez lamentablement sur vos ondes, et d'une
voix plaintive chantez un air lugubre, pareil à ceux où Bion luttait d'harmonie avec vous. Dites aux filles d'Œagre, dites à toutes les Nymphes de
la Thrace : « L'Orphée dorien n'est plus! »
   Commencez le chant funèbre; commencez, Muses siciliennes.
   Ce berger cher aux troupeaux ne chante plus assis sous ces chênes solitaires; mais, chez Pluton, il entonne un air funèbre. Nos coteaux sont muets;
nos génisses errent en mugissant près des taureaux et refusent de paître.
   Commencez le chant funèbre; commencez, Muses siciliennes.
   Phébus lui-même, ô Bion, a versé des larmes sur ta mort prématurée; les
Satyres en pleurs, les Priapes en deuil, les Faunes désolés regrettent tes doux
chants; les Nymphes des montagnes gémissent dans les bois, et leurs eaux
se changent en larmes. Echo soupire au milieu des rochers; condamnée au
silence, elle n'imitera plus les accents de ta voix mélodieuse. A ta mort, les
arbres se sont dépouillés de leurs fruits, et toutes les fleurs se sont fanées.
Nos brebis ne donnent plus de lait, nos ruches plus de nectar; le miel a péri
de douleur dans la cire; aussi, puisque ton doux miel est perdu pour nous,
qu'est-il besoin d'en recueillir un autre?
   Commencez le chant funèbre; commencez, Muses siciliennes.
   Le dauphin ne pleura jamais tant sur les rives de la mer; jamais le rossignol ne soupira tant sur un arbre isolé; jamais l'hirondelle ne gémit autant
sur les hautes montagnes; jamais Céyx pleurant Alcyon ne fut plus abattue
par la douleur.
   Commencez le chant funèbre; commencez, Muses siciliennes.
   Les rossignols et toutes les hirondelles qu'il charmait autrefois et dont il
façonnait le ramage, perchés sur des branches d'arbres, confondent leurs
gémissements que répètent les autres oiseaux. Vous aussi, colombes, mani-
festez votre deuil.
   Commencez le chant funèbre; commencez, Muses siciliennes.
   Et qui fera jamais résonner ta flûte, aimable berger? Qui donc approchera
sa bouche de tes chalumeaux? qui donc sera si téméraire? car ils respirent
encore tes lèvres et ton haleine; Echo même, sur ces chalumeaux, recueille

[1] Même traduction.

avidement tes derniers sons. Je l'offre au dieu Pan, ta flûte harmonieuse; peut-être n'osera-t-il pas en approcher ses lèvres, dans la crainte de ne mériter que le second prix après toi...

Commencez le chant funèbre; commencez, Muses siciliennes.

Toutes les villes célèbres, toutes les villes fameuses, ô Bion! plaignent ta destinée. Ascra te pleure bien plus qu'elle n'a pleuré son Hésiode. Hila de Béotie regrette moins son Pindare; la puissante Lesbos déplora moins son Alcée; la ville de Céos a répandu moins de larmes sur son poëte; le trépas d'Archiloque a moins attristé Paros; Mitylène, oubliant Sappho, ne pleure que ta muse. Tous ceux qui ont reçu des Muses le talent harmonieux des poésies bucoliques déplorent ton trépas : Sicelide, ornement de Samos, est dans le deuil; Lycidas, dont l'aimable gaieté inspirait la gaieté aux Lydoniens, fond maintenant en larmes; Philétas, chez les Triopides, gémit sur les bords de l'Halente; Théocrite s'afflige à Syracuse. Je retrace la douleur des Ausoniens, moi qui ne suis point étranger aux chants bucoliques, que tu enseignes à tes chers nourrissons, héritiers de la muse dorienne; réservant les honneurs pour nous, à d'autres tu laissas les richesses, à moi tu as légué le chant.

Commencez le chant funèbre; commencez, Muses siciliennes.

Le poison est venu à ta bouche, ô Bion! il a coulé dans tes veines. Comment a-t-il pu s'approcher de tes lèvres, et ne s'adoucir pas? Quel homme assez féroce osa t'apprêter ce breuvage ou te le présenter pendant que tu parlais? Il a donc pu échapper au charme de ta voix?

Commencez le chant funèbre; commencez, Muses siciliennes.

Mais tes ennemis ont reçu tous le juste châtiment de leur crime. Moi, dans ce deuil funeste, je pleure et je gémis sur ta cruelle destinée. Encore si je pouvais, tel qu'Orphée autrefois, tel qu'Ulysse, tel qu'Alcide, descendre au Tartare, j'irais au palais de Pluton, pour voir si tu chantes chez les morts, et pour entendre ce que tu chantes. Chante du moins auprès de Proserpine quelque air sicilien, quelque doux poëme bucolique. Sicilienne elle-même, elle a folâtré dans les vallons de l'Etna, elle n'a pas oublié les airs doriens. Tes vers ne resteront pas sans récompense; et, comme autrefois elle rendit Eurydice aux doux accords d'Orphée, elle te rendra de même, cher Bion, aux coteaux de Sicile. Si mes chants, à moi, avaient quelque pouvoir, j'irais, oui, j'irais chanter chez Pluton.

LES ÉPIGRAMMES. — Pour cette quatrième époque et pour les suivantes, nous nous contenterons de désigner les auteurs d'épigrammes, et, à la fin de ce chapitre, nous citerons celles qui méritent le plus d'être connues. Outre Callimaque, on peut nommer Alexandre d'Étolie, et plusieurs poëtes du nom de Théocrite, Simmias de Rhodes, Dosiades, Démodocus de Liros, Nicias de Milet, Archélaüs de Chersonèse en Égypte, Antagoras de Rhodes, Léonidas de Tarente, Évenus et Asclépiade de Samos, Posidippe, Ératosthène le mathématicien, et Ariston de Céos le péripatéticien.

5ᵉ Époque

L'APOLOGUE. — « Les poésies de Babrius, dit Th. Fix, ne nous étaient connues que par un petit nombre de fragments, quand M. Mynas, savant grec envoyé en mission par M. le Mi-

nistre de l'instruction publique, découvrit, en 1843, dans un des
couvents du mont Athos, la plus grande partie d'un recueil de
fables mises en vers choliambiques par Babrius. Le manuscrit qui
les renferme, malheureusement mutilé dans sa dernière partie,
présente une série de cent vingt-trois fables... Le recueil complet,
d'après un calcul approximatif, pouvait renfermer de deux cents
à deux cent dix fables... Le siècle dans lequel vécut Babrius nous
était inconnu, et sur ce point la découverte de M. Mynas ne nous
apporte rien de décisif. Selon M. Lachmène, le roi Alexandre, dont
Babrius invoque le fils Branchus, serait un arrière-petit-fils
d'Hérode le Grand, du nom d'Alexandre, établi par Vespasien, au
témoignage de Josèphe, roi d'une partie de la Cilicie.

« Le style de notre poëte porte en plusieurs endroits des traces
évidentes de décadence; nous nous croyons autorisé à supposer
que sa patrie était l'Orient, peut-être la Syrie, pour laquelle il revendique l'honneur de l'invention de la fable. Ce qui n'est pas
douteux, c'est qu'il était Grec de naissance et non pas Romain,
ainsi qu'on l'avait longtemps supposé. Du reste, ses poésies justifient pleinement la réputation d'élégante concision, de naïveté et
de grâce que ces fragments avaient déjà méritée à Babrius. Son
vers, qui est d'une correction, on dirait presque scrupuleuse, présente cette particularité curieuse que l'accent porte presque toujours sur l'avant-dernière syllabe, ainsi que cela a lieu dans
l'iambe politique. Ce fait seul suffirait pour réfuter l'opinion de
ceux qui voudraient faire vivre ce fabuliste à une époque antérieure à notre ère. »

LE CHEVAL ET L'ANE [1]
(Fable VII.)

Un homme avait un cheval qu'il laissait aller sans fardeau, tandis que son
vieil âne avait tout le faix. Le baudet, succombant de fatigue, s'approcha
du cheval et lui dit : « Si tu voulais m'aider et prendre quelque peu de ma
charge, je m'en tirerais peut-être; sinon je vais mourir. — Marche, lui dit
le cheval, et cesse de m'importuner. » L'âne marcha sans plus souffler; mais
bientôt, épuisé de lassitude, il tint parole et tomba mort. L'homme fit
avancer le cheval près de son camarade, détacha toute la charge et la lui
mit sur le dos avec le bât et la peau de l'âne qu'il venait d'écorcher.
Hélas! dit le cheval, quelle sottise est la mienne! pour n'avoir pas voulu
prendre un peu du fardeau, me voilà réduit à le porter tout entier.

L'HOMME ET LE RENARD
Fable XI.)

Un homme voulant châtier le renard, fléau de la vigne et du jardin,
s'imagina de lui attacher à la queue un paquet d'étoupes, d'y mettre le feu
et de laisser ensuite courir la bête. Mais un dieu, témoin du fait, dirigea

J. E. Sommer.

l'animal sur le champ même de celui qui l'avait lancé, et y porta avec lui l'incendie. Or c'était justement le temps de la moisson, et la plaine était couverte de riches épis, pleins d'espérance. Et l'homme poursuivait en vain le renard, pleurant ses efforts perdus, et Cérès ne visita pas son aire.

Il faut de la douceur, il ne faut pas d'excès dans l'emportement. La colère a aussi sa Némésis. Puisse-t-elle m'épargner! C'est elle qui se charge de châtier ceux dont la vengeance dépasse les bornes.

LE LOUP ET LA VIEILLE
(Fable XVI.)

Une nourrice au village menaçait son nourrisson qui criait : « Tais-toi, ou je te jette au loup. » Le loup l'entendait, et il crut à la sincérité de la bonne femme; il attendit de confiance pour souper; il attendit jusqu'à ce que l'enfant sur le soir fût endormi. Enfin, tout affamé et la gueule ouverte, il fut contraint de partir n'ayant mis sous la dent que la viande creuse de l'espérance. Quand il revint, sa compagne lui dit : « Quoi donc, tu ne rapportes rien ? Ce n'est pas ton habitude. — Hélas! répondit-il, je me suis fié à la promesse d'une femme! »

LE RENARD ET LES RAISINS [1]
(Fable XIX.)

De beaux raisins noirs pendaient au flanc d'une colline; un renard des plus fins, qui les vit si gros et si bien remplis, essaya, à force de sauts et de bonds, d'atteindre leurs grappes purpurines; ils étaient mûrs, en effet, et tout prêts pour la vendange. Après qu'il se fut donné bien de la peine, sans jamais pouvoir les toucher, il s'en retourna, adoucissant ainsi son chagrin : « Ces raisins sont verts, ils ne sont pas mûrs comme je l'avais cru. »

JUPITER ET LA GUENON
(Fable LV.)

Jupiter promit de décerner un prix à qui d'entre les animaux présenterait les plus beaux enfants, et il les examinait tous à leur tour. Or voilà que la guenon, se jugeant heureuse entre les mères, vint portant sur son sein un singe camus et pelé. Ce fut un rire général parmi les dieux. « Mais, dit la guenon, Jupiter sait bien qui a gagné le prix; pour moi, le plus bel enfant, c'est le mien. »

Cette fable me semble vouloir rappeler à tous que toujours on trouve assez beaux ses propres enfants.

JUPITER, NEPTUNE, MINERVE ET MOMUS
(Fable LVIII.)

Jupiter et Neptune, et, avec eux, Minerve, disputèrent un jour, dit-on, à qui produirait un véritable chef-d'œuvre. Jupiter d'abord fait l'homme, l'animal le plus parfait; Pallas fournit une demeure à cet être nouveau. Pour Neptune, il donna le taureau. Ce fut Momus qu'ils choisirent pour juge, Momus encore habitant de l'Olympe. Mais l'arbitre, envieux par caractère, ne trouva rien de bien : « Le taureau serait mieux, si ses cornes étaient placées au-dessous des yeux; il verrait du moins ce qu'il devrait frapper. Pour l'homme, une ouverture sur le cœur laisserait voir au moins

(1) Même traduction.

les projets qu'il méditerait contre ses semblables. Enfin, si la maison était
garnie de roues de fer, elle pourrait voyager et ne jamais abandonner son
maître. »

Que prétend ici nous enseigner la fable ? Apprends à agir sans te préoccuper des réclamations de l'envie. Momus ne sera jamais content.

LE MULET
(Fable LXI.)

Le mulet paresseux et grassement nourri d'orge, s'en allait criant et balançant la tête : « Je suis fils d'une cavale, disait-il, et je ne lui serais pas
inférieur à la course. » Mais voilà tout à coup qu'il se tait, s'arrête et baisse
la tête ; il se souvenait d'avoir eu pour père un âne.

Les épigrammistes de cette époque sont Archias d'Antioche,
illustré par Cicéron ; Démétrius de Bithynie ; Antipater de Sidon,
cité par Cicéron, et son contemporain Méléagre, auteur des premières satires qu'on trouve en grec sous ce nom : le *Banquet*,
les *Lentilles au jaune d'œuf* et les *Grâces;* Diodore de Sardes et
Diodore de Tarse, Érycius de Cyzique, Parménio de Macédoine, et
grand nombre d'autres, dont les vers épars ont été recueillis par
divers anthologistes. Nous en citerons quelques-unes à la fin du
chapitre.

6e Époque

LES ÉPIGRAMMES. — A peu d'exceptions près, l'épigramme est
la seule poésie de cette époque; voici les noms des poètes : saint
Grégoire de Nazianze, qui appartient à presque tous les genres;
Julien l'Apostat, auteur de trois épigrammes ; Claudius, le poëte
latin ; Théon d'Alexandrie, Palladas de Chalcis, Synésius, évêque
de Ptolémaïs, dont nous avons cité les chants sacrés, et un nombre
infini d'autres appartenant au règne de Justinien et des empereurs
ses successeurs.

CHOIX D'ÉPIGRAMMES DES TROIS DERNIÈRES ÉPOQUES

POUR LA STATUE D'ESCULAPE

Esculape, le fils divin de Péon, est descendu, à Milet, chez le savant médecin Nicias, qui chaque jour offre sur ses autels de riches et de nouveaux
dons. C'est encore lui qui a dressé cette statue du dieu en bois de cèdre
odoriférant, cette statue qu'il promit à Aétion de lui payer généreusement.
Aussi ce sculpteur a-t-il prodigué à cette œuvre d'élite toutes les merveilles
de son art (THÉOCRITE.)

DÉGOUT (1)

Lorsque les zéphyrs soufflent légèrement sur la mer azurée, mon esprit,
tout timide qu'il est, se laisse tenter; la terre me déplait, et le calme des

_____
(1) F. Z. Collombet.

flots a bien plus d'attraits pour moi; mais, quand mugit l'onde blanchissante, quand le dos de la mer se couvre d'écume, quand les vagues mutinées
se remuent, je porte mes regards vers la terre et vers les arbres, et je
m'éloigne de la mer. Alors la terre me semble un séjour plus sûr, les forêts épaisses m'enchantent, car les vents y font résonner les pins élevés. Le
pêcheur mène assurément une vie pénible: sa maison, c'est une frêle barque;
son travail est sur mer, le poisson n'est souvent pour lui qu'une proie trompeuse. Quant à moi, je goûte les douceurs du sommeil sous un platane
touffu, et j'aime une fontaine voisine dont le murmure flatte l'oreille sans
l'effrayer. (MOSCHUS.)

SUR LA VIE HUMAINE (1)

Il faut louer les Thraces qui pleurent sur les nouveau-nés; mais ils
disent : « Bienheureux ceux qui abandonnent la vie et qui obéissent aux
ordres de la Mort, cette messagère impitoyable. » Les premiers ont trouvé
dans la vie des traverses de toute espèce; les seconds, au contraire, ont
trouvé dans la mort le remède à tous les maux. (ARCHIAS.)

SUR LES GENS DIFFORMES

La maison de Lénogène brûlait; lui, de sa fenêtre, cherchait à s'échapper
à l'aide de cordes, il ne pouvait en venir à bout; enfin il aperçut le nez d'An-
timachus, il y posa son échelle et s'enfuit. (LÉONIDAS.)

SUR LE MÊME SUJET

Proclus ne peut pas moucher son nez avec sa main, car il a la main plus
courte que le nez; et, quand il éternue, il ne dit pas : « Que Jupiter me
garde! » Il ne s'entend pas éternuer, son nez est trop loin de son oreille.
(AMMIEN.)

SUR LES CHEVAUX

Olympius m'avait promis un cheval; il m'amène une queue à laquelle
pendait une rosse efflanquée. (LUCILIUS.)

SUR UN AVARE

On te dit riche, Apollophane; moi, je prétends que tu es pauvre : on ne
prouve les richesses qu'en s'en servant. Si tu en jouis, elles t'appartiennent;
si tu les gardes pour tes héritiers, elles deviennent la propriété d'autrui.
(*Inconnu.*)

SUR UN PHILOSOPHE

Si entretenir soigneusement sa barbe indique de la philosophie, un bouc
bien barbu est un véritable philosophe.

ÉPITAPHE

Bienveillant, plein d'une aimable liberté, d'un doux aspect, laissant dans
la vie un fils qui soigna sa vieillesse, Théodore est enseveli dans cette tombe
avec l'espoir d'un meilleur sort. Heureux dans ses travaux, qu'il soit heureux
même dans la mort! (PAUL LE SILENTIAIRE.)

(1 Ernest Falconet. Cette note s'applique aux dernières épigrammes

AUTRE

Bon Sabinus, le monument de notre douleur n'est qu'une pierre étroite, petit témoignage d'une grande amitié. Je te chercherai sans cesse; mais toi, chez les morts, ne bois pas, je t'en prie, à cette coupe qui te ferait oublier tes anciens amis. (*Inconnu.*)

LA PATRIE

Nous sommes de l'Eubée et nous reposons sous les murs de Suze. Hélas! hélas! que nous sommes loin de notre patrie! (*Inconnu.*)

SUR LES MÉDECINS

Phédon ne m'a pas soigné, Phédon ne m'a pas même touché; mais, un jour, ayant la fièvre, je me suis rappelé son nom, et je suis mort. (NICARCHE.)

SUR LES ASTROLOGUES

Le paysan Calligène, avant d'ensemencer sa terre, vint demander à l'astrologue Aristophane si sa moisson serait abondante et s'il recueillerait de beaux épis. Celui-ci, prenant de petits cailloux, les met sur la table, et les supputant avec ses doigts, dit à Calligène : « Si le champ est arrosé autant qu'il faudra, s'il n'engendre pas des herbes inutiles, si la gelée ne brise pas tes sillons et que la grêle ne vienne pas abattre la tête de tes épis naissants, si les hannetons ne tondent pas tes moissons, si l'air ou la terre ne te réserve pas quelque autre calamité, je te prédis un heureux été et des épis bien fournis. Crains seulement les sauterelles. (*Inconnu.*)

LIVRE DEUXIÈME

ORATEURS

—

CHAPITRE PREMIER

I. L'ÉLOQUENCE — LES QUATRE GENRES

Considérations générales. — L'éloquence (*eloqui*|) est une faculté d'exception, pleine d'éclat et de puissance. Celui qui en est doué règne par sa pensée sur les âmes des hommes, parce qu'il sait la produire sous une forme sympathique, lui donner la vie, la graver dans les cœurs, la faire aimer, et rendre les auditeurs ses alliés et même ses amis. L'éloquence est un don céleste'qu'il ne faut pas confondre avec la rhétorique : la rhétorique est un art. Ce sont les hommes éloquents qui, parlant d'inspiration, ont livré à l'observateur, au philosophe, les moyens et les modèles; l'expérience attentive, recueillant l'exemple et constatant le résultat, en a fait le code des principes et des règles, nommé la *rhétorique*.

Comme la poésie, l'éloquence a son enthousiasme et son inspiration : sa force vient du cœur surtout. Un homme est pénétré profondément d'une noble pensée, d'un projet utile, de la dignité d'une vertu, de l'horreur d'un crime; son cœur s'intéresse et frémit; sa figure s'anime et s'éclaire; ses yeux brillent et se mouillent. Vous lui donnez la parole : soyez convaincus qu'il s'échappera de ses lèvres un langage puissant et noble, des accents pleins de feu et d'entrainement. Il sera éloquent, il saura plaire, émouvoir et persuader. On nait orateur, comme on nait poëte et comme on nait peintre. Le génie des grands artistes a son origine en Dieu.

Cette royauté de la grande parole sur les intelligences et sur les cœurs devrait sans doute n'être dévolue qu'à l'homme vertueux,

14

au citoyen ami de sa patrie, au défenseur impartial et probe ; il serait bon qu'on pût admettre à la lettre la définition attribuée à l'ancien Caton : « L'homme éloquent, c'est l'homme de bien qui parle bien. » *Vir bonus dicendi peritus.* Hélas ! nous savons trop désormais qu'il faut se garder de l'éloquence et de ses entraînements. L'histoire nous a souvent révélé le vice, la fausseté, la trahison sous les glorieuses renommées des grands diseurs. Athènes, riche en orateurs de génie, entre les cités de la Grèce, prouve assez qu'il faut veiller soi-même, avec droiture et avec sagesse, sur les émotions nées de l'éloquence, sur son influence et ses assertions ; qu'il faut surtout craindre de lui confier la direction et la fortune des États.

Notre mission n'est point d'étudier si la force de l'éloquence sur les hommes est ou n'est pas la ruine ou le salut des peuples et des rois ; son but divin était certainement de donner d'heureuses leçons, de conduire à la vertu, de protéger l'innocent ; et qui veut être goûté comme orateur doit d'abord avoir la parure de la vertu. Si le génie du mal a détourné ce don céleste de sa voie primitive, elle n'en reste pas moins une faculté grande et noble dans son principe, une source féconde de précieuses études et de sublimes admirations.

Afin de ne pas nous perdre dans les catégories artificielles introduites par les rhéteurs, nous nous en tenons au partage le plus naturel de l'éloquence, à celui que les chefs-d'œuvre eux-mêmes nous indiquent. Nous le trouvons dans les Grecs, chez les Romains, et il demeure semblable et bien tranché dans la littérature des modernes.

L'orateur entreprend d'influencer les décisions d'un peuple, d'introduire ou de modifier des lois ; son genre, c'est l'*éloquence politique*.

Il défend l'accusé, il accuse le criminel, il interprète la loi, il discute les points litigieux ; c'est l'*éloquence du barreau*.

Il enseigne la morale, il développe le dogme, il prêche la vertu, il détourne du vice, ou bien il révèle les secrets de la science, les beautés des arts ; c'est l'*éloquence didactique*.

Enfin, dans un rang inférieur, s'il ne cherche plus qu'à délasser l'esprit par le charme du bien dire, s'il se borne à louer pour plaire, à blâmer pour divertir, c'est l'*éloquence académique*.

On sent déjà que cette division, toute simple qu'elle est, n'est point absolue. A la tribune politique, il se donne souvent des enseignements et des conseils de plus d'un genre ; l'avocat a bien quelquefois lieu de conseiller et de dissuader ; le prédicateur dans sa chaire, le docteur à son cours, donnent, à l'occasion, des leçons de politique, de justice et de morale.

ÉLOQUENCE POLITIQUE. — La devise de l'orateur politique, c'est l'amour de la patrie; s'il ne persuade à tous qu'il veut le bien général, qu'au salut des siens il est prêt à sacrifier ses propres intérêts et sa vie même, qu'il est libre et indépendant par position et par caractère, qu'il ne redoute, pour être utile, ni la haine de ses adversaires, ni l'impopularité, qu'il se taise; ou bien, il nuira à la cause qu'il voudrait servir. A ces vertus principales, il doit joindre la probité, car il ne sied de donner de bons avis qu'à ceux dont la conduite est sans reproche; il doit apporter encore l'entente et la pratique des affaires, car toute erreur matérielle est facilement sentie et relevée dans un auditoire politique, et ce défaut dans la cuirasse laisse facilement pénétrer le fer de la réplique et du ridicule.

Démosthène, le modèle de ce genre chez les Grecs, a le renom patriotique et la réputation d'avoir voué à Philippe une haine impitoyable; de plus, son style, tout orné qu'il est, affecte la précision, et il la rencontre souvent; à force d'être vrai, il s'élève à la dignité et à la magnificence; et les ornements ne voilent pas, mais font ressortir davantage son impitoyable logique. S'il vient même à s'armer de l'ironie, il faut le reconnaître pour irrésistible.

A Athènes, l'éloquence de la tribune est pleine de gloire, mais pleine aussi de dangers; en servant la patrie sincèrement, les orateurs la sauvent; mais, s'ils n'ont que l'apparence du patriotisme, de quels anneaux déliés, de quelles chaînes puissantes ne savent-ils pas enlacer leurs adversaires et perdre leurs concitoyens en se donnant la gloire de les venger? La preuve la plus sûre que l'éloquence politique est le plus ordinairement infructueuse, c'est qu'aujourd'hui, les passions de ce temps-là calmées, il est fort difficile de trancher la question entre Démosthène et Eschine, entre Phocion et Démosthène.

Gardons-nous de juger de la tribune antique par les habitudes de la nôtre. Si nous avons la solennité du discours, qu'on aperçoit aussi chez eux, n'oublions pas que l'orateur parlait à tout un peuple; la familiarité de l'expression, la simplicité, la franchise n'excluaient pas chez eux la pompe et l'emphase; il fallait aux orateurs une certaine naïveté, une certaine brusquerie; mais l'oreille athénienne voulait de l'harmonie; le goût athénien, de l'élégance; la finesse attique, une artificieuse délicatesse.

Quant au savoir-faire, au talent pratique, à la procédure politique, si l'on peut s'exprimer ainsi, Démosthène, Isocrate et leurs contemporains ne laissaient non plus rien à désirer. Ils étaient les avocats les plus habiles et les plus recherchés de leur temps; ils avaient étudié sous le gouvernement démocratique; ils savaient les ressources et les moyens de leur république. C'est ce qui fit

leur force et leur succès; c'est aussi ce qui précipita leur perte,
parce que les temps de patriotisme désintéressé n'étaient plus.
Mieux que personne nous devons comprendre leurs échecs : l'intérêt personnel, le calcul financier est le fléau meurtrier du patriotisme.

ÉLOQUENCE DU BARREAU. — Le but de l'éloquence du barreau, c'est le triomphe de la justice et de l'innocence. Ce but
devrait être poursuivi par tous les avocats : malheur à celui
d'entre eux qui ne le recherche pas! Cette éloquence, chez les
Grecs, n'a jamais été qu'un moyen, la route la plus courte pour
acquérir la renommée, pour gagner la faveur populaire, pour
diriger les affaires publiques. Cependant il ne nous reste qu'un
petit nombre de modèles en ce genre; peut-être l'intérêt particulier disparut-il dans l'intérêt général; ou, parvenus au comble
de leurs vœux, les orateurs eux-mêmes ne tinrent-ils aucun
compte des premiers échelons de leur fortune politique.

Cette éloquence est une des plus anciennes; elle a commencé
avec la magistrature et les tribunaux. Comme le médecin malade
recherche les avis d'un confrère désintéressé, ainsi le citoyen,
quand il s'agit de sa vie et de sa liberté, cherche l'appui d'une
parole plus habile et moins passionnée que la sienne. On voulut
naturellement confier ses intérêts à celui qu'on jugea le plus sage,
le plus prudent, le plus habile, et la grandeur de la mission donna
à l'homme qui s'en chargea, à son rôle de défenseur, à sa parole
même, une dignité excellente et toujours appréciée. Ces défenseurs
illustres, acquérant chaque jour plus de talent et plus de considération, n'eurent qu'un pas à faire, ou plutôt on alla les chercher,
pour discuter les affaires publiques. A Athènes surtout, où les
derniers d'entre le peuple goûtaient si parfaitement le mérite
oratoire, et à Rome plus tard, le barreau fut l'entrée naturelle de
toutes les charges de l'État. Ainsi durent débuter les Thémistocle,
les Aristide, les Périclès, les Démosthène.

L'origine honnête et honorée de cette éloquence fut longtemps
entourée de vénération : les lois de Dracon et de Solon en consa-
crèrent la discipline. Pour être jugé digne de défendre un conci-
toyen, il fallait être d'une condition libre, mener une vie régulière
et avoir témoigné de son patriotisme. L'immoralité n'entrait pas
dans l'enceinte de l'aréopage. Malheureusement on dut revenir
bientôt de l'idée qu'on avait conçue de cette éloquence; elle se
mit au service des mauvaises causes, et ses accents perdirent de
leur beauté et de leur puissance pour s'être prodigués à la défense
des vices. En vain, pour régénérer les moyens judiciaires, voulut-on
proscrire les ornements, les tours ingénieux, la forme gracieuse

du plaidoyer, tel que l'avaient entendu Périclès et son siècle ; en vain le héraut recommandait-il solennellement de s'abstenir d'un pathétique exagéré et des moyens d'attendrissement ; ces prohibitions tuèrent l'éloquence sans ressusciter la vertu.

« Antiphon, dit M. B....., fut le premier qui reçut des honoraires de ses clients. A son exemple, on vit les orateurs préférer ces récompenses certaines à l'espoir lointain des charges publiques, qui, dans les belles époques de la Grèce, étaient le prix ordinaire de leurs fonctions. En abdiquant son désintéressement, le barreau perdit son plus noble prestige ; l'amour de l'or étouffa les vertus sévères dont Aristide et Thémistocle avaient donné l'exemple. On en vint à regarder la lutte judiciaire comme un jeu d'imagination et de vaines disputes de rhéteurs ; et l'antiquité, qui nous apprend que Démosthène composa, dans la même cause, un discours pour les deux parties, ne dit rien de l'indignation qu'un tel mépris de la justice aurait dû provoquer. L'histoire de la décadence du barreau grec serait celle de la décadence de la Grèce elle-même. Il avait compté parmi ses membres presque tous les hommes éminents des diverses républiques ; dans les temps qui précédèrent la conquête romaine, il fut envahi par des factieux qui s'exercèrent dans les tribunaux à l'art dangereux de troubler l'État. »

ÉLOQUENCE DIDACTIQUE. — Bien que nous réunissions sous un même titre l'éloquence sacrée et l'éloquence professorale, nous ne prétendons pas les confondre ; et, si notre but était d'en faire l'histoire complète, nous serions même obligés d'admettre un certain nombre de divisions secondaires. Le caractère d'utilité, qui leur est commune à chacune, nous a engagés à les traiter comme deux sœurs. On comprend d'ailleurs que ni la chaire du prédicateur, ni celle du professeur n'ont, malgré les prétentions de quelques-uns, aucun rapport avec la tribune académique.

L'art de la parole n'a pas d'exercice plus noble, plus digne, plus puissant, que lorsqu'il s'applique à enseigner les préceptes et l'application de la loi divine. L'éloquence reçoit alors un caractère sacré, une autorité irrésistible ; elle soutient les intérêts les plus élevés, ceux de Dieu et ceux de l'homme. Avec les modèles d'un autre genre, nous devons à la Grèce les premiers essais et les chefs-d'œuvre de la chaire ; les Pères grecs, trop peu lus aujourd'hui et loués sur parole, ont fait entendre les accents les plus oratoires et les plus harmonieux ; ils réunissent toutes les sortes de mérite que réclame le titre d'homme éloquent ; l'éclat dont s'entoure la renommée des Bossuet, des Bourdaloue, des Massillon, ne peut faire oublier la splendeur du style, la vivacité des images, le zèle passionné des Basile, des Chrysostome et des Origène.

Le nom de didactique que nous donnons à l'éloquence de la
chaire est bien justifié par son origine. Après la lecture de l'Évangile, l'évêque officiant prenait la parole pour l'expliquer ou pour
interpréter tout autre passage des saintes Écritures. Là saint Jean
Chrysostome a puisé ses homélies; ainsi saint Basile a traité de
l'œuvre des six jours. Les prédicateurs racontaient et expliquaient
les histoires de Noé, d'Abraham, de Moïse et des grandes figures de
l'Ancien Testament. Leurs sermons se bornaient à l'enseignement
des fidèles, et ne prétendaient guères à la gloire et à la renommée
oratoire. Le plus souvent ils étaient des improvisations recueillies
pieusement par les auditeurs, mais peu soumises aux exigences
du rhéteur méthodique. « Nos prédicateurs, dit Fleury, trouvent
la plupart des sermons des Pères bien éloignés de l'idée de prédication qu'ils se sont formée; ces sermons sont simples, sans art qui
paraisse, sans division, sans raisonnements subtils, sans érudition
curieuse, quelques-uns sans mouvement, la plupart fort courts.
Il est vrai, ces évêques ne prétendaient pas être orateurs, ni faire
des harangues; ils prétendaient parler familièrement comme des
pères à leurs enfants et des maîtres à leurs disciples; c'est pour
cela que leurs discours se nommaient homélies en grec, et en
latin sermons, c'est-à-dire entretiens familiers... Ils proportion-
naient leur style à la portée de leurs auditeurs. Les sermons de
saint Augustin sont les plus simples de ses ouvrages; le style en
est plus coupé et plus facile que celui de ses lettres, parce qu'il
prêchait dans une petite ville, à des mariniers, des laboureurs,
des marchands... Au contraire, saint Cyprien, saint Ambroise,
saint Léon, qui prêchaient dans de grandes villes, parlent avec
plus de pompe et d'ornement; mais leurs styles sont différents
suivant leur génie particulier et le goût de leur siècle... Les Pères
grecs sont moins différents des anciens auteurs. La langue n'a-
vait pas tant changé en Orient, et l'étude des bonnes lettres s'y
était mieux conservée. Les ouvrages de ces Pères sont, la plupart,
également solides et agréables. Saint Grégoire de Nazianze est sublime et son style travaillé; saint Chrysostome me paraît le modèle
achevé du prédicateur : il commençait d'ordinaire par expliquer
l'Écriture verset à verset, à mesure que le lecteur le lisait, s'attachant toujours au sens le plus littéral et le plus utile pour les
mœurs. Il finit par une exhortation morale qui souvent n'a pas
grand rapport à l'instruction qui précède, mais qui toujours est
proportionnée aux besoins les plus pressants des auditeurs, suivant la connaissance qu'en avait ce pasteur si sage et si vigilant... Pendant le sermon, l'église était ouverte à tout le monde,
même aux infidèles; d'où vient que les Pères gardaient exactement
le secret des mystères pour n'en point parler, ou pour en parler

seulement par énigmes ; de là vient aussi qu'il y a souvent dans leurs sermons des discours aux païens pour les attirer à la foi (1). »

L'éloquence professorale, sans avoir la même autorité, a aussi sa grandeur et sa dignité, quand elle s'exerce avec amour de l'art, avec probité, avec religion, sur de hautes et utiles matières d'enseignement. Nous sommes peu riches, il est vrai, en monuments grecs ; mais nous savons que c'est sur le sol fécond de l'Attique que cette éloquence est née et a brillé avec éclat dès son début. Des écoles tenues par d'illustres maîtres s'ouvrirent de tous côtés et à la fois pour les leçons de rhétorique, de dialectique et de philosophie : Socrate lui-même était un véritable professeur de morale et d'esthétique ; et ses nombreux, ses illustres disciples fondèrent d'autres chaires aussi suivies, presque aussi glorieuses que la sienne.

L'éloquence des Isocrate et des Lysias fut surtout productive de génies illustres dans l'art oratoire, et ce seul titre mériterait, pour leur talent et leurs efforts, la reconnaissance et l'admiration de la postérité.

ÉLOQUENCE ACADÉMIQUE. — Il s'agit ici du panégyrique, des éloges, du discours d'apparat, de ce que, dit Ph. Chasles, « on est convenu d'appeler si mal à propos éloquence démonstrative, puisqu'elle ne démontre rien, si ce n'est sa propre impuissance. » Ce genre, comme tous les autres, a la Grèce pour patrie, et pour premier modèle Périclès. Mais hâtons-nous de dire que le talent y tient la place du génie ; qu'il donne lieu à l'estime, jamais à l'enthousiasme ; que l'orateur développe en vain les ressources de son esprit, la grâce et la finesse, le travail et l'érudition : il reste au dernier rang des puissants en parole, parce qu'il n'a rien à persuader, personne à toucher. Les graves intérêts de la paix et de la guerre, l'appel au patriotisme, le désintéressement, le dévouement : voilà la matière des discours solennels et grandioses qui se prononçaient à l'agora ; mais le panégyrique n'a d'autre but que de plaire, de charmer l'oreille et un peu l'esprit : il n'a plus mission d'instruire.

Ce discours doit être prononcé devant un nombreux auditoire, et il célèbre solennellement ou un grand fait ou un grand homme. Il fut tout naturellement goûté des Grecs, peuple facile à passionner pour ou contre un mot, plus ami de l'art et du talent que de la vérité toute nue. Si des hommes illustres abordèrent ce genre d'abord, sa nature même devait séduire les rhéteurs et devenir l'objet favori de leurs exercices. L'éloge des guerriers morts dans

(1) *Mœurs des chrétiens*, no 40.

les luttes du Péloponèse fut confié à Périclès, qui le fit avec distinction et en grossit le bagage de sa renommée; l'éloge d'Isocrate est un véritable modèle d'éloquence. Mais, avec la décadence des autres gloires de la Grèce, vint celle du panégyrique; il descendit à la flatterie : l'orateur n'eut plus d'éloquence que pour exagérer la puissance ou solliciter la libéralité d'un prince.

II. LES QUATRE ÉPOQUES DE L'ÉLOQUENCE GRECQUE

La division adoptée pour la poésie grecque avait cet avantage qu'elle apportait une vive clarté dans la multiplicité des détails et permettait d'embrasser d'un coup d'œil les grands lyriques, les grands tragiques, les poëtes épiques de l'antiquité grecque. Une méthode différente doit être suivie pour les orateurs; notre plan est d'étudier successivement chaque époque, en mentionnant à la biographie de chaque auteur en quels différents genres il s'est exercé. Nous croyons que le lecteur y gagnera du temps et saisira plus nettement les divers mérites des orateurs que nous proposons à son étude. Pour cette division comme pour celle de la poésie, nous croyons qu'on nous saura gré d'adopter encore la marche si méthodique et si sensée que propose M. Géruzez dans son cours de littérature :

« L'éloquence devait naître chez les Grecs, le peuple le plus heureusement doué de la terre pour exprimer et pour communiquer ses émotions.

> Graiis ingenium, Graiis dedit ore rotundo
> Musa loqui.

Cette puissance se développa de bonne heure dans les États où tout se traitait par la parole. Ce qui prouve victorieusement l'existence et l'autorité des orateurs dans les nations grecques ou d'origine grecque, c'est le crédit des rhéteurs qui enseignent l'éloquence et des sophistes qui jouent avec la parole. Les Solon, les Pisistrate, les Thémistocle furent certainement d'habiles orateurs, avant qu'Empédocle, Corax et Tisias eussent donné les règles de l'éloquence, et que les Gorgias et les Prodicus se servissent de l'art oratoire pour en faire le divertissement des oisifs. Mais cette époque antérieure de l'éloquence pratique n'avait laissé aucun monument; l'histoire proprement dite de l'éloquence grecque ne commence pour nous qu'au moment où Périclès prit la direction

des affaires. Cependant nous ferons de cette période une première
époque.

« La seconde époque de l'éloquence grecque s'ouvre avec Périclès et se ferme avec Démosthène; elle embrasse les cent six
années qui s'écoulèrent depuis la guerre du Péloponèse (430 ans
av. J.-C.) jusqu'à la mort d'Alexandre (324 ans av. J.-C.). Les
dangers que court l'indépendance de la Grèce et le patriotisme de
ses orateurs sont les ressorts de l'éloquence, qui atteint alors sa
perfection. C'est pendant cette période que brillent, à côté de Démosthène, les Eschine, les Lysias, les Hypéride, les Isocrate,
qui avaient eu pour devanciers les Périclès et les Alcibiade.

« Dans la troisième époque, la ruine de la liberté et la chute
de l'indépendance font succéder la déclamation à l'éloquence. Le
faux goût des Asiatiques, plus soucieux des périodes sonores que
de la force des pensées, précipite cette décadence qu'amenait nécessairement l'influence des causes morales. C'est un second avénement de rhéteurs et de sophistes, dont le talent, n'ayant à
s'exercer que sur la théorie de l'art ou sur des sujets d'importance
secondaire, dissimule par l'éclat et l'abondance des mots le vide
et la stérilité des pensées. Toutefois les premiers Pères de l'Église,
qui se produisirent pendant cette période, relèvent déjà l'éloquence, qui va prendre un nouvel essor sous les Pères dogmatiques. Même parmi les païens, tout n'est pas à dédaigner. Dion
Chrysostome, Lucien et Longin, à des titres divers, occupent une
place honorable dans l'histoire des lettres.

« Une révolution morale était nécessaire au retour de la véritable éloquence; la propagation du christianisme en fut la cause
et le signal. Ce n'est plus le salut ou la grandeur des républiques
qui inspire les orateurs; c'est un intérêt plus élevé. L'humanité
tout entière est en cause dans ses rapports avec Dieu. Les chrétiens défendent la doctrine qu'ils ont reçue du législateur divin
contre les imputations calomnieuses des païens et des philosophes;
ils l'exposent dans sa simplicité sublime pour vaincre la résistance des peuples. Les développements de l'éloquence chrétienne,
inaugurée pendant les siècles précédents, forment, à dater du
IVe siècle, une dernière époque illustrée par des chefs-d'œuvre.
Les Grégoire de Nazianze, les Basile, les Chrysostome donnent des
rivaux de génie aux orateurs profanes de l'antiquité, et ils ont sur
eux l'avantage d'avoir proclamé des vérités impérissables. »

Ajoutons que la première époque a pris le nom d'époque des
rhéteurs siciliens; la deuxième, celle des orateurs attiques; la
troisième, celle des rhéteurs profanes et des apologistes chrétiens;
la quatrième enfin, celle de l'éloquence religieuse.

CHAPITRE II

1re Époque

RHÉTEURS SICILIENS

Ce titre de rhéteurs siciliens, appliqué à cette période, demande une explication. Corax de Sicile, Gorgias et Alcidamas, qui enseignèrent la rhétorique et donnèrent, les premiers, les règles de bien dire, sont les seuls dont la postérité nous ait transmis quelques discours ; mais il ne faut pas croire qu'il n'y avait pas eu jusqu'à eux d'illustres orateurs grecs. Les préceptes qu'ils imposaient, les exemples qu'ils citaient, avaient été puisés évidemment à des sources accréditées. Sans doute les précieux modèles laissés par écrit ou du moins gravés dans la mémoire des assemblées démocratiques d'Athènes vivaient encore, et les rhéteurs y avaient trouvé tout indiquées les méthodes qu'ils proposaient. « La théorie de l'art de parler, dit Schœll, fut inventée en Sicile, mais l'éloquence naquit dans les murs d'Athènes. — Ce ne furent pas les Grecs, dit Cicéron, qui s'appliquèrent à l'éloquence ; ce talent fut propre aux seuls Athéniens. Car qui a jamais entendu parler d'un orateur d'Argos, de Corinthe ou de Thèbes. Et, parmi les Lacédémoniens, il ne s'en est pas trouvé jusqu'à nos jours. » Une loi de Solon avait ordonné qu'aussitôt que le peuple serait assemblé pour quelque affaire importante, un héraut crierait à haute voix : « Est-il quelque citoyen au-dessus de cinquante ans qui veuille prendre la parole ? » Cette loi autorisait à discuter les intérêts de la patrie ceux qui avaient passé la plus grande partie de leur vie à en étudier la constitution et les lois, et à en connaître les besoins. Riches de leur expérience, ces orateurs n'avaient pas besoin de se préparer dans le silence du cabinet aux questions qui allaient être proposées ; maîtres de leurs passions que l'âge avait amorties, ils pouvaient sans danger s'abandonner à l'impression que la proposition à discuter faisait sur leur âme. Alors l'éloquence n'était pas un art ; c'était l'épanchement naturel des sentiments qu'on éprouvait. Lorsque les historiens commencèrent à insérer dans leurs compositions les harangues prononcées par les hommes d'État, ceux qui parlaient en public sentirent la nécessité de mettre à leurs discours un soin qu'ils avaient négligé jusque alors, et, au lieu de s'abandonner à l'inspiration du moment,

ils commencèrent à préparer leurs discours et même à les rédiger
par écrit. Ainsi se forma à Athènes un art nouveau dont la Sicile
avait déjà produit des maîtres et dont les lois étaient tracées dans
des ouvrages qu'on ne connaissait pas encore dans la Grèce
orientale. »

Il semble évident, et c'est un fait établi par l'histoire, que les
hommes éminents à Athènes n'ont conquis leur influence et leur
popularité que par la force de leur éloquence. Pisistrate, Aristide,
Thémistocle ont dû être de grands et puissants orateurs; et bien
qu'ils ne nous aient rien laissé par écrit de leurs discours, il n'est
pas sans intérêt d'en étudier les éclatants résultats.

Solon est le type par excellence de la sagesse pratique, et toutes
ses études, tous ses travaux tendaient à procurer l'utilité publique. Quand il abandonna le commerce, qu'il ne dédaignait
pas, tout petit-fils de Codrus qu'il fût, il cultiva la poésie et la
philosophie. Mais il semble que son étude favorite fut la politique.
Son début dans cette carrière se trouve indiqué dans ses vers gnomiques et dans ses réflexions sur le gouvernement. Nous avons
raconté sa conduite en présence du décret qui concernait Salamine. A cette occasion Solon est un grand poëte; il est aussi un
grand orateur. «Que ne suis-je né, s'écrie-t-il, à Pholégandre ou à
Sicine! Que ne puis-je changer de patrie? Je ne serais pas exposé
à entendre dire en tous lieux : « Voilà un Athénien qui s'est hon-
« teusement sauvé de Salamine! » Quand effacerons-nous un tel
opprobre? par la conquête de cette île. » Et il emporte le prix le
plus glorieux de l'éloquence; à sa voix on s'empresse de revenir
sur le honteux décret; la guerre est votée par acclamation, et
Solon, nommé général, reprend Salamine.

Plus tard, les Mégariens et les Athéniens soumirent leur différend à l'arbitrage de Sparte : avocat habile et ardent de patriotisme, Solon plaida la cause d'Athènes et la gagna par son éloquence.

Bientôt les Crisséens soulèvent une tempête religieuse; les
Amphyctions sont saisis de l'affaire; la guerre éclate et la vengeance la suit. Quand il fallut expliquer l'oracle et appliquer la
peine, « la sagesse supérieure de Solon, dit l'historien Gillies,
lui démontra qu'il y aurait de l'impiété à supposer que le dieu demandait une chose impossible comme condition absolue à l'heureuse fin d'une guerre que lui-même avait ordonnée. » Les
conseils et les arguments de Solon triomphèrent encore ici des
complications de cette périlleuse affaire. Il revint dans sa patrie,
couvert de gloire et enrichi de la considération de toute la Grèce;
il était renommé pour sa justice, son courage, sa modération, son

entente parfaite des choses et des hommes. Et comme Athènes
était ballottée entre les partis, entre les riches et les pauvres,
comme elle avait besoin d'être réglée, on choisit Solon pour législateur. « J'ai donné au peuple, dit-il dans ses poésies, un pouvoir
juste et raisonnable, sans trop augmenter ni diminuer son autorité; j'ai aussi pourvu à la sûreté des riches et les ai mis à l'abri
de toute insulte. » Que de sagesse, que de moyens oratoires, que
de talent fallait-il déployer en ces embarras pour parvenir à un
si heureux résultat, pour que, si l'on nous permet cette expression vulgaire, chacun s'en retournât content.

Il partit et voyagea en Chypre; il donna d'utiles conseils à Phi-
locypre; à Sardes, des leçons austères à Crésus; et, de retour à
Athènes où le pouvoir était aux mains de Pisistrate, il redevint
orateur pour appeler à la liberté les Athéniens esclaves. « Avant
ce jour, leur dit-il, il était plus aisé d'étouffer la tyrannie qui ne
faisait que de naître, et présentement qu'elle est établie, il y aura
plus de gloire à la détruire. » On fut sourd à sa voix; et, quand il
la vit sans puissance pour le bien de ses concitoyens, il s'exila volontairement.

C'est bien là vraiment la biographie d'un orateur que nous
venons d'écrire : il ne nous a manqué que ses paroles, que l'indifférence de concitoyens ingrats a négligé de recueillir.

PISISTRATE. — Quand l'histoire ne nous attesterait pas que Pisistrate avait le don naturel, si précieux dans un état démocratique,
de s'énoncer avec facilité, à lire sa vie agitée, ses luttes, ses succès
et ses revers, on sent qu'il a dû être puissant par l'éloquence, et
que, inférieur à Solon en vertu et en patriotisme, il a pu le vaincre
par un talent facile, par l'artifice de la parole. Il était ambitieux :
le législateur ne l'ignorait pas, et il révéla au peuple des projets
menaçants pour la liberté. Pisistrate se couvre le corps de blessures, et se fait apporter tout sanglant à la place : on attend ce
qu'il va dire... Il commence alors un habile discours où il accuse
ses ennemis d'avoir voulu le tuer pour arrêter ses projets utiles;
voilà le fruit de son zèle, de ses efforts pour assurer le bonheur
des citoyens ! Il sut toucher la foule et il obtint d'elle cinquante
gardes pour protéger sa vie. Bientôt il augmenta ce nombre et
s'empara de la citadelle et du pouvoir.

Il avait à redouter d'autres adversaires que des orateurs, de plus
violents ennemis que le vertueux Solon. Lycurgue et Mégaclès
réussirent même à le faire chasser d'Athènes, et il est à supposer
qu'il y eut alors de vifs combats d'éloquence. Dans la suite, Pisistrate parvint à rompre l'accord de ses vainqueurs, et Lycurgue fut
obligé de se retirer devant Mégaclès et son nouvel allié, qui régna

quelques années paisiblement ; mais, croyant pouvoir enfin se passer de Mégaclès, dont il avait épousé la fille, il la répudia : le beau-père sut gagner les soldats et obligea son rival à s'exiler dans l'île d'Eubée. Quand, au bout de onze ans, les intrigues de son fils Hippias le firent rentrer en vainqueur dans sa patrie, il immola cruellement les partisans de Mégaclès ; mais, dès qu'il fut assuré du pouvoir, il montra une grande modération, prit des mesures utiles aux citoyens, distribua des terres et nourrit les soldats blessés aux dépens de l'État. C'était un ami des belles productions de l'esprit : il éleva une académie à Athènes, fonda une biblio-thèque, mit en ordre les œuvres d'Homère ; il justifia enfin le mot de Solon : « Pisistrate, s'il n'était pas le plus ambitieux des ci-toyens d'Athènes, en serait le meilleur ; » ajoutons le plus habile et le plus éloquent.

ARISTIDE. — Il naquit aux portes d'Athènes, d'une famille illustre, et fut ami de Clisthène, le vengeur de la liberté de sa patrie contre les Pisistratides. Il fut élevé avec Thémistocle ; et, si leurs actes furent souvent le résultat de vues et de sentiments opposés, ils voulurent néanmoins tous les deux le bonheur de leur cité. Puisque nous étudions ici Aristide comme orateur, no-tons qu'il eut occasion sans doute d'exercer souvent ses talents en ce genre, lorsqu'il fut chargé de l'administration des finances. Il prouva, par ses actes et par sa parole, que jusque alors bien des malversations avaient été commises. Thémistocle, qu'il n'épargna pas, s'en vengea en l'accusant à son tour de concussion ; mais son éloquence, appuyée de sa probité, le préserva non-seulement de la condamnation à une amende, mais le fit maintenir dans les fonctions dont il s'acquittait si honorablement.

Quand éclata la guerre avec les Perses, dix polémarques furent chargés de commander aux troupes chacun leur jour. Aristide, comprenant ce qu'offrait de dangers cette succession de pouvoir, abandonna le commandement à Miltiade, et il eut le talent d'en-traîner tous ses collègues à imiter son abnégation. Il n'en signala pas moins sa valeur, et il resta fidèle à son renom de probité, lorsqu'il fut chargé de garder les trésors enlevés aux Perses. Nommé archonte, il donna de nouvelles preuves de son impar-tiale justice. Un jour que le tribunal prétendait condamner un accusé sans l'entendre, l'archonte quitta son siége, et, dans l'at-titude d'un suppliant, il rappela énergiquement au respect des lois établies les juges aveuglés par leur indignation. Tant de vertu et de courage eût dû le mettre à l'abri de l'envie : Thémistocle l'accusa justement par le seul point où il était vulnérable aux yeux d'un peuple jaloux de liberté et d'influence : « Tous, disait

l'accusation, le choisissent pour arbitre ; encore un peu, et il exer-
cera un pouvoir monarchique. » Il fut exilé par l'ostracisme, et
l'on sait qu'à sa sortie d'Athènes il supplia les dieux de ne pas
envoyer à ses concitoyens des maux qui les fissent se souvenir
d'Aristide.

La colère fit tomber de nouveau le roi de Perse sur l'Attique :
Aristide quitte son île d'Égine ; il rejoint Thémistocle en exposant sa vie au milieu des troupes ennemies. « Abjurons toute
haine, lui dit-il ; qu'une seule rivalité subsiste entre nous : luttons
à qui de nous deux saura le mieux sauver la Grèce, toi en remplissant tous les devoirs d'un général habile, moi en exécutant
tes ordres. — Hélas ! répondit Thémistocle, tu es plus honnête
que moi ; mais, si je dois regretter de t'avoir vu me provoquer à
cette rivalité généreuse, je saurai du moins t'égaler en la continuant. » La victoire de Salamine fut le prix de cette heureuse
réconciliation.

Aristide prit de nouveau la parole dans une circonstance solennelle : Mardonius, malgré ses trois cent mille hommes, crut, pour
venir à bout de la Grèce, avoir besoin d'être d'accord avec
Athènes. « Tant que le soleil, dit le Juste à l'émissaire du général
perse, donnera son éclat à la terre, les Athéniens auront horreur
de vous, parce que vous avez porté la dévastation dans leurs
champs et le feu dans leurs temples. » Il contribua depuis, avec
Pausanias, au succès de la bataille de Platée, soutint les prétentions de sa patrie à l'hégémonie des Grecs ; et, quand Thémistocle,
pour assurer aux siens l'empire de la mer, voulut brûler la flotte
des Grecs, il osa déclarer que le projet dont on lui faisait confidence
était avantageux sans doute, mais qu'il était injuste. Le peuple lui
fit l'honneur de s'en rapporter à la parole de l'homme qu'il reconnaissait pour juste par excellence. Cette renommée lui fut acquise
désormais sans conteste. A la représentation d'une tragédie d'Eschyle, on disait d'Amphiaraüs : « Il ne cherche pas à paraître
juste, mais à l'être ;» tous les yeux se tournèrent vers Aristide, et
sa conduite justifiait bien l'application de cet éloge.

Il mourut pauvre. La cité fit les frais de ses funérailles, lui éleva
un tombeau, donna des soins à son fils et une dot à sa fille. Aristide a dû, on peut en juger par sa vie, briller par sa noble éloquence ; mais la renommée de sa justice fera toujours oublier
celle de ses talents.

THÉMISTOCLE. — La vie de ce grand homme appartient à l'histoire et sa gloire militaire jette un tel éclat, qu'on n'a guère songé
à rechercher s'il avait été aussi un orateur distingué. Nous ne
raconterons pas sa vie au point de vue militaire : assez d'autres

l'ont fait et mieux que nous sans doute. Nous nous contenterons
de mettre en relief les traits qui nous le montrent aussi comme
maître des délibérations et des conseils par la puissance de sa
parole.

Thémistocle, né 527 ans av. J.-C., n'avait pas pour mère une
Athénienne; et cette particularité, qui dut lui nuire dans l'opinion
des Athéniens, fut peut-être l'origine des talents qu'il déploya pour
la faire oublier. Son maître Mnésiphilus s'attacha de tout son pouvoir à développer dans son élève le goût des occupations politiques, et bientôt les trophées de Miltiade l'empêchèrent de dormir.
Quand, après Marathon, tous s'imaginèrent qu'on en avait fini
avec les Perses, Thémistocle comprit que la lutte commençait
seulement; il eut à faire triompher son sentiment et y réussit :
première victoire de son éloquence. Il fallut décider les Grecs à
comprendre que la ville d'Athènes était la tête de cette guerre par
sa puissance maritime, et que sa force était toute dans ses vaisseaux; il y parvint, malgré l'opposition des Athéniens eux-mêmes.
Ce fut un nouveau triomphe pour son éloquence. A partir de ce
moment, il ne faut plus compter ses succès oratoires : c'est la
cupidité qu'il dompte, en faisant employer aux frais de la guerre
le produit des mines de Laurium; c'est la haine des Athéniens
qu'il ranime contre les Éginètes, alliés de Xerxès; c'est la jalousie
des villes rivales qu'il parvient à éteindre, leur zèle patriotique
qu'il rallume contre l'ennemi commun; c'est sa victoire démagogique remportée contre Aristide, victoire peu honorable, si le but
politique qu'il poursuivait n'en fut pas l'excuse; c'est encore le
conflit d'autorité qu'il apaise entre les généraux commandants des
alliés, au profit d'Eurybiade, ou plutôt au profit d'une autorité
unique; c'est l'appel fait aux peuples d'Ionie, pour les décider à
prendre le parti de leurs frères, l'explication heureuse de l'oracle
qui sauva la Grèce, ses querelles avec Eurybiade, c'est-à-dire la
lutte du bon sens contre l'emportement et l'opiniâtreté; c'est,
enfin, le péril passé, sa résistance pleine de chaleur aux empiètements et à l'injustice de Sparte.

Hélas! il faut reconnaître qu'un si grand génie se laissa aveu-
gler par la gloire qui enveloppa son nom, et qui lui cacha l'envie
grossissant tous les jours contre lui. Repoussé par sa patrie, il
chercha asile près des Perses qu'il avait combattus, et son entrée
chez le roi signale encore cette éloquence qui fit sans doute l'admiration de son temps : « Grand roi, je suis Thémistocle l'Athénien; banni par les Grecs, je me suis retiré vers vous; véritablement j'ai fait beaucoup de mal aux Perses, mais je leur ai fait
encore plus de bien : car ce fut moi qui empêchai les Grecs de les
poursuivre lorsque la Grèce, mise en sûreté par mes soins, et ma

patrie sauvée, semblaient me permettre de vous rendre quelque service. Je n'ai d'autres pensées que celles qui conviennent à l'état présent de ma fortune, et je viens disposé ou à recevoir vos bienfaits, si vous êtes enfin apaisé, ou à désarmer votre ressentiment par ma soumission et mes prières. Prenez donc mes ennemis pour témoins des services que j'ai rendus à vos sujets, et sauvez-moi de mon malheur, plutôt pour montrer votre vertu que pour assouvir votre colère. Par l'une, vous sauverez votre suppliant, et par l'autre, vous perdrez le plus grand ennemi de la Grèce. »

Sa fin fut celle qu'on devait attendre de son caractère et de son patriotisme. Il lui fallut opter entre une mort funeste et volontaire que louait la religion de ces temps, et une promesse qui lui mettait aux mains les armes contre sa patrie. Il mourut.

CORAX. — 450 ans environ av. J.-C. Ce Sicilien, ami d'Hiéron, ouvrit une école de rhétorique et laissa un traité de cet art qui ne nous est pas parvenu. On sait que son éloquence servit souvent son illustre ami, et qu'Aristote y puisa presque entiers les éléments de sa rhétorique. Corax eut pour disciples Tisias et Empédocle ; ce dernier, maître de Gorgias.

GORGIAS. — « Le plus célèbre des rhéteurs, Gorgias de Léontium, venu à Athènes pour plaider la cause de ses compatriotes contre les Syracusains, séduisit, dit M. Géruzez, l'assemblée du peuple par l'harmonie de ses paroles. Les Léontins lui dressèrent des statues en récompense du service qu'il leur avait rendu ; mais il s'établit à Athènes, où il ouvrit une école. Gorgias est regardé comme l'inventeur de la période : ce fut lui qui enseigna l'art de mesurer, de symétriser les membres des phrases et de les terminer heureusement. Les seuls ouvrages qui nous restent de Gorgias, l'*Éloge d'Hélène* et l'*Apologie de Palamède,* ne justifient pas l'enthousiasme de la Grèce ; mais il serait injuste d'apprécier son talent sur des compositions d'école, puisqu'il avait traité des sujets plus importants. »

Le peu de monuments qu'offre cette époque nous fait un devoir de consacrer une mention à cet orateur ; nous nous contenterons de citer l'exorde de l'*Apologie de Palamède.*

APOLOGIE DE PALAMÈDE
(Exorde.)

Quand il s'agit de la mort en elle-même, ô juges, il ne peut y avoir ni accusation ni défense : chaque mortel, au jour même de sa naissance, a été par la nature bien nettement condamné à mourir ; mais c'est pour moi question d'honneur et d'infamie d'avoir à perdre la vie avec dignité, ou de la perdre par la violence dans la honte et la flétrissure. De ces deux sortes de trépas, l'une est dans vos mains, l'autre dans les miennes : vous pouvez employer les voies de la rigueur, mais j'ai le droit de me préoccuper de ma dignité. D'abord il est facile de voir que, si vous le voulez, rien ne vous empêchera de me sacrifier : vous avez toute l'autorité qui me manque.

Si Ulysse, mon accusateur, apportait ici la preuve, ou du moins le soupçon de la trahison de Palamède, si l'intérêt de la Grèce dictait seul sa dénonciation, il mériterait le nom d'honnête homme pour avoir voulu sauver sa patrie, ses parents, la Grèce tout entière, et de plus pour avoir voulu punir un coupable. Mais si, véritablement, son accusation n'a d'autre mobile que la haine ou la méchanceté, cet Ulysse, qu'on eût pu croire si vertueux, est évidemment le plus scélérat des hommes. Que dire d'abord pour ma défense? De quel côté tournerai-je mes efforts? Accusé de si épouvantables crimes, je me sens pénétré de frayeur. Hélas! cette frayeur même semble me fermer la bouche que me fait ouvrir pourtant la force de la vérité et de la nécessité : l'une et l'autre m'apporteront encore plus de périls qu'elles ne m'inspireront d'éloquence.

Je puis affirmer premièrement que mon accusateur ne peut rien prouver : je sais bien moi-même que je n'ai pas fait ce dont il m'accuse, et nul ne saurait donner des preuves d'un crime qui n'a pas été commis. Et, s'il ne se fonde que sur des soupçons, je puis montrer de deux manières qu'il est dans l'erreur; car, si j'avais voulu trahir, je ne l'aurais pas pu; et, si je l'avais pu, je ne l'aurais pas voulu.

Je montrerai d'abord que je ne pus être coupable... etc.

POLUS. — Il était d'Agrigente, reçut les leçons de Gorgias et composa une rhétorique.

ALCIDAMAS. — Disciple de Gorgias comme le précédent. Il était né à Élée, en Asie Mineure, et il acquit une grande réputation à Athènes. Il nous reste, sous le nom de ce rhéteur, un discours d'Ulysse contre Palamède et un discours contre les sophistes. « Sans doute, dit M. Géruzez, le premier de ces discours fut composé pour l'école, et le second contre l'abus de l'enseignement de l'école; la contradiction n'est qu'apparente. » Ces morceaux ne sont pas sans mérite.

ULYSSE CONTRE PALAMÈDE
(Exorde.)

Grecs, il m'est arrivé souvent de trouver étrange qu'on s'en vînt ici à la tribune vous entretenir de matières sans aucune utilité publique, propres seulement à exciter entre vous des contestations dangereuses. Chaque jour on vous fait entendre des paroles sans portée, et chacun donne son suffrage d'après l'inspiration de son intérêt, appuyant de préférence le parti qui récompense avec le plus de libéralité. Qu'un crime se commette dans l'armée, que la cause commune soit sacrifiée à l'avantage personnel, nul n'en a souci; mais, si l'un de nous a fait un prisonnier d'importance, s'il a conquis une faveur militaire que n'ont pu conquérir les autres, l'avidité nous emporte et la discorde se met entre nous.

Pour moi, j'ai toujours pensé qu'un homme juste et honnête ne devait tenir aucun compte de ses inimitiés particulières, et ne jamais vouloir non plus servir un ami aux dépens des intérêts publics. Je tairai mes anciens services et ne ferai pas d'autre préambule. C'est Palamède que je veux soumettre à votre équitable tribunal : et, sachez-le, c'est de trahison que je l'accuse, d'un crime qui appelle une vengeance dix fois plus rigoureuse que tout autre crime. Et vous n'ignorez pas qu'entre cet homme et moi, jamais il ne s'est élevé, sur quoi que ce fût, ni querelle ni contestation, ni dans nos luttes gymnastiques, ni au milieu d'un banquet, là où la division et l'insulte naissent pourtant si facilement. Cependant je vous avertis que l'accusé est fin et habile. Prêtez-moi une attention scrupuleuse et ne laissez passer aucun détail inaperçu... etc.

CHAPITRE III

2e Époque

ORATEURS ATTIQUES

Nous devons, comme pour la première époque, faire connaître, avant les orateurs attiques, les grands hommes d'État dont l'éloquence dirigeait les affaires. Nous pourrions trouver dans Thucydide les paroles que l'historien leur prête, s'il n'était presque certain que leur pensée seule y est interprétée. Les biographies de Périclès, d'Alcibiade, de Nicias, etc., nous feront suffisamment reconnaître en quelles occasions importantes leur talent d'orateur s'est exercé, et quelles victoires brillantes il a remportées.

Périclès.— Cet homme illustre naquit entre 500 et 490 av. J.-C.; il entrait dans la vie à l'époque où brillaient Thémistocle et Aristide. N'étant encore qu'enfant, il s'occupa de sérieuses études, suivit les leçons de Damon, son initiateur aux secrets de la politique; et sans laisser rien paraître de ses projets, il jetait déjà les yeux sur cette tribune qui devait faire éclater son éloquence et lui conférer la direction des affaires. Les vieillards avaient saisi sur sa physionomie des traits communs avec celle de Pisistrate, qu'il allait dépasser par les talents de l'orateur et de l'homme d'État.

Du jour où il monta pour la première fois à la tribune, son avenir fut décidé; il entrait dans cette glorieuse pléiade des hommes de génie et de puissance qui font encore aujourd'hui la gloire des Athéniens. Puisque Cimon dominait alors à la tête du parti aristocratique, Périclès devait songer à devenir le chef de la multitude, le représentant du parti populaire; mais jamais on ne rencontra tribun d'une si grande proportion, d'une plus haute noblesse; l'ostracisme lui fit raison de son antagoniste. Mais,

dans cette lutte entre deux rivaux, il n'y eut ni bassesse ni proscription. L'arme la plus terrible, ce fut la parole. « L'effet de ses
discours, dit Lacretelle, était prodigieux ; malheureusement aucun
de ces chefs-d'œuvre n'a survécu. L'historien Thucydide en cite
plusieurs ; mais, comme c'était une improvisation pleine d'heureux hasards et toute spontanée, il est probable que l'expression,
toute belle qu'elle est dans Thucydide, n'appartient pas à Périclès,
et que le fond seul est de lui. Les leçons qu'il avait reçues du
philosophe Anaxagore, les idées générales et toutes nouvelles
qu'il lui avait demandées sur toutes choses, lui donnaient une suprême raison qui confondait et entraînait un peuple d'élite, et
le plaçaient toujours à une hauteur que ses adversaires ne pouvaient pas atteindre. Il étonnait d'abord ; puis, par des déductions
habiles et ménagées, il persuadait invinciblement. Avant de
monter à la tribune, il se disait tout bas qu'il allait parler à des
hommes libres, à des Grecs, à des Athéniens. De plus, il se rap-
pelait au besoin les leçons du philosophe Zénon d'Élée, le dialec-
ticien le plus habile de toute la Grèce ; aussi un de ses adversaires
les plus animés (1) disait-il souvent : « Quand je l'ai terrassé, et
« que je le tiens sous moi, il s'écrie bien haut qu'il n'est point vaincu,
« et tout le monde le croit. » Cet adversaire, beau-frère de Cimon,
qui reprit la lutte après lui, était un chef de parti plein d'habileté
et qui donna un rude exercice à l'éloquence de Périclès : il en
triompha néanmoins en amenant les choses au point de faire
prononcer le peuple entre son adversaire et lui.

En homme supérieur, il sut se mettre au-dessus des attaques
et des railleries et les déconcerter par son sang-froid et son à-pro-
pos. Il allait poursuivant son but, qui était de faire d'Athènes la
plus illustre des cités, et de Périclès le plus grand des citoyens
d'Athènes. Il voulut, et ce fut son crime, mettre la république en
position de ne pouvoir plus se passer de lui, et il fut l'instigateur
ardent de cette guerre du Péloponèse qui devait plus tard ruiner
sa patrie. Quand les ambassadeurs mégariens, corinthiens, lacédémoniens eurent parlé chacun dans leur sens et suivant leurs
ntérêts, Périclès, au milieu de l'assemblée générale réunie à
Athènes, prit solennellement la parole. Or la guerre était résolue
dans sa pensée. Son éloquence battit tout en brèche ; il écrasa les
orateurs des différentes cités du poids de son génie, soutint énergiquement la cause des Athéniens, et, son discours fini, on n'eut
plus qu'à se préparer à combattre. Quand il revint, chargé des
dépouilles du Péloponèse et de Mégare, il fit entendre de magnifiques accents en prononçant l'éloge funèbre des citoyens qui

(1) Thucydide, beau-frère de Cimon, qu'il ne faut pas confondre avec l'historien.

avaient succombé dans la lutte, en profitant de cette occasion solennelle de glorifier la politique d'Athènes ou plutôt la sienne.
Quand nous nous occuperons de l'historien Thucydide, nous citerons le passage où il interprète ce discours qu'il avait entendu
lorsqu'il était jeune, et qui avait laissé une forte empreinte dans
son esprit.

C'est ici la place de transcrire le jugement qu'il a porté sur cet
homme : «Puissant par sa dignité personnelle et par sa sagesse,
reconnu pour incapable de se laisser corrompre par des présents,
Périclès contenait la multitude par l'ascendant qu'il prenait sur elle.
Il ne recevait du peuple aucune impulsion, il savait le diriger. N'ayant
acquis son autorité que par des moyens honorables, il n'avait pas
besoin de ménager les caprices populaires; il osait les contredire
et les réprimer. S'il fallait, au contraire, relever les Athéniens
de l'abattement où ils se laissaient tomber, sa voix ranimait
leur courage. La démocratie subsistait de nom sous un véritable
prince. »

ALCIBIADE. — Il naquit à Athènes, vers l'an 450 av. J.-C. Il eut
pour père Clinias, un des héros de sa patrie, et pour tuteur son
grand-père maternel Périclès. Peut-être les préoccupations de la
politique rendirent-elles celui-ci trop négligent et nuisirent-elles
à l'éducation de son pupille. Du moins le jeune Alcibiade fut
frappé de l'éloquence, de l'habile politique et de l'artificieuse et
splendide administration de son tuteur; de plus, il reçut les leçons
de Socrate, leçons dont malheureusement il ne profita pas toujours. Son entrée sur la scène politique eut le succès que devaient
lui assurer des avantages personnels; il était orné de tous les
charmes du corps et de l'esprit, il était d'une naissance illustre;
mais, comme l'a dit Cornélius Népos, il portit en lui les germes
des plus grands vices comme des plus grandes vertus. Alcibiade
possédait au plus haut degré le talent d'entraîner et de dominer
la multitude; et, à la tribune, il débuta par un véritable triomphe,
quoiqu'il bégayât un peu et ne pût prononcer la lettre P.

Il employa plus tard l'influence de sa parole à engager les Athéniens dans la guerre de Sicile, d'où ils ne devaient rapporter que
des défaites et de la honte. Il partit comme général pour cette expédition; mais il ne devait pas la commander. Ses ennemis n'avaient
attendu que son départ; il fut jugé et condamné à mourir. « Je
leur ferai voir, dit Alcibiade à cette nouvelle, que je suis encore
vivant. » Et il prêta le secours de son éloquence, de son habileté,
de sa valeur aux Lacédémoniens, qui surent en tirer un meilleur
parti que ne l'avaient fait les Athéniens.

Alcibiade revint, par la suite, à des sentiments plus dignes d'un citoyen; il arma de nouveau son bras pour sa patrie; et, toujours supérieur à l'adversité et aux circonstances, il ne cessa de porter la victoire au parti qu'il embrassait. Il tomba, à quarante ans, sous le fer des assassins. Doué de qualités extraordinaires, né avec toutes les passions, ce grand homme était fait pour exciter parmi ses concitoyens un véritable engouement; il serait digne de toute l'admiration des peuples, s'il n'eût manqué de la grandeur d'âme, qui est la compagne de la vertu, s'il n'eût contribué surtout à corrompre les mœurs publiques.

NICIAS. — C'est le général qui prit aux Lacédémoniens l'île de Cythère, 425 ans av. J.-C., qui suspendit la guerre du Péloponèse, fit l'expédition de Sicile et y périt avec Démosthène 413 ans av. J.-C. Il dut se montrer orateur et orateur habile, lorsque, en 421, malgré l'irritation des esprits, il sut arracher aux deux partis une trêve de cinquante ans, que l'emportement des partisans de la guerre sut bien abréger. On le retrouve à la tribune, lorsque l'expédition de Sicile est mise en question, et il y représente l'opinion des citoyens sensés d'Athènes, qu'une guerre lointaine effrayait. Il avait un rude adversaire, et il succomba; mais ce qui semble indiquer que cet échec ne lui faisait rien perdre de l'estime publique, c'est qu'il partagea avec Lamachus et Alcibiade le commandement de l'armée.

CRITIAS. — C'est, et il en faut croire Cicéron, un des meilleurs orateurs d'Athènes. Il fut disciple de Socrate, avec lequel il ne tarda pas à se brouiller. Exilé de sa patrie, il vint à Sparte, et rentra avec Lysandre à Athènes en 404. Choisi par les Lacédémoniens comme un des trente tyrans, il soutint de son bras, et surtout de sa parole, la cause qu'il avait embrassée; il accusa lui-même et fit condamner son collègue Théramène, qu'il trouvait trop modéré, et poussa la rage jusqu'à faire chasser de leur asile ses ennemis vaincus. Quand Thrasybule renversa les trente tyrans, Critias perdit la vie dans la lutte. Ne semble-t-il pas que nous écrivions la vie d'un de nos orateurs républicains du dernier siècle?

THÉRAMÈNE. — Il vivait à la fin de la guerre du Péloponèse; il se trouva mêlé aux grands hommes et aux grandes choses de ce siècle, et partagea avec ceux que nous venons d'étudier la dangereuse influence que procurent les talents oratoires dans les démocraties. Quelque temps après la bataille des îles Arginuses, où il avait un commandement, il fut chargé de recueillir les naufragés et de leur donner la sépulture. La tempête fit échouer sa mission et

les généraux le mirent en accusation; mais Théramène sut à la
fois se défendre et rétorquer l'accusation avec tant d'habileté, il
réussit à produire un tel soulèvement contre ses ennemis dans les
esprits populaires, que ce furent les accusateurs que l'on condamna
à mort. Il fut avec Critias un des trente tyrans, et crut pouvoir faire
régner dans ce conseil la justice et surtout la modération. Critias
le vainquit, et il fut immolé à son tour. Cicéron, quelquefois
admirateur trop passionné des Grecs, l'égale à Périclès pour l'éloquence, et compare sa mort à celle de Socrate. Il y a là une exagération évidente.

ANTIPHON. — C'est le premier, par ordre de date, des orateurs
attiques. « Antiphon de Rhamnus en Attique, dit M. Geruzez, né
479 ans av. J.-C., ouvrit à Athènes une école de rhétorique; il fut
le maître de Thucydide. Pendant la guerre du Péloponèse, il fut
chargé plusieurs fois de commander des corps de troupes athéniennes. Il fut le promoteur de la révolution qui établit à Athènes
l'oligarchie des quatre cents. Membre de ce gouvernement, envoyé
à Sparte pour y négocier la paix, Antiphon ne réussit pas dans
cette ambassade; accusé de trahison, il fut condamné à mort.
Antiphon composait à prix d'argent des discours que les accusés
prononçaient eux-mêmes. Il nous reste de cet orateur quinze discours, qui sont des plaidoyers composés pour des citoyens accusés
d'homicide. » Hermogène l'a ainsi jugé : « Il est clair dans l'exposition, vrai dans la peinture des sentiments, fidèle à la nature et
par suite persuasif; mais il ne possède pas ces talents au point où
les portèrent les orateurs subséquents. Quoique sa diction soit souvent grandiose, elle est cependant polie : en général il manque de
vivacité et d'énergie. » Ses discours sont précieux, surtout pour
les lumières qu'ils jettent sur la procédure criminelle de ce temps.

SUR LE MEURTRE D'HÉRODE

(Hélus de Mytilène part d'Athènes pour Ænos avec Hérode; ils arrivent
par terre jusqu'à Méthymne; là ils changent de navire, parce qu'ils en trouvent
un autre plus à leur convenance. Le soir Hérode sort et ne revient plus. Au
retour d'Hélus, les parents du mort, les parents d'Hérode accusent son compagnon de voyage de l'avoir assassiné. L'orateur, dans son exorde, demande
l'indulgence des juges pour son peu d'éloquence et se plaint des rigueurs
qu'on lui a fait préventivement endurer. Il fait ensuite remarquer le manque
de formes introduit dans l'accusation qu'on lui intente : en effet, on le soumet
au jugement ordinaire des malfaiteurs; or, on appelle malfaiteurs les fripons
et les voleurs; et il est prouvé qu'il n'a commis aucun des crimes qu'on reproche à ses sortes de gens.)

Je partis donc de Mytilène, ô juges, sur le navire qui portait Hérode,
celui-là même qu'on m'accuse d'avoir assassiné; nous nous rendions à Ænos,

moi pour aller voir mon père qui y habite, lui pour vendre des esclaves à certains Thraces. Notez que ces Thraces qui devaient les acheter, et les esclaves qu'Hérode devait vendre, étaient tous ensemble à bord. Les témoins vont ici l'attester. (*Comparution des témoins.*)

Vous connaissez maintenant les motifs de notre voyage. Or une tempête nous força de relâcher sur un point voisin du territoire de Méthymne, où se trouvait à l'ancre le navire même sur lequel a péri, dit-on, Hérode après s'y être embarqué. Je tiens bien à faire remarquer ici que cette relâche eut lieu par hasard et non de propos délibéré. En effet, on ne saurait prouver que j'aie en quoi que ce fût déterminé Hérode à s'embarquer avec moi; il est bien constant, au contraire, que c'est lui, de son plein gré, pour ses affaires personnelles, qui a pris cette voie de transport; il est visible aussi que j'avais une raison déterminante pour entreprendre le voyage; c'est bien par nécessité absolue et non par suite d'une odieuse machination que nous avons abordé à cet endroit de Méthymne. Or, après être entrés au port, nous avons pris un autre navire, non pas que nous eussions médité un plan coupable ou tenté de faire réussir un coupable projet, mais uniquement, on peut le dire, parce que nous étions poussés par une force plus puissante que notre volonté. Notre premier bâtiment n'était protégé par aucune couverture; le second était garni d'un toit qui devait nous le faire préférer à l'autre, par le mauvais temps qui régnait alors. Les témoins vous l'affirmeront encore. (*Comparution des témoins.*)

Nous voilà partis sur ce nouveau navire, et nous passons le temps à boire. C'est alors qu'Hérode a dû, le fait est certain, quitter le navire, sur lequel il ne revint plus : pour moi, durant cette nuit, je ne l'abandonnai pas un instant. Le lendemain seulement, quand on ne le vit pas reparaître, on le demanda, mais on ne le demanda pas plus à moi qu'aux autres passagers; et assurément cette absence me parut pour le moins aussi grave qu'à n'importe qui. Je proposai d'envoyer à ce sujet un courrier à Mytilène, et l'on se rangea à mon avis. Cependant, personne ne se décidant à partir, ni parmi les passagers du vaisseau couvert, ni parmi les anciens compagnons de route du malheureux Hérode, j'offris un de mes serviteurs, et certes je n'aurais pas pris tant de soins pour y envoyer ainsi un dénonciateur du crime qu'on m'impute. Quand on eut constaté qu'Hérode ne se trouvait ni à Méthymne, ni nulle part ailleurs, la navigation était déjà rouverte, les autres barques s'avançaient en mer : je continuai moi-même la traversée. Mes témoins vont vous instruire de tous ces détails. (*Comparution des témoins.*)

Tels sont les faits : c'est à vous de les apprécier. D'abord, jusqu'au moment où nous eûmes abordé à Œnos, malgré la disparition d'Hérode, nul ne songeait à m'incriminer; et pourtant mes accusateurs d'aujourd'hui n'ignoraient pas l'événement. S'ils en eussent agi ainsi, qui me forçait à quitter ce port de refuge? Mais alors la force de la vérité réprimait leur malice, et d'ailleurs j'étais loin. C'est quand j'eus quitté l'île, et après qu'ils eurent bien construit l'échafaudage de leurs mensonges, qu'ils se mirent à m'accuser. J'avais tué Hérode à terre, dirent-ils, en lui jetant une pierre à la tête; vous savez déjà que je n'étais pas sorti du vaisseau. N'importe, c'est un détail dont ils sont certains; mais ils seraient bien embarrassés pour nous dire comment il se fait qu'il ait disparu. Le malheur dut arriver, la chose est toute simple, quelque part dans le voisinage du port : Hérode avait quitté le bord la nuit, il était étourdi par le vin; il n'était guère en état de se diriger lui-même, et l'on ne saurait expliquer d'une manière plausible qu'on eût pu lui faire parcourir une longue route. On le cherche durant deux jours, près du port, loin du port, personne ne l'a vu; et l'on ne découvre aucun indice, pas une trace de sang. Dois-je donc être la victime d'un mensonge, moi qui vous prouve que je suis resté à bord, et que, en fussé-je

sorti, je n'aurais pu parvenir à le faire disparaître, à moins qu'il ne se fût
avancé dans les terres? Vous l'avez jeté à la mer, dit-on ; mais alors, de quel
navire l'ai-je précipité? d'un de ceux sans doute qui stationnaient au port ?
Et pourquoi ne le découvre-t-on pas, quand tous s'accordent à dire qu'on
y doit trouver la trace d'un meurtre accompli la nuit, d'un homme jeté à la
mer? Vous me direz que les accusateurs ont reconnu ces traces sur le navire
où je fus avec Hérode et d'où il est sorti ; oui, mais ils n'admettent pas
qu'il y ait péri; et le navire, théâtre du meurtre, le navire d'où il fut précipité, ils ne peuvent le découvrir, aucun indice ne leur en révèle l'existence.
Écoutez mes témoins. (*Comparution des témoins.*)

(A cet endroit de la défense, l'accusé raconte comment un de ses esclaves
a été mis à la torture, sans que pour cela il ait rien déposé contre lui; mais,
à une seconde épreuve, dit-il, sollicité par des promesses, par l'appât de la
liberté, par la crainte de nouveaux tourments, il a chargé son maître. Je demanderai alors pourquoi la question n'a-t-elle pas été donnée en présence
du principal intéressé ? Ce n'est pas tout : le malheureux se rétracte et avoue
qu'on l'a engagé à ce faux témoignage; on le tue à force de torture. « Vous
n'aviez pas besoin, s'écrie l'accusé, d'un dénonciateur; il ne vous fallait
qu'une dénonciation. »)

Mais enfin quel motif me poussait à l'assassinat? La haine? Il n'y avait jamais eu aucun rapport entre cet homme et moi. C'était, dit-on, pour servir
la vengeance d'un autre. Qui voudrait commettre pareil crime pour concou-
rir au plaisir d'autrui? Personne, je pense. Bien plus, l'on doit s'attendre à
reconnaître des griefs graves, des embûches nettement indiquées de part et
d'autre entre l'assassin et sa victime. Jamais entre Hérode et moi ne s'est
élevé le moindre différend. L'aurais-je immolé à ma cupidité? Il n'avait pas
d'argent! Je le craignais, et, pour prévenir ses coups, je m'en suis débarrassé.
On a vu la peur amener de semblables crimes. Mais jamais il ne m'a inspiré de
tels sentiments. Il y aurait bien plus d'apparence à t'accuser toi-même d'a-
gir dans le but de t'enrichir par ma mort, qu'à me prêter l'intention de m'enrichir par celle d'Hérode. Si je succombe à ce jugement, les miens auront,
pour te reprocher l'homicide, mille raisons que ne peuvent avoir les amis de
ma prétendue victime...

Je crois, juges, avoir réfuté toutes les accusations qu'on m'a intentées; je
sollicite de vous une sentence d'acquittement qui me sauvera, qui doit être
aussi la garantie de votre équité et de votre religion. Tous, vous avez fait
serment de rendre la justice suivant les lois; les lois, qui m'ont ouvert
une prison, n'ont plus de prise sur moi; je n'ai plus à tenir compte que de
celles qui me tiennent engagé dans ce débat... Juges, faites preuve
envers moi de votre impartialité. Accordez un délai; le temps à qui cherche
bien découvre ordinairement la vérité. Songez, vous qui allez prononcer, qu'une sentence injuste doit vous être imputée plus gravement qu'une
fausse déposition à mes accusateurs. L'accusation n'a point, comme votre arrêt, une force réellement effective. Si vous venez à vous tromper,
vous n'aurez à rejeter votre erreur sur personne. Comment donc ren-
drez-vous un jugement droit et conforme aux lois, si vous n'admettez mes
accusateurs qu'en les astreignant au serment, et si vous ne me donnez à moi-
même le moyen de me justifier ? Et comment me le fourniriez-vous, ce
moyen ? En me renvoyant absous. Je ne serai pas pour cela à l'abri de vos
sentences, car vous serez toujours mes juges. Absous, je reste en votre pouvoir ; mais, si vous me condamnez, vos délibérations ne pourront plus revenir sur mon compte...

ANDOCIDE. — « Andocide, fils de Léogoras, d'une famille noble
d'Athènes, commanda, dit Schœll, la flotte athénienne dans la
guerre entre les Corinthiens et les Corcyréens. Par la suite il fut
accusé d'avoir eu part à l'outrage commis contre les Hermès ou
statues de Mercure, crime dont Alcibiade était regardé comme
un des auteurs. Andocide ayant été arrêté pour ce sacrilége,
échappa à la punition en dénonçant ses complices vrais ou pré-
tendus. Photius ajoute que parmi eux était Léogoras, mais qu'Andocide trouva moyen d'obtenir la grâce de son père. Le même
auteur rapporte divers autres traits de la vie de l'orateur, qui le
forcèrent de quitter Athènes. Il y rentra sous le gouvernement
des quatre cents, et fut mis en prison; néanmoins il réussit à
s'évader. Il retourna une seconde fois dans sa patrie après la chute
des trente tyrans. Ayant échoué dans une ambassade à Sparte, qui
lui avait été confiée, il n'osa plus se montrer à Athènes, et mourut
dans l'exil. »

Il n'employa son talent que pour ses propres affaires. Les
quatre discours qui nous en restent, quelque importants qu'ils
soient pour l'histoire de la Grèce, ne donnent aucune idée du
mérite oratoire d'Andocide. Le premier de ces discours se rapporte aux mystères d'Éleusis, qu'on l'accusait d'avoir profanés.
Le second traite de sa rentrée à Athènes; le troisième, *De la
Paix*, fut prononcé à l'occasion du traité conclu avec Sparte
(*Ol.* XCV. 4); le quatrième est dirigé contre Alcibiade. La médiocrité d'Andocide et le mérite supérieur des autres discours politiques que nous offriront les orateurs suivants, nous décident à
ne faire ici aucune citation.

LYSIAS. — C'est un des meilleurs orateurs de cette pléiade, et
Cicéron a dit de lui : « C'était un écrivain d'une précision et d'une
élégance extrêmes, et Athènes pouvait presque se vanter d'avoir en
lui un orateur parfait. » Il naquit dans cette ville, 495 ans av. J.-C.
Il avait quinze ans, quand les Athéniens envoyèrent à Sybaris,
dans la Grande-Grèce, une colonie; il se joignit aux émigrants,
et, jusqu'à l'âge de trente à trente-cinq ans qu'il revint dans sa
patrie, il donna tous ses soins à l'étude de l'éloquence. C'était
l'époque de la défaite subie par les Athéniens devant Syracuse.
Sous le gouvernement des trente tyrans, son frère, qu'il aimait
tendrement, fut condamné à boire la ciguë, et lui-même, après
avoir couru de grands dangers, fut envoyé en exil. Il alla joindre
Thrasybule avec cinq cents soldats qu'il avait armés à ses frais, et,
par ses talents et son courage, contribua puissamment à délivrer
son pays de la tyrannie. C'est alors qu'il intenta un procès à
Ératosthène, l'auteur de la mort de son frère. Nous donnerons

l'analyse et quelques morceaux du magnifique discours qu'il prononça en cette circonstance. Il avait quatre-vingts ans quand il mourut.

Lysias possédait une véritable éloquence, plus remarquable cependant par la simplicité et par le cachet de la probité que par la force et la grandeur. Son style est pur, clair et délicat ; il possède une grâce et une concision qui ne blessent jamais les convenances et ajoutent un nouveau prix à la vivacité. On sait que, lorsque s'instruisait le procès de Socrate, Lysias, ami et disciple du philosophe, écrivit un plaidoyer qui devait servir à la défense. Socrate le lut et l'admira, mais il ne voulut pas en faire usage : « Votre discours est beau sans doute, dit-il à son ami, et rempli de grands ornements ; mais il manque du caractère fort et digne que demande la défense d'un philosophe. »

Nous donnerons quelques extraits du discours qu'on est convenu de regarder comme le chef-d'œuvre de Lysias : c'est l'*Oraison funèbre des Athéniens* qui, envoyés avec Iphicrate au secours des Corinthiens, avaient succombé dans la lutte.

DISCOURS CONTRE ÉRATOSTHÈNE

(Exorde , narration , péroraison.)

La difficulté, juges, n'est pas de débuter dans cette accusation, mais c'est d'en trouver la fin. Ces Trente ont commis tant de crimes atroces, qu'en les inventant on ne trouverait rien de plus horrible ; à dire la vérité, on n'en saurait embrasser toute l'étendue. Il faut, de nécessité, ou que ce soit l'accusateur, ou que ce soit le temps qui fasse défaut. Ce qui va se produire dans cette cause n'est jamais arrivé dans aucune affaire précédente. Les accusateurs devaient dévoiler les motifs d'inimitié qu'ils pouvaient avoir contre leur partie ; aujourd'hui, c'est aux prévenus eux-mêmes qu'il faut demander quelle haine ils ont conçue contre leur cité, pour avoir osé se montrer si coupables contre elle. Je ne prétends pas soutenir que je n'ai éprouvé moi-même aucun dommage, que je n'ai aucun grief particulier ; je veux dire que tous les citoyens ont un sujet de colère, ont à venger des injures personnelles et publiques Moi donc, juges, qui n'ai jamais intenté de procès, ni pour moi ni pour personne, l'atrocité des faits me force à accuser Ératosthène ; et, si j'ai éprouvé une si grande défiance de moi-même en cette circonstance, c'est que j'ai craint que mon inexpérience ne me permît pas de poursuivre assez énergiquement, pour mon frère et pour moi, l'accusation que j'apporte ici. Je m'efforcerai d'être aussi bref que possible dans la narration des faits.

Céphale, mon père, à l'instigation de Périclès, vint habiter cette ville, où il demeura trente ans : durant ce long temps, ni lui ni nous, nous n'avons jamais cité personne en justice ; jamais non plus l'on ne nous y cita ; c'est vous dire que notre vie fut telle dans cet état démocratique, que, si nous n'avons jamais reçu une seule injure, nous n'avons jamais non plus commis une injustice. Mais, plus tard, les Trente s'emparèrent du pouvoir. Il fallait, disaient ces hommes pervers et odieux, il fallait purger la cité de tous les méchants et diriger le reste des citoyens vers l'amour de la vertu et de la justice. Leurs actions ne furent pas d'accord avec leurs paroles, et je vais faire en sorte de vous en donner la preuve par le récit de ce qui me concerne, puis de ce qui vous regarde vous-mêmes. Théognis et Pison vont porter devant les Trente la question des *domiciliés,* disant que bon nombre d'entre eux n'étaient pas satisfaits de l'état présent de la république. « Excellente occasion, ajoutent-ils, en apparence de punir, mais en réalité de faire une excellente affaire; en général, la ville est pauvre, mais les gouvernants aussi ont bien besoin d'argent. » Ils n'eurent pas grand'peine à persuader leurs auditeurs, qui estiment aussi peu la vie des hommes qu'ils font cas d'une grosse somme. On s'accorda pour en prendre dix d'un coup; dans le nombre, il devait y avoir deux pauvres, et cela pour se procurer un bon moyen de défense, s'ils étaient attaqués au sujet des huit autres. « Ce n'est pas notre intérêt qui nous guide, c'est l'utilité publique. » Comme si jamais ils avaient été guidés par un motif de justice et d'honneur !

Les maisons désignées et partagées, on se met en route; ils viennent chez moi, me trouvent à table avec des amis, les mettent en déroute et me livrent à Pison : les autres descendent à l'office, et inscrivent les noms des esclaves. Pour moi, je demandai à Pison si, pour de l'argent, il voulait me sauver la vie; il y consentit, pourvu que la somme fût ronde. Je lui promis un talent; il se chargea d'arranger l'affaire. Je n'ignorais pas qu'il n'avait respect ni des dieux ni des hommes; cependant, vu l'occurrence, je jugeai fort à propos de lui faire donner sa parole. Il la donna; il engagea sa propre tête et celle de ses enfants, que, moyennant un talent, je serais sain et sauf. Alors j'entrai dans ma chambre et j'ouvris ma caisse. Pison me voit, entre à son tour, jette un coup d'œil sur ce qui se trouve là, appelle deux serviteurs et leur donne l'ordre d'emporter le contenu de la caisse. Alors, juges, il enleva, non pas ce dont nous étions convenus, mais trois talents d'argent, quatre cents cyziques, cent dariques, et de plus quatre coupes d'argent. En vain je le priai de me laisser au moins de quoi vivre en route; il prétendit que je devais me trouver encore heureux d'avoir la vie sauve.

Nous sortions Pison et moi; Mélobius et Mnésithide, revenant de l'office, se présentent à nous à la porte et nous demandent où nous allons. Pison leur dit qu'il va chez mon frère, pour y faire aussi une perquisition de ce qu'il possède. « Allez, lui disent-ils; pour lui, qu'il nous suive chez Damnippe. » Pison s'approche de moi : « Silence, murmure-t-il, ne craignez rien, je vais aller vous y rejoindre. » Chez Damnippe, nous rencontrâmes Théognis qui gardait les autres; ils me livrent à lui et s'en vont. Dans une position si critique, je dus songer à trouver un moyen de salut; je voyais de près la mort. J'appelle donc Damnippe et je lui dis : « Tu es mon ami, je suis sous ton toit; je n'ai fait aucun mal, c'est ma fortune qui me perd. Dans le péril où tu me vois, hâte-toi, trouve un expédient pour me sauver. » Il me promet de le faire et croit que le plus à propos c'est de s'entendre avec Théognis, qui, pense-t-il, est disposé à tout si on lui offre de l'argent. Mais durant cette négociation (je connaissais la maison, et savais qu'elle avait deux issues), je résolus de tenter au moins un effort pour m'enfuir. Je raisonnais ainsi : Si l'on ne me voit pas, je suis sauvé; si je suis repris, il me reste l'espérance d'être délivré, pourvu que Damnippe parvienne à séduire Théognis; s'il échoue, c'est toujours ma vie qui est en jeu.

Dans cette pensée, je m'échappe par derrière, tandis qu'on veille sur le vestibule d'entrée; il me fallait franchir trois portes, j'eus le bonheur de les trouver ouvertes. J'arrivai enfin à la demeure d'Archénée, patron de navire, et le dépêchai à la ville pour avoir des nouvelles de mon frère. Hélas! il revint m'apprendre qu'Eratosthène avait en route arrêté mon frère et l'avait conduit en prison. A cette nouvelle, je m'embarquai pour Mégare la nuit suivante.

Bientôt apparut le décret ordinaire des Trente, dénonçant à mon frère Polémarque qu'il eût à boire la ciguë, sans motiver l'arrêt, sans le soumettre à un tribunal, sans lui permettre la défense. Après sa mort, quand on emporta son cadavre de la prison, bien que nous pussions disposer de trois maisons, ils ne voulurent pas qu'on en prît une seule pour les funérailles: on loua une masure, où le corps fut exposé. Nous possédions des étoffes en quantité : on leur en demanda pour ensevelir mon pauvre frère; ils n'en voulurent point donner. Ses amis s'y prêtèrent : l'un fit don d'un manteau, l'autre d'un coussin, chacun de ce qu'il put pour lui rendre les derniers honneurs. Cependant les Trente s'étaient approprié, sur ce que nous possédions, sept cents boucliers, une masse d'or et d'argent, du bronze, des meubles de prix, des parures de femmes, tout cela en plus grande quantité qu'ils ne s'y attendaient; enfin cent vingt esclaves, dont ils se réservèrent le choix, et vendirent le reste au profit du fisc. Leur insatiable cupidité, leur honteux amour du gain alla si loin, ils voulurent à ce point donner des preuves de leur odieux caractère, que Mélobius, à la vue des pendants d'or que portait la malheureuse épouse et qu'elle avait apportés en entrant dans la maison de son mari, ne put se contenir, et les lui arracha des oreilles.

Ainsi, pas la moindre partie de nos biens ne réussit à nous faire obtenir de ces hommes quelques marques d'humanité; mais, au prix de tout ce que nous possédions, nous obtînmes d'eux un traitement rigoureux qu'on n'infligerait guère aux plus sanglantes injures. Notre conduite à l'égard de la république ne nous permettait pas de nous y attendre : nous qui avons supporté toutes les charges publiques, qui avons payé tous les tributs, qui avons donné des preuves de modération, qui avons obéi à tous les règlements, qui ne nous sommes attiré la haine de personne, qui avons payé la rançon de plus d'un citoyen; oui, voilà la reconnaissance qu'ils nous ont montrée, à nous qui n'avons pas voulu, étrangers domiciliés à Athènes, nous montrer tels que les propres chefs de la république.

Et ces hommes, après avoir forcé des citoyens à ne trouver refuge qu'auprès des ennemis, laissé leurs victimes étendues sans sépulture, privé ceux qui jouissaient du droit de cité de l'exercice de ce droit, contraint au célibat des filles nubiles, ces hommes vont plus loin encore dans leur effronterie: ils ont conçu la pensée de se défendre; à les entendre, ils n'ont rien fait de mal, ils ne croient pas avoir à rougir de leur conduite.

Ah! s'ils disaient la vérité, ce n'est pas moi qui gagnerais le moins à leur innocence; mais ils nous ont donné des raisons de les juger autrement, à tous tant que nous sommes. Mon propre frère, je vous l'ai dit, est tombé victime d'Ératosthène, sans jamais lui avoir fait la moindre injure, sans avoir commis le moindre délit contre l'État; il n'a eu que trop de ménagements pour la méchanceté de son ennemi... Viens ici, Ératosthène, et réponds-moi. As-tu entraîné Polémarque? — Je n'ai fait qu'exécuter par crainte les ordres de mes collègues. — Assistais-tu au conseil quand on mit notre affaire en délibération? — J'y assistais. — Appuyais-tu l'avis de ceux qui voulaient notre mort? Contrariais-tu leurs desseins? — Je les contrariais. — Quoi! tu voulais nous épargner? — Je le voulais. — Pensais-tu qu'on fût juste ou injuste à notre égard? — Injuste. — Ainsi donc, scélérat, tu résistais à tes collègues et voulais nous sauver; mais c'est toi-même qui nous arrêtais pour nous mener à la mort. Quand notre salut dépendait de vous tous, tu soutiens avoir contredit ceux qui voulaient nous faire périr; et quand, seul, tu pouvais sauver ou perdre Polémarque, c'est toi qui le mis en prison ! En vain tu fis, dis-tu, opposition à la cruauté des autres, et tu prétends être jugé irréprochable. En arrêtant mon frère, tu as causé sa mort; prétendrais-tu aussi échapper au châtiment que nous te préparons?...

Je termine ce discours; je désire seulement rapporter quelques faits, tant à ceux qui n'ont pas quitté la ville, qu'à ceux qui sont revenus du Pirée; je

veux vous faire envisager les maux que vous devez à ces scélérats; je veux
les mettre sous vos yeux pour vous dicter votre sentence. Et vous, d'abord,
qui êtes demeurés à Athènes, rappelez-vous à quelle odieuse tyrannie ils vous
soumirent, comment ils vous ont mis les armes à la main contre vos frères,
vos fils, vos concitoyens pour vous réduire, vaincus, à la triste condition des
vainqueurs; vainqueurs, à leur honteux despotisme. Et cependant leur fortune personnelle se grossissait au milieu des embarras publics; la vôtre se rui-
nait dans cette guerre intestine. Ils n'entendaient pas vous faire profiter des
gains de leur pouvoir tyrannique; mais ils vous ont contraints à partager
l'infamie qui devait en devenir le fruit. Dans l'excès de leur insolence, ce
n'est pas en vous procurant leurs avantages qu'ils comptèrent acheter votre
fidélité; c'est en vous rendant les complices de leur ignominie qu'ils ont cru
enchaîner votre bienveillance. A ce souvenir, ô citoyens, aujourd'hui que
vous n'avez plus rien à redouter, vengez à la fois, autant que vous le pouvez,
et vous-mêmes et ceux qui revinrent du Pirée. Songez qu'il vous a fallu supporter l'odieuse domination de ces monstres; songez qu'aujourd'hui, maîtres
de la cité avec les bons citoyens, c'est contre des ennemis que vous allez
combattre, c'est pour la patrie que vous délibérez; n'oubliez pas non plus
ces auxiliaires dont les tyrans firent dans l'Acropole les satellites de leur
pouvoir, les gardiens de notre servitude. Vous qui demeurâtes à Athènes,
voilà mes dernières paroles, bien que j'eusse pu vous rappeler d'autres souvenirs.

Quant à vous qui revenez du Pirée, retracez à votre mémoire ces armes
glorieuses qui terminèrent tant de guerres, arrachées de vos mains, non par
l'ennemi, mais par ces lâches au milieu de la paix; la voix du héraut pro-
clamant votre bannissement de cette ville que vos ancêtres vous ont laissée,
et leur haine acharnée vous réclamant dans l'exil aux cités qui vous avaient
reçus. Rallumez votre colère, retrouvez vos sentiments de bannis: repassez
la liste des maux que ces Trente vous ont fait souffrir; revoyez ceux-ci enlevés de la place, ceux-là des temples, d'autres violemment assassinés; des
malheureux arrachés aux embrassements de leurs enfants, de leurs parents,
de leurs épouses, réduits à se tuer eux mêmes et privés des honneurs de la
sépulture. Ils croyaient donc, les insensés, leur tyrannie trop solidement
assise, pour que le courroux des dieux pût la renverser! Vous, vous avez
échappé à la mort; et, après mille dangers, errant de ville en ville, traqués de
toutes parts, manquant du nécessaire, abandonnant vos enfants, tantôt chez
des ennemis, tantôt dans des régions lointaines, vous arrivâtes au Pirée, mais
non sans une vive opposition; et là, au milieu des plus grands périls, vous
avez agi en gens de cœur; aux uns vous rendîtes la liberté, vous ramenâtes
les autres dans leur patrie. Si la fortune eût trahi vos efforts, si votre espoir
eût été trompé, il vous aurait fallu reprendre le chemin de l'exil pour vous
soustraire aux maux que vous aviez autrefois éprouvés. La cruauté des
Trente ne vous permettait pour refuges ni temple ni autel, ces derniers
asiles des scélérats. Vos enfants, laissés à Athènes, eussent eu à supporter les
derniers outrages; vos enfants, abandonnés au loin, eussent été, comme de
misérables esclaves, vendus à vil prix.

Il faut bien dire ici ce que ces tyrans auraient fait, puisque je ne saurais
exprimer ce qu'ils ont fait réellement: il faudrait plus d'une voix, plus de
deux voix accusatrices pour une telle énumération de crimes. J'espère néanmoins n'avoir rien omis d'important: ni nos temples vendus à nos ennemis,
ni leurs profanations dans ces lieux sacrés, ni leurs coupables tentatives
contre la puissance de la cité, ni la destruction des arsenaux, ni leurs insultes
aux mânes sacrées de ceux que vous n'avez pu secourir durant leur vie, mais
que vous honorez du moins aujourd'hui dans leur mort. Croyez-moi, ils vous
entendent, ils vont apprécier votre arrêt; ces héros se sentiraient en quelque

sorte condamnés par ceux qui renverraient leurs bourreaux absous. Ils nommeront leurs vengeurs ceux de vous qui vont condamner.

J'ai fini d'accuser. Vous avez entendu; vous avez vu; vous avez souffert; voilà vos tyrans, jugez.

ISOCRATE. — Il naquit à Athènes, 436 ans av. J.-C., de Théodore, riche citoyen, qui lui fit donner une éducation soignée. Ses maîtres furent Prodicus, Gorgias, et Théramène, qui fut, comme nous l'avons dit, un des trente tyrans. « La faiblesse de son organe, dit M. Artaud, auquel nous emprunterons cette notice, et une timidité insurmontable ne lui permirent pas de se faire entendre en public. Ne pouvant tirer de ses études oratoires le fruit qu'il s'en était promis, il se mit à composer des discours et des plaidoyers pour ceux qui n'étaient pas capables d'en faire eux-mêmes; puis il ouvrit une école de rhétorique, où il enseigna son art avec le plus grand succès... Il compta parmi ses élèves une foule d'orateurs et d'hommes qui s'illustrèrent ensuite par leur éloquence ou le talent d'écrire : Isée, Hypéride, Timothée, Xénophon; les historiens Théopompe de Chio, Éphore de Cyme. Il amassa ainsi une grande fortune... Plutarque rapporte qu'il avait gagné à cet enseignement mille mines (près de 100,000 francs).

« Malgré ses succès comme professeur d'éloquence, il ne se consola jamais de n'avoir pu déployer à la tribune ses talents d'orateur. Parvenu à une vieillesse très-avancée, il exhalait ainsi ses regrets dans l'exorde de son *Panathénaïque :* « Je suis tellement « dépourvu des deux qualités qui ont le plus d'influence chez « nous, une voix sonore et la hardiesse, que je ne sais si aucun « autre l'est plus que moi. Ceux à qui elles manquent sont encore « plus déconsidérés et plus éloignés du pouvoir que les débiteurs « de l'État. Car ceux-ci conservent l'espoir de s'acquitter; mais les « autres ne sauraient changer de nature. » Toutefois Isocrate ne montra pas toujours la même timidité; plus d'une fois en sa vie il fit preuve de courage. Le lendemain de la mort de Socrate, quand les disciples du philosophe, consternés, se cachaient ou prenaient la fuite, il osa seul se montrer en habit de deuil dans Athènes. Il était alors âgé de trente-six ans. Précédemment, dans sa jeunesse, il avait donné un autre exemple de fermeté. Quand son maître Théramène, proscrit par ses collègues, dont il ne partageait plus les fureurs, se réfugia en pleine assemblée auprès de l'autel des dieux, Isocrate se leva pour prendre sa défense, et il fallut que Théramène lui-même priât son jeune disciple de lui épargner la douleur de le voir mourir avec lui...

« Après la bataille de Chéronée, qui assura la domination de Philippe, roi de Macédoine, sur toute la Grèce, Isocrate, ne voulant pas survivre à l'indépendance de sa patrie, se laissa mouri d'inanition, la troisième année de la 110e olympiade... C'est surtout comme écrivain qu'Isocrate est estimé, bien que son goût ne soit pas toujours irréprochable. Comme il avait renoncé aux triomphes de la tribune, et qu'il n'écrivait guère que pour être lu dans le silence du cabinet, il s'attacha principalement à l'élégance du style et à l'harmonie du langage. Les critiques de son temps lui reprochaient de travailler plutôt pour flatter l'oreille que pour toucher le cœur, de trop arrondir ses périodes et de sacrifier souvent la pensée à l'éclat de l'expression. Néanmoins il faut reconnaître qu'Isocrate traita dans ses ouvrages les points les plus importants de la politique et de la morale, et s'il n'atteignit pas la perfection de l'éloquence populaire, il conserva du moins la renommée d'un écrivain habile et d'un bon citoyen. »

Parmi les œuvres d'Isocrate, qui nous restent au nombre de vingt et un discours, trois sont du genre moral; cinq du genre délibératif, dont le plus célèbre est le *Panégyrique*, qu'il retoucha pendant dix ans, et dont le but est de réunir les Grecs en une confédération générale contre les Perses; quatre sont des éloges, parmi lesquels on remarque le *Panathénaïque*, qui célèbre la gloire de la république; enfin il y a huit discours judiciaires.

PANÉGYRIQUE D'ATHÈNES (1)

(Extraits.)

Ces exploits de nos ancêtres sont admirables sans doute, et bien dignes d'un peuple qui revendique la primauté; les actions, par lesquelles nous nous sommes signalés dans les guerres de Xerxès et de Darius, ne les démentent pas et sont telles qu'on les devait attendre des descendants de ces héros.

Dans cette guerre la plus critique qui fut jamais, où nous étions investis de périls de toute espèce, où alliés et ennemis se croyaient invincibles, ceux-ci par le courage, ceux-là par la multitude, nous les avons vaincus les uns les autres, comme des Athéniens devaient vaincre des barbares et leurs auxiliaires. Notre bravoure dans les combats nous mérita d'abord le prix de la valeur et nous acquit bientôt après l'empire de la mer, qui nous fut déféré par tous les Grecs, sans réclamation de la part des peuples qui voudraient nous le ravir aujourd'hui. Je n'ignore point néanmoins ce que fit Lacédémone dans ces conjonctures périlleuses : oui, je connais les services qu'elle rendit à la Grèce; et c'est ici pour Athènes un nouveau triomphe d'avoir eu en tête de pareils rivaux et d'avoir pu les surpasser.

Mais ces deux républiques méritent, à ce qu'il me semble, d'être considérées avec plus d'attention; et, sans passer trop légèrement sur ce qui les regarde, il faut rapporter en même temps les vertus de leurs ancêtres et leur haine contre les barbares. Je sens moi-même combien il est difficile de remettre sous les yeux de mes auditeurs un sujet si souvent traité, un sujet que les citoyens les plus éloquents ont fait reparaître tant de fois dans l'éloge des guerriers morts au service de l'Etat. Les plus beaux traits ont été

(1) Un membre de l'Université . chez Garnier.

déjà employés sans doute; mais enfin recueillons ceux qui restent, et, puis-qu'ils servent à notre dessein, ne craignons pas d'en faire usage.

On doit regarder, assurément, comme les auteurs de nos plus brillantes prospérités et comme dignes des plus grands éloges, ces Grecs généreux qui ont exposé leur vie pour le salut de la nation; mais il ne serait pas juste d'oublier les hommes célèbres qui vivaient avant cette guerre, et qui, les remplissant de courage, ont préparé aux barbares de redoutables adversaires.

Loin de négliger les affaires publiques, loin de se servir des deniers du trésor comme de leurs biens propres, et d'en abandonner le soin comme de choses étrangères, ils les administraient avec la même attention que leur pa-trimoine, et les respectaient comme leurs biens propres, et loin d'en aban-donner le soin comme des choses étrangères, ils les administraient avec la même attention que leur patrimoine, et les respectaient comme on doit respecter le bien d'autrui. Ils ne plaçaient pas le bonheur dans l'opulence ; celui-là leur semblait posséder les plus solides et les plus brillantes richesses, qui faisait le plus d'actions honorables et laissait le plus de gloire à ses enfants. On ne les voyait pas combattre d'audace entre eux, ni abuser de leurs forces, et les tourner contre leurs compatriotes; mais, redoutant plus le blâme de leurs concitoyens qu'une mort glorieuse au milieu des ennemis, ils rougissaient des fautes communes plus qu'on ne rougit maintenant des fautes personnelles. Ce qui les fortifiait dans ces heureuses dispositions, c'étaient des lois pleines de sagesse, qui avaient moins pour but de régler les discussions d'intérêts que de maintenir la pureté des mœurs. Ils savaient que, pour des hommes vertueux, il n'est pas besoin de multiplier les ordon-nances; qu'un petit nombre de règlements suffit pour les faire agir de concert dans les affaires publiques ou particulières. Uniquement occupés du bien général, ils se divisaient et se partageaient pour se disputer mutuelle-ment, non l'avantage d'écraser leurs rivaux afin de dominer seuls, mais la gloire de les surpasser en services rendus à la patrie; ils se rapprochaient et se liguaient, non pour accroître leur crédit ou leur fortune, mais pour augmenter la puissance de l'Etat. Le même esprit animait leur conduite à l'égard des Grecs; ils ne les outrageaient pas; ils voulaient commander et non tyranniser, se concilier l'amour et la confiance des peuples, être appelés chefs plutôt que maîtres, libérateurs plutôt qu'oppresseurs, gagner les villes par des bienfaits, plutôt que les réduire par la violence. Leurs simples pa-roles étaient plus sûres que nos serments; les conventions écrites étaient pour eux les arrêts du destin. Moins jaloux de faire sentir leur pouvoir que de montrer de la modération, ils étaient disposés pour les plus faibles, comme ils désiraient que les plus puissants le fussent à leur égard. Enfin chaque république n'était aux yeux de chacun qu'une ville particulière, la Grèce était une commune patrie.

Pleins de ces nobles sentiments qu'ils inspiraient à la jeunesse dans une éducation vertueuse, ils formèrent ces vaillants guerriers, qui, dans les com-bats contre les peuples d'Asie, se signalèrent par des exploits que ni les ora-teurs ni les poëtes ne purent jamais célébrer dignement; et je leur pardonne de ne pas avoir réussi. Faire l'éloge d'une vertu extraordinaire n'est pas moins difficile que de louer un mérite médiocre. Ici les actions manquent aux orateurs, là les discours manquent aux actions.

Quels discours, en effet, pourraient égaler les exploits de nos héros ? Que sont auprès d'eux les vainqueurs de Troie ? Ceux-là furent arrêtés pendant dix années par le siége d'une seule ville; ceux-ci ont triomphé dans un court espace de temps de toutes les forces de l'Asie, et ils ont non-seulement sauvé leur patrie, mais encore garanti la Grèce entière de la servitude dont elle était menacée. Quels travaux, quels combats n'auraient pas soutenus, pour mériter des louanges pendant leur vie, ces hommes qui ont bravé le trépas pour s'assurer après leur mort une mémoire glorieuse ? Sans doute ce fut quelque dieu ami de nos pères qui, touché de leurs vertus, leur suscita ces périls, ne pouvant permettre que d'aussi grands hommes vécussent dans l'oubli ou mourussent ignorés, mais voulant que, par leurs actions, ils méritassent les mêmes honneurs que ces héros d'origine céleste que nous appelons demi-dieux. Comme eux, en effet, rendant à la nature le corps qu'ils en avaient reçu, ils nous ont laissé de leur courage un souvenir impérissable.

Il y eut toujours, entre nos ancêtres et les Lacédémoniens, l'émulation la plus vive; mais, dans ces heureux temps, ils se disputaient l'honneur des plus grandes actions, non comme des ennemis, mais comme des rivaux qui s'estiment. Incapables de flatter un barbare pour asservir les Grecs, ils conspiraient ensemble pour le salut commun et ne combattaient que pour décider lequel aurait l'avantage de sauver la Grèce.

Ces deux peuples signalèrent d'abord leur bravoure contre l'armée envoyée par Darius. Ces hordes s'étaient avancées dans l'Attique; nos ancêtres n'attendirent pas qu'on vînt les secourir; mais, faisant d'une guerre générale leur affaire particulière, ils coururent à la rencontre de ces fiers ennemis qui bravaient toute la nation; et, en petit nombre avec leurs seules forces, ils marchèrent contre des troupes innombrables, exposant leur propre vie comme si elle leur était étrangère. De leur côté, les Lacédémoniens, à la première nouvelle que les barbares s'étaient jetés sur l'Attique, négligèrent tout et accoururent à notre secours avec autant de diligence que si leur propre pays eût été ravagé. Telle fut donc l'émulation, tel fut l'empressement des deux peuples : le même jour où les Athéniens apprirent la descente des ennemis, ils volèrent à la frontière pour les repousser, leur livrèrent bataille, les défirent, dressèrent un trophée après la victoire; et les Spartiates, qui marchaient en corps d'armée, parcoururent en trois jours et trois nuits un espace de douze cents stades : tant ces deux peuples se hâtèrent, l'un de partager les périls, l'autre de vaincre avant de pouvoir être secouru.

Quant à la seconde expédition des Perses, où Xerxès voulut commander lui-même, pour laquelle il avait abandonné son palais et ses Etats, traînant à sa suite toutes les forces de l'Asie... quelque effort qu'on ait fait pour exagérer la puissance de ce monarque, n'est-on pas toujours resté au-dessous de la réalité ? Enivré de sa grandeur, jaloux de laisser un monument qui attestât un pouvoir plus qu'humain, tourmenté du désir bizarre de voir naviguer son armée sur la terre et marcher sur la mer, il perça l'Athos et enchaîna l'Hellespont.

Ce potentat si fier, maître de tant de peuples, qui avait exécuté des choses si merveilleuses, ne nous fit point trembler. Partageant le péril, nous volâmes à sa rencontre, les Lacédémoniens aux Thermopyles, nos ancêtres à Artémise : les Lacédémoniens, avec mille soldats et quelques alliés pour arrêter au passage l'armée barbare; nos ancêtres, avec soixante vaisseaux, pour s'opposer à toute la flotte des Perses. S'ils montraient tant d'audace les uns et les autres, c'était moins pour braver l'ennemi que pour disputer entre eux de courage. Les Lacédémoniens, dignes émules, brûlaient de s'égaler à nous; ils nous enviaient la journée de Marathon et craignaient que nous n'eussions encore une fois l'honneur de sauver la Grèce. Jaloux de soutenir leur gloire, les enfants d'Athènes voulaient annoncer à tous les peuples que leurs triomphes passés étaient l'effet de la bravoure et non l'ouvrage de la fortune. Ils voulaient de plus engager les Grecs à essayer leurs forces maritimes, et leur prouver, par une victoire, que, sur terre comme sur mer, la valeur peut triompher du nombre. L'intrépidité fut égale de part et d'autre, le succès fut différent. Les Spartiates expirèrent tous, chacun à son poste; mais, quoique leur corps eût succombé, leur âme demeura victorieuse. Eh! pourrait-on dire qu'ils aient été vaincus, lorsque aucun d'eux n'a songé à prendre la fuite? Nos guerriers remportèrent l'avantage sur un détachement de la flotte; mais, instruits que Xerxès était maître des Thermopyles, ils revinrent dans leur ville, mirent ordre aux affaires, et par la résolution qu'ils prirent dans ce péril extrême, ils surpassèrent tout ce qu'ils avaient fait de plus grand.

Nos alliés étaient tous découragés; les Péloponésiens élevaient un mur pour fermer l'isthme, et n'étaient occupés que de leur sûreté particulière; les autres villes, excepté quelques-unes que leur faiblesse faisait dédaigner, s'étaient soumises au barbare, dont elles suivaient les enseignes. L'ennemi s'avançait vers l'Attique avec une armée formidable, soutenue d'une flotte de douze cents voiles. Nulle ressource ne restait aux Athéniens : sans alliés, sans espoir, pouvant éviter le danger qui les pressait et même accepter les conditions avantageuses que leur offrait un monarque qui se croyait assuré du Péloponèse, s'il pouvait disposer de notre flotte, ils rejetèrent ses offres avec indignation; et, sans s'offenser de se voir abandonnés par les Grecs, ils refusèrent constamment de s'allier aux barbares. Prêts à combattre pour la liberté, ils pardonnaient aux autres d'accepter la servitude; ils pensaient que les villes inférieures pouvaient être moins délicates sur les moyens de pourvoir à leur salut, mais que pour celles qui prétendaient commander à la Grèce, leur sort était de s'exposer à tout; ils pensaient enfin que, comme dans chaque ville les principaux citoyens doivent être décidés à mourir avec gloire plutôt que de vivre avec ignominie, de même les républiques principales doivent se résoudre à disparaître de dessus la terre plutôt que de subir le joug d'un maître.

Leur conduite prouve assez quels furent leurs sentiments. Hors d'état de résister en même temps aux ennemis sur terre et sur mer, ils réunirent les habitants de la ville et se retirèrent tous ensemble dans une île voisine pour n'avoir pas à la fois deux armées en tête, mais afin de les combattre séparément. Eh! vit-on jamais des héros plus généreux, plus amis des Grecs, que ces hommes qui, ne pouvant souscrire à l'esclavage des autres peuples de la Grèce, eurent le courage de voir leur ville abandonnée, leur pays ravagé, les temples embrasés, les statues des dieux enlevées, leur patrie en proie à toutes les horreurs de la guerre? Ils firent plus; avec deux cents vaisseaux seulement ils voulaient attaquer une flotte de douze cents navires. Mais on ne les laissa pas seuls tenter le péril. Leur vertu fit rougir les Péloponésiens, qui, pensant que la défaite d'Athènes entraînerait leur perte et que sa victoire couvrirait leurs villes d'opprobre, se crurent obligés de courir avec nous les hasards du combat.

Je ne m'arrêterai pas à dépeindre le choc des vaisseaux, les exhortations des chefs, les cris des soldats et tout ce tumulte ordinaire dans les batailles navales; mais j'insisterai sur les réflexions propres à mon sujet, qui tendent à confirmer ce que j'ai déjà dit et à prouver que la prééminence nous appartient. La ville d'Athènes, avant sa destruction, était si supérieure aux autres, que, même du milieu de ses ruines, elle seule, pour le salut de la Grèce, fait marcher plus de vaisseaux que tous les alliés ensemble. Et personne n'est assez prévenu contre nous pour ne point convenir que les Grecs ne durent alors tous leurs succès qu'à la victoire navale, et que cette victoire ils l'ont due à notre république.

Maintenant, je le demande, lorsqu'on se dispose à marcher contre les barbares, qui doit-on choisir pour commander? N'est-ce pas ceux qui, dans toutes les guerres, se sont le plus signalés; qui, plus d'une fois, s'exposèrent seuls pour les peuples de la Grèce; qui, dans les combats où ils concoururent avec eux, méritèrent le prix de la valeur? N'est-ce pas ceux qui, pour le salut des autres, ont abandonné leur patrie? N'est-ce pas ceux qui, dans les premiers temps, fondèrent le plus grand nombre de villes, et qui, dans la

suite, les sauvèrent des plus grands désastres? Ne serait-ce pas une injustice
criante qu'après avoir eu la plus grande part au péril, nous eussions la moindre aux honneurs, et qu'on nous vit combattre aujourd'hui à la suite des
Grecs, nous qui, pour l'intérêt de tous, accourions toujours à leur tête?...

CONTRE EUTHYNOÜS

(Cet Euthynoüs avait reçu de Nicias trois talents, dans les temps difficiles
du gouvernement des Trente : ce dépôt avait été fait sans témoin. Euthynoüs,
sur la réclamation de Nicias, ne lui rend que deux talents et prétend qu'il
n'en a pas reçu davantage.)

J'ai de justes motifs de défendre Nicias : c'est mon ami, il m'en a prié, il
est victime d'une injustice et ne saurait plaider pour lui-même. Je ne puis
donc me dispenser de lui prêter ma parole.

Or je vais vous exposer le plus brièvement possible comment lui est venu
ce démêlé avec Euthynoüs.

Nicias, sous la tyrannie des Trente, se vit, par ses ennemis, rayé de la
liste des citoyens et inscrit sur le catalogue de Lysandre. Il eut peur, se débarrassa de sa maison, fit partir tous ses esclaves, déposa chez moi son mo-
bilier, confia, pour les lui garder, trois talents à Euthynoüs, et il alla demeurer à la campagne. Peu de temps après, il se décida à entreprendre une longue
traversée et redemanda son argent : Euthynoüs lui rendit deux talents, mais
nia lui devoir le troisième. A cette époque, Nicias n'avait rien à faire, en
pareil cas, que de se plaindre tout bas à ses amis et de leur raconter son
malheur. Et il avait si peur du dépositaire, il sentait si bien en quel terrible
temps il vivait, qu'il préférait de beaucoup souffrir en silence cette perte et
ne pas porter en justice une plainte qu'on eût certainement mal accueillie.

Voilà donc comment les choses se passèrent. Or l'affaire ne laisse pas que
de présenter de graves difficultés. Car personne, ni homme libre, ni esclave,
n'a vu Nicias faire le dépôt, personne ne l'a vu en retirer une partie. Le fait
ne peut donc être prouvé ni par témoins, ni par l'application de la question :
notre seule ressource, c'est de recourir au raisonnement, et de vous démontrer laquelle des deux parties apporte ici la vérité.

Personne n'ignore que les plaideurs malhonnêtes, habiles à manier la parole, mais peu fortunés, s'attaquent de préférence à des hommes peu aptes
à se défendre, mais assez riches pour bien payer. Or Nicias a sur Euthynoüs
l'avantage de la fortune; mais il lui est inférieur en éloquence. On ne saurait donc expliquer comment il oserait intenter à son adversaire une accusation injuste. De plus, à bien approfondir les choses, il semble plus vraisemblable qu'Euthynoüs ait nié le dépôt, que Nicias ait réclamé ce qu'il n'a pas
confié. Généralement on ne commet guère l'injustice que pour en profiter.
Celui qui nie un dépôt est déjà en possession de l'objet en litige; l'accusateur ne sait encore s'il recouvrera son bien. En outre, considérez qu'au milieu
des troubles de la république, quand la justice était, à proprement parler,
supprimée dans Athènes, l'un ne gagnait rien à accuser, l'autre ne courait
aucun risque à tout oser. Étonnez-vous, après cela, qu'en un temps où ceux
qui empruntaient devant témoins pouvaient nier avoir reçu, un homme niât
la remise d'un dépôt, faite en secret. Un créancier véritable n'avait aucune
chance alors de recouvrer ce qui lui était dû; je vous demande si l'on pouvait
espérer retirer quelque profit d'une injuste réclamation.

Mais, en supposant que Nicias eût pu ou même eût voulu faire cette réclamation, ce n'est pas à Euthynoüs, cela est clair, qu'il se fût adressé. Quand
on prend une semblable résolution, on ne commence pas par attaquer ses
amis, on s'appuie sur eux, au contraire, pour attaquer les autres; on accuse

des gens qui n'inspirent ni respect ni crainte, des hommes riches, mais sans
amis et sans connaissance des affaires. Or Euthynoüs ne présente aucun de
ces caractères; il est cousin de Nicias, il sait mieux que lui parler et agir; et,
s'il a peu de ressources, il ne manque certes pas d'appui. C'est donc le dernier des hommes auquel Nicias eût dû songer à s'attaquer. Et j'ajoute, connaissant leurs liaisons, qu'Euthynoüs n'eût jamais songé à faire subir cette
perte à Nicias, s'il eût pu tirer la somme d'un autre; mais entre eux l'affaire
alla d'elle-même. Pour accuser, on peut choisir entre tous sa victime; mais,
pour être un dépositaire infidèle, il faut au moins qu'on ait reçu un dépôt.
Je conclus : si Nicias voulait intenter un injuste procès, il ne se fût pas
adressé à Euthynoüs; mais, si Euthynoüs avait l'intention de s'approprier ce
qui ne lui appartenait pas, ce ne pouvait être que le bien de Nicias.

Une conjecture importante et qui tiendrait lieu des autres, c'est que les
plaintes ont été déposées au moment même où l'oligarchie était établie,
c'est-à-dire à une époque où Nicias, eût-il l'habitude d'intenter à tort des
procès, ne s'en serait certainement pas avisé; où Euthynoüs, n'eût-il jamais voulu faire tort à personne, en aurait naturellement conçu la tentation.
En effet, les injustices mêmes contribuaient à augmenter son crédit; la fortune de Nicias, au contraire, l'exposait à tous les dangers. Oui, dans ce temps
malheureux, on risquait plus à être riche qu'à être méchant, puisque le méchant mettait au pillage le bien d'autrui, et que le riche était dépouillé de
ce qu'il avait. D'ailleurs les gouvernants d'alors ne s'attachaient pas à punir
les criminels, mais à rançonner l'opulence; les scélérats étaient pour eux
des alliés naturels, tout riche devait être leur ennemi.

En pareilles circonstances, Nicias n'a pu former le projet d'attenter au
bien d'autrui; il a dû éviter de faire tort aux autres pour n'être pas exposé à
l'injustice lui-même. Des hommes tout-puissants, comme Euthynoüs, pouvaient alors non-seulement garder ce qu'on leur avait confié, mais réclamer
ce qu'ils n'avaient pas remis; et les persécutés, comme Nicias, étaient contraints de faire abandon de ce qui leur était dû et même de céder de leurs
biens à d'injustes accusateurs.

Je ne veux pour preuve de cette assertion que le témoignage d'Euthynoüs
lui-même. Il peut vous dire si Timodème n'a pas extorqué trente mines à
Nicias, non pas en les lui réclamant comme une dette, mais en le menaçant
de la prison. Croira-t-on Nicias assez fou pour avoir, au risque de sa vie,
fait à qui que ce soit une mauvaise querelle? pour avoir attenté au bien
d'autrui, quand il était impuissant à protéger le sien? pour avoir excité contre lui de nouvelles haines, lorsqu'il en était enveloppé déjà? pour avoir cité
à un tribunal des hommes dont il n'aurait pu rien obtenir, quand même ils
fussent convenus de la justice de ses réclamations? Pouvait-il espérer gagner un procès, lui qui n'eût pas même obtenu justice? Pouvait-il vouloir
se faire rendre un dépôt qu'il n'avait pas confié, forcé lui-même à rembour-
ser ce qu'il n'avait pas reçu? Voilà, je le crois, des motifs assez puissants.

Peut-être Euthynoüs va-t-il nous répondre, comme il l'a fait déjà : « Si
j'avais voulu faire tort à Nicias, je n'aurais pas rendu les deux tiers de la
somme et gardé seulement le tiers; mais, honnête ou malhonnête, j'aurais
tenu la même conduite pour le tout. »

Sans doute, et personne ici ne l'ignore, on n'a jamais médité une mauvaise
action, sans avoir préparé quelque excuse ou quelque justification; et Euthynoüs s'y est pris de façon à pouvoir nous apporter ici cet argument. Je
ne serais pas embarrassé pour vous citer ici des gens qui, ayant reçu un dépôt, en ont restitué la majeure partie et ont retenu frauduleusement le reste;
des gens qui ont violé la probité dans les petites choses et l'ont observée
dans les grandes : ainsi Euthynoüs ne serait ni le premier, ni le seul qui
eût agi de la sorte. Mais réfléchissez, je vous prie : admettre les moyens de

défense de l'accusé, c'est introduire vous-mêmes une loi qui enseigne comment on peut voler avec sécurité. Dorénavant, on rendra une partie de la somme confiée et l'on gardera le reste. Ce sera un avantage tout clair; l'argent rendu permettra de garder la portion soustraite et mettra à l'abri du châtiment.

Je vous prie de remarquer de plus que l'argument d'Euthynoüs peut servir aussi facilement à la défense de Nicias. Quand il a repris deux talents, il n'a pas eu de témoins du fait. S'il avait eu le désir ou la pensée de redemander induement son dépôt, on voit assez qu'il eût pu prétendre n'avoir rien reçu et réclamer la totalité de la somme. C'eût été un sûr moyen et d'obtenir d'Euthynoüs une plus forte restitution, et de lui interdire l'emploi même de cet argument.

Il est impossible d'expliquer pourquoi Nicias accusait Euthynoüs de lui retenir un talent; mais on voit facilement pourquoi ce dernier n'a pas gardé le tout. Tous les parents, tous les amis de Nicias ont su, à l'époque de nos troubles, que tout son avoir en argent avait été remis à Euthynoüs; et celui-ci sentait bien que plusieurs lui connaissaient un dépôt entre les mains; mais il était convaincu que personne n'en connaissait le chiffre. S'il se contentait d'en soustraire une partie, on ne le saurait pas; mais, s'il gardait tout, le fait n'échapperait à personne. Aussi il a préféré garder seulement une partie et conserver le moyen de se défendre, plutôt que de s'approprier les trois talents et de rester désarmé devant un tribunal.

Isée. — Cet orateur naquit à Chalcis vers 350 ans av. J.-C.; mais il passa sa vie presque entière à Athènes. Sa gloire la plus grande sera toujours d'avoir été un des meilleurs maîtres de Démosthène, qui le préférait à Isocrate. Ce jugement n'a pas été confirmé par la postérité. Bien qu'il ait de l'élégance et de l'énergie, quoiqu'il sache admirablement disposer le plan d'un discours, on doit lui reprocher d'être diffus et de manquer de naturel.

Il nous reste de lui onze discours sur différentes affaires de succession : ils ne répondent pas à la réputation que cet orateur s'était faite à Athènes.

Lycurgue (fils de Lycophron). — C'est un disciple de Platon et d'Isocrate, né à Athènes vers l'an 408 av. J.-C. Durant quinze ans, il fut intendant du trésor et directeur de la police; dans ces deux charges, il sut faire fructifier les deniers publics et débarrassa la ville des scélérats qui l'infestaient. Quand il mourut, vers 325, un décret du peuple ordonna que ses enfants fussent nourris aux frais de l'État. C'était la récompense de son patriotisme, car il s'était opposé énergiquement aux projets des princes macédoniens; aussi fut-il du nombre des orateurs qu'Alexandre voulut se faire livrer.

Du temps de Plutarque, on possédait encore quinze de ses discours : il ne nous reste aujourd'hui que celui qu'il prononça contre Léocrate; et, suivant un critique, ce reste unique de son éloquence fait peu regretter la perte de ses autres harangues : il est rempli de récits mythologiques.

HYPÉRIDE. — Voici ce qu'en dit Schœll : « Hypéride d'Athènes, l'ami de Démosthène, devint son accusateur, lorsque celui-ci accepta de l'or du roi de Perse. Il se réconcilia ensuite avec Démosthène; Antipater le fit mourir presque à la même époque où périt son ami (1). Il est regardé comme le troisième orateur d'Athènes, ou le premier après Démosthène et Eschine, auxquels personne n'est comparable. Denys d'Halicarnasse loue la force, la simplicité de l'ordonnance, la méthode des discours d'Hypéride. Dion Chrysostome paraît l'avoir préféré à tous les autres orateurs attiques, à l'exception d'Eschine. Il n'existe aucune harangue qu'on puisse lui attribuer avec certitude. » Le discours qu'on met ordinairement sous son nom : *Sur les Conventions avec Alexandre,* semble devoir être mis sous celui de Démosthène.

DINARQUE. — Né à Corinthe, vers 360 av. J.-C. Il comptait à Athènes au nombre des représentants de la Macédoine, au moment où Alexandre commença son expédition : cette circonstance dit assez qu'il devint l'adversaire de Démosthène. Son titre d'étranger le privant du droit de parler en public, il suivit l'exemple d'Antiphon, et composa des plaidoyers : l'un d'eux a été écrit contre Démosthène.

C'est à la mort d'Alexandre que sa réputation reçut le plus grand éclat : Dinarque fut dès lors réputé le modèle des orateurs. Cependant, en 307, quand Démétrius Poliorcète rétablit la démocratie, il dut s'exiler à Chalcis, en Eubée. Il revint plus tard à Athènes ; mais les accusateurs de Phocion le firent périr dans les tortures. Il avait composé, dit-on, plus de cent soixante discours; il n'en reste plus que quatre, qui sont tous des accusations. Nous donnerons quelques extraits de son discours contre Démosthène.

CONTRE DÉMOSTHÈNE

. . . . . Greffier, lis le décret; Athéniens, soyez attentifs! (*On lit le décret.*) *L'Aréopage a trouvé Démosthène coupable!* A quoi bon en dire plus long! *Il l'a dénoncé.* Oui, Athéniens, il l'a dénoncé. C'est donc Démosthène lui-même qui se déclare digne de recevoir la mort... *sur-le-champ.*

Et le voilà entre vos mains! Juges, vous tenez ici la place du peuple; vous avez juré d'obéir à ses lois et à ses ordonnances : qu'allez-vous faire? Manquerez-vous au respect dû par vous aux dieux et à tous les serments que l'on tient pour sacrés parmi les hommes? Non, Athéniens, non! Ce serait le comble de la honte et de l'iniquité, quand, grâce au décret de Démosthène, des gens meilleurs que lui ont subi la mort, de le voir, lui, le contempteur du peuple et des lois d'Athènes, marcher tête levée sans rien craindre, après que, par ce même décret, il s'est condamné lui-même! Athéniens! c'est le même tribunal, le même lieu, les mêmes lois! c'est aussi le même orateur! Ils ont contribué tous déjà à la perte d'un grand nombre de citoyens, ils perdront aussi Démosthène. N'est-ce pas lui qui, dans nos assemblées, nous prit tous à témoins qu'il s'en remettrait à la décision de l'Aréopage? N'a-t-il pas juré avec le peuple une sorte de pacte, par ce décret lancé contre lui-même? N'est-il pas allé le déposer aux pieds mêmes de la mère des dieux, la puissante gardienne de nos archives? Oui; et vous n'avez pas le droit d'annuler ce pacte; vous n'avez pas le droit, ayant juré ici, par la souveraineté des dieux, de porter un suffrage contraire à leur volonté manifeste... Athéniens! vous tenez à être reconnus pour le plus religieux des peuples; qu'allez-vous faire? Aussi peu délicats que Démosthène, allez-vous casser le décret du conseil? Non, vous ne le ferez pas; vous réfléchirez qu'il ne s'agit pas ici d'arrêts ordinaires et sans importance, mais du salut de toute une ville; de la vénalité, cette plaie infâme qui a causé notre ruine et celle de tant d'autres cités! Voulez-vous être saufs avec l'aide des dieux? Vous éloignerez, vous chasserez autant que vous le pourrez, ceux qui se laissent acheter par vos ennemis. Mais, si vous laissez vos orateurs faire trafic de leurs concitoyens, votre incurie causera la ruine de la ville.

Démosthène est encore venu ici vous proposer, comme étant une mesure pleine de justice, de garder pour Alexandre l'or apporté dans l'Attique par Harpalus; mais, dis-moi donc, l'honnête homme! le garderons-nous cet or, si toi tu retiens vingt talents, un autre quinze, Démade six mille statères d'or (1), si tous retiennent enfin ce qu'il est certain qu'ils ont reçu?... Quel est le parti le plus honnête et le plus juste, de tenir cet argent en réserve dans le trésor jusqu'à ce que le peuple en ait décidé l'emploi, ou de laisser nos généraux et vos orateurs jouir en paix de ce fruit de leur vol? J'en suis bien convaincu, vous voulez tous enrichir de cette somme le trésor; vous rougiriez de la laisser dans ces mains corrompues.

Démosthène va parler, juges, il va accumuler les paroles et les contradictions. Il vous a vus assez souvent disposés à croire ses fausses promesses et ses discours menteurs; il sait bien que vous oublierez tout l'instant d'après... Mais y a-t-il parmi vous, Athéniens, un homme assez irréfléchi, assez peu instruit du présent et du passé, pour espérer que la patrie abaissée, déshonorée, perdue par ce discoureur, puisse être sauvée grâce à ses sages avis, à ses prudentes mesures, maintenant surtout qu'en outre des dangers et des embarras qui nous menacent, il nous faut nous garder de la corruption de tant de misérables, de la contagion de cette plaie qui peut nous atteindre, du soupçon d'avoir distribué dans les mains de tout un peuple l'or que retiennent encore quelques citoyens vendus?

À quoi bon rappeler ici toutes ses variations, ses mensonges, ses harangues imprudentes? Tantôt il fait défendre par un décret de reconnaître d'autres dieux que ceux de nos ancêtres; tantôt il n'entend pas que le peuple athénien conteste à Alexandre les honneurs célestes. Un jour il présent qu'il va être mis devant vous en accusation, et il accuse Callimédon du crime politique d'avoir entretenu à Mégare des intelligences avec les exilés, dans le but de renverser le gouvernement; mais tout à coup il retire sa plainte. Dans notre dernière assemblée, il amène ici un délateur instruit par lui à déclarer qu'on en voulait aux arsenaux; puis il s'en tient là et ne propose aucun décret : il n'avait voulu incriminer les autres que pour échapper lui-même au danger. Sur ce chef, je n'ai besoin d'autres témoins que vous-mêmes.

_____
1 Le statère pouvait valoir 25 francs.

C'est donc un imposteur, juges; c'est un malfaiteur. On ne peut le considérer comme citoyen ni par sa naissance, ni par son administration, ni par ses actes. Quelles trirèmes a-t-il fait construire pour la cité, comme nous l'avons vu faire sous Eubule? Quels chantiers a-t-il élevés pour nos navires? A-t-il publié un seul décret, une loi pour remonter notre cavalerie et pour compléter les cadres de nos troupes de terre et de mer, quand le fatal désastre de Chéronée nous en imposait un si pressant besoin? Qu'a-t-il ajouté à l'ornement du temple de Minerve? Quel édifice doit-on à ses soins, dans le port, dans la ville, dans tout le pays? Rien, rien! il n'a rien fait. Un homme qui, dans la bataille, n'a pas su garder son rang, qui, dans l'administration des affaires publiques, n'a su rendre aucun service, qui n'a pas seulement gêné les ennemis de notre cité dans l'exécution de leurs méfaits; un homme qui a servi tous les partis, un homme qui a déserté la cause du peuple, vous voudriez le conserver! Non, cela ne se peut, si vous avez votre raison et le désir de sauver la patrie. Saisissez l'occasion que vous offre la fortune; punissez ces orateurs vendus, dont l'âme basse et vénale a humilié la république; gardez-vous, les oracles des dieux vous en ont donné souvent le conseil, gardez-vous de généraux et de conseillers pareils. Écoutez ce que dit l'oracle. Greffier, lis. (Lecture de l'oracle.)

Voyez, Athéniens, voyez ce que vous allez faire; ce que nous transmet le peuple, c'est en réalité une cause déjà entendue. Voilà Démosthène, Démosthène appelé en votre présence pour y subir le châtiment de ceux que l'Aréopage a dénoncés. Nous avons accusé, mais nous n'avons fait à personne le sacrifice du droit public. Sans tenir aucun compte de ces circonstances, allez-vous absoudre le premier qui comparaît devant vous? Chargés de décider en dernier ressort, prétendez-vous contrevenir aux règlements d'Athènes et du tribunal de l'Aréopage? Voudrez-vous charger votre conscience de tant d'improbités? Ah! vous préférerez donner à tous les Grecs, au nom des Athéniens, une preuve de plus de la haine que toute mauvaise action, toute avidité vous inspirent!

Ces intérêts solennels sont entre vos mains : vous êtes là quinze cents juges à qui le salut de notre république est remis. Aujourd'hui vos suffrages, si la justice les inspire, vont mettre à jamais la république à l'abri des périls; mais, si vous laissez pénétrer impunément dans l'État de tels exemples, songez que vous nous plongez tous dans le désespoir (1).

Athéniens! que rien ici ne vous attendrisse; soyez maîtres de votre raison; que votre pitié pour Démosthène ne vous empêche pas de sauver notre chère patrie. Personne de vous ne l'a forcé d'accepter, pour nous perdre, l'or de nos ennemis. D'ailleurs vos largesses l'avaient déjà suffisamment enrichi. Personne de vous ne l'a tenu dans l'obligation de venir pallier présentement des crimes bien reconnus, des crimes pour lesquels il a lui-même, contre lui-même, prononcé une solennelle condamnation. Personne. C'est l'infamie de sa vie passée, c'est sa cupidité vénale qui ont précipité sur sa tête le déluge de ses malheurs.

Donc point de pitié pour ses larmes! point de pitié pour sa plainte! De la pitié! ayez-en pour notre triste sol, que les crimes de cet homme exposent à tant de dangers; pour la patrie, qui, au nom de vos enfants, au nom de vos épouses, vous demande à la fois et protection et vengeance. C'est cette patrie qu'à force de sang et de victoires vos ancêtres vous ont transmise libre et glorieuse de tant d'illustres souvenirs de valeur. Donnez votre suffrage, ô juges; mais d'abord jetez sur elle vos regards, sur elle, sur nos sacrifices et nos monuments. Quand Démosthène emploiera, pour vous toucher et vous

---

1 Presque la même pensée, mais certainement le même mouvement oratoire se retrouve dans le discours de Mirabeau à propos de la Banqueroute. Était-ce une réminiscence?

séduire, les larmes et le pathétique, vous, portez les yeux sur le corps sacré
de la cité, faites revivre en vos cœurs son antique honneur; demandez-vous
si Athènes n'a pas dû sa misère à Démosthène, si Démosthène peut craindre
trop de rigueur de la part d'Athènes...

Et, s'il montait à cette tribune un défenseur de cet homme odieux,
croyez bien que ce défenseur, s'il ne doit pas subir quelque jour aussi la
sentence de ce tribunal, ne peut être qu'un mauvais citoyen. S'il prétend
dérober à la justice de nos lois un traître qui s'est laissé acheter, c'est qu'il
songe à ruiner vos garanties protégées par cet auguste Aréopage; c'est qu'il
veut introduire la confusion dans nos droits sacrés. Si c'est un de ces orateurs, un de ces généraux qui sont tout prêts à discréditer une accusation
dont ils se sentent eux-mêmes prochainement menacés, refusez de les entendre. Sans doute ils appartiennent à ce parti déshonoré qui voulait
accueillir Harpalus ou le laisser échapper. Prenez garde, Athéniens! ils ne
monteraient à cette place qu'en ennemis aussi acharnés des lois qu'ils le
sont de la république. Ne les croyez pas; n'admettez pas le plaidoyer qu'ils
oseraient tenter pour un autre. Forcez-les à se justifier eux-mêmes les premiers. Ne confirmez pas par votre docilité la folle confiance de cet homme
qui n'a d'autre appui que son éloquence. Démosthène s'est vendu; le fait est
avéré : plus il vous a joués, plus il a su vous séduire, plus vous devez à
votre dignité et à celle d'Athènes d'en tirer une éclatante vengeance. Mais
si, par votre suffrage, dans un jugement véritablement unique, vous renvoyez
absous à la fois les justiciables présents et à venir de l'Aréopage, vous allez
prendre sur vos têtes et sur celle du peuple la responsabilité de la corruption.
Un jour vous accuserez ceux qui auront absous, pour n'avoir pas condamné
ceux que vous accusiez.

Pour moi, en ce qui regarde ma mission d'accusateur, j'ai rempli mon
devoir; j'ai tout oublié pour songer seulement à la justice et à l'utilité commune. Je n'ai pas manqué à la cause publique; aucune considération n'a
cédé à mon zèle dans l'accomplissement des fonctions qui me sont dévolues.
Mon seul vœu, c'est que vous soyez tous animés des mêmes sentiments. Je
cède la parole aux autres accusateurs.

HÉGÉSIPPE (1). — « Cet orateur, que les critiques d'Alexandrie
n'ont pas inscrit sur leur fameux *Canon*, n'en mérite pas moins
une place honorable dans l'estime de la postérité. Il serait difficile de fixer l'époque de sa naissance et celle de sa mort. Dans
la carrière politique, il marcha sur la même ligne que Démosthène, le seconda dans toutes ses vues et partagea sa haine contre
la faction macédonienne. Il fut chargé par ses concitoyens de
plusieurs missions importantes. La vivacité de son esprit perce
dans plusieurs reparties heureuses que Plutarque nous a conservées. En voici une qui part de l'âme et qui est un beau trait
d'éloquence. Hégésippe parlait avec force contre Philippe; un
Athénien, se faisant l'organe de l'inertie populaire,'l'interrompt et
s'écrie: «Mais c'est la guerre que tu proposes! — Oui, par Jupiter!
« répond l'orateur, et je veux de plus des deuils, des enterrements
« publics, des éloges funèbres; en un mot, tout ce qui doit nous
« rendre libres et repousser de nos têtes le joug macédonien. »

.1; Auteur anonyme.

ESCHINE. — Le rival de Démosthène naquit à Cothocide, bourg de l'Attique, 393 ans av. J.-C. Il prétendait être de bonne famille ; mais, s'il en faut croire Démosthène, son père Tromès aurait été valet d'un maitre d'école, et sa mère Empusa eût été d'une condition encore plus infime. Il voulut être acteur ; mais ses débuts sur la scène ne furent pas heureux. Il servit avec assez de distinction dans les armées de la république, fut greffier dans une petite ville, fréquenta l'école de Platon et se crut enfin en état d'aborder la tribune. Il avait alors environ quarante ans.

D'abord ses harangues s'attaquèrent à Philippe, le roi de Macédoine, avec toutes les apparences d'un patriotisme passionné, et il gagna si bien par là le renom d'un homme dévoué aux seuls intérêts d'Athènes, qu'il fut choisi pour accompagner l'ambassade solennelle que l'insistance de Démosthène avait obtenu de faire parvenir à Philippe, pour le forcer à expliquer ses projets. Son désintéressement y échoua ; les prévenances du monarque, et ensuite ses largesses corruptrices désarmèrent l'emportement de l'orateur et prêtèrent dans la suite à son rival en éloquence des armes terribles et invincibles. Eschine sut arrêter le bon vouloir de ses collègues, qui, au lieu de forcer Philippe à se prononcer sur-le-champ, attendirent trois mois son retour et lui laissèrent accomplir ses desseins d'envahissement. Le roi eut l'adresse de retenir l'ambassade auprès de lui, jusqu'à ce que ses préparatifs le missent en état d'attaquer les Phocéens. On connut à Athènes le passage des Thermopyles quand il fut effectué ; et, lorsque Démosthène vint dévoiler ces honteux mystères dans son discours de la *Fausse ambassade*, Eschine soutint cette vive attaque. Aux violences de ses adversaires, il sut opposer de la dignité, du calme, de l'adresse et l'appui d'un personnage fort influent sur le peuple, l'orateur Eubule, ennemi personnel de Démosthène. « Ses juges, disait-il, étaient la sagesse et l'équité même ; il n'avait rien à craindre. » Puis il reprenait chacun des griefs imputés par son accusateur, lui renvoyant, à l'occasion, les épithètes de perfide et de corrompu qu'il en avait reçues. Il se glorifiait d'avoir négocié une paix avantageuse à son pays, selon lui ; il avait pu être trompé par les fausses promesses d'un roi, mais ses neuf collègues y avaient cru comme lui.

Enfin Eschine fut si habile dans cette défense (que certains critiques ont mise au-dessus de l'attaque de son rival), qu'il gagna sa cause. Démosthène n'avait eu que trente suffrages et s'était fait un mortel ennemi. Dès lors Eschine fut tout dévoué à la cause du roi de Macédoine, qui le payait. Antiphon s'était engagé à mettre le feu aux vaisseaux athéniens : il le fit absoudre. Quand Philippe intervint une seconde fois dans les affaires de la Grèce à l'occasion

des Locriens, et proposa aux Amphictyons de se charger du châtiment des coupables, les hommes éclairés comprirent tous quelles
étaient ses vues; cependant Eschine fut assez adroit pour endormir la prudence de la démocratie, pour faire nommer Philippe commandant-général des forces de la Grèce, et pour rendre
toute levée de boucliers impossible contre lui. On sait que l'ardeur de Démosthène ne s'était pas refroidie; il avait enfin décidé
les Athéniens à soutenir les Thébains menacés. Malheureusement
les Grecs furent défaits à Chéronée, et les mauvais citoyens
osèrent en triompher.

Eschine n'attendait qu'une occasion pour attaquer à son tour,
et il fit retomber sur son adversaire la responsabilité des maux de
la patrie. En vain les désastres et la perte de la liberté semblaient
commander le silence. Eschine voulut avoir raison de son ennemi. Démosthène, chargé de l'administration, avait relevé de
ses deniers les fortifications d'Athènes; et, sur la proposition de
Ctésiphon, une couronne d'or lui avait été décernée par la reconnaissance publique. Ces honneurs, si appréciés, soulevèrent alors
tous les flots de la haine et de l'envie dans le cœur d'Eschine.
Fort d'une loi qui interdisait, sous peine de mort, de récompenser
un homme chargé de manier les deniers de l'État avant qu'il eût
rendu ses comptes, il le mit en accusation, sans réussir, à la vérité, pour la première fois. Huit ans après, le débat se rouvrit
devant le peuple d'Athènes, ou plutôt sous les yeux de la Grèce
entière. « Dans une harangue, dit le biographe d'Eschine, où la
méthode de l'argumentation le dispute à la véhémence du langage, mais à laquelle on a reproché trop de subtilités, de la diffusion et quelques détails insignifiants, Eschine embrassa l'ensemble
de la vie de Démosthène; il accumula contre lui les imputations
les plus graves et les plus odieuses, et combattit avec énergie
l'idée de couronner sur le théâtre, en présence des Athéniens et
de tous les Grecs, celui qu'il appelait l'assassin des guerriers morts
à Chéronée, l'auteur funeste des désastres des infortunés Thébains, et des calamités de toute la Grèce. Sa péroraison eut particulièrement pour objet de fermer les cœurs à la compassion
que Démosthène chercherait à inspirer, et surtout de tenir les
esprits en garde contre les ressources de son éloquence. Ces précautions, qui se reproduisent plusieurs fois dans le cours de
cette harangue, décèlent assez combien Eschine redoutait la supériorité de Démosthène; et de tous les hommages rendus à sa
puissance oratoire, il n'en est pas de plus remarquable peut-
être. »

Il fut vaincu, cependant, et, d'après la loi d'Athènes, condamné à une amende de mille drachmes. Exilé, parce qu'il ne

put la payer, il partait pour Rhodes, quand, au sortir d'Athènes, son rival vint lui offrir sa bourse. « Regrettable patrie, s'écria Eschine, où je laisse des ennemis si généreux ! » Dans son exil, il ouvrit, pour subsister, une école de rhétorique où il citait avec une admirable modestie les plus beaux passages du discours qui l'avait vaincu ? « Que serait-ce donc, disait-il à ses élèves ravis, que serait-ce si vous l'aviez entendu rugir, ce terrible animal ? » Il finit sa vie agitée à l'âge de soixante-quinze ans.

Nous n'avons plus de cet orateur que trois harangues, dont la plus célèbre est le plaidoyer contre Ctésiphon ; les deux autres sont : un discours contre Timarque, citoyen ami de Démosthène et faisant avec lui cause commune dans l'accusation intentée à Eschine à propos de son ambassade, et une réponse à Démosthène qui l'avait accusé d'avoir prévariqué dans sa mission auprès de Philippe. Nous citerons des extraits du discours contre Timarque, moins connu que le discours contre Ctésiphon, laissant à Démosthène, pour celui de la Couronne, la place glorieuse qu'il a su conquérir.

CONTRE TIMARQUE

(Exorde et Péroraison.) (1)

Je n'ai jamais accusé personne, Athéniens, pour crime d'État, je n'ai jamais inquiété personne pour les comptes ; je puis me rendre à moi-même témoignage de ma modération à cet égard. Mais, quand je vois Timarque causer à l'État un grand préjudice en paraissant à la tribune malgré les lois ; quand je suis attaqué personnellement par ses calomnies (je montrerai de quelle manière dans la suite du discours), j'aurais honte de ne pas venger l'État, les lois, vous et moi-même. Convaincu que Timarque est coupable des délits dont vous venez d'entendre la lecture (2), je lui ai intenté cette accusation. Ce qu'on dit ordinairement dans les causes publiques, est sans doute véritable ; les inimitiés particulières sont la source de bien des réformes pour le gouvernement. On verra qu'en général Timarque ne doit s'en prendre ni à l'État, ni aux lois, ni à vous, ni à moi, du procès qu'il subit, qu'il se l'est attiré lui-même. Les lois lui fermaient l'entrée de la tribune, parce que ses vices l'avaient déshonoré ; elles lui signifiaient un ordre qui n'est pas si dur, à mon avis, et qui ne coûte rien à suivre. Il pouvait encore, s'il eût été sage, ne pas m'attaquer par ses calomnies. Mais je pense qu'en voilà assez de dit là-dessus.

Je n'ignore pas, Athéniens, que les réflexions que je vais vous faire d'abord vous ont déjà été faites par d'autres (3), mais j'estime qu'il est à propos de vous les répéter à la tête de ce discours. On convient qu'il est parmi les peuples trois sortes de gouvernements : la monarchie, l'oligarchie et la démocratie. Les deux premiers soumettent les hommes aux volontés de ceux qui commandent ; dans le démocratique, on est soumis à la loi. Ce sont les lois, vous le savez, qui conservent les personnes et le gouvernement de ceux qui vivent en démocratie ; les monarques et les chefs de l'oligarchie trouvent leur salut dans la défiance et dans la force des armes. L'oligarchie, et, en gé-

---

(1) L'abbé Auger. — 2) Dans l'acte que l'accusateur faisait lire avant de parler. — 3, Elles sont répétées dans l'exorde de la harangue de notre orateur sur la *Couronne*.

néral, tout gouvernement où les hommes ne sont pas égaux, doit écarter
quiconque, ne suivant de loi que la violence, cherche à renverser les États.
Nous, dont le gouvernement est fondé sur les lois et sur l'égalité, nous devons craindre ceux mêmes dont les discours ou la vie sont contraires aux
lois. Notre force consiste à observer les lois et à ne pas nous laisser affaiblir
par ces hommes qui se permettent de les enfreindre, qui tiennent une conduite déshonorante. Quand nous établissons des lois, nous devons prendre
des mesures pour n'en établir que de bonnes et de convenables à une république. Dès qu'elles sont établies, il faut les observer, et punir ceux qui les
violent, si nous voulons que la république soit heureuse et florissante.

Considérez, Athéniens, avec quelle exactitude nos anciens législateurs,
Dracon, Solon et les autres, se sont occupés de la sagesse et de la modestie.
D'abord ils ont porté des lois de discipline pour nos enfants, ils ont montré
clairement quels doivent être les exercices d'un enfant libre, la manière
dont il faut l'élever; ils en ont porté ensuite pour les jeunes gens; ils en ont
porté enfin pour les autres âges, non-seulement pour les particuliers, mais
encore pour les orateurs. En plaçant ces lois dans vos archives, ils vous les
ont remises comme un dépôt, ils vous en ont constitués les gardiens. Je suivrai dans mon discours le même ordre que le législateur a suivi dans ses
lois. Je vous parlerai d'abord des lois qui concernent les mœurs de vos enfants; ensuite de celles qui regardent les jeunes gens; enfin de celles qui ont
été établies pour les autres âges, non-seulement pour les particuliers, mais
encore pour les orateurs. Je pense que c'est là le moyen le plus facile de
vous instruire. Je commencerai donc, Athéniens, par vous expliquer les lois
de notre ville, après quoi je leur opposerai les mœurs de Timarque; vous
trouverez qu'elles font avec toutes un contraste énorme...

(Le discours est divisé en quatre parties: dans la première, l'orateur traite
des lois de discipline; dans la seconde, il expose la conduite immorale de
Timarque; dans la troisième, il réfute les raisons par lesquelles on pourrait
le défendre, et tâche de rendre inutiles les artifices et les subtilités auxquels
doivent recourir les défenseurs; enfin, dans la quatrième, qui peut être regardée comme la péroraison, il exhorte les juges à être sévères dans une pareille cause.)

Vous avez condamné à mort Socrate, ce fameux philosophe, parce qu'il
avait donné des leçons à Critias, un des trente tyrans qui ont détruit le gouvernement populaire; et Démosthène obtiendra de vous la grâce d'infâmes
débauchés, lui qui a tiré une vengeance si cruelle de particuliers malheureux,
pour avoir parlé librement dans un état libre?

Il a invité quelques-uns de ses disciples à venir l'entendre. Trafiquant des
ruses avec lesquelles il vous trompe, il leur annonce, à ce que j'entends dire,
que, par ses artifices cachés, il vous fera prendre le change, il tournera
ailleurs votre attention; que, dès qu'il paraîtra, il inspirera de la confiance
à l'accusé, il épouvantera l'accusateur, il le fera craindre pour lui-même;
qu'il animera et soulèvera les juges en se déchaînant contre nos harangues
précédentes, et en blâmant la paix que j'ai faite, dira-t-il, conjointement
avec Philocrate; en sorte que je ne me présenterai pas même au tribunal
pour me justifier, quand il faudra rendre mes comptes; mais que je me
trouverai trop heureux de ne subir qu'une peine ordinaire, de n'être pas
puni de mort. Ne donnez pas, Athéniens, à un misérable sophiste, sujet de
rire et de s'entretenir à vos dépens. Imaginez-vous le voir rentrer dans sa
maison au sortir du tribunal, s'applaudir au milieu de la troupe de ses
jeunes disciples, leur raconter avec quelle adresse il a enlevé la cause aux
juges. «Je les ai détournés, dira-t-il, des imputations faites à Timarque, je les

ai portés malgré eux du côté de l'accusateur, de Philippe et des Phocéens; j'ai rempli de crainte la multitude, de façon que l'accusé attaquait, que l'accusateur se défendait, que les juges oubliaient ce dont ils étaient juges, qu'ils donnaient leur attention à des objets sur lesquels ils n'avaient pas à se prononcer. » C'est à vous, Athéniens, à être en garde contre ces artifices, à suivre Démosthène dans tous ses faux-fuyants, à ne point permettre qu'il s'écarte, qu'il se jette sur des discours étrangers à la cause; c'est à vous, comme dans les combats de chars, à le renfermer dans le cercle même de l'affaire. Si vous le faites, vous ne serez pas joués et méprisés; mais vous donnerez vos suffrages dans les mêmes dispositions que vous portez des lois; sinon vous paraîtrez prévoir les délits et vous en affecter vivement avant qu'ils soient commis, et, dès qu'ils sont commis, ne plus vous en embarrasser. En un mot, si vous punissez le coupable, vous aurez des lois et belles et valides ; si vous le renvoyez absous, elles ne seront que belles sans être valides.

Avec quel sentiment chacun de vous retournera-t-il du tribunal dans sa maison? L'accusé n'est point un homme obscur, il est connu; la loi, sur l'examen des orateurs, n'est pas vicieuse, elle est fort belle; les enfants et les jeunes gens s'empresseront de demander à leurs parents comment l'affaire a été jugée. Que direz-vous donc, vous qui prononcez maintenant en dernier ressort, lorsque vos enfants vous demanderont si vous avez absous ou condamné Timarque? N'avouerez-vous pas, en lui faisant grâce, que vous avez ruiné toute discipline pour les enfants? A quoi vous servira-t-il d'avoir des esclaves pour les conduire, de les confier à des chefs de gymnase et à des maîtres d'école, si ceux entre les mains desquels on a remis le dépôt des lois, mollissent sur l'article de l'infamie?... Le même homme, sans doute, qui en vertu des lois ne pourra obtenir le sacerdoce d'aucune divinité, comme étant impur, fera dans des décrets des vœux pour la république, et implorera les déesses redoutables. Après cela, nous serons surpris du désordre qui règne dans la république, lorsque de tels hommes mettent leur nom à la tête des ordonnances du peuple! Enverrons-nous en députation chez les étrangers celui qui chez nous a mal vécu? Lui confierons-nous les affaires les plus importantes ? Que ne vendra pas celui qui s'est vendu lui-même? .. Bannissez donc, Athéniens, du milieu de vous de tels caractères; enflammez les jeunes gens de l'amour de la vertu; convainquez-vous d'une chose, et n'oubliez pas ce que je vais vous dire. Si Timarque est puni de ses désordres, ce sera un commencement de réforme pour la ville; s'il échappe, il aurait mieux valu que ce procès n'eût pas été intenté. En effet, Athéniens, avant que Timarque fût cité en justice, la loi et le nom des tribunaux en imprimaient à quelques-uns; mais si le débauché le plus fameux, si le coryphée du libertinage, traduit devant les juges, se soustrait à la peine et sort triomphant, son exemple multipliera et autorisera le crime, et enfin ce ne seront plus de simples discours, mais la nécessité qui vous excitera à la rigueur. Ne vous mettez point dans le cas de punir une foule de méchants, effrayez-les tous par la punition d'un seul...

J'ai fait, Athéniens, pour ma part, tout ce que je devais; j'ai exposé les lois, j'ai examiné la vie de l'accusé. Vous êtes maintenant juges de mes discours, je serai tout à l'heure témoin de votre jugement. L'affaire dépend de vos décisions; si vous voulez prononcer suivant la justice et pour le bien de la ville, nous n'en aurons que plus d'ardeur pour rechercher les infracteurs des lois.

DÉMOSTHÈNE. — Nous empruntons cette biographie à M. Ph. Chasles, qui nous semble avoir reproduit avec le plus de vérité les traits de cette grande figure. « Démosthène, dit-il, naquit à Athènes,

381 ans av. l'ère chrétienne. Il était encore enfant lorsque mourut son père ; son éducation, abandonnée à la tendresse de sa mère, fut négligée ; le futur orateur ne se signala guère que par des vices de caractère, et reçut de ses camarades le surnom de *Serpent*. A seize ans, il eut occasion d'entendre Callistrate, avocat célèbre ; le succès de l'orateur, les applaudissements qu'il recueillit, la foule qui l'environna et le reconduisit à son domicile, enflammèrent Démosthène, qui, de ce jour, se plaça sous la discipline d'Isée. Ses progrès furent tels, qu'un an après il attaqua ses tuteurs infidèles devant les tribunaux, et les contraignit à la restitution ; ses plaidoyers relatifs à cette cause nous sont parvenus. Après avoir pris des leçons de Platon, Démosthène essaya d'aborder la tribune publique ; découragé par les huées qui l'avaient accueilli, il allait renoncer à l'éloquence, quand l'acteur Satyrus le ranima et lui donna des conseils. Dès lors Démosthène s'enferma et se livra à un travail opiniâtre pour rectifier sa prononciation défectueuse, acquérir l'art du geste et celui de la diction. On rapporte qu'il se retirait quelquefois des mois entiers dans un cabinet souterrain, la tête à demi rasée pour ne pas être tenté de sortir, déclamant, écrivant, comparant et méditant.

« Démosthène avait vingt-sept ans lorsqu'il reparut à la tribune pour combattre la loi de Leptine. Cette loi, comme on le sait, défendait qu'aucun citoyen, excepté la postérité d'Harmodius et d'Aristogiton, fût exempté des magistratures onéreuses, c'est-à-dire de l'obligation de donner des jeux. Démosthène combattit la loi au nom de Ctésippe, fils de Chabrias. A ce plaidoyer succédèrent ses discours contre Androtion, contre Conon et Aristocrate. Démosthène composait pour beaucoup de citoyens d'Athènes des accusations qu'ils débitaient ensuite en leur nom ; quelquefois même il entreprenait la réfutation du discours écrit par lui-même. Il travaillait aussi pour le barreau ; mais son caractère âpre et violent le rendait plus propre à l'accusation qu'à la défense. Frappé au visage par Midias, il traduisit son ennemi devant le peuple et n'abandonna la poursuite que moyennant quelques milliers de drachmes. Quelque temps après, il réclamait une autre somme pour des blessures qu'il avait reçues à la tête. Ses ennemis prirent occasion de ces exigences pour dire que sa tête lui rapportait autant qu'une bonne ferme.

« Le grand fait de la vie de Démosthène, c'est sa lutte contre Philippe de Macédoine, c'est l'entreprise patriotique, par lui formée, de sauver la liberté d'Athènes. Tout sembla s'effacer pour lui devant ce sentiment. Son avidité tant reprochée fléchit elle-même ; l'orateur resta insensible à l'or et aux présents dont le Macédonien comblait les orateurs d'Athènes.

« Démosthène avait trente et un ans à l'origine de cette lutte; il la continua jusqu'à sa mort, soit contre Philippe, soit contre ses successeurs.

« Le premier acte de l'orateur dans cette voie fut le discours qu'il prononça pour engager les Athéniens à se maintenir en paix avec la Perse et à fortifier leur puissance maritime; l'année suivante, il fit sa harangue en faveur de Mégalopolis, colonie protégée par les Thébains et attaquée par les Spartiates. En quinze ans Démosthène prononça contre Philippe onze harangues qui nous sont connues, soit sous le nom de Philippiques, soit sous celui d'Olynthiennes. Chaque événement qui se produisait semblait inspirer un discours à Démosthène. Ambassadeur auprès de Philippe, il paraît que l'orateur eut à se plaindre de ses procédés; le ressentiment personnel vint s'ajouter à la haine patriotique. Mécontent de ses collègues d'ambassade, et surtout d'Eschine, Démosthène accusa ce dernier de vénalité; c'était encore attaquer Philippe.

« Les Athéniens, qui longtemps n'avaient vu dans les discours de Démosthène que de magnifiques déclamations, se réveillèrent enfin lorsque la prise d'Élatée leur montra Philippe à leurs portes; l'abattement était général; seul, Démosthène prit la parole et proposa un projet de ligue entre Athènes et Thèbes. Envoyé à Thèbes pour conclure cette ligue, il se trouva en face des ambassadeurs de Philippe, qui le combattirent; mais son éloquence l'emporta, et les deux peuples réunis livrèrent à Philippe la bataille de Chéronée. Le mauvais succès de cette journée ne nuisit en rien à la popularité de Démosthène, qui fut chargé, par les Athéniens, de préparer la défense, de réparer les murs d'Athènes et de prononcer l'éloge des guerriers morts à Chéronée. Athènes allait périr, quand Philippe mourut : Démosthène, fidèle à sa haine, célébra cette mort comme un événement heureux; et, malgré la perte récente de sa fille, il se montra dans les rues couronné de fleurs. A sa voix, les Athéniens forment de nouvelles ligues, et fournissent des armes aux Thébains révoltés ; mais Alexandre, dont ils méprisaient la jeunesse, après avoir rasé Thèbes, menaçait leurs murs et demandait qu'on lui livrât huit orateurs, au nombre desquels était Démosthène. On ne sait quel parti eussent pris les Athéniens, si Démosthène n'eût obtenu grâce pour les proscrits. A partir de ce moment, Démosthène et Athènes gardent une inaction forcée; toutefois la lutte pour et contre Démosthène fut portée sur un autre terrain. Huit ans auparavant, Ctésiphon avait proposé de décerner à Démosthène une couronne d'or en récompense des services par lui rendus. Eschine s'était inscrit contre ce projet. Lorsque Athènes fut condamnée au repos, ce der-

nier reprit son accusation suspendue, aussi bien que l'exécution
du décret, par les malheurs publics. Cette lutte d'éloquence fut
vive, on y accourut de toute la Grèce; Eschine qui succomba fut
exilé, n'ayant pas, aux termes de la loi, réuni la cinquième partie
des suffrages.

« Le triomphe de Démosthène ne fut pas de longue durée :
accusé de s'être laissé corrompre par Harpalus, gouverneur macédonien réfugié à Athènes, il fut condamné et exilé, quoiqu'il
protestât de son innocence.

« A la mort d'Alexandre, Démosthène croit voir s'ouvrir pour lui
une carrière nouvelle; il quitte sa retraite, court de ville en ville,
soulève les peuples contre la Macédoine et seconde partout les ambassadeurs d'Athènes. Rappelé par la reconnaissance publique, il
rentre dans sa patrie au milieu de la joie universelle : ce fut son
dernier triomphe. Antipater, en un seul combat, dissipe la nouvelle
ligue; la mort de Démosthène est ordonnée, et les Athéniens la
prononcent. Le proscrit sort d'Athènes avec quelques amis, comme
lui condamnés; il passe seul dans l'île de Calaurie et se réfugie dans
le temple de Neptune. Archias, ancien acteur devenu satellite d'Antipater, accourt avec des soldats et s'efforce de tirer l'orateur de son
asile par de fausses promesses, bientôt suivies de menaces. Démosthène obtient quelques instants de répit sous le prétexte qu'il a
besoin d'écrire une lettre; et, portant un stylet empoisonné à ses
lèvres, ne livre aux soldats qu'un mourant. Il avait à peine expiré,
qu'Athènes lui éleva une statue avec une inscription.

« Le principal caractère de l'éloquence de Démosthène, c'est
une brièveté rapide jointe à une abondance d'arguments pleins
de force. La verve, la précision, le bon sens, sont les principales
qualités de ses harangues; il sait descendre à une familiarité
énergique, relevée par des images entraînantes, et remonter à la
plus haute éloquence par une transition savamment ménagée. Sa
véhémence réveille les passions, il faut le suivre et marcher avec
lui : le mouvement, l'action se font sentir dans tous ses discours,
et frappent d'autant plus que l'art du style reste caché. « Il est
« plus facile, a dit Longin, de regarder d'un œil indifférent les fou-
« dres tomber du ciel, que de n'être pas ému des passions vio-
« lentes qui éclatent dans ses ouvrages. »

« Il reste de lui soixante et un discours ou harangues, soixante-
cinq exordes et six lettres écrites, pendant son exil, au peuple
d'Athènes. » Nous croyons donner ici une idée suffisante du talent
de Démosthène, en citant une de ses *Philippiques,* et en exposant
le plan magnifique, le canevas du *Discours pour la Couronne,* embelli
par quelques extraits.

DEUXIÈME PHILIPPIQUE

Athéniens! si un orateur relève les attentats commis par Philippe avec
violence contre la paix, on l'applaudit, on trouve ses paroles bonnes et justes,
ses inculpations semblent toujours fondées; mais il n'en sort aucun résultat
utile, rien de ce qu'on eût dû en attendre. Les choses en sont même à ce
point que, plus l'on s'attache à vous démontrer les projets funestes de Philippe
et ses atteintes aux traités, plus il devient malaisé de vous convaincre. Et
voici pourquoi : il faudrait des actions et non des paroles pour triompher
des ambitieux, et ceux qui montent à la tribune, dans la crainte de vous déplaire, Athéniens, font ressortir sans doute la violence et l'excès des actes
du Macédonien, mais s'abstiennent de proposer le moindre décret. Et vous,
assis et tranquilles, vous avez, il est vrai, sur Philippe la supériorité d'une
conception vive et ardente, vous entendez finement la parole des orateurs;
mais, s'il est question d'arrêter ses hardies entreprises, vous retombez dans
l'indolence. Qu'en résulte-t-il? rien que de naturel : Philippe et vous, vous
excellez dans l'art qui vous plaît et auquel vous donnez tous vos soins; Philippe à agir, et vous à parler.

Si, aujourd'hui, il ne s'agit encore que de fixer la question de droit, certes,
Athéniens, rien n'est plus aisé pour vous. Mais, s'il est à propos de remédier
à nos maux, ou du moins d'en arrêter les progrès, s'il faut empêcher Philippe
et sa puissance de croître jusqu'à ce qu'ils soient devenus irrésistibles, faisons trêve enfin à nos délibérations d'habitude : orateurs et auditeurs, sa-
chons une fois au moins préférer des conseils de salut, des conseils pratiques
à des paroles brillantes et sonores.

D'abord, Athéniens, si l'on s'imagine, en présence des accroissements et des
empiètements de Philippe, qu'Athènes ne doit pas en être effrayée, qu'il n'y
a là aucune menace pour elle, j'avoue qu'un tel aveuglement m'étonne. Je
vous supplie de m'entendre vous démontrer en peu de mots qu'il en est tout
autrement; que votre ennemi, c'est Philippe. Si vous trouvez ma prévoyance
plus sage, croyez-en donc mes soupçons; si vous donnez raison aux orateurs
qui se confient à la parole de Philippe, plongez-vous encore dans leur apathie.

Je veux considérer, Athéniens, les empiètements de Philippe aussitôt après
la paix. Maître des Thermopyles et des villes phocéennes, quel parti a-t-il
pris? Il a servi Thèbes et non pas Athènes. Pourquoi cela? C'est qu'il n'a en
vue ni la paix, ni la tranquillité, ni la justice; c'est qu'il a étudié notre politique et le caractère athénien; c'est qu'il n'osait espérer nous engager par
aucune promesse à lui abandonner, en vue de notre intérêt, aucune des villes
grecques; c'est qu'il sentait qu'à sa première tentative contre la liberté, vous,
Athéniens, par sentiment de justice et d'honneur, par prévoyance et par
amour du devoir, vous l'attaqueriez comme un ennemi déclaré. Et il ne
connaissait pas moins bien les Thébains, qui, du reste, ont donné raison à
ses calculs. Il pressentait qu'ils ne le gêneraient pas dans ses projets; mais
qu'en échange de ses concessions ils lui prêteraient leur aide au besoin. Sa
conduite présente avec les Argiens et les Messéniens a la même explication;
et cette conduite fait votre éloge, Athéniens! Seuls entre tous les peuples,
vous ne voudriez pas, pour aucun avantage, trahir les intérêts généraux de la
Grèce, et renoncer à la gloire de la protéger. Cette pensée qui l'a fait agir
ainsi à votre égard, et d'une manière toute contraire à l'égard des Argiens et
des Thébains, cette pensée lui est née des circonstances présentes et de l'étude
du passé.

Oui, je le vois, il le sait; on lui a redit que vos ancêtres pouvaient dominer
la Grèce, s'ils avaient consenti à obéir au grand roi. Ils ont fermé l'oreille,
il le sait bien, aux propositions d'Alexandre, d'un roi macédonien comme

lui devenu l'ambassadeur des Perses; ils ont mieux aimé abandonner leur ville, s'exposer à tous les maux; ils ont fait ces prodiges de valeur, que tous se plaisent à redire, mais qu'on ne pourrait assez louer et que je ne louerai pas de peur d'être au-dessous de ma tâche. Il n'ignore pas non plus que les ancêtres des Thébains et des Argiens ont cédé devant le barbare ou se sont faits ses auxiliaires. Ces deux peuples devaient, conformément à ses calculs, oublier l'intérêt de la Grèce pour ne songer qu'au leur. Son alliance avec vous ne pouvait donc avoir d'autre base que la justice; son alliance avec eux lui donnait des complices de son ambition. Voilà l'explication de sa conduite passée, de ses préférences d'aujourd'hui. Croyez-moi, s'il les a choisis, c'est pour cela; et non parce que leur marine est supérieure à la vôtre, ou parce que sa prépondérance sur terre lui fait mépriser la domination de la mer et des ports, ou parce qu'il a perdu la mémoire des discours et des promesses qui lui ont obtenu la paix.

Mais, me dira un de ces habiles qui savent tout, vous vous trompez; l'ambition n'est pour rien dans la manière d'agir de Philippe; mais les prétentions des Thébains lui ont paru plus justes que les nôtres. — C'est, je le soutiens, la dernière allégation que ce prince pourrait apporter. Il ordonne aux Lacédémoniens de laisser à Messène son indépendance, et ce serait par un sentiment de justice qu'il livrerait aux Thébains Orchomène et Coronée! — Mais, ajoute-t-on, et c'est le dernier argument, il a bien été forcé de faire la concession de ces deux villes, quand il s'est trouvé enveloppé par les cavaliers thessaliens et l'infanterie de Thèbes. — Très-bien. On prétend par le fait qu'il se défie des Thébains; et l'on va semant le bruit qu'il ne songe qu'à fortifier Élatée. Oui, il y songe, et, je l'espère, il y songera longtemps... Enfin, c'est bien évidemment à Athènes que Philippe en veut; et c'est en quelque sorte la nécessité qui l'y contraint. Raisonnez. Son but, c'est de dominer; vous seuls vous arrêtez ses projets ambitieux; il nous attaque donc seuls, et cela depuis longtemps .. Il se rend compte également et de son acharnement contre vous et de vos justes soupçons. Il vous sait prévoyants, il sent que vous devez le haïr; il se tient prêt, s'attendant à vous voir agir contre lui, si vous saisissez l'occasion et ne lui laissez pas le temps de vous prévenir. Il veille; il menace Athènes, il ménage les Thébains et les peuples du Péloponèse qui font cause commune avec eux; car il les juge ou assez ambitieux pour admettre ce qui se passe, ou assez stupides pour ne rien prévoir de ce qui en résultera. S'ils réfléchissaient un instant, ils seraient frappés de l'évidence des faits que moi-même j'ai mis sous les yeux des Argiens et des Messéniens, et que je ne trouve pas superflu de vous rappeler aujourd'hui...

(Démosthène explique ici la politique de Philippe, habile à exciter les peuples de la Grèce les uns contre les autres et à profiter de leurs jalousies.)

Des applaudissements accueillirent mes paroles, les Messéniens me donnèrent raison. Et pourtant, quoique les autres ambassadeurs aient appuyé mes discours en ma présence et après mon départ, ils continueront à croire à l'amitié de Philippe et à ses promesses. Après tout, rien de surprenant, si des Messéniens, des hommes du Péloponèse font tout le contraire de ce que leur conseille leur raison; mais ce qui me frappe, c'est que vous, témoins des faits, vous, sans cesse avertis par moi des embûches, des dangers qui vous enveloppent, vous risquez par votre apathie de tomber dans les mêmes malheurs : le plaisir, l'amour du repos sont donc assez forts pour vous faire oublier les intérêts de l'avenir?

Si vous êtes sages, vous délibérerez plus tard sur le parti le plus convenable à prendre; mais, si vous m'en voulez croire, voici la réponse qu'il faut faire dès aujourd'hui dans votre intérêt à ceux qui cherchent à vous en-

traîner. Ici, Athéniens, il semblerait à propos de nommer les colporteurs
de promesses royales qui vous engagèrent à la paix. Personnellement, je
n'eusse jamais pris part à une ambassade, et vous, vous n'eussiez jamais
consenti à désarmer, si nous eussions prévu la conduite de Philippe après
la paix, conduite si opposée aux engagements qu'on le disait avoir pris. Il
faudrait en nommer bien d'autres. Ceux surtout qui, la paix conclue, après
la seconde ambassade, quand je vous vis trompés et voulus vous avertir et
vous réveiller, quand je m'opposai à l'abandon des Thermopyles et de la
Phocide, ceux qui alors répétaient qu'un buveur d'eau comme moi était
toujours morose et mécontent, que Philippe nous donnerait satisfaction, pas-
serait les Thermopyles, fortifierait Thespies et Platée, rabattrait l'insolence
des Thébains, percerait à ses frais l'isthme de la Chersonèse ; et, pour vous
indemniser d'Amphipolis, vous abandonnerait Orope et l'Eubée. Tout cela,
vous vous en souvenez, vous fut débité à cette tribune, si vous ne l'avez
pas oublié, comme tous les torts qu'on vous cause. La paix fut faite, et, quel
fut votre aveuglement ! cette paix signée sur de vaines promesses enchaînait
vos descendants eux-mêmes.

Quel est donc mon but ? Pourquoi faire citer ces fameux conseillers ? Je
veux vous dire ici naïvement la vérité ! Je ne prétends pas balancer le compte
des injures dont ils m'ont abreuvé, leur fournir de nouveaux droits à la mu-
nificence de Philippe ; je ne veux pas surtout faire d'inutiles discours. Mais
je prévois que ce roi vous prépare des maux plus cruels encore ; les affaires
s'embarrassent ; et, si je souhaite de me tromper, je crains aussi de voir se
réaliser mes conjectures. Quand vous n'aurez plus le loisir de rester indifférents, quand ce ne sera plus ni moi, ni d'autres qui vous révèleront la menace des événements, mais que vous connaîtrez vous-mêmes et que vous
verrez votre ruine, alors vous éclaterez en reproches et en plaintes ; alors,
parce que les ambassadeurs auront dissimulé les projets de celui qui les a
achetés, alors, je le crains, vous vous en prendrez à ceux qui cherchent à
réparer le mal qu'on a fait. Dans la colère, ce n'est pas toujours aux coupables qu'on s'attaque, mais à ceux qu'on rencontre sous la main.

Le danger n'est pas encore trop pressant, nous nous entendons encore :
c'est le moment de vous rappeler, quoique vous ne l'ignoriez pas, quel
homme vous pressa d'abandonner la Phocide et les Thermopyles. En effet,
ces deux points ont rendu Philippe maître des chemins de l'Attique et du
Péloponèse ; vous n'avez plus à délibérer sur les affaires générales de la
Grèce, mais sur celles de l'Attique, sur la guerre qui vous menace, qui ne
vous inquiétera peut-être que lorsqu'elle sera venue, mais qui était née du
jour où cette faute fut commise. Oui, si vous n'aviez pas été trompés, Athènes
serait à l'abri du péril : Philippe n'aurait certainement ni vaincu sur mer,
ni amené sa flotte dans l'Attique, par terre ; il n'eût pu traverser la Phocide
ou franchir les Thermopyles. Il lui aurait donc fallu, ou s'en tenir à la justice
et rester tranquille, ou entreprendre une guerre qui une fois déjà lui a fait
désirer la paix.

J'en ai dit autant qu'il était besoin pour vous remettre les faits en mémoire ; et je prie les dieux que mes paroles n'aillent pas plus loin. Jamais je
ne souhaiterai la mort d'un homme, l'eût-il mérité, si la république pouvait
y trouver un péril ou un malheur.

DISCOURS SUR LA COURONNE [1]

Je commence, Athéniens, par prier tous les dieux et toutes les déesses de
me faire trouver auprès de vous, dans cette lutte, la bienveillance que je n'ai

---

(1) M. Sommer

jamais cessé de montrer et pour la république et pour vous tous. Je leur demande encore de vous inspirer une résolution qui est de votre intérêt, de votre religion, de votre gloire; c'est de ne pas prendre mon adversaire pour juge de la manière dont vous devez m'entendre (car ce serait en vérité trop cruel); mais les lois, mais le serment dans lequel, entre autres dispositions justes, il est écrit qu'il faut écouter les deux parties avec une égale impartialité, c'est-à-dire, non-seulement ne rien préjuger d'avance et accorder à tous les deux une égale attention, mais encore laisser chacun des adversaires entièrement libre dans la marche et les moyens de défense qu'il aura choisis et adoptés... Devant rendre compte aujourd'hui de ma vie privée tout entière, ainsi que de ma vie politique, je veux, comme au début de mon discours, invoquer encore une fois les dieux. Devant vous, je leur demande, d'abord de me faire trouver dans cette lutte, auprès de mes juges, la bienveillance que je n'ai jamais cessé de montrer pour la république et pour vous tous; puis de vous inspirer dans cette cause la décision qui s'accordera le mieux avec la gloire de tous et la religion de chacun.

Mon ennemi, ajoute Démosthène, s'est attaqué à ma vie privée, j'ai vécu au milieu de vous, répondez-lui pour moi.

(Il commence alors l'exposé des événements : dans la guerre de Phocide, si Athènes a conclu la paix avec Philippe, c'est la folie ou la lâcheté des autres Grecs qui l'y a contrainte; mais on sait que lui, Démosthène, n'y a jamais été pour rien; il a voulu seulement tirer du traité le meilleur parti possible. Il eût même réussi à arrêter Philippe, si les députés, vendus au prince, ne lui eussent laissé tout le temps d'envahir la Thrace, de ravager la Phocide. A qui imputer ces malheurs, si ce n'est à Eschine lui-même, qui employait alors tous les moyens pour abuser le peuple?)

Peut-être vous ai-je bien importunés, vous qui connaissiez sa perfidie mercenaire avant même que j'eusse dit un mot. Il la décore du nom d'amitié. Lui qui me reproche l'amitié d'Alexandre, disait-il dans un endroit de son discours; ce sont ses propres termes. Moi! vous reprocher l'amitié d'Alexandre! D'où l'auriez-vous acquise? Comment l'auriez-vous méritée? Non, je ne vous nommerai jamais l'ami ni de Philippe ni d'Alexandre; je ne suis pas assez insensé, à moins qu'il ne faille nommer amis de ceux qui les payent les moissonneurs et autres mercenaires à gages. Mais il n'en est pas ainsi; non, il s'en faut bien; mercenaire aux gages de Philippe d'abord, et maintenant d'Alexandre, c'est le nom que je vous donne, que vous donne ce peuple. Si vous en doutez, demandez-le à lui-même, ou plutôt je vais le demander pour vous... Athéniens! pensez-vous qu'Eschine soit l'ami ou le mercenaire d'Alexandre?... Entendez-vous ce qu'ils disent?

(L'orateur aborde la cause et fait donner lecture de l'acte d'accusation. Il s'engage à prouver qu'il a, pour sa conduite politique, mérité une couronne, et que Ctésiphon n'a rien fait que de légal lorsqu'il a proposé de la lui décerner. La Grèce alors était trahie de tous les côtés par les hommes que Philippe avait achetés; Athènes restait seule pour soutenir l'indépendance des Grecs et tenir tête à Philippe, que le traité n'arrêtait plus. Pendant qu'Eschine donnait l'hospitalité aux créatures macédoniennes, que faisait Démosthène? Il délivrait l'Eubée et la Chersonèse, et non-seulement il recevait déjà des couronnes méritées, mais il en faisait décerner à sa patrie, la libératrice des autres peuples. Voilà comme il se conduisit dans les relations extérieures; mais à l'intérieur? à l'intérieur, il multipliait les réformes les plus avantageuses à l'État. Quant à la couronne qu'on lui conteste, Ctésiphon, en la proposant pour lui, est resté dans la plus stricte légalité. On couronne un comptable pour ses mérites; il ne s'agit pas, dans cet honneur qu'on lui rend, de l'usage des deniers qui lui furent confiés. Démosthène a fait un don à sa patrie, sa patrie en est reconnaissante. Quoi! le don est légal, et la reconnaissance ne le serait pas! Une loi expresse autorise la proclamation d'une couronne sur le théâtre, malgré les chicanes d'Eschine.)

Instruit de ces vérités aussi bien que moi, Eschine a mieux aimé invectiver qu'accuser. Or, comme il ne serait pas juste d'être en reste avec lui, même pour cet article, j'y reviendrai après lui avoir fait cette seule question.

Eschine, faut-il vous nommer l'ennemi de la république ou le mien? — Le mien, direz-vous sans doute. Cependant, lorsque vous pouviez, si j'étais coupable, me poursuivre devant les tribunaux où je rendais mes comptes, devant ceux où j'étais accusé de crimes d'État, devant d'autres encore, vous avez gardé le silence; et, lorsque tout conspire à me déclarer innocent, lois, temps écoulé, jour préfix, jugements antérieurs, administration reconnue irréprochable, services qui ont acquis à la patrie plus ou moins de gloire, c'est alors que vous m'attaquez! Prenez garde d'être réellement l'ennemi de la république, et le mien seulement en apparence.

(L'orateur entre ici dans la voie des récriminations contre Eschine; il lui reproche son origine, ses infamies, ses trahisons; c'est lui qui a amené la guerre contre les Locriens, guerre dont Philippe devait recueillir les fruits; tandis que lui, Démosthène, faisait tout pour sauver la Grèce au moyen de l'alliance de Thèbes avec Athènes. Et quand arriva la nouvelle de la prise d'Élatée, quand les citoyens étaient plongés dans la consternation, qui osa prendre la parole et tenter le salut de la patrie en conseillant le traité avec les Thébains? ce fut encore Démosthène.)

Je descendis de la tribune. Mon avis fut approuvé généralement et ne fut contredit de personne... Je ne me bornai pas seulement à proposer le décret, je me chargeai de l'ambassade; je déterminai les Thébains; je conduisis les affaires depuis le commencement jusqu'à la fin; je me dévouai tout entier à la république dans les périls où elle se trouvait alors. Greffier, montrez-nous le décret qui fut porté alors.

Eh bien! Eschine, quel rôle avons-nous joué, vous et moi, dans ce jour remarquable?... Vous, Eschine, vous n'étiez d'aucun secours; et moi, Démosthène, je remplissais tous les devoirs d'un patriote. Greffier, lisez le décret. (On lit le décret.)

C'était alors, pour un bon patriote et pour un homme équitable, l'unique temps de parler. Pour moi, je porte la confiance jusqu'à dire que, si l'on peut montrer aujourd'hui qu'il y avait un parti meilleur, ou même un autre parti à prendre que celui que j'embrassai, je m'avoue coupable... Eschine! quand le héraut criait: « Qui veut conseiller le peuple? » ou : « Qui veut censurer le passé? » ou : « Qui veut garantir l'avenir? » Pendant que vous restiez assis et muet dans nos assemblées, moi, je montais à la tribune et j'y parlais. Mais, puisque vous ne l'avez pas fait alors, dites-nous du moins quel avis convenable j'ai manqué d'ouvrir, quelle occasion favorable j'ai manqué de saisir, à quelle alliance, à quelle démarche j'aurais dû plutôt déterminer les Athéniens?

(Donc Démosthène est le seul qui ait donné un conseil; mais ce qui est au-dessus de l'homme, il n'a pu donner le succès; et, Athènes eût-elle été assurée de la défaite, elle n'eût pas dû tenir une autre conduite; elle a donc bien agi, et Ctésiphon a bien agi à son tour en proposant une couronne au conseiller d'Athènes.)

Mais Eschine veut me frustrer d'une couronne pour le moment; ce qui serait vous ravir les éloges de tous les siècles à venir. Oui, si, condamnant l'auteur du décret, vous improuvez mon administration, on dira que vous avez failli et non pas que vous avez subi les rigueurs d'une injuste fortune. Mais non, Athéniens, non, vous n'avez point failli en vous exposant volontairement pour le salut et la liberté de tous les Grecs, j'en jure par les mânes de nos ancêtres qui ont combattu pour la Grèce à Marathon, par ceux qui ont combattu à Platée, à Artémise, à Salamine, généreux citoyens dont les corps reposent dans les tombeaux publics. L'État les a tous honorés de la même sépulture, oui, Eschine, et non pas seulement ceux dont la fortune a secondé la valeur. Cette conduite était juste; car tous avaient montré le même courage, quoiqu'ils eussent éprouvé chacun le sort que leur réservait la divinité.

(A Thèbes, les députés athéniens rencontrent ceux de Philippe, et cependant Thèbes préfère l'alliance d'Athènes : Philippe s'inquiète, mais notre patrie triomphe et elle accorde à Démosthène de nouveaux honneurs. Qu'Eschine vienne encore ridiculiser et les gestes et les paroles de son rival. Pourquoi donc ne compte-t-il pour rien les services rendus? Mais Démosthène est la cause de la défaite de Chéronée!... Homme, que pouvait-il contre la fortune? Orateur, quel service pouvait-il rendre aux armées? Mais, autant qu'il a été en lui, il a vaincu, et Athènes a été victorieuse avec lui! Démosthène, dit Eschine, est le mauvais génie d'Athènes. Qu'est-ce donc qu'Eschine?... Démosthène est un habile charlatan, ajoute-t-il; mais il ne songe pas que les juges connaissent Eschine, sa malice que ce procès révèle, sa perfidie, sa trahison. Les Athéniens connaissent aussi Démosthène, et c'est lui qu'ils ont chargé de prononcer l'éloge funèbre des victimes.)

Et ce qui m'a le plus révolté, Athéniens, dans le cours de ses calomnies et de ses invectives, c'est qu'en insistant sur nos malheurs, Eschine en a parlé sans verser une larme, sans rien ressentir de cette douleur qui convient à un citoyen zélé et vertueux. Avec cet air et ce ton satisfait, avec ces éclats d'une voix sonore, il croyait m'accuser; et il ne s'apercevait pas qu'il s'accusait lui-même, en montrant sur nos calamités des sentiments si différents des vôtres.

(Mais ce n'est pas tout. Eschine accuse Démosthène de *philippiser!* Conçoit-on cette impudence? Les traîtres, instruits à l'école d'Eschine, se sont multipliés à un tel point dans les villes de la Grèce, que Démosthène mériterait une couronne, ne fût-ce que pour avoir seul résisté à la corruption. Eschine plaisante sur la restauration des murailles due à Démosthène. Cette défense n'est pas la seule qu'Athènes doive à son orateur; et les armées et les flottes, et les alliances? Pendant ce temps-là Eschine demeurait dans un superbe repos, d'où il ne sort à intervalles que pour injurier les amis d'Athènes, pour les empêcher de la sauver. Eschine, enfin, met Démosthène en parallèle avec les hommes illustres du passé. La malice est manifeste; mais qu'on le mette en face de ses contemporains, en face d'Eschine surtout, il n'a qu'à gagner à cette comparaison.)

Dès le commencement de mon ministère, je suivis la route la plus droite, je me fis une gloire de ménager les hommes, l'honneur, la puissance de ma patrie, et de me livrer tout entier à ses intérêts. Lorsque nos ennemis prospèrent, on ne me voit point, d'un air de triomphe et de satisfaction, me promener dans la place publique, présenter la main, et faire part des bonnes nouvelles à des gens qui les manderont en Macédoine ; on ne me voit point, lorsque j'apprends nos succès, trembler, soupirer, baisser les yeux vers la terre, à l'exemple de ces hommes impies qui décrient la république, comme si par là ils ne se décriaient pas eux-mêmes. Toujours l'œil au dehors, s'ils voient qu'un autre a profité de nos malheurs, ils vantent sa prospérité et prétendent qu'on ne doit rien négliger pour éterniser ce succès.

Rejetez leurs vœux impies, dieux puissants ! mais plutôt, s'il est possible, inspirez-leur un meilleur esprit et des sentiments meilleurs ; ou, s'ils sont incorrigibles, exterminez-les isolément sur terre et sur mer ; frappez-les d'une mort prématurée. Pour nous, qui leur survivrons, délivrez-nous au plus tôt des périls qui nous menacent, accordez-nous le salut et la sécurité.

Complétons la liste de cette seconde époque par l'énumération des hommes moins illustres qui se sont fait connaître en ce genre. Nous nommerons d'abord l'incorruptible Phocion, qui représentait à Athènes le parti de la paix, comme Démosthène représentait celui de la guerre, et que ce dernier nommait, à cause du nerf, de la brièveté, de la puissance d'argumentation, la hache de ses discours ; Céphalus, mis en renom par les orateurs contemporains, pour sa probité ; Callistrate, dont les succès réveillèrent la vocation de Démosthène ; Cléophon, Iphicrate, personnages politiques ; Démade, le type de l'orateur démagogue, dit M. Geruzez, qui de matelot et de marchand de poisson devint orateur populaire aux gages de Philippe de Macédoine ; enfin Aristogiton, Androtion et Démocharès.

CHAPITRE IV

3e Époque

RHÉTEURS PROFANES. — APOLOGISTES CHRÉTIENS

ORATEURS ASIATIQUES

Entre l'époque qui précède et celle qui va nous occuper, il y a comme une époque et un genre particuliers dont nous devons dire un mot : c'est ce qu'on appelle l'*Éloquence asiatique*, pour lui donner le nom que Cicéron lui a donné lui-même (*asiaticam eloquentiam*). Cette école commence la série des rhéteurs, occupés non plus à entraîner la volonté d'un peuple, ou à défendre des accusés, mais à rechercher les applaudissements d'un auditoire blasé et avide de distractions ; des écrivains dont le style est tourmenté et chargé d'ornements sans goût, bien contraire à la puissante simplicité des orateurs. Nous citerons Hégésias et Démétrius.

Hégésias de Magnésie. — C'est celui qui est regardé par les anciens comme le père de l'éloquence asiatique, et il a joui parmi eux d'une grande renommée. On sait qu'il écrivit encore l'histoire d'Alexandre le Grand.

Démétrius de Phalère. — C'est un des plus fameux orateurs de cette époque, et sa réputation était déjà grande lorsque, par suite de la prise d'Athènes, il dut fuir pour se soustraire aux poursuites d'Antipater. Plus tard, Cassandre lui confia le gouvernement de la ville, et l'on se rappelle que l'enthousiasme des citoyens lui érigea jusqu'à trois cent soixante statues, renversées par ce même peuple lorsque son idole eut été chassée par Antigone et Démétrius Poliorcète. Réfugié à la cour de Ptolémée, à Alexandrie, il obtint la faveur du prince ; mais il fut envoyé en exil par Ptolémée II, et il y mourut de la piqûre d'un aspic.

Cicéron l'a loué dans deux de ses ouvrages ; mais nous ne pouvons fournir au lecteur le moyen de juger son mérite, puisque ses ouvrages sont perdus.

RHÉTEURS PROFANES.

Lesbonax. — C'est un contemporain de Tibère et l'auteur de différents discours politiques. Deux seulement nous sont restés et suffisent pour donner une idée du ton déclamatoire des orateurs de cette période. L'un a pour titre : *De la Guerre des Corinthiens ;* l'autre est un appel à la valeur guerrière et s'adresse aux Athéniens, rivaux des Lacédémoniens.

Dion Chrysostome. — « Le plus célèbre des orateurs de cette époque, dit M. Geruzez, c'est sans contredit Dion Chrysostome, qui vécut sous Vespasien, Titus, Domitien, Nerva et Trajan. Dion fut un homme de cœur, dévoué aux intérêts de sa patrie adoptive et plein des souvenirs républicains de Rome et d'Athènes. Il osa conseiller à Vespasien de quitter l'empire. Proscrit par Domitien, il erra à travers la Mésie, la Thrace et la Scythie, déguisant son nom et vivant du travail de ses mains. Il s'était fixé chez les Gètes, où il vivait obscurément, lorsqu'à la nouvelle de la mort de Domitien il pénétra dans le camp de l'armée romaine, et détermina les soldats déjà mutinés à rentrer dans l'ordre et à proclamer Nerva empereur. Dion avait prononcé un grand nombre de dissertations et de discours, dans lesquels se reflète l'éloquence antique, avec l'élévation des idées et la noblesse du langage. Il a pris pour modèle Platon et Démosthène. Philosophe de la secte stoïcienne, il a laissé soupçonner, par la pureté de sa morale, que

les lumières du christianisme l'avaient éclairé. » Nous extrayons
de son *Discours à Trajan* le portrait du bon prince.

LE BON PRINCE [1]

Peignons le roi véritable, le roi d'Homère. Par cette simple peinture, mon
discours condamnera les méchants princes et fera l'éloge des bons, sans
pouvoir être accusé de flatterie ou de satire. En face du portrait du bon roi,
on reconnaîtra le prince qui a le mérite de se rapprocher du modèle, et l'on
distinguera ceux qui ont la honte de ne pas lui ressembler.

Le premier caractère du bon roi est d'être attaché au culte des dieux et
de rendre à l'Être suprême les honneurs qui lui sont dus; car l'homme bon
et juste ne peut trouver de plus digne objet de sa confiance que les dieux
mêmes, qui sont bons et justes par excellence. Celui qui, quoique méchant,
s'imagine être agréable aux dieux, par cela même est impie; il les suppose
ou méchants ou insensés.

Le bon roi donne aux dieux ses premiers soins; il donne les seconds aux
hommes: il honore, il chérit les bons; mais ses attentions s'étendent sur
tous. Y a-t-il quelqu'un qui veille mieux sur le troupeau que celui qui le
mène paître; qui rende de plus grands et de plus agréables services aux
brebis, que le berger; qui aime davantage les chevaux, que celui qui en
possède beaucoup et qui en retire un grand profit? A plus forte raison, y a-
t-il quelqu'un qui doive chérir davantage les hommes que celui qui les commande et qui se voit le principal objet de leurs respects? Il serait bien
odieux que les hommes conçussent pour des animaux peu dociles, et différents de leur espèce, plus d'affection qu'un roi pour des sujets fidèles et
hommes comme lui.

Les troupeaux connaissent et aiment leurs bergers; les chevaux ont les
mêmes sentiments pour leurs maîtres; les chiens aiment les chasseurs et
les gardent; en général tous les animaux s'attachent à ceux à qui ils sont
soumis. Si ces êtres, qui ne sont susceptibles ni de raisonnement ni de reconnaissance, ne laissent pas de connaître et d'aimer les personnes qui
prennent soin d'eux, serait-il possible que l'homme, de tous les animaux le
plus intelligent et le plus sensible, méconnût ses bienfaiteurs, ou ne les
payât que d'ingratitude? Non, sans doute; par une conséquence nécessaire,
un roi plein de douceur et ami des hommes s'attirera non-seulement l'attachement des hommes, mais enlèvera aussi leur amour.

Un tel prince, persuadé de cette vérité, laisse voir à ses sujets une âme
remplie de bonté et de tendresse pour eux, parce qu'il les regarde tous
comme des gens qui lui sont dévoués et qui le chérissent. Il lui paraît
essentiel à son rang, non de jouir de plus de plaisirs, de plus de richesses
que les autres hommes, mais de prendre plus de soucis et plus de soins;
aussi a-t-il plus d'ardeur pour le travail qu'on n'en a d'ordinaire pour les richesses et pour les plaisirs. Il sait que la volupté, entre les maux dont elle
accable ceux qui s'y abandonnent, les prive bientôt du pouvoir de les goûter;
au lieu que le travail, entre autres avantages qu'il procure à ceux qui s'y
livrent, les met de plus en plus en état de le soutenir.

Ce n'est qu'à un prince de ce caractère qu'il est permis de donner à ses
soldats le nom de camarades, à ceux qui vivent avec lui le nom d'amis, sans
abuser du nom d'amitié. Lui seul mérite d'être appelé, non-seulement de
bouche, le père des citoyens, le père de ses sujets, mais d'être déclaré tel par
ses actions mêmes. Ni les hommes libres, ni les esclaves ne doivent lui donner

---

1. Un membre de l'Université, chez Garnier.

le titre de seigneur, de maître despotique; il ne croit point que le trône soit uniquement établi pour son avantage personnel, mais pour le bien commun de tous les hommes.

Il trouve plus de plaisir à répandre ses bienfaits qu'on n'en trouve à les recevoir, et ce plaisir est le seul dont il soit insatiable. Il regarde ses autres actions comme des actes nécessaires que son rang exige; ses bienfaits sont ses seuls actes volontaires, les seuls qui font sa félicité. Il ne se ménage point quand il fait le bien; il en trouve dans lui une source inépuisable qu'il ne craint point de tarir. Au contraire, par sa nature, il ne peut jamais faire le mal, de même que le soleil ne peut jamais produire les ténèbres.

Ceux qui le voient et qui vivent auprès de lui ne veulent jamais le quitter; ceux qui en entendent parler désirent plus ardemment de le voir, que les enfants qui ne connaissent pas leur père n'aspirent à le rencontrer. Ses ennemis le redoutent, et aucun d'eux n'ose s'avouer son ennemi; ses amis se croient en assurance, et ceux qui lui appartiennent de près sont dans la plus parfaite sécurité. C'est le contraire du méchant, dont les ennemis sont pleins de confiance, dont les amis et les proches sont remplis d'inquiétude et de frayeur. On vit tranquille auprès d'un prince doux et bienfaisant; à son approche, à sa vue, on est saisi, non de crainte ou de terreur, mais de respect; sentiment plus puissant que la crainte et d'un effet plus heureux. La crainte hait son objet et cherche à le fuir, le respect admire le sien et se plaît à le voir.

Un prince tel que celui que je peins regarde la franchise et la vérité comme les qualités essentielles d'un sage, la fourberie et le mensonge comme le partage des esclaves et des insensés. Ainsi voit-on, parmi les animaux, la ruse et la tromperie employées d'ordinaire par les plus vils et les plus timides. Il aime naturellement la gloire; et, comme il sait que les hommes sont naturellement portés à honorer la vertu, il se flatte de réussir mieux en gagnant les cœurs qu'en les contraignant de lui rendre des honneurs forcés; il fait la guerre et est toujours en état de la faire; mais il est si pacifique qu'il ne trouve point d'ennemis à combattre; il connaît cette maxime, que ceux qui peuvent le mieux conserver la paix sont ceux qui sont le mieux préparés à la rompre.

Il aime également ses courtisans, ses concitoyens, ses troupes. Tout prince qui dédaigne ses soldats, qui ne voit jamais, ou ne voit que rarement des gens qui affrontent les fatigues et les dangers pour défendre son pouvoir; qui, au contraire, s'occupe uniquement à flatter une vile multitude sans tête et sans bras, fait précisément ce que ferait un berger qui ne connaîtrait pas les animaux fidèles qui lui aident à garder son troupeau, et qui, au lieu de veiller avec eux, ne prendrait pas même le soin de les nourrir. Ce berger donnerait occasion, non-seulement aux loups, mais aux chiens mêmes, de ne pas épargner ses brebis. D'un autre côté, un prince qui n'exerce pas ses soldats, qui ne les fait point travailler, se souciant peu du reste de ses sujets, est semblable à un pilote qui n'occuperait ses matelots pendant les jours entiers qu'à manger et à dormir, sans s'embarrasser du péril des passagers et du navire.

Si le prince a sur ce sujet les attentions qui conviennent, mais si, d'ailleurs, il traite durement ceux qui l'approchent, ceux qu'il nomme ses amis; s'il ne cherche point à rendre leur sort heureux et désirable, il ignore sans doute qu'il trahit l'État et qu'il se trahit lui-même; il décourage ses amis véritables, il empêche les autres de souhaiter de le devenir, et il se prive ainsi de l'amitié, le plus précieux, le plus utile de tous les trésors. En effet, y a-t-il personne qui, dans l'occasion, s'emploie avec plus d'ardeur qu'un ami véritable, qui s'empresse davantage de partager nos malheurs? Quelles louanges nous flattent plus que celles que nos amis nous donnent? De qui entendons-nous les vérités avec moins de chagrin? Quels gardes, quelle défense, quelles armes plus puissantes et plus sûres que celles de l'amitié? Autant on a d'amis, autant on a d'yeux pour voir ce qu'on veut voir, autant d'oreilles pour ouïr ce qu'on doit ouïr, autant on a d'esprits pour réfléchir sur ses intérêts. L'amitié procure le même avantage que si la divinité unissait à un seul corps plusieurs âmes chargées uniquement d'en prendre soin.

Mais, sans vouloir ici tout dire, traçons le signe le plus certain auquel le bon roi peut être reconnu. Un bon roi est celui que les gens de bien louent sans rougir en tout temps; qui n'est point flatté des adulations d'un vil peuple ou d'esclaves, mais qui est sensible aux éloges des hommes vraiment libres dont l'âme noble préfère la vérité à la vie même. Qui ne jugera qu'un tel prince doit être heureux et passer des jours fortunés? Qui n'accourrait pour le voir, pour jouir des avantages qu'annonce un aussi beau, un aussi excellent caractère? Que peut-on voir de plus merveilleux qu'un prince généreux et occupé? de plus agréable qu'un prince aimable et plein de douceur, qui veut faire du bien à tous et qui le peut? de plus avantageux qu'un prince équitable et juste? Quelle vie plus en sûreté que celle que tout le monde cherche unanimement à conserver? Quelle vie plus charmante que celle de celui qui sait qu'il n'a pas un seul ennemi? Quelle vie plus exempte de tout chagrin que celle d'un homme qui n'a rien à se reprocher? Quel mortel plus fortuné qu'un prince qui, étant homme de bien, est connu pour tel par tous ceux qui lui ressemblent?

LUCIEN. — Ce fécond écrivain naquit à Samosate, en Assyrie, en l'an 120 av. J.-C. De l'atelier d'un sculpteur, il entra dans les écoles des sophistes et des rhéteurs. Après avoir exercé pendant quelque temps la profession d'avocat, il alla visiter la Grèce, l'Italie, la Gaule, amassant comme sophiste et déclamateur une grande réputation et une certaine fortune. Il semble même qu'il n'ait attendu, pour renoncer à sa profession, que de s'être acquis une position aisée; car, à partir de ce moment, il poursuit sans pitié les improvisateurs dont il fut le rival et le maître, et commence cette série de déclamations morales qui l'ont rendu célèbre.

D'abord il compose un dialogue, *Nigrinus*, où il peint les mœurs de Rome avec finesse; puis des discours bizarres sur des sujets d'imagination, comme les *Deux Phalaris*, le *Tyrannicide*, les *Cygnes*, l'*Éloge de la mouche;* et des portraits, *Hésiode*, *Hérodote*, etc... Puis il s'établit à Athènes, et, admirateur de Démonax, il en écrit l'éloge. Son récit de la *Mort de Pérégrin* est une attaque dirigée contre les chrétiens et contre le Christ lui-même, auxquels il prodigue et les sarcasmes et les insultes : c'est, avec le *Philopatris*, les seules traces de son acharnement antichrétien.

La plupart de ses autres ouvrages sont des diatribes, des attaques virulentes dirigées contre les philosophes. Ce sont, les *Sectes à l'encan*, les *Vœux*, l'*Histoire véritable* et les *Dialogues des morts*. Le style de Lucien est en général pur et souvent élégant; sa verve satirique est intarissable, mais sa pensée est loin d'être toujours honnête; elle ne respecte guère les sentiments religieux. L'*Histoire véritable* de Lucien a fourni à Swift l'idée et presque le plan de Gulliver. Fénelon a imité les *Dialogues des morts*, et Thomas a loué l'*Éloge de Démosthène*, ouvrage sérieux et utile, mais qu'on ne peut avec sécurité attribuer à Lucien. Nous citerons un extrait de l'*Engagement auprès des grands*, qui peint avec esprit la situation de l'homme de lettres à la table du riche, et donne une juste idée de la verve moqueuse de l'auteur.

EXTRAIT DE L'ENGAGEMENT AUPRÈS DES GRANDS [1]

Je commencerai, si vous le voulez, par le premier festin dont vraisemblablement on vous régalera : ce sont les prémices de la nouvelle société que vous allez former. D'abord on vient vous inviter : c'est un esclave;... pour ne pas passer pour incivil, il faut lui glisser dans la main au moins cinq drachmes. Lui, feignant l'homme désintéressé : « Cessez, dira-t-il. Que je reçoive quelque chose de vous! Par Hercule! il n'en sera rien! » Cependant il se laisse bientôt fléchir, et sort en riant la bouche ouverte, en se moquant de vous. Vous prenez votre plus belle robe, et, paré le plus élégamment qu'il vous est possible, vous vous rendez, après le bain, dans la salle du festin. Observez toutefois de ne pas arriver avant tous les autres, ni le dernier. Ce serait impolitesse ou grossièreté; choisissez, pour entrer, un juste milieu. On vous reçoit avec distinction; on vous prend par la main, l'on vous fait asseoir un peu au-dessus du maître, entre deux de ses anciens amis. Déjà vous vous croyez dans le palais de Jupiter; chaque objet excite votre étonnement. Tout est nouveau pour vous, tout vous est inconnu. Les valets ont les yeux fixés sur votre personne, et chacun des convives observe vos actions... Tous remarquent votre embarras, et concluent que vous n'avez jamais mangé chez aucun riche, de ce que l'usage d'une serviette vous semble extraordinaire. Il est aisé d'imaginer jusqu'où va votre perplexité; la sueur vous en monte au visage. Vous n'osez demander à boire, malgré la soif qui vous presse; vous craindriez qu'on ne vous soupçonnât d'aimer le vin. Des mets qui sont rangés avec symétrie devant vous, vous ne savez sur lequel vous devez d'abord porter la main; il vous faudra regarder votre voisin à la dérobée, le prendre pour modèle, et apprendre de lui l'ordre qu'on doit observer dans un repas. Le reste ne vous cause pas moins de trouble et d'incertitude. Tantôt, à la vue de l'or, de l'ivoire et de tout le luxe qui environne le patron, son bonheur vous paraît extrême; tantôt vous soupirez sur votre sort et vous dites en secret : Hélas! je ne suis rien et je croyais vivre! Un instant après, vous faites réflexion que cette vie heureuse va devenir la vôtre; que vos jours couleront désormais au milieu de toutes ces délices, également partagées entre le maître et vous... Peu s'en faut que vous ne vous écriiez avec Homère :

> On ne saurait blâmer les Grecs et les Troyens
> De souffrir tant de maux . . . .

pour une pareille félicité. Mais voici le moment où l'on porte les santés. Le patron demande une large coupe; il vous salue en vous appelant son *maître* ou vous donnant quelque autre épithète honorable. Vous recevez la coupe d'un air interdit, vous ne savez que répondre, et votre silence vous fait passer pour un homme incivil.

Bientôt ce salut du patron vous rend un objet de jalousie pour la plupart de ses anciens amis, déjà secrètement irrités contre vous à cause de la place

(1) J. F. Bastien.

distinguée où l'on vous a fait asseoir. Ils voient avec peine qu'arrivé de ce jour, vous l'emportez déjà sur eux, qui ont épuisé tous les désagréments d'une longue servitude. Vous devenez à l'instant le sujet de leur conversation. « Il ne manquait plus à nos maux, dira l'un, que de voir les nouveaux venus préférés à nous. Rome n'est plus ouverte aujourd'hui qu'à ces Grecs; et pourquoi nous les préfère-t-on? parce qu'ils savent débiter quelques misérables discours : c'est un talent en vérité fort utile ! » Un autre dit à cela : « Avez-vous remarqué combien il a bu?... Comme il a dévoré ! C'est un homme grossier, un affamé, qui jamais n'a mangé de pain blanc, même en songe. — Que vous êtes simples, reprend un troisième : attendez seulement cinq jours, et vous le verrez se plaindre, comme nous, de ses maux ; aujourd'hui c'est une chaussure neuve, on en fait cas, on en a soin ; mais à peine sera-t-elle déformée ou tachée par la boue, qu'on la jettera avec dédain sous le lit. » Tels sont les discours qui se tiennent sur votre compte, et peut-être déjà l'on vous prépare des calomnies...

Voilà donc ce premier festin qui vous paraît si agréable... Le lendemain matin, il vous faudra convenir du prix et des époques de l'année auxquelles il doit vous être payé. Le patron vous fait venir en présence de deux ou trois amis ; il vous prie de vous asseoir : « Vous avez vu quelle est notre manière de vivre, elle n'a rien de fastueux ni de magnifique ; elle est simple et populaire. C'est ainsi que vous allez vivre désormais, et tout va devenir commun entre nous. En effet, il serait ridicule que je vous confiasse ce que j'ai de plus précieux, mon âme et celle de mes enfants... et que je fisse difficulté de vous regarder comme le maître absolu de mes autres biens. Cependant il est bon de déterminer ce qu'il convient de vous donner. Je vois bien, à la simplicité de vos mœurs, que vous savez vous contenter de peu, et je comprends parfaitement que c'est moins l'espoir du gain qui vous attire dans ma maison que celui de notre amitié et de la considération que vous obtiendrez ici de tout le monde. Néanmoins arrêtons-nous à quelque chose : dites vous-même ce que vous désirez ; mais souvenez-vous, mon cher ami, des présents que nous sommes dans l'usage de faire aux principales fêtes de l'année ; nous ne vous oublierons pas dans cette distribution, quoiqu'elle n'entre pour rien dans vos conventions actuelles. Vous le savez, ces occasions reviennent souvent dans le cours de l'année, et j'espère que cette considération vous fera exiger un salaire plus modique ; d'ailleurs il convient à des philosophes de se montrer supérieurs à toute espèce d'intérêt. »

En tenant ce langage insidieux, il vous émeut par les plus belles espérances et vous rend docile au joug qu'il veut vous imposer. Vous qui d'abord ne rêviez que talents et myriades, qui déjà possédiez en idée des campagnes immenses, des bourgades entières, insensiblement vous vous apercevez de l'avarice du patron; malgré cela, flatté de ses promesses, vous croyez pouvoir y compter, et ce mot, tout sera commun entre nous, vous semble devoir être le gage certain de votre bonheur. Hélas ! vous ignorez que de pareils discours

Des lèvres seulement mouillent l'extrémité.
Mais le fond du palais n'en est point humecté.

Enfin, la pudeur vous saisit; vous vous en rapportez entièrement à sa décision : mais il se défend de rien prononcer; il prie un de ses amis de décider entre vous deux... Cet ami, de même âge que votre vieillard, élevé dès l'enfance dans l'art de flatter, ne manque pas de vous dire : « O mon cher! vous êtes bien le plus heureux des citoyens de cette ville, d'obtenir, dès le premier abord, un bonheur après lequel mille autres soupirent et qu'ils oseraient à peine demander à la fortune !... On vous juge digne de partager la table et la société du patron, d'être admis dans une des premières

maisons de l'empire romain; c'est pour vous un trésor plus considérable
que ceux de Crésus ou de Midas, si vous en usez avec modération. Je connais
une foule de gens distingués qui voudraient bien acheter, à quelque prix que
ce fût, l'honneur d'être admis dans la société de cet excellent homme, d'être
vus en sa compagnie, et de passer pour ses amis. Je ne sais en vérité comment vous féliciter de votre heureux sort, puisque vous allez joindre à tant
d'avantages celui de recevoir une récompense pécuniaire. Je pense donc que
telle somme (il exprime une somme fort modique) doit vous être plus que
suffisante, surtout en égard aux espérances dont on vous parlait tout à
l'heure. Malgré vous il faut paraître satisfait. Vous ne pouvez plus échapper;
vous voilà tombé dans le filet.

MAXIME DE TYR. — C'est un contemporain de Lucien, et l'on a
cru qu'il avait été un des maîtres de Marc-Aurèle. Les discours de
Maxime sont écrits sur divers sujets philosophiques et moraux; le
style en est remarquable, mais il ne rachète pas la pauvreté du
fond. Voici quelques-uns des sujets qu'il a traités : *Faut-il rendre
les injures qu'on a reçues ? — De Dieu, d'après Platon. — Du But
de la philosophie. — De l'Utilité de l'adversité. — Du Génie de Socrate*, etc. Nous citerons seulement l'exorde du premier discours.

FAUT-IL RENDRE LES INJURES REÇUES ? [1]

« L'homme est-il plus en sûreté derrière le rempart de la justice que derrière celui de l'oblique friponnerie? A vrai dire, je suis indécis sur cette
question. » A la bonne heure, Pindare, qu'à tes yeux il y ait sujet d'incertitude et d'indécision entre la justice et la friponnerie, et que tu mettes l'or
en balance avec un vil plomb? Tu n'étais qu'un poëte, bon à composer, ou
des couplets pour des danseurs, ou des hymnes triomphales pour des tyrans.
Le choix des mots, la mesure, le rhythme des vers, la pompe, la justesse
des images, t'occupaient exclusivement. Mais celui qui n'attache pas plus
d'intérêt à la danse, au chant, au plaisir de la poésie que les enfants n'en
attachent à leurs jeux; celui qui désire donner de l'accord et de la mesure
à son âme, mettre de l'ordre et de la convenance dans ses actions et dans
tous les détails de sa vie, celui-là n'aura certainement pas l'idée de mettre en
question si le rempart de la justice est plus ou moins sûr. Mais il dira en
parodiant les vers: « Oui, le rempart de la justice est le plus sûr, et l'homme
ne doit jamais se placer derrière celui de l'oblique friponnerie. » En effet,
cette dernière ne peut pas plus escalader le rempart de la justice que les
Aloïdes [2] n'escaladèrent les cieux. En vain ils entassèrent le mont Ossa sur
le mont Olympe, et le mont Olympe sur le mont Pelion : ils demeurèrent
toujours aussi loin des cieux que la friponnerie l'est de la justice. Or la justice appartient à l'homme de bien, et la friponnerie au méchant. La justice
est pure dans ses éléments, la friponnerie n'est qu'un faux alliage. La force
est l'apanage de la justice, la faiblesse est l'attribut de la friponnerie; la première est utile, et la seconde est nuisible.

Avant d'étudier les apologistes chrétiens, nous donnerons seulement les noms des rhéteurs profanes de second ordre : l'em-

---

(1) Un membre de l'Université, chez Garnier. — (2) Otus et Éphialte, géants qu'on croyait nés d'Aloée.

pereur Adrien, qui se piquait de littérature; Polémon, sophiste
favori des Antonins; Hérode Atticus, rhéteur habile et homme
d'État; son disciple, Adrien de Tyr; Ælius Aristide, élève de Polémon et l'égal de Démosthène en éloquence, si l'on en croyait ses
contemporains; M. Cornélius Fronto, dont Marc-Aurèle suivit les
leçons; les deux Philostrate et Athénée.

APOLOGISTES CHRÉTIENS

Nous puiserons avec réserve à la source abondante des Pères de
l'Église, non qu'elle soit pauvre de mérites et de beautés, car nous
pouvons donner des preuves frappantes du contraire; mais la
mesure du livre même que nous écrivons nous a forcés à nous
restreindre plus que nous ne l'aurions voulu. On a divisé l'éloquence sacrée des Pères en trois périodes : c'est, dit M. Géruzez,
« la première prédication, la lutte et le triomphe; de là les Pères
apostoliques, les Pères apologistes et les Pères dogmatiques. »
Nous avons réuni les deux premières périodes sous le titre qui
précède ; les Pères dogmatiques appartiennent à la quatrième
époque.

SAINT BARNABÉ. — Il naquit dans l'île de Chypre. En embrassant la foi, il vendit ses biens qu'il remit aux apôtres. Ce fut lui
qui réussit à faire accueillir, parmi les disciples de Jérusalem,
saint Paul dont ils se défiaient. Il exerça la prédication à Antioche,
à Jérusalem et en Chypre. On croit qu'il souffrit le martyre à Salamine. Les ouvrages attribués à saint Barnabé sont : un *Évangile*,
des *Actes* et une *Épître* aux Juifs. Ce dernier écrit est le seul qu'on
regarde comme authentique; il attaque les cérémonies du culte
judaïque.

SAINT CLÉMENT, pape. — On ne sait rien de positif sur sa naissance; quelques-uns lui donnent pour père un Romain, nommé
Faustinus; d'autres le croient Hébreu et converti par les apôtres à
Antioche. Tous les auteurs ecclésiastiques s'accordent à dire qu'il
fut ordonné prêtre par cet apôtre, et qu'il fut élu pape, après saint
Clet, vers l'an 92. Parmi les nombreux ouvrages attribués à saint
Clément, les critiques modernes ne lui en reconnaissent d'autres
que la première *Épître à l'Église de Corinthe,* écrit plein de feu et
d'élégance, dont nous allons citer les premières pages.

ÉPITRE A L'ÉGLISE DE CORINTHE

L'Église de Dieu qui habite à Rome à l'Église de Dieu qui habite Corinthe,
à ceux qui ont été élus et sanctifiés dans la volonté de Dieu, par Notre-Sei-

gneur Jésus-Christ, que la grâce et la paix se multiplient pour vous, de la part du Tout-Puissant, par Jésus-Christ.

Les malheurs subits et successifs et les afflictions dont nous avons été accablés, nous ont trop longtemps empêchés, nous le reconnaissons, frères bien-aimés, de répondre à vos réclamations, d'arrêter les maux de cette discorde impie et détestable, funeste à la fois aux élus de Dieu et à ceux qu'il n'a pas appelés. Quelques hommes audacieux et insolents ont poussé la fureur si loin, que votre nom, ce nom vénérable et glorieux, ce nom digne d'amour, est devenu un triste objet de scandale. Qui avait autrefois vécu parmi vous, sans goûter votre foi solide et pleine de toute vertu? sans admirer votre sage et douce piété? sans louer la générosité que vous témoignez à vos hôtes? sans se féliciter des charmes et de la sûreté que votre société présente? En effet, vous agissiez toujours sans faire acception des personnes, et vous marchiez sous les lois de Dieu, soumis à l'autorité qui vous régit, obéissant aux anciens qui distribuent entre vous la justice. Vous recommandiez à la jeunesse de persévérer dans l'honneur et la modération; aux femmes d'adopter un genre de vie irréprochable, de garder leur cœur saint et chaste, d'aimer leurs époux, comme leur devoir l'exige; vous leur enseigniez à rester fidèles aux règles de l'obéissance prescrite, à administrer honnêtement leur maison et à se conduire en tout avec prudence.

Enfin vous possédiez toute l'humilité du cœur; vous étiez sans orgueil, sans arrogance, pleins de soumission, plus empressés à donner qu'à recevoir. Satisfaits de la nourriture divine, soigneusement attentifs aux paroles de Dieu, vos entrailles en étaient comme dilatées, et la passion du Christ était sans cesse sous vos yeux. Ainsi vous jouissiez d'une paix abondante et profonde, vous brûliez d'une ardeur insatiable de charité, et l'Esprit-Saint répandait sur vous ses grâces avec effusion; pénétrés d'une volonté pure, le cœur droit et embrasé, vous éleviez avec une pieuse confiance vos mains vers le Dieu tout-puissant, et vous le suppliiez de vous être propice, si votre nature vous avait forcés à pécher. Nuit et jour, votre sollicitude était éveillée pour la fraternité universelle, pour le salut des élus de Dieu réunis par la charité et par la concorde. Simples et sincères, vous étiez prompts à oublier les injures, vous aviez horreur des discussions et des schismes. Les fautes du prochain faisaient couler vos larmes; ses besoins vous touchaient comme s'ils étaient les vôtres; vous ne regrettiez pas vos bienfaits, parce que vous étiez toujours prêts à en rendre...

Donc, toutes les largesses, tout honneur vous furent prodigués, et ces paroles de l'Écriture sainte furent en vous accomplies. « Il mangea et il but; mais, quand il fut rempli et engraissé, le bien-aimé regimba (1). » Alors on vit naître l'envie, la jalousie, les contestations, la discorde, la persécution, le tumulte, la guerre et la captivité. On vit les hommes méprisés et sans gloire, soulevés contre ceux de leurs frères qui sont en honneur et qui sont considérés, les insensés contre les sages, les jeunes gens contre les vieillards; et voilà pourquoi se sont éloignées de vous et la justice et la paix. C'est que chacun de vous a perdu la crainte de son Dieu, est devenu aveugle dans sa foi, ne marche plus dans le sentier de ses préceptes et ne mène plus une vie digne du Christ; c'est que chacun suit la pente de son mauvais désir, se laisse emporter par la passion inique et impie, la passion par laquelle la mort même est entrée dans le monde (2).

En effet, ceci a été écrit : « Il arriva quelque temps après que Caïn présenta au Seigneur une oblation des fruits de la terre. Abel fit aussi la sienne, qui était des premiers-nés de son troupeau et de ce qu'il avait de plus gras; et le Seigneur regarda favorablement Abel et ses présents. Mais il ne regarda

(1) Deut. XXII, 15. — (2) Sap., II, 24.

18

point Caïn, ni ce qu'il lui avait offert. C'est pourquoi Caïn en fut fort irrité
et son visage en fut tout abattu. Et le Seigneur dit à Caïn : Pourquoi êtes-
vous en colère, et pourquoi votre visage est-il abattu ? Si vous faites bien,
n'en serez-vous pas récompensé ? Et, si vous ne faites pas le bien, le péché ne
sera-t-il pas aussitôt comme un monstre couché à votre porte pour vous dévorer ? Mais c'est à vous de réprimer ses désirs et de le dominer. Or Caïn dit
à son frère Abel : Sortons dans les champs. Et, lorsqu'ils furent dans les
champs, il se jeta sur son frère Abel et le tua (1). » O mes frères, vous voyez
que l'envie et la jalousie ont été la cause du fratricide. La jalousie a forcé
Jacob, notre père (2), à fuir la présence de son frère Ésaü. La jalousie a
poussé les frères de Joseph à lui vouloir du mal jusqu'à la mort, et a précipité Joseph lui-même dans la servitude. La jalousie contraignit Moïse à s'éloigner du roi d'Egypte, quand un citoyen lui fit entendre ces mots : « Qui vous
a établi sur nous pour prince et pour juge ? Est-ce que vous voulez me tuer
comme vous tuâtes hier un Egyptien (3) ? » La jalousie entraîna Aaron et Marie
à habiter en dehors du camp. La jalousie jeta vivants dans les enfers Dathan
et Abiron, après s'être révoltés contre Moïse, le serviteur de Dieu. La jalousie
enfin a non-seulement rendu David odieux aux étrangers, mais l'a exposé
aux persécutions de Saül, roi d'Israël.

Mais laissons là les exemples que les temps anciens nous fournissent ; considérons les athlètes de notre âge ; citons les généreux modèles de ce siècle.
L'envie et la jalousie ont soumis à la persécution et à la mort ceux mêmes
qui ont été pour l'Église des colonnes de justice et de fidélité. Représentons-
nous les saints apôtres : Pierre, victime d'une jalouse iniquité, a passé successivement par tous les maux, jusqu'à ce que, par le martyre, il eût atteint
le haut degré de gloire qu'il avait mérité. Paul, en butte à l'envie, a soutenu
la lutte de la patience. Sept fois mis aux fers, exilé, lapidé, prédicateur de la
foi dans l'Orient et dans l'Occident, il fut enfin admis au couronnement
parfait de sa fidélité. Et, quand il eut enseigné le monde, touché aux confins
de l'Occident, martyr du Christ sous nos empereurs, il a quitté la terre, il
est monté au séjour de toute sainteté, modèle accompli pour les hommes
d'une souveraine patience...

Nous vous écrivons ceci, frères chéris, non-seulement pour vous instruire
de votre devoir, mais aussi pour nous rappeler le nôtre ; car, placés dans la
même arène, nous courons pour atteindre le même but. Laissons donc les
vaines et inutiles préoccupations ; appliquons-nous la règle glorieuse et vénérable de notre vocation sainte. Cherchons d'abord ce qui est bon, agréable
et digne d'amour aux yeux de celui qui nous a créés. Attachons notre esprit
à étudier le sang du Christ, à comprendre combien il est précieux pour un
Dieu, ce sang qui, répandu pour procurer notre salut, a donné au monde
tout entier la grâce de la pénitence. Remontons de génération en génération,
et reconnaisons combien de miséricordieuses occasions de repentir le Seigneur a données aux hommes qui ont voulu retourner à lui. Noé prêcha la
pénitence, et ceux qui l'écoutèrent furent sauvés. Jonas toucha les Ninivites ;
ils pleurèrent leurs péchés, ils apaisèrent Dieu par leurs supplications, et,
si loin qu'ils fussent de l'amour du Seigneur, ils obtinrent leur salut.

SAINT IGNACE. — Il était de Nora, dans l'Asie Mineure, et mourut
vers l'an 107 de notre ère. Il fut, avec saint Polycarpe, disciple de
saint Jean, et il remplaça saint Évode sur le siége d'Antioche.
Quand Trajan marcha contre les Parthes, il s'arrêta dans cette

---

(1) *Genèse*, IV, 3-8. — (2) Ces trois mots ont paru à certains critiques prouver que saint Clément était
Juif et qu'il descendait de Jacob. — (3) *Exode*, II, 14.

ville et fit comparaître devant lui l'auguste vieillard. L'interrogatoire qu'il subit nous apprend son surnom de Théophore. « Personne, répondit-il à l'empereur, qui l'avait appelé Démon, n'appelle ainsi Théophore. — Qui est Théophore ? — Celui qui porte le Christ dans son cœur. » Et l'arrêt fut prononcé. « Nous ordonnons qu'Ignace, qui dit porter en lui le crucifié, soit mené à Rome pour servir de pâture aux bêtes et de spectacle au peuple. » Les chrétiens de Rome envoyèrent à leurs frères d'Antioche les os du martyr recueillis dans l'arène.

Nous avons d'Ignace six lettres adressées aux fidèles d'Éphèse, de Magnésie, de Tralles, de Rome, de Philadelphie, de Smyrne ; et une à saint Polycarpe. Ces lettres sont remplies d'une éloquence véritablement apostolique ; le style en est constamment pur et élevé. Elles sont un des monuments les plus précieux de la primitive Église.

ÉPITRE AUX ROMAINS

Ignace, surnommé Théophore, à l'Église comblée de miséricordes par la magnificence du Père, le Très-Haut, et de Jésus-Christ, son Fils unique ; à l'Église chérie et éclairée, par la volonté de celui qui veut que toutes choses soient faites dans l'amour de Jésus-Christ notre Dieu ; à l'Église qui préside au territoire des Romains, digne de Dieu, digne d'honneurs, de félicitations et de louanges, digne d'être exaucée dans tous ses vœux et glorifiée dans sa pureté ; à l'Église qui préside à la société universelle de la charité, que rend illustre le nom du Christ et du Père et que je salue au nom de Jésus-Christ, fils du Père ; à ceux qui selon la chair et l'esprit sont soumis à tous ses préceptes, remplis indivisiblement de la grâce de Dieu, purifiés de toute couleur étrangère, j'adresse mes vœux abondants et purs en Jésus-Christ, notre Dieu.

Mes prières ont obtenu de Dieu que j'eusse enfin le bonheur de vous voir ; j'ai été exaucé même au delà de mes prières. Enchaîné pour le Christ, j'ai l'espoir de vous saluer bientôt, si la volonté de Dieu me juge digne de parvenir à mon but. Du reste, le débat a été heureux déjà, si je reçois la grâce d'accomplir mon sort sans autre obstacle ; car je redoute votre charité et je crains qu'elle n'arrête mon sacrifice. Il vous est facile, à vous, de faire ce que vous voulez ; mais il me sera difficile d'entrer en possession de Dieu, si vous cherchez à me sauver.

En effet, vous êtes des hommes, et je ne dois pas chercher à vous plaire, mais à plaire à Dieu, comme vous lui plaisez vous-mêmes. Jamais je ne rencontrerai une occasion plus précieuse de jouir de mon Dieu, ni vous de faire une bonne œuvre, si vous gardez le silence ; car, si vous ne parlez pas pour moi, j'appartiendrai à mon Dieu ; si vous avez trop de soin de ma chair, il me faudra recommencer à courir dans la carrière. Ne mettez pas trop d'empressement à me faire échapper à l'immolation pendant que l'autel est tout préparé, et que, vous formant un chœur de charité, vous n'avez plus qu'à redire dans vos chants au Père en Jésus-Christ : Dieu a choisi l'évêque de Syrie et l'a jugé digne d'être appelé du Levant pour venir au Couchant. Oui, il est bon pour moi que j'aille m'endormir en Dieu loin du monde, pour me réveiller en lui.

Vous n'avez jamais envié à personne une glorieuse mort, mais, au contraire, vous nous avez servi de modèles. Eh bien ! je ne désire autre chose que de suivre vos leçons et de reproduire vos exemples. Contentez-vous donc de demander pour moi les forces intérieures et extérieures : que j'aie la parole et la volonté, que je sois à la fois dit et trouvé chrétien. Reconnu pour chrétien, j'en recevrai le nom, et je ne pourrai plus le perdre, dès que je cesserai d'être visible aux yeux du monde ; ce qui est visible ne peut être éternel : « Les choses visibles sont temporelles, et les invisibles sont éternelles (1). » Ainsi notre Dieu, Jésus-Christ, existant dans le Père, est mieux manifesté. Le christianisme n'a pas seulement besoin de silence, il a besoin aussi de grandeur.

Je mande donc aux Églises que c'est avec bonheur que je vais mourir, si vous ne mettez obstacle à ma mort. Je vous en supplie, ne montrez pas pour moi une bienveillance inopportune. Laissez-moi devenir la nourriture des bêtes qui me procureront la conquête de mon Dieu. Je suis le froment de Dieu et je serai broyé par les dents des bêtes pour devenir le pain saint et pur du Christ. Gardez vos soins pour les bêtes, afin qu'elles deviennent mon sépulcre et ne laissent rien de mon corps; et, dans le sommeil de la mort, je ne serai plus un fardeau pour personne. Alors je serai le vrai disciple du Christ, quand le monde ne verra plus mon corps. Oui, suppliez pour moi le Christ afin que je sois jugé une victime digne de Dieu. Je ne vous parle pas comme si j'étais ou Pierre ou Paul; ils étaient apôtres, je suis condamné; ils sont libres, moi, jusqu'à présent, je suis encore esclave. Mais si je souffre le martyre, je serai l'affranchi de Jésus, et en lui je ressusciterai libre. Aujourd'hui dans les fers, j'apprends à n'avoir ni désirs vains ni volonté mondaine. Dans ce voyage de Syrie à Rome, ma lutte avec les bêtes est déjà commencée, sur terre comme sur mer, et la nuit et le jour. Je suis enchaîné devant dix léopards, je veux dire devant les soldats qui me gardent, hommes que les bienfaits mêmes rendent plus féroces. Leur injustice aussi est une leçon pour moi: mais cela ne me justifie pas (2). Que ne suis-je déjà en face des bêtes préparées pour mon supplice; je leur ferai des caresses afin qu'elles me dévorent plus vite; je ne veux pas que, par crainte, elles n'osent me toucher; et, si elles ont de la répugnance à l'attaque, je les exciterai moi-même et les contraindrai. Faites donc ce que je demande ; je sais bien ce qui m'est avantageux; car je commence aujourd'hui à être un disciple... Que la croix et le feu, que les troupes de bêtes cruelles, les déchirements, les supplices, la rupture des os, la séparation des membres, la contusion de mon corps entier, que les tourments les plus atroces du démon m'assaillent à la fois, pourvu que je fasse la conquête de Jésus-Christ.

Les plaisirs, les royaumes de ce monde ne me serviront point; il me vaut mieux mourir en Jésus-Christ que de commander jusqu'aux extrémités de la terre. « En effet, que sert à l'homme de gagner tout l'univers, s'il vient à perdre son âme (3). » Celui que je cherche, c'est celui qui est mort pour nous ; celui que je veux, c'est celui qui est ressuscité à cause de nous. Voilà mon gain et mon espérance. Frères, ayez pitié de moi, ne m'empêchez pas de vivre, ne me laissez pas mourir : je veux vivre de la vie de Dieu, ne me livrez pas au monde. Permettez-moi de voir la pure lumière ; quand je l'aurai contemplée, je serai l'homme de Dieu ; laissez-moi devenir l'imitateur de la passion de mon Dieu. Ah ! ce Dieu, si l'un de vous le possède en son cœur, il doit comprendre mes vœux, il doit se sentir ému pour moi et souffrir aussi des liens qui me retiennent.

Le prince de ce siècle veut me ravir, et séduire mes sentiments à l'égard de Dieu : ah ! qu'aucun de vous ne lui prête son aide; faites-vous plutôt mes alliés, faites-vous les alliés de Dieu. N'ayez pas sur les lèvres le nom du Christ, si vous désirez le monde; et surtout que la jalousie n'habite pas dans

1) II Corinth., iv, 18 — (2) I Corinth., iv, 4. — (3) Matth., xvi, 26.

vos âmes ! Quand je vais me trouver parmi vous, quelles que soient mes prières, ne les écoutez pas, mais croyez aux paroles que cette lettre vous porte ; car je vis et je vous écris que je veux mourir... Je n'ai plus goût aux aliments corruptibles et aux voluptés de cette vie. Je réclame le pain de Dieu, le pain céleste, le pain qui est la propre chair de Jésus-Christ, Fils de Dieu... Je demande le vin de Dieu, son propre sang, qui est incorruptible, et la vie éternelle...

Souvenez-vous dans vos prières de l'Église de Syrie, dont Dieu est devenu le pasteur à ma place. Son évêque l'a quittée ; elle sera régie désormais par Jésus-Christ seul et par votre charité. Pour moi, je rougis de voir mon nom parmi ces saints noms, moi indigne, moi le rebut de tous les autres ; mais j'aurai obtenu enfin d'être compté pour quelque chose, si j'atteins jusqu'à mon Dieu. Recevez le salut de mon esprit, et de la charité des Églises qui m'ont accueilli au nom de Jésus-Christ...

Je vous fais transmettre cette lettre de Smyrne par l'intermédiaire des Éphésiens, qu'on peut appeler les bienheureux. Avec moi et beaucoup d'autres se trouve aussi Crocus, dont le nom m'est si cher. Vous devez connaître déjà ceux qui, partis de Syrie, m'ont précédé à Rome pour rendre gloire à Dieu ; dites-leur que je suis près d'eux. Ils sont tous dignes de Dieu et de vous : il convient que vous les entouriez d'égards. Je vous écris cette lettre le neuvième jour des calendes de septembre. Adieu, soyez courageux jusqu'à la fin et soutenez la lutte pour Jésus-Christ. Ainsi soit-il.

SAINT JUSTIN. — C'est le premier nom à inscrire parmi les apologistes grecs. Saint Justin naquit en Samarie, à Néapolis. « D'abord païen, dit M. Géruzez, il fut conduit par l'étude des philosophes, entreprise dans un désir sincère de trouver la vérité, à la foi catholique. A peine converti, il devint apôtre et gagna le martyre. Outre une épître aux gentils, dans laquelle il expose les motifs de sa conversion, qu'il discute ensuite dans un dialogue avec le Juif Tryphon, il a publié deux apologétiques dont le premier est particulièrement estimé, et une lettre à Diognète, précepteur de Marc-Aurèle, dans laquelle l'orateur chrétien repousse les imputations dirigées contre l'Église et démontre la folie du paganisme. » Nous donnerons ici le plan et quelques extraits du premier apologétique, dédié par saint Justin à l'empereur Antonin le Pieux :

APOLOGÉTIQUE

A l'empereur Titus Ælius Adrien Antonin, le Pieux, Auguste, César, et à Vérissimus, philosophe, son fils, et à Lucius, philosophe, fils par la nature de César, par adoption du pieux empereur, ami de la science, et au sacré sénat, et à tout le peuple romain, moi, Justin, fils de Priscus, petit-fils de Bacchius, citoyen de Flavia Néapolis de Palestine, j'adresse ce discours et cette supplication en faveur de cette partie du genre humain qui est haïe et persécutée injustement.

La raison prescrit aux hommes sincèrement pieux et philosophes de respecter et d'aimer uniquement la vérité, et de rejeter même les pratiques de leurs ancêtres, si ces pratiques sont mauvaises. Et la saine raison n'ordonne pas seulement de ne pas imiter ceux qui ont fait ou enseigné le mal ; mais en toutes circonstances et pour le bien de sa conscience, l'ami de la vérité,

fût-il menacé de la mort, doit se résoudre à dire et à faire ce qui est juste.
Donc, puisqu'on vous appelle pieux, philosophes et gardiens de la justice,
puisqu'on vous renomme pour amis de la science, nous allons examiner si
vous l'êtes réellement. Nous n'avons pas songé à vous flatter dans cet écrit,
à gagner vos bonnes grâces par nos paroles. Je viens vous demander de rechercher scrupuleusement la vérité et d'y conformer exactement votre sentence, sans être arrêtés par aucune opinion préconçue ou par le désir de
complaire à des hommes aveuglés par la superstition, sans vous laisser emporter à des passions que la raison condamne, à des préjugés qui dominent
votre cœur; je viens vous solliciter à prononcer sur vous-mêmes. En effet,
nous tenons pour assuré que nous ne pouvons recevoir de mal de personne,
si nous ne sommes coupables d'aucune injustice, si nous ne sommes convaincus d'aucune méchanceté; oui, vous pouvez nous tuer, mais vous ne
pouvez nous nuire.

Pour éviter qu'on ne juge ces paroles déraisonnables et téméraires, in-
formez, je vous en supplie, contre les crimes qui sont imputés aux chrétiens.
S'ils les ont commis, punissez-les comme il convient de punir des coupables;
mais, si vous ne trouvez rien à leur reprocher, la vraie raison vous ordonne
de ne pas faire, sur de vaines rumeurs, une injustice à des hommes innocents, ou plutôt à vous-mêmes, à vous qui vous préparez à agir, non par un
sentiment d'équité, mais par l'emportement de la passion...

(Tout ce discours se divise en trois parties. Dans la première, Justin
s'applique à démontrer l'injustice qu'il y aurait à condamner les chrétiens
sans les entendre, et à prouver ensuite leur innocence.)

En effet, dit-il, vous en faites des accusés : traitez-les au moins comme
des accusés ordinaires. Au contraire, leur nom de chrétiens suffit à les faire
condamner. Vous les appelez athées : s'il s'agit des dieux des païens, oui,
nous sommes des athées; mais nous adorons Dieu le Père, son Fils et le
Saint-Esprit. Certes vous pouvez, entre les hommes de notre croyance, en
trouver qui aient commis des crimes; mais pourquoi les imputer à tous?
L'innocence de vos victimes est d'autant plus évidente qu'elles n'ont qu'à
nier pour être épargnées; mais elle confessent, elles confessent avec bonheur
et pour éviter le mensonge et pour parvenir à Dieu. Les chrétiens ne veulent
ni divinités matérielles, ni pouvoir en ce monde, et c'est en cela que réside
leur sagesse. Quand vous les persécutez au sujet de ces pures croyances,
vous agissez contre la raison, vous accumulez des rigueurs inutiles, vous
les affermissez dans la foi du Christ.

Oui, nous adorons le Père, le Fils et le Saint-Esprit : notre religion est
sainte et elle purifie nos adversaires eux-mêmes, s'ils viennent à renoncer
aux superstitions.

(Et ici l'apologiste place en face de la corruption païenne, la chaste morale de l'Évangile; en face de l'égoïsme, la divine charité. Les chrétiens sont
pleins de pitié pour les pauvres; ils sont patients, se gardent de jurer, obéissent aux princes et supportent sans se plaindre les charges de l'État.)

Non, nous ne nous contentons pas d'adorer notre Dieu; en tout autre
point, nous vous obéissons et nous vous servons avec joie; nous vous reconnaissons pour nos princes et les maîtres des hommes, et en même temps
nous formons des vœux, afin qu'avec la puissance souveraine vous ayez
aussi la sagesse des conseils. Si vous ne tenez compte de nos prières, si vous
méprisez nos franches explications, aucun dommage n'en retombera sur
nous; car, d'après notre croyance ou plutôt notre conviction, chacun devra

par un feu éternel recevoir le châtiment de ses mauvaises actions, chacun devra rendre compte dans la proportion des faveurs qu'il a reçues, comme le Christ l'a déclaré lui-même : « L'on exigera beaucoup de celui à qui l'on a beaucoup donné (1). »

(L'orateur annonce que dans la seconde partie il prouvera trois choses : 1º que les chrétiens seuls enseignent la vérité; 2º que le Fils de Dieu s'est véritablement incarné; 3º que les démons ont imaginé mille fourberies pour empêcher les hommes de croire à la venue du Christ.)

Oui, dit-il, les chrétiens enseignent la vérité, et voilà pourquoi on les persécute; mais la vérité leur donne aussi la force de préférer leur croyance à la mort; et, si le persécuteur a jamais quelque égard ou quelque pitié, c'est pour le mauvais chrétien ou pour l'hérétique, pour ceux qui calomnient les fidèles.

(Justin prouve l'incarnation en parcourant les Prophéties; et les Écritures lui servent de plus à démontrer la résurrection des morts, par la réalisation des prédictions annonçant la conversion des gentils et la réprobation des Juifs. Enfin toutes les fables des païens n'ont eu qu'un but, c'est de faire douter de l'arrivée du Christ; mais elles n'ont servi qu'à rendre aux adorateurs des faux dieux les chrétiens détestables. Rien ne fut vrai dans les croyances païennes. Ce que Platon a pu dire qui se rapproche le plus de la vérité, c'est à Moïse qu'il l'avait emprunté.

La troisième partie explique la consécration du chrétien dans le baptême : les démons n'ont rien imaginé qu'une ridicule copie dans leurs aspersions et leurs ablutions. Moïse lui-même n'en a institué que la figure. Puis Justin expose la consécration eucharistique, sa nature et ses cérémonies.)

Cet aliment est appelé parmi nous *eucharistie*, et nul n'a le droit d'y participer, s'il ne croit vrai ce que nous enseignons, s'il n'a été purifié par le baptême pour la rémission des péchés et la régénération, si sa vie n'est conforme aux enseignements du Christ. Ce n'est pas pour nous un pain commun, une boisson commune; mais, de même que, par le Verbe de Dieu, Notre-Seigneur Jésus-Christ fait chair a pris la chair et le sang pour nous sauver; ainsi, cet aliment sur lequel des actions de grâce sont rendues dans la formule de prières qui contient ses propres paroles, cet aliment qui nourrit par transformation et notre sang et nos chairs, nous le reconnaissons pour la chair et le sang de Jésus incarné. En effet, les apôtres, dans leurs écrits nommés Évangiles, nous transmettent qu'ils l'ont ainsi appris de Jésus. « Il prit le pain, rendit grâces et dit : Faites cela en mémoire de moi : ceci est mon corps (2); et, prenant de même le calice, il rendit grâces et dit : Ceci est mon sang (3). » Les apôtres connurent seuls ce mystère...

Depuis lors, nous nous le transmettons l'un à l'autre : ceux de nous qui possèdent viennent au secours de ceux qui ont besoin, et nous vivons toujours en commun; dans toutes nos oblations, nous louons le créateur de toutes choses par Jésus-Christ son Fils et par le Saint-Esprit. Et, le jour du soleil, comme vous l'appelez, un même lieu réunit ceux qui habitent les villes et ceux qui habitent la campagne. On y lit les commentaires des apôtres ou les écrits des prophètes. La lecture terminée, celui qui préside adresse quelques avertissements, quelques encouragements à la pratique des vertus. Puis nous nous levons tous ensemble et nous prononçons les prières; et c'est, comme nous l'avons dit, après la prière qu'on apporte le pain, le vin et l'eau. Celui

(1) Luc, xii, 48. — (2) Luc, xxii, 19. — (3) Matth., xxvi, 28.

qui préside prononce à haute voix les prières et les actions de grâce : le peuple répond : *Amen.* Alors commence la distribution des aliments sur lesquels l'action de grâce a été récitée : tous ceux qui sont présents y participent, et, par l'intermédiaire des diacres, on en envoie aux absents. Si l'on a reçu une part trop abondante, on peut, à son gré, faire abandon du superflu ; tout ce qu'on recueille est remis en dépôt chez celui qui préside. C'est lui qui vient en aide aux veuves et aux orphelins, à ceux que la maladie ou toute autre cause a réduits à l'indigence, aux prisonniers, aux voyageurs ; en un mot, c'est lui qui prend soin de satisfaire tous les nécessiteux. Et le jour du soleil a été choisi pour cette assemblée, parce qu'en ce jour-là Dieu, agitant les ténèbres et la matière, créa le monde ; en ce même jour, Jésus-Christ notre Sauveur est ressuscité des morts. La veille du jour de Saturne, il fut crucifié ; et le surlendemain, c'est-à-dire le jour du soleil, ses apôtres et ses disciples l'ont vu, et ils ont appris de sa bouche les vérités que nous livrons à vos réflexions.

Or, si tout ceci vous paraît conforme à la raison et à la vérité, prenez-le en considération ; si vous n'y voyez que des bagatelles, méprisez donc ces bagatelles, et ne prononcez pas une sentence de mort contre des innocents, comme vous le feriez contre des ennemis armés. Nous vous prédisons une chose avec certitude ; c'est que vous n'échapperez pas au jugement de Dieu, si vous demeurez dans cette injustice. Pour nous, nous nous écrierons seulement : Que la volonté de Dieu soit faite !

(Cette apologie se termine par la citation d'une lettre écrite par l'empereur Adrien en faveur des chrétiens.)

HERMIAS. — C'est un philosophe chrétien qui, dans un discours écrit sur le ton de la raillerie, traite du principe des choses, de l'âme, de la divinité ; montre les ridicules discordances des différents philosophes païens, et venge la vraie religion des attaques dirigées contre elle. Cet ouvrage a pour titre : *la Déraison des philosophes.*

CLÉMENT D'ALEXANDRIE. — Ce célèbre docteur naquit, suivant les uns, à Alexandrie ; suivant d'autres, à Athènes. « Il s'était livré d'abord, dit l'auteur de sa biographie, à l'étude de la philosophie, et avait adopté la doctrine de Platon, ou plutôt le système d'éclectisme qui régnait dans l'école d'Alexandrie. Ayant ensuite embrassé le christianisme, et désirant s'instruire à fond de la doctrine des apôtres, il parcourut la Palestine, la Grèce et l'Italie, pour conférer avec les docteurs les plus célèbres et apprendre d'eux la science des saintes Écritures et la tradition de l'Église. Il s'attacha enfin à saint Pantène, qui dirigeait l'école chrétienne d'Alexandrie, et lui succéda vers l'an 190. Sa réputation lui attira une multitude de disciples, parmi lesquels on remarque le célèbre Origène. Il fut élevé à la prêtrise par l'évêque Démétrius, et resta chargé de l'école d'Alexandrie jusqu'à l'an 202 ; mais alors il fut contraint de la quitter et de prendre la fuite, pour se soustraire à la persécution, car son mérite et son emploi le signalaient particulièrement à la haine des païens. Il se retira en Cappadoce auprès de saint Alexandre, qui avait été son disciple, et qui devint plus tard évêque de Jérusalem. Clément d'Alexandrie mourut vers l'an 215. Presque tous les auteurs lui ont donné le titre de saint, d'après l'autorité de quelques anciens martyrologes; mais Benoît XIV a fait supprimer son nom dans le Martyrologe romain.» Clément est un érudit profond en même temps qu'un orateur habile : un grand nombre de ses ouvrages ne nous sont pas parvenus. Ceux qui nous restent sont l'*Exhortation aux gentils*, dans laquelle, en établissant avec solidité la divinité du christianisme, il combat l'idolâtrie par son absurdité même ; le *Pédagogue*, instruction morale à l'usage des catéchumènes ; les *Stromates*, recueil varié de pensées chrétiennes et philosophiques ; un petit traité sur le sujet : *Quel riche sera sauvé?* et des fragments d'un ouvrage nommé les *Hypotyposes*.

EXHORTATION AUX GENTILS

(Clément débute par faire envisager aux gentils, ce que présentent d'odieux les cérémonies mêmes de leur culte et les mystères impies de leurs idoles. Au nom du Verbe qui est Dieu, il les appelle à concevoir la joie parfaite et à chanter avec lui les louanges du Père qui est Dieu, et qui a révélé la vérité. Passant en revue les mystères païens et les fables débitées sur les différents dieux, il leur démontre l'absurdité et l'impiété de leurs croyances, la cruauté et la barbarie des immolations qu'ils ont faites et qu'ils font encore à leurs dieux, le côté infâme et ridicule de leurs simulacres. Il examine ensuite les opinions émises par les philosophes sur la Divinité. Leurs écrits sont en général un tissu d'erreurs; cependant quelques-uns ont entrevu, comme en songe, une ombre de vérité : sans doute Dieu lui-même a voulu que les plus purs d'entre eux perçussent comme un reflet de son éclat. Leurs poëtes aussi peuvent apporter, à travers mille récits mensongers, quelques arguments à la vérité; mais c'est aux prophètes qu'il faut demander des lumières certaines sur la Divinité.)

Le moment est venu d'étudier les saints écrits des prophètes; car c'est dans leurs paroles, qui nous révèlent avec éclat le culte du Dieu unique, que se fonde la vérité. Les divines Écritures, les sages institutions qu'elles nous donnent, ouvrent la route la plus courte pour arriver au salut : sincères et sans fard, rejetant toute finesse, toute séduction, tout ornement de style, elles ravivent l'homme étouffé par ses vices, en lui enseignant à mépriser les hasards et les inquiétudes de cette vie, en le guérissant des passions par la simplicité de leur langage, en l'éloignant dans ses sages leçons de toute dangereuse malice, en l'exhortant avec clarté à conquérir le salut qu'il est donné à nos yeux d'apercevoir. Les chants de la sibylle vont nous fournir le prélude des révélations du salut.

« Il brille en tous lieux; sa course est exempte de tout égarement : croyez à cette lumière et abandonnez les ténèbres de la nuit. Oui, voilà le jour éclairé par le vrai soleil; la sublime clarté est apparue. Courage donc! que la sagesse soit vivante dans vos cœurs. Il est un Dieu unique, qui chasse les vents d'orage, la foudre, les fléaux, la famine, les malheurs, la glace et les neiges. Que dire de plus? C'est le prince du ciel et c'est aussi le maître de la terre. »

La sibylle, dans ces accents presque divins, assimile l'erreur aux ténèbres, la connaissance de Dieu au soleil et à la lumière, et, par cette comparaison, elle nous enseigne le choix que nous devons faire. En effet, l'erreur n'est pas dissipée par le simple exposé du vrai; c'est l'usage de la vérité qui la chasse et la dissipe.

Du reste Dieu nous est révélé par le sage prophète Jérémie, ou plutôt par le Saint-Esprit qui parle par sa bouche : « Ne suis-je Dieu que de près, dit le Seigneur, et ne le suis-je pas aussi de loin? Celui qui se cache se dérobe-t-il à moi, et ne le vois-je point? dit le Seigneur. N'est-ce pas moi qui remplis le ciel et la terre? dit le Seigneur (1). » Il se révèle encore dans les livres d'Isaïe : « Qui tenant la main étendue a pesé les cieux? Qui soutient de trois doigts la masse de la terre (2)? » Considérez la grandeur de Dieu et admirez. Vénérons celui dont le prophète a dit : « Les montagnes s'écouleront devant ta face comme la cire fond devant le feu (3). Celui-là est Dieu, dit-il, dont le ciel est le trône et la terre le marchepied (4). »

Voulez-vous entendre encore ce que dit le prophète de vos vaines images? « Et on les exposera au soleil, à la lune, à toute la milice du ciel qu'ils ont aimés, qu'ils ont servis; on ne les ramassera point et on ne les ensevelira point, mais on les laissera sur la terre comme du fumier (5). » Il ajoute que les éléments et le monde périront avec eux : « La terre vieillira, et le ciel passera, mais la parole de Dieu demeure éternellement. » Et, quand Dieu veut se révéler par Moïse : « Considérez que je suis le Dieu unique, qu'il n'y en a point d'autre que moi. C'est moi qui tue et qui fais vivre; c'est moi qui frappe et qui guéris, et nul ne peut délivrer de mes mains (6). » Voulez-vous entendre quelque autre voix prophétique? Vous avez à choisir dans tout le chœur des prophètes mêlant leurs accents à ceux de Moïse. Je vous rappellerai encore ce que dit l'Esprit-Saint, dont Osée est l'interprète : « C'est moi qui forme le tonnerre, c'est moi qui crée les vents; moi, dont les mains ont fondé la milice du ciel (7). » Et aussi les paroles qu'il prête à Isaïe : « Je suis le Seigneur qui enseigne la justice, et qui annonce la droiture. Assemblez-vous, venez et approchez-vous, vous tous qui avez été sauvés des nations : ceux-là sont plongés dans l'ignorance, qui élèvent en honneur une sculpture de bois, et qui adressent leurs prières à un Dieu qui ne peut sauver (8). » Et plus bas : « N'est-ce pas moi qui suis le Seigneur? Il n'y a point d'autre Dieu que moi. Il n'y a de Dieu juste et sauveur que moi seul. Tournez les yeux vers moi, peuples de toute la terre, et vous serez sauvés, parce que je suis Dieu, et qu'il n'y en a point d'autre. J'en jure par moi-même (9). » Dans sa colère contre les idolâtres, il s'écrie : « A qui donc ferez-vous ressembler Dieu, et quelle image en tracerez-vous? L'ouvrier ne jette-t-il pas sa statue en fonte? L'orfévre n'étend-il pas l'or pour le couvrir (10). » Et la suite...

Ne vous laissez donc pas entraîner au culte de ces simulacres, mais craignez plutôt les menaces que le vrai Dieu vous adresse... « Il renversera les villes des impies, et il prendra dans sa main l'univers comme dans un nid (11). »

Faut-il encore vous dévoiler les pensées et les paroles mystérieuses du plus sage des enfants des Hébreux sur la sagesse elle-même? « Le Seigneur m'a possédée au commencement de ses voies; j'étais avant tous ses ouvrages (12). » Et : « C'est le Seigneur qui donne la sagesse; c'est de sa bouche que sortent la science et l'intelligence (13). O paresseux! jusqu'à quand dormirez-vous? Quand vous réveillerez-vous de votre sommeil (14)? — Que si vous êtes diligent, votre moisson sera comme une source abondante (15). »

(1) Jérém., xxiii, 23, 24. — (2) Isaïe, xl, 12. — (3) Idem, lxiv, 12. — (4) Idem, lxvi, 1. — (5) Jérém., viii, 2; iv, 23. — (6) Deuter., xxxii, 39. — (7) Amos, iv, 13. — (8) Isaïe, xlv, 19, 20. — (9) Idem, xlv, 21, 22, 23. — (10) Idem, xl, 18, 19. — (11) Idem, x, 14. — (12) Prov., viii, 22. — (13) Ibid., ii, 6. — (14) Ibid., vi, 9. — (15) Ibid., vi, 11.

(Après cet extrait, suffisant pour montrer la puissance du raisonnement et des autorités sur lesquelles s'appuie Clément d'Alexandrie, nous exposons la suite de son plan. Il a développé les motifs qui appellent les païens à la vraie foi : « C'est, dit-il, une lourde responsabilité, c'est un crime impardonnable, pour qui a reçu la vocation bienveillante de Dieu, que de la mépriser ou de s'y montrer indifférent. En vain, vous autres gentils, voudrez-vous m'objecter que c'est une mauvaise action d'abandonner les habitudes de ses pères; non, non; je vous exhorte encore, et je redouble mes instances, embrassez la vérité, puisque vous la connaissez maintenant; embrassez une religion qui vous débarrasse de vos erreurs. » Et, pour appuyer ces encouragements, l'orateur énumère les grands bienfaits répandus sur l'humanité par la seule venue du Christ. Que les gentils répudient enfin leurs erreurs, leurs vieilles et funestes passions, qu'ils se laissent instruire par le Christ, l'unique précepteur de la vérité.)

Oui, il le faut : embrassant énergiquement la vérité, maintenant notre cœur dans la sagesse, efforçons-nous de suivre notre Dieu; surtout croyons que tout ce qui existe lui est soumis et lui appartient; et, songeant que nous sommes la propriété la plus précieuse du Seigneur, remettons-nous entièrement sous sa protection, n'aimons que lui et croyons que c'est là notre affaire la plus importante. S'il est vrai qu'entre amis tout est commun, l'homme aussi est l'ami de Dieu; l'homme donc étend ses droits sur toutes choses, puisque toutes choses appartiennent à Dieu. Tout ce qui est de l'homme est à Dieu, tout ce qui est de Dieu est à l'homme. Il nous reste à accorder au pieux chrétien seul les noms de riche, de modéré, de généreux; de le dire et de le croire l'image de Dieu, son portrait d'une exacte ressemblance... C'est cette faveur particulière que le prophète a exprimée en ces termes : « J'ai dit que tous vous étiez des dieux et les fils du Très-Haut (1). » C'est nous, oui, nous-mêmes, qu'il a adoptés pour ses fils : il veut être appelé notre père et non le père de ceux qui lui refusent l'obéissance...

Je crois avoir assez parlé; et peut-être, dans l'expression des sentiments que Dieu a mis dans mon cœur, l'amour que l'humanité m'inspire m'a-t-il entraîné un peu trop loin. C'est que je vous exhortais au salut, le bien suprême...

Origène, célèbre orateur de l'Église, né à Alexandrie en 185, de parents chrétiens, mort en 254, fut instruit dans les arts libéraux, les belles-lettres et les saintes Écritures. Il avait dix-sept ans quand son père Léonide souffrit le martyre pendant la persécution de Septime-Sévère. Il professa la grammaire pour subvenir aux besoins de sa famille, et remplaça bientôt son maître (2) dans la direction de l'enseignement catéchistique d'Alexandrie. Il mena dès lors la vie la plus austère, visita Rome après la mort de Septime-Sévère, donna des leçons publiques à Césarée de Syrie, se rendit à Athènes pour secourir les Églises de l'Achaïe, et fut ordonné prêtre à Jérusalem en 230. Démétrius, évêque d'Alexandrie, désapprouva cette ordination, excommunia Origène et lui interdit son diocèse. Origène se retira de nouveau à Césarée, dut se cacher pendant la persécution de Maximin, revint à Alexandrie

_____

(1) *Psal.* LXXXI, 6. — (2) Il s'agit de Clément d'Alexandrie, dont nous avons parlé plus haut.

après la mort de Démétrius, et fut mis en prison et à la torture
lors de la persécution de Décius (249). Origène avait suivi les
leçons des pythagoriciens, des stoïciens et surtout des néoplato-
niciens, dont il adopta quelques idées. Son orthodoxie a été justement contestée. Il enseignait, en effet, une doctrine parfois
analogue à celle des gnostiques, croyait à la préexistence des âmes
avant leur union avec les corps terrestres, soutenait qu'elles
avaient péché même avant cette union, que les peines de l'enfer
ne sont pas éternelles, que Jésus-Christ n'est Fils de Dieu que par
adoption, etc. (1).

Les ouvrages de cet homme illustre sont le *Traité contre Celse*,
où la force de l'éloquence le dispute à la puissance de la dialectique; c'est de tous ses écrits le plus estimé. La plupart de ses
autres écrits avaient pour objet l'interprétation de l'Écriture
sainte; ce sont les *Tétraples* et les *Hexaples*, bible qui contenait
le texte hébreu et différentes versions grecques. On possède encore
un grand nombre de ses homélies; mais la plupart sont en grec,
ou des traductions latines, fort peu littérales, dues à Rufin, à
saint Jérôme et à d'autres auteurs. Nous possédons encore de lui le
livre des *Principes*, un traité de la *Prière* et quelques lettres.
Saint Basile et saint Grégoire de Nazianze publièrent, sous le titre
de *Philocalie*, un recueil de morceaux choisis de cet auteur. Les ouvrages qui ne nous sont pas parvenus sont deux livres sur la résurrection, deux dialogues, les commentaires, les *Stromates*, etc.

EXHORTATION AU MARTYRE

(Extraits.)

..... Une assemblée nombreuse est convoquée pour être témoin de votre
combat, quand vous êtes appelés au martyre ; c'est comme si des milliers
d'hommes s'étaient réunis pour contempler la lutte d'illustres athlètes. Quand
vous subirez cette épreuve, vous aurez le droit de vous écrier avec Paul :
« Nous servons de spectacle au monde, c'est-à-dire aux anges et aux hommes (2). » Oui, le monde tout entier, les anges placés à votre droite et à votre
gauche, les hommes, tant ceux qui soutiennent le parti de Dieu que ceux
qui lui sont contraires, vont connaître vos efforts pour la religion du Christ ;
les anges mêmes qui habitent au ciel seront réjouis à cause de vous, et « les
fleuves battront des mains pour vous applaudir (3), » et « les montagnes retentiront devant vous de cantiques de louanges, et tous les arbres de la campagne feront entendre leurs applaudissements (4). » Ou, au contraire, ce qu'à
Dieu ne plaise, vous réjouirez les puissances infernales, que le mal comble
de joie.

Et il est à propos, pour vous faire détester l'apostasie davantage, de prévoir,
d'après Isaïe lui-même, les paroles adressées par les habitants de l'enfer à
ceux qui seront vaincus ou qui reculeront devant le céleste martyre. Il me
semble entendre dire à celui qui reniera son Dieu : « L'enfer a été ému à

(1. Nous empruntons cette notice au Dictionnaire de MM. Dezobry et Bachelet. — (2. I Corinth., iv. 9.
— 3. Psal. XCVII, 8. — (4) Isaïe, LV, 12.

cause de toi, il a envoyé les morts à ta rencontre; il a fait lever de leurs
siéges tous les princes de la terre et les rois des nations. Ils t'ont tous adressé
la parole pour te dire... » Or, que diront aux vaincus dans la lutte les puissances vaincues; ceux qu'a séduits le démon, à ceux que l'apostasie aura séduits? « Tu as donc été réduit à une faiblesse pareille à la nôtre (1)?... » Et
s'il arrive qu'un chrétien, après avoir été une des grandes et glorieuses espérances de Dieu, vienne à se laisser dompter par la crainte ou à céder au
faix des douleurs, voici ce que le Seigneur lui fera entendre : « Ton orgueil
a été conduit dans les enfers... La pourriture sera ta couche, et les vers seront ton vêtement (2). » Et si une des lumières de l'Église, après avoir,
comme Lucifer, brillé aux yeux des hommes par l'éclat de ses bonnes œuvres, amené au milieu de l'arène, renonce à la glorieuse couronne et au
trône de la victoire, il lui sera dit : « Comment es-tu tombé du ciel, ô astre
lumineux, ô fils de l'aurore? Comment as-tu été renversé sur la terre (3)? »
Et ces autres paroles retentiront aux oreilles de l'apôtre devenu semblable
au démon : « Tu as été jeté loin du sépulcre qui t'était destiné, comme un
trône pourri et abominable, comme un vêtement tout souillé du sang de
ceux qui ont été tués et percés de l'épée, comme ceux qu'on jette au fond de
l'abîme, comme un cadavre foulé aux pieds de tout le monde (4). » Comment
resterait-il pur l'homme souillé du crime abominable de l'apostasie comme
il le serait par le meurtre et par le sang? Et gardons nos cœurs de ce doute
pernicieux : dois-je renier? dois-je confesser? Nous risquerions de nous entendre adresser ces paroles d'Élie : « Jusqu'à quand serez-vous comme un
homme qui boite des deux côtés? Si le Seigneur est Dieu, suivez-le... (5). »

Les sept frères qui, au récit du livre des Machabées, persévérèrent dans leur
religion, au milieu des supplices inventés par Antiochus, offrent à chacun de
nous le modèle parfait du plus courageux martyre. Voudrons-nous nous
montrer moins forts que ces enfants, qui, non contents de subir les tortures
chacun en particulier, ont été les témoins des supplices de leurs frères, et
ont révélé une constance invincible, un attachement indomptable à leur
religion. L'un d'eux, le premier, comme l'Écriture nous l'apprend, dit au
tyran : « Que demandez-vous et que voulez-vous apprendre? Nous sommes
prêts à mourir plutôt que de violer la loi de nos pères (6). » Faut-il redire
leurs supplices?... Le premier eut la langue coupée; on lui enleva la peau
de la tête ; et, peu satisfait de cette barbarie, Antiochus lui fit trancher l'extrémité des pieds et des mains; et cela sous les yeux de sa mère et de ses
frères, pour commencer leur supplice par ce spectacle, et persuadé que cette
abominable vue les détournerait de leur résolution. Antiochus... le fit jeter
ensuite et brûler tout vivant dans une chaudière. Et, pendant que les chairs
qui se consumaient exhalaient leur odeur, pendant que le généreux athlète
subissait la barbarie de l'odieux tyran, « les autres frères s'encourageaient
l'un l'autre avec leur mère à mourir constamment (7). » Une pensée les consolait : Dieu nous voit ! L'œil divin, témoin de leurs maux, leur donnait
cette sublime patience... Nous aussi, si nous nous trouvons à la même place,
adressons-nous les uns aux autres le même langage : « Le Seigneur Dieu
considère ce que nous souffrons, et il sera satisfait par les souffrances de ses
serviteurs (8). » Quand le premier eut subi son épreuve, « comme l'or dans la
fournaise, » ils menaient le second pour le faire souffrir avec insulte, et, lui
ayant arraché la peau de la tête avec les cheveux, ils lui demandaient s'il
voulait manger des viandes qu'on lui présentait plutôt que d'être tourmenté
dans tous les membres de son corps (9). Il refusa de céder, et « il souffrit les
mêmes tourments que le premier, » sans que son cœur fût ébranlé jusqu'au

(1) Isaïe, xiv, 9, 10. — (2) Idem, ii. — (3) Idem, xiv, 12. — (4) Idem, xiv, 19 — (5) Reg. xviii, 21. —
(6) II Mach., i. — (7) Ibid., 5. — (8) Ibid., 6. — (9) Ibid., 7.

dernier soupir. Bien loin de faiblir dans l'horreur des tortures, il disait au roi impie : « Vous nous faites perdre, ô méchant prince, la vie présente ; mais le roi du monde nous ressuscitera un jour pour la vie éternelle, après que nous serons tous morts pour la défense de ses lois (1). »

Enfin Antiochus aborda le plus jeune ; et, réfléchissant qu'il était frère de ceux qui avaient méprisé les douleurs, et que sa résolution était la même, il tenta un nouveau moyen ; il crut bon d'employer les paroles et les promesses, « il se mit à lui affirmer avec serment qu'il le rendrait riche et heureux, qu'il le mettrait au rang de ses favoris, et lui donnerait l'administration des affaires publiques (2). » Voyant ses efforts inutiles, car le jeune homme n'écoutait pas même ces propositions si contraires à son pieux désir, il appela la mère pour l'engager à donner à son enfant un conseil de salut ; elle promit de le faire ; mais, « se moquant du cruel tyran (3), » elle encouragea vivement son fils à souffrir, et le jeune homme, sans vouloir attendre les supplices, les appelait de lui-même et provoquait ses bourreaux : « Qu'attendez-vous, disait-il, nous obéissons à la loi de Dieu ; nous ne pouvons reconnaître des édits contraires aux ordres divins. » Et même, comme un roi qui signifie sa volonté à ses sujets, juge plutôt qu'accusé, il prononçait au tyran sa sentence et il lui annonçait que, pour avoir porté la main sur les enfants du ciel, « il n'échapperait point au jugement de Dieu, qui peut tout et qui voit tout (4). »

C'était alors un admirable spectacle, que cette mère supportant avec courage la vue des supplices et de la mort de ses fils, soutenue par de divines espérances. La rosée qui rafraîchit les âmes pieuses, le souffle consolant de la sainteté, empêchaient ses entrailles de se laisser consumer par le feu de l'amour maternel, ce feu qui réduit et dompte le cœur des mères au milieu de la douleur...

Mais l'un de vous, entendant ces paroles : « Mon Père, s'il est possible, que ce calice s'éloigne sans que je le boive, » n'a peut-être pas approfondi le sens de l'Écriture, et se figure sans doute qu'aux approches de sa passion le Sauveur a pu défaillir, et il s'écrie : « Si le Christ a frémi lui-même, qui donc serait inébranlable ? » Je demanderai à ceux qui conçoivent du Sauveur une semblable pensée, s'il fut moins fort alors que celui qui dit : « Le Seigneur est ma lumière et mon salut : qui pourrais-je craindre ? Le Seigneur est le protecteur de ma vie : qui pourrais-je redouter ? Lorsque les méchants s'avançaient contre moi pour me dévorer, lorsque mes ennemis et ceux qui me haïssent se jetaient sur moi, ils se sont heurtés et ils sont tombés. Quand toute une armée m'assiégerait, mon cœur ne serait pas effrayé, etc. (5). » Peut-être les paroles du prophète sont-elles les paroles mêmes du Sauveur, qui, entouré de la lumière et du salut par son Père, est au-dessus de toute crainte. C'est là ce cœur qui, assiégé par toute l'armée de Satan, n'a pas été effrayé...

CHAPITRE V

4e Époque

ORATEURS PAÏENS. — ÉLOQUENCE RELIGIEUSE

Avec l'établissement du christianisme sur le trône, commence pour l'éloquence une ère nouvelle et brillante qui ne le cède pas

(1) Mach., ix. 9. — (2) II Ibid., vii. 24. — (3) Ibid., 27. — (4) Ibid., 35. — (5) Psal. xxvi. 1, 2, 3.

à l'éclat des orateurs attiques. Après l'examen des deux seuls
hommes éloquents que le paganisme oppose aux génies chrétiens, et qui leur empruntent une partie de leur force, nous verrons
les chefs-d'œuvre des Pères dogmatiques, ces gloires de l'éloquence qui a formé Bossuet, ces grands noms dont M. Villemain
s'est plu à raconter l'histoire.

THÉMISTE. — « Thémiste, dit la Littérature, né en Paphlagonie,
au IVᵉ siècle ap. J.-C., jouit d'une grande faveur auprès des empereurs Constance, Julien, Jovien, Valens et Théodose; et, pendant
la réaction suscitée par l'empereur Julien, il se porte comme médiateur entre le paganisme qui essayait de ne pas mourir, et le
christianisme qui s'emparait de toutes les âmes. Thémiste est un
philosophe auquel l'indifférence en matière de religion rend la
tolérance facile; mais il n'en faut pas moins le louer d'avoir employé son influence à prévenir de funestes collisions, des rigueurs
homicides, et d'avoir su mériter l'estime et l'amitié des chrétiens,
dont il ne partageait pas les croyances. Son discours consulaire,
prononcé après la mort de Jovien, et le discours sur les religions
adressé à Valens, pleins de maximes de la tolérance philosophique,
rappellent, par la beauté du langage et l'élévation des idées, les
bons orateurs de l'antiquité. Nous avons de Thémiste trente-trois
discours qui sont, pour la plupart, ou des harangues officielles,
ou des déclamations, soit littéraires, soit philosophiques; de sorte
que, malgré la beauté de son génie, c'est encore le rhéteur qui
domine en lui sur le philosophe et l'orateur. »

DISCOURS A L'EMPEREUR VALENS

Sage empereur, votre jugement est l'objet de l'admiration universelle,
quand on vous voit attirer à vous, chercher à vous attacher tous les hommes
éminents. Vous avez compris que le plus ferme soutien du trône, c'était la
société de ceux qui estiment et ambitionnent uniquement la justice et l'honneur. En effet, on juge le prince sur le caractère de ceux dont la fréquentation
lui plaît : rien n'est plus propre à lui concilier la bienveillance que la renommée de sa droiture. Les fondements du pouvoir se basent surtout sur l'affection
des citoyens. Or cette heureuse condition, qui fait la gloire et le bonheur des
nations, vous avez su déjà la conquérir : débarrassée du triste cortège des
barbares et des étrangers, dont les tyrans féroces et cruels font leurs gardes,
votre vie s'écoule paisible à l'abri des embûches et des conjurations; et tous
les mortels, soumis par votre vertu et par la bonté des dieux à votre domination, réunis dans un parfait accord, par l'égalité de leurs droits, s'adressent de mutuelles félicitations, heureux de vivre au temps où vous régnez.

Vous refusez d'admettre auprès de vous le flatteur à la marche tortueuse,
le sicaire, l'homme criminel et son complice. Votre divine sagesse ne laisse
aucun accès à la scélératesse, mais elle fait accueil à tous ceux dont la vie
est pure, à ceux qui, s'élevant de leur humanité à de hautes contemplations,
s'efforcent d'imiter les dieux : que les autres princes s'entourent de satellites

armés pour leur conservation et la terreur des citoyens; vous, Valens, vous
reposez en paix dans votre vertu et l'amour profond de tous vos peuples.

Ce qui constitue la force et la recommandation d'un règne, vous en avez
fait, au début, la règle de vos actes et de vos pensées. Le culte a été l'objet
de vos soins, et vous avez dicté au genre humain, déchiré par la variété des
croyances, les lois les plus salutaires... Vous avez voulu que, dans la pratique de la religion, chacun pût obéir à sa conscience et ne fût entraîné, ni
par autorité ni par menace, à suivre une opinion contraire à la sienne. Il
n'est pas au pouvoir des princes, vous l'avez bien compris, de contraindre
leurs peuples à faire toutes leurs volontés; il y a des exigences auxquelles ils
ne peuvent courber les âmes. La vertu doit rester libre, aussi bien que les
croyances et les religions. On ne rend pas un homme vertueux par la violence; on ne le force pas à croire ce qu'il se refuse à croire. On commande
au corps la fatigue et le service, et au besoin on l'y contraindrait; mais les
mouvements de la pensée, les notions et les sentiments qu'ils produisent,
restent indépendants et libres. Mon corps même exécutera peut-être ce que
mon cœur réprouve; mais ni violence, ni menaces, ni tortures, n'obtien-
dront que je l'exécute de bonne grâce...

Prince, nul sur la terre n'est plus grand que vous, nul n'est plus puissant;
et cependant aucun de vos sujets, si bas, si infime qu'on le suppose, ne serait
amené, par ordre ou par supplice, à vous donner son amour, si sa volonté ne
suffisait pas à le lui inspirer. Quoi! placé sous nos yeux et sous les yeux de
l'univers, vous ne sauriez conquérir l'affection d'un homme malgré lui, et,
par vos décrets et vos lois, vous prétendriez imprimer à nos âmes le choix du
culte que vous préférez, l'adoration d'un Dieu qui échappe à nos regards(1)!
Hélas! on en vit trop du temps de nos pères, de ces princes barbares qui
voulurent violenter les cœurs d'hommes pour y graver par force le respect
de la religion qu'ils avaient adoptée. Qu'obtinrent-ils? La crainte du supplice fit bien à quelques-uns taire leurs pensées; mais les persécuteurs ne
convertirent personne à leur croyance... Ils ont plus tard révélé le fond de
leur pensée; comme la flamme, longtemps comprimée, lutte et résiste et finit
par éclater tout à coup; ainsi, après avoir dissimulé pour un moment, après
avoir laissé croire qu'ils obéissaient aux exigences religieuses de l'empereur,
ils ont publié de nouveau leur croyance quand leurs terreurs furent calmées.
La feinte ne peut être de longue durée; et les actes dictés par la crainte n'ont
jamais de sincérité.

Il fut donc plein de sagesse, ce décret qui permit à chacun de suivre la religion de sa conscience et de la pratiquer dans la tranquillité de son cœur...
Employer la violence, c'est se mettre en opposition avec les lois de Dieu et
de la nature; c'est vouloir ruiner la puissance attribuée à l'homme par la
Divinité; c'est encore tenter un effort inutile. En effet, nul arrêt n'est acquis
ni stable, s'il répugne à la nature : après quelques jours, ces sortes de lois
(si l'on peut les appeler ainsi) se détruisent d'elles-mêmes. Telle fut la destinée des lois portées par Cambyse et par d'autres rois : elles prétendaient
attaquer les ordonnances divines, et elles vécurent à peine autant que les
législateurs. Mais la loi de Dieu, qui est aussi votre loi, résiste aux décrets
humains : née de toute éternité, répandue également parmi les nations, elle
se prolongera sainte et inviolable jusque dans l'immensité des âges. Cette loi
a voulu qu'aucune nécessité n'enchaînât nos volontés, qu'elles eussent toute
liberté de rendre à l'intelligence éternelle et souveraine le culte qu'elles croi-
raient devoir lui rendre; cette loi, rien ne peut l'anéantir dans nos âmes, ni
la confiscation, ni les chevalets, ni les poteaux, ni le glaive, ni le feu, ni

---

(1) On se demande naturellement pourquoi les philosophes païens négligèrent d'employer cet argument
pour arrêter la fureur des princes persécuteurs du christianisme.

même le temps qui finit par tout détruire. Oui, vous pouvez torturer et tuer le corps; mais l'âme, qui est Dieu ou née de Dieu, n'est soumise ni aux chaînes, ni aux coups, ni à la mort; vous parvenez seulement à la détacher des liens du corps; et, comme si elle voulait témoigner de sa reconnaissance pour ce bienfait, vive et légère, elle s'envolera, emportant avec la loi de Dieu son immortelle liberté jusqu'au séjour céleste, là où la barbarie d'un tyran, les glaives des bourreaux ne chercheront plus à la troubler dans son repos...

Sans doute, mon prince, votre sublime sagesse a pénétré la cause de cette loi divine... Rien ne brille que par la lutte et la contradiction des hommes. Vous l'avez bien compris.

(Nous arrêtons ici cette citation, car ce qui suit convient plus au rhéteur qu'à l'homme vraiment éloquent, et nous ferons observer encore une fois que les opinions soutenues par Thémiste sont celles du dernier champion du paganisme, tombé dans l'indifférence absolue.)

LIBANIUS. — Ce célèbre rhéteur naquit en 314 à Antioche. Il étudia à Athènes, et, disciple de Thémiste, fut un des soutiens les plus énergiques des faux dieux qui tombaient. Il enseigna, à son tour, la rhétorique, et il eut l'insigne honneur de compter au nombre de ses disciples saint Jean Chrysostome et saint Basile. Ami de l'empereur Julien, il l'aida dans ses efforts pour relever les autels abandonnés; mais il se montra toujours partisan de la tolérance religieuse, et sut, malgré la différence de croyances, garder pour amis ses anciens disciples, devenus les colonnes les plus fermes du christianisme. Julien, pour l'attirer à Rome, voulut lui conférer le titre de préfet du prétoire; mais l'orateur préféra demeurer à Antioche. L'envie le fit exiler, et il alla enseigner l'éloquence à Nicée et à Nicomédie; rappelé à Constantinople, il fut obligé de quitter de nouveau cette ville pour échapper aux attaques de ses ennemis. Enfin il mourut à Antioche, à l'âge de quarante-deux ans. Il nous reste de lui des lettres et quelques harangues. Le style de Libanius est brillant, mais c'est encore le style d'un sophiste; il y accumule les exagérations, les recherches et les citations.

CONSOLATION A TIMOCRATE

Vous revenez du théâtre, Timocrate; mais vous n'en rapportez pas le visage ordinaire de ceux qui ont assisté à nos spectacles. Vous semblez n'avoir vu que de sombres tableaux qui vous ont tout pénétré de tristesse. Pourtant ce chagrin qui vous domine est causé, m'a-t-on dit, par un désappointement de peu d'importance; vous n'avez pas, comme à l'ordinaire, obtenu les acclamations de ces hommes qui sont gagés pour applaudir. Qu'ils aient gardé le silence, je n'en suis pas surpris; mais que vous songiez à vous en affliger, j'avoue que je m'en étonne.

Je tiens d'abord à vous expliquer pourquoi ces gens sont restés calmes et n'ont rien dit. C'est leur tour, Timocrate; les sujets ont quelquefois la velléité de faire leçon à leur prince. Pour y réussir, remarquant avec quelle avidité les gouverneurs des villes recherchaient leurs applaudissements et leurs acclamations, tantôt ils les prodiguent, tantôt ils les refusent. Ils savent bien que leur silence cause de la peine, et leurs félicitations la joie et le bonheur. Aussi n'ont-ils usé de ces cris et de ces félicitations que pour les faire valoir et pour tirer de leurs voix le prix qui leur est agréable. L'homme qui tient à ces témoignages n'est plus son maître : il les achète à tout prix, et ils savent faire un bon placement à des clameurs qu'ils poussent.

Ils usent de leur moyen, de préférence avec les nouveaux magistrats. Ils sont convenus entre eux de garder le silence, et ils menacent et effrayent de leurs gestes les autres spectateurs. La journée s'écoule, les acteurs jouent, s'en retournent, et personne n'a ouvert la bouche. Le préfet cependant s'afflige, il se trouve fort à plaindre, il reste tout triste à sa place, rougissant ou humilié, n'ose parler à son voisin ou lui parle sans savoir ce qu'il dit. Alors, enfin, il fait composer quelque proclamation qu'il juge propre à tirer le public du silence et du calme. On écoute, mais on demeure coi comme auparavant. Quel parti reste à prendre au préfet? Il s'informe du nom des chefs de la cabale, les supplie de changer de conduite : c'est une affaire d'argent. Des promesses, des récompenses les engagent; ils font traité avec le préfet et jurent de crier à la condition qu'il en passera par tous leurs caprices.

Voilà l'explication de leur silence; ils ont pris contre vous leurs armes habituelles; et le comble de l'indignité, c'est qu'ils n'ont pas hésité à en faire ouvertement parade. Ils le sentent bien : s'ils peuvent vous abattre par leur abstention, vous relever avec l'espoir seul de leurs voix, réduit en quelque sorte en servitude, vous voilà contraint de leur obéir et de n'oser plus leur résister. Cette ligue m'a toujours révolté; mais elle m'indigne plus que jamais aujourd'hui, puisqu'elle ruine mes plus chères espérances. J'espérais que vous, moins qu'un autre, vous feriez cas de ces misérables, et que vous seriez aussi indifférent pour leurs cris que pour leur silence. Et vous me faites défaut à votre tour; vous donnez du prix à ce qui mérite tout votre mépris. Que valent les applaudissements de cette tourbe, habituée dès l'enfance à salir sa vie dans l'oisiveté et dans le vice? Voulez-vous les connaître, Timocrate? Des étrangers, poussés jusqu'en ces lieux par la conscience de leurs crimes; des bannis, qui ont porté sur leurs propres parents une main sacrilège... Ils voulaient vivre à ne rien faire, et le théâtre seul pouvait leur en fournir l'occasion. Les uns s'attachèrent aux mimes, la majeure partie aux danseurs, leur prodiguant des soins, des attentions, des respects; et attentifs au moindre signe, au moindre geste, ils ne voulurent plus agir que d'après l'impulsion, voir que par les yeux des patrons de leur choix. Voilà leur vie. L'acteur, à son tour, paye ces serviteurs, tantôt plus, tantôt moins, selon qu'ils se taisent ou mènent un grand bruit...

Mais, dites-vous, cette démonstration est bien désirable, puisqu'il est bon et précieux d'obtenir l'affection des citoyens, et que ces applaudissements en sont a preuve la plus frappante. Serait-il vrai? Voyez-vous des citoyens dans ces hommes chassés de leur pays? des citoyens sans domicile! des citoyens sans famille! des citoyens sans moyen honorable de vivre! des citoyens qui consument leur vie entière dans le crime! L'homme qui a la faveur et l'affection des sénateurs et de leurs enfants, que les magistrats aiment, qui est chéri de ses maîtres, de ses disciples, de ses fermiers; le sage apprécié des jurisconsultes, le patron des artisans, le protecteur des négociants; celui enfin à qui ses bonnes mœurs concilient toutes les volontés, voilà le véritable favori des citoyens. Mais acheter l'affection de cette ignoble troupe, si tant est qu'elle puisse jamais aimer, ce n'est pas être aimé des citoyens, mais du fléau même des citoyens, d'une peste dont ils devraient s'estimer heureux d'être délivrés. Que peuvent être, dites-moi, ces flatteurs qui débitent leurs poésies devant vos litières, si vous les comparez à tant de milliers d'hommes qui habitent la cité et détestent les crimes de ces infâmes?...

Nous avons eu de mauvais maîtres et en grand nombre; quelques-uns seulement furent bons : ce sont les premiers qu'on a couverts d'applaudissements, et l'on s'est tu devant les autres. Et cependant la gloire des derniers n'en a pas été amoindrie ; la mauvaise renommée des premiers n'a pu ni se corriger, ni devenir meilleure pour cela. A quoi donc servent ces applaudissements ? Certaines gens distribuent du reste leurs louanges indistinctement au vice et à la vertu : dès lors l'éloge est une insulte pour l'homme de bien, puisqu'il le partage avec le malhonnête homme...

J'ignore, en vérité, l'origine de cet usage : on ne retrouve rien de semblable dans les temps anciens ; nos magistrats n'étaient témoins d'aucun tumulte de ce genre, d'aucun battement de mains ; ils ne voyaient pas les spectateurs se retirer avec cette conviction qu'ils tenaient désormais leur gouverneur en leur pouvoir, soumis à leur caprice. Le théâtre devient aujourd'hui l'école des forfaits : quelques-uns ont payé les moindres propos des rigueurs d'une prison... Des jeunes gens y apportent la réserve et la décence, et en sortent après avoir perdu tout respect et foulé aux pieds toute convenance. Un de nos bons empereurs avait, il me semble, apprécié ce désordre en cherchant à le faire cesser ; mais il a pris de nouvelles forces aujourd'hui. Ce sont vos subordonnés qui commandent, et vous consentez à leur obéir, puisque leurs cris vous paraissent constituer un bonheur souverain. Vous entrez, vous restez là cinq jours et quelquefois plus, non sans compromettre la dignité de tous, et la vôtre même. Ah ! si, au sortir de cette débauche de déshonneur, on venait vous demander pourquoi vous y avez dépensé tant de temps, quel service vous croyez avoir rendu à l'Etat, que répondriez-vous, je vous prie? Direz-vous qu'il faut trouver dans la vie une place au comble de la honte? Non, vous ne seriez point forcé, Timocrate, de subir de telles assemblées, si vous ne vous étiez imposé à vous-même la nécessité de n'oser plus vous opposer à rien désormais.

Les lions apprivoisés, dépouillés de leur indépendance naturelle, se laissent effrayer par les menaces de leurs maîtres, et mener par la crainte. Vous aussi, oublieux de votre dignité, vous avez peur du silence de quatre cents hommes, et vous prenez l'habitude de vous conformer à leur volonté. Vous accordez moins d'influence à ceux qui sont inscrits aux registres de la cité ; il est vrai qu'ils ne crient pas ; et vous accordez la prépondérance aux scélérats qui crient sur ceux qui versent leur sang et leur or pour le salut de l'Etat. Si vous avez pour vous les premiers, vous ne faites plus aucun cas des autres. Mais, plus tard, candidat à d'autres honneurs, vous sentez trop tard que les honnêtes gens aussi ne tiennent plus à vous, et vous détestez les égards par vous rendus à ceux qui en étaient indignes.

Connaissez-vous l'histoire du préfet Philargyre, qui sut si bien affronter les tempêtes et qui sut aussi s'y soustraire? Un jour il se rendit au théâtre, et sa présence ne fit pas pousser le moindre cri. Il en sortit le front joyeux, avec l'estime des sages. Il savait qu'en pareil cas nos ancêtres ne faisaient entendre aucun applaudissement : il trouva bon d'en continuer l'usage. Il est certain aussi qu'aux temps passés le préfet ne manquait pas de puissance et le peuple de soumission ; c'était l'époque où le mal était banni, où la vertu était florissante. C'était là vraiment l'homme digne de commander. Et le jour même qu'il entra en fonctions, on vint au-devant de lui pour lui réciter des vers composés en son honneur. Dès les premiers mots, il ferma la bouche aux flatteurs : « Je n'ai que faire, dit-il, de semblables bagatelles. »

Oui, Timocrate, voilà l'exemple qu'il faut suivre ; et, s'il était possible, je voudrais débarrasser notre ville de ce triste fléau. Du moins j'aimerais à vous voir délivré de la tyrannie de ces misérables. Et c'est une entreprise que vous rendrez facile, si vous savez montrer que ces cris et ces acclamations couvrent de honte celui auquel ils s'adressent.

SAINT ATHANASE. — Le génie qui inaugure le triomphe de l'éloquence chrétienne naquit à Alexandrie, l'an 296 ap. J.-C. Les
parents d'Athanase étaient les descendants d'une famille illustre,
et, chrétiens fervents, ils voulurent donner à leur fils, avec la
connaissance des lettres, le goût de la piété. Son premier maître
fut saint Alexandre. Plus tard il se fit le disciple de saint Antoine
le Solitaire; et, revenu dans sa ville natale, saint Alexandre, alors
patriarche d'Alexandrie, le nomma archidiacre. C'est alors qu'il
put étudier l'hérésie de ce même Arius qu'il devait combattre un
jour avec tant d'énergie. En 325, il parut au concile de Nicée; et,
malgré sa grande jeunesse, il sembla diriger les délibérations par
sa rare sagesse, et combattit les ariens avec un succès qui en fit
ses ennemis les plus acharnés. A la mort d'Alexandre, il devait
être choisi pour lui succéder, et il le fut en effet.

Les ariens, qui avaient surpris la bonne foi de Constantin et
obtenu le rappel d'Arius, crurent alors le moment venu de se
venger de leur adversaire le plus terrible. L'empereur sollicite
Athanase de recevoir en sa communion les évêques ariens : Athanase refuse; Eusèbe le fait citer à Nicomédie. Là il plaide sa
cause, ou plutôt celle de l'Église, avec tant de force et de talent,
qu'on le renvoie absous à Alexandrie, avec le titre d'*homme de
Dieu*. Appelé une seconde fois à se justifier devant un concile où
les ariens dominent, il s'abstient; mais l'empereur l'oblige à
paraître à Tyr devant ses ennemis : ceux-ci, après l'avoir ca-
lomnié, le déposent, malgré l'habileté de sa défense et la fausseté
de leurs accusations, et reconnaissent l'orthodoxie d'Arius. En
vain le saint évêque en appelle à la justice de Constantin : le prince
a été circonvenu, il regarde Athanase comme un rebelle et l'exile
à Trèves. Cet exil fut son triomphe : les peuples l'entourèrent de
respect; les fidèles d'Alexandrie demandèrent son retour; saint
Antoine plaida sa cause, et Constantin ne voulut pas mourir avant
d'avoir signé son rappel.

De nouvelles persécutions attendaient Athanase sous le règne
suivant : nouvelles calomnies contre lui, nouvelle justification
éclatante par-devant le pontife même de Rome. Cependant son
siége d'Alexandrie avait été occupé militairement par Grégoire de
Cappadoce; et, durant trois années, le vrai patriarche alla répandre à Rome, à Milan, dans les Gaules, le précieux parfum de
ses vertus. Constance, enfin, pressé par son frère Constant, se
détermine à convoquer le concile de Sardique : toute l'affaire y est
rapportée, l'innocence d'Athanase y est reconnue, et sa doctrine
admise comme étant la vraie doctrine de l'Église. On devait croire
cette cause victorieuse et définitivement entendue. Mais Constance,
devenu seul maître, trahit bientôt sa haine et se fit lui-même

l'accusateur de saint Athanase. Un instant on put croire l'Église elle-même trompée dans la personne du pape Libère, qui se sépara de la communion de l'évêque persécuté. Si long et si regrettable que fût ce triomphe de l'hérésie, il cessa à la mort de Constance; et, sous Julien qui rendit aux évêques leurs Églises, le patriarche, après six ans d'absence, alla recevoir et encourager ses fidèles d'Alexandrie, si rudement éprouvés par le départ de leur pasteur. Un concile condamna les ariens et raffermit la saine croyance.

L'erreur semble ne pas vouloir désarmer : quand les ariens sont vaincus, le paganisme se lève. « C'est Athanase, disent les païens, qui fait taire les dieux. » Julien chasse l'évêque de son diocèse. Julien meurt : Athanase rentre à Alexandrie, où il ne vit en repos que pendant la courte durée du règne de Jovien. Bientôt Valens, maître de l'empire d'Orient, persécute de nouveau le héros de l'orthodoxie, qui ne trouve d'autre refuge que le tombeau même de son père. « Ce fut, dit l'abbé Ginouilhiac, la dernière épreuve de sa vie. Le peuple demanda à grands cris son patriarche. Valens céda malgré lui aux désirs des fidèles, et permit à saint Athanase de demeurer en paix à Alexandrie. Le saint patriarche y vécut encore plusieurs années, tenant des conciles, écrivant des livres, réfutant les hérétiques, visitant les églises, édifiant son peuple par ses discours et par une vie admirable. Sa mort (373) fut aussi calme que sa vie avait été agitée, et ses funérailles furent célébrées avec une pompe extraordinaire par le peuple d'Alexandrie. Saint Athanase avait occupé plus de quarante-six ans le siége d'Alexandrie. »

Les principaux ouvrages du saint orateur sont, outre ses écrits polémiques et ses lettres, les *Discours contre les païens* et *sur l'Incarnation*, l'*Exposition de la foi*, l'*Apologie de saint Denis*, la *Circulaire aux évêques d'Égypte et de Syrie ;* l'*Apologie à Constance*, véritable chef-d'œuvre de convenance et de dignité; l'*Apologie de sa fuite ;* les *Quatre Discours contre les ariens*, d'une dialectique serrée qui laisse au style toute sa noblesse.

Saint Athanase écrit avec simplicité, mais avec vigueur; et, s'il est vrai que, contraint à une invention rapide par l'agitation de sa vie, le fini manque quelquefois à son style, il possède le premier des talents du controversiste, je veux dire qu'il sème toujours la clarté dans les matières même les plus difficiles et les plus embrouillées. Il est plein de feu, et son zèle l'élève souvent aux plus puissants mouvements de l'éloquence. « Le caractère de saint Athanase, a dit Bossuet, c'est d'être grand partout, mais avec la proportion que demande son sujet. »

APOLOGIE A CONSTANCE

(Extraits et plan du discours.)

Depuis longtemps je vous connais chrétien, je sais que vos ancêtres vous ont appris à aimer la religion. Aussi je suis plein d'ardeur pour remettre ma cause entre vos mains. Voilà pourquoi j'ai prononcé d'abord les paroles du bienheureux Paul, qui peut auprès de vous me servir d'intercesseur, lui le héraut de la vérité, lui, religieux Auguste, dont les prédications vous trouvent auditeur si zélé. Pour les affaires ecclésiastiques, pour ce qui regarde l'espèce de conjuration tramée contre moi, assez d'écrits de grands et illustres évêques peuvent éclairer votre piété, et le repentir d'Ursace et de Valens suffit pour faire connaître à tous que leurs inculpations n'avaient rien de sincère. Comment le témoignage d'autres hommes infirmerait-il leur désaveu solennel? Oui, disent-ils, nous avons menti, nous avons forgé des contes: toutes les délations faites contre Athanase sont de pures calomnies. Mais, si évidentes que soient ces preuves, voici, prince, si vous daignez m'entendre, un argument plus fort encore : devant vous, les accusateurs n'ont pu rien prouver contre le prêtre Macaire; nous partis, ils ont combiné l'affaire à leur fantaisie. La loi divine, d'abord, mais aussi nos propres lois déclarent qu'une semblable procédure est sans aucune valeur. Il arrivera donc sans doute que votre piété, aussi amie de la vérité que de Dieu, va nous mettre au-dessus du soupçon et prononcer que nos adversaires sont des calomniateurs... Ces faussetés, ce n'est pas sans honte que j'entreprends devant vous de m'en disculper : je ne sais même si l'accusateur oserait seulement les formuler en votre présence. Il sait bien qu'il ment; il ne peut me croire assez insensé pour me soupçonner même d'avoir songé à commettre ce dont il m'accuse. C'est pourquoi, au pied d'un autre tribunal, jamais je n'eusse répondu à une interrogation de ce genre, pour ne pas laisser en suspens l'esprit de mes auditeurs pendant le peu de temps qu'eût duré ma justification ; mais, au tribunal de votre piété, c'est à voix haute et claire que je soutiens ma cause; j'étends la main, et, instruit par l'Apôtre, « je prends Dieu à témoin et je veux bien qu'il me punisse de mort si je ne dis pas la vérité (1); » ou bien j'emprunte mon serment au livre des Rois : « Le Seigneur m'est témoin et son Christ m'est aussi témoin (2) » (permettez-moi, prince, de le dire) que je n'ai jamais prononcé une seule parole attentatoire à votre piété, en présence de votre frère de bienheureuse mémoire, Constant, le très-pieux Auguste; et que jamais non plus je n'ai cherché à l'exciter contre vous.

(On peut voir déjà que le but de l'orateur est de répondre aux calomnies débitées contre lui par les ariens et de convaincre l'empereur de son innocence. La première accusation de ses ennemis devait particulièrement toucher Contance, prince jaloux de son pouvoir et de son influence : ils reprochaient au patriarche, qui jouissait auprès de Constant d'une estime singulière, d'avoir cherché à exciter le frère contre le frère. Les faits prouvent que sa conduite est au-dessus d'un pareil soupçon, et d'ailleurs, un ministre de Dieu, comme lui, sait ce qu'il doit de respect à son prince; il connaît trop le prix de la concorde pour avoir un instant songé à la troubler.)

En quel lieu, en quel temps ai-je prononcé ces funestes paroles? Devant qui ai-je eu la folie de semer la discorde entre deux frères, s'il faut en croire les calomnies de mon accusateur? Qui appuie cette déposition? qui porte

<hr />

1) II Corinth. 1, 23. — 2) I Reg. XII. 5.

avec lui témoignage contre moi?... Non, pour prouver des faits qui n'existent
pas, il ne peut trouver un seul témoin. Mais, pour prouver que je ne mens
pas, j'en atteste à la fois et la vérité elle-même, et votre piété même, ô mon
prince. Je sais quelle est la ténacité de votre mémoire ; rappelez-vous, je vous
en supplie, rappelez-vous le langage que je vous ai tenu, quand j'eus l'honneur
d'être admis en votre présence, d'abord à Viminace, puis à Césarée de Cappadoce, et enfin à Antioche. Si mal que m'eussent traité les partisans d'Eusèbe, ai-je voulu vous indisposer contre eux? ai-je accusé ceux qui m'avaient
fait tant de tort? Si donc je n'ai pas même voulu incriminer ceux que j'avais
mille raisons d'attaquer, quelle eût été ma démence d'accuser un empereur
devant un empereur, d'exciter un frère contre son frère! Je vous en conjure,
ou confrontez-moi avec mes calomniateurs, ou reconnaissez et condamnez
la calomnie. Imitez David. « Je perdrai, dit-il, celui qui médit en secret de
son prochain (1). » Mes ennemis, autant qu'ils l'ont pu, ont consommé ma
ruine, car « la bouche qui ment tue l'âme (2). » Mais votre magnanimité
les a vaincus, en me donnant la confiance d'oser me disculper et les faire
condamner comme des jaloux et des trompeurs...

(C'est avec la même énergie et le même bon sens qu'Athanase repousse
les autres chefs d'accusation. Il avait encore, disait-on, entretenu des relations avec le tyran Magnence, et il avait même correspondu par lettres avec
lui ; il avait, dans l'Église dominicale, avant que la construction fût terminée,
avant qu'on eût célébré la dédicace du temple, convoqué et tenu des assemblées ; enfin, quand l'empereur l'avait appelé auprès de lui, lui donnant
toute licence de se justifier, il avait refusé d'obéir et de s'éloigner de son
siége d'Alexandrie. Le plus souvent Athanase fait attester, par des témoins
oculaires, la fausseté des accusations et la pureté de son innocence ; toujours
son argumentation est vigoureuse, son style élégant et plein de charmes, sa
narration intéressante.)

Non, je n'ai pas adressé de lettre à Magnence ; non, je n'en ai pas reçu de
lui, j'en atteste Dieu lui-même, et son Fils unique, le Verbe, Notre-Seigneur
Jésus-Christ! Laissez-moi seulement, je vous prie, poser à mon accusateur
quelques questions. Comment a-t-il eu connaissance du fait? Prétendrait-
il avoir copie de la lettre? et je sais que les ariens ont fait tout ce qu'ils ont
pu pour répandre ce bruit. Alors qu'il commence au moins par montrer une
lettre qui ressemble à la mienne. Encore je n'y vois guère matière à conviction : ces gens-là ont un peu faussaires, et souvent ils ont imité la main
même des empereurs; aussi la ressemblance des caractères ne peut valoir
qu'à la condition que l'intéressé reconnaîtra son écriture et son style. Je
continue. Qui a livré cette lettre? Où l'a-t-on saisie? J'avais mes secrétaires;
le tyran avait aussi les siens chargés de recevoir et de lui transmettre la correspondance. Voici mes secrétaires; qu'on fasse venir ceux de Magnence, il
est probable qu'il en reste de vivants: interrogez-les, et vous ne tarderez pas
à savoir tout, comme si la vérité elle-même comparaissait devant vous. La
vérité! c'est l'égide des empereurs, des empereurs chrétiens surtout : avec
elle, vous régnez avec sécurité, puisqu'il est dit dans l'Écriture : « La miséricorde et la vérité conservent le roi; c'est par la justice qu'il affermit son
trône (3). »

(En présence de la perversité des ariens, Athanase a dû fuir et attendre
des temps meilleurs ; à la fin de ce discours, il justifie cette prudence et prélude en quelque sorte à l'apologie qu'il va faire bientôt de sa fuite.)

(1. Psal. vi, 5. — (2) Sap., i 11. — (3) Proc., xx. 22

À la vue de ces crimes, j'ai cru bien faire d'obéir à la sainte Écriture, qui me disait : « Tenez-vous caché pour un moment jusqu'à ce que la colère soit passée (1). » Voilà l'occasion de ma fuite, religieux Auguste ; je ne rougis pas d'entrer au désert, ou même, s'il l'eût fallu, de me faire descendre du haut des murs dans une corbeille (2). J'ai tout enduré ; j'ai demeuré avec les bêtes, attendant, ariens, que vous fussiez passés ; attendant l'heure favorable où je pourrais parler, confondre mes calomniateurs et manifester la clémence de mon prince... Il ne convenait pas qu'on me vît courir au-devant de mes ennemis et de la mort ; il ne fallait pas qu'à un empereur dévoué à la cause du Christ, la mort des chrétiens, la mort des évêques pût jamais être imputée.

Puis donc qu'il a été écrit : « La réponse douce apaise la colère... (3), » daignez, prince, accueillir cette apologie ; rendez à leur patrie, à leurs Églises les clercs et les évêques ; par là vous dévoilerez la malignité des calomniateurs ; et, aujourd'hui, comme au jour du jugement, vous pourrez dire avec confiance à Jésus-Christ, notre maître, notre Sauveur, notre roi à tous : « Je n'ai perdu aucun de ceux que vous m'avez donnés (4). »

SAINT GRÉGOIRE DE NAZIANZE. — Nous avons réservé jusqu'à ce moment la notice biographique de cet illustre évêque, que nous avons déjà étudié parmi les poëtes. Il naquit vers l'an 330 au bourg d'Azianze, en Cappadoce, et fit des études brillantes à Césarée, à Alexandrie et à Athènes. C'est dans cette dernière ville qu'il se lia avec Julien, et s'unit d'une étroite amitié avec saint Basile, son condisciple, passant même avec lui plusieurs années dans la solitude et la méditation ; mais, nommé d'abord évêque de Sasime en Cappadoce, il fut appelé bientôt à diriger l'importante Église de Césarée. Il n'accepta qu'à regret d'aussi hautes fonctions, et retourna plus d'une fois dans sa paisible retraite. Persécuté, comme Athanase, par les ariens, il s'enfuit en Isaurie. Là, il apprend les progrès des hérétiques et le danger que court la foi à Constantinople ; il y court, combat les ariens ou les convertit, et rend de tels services à l'Église, que Théodose, juste appréciateur du mérite, l'installe sur le siége de la seconde capitale du monde.

En vain un concile des évêques d'Orient l'avait confirmé dans cette dignité. Grégoire, voyant son élection contestée, fit à la paix le sacrifice de ses prétentions ; il se démit et alla terminer, au sein de l'étude et de la poésie, au lieu même de sa naissance, une vie qui aurait dû s'écouler à l'abri des troubles et des factions. Il mourut vers l'an 390, à l'âge de soixante-deux ans.

Il nous reste de ce grand homme quatre-vingt-cinq discours pleins d'onction et de grandeur : la pureté de son style l'a fait comparer à Isocrate, qu'il surpasse par la hauteur de vue et la dignité du sujet. Sa prose, comme sa poésie, est contemplative et

1) Isaïe XXVI. — (2) II Corinth. XI 33. — (3) Prov. — (4) Joann. XVIII 9.

sentimentale. « Le génie poétique de saint Grégoire, dit Villemain, se confond avec son éloquence, et nous fait mieux comprendre ces talents d'une espèce nouvelle suscités par le christianisme et l'étude des lettres profanes, cette nature à la fois attique
et orientale qui mêlait toutes les grâces, toutes les délicatesses du
langage à l'éclat irrégulier de l'imagination ; toute la science d'un
rhéteur à l'austérité d'un apôtre, et quelquefois le luxe affecté du
langage à l'émotion la plus naïve et la plus profonde. Nulle part
ce caractère qui fut si puissant sur les peuples de Grèce et d'Italie,
vieillis par le malheur social, mais toujours jeune d'esprit et de
curiosité, nulle part ce charme de la parole qui semble une mélodie religieuse, n'est porté plus loin que dans les écrits de l'évêque
de Sasime. Ses éloges funèbres sont des hymnes ; ses invectives
contre Julien ont quelque chose de la malédiction des prophètes.
On l'a appelé le théologien de l'Orient ; il faudrait l'appeler aussi
le poëte du christianisme oriental. »

ÉLOGE FUNÈBRE DE CÉSAIRE, SON FRÈRE

(Exorde.)

O vous tous, amis, frères, pères, doux objets et doux noms ! vous pensez
peut-être que je saisis avec empressement cette occasion de parler, pour
faire entendre des gémissements et des sanglots au souvenir d'un frère qui
n'est plus, ou pour me répandre en des discours longs et ornés, comme les
aiment la plupart des hommes. En vous rendant ici, vous vous êtes préparés
à verser des larmes avec moi, à pleurer dans mon malheur vos propres malheurs, à tromper votre affliction par l'infortune d'un ami ; les autres y sont
venus chercher un plaisir pour l'oreille, une satisfaction pour l'esprit : tous
croient, en effet, que je vais faire valoir en rhéteur le coup qui m'a frappé,
comme au temps où, ambitieux du titre d'orateur, je m'attachais à la matière.
Je n'avais pas alors ouvert les yeux à la vérité de la parole d'en haut ; je
n'avais pas tout donné à mon Dieu qui donne toutes choses, pour obtenir
mon Dieu en échange de toutes choses.

Non, si vous craignez de vous tromper, n'attendez plus de moi rien de
semblable. Nous ne verserons pas plus de larmes que la modération ne
l'exige, nous qui reprenons chez les autres l'excès de la douleur ; dans nos
louanges mêmes, nous n'irons pas au delà des bornes. Cependant, pour
l'homme éloquent dont on fait éloge, quel hommage plus précieux qu'un
beau discours ? Et ce n'est pas seulement un hommage, c'est une dette, la
plus juste de toutes les dettes. Nous allons donc, il est vrai, par des pleurs
et des témoignages d'admiration, nous conformer à l'usage.

Or cet usage peut être loué même par la sagesse chrétienne ; car « la mémoire des justes, dit l'Écriture, aussi éloignée de conseiller l'insensibilité que
de permettre l'excès, sera accompagnée d'éloges ; répands des larmes sur le
mort ; et, comme un homme que le malheur accable, commence tes lamentations. » Oui, nous allons montrer la faiblesse de la nature humaine. Mais
aussi, nous rappellerons à votre souvenir la dignité de l'âme, nous procure-
rons à ceux qui sont dans la peine la consolation qu'ils attendent ; et, des
pensées charnelles et terrestres, nous ramènerons l'âme chagrine à la contemplation des biens spirituels et impérissables.

HOMÉLIE SUR LES MACHABÉES [1]

Que sont donc les Machabées dont nous faisons aujourd'hui la fête? Quelques Églises seulement les honorent, parce qu'ils n'ont pas lutté après le Christ; mais ils sont dignes d'hommages universels, parce qu'ils ont patiemment souffert pour les institutions de leurs pères. Eh! que n'auraient pas fait ces hommes qui ont subi le martyre avant la passion de J.-C., s'ils avaient été persécutés après le Christ et s'ils avaient eu à imiter la mort de notre Sauveur pour nous? Eux qui, sans le secours d'un pareil exemple, ont fait éclater une telle vertu, comment ne se seraient-ils pas montrés plus courageux encore, si, au milieu de leurs dangers, ils avaient eu sous les yeux ce modèle? Ces choses, d'ailleurs, ont une raison mystérieuse et secrète, dont pour ma part je suis fortement convaincu, et il en est de même de toute âme pieuse; c'est qu'aucun de ceux qui ont été consommés avant la venue du Christ, n'a obtenu ce bonheur sans avoir foi en Jésus-Christ. La divine parole fut proclamée plus tard, en son temps, mais elle avait déjà été connue des cœurs purs; c'est ce que prouvent les hommages rendus à tant de prédécesseurs du Christ.

Il ne faut donc pas dédaigner ces hommes parce qu'ils ont souffert avant la croix, mais les louer de ce qu'ils ont souffert selon la croix; ils méritent d'être honorés dans nos discours : non que leur gloire en soit augmentée..., mais afin que ceux qui les bénissent soient glorifiés, que ceux qui entendent leurs louanges deviennent les imitateurs de leur vertu, et qu'excités par ce souvenir comme par un aiguillon, ils s'efforcent de les égaler. Quels étaient donc les Machabées? Quelle éducation, quels principes ont soutenu cet élan qui les a élevés à un tel degré de vertu et à une telle gloire que nous les honorons dans ces solennités et dans ces fêtes annuelles, et que l'admiration de tous les cœurs est supérieure encore à ce que nous voyons? Les hommes studieux l'apprendront dans le livre qui contient leur histoire, et où il est parlé de l'empire de la raison sur les passions, de son libre choix entre les deux penchants contraires, j'entends entre le vice et la vertu; car, parmi les nombreux témoignages dont l'écrivain s'appuie, se trouvent les combats des Machabées. Pour moi, il me suffira d'en dire quelques mots.

Nous voyons d'abord Éléazar, prémice des martyrs avant le Christ, comme Étienne des martyrs après le Christ; c'est un prêtre et un vieillard, vénérable par ses cheveux blancs, également vénérable par sa sagesse; autrefois il sacrifiait et priait pour le peuple, maintenant il s'offre lui-même au Seigneur comme une victime parfaite destinée à expier les fautes de tout le peuple... Il offre avec lui sept fils formés par ses leçons, hostie vivante, sainte, agréable à Dieu, plus éclatante et plus pure que tous les sacrifices de la loi. Car il est juste et légitime de rapporter au père les œuvres des enfants.

Après lui se présentent ces généreux et magnanimes enfants, nobles rejetons d'une noble mère, zélés défenseurs de la vertu... Leur nombre est un de ceux que les Hébreux révèrent...; animés tous du même souffle, les yeux fixés sur le même but, ne connaissant qu'un chemin qui mène à la vie, mourir pour Dieu, frères par l'âme et par le corps .., bravant les périls pour sauver la loi qui règne sur eux, ils redoutent moins la torture présente qu'ils ne désirent celle qui tarde encore; toute leur crainte est que le tyran ne se lasse, que plusieurs d'entre eux ne se retirent sans couronne, ne soient séparés de leurs frères et ne remportent une triste victoire, car ils ne sont pas encore assurés du martyre.

Enfin nous voyons une mère vaillante et généreuse, aimant à la fois ses

1) M. Sommer.

enfants et Dieu, et dont les entrailles ressentent des déchirements peu ordinaires à la nature. Elle ne s'attendrit pas sur les souffrances de ses enfants,
elle tremble qu'ils n'aient pas à souffrir; elle ne regrette pas ceux qui ne sont
plus, elle souhaite que ceux qui vivent encore leur soient réunis; elle songe
à ceux-ci plus qu'à ceux qui ont déjà quitté la terre. C'est que pour les uns
la lutte est encore incertaine, pour les autres, le repos est assuré..... O âme
virile dans un corps de femme!... Abraham n'a qu'un fils à offrir, il l'offre
avec empressement, bien que ce soit son fils unique, l'enfant de la promesse.
Isaac n'est pas seulement la tige de sa race, il devient les prémices de tous
les sacrifices semblables; mais elle, elle consacre à Dieu un peuple entier
d'enfants; supérieure à toutes les mères et à tous les prêtres, elle offre des
victimes qui viennent tendre la gorge au couteau, des holocaustes raisonnables, des hosties qui courent à l'autel... Elle leur rappelle qu'elle les a nourris..., elle les supplie au nom de sa vieillesse; ce n'est pas leur salut qu'elle
cherche, ce sont leurs souffrances qu'elle presse; ce n'est pas la mort, mais le
retard, qui lui semble en péril. Rien ne l'abat, rien ne l'amollit, rien ne refroidit son courage : ni les chevalets, ni les roues, ni les épées..., ni les chau-
dières bouillantes..., ni le tyran qui menace, ni la populace, ni les satellites
qui hâtent le supplice, ni la vue de ses enfants, de leurs membres mutilés,
de leurs chairs déchirées, de leur sang qui coule à flots, de leur jeunesse
qu'on moissonne... Et ce qui paraît le plus pénible, la durée du supplice,
n'était rien pour elle, car elle était fière de ce spectacle...

Les réponses des jeunes martyrs au tyran renfermaient tant de sagesse à
la fois et tant de noblesse, que, de même que tous les traits d'héroïsme réunis paraissent vulgaires à côté de leur constance, de même leur constance
semble peu de chose, si on la compare à leurs sages paroles... Tel est le fruit
que ces enfants retirèrent de leur jeunesse; ils ne se firent pas esclaves du
plaisir, mais ils furent maîtres de leurs passions, sanctifièrent leurs corps et
entrèrent dans la vie exempte de souffrances. Tel est le fruit que leur mère
retira de sa fécondité; c'est ainsi qu'elle se montra fière de ses fils pendant
leur vie, et qu'elle se reposa avec eux après leur mort...

La Judée entière admira leur constance; elle s'enorgueillit et se glorifia
comme si elle-même avait reçu la couronne. C'est qu'il s'agissait dans cette
lutte, la plus importante de toutes celles qu'eut jamais à soutenir Jérusalem,
de voir en ce jour même la loi renversée ou glorifiée; et ce combat était pour
toute la race des Hébreux un moment de crise. Antiochus lui-même fut pénétré de respect, et la menace fit place à l'admiration. Car les ennemis mêmes
savent admirer la vertu, quand la colère est apaisée et que l'on estime les
choses en elles-mêmes. Il abandonna son entreprise, louant son père Séleucus des distinctions qu'il avait accordées à ce peuple et de ses libéralités envers le temple, et accablant de reproches celui qui l'avait appelé, Simon,
qu'il regardait comme l'auteur de ses cruautés et de sa honte.

Prêtres, mères, enfants, imitons ce grand exemple; prêtres, honorez Éléazar, notre père spirituel, qui nous a montré la meilleure route et par ses paroles et par ses œuvres; mères, honorez cette mère généreuse en montrant
une véritable affection pour vos enfants, offrez au Christ ceux que vous avez
mis au jour... Enfants, révérez ces jeunes saints; consacrez votre jeunesse,
non à satisfaire de honteux désirs, mais à lutter contre vos passions. Combattez vaillamment contre l'Antiochus de tous les jours, qui fait la guerre à
tous vos membres et vous persécute de mille sortes. Je souhaiterais qu'en
toute circonstance tous les rangs et tous les âges eussent des athlètes à imiter pour repousser les attaques ouvertes et les embûches secrètes, qu'on
cherchât du secours dans les anciens et dans les nouveaux récits, comme
l'abeille rassemble les sucs les plus utiles dont elle forme avec tant d'industrie un rayon de doux miel, afin que, par l'Ancien et par le Nouveau Testa-

ment, Dieu soit honoré parmi nous, lui qui se glorifie dans le Fils et dans le Saint-Esprit, qui connaît les siens et qui est connu d'eux, qui confesse ceux qui le confessent, qui rend gloire à ceux qui lui rendent gloire, par le même Jésus-Christ à qui appartient la gloire dans tous les siècles des siècles. Ainsi soit-il.

SAINT GRÉGOIRE DE NYSSE. — Cet orateur, qui naquit à Sébaste en 332, de parents nobles, eut pour frère saint Basile. Il se livra d'abord à l'enseignement de la rhétorique et y obtint de brillants succès. Saint Grégoire sut toucher le jeune professeur et le détermina à rentrer au service de l'Église qu'il avait abandonné. Il passa quelque temps auprès de son frère, exerça d'humbles fonctions cléricales, et fut enfin, à l'âge de quarante ans, nommé évêque de Nysse, en Cappadoce. Dès lors il soutint de ses efforts et de ses talents la foi de Nicée et devint, avec saint Athanase, l'énergique adversaire des ariens : on le vit, comme lui, obligé de fuir et d'abandonner son siége, jusqu'au rappel des évêques exilés ordonné par l'empereur Valens. Bientôt il perdit son frère, dont il prononça l'éloge funèbre, assista au concile d'Antioche, et fit le voyage de l'Arabie et de la Palestine, pour ramener les fidèles de ces régions à la pureté de la croyance. L'an 381, appelé au concile de Constantinople, il y présida en quelque sorte par son zèle et son mérite reconnu, ainsi qu'aux deux conciles qui suivirent. Deux ans après le dernier, en 396, il mourut avec le renom d'un des plus illustres défenseurs de la vraie foi.

Les ouvrages que nous avons de lui sont des discours, des homélies, des lettres et des traités ascétiques. « Ils ne le cèdent en rien, dit son biographe, aux plus beaux ouvrages de l'antiquité. Dans ses discours, l'élégance, la pureté, l'éclat du style, semblent le disputer à l'énergie de la pensée, à la fécondité des preuves, à toutes les qualités de la véritable éloquence ; dans la polémique, on le voit s'attacher surtout à enlever à l'erreur le masque dont elle se couvre, et parvenir constamment à dévoiler ses ruses et son hypocrisie. »

HOMÉLIE CONTRE LES USURIERS [1]

(L'orateur recommande d'abord l'exacte observation de la loi de Dieu, comme moyen d'arriver à la perfection chrétienne. Le prophète défend l'usure : suivons donc ce précepte avec docilité. Il prie son auditoire de ne croire ni à son audace, ni à sa sottise pour oser traiter un sujet que saint Basile a déjà si admirablement exposé.)

Pour toi, à qui ma voix s'adresse, qui que tu sois, déteste un vil trafic ; tu es un homme ; aime tes frères, et non pas l'argent ; ne franchis pas cette

(1) Les extraits de ce discours sont empruntés à M. Sommer.

limite du péché. Dis à ces intérêts qui te furent si chers la parole de Jean-Baptiste : « Races de vipères, fuyez loin de moi ; vous êtes le fléau de ceux qui possèdent et de ceux qui reçoivent, vous donnez un instant de plaisir, mais ensuite votre venin met dans l'âme l'amertume et la mort : vous barrez le chemin de la vie ; vous fermez les portes du royaume ; vous réjouissez un moment l'œil de votre vue, l'oreille de votre bruit, puis vous enfantez l'éternelle douleur. »

... Ne te détourne pas de celui qui veut emprunter de toi. C'est la pauvreté qui le fait te supplier et s'asseoir à ta porte ; dans son indigence, il cherche un refuge auprès de ton or, pour trouver un auxiliaire contre le besoin ; et toi, au contraire, d'allié tu deviens ennemi ; tu ne l'aides pas à s'affranchir de la nécessité qui le presse, pour qu'il puisse te rendre ce que tu lui auras prêté, mais tu répands les maux sur celui qui en est déjà accablé. Tu dépouilles celui qui est déjà nu, tu blesses celui qui est déjà blessé... Car celui qui prend de l'or à intérêt, reçoit sous forme de bienfait des arrhes de pauvreté et fait entrer la ruine dans sa maison. Quand le malade dévoré par la chaleur de la fièvre, en proie à une soif ardente, ne peut s'empêcher de demander à boire, celui qui par humanité lui donne du vin le soulage un moment, tandis que sa coupe se vide ; mais, au bout de peu de temps, la fièvre, grâce à lui, redouble de violence : de même celui qui tend à l'indigent un or gros de pauvreté, ne met pas un terme au besoin, mais aggrave le malheur...

L'oisiveté et la cupidité, voilà la vie de l'usurier. Il ne connaît ni les travaux de l'agriculture, ni les soins du commerce ; il demeure toujours assis à la même place, engraissant son bétail à son foyer ; il veut que tout croisse pour lui sans semailles et sans labour : il a pour charrue une plume, pour champ un parchemin, pour semence de l'encre. Sa pluie à lui c'est le temps, qui grossit insensiblement sa récolte d'écus ; sa faucille, c'est la réclamation ; son aire, cette maison où il réduit en poudre la fortune des malheureux qu'il pressure. Ce qui est à tout autre, il le regarde comme sien ; il souhaite aux hommes des besoins et des maux, afin qu'ils soient forcés de venir à lui ; il hait quiconque sait se suffire, et voit des ennemis dans ceux qui n'empruntent point. Il assiste à tous les procès, afin de découvrir un homme que pressent des créanciers, et suit les gens d'affaires comme les vautours suivent les armées ; il promène sa bourse de tous côtés ; il présente l'appât à ceux qu'il voit suffoquer, afin que si la nécessité les force d'ouvrir la bouche, ils avalent en même temps l'hameçon de l'intérêt. Chaque jour il calcule son gain, et jamais sa cupidité n'est assouvie ; il s'indigne contre l'or qui se trouve dans sa maison parce qu'il est là stérile et oisif ; il imite l'agriculteur qui vient sans cesse demander la semence à ses greniers ; il ne laisse pas de repos à ce malheureux or, mais il le fait passer sans relâche de main en main. Aussi voit-on un homme extrêmement riche n'avoir pas même une pièce d'argent à la maison. Ses espérances sont sur des parchemins, tout son bien est en contrats ; il n'a rien et il tient tout ; il prend la vie au rebours de la parole de l'Apôtre, donnant tout à ceux qui lui demandent, non par sentiment d'humanité, mais par avarice. Il accepte une pauvreté temporaire, afin que son or, après avoir travaillé comme un esclave infatigable, lui revienne avec un salaire. Vois-tu comment, grâce à cet espoir dans l'avenir, la maison devient vide, et le riche se fait pauvre pour un temps ? Quelle en est la cause ? L'acte dressé sur parchemin, la reconnaissance d'un débiteur misérable : « Je te donnerai mon argent à condition qu'il produise. — Je te le rendrai avec intérêt. » Puis, le croirait-on, l'emprunteur, quoique sans ressources, est cru sur son contrat ; et Dieu, qui est riche et qui promet, n'est point écouté ! « Donne, et je te rendrai ! » s'écrie Dieu dans les Évangiles. Ta garantie est le paradis... Que si là même tu cherches des sûretés, l'univers

entier appartient à ce débiteur de bonne volonté. Étudie curieusement les
ressources de celui qui demande ton bienfait, et tu découvriras la richesse.
La moindre mine d'or est à ce débiteur; toutes les mines d'argent, de cui-
vre, sont une partie de son domaine. Lève les yeux vers le vaste ciel, contemple la mer sans bornes, cherche à connaître l'immensité de la terre,
compte les animaux qu'elle nourrit: voilà les biens, voilà les esclaves de celui que tu crois pauvre et que tu méprises. Sois sage, ô homme, n'outrage
pas ton Dieu, ne fais pas de lui moins d'estime que de ces banquiers dont tu
acceptes sans hésiter la caution; donne à un garant qui ne meurt point; fie-
toi à un contrat qui ne se voit point, qui ne se déchire point; ne réclame pas
d'intérêts, ne trafique pas de ton bienfait, et tu verras Dieu te rendre grâce et
ajouter à sa dette.

(Que de soucis pour l'usurier! et qu'y gagne-t-il? Les récompenses que
Dieu promet sont les seules désirables, car Dieu seul peut produire quelque
chose avec rien. Un usurier pèche d'ailleurs contre une loi essentielle, qui
proscrit l'usure; et lui, qui ne veut rien remettre à son frère de sa dette,
peut-il espérer que ses fautes lui soient pardonnées? En vain voudrait-il les
racheter par l'aumône: il calmerait la douleur des uns avec le profit fait sur
l'affliction des autres.)

Ils donnent à leur péché des noms respectables et appellent leur trafic humanité, semblables aux Grecs qui nommaient Euménides, d'un nom peu
mérité, certaines divinités inhumaines et sanguinaires. Lui humain! Mais,
n'est-ce pas le payement des intérêts qui renverse les maisons et épuise les
fortunes? qui réduit des hommes libres à vivre plus mal que des esclaves?
qui, pour un plaisir de quelques instants, remplit d'amertume le reste de la
vie? Les oiseaux se réjouissent des embûches du chasseur; les grains qu'il
répand pour eux leur font aimer et fréquenter des lieux où ils trouvent une
abondante nourriture; mais bientôt ils sont pris et périssent dans les pièges.
De même celui qui reçoit de l'argent à intérêt, se trouve quelque temps dans
l'aisance, mais se voit ensuite banni du foyer paternel. La pitié n'habite pas
dans ces âmes criminelles et cupides; ils voient la maison même de leur débiteur mise en vente, et ne sont pas attendris; mais ils pressent sans relâche
le marché, afin de recouvrer plus promptement leur or et d'enchaîner dans
leurs liens un autre malheureux... De quels yeux un pareil homme peut-il
regarder le ciel?...

Oh! combien de malheureux, grâce à l'usure, ont brisé leur cou dans un
lacet! Combien se sont précipités dans le courant des fleuves, ont trouvé la
mort plus douce que leurs créanciers, et ont laissé des enfants orphelins sous
la tutelle d'une mauvaise marâtre, la pauvreté!... Et les usuriers n'ont pas
même honte de ce qu'ils ont fait; leur âme n'en est point émue, mais un
sentiment cruel leur dicte d'impudentes paroles. C'est la faute de nos mœurs,
si ce malheureux, cet insensé a été conduit par sa destinée à une mort violente. Car nos usuriers sont philosophes, et ils se font les disciples des astro-
logues d'Égypte, quand il leur faut justifier leurs actions abominables et
leurs meurtres. Il faut répondre à l'usurier: c'est toi qui es la funeste influence des astres. Si tu avais adouci sa peine, si tu lui avais remis une part
de sa dette, si tu avais réclamé l'autre sans rigueur, il n'aurait pas détesté
cette vie de tourments, il ne serait pas devenu son propre bourreau. De quel
œil, au jour de la résurrection, verras-tu celui que tu as fait périr? Car vous
viendrez tous les deux au tribunal du Christ, où l'on ne compte pas les intérêts, mais où l'on juge les vies. Que répondras-tu aux accusations du Juge
incorruptible, lorsqu'il te dira: Tu avais la loi, les prophètes, les commande-
ments de l'Évangile, tu les entendais tous, d'une seule voix, t'ordonner la

charité, l'humanité. Les uns te disaient : Tu ne prêteras point à usure à ton frère ; les autres : Il n'a point placé son argent à intérêt... Alors un repentir inutile se saisira de toi, alors viendront les profonds gémissements et le châtiment inévitable. Ni l'or ne courra à ton aide, ni l'argent ne te portera secours ; mais ce trafic d'intérêts sera pour toi plus amer que le fiel.

J'ai assez combattu les usuriers, dans ce discours, et j'ai suffisamment prouvé, comme devant un tribunal, les chefs de l'accusation ; puisse Dieu leur donner le repentir de leurs fautes !

Saint Basile. — Il naquit en 329, à Césarée en Cappadoce, de parents chrétiens. Nous avons vu déjà qu'il étudia à Athènes avec Julien et Grégoire. De retour à Césarée, il embrassa la profession du barreau ; après l'avoir exercée avec honneur, il prit dégoût du siècle et alla vivre plusieurs années en Égypte dans la méditation et la retraite. Élevé au sacerdoce, il aida longtemps Eusèbe, évêque de Césarée, dans les labeurs, si rudes à cette époque, de l'épiscopat, et lui succéda quand il mourut. Il eut bien des fois, pendant les vingt années qu'il occupa ce siége, à lutter contre les fureurs de l'arianisme et les sourdes persécutions de l'empereur Valens. Enfin, le 1er janvier de l'année 379, saint Basile, surnommé le Grand, mourut âgé de cinquante ans.

Les œuvres de ce saint illustre sont des homélies dogmatiques et morales, des éloges funèbres, des traités ascétiques, des lettres et écrits polémiques. Son chef-d'œuvre est l'*Hexaméron*, neuf homélies sur l'œuvre admirable des six jours de la création. « Sa vie n'offre pas, dit Villemain, ces vicissitudes aventureuses qui attachent à l'histoire d'Athanase ou de Jérôme, mais elle impose par le spectacle d'une vertu constante et d'un beau génie. Saint Basile fut le véritable évêque de l'Évangile, le père du peuple, l'ami des malheureux ; inflexible dans sa foi, mais infatigable dans sa charité. Pauvre lui-même, de cette pauvreté qui devenait rare dans l'Église chrétienne, il n'avait qu'une seule tunique et ne vivait que de pain et de grossiers légumes ; mais il employait des trésors à embellir Césarée. » Le caractère de son style est la simplicité et l'onction mêlées à l'enthousiasme d'un poëte. Nous ferons connaître suffisamment le genre de cet orateur, en citant la première homélie de l'*Hexaméron*, dont nous empruntons la traduction à l'abbé Auger.

HOMÉLIE PREMIÈRE

Au commencement Dieu créa le ciel et la terre. (Gen. I. 1.) Rien de plus convenable lorsqu'on se propose de raconter la manière dont a été formé ce monde visible, que de commencer avant tout par annoncer le principe des êtres dont la beauté frappe nos regards. Je parlerai de la création du ciel et de la terre, qui ne doivent pas leur existence au hasard, comme plusieurs l'ont pensé, mais à la sagesse d'un Dieu tout-puissant. Comment doit-on

écouter d'aussi importants objets? Comment doit-on se préparer à entendre
d'aussi grands récits? Il faut se présenter avec une âme épurée des passions
charnelles et dégagée des soins de la vie. Il faut un esprit éveillé, attentif,
qui se soit étudié à se remplir de pensées dignes de Dieu.

Mais, avant d'examiner combien les paroles de l'Écriture sont exactes, et
de chercher quels sens sont renfermés dans le peu de mots par où nous avons
débuté, considérons quel est celui qui nous parle. Encore que nous ne
puissions pas, vu la faiblesse de notre intelligence, pénétrer la profondeur de
l'écrivain; cependant, lorsque nous ferons attention combien il mérite notre
croyance, nous nous porterons plus volontiers à embrasser ses sentiments.
C'est Moïse qui a composé l'histoire de l'origine du monde : Moïse que nous
savons avoir été agréable à Dieu, lorsqu'il n'était encore qu'à la mamelle;
Moïse, que la fille de Pharaon adopta, qu'elle éleva comme son fils dans le
palais du prince son père, qu'elle fit instruire avec soin par les sages de
l'Égypte; Moïse qui, détestant le faste de la royauté et lui préférant l'humiliation de ses compatriotes, aima mieux être affligé avec le peuple de Dieu,
que de jouir sans lui de plaisirs passagers et criminels... Or ce grand homme,
qui a mérité de voir Dieu comme les anges le voient, nous raconte ce que le
Seigneur lui a appris. Écoutons donc les paroles de la vérité, qui offrent,
non les discours persuasifs de la sagesse humaine, mais la doctrine pure de
l'Esprit-Saint; ces paroles, dont la fin n'est pas les applaudissements de ceux
qui écoutent, mais le salut de ceux qui veulent s'instruire.

Au commencement Dieu créa le ciel et la terre. Frappé de cette idée admirable, je m'arrête. Que dirai-je d'abord? Par où commencerai-je mon instruction? Confondrai-je les erreurs des infidèles, ou exalterai-je les vérités
de notre foi? Incapables de se fixer à une seule opinion solide, les sages de
la Grèce ont fabriqué sur la nature des choses mille opinions diverses, qui
se détruisent les unes les autres, sans qu'il soit besoin que nous les attaquions.
Comme ils ignoraient le vrai Dieu, ils n'ont pas admis une cause intelligente
qui ait présidé à la création de l'univers, mais ils ont forgé des systèmes conformes à leur ignorance de l'Être suprême. Recourant à des causes matérielles, les uns ont attribué l'origine du monde aux éléments du monde
même; les autres ont cru que les choses visibles sont composées de corps
simples, d'atomes plus ou moins rapprochés, que de leur réunion ou de leur
séparation résulte la génération ou la dissolution des êtres, que l'adhésion
plus ferme ou plus durable de ces mêmes atomes forme ce qu'on appelle
les corps durs. C'est vraiment ne donner que des tissus de toile d'araignées,
que de fournir des principes si faibles et si peu consistants du ciel, de la
terre et de la mer. Ils ne savaient pas dire, ces sages insensés : *Au commencement Dieu a fait le ciel et la terre;* aussi l'ignorance de la Divinité les a-t-
elle jetés dans l'erreur de croire que tout est régi par le hasard, et non gouverné par une suprême sagesse.

C'est afin que nous ne tombions pas dans la même erreur que l'écrivain
de l'origine du monde, dès les premiers mots, éclaire notre intelligence par
le nom de Dieu. *Au commencement Dieu créa.* Admirons l'ordre de ces paroles. Il met d'abord : *au commencement,* de peur qu'on ne croie que le monde
est sans commencement. Ensuite il ajoute un mot (ἐποίησε) qui montre
que les choses créées sont la moindre partie de la puissance du Créateur. De
même qu'un potier qui, d'après les principes de son art, a fait un grand nombre de vases, n'a épuisé ni son art, ni sa puissance; ainsi le grand ouvrier,
dont la puissance effectrice peut s'étendre à une infinité de mondes sans être
bornée à un seul, a tiré du néant, par le seul acte de sa volonté, tous les objets que nous voyons. Si donc le monde a eu un commencement et a été
créé, examinez qui lui a donné ce commencement, et quel en est le créateur.
Ou plutôt, de peur que des raisonnements humains ne nous écartent de la

vérité, l'écrivain a prévenu vos recherches en imprimant dans nos âmes le nom vénérable de Dieu, comme une espèce de sceau et comme un remède contre le mensonge. *Au commencement*, dit-il, *Dieu créa*. Oui, cette nature bienheureuse, cette bonté immense, cet être si cher à tous les êtres doués de raison, ce principe de tout ce qui existe, cette source de la vie, cette sagesse inaccessible ; c'est lui qui *au commencement créa le ciel et la terre*. Ne vous imaginez donc pas, ô homme ! que les choses visibles soient sans commencement ; et, parce que les globes qui se meuvent dans les cieux y roulent en cercle, ne croyez pas que la nature des corps qui roulent en cercle est d'être sans commencement...

C'est l'annonce et le prélude du dogme de la consommation et de la rénovation du monde, que ce peu de paroles que nous lisons à la tête des divines Écritures : *Au commencement Dieu créa*. Ce qui a commencé dans un temps doit nécessairement être consommé dans un temps. Ce qui a eu un commencement, ne doutez pas qu'il n'ait une fin. Eh ! quel est le terme et le but des sciences arithmétiques et géométriques, des recherches sur les solides, de cette astronomie si vantée, de toutes ces laborieuses bagatelles, s'il est vrai que ceux qui se sont livrés à ces études ont prononcé que ce monde visible est éternel comme Dieu créateur de l'univers ; s'ils ont élevé un être matériel et circonscrit à la même gloire qu'une nature incompréhensible et invisible ; si, sans pouvoir observer qu'un tout dont les parties sont sujettes à la corruption et aux changements, doit nécessairement subir les mêmes révolutions que ses diverses parties, « ils se sont égarés dans leurs raisonnements, leur cœur insensé a été rempli de ténèbres, ils sont devenus fous en s'attribuant le nom de sages (1), » au point qu'ils ont déclaré, les uns, que le monde est de toute éternité comme Dieu ; les autres, qu'il est Dieu lui-même sans commencement et sans fin, qu'il est la cause de l'ordre que nous admirons dans toutes les parties de ce grand univers ? Les vastes connaissances qu'ils ont eues des choses du monde ne feront qu'aggraver un jour leur condamnation, parce qu'ayant été si éclairés dans les sciences vaines, ils se sont aveuglés volontairement dans l'intelligence de la vérité. Des hommes qui savaient mesurer les distances des astres, marquer ceux qui sont au septentrion et se montrent toujours ; ceux qui, placés au pôle austral, sont visibles pour les contrées de ce pôle et nous sont inconnus, qui ont observé les mouvements des astres, leur état fixe, leurs déclinaisons et leur retour dans les endroits par où ils ont déjà passé ; qui ont remarqué en combien de temps chaque planète achève son cours ; ces hommes, parmi tant de moyens, n'en ont pu trouver un seul pour s'élever jusqu'à Dieu, le créateur de l'univers, ce juste juge qui paye chaque action du prix qu'elle mérite : ils n'ont pu acquérir l'idée de la consommation du monde, qui a un rapport si intime avec la vérité d'un jugement, puisqu'il est nécessaire que le monde se renouvelle, si les âmes doivent passer à une autre vie. En effet, si la vie présente est de même nature que ce monde, la vie future des âmes sera telle que la constitution qui leur est propre. Les sages du paganisme sont si éloignés d'être attentifs à ces vérités, qu'ils ne peuvent s'empêcher de rire quand nous leur parlons de la consommation du monde et de la régénération du siècle. Mais comme le principe marche avant ce qui en dérive, l'écrivain sacré, en parlant des objets qui reçoivent leur être du temps, a dû débuter par ces mots : *Au commencement Dieu créa*.

On appelle commencement ou principe (ἀρχή) le premier mouvement vers une chose, par exemple : « Le commencement de la bonne voie est de faire la justice (2). » Car les actions justes sont un premier mouvement vers la vie bienheureuse. Ainsi le principe des actions est encore la fin utile et

(1) Rom., 1, 21. — (2) *Prov.*, XVI, 5.

honnête qu'on s'y propose. Ainsi les bonnes grâces de Dieu sont le principe de l'aumône; les promesses de l'Évangile sont le principe des actions vertueuses.

Le mot principe étant susceptible de ces acceptions diverses, examinez si la parole de Moïse ne convient pas à toutes. Et d'abord vous pouvez apprendre depuis quel temps le monde a commencé à exister, si du moment présent, reculant toujours en arrière, vous vous appliquez à trouver le premier jour la création du monde... Ensuite le monde n'a pas été fait sans motif, mais pour une fin utile, pour le plus grand avantage des êtres raisonnables, puisqu'il est pour ces êtres une école où ils apprennent à connaître la Divinité, puisque, par les objets visibles et sensibles, il les conduit à la contemplation des invisibles, selon ce que dit l'Apôtre : « Les choses invisibles sont devenues visibles depuis la création par la connaissance que ces ouvrages nous en donnent. »

Ou bien, l'Écriture dit-elle : *Au commencement Dieu créa*, parce que le ciel et la terre ont été créés dans un moment unique, sans aucun espace de temps, le commencement ne pouvant être divisé en plusieurs parties? Car, de même que le commencement du chemin n'est pas encore le chemin, et le commencement d'une maison n'est pas la maison; ainsi le commencement du temps n'est pas encore le temps, ni la plus petite partie du temps. Si quelqu'un soutient que le commencement du temps est le temps, il faudra qu'il divise ce commencement en parties, lesquelles formeront un commencement, un milieu et une fin. Or il est ridicule d'imaginer le commencement d'un commencement. Celui qui divisera un commencement en deux parties, en fera deux au lieu d'un ou plutôt un nombre infini en divisant ce qui est déjà divisé. Afin donc que nous apprenions que la matière du monde a existé par un simple acte de la volonté de Dieu, sans aucun espace de temps, il est dit : *Au commencement Dieu créa*. C'est le sens que plusieurs interprètes ont donné à ces mots : *Au commencement;* ils l'ont entendu : tout ensemble, dans un moment indivisible.

... Parmi les arts, les uns sont appelés effecteurs, les autres pratiques, les autres spéculatifs. La fin des arts spéculatifs est l'opération même de l'esprit; la fin des arts pratiques est le mouvement du corps, lequel cessant, il ne reste plus rien à voir. Telles sont la danse et la musique, qui n'ont aucune fin permanente, mais dont la vertu se termine à elle-même. Dans les arts effecteurs, lors même que la puissance effectrice cesse, il reste un ouvrage. Tels sont les arts de l'architecte, du serrurier, du tisserand : l'ouvrier absent, ils montrent par eux-mêmes une raison intelligente qui a produit; et l'on peut admirer l'ouvrier par son ouvrage. Afin donc de montrer que le monde est une production de l'art, exposée aux yeux de tous les hommes, afin qu'en le voyant ils reconnaissent la sagesse de celui qui l'a créé, le sage Moïse a dit : *Au commencement Dieu créa*. Il ne dit pas enfanta, produisit; mais créa. Et, comme plusieurs de ceux qui ont pensé que le monde avait existé avec Dieu de toute éternité, n'ont pas voulu convenir qu'il eût été créé par lui, mais ont prétendu qu'il avait existé de soi-même comme une ombre de la puissance divine, qu'ainsi Dieu est la cause du monde, mais une cause non volontaire, comme un corps opaque ou lumineux est la cause de l'ombre ou de la lumière; le prophète, voulant corriger cette erreur, s'est exprimé avec cette exactitude : *Au commencement Dieu créa...*

Au commencement Dieu créa le ciel et la terre. Une recherche exacte de l'essence de chacun des êtres, soit de ceux qui ne nous sont connus que par l'intelligence, soit de ceux qui tombent sous nos sens, étendrait outre mesure notre instruction et nous ferait employer plus de discours pour expliquer cette question difficile, que pour tous les objets que nous nous proposons de traiter. D'ailleurs ces discussions superflues servent peu à l'édification des fidèles. Qu'il nous suffise, pour l'essence du ciel, de ce que

nous lisons dans Isaïe. Ce prophète nous donne une idée suffisante de sa nature dans ces paroles qui sont à la portée de tous : « Celui qui a étendu le
ciel comme une fumée (1), » c'est-à-dire, qui a formé le ciel d'une substance
légère et non épaisse et solide. Quant à sa forme, ce qu'il dit en glorifiant
Dieu doit nous suffire : « Celui qui a étendu le ciel comme une voûte (2). »
Procédons de même pour ce qui regarde la terre. N'examinons pas avec trop
de curiosité quelle est son essence, ne nous amusons pas à raisonner sur sa
substance propre..., mais soyons convaincus que tout ce que nous voyons en
elle appartient à son être, constitue son essence ; car vous la réduirez à rien
en lui ôtant les unes après les autres les qualités qu'elle renferme. Oui, si
vous lui ôtez le noir, le froid, le pesant, le serré, toutes les propriétés de saveur qu'elle peut avoir, et d'autres encore, il ne restera plus rien. Je vous
exhorte donc à laisser là toutes ces recherches, à ne pas examiner non plus
sur quoi la terre est fondée (3)... Ainsi mettez des bornes à votre imagination, de peur que, si vous prétendez découvrir des vérités incompréhensibles,
Job ne réprime votre curiosité et ne vous fasse cette demande : « Sur quoi
ces bases sont-elles affermies (4) ? » Si vous lisez dans les psaumes : « J'ai affermi ses colonnes (5), » croyez que le prophète entend par colonnes la puissance qui tient la terre en place. Quant à ces mots : « Il l'a fondée sur les
mers (6), » que signifient-ils autre chose, sinon que les eaux enveloppent de
tous côtés la terre ? Comment donc l'eau, qui est fluide par sa nature et qui
se précipite, demeure-t-elle suspendue sur elle-même, quoique plus pesante ?
Ceci offre la même difficulté et une plus grande encore. Mais, soit que nous
convenions que la terre est appuyée sur elle-même, soit que nous disions
qu'elle flotte sur les eaux, ne nous écartons pas des sentiments religieux,
mais avouons que tout est contenu par la puissance du Créateur. Nous devons nous dire à nous-mêmes, et à ceux qui nous demandent sur quoi est
appuyé ce lourd et immense fardeau de la terre : « Les limites de la terre
sont dans la main de Dieu (7). » C'est le parti le plus sûr pour régler notre
esprit et le plus utile à ceux qui nous écoutent.

Pour expliquer ces difficultés, des physiciens disent en termes magnifiques
que la terre est immobile ; que, comme elle occupe le centre de l'univers,
également éloignée des extrêmes, sans qu'il y ait de raison pour qu'elle
penche d'un côté plutôt que d'un autre, parce qu'elle est pressée également
de toutes parts, elle demeure nécessairement sur elle-même. Ils ajoutent
que ce n'est ni par le sort ni au hasard qu'elle occupe le centre, que cette
position est nécessaire et tient à sa nature. Le corps céleste, disent-ils, étant
à l'extrémité parce qu'il s'élève en haut, si nous supposons que des poids
tombent d'en haut, ils se porteront de toutes parts au centre. Or, sans doute
le tout sera entraîné vers le point vers lequel seront portées les parties. Si
les pierres, les bois, si tous les corps célestes, sont portés en bas, ce sera la
place propre et convenable à toute la terre. Si les corps légers partent du
centre, ils s'élèvent sans doute en haut : les corps pesants se portent donc
naturellement en bas ; or nous avons montré que le bas est le centre. Ne
soyons donc pas surpris que la terre ne tombe d'aucun côté, puisqu'elle occupe
le centre par sa nature. Elle doit nécessairement rester en place, ou, en se
remuant contre sa nature, sortir de la place qui lui est propre. Si les assertions de ces philosophes vous paraissent probables, transportez votre admiration à la sagesse de Dieu, qui a ainsi disposé les choses. Car on ne doit pas
moins admirer les grands effets de la nature, parce qu'on en aura trouvé les
causes ; à moins que la simplicité de la foi ait plus de force auprès de vous
que tous les raisonnements humains.

---

(1) Isaïe, LI, 6. — (2) Idem, XL. 22. — (3 Saint Basile ne pouvait être instruit du mouvement de la terre
autour du soleil. — 4) Job, XXXVIII. 6. — (5) Psal. LXIV, 4. — (6) Ibid., XXIII, 22. — (7) Ibid., LCIV. 4.

Nous dirons la même chose du ciel; les sages du monde nous ont donné sur sa nature des démonstrations fastueuses. Les uns le disent composé des quatre éléments, comme étant sensible et visible; participant à la terre par sa solidité, au feu par son éclat, à l'air et à l'eau parce qu'ils sont mêlés avec les corps solides. Les autres, rejetant cette opinion comme peu vraisemblable, ont imaginé et introduit une cinquième nature ou élément pour en composer le ciel : ils supposent un corps éthéré qui n'est ni le feu, ni l'air, ni la terre, ni l'eau, enfin aucun des éléments connus. Les éléments, disent-ils, ont un mouvement direct suivant lequel les corps légers se portent en haut, et les pesants en bas; et le mouvement en haut et en bas n'a aucun rapport avec le mouvement circulaire... Or les êtres dont les mouvements diffèrent par leur nature, doivent différer aussi dans leurs essences; d'ailleurs il est impossible que le ciel soit composé des premiers corps que nous appelons éléments, par la raison que les êtres composés de substances diverses, ne peuvent avoir un mouvement égal et libre, chacune des substances qui le composent ayant reçu de la nature une impulsion propre. Aussi, les êtres composés ont de la peine à rester dans un mouvement continuel, parce qu'ils ne peuvent avoir un mouvement unique, propre et analogue à tous les contraires, mais que le mouvement du corps léger combat le mouvement du corps grave. Lorsque nous nous élevons en haut, nous sommes entraînés par ce qui est en nous de terrestre; et, lorsque nous nous portons en bas, nous faisons violence à la partie du feu que nous entraînons en bas contre sa nature. Or c'est cette action des éléments d'aller en sens contraire, qui est la cause de la dissolution des corps; car ce qui est contre nature, après avoir résisté un peu de temps avec beaucoup d'effort, se dissout bientôt et se sépare des substances simples auxquelles il est uni, chacune de ces substances reprenant sa place naturelle... Un autre philosophe, distingué par son éloquence, s'élève contre ceux-ci, attaque leurs sentiments qu'il prétend détruire, et offre un autre système de sa composition.

Si nous voulions parcourir les opinions de tous les philosophes, nous tomberions dans leurs folies et leurs rêveries. Laissons-les donc se réfuter les uns les autres; pour nous, renonçant à découvrir les essences des choses, tenons-nous-en à ce que dit Moïse. *Au commencement Dieu créa le ciel et la terre.* Glorifions le plus excellent des ouvriers pour l'art et la sagesse qui règnent dans ses ouvrages : par la beauté des objets visibles, jugeons combien il est beau ; par la grandeur des corps sensibles et bornés, concevons combien il est grand, infini, au-dessus de toutes les idées que nous pouvons avoir d'une puissance. Quoique nous ignorions la nature des choses créées, néanmoins ce qui tombe sous nos sens est si admirable que l'esprit le plus pénétrant n'est en état ni d'expliquer, comme il doit l'être, le moindre des objets qui sont dans le monde, ni d'accorder les louanges qui sont dues au Créateur, à qui soient la gloire, l'honneur et l'empire dans tous les siècles des siècles. Ainsi soit-il.

SAINT JEAN CHRYSOSTOME. — Cet éloquent prélat, qu'on a nommé si justement *la bouche d'or*, naquit en 347 à Antioche, de famille noble et chrétienne. Sa mère lui enseigna elle-même la piété et le confia à d'illustres maîtres. Libanius lui enseigna la rhétorique. Après avoir, comme saint Basile, exercé la profession d'avocat, touché par la grâce, il fut fait d'abord lecteur dans l'Église d'Antioche. Son humilité, menacée de l'épiscopat, chercha un refuge dans la solitude et dans les austérités; mais l'état de sa santé l'obligea bientôt de revenir à Antioche; saint Mélèce l'ordonna diacre et le chargea de la prédication. Sa renommée d'orateur se répandit dans tout l'Orient, et l'on sait qu'il désarma la colère de Théodose allumée contre ses concitoyens par une émeute. Au commencement de l'an 398, il fut élevé par Eutrope, à la place de Nectaire, au siége patriarcal de Constantinople, dignités dans lesquelles ses vertus jetèrent le plus brillant éclat. On le voit, en effet s'astreindre à toutes les privations pour soulager un plus grand nombre de pauvres, fonder des hôpitaux, réformer le clergé, convertir les ariens et multiplier ses enseignements au peuple. Eutrope, qui lui avait conféré ces hautes dignités, crut s'être fait un complaisant et un instrument d'ambition dans saint Chrysostome; désabusé par la vertu et la fermeté du patriarche, il le disgracia; et cependant, quand le ministre d'Arcadius fut lui-même renversé et menacé de mort par le peuple furieux, quand il chercha un asile dans l'église Sainte-Sophie, ce fut ce même prélat qui maintint, par son influence et ses énergiques discours, le droit d'asile qu'Eutrope lui-même avait voulu supprimer.

Nous ne raconterons pas ici la haine de l'impératrice Eudoxie, la rivalité jalouse de Théophile, le patriarche d'Alexandrie, la longue lutte de la passion et de l'intrigue contre la probité et la vertu : les ennemis de saint Jean parvinrent à obtenir son exil de l'empereur Arcadius. Relégué d'abord auprès du mont Taurus, le bruit de ses bonnes œuvres réveilla l'envie, qui le fit transférer cette fois dans un lieu désert sur les bords du Pont-Euxin. Il succomba en route à la fatigue de l'âge et aux rigueurs de ses gardiens, l'an 407; il était âgé de 60 ans.

Saint Jean Chrysostome a écrit des homélies nombreuses, des traités dogmatiques et moraux, des panégyriques, un traité et deux discours sur l'excellence de la virginité. Il a exposé et éclairé les dogmes et les mystères les plus élevés; il a enseigné avec force et onction les principes de la morale. Sobre d'ornements, il reste toujours grand, pur et harmonieux; simple et sans affectation, il sait descendre à la portée de toutes les intelligences. On l'a appelé le *Cicéron de l'Évangile*. « L'éloquence de Chrysostome, dit Villemain, a sans doute, pour les modernes, une sorte de diffusion asiatique. Les grandes images empruntées à la nature y reviennent souvent. Son style est plus éclatant que varié; c'est la splendeur de cette lumière éblouissante et toujours égale, qui brille sur la campagne de la Syrie. Toutefois, en lisant ses ouvrages, on ne peut se croire si près de la barbarie du moyen âge. On se dit : La société va-t-elle renaître sous un culte nouveau et remonter vers une époque supérieure à l'antiquité sans lui ressembler? Le génie d'un grand homme vous a fait cette illusion.

Vous regardez encore, et vous voyez tomber l'empire démantelé de toutes parts. »

HOMÉLIE SUR LE RETOUR DE L'ÉVÊQUE FLAVIEN
(Exorde.)

Cette parole qui commence tous mes discours dans les temps difficiles, frères affectionnés, sera mon exorde aujourd'hui encore; et je dirai avec vous : Louange à Dieu qui ramène encore cette fête sainte (1) pour combler notre allégresse, qui rend la tête au corps, le pasteur aux brebis, le maître aux disciples, le général aux soldats, le pontife aux prêtres ! Louange à Dieu, qui dans sa bonté nous accorde ses biens au delà de nos vœux et de notre espérance !

En effet, nous ne souhaitions qu'une chose dans nos prières : la délivrance des maux qui nous assiégent en ce moment; mais ce Dieu, l'ami des hommes, dont les largesses dépassent toujours nos demandes, ce Dieu nous rend encore notre père, et plus tôt que nous n'osions l'espérer. Nous attendions-nous qu'il faudrait si peu de jours pour aller parler au prince, dissiper tous les orages et revenir nous joindre assez tôt pour devancer et célébrer avec nous la Pâque sainte? Eh bien! cette joie inespérée nous a été donnée : nous avons retrouvé notre père, et notre bonheur s'accroît encore de son retour inattendu. Ah! pour tant de biens, remercions-le, ce Dieu plein de miséricorde; admirons sa puissance, sa bonté, sa sagesse, et la protection dont il entoure cette cité. En vain le démon espérait la perdre à jamais en lui inspirant une criminelle audace; Dieu s'est servi de la ruse pour glorifier et pour grandir et la cité, et le prêtre, et le prince.

La gloire de la cité, c'est d'avoir en ce danger pressant négligé l'appui des puissants et des riches, le crédit des grands auprès du prince; c'est d'avoir cherché son refuge dans l'Église, dans le prêtre de Dieu; d'avoir cru avec foi et espéré le secours d'en haut. Et, après le départ de notre père commun, quand on cherchait à effrayer les prisonniers en leur peignant l'empereur inflexible, aigrissant sa colère, décidant la destruction de la ville, accumulant menaces sur menaces, aucun d'eux ne se laissait effrayer par ces bruits; mais, si nous leur affirmions que ces rumeurs étaient mensongères, qu'elles étaient des ruses de l'ennemi jaloux d'abattre leur sainte confiance : « Nous n'avons pas besoin, disaient-ils, d'être consolés par des paroles, nous savons en quelles mains nous nous sommes remis dès le principe, sur quel espoir nous comptons. L'ancre sainte fera notre salut; car ce n'est pas à un homme, mais au Tout-Puissant que nous l'avons remis. Oui, notre épreuve aura une heureuse issue, et il n'est pas possible que notre espérance soit confondue jamais. » Une telle confiance ne vaut-elle pas pour la cité plus que des milliers de couronnes et de louanges? N'attirera-t-elle pas sur nous pour le reste toute la bienveillance de Dieu? Car ce n'est pas le fait d'une âme ordinaire de conserver toute sa sérénité au milieu des épreuves, de ne tenir compte des ressources humaines, et de n'aspirer qu'à l'alliance céleste.

Si la cité s'est rendue glorieuse, le prêtre ne s'est pas moins honoré. Il a fait pour tous le sacrifice de sa vie; et, malgré tant d'obstacles, l'hiver, l'âge, cette solennité, sa sœur près de rendre le dernier soupir, il a voulu courir en avant, et il ne s'est pas dit : Quoi! une sœur me reste, qui porte avec moi le joug du Christ, qui a partagé si longtemps ma demeure; elle va mourir, et je l'abandonnerais! je ne recueillerais pas son dernier souffle et ses dernières paroles! Chaque jour elle demandait qu'un frère lui fermât les yeux et les lèvres, l'ensevelît et lui rendît les derniers devoirs; et maintenant,

_____
(1) La Pâque.

seule et sans protection, elle ne recevra rien de ce frère, dont elle attendait
tout; elle exhalera son âme sans avoir revu celui qu'elle appelle de tous ses
vœux. Ce sacrifice ne sera-t-il pas pour elle plus douloureux que mille morts?
Éloigné d'elle, n'aurais-je pas tout laissé, tout souffert, pour accourir et lui
donner cette satisfaction? Je suis près d'elle aujourd'hui, et je vais partir, et
je vais l'abandonner! Comment pourra-t-elle supporter mon absence? Non,
il ne l'a pas dit, il ne l'a même pas pensé; mais, plaçant la crainte de Dieu
au-dessus des liens du sang, il a bien senti que, si la tempête est l'épreuve du
pilote, le danger celle du général, le malheur devait être celle du prêtre.
« Les Juifs, les gentils, tous ont les yeux tournés vers nous; n'allons pas
trahir leur confiance. Ne restons pas indifférents à ce grand naufrage; re-
mettons à Dieu le soin de ce qui nous regarde, et donnons même notre vie,
s'il le faut. » Voyez tous la grandeur d'âme du prêtre et la bonté de Dieu : il
lui a été donné de jouir de tout ce qu'il avait sacrifié, et non-seulement il a
reçu le prix de son dévouement, mais la jouissance a été d'autant plus vive
qu'il avait plus désespéré. Pour nous sauver, il avait consenti à célébrer la
Pâque sur la terre étrangère, loin de nous; Dieu nous l'a rendu avant la fête,
et sa résignation a reçu pour récompense une joie plus complète. La rigueur
de la saison ne l'avait pas arrêté; son voyage a été favorisé d'un véritable
temps d'été. Il n'avait tenu compte de son âge; il a pu parcourir cette route
avec facilité, comme un jeune homme ardent et plein de vigueur. Il a voulu
oublier la fin prochaine de sa sœur, cette pensée n'a pas amolli son courage;
il l'a retrouvée vivante à son retour, il a recouvré tout ce dont il avait cru
faire le sacrifice.

Voilà comment le prêtre s'est glorifié devant Dieu et devant les hommes.
Apprenez maintenant comment le prince a su tirer plus d'éclat de ses actions
que de son diadème. D'abord il a démontré avec évidence qu'il accorde à un
prêtre ce qu'il refuserait à tout autre : il a fait grâce, il a imposé sur-le-
champ silence à son courroux. Mais je veux vous rendre plus manifestes et
la magnanimité du prince et la sagesse du prêtre, et, avant tout, la clémence
de Dieu, si vous me permettez de vous rapporter les paroles qui furent prononcées en cette circonstance...

HOMÉLIE EN FAVEUR D'EUTROPE [1]

C'est maintenant surtout que nous pouvons répéter cette vérité éternelle :
Vanité des vanités, tout est vanité. Où sont à cette heure les brillants insignes
du consulat? Où sont les torches étincelantes et ces acclamations, ces danses,
ces festins, ces assemblées de fêtes? Où sont les couronnes et les tentures,
le bruit de la ville, les triomphes du cirque, les flatteries des spectateurs?
Tout a disparu; un vent terrible a soufflé, il a emporté les feuilles, il nous a
fait voir l'arbre dépouillé et ébranlé dans ses racines; et son char impétueux,
le menaçant de sa ruine, a fait frémir jusqu'à ses dernières fibres. Où sont les
faux amis et l'orgie des festins et ces essaims de parasites, et ces flots de vin
répandu et ces raffinements de bonne chère, et ces complaisants du pouvoir,
dont les actions et les paroles sollicitent la faveur? Tout cela n'était que
ténèbres, que songes : le jour est venu et tout s'est dissipé; c'étaient des
fleurs du printemps; le printemps a passé et toutes se sont flétries; une
ombre, elle s'est enfuie; une fumée, elle s'est évanouie; des bulles légères,
elles se sont crevées; une toile fragile, elle s'est déchirée. Nous ne pouvons
donc nous lasser de répéter cette parole de l'Esprit-Saint : *Vanité des vanités,
tout est vanité.* Cette parole, il faut l'écrire partout, sur nos murailles, sur
nos vêtements, sur les places, sur nos maisons, sur les chemins, sur nos

_____

(1) M. Sommer.

portes, et surtout gravons-la dans nos cœurs pour la méditer éternellement. Oui, puisque la plupart prennent pour des vérités tous ces mensonges, ces masques hypocrites, on devrait, chaque jour, à chaque repas, matin et soir, dans tous les entretiens, se redire les uns aux autres ces mots : *Vanité des vanités, tout est vanité.*

Ne te disais-je pas sans cesse que la richesse était fugitive? Mais tu ne m'écoutais pas. Ne te disais-je pas que c'est un serviteur ingrat ? Mais tu ne voulais pas me croire; et voilà que l'expérience t'a montré qu'elle n'est pas seulement fugitive et ingrate, mais homicide; car c'est elle qui te fait pâlir et trembler aujourd'hui. Ne te disais-je pas, lorsque tu me reprochais de te faire entendre la vérité, que je t'aimais plus que tes courtisans, que mes censures te marquaient plus d'attachement que leurs flatteries, qu'un ami qui frappe vaut mieux qu'un ennemi qui embrasse ? Si tu avais enduré mes coups, leurs caresses n'auraient pas enfanté pour toi la mort; car mes blessures ramènent la santé, et leurs embrassements ont engendré un mal incurable. Que sont devenus tes échansons et ceux qui écartaient la foule sur ton passage et chantaient partout tes louanges? Ils se sont enfuis, ils ont renié ton amitié, ils cherchent leur sécurité dans tes angoisses. Nous, nous ne nous sommes pas retirés devant ta colère , et maintenant que tu es tombé, nous t'entourons et te protégeons. L'Église, que tu as combattue, t'ouvre son sein et t'y reçoit; les théâtres, que tu favorisais, et qui tant de fois nous ont attiré tes emportements, t'ont trahi et t'ont perdu. Cependant nous ne nous lassions pas de te le dire : que fais-tu ? tu te déchaines contre l'Église, et te précipites dans l'abîme : rien ne pouvait t'arrêter. Les cirques, qui ont dévoré tes richesses, ont aiguisé le glaive; et l'Église, après avoir tant souffert de ta colère imprudente, court et s'empresse pour t'arracher au glaive.

Je ne dis pas ceci pour mettre sous mes pieds celui qui est tombé, mais pour garantir de la chute ceux qui restent debout; je ne veux pas faire saigner les plaies du blessé, mais rendre inaltérable la santé de ceux qui sont encore sans blessure; je ne veux pas abîmer dans les flots le malheureux qui se noie, mais enseigner ceux que le vent favorise, et les préserver du naufrage. Comment y réussir? C'est en se pénétrant de l'instabilité des choses humaines. S'il avait su la craindre, il n'en aurait pas été victime; mais, puisqu'il n'a su ni trouver la sagesse en lui même, ni l'apprendre des autres, vous du moins, qui vous enflez de vos richesses, songez à profiter de son malheur, car rien n'est moins sûr que les choses humaines. De quelque façon qu'on veuille exprimer le peu qu'elles sont, on restera toujours au-dessous de la vérité; on a beau les appeler fumée, paille légère, songe, fleurs printanières, elles sont périssables et plus néant que le néant même. Il paraît bien, par cet exemple, qu'outre leur peu de valeur elles sont encore entourées d'abîmes. Qui s'est élevé plus haut que lui ? N'a-t-il pas été le plus riche des hommes ? N'a-t-il pas monté au faîte des honneurs? Tout le monde n'a-t il pas tremblé devant lui? Mais voilà qu'il est devenu et plus malheureux qu'un captif, et plus misérable qu'un esclave, et plus dépourvu de tout que le pauvre consumé par la faim, voyant chaque jour des glaives aiguisés contre lui, et un gouffre, et des bourreaux, et l'appareil de sa mort; il ne sait même pas s'il a joui de cette ancienne fortune; que dis-je ? ses yeux ne voient plus la lumière, et au milieu du jour, plongé dans une nuit épaisse, emprisonné dans ces murs, il a perdu la vue. Mais non, malgré tous mes efforts, je ne pourrais vous faire voir dans ces paroles les souffrances de celui qui s'attend à toute heure à être mis en pièces. Eh! qu'est-il besoin ici de discours, puisqu'il vous a présenté lui-même un tableau vivant de ses tortures? Hier, lorsque les soldats du palais vinrent pour l'entraîner de vive force, lorsqu'il courut se réfugier près des vases sacrés, son visage était livide et il conserve maintenant encore toute la pâleur d'un

cadavre; ses dents s'entre-choquaient violemment, tout son corps tremblait,
sa voix était entrecoupée, sa langue paralysée, et tout en lui montrait assez
que son âme était devenue de pierre. Et je parle ainsi, non pour l'outrager
ni pour insulter à son malheur, mais pour toucher vos âmes et les entraîner
à la pitié, pour que vous restiez satisfaits de la punition qu'il a déjà subie.

Je sais qu'il est parmi nous des cœurs assez inhumains pour me blâmer de
l'avoir accueilli au pied de l'autel; c'est pour fléchir leur dureté par cette
peinture que j'expose ici ses souffrances. Mon frère, je vous prie, pourquoi
vous irriter? C'est parce que, dit-il, celui qui, sans relâche, a combattu
l'Église, a trouvé en elle un refuge. Mais au contraire, voici une grande occasion de glorifier Dieu, qui a permis qu'il tombât dans une telle extrémité
pour apprendre à connaître la puissance et la bonté de l'Église : sa puissance,
car ce sont ses luttes contre elle qui lui ont préparé une si grande catastrophe; sa bonté, car, malgré ses outrages, maintenant elle le couvre de son
bouclier, elle l'a reçu sous ses propres ailes; elle l'a mis à l'abri de tout danger; elle n'a pas voulu se souvenir de sa conduite passée et lui a ouvert son
sein avec une inépuisable tendresse... De quelle indulgence seriez-vous dignes si, quand le prince oublie les injures qu'il a reçues, vous qui n'avez pas
les mêmes sujets de plainte, vous montrez un tel ressentiment? Comment,
au sortir de cette assemblée solennelle, oseriez-vous participer aux saints
mystères et réciter cette prière qui nous fait dire : « Pardonnez-nous nos offenses comme nous pardonnons à ceux qui nous ont offensés, » si vous ré-
clamez la punition de l'offense? Il a abusé de son pouvoir, il vous a outragés?
Nous ne le nierons pas; mais c'est ici le moment non de juger, mais de plaindre; non de demander des comptes, mais d'user d'humanité; non de condamner et de punir, mais d'avoir pitié et de faire grâce. Point de colère,
point de haine, mais plutôt prions le Dieu de miséricorde de prolonger ses
jours, de l'arracher à la mort qui le menace, de lui laisser expier ses fautes;
allons tous trouver le clément empereur, et, au nom de l'Église, au nom de
l'autel, supplions-le d'accorder à la table sainte la grâce de ce seul homme.
Le prince sera sensible à notre démarche, et Dieu, qui est au-dessus de lui,
satisfait de notre humanité, nous la payera un jour au centuple. Car, de même
qu'il se détourne avec courroux de l'homme dur et inhumain, de même il
chérit et regarde l'homme compatissant et charitable; si celui-ci est un juste,
il lui prépare des couronnes plus glorieuses; mais, s'il est pécheur, il oublie
et lui remet ses fautes, en retour de sa tendresse pour son semblable. « C'est
de la charité qu'il faut m'offrir, dit-il, et non des sacrifices. » A chaque page
des Écritures vous voyez les mêmes préceptes, c'est toujours par la charité
que le pécheur rachète ses fautes. Attirons donc par elle, nous aussi, la bonté
divine sur nous, effaçons nos péchés et honorons l'Église; par elle nous mé-
riterons, comme je vous l'ai déjà dit, les éloges du Souverain, et tout le peuple applaudira, et jusqu'aux dernières limites de la terre on admirera la
magnanimité et la douceur de notre cité, et tous les peuples, en l'apprenant,
la célébreront à l'envi. Pour nous assurer de la possession de tous ces biens,
prosternons nous, invoquons, implorons, arrachons aux dangers qui l'environnent le captif, le fugitif, le suppliant, afin que nous obtenions aussi les
jouissances de la vie future, par la grâce et la miséricorde de Notre-Seigneur
Jésus-Christ, à qui appartient la gloire et la toute-puissance, maintenant et
à jamais, et dans tous les siècles des siècles. Ainsi soit-il.

Saint Éphrem naquit à Nisibe en Syrie, vers 370, de parents qui
avaient confessé la foi sous le règne de Dioclétien. Dès l'âge de
dix-huit ans, il se retira dans la solitude; et ce ne fut qu'à un âge
assez avancé déjà qu'il vint à Édesse, où il se livra avec le plus

grand succès à la prédication. Il eut particulièrement à lutter contre les hérésies de Manès et d'Apollinaire. Il mourut vers l'an 380. Ses œuvres se composent surtout d'homélies prononcées à Édesse, et de commentaires sur la sainte Écriture; elles sont écrites en grec, en latin et en syriaque. Son style est éclatant et facile, sa pensée est toujours nerveuse et profonde : saint Grégoire de Nysse déclare qu'il entraînait tous les esprits, et que lui-même était touché jusqu'aux larmes par cette sublime parole. Nous empruntons à Villemain la traduction d'un fragment détaché d'une homélie de saint Éphrem.

Le Seigneur a dit avec vérité : « Mon joug est léger. » Quel facile travail en effet que de remettre à notre frère les offenses qu'il nous a faites, offenses souvent frivoles, de lui accorder quelque chose du nôtre et à ce prix d'être justifié! Dieu ne vous a pas dit : « Amenez-moi de riches offrandes, des bœufs, des chevreaux; » ou bien : « Apportez-moi vos jeûnes et vos veilles.» Vous auriez pu répondre : « Je n'ai pas ou je ne puis pas.» Il vous a prescrit ce qui était facile et sous votre main; il vous a dit : « Pardonne à ton frère ses fautes, et je te pardonnerai les tiennes. Tu lui remets une petite dette, quelques oboles, quelques deniers; moi je te remets des milliers de talents. Tu lui fais grâce de peu de chose; tu ne lui donnes rien de plus; moi, je te remets ta dette, et je te donne la santé de l'âme et la béatitude. Je n'accepte ton présent que lorsque tu es réconcilié avec ton ennemi, que tu n'as pas laissé le soleil se coucher sur ta colère et que tu es en paix et en charité avec tous : alors ta prière sera bienvenue, ton offrande accueillie, ta maison bénie et toi-même heureux. Mais, si tu n'es pas réconcilié avec ton frère, de quel front me demanderas-tu indulgence et pardon? Comment oses-tu m'offrir des prières, un sacrifice, des prémices, quand tu gardes inimitié contre quelqu'un? De même que tu te détournes de ton frère, ainsi je détournerai les yeux de tes prières et de tes dons. »

SAINT ÉPIPHANE. — Ce Père de l'Église naquit au commencement du IVe siècle en Palestine, et passa dans les déserts de l'Égypte les premières années de sa vie. Nommé ensuite évêque de Salamine, en Chypre, il s'y rendit illustre par ses aumônes et son attachement à l'Église, qu'il défendit contre les ariens et les origénistes. Saint Épiphane est le seul évêque catholique qu'ait épargné la persécution arienne. Il mourut fort âgé. Ses ouvrages sont : le *Panarium*, écrit contre les hérétiques; l'*Anchora*, exposition de la foi catholique, des lettres et des traités. Bien que nous ne trouvions plus dans cet orateur la pureté du style, l'élévation de pensées des Basile et des Chrysostome, on rencontre encore dans ses écrits quelques belles pages; nous emprunterons celle qui suit au *Tableau de l'éloquence chrétienne au IVe siècle*, par Villemain.

Lorsque ces demeures fermées et sans soleil (1), ces cachots, ces cavernes, eurent été tout à coup saisis par l'éclatante venue du Seigneur avec sa di-

(1. Les lieux bas de la terre

vine armée, Gabriel marchait en tête, comme celui qui a coutume de porter
aux hommes les heureuses nouvelles, et sa voix forte, telle que le rugissement d'un lion, adresse cet ordre aux puissances ennemies : « Enlevez les
portes, vous qui êtes les commandants ; » et du même coup un chef s'écrie :
« Levez-vous, portes éternelles. » Les Vertus dirent à leur tour : « Retirez-
vous, gardiens pervers ; » et les Puissances s'écriaient : « Brisez-vous, chaînes indissolubles ; » puis une autre voix : « Soyez confondus de honte, implacables ennemis ; » puis une autre : « Tremblez, injustes tyrans. » Alors,
comme par l'éclat de l'invincible armée du roi tout-puissant, un frisson,
un désordre, une terreur lamentable tomba sur les ennemis du Seigneur ; et
pour ceux qui étaient dans les enfers, à la présence inattendue du Christ, il
se fit soudain un refoulement des ténèbres sur l'abîme, et il semblait qu'une
pluie d'éclairs aveuglait d'en haut les puissances infernales qui entendaient
retentir, comme autant de coups de tonnerre, ces paroles des anges et ces
cris de l'armée : « Enlevez les portes à l'avant-garde, et ne les ouvrez pas ;
enlevez-les du sol ; arrachez-les de leurs gonds ; transportez-les, pour qu'elles ne se referment jamais. Ce n'est pas que le Seigneur ici présent n'ait la
puissance, s'il le veut, de franchir vos portes fermées ; mais il vous ordonne,
comme à des esclaves rebelles, d'enlever ces portes, de les démonter, de les
briser. Il ordonne, non pas à la tourbe, mais à ceux qui commandent parmi
vous, et il dit : « Enlevez les portes, vous qui êtes les chefs ; voici le Christ.
Aplanissez la voie à celui qui s'élève sur l'abaissement des enfers. Son
nom est le Seigneur. Il a passé à travers les portes de la mort ; elles sont
pour vous une entrée. Il vient en faire une issue. Ne tardez pas ; si vous
résistez, nous ordonnons aux portes de se lever d'elles-mêmes. Levez-vous,
portes éternelles. » En même temps les puissances ennemies s'écrièrent.
En même temps les portes éclatèrent, les chaînes se brisèrent, les fondements des cachots s'ébranlèrent ; et les puissances ennemies se renversè-
rent, s'embarrassant l'une l'autre et s'entre-criant le désespoir et la fuite. Elles
frissonnaient, elles tressaillaient ; elles couraient égarées, elles s'arrêtaient ;
elles tremblaient et elles disaient : « Quel est ce roi de gloire, quel est ce
puissant qui accomplit de si grandes merveilles ? Quel est ce roi de gloire,
qui fait dans les enfers ce que n'ont jamais vu les enfers ? Quel est celui qui
brise notre force et notre audace et retire d'ici ceux qui dormaient depuis le
commencement des âges. » Les Vertus du Seigneur répondaient : « Vous voulez savoir, méchants, quel est ce roi de gloire ? C'est celui qui vous a chassés
des voûtes célestes, et vous a précipités, faibles et injustes tyrans. C'est celui qui vous a proscrits et vous mène en triomphe à sa suite ; c'est celui qui
vous a vaincus, condamnés aux ténèbres, et jetés dans l'abîme. Ainsi, ne
tardez pas à nous amener les malheureux que vous avez tenus captifs jusqu'à ce jour. Votre empire est détruit. »

Il nous reste à nommer seulement (en regrettant de ne pouvoir
citer aucun passage de leurs écrits, moins illustres que ceux des
précédents orateurs, mais encore riches en beautés) Synésius,
dont nous nous sommes occupés déjà dans l'histoire de la poésie
lyrique ; Théodoret, évêque de Cyr, en Asie ; saint Nil, ami de
saint Jean Chrysostome ; saint Astère, archevêque d'Amasie. Les
limites de cet ouvrage nous imposent une réserve de citations que
nous ne subissons pas sans peine.

LIVRE TROISIÈME

HISTORIENS

—

CHAPITRE PREMIER

DE L'HISTOIRE

Définition. — L'histoire est l'étude, la connaissance et le récit des faits qui intéressent l'humanité. Or ces faits touchent à Dieu à la nature, à l'homme lui-même ; c'est dire que leur étendue est immense, et qu'on pourrait renfermer, sous la définition de l'histoire, la science universelle. Ainsi l'histoire qui s'occupe de Dieu, renferme dans son cadre les mystères, les miracles, les rites, les lois, la discipline, les prophéties et les annales de la religion ; celle qui traite plus particulièrement de la nature, et qu'on nomme histoire naturelle, a formé une science à part, pleine d'attraits et féconde en objets d'admiration, reliant sans cesse la pensée humaine au créateur des merveilles qu'elle surprend ; enfin celle qui embrasse, à travers la suite des siècles, toutes les variations qu'a subies la condition des hommes, celle qui est appelée histoire par excellence, celle dont nous nous occupons en ce moment.

L'histoire, dans cette définition plus restreinte, a encore une immense portée, un domaine sans limite, puisque, indépendamment des guerres, des traités et des révolutions des peuples, elle envisage encore les législations, les institutions politiques, les traditions, la renommée, les mœurs, les religions, les arts, les lettres et les sciences. Nulle existence, si longue qu'on la suppose, nul génie, si vaste qu'il soit, n'embrasserait jamais dans un récit complet la compréhension de l'histoire des peuples ainsi conçue. Chaque homme, curieux d'histoire, ne soulève guère jamais qu'un coin du voile qui couvre ce tableau, et il apporte ses soins particuliers et son attention à ce détail unique. De là sont nées les différentes sortes d'histoires, mieux étudiées parce qu'elles sont moins larges, parties d'un tout majestueux que le regard seul de l'esprit est appelé à saisir dans son ensemble.

Division. — L'histoire a deux classifications, selon qu'on la considère sous le rapport de l'étendue ou sous le rapport de la méthode. 1° Sous le rapport de l'étendue du sujet, l'histoire est universelle, générale, particulière. Elle est dite *universelle*, si elle traite de tous les événements qui ont eu la terre entière pour théâtre, soit qu'elle passe en revue successivement tous les siècles depuis l'origine du monde, soit qu'elle s'impose une limite et ne raconte que les faits propres à un siècle ou à plusieurs siècles. On la nomme *générale*, quand, prenant un peuple à sa naissance, elle parcourt sa vie tout entière sans interruption jusqu'à sa mort. Elle est *particulière*, lorsqu'elle n'aborde qu'une période déterminée de l'existence d'une nation; ou bien encore, lorsqu'elle s'attache à n'étudier qu'un certain ordre de faits. De ce dernier genre sont les histoires des législations, des lettres, des sciences, des monuments; les histoires des guerres, des conquêtes, des révolutions; l'histoire morale, l'histoire politique, l'histoire judiciaire, l'histoire religieuse, l'histoire militaire, etc. On peut introduire un quatrième genre, qui n'est cependant qu'une dérivation de l'histoire particulière, et qu'on peut appeler histoire *singulière et personnelle;* c'est celle qui n'a pour objet qu'une action, un siége, une bataille, une négociation, une conspiration, un voyage, ou bien la vie d'un seul individu : elle prend alors le nom de biographie. 2° Sous le rapport de la méthode, l'histoire se nomme chronologique ou descriptive, narrative ou politique. *Chronologique,* elle donne l'ordre des temps pendant lesquels les faits se sont produits : moins vive, moins attachante alors, mais plus précise, elle a cependant un grand prix pour l'homme sérieux, et, sous une plume habile, elle peut offrir encore un puissant intérêt. *Descriptive,* elle se plaît à peindre les catastrophes, les triomphes, les grands accidents : elle donne des tableaux en même temps que des récits; elle instruit et charme à la fois l'enfance et même la jeunesse. *Narrative,* elle expose simplement les événements, sans ornement, sans digression, sans réflexions; cette manière n'exclut pas néanmoins l'élégance et les agréments du style. *Philosophique* enfin, elle recherche les causes, elle constate les résultats; elle démontre l'influence des passions humaines et signale l'action de la Providence : c'est l'histoire raisonnée qui, malheureusement, sacrifie trop souvent au désir de flatter ou de combattre les passions du moment.

Cette division de l'histoire, pour être complète, exige une mention des récits moins réguliers, qui ouvrent cependant à la véritable histoire une mine riche et inépuisable. Ce sont les annales calculées comme celles des Grecs par les olympiades, ou comme les fastes consulaires des Romains, énonçant les faits par année et par période; les chroniques, détail et exposé des événements, écrits par des contemporains; enfin les mémoires, dans lesquels un personnage, mêlé à l'histoire politique de son temps, fait le récit de ses actes personnels et des impressions qu'il a ressenties en présence des choses et des hommes qu'il a rencontrés.

BUT ET MORALITÉ DE L'HISTOIRE. — « Le but de l'histoire, dit Laurentie, est la connaissance réfléchie des actes de l'humanité; c'est là ce qui en fait la plus morale et la plus élevée des sciences. Ajoutons qu'envisagée de cette sorte, l'histoire est une science exclusivement chrétienne. Pour le génie païen, en effet, l'histoire n'est qu'un tableau. Ce tableau est magnifique; les sujets en sont variés et dramatiques, le moraliste y puise des leçons, le politique des exemples, le poëte des émotions; mais toute pensée supérieure échappe au philosophe; l'humanité semble errer à l'aventure sur une mer sans rivages : le christianisme seul découvre et suit le secret de sa marche. L'antiquité, toutefois, ne manque pas d'admiration pour l'histoire. Cicéron surtout parle d'elle avec enthousiasme : « Elle est, dit-il, le témoin des temps, la lumière « de la vérité, la vie de la mémoire, la maîtresse de la vie, la mes- « sagère de l'antiquité. » (*De Orat.* lib. II.) Partout il la recommande comme une inspiration naturelle de l'éloquence. « C'est « être toujours enfant, dit-il, que d'ignorer ce qui est survenu « avant notre entrée dans la vie; et qu'est-ce d'ailleurs que la vie « de l'homme, lorsqu'elle n'offre pas l'heureux ressouvenir des « choses anciennes et des âges passés? La mémoire de l'antiquité « et le choix des exemples donnent à la fois au discours du charme « et de l'autorité. »

« Et ailleurs : « Il y a quelque chose d'imposant dans les vieux « souvenirs, dans les monuments et dans les lettres; et ainsi les « exemples de l'histoire sont pleins de grandeur, de dignité, de « solennité; ils ont à la fois une autorité merveilleuse pour con- « vaincre, et une grâce charmante pour captiver l'auditeur. » (*Act.* IV *in Ver.*) Mais là s'arrête le génie ancien; il se passionne à l'étude technique ou pittoresque des faits de l'histoire; il n'en pénètre pas la signification et n'en embrasse pas l'ensemble. »

L'histoire est avant tout une œuvre de conscience et de foi; non pas qu'elle doive se soustraire aux lois de la critique; au contraire, il faut lui interdire de passer froidement à côté du vice et de la vertu, sans condamner l'un, sans payer à l'autre un juste tribut. L'historien, dont le sens moral est complet, a sa règle d'après laquelle il juge et apprécie les faits; il ne prend parti pour personne; mais, équitable et inflexible, s'il évite à la fois l'éloge exagéré qui ressemble à la flatterie, le blâme trop chagrin qu'on attribue à la haine, ses jugements feront autorité, ses récits ne seront pas discutés, sa pensée deviendra la pensée des peuples.

La passion de l'enthousiasme et celle du dénigrement sont deux écueils sur lesquels échoue nécessairement toute la salutaire influence de l'histoire. Qu'elle loue les vertus et les talents des héros, elle est dans son rôle; mais il ne faut pas que la gloire dont ils rayonnent lui fasse jamais dissimuler leurs vices ou leurs faiblesses. Qu'elle blâme l'iniquité, elle le doit; mais, si son titre de juge lui commande l'intégrité, il lui refuse l'exagération des reproches, la menace et l'insulte. Ce n'est pas la disposition favorable ou antipathique de l'historien qu'il s'agit de faire connaître, mais ce qui, dans la conduite des princes et des peuples, mérite l'admiration ou la flétrissure. Il faut que cet arrêt impartial et intègre, ce témoignage à la fois ferme et modéré que l'histoire formule sur ceux qui nous ont précédés, nous donne la mesure exacte de ce que nous pouvons attendre de la postérité pour nous-mêmes, si nous les imitons.

La loi morale de l'histoire est presque la loi naturelle : en sorte que ceux qui ne la respectent pas semblent être, de nécessité, ou des esprits faux, ou des cœurs corrompus. Respect et amour pour la religion, dévouement et attachement à la patrie, soutien des lois, honneur militaire, soumission et fidélité à l'autorité établie, bonne foi dans les relations, humanité dans la guerre : voilà les principes simples de la moralité de l'histoire, voilà le code d'après lequel il faut statuer sur la conduite des personnages historiques, avant de les proposer à notre blâme ou à notre louange. L'autre but moral de l'histoire, c'est de nous révéler l'action divine dans les faits humains. « Comme la divine Providence, dit saint Augustin, conduit non-seulement chaque homme par une action particulière, mais la totalité du genre humain par une action publique en quelque sorte, Dieu sait quelle est l'action propre à chacun et chacun la connaît aussi; mais, quant à l'action propre au genre humain, il a plu à Dieu de la révéler par l'histoire et par la prophétie. » Tout sage qui lit les récits de l'histoire, tout professeur qui les raconte, est tenu d'étudier et de suivre cette action de la Providence sur l'humanité. Le secret de cette étude est dû surtout à l'illustre Bossuet, qui l'a si admirablement fait connaître dans son immortel abrégé. « Comme la religion et le gouvernement politique, dit-il, sont les deux points sur lesquels

roulent les choses humaines, voir ce qui regarde ces choses renfermé dans un abrégé, et en découvrir, par ce moyen, tout l'ordre
et toute la suite, c'est comprendre dans sa pensée tout ce qu'il y
a de grand parmi les hommes, et tenir, pour ainsi dire, le fil de
toutes les affaires de l'univers. » Puis, en terminant : « C'est ainsi
que Dieu règne sur tous les peuples. Ne parlons plus de hasard ni
de fortune... Ce qui est hasard à l'égard de nos conseils incertains
est un dessein concerté dans un conseil plus haut, c'est-à-dire
dans ce conseil éternel qui renferme toutes les causes et tous les
effets dans un même ordre. De cette sorte, tout concourt à une
fin, et c'est faute d'entendre le tout que nous trouvons du hasard
ou de l'irrégularité dans les rencontres particulières. » Ainsi
l'étude de l'histoire doit ramener la pensée vers Dieu, qui, à travers des catastrophes, des révolutions, des déplacements, poursuit
son œuvre de sagesse et de bonté, et accomplit dans l'homme sa
pensée de conservation et de perfectionnement.

HISTORIENS GRECS. — ÉPOQUES. — La Grèce ne peut revendiquer l'invention de l'histoire : la gloire de cette invention appartient à Moïse ; mais, si ce genre demande du génie, de l'attention, un jugement net et sain, une grande sincérité, une bonne
foi parfaite, on peut dire avec vérité que ceux des Grecs qui l'ont
adopté ont, dès leur début, atteint au succès et fourni de riches
modèles à ceux qui devaient entreprendre le même travail après
eux. Hérodote, le père de l'histoire, est surtout le type de l'impartial historien ; et, quand il nous conduit avec lui dans les deux
mondes d'alors, l'Asie et l'Europe, il sait rendre justice à tous,
amis et ennemis, mettre en relief ce que les barbares font de bien,
et dire de dures vérités aux Grecs. Thucydide est le créateur de
l'histoire politique : exact, énergique et concis, il fait l'admiration
de Démosthène lui-même, qui le copia huit fois de sa main. Xénophon est à la fois témoin, acteur et historien ; on le lit avec confiance, à ces trois titres ; on le lit avec plaisir parce qu'il est doux,
gracieux et honnête. C'est le Fénelon des Grecs.

Avec moins de talents et de noblesse, mais avec une autorité au
moins aussi forte, apparaissent à la suite de ces illustrations Polybe, l'inventeur de l'histoire philosophique, l'écrivain favori des
grands capitaines ; Denys d'Halicarnasse, sévère critique, plus
digne de confiance que Tite-Live ; Diodore de Sicile, l'érudit ; Josèphe, qui a écrit avec énergie et élégance le plus saisissant des
drames (1) ; enfin Plutarque, auteur d'immortelles biographies qui
ont instruit et réjoui nos pères, et qu'estimeront encore nos en-

(1) Histoire des Juifs

fants. Les historiens qui arrivent plus tard méritent moins d'être
cités, bien qu'ils aient encore des droits à notre estime et souvent
à notre admiration; c'est Arrien, Appien, Dion Cassius, Hérodien,
etc., sources précieuses pour les travaux historiques des modernes curieux d'antiquité.

Lorsque le siége de l'empire romain est transporté à Constantinople, l'histoire, écrite par des Grecs, suit une pente de décadence toujours plus rapide; elle s'éteint elle-même, et plonge les
événements dans des ténèbres de plus en plus profondes. Zozime
jette encore une faible lueur; il a le don d'apprécier les faits, et
même de bien écrire; mais il trahit sa passion haineuse contre
les chrétiens. Après Zozime, nous ne trouvons plus qu'Eusèbe,
arien passionné et suspect; Procope, auteur de deux histoires,
dont il semble que la seconde soit la contradiction étudiée de la
première; et Agathias, et Zonaras, et Nicétas, et Nicéphore Grégoras, et tant d'autres après eux, dont on sait à peine les noms,
dont les érudits seuls connaissent les ouvrages.

Après une courte notice des logographes, nous aborderons les
historiens proprement dits, que nous classerons en trois catégories : 1° les historiens attiques (parce que Thucidyde et Xénophon étaient nés dans l'Attique); 2° les historiens gréco-romains;
3° les historiens byzantins.

Ce qu'on appelle logographies, ce n'était autre chose que le recueil en prose des faits traditionnels, des événements importants,
des monuments, des statues, des poëmes, etc. L'art n'est encore
pour rien dans ce genre de composition : on transmet par écrit le
fruit de ses observations, sans ordre et aussi sans critique. Il dut
se mêler beaucoup de fables au récit des logographes. Aucune lo-
gographie complète ne nous est parvenue. « Il faut nommer, dit
M. Geruzez, Hécatée de Milet et Hellanicus de Lesbos, dont on a
conservé quelques fragments. Hérodote, au début de son histoire,
mentionne Hécatée; et, quoiqu'il le combatte à plusieurs reprises,
cette mention exclusive est, pour le chroniqueur, un signe d'estime et un titre d'honneur. Hécatée avait composé deux ouvrages
importants, une *Periégèse,* ou tour du monde, travail exclusivement géographique, et, sous le titre de *Généalogies,* la suite des
faits héroïques et historiques. » Les autres logographes sont
Cadmus de Milet, le plus ancien de tous; Denys de Samos, auteur
d'une histoire de toute la Grèce; Acusilaüs d'Argos, généalogiste;
Charon de Lampsaque, qui composa une histoire de la Perse, une
de la Grèce, une de Crète et plusieurs autres ouvrages; Xanthus
de Sardes, historien de la Lydie; Hippys de Rhegium, celui de la
Sicile; enfin Damastès et Phérécyde de Léros.

CHAPITRE II

HISTORIENS ATTIQUES

HÉRODOTE. — Ce grand homme, qui devait être témoin des guerres médiques, naquit à Halicarnasse, en Carie, vers l'an 484 av. J.-C. Ce n'est donc pas rigoureusement un écrivain attique; mais il a sa place, dans cette illustre période, par son génie d'abord et par l'adoption que firent de lui les Athéniens. « Il était le neveu, dit M. E. de G., d'un célèbre poëte épique appelé Panyasis, que ses admirateurs comparaient à Homère, et dont l'exemple et les conseils purent exercer sur lui une influence remarquable. Inspiré à son tour par le sentiment de la gloire nationale, Hérodote résolut d'écrire la lutte des Grecs contre les Perses; mais, avant de remplir cette noble tâche, il n'hésite pas à entreprendre de longs voyages pour acquérir une connaissance exacte des peuples et des pays dont il aurait à parler. Il commença par l'Égypte, dont la description et l'histoire sont contenues dans le deuxième livre de son œuvre; de là il se rendit en Libye, comme le prouve la parfaite conformité de ses descriptions avec celles des voyageurs modernes. Après avoir séjourné aussi quelque temps à Tyr, et parcouru les côtes de la Palestine, il se rendit à Babylone, visita l'Assyrie, la Colchide, les Scythes, les Gètes, revint ensuite en Grèce par la Macédoine et l'Épire, et retourna enfin dans sa patrie. A Halicarnasse, l'autorité se trouvait entre les mains de Lygdanis, qui y avait établi le despotisme; Hérodote s'exila alors à Samos, tant à cause de sa haine pour le gouvernement nouveau, que pour éviter le sort de son oncle, victime de la tyrannie de Lygdanis.

« Là, l'historien commença à ordonner les matériaux qu'il avait recueillis, et termina la première partie de son ouvrage; mais, dévoué à sa patrie autant qu'à la science, il voulut renverser le pouvoir tyrannique des Lygdanis, et y réussit en effet. Malheureusement la chute de l'oppression amena la domination d'une aristocratie plus intolérable, et l'historien, qui ne voulut pas s'associer à cette nouvelle tyrannie, quitta sa ville natale pour aller s'établir dans l'intérieur de la Grèce. Le hasard voulut que, lors de son débarquement, on célébrât la 81ᵉ olympiade (432). Là, devant la multitude des Grecs venus à cette solennité, il lut un fragment de son histoire relatif à la lutte des Grecs contre les Perses. Des applaudissements unanimes accueillirent la lecture

de ces belles pages, et l'enthousiasme fut tel que le jeune Thucydide versa des larmes d'admiration. Ces témoignages flatteurs
furent pour Hérodote un puissant encouragement, et il continua
avec ardeur l'ouvrage commencé sous de si heureux auspices. Il
visita d'une manière plus attentive les parties de la Grèce qu'il
n'avait fait que parcourir à la hâte, recueillit des renseignements,
consulta les personnages les plus célèbres, et se mit en quête des
vérités historiques, avec une ardeur d'autant plus grande que
chez lui le patriotisme n'avait plus rien de local et d'exclusif.
Enfin, l'an 444 avant notre ère, douze années après son premier
triomphe, il lut son œuvre à la grande fête des Panathénées, et y
reçut une gratification de dix talents. Il accompagna ensuite une
colonie envoyée par les Athéniens à Thurium en Italie, où il passa
le reste de ses jours, s'occupant encore à retoucher et à compléter
son œuvre. Il mourut à l'âge d'environ 77 ans. Les Athéniens,
par reconnaissance, lui élevèrent un tombeau aux portes de leur
ville. »

L'histoire d'Hérodote est divisée en neuf livres, portant chacun
le nom d'une des Muses. En voici le plan. Après avoir brièvement
exposé les motifs qui ont armé l'une contre l'autre la Perse et la
Grèce, l'historien, qui veut passer en revue les derniers rois des
Perses, nous raconte d'abord le règne de Cyrus, et la guerre malheureuse qu'il eut à soutenir contre Crésus, roi de Lydie; puis il
termine la vie de Cyrus, et les règnes de Cambyse, Smerdis, Darius, pour aborder enfin les guerres médiques. Ces différents rois
ont tour à tour fait la guerre aux peuples existants d'Europe,
d'Asie et d'Afrique : Hérodote en profite pour nous décrire les
lois, les mœurs, les religions, les monuments des pays et des
nations qu'il mentionne, et faire rentrer l'histoire générale du
monde dans l'histoire particulière de la Perse. On attribue encore
à Hérodote une vie d'Homère, qui résume les traditions répandues
sur ce poëte; il avait écrit de plus une histoire d'Assyrie dont il
parle lui-même, mais qui n'a point paru.

Ce qui fait le charme de cet historien, c'est d'avoir su allier
dans son style la simplicité et la grandeur, la finesse et la dignité;
c'est de rester attachant dans ses récits les plus sérieux; et de plus
la science moderne a démontré que presque toutes ses assertions
sont vraies. Laissons parler M. Guignaut : « Dans Hérodote, dit-il,
on sent presque partout, non pas l'imitation, mais l'inspiration
d'Homère : même clarté, même simplicité, même abondance; un
peu diffuse quelquefois, mais pleine de naturel et d'harmonie;
même grâce naïve, même variété pittoresque dans les descriptions
comme dans les narrations. Quoique le but de l'histoire soit, chez
Hérodote, de raconter et de peindre; quoiqu'il juge rarement et se

livre peu aux réflexions générales, pourtant la vie intérieure des
hommes, qu'il met en scène, leurs motifs, les causes des événements, se révèlent par le mouvement même et la vérité du récit.
Il y sème, dans ce dessein, des discours, des dialogues; mais ces
discours ne ressemblent pas aux harangues étudiées de Thucydide, ces dialogues sont la simple exposition des faits avec leurs
principes et leurs conséquences : ils en contiennent la moralité et
quelquefois la philosophie : le mélange de tous ces éléments donne
à la narration d'Hérodote un caractère à la fois épique et dramatique. Tout vit dans ses tableaux, tout y est en action, tout
y reproduit la nature avec fidélité et énergie. » Nous allons donner
ici le canevas et des extraits du premier livre, *Clio*, lesquels suffiront pour faire connaître l'historien.

CLIO

(Qui a fait le premier la guerre aux Grecs? C'est Crésus, roi de Lydie.
Hérodote nous raconte l'histoire des descendants d'Atys, des Héraclides, des
Mermnades. Crésus, fils d'Alyatte, accueille Solon à sa cour et reçoit de lui
de sages conseils; il a la douleur de perdre son fils tué par Adraste. Crésus,
pour arrêter les progrès des Perses, songe à entreprendre la guerre contre
Cyrus; il envoie consulter les oracles, et en particulier celui de Delphes, dont
les réponses obscures le comblent de joie.)

Crésus, qui n'avait pas débrouillé le sens caché de l'oracle, allait partir en
Cappadoce. Au moment de marcher contre les Perses, un Lydien, déjà renommé comme sage, mais devenu dans la suite chez les Lydiens bien plus
illustre pour les bons conseils qu'il donna en cette circonstance, un Lydien
(il se nommait Sandanis) lui adressa ces avis : « O roi! les hommes contre
lesquels tu fais les préparatifs d'une expédition n'ont pour toute armure et
pour tout vêtement que des peaux de bête; ils mangent ce qu'ils ont et non
ce qu'ils voudraient avoir, parce que leur sol est peu fertile; ils n'usent
point de vin et ne boivent que de l'eau, ils se passent de figues et de toute
autre chose. Eh bien! si tu es vainqueur, que leur enlèveras-tu, à ces gens qui
ne possèdent rien? mais, si tu es vaincu, vois un peu les biens que tu vas
perdre! Quand ils auront goûté de nos douceurs, ils y tiendront et ne vou-
dront plus y renoncer. En vérité, moi, je remercie les dieux, qui n'ont pas
mis à l'esprit des Perses l'idée d'attaquer les Lydiens. » Voilà ce que dit Sandanis; mais il ne persuada pas Crésus.

(Hérodote raconte que Crésus fit alors appel aux Assyriens, aux Athéniens
et aux Lacédémoniens pour en obtenir des secours dans cette guerre, et il en
prend occasion, d'après sa méthode historique, de nous exposer l'histoire
des deux États de la Grèce les plus importants. Les Lacédémoniens du reste
n'envoient au roi de Lydie que des renforts trop tardifs. Après la bataille
douteuse de Stérie, et la victoire de Thymbrée, Cyrus commence le siége de
Sardes.)

Et voici comment Sardes fut prise. Lorsque arriva le quatorzième jour du
siége, Cyrus envoya des cavaliers au travers du camp pour proclamer qu'il
donnerait une récompense à celui qui le premier serait monté sur la mu-

raille. Aussi fit-on plusieurs tentatives, mais aucune ne réussit. Alors, au milieu du découragement général, un Marde, nommé Hyræade, tenta de grimper par un côté de la citadelle, où l'on n'avait pas placé de sentinelle : on ne croyait pas avoir à craindre que Sardes fût prise par ce côté-là, qui est à pic et qui semblait inexpugnable... Hyræade avait vu la veille un Lydien descendre du fort par ce chemin, ramasser son casque qui avait roulé d'en haut, puis remonter : c'est là-dessus qu'il fit ses réflexions et bâtit son plan. Il monta lui-même, et avec lui d'autres Perses, suivis bientôt d'un tel nombre, que Sardes à la fin fut prise et la ville entière pillée.

Pour Crésus, voici ce qui lui arriva. Il avait un fils, dont j'ai déjà parlé, d'un excellent cœur, mais muet. Dans les jours de la prospérité, il avait tout fait pour le guérir; par réflexion, il avait envoyé à Delphes consulter l'oracle à son sujet. La Pythie lui répondit : « Lydien, roi de peuples nombreux, Crésus insensé! ne souhaite pas d'entendre en ton palais la voix de ton enfant : cela vaudra bien mieux pour toi. Le jour où il parlera sera le premier jour de tes malheurs. » Le rempart forcé, un Perse s'en allait tuer Crésus sans le connaître. Or le prince le voyait bien venir; mais son malheur le rendait indifférent à tout, et il s'inquiétait peu d'être frappé et de mourir. Alors le jeune muet, témoin de l'attaque, brisa, par la force de l'épouvante et de la douleur, le lien qui retenait sa parole, et dit : « Homme, ne tue pas Crésus! » Ce furent là les premiers mots qu'il eut jamais prononcés, et il continua à parler le reste de sa vie.

Or, en s'emparant de Sardes, les Perses firent Crésus lui-même leur prisonnier..., et le menèrent à Cyrus. Ce prince le fit charger de chaînes et monter avec quatorze jeunes gens sur un grand bûcher... En ce moment critique le roi Lydien se ressouvint, comme d'un avertissement divin, de la pensée de Solon : « On ne peut se dire heureux, tant qu'on est en vie. » Frappé de cette réflexion, et sortant de son silence en poussant un profond soupir, il cria par trois fois : « Solon! » A ce cri, Cyrus fit demander par interprètes à Crésus à qui s'adressait cet appel. Crésus laissa d'abord la question sans réponse; mais enfin, contraint de parler : « A un homme, dit-il, dont l'entretien vaut mieux pour un roi que les plus grandes richesses. » Ces mots paraissant obscurs, on l'interrogea encore; et, cédant aux prières et à l'importunité, il leur dit : « Autrefois l'Athénien Solon est venu à ma cour, et il ne tint compte du spectacle magnifique que mes richesses lui offrirent; toutes ses paroles ont eu leur entier accomplissement, et cependant elles ne me regardaient pas plus que tout autre homme, pas plus surtout que tous ceux qui se figurent être heureux.» Et, pendant ce discours de Crésus, le feu prenait déjà aux extrémités du bûcher : Cyrus, apprenant de la bouche des interprètes la réponse de Crésus, rentra en lui-même; il songea qu'il était homme et qu'il allait brûler vivant un homme dont la fortune n'avait pas été inférieure à la sienne; il craignit d'en être puni, il se dit que les choses humaines n'ont rien de stable. Enfin il donna l'ordre d'éteindre promptement le feu et de faire descendre du bûcher Crésus et ses compagnons d'infortune; mais les plus grands efforts ne pouvaient surmonter les flammes.

Alors Crésus, disent les Lydiens, comprenant à la fois et le repentir de Cyrus, et l'impossibilité humaine d'éteindre le feu ou de s'en rendre maître, pousse un cri et invoque Apollon, le conjurant, si jamais les offrandes qu'il a reçues lui ont été agréables, de lui venir en aide, et de le sauver de ce péril imminent. Il mêlait des larmes à ses prières, quand tout à coup, malgré la pureté et la sérénité du ciel, les nuages s'amoncellent, la tempête éclate, une pluie abondante tombe et éteint le bûcher. C'est ainsi que Cyrus apprit combien Crésus était cher aux dieux et estimable ; et, dès qu'il fut descendu : « Crésus, lui dit-il, qui donc t'a conseillé de porter des armes ennemies sur mon territoire, au lieu d'être mon ami? — Prince, répondit Crésus, la cause en est à votre bonheur et à mon malheureux sort; mais le seul coupable est le dieu des Grecs, qui m'a poussé à cette expédition. Personne n'est assez fou pour préférer la guerre à la paix. Dans la paix, les enfants donnent la sépulture à leurs pères; dans la guerre, les pères la donnent à leurs enfants. Enfin, ç'a été la volonté des dieux que les choses se passassent ainsi. »

Cyrus, à ces paroles, le fit débarrasser de ses fers, et asseoir près de lui : et alors il l'entourait d'égards; il ne se lassait, ni lui ni ses courtisans, de le regarder avec admiration. Cependant, plongé dans ses réflexions, Crésus gardait le silence; quand', tournant la tête, il vit les Perses occupés au pillage de la ville : « Prince, dit-il, faut-il te communiquer la pensée qui me vient, ou dois-je me taire en l'état où je suis? — Dis-moi hardiment ce que tu veux, répondit Cyrus. — A quoi donc s'emploie avec tant d'ardeur cette multitude? — Elle pille ta capitale et enlève tes trésors. — Ce n'est ni ma ville, ni mes trésors qu'elle pille, car rien de tout cela ne m'appartient plus; ce qu'ils emportent, Cyrus, c'est ton bien. »

(La Lydie soumise, l'histoire des Lydiens terminée, « quel est donc ce Cyrus, se demande Hérodote, qui a détruit l'empire des Lydiens? » Et, reprenant les faits à partir de Déjocès, il raconte l'histoire des Mèdes jusqu'à Astyage qui, effrayé par un songe, fait épouser sa fille Mandane à un Perse illustre, nommé Cambyse. Un autre songe lui fait concevoir des craintes nouvelles, et l'engage à immoler l'enfant qui naîtra de sa fille.)

« Harpage, dit Astyage, exécute avec fidélité la mission que je te vais confier, et ne cherche pas à me tromper... Prends l'enfant de Mandane et emporte-le chez toi; là, tu le feras mourir et l'enseveliras comme tu le jugeras bon. — O roi, répondit Harpage, l'homme que tu vois n'a jamais rien fait, tu le sais, pour te déplaire; il se gardera de même de vouloir t'offenser dans la suite. Tu trouves à propos d'agir ainsi, mon devoir est de faire ce que je puis pour te contenter. » Ayant dit, il reçut l'enfant tout paré pour la mort, et s'en alla pleurant jusqu'à sa demeure. Là il répéta à sa femme son entretien avec Astyage : « Qu'as-tu l'intention de faire? dit celle-ci. — De ne pas exécuter les ordres du roi. Non, dussent sa colère et sa fureur s'enflammer encore davantage, non, je ne puis souscrire à un tel désir, je ne puis commettre ce meurtre : et ce n'est pas sans raison. D'abord je suis parent de l'enfant, et puis Astyage est vieux et n'a pas d'enfant mâle. Si le pouvoir, à sa mort, vient à passer aux mains de sa fille, dont j'aurai immolé l'enfant, qu'ai-je à attendre, sinon de courir le plus grand danger? Pour ma sûreté, il faut sans doute que l'enfant périsse non par mes mains, mais par celles des serviteurs d'Astyage. »

Il dit, et sans perdre de temps il envoya un exprès à un des bouviers du roi qu'il savait habiter les pâturages les plus propres à son dessein, les plus fréquentés des bêtes sauvages. Ce bouvier avait nom Mitradate; et sa femme, esclave comme lui, s'appelait Spaco... « Astyage t'ordonne de porter cet enfant dans la partie déserte de la montagne, pour qu'il y périsse bientôt. Il me charge d'ajouter que si tu l'épargnes, si tu le sauves n'importe par quelle ruse, il te fera endurer de terribles tourments : et je dois constater moi-même que tu l'as exposé. » Le bouvier reprit donc avec l'enfant la route qui le ramenait à sa cabane : pendant son absence, sa femme aussi était accouchée d'un fils par la permission des dieux. Aussi étaient-ils inquiets l'un au sujet de l'autre : le mari était préoccupé de l'état de sa femme, la femme de cet appel inaccoutumé adressé à son mari par Harpage; et, à son retour, sa femme ne s'attendant pas à le voir sitôt, prit la parole la première pour savoir à quel propos Harpage l'avait mandé avec tant d'empressement : « Femme, répondit-il, à mon arrivée dans la ville, j'ai vu et entendu des choses que je préférerais ignorer, des malheurs qui auraient bien dû être épargnés à nos maîtres. La maison entière d'Harpage était dans l'affliction : tout surpris, j'entre ; et, à peine entré, je vois un enfant qui s'agite en pleurant, tout couvert d'or et de magnifiques ornements. Harpage m'apercevant m'ordonne de prendre tout de suite cet enfant et de l'exposer à l'endroit de la montagne le plus fréquenté des bêtes sauvages. Il m'assure que telle est la volonté d'Astyage et me fait de grandes menaces si je n'obéis pas. J'ai pris et emporté l'enfant, dans la pensée qu'il appartenait à quelqu'un des serviteurs, et ne pouvant imaginer quel était son véritable père. Cependant je m'étonnais de cet or et de ces ornements, de ce deuil qui accablait toute la maison d'Harpage. Mais voilà que, chemin faisant, j'ai appris toute la vérité de la bouche du domestique qui m'accompagnait et qui m'a remis l'enfant à la sortie de la ville. C'est celui de Mandane, fille d'Astyage, et de Cambyse, fils de Cyrus : c'est Astyage qui veut le faire mourir ; et le voici ! » Et, en disant cela, le bouvier découvre l'enfant et le montre à sa femme.

Quand Spaco vit comme il était beau et fort, elle vint, les larmes aux yeux, prendre les genoux de son mari, le suppliant de ne pas l'exposer. « Mais, lui dit Mitradate, on ne peut faire autrement ; Harpage enverra des gens pour s'assurer de l'exécution, et j'ai tout à craindre si je n'obéis pas. » La femme, voyant qu'elle ne gagnait rien, reprit : « Puisque je ne puis te convaincre, puisqu'il faut absolument un enfant exposé, fais du moins ce que je vais dire. Notre enfant est mort, va l'exposer ; nous nourrirons, comme s'il était le nôtre, celui de la fille d'Astyage. Par ce moyen, on ne dira pas que tu as manqué à tes maîtres, et nous éviterons tout embarras. Notre fils trouvera une sépulture de roi, et cet enfant ne perdra pas la vie... »

Lorsque l'enfant eut dix ans, une aventure qui lui survint le fit découvrir (1). Il jouait, dans le village où étaient les étables du roi, avec des enfants de son âge. Dans leurs jeux, ils élurent pour roi celui qu'on appelait alors le fils du bouvier. Celui-ci chargeait les uns de l'intendance des bâtiments, les autres de la garde du corps ; celui-ci serait l'œil du roi, celui-là présenterait les requêtes ; chacun recevait de lui un emploi particulier. L'un d'eux, fils d'Artembarès, homme distingué d'entre les Mèdes, refusa d'obéir à Cyrus, qui le fit saisir par les autres et fustiger d'importance ; mais à peine relâché, irrité du traitement indigne qu'il avait essuyé, il courut à la ville auprès de son père se plaindre de la conduite de Cyrus à son égard. Or il ne le nomma pas Cyrus, puisqu'on ne l'appelait pas encore ainsi, mais il le nomma le fils du bouvier. Artembarès alla tout en colère trouver Astyage avec son enfant et lui raconter de quelle odieuse façon il avait été traité : « Roi, dit-il, c'est par un esclave, par le fils d'un bouvier que nous avons été outragés de la sorte. » Et il montra les épaules de l'enfant.

A ce discours et à cette vue, Astyage, pour venger Artembarès, envoya chercher le bouvier et son enfant. Dès qu'il les eut tous deux en sa présence : « Toi, dit-il en regardant Cyrus, toi, né d'un tel homme, as-tu bien osé outrager ainsi le fils d'un seigneur qui tient un rang élevé auprès de moi ? — Maître, reprit Cyrus, j'ai agi avec justice, car les enfants du village, dont celui-ci faisait partie, m'avaient, en jouant, choisi pour leur roi : sans doute je leur en avais paru le plus digne. Tous obéissaient à mes ordres ; mais lui, il n'en a pas tenu compte et s'est révolté : je l'ai puni. Si cette conduite mérite un châtiment, je suis prêt à le subir. »

Pendant ce discours de l'enfant, Astyage semblait commencer à le reconnaître ; car tout concordait à la fois, et les traits du visage, et cette franche réponse, et l'âge de Cyrus conforme au temps de l'exposition. Frappé de ces remarques, il resta quelque temps silencieux. Enfin, ne pouvant se contenir,

(1) On peut remarquer un rapport frappant entre l'enfance de Cyrus et celle de Romulus.

et désirant congédier Artembarès pour s'entretenir seul avec le bouvier :
« Artembarès, dit-il, je ferai en sorte que ni toi, ni ton enfant, vous n'ayez
aucun reproche à me faire. » Artembarès parti, il donna l'ordre à ses serviteurs de conduire Cyrus dans l'intérieur du palais. Quand il est seul avec le
bouvier, il lui demande où il a pris cet enfant, qui le lui a remis. Celui-ci
répond qu'il en est le père, et que la mère vit encore avec lui. « Tu ne prends
pas un bon parti, répond Astyage, et tu t'exposes à de grands embarras. »
Et, en disant cela, il fit signe aux gardes de le saisir. Mitradate alors, voyant
qu'on le menait au supplice, raconta toute l'affaire du commencement à la
fin ; et, recourant aux prières, il supplia le roi de lui pardonner.

Astyage, une fois qu'il eut tiré la vérité du bouvier, n'y songea plus guère ;
mais, fort courroucé contre Harpage, il le fit amener par ses gardes ; et,
quand il fut devant lui, il lui demanda : « Harpage, comment as-tu fait périr
l'enfant de ma fille que je t'avais remis? » Harpage, voyant là le bouvier, ne
chercha pas de détours, dans la crainte d'être convaincu de mensonge, et
dit : « Roi, quand j'eus reçu l'enfant, je me mis à chercher un moyen pour
faire à la fois ce que tu voulais de moi, et ce qui devait me mettre à l'abri du
reproche de meurtre par rapport à ta fille et par rapport à toi. Voici comment
je m'y suis pris. J'ai mandé ce bouvier et je lui ai remis l'enfant, en lui disant
que tu avais ordonné sa mort ; et je ne mentais pas, car tu me l'avais commandée. Je le lui ai livré avec l'injonction de l'exposer sur une montagne
déserte, et de rester auprès de lui jusqu'à ce qu'il fût mort, et avec des menaces de le punir cruellement s'il n'exécutait pas ces ordres exactement. Il a
obéi et l'enfant est mort ; car j'ai envoyé mes serviteurs les plus sûrs ; j'ai
reçu leur rapport, et j'ai fait ensevelir l'enfant. Roi, voilà comment les choses
se sont passées, voilà comment l'enfant est mort. » Harpage fit ce récit tout
naturellement.

Mais Astyage, cachant son ressentiment de ce qui était arrivé, lui répéta
d'abord le récit du bouvier, et termina en disant que l'enfant vivait et que
tout était pour le mieux : « Car enfin, ajouta-t-il, ce que j'avais fait à cet
enfant me chagrinait beaucoup, et j'avais à souffrir des reproches de ma
fille. Puisque la chose a bien tourné, envoie-moi ton fils pour tenir compagnie à cet enfant qui nous arrive ; et puis, comme j'ai à offrir aux dieux un
sacrifice d'actions de grâce pour ce bienfait, viens souper avec moi. » A ces
mots, Harpage se prosterne ; et, se félicitant d'avoir vu si heureusement réparée la faute qu'il avait commise, et de plus d'être invité à ce repas de réjouissance, il s'en retourne chez lui. A peine rentré, il fait venir son fils
unique, âgé de treize ans au plus, lui ordonne de se rendre auprès d'Astyage
pour y faire ce que le prince lui commanderait ; et, tout joyeux, il fait part
à sa femme de son heureuse chance. Mais Astyage fait sur-le-champ égorger
le fils d'Harpage ; il ordonne qu'on le coupe en morceaux, qu'on en fasse rô-
tir une partie, bouillir l'autre, que tout soit bien accommodé et prêt à servir.
A l'heure du festin, les convives se présentent et Harpage avec eux : à
Astyage et aux autres on sert des viandes ordinaires, mais à Harpage la chair
de son fils à l'exception de la tête et des extrémités des pieds et des mains,
placées à l'écart dans une corbeille recouverte. Quand le malheureux parut
avoir assez mangé, Astyage lui demanda s'il était satisfait du repas. Harpage
ayant témoigné son contentement, on lui présenta, sur l'ordre donné, la tête,
les mains et les pieds de l'enfant, en lui disant de découvrir la corbeille, et
d'y prendre ce qu'il voudrait. Harpage obéit, leva le voile, et vit les restes
de son fils sans se troubler et refoulant en lui-même ses sentiments. Mais
Astyage lui demanda s'il savait de quel gibier il avait mangé : « Je le sais,
dit-il ; ce qui plaît au roi m'est toujours agréable. » Et, après ces paroles, ra-
massant les morceaux qui restaient, il retourna chez lui, sans doute pour
leur donner la sépulture. Voilà la vengeance que le roi tira d'Harpage.

(Hérodote, après avoir exposé comment Cyrus fut envoyé en Perse auprès de ses parents, raconte que le jeune prince, excité par Harpage, désireux de se venger, engagea la Perse à se soustraire à la domination des Mèdes. Astyage vaincu, Cyrus devient seul maître.

L'historien fait le tableau des mœurs persanes et reprend le récit des faits qu'il avait laissés après la prise de Sardes. Les Ioniens et les Éoliens demandent à recevoir des Perses les conditions obtenues par les Lydiens. Cyrus, qu'ils avaient dédaigné avant la victoire de Thymbrée, leur répond :)

« Un joueur de flûte vit dans la mer des poissons, et il joua de son instrument dans l'espérance de les amener à venir jusqu'à terre. Trompé dans son calcul, il prit un filet, enveloppa dans les réseaux une multitude de poissons et les tira jusqu'à lui. Quand il les vit sautiller, il leur dit : « Cessez donc de « sauter maintenant, puisque les sons de ma flûte n'ont pu vous décider à « danser. » Voilà la fable que Cyrus conta aux Ioniens et aux Éoliens, parce que les premiers, qu'il avait sollicités d'abandonner le parti de Crésus pour le sien, n'avaient pas voulu l'entendre, et ne s'étaient décidés qu'après le succès de ses entreprises.

(Cyrus continue la réduction des villes de l'Asie-Mineure et songe à soumettre les Assyriens. Il met le siége devant Babylone : Hérodote en fait la description et raconte une aventure de la reine Nitocris, mère de Labynit.)

Cette même reine imagina une ruse singulière. Au-dessus d'une des portes les plus fréquentées de la ville, elle se fit dresser un tombeau en terrasse, et y fit graver une inscription ainsi conçue : « Si quelqu'un de mes successeurs sur le trône de Babylone venait à manquer de ressources, qu'il ouvre mon tombeau et y prenne ce qu'il voudra d'argent; mais, s'il n'en a pas un pressant besoin, qu'il ne l'ouvre pas, car il ne s'en trouverait pas bien. » Le tombeau resta fermé jusqu'à l'avénement de Darius; mais ce roi trouva mauvais qu'on ne pût user de cette porte, ni se servir de cet argent, si argent il y avait. Or il n'usait pas de cette porte, parce qu'en passant au-dessous il se trouvait avoir un cadavre sur la tête. Le tombeau ouvert, il n'y trouva pas de trésors, mais un cadavre avec ces mots : « Si tu n'avais pas été cupide et insatiable, tu n'aurais pas violé les demeures des morts. »

(Cyrus soumit les Assyriens; mais, avide de conquêtes, il voulut dompter les Scythes. Hérodote raconte sa mort autrement que Xénophon. Cyrus, suivant lui, pénètre chez les Massagètes, feint de prendre la fuite en abandonnant des viandes et du vin dans son camp. Il revient, les surprend au milieu de leur sommeil, et fait captif le fils de la reine Tomyris.)

Cyrus donc quitta les bords de l'Araxe, avança une journée entière, et mit à exécution le plan de Crésus. Il revint sur ses pas avec l'élite des Perses, laissant au camp ses mauvaises troupes. Alors le tiers de l'armée des Massagètes vint tomber sur cette garde abandonnée par Cyrus et la tailla en pièces; mais, voyant le festin tout préparé, leurs ennemis massacrés, ils s'assirent, mangèrent, se gorgèrent de viandes et de vin et s'endormirent. Tout à coup les Perses se jetèrent sur eux, en tuèrent un grand nombre, en prirent un plus grand nombre encore, et, entre autres, le fils de la reine Tomyris, le général des Massagètes, Spargapisès.

Tomyris ayant appris le triste sort de son armée et celui de son fils, envoya un héraut à Cyrus pour lui dire : « Cyrus, homme de sang, ne t'enorgueillis pas de ce qui est arrivé : ce fruit de la vigne que vous avalez jusqu'à en devenir insensés, et qui ne descend en vos corps que pour faire déborder de mauvaises paroles sur vos lèvres, a trompé mon fils; ce poison l'a donné

la victoire, tu ne la dois pas à la valeur. Maintenant donc, écoute ma parole
et mes bons conseils : rends-moi mon enfant ; et, quoique tu aies fait périr le
tiers de mes Massagètes, tu t'échapperas sain et sauf de ce pays : sinon, j'en
jure par le soleil, le maître des Massagètes, si avide de sang que tu sois, je
t'en rassasierai. » Cyrus ne fit aucun cas de ce discours. Spargapisès, le fils
de la reine, quand il sortit de son ivresse et connut son malheur, demanda
à Cyrus d'être débarrassé de ses liens ; et, lorsqu'il se sentit maître de ses
mains, il se tua. Voilà quelle fut la fin de ce prince. Pour Tomyris, comprenant que Cyrus ne l'écoutait pas, elle réunit toutes ses forces et s'avança
contre lui. Et la bataille fut, je le crois, la plus terrible de celles que se livrèrent jamais les barbares. Autant que j'ai pu le savoir, les choses se passèrent
ainsi : à distance l'une de l'autre, les deux armées se lancèrent une grande
quantité de flèches ; quand elles n'eurent plus de flèches, elles se précipitèrent la lance en arrêt, puis se mêlèrent l'épée à la main. La lutte fut longue
et ferme, sans avantage marqué de part ni d'autre. Enfin les Massagètes l'em-
portèrent, et la plus grande partie de l'armée des Perses fut taillée en pièces.
Cyrus lui-même périt, après un règne de vingt-neuf ans. Tomyris fit remplir
une outre de sang humain et chercher Cyrus parmi les cadavres des Perses.
Elle le trouva et lui plongea la tête dans l'outre, en lui adressant ces injurieuses paroles : « Vivante et victorieuse, tu m'as perdue en faisant succomber mon fils à tes ruses ; mais moi, comme je t'en ai menacé, je te rassasierai de sang... »

THUCYDIDE. — Cet historien, dont la vie est peu connue, naquit
vers l'an 471, et eut pour père Olorus, descendant des rois de la
Thrace. Il comptait parmi ses ancêtres Miltiade et Cimon, et était
allié aux descendants de Pisistrate. Plutarque lui donne pour
maîtres d'éloquence et de rhétorique Anaxagoras et Antiphon.
Une circonstance, dit-on, éveilla en lui sa vocation d'historien :
Hérodote lisait aux jeux olympiques une partie de son œuvre ; et
Thucydide, qui n'avait guère alors que quinze ans, fut si vivement ému, qu'on le vit fondre en larmes à cette lecture ; il semble
pourtant avoir blâmé dans son ouvrage la manière historique de
son devancier : « Je laisse à la postérité, écrit-il, un monument
qui vivra longtemps, et non un morceau d'éloquence propre seulement à charmer l'oreille. » Il fut chargé d'un commandement et
alla secourir Amphipolis assiégée par les Lacédémoniens ; mais il
ne put sauver cette ville, et les Athéniens, sensibles à cet échec,
l'exilèrent. Il demeura vingt ans éloigné de sa patrie, soit à Égine,
soit à Sparte, et y composa son histoire. Vers 403, il fut rappelé
par Œnobius en 391.

Le premier livre est consacré à la louange des antiquités grecques. Le deuxième explique les causes de cette guerre du Péloponèse qui va tout bouleverser, et raconte les événements des trois
premières années de la querelle. Les deux suivants développent
les faits de six années de lutte jusqu'à la paix de 423. Le cinquième livre et le sixième s'attachent particulièrement à peindre
les discordes intérieures, les haines des partis. Le septième nous

transporte en Sicile et nous fait assister aux terribles désastres des Athéniens. Le huitième, auquel l'auteur n'a pas mis la dernière main, lui a été contesté : les meilleurs critiques s'accordent néanmoins aujourd'hui à y reconnaître son style. « L'histoire de Thucydide, dit Barthélemy, se ressent de son amour extrême pour la vérité, et de son caractère qui le portait à la réflexion. Il était plus jaloux d'instruire que de plaire, d'arriver à son but que de s'en éloigner par des digressions; aussi son ouvrage n'est point, comme celui d'Hérodote, une espèce de poëme où l'on trouve les traditions des peuples sur leur origine, l'analyse de leurs usages et de leurs mœurs, la description des pays qu'ils habitent. Ce sont les mémoires d'un militaire qui, tout à la fois homme d'état et philosophe, a mêlé dans ses récits et dans ses harangues les principes de la philosophie qu'il avait reçus d'Anaxagore, et les leçons d'éloquence qu'il tenait de l'orateur Antiphon. Ses réflexions sont souvent profondes, toujours justes; son style énergique, concis, et par cela même quelquefois obscur, offense l'oreille par intervalle. » Le morceau de Thucydide regardé généralement comme le plus parfait, c'est celui où il décrit la peste d'Athènes : nous allons donner l'analyse et des extraits du second livre, où se rencontre ce morceau.

HISTOIRE DE THUCYDIDE [1]
(Livre II.)

(Sparte et le Péloponèse presque entier, la Phocide, la Béotie, etc., forment une ligue contre Athènes, et réunissent une armée de soixante mille hommes. Athènes n'avait de disponible que quinze mille hommes. Ce sont les Thébains, alliés de Sparte, qui commencent la guerre par le siége de Platée. Archidamus, roi de Lacédémone, s'en vient dévaster l'Attique; il adresse ce discours aux généraux :)

« Péloponésiens, et vous alliés! nos pères aussi firent bien des expéditions, tant dans le Péloponèse qu'au dehors, et l'expérience des combats ne manque pas aux plus âgés d'entre nous : jamais cependant nous ne sortîmes avec un plus grand appareil ; mais aussi c'est contre une république très-puissante que nous marchons maintenant, et nous entrons en campagne avec une armée très-nombreuse et très-aguerrie. Nous ne devons donc nous montrer ni moins grands que nos pères, ni inférieurs à notre propre gloire. La Grèce entière est enflammée par ce grand mouvement; elle est toute attentive, et, par haine contre les Athéniens, elle désire la réussite de nos projets. Mais, encore même que nous paraissions marcher à l'ennemi avec des troupes nombreuses, et n'avoir point à redouter qu'il ose se mesurer avec nous, il ne faut pas pour cela nous avancer sans avoir complété nos préparatifs. Général et soldat de chaque ville, chacun doit s'attendre toujours à tomber dans quelque péril ; car les événements de la guerre sont incertains; c'est à l'improviste, c'est avec impétuosité que presque toujours se font les attaques; etsouvent le plus faible étant en défiance, se défend avec plus d'avantage

(1) Cette traduction de Thucydide est d'Ambr. Firmin Didot.

contre une armée supérieure, qui, par mépris, ne se tenait pas sur ses gardes. En pays ennemi, il faut toujours faire la guerre avec courage, et se préparer au combat avec défiance ; alors on peut avoir autant d'intrépidité pour attaquer l'ennemi que de sécurité contre ses entreprises. Ce n'est pas, certes, une république incapable de se défendre que nous allons combattre ; elle est, au contraire, abondamment pourvue de tout. Si les Athéniens ne se sont pas ébranlés maintenant que nous n'avons pas encore paru chez eux, nous avons tout lieu d'espérer qu'ils viendront livrer bataille dès qu'ils nous verront dévaster et détruire leurs propriétés ; car, en général, la colère s'empare de l'homme lorsque, sous ses yeux et à l'improviste, il se voit atteint par une vexation accoutumée ; moins on raisonne, plus on est fougueux dans l'action. Les Athéniens, plus que personne, agiront probablement de cette manière, eux qui prétendent commander aux autres, et par leurs incursions ravager le territoire d'autrui plutôt que de voir le leur dévasté. Puisque vous allez combattre une si puissante république, et qu'il doit en résulter pour nos ancêtres et pour nous-mêmes une très-grande renommée, quelle que soit l'issue des événements, marchez où l'on vous conduira ; et, mettant la discipline et la vigilance au-dessus de tout, exécutez vivement les ordres. Rien de plus beau, rien de plus sûr contre le danger que de montrer des masses agissant d'un seul accord. »

(L'Attique fut dévastée sans faire la moindre résistance. Périclès courut avec les navires athéniens se venger de ces ravages sur le Péloponèse. C'est à la fin de cette campagne que Périclès prononça l'éloge funèbre de ceux qui étaient morts en combattant pour la patrie.)

« Plusieurs de ceux qui ont ici déjà parlé ont coutume de louer le citoyen qui, à cette cérémonie, ajouta l'oraison funèbre, comme honorable à prononcer sur des guerriers qu'on va ensevelir. Pour moi, je croirais qu'à des hommes d'une bravoure si positive il suffisait de décerner aussi des honneurs positifs (et tels sont ceux qu'autour de ce tombeau vous voyez solennellement préparés), sans compromettre, par le plus ou le moins de talent d'un seul orateur, la confiance qu'on doit aux vertus de tant de braves ; car il est difficile de garder dans un discours cette juste mesure, à peine suffisante pour établir la vérité. En effet, l'auditeur favorable et bien informé croirait les expressions au-dessous de ce qu'il veut et de ce qu'il sait, tandis que celui qui ignore les faits penserait par envie qu'on exagère, si ce qu'il entend surpasse ses forces : les éloges donnés aux autres ne sont supportables qu'autant que chacun se croit capable soi-même d'exécuter une partie de ce qu'il vient d'entendre ; tandis qu'un sentiment d'envie empêche d'ajouter foi à des louanges excessives. Mais, puisque cette institution a été approuvée par nos ancêtres, je dois, en me conformant à l'usage, tâcher de saisir la volonté et la pensée de chacun de vous autant qu'il est possible.

« Je parlerai de nos aïeux. Dans cette circonstance, il est juste et convenable en même temps de rendre cet hommage à leur mémoire. Ayant vécu toujours sur la même terre, ils l'ont léguée à leurs successeurs libre jusqu'à ce jour, grâce à leur vertu. Ils sont dignes d'éloges ; mais nos pères en méritent beaucoup plus. A l'héritage qu'ils avaient reçu, ajoutant encore, et non sans peine, tout cet empire que nous possédons, ils l'ont transmis à la génération actuelle ; cependant c'est nous surtout, nous qui avons mis la république en état de se suffire en tout, et dans la guerre et dans la paix. Ces exploits d'armes qui nous ont acquis chaque possession, et par lesquels nous ou nos pères avons repoussé avec ardeur les attaques, soit des barbares, soit des Hellènes, vous sont connus, et je les omettrai pour n'être point prolixe ; mais je ferai connaître d'abord par quelle conduite nous sommes parvenus à ce degré de puissance, par quelle administration et par quels moyens nous l'avons rendue si imposante; et je passerai ensuite à l'éloge funèbre de nos guerriers. Je crois que, dans cette occasion, ces détails ne seront pas déplacés, et que pour toute cette réunion de citoyens et étrangers, il est utile de les entendre.

« Nous avons une constitution qui n'emprunte ses lois à personne, et, plutôt que d'imiter les autres, nous servons nous-mêmes d'exemple. Elle s'appelle démocratie, parce qu'elle s'applique non au petit nombre, mais au plus grand. Dans les différends entre particuliers, la loi est égale pour tous; quant aux dignités, chacun, suivant le mérite qui le distingue, est ordinairement préféré, pour les emplois publics, non pas à cause de son parti, mais de ses vertus. Le pauvre même, par défaut d'illustration, n'en est point privé, pourvu qu'il puisse rendre quelque service à l'État. Nous sommes francs dans l'administration des affaires publiques, et sans défiance dans le commerce journalier de la vie; nous ne nous irritons pas contre notre semblable, s'il accorde quelque chose à son plaisir; nous n'infligeons pas non plus de ces peines qui, pour être sans amende, n'en blessent pas moins la vue. Inoffensifs dans nos relations privées, le respect des lois nous rend loyaux dans nos actions publiques. Nous obéissons à ceux qui toujours ont l'autorité, et aux lois, surtout à celles qui sont favorables aux opprimés, et à celles qui, sans être écrites, apportent aux transgresseurs une honte universellement reconnue. De plus, nous nous sommes procuré une infinité de délassements à nos fatigues, tant par la célébration annuelle des jeux et des sacrifices, que par la beauté de nos établissements particuliers, dont le charme journalier bannit le chagrin. Tous les produits de toutes les parties de la terre affluent dans notre ville, à cause de sa grandeur, en sorte que nous ne jouissons pas moins des productions de l'étranger que de celles de notre territoire.

« Dans les exercices militaires, voici en quoi nous différons encore de nos adversaires : notre ville est ouverte à tous les peuples; jamais la loi de Xénélasie n'écarte les étrangers d'aucune étude, d'aucun spectacle, de crainte que, rien n'étant caché, l'ennemi ne profite de ce qu'il aurait vu. C'est que nous comptons bien moins sur les préparatifs de la guerre et sur les ruses, que sur notre propre vaillance dans les combats. Quant à l'éducation, d'autres, par des exercices pénibles, se font, dès la plus tendre jeunesse, un métier du courage; tandis que nous, quoique vivant sans contrainte, nous n'en courons pas moins aux combats avec une valeur égale. La preuve en est que les Lacédémoniens ne font jamais seuls une expédition sur notre territoire, mais avec tous leurs alliés; et nous, dans nos invasions, combattant sur un sol étranger contre ceux qui défendent leurs propres foyers, les obstacles n'arrêtent point nos victoires fréquentes. D'ailleurs aucun ennemi n'a jamais rencontré nos forces réunies, attendu notre application à la marine et l'envoi que nous faisons de nos citoyens sur tant de points de la terre. Cependant, si l'ennemi a quelque part un engagement avec une faible partie de nos troupes, vainqueur, il se vante de nous avoir tous repoussés; vaincu, de l'avoir été par la nation tout entière. Au reste, s'il nous convient de nous exposer aux dangers plutôt à notre aise qu'avec des exercices pénibles, et moins par des institutions de courage qu'avec un naturel courageux, nous avons l'avantage de ne pas nous fatiguer d'avance pour des maux à venir, et, quand nous y sommes engagés, nous ne montrons pas moins d'audace que ceux qui se fatiguent éternellement.

« Notre ville est digne d'admiration, non-seulement sous ces rapports, mais sous d'autres encore. Nous sommes élégants avec frugalité, et philosophes sans mollesse. C'est la richesse réelle de nos actions, plutôt que le faste de nos paroles que nous montrons au besoin; avouer sa pauvreté n'est point

honteux, mais il est pire de ne pas l'éviter par le travail. Chez nous, les
mêmes personnes peuvent à la fois s'appliquer à leurs affaires privées et à
celles du public; et il en est qui, adonnées aux travaux, n'en connaissent pas
moins la politique. Nous sommes les seuls qui considérions le citoyen entièrement étranger aux affaires publiques, non comme un homme paisible,
mais comme un être inutile. Dans les affaires, si nos jugements, si nos conceptions sont justes, c'est que nous croyons que ce qui nuit aux actions n'est
pas la parole, mais plutôt que c'est de ne pas être instruit par elle avant que
d'en venir à ce qu'on doit faire. Nous avons encore cela de particulier, que
nous osons beaucoup, et que nous réfléchissons mûrement sur nos entreprises; ce qui, chez d'autres peuples, les mènerait par l'ignorance à l'audace,
et par la réflexion à la timidité. En effet, on doit regarder comme des êtres
supérieurs ceux qui, connaissant si bien les peines et les plaisirs, ne se
laissent point par là détourner des périls. Jusque dans la bienfaisance même,
nous sommes opposés au commun des hommes, puisque ce n'est pas en
acceptant, mais en donnant des bienfaits, que nous nous acquérons des
amis. Car il est un ami plus solide, celui qui rend un service afin de le conserver comme obligeant à la bienveillance celui qui le reçoit, tandis que
l'obligé a moins de zèle, sachant qu'il rendra ce bienfait non comme une
grâce, mais comme une dette. Seuls aussi nous faisons le bien sans crainte,
non par calcul d'intérêt, mais dans la confiance de la générosité...

« Je me suis étendu sur ce qui regarde notre république, pour faire voir
qu'entre nous et ceux qui n'ont aucun de nos avantages le prix de la lutte
n'est pas égal, et pour signaler par des preuves l'éloge de ceux dont je parle
aujourd'hui. J'en ai déjà dit ce qu'il y avait de plus important; la gloire de
la république, que j'ai célébrée, fut l'œuvre des vertus de ces braves et de
leurs pareils; et, parmi les Hellènes, il en est peu dont les actions se soient
montrées, comme celles de ces morts, au niveau des paroles. A mon avis, la
catastrophe de ces guerriers met au grand jour la vertu de l'homme, elle en
indique le principe, elle en confirme la fin. Il est juste que l'on se pare de
la bravoure guerrière pour servir la patrie, quand on n'a pas d'autre mérite;
car, en effaçant ainsi le mal par le bien, on devient plus utile au public que
nuisible par ses propres défauts. Mais, parmi ces guerriers, nul n'a faibli,
préférant jouir encore de ses richesses; nul, retenu par l'espoir d'échapper
à la pauvreté en s'enrichissant un jour, n'a reculé devant le danger; punir
les ennemis leur offrit de plus grands charmes; et, ne voyant rien de plus
glorieux qu'un tel péril, ils voulurent, en s'y exposant, châtier l'ennemi et
négliger leurs intérêts; l'incertitude du succès, ils la livrèrent à l'espérance;
et, quand, au moment d'agir, le péril s'offrit à leurs yeux, ce furent en eux
seuls qu'ils crurent devoir se confier. Au moment de la vengeance, préférant
mourir plutôt que céder pour sauver leur vie, ils évitèrent la honte du
blâme, et soutinrent le combat au prix de leur existence; et, dans un instant aussi rapide que fortuit, parvenus au comble non de la peur, mais de
la gloire, ils abandonnèrent la vie. Tels furent ces guerriers, dignes de notre
ville : quant à ceux qui restent, il faut que, tout en se souhaitant pour eux-
mêmes un courage moins périlleux, ils dédaignent d'en avoir un moins audacieux; qu'ils ne visent point à l'utilité seulement en paroles (exposer tous
les avantages de la résistance aux ennemis, ce serait s'étendre sur ce que vous
savez aussi bien que moi), mais plutôt que dans leurs travaux ils contemplent avec admiration la puissance de la république, qu'ils en deviennent
épris; et, voyant sa grandeur, qu'ils se rappellent qu'elle fut acquise par des
hommes audacieux, sages dans leurs décisions et craignant la honte dans
les combats; par des hommes qui, dans les revers qu'ils éprouvaient, ne
croyaient pas devoir priver la république de leur vertu, mais lui présentaient
leur plus belle offrande. En faisant un commun sacrifice de leurs corps, ils

obtenaient chacun une louange immortelle et le tombeau le plus illustre; non cette tombe où ils reposent, mais celle où, dans toutes les occasions d'agir et de parler, leur gloire reste toujours vivante. Les hommes illustres ont la terre entière pour tombeau ; et ce n'est pas seulement l'inscription des colonnes élevées dans leur patrie qui les signale ; même chez l'étranger, dans le cœur de chacun, la mémoire de leur dévouement, bien plus que de leurs exploits, reste vivante sans inscription. Émules aujourd'hui de ces guerriers, et convaincus que le bonheur est dans la liberté, et la liberté dans le courage, n'hésitez pas devant les dangers des combats. Ce n'est pas aux malheureux qui ne peuvent espérer le bonheur qu'il convient le plus de prodiguer leur vie, mais à ceux qui, de leur vivant encore, ont un chan-gement de sort à redouter, et surtout à ceux qui feront d'immenses pertes s'ils ne réussissent pas ; car, pour l'homme d'une âme élevée, souffrir par lâcheté est plus douloureux qu'une mort aussi subite qu'insensible au milieu de la force même et d'une commune espérance.

« Aussi, plutôt que de déplorer le sort de ceux des assistants qui ont donné le jour à ces guerriers, je vais les consoler. Élevés dans les vicissitudes de la vie, ils les connaissent; et le véritable bonheur est pour ceux à qui le sort a départi, comme à ces guerriers, la mort la plus belle, ou, comme à vous, la douleur la plus glorieuse : ils sont heureux aussi ceux qui, dans leur vie et dans leur mort, ont obtenu une égale félicité. Je sais combien il est dif-ficile de vous persuader l'oubli de ceux qui rappelleront souvent à votre mémoire les prospérités d'autrui, semblables à celles qui faisaient autrefois votre orgueil. La douleur n'est pas dans l'absence des biens que l'on n'a pas connus, mais dans les privations de ceux dont on a joui habituellement. Cependant les citoyens encore dans l'âge d'avoir de la postérité doivent endurer ce malheur par l'espoir d'autres enfants. Pour leur famille, les nou-veau-nés feront oublier les morts, et pour la ville, il en naîtra le double avantage de ne pas se dépeupler et d'être en sûreté; car les pères qui n'ont pas, comme ceux-ci, d'enfants à exposer au péril, ne sauraient prendre des délibérations justes et équitables. Quant à vous, vieillards, regardez comme un avantage d'avoir passé dans le bonheur la plus grande partie de votre vie ; et, songeant que le reste sera de peu de durée, soulagez votre douleur par la gloire de vos fils. L'amour de la gloire ne vieillit jamais. Dans le déclin de l'âge, ce n'est pas le gain, comme on le prétend, qui charme le plus, c'est la gloire.

« Quant à vous qui assistez ici, fils et frères de ces morts, je vois que pour vous la lutte sera grande; tout le monde est porté ordinairement à louer celui qui n'est plus. Vous atteindriez le comble de la vertu, que, loin de vous comparer à eux, on vous estimerait un peu moins; car les vivants sont envieux de leurs rivaux, tandis que ce qui cesse d'être un obstacle, est honoré d'une bienveillance qu'on ne conteste plus. S'il me faut aussi faire quelque mention du mérite des femmes qui maintenant vivront dans le veuvage, par un conseil précis je dois tout signaler; ne pas vous montrer au-dessous de votre modestie naturelle, ce sera pour vous une grande gloire, et vous serez grandes, si, soit dans le blâme, soit dans l'éloge, il n'est pour vous parmi les hommes aucune célébrité.

« J'ai prononcé dans ce discours d'usage tout ce que je croyais convenable; quant aux honneurs positifs, déjà une partie en a été rendue à ceux qu'on va ensevelir; et dès ce jour la république élèvera leurs enfants à ses frais, jusqu'à l'âge de puberté, offrant ainsi, pour de tels travaux, une couronne non moins profitable à ces guerriers qu'à ceux qui leur survivent. Là où la vertu trouve d'insignes récompenses, là se trouvent aussi les plus grands citoyens. Maintenant, après avoir pleuré chacun celui qui l'intéresse, retirez-vous. »

(Le résultat de la première campagne fut à l'avantage des Athéniens. Du-rant la seconde campagne, Archidamus porta de nouveau les ravages et la dévastation sur le territoire de l'Attique. Mais un fléau terrible, la peste, vint encore augmenter leurs malheurs.)

La peste commença parmi les Athéniens. On disait qu'elle avait déjà éclaté dans plusieurs endroits, vers Lemnos et en d'autres contrées ; on ne se rap-pelait cependant nulle part une peste aussi terrible et une aussi grande mor-talité parmi les hommes. L'art des médecins, qui d'abord traitaient le mal sans le connaître, et qui, plus ils s'en approchaient, plus ils mouraient eux-mêmes, était insuffisant, ainsi que toute autre invention humaine. Prières dans les temples, consultations d'oracles, et autres expédients semblables, tout devenait inutile ; on finit par y renoncer, accablé sous ce fléau.

Il commença, dit-on, par l'Éthiopie, au-dessus de l'Égypte, et ensuite il descendit en Égypte ainsi que dans la Libye, et dans une grande partie de la domination du roi ; mais dans la ville d'Athènes il fondit à l'improviste. Il attaqua d'abord les habitants du Pirée, qui allèrent jusqu'à dire que les Pé-loponésiens avaient jeté du poison dans les puits ; car il n'existait point en-core de fontaines au Pirée. Ensuite le mal pénétra aussi dans la ville haute, et la mortalité devint alors plus grande. Que chacun, médecin ou simple par-ticulier, raisonne d'après ce qu'il sait sur l'origine probable de ce mal et sur les causes qui ont pu occasionner une telle révolution ; quant à moi, je dirai quel il fut ; et afin que, s'il survenait de nouveau, on puisse, étant prévenu, n'en pas méconnaître les symptômes, je les signalerai, comme témoin, pour avoir vu les autres atteints de ce mal, et pour en avoir été frappé moi-même.

On s'accordait à dire que, cette année surtout, il ne régnait point d'autres maladies ; toute indisposition antérieure se convertissait en cette maladie. Soudain et sans autre cause, on était, en pleine santé, saisi d'abord de vio-lentes chaleurs de tête, de rougeurs et d'inflammations des yeux. Intérieu-rement, le gosier et la langue devenaient bientôt sanguinolents, et renvoyaient une haleine rebutante et fétide ; ensuite des éternuments survenaient et des enrouements ; bientôt la douleur descendait à la poitrine avec une toux vio-lente. Quand la douleur se fixait dans le cœur, elle le soulevait, et alors il s'ensuivait toutes sortes d'évacuations de bile, auxquelles les médecins ont donné des noms ; elles se faisaient avec de grands efforts. Il survenait à la plupart des malades des hoquets sans vomissements, qui causaient de fortes convulsions. Chez les uns, elles s'apaisaient bientôt, chez d'autres, beaucoup plus tard. Quand on touchait extérieurement le corps, il n'était point trop chaud ni livide, mais rougeâtre, parsemé de taches, et couvert de petites pus-tules et d'ulcères. L'intérieur était si brûlant, que les malades ne pouvaient supporter ni les vêtements les plus légers, ni les draps même pour couver-ture. Ils ne voulaient qu'être nus, et trouvaient un grand plaisir à se jeter dans l'eau froide. Plusieurs de ceux qui n'étaient pas gardés se précipitèrent dans les puits, tourmentés d'une soif inextinguible. Il était indifférent de boire peu ou beaucoup. Une agitation et une insomnie continuelles acca-blaient les malades. Tant que durait la force de la maladie, le corps ne se flé-trissait point ; et, contre toute attente, il résistait aux souffrances, en sorte que la plupart des malades, conservant encore quelque vigueur, périssaient le septième ou le neuvième jour, consumés par le feu intérieur ; ou, s'ils évi-taient la mort à ce terme, le mal descendait dans le ventre, et y produisait une ulcération violente, suivie d'une diarrhée excessive qui plus tard en fai-sait mourir plusieurs d'épuisement. Le mal, qui avait d'abord établi son siège dans la tête, traversait successivement tout le corps. Si quelqu'un devait échapper au dernier des périls, on en avait l'indice lorsque le mal attaquait

les extrémités; car il faisait alors irruption sur les extrémités des mains et
des pieds. Plusieurs évitèrent la mort par la perte de ces membres; quelques-uns par celle de leurs yeux. D'autres, aussitôt après leur convalescence,
avaient instantanément perdu la mémoire de toute chose, et ne reconnurent
plus ni eux-mêmes ni leurs amis.

Ce mal, qui dans son genre fut au-dessus de toute expression, attaquait
chacun avec une violence qui excédait les forces humaines; et ce qui le distinguait surtout des autres maladies ordinaires, c'est que les oiseaux et les
quadrupèdes qui se nourrissent de cadavres humains, restés en grand nombre sans sépulture, ou n'en approchaient point, ou périssaient s'ils en avaient
goûté. La disparition des oiseaux de cette espèce le prouve; on n'en voyait
ni ailleurs, ni autour des cadavres; et les chiens rendaient ce phénomène
encore plus sensible, eux qui vivent avec les hommes.

Tel était en général le caractère de cette maladie. J'en ai omis plusieurs
symptômes extraordinaires, qui se déclaraient d'une manière différente sur
chaque individu. A cette époque, aucune des maladies habituelles n'affligeait
la société. S'il en survenait quelqu'une, elle dégénérait en peste. Les uns périssaient par négligence; les autres, malgré les plus grands soins, et il ne se
trouva, pour ainsi dire, aucun remède dont l'emploi fût profitable. Ce qui
convenait à l'un nuisait à l'autre. Il n'y eut pas de corps, soit robuste, soit
faible, qui pût résister à ce mal; il emportait tout, même les malades à qui
les soins étaient prodigués. Ce que ce mal avait surtout de plus affreux consistait dans le découragement de ceux qui se sentaient attaqués, et qui, saisis bientôt de désespoir, s'abandonnaient eux-mêmes sans résistance, et en
ce qu'ils périssaient par leurs soins mutuels, en se communiquant la contagion de l'un à l'autre, comme les troupeaux de moutons; et c'est ce qui oc-
casionna cette grande mortalité. En effet, si par crainte on ne voulait pas
s'approcher entre soi, on mourait abandonné, et bien des familles s'éteignirent n'ayant personne pour les soigner; et, si l'on s'approchait, on succom-
bait également. Ceux surtout qui faisaient profession de quelque vertu, retenus par la honte et ne s'épargnant pas eux-mêmes, vaincus par l'excès du
mal, se lassèrent à la fin de rendre les derniers devoirs aux mourants. Ceux
toutefois qui avaient échappé à la mort éprouvaient le plus de compassion
et pour les mourants et pour les malades, parce qu'ils prévoyaient le danger, et qu'eux-mêmes avaient une entière sécurité, le mal n'attaquant pas
mortellement deux fois la même personne. Félicités par les autres, et remplis eux-mêmes de joie pour le moment actuel, ils avaient pour l'avenir l'espoir soulageant de ne point périr par une autre maladie.

Ce qui, pour surcroît de malheur, accabla surtout les Athéniens, ce fut l'affluence de ceux qui vinrent de la campagne dans la ville; les nouveaux venus en souffrirent particulièrement. Par le manque de maisons, comme ils
logeaient durant l'été dans des cabanes étouffantes, la mortalité s'ensuivait,
et avec le plus grand désordre. Ils expiraient entassés les uns sur les autres;
plusieurs, à demi morts, se roulaient dans les rues, autour des fontaines,
pour s'y désaltérer; et les temples dans lesquels ils s'étaient abrités se rem-
plissaient de morts qui y avaient expiré. L'excès du mal triompha de tout,
et les hommes, ne sachant plus que devenir, perdirent le respect pour les
choses licites et sacrées. Tous les usages qui se pratiquaient auparavant dans
les funérailles furent confondus, chacun ensevelissait les morts comme il
pouvait. Plusieurs, manquant de tombeaux, eurent recours à d'inconvenantes
sépultures, attendu la fréquence des décès dans leurs familles. Sur les bûchers d'autrui, les uns, devançant ceux qui les avaient dressés, plaçaient
leurs morts et mettaient le feu dessous; d'autres, pendant que l'on brûlait un cadavre, y jetaient par-dessus celui qu'ils avaient apporté, et s'en
allaient.

22

(Les Athéniens s'en prirent alors à Périclès de tous les maux qui tombaient sur eux ; et, quand ils virent échouer l'ambassade qu'ils avaient envoyée à Sparte, ils le mirent en accusation et le privèrent du commandement. Ils s'en repentirent bientôt et lui rendirent la direction des affaires. Périclès fit tous ses efforts pour relever leur courage.)

Périclès, par ses discours, tâchait de calmer l'irritation des Athéniens contre lui, et de détourner leur pensée des maux présents. En public, ils se calmaient par ses paroles, ils n'envoyaient plus de députés aux Lacédémoniens, et ils furent plus enclins à la guerre ; cependant, en particulier, ils s'affligeaient de leurs souffrances : le peuple, parce qu'il était privé même du peu qu'il possédait ; les puissants, parce qu'ils avaient perdu, dans la campagne, leurs propriétés embellies par des bâtiments et de riches mobiliers, mais surtout parce que, au lieu de la paix, ils avaient la guerre. Cependant l'irritation générale contre Périclès ne cessa qu'après qu'on l'eut condamné à une amende pécuniaire. Peu de temps après, par un caprice ordinaire à la multitude, on le réélut général et on lui confia l'administration de la république. La douleur que chacun sentait de ses propres souffrances était déjà émoussée ; et, pour les besoins de l'État, Périclès leur semblait inappréciable. En effet, tout le temps qu'il fut à la tête des affaires, pendant la paix, il avait gouverné avec modération et maintenu la sûreté dans la ville, qui sous lui parvint au plus haut degré de puissance ; et, lorsque la guerre fut commencée, on vit qu'il en avait prévu toute l'importance. Il n'y survécut que de deux ans et six mois ; et, lorsqu'il fut mort, on connut mieux la prévoyance de son esprit dans cette guerre. Périclès disait aux Athéniens que, ils restaient tranquilles, s'ils donnaient leurs soins à la marine ; si, dans la guerre, ils s'abstenaient de conquêtes ; enfin, s'ils n'exposaient pas la ville à des dangers, ils auraient le dessus ; mais les Athéniens firent tout le contraire ; et, dans les choses qui semblaient même étrangères à la guerre, ils administrèrent d'après leurs ambitions individuelles et leurs intérêts privés, à leur propre détriment et à celui des alliés. La réussite de ces entreprises ne procurait honneur et profit qu'à des particuliers, tandis que les revers nuisaient à l'État par rapport à la guerre. En voici la raison : puissant par sa dignité et par sa sagesse, signalé par son extrême intégrité, Périclès maîtrisait le peuple avec franchise et il le menait plutôt qu'il n'en était mené, attendu que, n'ayant pas atteint sa puissance par des moyens illicites, il ne le flattait pas dans ses discours, mais il le contrariait même quelquefois avec un ton d'autorité et de colère. Quand il s'apercevait que mal à propos les Athéniens se portaient à une insolente audace, il leur inspirait la terreur par ses discours ; et quand, au contraire, il les voyait abattus sans motif, il relevait leur courage. De cette manière le gouvernement était une démocratie de nom, et de fait une monarchie entre les mains du premier citoyen. Cependant ses successeurs, plus égaux entre eux, et aspirant chacun au premier rang, commencèrent à relâcher l'administration publique d'après le bon plaisir du peuple. Il en résulta, comme il arrive dans une grande et puissante république, de nombreuses erreurs, entre autres l'expédition de Sicile.

XÉNOPHON. — Il naquit vers l'an 444 à Erchie, bourgade de l'Attique, et eut pour père Gryllus. Ses premières années sont inconnues ; à l'âge de vingt ans, il doit la vie à Socrate, à la bataille de Délium. On sait la première rencontre de Xénophon avec le philosophe : « Où trouve-t-on ce qu'il faut pour vivre ? lui demanda Socrate. — Au marché. — Et ce qu'il faut pour être homme

de bien? » Le jeune homme hésita. « Suis-moi, dit Socrate, je te
l'apprendrai. » On doit croire qu'après la campagne de Délium il prit
des leçons d'Isocrate, fit le voyage de Sicile, et apprit l'art de la
guerre sur les champs de bataille. Avant de partir pour l'expédition
de Perse, il mit ses soins à la publication de l'histoire de Thucydide.

Xénophon accompagna Cyrus le Jeune, dans la pensée qu'il allait
faire la guerre aux Pisidiens; quand il sut que Cyrus en voulait à
Artaxerxe, il ne pouvait plus refuser. Il était simple volontaire au
début de l'expédition; mais la mort de Cléarque, après la bataille de
Cunaxa, l'embarras des Grecs, son habileté connue, le firent choisir
pour un des cinq généraux chargés de ramener l'armée en Grèce. Ce
n'est pas le lieu de raconter ici la retraite des Dix Mille, dont nous
donnerons du reste une analyse. Quand Xénophon eut rendu les
troupes à Thymbron le Lacédémonien, il revint à Athènes. Socrate n'était plus. Cinq ans après, il partit en Asie avec Agésilas,
et plus tard combattit auprès de lui à Coronée, ce qui lui valut un
exil. Les Spartiates l'adoptèrent par le droit de proxénie; et il était
à Corinthe, quand il reçut le décret de son rappel dont il refusa de
profiter. Un de ses fils succomba à la bataille de Mantinée : la
nouvelle lui en ayant été apportée pendant qu'il offrait un sacrifice, son premier mouvement fut d'ôter sa couronne. Quand il
sut qu'il était mort en brave, il la remit sur sa tête sans pleurer :
« Je savais qu'il était mortel, » dit-il. Il mourut huit ans après.

Les ouvrages de Xénophon sont : les *Helléniques,* continuation
de Thucydide jusqu'à la bataille de Mantinée; l'*Anabasis,* l'expédition de Cyrus le Jeune et la retraite des Dix Mille; la *Cyropédie,*
ou éducation de Cyrus; l'*Éloge d'Agésilas.* Ses autres ouvrages
sont philosophiques. L'*Anabasis* est la plus remarquable de ses
œuvres historiques; il parle de lui-même à la manière de César
dans ses *Commentaires,* mais avec plus de modestie encore; et
cependant il y déploie tous les talents d'un habile général. « Si
Xénophon, dit M. Gail, est inférieur à Thucydide comme historien,
à Platon comme philosophe, il faut se rappeler que, pour juger
Xénophon, on ne doit pas se borner à considérer en lui l'écrivain,
l'écrivain rempli d'une pureté, d'une douceur qui l'ont fait surnommer l'*abeille attique :* on remarquera que toute la gloire de
Thucydide, tout son génie se concentre dans son œuvre historique; que Platon est tout dans le philosophe; mais que Xénophon
fut à la fois moraliste, grand guerrier, grand écrivain; et que,
dans cette existence multiple, on doit juger et apprécier l'homme
qui répartit ses forces sur plusieurs objets. Aux yeux de la postérité, il vaut mieux, sans doute, primer dans un seul art et occuper
la première place; mais, si l'on assiste par la pensée à l'existence
d'un grand citoyen, si l'on suit les mouvements de sa vie pu-

blique et privée, et qu'on le voie suffire à tant de travaux divers, toujours avec gloire, on reconnaîtra dans Xénophon trois renommées qui se corroborent mutuellement ; on admirera le philosophe rempli de conviction, l'écrivain modèle de pureté, et le capitaine qui a conquis une place glorieuse parmi tant de célébrités guerrières dont la Grèce nous a légué le souvenir. »

EXPÉDITION DE CYRUS [1]

(Après la mort de Darius Nothus, Parysatis, sa femme, qui avait inutilement sollicité ce prince de reconnaître pour son successeur Cyrus, son second fils, vit avec chagrin la couronne de Perse sur la tête d'Artaxerxe-Mnémon. Cyrus organisa pour tuer son frère une conjuration qui fut découverte ; Parysatis obtint sa grâce, et Artaxerxe investit même le coupable du gouvernement de Sardes. Cyrus ne songea qu'à son ambition : il leva des troupes et engagea à servir sa cause treize mille Grecs commandés par Cléarque. Mais il ne fit part de son vrai dessein à son armée que lorsqu'il eut atteint avec elle la ville de Tarse, en Cilicie. Artaxerxe marcha à la rencontre de son frère, et ils se rencontrèrent dans les plaines de Cunaxa.)

Tous ceux qui parlèrent conseillèrent à Cyrus de ne point combattre en personne et de se tenir à l'arrière-garde. Ce fut en cette occasion que Cléarque lui fit à peu près cette question : « Pensez-vous, Cyrus, que votre frère hasarde la bataille ? — Oui, répondit-il ; si du moins il est fils de Darius et de Parysatis, et mon frère, je n'obtiendrai point cette couronne sans coup férir... »

Cyrus marcha ensuite en bataille avec toutes ses troupes, tant les grecques que les barbares, parce qu'il s'attendait à être attaqué ce jour-là par le Roi. Il ne fit que trois parasanges, à cause d'un fossé qu'il rencontra au milieu de sa marche. Ce fossé qui avait cinq orgyes de large sur trois de profondeur, commençait douze parasanges plus haut, traversait la plaine et allait aboutir à la muraille de Médie... Auprès de l'Euphrate était un passage étroit d'environ vingt pieds, entre le fleuve et le fossé que le grand Roi avait fait creuser, lorsqu'il apprit la nouvelle de la marche de Cyrus. Ce prince passa en cet endroit avec son armée et se trouva au delà du fossé. Le Roi ne se présenta pas ce jour là pour combattre, mais on aperçut beaucoup de traces de chevaux et d'hommes qui se retiraient... Comme le Roi ne s'était pas opposé au passage du fossé, Cyrus crut tellement avec son armée qu'il ne pensait plus à combattre, que le lendemain il marcha avec beaucoup de négligence. Le troisième jour, il s'avançait sur son char avec peu de soldats devant lui, la plus grande partie des troupes marchant en désordre, et les soldats faisant porter la plupart leurs armes sur des chariots ou sur des bêtes de somme.

On était déjà vers les neuf heures, et près du lieu où l'on devait camper, lorsqu'on vit venir au galop et le cheval tout en sueur, Patagyas, Perse de naissance, et l'un des confidents de Cyrus, criant à tous ceux qu'il rencontrait, en langue barbare et en grec, que le Roi arrivait avec son armée en bataille. Il y eut en cette occasion beaucoup de tumulte, les Grecs et les barbares s'attendant que ce prince allait les charger avant que leurs rangs fussent formés. Cyrus sauta en bas de son char, et s'étant revêtu de son corselet, il monta à cheval ; et, après avoir pris des javelots, il ordonna aux soldats de s'armer et de se placer chacun en son rang... Il était déjà midi, et les en-

(1) Larcher ; abrégé de Legay.

nemis ne paraissaient point encore; mais, sur les trois heures, on aperçut une poussière semblable à un nuage blanc, qui se répandit bientôt après sur toute la plaine et la couvrit de son obscurité. Quand ils furent plus près, les yeux furent frappés de l'éclat de leurs armes de bronze et l'on distingua les rangs et les piques... Cyrus avait prévenu les Grecs que les ennemis viendraient en jetant de grands cris, et les avait exhortés à ne s'en pas laisser effrayer : il se trompa. Ils s'avancèrent, non en poussant des cris, mais dans un profond silence, tranquillement et d'un pas égal et lent. Sur ces entrefaites, Cyrus, qui passait le long des bataillons avec Pigrès, son interprète, et trois ou quatre autres, cria à Cléarque d'amener ses troupes vis-à-vis du centre de l'armée ennemie, où le Roi se trouvait en personne... Cléarque répondit à Cyrus qu'il aurait soin que tout allât bien.

Cependant l'armée ennemie s'avançait d'un pas égal; et, comme les Grecs restaient dans la même place, ils formaient leurs rangs à mesure que leurs soldats arrivaient. Cyrus passait à une petite distance le long des bataillons, considérant les ennemis et ses propres troupes, lorsque Xénophon, d'Athènes, l'apercevant de l'armée grecque où il était, poussa son cheval vers lui, et lui demanda s'il avait quelque ordre à lui donner. Cyrus arrêta son cheval et lui commanda de faire savoir à toutes les troupes que les entrailles des victimes promettaient d'heureux succès. Mais là-dessus, ayant entendu du bruit parmi les rangs, il lui demanda ce que c'était. Xénophon lui répondit que le mot passait pour la seconde fois. Cyrus, étonné qu'on l'eût donné, voulut savoir quel était ce mot : « Jupiter sauveur, dit Xénophon, et la victoire. — Je l'accepte, reprit ce prince, et j'y consens volontiers; » après quoi, il retourna à son poste. Les deux armées n'étaient plus éloignées que de trois ou quatre stades, lorsque les Grecs entonnèrent l'hymne du combat, et s'ébranlèrent pour aller à l'ennemi. Une partie de leur phalange s'avançait avec l'impétuosité des vagues en courroux. Ceux qui étaient restés derrière doublaient le pas, et tous à la fois jetant un grand cri suivant leur usage, lorsqu'ils invoquent le dieu de la guerre, ils se mirent à courir. Quelques-uns rapportent qu'ils frappaient leurs boucliers de leurs piques pour effrayer les chevaux. Mais, avant d'être à la portée des traits, les barbares firent tourner leurs chevaux et s'enfuirent. Les Grecs les poursuivirent de toute leur force, se disant l'un à l'autre de ne point courir, mais de les suivre en gardant leurs rangs...

Cyrus, voyant les Grecs victorieux de leur côté et poursuivant l'ennemi, se réjouissait, et ceux qui étaient auprès de lui l'adoraient, comme s'il eût été déjà roi; mais, au lieu de s'emporter à la poursuite, il tint serrés autour de lui ses six cents chevaux, observant les mouvements du Roi. Il savait qu'il était au centre de l'armée des Perses.

(Artaxerxe fait un mouvement pour attaquer les Grecs par derrière.)

Ce mouvement fit craindre à Cyrus que, prenant par les derrières, il ne les taillât en pièces : il marcha donc à lui; et, le chargeant avec ses six cents chevaux, il battit ceux qui étaient devant le Roi, mit en fuite le corps de six mille chevaux, commandé par Artagercès, et l'on dit qu'il tua de sa main cet officier général. Aussitôt que ces troupes eurent pris la fuite, les six cents chevaux qui accompagnaient Cyrus se dispersèrent de côté et d'autre pour les poursuivre. Il n'en resta qu'un très-petit nombre auprès de lui, et la plupart étaient de ceux qu'il admettait à sa table. Tandis qu'il était avec eux, il aperçoit le Roi et ceux dont il était environné. Ne pouvant plus alors se contenir, il crie à l'instant : « Je vois l'homme ! » court à lui, le frappe à la poitrine et le blesse à travers son corselet, comme le dit le médecin Ctésias, qui assure avoir guéri sa blessure. Dans l'instant même qu'il portait ce coup, il fut atteint au-dessous de l'œil d'un javelot lancé avec force. Le Roi et Cyrus en vinrent ensuite aux mains, et leurs amis de part et d'autre s'empressèrent de les défendre. Ctésias, qui accompagnait le Roi, nous apprend combien ce prince perdit de monde dans cette action. De l'autre côté, Cyrus fut tué et huit de ses principaux amis se firent tuer sur son corps. On dit qu'Artapatès, le plus fidèle de ses serviteurs, le voyant tomber, sauta en bas de son cheval, et se jeta sur lui. On ajoute que le Roi le fit égorger sur le corps de Cyrus...

Ainsi mourut Cyrus, et c'est de tous les Perses qui sont venus après l'ancien Cyrus, celui qui a eu l'âme la plus grande et qui a le mieux mérité de régner, comme en conviennent tous ceux qui l'ont intimement connu. Dès son enfance, il l'emporta en tout sur son frère et sur les enfants des grands de Perse avec qui il fut élevé... Lorsque l'âge le permit, il devint passionné pour la chasse et avide des dangers qu'on y court. Un ours s'étant un jour jeté sur lui, il n'en fut pas effrayé et le combattit : il fut arraché de dessus son cheval, et reçut en cette occasion les blessures dont il a toujours depuis porté les cicatrices ; mais enfin il le tua et combla de faveurs celui qui vint le premier à son secours. Lorsque son père l'envoya gouverner la Lydie, la grande Phrygie et la Cappadoce en qualité de satrape, et qu'il le déclara général de tous ceux qui ont le droit de s'assembler dans la plaine de Castole, il commença par faire voir qu'il n'avait rien de plus à cœur que de ne jamais tromper dans les traités, dans les contrats et dans les simples promesses. Aussi les villes de son gouvernement et les particuliers avaient-ils en lui la plus grande confiance. Lorsqu'il faisait la paix avec ses ennemis, ils étaient assurés qu'il en observerait les conditions, et ils ne craignaient de sa part aucun mauvais traitement.

Soit qu'on lui fit du bien ou du mal, il tâchait de le rendre au double ; et l'on rapporte qu'il ne désirait vivre que jusqu'à ce qu'il eût surpassé en bienfaits et en vengeance ses amis et ses ennemis. Aussi n'y a-t-il pas eu d'homme, du moins de notre temps, à qui tant de monde eût voulu confier leurs fortunes, leurs villes et leurs propres personnes... On convient généralement qu'il honorait d'une manière particulière ceux qui se distinguaient dans la profession des armes. Il eut d'abord la guerre contre les Pisidiens et les Mysiens : il y commanda lui-même en personne ; et ceux qu'il vit s'exposer de bonne grâce au danger, il leur donna le gouvernement du pays conquis, il leur fit d'autres présents honorables ; de sorte qu'on regardait les hommes courageux comme les plus heureux, et les lâches comme méritant d'être leurs esclaves. Aussi y avait-il beaucoup de gens qui se présentaient d'eux-mêmes au danger, partout où ils s'attendaient d'avoir Cyrus pour témoin.

Personne à mon avis n'a reçu, pour plusieurs raisons, autant de présents que lui. Personne aussi ne les a distribués à ses amis avec plus de générosité, et n'a plus consulté en cela leurs goûts et leurs besoins. A l'égard des habillements qu'on lui donnait, soit qu'ils servissent à la guerre ou à le parer, on assure qu'il disait que, ne pouvant les porter tous, il regardait ses amis ainsi décorés comme son plus bel ornement. Il n'est pas étonnant qu'étant plus puissant qu'eux, il les ait surpassés par la magnificence de ses dons ; mais qu'il l'ait fait aussi par ses attentions et son zèle à les obliger, c'est ce qui me paraît surtout admirable.

..... Quand il paraissait en public, en des occasions où il savait que beaucoup de personnes auraient les yeux sur lui, il appelait ses amis et affectait de s'entretenir avec eux de choses sérieuses, afin de montrer l'estime qu'il en faisait : de sorte que, pour ce que j'apprends de ses bonnes qualités, je juge que personne n'a jamais été tant aimé parmi les Grecs et les barbares. Entre autres exemples que je pourrais rapporter, en voici un remarquable : Tout esclave qu'était Cyrus, personne ne quitta son service pour celui du

Roi... Bien plus, lorsque la guerre commença, un grand nombre de ceux qui suivaient le parti d'Artaxerxe, et qui en étaient le plus chéris, espérant de voir leurs services mieux récompensés par Cyrus, abandonnèrent le Roi pour se ranger du côté de son frère. Ce qui lui arriva quand il mourut prouve qu'il était non-seulement brave, mais encore qu'il savait faire choix d'hommes fidèles, affectionnés et constants. Car, lorsqu'il fut tué, tous ses amis, et ceux qui mangeaient à sa table, périrent en combattant pour lui.

(L'armée réunie par Cyrus se disperse à sa mort. Les seuls Grecs tiennent ferme et restent en bon ordre ; ils vont se ranger en bataille derrière le fleuve.)

Vers le temps où le marché est plein (1), arrivèrent des hérauts de la part du Roi et de Tissapherne, tous barbares, excepté Phalinus, qui était Grec. Celui-ci se trouvait pour lors auprès de Tissapherne, dont il était fort estimé, parce qu'il prétendait avoir une grande connaissance de la tactique et de l'exercice des armes. Ils s'approchèrent, et, appelant à haute voix les commandants des Grecs, ils leur ordonnèrent de la part du Roi de lui rendre leurs armes comme à leur vainqueur, puisqu'il avait tué Cyrus, et de venir à sa porte pour tâcher d'y obtenir des conditions favorables. Les Grecs furent indignés d'une pareille proposition. Cependant Cléarque se contenta de dire que ce n'était pas aux victorieux à rendre les armes. S'adressant ensuite aux généraux : « Faites, leur dit-il, la meilleure et la plus honorable réponse que vous pourrez, je reviens sur-le-champ. » Un de ses serviteurs venait de l'appeler pour examiner les entrailles des victimes qu'il immolait alors. Cléanor d'Arcadie, qui était le plus âgé, répondit qu'ils mourraient tous plutôt que de livrer leurs armes. Proxène de Thèbes prit ensuite la parole : « Je m'étonne, Phalinus, de votre demande. Le Roi exige-t-il nos armes comme vainqueur, ou en qualité d'ami comme un présent. Si c'est comme vainqueur, qu'est-il nécessaire de les demander ? Que ne vient-il les prendre ? Mais, s'il veut nous engager à les lui livrer, qu'il dise ce que les soldats doivent attendre après une pareille faveur. »

(Après une assez longue négociation, Artaxerxe, qui veut tromper les Grecs, leur permet de s'en retourner dans leur pays. Tissapherne était, en apparence, chargé de les accompagner, mais il voulait leur perte. Un instant l'on soupçonna sa perfidie. Une entrevue de Cléarque et de Tissapherne rétablit les bons rapports : les vingt-cinq premiers officiers sont invités dans la tente du général perse. Xénophon en fait le portrait et raconte la perfidie de Tissapherne.)

Les généraux ayant été arrêtés, et les capitaines et les soldats qui les accompagnaient ayant été mis à mort, les Grecs se trouvèrent très-embarrassés. Ils considéraient qu'ils étaient aux Portes du Roi et environnés de tous côtés d'un grand nombre de nations et de villes ennemies ; qu'ils étaient éloignés de la Grèce de plus de dix mille stades, sans guides pour les conduire, et que leur route était interceptée par des rivières qu'on ne pouvait traverser ; que les barbares mêmes, qui avaient servi sous Cyrus, les avaient trahis ; et qu'étant seuls et sans cavalerie à eux, il était évident que s'ils étaient victorieux, ils ne pourraient pas même tuer un seul homme en poursuivant les ennemis, et que, s'ils étaient battus, aucun d'eux ne pourrait échapper. Ces réflexions décourageantes les empêchèrent pour la plupart de prendre ce soir là de la nourriture et d'allumer du feu ; beaucoup ne se rendirent pas cette nuit à leurs quartiers et se disposèrent à se reposer dans l'endroit où

(1) Neuf heures du matin.

chacun se trouva. Mais le chagrin, le regret de se voir éloignés de leur patrie, de leurs pères et mères, de leurs femmes et de leurs enfants, qu'ils ne
s'attendaient pas à revoir, ne leur permit pas de fermer l'œil. Ils se couchè-
rent dans ces dispositions.

Il y avait à l'armée un Athénien nommé Xénophon, qui n'était ni général,
ni capitaine, ni soldat, mais qui servait en qualité de volontaire. Étant attaché depuis longtemps à Proxène par les liens de l'hospitalité, celui-ci l'avait
engagé à sortir de son pays, en lui promettant de lui procurer l'amitié de
Cyrus, dont il espérait lui-même, disait-il, de plus grands avantages que de
sa patrie... Xénophon mit à la voile et trouva Proxène et Cyrus à Sardes,
prêts à marcher vers l'Asie supérieure. Proxène le pressa de rester et le recommanda à Cyrus, qui ne le pressa pas moins de son côté, et lui promit de
le renvoyer aussitôt après que serait terminée cette expédition qu'on disait
regarder les Pisidiens.

Xénophon, surpris de la sorte, s'engagea dans cette entreprise. Proxène
n'eut aucune part à cette tromperie; car, si l'on excepte Cléarque, personne
ne savait, parmi les Grecs, qu'on allait attaquer le Roi; mais, lorsqu'on fut en
Cilicie, chacun s'aperçut que cette expédition était dirigée contre lui. Quoique les Grecs fussent effrayés de la longueur de la route, cependant les égards
et le respect qu'ils avaient les uns pour les autres et pour Cyrus, les forcèrent malgré eux à suivre ce prince, et Xénophon était de ce nombre. Dans
l'embarras où l'on se trouvait, il partagea la tristesse générale et ne put reposer. Cependant, ayant pris un peu de sommeil, il crut voir en songe la
foudre tomber sur la maison de son père et la mettre toute en feu. La première pensée qui se présenta à son esprit en se réveillant fut : « Que fais-je
ici couché? La nuit s'avance, et, dès que le jour paraîtra, il est probable que
l'ennemi viendra nous attaquer. Si nous tombons au pouvoir du Roi, qui nous
empêchera de voir le spectacle le plus affreux, de souffrir les tourments les
plus cruels, et de mourir de la manière la plus ignominieuse? Cependant
personne ne se prépare à la défense, personne ne s'en occupe, et nous reposons tous comme s'il nous était permis de vivre tranquillement. De quelle
ville attends-je donc un général pour effectuer ces choses? Quel âge atten-
drai-je? Si je me livre aujourd'hui moi-même aux ennemis, ce jour sera le
dernier de ma vie. »

(Xénophon rassemble les soldats, remonte leur courage et les décide à courir
tous les dangers. Cinq généraux sont nommés, et, dans le nombre, Xénophon : la retraite des Dix Mille commence. Une première attaque de Tissapherne est repoussée; ils continuent à avancer; le Tigre leur barre le passage, ils sont obligés de faire un long détour. Ils arrivent aux montagnes des
Carduques, et font une route de cinq jours à travers les défilés, harcelés sans
cesse par les habitants du pays. Le fleuve franchi, ils rencontrent les troupes d'un satrape et les battent encore.

Plus loin ils ont eu à traverser l'Euphrate et pénètrent dans une région
rigoureuse et couverte de neige; beaucoup de soldats meurent de froid.
Enfin, après avoir passé le fleuve du Phase, battu les Chalybes et franchi les
montagnes de la Colchide, ils atteignent Trébizonde, colonie grecque, et
aperçoivent la mer, le Pont-Euxin, après la vue duquel ils soupiraient depuis
si longtemps.)

Le cinquième jour on arriva à la montagne sacrée, nommée Théchès. Les
premiers qui gagnèrent le haut de la montagne, ayant aperçu la mer, poussèrent de grands cris. Xénophon les ayant entendus, ainsi que l'arrière-
garde, s'imagina que l'avant-garde était attaquée par d'autres ennemis...
Comme les cris augmentaient à mesure qu'on avançait, que tous ceux qui

montaient couraient à ceux qui continuaient de crier et que les cris redou-
blaient avec leur nombre, Xénophon crut qu'il y avait là quelque chose
d'extraordinaire. Sur-le-champ il monte à cheval, et prenant avec lui Lycius
et la cavalerie, il marche à leur secours. Mais bientôt il entend crier : « La mer !
la mer ! » en se félicitant mutuellement. Tous se mirent alors à courir, et
l'on chassa devant soi les bêtes de somme avec les chevaux. Quand les Grecs
furent tous arrivés au sommet de la montagne, ils s'embrassèrent les uns
les autres, les larmes aux yeux, ainsi que leurs généraux et leurs capitaines.
Sur-le-champ les soldats apportent des pierres, sans qu'on ait su par l'ordre
de qui, et y élevant un tertre considérable, ils y placent un grand nombre
de boucliers couverts de peaux de bœuf crues, de bâtons et de boucliers
d'osier enlevés à l'ennemi.

(De là ils gagnèrent Cotyore, et s'embarquèrent ; et, côtoyant l'Asie Mineure, ils s'engagèrent en Thrace au service de Seuthès, qu'ils remirent sur
le trône. C'est alors qu'apprenant que Sparte venait de déclarer la guerre à
Tissapherne et à Pharnabaze, Xénophon sut décider sa troupe héroïque à
rejoindre l'expédition lacédémonienne. Ils se rendirent donc à Parthénie et
se mêlèrent à l'armée du Spartiate Thymbron : ils restaient au nombre de
six mille et avaient conquis une gloire immortelle, pour avoir, en dix-neuf
mois, achevé une retraite de six cents lieues.)

Il nous reste à nommer les autres historiens, beaucoup moins
importants, soit parce que leurs écrits n'ont pas le même mérite
que ceux des précédents, soit parce qu'ils ne nous ont laissé que des
fragments. C'est d'abord Ctésias, auteur d'une *Histoire de l'Assyrie
et de la Perse ou les Persiques*, et d'une *Histoire de l'Inde*. Plutarque
lui reproche de n'être pas toujours véridique ; d'autres historiens, au
contraire, tels que Diodore de Sicile, Denys d'Halicarnasse, Xénophon, lui accordent leurs éloges. Nommons encore Stésimbrote,
biographe de Thémistocle, de Thucydide et de Périclès ; Philiste
de Syracuse, qui a écrit les *Antiquités de la Sicile*, la *Vie de Denys*
et les *Sicéliques ;* Antiochus de Syracuse, auteur d'une *Histoire de
la Sicile ;* Théopompe de Chios, qui composa des *Helléniques*, un
Abrégé d'Hérodote, et une *Vie de Philippe ;* Éphore de Cumes, le
premier écrivain d'une histoire universelle ; enfin Dioscoride,
Néanthès de Cyzique, Dion, auteur des *Persiques*, et Céphalon de
Gergithe. Tous ces historiens ont précédé Alexandre le Grand ;
nous plaçons dans la seconde période tous ceux qui l'ont suivi.

CHAPITRE III

HISTORIENS GRÉCO-ROMAINS

Nous allons donner, d'après le travail de M. Schœll, qui s'est aidé
lui-même de Sainte-Croix, le catalogue des écrivains qui ont raconté
la vie d'Alexandre le Grand, et dont les ouvrages sont perdus. C'est

d'abord Anaximène de Lampsaque, auteur d'une *Histoire de la Grèce*
et des *Vies de Philippe et Alexandre;* Callisthène d'Olinthe, neveu
d'Aristote : il avait écrit des *Helléniques,* une *Histoire de la guerre
sacrée,* des *Persiques,* une *Vie d'Alexandre,* une *Histoire de Troie* et
plusieurs traités; Onésicrite d'Égine, cité par Plutarque pour son
Histoire de l'expédition d'Alexandre; Jérôme de Cardie, qui fit un
ouvrage intitulé : *Mémoires historiques;* Aristobule de Cassandrie,
juge équitable du conquérant; Ptolémée, fils de Lagus, ami impartial de son maître; Marsyas de Pella, qui composa l'*Histoire des
rois de Macédoine* et l'*Éducation d'Alexandre;* enfin, Éphippus
d'Olynthe, Diodote, Néarque et Diognète. Les continuateurs de
ces historiens sont : Hégésias de Magnésie, Ératosthène, Duris de
Samos, Bérose, Abydène et Manéthon.

Les historiens grecs qui traitent un autre sujet que la vie
d'Alexandre sont : Timée de Taurominium, qui a écrit des *Ita-
liques* et des *Siciliques;* Aratus de Sicyone, qui avait laissé les
Mémoires de son temps; Phylarque, auteur de nombreux ouvrages,
et entre autres de l'*Histoire de l'expédition de Pyrrhus dans le Péloponèse;* Polémon, qui composa une histoire de la Grèce, et Phi-
linus, celle de la première guerre punique; enfin Baton de Syracuse, Démon et Androtion.

POLYBE. — Il naquit vers l'an 24 av. J.-C. à Mégalopolis, en Arcadie. Ses maîtres furent, en politique, Lycortas, son père, l'un des
chefs de la ligue achéenne; dans l'art militaire, Philopœmen.
Jeune encore, il fut mêlé aux grands événements de son temps;
il vint trouver en Égypte les généraux de Rome, comme envoyé
de ses concitoyens, puis fut chargé de commander la cavalerie de
la ligue; mais, à partir du moment où il fut envoyé comme otage
à Rome, sa vie resta mêlée jusqu'à la fin à l'histoire romaine.
D'abord il se lia d'amitié avec le jeune Scipion Émilien, qu'il ne
quitta plus, liaison à laquelle il dut d'assister aux siéges de Numance et de Carthage, au passage des Alpes; de parcourir les
Gaules et l'Espagne; de recueillir des documents, d'étudier toutes
les traditions et tous les monuments, de s'instruire des mœurs et
des coutumes des différentes nations. Avec ces richesses et ce
qu'il trouva dans le trésor des fastes romains que Scipion lui
ouvrit, Polybe commença ses grands travaux historiques. Après
un long séjour à Rome, il voulut revoir sa ville natale; il y vécut
six années et mourut à l'âge de 82 ans, en 121 av. J.-C.

Les œuvres de Polybe sont : 1° l'*Histoire générale,* dont il ne
nous reste plus que cinq livres et des fragments; 2° la *Vie de
Philopœmen;* 3° l'*Histoire de la guerre de Numance.* Rien ne nous
est parvenu de ces deux derniers ouvrages. « Polybe, dit Ed.

Fournier, n'a qu'un seul guide, la vérité; jamais il ne dément cette phrase qu'il ne cessait de répéter et qui pourrait servir d'épigraphe à tous ses ouvrages : « Comme les animaux ne sont d'aucun usage quand on leur a crevé les yeux, l'histoire sans la vérité n'est rien. » Chaque récit de Polybe est nourri de faits tous décisifs et importants; sa manière de raconter est concise et intéressante. L'explication des causes y trouve une large place à côté de la narration des événements; et c'est en cela, c'est par le caractère politique et raisonné qu'il sait ainsi donner à l'histoire, que Polybe décèle la profondeur de ses vues et la sagacité de son génie. Il peint d'un seul mot les hommes et leurs passions, les gouvernements et leurs fautes; et, pénétrant au fond des institutions et des lois, il démèle les causes qui les ont fait naître et celles qui doivent les détruire. On a reproché à Polybe des digressions. « Elles sont longues et fréquentes, je l'avoue, dit Rollin, « mais elles sont remplies de tant de faits curieux et d'instructions « utiles, qu'on doit non-seulement lui pardonner ce défaut, si c'en « est un, mais même lui en savoir gré. » Le reproche qu'on lui a adressé à propos de la dureté et de l'incorrection de son style est plus légitime. Polybe écrit trop en homme de guerre peu soucieux de polir l'âpre rudesse de ses phrases; il néglige trop, pour n'être attentif qu'aux choses elles-mêmes, ce charme de diction, cet atticisme de langage qui en rend si bien le récit agréable. »

ENTREVUE D'ANNIBAL ET DE SCIPION [1]

Les deux généraux sortent chacun de leur camp avec quelques cavaliers, qu'ils font ensuite retirer. Ils s'approchent l'un de l'autre, n'ayant avec eux que chacun un truchement. Annibal salue le premier et commence ainsi : « Je voudrais de tout mon cœur que tous les Romains et les Carthaginois n'eussent jamais pensé à étendre leurs conquêtes, ceux-là au delà de l'Italie, ceux-ci au delà de l'Afrique, et qu'ils se fussent renfermés les uns et les autres dans ces deux beaux empires que la nature semblait avoir elle-même séparés. Mais nous avons d'abord pris les armes pour la Sicile; nous nous sommes ensuite disputé la domination de l'Espagne ; enfin, aveuglés par la fortune, nous avons été jusqu'à nous faire la guerre chacun pour sauver notre propre patrie, et c'est encore là que nous en sommes aujourd'hui. Apaisons enfin la colère des dieux, si cela peut se faire; bannissons de nos cœurs cette jalousie opiniâtre qui nous a jusqu'à présent armés les uns contre les autres. Pour moi, instruit par l'expérience combien la fortune est inconstante, combien il faut peu de chose pour tomber dans sa disgrâce ou mériter ses faveurs, comme elle se joue des hommes, je suis très-disposé à la paix. Mais je crains fort, Scipion, que vous ne soyez pas dans les mêmes sentiments. Vous êtes dans la fleur de votre âge, tout vous a réussi suivant vos souhaits en Espagne et en Afrique, rien encore n'a traversé le cours de vos prospérités; quelques fortes raisons dont je me serve pour vous porter à la paix, vous ne vous laisserez pas persuader. Cependant, considérez, je

[1] J. A. C. Buchon.

vous prie, combien l'on doit peu compter sur la fortune. Vous n'avez pas
besoin pour cela de chercher des exemples dans l'antiquité, jetez les yeux
sur moi. Je suis cet Annibal qui, après la bataille de Cannes, maître de presque toute l'Italie, marchai quelque temps après sur Rome même, et qui,
campé à quarante stades de cette ville, délibérais déjà sur ce que je ferais de
vous et de votre patrie. Et, aujourd'hui de retour en Afrique, me voilà
obligé de traiter avec un Romain de mon salut et de celui des Carthaginois.
Que cet exemple vous apprenne à ne pas vous enorgueillir, à penser que
vous êtes homme, et par conséquent à choisir toujours le plus grand des
biens et le plus petit des maux. Quel est l'homme sensé qui voulût s'exposer
au péril qui vous menace? Quand vous remporteriez la victoire, vous n'ajou-
teriez pas beaucoup à votre gloire ni à celle de votre patrie; au lieu que, si
vous êtes vaincu, vous perdez par vous-même tout ce que vous avez acquis
jusqu'à présent de gloire et d'honneur. Mais à quoi tend ce discours? A vous
faire souvenir de ces articles : que la Sicile, la Sardaigne et l'Espagne, qui
ont fait ci-devant le sujet de nos guerres, demeureront aux Romains; que
jamais les Carthaginois ne prendront les armes contre eux pour ces royaumes,
et que tout ce qu'il y a d'autres îles entre l'Italie et l'Afrique appartiendra
aussi aux Romains. Il me semble que ces conditions, en mettant les Carthaginois en sûreté pour l'avenir, vous sont en même temps très-glorieuses, à
vous en particulier, et à toute votre république. » Ainsi parla Annibal.

Scipion répondit que ce n'étaient pas les Romains, mais les Carthaginois
qui avaient été la cause de la guerre de Sicile et de celle d'Espagne; qu'Annibal lui-même le savait bien, et que les dieux en avaient pensé ainsi, puisqu'ils avaient favorisé non les Carthaginois, qui avaient entrepris une guerre
injuste, mais les Romains, qui n'avaient fait que se défendre ; que cependant
dant ces succès ne lui faisaient pas perdre de vue l'inconstance de la fortune
et l'incertitude des choses humaines. « Mais, ajouta-t-il, si, avant que les Romains apparussent en Afrique, vous fussiez sorti de l'Italie et eussiez proposé
ces conditions, je ne crois pas qu'on eût refusé de les écouter. Aujourd'hui
que vous êtes revenu d'Italie malgré vous, et que nous sommes en Afrique
les maîtres de la campagne, les affaires ne sont plus sur le même pied. Bien
plus, quoique vos citoyens fussent vaincus, nous avons bien voulu, à leur
prière, faire une espèce de traité avec eux. Nos articles ont été mis par écrit,
lesquels, outre ceux que vous proposez, étaient que les Carthaginois nous
rendraient nos prisonniers sans rançon, qu'ils nous livreraient leurs vaisseaux pontés, qu'ils nous payeraient cinq mille talents et qu'ils fourniraient
sur tout cela des otages. Telles sont les conditions dont nous étions convenus. Nous avons envoyé à Rome pour les faire ratifier par le sénat et par le
peuple, témoignant que nous les approuvions, et les Carthaginois demandant
avec instance qu'elles leur fussent accordées. Et, après que le sénat et le peuple ont donné leur consentement, les Carthaginois manquent à leur parole
et nous trompent. Que faire après cela? Mettez-vous en ma place et répondez. Faut-il les décharger de ce qu'il y a d'abord de plus rigoureux dans le
traité ? Certes l'expédient serait merveilleux pour leur apprendre à tromper
ceux qui les auraient obligés. S'ils obtiennent ce qu'ils demandent, direz-
vous, ils n'oublieront jamais un si grand bienfait. Mais ce qu'ils nous ont
demandé en suppliants, ils l'ont obtenu ; et cependant, sur la faible espérance
que votre retour leur a fait concevoir, ils nous ont d'abord traités en ennemis. En un mot, si aux conditions qui vous ont été imposées on en ajoutait
quelque autre plus rigoureuse, en ce cas on pourrait porter une seconde fois
notre traité devant le peuple romain ; mais, puisque, au contraire, vous re-
tranchez de celles dont on était tombé d'accord, il n'y a plus de rapport à
lui en faire. A quoi tend aussi ce discours ? A vous faire entendre qu'il faut
que vous vous rendiez, vous et votre patrie, à discrétion, ou qu'une bataille

décide en votre faveur. » Ce discours fini, sans rien conclure, les deux généraux se séparèrent.

A la suite de cet illustre historien, nous devons encore accorder une mention à Critolaüs, auteur de l'*Histoire de l'Épire;* au chronologue Castor de Rhodes; à Théophane de Mitylène, biographe du grand Pompée; à Timagène d'Alexandrie, historien d'Alexandre et de ses successeurs; à Posidonius, continuateur de Polybe; enfin à Juba, auteur d'une *Histoire romaine* louée par Plutarque.

DIODORE DE SICILE. — Cet écrivain naquit à Argyre, en Sicile, et vécut sous Jules-César et sous Auguste. On sait peu de chose de sa vie; dès sa jeunesse, il entreprit des voyages en Asie, en Afrique, en Europe; et c'est à son retour que, fixé à Rome, il publia sa *Bibliothèque historique,* dont il préparait depuis trente ans les précieux matériaux. L'ouvrage était divisé en quarante livres (quinze seulement nous sont restés); il contenait l'histoire des différents peuples de la terre connue, depuis les époques fabuleuses jusqu'à l'assassinat de César dans le sénat.

Si le style de Diodore manque d'ornement, du moins est-il toujours simple et toujours clair. Sa narration est peu animée, souvent diffuse, l'ordre manque dans ses récits; mais il ouvre une mine riche en faits et en détails de mœurs et de caractères.

LE TYRAN DENYS

Après que Denys, le tyran de Syracuse, fut débarrassé de la guerre carthaginoise, il vécut dans les loisirs d'une profonde paix. Alors il se livra entièrement à la composition de différentes poésies; il fit venir de tous côtés auprès de lui ceux qui s'étaient fait une illustre renommée en ce genre, il les combla d'honneurs, commerçant familièrement avec eux, et soumettant à leur jugement et à leur critique les vers qu'il composait. Leurs éloges, mesurés sur le crédit et les bienfaits qu'ils obtenaient eux-mêmes du prince, gonflaient sa vanité, et il se montrait plus fier de ses poésies que de ses exploits à la guerre. Au nombre des poètes qui vivaient à cette cour se trouvait Philoxène, auteur de dithyrambes : on s'accordait à lui reconnaître un grand mérite dans cette sorte de composition. Un jour, pendant un festin, on lut de pauvres vers de Denys et on lui en demanda son avis; sa réponse trop franche lui attira le mécontentement du tyran, qui, persuadé que la haine seule avait dicté le blâme de Philoxène, le fit saisir sur-le-champ par ses satellites et conduire aux carrières. Mais, le lendemain, des amis intervinrent pour désarmer le maître; il pardonna. Un nouveau repas réunit les mêmes convives; Denys fait lui-même un magnifique éloge de ses poésies, et lit un passage favori auquel il avait dû mettre tout son savoir-faire : il veut de nouveau connaître le sentiment de Philoxène. Le poète ne lui répond rien, appelle à lui les gardes et leur donne l'ordre de le reconduire aux carrières. Cette spirituelle franchise, accueillie par le rire de l'assemblée, fit sourire Denys et le désarma : la plaisanterie émoussa la pointe du reproche.

L'aventure de Platon a quelques rapports avec celle de Philoxène. Denys

l'avait appelé à sa cour, et, frappé de sa franchise digne d'un véritable philosophe, il le tint d'abord en une haute estime. Mais plus tard, ayant trouvé
son langage offensant, il lui retira complétement son amitié et poussa la
colère au point de le faire conduire au marché et vendre vingt mines,
comme si c'eût été un esclave. Tous les amis de Platon se cotisèrent pour le
racheter et le renvoyèrent en Grèce, en lui donnant ce conseil amical : un
homme sage doit, ou voir rarement les tyrans, ou garder pour eux beaucoup
de ménagements. Ces contrariétés n'arrêtaient pas la verve poétique de
Denys : il choisit même des histrions à la voix exercée et les envoya à la
réunion solennelle des jeux Olympiques pour y lire ses vers à la foule.
D'abord le charme de l'organe causait parmi les auditeurs une grande admiration ; mais, quand on en vint à examiner le fond des choses, les malheureux lecteurs excitèrent des éclats de rire : ce fut le seul prix qu'ils remportèrent. Ce mépris pour ses œuvres plongea Denys, quand il en eut connaissance,
dans une tristesse profonde. Son chagrin s'accrut de jour en jour ; une sorte
de folie se rendit maîtresse de son esprit : il se disait l'objet de la jalousie
universelle, il soupçonnait tous ses amis de lui tendre des embûches. Enfin
sa mélancolie et sa fureur allèrent si loin, qu'il fit accuser bon nombre de
ses amis sur de faux soupçons : quelques-uns furent tués, d'autres condamnés à l'exil.

MORT DE DENYS. — CAUSE DE SA MORT

Denys tomba malade et mourut après un règne de trente ans. Son fils Denys lui succéda et garda la tyrannie l'espace de douze ans. Il ne me paraît
pas déplacé de raconter ici la cause de cette mort étrange et les circonstances
qui l'accompagnèrent. Denys avait donné à représenter une tragédie à Athènes pendant les fêtes de Bacchus, et il avait été proclamé vainqueur. Un
chanteur qui s'était fait entendre dans les chœurs, s'imagina qu'il obtiendrait
toutes faveurs s'il était le premier à annoncer au prince sa victoire. Il s'em-
barque sur-le-champ pour Corinthe. Là il trouve, heureuse circonstance,
un vaisseau qui va partir pour la Sicile ; il y monte, fait une heureuse traversée jusqu'à Syracuse, et, sans perdre un instant, court apprendre au tyran
son triomphe. Celui-ci en éprouve une joie fort vive et récompense généreusement ce messager. Il veut de plus, à l'occasion d'une si heureuse nouvelle,
rendre aux dieux un sacrifice d'action de grâces, et commander un grand
festin de réjouissance auquel rien ne manque. Mais le jour même où il reçoit
à cette table splendide tous ses amis, il se laisse entraîner à boire outre mesure ; ce fut cet excès même qui le jeta dans une terrible maladie. Depuis
longtemps déjà un oracle lui avait prédit qu'il mourrait lorsqu'il aurait
vaincu des gens qui valaient mieux que lui. Il reportait le sens de ces derniers mots prophétiques aux Carthaginois, dans la pensée qu'ils lui étaient
supérieurs. Aussi, bien qu'il leur eût fait fort souvent la guerre, il affectait
d'éviter le titre de vainqueur et préférait le nom de vaincu pour ne pas paraître l'avoir emporté sur des rivaux supérieurs à lui. Malgré ce subterfuge,
il ne put échapper à l'exigence du destin : mauvais poëte et jugé tel à Athènes, il ne vainquit pas moins pour cela à Athènes des artistes plus habiles
que lui. L'oracle qui lui prédisait en ce cas une mort prochaine se trouvait
accompli.

DENYS D'HALICARNASSE. — « Denys, né à Halycarnasse, ville de
la Carie, se rendit à Rome, dit M. Legay, après la fin des guerres
civiles (av. J.-C. 30), et y demeura vingt-deux ans. Il employa

ce temps à apprendre la langue latine, pour se mettre en état de consulter les historiens du pays; et, après s'être livré à une étude sérieuse de tous les auteurs latins et grecs qui avaient parlé du peuple romain, il composa ses *Antiquités romaines* ou *Histoire des premiers temps de Rome*, en vingt livres, dont il ne reste que les onze premiers, qui vont jusqu'à l'an 312 de Rome.

« Cet ouvrage est d'une rare importance pour quiconque veut connaitre à fond les Romains; Denys d'Halicarnasse est le seul qui ait laissé des détails exacts sur la constitution de leur empire, leurs cérémonies, le culte de leurs dieux, leurs sacrifices, leurs mœurs, leurs costumes et leurs lois. On reconnait dans cet historien un génie facile, une érudition profonde, une critique judicieuse; mais son style n'est pas toujours d'une pureté classique, ses récits sont languissants, et ses harangues trop fréquentes et trop prolixes. Outre ce grand ouvrage, il nous reste de lui des comparaisons de quelques anciens historiens, un examen critique du style de Thucydide, un traité de l'éloquence de Démosthène, une rhétorique et plusieurs lettres. Ces écrits ont acquis une place distinguée parmi les critiques de l'antiquité. »

LES HORACES ET LES CURIACES

Le moment étant venu pour l'exécution des conventions arrêtées, toutes les troupes romaines sortirent à la fois, et à leur suite, les jeunes Horaces invoquant les dieux de la patrie. Ils marchaient auprès du roi, escortés de la population de Rome, qui élevait leur gloire jusqu'au ciel et jetait des fleurs sur leurs têtes. L'armée des Albains sortit à son tour. Leurs camps avaient été établis à peu de distance l'un de l'autre; la plaine qui sépare les frontières des Romains de celles des Albains, où d'abord les deux partis s'étaient établis, fut choisie pour théâtre du combat. On commença par immoler des victimes : et, sur les chairs ardentes, ils jurèrent de s'en tenir à la condition que le résultat de la lutte des cousins aurait faite à leur cité respective, de rester fidèles au traité, et de ne jamais chercher, ni eux, ni leurs descendants, à se porter par ruse la moindre atteinte. Le sacrifice terminé, chaque armée, déposant ses armes, quitte son camp pour jouir du spectacle du combat. Un espace vide de trois ou quatre stades fut laissé à la disposition des combattants.

On vit paraitre le chef des Albains conduisant les Curiaces, et le roi de Rome amenant les Horaces, tout couverts de magnifiques armes et revêtus des ornements que portent d'ordinaire des hommes destinés à mourir. Quand ils se furent rapprochés, ils remirent leurs épées à leurs écuyers, se précipitèrent dans les bras les uns des autres, en pleurant et en s'adressant les noms les plus doux : tous les spectateurs se sentirent émus jusqu'aux larmes, et ils s'accusaient, ils accusaient leurs chefs de s'être montrés trop cruels, d'avoir voulu, quand ils pouvaient remettre à d'autres le soin de défendre cette cause, forcer à combattre pour leur cité les uns contre les autres, des parents, des hommes dans les veines desquels coulait un même sang. Ils s'arrachèrent enfin à leurs embrassements et reprirent leurs épées; alors tous les assistants s'éloignèrent, et les champions se placèrent par ordre d'âge et enfin s'accostèrent. Jusqu'à ce moment les deux armées étaient restées calmes et

silencieuses; mais alors des acclamations répétées s'élevèrent de part et
d'autre, pour encourager les efforts de leurs défenseurs : on invoquait les
dieux, on poussait des gémissements, des cris passionnés, expression des
sentiments contenus, semblables à ceux qu'on entend au milieu des combats.
Les âmes étaient occupées non-seulement du drame qui se jouait, mais encore du résultat de la lutte. En effet, la distance souvent trahissait le regard;
tantôt la disposition où l'on était pour les combattants de son parti, faisait
croire au succès désiré; tantôt les assauts, les retraites, les mouvements, les
volte-face, laissaient les cœurs dans un doute cruel; et l'hésitation fut longue,
car les rivaux avaient la même force de corps, la même générosité de valeur :
l'armure était ferme et parfaite, ne laissant place à aucune blessure capable
d'entraîner une prompte mort. C'est pourquoi la masse des Romains et des Albains, entrant dans la pensée et dans l'ardeur des adversaires, partageaient
leur sentiment et en quelque sorte leur danger, disposés à quitter le rôle de
spectateurs pour prendre celui de combattants.

Enfin le plus âgé des Albains, échangeant avec son antagoniste force coups
et force blessures, atteignit le Romain et lui perça le bas-ventre; déjà blessé
en plusieurs endroits, ce guerrier devait succomber à ce coup mortel; la
force abandonna ses membres et il tomba mort. A cette vue tous les assistants poussèrent un cri, les Albains comme déjà vainqueurs, les Romains
comme s'ils étaient vaincus... Alors le Romain désigné pour protéger son
frère, voyant l'Albain tout fier de son exploit, court sur lui, le frappe sans
relâche, est frappé lui-même, et le renverse mort à son tour, la gorge trans-
percée d'un coup d'épée. Un moment avait changé la face des choses et les
passions des spectateurs. Les Romains découragés reprenaient cœur, les Albains revenaient de leur joie, quand un nouveau revers vint abattre les espérances de Rome et relever celles de ses ennemis. Le guerrier albain, voisin
de cette seconde victime, s'attaque au vainqueur, et ils se portent à la fois
l'un à l'autre un terrible coup; l'Albain fait pénétrer son glaive par les reins
jusqu'aux entrailles; le Romain se glisse sous le bouclier de son ennemi et
lui tranche le jarret.

Ce dernier cependant, blessé à mort, tomba expirant; l'autre, frappé grièvement à la jambe, avait peine à se soutenir. Boiteux et s'appuyant sur son
bouclier, il fit encore quelque résistance, et s'en vint joindre celui de ses
frères qui luttait contre le seul vivant des Romains. Ils l'accostèrent à la fois,
l'un par devant, l'autre par derrière. Le Romain, craignant d'être enveloppé
et facilement abattu, s'il était attaqué par les deux frères ensemble, sain de
corps et d'esprit, résolut de diviser ses adversaires et de lutter avec eux séparément... Dans cette pensée, il s'enfuit avec rapidité et il a le bonheur de
voir les choses tourner comme il l'avait espéré. Celui des deux qui n'était
pas mortellement blessé le suit de près; mais l'autre, ne pouvant avancer,
restait en arrière plus qu'il n'aurait fallu. Cependant les Albains envoyaient
à leurs champions des cris d'encouragement, les Romains au leur des cris de
reproche; les premiers se félicitaient et chantaient victoire, les seconds se
lamentaient et se livraient au désespoir. Tout à coup le Romain attentif
prend son temps, se retourne; et, avant que l'Albain pût se mettre en garde,
il lui tranche l'avant-bras. La main et le glaive tombèrent en même temps;
un coup mortel mit fin à ce premier combat. Horace se jeta ensuite sur le
dernier, déjà sans force et à demi mort, et il l'égorgea; puis, dépouillant les
cadavres, il prit le chemin de la ville pour être le premier à annoncer sa victoire à son père.

Horace était homme : son bonheur ne pouvait être complet, et la fortune
lui réservait aussi un funeste coup... Il approchait des portes de la ville,
quand il rencontra une troupe nombreuse et vit sa sœur accourir. Troublé
d'abord de voir cette jeune fille, déjà nubile, abandonner la protection de sa

mère pour se mêler à des inconnus, il concevait de mauvaises pensées; mais revenu à des sentiments raisonnables et humains, il vit les choses sous un meilleur aspect et crut que, cédant à la curiosité naturelle aux femmes, elle avait eu hâte d'embrasser son frère encore vivant, et de connaître la fin glorieuse des deux autres. Mais ce n'était pas la douleur de les avoir perdus qui l'avait entraînée à cette démarche; c'était l'amour qu'elle éprouvait pour un de ses cousins auquel son père l'avait fiancée, amour qu'elle avait dissimulé jusqu'alors. Apprenant l'issue du combat par la bouche d'un soldat qui revenait du camp, elle n'avait pu se contenir; elle avait quitté la maison, comme prise de vertige, elle courait aux portes de la ville sans tenir compte des appels réitérés de sa nourrice qui cherchait à l'atteindre.

En sortant de Rome, quand elle aperçut son frère triomphant et couronné des lauriers de la victoire par le roi lui-même, quand elle vit les guerriers, ses amis, porter les dépouilles des morts, et surtout un manteau qu'elle avait brodé avec l'aide de sa mère et offert pour présent nuptial à son fiancé... à l'aspect du sang qui le couvrait, elle déchira sa tunique, elle se frappa la poitrine, elle fondit en larmes, elle poussa des gémissements, répétant sans cesse le nom de son cousin Curiace. Tous ceux qui se trouvaient là restèrent stupéfaits. Pour elle, emportée par la douleur de cette perte, fixant les yeux sur son frère : « Cruel! s'écria-t-elle, tu triomphes du meurtre de tes parents, tu te réjouis d'avoir privé ta sœur d'un époux! Malheureux! n'éprouves-tu donc aucun remords d'avoir immolé ceux que tu nommais tes frères? Comme si tu venais d'accomplir une action digne d'éloges, ta joie t'empêche de te posséder, et tu marches au milieu de nos maux le front couronné de lauriers! As-tu donc le cœur d'une bête féroce? — J'ai, répondit Horace, un cœur qui aime la patrie et qui veut châtier tous ses ennemis, étrangers ou domestiques : tu aspires à ce nom... puisque tu n'as pas une larme à verser sur tes frères, puisque tu gémis sur la mort de nos adversaires. Va retrouver celui que tes cris appellent, cesse de déshonorer et ton père et tes frères. » A ces mots, ne gardant plus de mesure dans son indignation, il lui plongea, dans sa colère, son épée dans la poitrine; et, ce meurtre accompli, il courut à son père.

Les âmes et les mœurs romaines d'alors avaient une telle horreur pour le mal, les Romains étaient si austères, et, à comparer leurs actions et leur vie à ce que nous voyons aujourd'hui, si durs et si cruels, si voisins d'une barbarie grossière, que le père, au récit de cette atrocité, non-seulement ne fut pas indigné, mais même la trouva belle et louable. Il refusa de laisser porter chez lui le corps de sa fille, de l'ensevelir dans le monument de sa famille et d'assister à ses funérailles. Ce sont là, certes, des preuves de dureté; mais je dois en ajouter de plus frappantes encore. Comme pour une journée de triomphe et de bonheur, il accomplit le sacrifice qu'il avait voué aux dieux et il réunit toute sa parenté dans un repas de fête solennelle, tenant moins compte de ses infortunes personnelles que des avantages obtenus par sa patrie.

Quand le roi Tullus eut, par un sénatus-consulte, triomphé des Albains, il commença à s'occuper du règlement des affaires publiques; alors quelques citoyens illustres vinrent accuser devant lui Horace de s'être souillé du sang de sa propre sœur. Ils débutèrent en exposant longuement, en appuyant par des lois ce principe, que personne ne doit périr sans avoir été entendu; et sur ce chef ils citaient des exemples et montraient les dieux signalant leur courroux contre les cités qui avaient laissé le crime impuni. Le père défendait son fils, accusait sa fille, et disait que ce n'était pas un assassinat, mais un châtiment; d'ailleurs il devait être le véritable juge de ce crime domestique, lui, le père de la victime et de l'accusé. Au milieu des paroles prononcées pour et contre Horace, le roi se trouvait fort embarrassé et ne

savait comment terminer ce procès. Absoudre de meurtre l'homme qui con-
fessait avoir tué sa sœur sans jugement, c'est-à-dire avec la circonstance
même que les lois avaient prévue, cela lui paraissait mal agir; et il craignait
d'attirer sur sa propre famille l'exécration d'un pareil crime; mais devait-il
condamner comme assassin l'homme qui n'avait pas hésité à exposer sa vie
pour la patrie, l'homme qui venait d'étendre le territoire de Rome, surtout
quand il le voyait absous par son père, par celui que la nature et la loi même
investissaient du droit d'incriminer sa fille? Dans son incertitude, ce qu'il
jugea le meilleur parti, ce fut de renvoyer au peuple la connaissance de
l'affaire. Le peuple, mis pour la première fois en possession d'une affaire
capitale, adopta la manière de voir du père et voulut absoudre le coupable. Pourtant ce jugement parut au roi insuffisant aux yeux de ceux qui
respectaient la piété à l'égard des dieux : il manda les prêtres, voulut qu'on
apaisât les dieux et les génies et que le coupable fût soumis aux expiations
imposées aux meurtres involontaires. On éleva deux autels, l'un à Junon,
protectrice des sœurs, l'autre au dieu indigène, appelé Janus en cette langue,
dont les Curiaces immolés par Horace portaient le nom ; sur ces autels, on
offrit des sacrifices et des expiations; enfin on fit passer le coupable sous le
joug. Chez les Romains c'est une coutume établie, quand les ennemis livrent
leurs armes et se rendent, de planter droit deux lances en terre et d'en placer en travers une troisième sur les deux premières : les prisonniers défilent
au-dessous, puis ils sont renvoyés libres en leur pays. C'est ce qu'on appelle
passer sous le joug, et ce fut la dernière expiation qu'on exigea du jeune
homme avant de le mettre en liberté. Et l'endroit où cette cérémonie eut
lieu fut appelé dans la suite la Voie sacrée.

Mentionnons ici, par ordre de date : Nicolas de Damas, ami du
roi des Juifs, Hérode. En outre de ses autres ouvrages, il écrivit
une *Histoire universelle*, une *Vie d'Auguste* et sa biographie; l'empereur Auguste, auteur d'un mémoire fameux sur les revenus et
sur les forces de l'empire; Memnon d'Héraclée, qui a composé une
histoire de sa ville natale; Pamphile, Égyptienne, qui fit des mé-
langes et un abrégé historiques; Justus, qui a laissé une *Chronique des rois juifs couronnés*.

Josèphe. — Il naquit à Jérusalem, l'an 37 ap. J.-C. Jeune encore,
il donna des preuves d'une grande aptitude aux affaires et d'une
profonde pénétration; il s'attacha néanmoins à la secte des phari-
siens. A peine âgé de vingt ans, Josèphe était déjà mêlé au gouvernement de son pays. Il entreprit, vers l'an 65, un voyage à Rome,
et, au début de la guerre contre les Juifs, on l'envoya comme gouverneur en Galilée : c'est alors qu'il soutint pendant sept semaines
le siége de Josapat contre Vespasien et Titus. Josèphe se rendit aux
Romains, recouvra bientôt sa liberté, accompagna Titus au siége de
Jérusalem, et tenta inutilement d'engager ses compatriotes à recourir à la clémence romaine. Il revint à Rome, s'attacha à la fortune
des Flaviens, et vécut dans la famille impériale jusqu'à sa mort.
Outre sa biographie, il écrivit l'histoire de la *Guerre des Juifs
contre les Romains*, les *Antiquités judaïques* et d'autres ouvrages

non historiques. La *Guerre des Juifs* est un véritable chef-d'œuvre. Le style de cet historien est plein d'énergie et de chaleur, les expressions sont toujours nobles, mais ses harangues, souvent éloquentes, sont quelquefois diffuses. Saint Jérôme appelait Josèphe le *Tite-Live de la Grèce*.

LA FAMINE, L'INCENDIE DU TEMPLE ET LA PRISE DE JÉRUSALEM.

La famine semblait accroître encore la fureur des séditieux, et ces deux fléaux prenaient de jour en jour de plus terribles proportions. Il était bien facile à constater que nulle part il ne se trouvait de blé, mais on se jetait dans les maisons pour les fouiller. Y trouvait-on quelques ressources, on frappait avec cruauté les habitants pour ne pas les avoir déclarées; si l'on n'y trouvait rien, on les mettait à la torture, en les accusant de les avoir trop bien cachées. L'état même de leurs corps, qu'ils n'eussent ou n'eussent pas de quoi se nourrir, servait à la condamnation de ces malheureux. Ceux qui jouissaient encore d'une bonne santé passaient pour avoir des vivres en abondance; l'on chassait ceux qui manquaient de force : il eût été déraisonnable d'immoler ceux que la faim allait bientôt faire périr. Bon nombre de citoyens échangeaient tous leurs biens contre un boisseau de froment, s'ils étaient riches; pour un boisseau d'orge, s'ils étaient pauvres; puis, renfermés dans le plus secret de leurs maisons, poussés par la dure exigence de la faim, ils dévoraient ce grain sans le moudre; quelques autres en faisaient du pain, autant que la nécessité et la terreur le leur permettaient. Nulle part on ne dressait de table : on enlevait du feu même et l'on avalait les aliments encore tout crus.

Les moyens d'existence étaient déplorables : c'était un spectacle capable d'arracher des larmes. Les plus forts avaient plus que leur suffisance, mais les plus faibles ne pouvaient que se lamenter sur leur malheur. La faim se rend maîtresse de tous les sentiments ; mais le premier qu'elle dompte, c'est celui du respect de soi-même. Ce qu'on respecte en d'autres temps, ne rencontre plus que le dédain durant la famine. On se dérobait la nourriture de la bouche, les femmes à leurs maris, les enfants à leurs parents; et, ce qui est le plus épouvantable, les mères à leurs propres enfants. En voyant ces précieux gages se flétrir entre leurs bras, en les privant des dernières ressources de la vie, elles ne frémissaient pas. Encore, en s'appropriant de semblables aliments, on ne réussissait pas même à échapper aux regards : les séditieux avaient toujours l'œil ouvert sur ces odieuses proies. S'ils voyaient une maison fermée, ils en concluaient que les habitants prenaient quelque nourriture; ils enfonçaient les portes, se précipitaient dans l'intérieur et arrachaient aux malheureux affamés les morceaux de la bouche. Ils frappaient les vieillards qui voulaient retenir le pain avec leurs dents; et les femmes, qui le cachaient entre leurs mains, ils les traînaient par les cheveux. Point de pitié pour la vieillesse, point de pitié pour l'enfance : ils arrachaient à la mamelle, ils soulevaient ces tendres victimes et les brisaient sur le sol...

Cependant la famine, augmentant toujours, décimait les maisons et les familles. Chaque demeure se remplissait de femmes et d'enfants que la faim avait tués; les rues étaient jonchées de cadavres de vieillards. Les jeunes gens pouvant à peine se traîner erraient comme des ombres à travers les places. Là où l'excès du mal frappait les malheureux, ils tombaient et mouraient... Les victimes restaient sans sépulture : les malades, en effet, n'avaient plus la force d'ensevelir leurs proches, et ceux qui l'auraient pu n'eussent pas suffi à cette foule de cadavres; d'ailleurs ils n'étaient pas sûrs eux-mêmes de leur propre vie. On en vit qui rendaient l'âme en accordant à d'autres les derniers honneurs. Quelques-uns cherchèrent un abri dans la tombe, avant l'arrivée même de leur heure fatale. Et pourtant, au milieu de ce désastre, on n'entendait ni soupir ni plainte; la faim faisait taire toute affection de l'âme. Ceux qui conservaient encore avec peine un dernier souffle de vie, regardaient d'un œil sec et d'un air souriant ceux qui les précédaient dans la mort et dans le repos : un silence, une nuit funèbre planait sur la cité. A ces maux, joignez un mal plus insupportable : c'étaient les voleurs. Fouillant les maisons converties en sépulcres, ils dépouillaient les morts, ils arrachaient les suaires et sortaient en riant; ils essayaient la pointe de leurs fers sur les cadavres, et, pour juger de la trempe de leurs armes, ils frappaient du tranchant les corps palpitants encore. Mais, si quelque infortuné les priait de finir ses tourments d'un seul coup, ils ne l'écoutaient pas et laissaient la famine l'achever lentement. Chacun de ces malheureux, songeant qu'il laissait après lui ces odieux scélérats, jetait en mourant un dernier regard sur le temple.

On avait fait d'abord inhumer les morts aux frais du public, parce que l'odeur était insupportable; mais on se trouva bientôt dans l'impuissance de les enterrer en si grand nombre. On les précipita du haut des murs dans la profondeur des fossés. Titus, en faisant le tour de la ville, les vit remplis de cadavres; et, en présence de ces restes corrompus et putréfiés, il poussa un gémissement; il leva les mains au ciel, prenant Dieu à témoin que de telles horreurs ne devaient pas lui être imputées.

Une femme d'entre ceux qui habitent au delà du Jourdain, nommée Marie, fille d'Éléazar, du bourg de Béthézob, d'une grande naissance et d'une grande fortune, s'était avec bien d'autres réfugiée à Jérusalem et s'y était trouvée assiégée. Tout ce qu'elle avait pu ramasser et transporter de ressources avec elle au delà du fleuve, les tyrans de la ville les avaient pillées; tous ses bijoux et les aliments qu'elle avait réussi à se procurer, les dévastateurs ordinaires les lui avaient ravis. Aussi cette femme était livrée à tous les transports d'une vive indignation; ses reproches et ses imprécations ne faisaient qu'irriter les brigands contre elle. Personne ne lui donnait la mort ni par colère ni par pitié, et elle se lassait de ne se procurer de vivres que pour les pillards. Déjà elle ne pouvait plus rien découvrir, la faim déchirait ses entrailles, la rage la dévorait plus cruellement encore que la faim; elle céda aux conseils de la fureur et de la nécessité, oublia les sentiments de la nature, et, saisissant son fils à la mamelle : « Malheureux enfant, s'écria-t-elle, la guerre, la famine, la sédition redoublent à chaque instant, à quel sort te réserverais-je? Les Romains, s'ils nous laissent vivre, nous destinent à la servitude; mais la famine devancera l'esclavage, et les factieux sont plus terribles encore que ces deux fléaux. Allons, tu serviras de nourriture à ta mère, de furie vengeresse aux séditieux et de récit incroyable à l'histoire du malheur des Juifs! » Elle dit et étrangla son enfant. Elle le fit cuire, en mangea la moitié, couvrit et mit en réserve le reste. Mais bientôt arrivent les pillards : ils ont senti l'abominable parfum, et ils la menacent de mort, si elle ne leur montre le festin qu'elle a préparé; celle-ci leur avoue qu'elle en a gardé un bon morceau et leur présente les restes de son fils. Ils sont saisis d'horreur, ils demeurent stupides à un pareil spectacle. « Oui, leur dit-elle, c'est lui, c'est mon propre enfant! Voilà mon ouvrage; mangez vous-mêmes, puisque j'en ai mangé; n'ayez pas plus de délicatesse qu'une femme et plus de pitié qu'une mère. Ou bien, si vous avez quelque scrupule, si vous n'osez porter la dent sur ma victime, j'en ai dévoré une moitié, laissez-moi l'autre. » Ils se retirèrent en tremblant : cette vue seule pouvait les faire reculer, ce seul aliment leur faire lâcher leur proie. La ville entière fut bientôt remplie de cette atroce nouvelle; on se représentait le crime et l'on frémissait, comme si l'on se sentait soi-même coupable. Les affamés désormais coururent au-devant de la mort, vantant le bonheur de ceux qui avaient pu finir leurs jours avant d'avoir vu, ou d'avoir entendu raconter de si grands malheurs.

Bientôt les Romains connurent ce trait d'inhumanité : les uns refusaient d'y croire, les autres étaient saisis de pitié, la plupart en concevaient une haine plus ardente contre la nation juive. Titus s'en excusait devant Dieu : « J'ai, disait-il, offert la paix aux Juifs avec la liberté de vivre d'après leurs lois et un pardon généreux pour leurs crimes; mais préférer la sédition à la concorde, la guerre à la paix, la famine à l'abondance, vouloir incendier ce temple que je désire conserver, c'est se montrer dignes de semblables aliments... » En parlant ainsi, il songeait au sort désespéré de ces furieux, descendus trop profondément dans la souffrance pour revenir jamais à la raison. . . . .

Alors un soldat, sans en avoir reçu l'ordre, sans s'effrayer de son action, prend, comme poussé par une fureur divine, un des tisons du brasier, et, soulevé par un de ses camarades, jette le feu par la fenêtre dorée... La flamme s'étend, et, à cette vue, les Juifs poussent un cri... et courent au secours; il n'y a pour eux nul motif désormais d'épargner leur vie, nulle raison d'épargner leurs forces, s'ils voient périr ce temple qu'ils songeaient seulement à sauver. On s'empresse d'annoncer à Titus cette nouvelle : il se reposait alors dans sa tente des fatigues de l'assaut : il s'empresse, il court, il veut arrêter l'incendie; les chefs le suivent, des bataillons entiers les accompagnent tout surpris. C'étaient des cris, un tumulte bien naturel au milieu d'une armée qui se levait ainsi sans ordre. Le césar, de la voix et du geste, faisait signe aux combattants d'éteindre le feu; mais on n'entendait pas sa voix étouffée par le bruit, et l'ardeur de la lutte, l'emportement de la fureur empêchaient qu'on remarquât ses gestes. Ni ordres ni menaces ne pouvaient arrêter l'élan des légions; tous se précipitaient au gré de leur colère et se foulaient aux pieds les uns des autres, en se pressant à l'envi pour entrer les premiers : quelques-uns, tombant au milieu des ruines fumantes du portique, subissaient le sort des vaincus. Bien plus, en approchant du temple, ils feignaient de n'avoir pas entendu les ordres de Titus et excitaient ceux qui les précédaient à propager l'incendie. Les séditieux virent alors qu'il ne leur restait plus ni ressource ni espoir; ce fut une déroute, un massacre général. La foule du peuple, faible et désarmée, était prise et immolée; autour de l'autel s'élevait un monceau toujours grossissant de cadavres; et, le long des degrés du temple, le sang coulait à flots, entraînant les corps d'hommes massacrés dans le vestibule...

HÉRENNIUS-PHILON. — Il est l'auteur d'une *Vie d'Adrien*, d'un *Traité des villes illustres* et d'une traduction de l'historien phénicien Sanchoniathon.

PLUTARQUE. — Nous savons peu de chose de la vie de cet historien si attachant. Il naquit sous le règne de Claude, vers l'an 50, dans la ville de Chéronée, en Béotie, fit ses études à Athènes, et adopta simultanément les dogmes de Platon et ceux de Pythagore. On sait qu'il vint à Rome, où il exerça la profession de sophiste pendant une vingtaine d'années, et que, revenu dans sa patrie, où il fut archonte et prêtre d'Apollon, il y mourut sous le règne d'Antonin, à l'âge de quatre-vingts ans. De ses œuvres, à peine s'il nous reste la moitié, et cependant elles sont encore fort nombreuses et fort précieuses surtout. Ce sont les *Vies parallèles*, les *Œuvres morales* et les *Œuvres diverses*. Ce n'est pas un historien à grandes idées et à larges vues; il n'excelle à peindre ni les catastrophes ni les mœurs; c'est le narrateur naïf et amusant, contant l'anecdote, peignant les hommes, non comme ils devraient être, mais comme ils sont. «Plutarque, a dit J.-J. Rousseau, excelle par les mêmes détails dans lesquels nous n'osons plus entrer. Il a une grâce inimitable à peindre les grands hommes dans les petites choses, et il est si heureux dans le choix de ses traits, que souvent un mot, un sourire, un geste lui suffit pour caractériser son héros. Avec un mot plaisant, Annibal rassure son armée effrayée et la fait marcher en riant à la bataille qui lui livra l'Italie. Agésilas, à cheval sur un bâton, me fait aimer le vainqueur du grand roi; César, traversant un pauvre village et causant avec ses amis, décèle, sans y penser, le fourbe qui disait ne vouloir être que l'égal de Pompée : Alexandre avale une médecine et ne dit pas un seul mot; c'est le plus beau moment de sa vie : Aristide écrit son propre nom sur une coquille, et justifie ainsi son surnom. Philopœmen, le manteau bas, coupe du bois dans la cuisine de son hôte. Voilà le véritable art de peindre. La physionomie ne se montre pas dans les grands traits, ni le caractère dans les grandes actions; c'est dans les bagatelles que le naturel se découvre. Les choses publiques sont ou trop communes ou trop apprêtées, et c'est presque uniquement à celles-ci que la dignité moderne permet de s'arrêter. »

MORT DE DEMOSTHENES [1]

Le peuple d'Athènes ordonna que Demosthenes fust rappellé de son exil. Celuy qui proposa le décret de son rappel, feut un nommé Dœmon Pœanien, qui estoit son nepveu, et luy feut envoyée une gualère pour le rapporter de la ville d'Ægine à Athènes : là où arrivé qu'il feut au port de Piræe, il n'y eut ny magistrat ny prebstre, ne presque citoyen quelconque, qui demourast en la ville, et qui n'allast au devant de luy pour le recueillir; de sorte que Demetrius le Magnésien escript que, leivant alors les mains devers le ciel, il dict qu'il se reputoit bien heureux pour l'honneur de cette journée, en laquelle il retournoit de son exil plus honorablement et plus glorieusement que n'avoit fait Alcibiades du sien, pour ce que Alcibiades avoit esté rappellé par force et luy l'estoit du bon gré de ses citoyens.

Toutes fois il demouroit toujours condamné à l'amende, car selon les ordonnances le peuple ne la luy pouvoit pas remettre, ne luy en faire grâce : mais ils s'adviserent de faire fraude à la loy : car ayants accoutumé de fournir et payer quelque argent à ceulx qui prenoyent à préparer et orner l'autel de Jupiter saulveur, pour le jour du solemnel sacrifice qu'on luy faisoit publiquement tous les ans, ils luy donnerent la charge de ce faire

(1) Amyot.

pour le prix de cinquante talents, qui estoit la somme en laquelle il avoit été condemné. Mais il ne joüyt pas longuement de l'heur d'avoir été restitué en sa maison et en ses biens. Car les affaires des Grecs feurent tantost après ruinées de tout poinct, parce que la bataille de Cranon qu'ils perdirent, feut au mois de juillet : le mois d'aoust en suivant entra la garnison des Macédoniens dedans la forteresse de Munichia; et le mois d'octobre prochain d'après, Demosthenes mourut en ceste manière.

Quand la nouvelle vint qu'Antipater et Craterus venoyent en armes à Athenes, Demosthenes et ses adhérants en sortirent un peu devant qu'ils y entrassent, les ayant le peuple condemnez à mourir à la suscitation de Demades : et s'estants escartez les uns de çà, les autres de là, Antipater envoya des gents de guerre après pour les prendre, desquels estoit capitaine un Archias qui feut surnommé Phygadotheras, qui vault autant à dire comme, poursuivant les bannis. L'on dit que cestuy Archias estoit natif de la ville de Thuries et qu'il avoit autres fois esté joüeur de tragédies : et mesme que Polus, natif d'Ægine, le plus excellent ouvrier de cet art qui feut jamais, avoit esté son disciple, combien que Hermippus le mette au nombre des disciples de l'orateur Lacritus et Demetrius escript qu'il avoit esté à l'eschole de Anaximenes. Cest Archias doncques ayant trouvé en la ville d'Ægine l'orateur Hyperides, Aristonicus Marathonien et Himeræus frère de Demetrius le Phalerien qui s'estoient jectez en franchise dedans le temple d'Ajax, il les en tira par force et les envoya à Antipater, qui pour lors se trouvoit en la ville de Cleones, là où il les feit tous mourir : et dict-on qu'il feit coupper la langue à Hyperides.

Et entendant que Demosthenes s'estoit aussi jecté en franchise dedans le temple de Neptune en l'isle de Calauria, il s'y en alla dedans des esquifs avecques quelque nombre de souldards Thraciens, et là tascha premierement à lui persuader qu'il s'en allast volontairement avecques lui devers Antipater, lui promettant qu'il n'auroit auscun mal. Mais Demosthenes la nuict de devant avoit eu un songe estrange en dormant : car il luy fut advis qu'il avoit joüé une tragédie à l'envi de cest Archias, et qu'il lui succedoit si bien, que toute l'assistance du Theatre estoit pour luy, et luy donnoit l'honneur de mieux joüer, mais qu'au reste il n'estoit pas si bien en poinct, ne luy ne ses joüeurs, comme ceux d'Archias, et qu'en tout appareil il estoit vaincu et surmonté par lui : pourtant le matin, quand Archias alla parler à luy, en luy usant de gracieuses paroles pour le cuider induire à sortir volontairement du temple, Demosthenes le regardant entre deulx yeulx, sans bouger du lieu où il estoit assys, lui dict : « O Archias, tu ne me persuadas jamais en joüant, ny ne me persuaderas encores jà en promettant. » Archias adoncques commença à se cholerer et à le menacer en courroux : et Demosthenes lui repliqua alors : «A ceste heure as-tu parlé à bon escient et sans feinctise, ainsi que l'oracle de Macédoine t'a commandé, car n'a gueres tu parlois en masque au plus loing de ta pensée; mais je te prie, attends un petit, jusques à ce que j'aye escript quelque chose à ceux de ma maison. »

Ces paroles dictes, il se retira en dedans du temple, comme pour escrire quelques lettres et meit en sa bouche le bout de la canne dont il escripvoit, et le mordit, comme il estoit assez coustumier de faire, quand il pensoit à escrire quelque chose, et tint le bout de ceste canne quelque temps dedans sa bouche, puis s'affubla la teste avecques sa robbe et la coucha. Ce que voyant les satellites d'Archias, qui estoient à la porte du temple, s'en mocquèrent, cuidants que ce feust pour crainte de mourir qu'il feist ces mines-là, en l'appelant lasche et coüard. Et Archias s'approchant de luy, l'admonesta de se leiver, et recommença à lui dire les mesmes paroles qu'il luy avait dictes auparavant, lui promettant qu'il moyenneroit sa paix avec Antipater. Adoncques Demosthenes sentant que le poison avoit desià prins et guaigné sur luy, se desaffubla, et regardant Archias fermement au visage, luy dict : « Or joüe maintenant quand tu vouldras le roolle de Cléon, et fais jecter ce mien corps aux chiens, sans permettre qu'on luy donne sépulture. Quant à moi, ô sire Neptune, je sors de ton temple estant encores vif, pour ne le pas profaner de ma mort : mais Antipater et les Macédoniens n'ont pas espargné ton sanctuaire, qu'ils ne l'ayent pollu de meurtre. »

Ayant proféré ces paroles, il dict qu'on le soubstinst par dessoubz les aisselles, pour ce qu'il commençoit desià fort à trembler sur ses pieds ; et en cuydant marcher, ainsi qu'il passoit au long de l'autel de Neptune, il tomba en terre, là où en jectant un soupir il rendit l'esprit. Or quant au poison, Ariston dict qu'il le succa et le tira ainsi comme nous l'avons dict du bout de sa canne. Mais un autre, Pappus, duquel Hermippas a recueilly l'histoire, escript que quand il feut ainsi tombé tout contre l'autel, on luy trouva le commencement d'une missive où il y avoit *Demothenes à Antipater*, et non austre chose...

Peu de temps après le peuple athénien luy rendant l'honneur qu'il avoit mérité, luy feit fondre une image de cuyvre et ordonna que le plus ancien de sa race seroit à perpétuité toujours nourry dedans le palais aux despends de la chose publique : et feurent ces vers engravez sur la base de ladicte image :

> Demosthenes, si austant de puissance
> Tu eusses eu comme d'entendement,
> La Macedoine avec escu et lance,
> N'eust sur les Grecs onc eu commandement.

MORT DE CICERO

Le contr'échange qu'ils (les triumvirs) feirent entre eulx feut tel : Cæsar abandonna Cicero, et Lepidus son propre frère Paulus, et Antonius bailla aussi Lucius Cæsar, qui estoit son oncle, frère de sa mère : tant ils se jectèrent hors de toute raison et de toute humanité pour servir à la passion de leur furieuse haine et enragé courroux, ou pour mieulx dire, ils monstrèrent qu'il n'y a beste sauvage au monde si cruelle que l'homme, quand il se trouve en main la licence et le moyen d'exécuter sa passion. Pendant que ces choses se faisoyent, Cicero estoit en une de ses maisons aux champs près la ville de Tusculum, ayant son frère Quintus Cicero avec luy, là où leur estant venue la nouvelle de ces proscriptions, ils résolurent de descendre à Astyra qui est un lieu joignant la marine, où Cicero avoit une maison, pour là s'embarquer et s'en aller en Macedoine devers Brutus : car il estoit jà bruict qu'il se trouvoit fort et puissant ; si se feirent porter tous deux en lictières ; estant si affoiblis d'ennuy et de douleur, qu'à peine eussent-ils pu austrement aller. Et par le chemin faisants approcher leurs lictières coste à coste l'une de l'austre, alloyent déplorants leurs misères, mesmement Quintus, qui perdoit patience. Si luy soubvint encores qu'il n'avoit point prins d'argent au partir de sa maison, et Cicero son frère en avoit lui-même bien peu, et à ceste cause qu'il valoit mieux que Cicero guaignast toujours le devant, cependant que luy iroit un tour courant jusques en sa maison pour prendre ce qui lui estoit nécessaire, et s'en recourir incontinent après son frère. Ils feurent tous deux de cet advis ; et s'entrebrassant en plorant tendrement se despartirent l'un de l'austre.

Peu de jours après, Quintus, ayant été trahi et decelé par ses propres serviteurs à ceulx qui le cherchoyent, feut occis luy et son fils. Mais Cicero s'estant faict porter jusques à Astyra et y ayant trouvé un vaisseau s'embarqua incontinent dedans, et alla cinglant au long de la coste jusques au mont de

Circé avecques bon vent; et de là, voulants les mariniers incontinent faire voile, il descendit en terre, soit ou pour ce qu'il craignist la mer, ou qu'il ne feust pas encores hors de toute espérance que Cæsar ne l'auroit point abandonné, et s'en retourna par terre devers Rome bien environ six lieues ; mais ne sachant à quoy se resouldre et changeant d'advis, il se fit de rechef reporter vers la mer, là où il demoura toute la nuict en grande destresse et grande agonie de divers pensements : car il eut quelquefois fantaisie de s'en aller secrettement en la maison de Cæsar se tuer luy-même à son fouyer, pour luy attacher les furies vengeresses de son sang : mais la crainte d'être surprins par le chemin et tourmenté cruellement le destourna de ce propos : par quoy en reprenant austres advis mal digerez pour la perturbation d'esprit en laquelle il estoit, il se rebailla à ses serviteurs à conduire par mer en un austre lieu nommé Capites, là où il avoit maison et une fort douce et plaisante retraicte pour la saison des grandes chaleurs, quand les vents du nord qu'on appelle etesiens soufflent au cœur de l'esté, et y a un petit temple d'Apollo tout sur le bord de la mer, duquel il se leiva une grosse compaignie de corbeaux, qui avecques grands cris prindrent leur vol vers le bateau dedans lequel estoit Cicero, qui voguoit le long de la terre : si s'en allèrent ces corbeaux poser sur l'un et l'autre bout des verges de la voile, les uns criants, les autres becquetants les bouts des chordages de manière qu'il n'y avoit celui qui ne jugeast que c'estoit signe de quelque malheur à venir.

Cicero neantmoins descendit en terre et entra dedans le logis, où il se coucha pour veoir s'il pourroit reposer; mais la pluspart de ces corbeaux s'en vint encore juscher sur la fenestre de la chambre où il estoit, faisant de si grand bruict que merveille, et y en eut un entre autres qui entra jusques sur le lict où estoit couché Cicero ayant la teste couverte, et feit tant qu'il luy tira petit à petit, avecque le bec, le drap qu'il avoit sur le visage, ce que voyants ses serviteurs, et s'entredisants qu'ils seroyent bien lasches s'ils attendoyent jusques à ce qu'ils veissent tuer leur maistre devant leurs yeulx, là où les bestes luy vouloyent aider et avoyent soing de son salut, le voyants ainsy indignement traicté, et eulx ne faisoyent pas tout ce qu'ils pouvoyent pour tascher à le saulver : si feirent tant moitié par force qu'ils le remeirent en sa lictière pour le reporter vers la mer : mais, sur ces entrefaictes les meurtriers qui avoyent charge de le tuer, Herennius un centenier, et Popilius Lena, capitaine de mille hommes, que Cicero avoit autrefois deffendu en jugement, estant accusé d'avoir occis son propre père, ayant avecques eux suite de souldards, arrivèrent et estant les portes du logis fermées, les meirent à force dedans là où ne trouvant pas Cicero, ils demandèrent à ceulx du logis, ou il estoit. Ils respondirent qu'ils n'en sçavoyent rien. Mais il y eut un jeune garçon nommé Philologus, serf affranchy par Quintus, à qui Cicero enseignoit les lettres et les arts liberaulx, qui descouvrit à cestuy Herennius, que ses serviteurs le portoyent dedans une lictière vers la mer par des allées qui estoyent couvertes et ombragées d'arbres de costé et d'austre.

Le capitaine Popilius incontinent prenant avec luy quelque nombre de ses souldards, s'encourut à l'entour par dehors pour l'attrapper au bout de l'allée et Herennius s'encourut tout droit par les allées. Cicero, qui le sentit aussytost venir, commanda à ses serviteurs qu'ils posassent sa lictière ; et, prenant sa barbe avec la main gauche, comme il avoit accoustumé, reguarda franchement les meurtriers au visage, ayant les cheveulx et la barbe tous herisrez et pouldreux, et le visage deffaict et cousu pour les ennuys qu'il avoit supportez, de manière que plusieurs des assistants se bouchèrent les yeux pendant qu'Herennius le sacrifioit : si tendit le col hors de sa lictière, estant nagé de soixante et quatre ans, et luy feut la teste couppée par le commandement d'Antonius avecques les deux mains desquelles il avoit escript les oraisons Philippicques contre luy. Car ainsi avoit Cicero intitulé les harangues qu'il avoit escriptes en haine de luy, et sont encore nommées ainsi jusques a aujourd'huy.

Quand on apporta ces pauvres membres tronçonnés à Rome, Antonius estoit d'adventure occupé à présider à l'eslection de quelques magistrats, et l'ayant ouy et veu, il s'écria tout hault, « que maintenant estoyent ses proscriptions executées, et commanda qu'on allast porter la teste et les mains sur la tribune aux harangues au lieu qui se nommoit Rostra. » Ce feut un spectacle horrible et effroyable aux Romains, qui n'estimerent pas voir la face de Cicero, mais une image de l'ame et de la nature d'Antonius, lequel entre tant de maulvais actes, en feit un seul où il y eut quelqu'apparence de bien, c'est qu'il meit Philologus entre les mains de Pomponia, femme de Quintus Cicero, et elle l'ayant en sa puissance, oultre les austres cruels tourments qu'elle luy feit endurer, le contraignit de coupper luy-même de sa chair propre par morceaux et les roustir, et puis les manger. Ainsi l'escripvent aucuns des historiens; toutesfois Tiro, qui estoit serviteur affranchy de Cicero, ne faist auscune mention de la trahison de ce Philologus.

COMPARAISON DE DEMOSTHENES AVEC CICERO

On blasme Demosthenes d'avoir fait guain mercenaire de son éloquence, et qu'il escripvit secrettement une oraison pour Phormion et une austre pour Appollodorus en une même cause où ils estoyent parties contraires, et feut aussi noté de recevoir argent du roy de Perse, et de faict atteinct et condemné pour l'argent qu'il avoit prins de Harpalus. Et si d'adventure on vouloit dire que ceux qui escripvent cela, qui sont plusieurs, ne disent pas vérité, pour le moins est-il impossible de refuter ce poinct, que Demosthenes n'a pas esté homme de cœur assez ferme, pour oser franchement reguarder à l'encontre des présents, que les roys lui offroyent en le priant de les accepter pour l'honneur d'eulx et pour leur faire plaisir : aussi n'estoit-ce pas acte d'homme qui prestoit à usure navale la plus excessifve de toutes.

Et à l'opposite comme nous avons jà dict, il est certain que Cicero refusa les présents que lui offrirent les Siciliens pendant qu'il y estoit quœsteur, et le roy des Cappadociens, pendant qu'il estoit en Cilicie proconsul et mesmes ceulx que lui presenterent et le presserent d'accepter ses amys en bonne grosse somme de deniers, quand il sortit de Rome en son bannissement. Davantage le bannissement de l'un luy feut honteux et infame, attendu qu'il feut banni par sentence comme larron, et à l'austre feut aussy glorieux qu'acte qu'il ayt oncques faict, estant chassé pour avoir osté des hommes pestilentieux à son païs : pourtant ne parla-t-on pas de celuy-là depuis qu'il s'en feut allé; mais pour cestuy-ci le senat changea de robbe et se vestit de deuil et arresta qu'il n'interposeroit son aucthorité à decret quelconque, que premierement le rappel de Cicero ne feust passé par les voix du peuple.

Vray est que Cicero passa en oisiveté le temps de son bannissement estant à ne rien faire en la Macedoine, et l'un des principaux actes que feit oncques Demosthenes en tout le temps qu'il s'entremist des affaires publiques feut pendant qu'il estoit en exil; car il alla par toutes les villes aydant aux ambassadeurs des Grecs, et reboutant ceux des Macédoniens, en quoy faisant il se monstra bien meilleur citoyen que ne feirent Themistocles ny Alcibiades en pareille fortune. Et soubdain qu'il feut rappelé et retourné, il se meit de rechef à suivre le mesme train qu'il avoit suivy paravant, et continua tousiours de faire la guerre à Antipater et à ceulx de Macedoine; là où Cœlius en plein senat dict injure à Cicero de ce qu'il se tenoit coy sans mot dire, lorsque le jeune Cæsar requit qu'il luy feust permeis de demander le consulat, contre toutes les loyx, en aage qu'il n'avoit encore poil auscun de barbe; et

Brutus mesme luy reproche par lettres, qu'il avoit nourry et eslevé une plus griefve et plus grande tyrannie que celle qu'eulx avoient ruinée.

Et après tout, la mort de Cicero est misérable de veoir un pauvre vieillard, que par bonne affection envers leur maistre, ses serviteurs traisnoyent çà et là, cherchant tous moyens de pouvoir eschapper et fuyr la mort, laquelle ne le venoit trouver gueres de temps avant son cours naturel, et puis encores à la fin lui veoir, tout vieil qu'il estoit, ainsi piteusement trancher la teste ; là où Demosthenes, quoiqu'il s'abbaissast un petit quand il supplia celuy qui estoit venu pour le prendre, si est-ce qu'avoir préparé le poison de longue main, l'avoir touiours guardé, et en avoir usé comme il en usa, ne peust être sinon grandement louable. Car, puisqu'il ne plaisoit pas au dieu Neptune qu'il jouyst de la franchise de son autel, il eut recours, par manière de dire, à une plus grande, qui est la mort, et s'y en alla, en se tirant soymême hors des mains et des armes des satellites d'un tyran et se mocquant de la cruauté d'Antipater.

ARRIEN. — « Flavius Arrien, un des historiens les plus remarquables de l'antiquité, naquit, dit M. Legay, à Nicomédie en Bithynie (ap. J.-C. 105). Il fut disciple d'Épictète et porta les armes au service des empereurs romains. Sa réputation le fit mettre par Athènes et par plusieurs autres villes au nombre de leurs citoyens. Rome même lui décerna cet honneur ; c'est pourquoi il prit le nom de Flavius. Adrien lui donna le gouvernement de la Cappadoce, que son intrépidité et ses talents préservèrent du fer des Alains, qui avaient fait une incursion dans l'Asie Mineure. Ce service fut récompensé par la dignité consulaire. Arrien fut historien, philosophe, géographe et tacticien ; il possédait également toutes les sciences qui font l'homme d'État, le guerrier et le littérateur.

« Son principal ouvrage, l'*Histoire de l'expédition d'Alexandre*, en sept livres, se fait distinguer par une impartialité rare, une critique judicieuse et une clarté admirable dans le développement des opérations militaires. Sa diction, calquée, pour ainsi dire, sur celle de Xénophon, qu'il cherche sans cesse à imiter, a quelque chose de la simplicité de son modèle. On a encore d'Arrien un traité intitulé les *Indiques*, qui sont un complément de l'histoire d'Alexandre, un *Manuel d'Épictète*, et quelques autres ouvrages. »

UN EXPLOIT D'ALEXANDRE LE GRAND

Alexandre partage son armée : il en conduit une partie à l'assaut des murailles ; Perdiccas est mis à la tête de l'autre partie. Les Indiens alors n'attendent point l'attaque, ils quittent les remparts et se réfugient dans la citadelle. Alexandre brise une des portes et se précipite dans la ville avant tous les autres. Perdiccas et sa division mirent plus de temps à y pénétrer ; ils n'avaient pas apporté d'échelles, dans leur confiance que la ville était prise, puisque les remparts étaient dégarnis de défenseurs.

Mais, voyant la citadelle occupée par les ennemis, les Macédoniens commencent à en saper les murailles, et cherchent une place convenable pour y appliquer les échelles. Alors Alexandre, trouvant que l'on tarde trop à tenter l'escalade, arrache à un soldat l'échelle qu'il portait, la dresse lui-même contre le mur, et s'élance couvert de son bouclier et suivi de Peucestas, qui portait l'égide sacrée prise à Troie dans le temple de Minerve. Le roi la gardait toujours avec lui et s'en faisait précéder dans les combats; derrière lui grimpe le garde du corps Léonnatus. Le capitaine Abréas gravissait par une autre échelle.

Déjà Alexandre, parvenu à la crête du mur et y appuyant son bouclier, précipitait les uns du haut en bas, frappait les autres de son épée et chassait tous ceux qui se présentaient. Les Hypaspistes, inquiets pour sa personne, se hâtent alors de le joindre par le même chemin; leur poids fait rompre l'échelle; les premiers tombent sur les autres, personne ne peut plus maintenant atteindre au sommet. Le roi devient alors le but des flèches lancées des tours voisines (aucun Indien n'osait s'approcher), et de l'intérieur du fort, d'où il était facile de le remarquer par l'éclat de ses armes et par la force de son bras, il semble placé comme sur un piédestal. Il comprend que demeurer en cet endroit, c'est courir risque de périr sans gloire; mais, en se jetant dans la place, il peut réussir à épouvanter l'ennemi; le danger n'est pas moindre sans doute, du moins, en mourant, il aura accompli des exploits illustres et dignes de mémoire.

Il se décide et saute de la muraille dans le fort. Là, adossé au mur, il frappe et tue ceux qui l'attaquent et même le chef des Indiens. Un ennemi se rapproche, il le tue d'un coup de pierre; un autre encore, il le perce de son épée. Les barbares n'osent plus le joindre; mais ils l'entourent de loin et jettent sur lui tous les projectiles que leurs mains peuvent rencontrer.

En ce moment Peucestas, Abréas et Léonnatus, les seuls qui eussent atteint la crête du mur avant que l'échelle fût brisée, se jettent en bas à leur tour, et viennent faire au roi un rempart de leurs corps. Abréas tombe le visage percé d'une flèche; mais une autre atteint Alexandre lui-même, et le blesse à travers la cuirasse au-dessus du sein; l'air et le sang, comme l'a dit Ptolémée, s'échappaient de la blessure. Son ardeur, la chaleur de son sang le soutinrent encore, si mal qu'il se trouva; mais, affaibli à la longue par l'épuisement du sang et de la respiration, il sent ses yeux voilés d'un nuage, il s'affaisse et tombe sur son bouclier. Peucestas le couvre dans sa chute du bouclier sacré de Minerve; Léonnatus le protége de l'autre côté.

Bientôt ces deux fidèles sont blessés et le roi lui-même est près de rendre l'âme. Les Macédoniens frémissaient de ne pouvoir le rejoindre; il avaient vu tomber sur lui une grêle de traits, lorsqu'il était sur la muraille; ils l'avaient vu se précipiter dans la place; à chaque instant leur inquiétude augmente avec leur impatience; au défaut des échelles qui sont brisées, ils s'empressent, ils cherchent un moyen quelconque d'escalader. Les uns enfoncent des piquets dans le mur de terre, s'y suspendent et s'enlèvent avec peine à la force des bras; les autres grimpent sur les épaules de leurs camarades. Le premier parvenu au sommet se jette en bas de l'autre côté, où il voit son maître gisant; plusieurs à la suite se rangent auprès de lui en poussant des cris et des lamentations. Autour de ce corps une lutte terrible s'engage, et chacun songe à porter en avant son bouclier pour lui servir de rempart. Cependant quelques-uns se sont détachés, ils courent à la porte placée entre les deux tours, lèvent les barreaux et introduisent les soldats macédoniens. Cette voie faite, à force d'épaules ils jettent en dedans une partie du mur et se précipitent en foule dans la citadelle.

Il se fit alors un massacre horrible des Indiens; on n'épargna ni femmes ni enfants. Le roi fut transporté sur un bouclier dans le triste état où il était, sans que les soldats pussent savoir s'il était encore vivant : quelques auteurs avancent que le médecin Critodème de Cos, descendant d'Esculape,

tira le trait de la blessure en l'élargissant ; d'autres disent que le garde du
corps Perdiccas, en attendant le médecin qui n'arrivait pas, ouvrit la plaie
avec son épée par l'ordre d'Alexandre et retira le fer. Cette opération fit
rendre au roi tant de sang qu'il perdit connaissance une seconde fois ; mais
alors le sang s'arrêta.

Les historiens qui suivent sont Amyntianus, sous Antonin,
auteur de nombreuses biographies ; Céphalœon, qui fit un *Abrégé
de l'histoire universelle*, et Jason d'Argos, qui écrivit une *Histoire
de la Grèce* jusqu'à la prise d'Athènes.

APPIEN. — Cet historien, qui vécut à Rome sous les empereurs
Trajan, Adrien et Antonin, était né à Alexandrie 123 ans ap. J.-C.
Après avoir rempli pendant quelque temps l'office d'avocat, il
exerça des fonctions publiques et fut chargé dans les provinces de
l'administration du revenu. C'est alors qu'il composa son *Histoire
romaine*, qui commence à l'origine du peuple-roi et se termine au
règne d'Auguste. Une particularité de ce travail précieux du reste,
c'est que l'ordre chronologique n'y est pas suivi ; l'auteur nous
transporte successivement d'un pays à l'autre, suivant la nécessité
des faits qu'il raconte. La critique sensée lui en a fait un reproche.
De cet ouvrage il ne nous est parvenu que les guerres de Carthage,
de Syrie, d'Espagne, des Parthes, de Mithridate et d'Illyrie, cinq
livres qui traitent des guerres civiles, et enfin des fragments.

Aux livres écrits sur les guerres civiles, nous devons la connaissance utile de cette partie de l'histoire qui, sans eux, nous
serait restée inconnue : l'auteur y donne les détails les plus intéressants et les plus circonstanciés. Son style est naïf et simple, et
respire partout le sentiment de la plus parfaite sincérité.

LES PROSCRIPTIONS DES TRIUMVIRS [1]

Ces trois hommes donc, ayant prins l'autorité, meirent en roolle ceux qu'ils
delibererent faire mourir : c'est assavoir, leurs ennemys les plus graves,
pour crainte et soupçon, et par hayne : et consentyrent l'un à l'autre d'y
mettre leurs propres parents, amys et domestiques, non pas lors tant seulement, mais encore en après. Et en nommerent plusieurs outre ceux qui estoient leurs ennemys, pour quelque regret qu'ils avoient à l'encontre d'eux,
ou pource qu'ils estoient amys de leurs ennemys, ou ennemys de leurs amys :
et plusieurs autres, pource qu'ils estoient fort riches : car il leur estoit be-
soing avoir un grand argent, pour faire la guerre contre Brutus et Cassius,
qui estoient saisiz des richesses et du revenu du pays d'Asie : et avoient les
roys et les princes de ce quartier, qui leur donnoient ayde et secours, là où
ces trois princes ne pouvoient avoir argent fors de l'Europe et mesmement
de l'Italie, laquelle avoit été espuisée et appauvrie par les guerres et par les
grandes exactions qu'on y avoit faictes, tant sur les hommes que sur les
femmes, tellement qu'il estoit difficile de leur imposer plus grandes charges.

(1) Maistre Claude de Seyssel.

Lors s'adviserent de vendre les gabelles et autres impositions à plusieurs années pour avoir argent comptant.

A cette cause meirent les trois princes, en la table de leur proscription, grand nombre de ceux qui avoient maisons magnifiques, lesquels condamnoient la pluspart à mort, et leurs biens confisquez : entre lesquels en y eut des senateurs environ trois cens, et des chevaliers plus de deux mille : auquel nombre furent des frères et des oncles d'iceux trois princes, et mesmes aucuns de ceux qui avoient auctorité et administration sous eux, lesquels avoient été contraires à l'un d'eux, ou à leurs lieutenans et commis.

Toutesfois pour lors ne publierent point le grand nombre de ceux qu'ils vouloient ainsi proscrire, mais seulement en nommerent douze des principaulx, ou (comme disent aucuns) dix-sept, entre lesquels fut Cicero, et envoyerent de leurs soldats devant en toute diligence pour les occire : lesquels incontinent qu'ils furent arrivez, en occirent quatre qu'ils trouverent, les uns à table, les autres emmy la rue. Et après alloient discourans par les maisons et par les temples pour trouver les autres : dont toute la cité fut en si grand effroy ceste nuict, tellement que l'on oyoit de tous costez clameurs, lamentations et plainctes et voyoit-on les gens courir par les rues, comme si la ville eust été prinse ; car, dès que l'on entendit qu'on alloit cherchant les citoyens, et que l'on n'avoit faict aucune déclaration ne publication de ceux qui estoient condamnez à mort, chacun en estoit en une même crainte, pensant d'estre du nombre de ceux que l'on alloit querant.....

Et afin que nul d'eux ne se peust sauver, avoient les proscripteurs mis de leurs conducteurs et soldats par toutes les yssues de la cité, par les portes, par les lacs, par les estangs, et par les autres lieux, ou l'on imaginoit que les proscrits se pussent sauver ou cacher, tant en la ville, que dehors, et par toute la province : et avoient commandement les conducteurs et soldats de discourir et chercher partout les fugitifs. Toutes lesquelles choses furent faictes soudainement à un coup, tellement que tout incontinent furent prins gens de tous costez, tant en la cité que dehors, et occis en diverses manières : et après les testes couppées, pour en avoir guerdon. Et d'austre costé l'on voyoit gens illustres et grans personnages fuyr misérablement en habits dissimulez, et les aucuns se cacher dedans les puicts, les autres dedans les caves et lieux souterrains, d'autres dedans des retraictes et lieux puans, d'autres dedans des cheminées, et les autres souz les tuyles des maisons auprès du toict, qui se tenoient là sans faire aucun bruit, tant pour la crainte qu'ils avoient des soldats, que de leurs femmes, enfans, et autres domestiques de leurs maisons, desquels se doutoient estre hayz. Au surplus en y avoit qui estoient en grande crainte de leurs esclaves et libertins (affranchis), de leurs débiteurs ou de ceux qui avoient des terres à eux prochaines, dont ils estoient convoiteux; et par ce moyen l'on voyoit en tous les quartiers de la cité merveilleuse émotion et frayeur, plus qu'on n'avoit jamais veu : et une soudaine et cruelle mutation de toutes sortes de gens, sénateurs, consuls, préteurs, tribuns et autres officiers courans çà et là pour se sauver : et les autres se jetoient à genoux devant leurs propres esclaves, à grandes clameurs, les appelans leurs seigneurs et sauveurs...

Et voyoit lors gens mourir de tous costez en diverses manières, les uns, en se deffendant contre les soldats, et les autres, sans faire aucune deffense : aucuns, qui se laissoient mourir de faim; aucuns autres se pendoient et estrangloient ; autres qui se noyoient; autres se jectoient des maisons embas; autres qui se brusloient dedans le feu ; et autres qui s'alloient offrir aux bourreaux. Aucuns aussi en y avoit qui differoient de comparoir quand on les appeloit; aucuns autres, qui se cachoient, et supplioient miserablement qu'on leur sauvast la vie; aucuns se deffendoient et aucuns se rachetoient par argent; et y en avoit plusieurs de ceux qui n'étoient pas au nombre des proscrits, qui estoient au tumulte occis par erreur; ainsi qu'il apparoissoit par après, parce qu'ils n'avoient point la teste couppée, et que l'on ne portoit aux trois princes, sinon les testes des proscrits, et pour les autres n'y avoit aucun guerdon. L'on cognoissoit aussi l'amour et loyauté d'aucuns, tant femmes, enfans, frères, qu'esclaves et serviteurs, qui sauvoient les proscrits ou mouroient avec eux, quand ils ne les pouvoient sauver; aussi se tuoient sur les corps des autres occis...

Le commencement de ces cruautez, et cas misérables, fut incontinent à l'entrée de la cité, en la personne des principaux officiers : entre lesquels le premier fut Salvius, qui estoit tribun, jaçoit que ceste dignité par les lois romaines fut reputée sacrée et inviolable, et entre toutes les autres moult excellente, tellement qu'autrefois un tribun avoit mis en prison les consuls... Lequel ayant entendu la conspiration des trois princes, et que leurs soldats venoient à la cité, avoit convoyé aucuns ses amys à souper, bien lui semblant que de là en avant ne le pourroient veoir gueres souvent; et eux estant à table, ainsi qu'ils veirent entrer les soldats, tous furent moult effrayez et se voulurent lever; mais le conducteur des soldats leur deffendit qu'ils ne bougeassent, puis print Salvius par les cheveux, et sur la table mesme lui trencha la teste. Et ce faict, dist aux autres, s'ils estoient sages, qu'ils demeurassent ainsi qu'ils estoient; pour ce que, s'ils faisoient aucun bruit, il leur aviendroit le semblable : pour raison de quoi ils demeurerent ainsi qu'ils estoient la plus grande partie de la nuict à garder le corps de Salvius sans teste...

Toranius qui n'étoit pas lors préteur, mais l'avoit esté au paravant, avoit un fils avec Antoine et qui avoit grande auctorité avec luy. Estant donc le père proscrit et prins par les soldats, les pria qu'ils voulsissent differer de l'occire, jusques à ce que son fils eust faict requeste pour lui devers Antoine. A quoi les soldats en riant lui respondirent qu'il l'avoit desia faicte et obtenue, mais c'estoit qu'on le devoit occire. Lors le vieillard les requist qu'ils voulsissent differer sa mort jusques à ce qu'il eust parlé à sa fille : ce qu'ils feirent. Et des qu'il la veid luy deffendit de s'entremettre en ses biens, doutant que si elle en demandoit sa part, son frère ne la feist pareillement mourir, puisqu'à cette occasion faisoit occire son père...

Les deux frères, qui tous deux avoient nom Ligarius, s'en estant fuys, furent surprins de sommeil et s'endormirent : l'un fut trouvé et occis par ses esclaves; et l'autre, qui eschappa, entendant la mort de son frère, se jecta du pont en la rivière. Et pour ce que les pescheurs cuydans qu'il fust tombé par fortune, l'environnoient avec leurs bateaux, pour le tirer dehors, il se deffendoit, affin qu'ils ne le prinssent, se plongea derechef au fons, et finalement estant par eux prins et mis en seureté, leur dist en telle manière : « Certes vous ne m'avez pas sauvé, mais vous estes condamnez à la mort vous mesmes avec moi, pour ce que je suis des proscrits. » Toutefois pour pitié qu'ils eurent de luy, le tindrent là jusques à ce que les soldats, qui gardoient le pont, l'apperçurent et lui vindrent couper la teste. L'on racompte aussi un autre cas misérable, qui advint de deux frères, dont l'un s'estant jecté dans la rivière, son esclave le pescha par si grande diligence que le cinquiesme jour il le trouva, et le reconnoissant encore lui trencha la teste, pour en avoir le loyer des trois princes. L'autre, s'estant caché dedans un retraict, fut aussi decelé par son esclave; et pour autant que les soldats n'osoient entrer dans le retraict, le tirerent dehors à lances et à crochets, et après lui trenchèrent la teste. Un autre voyant son frère prins par les soldats, sçachant que lui mesme fust proscrit, courant à eux, les pria qu'ils le voulsissent occire avant son frère : lors le conducteur des soldats, qui sçavoit comme il estoit proscrit, luy respondit qu'il demandoit chose raisonnable, pour ce qu'il étoit premier escrit en roolle des proscrits : et les occit tous deux selon leur ordre.

Salassus s'en estant fuy, et perdant l'espoir de se sauver, revinct de nuit
en la cité, et espérant que la cruauté des princes cesseroit, et que les choses
prendroient meilleur train, vint heurter à la porte de la maison, laquelle
avoit été desià vendue et avec la maison l'esclave qui gardoit la porte, lequel
esclave le cacha dedans sa chambre, lui promettant le garder et nourrir des
biens qu'il avoit. Mais Salassus l'envoya devers sa femme, qui estoit en une
autre maison pour lui dire qu'elle vint parler à luy : laquelle, feignant vouloir venir en grande diligence, lui dist finallement qu'elle n'y oseroit aller la
nuict, pour crainte de donner soupçon à ses chambrieres, mais qu'elle y iroit
le matin ; et, dès qu'il fut jour, elle envoya querir les meurdriers, et ce pendant le portier s'en alla vers elle pour la haster de venir à son mary : lors
Salassus voyant qu'il tardoit à venir, eut quelques soupçons de luy et se partit de là où il estoit et s'en alla cacher au plus haut de la maison auprès le
toict, pour voir qu'il adviendroit, et voyant tantost après sa femme qui con-
duisoit les soldats, non pas son esclave, se jecta du toict embas.

Un esclave qui aymoit son maistre l'avoit sauvé et mis en une caverne,
et estoit allé à la mer pour loüer un navire; mais, comme il revint, trouva
son maistre blessé à mort, qui respiroit encores, et lui dist à haute voix :
« Attends un petit, mon maistre. » Et tout incontinent assaillit le conducteur qui l'avoit blessé, et l'occit; puis se tourna devers son maistre et luy
dist : « Tu es maintenant vengé; » et disant ces paroles, s'occist tout à l'heure
de sa propre main.

Un nommé Largus, estant aux champs, fut trouvé par aucuns soldats, qui
alloient cherchant un autre, non pas lui; et à ceste cause, ayans pitié de luy,
le meirent dedans la forest, et lui dirent qu'il se sauvast. Mais, voyant venir
des autres qui le queroient, s'en retourna courant devers les premiers, leur
disant telles paroles : « Puisque je ne me puis sauver, j'ayme mieux estre
occis par vous, qui avez eu pitié de moy, à fin que vous ayez le guerdon,
qu'auroient les autres. » Et par ce moyen en mourant leur rendit la courtoy-
sie qu'ils lui avoient faicte.

Rufus avoit une moult belle maison près de celle de Fulvie, femme d'Antoine, laquelle plusieurs fois avoit refusée de lui vendre : mais lors, combien
qu'il la voulust donner, fut neantmoins mis au nombre des proscrits. Estant
donc occis, et sa teste portée à Antoine, il dist à celuy qui la portoit que ce
présent appartenoit à sa femme et la luy feit porter : laquelle au lieu de la
faire pendre au marché avec les autres, la feit pendre en une maison devant
la sienne.

Oppius estant vieil et debile, fut porté par son fils dehors la ville, sur ses
espaules, et depuis conduict en grande difficulté en Sicile, quelquefois le
portant, et quelquefois le menant, sans qu'il fust apperçu ne calumnié par
aucun : comme jadis avoit fait Eneas à son père : dont après fut grandement
crainct par ses ennemys, comme les escritures nous témoignent : pour raison
duquel faict le peuple déclara le fils d'Oppius, édile. Et, pource qu'il n'avoit
de quoi fournir à la depense nécessaire pour faire les jeux qu'il lui convenoit
exhiber au peuple, les charpentiers et autres ouvriers le servirent de leur
mestier, pour néant : et tous ceux qui vindrent au théâtre pour veoir les
jeux, lui donnèrent, chacun ce qu'il voulut, dont après il fut grandement
riche.

Les deux Metelles, le père et le fils, tenoient divers partiz : car le père
suyvit le party d'Antoine, et fut prins avec luy à la fin quand il fut deffaict
par Cæsar sous lequel le fils avoit conduicte, mais il ne feut pas cognen.
Après, estant venu Cæsar en la cité de Samos, pour recognoistre les prisonniers, veid au nombre des autres Metellus le père, pauvrement vestu et
ayant longs cheveux et longue barbe, qui estoit la raison pourquoy on le
mescognoissoit : mais ainsi qu'on appelloit tous les prisonniers par roolle, et

qu'on vint à nommer Metellus, son fils qui estoit au tribunal près de Cesar, descendit en grande haste, et à peine le recognoissant l'embrassa estroictement, pleurant et soupirant grandement ; puis se tourna devers Cesar, et lui parla en telle manière : Cestuy cy, Cesar, a esté ton ennemy et je t'ai servy à la guerre : par quoy est raisonnable que son mesfaict soit puny, et mon service recogneu. Donc je te supplie que tu le veuilles sauver pour l'amour de moy, et me faire mourir en son lieu. Pour lequel faict tous ceux qui estoient présens furent meuz à pitié ; et Cesar mesme lui pardonna, combien qu'il fust son ennemy mortel et eust souvent refusé de lui grands partiz qu'il lui offroit, s'il eust voulu abandonner Antoine. »

DION CASSIUS. — Il naquit à Nicée, en Bithynie, vint à Rome et passa par toutes les dignités. Pertinax le nomma sénateur ; Sévère, consul ; Macrin, gouverneur de Smyrne et de Pergame ; Sévère, gouverneur d'Afrique, de Dalmatie et de Pannonie ; enfin, après avoir obtenu, en 229, un second consulat, il retourna dans sa patrie où il mourut. L'*Histoire romaine* qu'il composa se terminait à Alexandre-Sévère et avait quatre-vingts livres : il ne nous en reste que vingt, avec des fragments plus ou moins considérables des autres. Son histoire est fort intéressante et fort curieuse ; mais il faut se défier des appréciations d'un écrivain si bien en cour.

LA MORT D'ADRIEN

Une perte de sang excessive rendit d'abord Adrien phthisique ; puis son corps s'affaiblissant de plus en plus, une hydropisie se déclara, qui le rendit incapable de diriger les affaires de l'État. Il avait adopté Lucius Commode ; et, quand le flux de sang devint plus abondant et le mal plus sérieux, il fit réunir au palais les sénateurs et les grands ; et, leur adressant la parole du haut de son lit : « Mes amis, leur dit-il, la nature m'a refusé la satisfaction d'avoir un fils de mon sang : vous, par l'entremise des lois, vous m'en avez donné un. Et je sens bien la différence entre un enfant qui me doit la vie, et l'enfant de l'adoption : le premier sera tel que les destins l'auront voulu, tandis qu'on choisit le second tel qu'on désire qu'il soit. Aussi l'on reçoit souvent de la nature des enfants sans intelligence ou estropiés ; mais on choisit toujours un fils adoptif sain de corps et d'esprit. Lucius, que j'avais choisi entre tous, Lucius avait toutes les qualités que je n'eusse pu espérer voir réunies dans un fils. Mais, hélas ! puisque la destinée jalouse nous l'a ravi, j'ai trouvé, je le crois, un chef digne de le remplacer, un chef que j'affirme être et qui sera certainement un chef généreux, pacifique, doux, miséricordieux et sage ; un chef que la jeunesse n'entraînera à aucune témérité, la vieillesse à aucune faiblesse ; un empereur élevé sous vos lois, un général formé aux institutions de la patrie, un prince enfin qui n'ignorera rien des besoins et des ressources de l'empire. Je sais bien qu'il eût préféré le calme et le repos, qu'il répugne à prendre en main le gouvernail de l'Etat ; mais je le connais, il ne voudra jamais abandonner ou trahir votre cause et la mienne. » Voilà comment Antonin fut créé empereur ; il n'avait pas d'enfant mâle ; il adopta à son tour le fils de Commodus, auquel il associa Marcus Annius Vérus...

Cependant, par des moyens magiques et des enchantements, Adrien était parvenu à se débarrasser de l'eau accumulée sous la peau ; mais elle se reforma rapidement. Quand il vit le mal prendre plus d'intensité, et, malgré

24

tous les remèdes, sa force l'abandonner de jour en jour, il voulut mourir. Souvent il demanda du poison, une épée, mais inutilement. Personne ne consentait à le satisfaire. Convaincu enfin qu'aucun serviteur, ni pour de l'argent, ni avec l'assurance du pardon, ne lui obéirait sur ce point, il fit venir un barbare nommé Mastor, Iazyge de nation, qu'il avait employé dans ses chasses à cause de sa force et de son audace. Ayant mis en œuvre tour à tour les menaces et les promesses, il l'engagea ou plutôt il le contraignit à lui donner la mort. Il lui désigna la place du coup au-dessous de la mamelle, sur les indications du médecin Hermogène, qui lui avait assuré qu'une pareille blessure procurait la mort sûrement et sans douleur. Ayant encore échoué de ce côté (Mastor, effrayé d'un tel crime, avait pris la fuite), au milieu de ses douleurs, il se plaignait de n'avoir pas même le moindre pouvoir d'en finir avec sa propre vie, lui qui pouvait disposer de celle des autres. Enfin, sur l'avis des médecins, il s'abstint de manger et de boire : il n'y trouvait pas son salut, et ses douleurs s'en augmentaient. Il mourut en disant ce mot qui a passé en proverbe : « C'est la troupe de la médecine qui a tué le roi. » Il avait vécu soixante-deux ans cinq mois et six jours, et régné vingt ans et onze mois.

HÉRODIEN. — Cet historien, dont on sait peu de chose, a dû naître vers 170 ou 172 ap. J.-C. On ignore quelle fut sa patrie. Il la quitta sans doute fort jeune pour venir s'établir à Rome, où il remplit, comme Dion, plusieurs charges publiques. Nous avons de lui, en huit livres, l'*Histoire des empereurs romains*, depuis Marc-Aurèle jusqu'à Gordien, c'est-à-dire de 180 à 238 ap. J.-C. C'est l'histoire de son temps; il a vu tout ce qu'il raconte. Son style est remarquable par la clarté; ses jugements sont sages et impartiaux. On lui reproche d'avoir ignoré complétement la géographie.

MARC-AURÈLE ET COMMODE [1]

Marc-Aurèle tomba malade en Pannonie. Ce prince, alors fort vieux, était encore plus cassé par les soins et les peines du gouvernement que par son grand âge. Sitôt qu'il sentit sa fin approcher, il ne s'occupa plus que de son fils; il n'avait que quinze à seize ans, et l'empereur craignait qu'abandonné à lui-même dans une si grande jeunesse, il n'oubliât bientôt les bonnes instructions qu'on lui avait données pour se livrer aux excès et à la débauche... Il se représentait les horreurs du règne de Néron, qui avait mis le comble à tous ses crimes par la mort de sa mère; qui paraissait dans le cirque, montait sur le théâtre, et se donnait en spectacle à un peuple dont il devenait la risée. Enfin il pensait souvent aux cruautés encore plus récentes de l'empereur Domitien. Mais ce n'était pas là l'unique chose qui lui donnât de l'inquiétude : les peuples de la Germanie étaient de dangereux voisins; il ne les avait pas entièrement domptés; il en avait vaincu une partie, il avait traité avec les autres, et le reste s'était réfugié dans les forêts. Sa présence les retenait et les empêchait de rien entreprendre. Il craignait donc que la jeunesse de son fils ne relevât leur courage, et qu'ils ne reprissent les armes; car il savait d'ailleurs que les barbares aiment la nouveauté et qu'il faut peu de chose pour les mettre en mouvement.

[1] J.-A.-C. Buchon.

Dans l'agitation et le trouble où le laissaient toutes ces réflexions, il fit appeler ses parents et ses amis; et, lorsqu'ils furent assemblés, il mit son fils au milieu d'eux, se leva un peu sur son lit et leur parla en ces termes : « Je ne suis nullement surpris que l'état où vous me voyez vous touche et vous attendrisse; les hommes ont une compassion naturelle pour leurs semblables, et les malheurs dont nous sommes les témoins nous frappent plus vivement. Mais j'attends de vous quelque chose de plus que ces sentiments ordinaires qu'inspire la nature; mon cœur me répond du vôtre et mes dispositions à votre égard m'en promettent de pareilles de votre part. C'est à vous maintenant à justifier mon choix, à me faire voir que j'avais bien placé mon estime et mon affection, et à me prouver par des marques certaines que vous n'avez pas perdu le souvenir de mes bienfaits. Vous voyez mon fils; c'est à vos soins que je suis redevable de son éducation; il sort à peine de l'enfance; dans la première chaleur de la jeunesse, comme sur une mer orageuse, il a besoin de gouverneur et de pilote, de peur que, sans expérience et sans guide, il ne s'égare et n'aille donner contre les écueils. Tenez-lui tous lieu de père; qu'en me perdant il me retrouve en chacun de vous; ne le quittez point, donnez-lui sans cesse de bons avis et de salutaires instructions. Les plus grandes richesses ne peuvent fournir aux plaisirs et aux débauches d'un prince voluptueux. S'il est haï de ses sujets, sa vie n'est guère en sûreté, et sa garde est pour lui un faible rempart. Nous voyons que les princes qui ont régné longtemps et qui ont été à couvert des conjurations et des révoltes, ont plus pensé à se faire aimer qu'à se faire craindre. Ceux qui se portent d'eux-mêmes à l'obéissance sont dans leur conduite et dans toutes leurs démarches au-dessus des soupçons; sans être esclaves, ils sont bons sujets; et, s'ils refusent quelquefois d'obéir, c'est qu'on leur commande avec trop de dureté, et qu'on joint à l'autorité le mépris ou l'outrage; car il est bien difficile d'user avec tant de modération d'une puissance qu'on possède sans partage et qui n'a point de bornes. Donnez souvent à mon fils de semblables instructions; répétez-lui celles qu'il vient d'entendre; par là, vous formerez pour vous et pour tout l'empire un prince digne du trône : vous me marquerez votre reconnaissance, vous honorerez ma mémoire, et c'est l'unique moyen de la rendre immortelle. »

En achevant ces paroles, il lui prit une si grande faiblesse, que, ne pouvant continuer, il se laissa retomber sur son lit. Tous ceux qui étaient présents furent si pénétrés de ce discours qu'ils ne purent retenir leurs larmes. Marc-Aurèle languit encore un jour et mourut regretté de tous ses sujets, laissant à la postérité, dans l'histoire de sa vie, le modèle de toutes les vertus. Le peuple et les soldats furent également affligés de sa mort, et personne dans l'empire ne l'apprit sans pleurer. Tous, d'une commune voix, lui donnaient les qualités de père de la patrie, de prince habile, de vaillant capitaine, d'empereur plein de prudence et de modération, et ils ne disaient en cela que la vérité.

(Commode se montra peu de temps docile aux avis paternels et aux conseils de ses amis : il écouta les flatteurs; et, confirmant les craintes de Marc-Aurèle, il fut un nouveau Néron pour la cruauté, un nouveau Domitien pour les extravagances. Il fit assassiner ou exiler les principaux sénateurs et descendit dans l'arène pour combattre lui-même contre les gladiateurs. Il eut cependant le bonheur d'échapper à une première conjuration tramée contre sa vie.)

Le jour de la solennité des Saturnales, les Romains se rendent des visites mutuelles et se font des présents en argent ou en bijoux. C'est en ce même jour que les consuls désignés entrent en charge et prennent les marques de leur dignité. Commode se mit donc en tête de sortir ce jour-là en cérémonie, non de son palais, selon la coutume, mais du lieu des exercices, de quitter la robe impériale pour se montrer au peuple armé de pied en cap et précédé de tous les gladiateurs. Il communiqua son dessein à Marcia : c'était une femme qu'il considérait beaucoup, et elle avait tous les honneurs des impératrices, à la réserve du feu qu'on ne portait pas devant elle. Cette femme, surprise d'une pensée si bizarre, se jeta à ses pieds, et, les arrosant de ses larmes, elle le conjura de se souvenir de ce qu'il était, et de ne pas exposer son honneur et sa vie en livrant sa personne à des misérables sans nom et sans aveu. Mais, après beaucoup d'instances redoublées, n'ayant pu rien gagner sur lui, elle fut obligée de se retirer. Il fit ensuite appeler Lætus, chef des cohortes prétoriennes, et Électus, son chambellan, et les chargea de lui faire meubler un appartement dans la maison des gladiateurs. Ces officiers employèrent à leur tour les remontrances et les prières pour le faire revenir de cette manie.

Commode, choqué de ce que personne n'entrait dans ses pensées, les renvoya et s'en alla dans sa chambre vers midi, comme pour y dormir. Il prit une cédule faite d'une petite peau de tilleul fort mince, repliée en deux et roulée des deux côtés. Il écrivit dessus le nom de tous ceux qu'il voulait faire tuer la nuit suivante... A la tête étaient Marcia, Lætus et Électus; suivait après une grande liste de sénateurs les plus distingués. Il voulait se défaire de ce qui restait des anciens amis de son père : leur présence le gênait, il appréhendait leur censure, et il était bien aise de n'avoir plus pour témoins de ses indignités des personnages si graves et si sérieux. Il avait mis sur la même cédule plusieurs personnes riches dont il voulait confisquer les biens pour en faire des largesses aux gladiateurs et aux soldats; à ceux-ci, afin qu'ils gardassent sa personne avec plus de vigilance et de fidélité, et à ceux-là, afin qu'ils contribuassent avec plus d'ardeur à ses plaisirs.

Il laissa cette cédule sous le chevet de son lit, ne s'imaginant pas que personne dût entrer dans sa chambre. Un enfant étant entré dans la chambre pendant que Commode était au bain, cherchant de quoi jouer, trouva le billet et l'emporta avec lui. Marcia le rencontra heureusement; elle l'embrassa et lui ôta ce billet, appréhendant que ce ne fût quelque papier d'importance. Elle reconnut la main de l'empereur, ce qui augmenta sa curiosité; mais, lorsqu'elle eut lu l'arrêt de sa mort et les noms de Lætus, d'Électus et de tant d'autres personnes de qualité, elle dit en jetant un profond soupir : « Courage, Commode, ne te démens point : voilà le prix de ma tendresse et de la longue patience avec laquelle j'ai supporté tes brutalités et tes débauches ! Mais il ne sera pas dit qu'un homme toujours enseveli dans le vin préviendra une femme sobre et qui a toute sa raison. » Elle fit aussitôt appeler Électus; sa charge de chambellan lui donnait souvent occasion de la voir. « Voyez, lui dit-elle en lui présentant le billet, quelle nuit et quelle fête on nous prépare. » Il en fut étrangement surpris. C'était un Égyptien, homme violent, emporté et capable de tout. Après l'avoir lu, il le cacheta et l'envoya par une personne de confiance à Lætus, qui vint les trouver aussitôt, comme pour prendre avec eux des mesures sur les ordres que leur avait donnés l'empereur.

Ils conclurent d'abord qu'il fallait prévenir Commode, s'ils ne voulaient périr eux-mêmes; qu'il n'y avait pas de temps à perdre, que tous les moments étaient précieux. Ils crurent que la voie du poison serait la plus sûre et la plus facile. Marcia se chargea de l'exécution.. Quand il fut donc revenu du bain, elle lui présenta une coupe empoisonnée. Ses exercices l'avaient fort altéré, et il l'avala sans qu'on en fît l'essai... Sa tête s'appesantit à l'heure même; il crut que c'était un assoupissement causé par la fatigue de la chasse, et s'alla mettre sur son lit : Marcia et Électus firent dire en même temps que le prince avait besoin de repos et qu'on se retirât. Ce n'était pas la première fois que pareille chose lui était arrivée : comme il était toujours dans la débauche, qu'il se baignait souvent et mangeait à toutes les heures du jour, il n'avait point de temps réglé pour le sommeil...

Après qu'il eut un peu dormi, et que le poison eut commencé à agir sur l'estomac et les entrailles, il s'éveilla avec un tournoiement de tête qui fut suivi d'un grand vomissement, soit que le vin et les viandes dont il s'était rempli repoussassent le poison, ou que, suivant la coutume des princes, il eût pris quelque préservatif avant de se mettre à table. Cet incident épouvanta les complices; ils ne doutèrent point qu'il ne les fît mourir sur-le-champ, s'il en réchappait; et, pour parer ce coup, ils persuadèrent à force de promesses à un esclave appelé Narcisse d'entrer dans sa chambre et de l'achever. Cet homme, hardi et vigoureux, trouva l'empereur affaibli par les efforts du vomissement, et lui serra si fort le cou, qu'il l'étrangla.

Cette période nous offre encore Claude Élien de Préneste, qui publia un recueil d'*Histoires diverses* en quatorze livres, recueil formé évidemment d'extraits d'autres livres; P. Hérennius Dexippus d'Athènes, contemporain de Claude II et de Probus, auteur de la *Chronique des rois de Macédoine*, de l'*Histoire des événements qui suivirent la mort d'Alexandre*, d'un *Abrégé* et d'un ouvrage intitulé les *Scythiques;* Callicrate de Tyr et Théoclius, cités par Vopiscus; enfin plusieurs chronologues.

CHAPITRE IV

HISTORIENS BYZANTINS

Eusèbe. — Cet historien célèbre naquit 270 ans ap. J.-C. On ignore quelle fut sa famille et quel fut le lieu de sa naissance. Il fut l'ami de saint Pamphile, martyrisé en 309, et il en prit le nom. Ses études furent aussi complètes qu'elles pouvaient l'être alors; il y avait à Césarée une immense bibliothèque, et l'on disait qu'il connaissait tout ce qu'on avait écrit avant lui. La persécution l'obligea de fermer son école et de se réfugier en Égypte. A son retour, on le nomma évêque de Césarée. Malheureusement, il se mêla à toutes les passions, et se jeta dans toutes les fureurs des ariens, dont il fut auprès des empereurs un ardent défenseur, par le crédit qu'il devait à sa réputation, et par l'emportement d'un zèle aveugle. Il mourut vers l'an 338.

Nous devions une biographie particulière à la renommée de cet évêque; mais nous croyons pouvoir nous abstenir de citations. Le jugement qu'en ont porté les plus sages critiques expliquera

notre réserve. « Le plus important des ouvrages qui nous restent
d'Eusèbe, dit M. Receveur, c'est son *Histoire ecclésiastique*, divisée
en dix livres. Elle commence à la prédication de l'Évangile et
s'étend jusqu'à la fin des persécutions. Bien qu'on lui reproche
quelques inexactitudes, bien qu'il y ait un peu de confusion dans
l'ordre ou dans la date des faits, elle ne laisse pas d'être précieuse,
soit parce qu'elle est composée en grande partie de passages d'auteurs dont les ouvrages sont perdus, soit parce qu'elle est l'histoire
la plus ancienne et la plus authentique qui nous reste pour les premiers siècles de l'Église... Du reste, cet ouvrage est plus remarquable par le fond que par la forme. Le style en est lourd, diffus,
et sent quelquefois l'emphase orientale. »

Eusèbe avait écrit aussi une *Vie de Constantin*, une *Histoire des
martyrs* et une *Chronique* ou histoire universelle en deux livres.

À la suite d'Eusèbe, nous avons à nommer Proxagoras d'Athènes,
l'historien trop indulgent de Constantin et d'Alexandre le Grand ;
Eunapius de Sardes, continuateur de la chronique d'Hérennius
Dexippus ; Olympiodore de Thèbes, continuateur d'Eunapius dans
ses *Matériaux pour l'histoire*, et Priscus de Panium, auteur d'une
Histoire byzantine et de la *Guerre d'Attila*.

Zosime. — On ignore la date de sa naissance et celle de sa mort ;
on ne peut même indiquer avec certitude en quel temps il a vécu.
Tout ce qu'on peut préjuger, d'après la peinture qu'il nous fait
de l'empire, d'après le tableau qu'il nous donne des invasions
barbares, c'est qu'il a dû fleurir vers la fin du Ve siècle. Son ouvrage en six livres commence au règne d'Auguste et se termine
au règne de Théodose le Jeune. La partie qui racontait l'histoire
de Probus à Domitien a été perdue. Le but que Zosime se propose, c'est, dit-il lui-même, d'exposer, tout à l'opposé de Polybe
qui a révélé les causes de la grandeur romaine, les causes qui ont
amené la décadence de l'empire. Ces causes sont : 1° les fautes de
Constantin, trop ami du plaisir, peu préoccupé des dangers de
l'État, coupable d'avoir transporté à Byzance le siége impérial ;
2° l'abandon de l'ancien culte, et la protection accordée par les
empereurs au nouveau.

Zosime est donc un païen ardent. « Il défend, dit Photius, la
religion païenne, et aboie très-souvent contre les hommes zélés
pour la vraie religion. Son style est clair, concis, pur, et ne manque
pas d'agréments... On pourrait ajouter qu'il n'a pas écrit une
histoire, mais transcrit celle d'Eunapius, à cela près qu'il l'abrége
souvent, et qu'il ménage plus que son modèle la mémoire de
Stilicon. Du reste, ces deux historiens n'en font, pour ainsi dire,
qu'un, surtout par leur penchant habituel à décrier les princes

chrétiens. » Gibbon dit de lui : « Crédule et partial comme est cet historien, nous ne pouvons nous appuyer qu'à regret sur son témoignage. »

JULIEN EMPEREUR [1]

Lorsque l'Orient semblait jouir d'une paix profonde, et que la réputation de Julien était si bien établie que toutes les bouches publiaient ses louanges, Constance en conçut de la jalousie; et, ne pouvant supporter l'éclat de la gloire qu'il avait acquise dans les Gaules et en Espagne, chercha un prétexte honnête de diminuer ses troupes en peu de temps et sans bruit, et de le dépouiller ensuite de sa dignité. Il lui manda donc qu'il lui envoyât deux de ses légions, feignant d'avoir besoin de leur service. Julien, qui ne savait rien de l'intention de l'empereur, et qui d'ailleurs ne voulait lui donner aucun sujet de se mettre en colère, obéit à son ordre avec une entière soumission, et ne laissa pas cependant d'accroître de jour en jour son armée, et d'imprimer une telle terreur de son nom, que les barbares qui habitaient à l'extrémité des frontières ne songeaient à rien moins qu'à prendre les armes. Constance demanda bientôt après d'autres troupes à Julien, et les ayant obtenues, il lui commanda encore de lui envoyer quatre compagnies. Julien n'eut pas sitôt reçu ce dernier ordre qu'il commanda aux soldats de se tenir prêts pour partir. Il était alors à Paris, petite ville de la Germanie. Comme les soldats soupaient un soir aux environs du palais, et s'attendaient à partir le jour suivant, sans se défier de ce qu'on tramait contre Julien, quelques officiers qui avaient découvert cette intrigue qu'on conduisait depuis longtemps, répandirent secrètement des billets sans nom qui portaient que Julien, qui les avait rendus victorieux par son adresse, et qui avait combattu en soldat, était en danger d'être dépouillé de toutes ses forces, s'ils ne s'opposaient pas au départ des troupes qui avaient été mandées. Quelques soldats, ayant lu ces billets, et les ayant montrés à leurs compagnons, ils entrèrent tous en colère, et s'étant levés de table en désordre, ils coururent au palais, ayant encore le verre en main, en rompirent les portes, enlevèrent Julien, l'élevèrent sur un bouclier, le proclamèrent empereur, et lui mirent par force une couronne sur la tête. Julien était très-fâché de ce qui était arrivé. Mais la connaissance qu'il avait de l'infidélité de Constance, qui ne gardait ni parole, ni foi, ni serment, l'empêchait de se fier à lui. Il voulut pourtant sonder ses dispositions, et lui envoya des ambassadeurs, qui lui protestèrent de sa part que c'était contre son avis et contre son intention qu'on l'avait proclamé, et qu'il était prêt à se démettre de la couronne, s'il le désirait, et de se contenter de la dignité de César. Mais Constance entra dans une extrême colère, et monta à un si haut degré d'insolence, qu'il dit aux ambassadeurs que, si Julien voulait conserver la vie, il fallait qu'il renonçât à la dignité de César aussi bien qu'à la couronne, et que, redevenant particulier, il se soumît à sa puissance; qu'en se soumettant il ne souffrirait rien de fâcheux, ni d'approchant de ce qu'il avait mérité. Julien ayant appris ce discours de Constance, fit voir l'opinion qu'il avait des dieux en déclarant qu'il aimait mieux mettre sa vie entre leurs mains qu'entre celles de l'empereur. Celui-ci fit éclater sa haine et se prépara à la guerre civile. Parmi tout ce qui était arrivé, rien ne fâchait tant Julien que l'appréhension d'être accusé d'ingratitude envers un prince qui l'avait honoré de la dignité de César. Pendant qu'il roulait ces pensées dans son esprit et qu'il avait peine d'entreprendre une guerre civile, les dieux lui révélèrent en songe ce qui devait

[1] J. A. C. Buchon.

arriver, en lui faisant voir à Vienne, où il était alors, le soleil qui lui montrait les autres astres et lui disait :

> Quand Jupiter sera sur le verseur d'eau,
> Et que sous la Vierge sera le vieux Saturne
> Que chacun reconnoît d'une humeur taciturne,
> Tout aussitôt Constance entrera au tombeau.

Se fiant à ce songe, il continua à prendre soin des affaires publiques; et, parce que l'hiver durait encore, il s'appliqua principalement à pourvoir aux nécessités des Gaules, afin de se pouvoir donner tout entier à la poursuite des entreprises où il serait engagé.

Il se prépara de bonne heure à prévenir Constance, qui était encore en Orient; et, l'été étant déjà commencé, il mit ordre aux affaires des Gaules, obligeant les uns par la terreur à demeurer en repos, et persuadant aux autres, par l'expérience du passé, de préférer la paix à la guerre. Ayant établi toutes sortes d'officiers dans les villes et sur les frontières, il passa les Alpes avec son armée. Étant allé dans le pays des Rhètes, où est la source du Danube..., il fit faire des vaisseaux sur lesquels il descendit avec trois mille hommes, et commanda à vingt mille d'aller par terre à Sirmium. Allant continuellement à la voile et à la rame, et ayant les vents étésiens favorables, il arriva en douze jours en cette ville. Le bruit de l'arrivée de l'empereur s'étant répandu, chacun croyait que c'était Constance; quand on sut que c'était Julien, on fut fort surpris de la diligence de sa marche. Lorsque l'armée qui le suivait par terre fut arrivée, il écrivit au sénat de Rome et aux troupes d'Italie pour leur déclarer son avénement à la couronne, et leur commanda de veiller à la conservation des places.

Les deux consuls de cette année-là, Taurus et Florentius, s'étant enfuis à la première nouvelle qu'ils avaient reçue que Julien avait passé les Alpes et était arrivé en Pannonie, il commanda de les nommer dans les actes publics les consuls fugitifs. Il faisait de grandes caresses aux habitants des villes par où il passait, et il leur donnait de grandes espérances d'un heureux gouvernement. Il écrivit aux Athéniens, aux Lacédémoniens et aux Corinthiens pour les informer des motifs de son voyage. Il reçut à Sirmium des députés de toute la Grèce, auxquels ayant fait des réponses fort obligeantes, il joignit à l'armée qu'il avait amenée des Gaules de nouvelles troupes amassées à Sirmium, en Pannonie et en Mœsie, et continua sa marche. Quand il fut arrivé à Naïsse, il consulta les devins pour savoir ce qu'il devait faire. Les devins lui ayant dit qu'il devait s'arrêter quelque temps, il déféra à leur réponse, et observa le temps qui lui avait été prédit en songe; et, lorsque ce temps-là fut arrivé, une troupe de cavaliers lui rapporta que Constance était mort, et que l'armée l'avait proclamé empereur. Acceptant avec reconnaissance cette faveur signalée du ciel, il s'avança vers Constantinople, où il fut reçu aux acclamations du peuple, qui l'appelait le citoyen et le nourrisson de cette ville, et qui se promettait une heureuse abondance.

Il prit un soin égal de la ville et de l'armée. Il honora la ville d'un sénat semblable à celui de Rome, et il l'embellit d'un port qui mit ses vaisseaux en sûreté contre les dangers qui sont à craindre du côté du nord. Il fit bâtir une galerie en forme de *sigma*, qui touche par un bout au port, où il mit quantité de livres. Il se prépara après cela à la guerre contre les Perses. Après avoir passé dix mois à Constantinople, il nomma Hormisdas et Victor généraux des troupes, leur donna des officiers et des soldats et partit pour Antioche. Il n'est pas besoin de décrire le bon ordre avec lequel ses troupes marchèrent. Des soldats qui avaient l'honneur de servir sous un si grand prince que Julien n'avaient garde de manquer d'observer une exacte discipline. Le peuple le reçut avec joie; mais, comme ce peuple aimait passion-

nément les spectacles, et qu'il avait plus d'inclination pour ces divertissements que pour aucune occupation sérieuse, il ne put s'accommoder à
l'humeur sévère d'un empereur qui montrait beaucoup d'éloignement pour
les théâtres, et qui ne donnait que peu d'instants aux jeux quand il lui arrivait d'y assister. Ils ne purent s'empêcher d'en témoigner leur ressentiment
par des paroles qui lui déplurent extrêmement. Mais, au lieu d'en châtier
l'insolence, il se contenta de s'en railler par un discours fort délicat qu'il
composa contre eux, et qui, les ayant rendus également odieux et ridicules
à toute la terre, leur donna sujet de se repentir de leur faute. Ayant soulagé la ville et lui ayant accordé un grand nombre de décurions qui devaient
occuper cette charge par droit d'hérédité, même pour les enfants de leurs
filles, privilége dont jouissent bien peu de villes municipales, il se prépara à
marcher contre les Perses. Ayant assemblé son armée sur la fin de l'hiver, il
l'envoya devant lui : il partit d'Antioche..., et arriva en cinq jours à Sérapole. »

PROCOPE. — Cet historien naquit à Césarée, en Cappadoce, vers
500 ap. J.-C. Il commença par enseigner la rhétorique à Césarée
même ; il l'enseigna ensuite à Constantinople, où il obtint des succès comme avocat. Procope vécut dans l'intimité du fameux Bélisaire, qu'il suivit en qualité de secrétaire dans ses expéditions de
de Perse, d'Afrique et d'Italie. C'est dans ces voyages qu'il amas-
sait les matériaux nécessaires à son œuvre ; et que, signalé par son
mérite à l'attention de Justinien, il reçut de lui le titre d'*illustre*, le
rang de sénateur, et la charge de préfet de Constantinople. Il
mourut fort âgé.

L'œuvre capitale de Procope, c'est son *Histoire contemporaine* en
huit livres ; elle renferme le récit des événements dont il avait été
le témoin oculaire, et fournit sur cette époque les renseignements
les plus précieux et les plus intéressants. Outre un ouvrage sur
les édifices publics, Procope composa une *Histoire secrète* ou *Anecdotes*, dans laquelle il maltraite cruellement l'empereur Justinien
et l'impératrice Théodora, qu'il avait respectueusement mentionnés dans son premier ouvrage. Était-ce justice ou vengeance ?
Voici l'explication que l'auteur donne lui-même de sa conduite :
« Ce qui m'engagea à composer cet ouvrage, c'est que je ne
voyais pas la possibilité de dire les choses comme elles se sont
passées, tant que les acteurs étaient existants. Je n'aurais pu
échapper aux espions dont j'étais assiégé, et moins encore aux
tourments, si j'avais été découvert ; je ne pouvais, sous ce rapport, me fier même à mes proches. Je me suis vu forcé également de me taire sur les causes de beaucoup d'événements rapportés dans le premier ouvrage. Dans cette seconde partie, je
publie, et les événements que j'ai passés sous silence, et les causes
de ceux que j'avais supprimés. Une chose m'embarrasse ; quand
je pense à la vie de Justinien et de Théodora que je vais retracer, je crains d'être obligé de rapporter des faits que la postérité

aura peine à croire. Je crains qu'à une époque où les témoins de ces événements n'existeront plus, on ne me traite de romancier; mais, ce qui me rassure, c'est que je ne dirai rien qui ne repose sur les déclarations des témoins. »

BÉLISAIRE VAINQUEUR DE GÉLIMER

(*Guerre des Vandales*, liv. II.)

Gélimer chargea son frère Zazon de haranguer en particulier les Vandales qu'il avait ramenés de Sardaigne. Zazon obéit..., et les deux frères mirent leurs troupes en bataille, vers l'heure du déjeuner, au moment où les Romains n'étaient pas préparés et s'occupaient encore de leur repas. Les Vandales furent rangés sur le bord d'un courant d'eau, toujours alimenté, mais si petit que les riverains n'ont pas jugé à propos de lui donner un nom particulier. Les Romains s'étendirent en face sur l'autre rive. A l'aile gauche se trouvaient Martin, Valérien, Cyprien, Althias, Marcel et les chefs des confédérés; l'aile droite était commandée par Pappus, Barbatus, Aiga et les maîtres de la cavalerie. Au centre était Jean, à la tête des boucliers et des piquiers à cheval de Bélisaire, qui portait l'étendard de général en chef. Tous les Huns formèrent un bataillon séparé. Pour les Massagètes, peu disposés à prendre place dans l'armée romaine, comme nous l'avons expliqué plus haut, ils n'eurent pas la permission de se mêler aux autres.

Du côté des Vandales, tel était l'ordre de bataille. A une aile les Chiliarques, chacun à la tête de leur escadron; au centre, Zazon, frère de Gélimer; en arrière les Maures. Gélimer lui-même, courant de rang en rang, exhortait tantôt les uns, tantôt les autres à combattre avec valeur. Il avait fait à tous la recommandation de n'user ni de la lance, ni d'aucune arme, si ce n'est du glaive. Les deux armées placées ainsi l'une en face de l'autre et personne ne commençant encore le combat, Jean et quelques hommes d'élite passent le cours d'eau, d'après l'ordre de Bélisaire, et se jettent au milieu des ennemis. Zazon les reçoit, les fait reculer et les poursuit. Ils regagnent le corps de bataille. Les Vandales étaient arrivés jusqu'à la rivière : Jean envoyé par Bélisaire se jette sur Zazon une seconde fois avec un nombre plus considérable de boucliers; repoussé une seconde fois, il se replie sur l'armée romaine. Il retourne à la charge pour la troisième fois, mais avec presque tous les boucliers et les piquiers, avec l'étendard du général, avec des cris et des éclats terribles. Les barbares résistèrent valeureusement en se servant uniquement du glaive; et le combat fut rude et douteux, jusqu'à ce que les plus braves et les plus illustres d'entre les ennemis eussent succombé, et peu après le frère même de Gélimer, Zazon.

En ce moment l'armée entière des Romains s'ébranle, traverse la rivière, se précipite en avant; et, quand le centre des ennemis est enfoncé, le reste est mis facilement en déroute. A cette vue les Massagètes, suivant un plan arrêté d'avance, se mêlent aux Romains victorieux. La poursuite ne dura pas longtemps. En effet, les Vandales étaient allés chercher asile et repos derrière leurs remparts; les Romains, qui ne se sentaient pas en état de les y forcer, dépouillent les cadavres de leur or et retournent à leur camp. Dans ce combat, les Romains perdirent à peine cinquante hommes, les ennemis huit cents. Bélisaire, se hâtant d'arriver avec le reste de l'infanterie, atteignit vers le soir le camp des Vandales; et, quand il aperçut le général romain approcher avec cette foule de soldats, Gélimer, sans dire une parole, sans donner un ordre, monta secrètement à cheval et s'enfuit par la route qui mène chez les Numides avec quelques parents et quelques domestiques.

Les Vandales, pleins d'effroi et de consternation, ignorèrent un instant la fuite de Gélimer; mais, dès qu'ils la connurent, dès qu'ils virent devant eux l'armée romaine, ce fut un épouvantable tumulte, des cris d'enfants, des hurlements de femmes; et, sans songer aux vivres et aux trésors, tous s'enfuirent honteusement à l'envi par toutes les issues. Les Romains pénètrent aussitôt dans leur camp, enlèvent l'argent et les objets précieux, et, tant que la nuit dure, immolent tout ce qu'ils rencontrent, ne faisant de prisonniers que les femmes et les enfants. On trouva dans ce camp des sommes immenses, comme on n'en trouva jamais ailleurs. Depuis le temps que les Vandales étaient les maîtres de l'empire, ils avaient accumulé leur argent en Afrique. Cette région, fertile en tout genre de productions, se trouvait avoir amassé toutes ses provenances, puisqu'on n'avait eu occasion ni d'en rien distraire, ni d'en rien exporter; aussi toutes les ressources amoncelées depuis quatre-vingt-quinze ans que les Vandales étaient maîtres de l'Afrique, firent retour ce jour-là au trésor des Romains...

Bélisaire, remarquant le désordre et l'indiscipline de son armée au retour de la victoire, entra dans une violente colère; il craignait que l'ennemi ne profitât de la nuit pour préparer quelque surprise, pour tomber sur ses troupes et leur causer quelque dommage. Il est certain que, si cette surprise eût eu lieu, aucun Romain ne se fût échappé. Les soldats, fort pauvres pour la plupart, trouvant tout à coup réunis tant de trésors, tant de prisonniers, n'étaient plus maîtres d'eux-mêmes. Ils ne pouvaient se rassasier de la contemplation de ces biens; et, dominé par la cupidité, par l'avarice, par toutes les passions, chacun d'eux prétendait emporter avec lui toutes ces dépouilles à Carthage. Ils ne se rassemblaient pas pour accomplir cette œuvre de pillage, mais ils s'éparpillaient un à un, deux à deux, partout où les entraînait leur avidité, tantôt dans la plaine, tantôt dans les bois, au milieu des précipices et des cavernes. C'était réellement se jeter au-devant des périls et des embûches. La crainte de l'ennemi, le respect pour Bélisaire, rien ne les arrêtait; à la vue des dépouilles et du butin, ils oubliaient tout pour y courir.

Le général, témoin de ce spectacle, se demandait avec inquiétude comment il ferait cesser ce désordre. Au point du jour, il s'arrêta sur une éminence auprès de la route, réunit en foule autour de lui l'armée et gourmanda avec aigreur les soldats et les chefs; ceux qui étaient auprès de sa personne, ceux surtout qui faisaient partie de sa maison, firent partir pour Carthage l'or, l'argent, les captifs, les tentes et les tables enlevés aux ennemis; ils obéirent au général et ne s'en écartèrent plus. Jean reçut l'ordre de poursuivre Gélimer avec deux cents cavaliers et de faire route jour et nuit, jusqu'à ce qu'il l'eût pris mort ou vif. Pour les Vandales, Bélisaire fit donner parole à ceux d'entre eux qui s'étaient réfugiés en suppliants dans les églises voisines de la cité; leurs armes leur furent enlevées pour les rendre inoffensifs, et on leur permit de se rendre à Carthage et d'attendre l'arrivée du général. Ceux qui parurent tranquilles reçurent la promesse d'être épargnés; mais on enleva leurs armes à ceux qui les avait emportées avec eux dans les églises et on les conduisit à la ville. Après ces sages dispositions, Bélisaire, satisfait de l'état des choses, résolut de poursuivre aussi l'ennemi avec toute la rapidité possible en emmenant avec lui toute l'armée.

Cependant Jean, ayant déjà couru à cheval dix jours et dix nuits, se rapprochait de Gélimer; et sans doute il lui eût livré bataille le lendemain si un événement fortuit n'y eût mis obstacle. Il avait avec lui un piquier à cheval de Bélisaire, nommé Uliarès, homme de cœur et d'exécution; mais alors il avait écarté tout souci et, comme il arrive, il se livrait plus que d'habitude à son amour du vin et de la plaisanterie. Le sixième jour de la poursuite, déjà ivre au lever du soleil, il aperçut un oiseau sur un arbre, prit son arc, visa la bête et la manqua; mais, par malheur, il atteignit Jean, placé alors en observation sur une colline. Ce dernier mourut bientôt de sa blessure, regretté de l'empereur Justinien, de Bélisaire, de l'armée, des Carthaginois aussi bien que des Romains; c'était un homme d'une grande vertu et d'un grand courage, plein d'affabilité, de douceur et de justice.

Ce malheur accompli, Uliarès revint à la raison et se réfugia, suppliant et triste, dans l'église d'un bourg voisin. Les soldats cessèrent de poursuivre Gélimer pour rendre les derniers devoirs à Jean avec éclat et avec piété; puis ils attendirent Bélisaire après lui avoir donné, par lettre, connaissance du fait. A la première nouvelle, le général partit pour rendre à Jean le tribut de ses regrets... Du reste il ne fit aucun mal à Uliarès, sur l'affirmation des soldats qu'ils avaient fait une promesse solennelle à Jean de ne pas laisser punir son meurtrier, coupable par accident mais non d'intention.

Gélimer avait saisi l'occasion pour échapper aux Romains. Bélisaire, continuant la poursuite, arriva bientôt à une ville forte et maritime éloignée de Carthage de dix jours de marche et nommée Hippone. Là il sut que Gélimer s'était réfugié sur le mont Papuas, où il n'était pas aisé de le prendre. En effet, cette montagne, située à l'extrémité de la Numidie, est fort escarpée, d'un abord difficile, défendue partout de rochers immenses, et elle était habitée par les Maures, alliés et amis de Gélimer. Tout auprès se trouve la ville de Medeos, dans laquelle Gélimer alla chercher le repos avec les compagnons de sa fuite. Bélisaire, ne jugeant pas à propos d'en essayer l'attaque, d'abord parce qu'on était en hiver, et aussi parce qu'à Carthage tout était resté en suspens et en désordre, donna à Pharas une troupe d'élite et le chargea d'investir la montagne. Ce Pharas était un homme capable et rempli de valeur. Bélisaire lui recommanda de faire, pendant l'hiver, bonne garde au pied de la montagne pour empêcher le fugitif de s'éloigner et de se procurer des vivres. Pharas obéit...

Cependant fatigué, à la longue, d'un siège si vigilant et des rigueurs de l'hiver, ennuyé de l'inaction des Maures, il exhorte un jour ses soldats à le suivre et conçoit le projet audacieux de gravir la montagne. Les Maures poussent des cris, et sur cette pente escarpée et inaccessible, résistent énergiquement aux assaillants. Pharas, redoublant ses efforts et décidé à vaincre, voit tomber dans cette lutte cent dix de ses compagnons; repoussé avec le reste, il regagne son campement et n'ose plus recommencer l'attaque. Il ne se relâcha pas pour cela de son active surveillance, dans l'espoir qu'à la longue la famine obligerait les alliés à se rendre. Alors se produisit pour Gélimer, pour ses neveux et pour ses proches, un fait qu'on serait fort embarrassé d'expliquer. Les Vandales sont, de tous les peuples que je connais, les plus mous et les plus délicats; les Maures sont, au contraire, fort misérables. Depuis que les premiers étaient maîtres de l'Afrique, ils avaient tous les jours une table abondante, chargée de tous les produits du pays; ils portaient des vêtements de soie; ils passaient leur temps dans les théâtres, aux courses de chevaux; ils se procuraient tous les divertissements et en particulier celui de la chasse; ils se donnaient le spectacle des danseurs et des mimes, entendaient des concerts de musiciens, se livraient à tous les plaisirs qui charment les âmes faibles .. Les Maures, au contraire, sont accoutumés à vivre dans des cabanes où ils peuvent à peine respirer; ils savent endurer les inconvénients de l'hiver et de l'été, la neige et le soleil; ils supportent tous les maux nécessaires. Ils dorment sur la terre nue; à peine les plus riches ont-ils une couverture. Une loi leur interdit de changer de vêtements suivant la saison : en tout temps, ils portent des haillons épais et rudes au toucher. Ils n'usent ni de pain ni de vin; ils dévorent comme des bêtes le blé ou l'orge qu'ils ne prennent la peine ni de faire cuire ni de moudre. Les compagnons de Gélimer, forcés de vivre avec des hommes qui menaient une pareille existence, et obligés d'abandonner tant de délicatesse pour une exis-

tence aussi misérable, ne purent supporter de se voir privés même du nécessaire; ils ne songèrent plus à la résistance, mais ils trouvèrent la mort
douce et ne virent plus de honte dans la servitude.

(Pharas écrit alors une lettre à Gélimer, pour l'engager à renoncer aux
rigueurs de son séjour chez les Maures, et lui promettre, s'il veut se rendre,
la liberté et des honneurs. Gélimer répond à Pharas pour lui déclarer qu'il
ne se sentira jamais la force de tendre la main à Justinien et à Bélisaire, ses
implacables ennemis. « Envoyez-moi seulement, disait-il en terminant sa
lettre, une cythare, un pain et une éponge. »)

Au reçu de cette missive, Pharas hésita, ne sachant quelle conjecture faire
sur ces dernières paroles : enfin le soldat qui l'avait apportée, lui expliqua
pourquoi Gélimer demandait un pain : depuis qu'il était refugié à Papuas, il
ne savait plus ce que c'était qu'un pain cuit, et il souhaitait avec ardeur en
voir et en manger. Il réclamait une éponge, parce qu'à force de verser des
larmes, il avait sur un de ses yeux une maladie fort douloureuse. Enfin,
musicien habile, il espérait adoucir par les sons mélancoliques d'une cythare
la rigueur de ses maux. Pharas, à cette explication, se sentit ému en considérant les vicissitudes de l'humanité; il fit droit à ces demandes, et lui
accorda tout ce qu'il désirait. Cependant il ne relâcha rien de sa vigilance et
de la sévérité du blocus.

Il y avait déjà trois mois qu'il durait et l'hiver était terminé. Gélimer
voyait avec effroi le moment approcher où les ennemis l'attaqueraient avec
violence; mais, quoique abattu de corps et d'esprit, il résistait encore d'une
manière incroyable aux douleurs qui torturaient ses entrailles, quand il fut
témoin du fait que nous allons raconter. Une femme maure prit du
froment et le fit cuire sur un gril : c'est ainsi que le pain se fait en ce pays.
Deux enfants affamés se tenaient aux côtés de cette femme; l'un était son
fils, l'autre était le neveu même de Gélimer, attendant tous les deux la cuisson pour manger. Le Vandale impatient saisit la pâte molle encore, brûlante
et couverte de cendres, et l'emportement de la faim la lui fit avaler avec
une sorte de fureur; mais le Maure le prend à son tour par les cheveux, le
tue et lui retire du gosier cette masse à demi dévorée. Témoin d'un pareil
spectacle, Gélimer crut y voir le signe d'une fortune conjurée contre lui et
décidée à le perdre comme elle avait fait jusqu'alors; écrasé sous le poids de
ses maux, entraîné par l'excès de son désespoir, il écrivit rapidement à
Pharas : « Si le redoublement de toutes les douleurs dut jamais entraîner
un homme à revenir sur une première décision, il est juste, excellent Pharas,
que je prenne un tout autre parti. Oui, je veux enfin recevoir tes conseils et
ne plus résister à la fortune. Je cesse de lutter contre ma destinée, je la suis
où elle m'entraîne. J'attends Bélisaire, j'attends la confirmation des promesses faites par toi pour mon salut et pour celui des miens, le maintien
des espérances que tu m'as dit de concevoir de la part de Justinien; et, sur-
le-champ, moi, mes parents, les Vandales qui sont avec moi, nous nous
remettrons à la discrétion des Romains. » Sans perdre un moment, Pharas
dépêcha cette lettre comme les précédentes, priant Bélisaire de hâter sa réponse. Le général, vivement désireux de mener Gélimer vivant aux pieds de
l'empereur, se réjouit fort à la lecture de cette dernière lettre : il fit partir
Cyprien, chef des fédérés; il le chargea de courir à Papuas, de promettre au
vaincu la vie et de confirmer par serment les faveurs auxquelles Pharas
avait engagé Justinien. Cyprien ayant rejoint Pharas, on fixe un rendez-
vous au pied de la montagne; Gélimer se présente, obtient tout ce qu'il
sollicitait, et part avec les deux généraux pour Carthage.

Bélisaire se trouvait alors dans le faubourg d'Élas, attendant avec impatience. Quand il fut en face de son vainqueur, Gélimer se mit à rire sans contrainte. Tous les assistants en furent surpris. Les uns soupçonnèrent que le poids de ses chagrins avait affaibli sa raison ; mais d'autres crurent y voir une preuve de sa sagacité. Né sur le trône, entouré depuis l'enfance jusqu'à la vieillesse de puissance et de richesses ; puis soudain obligé de fuir, réduit dans Papuas aux extrémités de la misère, enfin à Carthage tombé dans les mains de ses ennemis, il considérait qu'il avait éprouvé tous les biens et tous les maux de la fortune ; il ne tenait plus compte de ce que les hommes estiment ; les affaires de ce monde, suivant lui, méritaient seulement qu'on en rît. Mais je laisse à chacun à apprécier la signification de ce rire.

Bélisaire écrivit à Justinien ses succès, la prise de Gélimer et sa présence à Carthage : il exprima le désir de revenir à Byzance avec son prisonnier... Plus tard, Gélimer contribua au triomphe de son vainqueur ; il parut revêtu d'un manteau de pourpre, suivi de ses proches et d'une troupe de Vandales choisis parmi les plus grands et les plus beaux. Parvenu dans l'hippodrome, il aperçut l'empereur élevé sur son trône, tout le peuple debout et pressé autour du prince ; il fit un retour alors sur le sort qui lui était échu à lui-même. Il ne laissa cependant échapper ni une larme ni une plainte ; il fit seulement entendre ces mots empruntés aux livres des Hébreux : « Vanité des vanités, tout est vanité !... » L'empereur lui octroya généreusement des terres gauloises, suffisantes pour lui et pour sa famille ; il lui refusa cependant le titre de patrice, parce qu'il ne put le déterminer à quitter l'arianisme.

Nous plaçons à la suite de Procope la liste des historiens qu'on nomme plus particulièrement byzantins. Après avoir dit quelques mots des plus connus, après une citation d'Agathias, nous terminerons ce travail par la simple nomenclature des autres.

Agathias. — Il appartient au vi^e siècle, et il a composé une histoire du règne de Justinien en cinq livres : cette histoire est la continuation de Procope. Nous en donnerons un fragment. Zonoras est du xiie siècle ; il a écrit dix-huit livres d'annales commençant à la création du monde et se terminant au ve siècle : les passages qu'il extrait d'ouvrages perdus aujourd'hui font à peu près le seul mérite de Zonoras. Nicétas Acominatus vit s'élever avec chagrin l'empire latin de Constantinople ; homme fort apprécié par l'ancienne cour, il ne put supporter la vue de cette révolution, et il chercha refuge à Nicée. C'est là qu'il composa son *Histoire des empereurs de Byzance*, qui respire la haine la plus vive contre les Latins. Cette histoire, d'un siècle environ, a une certaine valeur de style. Nicéphore Grégoras est l'auteur d'une *Histoire byzantine*, racontant, en trente-huit livres, les faits accomplis de 1204 à 1359. Laonicus Chalcondyle écrivit, en dix livres, une histoire des Grecs et des Turcs, depuis 1300 jusqu'à la prise de Constantinople.

A ces noms il convient d'ajouter encore ceux de Constantin Porphyrogénète, de Nicéphore Brienne, d'Anne Comnène et de Jean Cinnamus. « Il y a de l'or dans ces mines, dit Sainte-Croix ; et, en ne considérant les ouvrages de ces écrivains que comme des matériaux, et les passant au crible de la critique, on peut en tirer beaucoup de choses précieuses et quantité de faits importants, surtout pour l'histoire des successeurs de Constantin. »

EXTRAIT D'AGATHIAS
(Livre I.)

PORTRAIT DES FRANCS.

La nation des Francs est voisine et limitrophe de l'Italie ; on les a appelés Germains avec assez de probabilité. En effet, ceux-ci habitent encore dans les pays arrosés par le Rhin, et les Francs possèdent en outre la majeure partie des Gaules, non comme terre patrimoniale, mais à titre de conquête. Ils ont de plus en leur pouvoir la ville de Marseille, colonie ionienne : ce furent les Phocéens qui, chassés jadis de leurs demeures par les Mèdes, fondèrent cette ville sous le règne de Darius, fils d'Hystaspe. De grecque qu'elle était, elle est redevenue barbare ; elle a oublié les institutions et les mœurs des ancêtres et s'est façonnée aux coutumes de ses maîtres. Cependant on ne peut dire qu'elle ait beaucoup perdu de son ancienne dignité. Ces Germains ne sont pas tous, comme la plupart des barbares, occupés au métier de pasteurs ; mais ils ont emprunté aux Romains leurs formes politiques et leurs usages ; ils se soumettent aux mêmes lois et se conforment aux mêmes habitudes, pour les assemblées politiques, les noces et les soins médicaux.

Ils sont tous chrétiens et d'une parfaite orthodoxie ; ils ont dans leurs cités des prélats et des prêtres ; ils célèbrent, en outre, les jours de fête absolument comme nous. Certes, si sauvages qu'ils soient du reste, je tiens à déclarer qu'ils sont de mœurs excellentes et du plus ardent patriotisme ; rien même ne les distingue de nous que leurs vêtements grossiers, et la différence de leur langage et de leur accent. Enfin je dois louer et glorifier leur valeur, la justice et la concorde qu'ils gardent entre eux. En effet, quoique, souvent autrefois et souvent dans ce siècle, la puissance royale ait été partagée entre trois ou quatre princes, on ne voit pas qu'ils se soient fait la guerre les uns aux autres, ou qu'ils aient souillé le sol de la patrie du sang des citoyens. Cependant nous voyons partout ailleurs, qu'aussitôt maîtres du pouvoir ou capables de le disputer, les grands se laissent, comme obéissant à la nécessité, dominer par l'orgueil, par la soif des honneurs et du premier rang et par les passions infinies de l'âme, mères du tumulte et des séditions. Chez les Francs, au contraire, le partage de l'autorité n'entraîne aucun de ces inconvénients. S'il s'élève entre deux princes quelque contestation, tous les autres à la fois se préparent à la guerre, et ils se présentent en armes et en ordre, comme s'ils allaient combattre : à cette vue, les troupes des deux rivaux, oubliant tout à coup leurs haines, entrent en accommodement et acceptent l'arbitrage des autres grands, aimant mieux s'en rapporter à la justice qu'à la chance des combats. Ils sentent bien que, s'ils montraient de l'opiniâtreté, la lutte tournerait à leur détriment, puisqu'elle cesserait d'être égale, puisqu'elle serait contraire aux usages nationaux, qui défendent de soutenir des inimitiés particulières aux dépens de la chose publique. Ces graves motifs les décident bientôt à renvoyer leurs hommes et à déposer les armes : on s'apaise, on s'entend, on s'approche avec sécurité, on s'habitue à vivre ensemble, et toute mésintelligence disparaît. Ainsi les subordonnés et les sujets apprennent à aimer la patrie et l'équité ; les seigneurs à se montrer bienveillants et affables...

Les Francs, grâce à cette sage conduite, savent se vaincre eux-mêmes et vaincre aussi leurs voisins ; les pères transmettent le trône à leurs enfants. Or, au temps où les Goths leur envoyèrent des ambassadeurs, ils avaient trois rois. Il me semble qu'il ne sera pas déplacé de reprendre d'un peu plus haut l'histoire de leur race, pour l'amener jusqu'aux princes qui régnaient du temps des Goths. Childebert, Clotaire, Clodomir et Thierry étaient, à ce qu'il semble, tous frères. A la mort de leur père, le royaume, autant que j'ai pu l'apprendre, fut divisé en quatre parties, ayant chacune même nombre de cités et de peuples. Peu de temps après, Clodomir conduisit une armée contre les Bourguignons, nation d'origine gothique; et ce prince, naturellement emporté et téméraire dans les combats, eut le cœur percé d'une flèche et tomba mort. Les Bourguignons, remarquant sa longue chevelure qui lui tombait jusqu'au dos, comprirent qu'ils avaient tué le roi de leurs ennemis. En effet, il n'est pas permis aux chefs francs de couper leurs cheveux; ils les laissent pousser depuis leur enfance, les portent flottants sur leurs épaules et séparés de chaque côté du front. Ils ne suivent pas la mode des Turcs et des barbares, dont la chevelure est sale, grasse et emmêlée, quelquefois frisée au fer, quelquefois tortillée d'une manière disgracieuse; mais ils y répandent des parfums et la lissent soigneusement avec le peigne. Elle est chez eux une distinction toute royale, un privilége réservé au prince seul : les sujets ont tous des cheveux tondus de près, et ils n'ont pas le droit de les laisser croître.

Les Bourguignons tranchent la tête de Clodomir et la montrent à leurs ennemis. Alors les Francs se livrent au désespoir, perdent tout courage et toute énergie, et sont saisis d'une si grande terreur qu'ils ne sont plus en état de recommencer le combat. Les vainqueurs, naturellement, purent dicter les conditions qui leur plurent, et furent ainsi débarrassés du fléau de la guerre. Les troupes franques reçurent la vie sauve et purent retourner dans leur pays. Clodomir étant mort sans enfants, son royaume fut divisé entre les trois autres frères. Thierry, quelques années après, périt de maladie, laissant à Théodebert son fils, entre autres avantages, le titre de préfet. Ce prince monta donc sur le trône de son père, mit en déroute les Allemands et réduisit tous les peuples voisins. Il était rempli d'audace et de turbulence et courait avec emportement au-devant des dangers. Aussi, dans cette guerre acharnée que les Romains faisaient à Totila, le chef des Goths, la seule pensée de Théodebert, son seul désir, c'était de profiter du séjour, des fatigues et des préoccupations de Narsès et de l'armée romaine en Italie, pour conduire en Thrace ses vaillantes troupes réunies, dévaster tout sur son passage et diriger ses attaques sur la ville même de Byzance. Ce dessein avait si bien reçu un commencement d'exécution, que ce prince faisait les préparatifs les plus significatifs et les plus puissants, et qu'il envoya des ambassades aux Gépides, aux Lombards et aux autres peuples voisins pour les engager à se joindre à lui dans cette guerre.

Il ne pouvait pardonner à l'empereur Justinien l'orgueil de ses titres et de ses décrets : le fait est qu'en tête des actes était écrit en allemand, en gépide, en lombard, que Justinien avait réduit sous sa loi ces peuples et ces nations; Théodebert était indigné de cette fière injure, et il cherchait à irriter ses voisins, qui, disait-il, avaient reçu le même outrage... Certainement, si l'accident qui mit fin à ses jours ne fût venu l'arrêter, il aurait commencé sur-le-champ son entreprise... Le trône échut à Théodebald, son fils; il était tout jeune encore, et sous la direction d'un gouverneur : cependant la législation du pays l'appelait à régner...

A la suite des historiens byzantins, dont nous avons parlé plus haut, indiquons les chronographes George le Syncelle; Théophane l'Isaurien, continuateur de George; Jean Malalas d'Antioche ; Jean Scylitza, auteur d'un abrégé chronologique ; Léon le Grammairien, George le Moine, saint Nicéphore, patriarche de Constantinople ; Julius Pollux, George Cédrénus, Siméon Métaphraste, qui composa une vie des saints. Ce sont encore les biographes Jean d'Épiphane, Ménandre de Constantinople, Théophilacte Simocatta, auteur d'une *Histoire universelle;* Jean de Jérusalem, historien des iconoclastes ; Jean Caméniata, de Thessalonique ; Léon le diacre, George Acropolita, Jean Cantacuzène, qui écrivit une histoire byzantine, et Jean Ducas, qui en fit une autre remontant à Adam. On ne nous saura pas mauvais gré d'arrêter ici notre travail, auquel il nous a paru sage de donner des bornes, malgré l'étendue de la matière.

DEUXIÈME PARTIE

LITTÉRATURE LATINE

APERÇU GÉNÉRAL

Nous avons appelé la Grèce la mère des lettres : les œuvres que nous avons étudiées, les prodiges qu'elle a enfantés vont à leur tour féconder d'autres littératures. Or la première qui lui doit l'existence, c'est la littérature latine, toute d'imitation à ses débuts. Encore ces débuts se firent-ils longtemps attendre : Rome, tout entière attachée à la conquête de l'Italie, longtemps à moitié sauvage, passant alternativement de la guerre aux travaux des champs, n'avait pas de loisirs pour les occupations de l'esprit. La vie sérieuse de ce grand peuple laisse à sa pensée une empreinte profonde et de longue durée : aussi verrons-nous chez lui la poésie, l'éloquence et l'histoire, même aux jours du repos et du luxe, conserver toujours un caractère grave et positif, une forme sévère et quelquefois rude, un style plus mâle et moins orné que celui des Grecs.

Ainsi, jusqu'à la fin de la première guerre punique, on n'aperçoit aucune trace de poésie latine, à moins qu'on ne tienne compte et des *atellanes* et des poëmes *fescennins*, farces licencieuses jouées devant le peuple des campagnes, empruntées aux Osques, où l'on ne peut découvrir ni l'art ni l'invention. « On répète, dit M. Rinn, les chants des Saliens et des Arvales, sans y rien ajouter, sans y rien changer, et, dans les derniers temps, sans y rien comprendre. » Après les guerres puniques, quand la gloire littéraire des Grecs s'est fait jour jusqu'à Rome, la grande ville s'improvise une littérature qui n'a pas eu d'enfance, car elle est calquée sur les modèles importés des pays conquis.

De l'époque glorieuse des Scipions à celle plus glorieuse encore

de César, apparaissent Livius Andronicus, le traducteur de
l'*Odyssée*, le chantre des victoires romaines; Ennius, qui fait
l'histoire de la république et célèbre les triomphes de l'Africain
en vers héroïques; Lucius Accius, qui versifie les annales : ce sont
les poëtes épiques d'alors; ils sont aussi, avec Pacuvius, les poëtes
tragiques, et ils suivent en ce genre, plus servilement s'il est
possible, la piste des modèles athéniens. La *Médée*, l'*Hécube*,
l'*Oreste* de ces latins sont de véritables traductions : Accius seul
compose, sur l'expulsion des Tarquins, une tragédie nationale.
Cependant la comédie, après les imitations de Livius Andronicus,
et l'audace bientôt réprimée de Névius, brille tout à coup à Rome
de l'éclat du génie. Plaute sait tirer de ses modèles et s'approprier
la verve comique; il est Grec encore, mais il a si bien su se façonner au goût des Romains, qu'il a pour eux et pour nous-mêmes
un cachet vraisemblable d'originalité. Térence, l'ami et peut-être
le collaborateur de Lélius et de Scipion, connait déjà les secrets
de la scène, la puissance du ridicule, l'art de la conception et de
l'agencement; il sait écrire avec élégance et avec simplicité. Enfin
cette période voit naitre à Rome un genre dérivé de la comédie,
presque inconnu chez les Grecs, la satire. Ennius et Pacuvius
s'essayent les premiers; mais bientôt Lucilius les dépasse tous
deux, au point de mériter plus tard l'admiration d'Horace.

L'éloquence, à cette même époque, l'éloquence politique surtout, a dû remporter tous les succès, et s'entourer d'une vive
splendeur. Pourquoi faut-il qu'il ne nous en soit resté aucun
monument? Mais faisons appel à notre imagination; figurons-
nous entendre les solennelles imprécations de Brutus contre les
Tarquins, les accents de bonhomie et de saine raison de Ménénius,
l'emportement démagogique des tribuns, la dialectique arrogante
d'Appius, les doux accents de Céthégus, cette *bouche au parler
suave*, comme a dit Ennius; évoquons le souvenir de Caton, le
harangueur austère, l'ennemi implacable de Carthage; repré-
sentons-nous le choc des haines et de l'enthousiasme, le flot de
passions soulevées autour des Gracques; rendons à Marius sa
rude action et son langage violent et militaire, à Sylla sa hauteur
implacable, son élégante diction, à Marc-Antoine les triomphes
obtenus au barreau par la puissance de ses arguments et l'habileté de ses réfutations : nous reconnaitrons que, dans la lutte de
l'aristocratie et du peuple, il y avait matière à autant d'éloquence, il y a eu autant de chefs-d'œuvre oratoires qu'à Athènes
au milieu des orages de l'Agora; il y a eu, ceci est hors de doute,
plus de probité et de patriotisme.

L'histoire, qui n'apparait guère durant l'enfance des peuples,
n'existe pas ou existe peu en ces temps-là, où la langue latine est

à peine formée. Fabius Pictor a le mérite d'être le plus ancien des historiens de Rome; c'est presque le seul qu'elle puisse revendiquer; mais les fragments des *Origines* de Caton, qui sont parvenus jusqu'à nous, doivent nous faire regretter la perte d'un récit précieux, prenant la ville éternelle à sa fondation et la conduisant jusqu'à ses triomphes.

Auguste donne son nom à la période la plus éclatante de la littérature latine, qui, dans plusieurs genres, atteint alors de bien près à la perfection : à cette date, on ne songe plus à Rome à imiter les Grecs, on veut rivaliser avec leurs chefs-d'œuvre. Une phalange serrée de poëtes illustres appelle notre admiration : Virgile, le second Homère, le second Hésiode, le second Théocrite, le modèle de la perfection du style, de la beauté et de la richesse des détails; Ovide, le génie fécond et facile, qui abuse de l'esprit sans jamais l'épuiser, poëte épique, tragique et élégiaque; Varius, Jules-César, Mécène, auteurs de tragédies dont le renom nous laisse le regret de ne pouvoir plus les lire; Horace, enthousiaste du génie grec, auquel il sait ravir toutes ses grâces et toutes ses délicatesses, l'égal de Pindare, le vainqueur d'Anacréon, le maître de la poésie philosophique, le roi de la satire; et Catulle, aussi doux que Virgile; et Gallus, aux accents élégiaques si touchants; et Tibulle, toujours suave et mélancolique sans fadeur; et Properce, dont l'expression pure sait avec tant d'art peindre le sentiment; enfin Lucrèce, le disciple athée d'Épicure, dont il faut, en condamnant la doctrine, savoir reconnaître le génie.

L'éloquence latine est noble et grande alors, et trois noms suffisent pour justifier l'idée qu'on en doit concevoir. César est un excellent orateur; il connaît toutes les ressources et toutes les finesses de l'art, et sait y joindre la force et la véhémence. « S'il se fût uniquement adonné au Forum, dit Quintilien, nul autre n'eût pu soutenir le parallèle avec Cicéron. » Hortensius n'eut d'autre rival que le maître même de l'éloquence latine. Hortensius fut loué par Cicéron et Quintilien; Hortensius fut l'orateur d'imagination, au style orné, à la belle prestance, au débit expressif, au geste noble et élégant. Cicéron est l'homme complet de son époque; poëte, orateur et philosophe, né avec le goût et le génie de l'éloquence, il aspire tout d'abord à égaler Démosthène, au barreau comme à la tribune. « Il a toutes les parties de son art, dit Villemain : la justesse et la vigueur du raisonnement, le naturel et la vivacité des mouvements, l'art des bienséances, le don du pathétique, la gaieté mordante de l'ironie, et toujours la perfection et la convenance du style. »

L'histoire nous offre, à son tour, ses trois grands maîtres : Tite-Live, Salluste et César. Tite-Live est un Hérodote dont le style est

pur, la langue harmonieuse, la forme élégante; son génie plein de
puissance et d'énergie, sa conviction romaine et patriotique veulent laisser à la postérité, au moment où l'absolutisme va naître,
un monument éternel de l'antique liberté, une source inépuisable
de regrets, de souvenirs et d'admiration. Salluste est un Thucydide qui aime la vertu et déteste le vice dans ses livres; qui donne
l'exemple, d ns sa vie, de tous les désordres et de toutes les infirmités. Peut-être a-t-il, dans la méditation du mal et dans sa propre
perversité, trouvé le secret des événements et la connaissance du
cœur humain : c'est certainement un grand écrivain, un habile
homme d'État. César écrit, en soldat toujours pressé, des mémoires pour servir de matériaux à l'histoire; mais il se trouve
que ces récits, faits sans études, ont un tel mérite de simplicité,
de sincérité et de grâce, qu'on les garde et qu'on les admire tels
qu'ils sont. Après ces modèles, on peut encore nommer, à cette
époque qu'ils honorent, Velléius Paterculus, Cornélius Nepos,
écrivain pur et attachant; Hirtius, le continuateur de César, et
Fénestella, et Trogue Pompée.

Quand Auguste n'est plus, il semble que la décadence commence déjà pour le grand empire romain : les mœurs achèvent
de se corrompre, le patriotisme se glace, toute croyance se meurt,
le goût s'altère et le génie reste muet. Des œuvres dignes d'estime
apparaissent encore çà et là, il est vrai : Phèdre écrit la fable avec
talent; il y a encore des poëtes et des historiens sur lesquels l'éclat
de la grande époque jette quelques reflets; mais il n'y a plus
d'orateurs, si nombreux que soient les professeurs et les écoles de
rhétorique; mais les épopées sont des annales en vers, et les tragédies sont des exercices d'écoliers. Un seul genre règne par sa
vigueur, son indignation, sa violence : c'est la satire, dont le fouet
vengeur frappe au hasard et atteint toujours, dans le grand enfer
de Rome, un vice ou une folie.

Les poëtes épiques sont Lucain, auteur énergique et concis,
mais déjà entaché de mauvais goût; Silius Italicus, l'admirateur,
mais non l'émule de Virgile; Valérius Flaccus, qui sait écrire,
mais ne sait pas inventer; Stace, qui possède de rares beautés et
de nombreux défauts; Sénèque, qui, seul représentant de la tragédie, n'a guère écrit que pour l'école; Manilius, qui dans le genre
didactique compose un poëme astrologique dont la versification
manque de grâce. Mais la satire est brillante de force et de jeunesse. Perse, obscur quelquefois à force d'être concis, chante la sagesse et la vertu; Juvénal, bouillant d'ardeur, fougueux de colère,
exagéré dans la passion, châtie le crime sans consoler l'honnêteté.

Il n'y a plus d'éloquence, nous l'avons dit; elle est morte avec
la liberté. On n'entend plus à Rome que des panégyriques et des

déclamations. Sénèque, Quintilien, Pline le Jeune, s'efforcent de résister à l'entraînement du mauvais goût, à la contagion de l'esprit; mais ils portent eux-mêmes, malgré leur admiration pour les belles choses, les traces de la décadence. L'histoire n'est pas sans gloire, et c'est Tacite qui recueille l'héritage des grands orateurs. « Sa pensée, dit M. Geruzez, a reçu sa forme dans une époque où elle était obligée de se cacher : c'est le principe de son énergie et de sa profondeur. On croit, en lisant Tacite, entendre les confidences intimes d'un homme de bien, indigné et prudent, qui frémit et se contient jusque dans les épanchements de l'amitié. On devait parler ainsi, à voix basse, sous l'inspiration de la haine et dans la crainte des délateurs... La postérité ne lui sait pas mauvais gré d'avoir préféré la vengeance au martyre. »

Après lui, l'histoire raconte, mais ne porte plus de jugements; cependant Suétone, narrateur simple et impassible, peint des tableaux vrais qui font frémir. Quinte-Curce remonte à Alexandre; il est élégant, mais trop orné; il n'est pas toujours fidèle, mais il intéresse. Valère-Maxime compile des anecdotes; Florus pénètre au fond des choses et des faits, mais avec son imagination plus qu'avec son jugement; il est brillant et souvent emphatique. Justin écrit l'abrégé de Trogue-Pompée; Spartien, Lampride, Vopiscus, Pollion, etc., ramassent tout ce qu'ils trouvent d'événements dans la vie des empereurs : leurs travaux sont précieux, leur mérite littéraire est nul.

Dioclétien et Constantin font un effort puissant pour redonner à l'empire une nouvelle vie : cependant ils ne peuvent rien pour raviver le génie. Les modèles de la Grèce ne sont plus goûtés, les chefs-d'œuvre du siècle d'Auguste ne sont plus connus, les barbares inondent ou étreignent les provinces, la langue latine elle-même est profondément altérée. La poésie n'offre plus que de faibles essais, l'éloquence demeure dans sa léthargie, l'histoire descend toujours la même pente de décadence. Mais voilà qu'une inspiration nouvelle et puissante, l'inspiration chrétienne, vient réveiller la poésie de son engourdissement et faire sortir l'éloquence de son sommeil. Les poëtes chrétiens ont des beautés que nous avons entendu louer par M. Quicherat, si bon juge en cette matière : il leur manque souvent l'enthousiasme et le feu du génie, la pensée et le talent leur reste. Les Pères de l'Église latine puisent dans leurs convictions et dans leur cœur des accents énergiques, des mouvements oratoires que la chronique ne donnait plus. On peut lire avec plaisir aujourd'hui les chants de Prudence, de saint Paulin, d'Ausone, de Fortunatus et de Sidoine Apollinaire ; et, dans les orateurs chrétiens, Tertullien, Minucius Félix, saint Cyprien, Lactance, saint Hilaire, saint Ambroise, saint Jérôme et saint Augustin, si

l'on doit signaler quelquefois les défauts du siècle et la corruption
de la langue, il faut admirer une éloquence sérieuse et vraie, et
des grâces nouvelles qu'on eût louées chez les grands maitres.

Voilà la vie et voilà la mort de la littérature latine. « Elle a eu,
dit M. Rinn, deux sources d'inspiration poétique : d'une part, le
sentiment de la grandeur romaine et celui de la grandeur indi-
viduelle; de l'autre, la moquerie et la censure. A l'exception de
la satire et de l'atellane, toutes les formes de cette poésie sont
empruntées à la Grèce. En prose, elles sont les mêmes que chez
les Grecs, à cause de la ressemblance des deux sociétés. Cependant on peut dire que, dans l'histoire, l'historien moraliste Tacite
lui appartient tout entier. Un des trois plus grands orateurs qui ait
existé dans le monde est Romain. Toutefois la littérature de Rome
n'est pas au niveau de sa grandeur; et, en lisant ses auteurs, on
ne pourrait, comme pour la Grèce, prendre la mesure de son
génie : c'est dans la politique qu'il faut la chercher. »

DIVISION

L'étude de la littérature latine admet la division que nous
avons adoptée pour celle de la littérature grecque : les poëtes, les
orateurs, les historiens. Chacune de ces catégories sera subdivisée
en époques. Dans notre première partie, nous avons donné, avant
chaque genre, les préceptes que ce genre comportait; sans répéter
ce que nous avons exposé déjà, nous tenons cependant à récapitu-
ler brièvement, dans cette seconde partie, les règles principales, et
à faire apercevoir les différences qu'y ont apportées les génies
différents des Grecs et des Latins. Chaque auteur aura sa biographie; et, dans le choix des morceaux cités, nous apporterons la
même attention et la même sévérité.

Nous nous conformons pour la littérature latine, comme nous
l'avons fait pour la littérature grecque, aux partages adoptés avec
tant de discernement par M. Geruzez, en nous excusant d'un emprunt si précieux. Pour la poésie seulement, nous préférons étudier successivement chaque genre, et noter ce que chacun d'eux
a offert aux quatre différentes périodes. L'éloquence a quatre
phases : sa naissance, son âge d'or, l'ère des rhéteurs, les Pères
latins. Nous ferons trois divisions des historiens; nous lirons
d'abord ceux qui ont précédé Auguste, les chefs-d'œuvre qui
l'ont accompagné, et les écrivains dégénérés qui l'ont suivi.

LIVRE PREMIER

POËTES

—

CHAPITRE PREMIER

LES QUATRE ÉPOQUES DE LA POÉSIE LATINE

Les douze siècles qu'embrasse l'histoire de la littérature romaine, depuis la fondation de Rome jusqu'à la chute de l'empire d'Occident, peuvent certainement, comme l'a dit Schœll dans son savant ouvrage, être partagés en cinq périodes. Pour nous, qui nous sommes donné la mission de faire connaître en même temps et les écrivains et les écrits, nous croyons bien faire de suivre encore une fois la marche indiquée par M. Geruzez. Les deux premières époques indiquées par Schœll n'en font qu'une en réalité pour celui qui veut étudier la littérature dans ses modèles; encore avons-nous à regretter que les ravages du temps les aient transmis en si petit nombre. « Si la poésie latine offre dans ses monuments une grande ressemblance avec la poésie grecque, la même analogie n'existe pas dans l'ordre des développements. Cette différence et ce rapport tiennent à une même cause : l'imitation de modèles qui, présentés en même temps, agissent simultanément sur l'imagination.

« Les cinq premiers siècles de Rome, remplis par cette suite de guerres qui achevèrent laborieusement la conquête de l'Italie, laissèrent Rome sans littérature. La grossièreté des mœurs, les travaux de la guerre et de l'agriculture, ne donnaient point lieu à ce délassement des peuples civilisés, qu'on appelle la poésie. Aussi, pour trouver quelque chose qui en donne l'idée, faut-il se rattacher à ces chants barbares que poussaient les habitants de la campagne parmi les orgies de la moisson ou des vendanges, et à ces prières que les prêtres de Mars entonnaient en promenant les boucliers sacrés. On trouve encore un germe de poésie dans les *atellanes*, espèces de farces licencieuses qui se jouaient dans les campagnes, et que Rome emprunta aux Osques. Cette première période n'a pas, à proprement parler, d'histoire littéraire.

« La littérature romaine ne commence réellement qu'à la fin de la première guerre punique, par l'introduction de la poésie grecque : c'est alors seulement qu'il est permis de l'étudier et de la diviser. Elle se divise naturellement en quatre époques : la première s'étend depuis le temps des Scipions jusqu'au siècle d'Auguste, et comprend environ deux cents ans ; le siècle d'Auguste forme une époque distincte, qui est la seconde ; la troisième est comprise entre la mort d'Auguste et le siècle des Antonins ; la quatrième, ouverte avec les Antonins, s'étend jusqu'au vie siècle de l'ère chrétienne, et clôt l'histoire de la littérature romaine proprement dite (1). Nous n'avons pas à nous occuper des développements ultérieurs des lettres, qui se confondent dans l'histoire des différents peuples de l'Europe avant et après l'avénement des littératures modernes.

« La première époque est déjà riche en monuments, mais elle manque d'originalité. La littérature s'introduit dans Rome au lieu d'y naître ; les essais antérieurs sont rejetés dans l'ombre par cette importation étrangère. A une enfance chétive et barbare succède brusquement une jeunesse robuste et presque polie, qui sera suivie d'une maturité vigoureuse et brillante : des tentatives d'épopée, des succès dans la tragédie et la comédie, la satire et le poëme didactique, signalèrent cette époque, pendant laquelle le génie de Rome commence à s'humaniser et à s'assouplir sous la discipline des Grecs. Nous voyons alors Ennius Pacuvius, Lucilius, poëtes rudes encore, mais non barbares, donner la main à Plaute et à Térence, ces maîtres de la comédie latine, auxquels succèdent, pour d'autres œuvres, Lucrèce et Catulle, qui annoncent les Virgile et les Horace.

« Le siècle d'Auguste présente la fusion harmonieuse du génie grec et du génie romain. C'est le point de perfection de cette alliance qui aboutit à une poésie exquise, originale dans l'imitation. Horace et Virgile, dans l'ode, l'épopée, le genre didactique, la pastorale et la satire, opposèrent des chefs-d'œuvre rivaux aux chefs-d'œuvre de la Grèce ; Ovide, Properce et Tibulle, dans la poésie érotique, s'élevèrent à la hauteur de leurs modèles, qu'ils ont souvent surpassés.

« Dans la période suivante, on s'éloigne de la perfection ; mais

---

(1. Nous attribuerons à cette époque les poésies chrétiennes composées même après le vie siècle : les extraits que nous en donnerons seront notre excuse.

la décadence n'est pas une chute absolue. L'influence des modèles grecs se fait moins sentir, et la poésie, dans son infériorité relative, est plus romaine qu'à l'époque qui a précédé. Parmi les poètes épiques, Lucain ne relève que de lui-même et de son siècle ; Stace et Silius imitent Virgile sans remonter à Homère. Les poëtes satiriques, Perse et Juvénal, s'inspirent des mœurs de leur époque et des souvenirs d'Horace. Sénèque le tragique n'emprunte aux Grecs que leurs sujets. L'épigrammatiste Martial est exclusivement romain.

« La quatrième époque offre le tableau d'une déplorable décadence. Sous les empereurs qui suivirent Auguste et qui précédèrent Marc-Aurèle, l'altération du goût était tempérée par la puissance du talent, qui brille dans les vers faciles de Stace et dans les énergiques peintures de Perse et de Juvénal ; mais, dans les trois siècles qui s'écoulent depuis les Antonins jusqu'à la chute de l'empire d'Occident, le talent manque aussi bien que le goût, et nous trouverons à peine quelques noms à citer pendant ce long espace de temps.

« Ainsi le génie romain, abandonné à ses propres forces pendant cinq siècles, demeure complétement stérile ; fécondé au contact de la Grèce, il imite longtemps avec puissance, mais sans originalité ; lorsque ce long noviciat d'une imitation docile l'a mis en possession de ses propres forces et des ressources étrangères qui l'ont éveillé, il prend son essor et devient créateur en présence des modèles qui l'inspirent ; bientôt, n'obéissant plus qu'à lui-même, il conserve en partie sa force empruntée, mais il ne tarde pas à dégénérer et à s'éteindre (1). »

CHAPITRE II

POÉSIE LYRIQUE

—

PRÉCEPTES

Horace, le grand lyrique latin, a chanté le génie de Pindare dans de beaux vers, où il constate lui-même son infériorité avec trop de sévérité peut-être ; car, si les deux poètes suivent une route différente, leur génie à tous deux est grand et leurs créa-

(1) Geruzez, Cours de littérature.

tions admirables. Le grec est plein de feu, d'emportement, de hauteur ; le latin est gracieux, noble, harmonieux : Pindare est le chantre enthousiaste ; Horace, le poëte artiste et penseur. Les préceptes de l'ode latine n'offrent, du reste, rien de particulier ; et, dans ce genre comme dans les autres, les Romains ont imité les Grecs. Catulle et Horace en ont reproduit toutes les formes et tous les rhythmes ; ils s'en glorifient et sont heureux de citer Alcée, d'imiter Sappho, d'approcher de Pindare ; cependant le caractère grec des compositions lyriques chez les Latins n'empêche pas le talent des poëtes de se donner carrière, et leur imitation d'être féconde : Horace n'est jamais plus élevé, jamais plus lyrique, que quand il chante la gloire de Rome et la grandeur d'Auguste. C'est qu'alors il est vraiment inspiré : il cesse de discuter le pour et le contre philosophique. Mais, lorsqu'il célèbre la paix, le vin, la campagne, les dieux, l'enthousiasme factice se laisse deviner, et l'on entrevoit bien qu'il n'aime que lui-même, qu'il ne croit à rien et qu'il n'a même pas un bon estomac.

L'ode reste muette pendant plusieurs siècles après Horace, et il faut la verte jeunesse du christianisme pour faire vibrer une fois de plus les cordes endormies de la lyre antique ; mais elle garde la noble gravité de son origine avec l'inspiration énergique que lui confère la foi. Bien plus, l'accent, la quantité des syllabes, la cadence, le rhythme, la forme et la distribution des stances, appellent, comme de nécessité, le concours de la musique, et forment un lyrisme tout nouveau et plein de charme, celui des hymnes et des proses liturgiques.

AUTEURS ET MORCEAUX

1re Époque

CHANTS FESCENNINS, AXAMENTA, ATELLANES. — Les seuls chants dignes d'être mentionnés durant les cinq siècles qui précédèrent à Rome l'intronisation de l'art grec, sont des poésies barbares et grossières, à peine connues aujourd'hui : on peut, du reste, les regarder aussi bien comme les premiers essais de l'art lyrique que comme la forme élémentaire du drame latin. Les *Chants fescennins* « doivent leur origine, dit Schœll, à la célébration annuelle de la fête de la moisson, pendant laquelle les gens de la campagne se livraient à tous les excès d'une joie bruyante. Nous n'avons aucune idée du genre de vers que les campagnards romains chantaient en ces occasions. Nous voyons par le passage d'Horace, qui nous en a conservé le souvenir, qu'ils étaient barbares sous le double rapport du sujet et du mètre. On les appelait

vers saturnins ; les sujets de Saturne avaient joui d'une liberté
absolue : par le mot *saturnins,* on voulait dire peut-être que ces
vers n'étaient pas soumis aux formes du rhythme et de l'harmonie, et les syllabes plutôt comptées que mesurées... Des traces
de ces poésies se conservèrent à Rome jusqu'aux derniers temps
dans les couplets que les jeunes gens chantaient le jour des noces
de leurs amis, et autour du char des triomphateurs...

« Une autre espèce de poésies barbares qui remonte aux premiers temps de Rome, ce sont les *axamenta,* que les prêtres de
Mars, appelés *saliens,* chantaient à cette procession annuelle où l'on
portait par la ville les *ancilia,* gages de l'empire, confiés à la garde
des vestales. Du temps d'Horace, personne ne comprenait ces
chants conservés par tradition. Tite-Live, dans un passage intéressant (1), nous rend compte des deux seules espèces de poésies dramatiques qu'on connût à Rome dans cette période. L'une était originaire d'Étrurie, et fut introduite à Rome pour apaiser les dieux
pendant une maladie. C'étaient des bouffonneries grossières, accompagnées de mimes ; les acteurs étaient nommés *histrions,*
d'après un mot tusque. L'autre espèce de drame prit son nom
d'Atella, chef-lieu des Osques. Les *atellanes* se rapprochaient un
peu de la comédie ; on peut les comparer aux drames satyriques
des Grecs, dont elles diffèrent en ce que le chœur des satyres y
manquait. Les jeunes citoyens de Rome, qui, méprisant l'état
d'histrion, prenaient plaisir à jouer dans les farces, ne permettaient pas aux histrions de les représenter. »

CATULLE. — 86 ans av. J.-C., né dans la Gaule cisalpine. Il vint
à Rome encore jeune, et se prit d'enthousiasme pour la poésie
des Grecs et la vie légère des jeunes Romains de ce temps. Son
talent et sa société furent goûtés des hommes les plus remarquables, tels que Cinna, Cicéron, Cornélius Népos, Hortensius et
César. Ce dernier fut en butte à ses mordantes épigrammes, et,
en homme d'esprit, ne crut devoir s'en venger qu'en l'appelant à
sa table. La vie qu'il menait compromit sa santé ; il alla respirer
l'air heureux de la Grèce et de l'Asie, et revint à Rome mourir à
trente ans.

C'est à lui que nous devons les premiers essais lyriques des
Romains, et cependant on ne trouve dans ses poésies que cinq
odes, en y comprenant un passage des *Noces de Thétis et de Pélée.*
Ses autres poésies sont des élégies, de petits poëmes, et des *hendé-
casyllabes* ou épigrammes. «L'instinct de Catulle, dit J. Fleury, le
portait vers les muses grecques, dont il aspirait à faire passer les

(1 III, 2.

beautés et les rhythmes dans la langue un peu rude et agreste
de Latins... Ses ouvrages ont tous cette délicatesse exquise,
cette pureté de forme, cette sobriété qui caractérisent les poëtes
grecs en général, et, en particulier, Anacréon et Sappho; Virgile
a plus de rêverie et de mélancolique douceur; mais sa forme est
moins ferme et moins concise. Les tableaux de Catulle sont de
petite dimension, mais d'un fini parfait, et l'archaïsme de certaines locutions leur donne plus de piquant : malheureusement le
poëte a payé tribut aux mœurs de son temps. » Aussi nous
croyons-nous obligés à ne citer qu'une seule de ses poésies lyriques, et un fragment.

HYMNE A DIANE

Chastes jeunes filles, vertueux jeunes gens! nous sommes les serviteurs de
Diane! Chastes jeunes filles, vertueux jeunes gens ! chantons les louanges de
Diane!

O fille de Latone! ô sang illustre du souverain Jupiter! ô toi qui pris naissance auprès de l'olivier de Délos!

Tu devais être la divinité des montagnes, la divinité des forêts verdoyantes,
des bois ombrageux et des fleuves retentissants.

C'est toi qu'invoquent les jeunes mères sous le nom de Junon Lucine, toi
qu'on appelle la puissante Trivia, toi que ton éclat emprunté a fait surnommer Luna!

O toi, déesse, dont le retour à chaque mois mesure la marche de l'année
et fait rentrer dans le modeste grenier du laboureur les richesses de la
moisson!

Choisis un nom, choisis le titre sous lequel tu veux être adorée, et sois
louée dans nos chants! mais reste à jamais la protectrice des fils de Romulus
et d'Ancus!

HOROSCOPE D'ACHILLE

Achille va naître : Achille qui ne connaîtra pas la crainte; l'ennemi verra
sa vaillante poitrine et jamais son dos; le héros toujours vainqueur à la lutte
ardente de la course dépassera la brûlante vitesse de la biche! Tournez, mes
fuseaux, tournez; filez la trame du Destin!

Dans les combats, nul guerrier n'osera se comparer à lui, quand les ruisseaux de la Phrygie couleront leurs flots gonflés de sang troyen; quand, après
les travaux d'une longue guerre et d'un long siége, le troisième héritier du
parjure Pélops abattra les remparts de Troie. Tournez, mes fuseaux, tournez;
filez la trame du Destin!

A ses vertus incomparables, à ses illustres exploits, souvent des mères viendront rendre témoignage sur le tombeau de leurs fils : on les verra s'arracher et jeter dans la poussière leurs cheveux blanchis, et d'un bras sans force
meurtrir leurs poitrines flétries. Tournez, mes fuseaux, tournez; filez la trame
du Destin!

Tel le laboureur, renversant les épis pressés, fait aux ardeurs du soleil
tomber la récolte jaunissante; tel, de son funeste glaive, Achille moissonne
les guerriers troyens. Tournez, mes fuseaux, tournez; filez la trame du
Destin !

L'onde du Scamandre est prête à attester ses hauts faits : son cours épar-
pillé va gagner le rapide Hellespont; Achille, resserrant le lit du fleuve par

un amoncellement de cadavres, en réchauffera les eaux par les torrents de sang tiède qu'il y aura versés. Tournez, mes fuseaux, tournez; filez la trame du Destin!

Il est enfin un autre témoin de ta gloire, c'est la victime dévouée à la mort : la colonne d'un bûcher dressé dans les airs va recevoir les membres blancs comme la neige de la jeune vierge immolée. Tournez, mes fuseaux, tournez; filez la trame du Destin!

Oui, dès que la fortune donnera aux Grecs fatigués d'abattre enfin les fortes murailles de la ville qu'éleva Neptune, une cendre illustre se mouillera du sang de la jeune Polyxène, dont le corps mutilé s'affaissera sur ses genoux ployants, comme la victime frappée par le double tranchant du glaive. Tournez, mes fuseaux, tournez; filez la trame du Destin!

2ᵉ Époque

HORACE. — C'est le seul poëte lyrique de cette époque, et son mérite en ce genre nous engage à donner ici sa biographie complète, que nous empruntons à l'*Encyclopédie du XIXᵉ siècle*. « Il naquit à Venouse, petite ville de la Pouille, l'an de Rome 689, sous le consulat de Manlius. « O toi qui naquis avec moi sous « Manlius! » dit-il à une bouteille de Falerne cachetée l'année de sa naissance. Son père, simple affranchi, s'était acquis une fortune considérable dans l'emploi d'huissier aux enchères ; il la consacra à l'éducation de son fils, qu'il conduisit lui-même à Rome pour y être élevé comme les enfants des citoyens les plus distingués. Horace eut pour premier maître un certain Orbilius auquel il donne, dans ses épîtres, l'épithète de *plagosus* (frappeur), parce qu'il tuait de coups ses élèves. Le père d'Horace lui servait lui-même de gouverneur. (*Sat.* i, 6.) L'habitude des grandes familles romaines était d'envoyer leurs enfants à Athènes pour y finir leur éducation. Le père d'Horace ne voulut pas que son fils fût inférieur à aucun des jeunes gens de son âge : il l'envoya suivre les écoles d'Athènes avec les fils des sénateurs et des chevaliers. Il est probable que c'est à cette époque et dans cette ville qu'Horace se lia avec Brutus. Le courtisan d'Auguste et de Mécène se montra d'abord républicain ardent. A la bataille de Philippes, où se jouèrent, entre Brutus et Octave, les dernières destinées de la république, il fut nommé tribun d'une légion. Il convient lui-même, et sans honte, qu'il ne fut pas très-brave dans cette circonstance. Proscrit comme ami de Brutus, il profita de l'amnistie accordée à tous ceux qui déposeraient les armes et rentra en Italie. Son patrimoine ayant été enveloppé dans la confiscation, il se trouva réduit à vivre de son travail et du fruit de sa plume. (*Ep.* ii, 2.)

« Comme Boileau, son disciple et son émule, il débuta par ses satires, auxquelles il ajouta bientôt quelques odes. Il se fit ainsi connaître des hommes de lettres de son temps, et particulièrement de Varius et de Virgile, qui voulurent le présenter eux-mêmes à Mécène. Ami et convive du favori d'Auguste, Horace employa son talent et son crédit en faveur du parti qu'il avait d'abord embrassé et qui venait d'être écrasé à Philippes. Il ne cesse dans ses odes de faire l'éloge de sa clémence, et se félicite du privilége qu'ont les muses d'inspirer la douceur et l'indulgence au cœur des souverains. (*Odes*, III, 4.) Il accompagna Mécène dans un voyage à Brindes, qui avait pour but d'arrêter la guerre civile près de se rallumer entre Octave et Antoine. Après la bataille d'Actium, quand la paix fut rendue au peuple romain, Horace ne pensa qu'à jouir des douceurs de la vie mêlées à celles des Muses. Devenu, par la faveur de Mécène, possesseur d'une belle maison de campagne aux environs de Tibur, lié d'amitié avec les plus illustres personnages de Rome, il suivit avec abandon la pente de sa nature épicurienne. L'opulence, le luxe et la mollesse de Rome remplirent d'illusions et d'enchantement l'imagination du poëte jeune encore. De temps à autre cependant il lui prend, pour ainsi dire, des accès de vertu ; il reproche aux Romains de son temps la corruption de leurs mœurs, et il oppose au tableau de leurs vices celui des mâles vertus et de la piété de leurs pères. Aux solennités séculaires, c'est lui qui est chargé des hymnes religieux que devront chanter les jeunes Romains et les jeunes Romaines. Il mêle les louanges de Régulus et de Caton à celles d'Auguste et de Mécène. Tous les sujets, tous les tons, tous les sentiments, toutes les aspirations du bien et du mal, se confondent sous sa plume, et tout lui semble naturel, même les choses les plus extrêmes et les plus inconciliables en apparence.

« Au milieu de tant de passions diverses, ce qui domine, ce qui semble le trait le plus vif et le plus permanent de cette nature mobile, c'est l'amour de la liberté, de l'indépendance, du repos ; c'est l'horreur des embarras, des affaires, de tout ce qui assujettit. Il refusa Auguste lui-même qui lui offrait l'emploi de son secrétaire, et l'empereur ne s'offusqua pas d'un refus si désintéressé.

« La liberté et l'indépendance dont il voulait jouir dans la pratique de la vie, il la portait jusque dans la philosophie. Il n'est, il ne veut être d'aucune école. Tout en riant des exagérations du stoïcisme, de l'impudeur et de la grossièreté des cyniques, de l'insouciance des épicuriens, il prend à chacune de ces sectes ce qu'il y trouve de bon, d'utile, et ce qui va le mieux à sa nature. Il ne se range sous l'étendard d'aucun maître ; il suit le flot qui l'entraîne, et se laisse mener au caprice de la tempête. (*Épist.*)

« Horace mourut dans sa 57ᵉ année, huit ans avant le commencement de l'ère chrétienne. Mécène était mort dans la même

année. Le poëte survécut seulement de quelques mois à son protecteur. Mécène, dans son testament, avait recommandé Horace
à Auguste en ces termes : « Souvenez-vous d'Horace comme de
moi-même. » Le poëte vit approcher sa fin avec tranquillité, et
fut enterré auprès du tombeau de Mécène.

« Toutes les œuvres d'Horace réunies composent un petit volume
contenant à peine 10,000 vers. C'est avec ce bagage, léger en
apparence, mais d'un prix infini, qu'il est parvenu à la postérité,
et qu'il a mérité d'être placé au rang des plus beaux esprits et des
plus grands poëtes. Les œuvres d'Horace comprennent : 1° quatre
livres d'*Odes*, où il se montre tour à tour sublime comme Pindare, délicat comme Anacréon, mordant comme Archiloque :
aucun poëte n'a uni au même degré le lyrisme à la philosophie,
l'inspiration à la critique; c'est par là surtout qu'il est supérieur
à Boileau; 2° un livre d'*Épodes*, publié après sa mort; 3° le *Poëme
séculaire ;* 4° deux livres de *Satires*, où l'esprit le plus mordant et
le plus incisif se tempère par un atticisme de goût et de sentiment
que Perse et Juvénal n'ont point; 5° deux livres d'*Épîtres*, qui
sont peut-être ce qu'il a laissé de plus beau et de plus parfait, au
point de vue surtout de la philosophie et de la connaissance du
cœur humain ; 6° l'*Art poétique*, chef-d'œuvre de théorie critique
qui n'a pas encore été surpassé, et ne le sera sans doute jamais. »

A MÉCÈNE (1)

(I. 1.)

Descendant des rois, toi dont l'appui fait mon bonheur et ma gloire,
Mécène; on voit des hommes qui mettent leur ambition à se couvrir de la
poussière d'un cirque; et, quand leur roue brûlante a évité la borne, une fois
la palme obtenue, Jupiter lui-même n'est plus au-dessus d'eux. L'un est
heureux, si la faveur d'un peuple inconstant s'empresse de l'élever aux honneurs suprêmes; l'autre, s'il entasse dans ses greniers toutes les moissons de
la Libye. Tel se contente de cultiver le champ de ses pères, et tous les trésors d'Attale ne l'arracheraient pas à sa charrue, pour aller, matelot tremblant, traverser le plus humble détroit sur le meilleur navire. Que le vent
d'Afrique vienne à lutter contre les flots, le marchand effrayé vante le repos
et les champs voisins de sa petite ville; mais bientôt, indocile à souffrir le
joug de la pauvreté, il radoube ses vaisseaux maltraités par la tempête. Tel
ne hait pas une coupe de vieux massique, et dérobera volontiers aux affaires
une partie du jour, couché à l'ombre d'un vert feuillage, ou à la source paisible d'une fontaine sacrée. A d'autres il faut les camps, le son de la trompette
mêlé à celui du clairon, et les combats détestés des mères. Le chasseur, oubliant sa jeune épouse, attend sous un ciel glacé que sa meute fidèle ait
senti la biche, ou que le sanglier se lance à travers les toiles.
Moi, la couronne de lierre qui orne le front des poëtes me rapproche des
dieux : le frais ombrage des bois, les danses légères des nymphes avec les

(1) M. Chevriau.

satyres, me séparent de la foule, pourvu qu'Euterpe n'impose point silence à
sa double flûte, et que Polymnie ne refuse pas d'accorder le luth de Lesbos.
Que Mécène me compte parmi les maîtres de la lyre, et ma tête ira toucher
le ciel.

AU VAISSEAU DE VIRGILE [1]
(I, 3.)

Que la déesse qui règne à Cypre, que les frères d'Hélène, ces astres radieux,
favorisent ta course; que le père des vents les enchaîne tous, excepté l'Iapyx (2);
vaisseau, qui dois à ma tendresse Virgile que je t'ai confié, rends-le fidèlement aux rives de l'Attique, et conserve-moi la moitié de moi-même.

Il avait autour du cœur une cuirasse de chêne et d'un triple airain, celui
qui, le premier, hasarda sur la mer orageuse une barque fragile; qui ne craignit ni l'impétuosité de l'Africus luttant contre les Aquilons, ni les tristes
Hyades, ni la rage du Notus, souverain tout-puissant de l'Adriatique, dont
il apaise à son gré ou soulève les flots.

Quelles menaces de la mort pourraient effrayer celui qui, d'un œil sec, vit
les monstres des mers, les flots gonflés par la tempête, et les écueils acrocé-
rauniens, fameux par tant de naufrages. En vain la sagesse des dieux, pour
séparer les mondes, a creusé entre eux les abîmes de l'Océan, si des vaisseaux
impies franchissent les mers qui leur étaient interdites.

O crime! dans son audace, ardent à tout braver, l'homme s'élance au delà
des limites fixées par la nature; dans son impiété, le fils sacrilége de Japet
apporte sur la terre le feu dérobé au ciel; et, du jour où cet élément est ravi
aux demeures célestes, la maigreur, une légion de maux encore inconnus
vint fondre sur le genre humain; et l'inévitable Mort, tardive auparavant,
précipita sa marche.

Dédale, sur des ailes refusées à l'homme, ose se confier au vide des airs;
les efforts d'Hercule brisent les portes du Tartare; rien n'est impossible aux
mortels; insensés, nous attaquons le ciel même, et nos crimes ne permettent
pas à Jupiter de déposer sa foudre irritée.

A AUGUSTE [3]
(I, 11.)

Quel homme, quel héros ou quel dieu choisiras-tu, Clio, pour le chanter
sur la lyre ou sur la flûte perçante? De qui l'écho badin redira-t-il le nom,
ou dans les sombres bois d'Hélicon, ou sur le Pinde, ou sur les sommets glacés de l'Hémus, d'où l'on vit les forêts suivre à l'envi la voix d'Orphée,
quand, instruit par les leçons de sa mère, il retardait le cours rapide des fleuves
et l'impétuosité des vents, quand il conduisait à son gré, par les charmes de
ses cordes harmonieuses, les chênes attentifs à ses accents?

Par où commencer plus justement que par les louanges accoutumées du
père de toutes choses, du maître absolu des hommes et des dieux, qui gouverne la terre et les mers, qui règle dans l'univers le retour périodique des
saisons; de ce dieu qui ne produit rien de plus grand que lui-même, et ne
voit dans toute la nature rien qui lui ressemble ou qui l'approche? Mais
après lui Minerve a mérité le second rang dans nos hommages.

Tu ne seras point oublié dans mes chants, dieu de la liberté, intrépide
Bacchus; ni toi, vierge redoutable aux monstres des forêts; ni toi, Phébus,
que ta flèche inévitable fait à bon droit respecter des mortels. Je chanterai
le fils d'Alcmène, et les deux fils de Léda, célèbres par leurs victoires, l'un
dans les courses de chevaux, l'autre dans les combats du ceste; divinités

---

(1) MM. Goubaux et Barbet. — (2) Vent favorable à ceux qui vont d'Italie en Grèce. — (3) R. Binet.

dont l'astre favorable n'a pas plutôt brillé aux yeux des matelots, qu'on voit l'onde écumante s'écouler des rochers qu'elle avait couverts dans sa furie, les vents tomber, les nuées prendre la fuite, et la vague menaçante rentrer dans le niveau des mers.

Rappellerai-je ensuite Romulus, ou le règne paisible de Numa; les faisceaux ravis au superbe Tarquin, ou le noble trépas de Caton? Ma muse, interprète de la reconnaissance publique, dira dans ses vers les Régulus et les Scaurus, et la grande âme de Paul-Emile, cherchant la mort parmi les rangs des Carthaginois victorieux.

A ces héros je joindrai et Fabricius, et Camille, et Curius aux cheveux négligés : tous trois formés par la dure pauvreté, sous l'humble toit de leurs aïeux, dans leur modeste héritage, à servir la patrie dans les combats.

Ainsi qu'un arbre vigoureux, la gloire de Marcellus s'élève insensiblement vers le ciel. L'astre des Jules efface tous les autres par son éclat ; tel que la lune au milieu des feux moins brillants qui l'environnent.

Père et conservateur des humains, fils de Saturne, c'est à toi que les destins ont confié la grandeur de César. Règne, et qu'il te serve de second dans le gouvernement du monde. Soit qu'après une victoire éclatante il mène en triomphe les Parthes qui menaçaient l'Italie; soit qu'il dompte les Sères et les Indiens habitants des lieux où naît le soleil; soumis à toi seul, César donnera des lois sages à toute la terre ; tandis que le bruit de ton char terrible fera trembler l'Olympe; tandis que tu lanceras tes foudres vengeresses sur les bois saints que nos crimes auront profanés.

CONTRE UN ARBRE QUI AVAIT FAILLI L'ÉCRASER (1)
(II, 10.)

Il te planta sans doute dans un jour funeste, celui qui d'une main sacrilège t'éleva dans ces lieux, arbre maudit, pour être le fléau de ses descendants et l'opprobre du hameau. Oui, je le crois, il avait étranglé son père, il avait, pendant la nuit, ensanglanté sa maison par le meurtre de son hôte; il avait mis en œuvre tous les poisons de la Colchide, et toutes les horreurs qui se conçoivent dans l'univers, quand il vint te placer dans mon champ, bois malheureux, bois destiné à tomber un jour sur la tête d'un maître innocent.

Jamais l'homme ne peut prévoir tous les dangers qui le menacent à chaque instant. Le pilote africain frissonne de crainte à l'entrée du Bosphore, et ne songe pas aux périls cachés qui l'attendent en mille autres endroits. Le soldat romain redoute les flèches du Parthe et sa fuite perfide : le Parthe à son tour appréhende les fers et la valeur impétueuse du soldat romain. Mais la main terrible de la mort a toujours surpris et surprendra toujours les hommes.

Qu'il s'en est peu fallu que je ne visse le noir royaume de Proserpine, Éaque jugeant les morts, et les demeures assignées aux âmes vertueuses; et la muse éolienne qui se plaint, sur sa lyre, des filles de Lesbos; et toi, Alcée, qui d'un ton plus mâle chantes sur une lyre d'or les travaux de la guerre, les fatigues de la mer et les ennuis de l'exil! Tous deux, par des accents dignes d'un religieux silence, enlèvent l'admiration des ombres; mais la foule qui se presse autour d'eux écoute plus avidement encore le poëte qui célèbre les combats, et la patrie délivrée des tyrans. Faut-il s'en étonner, lorsque, cédant aux charmes de ces accords ravissants, le monstre à cent têtes laisse tomber ses noires oreilles, lorsque les serpents tressés dans les cheveux des Euménides deviennent sensibles au plaisir? Prométhée lui-même et le père de Pélops, enchantés d'une si douce harmonie, ne sentent plus

(1) R. Binet.

leurs peines; et le chasseur Orion oublie de relancer les lions et les lynx timides.

A MÉCÈNE MALADE [1]
(II, 14.)

Pourquoi m'arracher l'âme par tes plaintes? Les dieux, d'accord avec mon cœur, ne veulent pas que tu meures le premier, ô Mécène, ô ma gloire et mon appui!

Ah! si un coup prématuré m'enlevait en toi la moitié de mon être, qui retiendrait encore le reste d'une âme moins attachée à la vie, et veuve d'une partie d'elle-même?

Le même jour nous verra tomber tous deux; oui, je l'ai juré : ce n'est pas un serment trompeur; nous irons, nous irons ensemble, dès que tu m'auras montré le chemin, prêts à faire tous deux, sans nous quitter encore, le dernier voyage.

Ni le souffle enflammé de la Chimère, ni Gyas se relevant avec ses cent bras, ne pourrait me séparer de toi; ainsi l'a voulu la puissante Astrée, ainsi l'a voulu le Destin.

Que je sois sous l'aspect de la Balance, ou du redoutable Scorpion, témoin funeste à l'heure de la naissance, ou du Capricorne, qui règne en tyran sur les flots de l'Hespérie, une incroyable sympathie unit nos deux étoiles.

Toi, l'éclat protecteur de Jupiter t'arracha naguère à l'impitoyable Saturne, et suspendit le vol rapide de la mort; alors un peuple innombrable a fait retentir trois fois dans le théâtre ses acclamations de joie.

Et moi, un arbre en tombant sur ma tête m'enlevait à mes amis, si Faune, qui veille sur les favoris de Minerve, n'eût de sa main tutélaire allégé le coup fatal.

N'oublie pas d'immoler les victimes, d'élever le temple que tes vœux ont promis; moi, j'offrirai seulement un modeste agneau.

AUX ROMAINS [2]
(III, 2.)

Que le Romain, endurci dès l'enfance aux fatigues de la guerre, apprenne à souffrir sans murmure l'étroite pauvreté; que, la lance à la main, cavalier redoutable, il harcelle le Parthe orgueilleux; que, sans cesse exposé aux injures de l'air, il vive au milieu des alarmes.

En le voyant du haut des murailles ennemies, que l'épouse du tyran qui nous combat, que sa fille à la veille de l'hymen, soupire et dise : « Hélas! puisse d'un bras novice encore le royal objet de ma tendresse ne pas provoquer ce lion redoutable que la sanglante colère précipite au milieu du carnage! »

Il est doux, il est beau de mourir pour la patrie; la mort poursuit aussi le lâche dans sa course rapide, et n'épargne pas cette jeunesse sans courage qui, en fuyant, offre à ses coups un dos timide.

La vertu, qui ne connaît pas la honte d'un refus, brille d'un honneur sans tache; elle ne prend ni ne dépose les faisceaux au gré des caprices populaires.

La Vertu, ouvrant le ciel aux héros dignes de l'immortalité, se fraye une route par des voies inconnues, et, dans son essor, elle fuit avec dédain la fange où rampe la foule du vulgaire.

Il est aussi, il est un prix assuré au silence fidèle; non, je ne le veux pas, jamais le parjure qui aura trahi les mystères de Cérès ne reposera sous le même abri, ou ne quittera avec moi le port sur une barque fragile.

Souvent Jupiter offensé a confondu l'innocent et le coupable, et rarement la Vengeance, dans sa marche boiteuse, a manqué d'atteindre le Crime qui fuit devant elle.

RÉGULUS [1]

(III, 5.)

Les éclats du tonnerre nous annoncent Jupiter régnant dans les cieux; ainsi les Bretons et les Perses redoutables, ajoutés à notre empire, nous révèlent dans Auguste un dieu sur la terre.

Quoi! un soldat de Crassus a pu vivre, époux avili d'une femme barbare! O sénat! ô changement déplorable! il a vieilli sous les armes de nos ennemis devenus ses frères! Un Marse, un Apulien sous un roi mède, oubliant et les anciles, et son nom, et la toge, et l'éternelle Vesta! Et pourtant tu règnes encore, ô Jupiter! ô Rome!

C'est là ce qu'avait voulu prévenir la sagesse de Régulus, lorsqu'il combattait un traité déshonorant et un exemple qui devait un jour amener notre perte, si on ne laissait périr la jeunesse captive.

« J'ai vu, dit-il, suspendus dans les temples carthaginois nos étendards et nos armes arrachés à des soldats qui vivent encore; j'ai vu attachés sur son dos les bras d'un citoyen né libre; j'ai vu Carthage, sans crainte, ouvrir ses portes et cultiver des champs ravagés naguère par nos armes.

« Ainsi donc, le soldat racheté par votre or reviendra plus courageux! non; vous ajoutez le dommage du trésor au crime de l'armée. La laine altérée par une couleur étrangère ne reprend plus sa blancheur une fois flétrie; le véritable courage, une fois qu'il en est sorti, ne rentre plus dans une âme faible. Si jamais la biche, échappée aux toiles du chasseur, ose l'attaquer, il sera brave celui qui s'est confié à de perfides ennemis; il écrasera les soldats de Carthage dans un autre combat, le lâche qui a senti la courroie sur ses bras enchaînés, qui a eu peur de la mort; qui, ne sachant comment ressaisir la vie, au milieu de la guerre, a voulu la paix. O déshonneur! ô superbe Carthage! tu t'élèves sur les ruines et la honte de l'Italie! »

Le héros refusa, dit-on, le baiser de sa chaste épouse; il repoussa ses jeunes fils, comme un citoyen dégradé, et attacha sur la terre son regard plein d'un farouche courage, jusqu'au moment où, par un conseil inouï jusqu'alors, il décida les sénateurs incertains, et s'échappa, du milieu de ses amis, en larmes pour son glorieux exil.

Il sait quelles tortures lui préparent de cruels bourreaux; il le sait, et il éloigne avec calme ses parents qui l'arrêtent, le peuple qui s'oppose à son départ.

On dirait qu'après avoir terminé les longues affaires de ses clients, il part pour les champs de Vénafre ou la ville de Phalante.

A CENSORINUS [2]

(IV, 8.)

Je donnerais volontiers à mes amis des coupes, des bronzes précieux; je leur donnerais de ces trépieds qui furent chez les Grecs le prix du courage (et tu ne serais pas, Censorinus, le plus mal partagé), si je possédais les chefs-d'œuvre de Parrhasius et de Scopas, dont le génie crée, avec du marbre et des couleurs, tantôt un homme, tantôt un dieu. Mais je n'en ai pas le pouvoir, et d'ailleurs ta fortune et ton goût ont déjà prévenu tes désirs. Tu aimes les vers, je puis te donner des vers, et te dire la valeur d'un tel présent.

Ni les marbres chargés d'inscriptions publiques, où revivent et respirent

(1) MM. Goubaux et Barbet.   (2) M. Chevriau.

après leur mort les grands capitaines; ni la fuite précipitée d'Annibal, et ses menaces rejetées sur Carthage; ni cette perfide cité réduite en cendres, ne proclament avec plus d'éclat que la muse d'Ennius les louanges du héros qui mérita de joindre à son nom celui de l'Afrique domptée. Oui, si les livres se taisent, la vertu perd sa récompense. Que ferait le fils de Mars et d'Ilia, si un silence jaloux eût étouffé sa mémoire? C'est le génie, c'est la faveur et la voix puissante des poëtes qui dérobent Éaque au fleuve infernal et qui le divinisent dans les îles fortunées. « Tu ne mourras point, » disent les Muses au héros; et les Muses lui ouvrent le ciel. Ainsi l'infatigable Hercule est assis selon ses désirs au banquet de Jupiter; l'astre étincelant du fils de Tyndare sauve de l'abîme les vaisseaux battus par la tempête; et Bacchus, couronné de pampres verts, exauce les vœux des mortels.

ÉLOGE DE LA VIE CHAMPÊTRE
(*Epod.* II.)

« Heureux celui qui, loin des affaires, comme les premiers mortels, laboure avec ses bœufs le champ de ses pères, sans avoir jamais connu l'usure. La trompette d'alarme ne le réveille pas au milieu des camps; il n'a rien à redouter des fureurs de la mer; ses pas évitent le Forum et la demeure orgueilleuse des puissants; mais il marie aux peupliers élevés sa vigne qui grandit, et, le fer à la main, coupe les branches inutiles, en greffe de plus heureuses; ou, dans une vallée solitaire, il regarde au loin errer ses troupeaux mugissants, ou presse son miel qu'il enferme dans de pures amphores, ou bien encore soulage ses brebis du poids de leur toison.

« Mais, lorsque l'automne élève dans la campagne sa tête couronnée de fruits mûrs, il cueille les poires qu'il a greffées, ce raisin dont la couleur le dispute à la pourpre, et dont il doit payer les bienfaits, ô Priape! les tiens aussi, ô Sylvain, protecteur des limites champêtres! Il aime à se reposer tantôt sous un vieux chêne, tantôt sur un gazon épais; et cependant le ruisseau qui coule dans le lit qu'il s'est creusé, les oiseaux qui gémissent dans les forêts, les fontaines qui roulent leurs eaux avec un doux murmure, l'invitent à un sommeil léger.

« Lorsque le sombre hiver ramène les pluies et les neiges, alors, suivi d'une meute nombreuse, il pousse l'ardent sanglier dans les toiles qu'il a tendues; ou, sur un léger appui, il dresse de plus larges réseaux, piéges funestes à la grive gourmande; ou bien il prend dans ses filets le lièvre craintif et la grue voyageuse, doux prix de ses peines.

Si une chaste épouse, comme celle du Sabin, ou comme la femme au teint hâlé de l'Apulien léger, partage ses soins entre son ménage et ses enfants chéris; si, dans le foyer sacré, elle entasse le bois sec pour le retour de son mari fatigué; si, renfermant son heureux troupeau dans un enclos d'osier, elle épuise les mamelles gonflées de lait, et tirant d'un tonneau un vin savoureux de l'année, elle prépare des mets que l'argent n'a pas payés; ah! alors je préférerais un tel repas aux huîtres du Lucrin, aux turbots, aux sargets que la tempête, grondant sur les flots de l'Orient, peut jeter sur nos côtes. Ni la poule d'Afrique, ni le faisan d'Ionie ne chatouilleraient plus délicieusement mon palais, que l'olive cueillie sur la branche féconde, ou la feuille de l'oseille qui se plaît dans les prairies, que la mauve salutaire au corps appesanti, ou l'agneau immolé aux fêtes terminales, ou le chevreau arraché au loup dévorant.

« Pendant ce festin, quel plaisir de voir les brebis rassasiées revenir, en se hâtant, à la bergerie; de voir les bœufs fatigués traîner d'un pas languissant la charrue renversée; et les esclaves, riche essaim de la maison qui les a vus naître, assis autour d'un foyer qui pétille. »

Ainsi parle Alphius l'usurier; résolu d'embrasser la vie champêtre, il rassemble tous ses fonds aux ides du mois; mais, aux calendes, il cherche à les replacer.

3ᵉ Époque

CÆSIUS BASSUS. — Poëte lyrique, ami de Perse, et contemporain de Vespasien et de Titus. Quintilien le cite avec éloge comme celui qui approcha le plus d'Horace; il reste à peine un ou deux fragments de ses vers. Bassus trouva la mort dans sa maison de campagne, lors de l'éruption du Vésuve où périt Pline l'Ancien.

AULUS SEPTIMIUS SÉRÉNUS. — Il appartient à la même époque. Il avait composé des *Falisques*, recueil d'odes à la louange de la vie champêtre, dont il nous reste des fragments sans importance. Il avait encore composé des poëmes plus didactiques sur la campagne : on lui a même souvent attribué le *Moretum*, placé plus généralement sous le nom de Virgile.

VESTRICIUS SPURINNA. — « Pline le Jeune, dit Schœll, vante la douceur et la gaieté des poésies lyriques que Spurinna avait composées dans les deux langues. Peut-être Quintilien a-t-il fait allusion à ce poëte en faisant l'éloge de Bassus... Il est question de lui dans Tacite, où l'on voit que Spurinna défendit Plaisance, assiégée par Cæcina, lieutenant de Vitellius. Sous Trajan, il se distingua en Germanie, et rétablit un roi des Bructères. Trajan lui décerna pour cela une statue triomphale. Il vécut 77 ans. » On lui attribue quatre odes que Gaspard Barth prétend avoir découvertes dans un vieux manuscrit.

STACE (Papinius). — Nous donnerons à sa place la biographie de ce poëte, que nous ne citons ici que pour deux odes de ses *Silves*. L'une est adressée sans doute à ce Septimius Sérénus dont nous venons de parler; elle a la forme alcaïque; l'autre, à Maximus Junius, est regardée comme la plus belle : nous la citons ici.

ODE A MAXIMUS JUNIUS [1]

Trop longtemps égarée dans une vaste carrière, divine Érato, suspends tes chants héroïques, et resserre ta course dans un cercle plus étroit.

O Pindare! toi qui domines sur le chœur lyrique, si, dans mes chants latins, j'ai célébré dignement la malheureuse Thèbes, ta patrie, accorde-moi d'essayer mes forces sur un mode nouveau.

Il faut pour Maxime de bien plus doux accords. Je veux lui tresser une

(1) Achaintre.

guirlande avec les branches d'un myrte que jusqu'ici j'ai respecté; je veux, dans une source plus pure, étancher ma soif modérée.

Quand les monts des Dalmates se rendront-ils au charmant Latium? Quand quitteras-tu ces obscurs souterrains, d'où sort, effrayé de l'aspect de Pluton, le pâle mineur couvert de l'or qu'il en a extrait?

Quoique né sous un ciel plus voisin de celui de Rome, je sens que les rivages enchanteurs de Baïes, et ceux qu'illustra la trompette d'Hector, n'ont plus d'attraits pour moi.

Loin de toi, ma muse est sans vigueur; le dieu de Tymbra m'inspire moins souvent, et mon héros s'arrête à l'entrée de la carrière.

Polie, repolie sans cesse par mes soins et par tes sages conseils, ma Thébaïde tente, dans son vol audacieux, de s'élever à la hauteur du cygne de Mantoue.

Mais je te pardonne ta longue absence : tu viens de donner un appui à ton illustre maison, ô jour d'allégresse! un nouveau Maxime nous est né!

Affreuse stérilité! que vous êtes à redouter! L'héritier, devenu ennemi, vous appelle de tous ses vœux ; et souvent, ô honte! il hâte l'instant fatal de son meilleur ami.

Les pleurs n'arrosent point la tombe du mortel sans enfant : un avare parent s'empare de sa maison, comme d'une place prise d'assaut; il en dévore les dépouilles, et compte jusqu'au prix du bois qui doit le consumer.

Qu'il vive, ce noble rejeton, et que, par des sentiers inconnus au vulgaire, il s'élève jusqu'à la gloire de son père; qu'il balance même les exploits de son généreux aïeul !

Dans son enfance, tu l'entretiendras de tes hauts faits d'armes sur les bords de l'Oronte, lorsque, sous les auspices de Castor, tu menais au combat ses escadrons belliqueux.

Son aïeul lui dira aussi comment, sur les traces de la foudre lancée par l'invincible César, il imposa aux Sarmates, refoulés dans leur triste contrée, la loi d'y fixer pour toujours leurs courses vagabondes.

Qu'il apprenne avant tout par quel art admirable, parcourant les vastes champs de l'histoire du monde, tu sus reproduire, dans tes ouvrages, la mâle brièveté de Salluste et l'élégante abondance de Tite-Live.

4e Époque

Hymne en l'honneur de Vénus. — C'est une ode païenne de 95 vers, écrite à l'imitation du poëme séculaire d'Horace. L'auteur en est inconnu, et on l'a attribuée successivement à Catulle, à Luxorius, poëte carthaginois, et à Julius Florus, le même peut-être que l'historien.

Saint Hilaire de Poitiers. — Saint Hilaire, né à Poitiers, devint évêque de sa ville natale quelques années avant le concile de Béziers, tenu en 336, et mourut en 368. Ce fut le plus vigoureux champion de la foi orthodoxe contre l'arianisme; aussi lui appartenait-il, plus qu'à tout autre, de chanter comme il l'a fait les diverses circonstances dans lesquelles se manifesta la divinité du Rédempteur... Nous citons de ce poëte l'*Hymne sur l'Épiphanie*, en vers iambiques dimètres réguliers. Les strophes sont de quatre vers d'une seule rime, en sorte que les règles de la poésie syllabique et de la poésie métrique y sont en même temps observées.

SUR L'ÉPIPHANIE

Jésus s'est révélé, Jésus, le pieux rédempteur des nations ! Que tous les fidèles chantent en chœur ses louanges!

Une étoile brillante annonce sa naissance en illuminant les cieux; une étoile a guidé les mages jusqu'à son berceau.

Ils tombent aux pieds de l'enfant enveloppé de langes et l'adorent ; leurs dons mystiques le reconnaissent pour le vrai Dieu.

Quand Jésus a parcouru trois fois dans sa vie mortelle le cycle de dix ans, quoique pur et sans tache, il réclame l'eau du baptême.

Et Jean le bienheureux ose à peine plonger dans l'onde purifiante celui dont le sang put laver les péchés du monde.

Alors une voix partant du ciel déclare Jésus le Fils de Dieu, et la vertu de l'Esprit-Saint, la vertu qui confère la grâce, descend sur lui.

O Christ! protége-nous ; entends notre ardente prière, ô toi qui ordonnes avec puissance à l'eau du festin nuptial de se changer en vin !

Que ta bonté, que ta tendresse attentive nous accorde tes divines consolations! Arrache-nous aux horreurs infernales; fais-nous régner au ciel avec toi!

SAINT DAMASE. — Les uns le font naître en Espagne, les autres à Rome. En 366, il fut élevé à la chaire pontificale, et mourut en 381, à l'âge de 80 ans, après avoir gouverné l'Église pendant 18 ans. Il a laissé une quarantaine de petits poëmes et d'hymnes presque toujours écrits avec élégance. L'hymne de sainte Agathe, que nous donnons plus loin, est à rimes plates en vers dactyliques trimètres hypercatalectiques.

SUR SAINTE AGATHE

Voici le jour où nous célébrons la gloire de l'illustre Agathe, martyre et vierge, le jour où le Christ la reçoit pour compagne et ceint son front de la double couronne.

Elle brille de noblesse, elle brille de beauté; mais elle brille plus encore par ses actes et sa foi : elle ne tient compte des prospérités de la terre; son cœur subit avec joie le joug du Seigneur.

Plus forte que ses persécuteurs barbares, elle livre au fouet ses membres délicats; son sein déchiré par la torture révèle avec éclat la fermeté de son âme.

Sa prison est pour elle un lieu de délices : saint Pierre vient, comme un tendre pasteur, fermer les plaies de sa douce brebis; joyeuse et bondissante, elle va parcourir en triomphe la voie de ses nouvelles souffrances.

La troupe païenne, fuyant la fureur de l'Etna, trouve dans le voile d'Agathe une protection salutaire; vous, que décore le titre de fidèles, apprenez d'eux à éteindre le feu de vos passions.

O vierge! épouse du Christ! adresse au ciel tes prières pour le malheureux Damase !

Que Dieu nous accorde de célébrer ta fête assez dignement pour mériter ses faveurs !

Gloire soit au Père, gloire à son Fils, et gloire à l'Esprit-Saint! Que le Dieu unique et tout-puissant rende Agathe favorable à nos vœux !

SAINT AMBROISE. — C'est l'auteur présumé du chant d'action de grâces nommé le *Te Deum*. « Il naquit, dit F. Clément, probablement à Trèves, entre les années 333 et 340, et fut élevé dans les principes de la foi chrétienne par son père, qui était préfet des Gaules. Il avait déjà passé lui-même par les plus grandes dignités de l'empire, lorsqu'il fut sacré évêque de Milan, en 374. Il mourut en 397. Ses hymnes, comme la plupart des hymnes chrétiennes, se font remarquer par une qualité toute particulière aux poëtes chrétiens, l'onction. Cette qualité du style si douce, si pénétrante, n'exclut point la force et la vigueur. Souvent les hymnes du *docteur Mellifluus* (1) sont d'une fermeté et d'une vigueur de style d'autant plus admirables que l'art n'y est pour rien. C'est l'élan naturel d'une âme pleine de foi vers son Créateur, vers celui qui est la source de toute beauté et de toute vérité. Aussi jamais poésie n'eut-elle sur les âmes une influence plus durable et plus salutaire : depuis quatorze siècles que ces cantiques, consacrés par l'Église et par l'admiration des fidèles, résonnent sous les voûtes de nos Églises, que de vertus chrétiennes n'ont-ils pas inspirées ? Combien de fois leur chant n'a-t-il pas soutenu la piété et la foi des catholiques ? »

SUR L'ŒUVRE DE LA CRÉATION

Premier jour. — O suprême Créateur de la lumière! toi qui éclaires nos jours, toi qui préludes à l'origine du monde par cette splendeur nouvelle;

Toi qui au matin joint au soir as donné le nom de jour! voici la sombre nuit qui approche : écoute nos prières et vois nos larmes.

Fais que nos âmes, accablées par leurs crimes, ne se dérobent point aux devoirs de la vie; ou, qu'oubliant leur but éternel, elles ne se laissent pas enchaîner par leurs erreurs.

Qu'elles pénètrent au profond des cieux, reçoivent la récompense de la vie, évitent l'atteinte du mal et se purgent de toute souillure.

Deuxième jour. — O sublime créateur du ciel! toi qui partageas les eaux pour qu'elles ne confondissent pas leur cours, toi qui leur donnas le firmament pour limites (2);

Toi qui creusas un lit aux ondes célestes et aux ruisseaux de la terre, pour que les eaux apaisassent les flammes et pour que les flammes ne dévorassent pas la terre (3);

O vénérable maître ! verse sur nous les flots de ta grâce intarissable, pour que nos premières fautes ne nous conduisent pas à une erreur pire que la première.

(1) Dont la bouche distille le miel.
(2)   Tu séparas les eaux, leur marquas pour barrière
     Le vaste firmament.   J. RACINE.
(3)   Si la voûte céleste à ses plaines liquides,
     La terre a ses ruisseaux.   *Idem.*

Que notre foi trouve la lumière et se pénètre de son éclat! Qu'elle repousse tout mensonge, que le mensonge ne puisse jamais l'étouffer!

Troisième jour. — O fondateur puissant de la terre! toi qui mis à découvert le sol du monde, le débarrassas du fardeau des ondes et le rendis ferme et stable!

Toi qui voulus que la terre fût féconde, qu'elle s'émaillât de l'incarnat des fleurs, se couvrit de l'abondance des fruits et fournît aux mortels la nourriture avec la joie!

Guéris les plaies de nos âmes blessées, en y versant le baume verdoyant de la grâce : nos larmes alors laveront nos forfaits, et attiédiront le feu de nos passions.

Qu'elles obéissent à tes volontés, qu'elles redoutent l'approche du vice, qu'elles se réjouissent de la pratique du bien, qu'elles échappent à leur mort éternelle!

Quatrième jour. — O Dieu sacré du ciel! toi qui peignis la voûte élevée de la blancheur éclatante des astres et du feu brillant des étoiles (1)!

Toi qui fixas la roue de flamme du soleil, et donnas au cours régulier de la lune les mouvements perpétuels des corps célestes;

Toi qui rendis le soleil arbitre des jours et des nuits, et la lune messagère du retour des mois!

Illumine le cœur des créatures; efface les souillures de leurs âmes, tranche le lien de nos crimes et soulève le poids de nos péchés!

Cinquième jour. — O Dieu de la souveraine puissance! toi qui, des êtres sortis de l'eau, replonges les uns au gouffre qui les vit naître, et donnes aux autres leur essor dans l'air;

Toi qui submerges le poisson sous l'onde et fais voguer l'oiseau dans les cieux; toi qui assignes deux différents séjours à des peuples nés dans la même patrie!

Accorde à tous ceux qui te servent, à ceux que le sang et l'eau purièrent, d'éviter la chute du péché et la mort horrible de leur âme.

Fais qu'ils échappent à l'humiliation de la faute et à l'exagération de l'orgueil, à l'abattement d'un cœur brisé et au renversement des vaines espérances!

Sixième jour. — O Dieu formateur de l'homme! ô Dieu l'ordonnateur des mondes! toi qui fis produire à la terre et les bêtes farouches et les reptiles.

Toi qui d'un mot animas ces grands corps et les donnas à l'homme pour esclaves (2)!

Repousse bien loin de tes serviteurs toute souillure qui pénètre l'âme, toute souillure qui déshonore l'action.

Donne-leur la joie des récompenses célestes et le bienfait de tes grâces; délie les chaînes qui les attachent aux méchants, resserre les liens qui les unissent aux hommes pacifiques.

Septième jour. — O Dieu créateur de toutes choses! ô Dieu, le roi du ciel! tu revêts le jour de son manteau de lumière, et la nuit du voile gracieux du sommeil.

Nos membres trouvent dans le repos l'énergie d'un travail nouveau, l'âme le calme de sa pensée, les soucis l'apaisement de leurs craintes.

---

(1)   Grand Dieu ! qui fais briller sur la voûte étoilée
                          Ton trône glorieux,
           Et d'une blancheur vive, a la pourpre mêlée,
                  Peins le centre des cieux.   J. RACINE.

(2)   A ces grands corps, sans nombre et différens d'espèce,
                  Animés à sa voix,
       L'homme fut établi par sa haute sagesse
                  Pour imposer ses lois.   *Idem.*

Aussi, à la fin de ce jour, et au commencement de cette nuit, nous t'offrons, coupables que nous sommes, nos chants, nos vœux et nos actions de grâces.

Que l'écho de nos cœurs répète ton nom; que nos accents le fassent retentir! A toi l'hommage de notre pur amour! à toi l'adoration de notre âme recueillie!

Quand l'ombre profonde des nuits aura voilé la clarté du jour, préserve notre foi des ténèbres, et fais, au contraire, resplendir la nuit du jour de la foi.

Tiens éveillée notre conscience, mais contrains le péché à un éternel engourdissement; que la foi, rafraîchissant les justes, secoue en eux la torpeur du sommeil!...

Prions le Christ et le Père, prions l'Esprit du Père et du Christ! Et toi, Trinité unique et puissante, exauce à jamais ceux qui t'implorent!

PRUDENCE (Aurélius Clémens). — Ce poëte chrétien naquit à Saragosse en 348. Il fut d'abord avocat et magistrat; puis, sous Honorius, il obtint le gouvernement de plusieurs villes, et enfin fut gratifié d'une charge importante. «Quelques procès, dit A. de Beauplan, et sa générosité, le réduisirent à un état voisin de la gène, qui, sans abattre son courage, le détermina à vivre dans la retraite et à ne demander à sa muse que des inspirations sacrées. Prudence, qu'on a surnommé le *Prince des poëtes chrétiens,* nous a laissé deux livres contre Symmaque, sénateur, qui proposait de relever l'autel de la victoire; l'*Amartigenia,* sorte de traité sur l'origine des péchés; le *Psychomachia,* ou combats de l'âme; le *Ditto-Charon,* extraits de l'Ancien et du Nouveau Testament; l'*Apothéosis,* diatribes contre les hérésies. » Ses autres ouvrages sont lyriques : c'est d'abord le *Cathemerinon,* ou prières pour toutes les heures du jour; et le *Peristephanon,* hymnes à la louange des martyrs. La poésie de Prudence est élégante et gracieuse, tout en gardant la dignité, la force et la grandeur de la vérité. « J'ai souvent trouvé, dit L. Quicherat, dans saint Prosper, Sidoine Apollinaire et surtout Prudence, un heureux reflet du langage de la bonne époque. »

HYMNE DU MATIN [1]

(Extrait du *Cathemerinon.*)

Nuit et ténèbres, brouillards et nuages du monde! la lumière approche, l'horizon blanchit, le Christ vient : éloignez-vous.

Un rayon de soleil trace un sillon à travers l'obscurité de la terre : les efforts répétés de cet astre brillant colorent déjà la surface des objets.

O Christ! c'est toi seul que nous voulons connaître, toi seul que nos cœurs purs et simples invoquent avec des larmes et des chants.

Tout est couvert ici-bas d'une couleur trompeuse que ta lumière seule peut effacer : ô suprême lumière! que ton astre serein qui se lève dissipe les illusions de l'esprit!

[1] Cette hymne est en vers iambiques dimètres réguliers, sans rime.

HYMNE AVANT LE SOMMEIL (1)

(Extrait du *Cathemerinon.*)

Adorateur de Dieu! souviens-toi de la sainte rosée du baptême qui t'a donné une seconde naissance, souviens-toi de la grâce qui t'a renouvelé.

A l'appel du sommeil, quand tu cherches ta couche innocente et pure, songe à marquer de la figure de la croix et ton front et la place de ton cœur.

Si les ténèbres font disparaître la croix, la croix écarte les pensées criminelles; et l'âme, sacrée par ce signe, échappe aux fluctuations de l'intelligence.

Loin, loin de toi les vains prodiges des songes; loin, loin de toi les prestiges et les ruses de l'esprit obstiné du mal.

Fuis, serpent tortueux, dont les mille détours et les fraudes tortueuses agitent les cœurs pacifiques.

Fuis, le Christ est ici; disparais, le Christ habite en ces lieux : ce signe, que tu connais et que tu redoutes, ce signe proscrit et met en déroute tes satellites.

Chrétien! repose quelques moments ton corps courbé par la fatigue; mais, dans l'engourdissement du sommeil, songe encore à Jésus-Christ.

LE MARTYRE DE SAINTE EULALIE (2)

(*Peristephanon.*)

Eulalie, illustre par sa naissance, est plus illustre encore par sa mort glorieuse : ses reliques font l'ornement, son amour pour Dieu chante la louange de Mérida, la ville où elle a pris naissance.

C'est la région éclairée par les derniers feux du jour qui a donné la vie à cet astre de vertu; la terre en est riche de moissons et d'hommes, mais bien plus riche encore du sang du martyre et du sépulcre de la vierge.

A peine douze hivers avaient dépouillé les arbres depuis sa naissance, quand le bourreau dressa son bûcher, quand elle pénétra dans les flammes comme en un lieu de délices et jeta dans l'âme du tyran la terreur qui ne pouvait l'atteindre.

Déjà elle avait trahi de saintes aspirations vers le trône du Père et vers la chasteté des vierges; déjà elle avait repoussé les douceurs et les jeux de l'enfance.

Pleine de mépris pour les pierreries, les colliers brillants et les roses, son silence sévère, sa démarche modeste, sa conduite réglée reproduisaient les vertus et la gravité des vieillards.

Soudain le fléau furieux de la persécution se déchaîne contre les serviteurs de Dieu; un édit oblige les chrétiens à offrir aux divinités de la mort un encens souillé par le sang impie des victimes.

Le cœur pur d'Eulalie en frémit; mais, ardente à la lutte, elle brûle de triompher dans ce nouveau combat, et son âme innocente qu'inspire l'amour du Seigneur, pousse cette héroïne à affronter les armes de l'ennemi.

Mais la tendresse pieuse d'une mère réprime cette sainte audace : elle cache Eulalie aux champs, loin de la ville, pour que l'amour d'une mort sainte ne fasse pas courir cette âme intrépide au-devant de la récompense du martyre.

La vierge alors trouve ce repos insupportable et répugne à la lâche oisiveté de cette vie tranquille.

1) Iambiques dimètres catalectiques. — (2) Vers dactyliques trimètres hypercatalectiques.

A la nuit, sans être vue, comme un esclave qui fuit la servitude, elle ouvre la porte du logis et s'échappe par des sentiers non frayés.

Elle marche, elle déchire ses pieds délicats aux épines et aux ronces du chemin ; mais la troupe des anges l'accompagne. Au milieu du silence obscur de la nuit, l'auteur même de la lumière éclaire et guide ses pas.

Comme on vit autrefois la troupe généreuse d'Israël avancer sous la conduite d'une colonne resplendissante ; comme on vit ce flambeau puissant écarter les ténèbres et tracer aux Hébreux une route lumineuse ;

Ainsi la pieuse vierge trouvait dans la nuit le chemin du jour ; ainsi les ombres respectaient ses pas, lorsque, fuyant la terre égyptienne du monde, elle dirigeait sa marche vers les cieux.

Son pied rapide et vigilant avait parcouru plusieurs milles avant que l'aurore eût allumé l'Orient ; elle court au tribunal et apparaît droite et fière au milieu des faisceaux des licteurs.

Elle élève la voix : « Quelle fureur vous pousse à perdre les âmes trop faibles et trop prodigues de leur salut, à les prosterner devant des pierres taillées, à leur faire renier le Dieu, père de toutes choses ?

« Vous en voulez donc, troupe odieuse, à la famille chrétienne ? Me voici ! je suis l'implacable ennemie de vos idoles ; je viens les fouler sous mes pieds ; je viens de bouche et de cœur pour confesser mon Dieu.

« Isis, Apollon, Vénus ne sont rien ; Maximien lui-même n'est rien. Vos dieux, parce qu'ils sont faits de main d'homme ; votre empereur, parce qu'il les adore, sont sans valeur, ou plutôt ne sont rien.

« Que Maximien, le maître du monde, et pourtant l'esclave de ces morceaux de pierre, courbe et dévoue sa propre tête à de semblables divinités ; mais pourquoi prétend-il humilier devant elles des cœurs libres et généreux ?

« O le bon maître ! ô le grand prince ! qui se désaltère de sang innocent, qui aspire à se repaître de la chair des justes, à déchirer les entrailles des saints et met sa gloire à persécuter la foi.

« Allons, bourreaux, coupez et brûlez, tranchez ces membres, ouvrages d'argile. Il est aisé de détruire la faible créature ; mais la douleur de vos supplices ne pénétrera pas jusqu'à mon cœur. »

Un tel langage excite la rage du préteur : « Licteurs, s'écrie-t-il ; qu'on la saisisse et qu'on la torture ! Elle sentira qu'il y a des dieux dans sa patrie, et sur le trône un monarque puissant.

« Et pourtant je voudrais prévenir ta mort, malheureuse enfant ! je voudrais guérir ta folie. Songe à ce que tu vas perdre, songe aux joies que te promet la vie.

« Vois les larmes d'une famille livrée au désespoir ; écoute la plainte de tes glorieux ancêtres : la dernière fleur de leur tige va donc se flétrir au moment d'éclore ? La dernière goutte de leur sang sera versée sans leur donner des neveux !

« Ainsi les pompes nuptiales sont pour toi sans attrait ! ainsi ta folie va contrister la tendresse de tes vieux parents ! Et tes yeux envisagent les instruments d'un épouvantable supplice !

« Ou le glaive te tranchera la tête, ou les bêtes déchireront tes membres, ou des brasiers ardents réduiront en cendres ta chair noircie, objet d'horreur pour les tiens.

« Et, je te le demande, quoi de plus facile que de te soustraire au supplice ? Allons, enfant, un seul grain d'encens sur ces charbons, de sel sur ces gâteaux : nous ne parlerons plus de tortures. »

La jeune martyre se tait ; mais elle frémit d'horreur, crache à la face du tyran, renverse les idoles, foule aux pieds l'encensoir et l'offrande.

A l'instant deux bourreaux la saisissent, la dépouillent et la déchirent :

l'ongle de fer s'enfonce dans ses flancs et met à nu ses os : Eulalie compte les coups qui meurtrissent son corps délicat.

« Voilà, dit-elle, Seigneur, que ton nom se grave sur ma chair. Que j'ai de joie, ô Christ, de lire ainsi sur moi tes glorieux caractères! La pourpre de mon sang trace tes signes sacrés sur ma poitrine. »

Ni larme ni soupir ne s'échappent de sa bouche avec ces paroles joyeuses et intrépides, son âme est inaccessible à la douleur, et le sang vermeil qui coule de ses blessures comme une source tiède relève l'éclat naturel de sa blancheur.

Mais le tyran n'est pas satisfait : le fer ne déchire pas assez tôt à son gré les chairs de la vierge; il a recours au feu, il fait courir la flamme sur les flancs, sur la poitrine, sur tout le corps.

Eulalie avait dénoué ses cheveux relevés sous son voile et les laissait flotter sur ses épaules, rassurant ainsi sa pudeur alarmée.

Mais la flamme gagne les cheveux et dépasse la tête : la vierge ne soupire plus qu'après la mort; elle ouvre la bouche et attire à ses poumons la mort enfermée dans la flamme.

Alors une blanche colombe s'échappe de sa bouche et prend son essor vers le ciel : c'est l'âme d'Eulalie, vive, innocente et candide, qui s'en remonte vers son Créateur.

La tête s'incline, les flambeaux meurent, l'âme a quitté le corps qui ne souffre plus. Et l'esprit, traversant les airs, monte triomphant jusqu'au trône de Dieu.

Cependant un des gardes a vu l'oiseau mystérieux sortir de la bouche virginale; surpris et tremblant, il recule devant son forfait, avec le bourreau qui l'a accompli.

Soudain la neige tombe à flocons, couvre la place et le corps de la jeune martyre, et lui donne sans pompe les funérailles blanches d'une vierge.

Loin d'ici, vous qui vendez vos larmes et votre deuil aux cérémonies de la mort! Dieu ordonne aux éléments de célébrer les derniers moments d'une vierge martyre.

Cette heureuse colonie que baigne la Guadiana entre ses deux rives fleuries, c'est Mérida; Mérida, le berceau de la vierge, Mérida, le sépulcre de la martyre.

Là, le pèlerin et l'étranger viennent sous le marbre révérer la cendre sacrée que garde en son sein la terre respectueuse.

Là, l'or brille sur les lambris; et les fleurs imitées par la pierre sont jonchées sur le sol et imitent la prairie la plus richement émaillée.

Cueillez la sombre violette, moissonnez la rouge amarante que l'hiver répand comme le printemps avec la même abondance.

Enfants, formons pour elle des guirlandes et des festons; moi, je verserai sur ta tombe, Eulalie, des fleurs communes, mais des fleurs qui te sont consacrées.

J'honorerai de mes chants tes ossements sacrés; et cette hymne qui t'est dédiée attirera sur ce peuple dévoué tes regards favorables.

SÉDULIUS. — Ce poëte est surtout célèbre par son *Poëme pascal*, qui n'appartient pas au genre lyrique; mais nous citerons de lui une hymne sur la vie du Christ. Ce *Poëme pascal* fut composé sous Théodose le Jeune et Valentinien III, entre 425 et 450, et l'hymne vers la même époque. « Au XVIIe siècle, dit Clément, on reconnaissait encore que les pensées de ce poëte avaient de la noblesse et de la majesté, et que ses vers étaient doux et harmonieux. Il ne faut donc pas s'étonner si saint Isidore de Séville, qui vivait au commencement du VIIe siècle, et qui n'avait pas été dressé à n'admirer que les poëtes profanes, attribuait à la poésie de Sédulius une force et une majesté de tonnerre. »

SUR LA VIE DU CHRIST [1]

Aux régions où se lève le soleil, aux régions où il se couche, chantons le Christ notre roi, le Christ né de la vierge Marie.

Heureux auteur de la vie, il a pris le corps de l'esclave; et, pour sauver la créature, il a racheté la chair par sa propre chair.

Enfant céleste, il veut une chaste mère; et c'est le sein d'une vierge qui recèle un Dieu mystique.

Dans un cœur pur la divinité place son temple; et une jeune fille, une chaste vierge, donne naissance au Fils de Dieu.

Elle donne au monde cet enfant prédit par l'ange Gabriel, cet enfant que le saint précurseur a pressenti dans le sein de sa mère.

Il voulut reposer dans une humble crèche, et le lait suffit à la nourriture de celui qui fournit à l'oiseau même sa pâture.

Gloire à Dieu! répètent les anges et la troupe céleste! Le pasteur, le créateur des âmes se révèle d'abord aux pasteurs.

Hérode! cruel ennemi! pourquoi redoutes-tu le Christ? Le Dieu qui ouvre le royaume des cieux n'enlève point les trônes de la terre.

Les mages prennent pour guide l'étoile, ces mages que la lumière fait mener à la lumière; leurs dons mystérieux rendent hommage à la divinité.

J'aperçois une foule de mères en larmes, redemandant aux soldats leurs tendres enfants, immolés pour le Christ par la rage d'un tyran.

L'agneau céleste s'approche de l'eau qui purifie, et son baptême commence à effacer les crimes dont il ne s'est point souillé.

Déjà ses miracles attestent que son père est le Dieu tout-puissant: il donne aux malades la guérison, aux cadavres il rend la vie.

Et, nouvelle preuve de sa puissance! l'eau obéit à ses ordres suprêmes, et l'urne nuptiale écoule des flots de vin.

On voit un centurion ployer devant lui le genou pour obtenir la guérison de son serviteur, et sa foi ardente obtenir du Sauveur que la fièvre soit éteinte.

Pierre marche sur les flots soutenu par la main du Christ: il croit, et trouve en sa croyance le chemin que la nature lui refuse.

Quatre jours après être entré dans la tombe, Lazare échappe aux enlacements de la mort et se survit à lui-même.

Son seul attouchement ou les larmes de la prière arrête les pertes et les ruisseaux de sang.

Le paralytique reçoit du Christ l'ordre de se lever: il marche, il emporte lui-même le lit où gisaient ses membres enchaînés.

Mais l'abominable Judas conçoit le dessein de trahir son maître: il voudrait par un baiser faire croire à l'amour que son cœur ne ressent pas.

Le Dieu de vérité devient la proie des hommes de mensonge; les impies flagellent l'innocence; l'agneau pur est attaché à la croix entre deux misérables.

Les saintes femmes viennent après le sabbat couvrir de parfums la pierre; un ange leur apprend que Jésus est vivant et ne repose plus dans le sépulcre.

---

(1) Cette hymne, en vers ïambiques dimètres réguliers, est alphabétique; les lettres initiales des strophes reproduisent les lettres de l'alphabet.

Venez, chrétiens! célébrons dans nos doux chants le Christ vainqueur de l'enfer, le Christ trahi, le Christ notre rédempteur.

Le fils unique de Dieu a foulé sous ses pieds la fureur jalouse du démon, la tête du lion auteur du mal, et il est remonté dans les cieux.

CLAUDIEN MAMERT. — Ce poëte, prêtre de l'Église de Vienne et frère de l'évêque de la même ville, a chanté avec enthousiasme, en vers trochaïques, le triomphe de la croix. Il mourut vers 474; Sidoine Apollinaire fit une épitaphe en son honneur.

SIDOINE APOLLINAIRE. — 430 ap. J.-C., né à Lyon, d'une famille distinguée. « Son père et son grand-père, dit Clément, avaient été préfets du prétoire; il passa lui-même par les plus hautes dignités de l'empire sous Avitus, Majorien, Anthémius, fut leur panégyriste, et se livra, jusqu'à 40 ans, aux préoccupations de la vie politique. Mais, lorsqu'il fut évêque de Clermont, en 471, un changement complet s'opéra en lui. Il renonça à la carrière des honneurs et à la poésie légère. Au milieu des agitations et des malheurs qui troublèrent son épiscopat, il se signala par la noblesse de son caractère et la sainteté de sa vie. Il déploya une grandeur d'âme admirable en face des Goths qui assiégèrent sa ville, et il fut l'appui et la consolation de son troupeau, dont il s'efforça d'adoucir les malheurs par ses bienfaits. Il mourut le 21 août 488. Il a laissé des lettres, vingt-quatre poëmes et quelques épithalames. » — « On y reconnaît, dit Schœll, un homme de talent qui ne manque pas d'imagination et de verve, qui sait intéresser et plaire. Quoiqu'il n'ait pas su échapper aux vices qui caractérisent son siècle, les subtilités et les métaphores exagérées, il est cependant un des meilleurs poëtes chrétiens. » La pièce que nous citons de lui est en strophes saphiques.

ADIEU A LA POÉSIE PROFANE

Ma barque audacieuse a affronté les périls de la poésie et du langage ordinaire; elle n'a pas craint de naviguer sur ces deux mers dangereuses.

J'entends la vergue et les voiles les plus élevées, je dépose l'aviron, j'attache au rivage mon embarcation; je saute et je dépose un baiser sur le sable.

J'entends en vain le murmure de l'envie et les aboiements furieux de la haine; elles n'osent élever leurs voix, car elles redoutent le blâme de la foule.

Elles frappent la poupe, elles ébranlent la carène, elles soufflent sur les flancs arrondis de ma nef; les sifflements de leurs langues perverses cherchent à faire ployer mon mât.

Mais, dirigeant ma proue avec adresse sans lui permettre de s'écarter, sans m'effrayer du gonflement des flots, j'entre au port, et je ceins mon front d'une double couronne.

Je la dois aux fils de Quirinus, à la cour du sénat revêtue de la pourpre, à la volonté unanime de nos habiles magistrats.

Déjà la statue de Trajan souffrait près d'elle ma statue sous le même portique au milieu des portraits de ceux qui fondèrent la bibliothèque des deux langues.

Elle me fut dressée à Rome, quand, après dix ans, je fus décoré de l'honneur glorieux de donner seul des lois au sénat et au peuple.

J'ai chanté les héros, j'ai varié l'épigramme; j'ai souvent façonné en de doubles vers inégaux le poëme élégiaque.

Tantôt mon vers rapide et capricieux s'est joué sur onze syllabes, tantôt l'on m'entendit chanter la strophe saphique; quelquefois j'ai manié l'iambe à la démarche pressée.

Je puis me souvenir à peine des premiers chants dus à l'emportement de ma jeune muse; que ne puis-je aujourd'hui rendre à la plupart de ces essais le silence et l'oubli!

Quand la vieillesse approche, quand nous touchons au terme de la vie, nous rougissons parfois de rappeler les efforts légers d'un autre âge.

J'ai craint ce péril, et j'ai donné tous mes soins au style de l'épître; si l'on accusait ma poésie d'être trop vive, j'ai voulu qu'au moins on respectât l'écrivain.

On ne reprochera pas à mes paroles d'avoir par leur légèreté corrompu les mœurs, si je donne à mon style des ornements trop frivoles.

Non, désormais je ne me laisserai plus entraîner à l'épigramme; désormais ma plume ne tracera plus de vers, ni graves, ni légers.

Peut-être cependant chanterai-je encore et les rigueurs de la persécution, et le courage des martyrs, de ces héros qui conquirent la vie en consentant à la mort·

Mes hymnes célèbreront d'abord ce saint évêque de Toulouse, que précipitèrent les bourreaux du sommet de son capitole.

Je louerai le confesseur de la croix, le contempteur de Jupiter et de Minerve, la victime attachée par une populace furieuse aux flancs d'un taureau indompté.

L'animal furieux a dû dans sa course déchirer ce noble corps, et teindre les pierres insensibles des débris de la cervelle épanchée.

Puis je chanterai sur mon plectre le glorieux Saturnin, je chanterai ces saints hommes dont j'ai obtenu le précieux appui dans mes longs et douloureux travaux.

Mon vers tenterait vainement de répéter chacun de leurs noms pieux; ma lyre peut-être restera muette, mon cœur du moins ne taira pas leurs bienfaits.

ENNODIUS. — Il naquit à Arles, vers 473, d'une famille illustre. Diacre à 21 ans, il fut à 38 ans nommé évêque de Pavie, et chargé par le pape Hormisdas de combattre l'hérésie des eutychiens. Il mourut en 521. Il a laissé des poëmes sacrés et profanes, des épitaphes et des épigraphes. Il a les défauts de son temps, et de plus ne respecte pas assez les lois de la prosodie.

HYMNE DU SOIR [1]

La terre se couvre déjà du noir manteau de la nuit; et les corps, dans la mort apparente du sommeil, vont trouver des forces nouvelles.

O Christ, toi la lumière, la vérité et la vie, fais que cette sombre obscurité, disposée par tes soins pour le repos, ne nous entraîne pas aux éternelles ténèbres.

[1] Vers iambiques dimètres réguliers.

Que sous les ailes noires de la nuit nul mensonge ne se glisse et ne nous séduise; gardien vigilant, préside au don que tu nous as fait du sommeil.

Que la chasteté, la première des vertus, soit l'ornement de notre couche; que la foi, dont la jeunesse est toujours nouvelle, reste éveillée dans nos cœurs.

ORIENTIUS. — Ce saint évêque d'Espagne a laissé un poëme en deux chants, composé en vers élégiaques, et une pièce de vers hexamètres sur la naissance du Christ. Ses hymnes sont élégantes et pures.

HELPIDIA. — C'était l'épouse du célèbre Boèce, qui fut tué en 524 par l'ordre de Théodoric. Helpidia composa plusieurs hymnes, dont la plus estimée est celle de saint Pierre et saint Paul.

FORTUNAT (Venantius). — Il naquit vers 530 et fut élevé à Ravenne, où il étudia la poétique, le droit, l'éloquence et la grammaire. « Il quitta son pays natal à l'âge de 35 ans, dit Clément, et vint dans les Gaules. Après avoir passé quelque temps à la cour de Sigebert, il se rendit à Tours, se lia avec l'évêque de cette ville, saint Grégoire, auquel il dédia son poëme en quatre livres, sur la vie de saint Martin, et fixa en dernier lieu son séjour à Poitiers, dont il fut nommé évêque en 598, et où il mourut cinq ans après. Fortunat est un poëte élégant et ingénieux, mais souvent recherché; ses ouvrages n'ont pas cette simplicité et cette clarté de style qui distinguent les autres poëtes chrétiens. Ses hymnes seules sont à l'abri de tout reproche. »

SUR LA PASSION DU SEIGNEUR [1]

Je vois paraître l'étendard du roi de l'univers; le mystère de la croix frappe les yeux de toutes parts; le Créateur du monde, revêtu de la chair qu'il avait formée, est immolé sur un bois infâme.

Son côté, ouvert par le fer meurtrier d'une lance, répand le sang adorable qui apaise la justice du Père, et l'eau qui doit laver nos iniquités.

Ainsi s'accomplit ce que David, le prophète fidèle, avait annoncé, lorsqu'il a dit : « C'est par le bois que Dieu a régné sur les nations. »

Que votre sort est honorable, arbre salutaire et précieux! Vous êtes couvert du sang du Roi des rois, vous êtes choisi pour toucher les membres du Saint des saints.

Vous êtes heureux de porter sur vos branches sacrées le prix de la rédemption du monde; vous êtes la balance où sa rançon est pesée, et vous devenez, dans la main du Tout-Puissant, un instrument formidable pour dépouiller les enfers.

Nous vous révérons, ô divine croix, notre unique espérance! et nous supplions le Christ, en ce temps consacré à sa passion, d'augmenter sa grâce dans les justes, et de pardonner aux pécheurs.

1) Vers ïambiques dimètres réguliers, avec quelques rimes : la traduction est empruntée à l'office de Paris.

Que tout esprit vous loue et vous adore, Trinité souveraine! protégez, dans le cours de tous les siècles, ceux que vous daignez sauver par le mystère de la croix.

SAINT GRÉGOIRE LE GRAND. — Grégoire fut élu pape en 590, et il mourut quatorze ans après. Il était né à Rome d'un sénateur, et lui-même remplit plusieurs fonctions civiles. Il a laissé de nombreux ouvrages; nous en parlerons en leur lieu. Mais les hymnes qu'il composa, et que la liturgie a adoptées, sont encore l'objet d'une admiration méritée.

HYMNE DU CARÊME [1]

Dieu de bonté, qui nous avez créés par votre puissance, écoutez les prières accompagnées de larmes que nous vous offrons durant ce saint jeûne de quarante jours.

Vous sondez les reins et les cœurs, et vous connaissez notre faiblesse. Nous retournons à vous maintenant; remettez-nous, Seigneur, nos iniquités.

Nous avons beaucoup péché; mais pardonnez à des coupables, qui vous font un humble aveu de leurs crimes; et, pour la gloire de votre nom, guérissez nos âmes languissantes.

Faites qu'en mortifiant notre corps par l'abstinence des viandes, notre âme, par un jeûne encore plus saint, s'abstienne aussi de tout péché.

Trinité bienheureuse, qui êtes simple et unique dans votre essence, faites-nous profiter de ce saint jeûne, que vous nous accordez dans votre miséricorde.

BÈDE LE VÉNÉRABLE. — Il naquit vers 672, dans le comté de Durham, en Angleterre. Outre ses travaux de grammaire et d'histoire, il est auteur d'une églogue et de quelques chants lyriques. Il mourut en 735, célèbre par sa science et par sa vertu.

PAUL DIACRE. — Paul Warnefrid fut diacre d'Aquilée et secrétaire de Didier, roi des Lombards. Il est surtout connu comme historien de ce peuple, et par l'hymne : *Ut queant laxis Resonare fibris,* etc., qui a fourni à la musique les sept syllabes de la gamme. Il mourut en 801.

HYMNE DE SAINT JEAN [2]

O Jean! tes serviteurs, ardents à publier par leurs chants les merveilles de ta vie, te supplient de purifier leurs lèvres du péché qui les souille.

Un ange du ciel vient annoncer ta naissance à ton père; il lui prédit ta grandeur, ton nom et la vie glorieuse que tu dois mener sur la terre.

Ton père, incrédule à la promesse céleste, perd tout à coup l'usage de la parole; mais tu lui rends en naissant la voix dont il était privé.

Encore au sein de ta mère, tu reconnais la présence du Roi des cieux; tes parents éclairés révèlent alors les mystères du Fils de Dieu.

Fuyant au désert, dès l'enfance, le bruit du monde agité, tu ne veux pas qu'un seul mot impur puisse souiller la candeur de ta vie.

Le poil du coursier du désert a tissu ton vêtement; une peau de brebis a fourni ta ceinture; tu bois l'onde de la source; tu te nourris de sauterelles et de miel sauvage.

Les autres prophètes ont aperçu dans l'avenir des siècles l'éclat de la grande lumière; toi, le premier, tu révèles celui qui enlèvera les péchés du monde.

Jamais dans l'univers on ne vit un mortel plus chaste et plus grand que Jean : à lui la gloire de laver dans l'eau les iniquités du siècle!

O sage! ô bienheureux! homme chaste et sans tache! puissant martyr! ornement du désert! prophète entre les prophètes!...

RABAN MAUR. — Il naquit à Mayence en 776. « Il fit, dit son biographe, ses premières études à l'abbaye de Fulde, et vint ensuite à Tours suivre les leçons d'Alcuin. Il fut élu abbé de Fulde en 822, et rendit cette abbaye la première école de l'Europe. Évêque de Mayence, il fit de sages règlements pour l'administration de son Église, et, dans la famine de 850, nourrit de ses revenus jusqu'à 300 pauvres à sa table. Il mourut en 856, ayant écrit de nombreux ouvrages en prose et quelques-unes des hymnes les plus célèbres que nous ayons. » Nous citons le *Veni, creator*.

HYMNE DE LA PENTECOTE [1]

Venez, Esprit créateur, daignez visiter ceux qui font gloire de vous appartenir, et remplissez de votre grâce les cœurs que vous avez formés.

Nous vous regardons comme notre consolateur et notre avocat; vous êtes le don du Très-Haut, la fontaine de vie, le feu sacré de la charité, et la divine onction qui nous consacre à Dieu.

Nous trouvons en vous tous les dons célestes; vous êtes, par rapport à nous, le doigt de la droite de Dieu, et le premier objet de sa promesse : c'est vous seul qui faites publier ses merveilles et chanter dignement ses louanges.

Venez donc, ô divin Esprit! éclairer nos âmes par votre lumière, et répandre l'amour divin dans nos cœurs; soutenez notre faiblesse par les secours continuels de votre grâce.

Nous vous supplions d'écarter loin de nous notre ennemi, de nous rendre la paix, et d'être vous-même notre conducteur, pour nous faire éviter tout ce qui serait nuisible à notre salut.

Donnez-nous [2] les récompenses éternelles, faites-nous le don de vos grâces, dissipez la violence de l'ennemi et assurez les liens de la paix.

Faites que nous connaissions par vous le Père et le Fils, et que nous ne cessions jamais de vous adorer comme l'Esprit de l'un et de l'autre.

SAINT NOTKER. — Il naquit vers l'an 840, fut moine de Saint-Gall, et se livra surtout à l'étude de la musique et de l'Écriture sainte. Auteur de nombreuses séquences, parmi lesquelles on peut citer la prose de Pâques *Victimæ paschali*, il se défend lui-

---

1. Vers ïambiques dimètres réguliers : traduction empruntée à l'office de Paris. — (2) Cette strophe ne se trouve pas dans la liturgie.

même d'être l'inventeur de ce genre, qu'il déclare avoir imité d'après l'antiphonaire de l'abbaye de Jumiéges.

SAINT ODON DE CLUNY. — On cite en particulier de ce réformateur d'ordre monastique, mort abbé de Cluny en 942, l'hymne de sainte Marie-Madeleine.

FULBERT DE CHARTRES. — On sait qu'il fut évêque de Chartres vers l'an 1007. Ses lettres sont fort remarquables, et son hymne pascale, en ïambes rimés, est fort délicate pour le temps.

ROBERT, ROI DE FRANCE. — Nous citerons de ce poëte, dont la biographie appartient à l'histoire, la séquence régulière rimée *Veni, Sancte Spiritus*, dont la dignité et la grandeur rappellent le genre biblique.

AU SAINT-ESPRIT [1]

Venez Esprit-Saint, et faites luire sur nous, du haut du ciel, un rayon de votre divine clarté.

Venez, père des pauvres; venez, source des dons ineffables; venez, lumière des cœurs.

Consolateur plein de bonté, vous remplissez des douceurs célestes les âmes où vous habitez; vous êtes leur joie et leur paix.

Au milieu des travaux, vous calmez nos inquiétudes et vous essuyez nos larmes.

Divine lumière, seule capable de nous rendre heureux, pénétrez le cœur de vos fidèles.

Sans l'assistance de votre grâce, il n'y a dans l'homme rien de pur, rien d'innocent.

Lavez en nous les souillures du péché; arrosez la sécheresse de nos âmes; guérissez nos blessures.

Amollissez la dureté de nos cœurs; échauffez-en la glace par le feu de la charité : remettez-les dans la voie lorsqu'ils s'égarent.

Accordez à vos fidèles, qui mettent en vous toute leur confiance, les sept dons dont vous êtes l'auteur.

Donnez-leur le mérite de la vertu chrétienne; faites-les arriver au port du salut, pour jouir dans le ciel du bonheur éternel.

SAINT PIERRE DAMIEN. — Né à Ravenne en 1007, cardinal et évêque d'Ostie. Ses écrits sont fort estimés : il a composé une hymne à la sainte Vierge et une autre à saint André.

PIERRE ABAILARD. — Ce poëte philosophe naquit en 1079. Son histoire et ses erreurs sont trop connues pour être rappelées ici; nous n'avons à parler que de ses poésies. Elles sont d'ordinaire rimées, bien qu'il ait composé des distiques régulièrement mesurés.

1. Traduction empruntée à l'office de Paris.

SUR L'AVÉNEMENT DU MESSIE [1]

La vérité se montre, et déjà l'ombre a disparu ; à la nuit a succédé l'éclat éblouissant du jour. A l'aurore de la suprême clarté, les mystères obscurs de la loi resplendissent.

Les figures mystiques se dégagent de leurs voiles ; la vérité se révèle sans nuages. A la venue du Christ, tout échappe aux ténèbres : cette lumière vive ne laisse plus de place à l'ombre.

Après une soirée lugubre, quand se lève le matin de la vie et de la joie, le Seigneur apparaît, les anges accourent, et les gardiens éblouis prennent la fuite.

Et les saints, qui dormaient du sommeil de la mort, ressuscitent et chantent la gloire du Sauveur ressuscité. Comme témoignage du triomphe de leur Dieu, les anges descendent sur la terre et les morts remontent aux cieux.

SAINT BERNARD. — Nous n'avons à considérer ce grand homme que comme poëte. Ses chants présentent les défauts de l'époque ; mais la hardiesse de la pensée, la fécondité du style, sont des qualités qui lui sont propres. Dans le nombre de ses hymnes et de ses séquences, on remarque surtout ses dix-huit louanges de la sainte Vierge. Il faut lui reprocher l'abus des antithèses.

HYMNE DE MATINES [2]

O Jésus ! ton doux souvenir procure à nos cœurs une véritable joie ; mais ta présence est plus suave que le miel.

Que chanter de plus harmonieux, qu'entendre de plus charmant, que penser de plus agréable que Jésus, fils de Dieu?

Jésus, espoir du pénitent, que tu es tendre à ceux qui t'implorent, que tu es bon pour ceux qui te cherchent ; mais que tu es précieux à ceux qui te trouvent !

Jésus, la douceur des cœurs, la source du vrai, la lumière des âmes, dépasse toutes les joies et toutes les espérances.

La langue ne saurait dire, l'écriture ne saurait exprimer ce que c'est que d'aimer Jésus : celui qui l'aime est le seul qui le sache.

Je chercherai donc Jésus dans la retraite et dans les profondeurs de mon cœur ; en particulier et en public mon amour le cherchera sans se lasser.

PIERRE LE VÉNÉRABLE. — Il naquit en 1094, et fut abbé de Cluny en 1122. Ami de saint Bernard et d'Abailard, il réconcilia ces deux grands esprits. Habile théologien, il se livra avec ardeur à la poésie. On a de lui deux hymnes en strophes saphiques sur la vie de saint Benoît [3].

LA VIE DE SAINT BENOIT

Parmi les bienheureux parés de couronnes éternelles, prix de leurs saints combats, tu resplendis, ô Benoît, de l'éclat d'éminentes vertus.

(1) Vers de douze syllabes, à rimes plates comme les alexandrins français. C'est une dérivation de l'asclépiade. — 2) Vers iambiques dimètres libres, à quatre rimes plates. — (3) Puisse agréer dom Guéranger la traduction de cette ode comme un souvenir respectueux ! (H. HÉGÉ.)

Tout enfant, les vieillards retrouvaient en toi leur sagesse, et les plaisirs respectaient ta pureté : à tes yeux levés vers le ciel, le monde n'offrait que des fleurs desséchées.

Déjà tu soupirais pour le désert : tu partis, tu t'enfuis, laissant ta famille et ta patrie; tu domptas la chair, tu l'immolas sans pitié à l'amour du Christ.

En vain tu crus cacher tes vertus; leur pieuse odeur te trahit : la Renommée court d'une aile rapide révéler au monde la gloire de ta sainteté.

Ta prière rend au crible brisé sa première forme; un signe de croix fait par ta main met en morceaux la coupe empoisonnée.

Tu ordonnes : et, à ta voix, le moine simple et fidèle court sur les ondes au secours de Placide.

Tes coups salutaires mettent le démon en déroute; le fer t'obéit, et, du sein de l'onde, rejoint le bois de la cognée. La roche obéissante verse sur tes champs des torrents d'eau vive. . . . .

Ta prière rend la vie au mort; ta pensée va lire au plus profond des cœurs; une divine lumière te révèle la glorification de Germain.

O divin Créateur! entends l'hommage de nos chants d'allégresse! Élève ton glorieux serviteur, transporte-le, nous t'en supplions, parmi les chœurs célestes.

ADAM DE SAINT-VICTOR. — On ignore la date de sa naissance et celle de sa mort. Ses œuvres poétiques, recueillies avec amour par l'érudit L. Gautier, se composent de quatre-vingt-onze séquences ou petits poëmes, qui racontent la vie d'un saint personnage ou développent un des dogmes du christianisme. « Chacune d'elles est un chef-d'œuvre de lyrisme où la perfection de la forme est jointe à la sublimité du fond : richesse et harmonie des rimes, variété du rhythme, élégance et précision du style, délicatesse et choix des expressions, heureuse application des figures de l'Écriture sainte, beauté des comparaisons, noblesse et profondeur des pensées, chaleur des sentiments, mouvements poétiques d'une force singulière, sublimes élans d'enthousiasme : telles sont les qualités qui les placent au rang des productions les plus étonnantes de l'esprit humain. Le rhythme, bien prononcé, a dû avoir la plus grande influence sur la poésie française et sur la perfection successive de la rime. »

PAQUÈS [1]

Jhesu qui souffri vendredi est au tiers jor resuscité; li relevant avec victoire met avec lui en gloire ceulx qu'il a amés.

Au gibet de la croix il est sacrifié pour son peuple loial. Il fu au tombel enclos; mes, à un bon matin, il s'en est eschapé.

Sa croix et sa passion nous est consolation, jà nous la creons; mes sa resurrection nous contraint que nous levons de corrupcion (sic).

Jhesus mourant pour nos pechiez fu souffisant hostie; l'effusion de son sanc nous a lavés, l'anemi est abatuz.

Il nous a par sa simple mort de double mort deffendu; de vie il nous moustre l'entrée, il garist nos gemissemeuts et nos complaintes.

(1, Traduction du xve siècle, voir L. Gautier.

Le fort lyon au jour d'huy monstre signe de puissance en soi levant : le prince d'iniquité avec les armes de justice est par cestui seurmonté.

Nostre Seigneur a ce jour fait
Auquel du monde le malfait
    Est effacié,

Auquel la mort est occise,
Auquel la vie est acquise
Et l'anemi trebusché (1).

SAINTE GENEVIÈVE (2)

De Genevieve la feste
Est cause de joie honneste;
Purté de cuer chante sans vice
En loange de sacrifice!

Saint Germain fait tesmoignement
Que l'enfant ot bon naissement;
Ce que par esprit a trouvé
En son issue est approuvé.

Cestui pendit à sa poitrine,
En signe de virginité,
Un denier d'arain qui est signe
D'avoir de croix la vérité.

Genevieve sans contredit,
De don offert fu donariée :
Au temple du Saint-Esperit
Jhesus li a s'amour donnée.

La mere feri son enfant,
Si fu de lumiere privée ;
Par la vierge compacient
La veue li fut restorée.

Genevieve, tu es moult grande,
Qui à ta char ostes viande ;
Tu la terre arrouse de lermes,
A martire tu te confermes.

Entour ciel et enfer ala,
Car l'ange du ciel la menoit.

Par priere sa gent sauva
D'estrange gent qui les tenoit.

Par don divin el releva
La foy du peuple qui ouvroit,
Et à la fame restora
Son filz tout sain, devant contrait.

Quant Dieu es par li deproiez,
L'anemi fuit hastivement,
Les hors des sens sont apaisiez,
Bons, mauvaiz guaris sainement.

Cierges en sa main ralumez
Furent du ciel certainement;
Le fleuve par li ravoiez
Revint en son lieu proprement.

Le feu saint el pout refroidier
Par sa desserte après sa mort,
Car en soi el voult esprouver
En sa char nourrissement fort (sic).

A mort, au dyable, à maladie,
Aus elemens pout commander :
Aussi pout elle, quant el prie,
De nature la loy oster.

La grant vertu de Jhesu Christ
Es petis telx loanges euvre :
A lui qui tant miracles fist
Gloire et loange soit toute heure!

SAINT PIERRE ET SAINT PAUL (3)

Rome, sois glorieuse de Pierre; Rome, rends à Paul un égal respect. Que toute l'Église se réjouisse en ce jour et fasse entendre des chants de triomphe et de joie!

Ces deux saints sont la base, le fondement, les piliers et l'appui de l'Église; ils en sont les pierres précieuses, les ornements et les fleurs.

Ils sont les nuées éclatantes qui arrosent de rosée ou de pluie la terre aride de nos cœurs; prédicateurs de la loi nouvelle, ils conduisent un peuple nouveau jusqu'à la crèche du Sauveur.

(1 Cette strophe est du même rhythme que la strophe latine. — (2) Ibid. — 3 Strophes de différen t rhythmes.

Compagnons des mêmes travaux, ils battent le froment à la même aire; ils cultivent la même vigne pour gagner le denier de l'ouvrier.

Ils vannent et la paille s'échappe au vent; les greniers se remplissent d'une abondante moisson.

Ils sont ces montagnes heureuses, illuminées les premières des rayons du véritable soleil; leur vertu excellente a fait figurer par leurs noms et les cieux et le firmament.

Ils mettent en fuite les maladies, ils ont puissance contre la mort, ils sont formidables aux démons; vainqueurs de l'idolâtrie, ils pardonnent aux pécheurs et consolent les malheureux.

Leur louange est commune, et cependant ils ont chacun leurs dignités particulières : Pierre est le prince, Paul est le docteur de toute l'Église.

Un seul a la principauté : ainsi le veut l'unité de la foi catholique. Une seule écorce enveloppe tous les grains; mais chacun d'eux conserve sa force sous cette même écorce.

Messagers du salut, ils s'étaient trouvés réunis à Rome, où le vice régnait en maître, où le mal manquait de médecins. Mais en même temps que ces hommes généreux préparent le remède, la fraude et la folie se disposent à la résistance.

Au nom du Christ prononcé par les apôtres, Simon le Magicien et Néron se troublent, mais refusent de croire. Les malades sont guéris, la mort est obéissante, le magicien périt, Rome reçoit la foi, et le monde avec elle réprouve les idoles.

Furieux de la mort du fourbe, le cruel empereur plaint le sort de celui dont il chérit l'erreur; mais les héros de l'Évangile ne se laissent pas ébranler, et, fermes dans le combat, ils ne fléchissent pas à la vue du glaive.

Pierre, l'héritier de la vraie lumière, porte en bas sa tête sur la croix, et Paul est frappé par l'épée; mais si leur supplice est différent, leur récompense est égale. O pères de la dignité souveraine, vous régnez avec le souverain roi! Que la volonté de votre efficace pouvoir délie les chaînes de notre iniquité!

INNOCENT III, PIERRE DE CORBEIL et THOMAS DE CÉLANO. — Ils ont composé des séquences fort estimées; nous citerons du dernier le *Dies iræ*, qui surpasse, a-t-on dit avec raison, en sombre énergie et en vérité d'expression, tout ce qu'anciens et modernes ont composé sur le même sujet.

HYMNE DES MORTS [1]

Jour de colère, jour de vengeance, tu feras apparaître dans le ciel l'étendard de la croix, et tu réduiras en cendres l'univers.

Oh! quelle sera la terreur des hommes, quand viendra le souverain juge, pour peser chacune de leurs actions!

La trompette et ses étranges accents résonneront jusqu'au fond des tombeaux et assembleront tous les morts au pied du trône de leur Dieu.

La nature, la mort même, seront saisies de stupéfaction, à la vue de la créature sortant du sépulcre pour répondre à son juge.

Alors s'ouvrira le livre où se trouve écrite la loi qui va juger le monde.

Le juge prendra place à son tribunal : et voilà qu'apparaîtront les plus secrètes pensées; nulle faute ne demeurera impunie.

[1] Chaque strophe est de trois vers rimés, de huit syllabes ayant la pénultième longue.

Que pourrai-je dire, malheureux que je suis? Quelle protection pourrai-je invoquer, à l'heure où le juste ne se montrera qu'en tremblant?

O Roi, dont la majesté fait trembler; ô Dieu, qui sauvez gratuitement vos élus; source de bonté, sauvez-moi!

O tendre Jésus! souvenez-vous en ce moment que pour moi vous êtes descendu sur la terre! En ce jour de terreur, ne me perdez pas!

Si vos pas se sont fatigués à me chercher, si vous avez accepté la croix pour mon salut, ne laissez pas inutile pour moi le fruit de vos travaux.

O juste juge qui présidez au châtiment, accordez-moi la rémission de mes crimes avant le jour de la rétribution rigoureuse.

Je gémis devant vous en coupable, mon visage se couvre de confusion; ô Dieu, pardonnez au pécheur qui vous supplie.

Vous avez absous la pécheresse, vous avez exaucé le larron : vous avez donc voulu me laisser l'espérance.

Non, mes prières ne méritent pas d'être entendues; mais que votre bonté ne me laisse pas condamner au feu éternel.

Séparez-moi des boucs que vous placez à votre gauche; placez-moi parmi les brebis qui restent à votre droite.

Chassez les maudits, condamnez-les aux flammes dévorantes; mais rangez-moi parmi les bénis de votre Père.

Au pied de votre majesté suprême, le cœur contrit et humilié, je vous supplie, Seigneur, d'avoir pitié de mes derniers instants.

Car c'est un jour bien redoutable, celui qui verra l'homme coupable sortir, pour être jugé, de la poussière de la tombe.

O Seigneur! ô pieux Jésus! donnez à tous les morts le repos éternel.

SAINT THOMAS D'AQUIN. — Il naquit en 1226, et descendait des princes lombards. Il fut élève d'Albert le Grand et professeur distingué à Cologne. Docteur de l'Université de Paris, ami de saint Louis, professeur en Sicile, il se rendait au concile de Lyon, quand il mourut près de Terracine à l'âge de 48 ans. Outre ses autres mérites, il a des titres poétiques glorieux, et nous n'avons qu'à choisir parmi ses hymnes que l'Église a adoptées : *Sacris solemniis*, etc.; *Verbum supernum*, etc.; *Adoro te supplex*, etc.; *Pange lingua*, etc.; *Lauda Sion*, etc.

HYMNE DE L'EUCHARISTIE [1]

Célébrons avec allégresse cette auguste solennité, et que nos hommages partent du plus profond de nos cœurs : que tout l'ancien levain disparaisse, et que tout soit nouveau en nous, le cœur, la langue et les œuvres.

Nous rappelons le souvenir de la dernière cène, où nous savons que Jésus-Christ mangea la Pâque avec ses disciples, selon l'ordonnance qui en avait été faite à leurs pères.

Après avoir mangé l'agneau figuratif et terminé le souper légal, Jésus-Christ donna de ses propres mains son corps à ses disciples, et nous faisons profession de croire qu'il se donna tout entier à tous, et tout entier à chacun d'eux.

Il donna à ses disciples encore faibles sa chair divine pour les fortifier; il

1) Strophes rimées, composées de trois asclépiades et d'un glyconique ; traduction empruntée à l'office de Paris.

présenta à des amis affligés une coupe délicieuse contenant son sang adorable, et il leur dit : « Prenez ce calice et buvez-en tous. »

Il établit ainsi le sacrifice adorable de la nouvelle alliance dont il voulut que les prêtres seuls fussent les ministres, ordonnant qu'ils le distribuassent aux fidèles, après s'en être nourris eux-mêmes.

Le pain des anges devient le pain de l'homme; ce pain céleste fait disparaître les figures qui l'avaient annoncé. O prodige inouï! un pauvre, un vil esclave est admis à se nourrir de son Créateur!

O Dieu unique en trois personnes! daignez visiter ceux qui vous adorent; faites-nous marcher dans les sentiers qui conduisent à vous, afin de jouir, pendant l'éternité, de cette lumière que vous habitez.

Saint Bonaventure au XIII\u1d49 siècle, Jacobon au XIV\u1d49, et Henricus Pistor au XV\u1d49, terminent cette série brillante des lyriques chrétiens. Nous citerons de Jacopon la séquence *Stabat Mater*, admirable composition pleine de douleur et de dignité.

PLAINTES DE LA BIENHEUREUSE VIERGE [2]

La mère de douleur, debout au pied de la croix, laissait couler ses larmes en contemplant son fils suspendu; son âme gémissante, abattue par la douleur, est comme traversée par un glaive.

Oh! qu'elle fut triste, qu'elle fut affligée, cette mère bénie d'un fils unique; quels furent ses gémissements et ses soupirs, en voyant livrer à ce honteux supplice son fils, le Roi de gloire!

Qui pourrait retenir ses larmes à l'aspect de cette mère torturée par la douleur? Qui resterait insensible au spectacle de cette pieuse mère partageant les souffrances de son fils?

Elle a vu son doux Jésus livré à mille tourments pour les crimes de sa race; elle l'a vu flagellé, abattu, abandonné de tous au moment même où il rendit l'esprit.

O mère, source d'amour, faites-moi pleurer avec vous; pénétrez-moi de la violence de votre propre douleur; rendez mon cœur ardent à aimer le Christ, mon Dieu, et à mériter ses complaisances.

O sainte mère! écoutez mes vœux : gravez profondément dans mon cœur l'empreinte des plaies de Jésus crucifié; donnez-moi part avec vous aux souffrances de votre fils immolé pour les hommes.

Durant toute ma vie, puissé-je joindre mes larmes à vos pieuses larmes, compatir aux souffrances de Jésus crucifié, demeurer près de vous au pied de la croix et me mêler à votre tristesse.

O Vierge, incomparable entre les vierges, ne soyez pas insensible à mes vœux, laissez-moi pleurer avec vous, porter la croix de Jésus, participer à la passion, et compter les plaies du Sauveur.

Que je sois blessé des blessures de Jésus, et enivré, pour son amour, de l'ivresse de la croix; et, pour me préserver des flammes vengeresses, ô Vierge puissante, soyez mon avocate au jour du jugement.

Que la croix du Christ me défende, que sa mort soit ma protection, et sa grâce mon soutien; et, quand mon corps périra, que mon âme puisse jouir de la gloire du paradis.

(1 Strophes de 6 vers, ayant 8 syllabes quand la pénultième est longue, et 7 seulement quand elle est brève.

CHAPITRE III

POÉSIE ÉPIQUE

—

PRÉCEPTES

L'idée que nous avons donnée de l'épopée dans la littérature grecque se trouve développée chez tous les critiques pénétrés des beautés homériques. L'*Iliade* a servi de modèle, et l'on a dû penser que, en dehors de ce grand poëme, on ne rencontrerait pas de meilleures règles pour le merveilleux, pour le sujet, pour la durée, pour la marche, etc. Mais le récit d'un grand fait ne permet pas toujours l'application de ces préceptes qui convinrent aux événements simples et simplement racontés de l'*Iliade* et de l'*Odyssée*. Virgile et Lucain encourraient le blâme absolu de ceux qui n'admettraient pas l'épopée autrement conçue, et qui prescriraient rigoureusement au poëte l'ordonnance, l'époque, la naïveté et la sobriété d'Homère.

Virgile est imitateur du poëte grec, mais plutôt dans le style que dans la position ; le génie poétique s'y révèle à un haut degré. Cependant le merveilleux est déjà en désaccord avec les idées du temps; les divinités ne sont pour lui que d'habiles fictions.

Après Virgile, ce merveilleux, dans les autres épopées, frappe de plus en plus par son opposition aux mœurs et aux croyances. Les règles qui s'appliquent aux compositions narratives restent seules pratiquées et nécessaires. Ce sont surtout celles qui exigent l'ordre naturel des développements, la liaison des épisodes au sujet, la peinture fidèle des personnages, l'action n'abandonnant jamais le héros, enfin l'observation des exigences historiques, non point en ce qui concerne une chronologie rigoureuse, mais en ce qui touche aux temps, aux lieux et aux mœurs.

L'épopée latine, avant Virgile, est l'histoire mise en vers plutôt qu'un poëme. Mais Virgile est un véritable chantre national, pénétré de son sujet, convaincu lui-même que son œuvre fera partie un jour de la grandeur romaine. Il n'est pas sublime, fier, dominant comme Homère, mais il a un charme de rêverie mélancolique qui n'a pas été donné au chantre d'Achille. Lucain ne croit plus aux dieux de sa Pharsale, mais il croit à la dignité et à la liberté de sa patrie; ce feu qui le brûle donne encore le mouvement à ses froids personnages, et fait étinceler de temps à autre dans ses vers un éclair de génie.

Silius Italicus est un élégant versificateur; cependant il est sec et absolu comme l'histoire; Stace et Valérius Flaccus sont des dessinateurs habiles et nerveux, à qui la couleur a manqué avec l'inspiration.

Enfin, vers les temps de la chute de Rome, les faits épiques se multiplièrent, les temps héroïques parurent être revenus avec les barbares, et les grands exploits appelaient les grands poëtes; malheureusement il ne se trouva plus chez les Latins ni intelligence pour concevoir l'épopée, ni volonté pour l'écrire.

AUTEURS ET MORCEAUX

1re Époque

Livius Andronicus. — Poëte du IIIe siècle av. J.-C., il fit les premiers essais de tragédie latine. « Il traduisit, dit Schœll, ou imita l'*Odyssée* d'Homère, et Cicéron compare cet ouvrage aux statues attribuées à Dédale, dont l'ancienneté faisait tout le mérite. Il nous reste à peine quelques vers de cette version; mais nous y voyons l'ancien mètre saturnin remplacé par un hexamètre un peu rude encore. Festus et Priscien citent quelques vers d'un poëme historique de cet écrivain, poëme qui célébrait les exploits des Romains, et qui avait au moins trente-cinq livres : c'étaient probablement des espèces d'annales en vers. »

Cn. Nævius. — Il naquit en Campanie et mourut vers l'an 202 av. J.-C. Il composa en vers saturnins, sur la première guerre punique, un poëme que Cicéron a loué comme une œuvre excellente. Il ne nous est resté de cette œuvre, ainsi que de son *Ilias Cypria*, que des fragments sans valeur.

Ennius (Quintus). — Né en Calabre, l'an 239 av. J.-C. Il alla, pour trouver à vivre, tenir en Sardaigne une école de grammaire qu'il finit par rendre fort célèbre. Devenu l'ami de Caton l'Ancien, il lui enseigna la langue grecque et l'accompagna à Rome. Il servit avec valeur sous Scipion l'Africain et sous Fulvius Nobilior, et obtint le droit de cité. On lui doit les *Annales*, poëme national en dix-huit chants, qui racontait l'histoire de Rome depuis son origine. De plus, il écrivit des tragédies imitées du grec, comme une *Hécube* et une *Médée*, et des comédies. Il fit faire à la langue latine de grands progrès, en la rendant plus souple.

moins rude de consonnances, plus riche de mots. « Il reste d'Ennius, dit Schœll, des fragments peu considérables qui ont une versification dure, mais qui renferment des idées fortes. Un second poëme épique d'Ennius, *Scipion*, paraît avoir été écrit en vers trochaïques. Il traduisit plusieurs poëmes grecs, tels que les *Phagesia* (gastronomie) d'Archestratus, poëte sicilien; un poëme moral, le *Protrepticus;* un poëme sur la *Nature des choses*, d'Épicharme, pythagoricien. Il traduisit en prose l'ouvrage d'Evhemère sur les dieux. »

2ᵉ Époque

MATTIUS (Cnæus). — Né au Iᵉʳ siècle av. J.-C., il fut fort attaché à Jules-César, son protecteur; il traduisit l'*Iliade*, comme Andronicus avait traduit l'*Odyssée*, et composa des mimiambes renommés. Il ne reste de cet auteur que des fragments cités par Varron, Aulu-Gelle, Macrobe, etc.

VARRON (P. Terentius Atacinus). — Ce poëte, né environ 82 ans av. J.-C., traduisit les *Argonautiques* d'Apollonius, et composa un poëme historique sur la guerre de Jules-César contre les Séquanais. Il ne nous reste de lui que des fragments insignifiants.

HOSTIUS fit une histoire en vers sur la guerre d'Istrie.

VARIUS (Lucius). — Premier siècle av. J.-C. Varius fut le contemporain et l'ami de Virgile et d'Horace. Il composa un poëme épique sur les exploits d'Auguste et d'Agrippa, et plusieurs tragédies qui ne nous sont pas parvenues. Il revit avec Tucca l'*Énéide* composée par son ami. Favori de Mécène et d'Auguste, il leur fit connaître et apprécier Horace, qui fait à son tour l'éloge des talents et du caractère de Varius. De ses poésies épiques et dramatiques, il ne nous est resté que quinze vers. Citons le fragment de la *Mort* que nous trouvons dans Macrobe :

COMPARAISON [1]

Tel un chien parcourant les vallons outragés de Gortyne, s'il a rencontré la trace ancienne d'une biche, aboie contre la proie absente, et, parcourant les détours qu'elle a pris, la suit guidé par les émanations légères qu'elle a laissées derrière elle. Rien ne peut arrêter la fugitive, ni les fleuves qui lui barrent le passage, ni les lieux les plus escarpés. Éperdue, elle ne songe pas à chercher un gîte, quoique la nuit soit avancée...

1. Collection Panckouke.

VALGIUS (T. Rufus). — Il a été jugé, par Tibulle, digne d'être comparé à Homère, et il a été loué par Horace; mais Quintilien, qui vante Varius, ne dit pas un mot de Valgius.

LABIRIUS (Caius). — Placé par Velléius immédiatement après Virgile, ce poëte a été traité froidement par Quintilien. Les grammairiens ont cité quelques fragments de son poëme sur la *Guerre d'Antoine et d'Octave*.

VIRGILE (P. Maro), dont nous empruntons la notice à Schœll, juge impartial et compétent, naquit vers l'an 70 av. J.-C. « Il naquit à Andes, bourg situé près de Mantoue, et qu'on croit reconnaître dans un petit village qui porte aujourd'hui le nom de Bande. La date de sa naissance répond au 15 octobre de l'an de Rome 684. Son père s'appelait Majus; au moyen âge, ce nom fut changé en Magus, et accrédita la tradition qui faisait passer pour magicien l'homme qui a fait le plus d'honneur à l'Italie. Quoique Majus fût un simple cultivateur ou un potier de terre, le jeune Virgile reçut à Crémone et à Milan une éducation soignée. Parthénius lui enseigna la langue des Grecs, dont il devait un jour transporter les richesses dans la sienne. Un épicurien, nommé Syron, lui fit connaître les systèmes de leurs philosophes, parmi lesquels celui de Platon, fait pour séduire l'imagination d'un poëte, l'attacha principalement. Virgile étudia les autres sciences qui, à cette époque, étaient cultivées en Italie. Lorsque, 41 ans av. J.-C., Octave, afin de récompenser les légions qui s'étaient distinguées pour les triumvirs, leur fit distribuer des terres en Italie, Virgile fut dépouillé du patrimoine qu'il possédait près de Mantoue. Il s'était déjà fait connaître par quelques poésies qui lui avaient mérité l'amitié de Varus, chargé par Octave de présider à la distribution des terres. Varus recommanda Virgile à C. Asinius Pollion, qui le fit connaître à Mécène, et obtint du triumvir l'ordre de rétablir le jeune poëte dans son bien. A cette occasion il fit deux fois le voyage de Rome. Il passa ensuite une vingtaine d'années, tantôt dans cette ville, tantôt à Naples, ou dans une campagne qu'il possédait près de Tarente. Auguste, sa famille et ses amis le comblèrent de riches présents; mais, insensible à l'ambition ou regrettant la liberté de son pays, et ne voulant pas servir l'usurpateur (comme quelques commentateurs le supposent), il renonça à tous les honneurs. Dix-neuf ans av. J.-C., il entreprit un voyage en Grèce, dans l'intention, dit-on, de passer dans ce pays et sur le théâtre de l'*Iliade* trois années de sa vie, qu'il voulait consacrer à retoucher son *Énéide*. Ce qui fortifie l'opinion de ceux qui se sont persuadé que la politique avait quelque part à ce voyage, c'est qu'Auguste, qui, à la même époque, faisait une tournée en Grèce, ayant rencontré Virgile à Athènes, l'engagea à renoncer à ce voyage et à retourner à Rome. Il voulut cependant voir encore Mégare. Dans cette ville il se sentit incommodé : il ne s'en embarqua pas moins; mais la traversée augmenta son mal, et il mourut peu de jours après avoir débarqué à Brindes ou à Tarente, le 22 septembre, 19 ans av. J.-C. En mourant, il avait demandé que son corps fût transporté à Naples, sa ville chérie, où il avait passé les années heureuses de sa jeunesse.

« On montre encore sur le penchant de la colline qui traverse la fameux chemin de Puzzuolo, creusé dans le roc, une ruine que la tradition fait regarder comme le tombeau de ce poëte, et que tous les voyageurs instruits vont visiter comme un sanctuaire.

« L'extérieur de Virgile était, dit-on, peu prévenant. Sa constitution était faible ; vingt années de sa vie passées dans la société des plus illustres Romains ne purent lui faire quitter entièrement certaines manières qui trahissaient la bassesse de son extraction. Il était d'une humeur mélancolique et d'une telle timidité, qu'il craignait les regards du public, et se cachait quand il croyait avoir été remarqué. Ses contemporains louaient l'excellence de son caractère, sa candeur, sa libéralité et la pureté de ses mœurs. On pense qu'Horace a voulu le peindre dans ces vers (*Sat.* I, 3) :
« Cet homme, dis-tu, est un peu trop irascible; il ne saît point
« s'accommoder au ton, à la délicatesse des gens d'aujourd'hui.
« Il y a de quoi rire à voir ses cheveux négligés, sa robe mal
« retroussée et ses souliers trop larges, tenant à peine à ses pieds…
« Mais c'est un homme de bien, s'il en est au monde; mais c'est
« ton ami; mais c'est un génie sublime qui se cache sous ces
« dehors négligés. »

« Des divers poëmes qui ont rendu immortel le nom de Virgile, l'*Énéide* seule nous occupe dans ce moment. Ce poëme en douze chants est, après les ouvrages d'Homère, auxquels rien ne peut se comparer, l'épopée la plus parfaite non-seulement de l'antiquité, mais encore de tous les temps : aucune langue moderne n'a rien produit qui puisse être mis à côté de ce chef-d'œuvre.

« Après des aventures nombreuses, un des héros de Troie fonde une ville que le destin a marquée d'avance pour devenir le berceau de Rome : tel est le sujet de l'*Énéide*. Il est vraiment national, et le poëte a augmenté l'intérêt qu'il devait, par lui-même, inspirer à ses compatriotes, en y rattachant, d'une part l'origine de la famille qui gouvernait l'empire, et d'une autre la cause mystérieuse de la longue rivalité qui avait divisé Rome et Carthage. L'*Énéide* ressemble à la fois à l'*Iliade* et à l'*Odyssée ;* les six premiers livres contiennent les *erreurs* (voyages) d'Énée, comme l'*Odyssée* chante celles d'Ulysse ; dans les six derniers, le poëte romain retrace les combats de l'*Iliade*.

« L'*Énéide* renferme une période de sept années, et cette étendue est un des principaux défauts du plan de ce poëme. Plus rétréci dans son génie, ou plus timide que le chantre de Troie, Virgile craignait de ne pas fournir la longue carrière de douze chants, s'il n'y entassait une foule d'événements qui affaiblissent l'intérêt principal. Cependant ce qui constitue vraiment la fable du poëme est resserré dans l'espace de quelques mois ; cette grande action commence dans l'été de la septième année, et finit avant son expiration. Tout ce qui précède est rapporté comme épisode et dans la forme d'un récit que le héros du poëme fait à Didon.

« On dit que, mécontent de cet ouvrage auquel sa mort presque subite ne lui permit pas de mettre la dernière main, Virgile ordonna, en mourant, de détruire le manuscrit, mais que ses amis, Lucius Varius et Plotius Tucca, obtinrent qu'il révoquât cet ordre, et qu'il leur permit de publier l'*Énéide*, à laquelle ils s'engagèrent à ne rien ajouter. Les mêmes auteurs, qui ne veulent pas croire que Virgile avait quitté l'Italie pour achever ailleurs son poëme, auquel rien ne l'empêchait d'appliquer à loisir la lime dans la retraite dont il jouissait à Naples et à Tarente, se sont aussi persuadé qu'il n'en ordonna pas la destruction, parce qu'il craignait que l'état imparfait dans lequel il laissait l'*Énéide* ne fît du tort à la gloire de l'auteur des *Géorgiques ;* ils prétendent qu'il voulut que le feu la détruisît pour échapper aux reproches des amis de la liberté et à ceux de l'impassible postérité, qui pourrait le compter parmi les courtisans qui avaient flatté la puissance d'Auguste.

« Si, comme nous l'avons annoncé, l'*Énéide* est infiniment préférable à tous les poëmes épiques des temps postérieurs, elle est inférieure, à plusieurs égards, à l'*Iliade*. Celle-ci a, sur le poëme latin, l'avantage que tout original a sur sa copie. Virgile a montré moins d'imagination qu'Homère dans l'invention de sa fable, et moins de jugement dans l'ébauche de son plan. Il n'a pas su donner à son épopée l'intérêt vif qu'inspire la lecture de l'*Iliade*. L'invasion du Latium par Énée n'est pas suffisamment motivée ; mais, en accordant que le Destin l'exige, nous ne voyons pas pourquoi il faut qu'Énée enlève à Turnus la main de sa fiancée, qui n'est pas destinée à devenir la mère des héros qui doivent fonder Rome. Les caractères de l'*Énéide* sont presque tous faiblement tracés et n'ont rien qui les distingue entre eux, excepté pourtant celui de Turnus, qui est si bien soutenu qu'il écrase le principal héros de la fable. Virgile a négligé cette forme dramatique qui donne tant de vie et de mouvement aux tableaux d'Ho-

mère. Mais ces défauts sont rachetés par un grand nombre de
beautés de détail; les scènes de l'*Énéide*, les situations dans lesquelles se trouvent ses acteurs, les sentiments qu'ils expriment
ont plus d'analogie avec ce que nous éprouvons et sentons nous-
mêmes, que n'en ont les magnifiques tableaux d'Homère, qui sont
faits sur une nature plus grande et qui viennent d'un monde
idéal. Le second livre surtout est un chef-d'œuvre, et dans toute
l'antiquité il n'existe rien qui puisse être comparé au quatrième.
Le sixième leur est peu inférieur; il faut convenir cependant que
les idées platoniques qui y sont étalées ne cadrent pas bien au
temps héroïque où le poëte veut transporter ses lecteurs. Le goût
le plus pur, rarement égaré par le faux brillant des poëtes d'A-
lexandrie, a présidé à toute la composition de Virgile; il y règne
la philosophie la plus douce, et une sensibilité touchante. En un
mot, Homère a plus de génie; il y a dans l'*Énéide* plus d'art et de
sagesse. Si le poëme latin n'est pas la plus sublime des épopées,
il est celle qui renferme le moins de fautes.

La diction de Virgile est correcte, gracieuse, poétique et harmonieuse; sa perfection doit nous étonner, lorsque nous considérons
que Virgile a été obligé de maîtriser son idiome peu flexible, pour
le rendre propre à exprimer les pensées les plus délicates. La
réunion de l'énergie et de la concision dans son langage forme
peut-être le seul avantage qu'il ait sur Homère. » Nous parlerons
des autres ouvrages de Virgile aux chapitres qui traiteront de la
pastorale et de la poésie didactique.

LA TEMPÉTE

Énéide, chant I (54-100).

. . . . . . La déesse (Junon) en furie (1)
Vers ces antres, d'Éole orageuse patrie,
Précipite son char. Là, sous de vastes monts,
Le dieu tient enchaînés dans leurs gouffres profonds
Les vents tumultueux, les tempêtes bruyantes;
S'agitant de fureur dans leurs prisons tremblantes,
Ils luttent en grondant, ils s'indignent du frein.
Au haut de son rocher, assis le sceptre en main,
Éole leur commande; il maîtrise, il tempère
Du peuple impétueux l'indocile colère :
S'ils n'étaient retenus, soudain cieux, terres, mers,
Devant eux rouleraient emportés dans les airs.
Aussi, pour réprimer leur fougue vagabonde,
Jupiter leur creusa cette grotte profonde,
Entassa des rochers sur cet affreux séjour,
Et leur donna pour maître un roi qui, tour à tour,
Irritant par son ordre ou calmant leurs haleines,
Sût tantôt resserrer, tantôt lâcher les rênes.

(1) Delille.

Devant lui la déesse, abaissant sa hauteur :
« Roi des vents, lui dit-elle avec un air flatteur,
Vous à qui mon époux, le souverain du monde,
Permit et d'apaiser et de soulever l'onde,
Un peuple que je hais, et qui, malgré Junon,
Ose aux champs des Latins transporter Ilion,
Avec ses dieux vaincus fend les mers d'Étrurie :
Commandez à vos vents de servir ma furie;
Dispersez sur les mers ou noyez leurs vaisseaux,
Et de leurs corps épars couvrez au loin les eaux... »
. . . .
« Reine, répond Éole, ordonnez, j'obéis :
A la table des dieux par vous je suis assis;
Par vous j'ai la faveur du souverain du monde,
Et je commande en maître aux puissances de l'onde. »
Il dit; et, du revers de son sceptre divin,
Du mont frappe les flancs : ils s'ouvrent, et soudain
En tourbillons bruyants l'essaim fougueux s'élance,
Trouble l'air, sur les eaux fond avec violence;
Le rapide Zéphyre, et les fiers Aquilons,
Et les vents de l'Afrique en naufrages féconds,
Tous bouleversent l'onde, et des mers turbulentes
Roulent les vastes flots sur leurs rives tremblantes.
On entend des nochers les tristes hurlements,
Et des câbles froissés les affreux sifflements;
Sur la face des eaux s'étend la nuit profonde;
Le jour fuit, l'éclair brille, et le tonnerre gronde,
Et la terre et le ciel, et la foudre et les flots,
Tout présente la mort aux pâles matelots.
Énée, à cet aspect, frissonne d'épouvante.
Levant au ciel ses yeux et sa voix suppliante :
« Heureux, trois fois heureux, ô vous qui, sous nos tours,
Aux yeux de vos parents terminâtes vos jours!
O des Grecs le plus brave et le plus formidable,
Fils de Tydée, hélas! sous ton bras redoutable,
Dans les champs d'Ilion, les armes à la main,
Que n'ai-je pu finir mon malheureux destin;
Dans ces champs où d'Achille Hector devint la proie,
Où le grand Sarpédon périt aux yeux de Troie,
Où le Xanthe effrayé roule encor dans ses flots
Les casques, et les dards, et les corps des héros! »
Il dit. L'orage affreux qu'anime encor Borée
Siffle et frappe la voile à grand bruit déchirée;
Les rames en éclats échappent au rameur;
Le vaisseau tourne au gré des vagues en fureur,
Et présente le flanc au flot qui le tourmente.
Soudain, amoncelée en montagne écumante,
L'onde bondit : les uns sur la cime des flots
Demeurent suspendus; d'autres au fond des eaux
Roulent épouvantés de découvrir la terre :
Aux sables bouillonnants l'onde livre la guerre.
Par le fougueux autan rapidement poussés,
Contre de vastes rocs trois vaisseaux sont lancés;
Trois autres, par l'Eurus, ô spectacle effroyable !
Sont jetés, enfoncés, enchaînés dans le sable.

Oronte, sur le sien, tel qu'un mont escarpé,
Voit fondre un large flot : par sa chute frappé
Le pilote, tremblant et la tête baissée,
Suit le flot qui retombe; et l'onde courroucée
Trois fois sur le vaisseau s'élance à gros bouillons,
L'enveloppe trois fois de ses noirs tourbillons;
Et, cédant tout à coup à la vague qui gronde,
La nef tourne, s'abîme, et disparaît sous l'onde :
Alors, de toutes parts, s'offre un confus amas
D'armes et d'avirons, de voiles et de mâts,
Les débris d'Ilion, son antique opulence,
Et quelques malheureux sur un abîme immense.
Déjà d'Ilionée et du vaillant Abas
L'eau brise le tillac, le vent courbe les mâts;
Déjà du vieil Alète et du fidèle Achate
Le vaisseau fatigué s'ouvre, se brise, éclate;
Et les torrents vainqueurs entrent de tous côtés.

Cependant de ses flots, sans son ordre agités,
Neptune entend le bruit; il entend la tempête
Mugir autour d'Énée, et gronder sur sa tête;
Il voit flotter épars les débris d'Ilion,
En devine la cause et reconnaît Junon.
Aussitôt, appelant Eurus et le Zéphyre :
« Eh quoi! sans mon aveu, quoi! dans mon propre empire,
D'une race rebelle enfants audacieux,
Vents, vous osez troubler et la terre et les cieux!
Je devrais... Mais des flots il faut calmer la rage.
Un autre châtiment suivrait un autre outrage.
Fuyez, et courez dire à votre souverain :
Que le sort n'a pas mis le trident en sa main,
Que moi seul en ces lieux tiens le sceptre des ondes.
Son empire est au fond de vos grottes profondes :
Qu'il y tienne sa cour, et, roi de vos cachots,
Que votre Eole apprenne à respecter mes flots. »
Il dit, et d'un seul mot il calme les orages,
Ramène le soleil, dissipe les nuages.
Les Tritons, à sa voix, s'efforcent d'arracher
Les vaisseaux suspendus aux pointes du rocher;
Et lui-même, étendant son sceptre secourable,
Les soulève, leur ouvre un chemin dans le sable,
Calme les airs, sur l'onde établit le repos,
Et de son char léger rase, en volant, les flots.
Ainsi, quand signalant sa turbulente audace,
Se déchaîne une ardente et vile populace,
La rage arme leurs bras : déjà volent dans l'air
Les pierres, les tisons, et la flamme et le fer.
Mais d'un sage orateur si la vue imposante
Dans l'ardeur du tumulte à leurs yeux se présente,
On se tait, on écoute, et ses discours vainqueurs
Gouvernent les esprits et subjuguent les cœurs.
Ainsi tombe la vague; ainsi des mers profondes
Neptune d'un coup d'œil tranquillise les ondes,
Court, vole, et, sur son char roulant sous un ciel pur,
De la plaine liquide il effleure l'azur.

LAOCOON [1]

Énéide, chant II (201-227).

Prêtre du dieu des mers, pour le rendre propice,
Laocoon offrait un pompeux sacrifice,
Quand deux affreux serpents, sortis de Ténédos,
(J'en tremble encor d'horreur!) s'allongent sur les flots;
Par un calme profond, fendant l'onde écumante,
Le cou dressé, levant une crête sanglante,
De leur tête orgueilleuse ils dominent les eaux;
Le reste au loin se traîne en immenses anneaux.
Tous deux nagent de front, tous deux des mers profondes
Sous leurs vastes élans font bouillonner les ondes.
Ils abordent ensemble, ils s'élancent des mers;
Leurs yeux rouges de sang lancent d'affreux éclairs,
Et les rapides dards de leur langue brûlante
S'agitent en sifflant dans leur gueule béante.
Tout fuit épouvanté. Le couple monstrueux
Marche droit au grand prêtre; et leur corps tortueux
D'abord vers ses deux fils en orbe se déploie,
Dans un cercle écaillé saisit sa faible proie,
L'enveloppe, l'étouffe, arrache de son flanc
D'affreux lambeaux suivis de longs ruisseaux de sang.
Le père accourt : tous deux à son tour le saisissent,
D'épouvantables nœuds tout entier l'investissent;
Deux fois par le milieu leurs plis l'ont embrassé,
Par deux fois sur son cou leur corps s'est enlacé;
Ils redoublent leurs nœuds, et leur tête hideuse
Dépasse encor son front de sa crête orgueilleuse.
Lui, dégouttant de sang, souillé de noirs poisons,
Qui du bandeau sacré profanent les festons,
Roidissant ses deux bras contre ces nœuds terribles,
Exhale sa douleur en hurlements horribles :
Tel, d'un coup incertain par le prêtre frappé,
Mugit un fier taureau de l'autel échappé,
Qui, du fer suspendu victime déjà prête,
A la hache trompée a dérobé sa tête.
Enfin, dans les replis de ce couple sanglant,
Qui déchire son sein, qui dévore son flanc,
Il expire.... Aussitôt l'un et l'autre reptile
S'éloigne; et, de Pallas gagnant l'auguste asile,
Aux pieds de la déesse, et sous son bouclier,
D'un air tranquille et fier va se réfugier.

LE SAC DE TROIE ET LA MORT DE PRIAM [2]

Énéide, chant II (469-558).

Devant le vestibule, et sur le seuil même du palais, Pyrrhus bondit, tout
resplendissant de l'éclat de ses armes d'airain. Tel reparaît à la lumière un
serpent que les brumes glaciales cachaient sous terre, repu d'herbes véné-
neuses et gonflé de poisons: aujourd'hui revêtu d'une peau nouvelle et rayonnant de jeunesse, le cou dressé et roulant sa croupe luisante, il s'étale au so-

[1] Delille. — [2] Nisard.

leil et darde un triple aiguillon. Avec Pyrrhus entre... la jeunesse de Scyros lance des feux jusque sur les toits. Pyrrhus, saisissant une hache à deux tranchants, brise les portes d'airain, ébranle leurs gonds, fend leurs ais solides, et, creusant le chêne dans sa vaste épaisseur, y fait une large ouverture.

Alors apparaît l'intérieur du palais et se découvrent ses longues galeries; alors l'œil plonge dans la demeure de Priam et dans l'antique foyer de nos rois. Des soldats postés sur le seuil le défendent encore. Mais au dedans tout n'est que gémissements, trouble et effroi lamentable; et des hurlements de femmes retentissent dans les profondeurs de l'édifice; leurs clameurs vont frapper les astres. Alors les mères tremblantes errent dans la vaste enceinte; elles embrassent les portes et y collent une dernière fois leurs lèvres. Pyrrhus (c'est Achille, c'est son ardeur) presse l'assaut : ni barrières, ni gardes, ne peuvent lui résister; la porte chancelle sous les coups redoublés du bélier, et tombe arrachée de ses gonds. Le fer s'ouvre un chemin; les passages sont forcés; les Grecs pénètrent, et massacrent les premiers qu'ils rencontrent : tout le palais se remplit de soldats. Avec moins de fureur un fleuve écumant, qui a rompu ses digues, et vaincu par l'effort de ses eaux amoncelées les masses qu'on leur opposait, déborde et s'emporte dans la plaine, entraînant à travers les campagnes et les taureaux et les étables. J'ai vu Pyrrhus enivré de carnage; j'ai vu les deux Atrides sur le seuil du palais; j'ai vu Hécube et ses cent filles, et Priam ensanglantant les autels et les feux qu'il avait lui-même consacrés... Les lambris superbes, l'or, les riches dépouilles de la Phrygie ont péri; les Grecs sont partout où n'est pas la flamme.

Mais peut-être, ô reine, voulez-vous savoir comment Priam acheva sa destinée? Lorsqu'il eut vu Troie prise et tombée, son palais croulant de toutes parts, et l'ennemi vainqueur au sein de ses foyers, le vieillard charge en vain ses épaules tremblantes d'armes que depuis longtemps elles n'étaient plus accoutumées à porter; il prend un glaive, hélas! inutile dans ses mains; et, résolu de mourir, se jette à travers la foule des ennemis. Au milieu du palais, et sous la voûte lumineuse des cieux, il y avait un grand autel, sur lequel un antique laurier penchait ses rameaux, embrassant de son ombre les dieux domestiques. Autour de cet autel se tenaient serrées Hécube et ses filles, pareilles à des colombes que la noire tempête a précipitées en troupe sur la terre; immobiles, elles embrassaient les statues des dieux. Dès qu'Hécube voit le vieux roi couvert des armes d'un jeune homme : « Malheureux époux, lui dit elle, quelle funeste démence vous pousse à vous charger de ces traits? Où courez-vous? Ce n'est pas d'un pareil défenseur que nous avons besoin aujourd'hui; non, et mon Hector lui-même ne nous sauverait pas. Venez près de nous; cet autel nous protégera tous, ou vous mourrez avec nous » Elle dit, attire à elle le vieillard, et le place dans l'asile sacré.

Cependant Polite, un des enfants de Priam, échappé des mains sanglantes de Pyrrhus, fuyait à travers les traits et les ennemis sous les longs portiques du palais, et parcourait blessé les galeries solitaires. Pyrrhus, qui brûle de l'achever, le poursuit et déjà le touche de sa main, déjà l'accable de sa lance. Polite court jusqu'à l'autel; et là, sous les yeux de ses parents, il tombe, et rend son dernier souffle avec son sang. Priam ne se possède plus; et, quoique la mort l'environne, il ne retient ni sa voix ni sa colère. « Barbare, s'écrie-t-il, que les dieux (s'il est au ciel un vengeur) te récompensent de ton forfait, et te payent le prix que tu mérites, toi qui m'as fait voir mon fils mourant à mes yeux, toi qui as souillé la face d'un père du sang de son enfant! Mais cet Achille, dont tu te vantes faussement d'être le fils, ne fut pas tel que toi envers Priam, son ennemi; les droits et la sainteté des suppliants le touchèrent; il me rendit pour l'ensevelir le corps défiguré de mon Hector, et me renvoya libre dans le palais de mes pères. »

En disant ces mots, le vieillard lance à Pyrrhus un trait faible et sans portée, que repousse l'airain sonore de l'armure, et qui pend vainement à la surface effleurée du bouclier. Alors Pyrrhus : « Va donc annoncer toi-même à mon père ce que tu vois; raconte-lui mes tristes exploits; dis-lui que Néoptolème dégénère; mais avant, meurs.» Il dit, traîne vers l'autel le vieillard tremblant, et dont les pieds glissent dans le sang du dernier de ses fils; il saisit d'une main sa chevelure, de l'autre lève son épée étincelante, et la lui plonge dans le sein jusqu'à la garde. Ainsi finit Priam; ainsi le destin nous l'enleva, après qu'il eut vu Troie incendiée, Pergame renversée de fond en comble; ainsi périt ce dominateur de l'Asie, fier de commander à tant de peuples, de régner sur tant de terres : maintenant gît sur le rivage ce reste d'un grand roi; sa tête est séparée de ses épaules; ce n'est plus qu'un cadavre sans nom.

LE COMBAT DU CESTE [1]

Enéide, chant V (368-484).

> Darès paraît, tout fier de sa haute stature;
> Darès, qui de Pâris seul balança le nom;
> Darès, de qui le bras, sous les murs d'Ilion,
> Près du tombeau d'Hector, par un combat célèbre
> Honorant ce héros et sa pompe funèbre,
> De l'énorme Butès, ce Bébryce orgueilleux,
> Qui comptait Amycus au rang de ses aïeux,
> Terrassa la fureur; et, de sa main puissante,
> Coucha son front altier sur la poudre sanglante.
> Il se lève, il prélude : étendus en avant,
> Ses deux bras tour à tour battent l'air et le vent.
> Il montre leur vigueur, montre sa taille immense,
> Et du prix qu'il attend s'enorgueillit d'avance.
> On cherche un adversaire à ce jeune orgueilleux;
> Mais nul n'ose tenter ce combat périlleux.
> Alors, fier, et déjà d'une main assurée
> Saisissant le taureau par sa corne dorée.
> « Fils d'Anchise, dit-il, si, glacé par l'effroi,
> Nul n'ose à ce combat s'exposer contre moi,
> Pourquoi ces vains délais et cette attente vaine ?
> Ce taureau m'appartient, ordonnez qu'on l'emmène. »
> Ainsi parle Darès d'un air triomphateur :
> Les Troyens font entendre un murmure flatteur,
> Et réclament pour lui les honneurs qu'il demande.
> Alors le vieil Aceste avec douceur gourmande
> Entelle, son ami, son digne compagnon,
> Assis à ses côtés sur un lit de gazon :
> « Entelle, lui dit-il, de ton antique gloire
> N'as-tu donc conservé qu'une oisive mémoire?
> Et d'un cœur patient verras-tu sous tes yeux
> Enlever sans combat un prix si glorieux?
> Où donc est cet Éryx autrefois notre maître,
> Ce dieu que la Sicile en toi crut voir renaître?
> Où sont tes fiers combats, ces dépouilles, ces prix,
> En pompe suspendus à tes nobles débris?
> — La peur, dit le vieillard, gardez-vous de le croire,
> N'affaiblit point en moi l'ardeur de la victoire :

[1] Delille.

Mais l'âge éteint ma force ; et de ce faible corps
La glace des vieux ans engourdit les ressorts.
Si j'étais jeune encor, si j'étais à cet âge
Qui de cet insolent enhardit le courage,
Sans prétendre à ce prix dont je suis peu flatté,
J'aurais d'un tel rival rabattu la fierté. »
Il dit, et de ses mains fait tomber sur le sable
De cestes menaçants un couple épouvantable,
Arme affreuse qu'Érix, en marchant aux combats,
Autrefois enlaçait à ses robustes bras.
Tout le monde en silence en contemple la forme ;
Chacun tremble à l'aspect de cette masse énorme,
Où, du fer et du plomb couvrant le vaste poids,
La peau d'un bœuf entier se redouble sept fois.
Darès même a senti reculer son audace.
Enée avec effort soulève cette masse ;
Il déroule en ses mains, il mesure des yeux,
Et son volume immense, et ses immenses nœuds.
« Darès, reprend Entelle, à cet aspect recule ;
Et que serait-ce donc si du terrible Hercule
Il avait vu le ceste et le combat fameux
Qui de sang autrefois rougit les mêmes lieux ?
L'arme que vous voyez, si vaste, si pesante,
De votre frère Éryx chargea la main vaillante,
Et des crânes rompus et des os fracassés
Les vestiges sanglants y sont encore tracés.
Avec elle, il lutta contre le grand Alcide ;
Par elle j'illustrai ma jeunesse intrépide,
Avant qu'un si long âge eût blanchi mes cheveux,
Et que le temps jaloux domptât ces bras nerveux.
Mais, si ce fier Troyen craint ce terrible ceste,
Si c'est le vœu d'Enée et le désir d'Aceste,
De cette arme à Darès je fais grâce en ce jour :
A son ceste troyen qu'il renonce à son tour.
Marchons : portons tous deux dans ces luttes rivales
Et des dangers égaux et des armes égales. »
Alors, montrant tout nus et tout prêts aux combats
Son corps, ses reins nerveux, ses redoutables bras,
Et sa large poitrine, où ressort chaque veine,
Seul il avance, et seul semble remplir l'arène,
Puis le héros troyen prend deux cestes égaux ;
Lui-même il les enlace aux bras des deux rivaux
Prêts à lutter d'ardeur, de courage et d'adresse.
Sur ses pieds à l'instant l'un et l'autre se dresse ;
Tous deux, les bras levés, d'un air audacieux,
Se provoquent du geste, et s'attaquent des yeux.
Soudain commence entre eux la lutte meurtrière.
Leur tête loin des coups se rejette en arrière :
L'un jeune, ardent, léger, frappe et pare à la fois ;
Entelle, plus pesant, se défend par son poids ;
Mais ses genoux tremblants le portent avec peine ;
Son vieux flanc est battu de sa pénible haleine.
Mille coups, à la fois hâtés ou suspendus,
Sont reçus ou portés, détournés ou perdus.
Tantôt dans leurs flancs creux les cestes retentissent,

Sur leurs robustes seins tantôt s'appesantissent;
L'infatigable main erre de tous côtés,
Marque leurs larges fronts de ses coups répétés,
Frappe, en volant, la tempe et l'oreille meurtrie,
Sous le ceste pesant la dent éclate et crie.
Entelle, courageux avec tranquillité,
Oppose à son rival son immobilité,
Et, par un tour adroit, par un coup d'œil habile,
Brave, trompe ou prévient sa menace inutile.
Tel qu'un fier assaillant, contre un antique fort,
Qui sur le haut des monts brave son vain effort,
Ou contre une cité, théâtre d'un long siége,
Tantôt presse l'assaut, tantôt médite un piége,
Autour de ses remparts, va, vient, et sans succès
Tente dans son enceinte un périlleux accès :
Tel, autour du vieillard défendu par sa masse,
Darès joignant la ruse, et la force, et l'audace,
Tourne, attaque en tous sens, frappe de tous côtés.
Entelle, résistant aux coups précipités,
Lève son bras, suspend l'orage qu'il médite;
Darès l'a vu venir, se détourne et l'évite.
Entelle, fappant l'air de son effort perdu,
Tombe de tout son poids sur la terre étendu :
Tel, aux sommets glacés que l'aquilon tourmente,
Tombe et roule un vieux pin de l'antique Erymanthe.
Troyens, Siciliens, par mille cris divers
De joie et de regrets, frappent soudain les airs.
Aceste le premier accourt; et sa tendresse
Dans son vieux compagnon plaint sa propre faiblesse.
Le héros se relève; et la honte, et l'honneur,
La confiante audace, aiguillonnent son cœur;
Son courage s'irrite encor par sa colère.
Il s'élance et poursuit son superbe adversaire;
Et tantôt tour à tour, et tantôt à la fois,
Les deux cestes ligués l'accablent de leur poids;
Moins prompte, moins pressée, et moins tumultueuse,
Sur nos toits retentit la grêle impétueuse.
La main suit l'autre main, les coups suivent les coups :
Point de paix, point de trêve à son bouillant courroux;
Il le chasse d'un bras, de l'autre le ramène,
Et Darès en tournant parcourt toute l'arène.
Empressé de calmer ce combat trop ardent,
Enée avec pitié voit ce jeune imprudent,
L'arrache à son rival, et, plaignant sa disgrâce :
« Malheureux! où t'emporte une indiscrète audace?
Pourrais-tu méconnaître une invisible main,
Et dans les bras d'un homme un pouvoir plus qu'humain?
Fléchis devant un dieu, les destins te l'ordonnent. »
De Darès aussitôt les amis l'environnent;
Chacun d'eux à l'envi soutient entre ses bras
Ce malheureux qu'on vient d'arracher au trépas,
Tremblant, abandonnant sa tête chancelante,
Vomissant à grands flots de sa bouche écumante
Des torrents d'un sang noir, et les tristes débris
De ses os, de ses chairs, déchirés et meurtris.

Pour conduire aux vaisseaux la victime échappée,
Ils partaient, oubliant et le casque et l'épée ;
On leur remet le prix de ce combat fatal,
Et le taureau doré demeure à son rival.
Tout rayonnant d'orgueil, et de gloire, et de joie,
« Soyez témoins ici, fiers habitants de Troie,
Dit-il d'un ton superbe ; et toi, fils de Vénus,
Vois, par ce que je suis, ce qu'autrefois je fus
Dans ma jeune saison, et quel sort ma vieillesse
Gardait à ce Darès si fier de sa jeunesse. »
Il dit, et se présente en face du taureau
Dont fut récompensé son triomphe nouveau,
Se dresse, et, de sa main ramenée en arrière,
Entre sa double corne atteint sa tête altière,
Brise son large front ; du crâne fracassé
Le cerveau tout sanglant rejaillit dispersé ;
Et, tel qu'un bœuf sacré sous la hache succombe,
Le taureau, sous le coup, tremble, chancelle et tombe.
« Éryx ! s'écrie alors le vainqueur orgueilleux ,
Reçois cette victime ; elle te plaira mieux
Que ce Troyen sauvé de ma main meurtrière.
J'ai vaincu ; c'en est fait, j'ai rempli ma carrière ;
Je dépose mon ceste, et renonce à mon art. »

LES SUPPLICES DES ENFERS [1]

Énéide, chant VI (559 628).

« O vierge, dit Enée à la sibyle, quelles sortes de crimes sont icy punis ? et de quels tourmens les demerites sont-ils chastiez ? Qui fait de si grandes plaintes ?

—Prince illustre des Troyens, luy dit la sibyle, il ne faut point du tout que les gens de bien s'arrestent à la porte du séjour des méchants. Mais, quand Hécate me commit pour la garde des bois sacrez de l'Auerne, elle m'apprit les peines que les dieux font sentir, et eut le soin de me conduire partout. Le Gnosien Rhadamanthe, qui est le souuerain de ce dur empire, chastie les fraudes qu'il a decouuertes, et contraint ceux-là de confesser leur pechez, qui par vne vaine dissimulation, les tenant cachez au monde, ont à s'en purger au dernier point de leur vie. La vengeresse Tisiphone, tenant vn foüet à la main, en frappe incessamment les coupables, qu'elle foule aux pieds ; et, tandis qu'avec sa main gauche elle iette contre eux ses effroyables serpents, elle appelle à son ayde la troupe impitoyable de ses sœurs. »

Alors s'ouvrirent les portes execrables, en frémissant sur leurs gonds en-roüez. Et la sibyle en continuant son discours :

« Voyez-vous quelle garde est assise auprès de cette porte ? Quelle face de monstre en conserue l'entrée ? Vn hydre épouuantable ouurant cinquante gueules à la fois, et plus cruelles que toutes les Furies est logée au dedans. On y voit aussi le Tartare qui se précipite au bas, et s'enfonce deux fois autant sous les ombres infernales, qu'il y a d'espace, en regardant le ciel vers le cercle étoilé. Là, les Titans, qui sont les premiers enfants de la terre, sont bouleuersez par la foudre iusques au fond des abysmes : là, ie veis les corps immenses des deux Aloïdes, qui oserent entreprendre auec leurs mains de renuerser le ciel, et d'arracher Jupiter de son throsne. J'y veis aussi Salmo-née, qui souffroit d'étranges peines pour auoir imité les flâmes de ce dieu,

(1, ⋯

et pour avoir contrefait le bruit de ses foudres. Celuy-cy, porté sur un chariot attelé de quatre cheuaux de front, et secoüant vne torche ardente, alloit par toutes les villes de Grece, et iusques au milieu de celles d'Elide, environné d'vne pompe triomphale, pour se faire attribuer des honneurs diuins. Pauure insensé! qui par la course de ses cheuaux qu'il faisoit galopper sur vn pont d'airain, auoit osé contrefaire les orages, et le bruit des tonnerres, que nul ne sçauroit imiter; mais, au trauers d'vn nuage épais, le Pere qui peut toutes choses, luy darda un trait éclatant de sa foudre, bien autre que ce brandon fumeux, et que ces torches allumées : et d'vn horrible tourbillon, il le précipite dans les enfers. Près de là se montroit Titye, que la terre, mere commune, avoit nourry : son corps estendu couure neuf arpens entiers, et vn horrible vaultour, avec son bec crochu, ne cesse point de luy dechirer le foye, qui ne peut estre consumé : il ronge ses entrailles fecondes en douleurs, et demeurant au fond de sa poictrine, il se paist de sa chair à mesure qu'elle reuient, sans luy donner un seul moment de repos. Que vous diray-je des Lapithes, d'Ixion et de Pirithoüs, sur qui panche vn sombre rocher, tout prest à tomber, dont il semble toûjours que leurs testes soient menacées? Là reluisent les superbes colonnes d'or des licts dressez pour le festin d'vne grande réjoüissance : les viandes accommodées avec vn royal appareil, sont presentées à la bouche de plusieurs : mais la pire de toutes les Furies assise en leur compagnie, les empesche d'y toucher : et se leuant auec sa torche allumée qu'elle tient à la main, elle pousse de sa gueule vn cry si vehement, qu'ils en demeurent tout effrayez. Là, sont encore ceux qui, durant leur vie, ont esté ennemis de leurs freres, qui ont battu leurs parens : ceux qui ont tramé quelque fraude à leurs parties, ou qui seuls ont voulu ioüir de leurs biens amassez, sans en faire part à leurs amis, dont le nombre est tres grand : ceux aussi qui ont suiuy des armes impies, et qui ont violé la foy promise entre les mains de leurs seigneurs. Tous ceux-là, ainsi renfermez, attendent les peines qu'ils ont méritées. A cette heure, ne me demandez point quelles peines, ou quelle forme de iustice, ou fortune contraire, les a precipitez en cette misère? Les vns roulent incessamment des grands rochers : les autres pendent aux rayons de quelque roüe, où ils sont attachez : l'infortune Thesée y est encore, et sera eternellement assis, et Phlegye, le plus miserable de tous, y admoneste sans cesse en s'ecriant au trauers des Ombres, auec vne puissante voix : « O mortels, apprenez à faire iustice, et à reuerer les dieux! Celuy-cy vendit sa patrie au poids de l'or, en l'assuiettissant à la puissance d'un tiran, et fit des lois en se laissant emporter à la corruption de son siècle, et puis les deffit... » Il n'y en a pas vn seul qui n'ait commis quelque horrible méchanceté, ou qui n'en ait eu le dessein. Certes, quand i'aurois cent langues auec autant de bouches, et vne voix de fer, encore ne pourrois-je representer toutes les sortes de crimes, ny le nom de toutes les peines. »

NISUS ET EURYALE [1]

Énéide (176-450).

L'une des portes du camp était gardée par l'intrépide Nisus, fils d'Hyrtacus, Nisus qui avait quitté, pour suivre la fortune d'Enée, l'Ida, toujours foulé par les chasseurs. Il excellait à lancer le javelot et la flèche légère. A ses côtés était Euryale, le plus beau de tous les guerriers qui revêtirent une armure troyenne. Enfant encore, à peine si l'adolescence se marque sur son visage par un premier duvet. Ils étaient unis de la plus tendre amitié : ensemble ils se jetaient au milieu des combats, et ils veillaient ensemble à la garde de la

1) Aug. Desportes.

même porte. Tout à coup Nisus : « Sont-ce les dieux qui excitent en moi cette ardeur, cher Euryale, ou bien chacun de nous prend-il pour l'inspiration des dieux les violents désirs qui nous entraînent? Je ne sais; mais la soif des combats, le besoin de tenter une grande entreprise, tourmentent déjà depuis longtemps mon courage, qui ne peut plus supporter cet inutile repos. Tu vois à quelle sécurité s'abandonnent les Rutules : leurs feux ne brillent plus que par intervalle; le camp dort enseveli dans le sommeil et dans le vin; tout est au loin dans un profond silence. Apprends donc ce que je médite et quelle pensée s'élève dans mon cœur. Chefs et soldats, tous demandent avec ardeur le retour d'Énée; tous désirent qu'on lui députe un messager fidèle pour l'instruire des événements. Si l'on t'accorde ce que je demande pour toi, car pour moi c'est assez de la gloire, je trouverai, j'espère, sous ces hauteurs, une route qui me conduira aux murs de Pallantée. »

A ces mots, Euryale se sent à son tour saisi d'un immense désir de renommée, et il répond aussitôt à son bouillant ami : « Eh quoi! Nisus, tu crains de m'associer à tes nobles desseins? Moi, que je te laisse courir seul à de si grands dangers! Ah! ce n'est pas ainsi que mon père, le vaillant Opheltès, instruisit mon enfance au milieu des troubles de la guerre argienne et des horreurs du siége de Troie, et tu devais présumer mieux de moi depuis que je suis le magnanime Énée et sa fortune errante. Je sens, oui, je sens là battre un cœur qui méprise la mort, et qui ne croit pas que ce soit trop de la vie pour acheter l'honneur où tu aspires.— Non, réplique Nisus, je ne craignais de toi ni terreurs ni faiblesses; soupçonner ton courage serait un crime. Qu'ainsi et le grand Jupiter et tous les dieux, qui regardent mon dessein d'un œil favorable, veuillent me ramener triomphant près de toi! Mais si quelque hasard funeste, et il en est tant en de telles entreprises! si quelque dieu contraire m'entraîne à ma perte, je veux que tu me survives; ton âge a plus de droits à la vie. Que j'aie un ami qui m'enlève du champ de bataille ou qui rachète à prix d'or ma dépouille, et la confie à la terre, notre dernier asile à tous; ou, si la fortune la lui envie, qui rende à l'ombre d'un absent les funèbres tributs et qui honore ses membres d'un tombeau. Que je ne sois pas la cause d'une mortelle douleur pour ta mère infortunée, elle qui, seule entre tant de mères, osant suivre son fils sur les flots, a dédaigné pour toi les murs hospitaliers du grand Aceste. » Mais Euryale : « Tu m'opposes de vains prétextes : ma résolution est prise, je n'en saurais changer; marchons. » Il dit, éveille les gardes, qui les remplacent à leur poste, et, libres alors, Euryale et Nisus s'avancent ensemble vers la tente royale.

Il était nuit, et tous les êtres vivants se reposaient de leurs fatigues et oubliaient leurs maux au sein du sommeil. Les chefs des Troyens et l'élite de la jeunesse tenaient conseil sur les grands intérêts de l'État, sur les mesures à prendre et sur le choix d'un messager à envoyer à Énée. Debout, appuyés sur leurs longues javelines et leurs boucliers à la main, ils délibéraient au milieu du camp. Soudain Nisus et Euryale, tout brillants d'ardeur, se présentent et demandent à être admis sur l'heure. Un grand intérêt, disent-ils, les amène, et les moments sont chers. Iule, qui voit leur impatience, les reçoit le premier, et ordonne à Nisus de parler. Alors le fils d'Hyrtacus prend ainsi la parole : « Nobles compagnons d'Énée, écoutez-nous favorablement, et ne jugez point par notre jeune âge de ce que nous venons vous proposer. Les Rutules, ensevelis dans le sommeil et dans l'ivresse, ne se font plus entendre. Près de la porte du camp la plus voisine de la mer, là où la route se partage en un double sentier, nous avons découvert un endroit propre à une surprise. Les feux y sont presque tous éteints, et une noire fumée s'élève vers les nues. Si vous nous permettez de saisir cette heureuse occasion, nous irons chercher Énée aux murs de Pallantée, et bientôt vous nous verrez avec lui revenir tout sanglants, et chargés des dépouilles de l'ennemi. Le chemin ne

peut égarer nos pas : souvent, dans nos longues chasses au fond de ces obscures vallées, nous avons aperçu les abords de la ville et reconnu tous les
détours du fleuve. »

Alors Alétès, dont l'âge a courbé le corps et mûri la raison, s'écrie : « Dieux
de ma patrie, dieux toujours protecteurs de Troie, non, vous n'avez pas résolu la ruine entière des Troyens, puisque vous suscitez parmi nous des
cœurs si intrépides, de si mâles courages. » En disant ces mots, le vieillard
tenait serrées les poitrines et les mains des jeunes guerriers, et baignait leurs
visages de ses larmes. « Quel prix, ajoutait-il, quel prix digne de vous pourra
payer tant d'héroïsme? Votre plus noble récompense, les dieux vous la donneront, vos vertus vous l'assurent. Bientôt Énée reconnaissant y joindra les
siennes, et le jeune Ascagne ne perdra jamais le souvenir d'un tel service. —
Moi, reprit alors Ascagne, moi, dont l'unique espoir est dans le retour de
mon père, oui, Nisus, je le jure par les grands dieux de Troie, par les lares
d'Assaracus et par le sanctuaire de la chaste Vesta, toute ma fortune, toutes
mes espérances, je les remets entre vos mains : ramenez-moi mon père,
rendez-moi sa présence; lui revenu, plus de malheurs. Je vous donnerai
deux coupes d'argent ornées de figures en relief et d'un travail exquis : mon
père s'en empara dans Arisba conquise; deux trépieds, deux grands talents
d'or et un cratère antique dont m'a fait présent la Sidonienne Didon. Enfin,
si la victoire me donne un jour l'Italie et le sceptre de ses rois, si le sort
nous partage les dépouilles des vaincus, vous avez vu le coursier de Turnus,
les armes d'or dont ce guerrier est revêtu; eh bien! ce coursier, ce bouclier
d'or, cette aigrette éclatante, je ne souffrirai pas que le sort en dispose : dès
à présent, Nisus, ils sont à vous. A ces présents mon père ajoutera douze
captifs avec leurs armes, et enfin toute la vaste étendue de terrain qui appartient au roi Latinus lui-même. Pour toi, Euryale, dont l'âge se rapproche
plus du mien, dès ce jour tout mon cœur est à toi, et je t'adopte à jamais
comme compagnon de ma fortune : sans toi je n'irai plus chercher la gloire,
et, soit dans la paix, soit dans la guerre, ma confiance reposera sur ton bras
et sur tes conseils. » Euryale lui répond : « Que la fortune me soit ou favorable ou contraire, jamais, je le promets, aucun instant de ma vie ne démen-
tira ma première et courageuse entreprise. Mais, au-dessus de tous vos dons,
il est une grâce que j'implore. J'ai une mère issue de l'antique race de Priam,
une mère infortunée qui a voulu me suivre et que n'ont pu retenir le rivage
natal d'Ilion, ni les murs hospitaliers d'Aceste. Cette mère, je la quitte sans
l'instruire des dangers où je cours et sans l'embrasser. Non, j'en prends à témoin et la nuit et votre main sacrée, je ne pourrais soutenir les larmes de
ma mère. Mais vous, je vous en conjure, consolez-la dans sa douleur, soute-
nez-la dans son abandon. Que j'emporte cette assurance, je me jetterai plus
hardi au milieu des hasards. » Les Troyens attendris laissent couler leurs
larmes; le bel Ascagne surtout sent son cœur vivement ému à cette image
de la piété filiale, et il s'écrie : « Oui, je te promets tout ce que mérite ta
noble entreprise. Ta mère sera la mienne, et il ne lui manquera plus que le
nom de Créuse. Sur quelle reconnaissance ne doit pas compter celle qui mit
au jour un fils tel que toi? Quel que soit l'événement qui t'attends, j'en jure
par mes jours, par lesquels jurait mon père : tout ce que je te promets, si tu
reviens, si la fortune te seconde, je le garantis à ta mère et à ceux de ton
sang. »

En parlant ainsi, les yeux baignés de larmes, il détache de son épaule son
épée étincelante d'or, que Lycaon de Gnosse avait travaillée avec un art merveilleux et artistement engaînée dans un fourreau d'ivoire. Mnesthée donne
à Nisus la dépouille à longs crins d'un lion; le fidèle Alétès change avec lui
de casque. Tous deux armés se mettent alors en marche. Les premiers des
Troyens, jeunes gens et vieillards, accompagnent leurs pas jusqu'aux portes

du camp et les suivent de leurs vœux. Le bel Ascagne, dont le cœur et l'esprit
déjà virils ont devancé les années, les chargeait de nombreux messages pour
son père; vaines paroles que les vents emportent et dispersent dans les airs.

Ils sortent, ils franchissent les fossés, et, à la faveur des ombres de la nuit,
ils gagnent le camp des ennemis, ce camp qui doit leur être funeste, mais
où, avant de mourir, ils feront mourir tant de guerriers. De tous côtés ils
voient des soldats que le vin et le sommeil ont étendus sur l'herbe, des chars
dételés sur la rive, leurs conducteurs couchés entre les harnais et les roues,
des armes jetées çà et là parmi les coupes renversées. Le fils d'Hyrtacus dit
alors : « Euryale, un coup d'audace! l'occasion nous y invite. Voici notre
chemin : toi, de peur qu'un bras ennemi ne nous surprenne par derrière,
fais sentinelle et porte partout tes regards vigilants. Je vais tout égorger
devant moi et t'ouvrir un large passage. » Ainsi il parle à voix basse. En
même temps il s'avance l'épée à la main sur le fier Rhamnès, qui, couché
sur les magnifiques tapis d'un lit élevé, soufflait le sommeil de toute sa
bruyante poitrine. Pontife et roi, sa science augurale le rendit cher au roi
Turnus, mais son art divin ne put détourner de lui le coup fatal. Nisus...
frappe ensuite l'écuyer de Rémus et le conducteur de son char, qu'il trouve
endormi la tête penchée sur ses chevaux; il l'abat du tranchant de son glaive.
Il fait aussi tomber celle du maître, dont le tronc palpitant vomit des
bouillons d'un sang noir qui rougissent l'herbe tiédie et le lit du guerrier.
Il immole coup sur coup et Lamyre, et Lamus, et le jeune et beau Sarranus,
qui avait joué presque toute la nuit, mais qui, vaincu par le pouvoir du dieu,
abandonnait au sommeil ses membres enchaînés. Heureux si, donnant au
jeu la nuit tout entière, il avait prolongé sa veille jusqu'au retour de la lumière ! Tel un lion à jeun et qu'irrite une faim cruelle porte la mort au sein
d'un nombreux bercail, déchire, entraîne les tendres agneaux, les brebis
muettes de peur, et rugit de sa gueule sanglante.

Euryale ne fait pas de son côté moins de carnage : enflammé d'une égale
fureur, il frappe au hasard dans le camp mille guerriers sans nom : Fadus,
Herbésus, Rhétus et Arabis, passent, sans sentir ses coups, du sommeil à la
mort. Rhétus veillait et voyait tout; mais, dans sa frayeur, il se tenait caché
derrière un grand cratère. Au moment qu'il se lève pour fuir, Euryale lui
plonge dans la poitrine son épée tout entière, et la retire fumante du coup
de la mort. Son âme s'exhale en flots pourprés de sang et de vin. Cependant
Euryale, de plus en plus échauffé, poursuit ses nocturnes exploits. Déjà même
il s'avançait vers le camp de Messape, où il voyait les derniers feux s'éteindre
et les coursiers liés paître le gazon de la plaine, quand Nisus, qui sent qu'ils
sont emportés trop loin par l'ardeur du carnage : « Cessons, dit-il, car voici
l'aurore qui nous trahirait. C'est assez de victimes, et notre passage est frayé
à travers les rangs ennemis. » Ils dédaignent d'enlever les dépouilles des
Rutules, des armes d'or massif, de riches cratères, de splendides étoffes.
Euryale seulement prend le collier de Rhamnès et son baudrier parsemé de
clous d'or : l'opulent Cédicus l'avait envoyé jadis en présent à Rémulus de
Tibur, comme un gage de l'hospitalité à laquelle, malgré son absence, il
engageait sa foi : Rémulus en mourant le légua à son petit-fils; après la mort
de celui-ci, les Rutules, vainqueurs des peuples de Tibur, s'emparèrent de
cette riche dépouille. Euryale s'en saisit, et en pare, hélas! bien inutilement, ses robustes épaules; il couvre ensuite sa tête du casque de Messape,
où flottait une brillante aigrette. Tous deux enfin ils sortent du camp et
gagnent des lieux plus sûrs.

Cependant des cavaliers envoyés en avant de la ville de Laurente, tandis
que le reste de l'escadron se rangeait en bataille dans la plaine, s'avançaient
vers Turnus et lui portaient un message du roi. Ils étaient trois cents, tous
armés de boucliers, et sous la conduite de Volscens. Déjà ils approchaient

du camp, déjà ils étaient arrivés au pied du mur d'enceinte, quand ils aperçoivent au loin les deux jeunes Troyens, se détournant à gauche par un sentier. Frappé des rayons de l'aurore, qui déjà se dégageait de la nuit, le casque de Messape brilla tout à coup au milieu des dernières ombres, et trahit l'imprudent Euryale. Volscens ne les découvre pas en vain, et, du milieu de sa troupe, il s'écrie : « Guerriers, arrêtez. Pourquoi dans ces lieux? Qui êtes-vous, ainsi armés? Où allez-vous ? » Eux, de ne rien répondre, mais de précipiter leur fuite vers les forêts, et de confier leur salut à la nuit. Aussitôt les cavaliers, se divisant, vont se porter à tous les détours connus du bois et en gardent toutes les issues. C'était une forêt sauvage, au loin hérissée de buissons et d'yeuses au sombre feuillage, et partout embarrassée de ronces. A peine quelques étroits sentiers en coupaient la noire épaisseur. La nuit de ces ombrages et le butin dont il est chargé, ralentissent la marche d'Euryale, et la peur égare ses pas dans ses routes confuses. Nisus s'échappe; et déjà, sans s'en apercevoir, il s'était mis loin de la portée de l'ennemi, et avait atteint ces lacs qu'on a depuis appelés lacs Albains. Là étaient alors les vastes pâturages du roi Latinus. Il s'arrête, se retourne, et, cherchant en vain des yeux son ami absent : « Malheureux Euryale, s'écrie-t-il, en quel lieu t'ai-je laissé? Où te chercher? » Aussitôt, revenant sur ses pas, il s'engage de nouveau dans les détours obscurs de la perfide forêt, reconnaît et suit la trace de son premier passage, et seul erre au milieu des fourrés silencieux. Tout à coup il entend un bruit de chevaux, d'armes, de cavaliers qui poursuivent quelqu'un. Au même instant un cri frappe son oreille, et il voit Euryale qui, trahi par la nuit, par les lieux, troublé par une attaque imprévue, se débat en vain au milieu d'une troupe ennemie qui l'entraîne. Que faire? Par quels efforts, avec quelles armes entreprendra-t-il de délivrer son ami? Ira-t-il, sûr de mourir, se jeter au milieu des glaives ennemis, et chercher à travers mille coups un glorieux trépas? Aussitôt, d'un bras ramené en arrière, il balance un javelot, et, levant les yeux vers la lune, qui brillait au haut du ciel, il l'implore en ces termes : « O déesse! reine des astres, fille de Latone et gardienne des forêts, sois-moi propice et seconde mon dessein. Si jamais Hyrtacus, mon père, porta pour moi des offrandes sur tes autels; si moi-même, ajoutant à ces dons, j'y déposai souvent le tribut de mes chasses et suspendis de sanglants trophées au faîte sacré de tes temples, fais que je dissipe cette troupe, et conduis mes traits dans les airs. »

Il dit, et, de tout l'effort de son bras, il lance son javelot. Le trait fend dans son vol les ombres de la nuit, va percer le dos de Sulmon, s'y brise, et de son bois rompu lui traverse le cœur. Sulmon roule à terre et vomit de sa poitrine des flots de sang tout fumant; le froid de la mort le saisit, et la vie s'exhale de ses flancs, que fait palpiter un long râlement. On regarde de tous côtés. Nisus, dont l'audace redouble, élève son bras à la hauteur de sa tête et balance un nouveau dard. Tandis qu'on s'agite, le trait sifflant vient frapper Tagus de l'une à l'autre tempe, et s'arrête fumant dans son cerveau traversé. Volscens frémit de rage; il ne voit nulle part la main d'où les coups sont partis, et il ne sait, dans sa fureur, sur qui s'élancer. « Eh bien! dit-il, ton sang, en attendant, va me payer ces deux morts. » En même temps, l'épée nue, il fondait sur Euryale. Alors, épouvanté, hors de lui, Nisus jette un cri; il ne peut plus longtemps rester caché dans l'ombre, il ne peut plus supporter un si douloureux spectacle « Moi! moi! me voici, moi qui ai tout fait! Tournez ce fer contre moi, ô Rutules! tout le crime est à moi : cet enfant n'a rien osé, n'a rien pu contre vous, j'en atteste ce ciel et ces astres, qui le savent; il n'a fait que trop aimer son malheureux ami! »

Ainsi parlait Nisus; mais déjà le fer, poussé d'un bras furieux, a percé les flancs, déchiré la blanche poitrine d'Euryale. Il roule mourant sur la poussière; le sang inonde son beau corps, et sa tête tombe défaillante sur ses épaules. Telle une fleur brillante, si la charrue en passant l'a blessée, languit et meurt ; tels, sur leur tige affaissée, les pavots inclinent leur tête chargée de pluie. Nisus s'élance au milieu de la troupe ; Volscens est le seul qu'il cherche entre tous, c'est au seul Volscens qu'il s'attache. Les Rutules, pressés en cercle autour de lui, le repoussent, et de tous côtés l'accablent. Lui s'acharne à l'attaque avec plus d'ardeur, fait tournoyer sa foudroyante épée, et enfin il la plonge tout entière dans la bouche du Rutule, ouverte pour crier, et, avant de mourir, il arrache la vie à son ennemi. Alors, percé de coups, il se jette sur le corps inanimé de son ami, et s'endort enfin près de lui du paisible sommeil de la mort.

Couple heureux ! si mes vers peuvent quelque chose, jamais le temps n'effacera vos noms de la mémoire des hommes ; vous y vivrez tant que la race d'Énée règnera sur la roche éternelle du Capitole, tant que le père des Romains y maintiendra l'empire du monde.

EXPLOITS ET MORT DE PALLAS [1]

Énéide, chant X (362-497).

Plus loin combat Pallas : mais, ô douleur extrême !
Un rapide torrent, qui sur ce terrain même
Emporte des débris de rochers, d'arbrisseaux,
Condamne ses soldats à quitter leurs chevaux :
Dans le combat à pied leur inexpérience
Bientôt des rangs troublés a détruit l'ordonnance ;
Et, devant les Latins, leurs bataillons sans art
Résistaient au désordre, et fuyaient au hasard.
Leur chef emploie alors, pour ressource dernière,
Les reproches sanglants, la touchante prière :
« Amis, où fuyez vous ? Par vous, par vos exploits,
Par les hauts faits d'Évandre admirés autrefois,
Par l'espoir dont Pallas peut se flatter peut-être
Et d'imiter son père et d'égaler son maître,
Revenez, suivez-moi, marchons le fer en main !
Voyez ces rangs épais, c'est là notre chemin ;
Là la patrie en pleurs, là l'honneur vous appelle :
Où l'obstacle est plus grand, la victoire est plus belle.
Ici nous n'avons pas à combattre des dieux :
N'avons-nous pas des bras, un cœur, du fer comme eux ?
Hommes, pour ennemis nous n'avons que des hommes :
Vous savez ce qu'ils sont, montrez-leur qui nous sommes.
Eh ! quel moyen d'ailleurs d'échapper aux combats ?
D'un côté c'est la mer qui s'oppose à vos pas ;
De l'autre vos remparts, les Troyens et la gloire.
Votre arrêt est dicté : la mort ou la victoire. »

Il dit, et tout à coup sa bouillante valeur
Les entraîne avec lui. Lagus, pour son malheur,
Vient s'offrir à ses coups : tandis que du rivage
Il enlève un rocher que veut lancer sa rage,
Il le perce à l'endroit où, traversant le dos,
Des deux flancs recouverts de leurs robustes os
L'épine en s'allongeant occupe l'intervalle.

(1) Delille.

Pour retirer le fer de la lance fatale
Par son bras vigoureux avec force enfoncé,
Sur l'ennemi mourant tandis qu'il s'est baissé,
Pour venger son ami levant sur lui le glaive,
Hisbon va le frapper : le héros se relève,
Et, perçant ses poumons encor gros de courroux,
Par un coup plus rapide a prévenu ses coups.
Sthénélus lui succède. Il poursuit, il immole
Sans respect pour son nom le superbe Anchémole...
Et vous, au même jour nés de la même mère,
Double objet de regret pour un malheureux père,
O Thymber! ô Laris! ce jour vous vit mourants.
Vos traits, pareils en tout, de vos propres parents
Embarrassaient l'amour et la vue indécise,
Et leurs yeux se plaisaient à leur douce méprise.
Mais, par deux coups divers également affreux,
Pallas sut trop, hélas! vous distinguer tous deux.
La tête de Thymber roule sur la poussière;
Et toi, jeune Laris, l'atteinte meurtrière
A fait tomber ta main, dont les doigts défaillants
Serrent encor le fer de leurs nerfs tressaillants!
Cette main en mourant semble te reconnaître,
Et ses derniers efforts semblent chercher son maître.

Les exploits de son chef, encor plus que sa voix,
Et de honte et de rage enflamment à la fois
Le fier Arcadien, digne enfin de la suivre.
Rhétus au fer mortel de lui-même se livre,
Et de l'heureux Ilus sa mort sauve les jours;
La lance de Pallas allait trancher leur cours,
Lorsque Rhétus, fuyant sur son essieu rapide
Les armes de Teuthras et son père intrépide,
Intercepte le coup, et, mourant pour autrui,
Tombe et périt d'un trait qui n'était pas pour lui.

Ainsi, lorsqu'un berger a de la flamme avide
Dispersé dans les bois la semence rapide,
De rameaux en rameaux, par les vents emporté,
Le vaste embrasement s'étend de tout côté;
Lui, du haut d'un rocher voit leurs touffes brûlantes,
Et suit d'un œil content les flammes triomphantes;
Ainsi, brave Pallas, tout s'enflamme à ta voix,
Et les tiens à l'envi secondent tes exploits.
Mais, rappelant sa force et sa valeur guerrière,
Halésus à leur rage oppose une barrière :
Déjà tombent ensemble aux gouffres de Pluton
Le fier Démodocus, et Phérète et Ladon.
Sur lui Strymon levait sa redoutable épée;
Mais par un coup plus prompt sa main tombe frappée.
Un roc atteint Thoas; avec ses os meurtris
De son cerveau sanglant s'envolent les débris.
Écoutant de son cœur les alarmes trop sûres,
(Le cœur devine mieux souvent que les augures),
Le père d'Halésus le cacha dans les bois;
La Parque sur son fils jetant sa main cruelle

A Pallas dévoua sa victime nouvelle.
« O fleuve de ces lieux! dit le brave Pallas,
Viens et conduis le trait que balance mon bras;
Conduis-le dans le sein de ce guerrier farouche.
Si tu remplis le vœu que t'adresse ma bouche,
Si ta faveur le livre à mes heureux efforts,
J'orne de sa dépouille un chêne de tes bords. »
Le dieu reçoit ses vœux : tandis que sa jeunesse
Du vieillard Imaon protégeait la faiblesse,
Halésus à la mort livre un sein désarmé.

Par ce coup éclatant Lausus est alarmé :
Pour ranimer des siens l'audace défaillante,
Lausus, dont le succès suit la valeur brillante,
Frappe l'énorme Abas, et terrasse avec lui
Des Troyens effrayés le plus solide appui :
Toscans, Arcadiens, et les héros de Troie,
Vainqueurs même des Grecs, sont devenus sa proie.
L'un sur l'autre portés, l'un de l'autre rivaux,
Les deux camps, chefs, soldats, font des efforts égaux ;
Les rangs pressent les rangs, les traits manquent d'espace;
Dans Pallas, dans Lausus, même ardeur, même audace ;
Tous deux jeunes, tous deux éclatants de beauté.
Mais, hélas! du destin telle est la cruauté!
Tous les deux sans retour ont quitté leur patrie ;
Ils ne la verront plus. Mais, malgré leur furie,
Par les coups l'un de l'autre ils ne périront pas :
Un dieu garde leur chute à de plus nobles bras.

Dans ce même moment, Turnus à pas rapides
Pousse parmi les rangs ses coursiers intrépides;
Sa sœur l'a fait voler au secours de Lausus.
Il arrive. « Arrêtez! dit-il ; c'est à Turnus
A combattre Pallas ; moi seul du téméraire
Je dois tirer vengeance : eh! que ne peut son père
Voir comment un guerrier traite un jeune orgueilleux ! »
Il dit, et tout fait place à ce combat fameux.
Pallas du fier Turnus admire l'arrogance,
Son superbe dédain, son port, sa taille immense :
Et son œil, répondant à son regard altier,
Avec un froid courroux le parcourt tout entier.
« Viens, dit-il ; que ma main t'arrache la victoire,
Ou qu'un trépas illustre honore ma mémoire.
A mon père, crois-moi, l'un ou l'autre est égal :
Cesse donc la menace, et connais ton rival. »
Il dit, et sans effroi, sans arrogance vaine,
Au-devant de Turnus s'avance dans la plaine :
De ses braves soldats tout le sang s'est glacé.
Mais déjà de son char Turnus s'est élancé ;
C'est à pied, c'est de près, et sans vaine assistance,
Qu'il veut contre Pallas mesurer sa vaillance.
Et, tel qu'un fier lion, qui, dans un pré lointain,
Voit un taureau farouche au front large et hautain
Préparer au combat sa corne menaçante,
Part, les crins hérissés et la gueule écumante,

Turnus fond sur Pallas, par la rage emporté :
Inégal en vigueur, mais égal en fierté,
Pallas le voit venir, et l'attend sans rien craindre;
Et, s'arrêtant au lieu d'où le trait peut l'atteindre :
« Toi qui daignas t'asseoir aux festins paternels,
Hercule! entends ma voix des palais éternels,
Dit-il; que ce Turnus à sa main expirante
Me voie ici ravir son armure sanglante;
Qu'il descende aux enfers la rage dans le cœur,
Et que ses yeux mourants contemplent son vainqueur! »
Hercule en gémissant écoute sa prière;
La pitié de ses pleurs a mouillé sa paupière.
« Mon fils, dit Jupiter, dans cet humain séjour
Chaque mortel paraît, disparaît sans retour;
Mais, par d'illustres faits vivre dans la mémoire,
Voilà la récompense et le droit de la gloire.
Ilion vit périr plus d'un enfant des dieux;
Et Sarpédon, mon fils, n'est-il pas mort comme eux?
Ce fier Turnus lui-même, il faudra bien qu'il meure;
Et la Parque déjà file sa dernière heure. »
Ainsi dit Jupiter, et des voûtes des cieux
Vers les champs des Latins il rejette les yeux.

Ces deux fameux rivaux déjà sont en présence :
Pallas d'un bras nerveux a fait voler sa lance;
Et, tandis qu'il saisit son glaive étincelant,
Le trait impétueux qui s'élance en sifflant
Va tomber à l'endroit où l'épaule cachée
Supporte la cuirasse autour d'elle attachée;
Et, malgré le pavois dont il perce les bords,
Son fer du grand Turnus vient effleurer le corps.
Pallas avec transport accepte ce présage,
Et cet heureux essai redouble son courage.
Turnus d'un bois pesant hérissé d'un long fer
Arme son bras puissant, le balance dans l'air :
« Tiens, vois qui de nos traits est le plus redoutable! »
Il dit : au même instant le dard inévitable,
Malgré l'airain, le fer, dans la flamme durcis,
L'un sur l'autre ployés, l'un par l'autre épaissis,
Malgré les doubles peaux que son tissu rassemble,
Traverse sa cuirasse et son cœur tout ensemble.
Le courageux Pallas l'arrache tout sanglant;
Et sa vie aussitôt s'échappe avec son sang :
Sous l'inutile poids de sa brillante armure
Le jeune infortuné tombe sur sa blessure,
Et mord, en insultant au bras qui l'a dompté,
De ces bords ennemis le sable ensanglanté.
Turnus d'un pied cruel foulant ce triste reste :
« Vous, témoins d'une audace à son fils si funeste,
Soldats d'Évandre, allez, remettez-le en ses bras;
C'est ainsi que j'ai dû lui renvoyer Pallas.
Cependant je veux bien, pour consoler un père,
Accorder à son corps l'asile funéraire;
Qu'il lui dresse un tombeau, j'y consens; mais ce fils
Aura payé bien cher ses funestes amis! »

Il dit, et, sur son corps posant son pied barbare,
Saisit son baudrier, l'en dépouille, et s'en pare...

CAMILLE (1)

Énéide, chant XII (539-831).

Chassé de Privernum, sa vieille capitale,
Par son peuple irrité de ses fiers attentats,
Son père Métabus, privé de ses États,
Fuyait de bois en bois, de montagne en montagne ;
D'un exil qu'elle ignore innocente compagne,
Camille encore enfant consolait son chagrin ;
Son père malheureux la pressait sur son sein,
Et, tremblant pour l'objet de ses tendres alarmes,
Fuyait, prêtant l'oreille au bruit lointain des armes.
Dans sa fuite soudain se présente à ses yeux
L'Amasène grondant, dont les flots furieux,
Grossis pendant la nuit par les eaux des orages,
Roulaient gonflés d'écume et battaient leurs rivages.
Il s'arrête ; il voudrait, dans son premier transport,
S'élancer à la nage et gagner l'autre bord ;
Mais, tremblant pour l'objet de sa tendresse extrême,
Il craint pour ce doux poids bien plus que pour lui-même :
Longtemps il délibère ; il se décide enfin :
Autour d'un dard noueux, dont il arme sa main,
De son cœur inquiet la crainte paternelle
L'enveloppe avec soin d'une écorce fidèle ;
Puis l'élevant dans l'air, sa suppliante voix
Implore par ces mots la déesse des bois.
« O déesse ! tu vois cet enfant que j'adore ;
Ses tristes jours à peine ont commencé d'éclore :
Son père en ce moment la voue à tes autels ;
Prends pitié de tous deux dans ces dangers cruels !
Pour la première fois elle a saisi tes armes :
Elle fuit un vil peuple, auteur de nos alarmes,
Tandis qu'avec le trait elle vole dans l'air,
O déesse ! prends soin de ce dépôt si cher ;
Déesse, c'est ton bien qu'à tes soins je confie ;
A toi seule à jamais appartiendra sa vie... »

Il dit, lance le dard de son bras vigoureux ;
Le fleuve en retentit ; avec le trait heureux
Camille fend les airs et vole à l'autre rive.
L'ennemi s'approchait ; lui, devant qu'il arrive,
S'élance, nage, aborde, et d'un bras triomphant
Arrache du gazon son dard et son enfant.
Cet enfant, désormais réclamé par Diane,
La ville ne fut point sa demeure profane ;
Son père à ce séjour préféra les forêts ;
Moi-même (2) la cachai dans des autres secrets.
D'une fière jument, sa nourrice sauvage,
Sur sa lèvre enfantine exprimant le breuvage,
Son père l'élevait, et sa jeune fierté

(1) Delille. — (2) Diane, qui fait ce récit à Opis.

Prit du cœur paternel la farouche âpreté.
Sur ses pieds chancelants elle se tient à peine,
Et de ses premiers pas marque la molle arène,
Déjà, ses traits en main, elle court dans les bois,
Portant son arc léger et son petit carquois.
Une robe à longs plis n'était point sa parure,
L'or ne renouait pas sa simple chevelure ;
Derrière elle pendait la peau d'un léopard.
Déjà sa jeune main savait lancer un dard ;
Déjà sifflait la fronde alentour de sa tête ;
Déjà, d'un air vainqueur, rapportant sa conquête,
Elle offrait en triomphe à son père enchanté,
Ou la grue au long bec, ou le cygne argenté.
Jusqu'au fond des déserts où mes soins la cachèrent
Les plus nobles Toscans en vain la recherchèrent ;
Préférant à ces nœuds la liberté des bois,
Sa rebelle pudeur n'obéit qu'à mes lois.
Mais combien je la plains ! qu'à regret ma tendresse
A ces sanglants combats voit voler sa jeunesse !
Hélas ! j'aurais voulu que, chère à mon amour,
De ses chastes attraits elle embellît ma cour ;
Vain espoir ! elle touche à son heure dernière.
Pars donc, vole et descends sur ton aile légère
Aux lieux où les Latins, dévoués au trépas,
Sous un sinistre augure avancent aux combats.
Mais, avant, prends toi-même en mon carquois fidèle
Le trait qui doit venger sa blessure mortelle ;
Et malheur au guerrier dont la coupable main
De son fer sacrilège aura percé son sein !
Troyen, Latin, n'importe ; il expira son crime ;
Et moi, dans un nuage enlevant sa victime,
Je veux que son beau corps, ses traits victorieux,
Soient avec son tombeau rendus à ses aïeux. »

. . . .
. . . .

L'Amazone surtout, signalant son courage,
Triomphe et s'applaudit au milieu du carnage.
Un carquois sur l'épaule, un bras nu, l'œil brûlant,
Tantôt de traits légers qu'elle darde en volant
Poursuit les Phrygiens ; tantôt, plus redoutable,
Arme d'un fer tranchant sa main infatigable ;
Sur son dos retentit le céleste carquois,
Plein des traits dont l'arma la déesse des bois ;
Tantôt, quand des vainqueurs ardents à sa poursuite,
La force inévitable a décidé sa fuite,
Terrible elle se tourne, et d'un bras foudroyant
Leur porte l'épouvante et triomphe en fuyant.
Avec la même ardeur vole et combat près d'elle
De ses vaillantes sœurs une troupe fidèle,
Appui de sa valeur, âme de ses projets,
Son escorte aux combats, son conseil dans la paix ;
C'est Tulla, c'est Larine, et toi, jeune Tarpée,
Dont la hache est de sang incessamment trempée.

. . . .

Quel trépas le premier signale tes exploits,

Quel héros le dernier expire ta victime,
O guerrière intrépide et nymphe magnanime?
O dieux ! combien de morts entassés par ton bras!
Eunéus le premier a reçu le trépas;
Ce fils de Clytius, digne de sa naissance,
Dans son corps traversé reçoit ta longue lance :
Il tombe, et, sur la terre en vain se débattant,
De rage mord la poudre et se roule en son sang.
Deux guerriers à leur tour sont couchés sur ces plaines :
De son coursier blessé l'un reprenait les rênes,
Lyris était son nom; Pagasus près de lui
De son bras désarmé lui présentait l'appui :
Tous deux tombent frappés par la nymphe guerrière.
Amastre à côté d'eux termine sa carrière.
Sur des monceaux de morts elle suit son chemin;
De loin, le corps penché, le javelot en main,
Elle poursuit Chromis, Harpalyce et Térée;
Du sang de Démophon sa lance est altérée :
Autant il part de traits de son terrible bras,
Autant de Phrygiens sont voués au trépas.

Sur un coursier nourri dans les champs de la Pouille,
Elle voit Ornytus, elle veut sa dépouille;
Chasseur déjà fameux, mais combattant nouveau,
D'un buffle sur son corps il étale la peau;
Sur son cimier un loup dans sa gueule béante
Présente la blancheur de sa dent menaçante;
Et de son bras velu la sauvage vigueur
S'arme d'un bois grossier courbé dans sa longueur :
Il marche, il a passé de Diane à Bellone,
Et surpasse du front tout ce qui l'environne :
Seul il résiste encor; son bataillon a fui.
Elle vole, l'attaque; et, s'adressant à lui :
« Crois-tu dans tes forêts faire encore la guerre?
Dit-elle; de ton corps va mesurer la terre.
Ainsi sont réfutés tes insolents propos;
Une femme suffit à de pareils héros :
Meurs, et va te vanter dans le royaume sombre
Que tu meurs de ma main; c'est assez pour ton ombre. »
Avec non moins d'ardeur elle poursuit de près
Et le jeune Orsiloque et l'énorme Butès.
Butès expire atteint de sa lance fatale
A l'endroit où, laissant un étroit intervalle,
Sa cuirasse, son casque, et son court bouclier,
Offrent à découvert le cou de ce guerrier.
Orsiloque à son tour, dont le bras la menace,
Décrit un vaste cercle en courant sur sa trace;
Dans un cercle moins vaste, elle échappe, elle fuit,
Et poursuit à son tour celui qui la poursuit;
Puis sur ses pieds dressés se levant tout entière,
Sa hache, sans égard pour sa vaine prière,
Fend son épaisse armure et ses robustes os,
Et du crâne brisé le sang coule à grands flots.

Tout à coup à ses yeux le hasard fait paraître

Le rusé fils d'Aunus, que l'Apennin vit naitre.
Nul des Liguriens, peuple artificieux,
Ne fut ni moins vaillant, ni plus insidieux.
A l'aspect de Camille, il s'écrie, il s'arrête ;
Voyant qu'il ne peut fuir, et que sa mort s'apprête,
A la ruse aussitôt sa frayeur a recours,
Et, pour tromper Camille, il lui tient ce discours :
« Pour s'assurer sans doute une fuite facile,
Camille se confie à ce coursier agile ;
Ce moyen est honteux : laissez là ce coursier ;
Seule à pied contre moi venez vous essayer ;
Vous verrez qui des deux a des droits à la gloire,
Et pour juge entre nous nous prendrons la Victoire. »
L'amazone à ces mots s'enflamme de dépit,
Et, rendant son coursier à celle qui la suit,
Avec son glaive nu, son armure légère,
Offre un combat égal à son lâche adversaire.
Lui, de son vain succès s'applaudissant trop tôt,
Retourne son coursier, et, s'échappant d'un saut,
Aiguillonne les flancs de l'animal rapide.
« Traître Ligurien ! en vain ton art perfide
Des ruses de ton peuple emprunte le secours ;
Tu n'éviteras pas cette mort où tu cours,
Et de ton lâche cœur la fourbe héréditaire
Ne pourra pas vivant te remettre à ton père. »
A ces mots elle part, et d'un rapide essor
Vole, poursuit, attaque, et saisit par le mor
Le coursier fugitif qui l'emportait loin d'elle,
Et joint à tant de morts sa victime nouvelle.
. . . .
Ainsi vole, combat, et triomphe Camille.
. . . .
Dans ce moment Arnus, qu'attend déjà son sort,
Voyant de tous côtés Camille triomphante,
Parmi les combattants suivait sa course errante,
S'attachait à ses pas, et son œil avec art
D'un moment favorable épiait le hasard :
Partout où dans les rangs s'élance son audace,
Il la suit en silence et vole sur sa trace ;
Revient-elle en triomphe à de nouveaux combats,
De son coursier vainqueur son coursier suit les pas ;
Partout où vient, s'éloigne, ou revient l'héroïne,
L'opiniâtre Arnus autour d'elle s'obstine,
Et déjà dans sa main tient le fer préparé.
. . . .
Arnus posté tout près tient sa lance immortelle,
Cherche du coup fatal l'heureuse occasion ;
Et prêt à la frapper : « O divin Apollon !
S'écria-t-il soudain, ô Dieu de la lumière,
Que dans son temple saint le Soracte révère,
Devant qui nous courbons nos fronts respectueux,
Pour qui des verts sapins les rameaux onctueux
D'un bûcher éternel entretiennent les flammes ;
Toi qui, par un saint zèle allumé dans nos âmes,
Sur ces ardents brasiers nous fais marcher sans peur,

Dieu puissant! par mes mains lave le déshonneur
Qu'imprime à notre nom cette Volsque insolente!
Sa dépouille, grand dieu! n'est pas ce qui me tente;
Plus d'un autre trophée a signalé mon bras;
Mais que de ce fléau je purge ces climats,
Qu'elle expie en mourant notre gloire flétrie,
Je pars, et vais obscur mourir dans ma patrie. »
Apollon imploré l'entendit; et ce dieu
Accorde à sa prière une part de son vœu,
Et l'autre dans les airs se dissipe et s'envole :
Il lui cède Camille, et consent qu'il l'immole ;
Mais revoir ses foyers n'est plus en son pouvoir,
Et les vents ennemis emportent son espoir.
Enfin des mains d'Arnus le trait bruyant s'élance :
On se trouble, on regarde, et le Volsque en silence
Se tourne vers sa reine, et pour elle pâlit;
Mais la lance fatale, et son vol, et son bruit,
Rien ne peut l'effrayer, quand la flèche mortelle
Vient blesser son sein nu de sa pointe cruelle,
Et le fer altéré boit son sang virginal.
On s'étonne; ses sœurs volent au coup fatal,
Et présentent leurs bras à leur reine expirante.
De son propre succès le vainqueur s'épouvante,
Et fuit, le cœur rempli de joie et de terreur.

. . . .

Dans la foule à l'instant Arnus se précipite ;
De ce qu'osa sa main son cœur se sent troubler,
Et Camille en mourant le fait encor trembler.
La malheureuse en vain veut arracher la lance :
De ce coup meurtrier telle est la violence :
Le fer perçant du trait dont son sein est blessé,
Rebelle à ses efforts, y demeure enfoncé;
Elle tombe, ses sens par degrés s'affaiblissent,
Son teint se décolore et ses lèvres pâlissent.

Alors sa voix mourante appelle Acca sa sœur,
Acca toujours admise aux secrets de son cœur :
« O toi, dont j'éprouvai la tendresse fidèle,
J'ai, tant que je l'ai pu, vengé notre querelle;
Mais enfin je succombe, et j'ai fini mon sort;
Déjà tout se noircit des ombres de la mort;
Entends les derniers vœux de la triste Camille :
Cours avertir Turnus qu'il défende la ville;
Et toi, reçois ta reine et ses adieux. » Soudain
Les rênes en flottant s'échappent de sa main.
Ce corps, jadis rempli de son âme enflammée,
De la mort aujourd'hui victime inanimée,
Descend de son coursier, entraîné par son poids ;
Il tombe ce beau front si brillant autrefois;
Son pouls meurt; sur ses yeux nagent des vapeurs sombres.
Et son âme en courroux s'envole chez les ombres.

MORT DE TURNUS [1]

Énéide, chant XII (842-952)

Cependant Jupiter roule dans son esprit un autre projet, et se prépare à séparer Juturne [2] de son frère et du combat. Il est deux divinités, fléaux des humains, qu'on appelle les Furies, sœurs de l'infernale Mégère, et filles de la sombre Nuit, qui les mit au monde, entortilla leurs têtes des mêmes vipères, et leur donna des ailes rapides comme les vents. Debout près du trône et du redoutable seuil du roi des dieux, elles veillent, aiguillonnant la peur dans les âmes des malheureux mortels, soit que le maître des dieux déchaîne sur la terre l'horrible mort et les maladies, soit qu'il épouvante par la guerre les cités coupables. Jupiter envoie du haut des airs l'une de ces rapides Furies, et lui ordonne de s'offrir en signe de malheur aux regards de Juturne. Elle vole, et un rapide tourbillon la porte sur la terre. Telle, chassée par la corde à travers la nue, la flèche qu'un Parthe ou un Crétois a armée de poison siffle, et, fendant les ombres d'un vol obscur, porte avec sa pointe infectée une incurable blessure. Ainsi la fille de la Nuit traverse les airs et gagne la terre. Quand elle a vu l'armée troyenne et les bataillons de Turnus, soudain elle se ramasse sous la forme empruntée de ce petit oiseau qui, se posant la nuit sur les tombeaux ou sur les toits abandonnés, prolonge dans les ténèbres ses cris importuns. La Furie, sous ce plumage, passe et revient devant les yeux de Turnus, et bat son bouclier de ses ailes. Une nouvelle terreur glace les membres engourdis de Turnus; ses cheveux se dressent d'horreur sur son front; sa voix s'arrête sur ses lèvres. A peine Juturne a-t-elle reconnu de loin le vol et l'aigre cri de la Furie, que la malheureuse sœur arrache ses cheveux épars, se déchire le visage, se meurtrit le sein. « Ah! Turnus, s'écrie-t-elle, que peut maintenant pour toi ta sœur? Que devenir, malheureuse que je suis, cruelle qui t'abandonne? Par quel art prolonger pour toi la vie? Comment m'opposer à ce monstre qui t'environne? C'en est fait : j'abandonne ce champ de bataille. Cessez, impurs oiseaux, de m'épouvanter, je connais les battements de vos ailes et vos funèbres cris. Je sens l'impérieuse volonté du grand Jupiter. Voilà comme il me récompense! Pourquoi m'a-t-il accordé une vie éternelle? Pourquoi m'a-t-il exempté de la condition mortelle? La mort finirait pour moi de si grandes douleurs, et je pourrais accompagner mon malheureux frère chez les Mânes. Mais quelle douceur, ô mon frère, puis-je goûter sans toi? La terre a-t-elle des abîmes assez profonds pour m'engloutir et me précipiter, toute déesse que je suis, dans les gouffres des enfers? » A ces mots, elle couvre sa tête d'un voile bleu, et se plonge en gémissant dans le fleuve.

Cependant Énée presse son rival, et fait étinceler son javelot dans ses mains redoutables. « Qui t'arrête maintenant, Turnus? s'écrie-t-il, et pourquoi refuses-tu le combat? Ce n'est pas de courir qu'il s'agit, mais de combattre de près avec des armes cruelles. Prends toutes les formes que tu voudras; ramasse en toi toutes les ressources du courage et de l'art; demande des ailes pour t'envoler vers les astres; demande à la terre de te cacher dans ses entrailles. » Turnus secouant la tête lui répond : « Barbare, ce n'est pas le vain feu de tes paroles, ce sont les dieux qui m'épouvantent; c'est Jupiter ennemi. » Il dit, regarde autour de lui, voit une pierre haute, énorme, qui gisait dans la plaine, antique monument qui servait à marquer la borne litigieuse des champs voisins : douze hommes des plus robustes de ceux qu'enfante aujourd'hui notre terre, fléchiraient sous cette masse; Turnus l'enlève d'une main furieuse, se dresse de toute sa hauteur, et d'une course haletante le lance à Énée. Mais il ne sent pas que la force lui manque pour courir et se précipiter, pour soulever et mouvoir le roc immense : ses genoux plient ; un froid glacial serre son cœur. La pierre, roulant dans le vide des airs, ne franchit même pas tout l'espace qui le sépare de son rival, et ne porte pas coup. Ainsi la nuit, durant nos songes, quand le sommeil languissant pèse sur nos yeux, il nous semble que nous voulons d'un avide élan prolonger une course impuissante, et que nous tombons épuisés au milieu de nos efforts ; notre langue est enchaînée ; notre corps n'a plus ses forces accoutumées ; la voix, ni les mots, ne suivent les désirs. De même Turnus, quoi que tente son courage, se sent trahi par l'infernal génie de la déesse.

Alors mille pensées diverses agitent son esprit. Il regarde les Rutules et la ville : la peur l'arrête ; il tremble de lancer son dard ; il ne sait où s'échapper, ni comment assaillir son ennemi ; plus de sœur, plus de char pour le conduire. Il balançait encore, quand Énée fait luire son fatal javelot ; il a cherché des yeux une place à ses coups ; il lance son arme de toute la force de son corps. Jamais n'ont tant frémi les murailles ébranlées par le bélier des siéges ; jamais la foudre ne rompit la nue avec d'aussi effroyables éclats. Pareil à un noir tourbillon, le dard vole, portant avec lui la mort, perce les bords de la cuirasse et les sept lames repliées du bouclier de Turnus, et pénètre en sifflant au milieu de la cuisse : à ce terrible coup, le grand Turnus tombe à terre sur ses genoux ployés. Des bataillons rutules s'élève un immense gémissement ; tout le mont en mugit, et les hautes forêts lui répondent en échos lamentables. Turnus, humble et suppliant, les mains tendues vers son vainqueur, l'implorait du regard. « J'ai mérité la mort, lui dit-il, et je ne te demande point la vie ; use de ta fortune. Mais, si tu es touché du sort d'un père malheureux (et toi aussi tu as plaint un père, le vieil Achille), aie pitié de la vieillesse de Daunus ; et, s'il te plaît de me ravir la lumière, rends mon corps aux miens. Tu as vaincu, et tous les Ausoniens m'ont vu te tendre des mains désarmées. Lavinie est à toi : ne porte pas plus loin ta haine. » Énée s'arrête au fort de sa fureur, roulant des yeux incertains, retenant son bras. Longtemps il hésite ; il va se laisser fléchir par les paroles de Turnus, quand apparaît à ses yeux et reluit avec ses boucles d'or si connues le malheureux baudrier de Pallas, d'un enfant que Turnus avait abattu par un coup mortel, et dont il portait sur ses épaules la dépouille ennemie. Énée a revu ce trophée, qui réveille dans son âme de cruelles douleurs ; il en repait ses tristes regards ; sa fureur se rallume ; et cette fois, terrible dans sa colère : « Eh quoi ! encore paré des dépouilles des nôtres, tu m'échapperais ! C'est Pallas, oui, Pallas qui t'immole de sa main, et qui se venge dans ton sang criminel. » A ces mots, il lui plonge sa bouillante épée dans la poitrine : le froid de la mort coule dans ses membres, il gémit, et son âme en courroux s'enfuit chez les Mânes.

CINNA (C. Helvius). — Il fut le contemporain et l'ami du poëte Catulle, et l'auteur de *Smyrna*, petit poëme fort obscur, dont il n'est resté que des fragments insignifiants, qui ne laissent même pas deviner quel pouvait être le sujet.

GALLUS (Cn. Cornélius). — Il naquit à Fréjus, 69 ans av. J.-C. Après avoir rendu à Auguste de grands services, il fut chargé par lui du gouvernement de l'Égypte ; mais ses rigueurs contre ses administrés le firent envoyer en exil par le sénat, et il se donna la mort. Virgile, son ami, lui dédia sa 10ᵉ églogue. Il composa lui-même des traductions, des imitations d'Euphorion de Chalcis et quatre livres d'élégies, auxquelles Quintilien trouve de la dureté dans le style. Enfin, on lui attribue le petit poëme de *Ciris*, ou légende de Scylla, fille de Nysus, poëme figurant d'ordinaire à la suite des éditions de Virgile, que quelques critiques en désignent comme l'auteur. Nous citons ici quelques vers de l'invocation.

INVOCATION (1)

Vous qui tant de fois, lorsque je méditais, poëte véridique, des chants nouveaux, avez comblé par vos faveurs les vœux de mon génie ardent, divines Piérides (2), qui voyez souvent des dons offerts par moi décorer vos autels et vos chastes lambris, l'hyacinthe et le narcisse au rouge tendre poser leurs fleurs à vos portes, le safran s'enlacer pour vous en guirlandes où alternent les soucis et les lis, et la rose épanouie joncher le seuil de vos temples; maintenant plus que jamais, déesses, secondez mes travaux de votre souffle propice, et couronnez d'une gloire éternelle ce volume qui va naître ! De toutes les villes répandues autour de la cité royale de Pandion, entre les collines attiques et ces blancs rivages de Thésée, où se déploie au loin la riante pourpre des coquillages, nulle qui ne le cède en renommée à Mégare : c'est que ses remparts furent jadis élevés par Alcathoüs, et par Apollon, qui lui prêta le secours de ses mains divines. Aussi la pierre, imitant les sons aigus de la lyre, vibre-t-elle, comme le chef-d'œuvre de Cyllène, si elle est touchée; et ces frémissements merveilleux attestent l'antique et glorieux privilége qu'elle tient d'Apollon.

OVIDE (Publius Naso). — 43 av. J.-C., à Sulmone, dans le Samnium. « Dès sa plus tendre jeunesse (3), il marqua le goût le plus vif pour les lettres. Son génie le porta principalement à la poésie; il conçut même pour cet art une véritable passion : dès son berceau il balbutia des vers. Son père, cependant, l'obligea d'étudier les lois de son pays et le destina au barreau. Ovide obéit, se rendit à Athènes, la maîtresse de l'éloquence. Mais son père étant mort, le jeune chevalier, qui aimait la poésie et la gloire plus que l'argent, quitta le barreau et se livra à ses études favorites. Son génie abondant et facile enfanta plusieurs poëmes considérables, où il montre, avec peu de correction, une fécondité prodigieuse, beaucoup d'esprit, de légèreté, de grâce. Il encourut, pour un motif demeuré inconnu, la disgrâce d'Auguste, qui l'exila à Tomes sur la mer Noire, au sud des bouches du Danube. Il y mourut de chagrin au bout de huit ans, 17 ans ap. J.-C.

« Avec un grand talent, Ovide ne s'aveuglait pas sur les défauts de ses ouvrages : « Le poli de la lime a manqué à mon travail; « aussi est-ce l'indulgence que je sollicite, et non des éloges, »

_____

(1) Nisard. — 2, Muses. — (3, Édition de Paris, 1801, chez Delalain.

dit-il lui-même; et il ajoute : « Tout ce qu'un travail interrompu
« a laissé de fautes dans mes écrits, songe que, si le sort l'eût
« permis, je les eusse corrigées. » (Liv. I, élég. 7.) Quintilien a
dit de lui qu'il eût été beaucoup plus parfait s'il eût su donner
des entraves à son esprit; et tous les savants ont souscrit au jugement de Quintilien.

« La diction d'Ovide est généralement claire et nette. Mais c'est
un poëte; et il se sert souvent de la liberté que son art et le goût
lui donnent d'employer les figures de mots et de pensées pour
répandre dans son style plus de chaleur, de force ou d'agréments;
et par là, sans être plus obscur, il devient plus difficile à entendre.
Il s'y trouve aussi, de loin en loin, des phrases dont la construction est embarrassée. » Un soin nous a préoccupé. Dans ses écrits
comme dans sa conduite, Ovide est un des hommes les plus licencieux de l'antiquité. Ce n'est pas sans peine qu'on parvient à
extraire de ses ouvrages quelques morceaux irréprochables, propres à le faire connaître, sans danger pour l'esprit et pour le
cœur de la jeunesse. « Il y a trop de mythologie dans ses ouvrages,
dit Dussault; un goût plus sévère aurait fait de cette science un
usage plus discret. »

Nous avons à étudier ici le plus parfait des ouvrages d'Ovide,
les *Métamorphoses*, en quinze livres. «Il y a réuni, dit Schœll, une
suite de deux cent quarante-six fables de la mythologie, qui commencent au chaos et vont jusqu'à la mort de César. Ce grand
nombre de fables est arrangé, autant qu'il était possible, en une
suite chronologique, et ne forme qu'un seul récit non interrompu.
Le principal mérite du poëte consiste dans l'artifice qu'il a employé pour réunir ainsi des objets disparates et des événements
survenus chez des peuples divers. »

Les autres ouvrages de ce poëte sont l'*Ibis*, cinq livres d'élégies
nommées *Tristes*, quatre livres d'*Épitres pontiques*, et d'autres
poëmes. Nous en parlerons à leur place.

PHILÉMON ET BAUCIS [1]
(Livre VIII.)

La puissance des dieux est immense, infinie; pour vous en convaincre,
écoutez : On trouve sur les monts de Phrygie un tilleul à côté d'un vieux
chêne, dans un enclos qu'enferme un mur léger. J'ai vu moi-même ce lieu
sacré; car Pitthée autrefois m'envoya dans les champs de Phrygie, où régnait
son frère Pélops. Non loin de là est un vaste marais, jadis terre peuplée de
nombreux habitants, aujourd'hui retraite des plongeons et des oiseaux des
marécages.

Jupiter, sous les traits d'un mortel, et le dieu du caducée (2), qui avait
quitté ses ailes, voulurent un jour visiter ces lieux. Ils frappent à mille por-

(1) M. G. T. Villenave. — (2) Mercure.

tes, demandant partout l'hospitalité; et partout l'hospitalité leur est refusée.
Une seule maison leur offre un asile. C'était une cabane, humble assemblage
de chaume et de roseaux. Là Philémon et la pieuse Baucis, unis par un chaste
hymen, ont vu s'écouler leurs beaux jours; là ils ont vieilli ensemble, supportant la pauvreté, et par leurs tendres soins la rendant plus douce et plus
légère. Il ne faut chercher dans cette cabane ni serviteurs ni maitres : les
deux époux commandent, obéissent, et seuls composent leur ménage champêtre.

Les dieux, en courbant la tête sous la porte, sont à peine entrés dans la
cabane, le vieillard les invite à s'asseoir sur un banc rustique que Baucis
s'empresse de couvrir d'une étoffe grossière. Sa main écarte ensuite les cendres tièdes du foyer; elle ranime les charbons qu'elle a couverts la veille;
elle nourrit le feu d'écorces, de feuillages; d'un souffle pénible excite la
flamme, rassemble des éclats de chêne, détache du toit d'arides rameaux, les
rompt, les arrange sous un vase d'airain, et prépare les légumes que son
époux a cueillis dans son petit jardin. En même temps Philémon saisit une
fourche à deux dents, enlève le vieux lard qui pend au plancher enfumé, en
coupe une parcelle, et la plonge dans le vase bouillant.

Cependant ils amusent leurs hôtes par différents discours, cherchant à
tromper l'ennui du temps qui s'écoule pendant ces longs apprêts. Un bassin
de hêtre était suspendu par son anse à un vieux poteau, Philémon le remplit d'une eau tiède, et lave les pieds des deux voyageurs. Au milieu de la
cabane est un lit aux pieds de saule, couvert d'une natte de jonc. Les deux
époux étendent sur ce meuble antique un tapis qui ne sert qu'aux jours de
fête; il est tout usé, grossièrement tissu, digne ornement de ce lit champêtre.

Les dieux daignent s'y placer. Baucis, la robe retroussée, dresse d'une
main tremblante la table qui chancelle sur trois pieds inégaux; des débris
d'un vase elle étaye sa pente; elle l'essuie, la frotte de menthe, et sert ensuite, dans des vases d'argile, des olives, des cormes confites dans du vin
mousseux, des laitues, des racines, du lait caillé, des œufs cuits sous la cendre. Elle apporte un grand vase de terre et des tasses de hêtre, qu'une cire
jaune a polies.

Bientôt après arrive le potage bouillant, et avec lui le vin du dernier
automne. A ce premier service succède le second. Il est composé de noix, de
figues sèches, de dattes ridées. On voit dans des corbeilles la prune et la
pomme vermeille, et le raisin nouvellement cueilli; enfin un rayon d'un miel
savoureux couronne le banquet. Les dieux sont surtout satisfaits de l'accueil
simple et vrai qu'ils reçoivent. Les deux époux sont pauvres, mais leur
cœur ne l'est pas.

Cependant ils s'aperçoivent que plus le vin remplit la coupe, moins le vase
qui le contient parait se vider. Étonnés de ce prodige, saisis d'effroi, le timide Philémon et Baucis, joignant leurs mains suppliantes, les tendent à
leurs hôtes, et les prient d'excuser leur repas champêtre et ses modiques
apprêts.

Il leur restait une oie, gardienne de leur cabane. Ils se disposaient à l'égorger pour la servir aux dieux. Mais cet animal domestique, aidant de son aile
la rapidité de sa fuite, fatigue leurs pas que l'âge a rendus trop pesants, et
longtemps évite leurs tremblantes mains. Enfin il se réfugie aux pieds des
immortels, qui défendent de le tuer. « Nous sommes des dieux, disent-ils;
vos voisins impies recevront le châtiment qu'ils ont mérité. Vous seuls serez
épargnés. Quittez cette cabane, suivez-nous, et, sur cette montagne voisine,
prenez votre chemin. » Ils obéissent; et, à l'aide d'un bâton qui soutient
leurs corps chancelant sous le poids des années, avec effort ils gravissent du
mont escarpé la pente difficile.

Le jet d'une flèche eût mesuré l'espace qui les sépare encore du sommet; ils s'arrêtent, se retournent; ô prodige! tout était submergé. Leur cabane seule subsistait au milieu des marais.

Tandis qu'ils s'étonnent, déplorant le sort funeste de leurs voisins, cette chaumière antique et pauvre, pour deux maîtres trop étroites, est un temple. Les vieux troncs qui la soutiennent sont changés en colonnes; le chaume qui la couvre jaunit; la surface du sol devient marbre; le toit est d'or, et la porte d'airain : « Sage vieillard, et vous, femme d'un si pieux époux, leur dit alors avec bonté le maître du tonnerre, parlez, quels sont vos vœux? » Philémon confère un moment avec Baucis, et reporte aux dieux, en ces termes, le souhait qu'ils ont formé : « Souffrez que nous soyons les prêtres de ce temple; faites que nos destins, depuis si longtemps unis, se terminent ensemble; que je ne voie jamais le tombeau de Baucis! que Philémon ne soit jamais enseveli par elle! »

Leurs vœux sont exaucés. La garde du temple leur fut confiée; et, tant qu'ils respirèrent, ils desservirent ses autels. Un jour que, courbés sous le poids des ans, ils étaient assis sur les marches du temple, et qu'ils s'entretenaient des prodiges dont ils furent témoins, Baucis voit Philémon se couvrir de feuillage; Philémon voit s'ombrager la tête de Baucis; tandis que l'écorce s'étend et les embrasse, ils se parlent, se répondent encore: « Adieu, cher époux! adieu, chère épouse! » Et l'écorce monte, les couvre, et leur ferme la voix. Le pâtre de Phrygie montre encore au voyageur les deux troncs voisins qui renferment leurs corps. De sages vieillards m'ont conté cette aventure; ils n'avaient aucun intérêt à tromper; j'ai dû les croire. J'ai vu des festons de fleurs pendre à ces arbres et les entrelacer; je les ai moi-même ornés de guirlandes nouvelles, et j'ai dit : « La piété des mortels est agréable aux dieux, et celui qui les honore mérite d'être honoré à son tour. »

AJAX ET ULYSSE SE DISPUTENT LES ARMES D'ACHILLE [1]

(XII et XIII.)

Déjà ce héros, la terreur des Phrygiens, l'honneur et le salut des Grecs, l'invincible Achille a été placé sur le bûcher; le même dieu [2] qui fit ces armes les consume. Il n'est plus qu'un peu de cendre, et de ce grand Achille il reste un je ne sais quoi, qui remplit à peine une urne légère. Mais sa gloire est vivante, elle remplit tout l'univers : c'est là l'espace qui convient à ce héros, c'est par là qu'Achille est égal à lui-même et qu'il échappe aux enfers. Son bouclier excite parmi les Grecs une violente querelle; à leur ardeur, on peut reconnaître à qui il appartient; pour conquérir des armes, on va mêler les armes. Ni le fils de Tydée, ni le fils d'Oïlée, ni Ménélas, ni Agamemnon lui-même, ni tant d'autres guerriers n'osent y prétendre. Seuls, Ajax et Ulysse osent les disputer. Le fils d'Atrée, qui craint la haine du vaincu, ne veut pas prononcer entre eux. Il ordonne aux chefs des Grecs de s'asseoir au milieu du camp, et les fait tous juges de cette querelle.

Les chefs [3] étaient assis, et la foule se tenait debout autour d'eux. Le héros au bouclier recouvert de sept peaux, Ajax se lève, frémissant de colère; il jette sur le rivage de Sigée, sur la flotte, un sombre regard, et, les mains levées vers le ciel : « O Jupiter! s'écrie-t-il, c'est à la vue des vaisseaux que le débat s'agite, et c'est Ulysse qui se compare à moi! Mais il a fui lâchement devant les feux d'Hector, et moi je les ai bravés, je les ai repoussés loin de cette flotte! Mieux vaut donc combattre avec de belles paroles que le fer en main. Pour moi, je parle comme Ulysse agit, peu et mal : ma force

(1) Nisard. — (2) Vulcain. — (3) Livre XII.

est dans mon bras, au milieu de la mêlée, et la sienne est dans sa langue. Je n'ai pas besoin, je pense, de vous rappeler ce que j'ai fait, vous l'avez vu; c'est à Ulysse de vous raconter ses exploits, exploits sans témoins, et dont la nuit seule a le secret. Le prix que je demande est grand sans doute, mais un tel adversaire le ravale; quelle gloire pour Ajax de l'obtenir, si beau qu'il soit, quand Ulysse a osé y prétendre? Pour lui, la lutte elle-même est déjà un honneur; et, après sa défaite, on dira qu'il avait Ajax pour son rival.

« Et d'ailleurs, si l'on pouvait mettre en question mon courage, j'aurais encore le droit de la naissance : moi, fils de Télamon qui détruisit avec Hercule les murs de Troie, et osa pénétrer sur le vaisseau des Argonautes jusqu'aux rivages de Colchos; moi, petit-fils d'Éaque, qui juge les ombres silencieuses dans les enfers, où Sisyphe gémit sous le poids de son rocher. Éaque est le fils de Jupiter : Jupiter est ainsi le bisaïeul d'Ajax. Mais je ne parlerais pas ici de cette série d'aïeux, si elle ne m'était commune avec Achille : mon père et le sien étaient frères; c'est comme son héritier que je demande ses armes. De quel droit le digne descendant de Sisyphe, comme lui perfide et lâche, viendrait-il mêler au nom des Éacides les noms d'une race étrangère?

« Est-ce pour avoir pris les armes le premier, de mon propre mouvement, que l'on me refuserait les armes d'Achille? Doit-on me préférer celui qui les a prises le dernier, qui a joué la démence pour se soustraire à nos périls? Plus adroit encore, mais moins jaloux de sa sûreté, Palamède découvrit la perfidie du lâche, et le traîna tout tremblant au combat. Et maintenant il toucherait aux armes d'un héros, celui qui n'osait toucher une épée! et je serais dédaigné, frustré de mon droit, moi qui me suis le premier offert au danger! Plût aux dieux que sa folie eût été réelle ou mieux jouée, qu'il ne fût jamais venu sous les murs de Troie, cet artisan de crimes! Philoctète! nous ne t'aurions pas abandonné dans Lemnos; là, dit-on, caché dans un antre sauvage, tu émeus les rochers de tes plaintes; tu appelles sur Ulysse le châtiment qu'il mérite; et, s'il y a des dieux, tu ne l'appelleras pas en vain. Quoi! un des chefs de la Grèce, lié par les mêmes serments que nous, l'héritier des flèches d'Hercule, rongé par la maladie et par la faim, misérablement vêtu, et nourri du produit de sa chasse, fait en ce moment la guerre à des oiseaux avec les flèches qui doivent être fatales à Ilion! Mais il vit, parce qu'il est resté loin d'Ulysse. Malheureux Palamède, que ne t'avions-nous aussi abandonné! Tu vivrais, ou du moins tu ne serais pas mort innocent et cru coupable; ce lâche n'avait que trop bien gardé le souvenir de sa fourberie déjouée; il fit de Palamède un traître; ce crime imaginaire, il le prouva; et la preuve était l'or qu'il avait lui-même eu soin d'enfouir. Ainsi, par l'exil ou par la mort, il a soustrait à la Grèce deux de ses plus fermes appuis : voilà les combats d'Ulysse; voilà comment il se fit craindre.

« Il peut être plus éloquent que Nestor lui-même; mais ses belles paroles ne me feront jamais croire que ce n'est pas un crime d'avoir abandonné Nestor comme il l'a fait. Arrêté par la blessure de son cheval, et par le poids des années, le vieillard implorait Ulysse, et le traître prit la fuite. Si je mens, Diomède le sait. C'est lui qui retint de force, en le traitant de lâche, son ami éperdu, sourd à la voix qui le rappelait. Mais les dieux sont justes : à son tour, le lâche est en péril; comme il avait délaissé un ami, on pouvait le délaisser : il s'était condamné lui-même. Mais il nous appelait à grands cris : j'arrive, et je le vois étendu par terre, pâle de peur, éperdu, tremblant devant la mort : je lui fis un rempart de mon bouclier; et, la gloire en est petite, je sauvai la vie d'un poltron. Tu veux lutter contre moi; eh bien! retournons à la même place, avec les Troyens autour de nous, avec ta blessure et ta lâcheté; cache-toi derrière mon bouclier; et

là, ose encore me disputer le prix. Quand je l'eus tiré de la mêlée, sa blessure, qui ne lui avait pas laissé la force de rester debout en présence de l'ennemi, ne l'empêcha pas alors de courir. Hector s'élance, les dieux le suivent ;
devant lui les braves eux-mêmes reculent comme Ulysse ; couvert de sang,
enivré de carnage, la terreur l'environne : seul, j'attends de pied ferme, et,
d'une pierre énorme que je lui lance, je l'étends sur la poussière. Seul, quand
il vint demander un rival digne de lui, seul je soutins la lutte ; vous n'aviez
pas vainement appelé mon nom : et rappelez-vous l'issue du combat ; Ajax
n'est pas resté au-dessous d'Hector. Quand Jupiter lançait sur nos vaisseaux
les Troyens, le fer et la flamme, où était-il, Ulysse, le beau parleur ? Comme
moi, faisait-il un rempart de son corps aux mille vaisseaux, espoir de votre
retour ? Pour tant de vaisseaux, je demande ces armes ; et certes vous leur
ferez plus d'honneur qu'à moi-même : leur gloire est liée à celle d'Ajax ;
elles ont besoin de lui, et il n'a pas besoin d'elles.

« Comparons maintenant les hauts faits du roi d'Ithaque : qu'il nous parle
de Rhésus, du lâche Dolon, d'Hélénus, enlevé avec la statue de Pallas : rien
à la face du soleil, rien sans le secours de Diomède. Si jamais vous donnez
les armes d'Achille à des titres si honteux, faites-en deux parts, et à Diomède la meilleure ! Ulysse en a-t-il besoin ? C'est la nuit et sans armes qu'il
agit ; c'est par la ruse qu'il détruit un ennemi sans défense. Ce casque
éblouissant ferait découvrir ses piéges et le trahirait dans les ténèbres où il
se cache ; son front plierait sous le faix ; la forte et lourde lance du héros ne
peut convenir à des bras débiles, ni son vaste bouclier, sur lequel l'univers
est représenté, à la main d'un poltron et d'un fourbe. Mais, malheureux !
ces armes causeraient ta perte, et tu les demandes ! Si l'aveuglement des
Grecs te les donnait, loin d'effrayer l'ennemi, elles ne seraient plus pour lui
qu'un appât ; et, dans une déroute, où tu sais vaincre tout le monde à la
course, tu ne pourrais fuir assez vite en traînant cette lourde masse. Va, ton
bouclier est encore neuf ; on ne l'a pas vu souvent dans la mêlée ; le mien,
criblé de coups, percé à jour, a besoin d'un successeur. Mais à quoi bon
tant de paroles ? Voyez-nous faire : jetez au milieu des Troyens les armes du
héros, c'est là qu'il faut aller les prendre ; elles seront à celui qui les rapportera. »

Ajax se tait, et ses dernières paroles sont suivies dans la foule d'une courte
agitation. Mais Ulysse va répondre ; il est debout, les yeux modestement
baissés vers la terre ; enfin il relève son regard vers les juges ; tout le monde
prête l'oreille et attend ; il commence, et la grâce embellit son éloquente
parole.

« O Grecs, si le ciel avait exaucé vos prières et les miennes, ce grand
débat n'aurait pas lieu : tu vivrais, Achille, tu garderais tes armes et nous
t'aurions encore avec nous ! Mais, puisque les destins jaloux nous l'ont ravi
(et il feignait d'essuyer une larme), le légitime héritier d'Achille n'est-il pas
celui qui a donné Achille aux Grecs ? Ne faites pas à Ajax un mérite d'être
d'un esprit aussi grossier qu'il le paraît ; ne me faites pas un tort du génie
inventif qui vous a toujours été si utile ; ne me reprochez pas le talent que
je puis avoir pour la parole, s'il me sert aujourd'hui, après vous avoir si
souvent servi. Pourquoi chaque homme renoncerait-il à ses avantages ? Mais
la naissance, les aïeux, tous ces dons du hasard sont-ils vraiment les nôtres ?
Ajax s'est vanté de descendre de Jupiter ; mais Jupiter est aussi l'un de mes
aïeux, et il l'est au même degré : Laërte est fils d'Arcésius, Arcésius l'est de
Jupiter, et ces noms ne rappellent ni crime ni exil. Par ma mère, le dieu
de Cyllène ajoute encore à l'éclat de ma race : des deux côtés, le sang d'un
dieu coule dans mes veines. Mais ce n'est pas pour un avantage de naissance,
et parce que mon père n'a pas tué son frère, que je réclame les armes
d'Achille ; voyez mes véritables titres, et jugez. Si Pélée et Télamon étaient

30

frères, que ce ne soit pas un privilége pour Ajax; ne faites pas de ces dépouilles le prix d'un degré de parenté, mais celui du mérite; ou, si vous
regardez aux droits du sang, il y a Pyrrhus, fils d'Achille, il y a Pélée, son
père : Ajax n'a rien à demander; portez ces armes à Phthie ou à Scyros. Et
Teucer, lui aussi, n'est-il pas le cousin d'Achille? Réclame-t-il cependant?
Ose-t-il espérer cet héritage? Nos actions seules doivent peser dans la balance : les miennes sont trop nombreuses pour que je puisse aisément les
embrasser toutes dans mon discours, mais l'ordre des faits me guidera.

« Pour sauver son fils de la mort prématurée prédite par les destins,
Téthys l'avait caché sous l'habillement d'une jeune fille; et la ruse avait
trompé tout le monde, Ajax comme les autres. A des ornements de femmes,
je mêlai des armes qui devaient réveiller l'âme virile du héros; et, dès que
je le vis mettre la main sur le bouclier et sur la lance : « Fils d'une déesse,
m'écriai-je, Troie est encore debout, elle t'attend pour tomber; suis-moi,
viens renverser la superbe Ilion. » Et je m'emparai de lui, et je le forçai de
vaincre. Ses exploits m'appartiennent : c'est moi qui ai renversé Télèphe,
qui lui ai tendu la main lorsqu'il était vaincu et suppliant; c'est moi qui ai
pris Thèbes, qui ai conquis les villes d'Apollon, Lesbos, Ténédos, et Chrysès,
et Cylla, et Syros; moi, dont la main a ébranlé dans leurs fondements et
jeté par terre les tours de Lyrnesse. Et, pour tout dire enfin, celui qui pouvait seul vous délivrer d'Hector, je vous l'ai donné; grâce à moi, le terrible
Hector a mordu la poussière. Pour les armes qui m'ont révélé Achille, je
demande ces armes; vivant, il me les devait, je les réclame après sa mort.
Rappelez-vous, quand l'injure d'un seul fut devenue celle de toute la Grèce,
ces milliers de vaisseaux qui couvraient les rivages d'Aulis, et depuis longtemps retenus par les vents contraires ou par le calme; rappelez-vous l'impitoyable Diane demandant à Agamemnon, pour se laisser fléchir, le sang de
sa fille innocente. Il refusait avec horreur, il maudissait les dieux, car le
père vit toujours dans le roi : mais je sus manier l'âme trop aimante du
père et la tourner vers l'intérêt de tous. Je le dis maintenant, et Agamemnon pardonnera cet aveu, je plaidais une cause bien difficile, et devant un
juge bien partial : et pourtant je fis valoir les intérêts de la Grèce, l'honneur
outragé d'un frère, l'éclat du rang suprême; il céda, il paya sa gloire de son
sang. Mais la mère, ces raisons ne pouvaient rien sur son cœur; il fallait la
tromper : qui fut chargé d'aller vers elle? Ce n'était pas le fils de Télamon;
car la voile pendrait encore inutile à nos mâts. Quel ambassadeur audacieux
porta vos plaintes dans Pergame? Je vis l'assemblée des Troyens, je parus
devant elle, elle était nombreuse et imposante : sans trouble, sans effroi, je
plaidai la cause que la Grèce m'avait confiée; j'accusai Pâris, je réclamai Hélène et ses trésors, je vis ébranlés Anténor et Priam. Mais Pâris, mais ses
frères, et tous les complices du rapt se contenaient à peine, et leurs mains demandaient du sang : tu l'as vu, Ménélas, et ce jour fut le premier où ton
danger devint le nôtre.

« C'est un long récit que celui de tous les services rendus dans le cours de
cette longue guerre par ma prudence et par mon épée. Après les premières
rencontres, l'ennemi se tint longtemps renfermé dans ses murailles; la lice
du combat était close : elle ne s'ouvrit qu'au bout de dix ans. Que faisais-tu
cependant, toi qui ne sais que te battre? A quoi pouvais-tu servir? Moi, je
dressais des embûches à l'ennemi, je fortifiais le camp, j'inspirais aux Grecs,
dégoûtés d'une guerre aussi lente, la force d'attendre avec calme; j'entrete-
nais l'abondance, j'exerçais les soldats, j'étais partout où un besoin se faisait
sentir. Un jour, par l'ordre de Jupiter, et abusé par un songe, le chef de la
Grèce ordonne l'abandon de notre pénible entreprise : la volonté de Jupiter
est son excuse. Mais Ajax sans doute ne nous permettra pas de fuir avant la
ruine de Pergame, il fera tout pour combattre le départ : pourquoi n'arrête-

t-il pas les fugitifs? Pourquoi ne met-il pas l'épée à la main? Décide-t-il par son exemple la multitude inconstante? Ce n'était pas trop pour un homme toujours si fier en paroles. Quoi! et lui aussi il fuit! Oui, Ajax, je t'ai vu, et j'en rougis pour toi, je t'ai vu tourner le dos et déployer aux vents tes voiles déshonorées. « Que faites-vous, mes amis? criai-je aux soldats ; quelle folie « est la vôtre? Troie va tomber, et vous voulez partir! Ne rapporterez-vous « d'une guerre de dix ans que la honte? » La douleur me rendait éloquent, et ma voix eut la puissance de ramener les fugitifs. Agamemnon convoqua les chefs frappés de stupeur; Ajax lui-même n'osait ouvrir la bouche ; Thersite l'avait osé, et mon bras avait châtié son insolence. Je parlai, je rendis aux Grecs la haine du nom troyen et leur première valeur; et, si depuis, Ajax, tu as pu montrer parfois quelque courage, l'honneur m'en revient de droit, car tu fuyais, et je t'ai contraint de rester. Enfin quel est, parmi les Grecs, ton partisan, ton compagnon d'armes? Moi, du moins, Diomède m'estime; il m'associe à ses dangers, il ose tout avec Ulysse pour compagnon. C'est quelque chose d'avoir été choisi par Diomède, seul parmi des milliers de Grecs : le sort ne m'avait pas désigné pour le suivre ; je n'en bravais pas moins les piéges de la nuit et le fer de l'ennemi. Le Phrygien Dolon, qui osait, du côté des Troyens, tenter la même entreprise, périt de ma main après avoir parlé et avoir trahi tous les projets des siens. Je n'avais plus rien à savoir, ma mission était remplie, et la récompense promise bien gagnée. C'était trop peu pour moi : je pénétrai sous la tente de Rhésus, je l'égorgeai dans son camp, lui et une foule de ses soldats, et je revins, porté comme un triomphateur, sur le char dont j'avais voulu m'emparer. Et vous me refuseriez les armes de celui dont un Troyen avait demandé les chevaux pour prix de son expédition nocturne ! Et Ajax serait jugé plus digne de les posséder! Rappellerai-je les Lyciens de Sarpédon, moissonnés par mon épée? Céranon, fils d'Hippasus, Alastor, Chromion, Alcandre, Halius, Noémon, Prytanis, et Chersidamas, et Thoon, et Charope, tombés sous mes coups? Ennomon poussé à ma rencontre par la main de fer du destin, et tous ceux, moins connus, que mon bras a immolés sous les murs de Troie? J'ai aussi mes blessures, et la place en est glorieuse. Sans vous fier à de vaines paroles, voyez! (Et il découvrait sa poitrine.) Là est un cœur éprouvé par un long dévouement à la Grèce. Mais Ajax, pendant dix ans de guerre, n'a pas versé pour vous une goutte de sang : son corps est sans blessure. Pourquoi vient-il se vanter d'avoir combattu pour le salut de nos vaisseaux? Il a combattu, j'en conviens; ce n'est pas à moi de nier par jalousie les services des autres : mais qu'il ne confisque pas pour lui seul le bien de tous, et qu'il laisse à chacun de vous sa part de gloire. C'est Patrocle, sous l'armure redoutée d'Achille, qui a mis en fuite les Troyens : sans lui, la flamme eût dévoré la flotte avec ses défenseurs. A l'entendre, n'a-t-il pas seul osé lutter contre le Mars troyen? Comme si Agamemnon, et six autres chefs, et moi-même, nous n'avions pas réclamé avant lui le péril dont un caprice du sort lui laissa l'honneur. Et quelle fut l'issue de ce combat, ô très-vaillant Ajax? Hector en est sorti sans une seule blessure.

« Malheureux! que je souffre d'avoir à rappeler le jour où le rempart des Grecs, Achille, est tombé! Malgré le danger, malgré ma douleur et mes larmes, je fus le premier à relever le corps du héros. Mes bras, oui, ces bras ont porté le corps d'Achille, ainsi que ces armes que je veux porter encore aujourd'hui. J'ai des membres qui ne plieront pas sous le faix; mon âme est faite pour sentir le prix d'un tel honneur. La déesse des mers aurait-elle sollicité en faveur de son fils le génie de Vulcain, pour voir le don céleste, l'œuvre d'un art divin, tomber entre les mains d'un soldat ignorant et brutal? Saurait-il reconnaître, dans les figures ciselées du bouclier, l'Océan et la terre, le vaste ciel et ses étoiles, les Pléiades, les Hyades, l'Ourse qui ne se

couche jamais dans la mer, l'épée brillante d'Orion, et les nombreuses cités?
Il demande des armes dont il ne peut pénétrer le sens.

« Quoi! il me reproche d'avoir fui les fatigues de la guerre, d'avoir pris
une part tardive à vos travaux, et il ne sent pas que ces paroles sont un outrage à la mémoire d'Achille? Si la ruse est un crime, ce fut le crime d'Achille
comme le mien; si le retard est une honte, j'avais pris les armes avant
lui. Une tendre mère, une épouse chérie nous retenaient : le premier mouvement a été pour elles, et le second pour la Grèce. Je n'ai pas à rougir d'une
faute qui m'est commune avec un héros. Et d'ailleurs l'adresse d'Ulysse a
surpris Achille : Ulysse l'a-t-il été par celle d'Ajax? Sa bouche a vomi contre
moi de grossières injures; n'en soyez pas étonnés : ses outrages sont montés
jusqu'à vous. Si Palamède est mort innocent, si son accusateur est un infâme, que dira-t-on de vous qui l'avez condamné? Mais Palamède n'a pu repousser la preuve d'un attentat odieux et avéré : sa trahison n'était pas une
chimère créée par une parole; vous l'avez vue, vous l'avez touchée; le prix
du crime était sous vos yeux. Si Philoctète est resté à Lemnos, doit-on m'en
accuser? Défendez votre ouvrage; car vous y avez consenti; mais c'est moi,
je l'avoue, qui ai conseillé à Philoctète d'éviter les fatigues du voyage et de
la guerre, de laisser à ses cruelles douleurs le temps de se calmer par le repos. Il m'a cru et il vit; mon conseil partait du cœur, et il a eu d'heureux
résultats; mais c'est assez de l'intention pour le justifier. Si la voix des devins réserve à Philoctète la ruine d'Ilion, ne m'envoyez pas auprès de lui :
il vaut mieux que ce soit le fils de Télamon. Il saura par son éloquente parole fléchir un homme fou de colère et de douleur, ou par son adresse l'attirer hors de son antre! Mais non : on verra le Simoïs reculer vers sa source,
l'Ida élever une cime sans forêt, les Grecs porter secours aux Troyens, avant
de voir le génie d'Ulysse rester muet dans vos besoins, et le stupide Ajax
vous servir de son esprit. Les Grecs, Agamemnon, et moi surtout, tu nous
abhorres, ô Philoctète : tu me maudis sans cesse, tu dévoues ma tête aux
Furies; dans le délire de la douleur, tu voudrais me tenir entre tes mains, tu
as soif de mon sang. Eh bien! tu me verras; je braverai ta fureur, et tu seras
à moi, et je te forcerai de me suivre; et, la fortune aidant, je saurai aussi
bien m'emparer de tes flèches, que j'ai su enlever le devin, fils de Priam,
découvrir la volonté des dieux et les destinées futures d'Ilion, ravir enfin, au
milieu des ennemis, la statue vénérée de la Pallas phrygienne. Et Ajax viendra se comparer à moi! Avec le Palladium, Troie ne peut tomber : où est
l'intrépide Ajax? Où est ce foudre de guerre avec ses grandes paroles? Mais
il a peur; mais c'est Ulysse qui ose, dans l'ombre de la nuit, traverser les
postes de l'ennemi; au milieu de mille morts, franchir les murs de Troie;
pénétrer jusque dans la citadelle, arracher la déesse de son temple, l'enlever
à travers les Troyens. Sans moi, le fils de Télamon aurait inutilement chargé
son bras d'un épais bouclier. Cette nuit-là, j'ai été le vainqueur de Troie; je
l'ai vaincue en rendant possible sa défaite.

« Cesse de murmurer le nom de Diomède, et de le désigner du geste : oui,
il a partagé ma gloire; mais, lorsque tu couvris nos vaisseaux de ton bouclier, tu n'étais pas seul non plus; tu avais une armée avec toi, et moi je
n'ai eu qu'un homme. Si Diomède lui-même ne savait que la bravoure doit
le céder à la prudence, que la vigueur des bras n'est pas le meilleur droit à
ces armes, il les aurait aussi demandées; et avec lui, l'autre Ajax, moins
emporté que toi, Eurypyle, Thoas, Idoménée, Mérion, nés dans la même
patrie, et le plus jeune des Atrides. Mais tous ces chefs, tes égaux en courage,
ont cédé le prix à mon génie; ton bras est utile dans la mêlée, ton esprit a
besoin du nôtre : force aveugle à qui manque la pensée, c'est nous qui pensons pour toi : tu sais te battre; je sais choisir, avec Agamemnon, le moment
du combat; à toi la force brutale, à nous l'intelligence; tu es au-dessous de

moi comme le rameur au-dessous du pilote, comme le soldat au-dessous du
général; chez moi, la tête vaut mieux que le bras; toute ma force est là!
Vous, chefs de la Grèce, sachez récompenser votre vigilante sentinelle. Pour
tant d'inquiétude et de soins, pour tant de services, ce prix lui est bien dû.
Déjà vos travaux touchent à leur fin; grâce à moi, les destins contraires sont
écartés; Troie n'est plus imprenable, elle est prise. Au nom de vos glorieuses
espérances, des murs de Troie, qui vont tomber, des dieux que j'ai enlevés
à l'ennemi; au nom de ce que je ferais encore, s'il fallait braver un nouveau
péril, donner une nouvelle preuve de courage ou d'audace, et ravir à Troie
un dernier appui du destin, Grecs, ne soyez pas ingrats envers moi; ou, si
vous ne me décernez pas les armes, voici à qui elles reviennent! » et il
montrait la prophétique statue de Pallas.

Force toute-puissante de l'éloquence! les juges étaient vaincus, et l'orateur
emporta les armes du héros. Celui qui, seul, avait tant de fois soutenu le
choc d'Hector, et le fer et la flamme, et Jupiter lui-même, ne peut soutenir
un affront; la douleur abat cette âme indomptable; il tire son épée, il la regarde : « Certes, dit-il, celle-ci est bien à moi : Ulysse la voudrait-il aussi?
Allons, encore une fois sois-moi fidèle : va droit au cœur, non plus d'un
Troyen, mais de ton maître: Ajax ne doit succomber que sous la main d'Ajax. »
Et il se plonge l'épée fatale dans la poitrine : ce fut sa première et sa dernière blessure. On ne pouvait arracher le fer de la plaie, mais le sang l'en
fit sortir; et de la terre rougie sortit la fleur à la couleur de pourpre, déjà
née du sang d'Hyacinthe. Alors on vit un double sens aux lettres gravées dans
le calice; c'est le nom du héros, c'est le cri plaintif de l'enfant (1). »

3e Époque

Lucain (Marcus Annæus). — Né 39 ans ap. J.-C., à Cordoue. Il
était neveu de Sénèque, et il vint à Rome tout enfant. Son oncle le
présenta à Néron, qui le nomma augure et questeur, et l'admit au
nombre de ses amis. Cette intimité fut troublée par la rivalité qui
éclata entre les deux poëtes. Indigné des injustices du prince, Lucain
entra dans la conspiration tramée par Pison, fut arrêté et dénonça
ses complices pour se soustraire à la mort ; on prétend même
qu'il donna le nom de sa propre mère. Cette odieuse conduite ne
lui sauva pas la vie; Néron lui permit seulement de choisir son
supplice, et il se fit ouvrir les veines. Il avait 27 ans.

Il composa l'*Incendie de Troie*, l'*Incendie de Rome*, *Énée aux
enfers*, des *Silves*, des *Épîtres* et une *Médée* : ces ouvrages ne nous
sont pas parvenus. Nous n'avons plus de lui que la *Pharsale*, dont
le sujet est la guerre entre César et Pompée; c'est un poëme historique. « On y trouve, dit L. Dubeux, peu d'imagination; mais,
s'il faut convenir qu'il n'est pas irréprochable et qu'il tombe
souvent dans la déclamation, il faut reconnaître aussi que, dans
plusieurs passages, il atteint la hauteur de la belle poésie. Le style

(1) La diphthongue αἴ se trouve dans le nom d'Ajax , Αἴας. Elle exprime aussi chez les Grecs
le cri de la douleur , αἴ, αἴ.

de Lucain n'est pas toujours uniforme, et les sentiments politiques qu'il exprime dans les diverses parties du poëme sont assez
différents les uns des autres. Dans les premiers livres, on aperçoit
à peine les traces de cet amour de la liberté qu'il professa plus
tard avec enthousiasme, et l'on voit qu'il a cherché à éviter les
expressions et les pensées qui auraient blessé Néron. Dans le reste
du poëme, la haine qu'il portait au tyran se fait jour, malgré la
bassesse de son caractère. Le manque d'imagination chez Lucain
est contre-balancé par la puissance et l'énergie du langage, et par
la noblesse des pensées, toujours exprimées avec cette gravité virile qui était le propre des stoïciens, à la secte desquels il appartenait. »

PORTRAITS DE CÉSAR ET DE POMPÉE [1]

(Chap. I.)

Il est permis aux chefs de commencer la guerre; et l'ambition jalouse les
aiguillonne. Tu crains, Pompée, que des exploits nouveaux n'effacent tes
triomphes d'autrefois, et que tes victoires sur les pirates ne disparaissent
devant la conquête des Gaules; toi, César, une longue habitude de vaincre
enfle ton cœur; ta fortune s'indigne du second rang. César ne veut plus de
maître; Pompée, plus d'égal. Quelle armée défend la plus juste cause? On
ne peut le dire sans crime : chacun s'autorise d'un imposant suffrage; les
dieux ont été pour la cause du vainqueur, mais Caton pour celle du vaincu.
    Les forces ne sont pas égales. Pompée, dont l'âge touche à la vieillesse,
longtemps paisible sous la toge, a perdu dans la paix les souvenirs du général : ambitieux de renommée, il ne sait plus que prodiguer des fêtes à la
multitude, que se laisser aller au souffle populaire, que s'enivrer des applaudissements de son théâtre; il ne s'inquiète pas de renouveler ses forces, et se
confie trop à son ancienne fortune. Ce n'est plus que l'ombre d'un grand
nom. Tel est, dans un champ fertile, un chêne majestueux qui porte les trophées antiques du peuple et les offrandes consacrées des chefs : de fortes racines ne l'attachent plus à la terre; son poids seul le maintient; il étend
dans les airs ses rameaux dépouillés, et fait ombre de son tronc sans feuillage. Bien qu'il chancelle et menace ruine au premier souffle de l'Eurus, bien
qu'alentour s'élève une forêt d'arbres robustes et solides, seul pourtant on
l'adore.
    César n'a pas un si grand nom, une pareille gloire; mais sa vaillance ne
sait rester en place; mais il ne rougit que de ne pas vaincre. Ardent, indomptable, il porte le glaive partout où l'appellent l'ambition et la vengeance;
jamais il ne s'épargne d'ensanglanter le fer. Altérée de succès nouveaux, son
ardeur insatiable persécute la fortune; il renverse tout obstacle à son ambition de grandeurs, heureux de se faire un chemin avec des ruines. Ainsi,
comprimée par les vents et déchirant la nue, la foudre retentit dans l'éther
ébranlé, gronde, s'allume, sillonne le jour et fait trembler les nations épou-
vantées, éblouissant les yeux de ses flammes obliques; elle se déchaîne sur
les temples de son dieu; rien ne peut arrêter sa course : elle frappe en tombant, elle frappe en remontant, laisse partout de vastes ruines, et puis rassemble ses feux épars.
    Tels sont les mobiles des chefs.

_____

[1] Nisard.

ENTRÉE DE CÉSAR DANS ROME
(Chap. III.)

César s'avance, et la terreur est telle, qu'on ne doute plus qu'il ne veuille faire tout ce qu'il a le pouvoir d'entreprendre. On ne songe à feindre ni les cris joyeux d'une fête, ni des présages favorables; on ne pense même pas à la haine. Le temple d'Apollon se remplit de la foule des sénateurs sortis de leurs retraites, sans que César les ait convoqués; on n'y voit point briller les faisceaux du consul; on n'y voit point le préteur exercer après lui son autorité : les chaises curules sont restées vides. César est tout. La Curie sans voix prend les ordres d'un citoyen : assis en silence, les Pères vont décréter pour lui, s'il lui plaît, ou l'autel ou le trône; pour eux, l'exil ou la mort. Heureusement, César rougirait de vouloir ce que Rome est disposée à souffrir. Mais la liberté cède à sa colère : elle veut, empruntant la voix d'un citoyen, opposer le droit à la force; le vaillant Métellus, voyant que des léviers ébranlent les portes du temple de Saturne, se précipite, perce les bataillons de César, et s'arrête à l'entrée même du sanctuaire, qui n'a pas encore été franchi. Ainsi l'amour des richesses est seul à ne redouter ni le fer ni la mort! Mais la loi disparaît sans avoir rencontré un défenseur, tandis que l'or, un vil métal, soulève des combats. Le tribun interdit le pillage au vainqueur, et lui crie à haute voix : « Il vous faudra percer mon cœur avant de renverser ces portes ébranlées : odieux pillard! tu n'enlèveras pas ces richesses sans les arroser du sang de ton tribun! Et la puissance d'un tribun trouve des dieux vengeurs de ses outrages : l'anathème d'un tribun suivit Crassus à la guerre, et le voua à de sinistres combats! Allons, tire ton glaive; tu ne crains pas sans doute cette foule qui se repaît du spectacle de tes crimes, nous sommes seuls au milieu de Rome abandonnée. Ta soldatesque impie ne s'enrichira pas de nos biens; il te reste d'autres peuples à renverser, d'autres villes à donner; tu n'es pas assez pauvre pour en être réduit à emporter les dépouilles de la paix. César, à toi la guerre! »

Ces rudes paroles soulèvent le courroux du vainqueur : « C'est une mort glorieuse que tu cherches, tu ne la trouveras pas : nos mains refusent de se souiller de ton sang, et tu ne mérites pas d'éprouver la colère de César. La liberté n'a-t-elle donc plus d'autre défenseur que toi? Non, le temps n'a pas amené assez de bouleversements, pour que les lois n'aiment pas mieux ployer sous César que de s'appuyer sur Métellus. »

Il dit; mais le tribun garde son poste à l'entrée du temple. César sent redoubler sa colère, il promène ses yeux sur les épées qui l'entourent et ne songe plus au caractère pacifique qu'il s'est imposé. Cotta joint Métellus, et l'engage à abandonner un projet trop audacieux : « La liberté, dit-il, meurt sous un maître par les coups de la liberté même; si tu veux en conserver l'ombre, sache obéir aux ordres que l'on t'impose. Vaincus, nous nous sommes déjà soumis à tant de volontés iniques! notre honte, notre déshonneur ne peut plus trouver qu'une excuse, c'est de n'avoir plus rien à refuser. Qu'on enlève donc cet or, semence funeste de la guerre. Cette perte ne doit être sensible qu'à des peuples encore libres : la pauvreté de l'esclave ne peut être nuisible qu'à son maître. »

Métellus est emmené, les portes du temple s'ouvrent, la roche Tarpéienne mugit, et les gonds roulent avec un sourd gémissement. L'or est arraché du sanctuaire : c'est le trésor amassé par les vieux Romains; c'est la dépouille jusque-là respectée de la fière Carthage, de Persée vaincu, de Philippe humilié, de Pyrrhus laissant derrière lui dans sa fuite un immense butin, dont Fabricius refusa jadis d'accepter sa part au prix de son honneur; c'est la réserve prudente de l'antique frugalité romaine ce sont les tributs des peuples

opulents de l'Asie ; les richesses ravies par Métellus à l'île abondante de
Crète, ou apportées par les navires de Caton des rives éloignées de Chypre ;
c'est la fortune de l'Orient, les ressources amassées par ses rois et traînées
en triomphe devant le char de Pompée. Tout est arraché du temple, qui
reste vide. Ce jour-là, Rome fut plus pauvre que César.

DÉFAITE DE POMPÉE [1]

(Chap. VII.)

Les cœurs s'enflamment, et la vertu romaine se relève : tous ils veulent
mourir, s'il est vrai que Pompée a sujet de craindre. Les deux armées s'élancent ; une même rage les anime : celle-ci poussée par la crainte, celle-là par
l'espoir de la tyrannie. La plaie que vont ouvrir ces mains, jamais les siècles
ne pourront la fermer ; tous les jours de la race humaine ne répareraient
pas cette perte, même au sein de la paix. Que de nations à venir ensevelies
dans ce carnage ! que de peuples, qui venaient au monde, étouffés dans leur
germe ! Alors tout nom latin ne sera plus qu'une fable : des ruines et de la
poussière diront à peine où furent Gabies, Véies, Cora, et les lares albains,
et les pénates de Laurente, campagne déserte, où le sénat ne viendra plus
que la nuit pour les rites obligatoires, obéissant à regret aux ordres de Numa.
Ce n'est pas le temps rongeur qui dévora ces édifices et les mina pour les
effacer : tant de villes solitaires sont le crime des guerres civiles. A quoi se
trouva réduite la multitude des humains ? Tant de générations naissent dans
le monde entier sans pouvoir peupler nos cités, nos campagnes ! une seule
ville nous contient tous. Un laboureur enchaîné cultive les moissons de
l'Hespérie : les toits de nos pères, qui pendent en ruine, n'écraseront personne dans leur chute : Rome, vide de ses citoyens, n'est remplie que de la
fange du monde ; nous l'avons faite tellement désolée, que depuis si longtemps elle n'a pu recommencer une guerre civile. Pharsale nous a valu tous
ces maux. Cédez à Pharsale, Cannes, nom funèbre, Allia, longtemps maudite dans les fastes romains : Rome, qui marqua le jour de ces légers revers,
voulut ignorer celui de Pharsale !

Tristes destinées ! et l'air qui empoisonne, et les maladies contagieuses,
et la faim délirante, et l'incendie promené dans les villes, et les ébranle-
ments qui renversent les cités populeuses, sont des ravages qu'eussent facilement réparés ces hommes que la fortune entraîne de toutes parts à cette
tuerie, alors qu'étalant, pour les ravir, les dons de tant de siècles, elle met
en présence dans la plaine et les peuples et les chefs ; afin de te montrer,
dans ta chute, combien grande tu tombes, ville de Romulus ! Plus loin elle
étendit pour toi l'empire du monde, plus elle pressa le cours de tes prospérités. Chacune de tes guerres te vaut chaque année la conquête d'une nation, et Phébus te vit marcher vers les deux pôles. Il ne te restait plus à
soumettre qu'un coin de l'Orient, et la nuit, le jour, l'air ne tournaient plus
que pour toi, et les étoiles, dans leur cours, n'éclairaient plus que des provinces romaines. Mais la journée de Pharsale, égalant par ses désastres tant
d'années de bonheur, fait rétrograder tes destins. Depuis ce jour de sang,
l'Inde ne tremble plus devant les faisceaux latins, le consul n'enferme plus
le Scythe nomade dans les murailles des villes, et ne relève plus sa robe
pour creuser le sillon qui enclôt le Sarmate.

(Les deux armées ont franchi d'une course rapide l'espace qui les sépare.
Soudain le signal est donné ; les cris sont répétés par les échos de l'Œta et

1. Nisard.

du Pinde. Le fer qui traverse les airs ne fait que la moindre partie du carnage : c'est l'épée seule qui peut suffire aux haines civiles. La troupe furieuse de César se précipite contre les masses profondes de l'ennemi, et s'efforce de les rompre; chaque coup est mortel. L'élite de la noblesse périt; patriciens et plébéiens gisent confondus dans les monceaux de cadavres. Au milieu de tant de nobles victimes se distingue Domitius, qui échappe par la mort à la honte d'un autre pardon. Mais peut-on, parmi ces funérailles du monde, retracer le trépas de chacun ? Dans les autres infortunes, Rome comptait les soldats morts; ici l'on compte les peuples qui meurent. NAUDET.)

Ailleurs, Rome comptait ses pertes par le nombre de ses braves; ici, par le nombre des peuples. Là c'était la mort de quelques hommes ; c'est ici la mort d'une nation entière : là coulait le sang de l'Achaïe, du Pont, de l'Assyrie; ici coule celui de tous ces peuples, et le torrent du sang romain le précipite à flots rapides au travers des campagnes. Dans cette rencontre, les nations reçoivent une blessure trop cruelle pour que les siècles n'en souffrent pas longtemps. Ce que nous perdons, c'est plus que la vie : notre tête est courbée jusqu'à l'heure dernière du monde. Dans ce jour, le glaive, vainqueur de tous les âges, les destine à la servitude.

Romains, par quel crime vos enfants, vos neveux ont-ils mérité de naître pour un tyran? Avons-nous tremblé sous les armes? Avons-nous dérobé notre poitrine au fer? Le châtiment d'une lâcheté qui n'est pas la nôtre pèse sur notre tête. Nés après le combat, fortune, tu nous donnes un maître, et nous refuses la guerre !

Les dieux et les destins de Rome ont changé de camp; Pompée l'a déjà compris, le malheureux! Mais à peine son entière défaite le force-t-elle à condamner sa fortune. Il s'arrête sur le sommet d'une colline, où, de loin, il peut contempler tout ce carnage étalé sur les champs de Thessalie, que lui cachaient les flots de combattants. Il voit tant de bras armés contre ses destins, tant de corps couchés sur la plaine, et lui-même noyé dans cette mare de sang. Il ne veut pas, comme le veulent souvent les malheureux, entraîner tout avec lui dans l'abîme, et mêler les nations à sa ruine : pour qu'après lui survive la plus grande part de la milice romaine, il se résout à croire encore les immortels dignes de ses prières, et à chercher dans ses vœux une consolation à son malheur : « Grands dieux! dit-il, abstenez-vous de frapper tous ces peuples. Sans que le monde s'écroule, sans que Rome succombe, Pompée peut être malheureux. Si vous avez à cœur de multiplier mes blessures, il me reste une femme, il me reste des enfants : j'ai donné tous ces otages aux destins. N'est-ce pas offrir assez à la guerre civile, que ma ruine et celle des miens? Sommes-nous de si abjectes victimes, sans la chute du monde? Pourquoi tout bouleverser? O fortune! pourquoi t'efforcer de tout perdre! je n'ai déjà plus rien à moi! » Il dit; et, courant au travers des rangs, des enseignes, des cohortes déjà battues sur tous les points, il les arrache au trépas que cherche leur vaillance; il ne veut pas qu'on fasse tant pour lui. Le courage ne lui manquait pas sans doute pour se jeter au milieu des glaives, et pour tendre la gorge ou la poitrine au fer; mais il craignait qu'à la vue de Pompée gisant dans la poussière, l'armée ne se résolût pas à fuir, et que le monde ne tombât sur le corps de son chef : ou peut-être voulait-il dérober sa mort aux yeux de César ? C'est en vain : infortuné ! il faudra toujours que sa tête soit livrée aux regards du beau-père qui la demande. Mais toi aussi, Cornélie, tu es la cause de sa fuite, puisqu'il veut te voir, puisque les destins lui refusent ta présence à Pharsale pour mourir près de toi.

Et, pressant les flancs de son coursier, il s'éloigne du combat, sans craindre les traits qui le poursuivent, opposant son grand cœur à ses infortunes dernières. Il n'a pas de gémissements, il n'a pas de larmes : c'est une douleur vénérable qui n'altère pas sa majesté, et telle que tu la devais, ô Pompée! aux calamités de Rome. Pharsale ne t'a pas fait changer de visage : la prospérité ne t'a pas vu superbe ; l'adversité ne te verra pas abattu...

Fuis les combats sacriléges, et prends les dieux à témoin que ceux qui s'obstinent à rester sous les armes, ô Pompée! ne meurent plus pour toi! Comme dans les plaines lamentables de l'Afrique, comme sous les murs coupables de Munda, comme près des gouffres du Phare, ainsi dans les champs de Thessalie la plus grande partie de la guerre a lieu depuis ta retraite. Pompée n'est déjà plus ce nom populaire, ce drapeau qui mène le monde au combat : un duel commence, qui dure encore, entre César et la liberté. Et toi, chassé loin de ces plages, le sénat, par sa mort, témoignera que c'est pour lui-même qu'il a combattu.

N'es-tu pas heureux d'un exil qui te dérobe au combat, au spectacle du crime et des légions écumantes de carnage. Vois les fleuves souillés par des torrents de sang, et prends en pitié ton beau-père. De quel front pourra-t-il entrer à Rome, celui dont la fortune triompha dans les plaines? Quoi que tu souffres, exilé, solitaire sur des bords inconnus, quoi que te réserve le tyran du Phare dans son empire, crois-en les dieux, crois-en la longue faveur des destins, tout cela vaut mieux que la victoire. Arrête les sanglots de la douleur; défends aux nations de pleurer : plus de deuil, plus de larmes; que l'univers adore et la mauvaise et la bonne fortune de Pompée! Va trouver les rois sans craindre et sans supplier, va trouver les villes de ton domaine, les royaumes que tu as donnés, l'Égypte, la Libye, et choisis la terre où tu veux mourir.

Larisse, la première, témoin de ta ruine, a vu cette noble tête que le sort n'a pu vaincre; et, répandant sur tes places toute la multitude de ses citoyens, elle semble venir au-devant d'un triomphe ; ceux-ci, versant des larmes, offrent leur dévouement à Pompée, ouvrent leurs temples, leurs maisons, et demandent à partager sa disgrâce : « A un nom si grand, lui disent-ils, il reste toujours beaucoup : inférieur à toi seul, tu peux encore pousser l'univers au combat, et remonter le cours de tes destinées. — Vaincu, réponditil, qu'ai-je besoin de ces nations, de ces villes? Portez au vainqueur vos hommages. » Toi, César, encore debout sur des tas de cadavres, tu t'avances en déchirant le sein de la patrie, et déjà ton gendre te donne le monde. Mais bientôt Pompée s'éloigne sur son coursier, suivi par les gémissements, les larmes, les plaintes amères du peuple accusant la cruauté des dieux. C'est vraiment à cette heure, hélas! qu'il recueille le témoignage et les fruits de cette popularité par lui si recherchée. L'homme heureux ignore s'il est aimé.

(Quand César voit ces plaines assez inondées de sang, il entraîne aussitôt ses soldats dans le camp ennemi; il ne veut point laisser aux vaincus un espoir qui les rappelle pendant le repos de la nuit. Ces furieux marchent sur les cadavres des patriciens, des tribuns militaires, et s'emparent des dépouilles du monde. C'est peu de tant de richesses; leur chef leur a promis le Capitole et Rome entière pour butin. La nuit vient, ils se livrent au sommeil après leur victoire parricide. César, au retour du soleil, se plaît à contempler ces champs couverts de débris et de morts; plus féroce que ne le fut le Carthaginois envers les restes de Cannes, il refuse la flamme du bûcher à ses ennemis.)

A quoi bon cette colère? Que la corruption ou le feu dévore les cadavres, qu'importe? Pour reprendre toutes choses, la nature ouvre ses pacifiques entrailles, et les corps se doivent à eux-mêmes la fin de leur être. César, si le feu ne brûle pas aujourd'hui ces peuples, il les brûlera plus tard avec la terre, avec les gouffres de l'Océan. Un même bûcher viendra consumer le

monde et mêler nos cendres à celles des astres. Quelque part que la fortune
appelle son âme, ces âmes s'y rendront aussi. Tu ne monteras pas plus haut
vers les cieux ; tu ne dormiras pas sur une couche meilleure dans la nuit du
Tartare. La mort est affranchie de la fortune. La terre engloutit tout ce
qu'elle engendre; le ciel couvre celui qui n'a pas d'urne. Mais toi, qui punis
tant de nations en les privant de la sépulture, pourquoi reculer devant ce
carnage? Pourquoi fuir l'odeur de la mort? César, épuise ces eaux sanglantes, respire cet air, si tu peux. Mais non ; ces peuples qui pourrissent, re-
prennent sur toi le champ de Pharsale, et occupent la place en chassant leur
vainqueur.

VALÉRIUS FLACCUS (Caïus). — Ce poëte naquit et mourut à Padoue,
à ce que l'on croit; il se livra de bonne heure à la poésie, et se
concilia la protection de Vespasien et de Titus. Après avoir été
préteur en 88, et gouverneur de Chypre, il revint à Rome sous le
règne de Trajan, et compta parmi ses amis Martial, Pline, Juvénal et Quintilien. Il composa les *Argonautiques*, poëme dont il
nous reste sept livres et un fragment du huitième. Ce sujet a été
traité par Apollonius de Rhodes, poëte imité quelquefois par
Virgile. Flaccus a remanié cette matière avec un certain talent;
mais la Harpe se refuse à reconnaître le talent du poëte, sans doute
parce que ce talent n'est pas soutenu. Le style a des parties louables,
mais il manque d'originalité et de clarté. « Le naturel, dit Schœll,
y est toujours sacrifié à l'art, et le poëte aime à faire un étalage
d'érudition qui n'est nulle part plus déplacé que dans la poésie. »
Cette œuvre donne des détails précieux sur les idées géographiques
de l'antiquité. Quintilien regarde sa mort comme une grande perte
pour les lettres latines.

AMYCUS ET POLLUX [1]

(Chap. IV.)

Cependant le farouche géant Amycus, quittant les forêts et ses troupeaux,
s'avance vers son antre. Son corps, que ses sujets eux-mêmes ne peuvent
envisager sans effroi, n'a rien d'humain, et ressemble au sommet d'une montagne qui s'élève bien au-dessus de tous les rochers qui l'entourent. Transporté de fureur, il accourt; et, sans s'informer quels étaient les Argonautes, ni
quel était le but ou l'objet de leur voyage, il s'écrie d'une voix de tonnerre :
« Courage, jeunes gens, courage ! Votre audace, je crois, vous porte à attaquer un pays que vous ne connaissez que de nom. Mais, si vous êtes égarés
de votre route, et si vous ignorez quelle est cette contrée, apprenez qu'il faut
en ces lieux éprouver au combat du ceste ses bras contre les miens. Ainsi
les habitants de l'Asie et des bords du Pont trouvent ici l'hospitalité, et les
rois même ne s'en retournent qu'après avoir soutenu ce combat. C'est ici la
demeure de Neptune, et je suis moi-même son fils. Depuis longtemps mes
cestes se reposent, et la terre altérée de sang n'est jonchée que de quelques
dents. Qui de vous viendra le premier faire alliance avec moi, et joindre ses

(1) A. Caussin de Perceval.

mains aux miennes? à qui porterai-je d'abord mes présents? Tous, il est vrai, vous obtiendrez le même honneur, à moins que, pour m'échapper, vous ne puissiez pénétrer jusqu'aux entrailles de la terre, ou fuir à travers les airs. Les prières, les larmes, le nom des dieux ne touchent pas mon cœur, et Jupiter ne règne pas sur ces bords. J'aurai soin qu'aucun vaisseau ne puisse franchir la mer des Bébryces, et que les rochers errants s'entrechoquent sans cesse à l'entrée d'un océan inutile. »

Aussitôt Jason, Télamon, les héros de Calydon, Perichymène et le bouillant Idas se présentent à la fois; mais déjà Pollux avait découvert sa poitrine. Castor, effrayé, craint alors pour son frère un combat bien différent de ceux auxquels il s'exerce dans Olympie, sous les yeux de Jupiter son père, ou près de Sparte, lorsque l'amphithéâtre retentit d'applaudissements que répètent les coteaux du Taygète, et qu'il baigne, après la victoire, son corps poudreux dans les eaux de l'Eurotas. Là, un coursier ou un taureau est la récompense de la valeur; ici, le prix du combat est la mort.

Amycus, voyant un jeune homme d'une figure douce, d'une taille ordinaire, et dont les joues étaient à peine couvertes d'un léger duvet, le regarde avec un sourire moqueur, s'indigne de son audace, et jette sur lui des regards furieux... « Malheureux enfant, dit-il d'un ton terrible, hâte-toi, et bientôt tu vas perdre la beauté de ce visage que ta mère ne doit plus revoir. Tes injustes compagnons peuvent-ils t'avoir choisi? Devrais-tu mourir de la main d'Amycus? » A ces mots, il découvre ses hautes épaules, sa large poitrine et ses membres hérissés de muscles hideux.

Pollux est étonné; les Argonautes, saisis d'effroi, regrettent Hercule et regardent tristement autour d'eux : « Vois, dit le géant, ces cestes recouverts de cuirs épais, et prends, sans tirer au sort, ceux dont tu pourras te servir. » Il dit, et, ignorant le destin qui doit mettre fin à ses longs forfaits, donne pour la dernière fois ses cestes à attacher à ceux qui l'entouraient. Pollux en fait autant de son côté. Le fils de Jupiter et celui de Neptune, inconnus jusqu'alors l'un à l'autre, sentent, en se regardant, s'allumer réciproquement leur fureur. Les deux partis attentifs flottent entre la crainte et l'espoir. Pluton permet aux ombres de ceux qu'a fait périr Amycus de sortir des enfers, pour être témoins de son dernier combat, et les enveloppe d'un nuage épais qui paraît au-dessus de la montagne.

Le Bébryce, semblable à un tourbillon qui se précipite du promontoire Malée, fond sur son adversaire sans lui laisser presque le temps de se mettre en défense, le presse à la fois de toutes parts, fait pleuvoir autour de lui les coups, et, le suivant dans ses nombreux détours, le poursuit dans toute l'arène. Pollux, toujours sur ses gardes, la tête en arrière, les bras élevés au-dessus de la poitrine, le corps suspendu sur la pointe des pieds, se porte avec agilité, tantôt à droite, tantôt à gauche, s'esquive et revient à la même place. Comme un vaisseau que la tempête a surpris en pleine mer, guidé par l'habileté seule du pilote, fend heureusement les flots agités, ainsi l'adroit Lacédémonien, l'œil attentif, évite son adversaire, et dérobe à ses coups sa tête sans cesse en mouvement. Après avoir ainsi épuisé l'ardeur et le courroux de son ennemi, il commence à l'attaquer, à déployer peu à peu ses forces encore entières, et à frapper à son tour.

Amycus parut alors, pour la première fois, interdit, haletant et couvert de sueur; ses sujets, ses rivages ne reconnaissent plus leur roi fatigué. Les deux athlètes s'éloignent un peu pour reprendre haleine, et laisser reposer leurs bras; ainsi le dieu de la guerre, appuyé sur sa lance, laisse un moment respirer sur le champ de bataille les Lapithes ou les Thraces. Amycus et Pollux s'étaient à peine séparés, qu'ils fondent tout à coup l'un sur l'autre, font retentir au loin leurs cestes, déploient de nouvelles forces, et semblent de nouveaux combattants. L'un est animé par la honte, l'autre par l'espoir et la hardiesse que lui inspire déjà la connaissance de son ennemi. Les coups redoublés font fumer leurs poitrines et gémir les coteaux : ainsi se succèdent en cadence les coups de marteau des Cyclopes qui forgent la foudre, et font retentir les cités du bruit de leurs enclumes. Pollux se dresse, et menaçant du bras droit son adversaire qui s'apprête à parer, lui porte vivement de la main gauche un coup qui l'atteint au visage. Les Argonautes poussent aussitôt de longs cris de joie.

Amycus, troublé par cette feinte qu'il n'a pu parer, devient furieux. Pollux, effrayé lui-même du succès de sa ruse, se tient un moment sur la défensive, et laisse éclater l'orage. Le Bébryce, emporté par sa fureur, et voyant de loin triompher les Argonautes, se précipite sans précaution, fond avec acharnement sur son ennemi, en lui présentant à la fois ses deux cestes. Pollux se glisse adroitement au milieu, se présente hardiment au visage d'Amycus, et lui décharge ses deux poings sur la poitrine. Celui-ci, ne pouvant plus contenir sa rage, agite vainement dans les airs ses bras en désordre. Pollux profite de son emportement, efface habilement le corps, en rapprochant les genoux, tombe par derrière sur son adversaire ébranlé par ses vains efforts, le presse, le pousse sans lui laisser le temps de se remettre en défense, et fait pleuvoir sur sa tête inclinée une grêle de coups. Le sang coule de toutes parts sur le visage d'Amycus; ses oreilles disparaissent sous les coups du ceste, dont le poids brise bientôt les liens qui attachent la tête à la première vertèbre. Pollux pousse ce corps chancelant, et, le foulant aux pieds : « Va, dit-il, va dire aux ombres étonnées que je suis Pollux, né dans Amycles, et fils de Jupiter. Que ton tombeau transmette à la postérité, avec ton nom, celui de ton vainqueur. » Les Bébryces, peu touchés de la mort de leur roi, prennent aussitôt la fuite à travers les forêts et les montagnes.

SILIUS ITALICUS (Caïus). — Ce poëte, né sous Auguste, fut d'abord avocat. Il reçut plusieurs fois le consulat et administra l'Asie Mineure : dans ces différentes charges, il fit preuve de courage et de zèle, et vécut avec les hommes les plus habiles et les plus illustres de son temps. Quand Vitellius tomba, il alla demeurer à la campagne, dans les villas de Cicéron et de Virgile, ses deux modèles, et c'est auprès d'eux qu'il termina sa vie à 75 ans, ne voulant pas se consoler de la perte d'un de ses enfants.

Les travaux de Silius ne nous sont pas parvenus; mais on a retrouvé de lui un poëme ou plutôt une histoire en vers de la seconde guerre punique. Il cherche dans son style à imiter Virgile ; et, s'il manque d'imagination, il possède du moins une immense variété de connaissances qui rend son livre vraiment précieux pour les amis de l'antiquité. « Il sut choisir, dit Schœll, un sujet grand et intéressant; les caractères de ses personnages ont la vérité historique, mais il leur manque l'élévation que la poésie pourrait leur donner... Il manque d'enthousiasme; son style se compose de phrases empruntées qu'il n'a pas su marquer de son cachet. Qu'il exprime la colère ou la tendresse, son froid glace le lecteur. »

ANNIBAL [1]

(Livre I.)

Le belliqueux Annibal s'est rempli de toute la fureur de la déesse (Junon);
et c'est lui seul qu'elle ose opposer aux destins. Heureuse alors d'avoir
pour elle ce guerrier altéré de sang, elle prévoit tous les maux qui, pareils à
l'ouragan furieux, fondront sur l'empire des Latins : « Oui, dit-elle, qu'au
mépris de sa puissance, ce Troyen fugitif ait transporté dans le Latium,
la Dardanie, et ses dieux pénates deux fois esclaves : que victorieux il ait
fondé Lavinium, et transmis le sceptre à ses descendants; pourvu que
tes rives, ô Tésin! ne puissent contenir les cadavres des Romains, que,
dans les champs celtiques, la Trébie, rougie de leur sang, et roulant avec
leurs armes les corps de leurs guerriers, remonte vers sa source; enfin que
Trasimène voie avec horreur le sang noir qui, comme un torrent, viendra
se mêler à ses eaux : pourvu que Cannes soit le tombeau de l'Hespérie, que
ces plaines s'abreuvent du sang ausonien, et que, des sommets de la Pouille,
je voie un jour les monceaux de morts réunir tes rives, fleuve Aufidus, dont
le cours incertain trouvera à peine, à travers les boucliers, les casques et les
tronçons humains, à s'ouvrir une issue jusqu'aux rivages de l'Adriatique. »
Elle dit; et le cœur du jeune héros est enflammé de l'ardeur des batailles.

C'était un guerrier naturellement avide de combats, d'une insigne mauvaise foi, d'une ruse inconcevable, sans aucune équité. Armé, il bravait audacieusement les dieux. Son courage indomptable lui faisait mépriser une
paix avantageuse : tout son être, jusqu'au fond de ses entrailles, brûlait de
la soif du sang humain. Il avait d'ailleurs toute la vigueur de la jeunesse,
et voulait effacer l'affront reçu naguère aux îles Égates, et engloutir dans la
mer de Sicile un traité honteux. Junon excite son âme, et offre sans cesse à
son cœur l'espoir du carnage. Annibal, dans ses songes, tantôt pénètre dans
le Capitole, tantôt franchit les cimes des Alpes à pas précipités. Souvent ses
gardes, à l'entrée de sa tente, témoins de son sommeil agité, entendirent en
tremblant sa voix menaçante dans le silence de la nuit, et le trouvèrent, tout
couvert de sueur, livrant des combats futurs et dirigeant une guerre imaginaire.

Cette rage contre l'Ausonie et le royaume de Saturne, un père furieux l'a-
vait entretenue dans le cœur de son fils. Issu de l'ancienne famille de Bar-
cas, originaire de Sidon, Annibal remontait à Bélus par ses aïeux... Fier de
cette noble origine, Amilcar n'était pas moins illustre par ses exploits. Dès
qu'Annibal put parler, et put articuler des mots, son père s'appliqua à nourrir en lui le goût des fureurs de la guerre, et à exciter dans ce jeune cœur
une haine profonde contre les Romains.

LES SAGONTINS [2]

(Livre II.)

Qui pourrait redire les cruelles souffrances, le louable délire, la foi punie,
le déplorable sort de la cité pieuse, et commander à ses larmes? A peine si
le soldat de Carthage, si un ennemi sans pitié retiendrait ses pleurs. Cette
ville, si longtemps le séjour de la foi, et que retrouvait au ciel le fondateur
de ses murailles, s'écroule sous les traits perfides de la nation sidonienne,
sous les atteintes forcenées de son peuple, abandonnée des dieux injustes.
Le glaive et le feu font rage; si quelque part manque la flamme, le meurtre

(1). Nisard. — (2) Panckoucke.

est là! La noire fumée du bûcher élève jusqu'aux astres son livide nuage. Au sommet escarpé de la haute montagne, brûle la citadelle, vierge encore des outrages de la guerre, et d'où ils aimaient à contempler les légions puniques, et les rivages, et Sagonte tout entière, les temples des dieux brûlent : l'Océan resplendit des reflets de l'incendie, et les lueurs de la flamme vacillent sur les vagues mouvantes.

Soudain, au milieu des fureurs du carnage, apparaît Tiburne : sa main droite est armée du glaive de son mari; la gauche secoue tristement une torche allumée; les cheveux hérissés, en désordre, elle montre ses bras nus et sa poitrine cruellement meurtris sous les coups : le pied sur des cadavres, elle marche au tombeau de Murrus. Telle, quand le maître d'enfer tourne en courroux dans son empire, que sa royale colère poursuit les mânes épouvantés, devant le trône du dieu, devant son siége terrible, Alecto, ministre de tortures, seconde à l'œuvre Jupiter Tartaréen. Les armes du héros, sauvées naguère au prix de tant de sang, Tiburne les dépose en pleurant sur le tombeau; elle prie les mânes de la recevoir, incline sa torche embrasée, et se donnant la mort : « C'est moi, dit-elle, époux bien-aimé, c'est moi qui vais te porter ces dépouilles chez les mânes. » Elle se perce du glaive; et, roulant sur ces armes, d'une bouche béante elle aspire la flamme.

A demi brûlés çà et là gisent en foule, indistinctement confondus par le trépas, les cadavres de ces infortunés. Ainsi, pressé par la faim, quand un lion, vainqueur enfin et la langue desséchée, envahit la bergerie, d'une gueule avide il dévore en rugissant le troupeau sans défense : le sang regorge de son gosier qui s'ouvre et le revomit à larges flots : il se couche sur de hideux monceaux de chairs à demi rongées; ou, pantois et grondeur, se promène en grommelant parmi ces restes déchirés. Au loin gisent épars, et les brebis, et leur gardien molosse, et la cohorte des pasteurs, et le maître de l'étable et du troupeau, et tous les débris dispersés de la bergerie au pillage. Les Carthaginois se précipitent dans la place dépeuplée par tant de désastres. Alors enfin, sa tâche accomplie et Junon satisfaite, l'Érinnys retourne chez les mânes, superbe et fière d'entraîner avec elle au Tartare une si longue foule de victimes.

Allez, célestes âmes, sans rivales dans les siècles, gloire du monde, troupe vénérable, allez embellir l'Élysée et les chastes demeures des justes. Mais celui qu'illustra cette victoire inique (écoutez, nations, et gardez-vous de rompre les traités de paix et d'immoler à l'ambition la foi des serments!); celui-là, errant et proscrit, se traînera par tout l'univers, repoussé des rives de sa patrie, et Carthage tremblante le verra tourner le dos à l'ennemi. Souvent, troublé dans son sommeil par les ombres des Sagontins, il regrettera de n'avoir pu périr de la main d'un soldat; le glaive lui fera faute, et un jour l'invincible guerrier ne portera aux flots du Styx qu'un cadavre livide et défiguré par le poison.

SYRACUSE ET MARCELLUS

(Livre XIV.)

Syracuse était remplie de soldats et d'armes. Les chefs encourageaient par leurs discours la foule crédule, inconstante et amie du changement... Deux frères nés à Carthage s'attachaient surtout à entraîner le peuple... Marcellus, comprenant que la sédition est sans remède, que l'ennemi commencera lui-même la guerre, prend à témoin les dieux, les fleuves, les lacs de Sicile, les ondes sacrées de l'Aréthuse : « C'est le Syracusain qui arme mon bras, dit-il, du fer que je laissais dans le repos. » Les traits volent sur les murailles, la ville frémit du cliquetis des armes. La fureur enflamme les deux partis; tous

courent et rivalisent d'impétuosité. Une tour, ouvrage du génie grec, élevait
aux cieux ses nombreux étages. Archimède avait fait tomber, pour la construire, un grand nombre d'armes. De là les assiégés lançaient des pins enflammés, et faisaient rouler des quartiers de roche, ou pleuvoir la poix
bouillante. Cimber y jette de loin un javelot enflammé, et enfonce le trait
incendiaire dans les flancs de la tour. La flamme l'a bientôt gagnée; irritée
par le vent qui tourbillonne, elle porte le ravage dans l'intérieur, traverse
en pétillant les vingt étages de cette masse prodigieuse, dévore les poutres...
Les ruines s'abîment dans les cendres.

La flotte des Romains n'était pas moins maltraitée par les assiégés. A peine
les vaisseaux s'approchent-ils des murs..., que des machines... y répandent
le désordre et la terreur. Une pièce de bois ronde et polie, semblable à un
mât, armée à l'extrémité de crocs de fer, descendait du haut des murs, enlevait les assiégeants avec ses griffes de fer, et, en se redressant, les amenait
au milieu de la ville. Non-seulement les guerriers, mais les trirèmes elles-
mêmes étaient enlevées par la force prodigieuse de ces machines dont le
harpon mordant, une fois lancé d'en haut sur les vaisseaux, ne lâchait plus.
Le fer, s'accrochant aux madriers des navires qu'il prenait en flanc, les enlevait dans les airs; puis, les chaînes qui le gouvernaient se relâchant, on
voyait, spectacle affreux! la masse retomber avec tant de force et de vitesse,
que les flots engloutissaient la trirème et ceux qui la montaient.

Outres ces terribles inventions, les remparts offraient des ouvertures adroite-
tement disposées pour lancer impunément des traits contre les assiégeants.
Leur construction même servait à masquer la ruse; les traits des Siciliens
partaient de ces meurtrières, et ceux que renvoyait l'ennemi n'y pouvaient
pas pénétrer. Le génie inventif d'un Grec, et son adresse, plus puissants que
les armes, repoussaient ainsi Marcellus par terre et par mer, trompaient son
généreux courage, et tout l'effort de la guerre échouait devant ces murs.
C'est qu'alors il y avait à Syracuse un homme, la gloire immortelle de son
siècle. Il était pauvre, mais son génie l'élevait au-dessus de tous les mortels.
Tous les secrets de l'univers lui étaient connus. Il savait pourquoi le soleil,
quand il se lève pâle et languissant, nous présage les tempêtes; si la terre
est fixe ou suspendue sur son axe mobile; pourquoi la mer, de tout temps
répandue autour du globe, l'environne comme un fleuve immense; d'où
vient l'agitation de flots, et pourquoi la lune subit différentes phases; enfin,
à quelle loi obéit l'Océan, dans le flux et le reflux de ses ondes... Pendant
que son inépuisable génie fatigue ainsi Marcellus et ses troupes, une flotte
carthaginoise, forte de cent voiles, arrive, en sillonnant la mer, au secours
de Syracuse.

(Le poëte fait ici la description d'un combat naval d'où la flotte romaine
sort victorieuse.)

Les Romains se préparaient à fondre sans retard sur la ville épouvantée,
mais une maladie pestilentielle, suite des fatigues de la mer... leur enlève
cette joie. Le soleil embrase de ses feux l'air empoisonné. L'odeur s'élève
des eaux stagnantes du Cocyte que la vaste Cyané dépose au loin dans ses
marais. Une chaleur dévorante infecte l'automne tout chargé des derniers
présents de l'année. De noires exhalaisons se répandent dans les airs comme
une fumée épaisse. La terre se dessèche et s'embrase à sa surface, elle ne
fournit plus d'aliments; elle n'a plus d'ombre pour les animaux languissants, une noire vapeur corrompt l'éther appesanti. Les chiens furent les
premiers atteints par le mal. Bientôt l'oiseau défaillant ne peut plus se soutenir dans les airs, et tombe; les cadavres des bêtes fauves gisent dans les
bois : l'horrible fléau, qui va sans cesse se propageant, attaque enfin les ar-

mées, où il sème la mort. La langue devient aride, une sueur froide coule
partout le corps, et le fait trembler. La gorge desséchée se refuse à recevoir des
aliments. Une toux violente secoue la poitrine ; la soif allume dans la gorge
un feu mortel. Les yeux abattus ne peuvent plus supporter le jour ; le nez
se contracte ; la poitrine rejette une sanie mêlée de sang ; les os décharnés
ne sont plus couverts que de la peau. O douleur! le soldat courageux subit
la mort d'un lâche! On livre aux flammes les nobles récompenses de la valeur obtenues dans cent batailles!

La violence du mal triomphe des remèdes : les morts sont entassés les uns
sur les autres, et les cendres des bûchers s'élèvent en monceaux. Des milliers de cadavres sont étendus çà et là sans sépulture : on craint de toucher
les malheureux que le fléau a frappés. Le mal, vomi par l'Achéron, se nourrit et s'augmente par le nombre des victimes. Syracuse n'est pas épargnée,
et le deuil n'est pas moindre non plus dans le camp des Carthaginois, où
le même fléau produit les mêmes ravages...

Le Romain cependant ne se laisse point abattre par ces maux cruels, tant
qu'il voit que son chef n'en ressent pas les atteintes. Cette seule tête épargnée par le fléau semble balancer toutes les pestes. Dès que la peste... s'est
enfin arrêtée, Marcellus fait... reprendre les armes à ses troupes... Le soldat
se range avec ardeur autour des aigles..., marche à l'ennemi, heureux de
pouvoir mourir par le fer si la fortune le veut ainsi, et regrettant ses compagnons morts sans gloire, comme des bêtes, sur des couches infectées. Il
jette la vue sur ces tombeaux, sur ces bûchers privés de tous les honneurs...
Marcellus entraîne ses drapeaux vers les murs de Syracuse. Le soldat a caché sous son casque son visage exténué et languissant, et voilé sa pâleur à
tous les yeux, pour ne point relever l'espoir des ennemis. Les Romains
s'élancent rapidement à la brèche, et fondent en rangs serrés sur cette ville
si longtemps imprenable, dont les nombreuses citadelles se rendent aussitôt
qu'ils en ont franchi la porte.

Aucune ville, parmi celles que le soleil éclaire, ne pouvait être alors comparée à Syracuse... Marcellus, du haut des murs, contemple cette cité, où le
bruit des trompettes a jeté le trouble. Il sent qu'il lui suffit d'un signe de
tête pour conserver intacte cette demeure des rois, ou pour qu'elle disparaisse
le lendemain avant l'aurore. Il gémit du droit excessif de la victoire ; et, saisi
d'horreur à la seule pensée de sa toute-puissance, il se hâte de calmer la furie du soldat. Il ordonne que ces maisons subsistent, qu'on épargne les temples, que les antiques divinités continuent sans trouble d'y recevoir des hommages. La Victoire alors, contente d'elle-même, applaudit de ses ailes pures
de tout sang. Et toi, célèbre défenseur de ta patrie, que cette tempête vint
frapper au milieu de tes travaux, tranquille, et traçant des figures sur le
sable, ta mort arracha des larmes au vainqueur!

Déjà la joie ranime toute la ville : vainqueurs et vaincus s'y livrent à l'envi.
Marcellus, imitant la bonté des dieux, fonde Syracuse en la conservant. Elle
est debout, et restera debout jusque dans les siècles les plus reculés, comme
un monument des antiques mœurs de nos généraux. Heureux les peuples, si
la paix que nous leur donnons défendait aujourd'hui les villes comme la
guerre les défendait autrefois! Si le prince (1) ne réprimait partout la fureur
dévastatrice des hommes, la rapine aurait déjà épuisé la terre et les mers. »

STACE (Publius Papinius). — Ce poëte naquit à Naples, 61 ans
av. J.-C. ; son père enseignait la littérature grecque et latine. Il

_____

(1) Ces éloges peu mérités s'adressent à Domitien.

fut accueilli avec bienveillance à la cour de Domitien. Après avoir
joui à Rome de la renommée d'un grand poëte, il se retira jeune
encore dans une villa près de Naples, où il mourut, croyant peut-
être lui-même à son talent, tant avait été grand pour lui l'engouement des Romains.

Les œuvres de Stace sont la *Thébaïde,* poëme en douze chants,
quatre livres de *Silves* ou petits poëmes sur des sujets variés, des
pièces de théâtre, dont la plus connue est une *Agavé,* et enfin le commencement d'une autre épopée nommée *Achilléide,* que sa mort
ne lui laissa pas le temps d'achever. C'est encore un imitateur de
Virgile, qu'il essaye, comme il l'avoue lui-même, de suivre au
moins de loin. « Le sujet de la *Thébaïde,* dit Schœll, était bien
choisi ; la guerre civile entre les fils d'Œdipe offrait une fable
vraiment épique, riche en scènes terribles ; mais Stace l'a gâtée
en lui donnant une forme historique, ornée seulement d'épisodes
et de machines. Il ne manque pas d'imagination, d'idées hardies
et de sentiments ; on le préfère, sous ce rapport, à Valérius Flaccus ; mais il ignore l'art sublime d'Homère, de donner à chacun
de ses héros un caractère individuel. Sa doctrine n'est pas simple
et naturelle ; il prend l'exagération pour la grandeur, et les subtilités pour de l'esprit. Ces défauts sont ceux de son siècle, comme
l'est aussi la manie d'étaler de l'érudition, qui caractérise les
poëtes épiques de cette période. Selon Scaliger, il est, après Virgile, le premier poëte épique de l'antiquité grecque et latine. »

ÉTÉOCLE ET POLYNICE [1]

(Chap. XI.)

Dès qu'il apprend que les deux frères en présence se disposent à combattre,
que rien n'est plus capable de retenir leur fureur, Adraste accourt et se jette
entre eux. Il est vénérable sans doute et par son diadème et par son grand
âge ; mais quoi ! pouvait-il rien sur des cœurs révoltés contre la nature ?
Cependant il s'adresse aux deux frères et les conjure tour à tour : « O Grecs !
ô Thébains ! serons-nous spectateurs tranquilles d'un crime aussi grand ?
Verrons-nous profaner ainsi les droits des dieux et des hommes ? Sont-ce
là les lois de la guerre ? Ne persistez pas dans vos fureurs : je t'en supplie,
ô Étéocle ! bien que tu sois mon ennemi, comprime ta colère ; ton sang n'est
pas non plus étranger au mien ; et toi, mon gendre ! je te l'ordonne : si le
sceptre a tant de charmes pour toi, je dépouille mes habits royaux ; va régner seul sur Lerne et sur Argos. » Mais ces paroles de persuasion ne peuvent
les émouvoir, ou seulement ébranler leur affreuse résolution. Ainsi la mer
de Scythie, même en opposant toutes ses ondes, ne saurait empêcher les
roches Cyanées de se heurter les unes contre les autres.

En voyant ses instances méprisées et les deux frères furieux, la lance en
arrêt, poussant au combat leurs coursiers qu'un nuage de poussière enveloppe, Adraste abandonne son camp, ses guerriers, son gendre, Thèbes elle-

1 Achainte.

même; il s'enfuit, excitant l'ardeur du généreux Arion, qui entraîne au loin
son char, et lui prédit quelle sera l'issue du combat. Ainsi, quand le sort
eut prononcé, le roi des Ombres, chassé de l'Olympe et condamné à ne ré-
gir que la partie la plus basse de l'univers, descendait en pâlissant dans le
Tartare.

Cependant la fortune elle - même ne favorise pas d'abord la fureur des
deux frères : elle rend inutiles les premières tentatives de leurs armes; elle
retarde un instant le crime. Deux fois une erreur favorable, en détournant
les coursiers lancés violemment l'un contre l'autre, a trompé la colère des
combattants; deux fois leurs lances, encore pures d'un sang abominable, se
sont égarées, sans frapper au but. Ils serrent alors plus fortement les guides
de leurs coursiers, et de l'éperon leur déchirent les flancs. Cet horrible acharnement, que permet la colère des dieux, émeut également les deux armées;
de sourds murmures s'élèvent de l'un et de l'autre camp; Grecs et Thébains
sont prêts à se ranger de nouveau en bataille, à s'entre-choquer avec furie,
afin de séparer, par une action générale, les deux combattants.

Déjà depuis longtemps offensée des crimes de la terre et de la cruauté
des dieux, la Pitié s'était retirée dans un endroit écarté du ciel. Elle n'a plus
la même contenance ni cet air serein dont elle brillait au premier âge du
monde. En ce moment, le front dépouillé de bandelettes, comme une tendre
sœur, comme une mère désolée, elle pleure sur la haine des deux frères,
qui vont se mesurer les armes à la main; elle reproche à Jupiter sa barbarie,
aux Parques leur insensibilité; elle menace d'abandonner le séjour de la
lumière, de descendre au fond de l'Érèbe, et de préférer à l'Olympe les demeures du Styx.

« O nature! disait-elle, principe de tous les êtres, pourquoi me créais-tu,
puisque je devais être en butte aux fureurs des hommes, et souvent même
à celles des dieux? Les nations ne me connaissent plus...» Elle dit; et, voyant
qu'un nouveau crime se prépare : « Essayons de l'empêcher, ajoute-t-elle,
dussent tous mes efforts être sans succès ! » Et soudain elle descend du ciel.
Bien qu'un nuage de tristesse l'enveloppe, elle trace dans les airs un sillon
éclatant. Elle touche le champ fatal, et déjà les bataillons désirent la paix...
Les cœurs s'attendrissent; des pleurs mouillent tous les visages; une muette
horreur a saisi les deux frères...

La farouche Tisiphone, plus prompte que l'éclair, se présente devant la
Pitié : « Lâche divinité! divinité de paix! d'où te vient cette audace de paraître sur un champ de bataille? Téméraire! va-t'en : ce champ est le nôtre;
ce jour est le jour des Furies. » La Pitié, pour éviter l'aspect de la Furie, qui
soulève contre elle ses horribles serpents, et qui la menace de sa torche infernale, détourne son pudique visage; elle soulève un des pans de sa robe
pour en voiler son front; elle précipite son vol, elle va porter ses plaintes à
Jupiter.

Après son départ, la fureur d'Étéocle et de Polynice se rallume avec une
nouvelle ardeur : ils brûlent de combattre... Étéocle a saisi ses traits, et le
premier il lance contre son ennemi sa pesante javeline. Elle frappe le bouclier de Polynice; mais elle ne peut traverser les lames d'or qui le protégent.
Un trait part de la main de Polynice, qui s'écrie d'une voix haute : « Dieux!
justifiez ma vengeance; je ne forme pas de souhaits monstrueux : j'expierai
le meurtre de mon frère; le même fer qui l'aura percé versera aussi mon
sang; je mourrai satisfait, pourvu que lui-même, à son dernier soupir, me
contemple le sceptre en main, et que son ombre emporte avec elle la douleur de m'être assujettie. » Le javelot vole; il allait percer Étéocle à la
cuisse, et pénétrer dans les flancs de son coursier; il portait la mort à tous
deux; mais Étéocle, par un mouvement involontaire, écarte le genou; il
évite l'atteinte. L'arme ne manque pourtant pas entièrement son but, elle

s'enfonce dans les flancs du cheval, qui s'emporte avec furie, méconnaît le frein, et sillonne la plaine des flots de son sang.

Polynice triomphe; il croit que ce sang est celui de son frère... il pousse son coursier; il poursuit Étéocle... et l'atteint; par l'effet du choc, leurs mains, leurs traits, les rênes de leurs coursiers se confondent, s'entremêlent, et tous deux, ébranlés sur leurs chevaux, se précipitent à terre... Les deux frères s'entre-choquent sans mesure, sans art; ils n'écoutent que leur animosité. Le feu de la haine étincelle à travers leurs casques; ils se lancent d'affreux regards. Nul espace entre eux : l'épée croise l'épée, la main presse la main, et les frémissements d'une rage mutuelle les excitent comme le bruit du clairon ou le signal des trompettes. Ainsi, lorsque la colère précipite l'un contre l'autre deux sangliers furieux, et que leurs soies se hérissent, le feu jaillit de leurs prunelles, leurs défenses se heurtent avec bruit. En considérant leurs combats du sommet de la roche voisine, le chasseur pâlit, il impose silence à ses chiens.

Avec un égal acharnement combattent les deux frères; ils n'ont pas encore échangé de mortelles blessures, mais déjà le sang coule : le crime est consommé... Chacun de ces monstres, altéré du sang de son adversaire, s'efforce de le répandre, et ne s'aperçoit pas de la perte du sien; enfin Polynice, emporté par une rage violente, par une atrocité plus légitime, s'élance, et, de toute la force de son bras, fait tomber son glaive sur Étéocle, l'atteint au défaut de la cuirasse et lui déchire les entrailles. Étéocle, sans se plaindre d'abord, mais effrayé par le froid de la lame, se couvre en tremblant de son bouclier; bientôt il comprend sa blessure : la douleur s'accroît de plus en plus, il respire avec peine, et cependant Polynice insulte encore à la défaite de son ennemi : « Eh quoi! tu recules? Voilà l'effet honteux de la mollesse et du pouvoir! Trop longtemps tu as dormi à l'ombre du trône! Vois ces membres endurcis par l'exil et par la privation; apprends à combattre et à ne point te fier à la fortune. »

Un reste de vie et de sang animait encore le perfide Étéocle; ses genoux pouvaient encore le soutenir un peu; mais il se laisse tomber à dessein, et, déjà dans les bras de la mort, il médite une ruse dernière... Polynice s'approche pour dépouiller son frère de ses armes..., comme s'il eût voulu en orner la voûte des temples, et les reporter triomphant dans sa patrie. Mais Étéocle réservait un souffle de vie pour la vengeance. Dès qu'il sent Polynice se courber, se pencher sur sa poitrine, il saisit un poignard caché, et, suppléant par la haine aux faibles restes d'une vie qui s'éteint, ce frère dénaturé le plonge joyeux, et le laisse tout entier dans la poitrine de son frère : « Quoi! tu vis encore, perfide! s'écrie Polynice; un reste de fureur t'animait! Jamais, chez les morts mêmes, tu ne connaîtras de repos : viens avec moi; là aussi je réclamerai l'exécution de nos traités!... » En achevant ces paroles, il tombe et couvre son frère de toute la masse de ses armes.

Allez, âmes atroces! souiller par votre mort le funeste Tartare; épuisez tous les supplices de l'Érèbe. Et vous, divinités du Styx, épargnez désormais les malheureux mortels. Qu'il vous suffise d'avoir une seule fois montré à la terre le spectacle d'un tel crime! Que le souvenir monstrueux s'en éteigne chez les races futures!...

Œdipe cependant, ayant appris l'issue du combat, quitte aussitôt son obscure retraite. On le prendrait pour un spectre encore imparfait : sa barbe blanche, et les cheveux blancs, qui couvrent sa tête dévouée aux Furies, sont souillés d'un sang corrompu; ses traits sont décharnés, ses joues creuses, et l'orbite de ses yeux arrachés n'offre que d'impures vestiges. Antigone soutient le poids de sa main gauche; sa droite s'appuie sur un bâton... S'adressant à sa compagne gémissante : « Conduis-moi, lui dit-il, vers mes fils; pousse-moi sur leurs corps expirants. » Ne sachant quel projet médite son père, Antigone hésite; des armes, des cadavres, des chars brisés embarrassent leur marche : environnés de cet affreux carnage, les pas du vieillard chancellent incertains, et sa fille désolée s'épuise en efforts. Enfin, après bien des recherches, un cri perçant que pousse Antigone l'avertit qu'il est auprès de ses enfants; il se précipite aussitôt; il embrasse leurs froides dépouilles; sa langue reste glacée; il demeure étendu; il applique sur leurs horribles blessures ses lèvres mugissantes, et c'est en vain que d'abord il cherche des paroles. Ses mains errent sur leurs casques; il voudrait toucher leurs visages cachés : alors enfin, dans son désespoir, il rompt le silence de ses soupirs.

« Tu viens bien tard, ô pitié! après une si longue absence, émouvoir mon âme! Reste-t-il donc encore quelque chose d'humain dans ce cœur flétri? O nature! tu triomphes! tu fais sentir les angoisses à un père malheureux! Voici que je retrouve des gémissements; des larmes s'échappent enfin de mes yeux stériles, et ma main sacrilége obéit aux émotions de tendresse qui m'agitent! »

4e Époque

CLAUDIEN (Claudius). — Né à Alexandrie, en Égypte, « florissait, dit M. Geruzez, sous Honorius et Arcadius. On ne sait pas s'il a survécu à la disgrâce de Stilicon, dans laquelle il fut enveloppé. Claudien excita l'admiration de ses contemporains; il jouit de la faveur des princes, et on lui éleva une statue. L'emphase de ce poëte, toujours tendu, devait plaire à un siècle dégénéré. Le style déclamatoire, la recherche constante de l'effet, la monotonie du rhythme, n'étouffent pas complétement certaines qualités qui maintiennent Claudien au rang des poëtes. Il a souvent une force réelle et de l'élévation; mais il manque de souplesse et il fatigue par ses hyperboles. Ses *Invectives contre Rufin* sont éloquentes. Le plus connu de ses poëmes, l'*Enlèvement de Proserpine*, contient des discours et des descriptions qui, réserve faite des défauts communs à tous ses ouvrages, attestent le sentiment poétique : on s'étonne de trouver encore de pareilles inspirations dans le voisinage de la barbarie qui envahissait l'empire romain. » Ce poëte, qui fit encore des idylles et la *Gigantomachie*, naquit, à ce que l'on croit, sur les bords du Nil, et l'on ne peut distinguer avec certitude s'il fut païen ou chrétien : cependant la dernière opinion est la plus probable.

ENLÈVEMENT DE PROSERPINE [1]
(Livre III.)

Cependant Jupiter ordonne à la fille de Thaumas de voler sur l'aile des nuages et d'assembler les dieux épars dans l'univers. Elle déploie ses ailes aux mille couleurs; et, plus prompte que les zéphirs, elle appelle les divinités de la mer, gourmande les Nymphes tardives, et arrache les fleuves à leurs grottes humides. Tous se précipitent sur ses pas, incertains et tremblants.

.1. Hegum de Guerle et Trognon.

Quel motif peut ainsi troubler leur repos? Quelle affaire exige tant d'empressement?

Le palais céleste est ouvert : sur l'ordre de Jupiter, les dieux prennent leurs places. Les rangs ne sont pas confondus; la première place est assignée aux habitants de l'Olympe. Le souverain de la mer, le paisible Nérée et Phorcus, à la chevelure argentée, occupent la seconde. Derrière eux se tiennent Glaucus aux deux visages, et Protée qui, là, n'ose point changer de forme. Les vieux Fleuves partagent aussi l'honneur de siéger : plus jeunes, mille Rivières remplissent l'extrémité du palais. Les fraîches Naïades s'appuient sur le bras humide de leurs pères, et les Faunes respectueux admirent les astres en silence.

Alors, du haut de son trône, le père des dieux fait entendre ces graves paroles : « Les mortels ont réveillé de nouveau ma sollicitude; depuis longtemps je les avais oubliés : dès que je fus instruit de la honteuse oisiveté et des langueurs léthargiques de l'âge de Saturne, je voulus que ces peuples, endormis sous le sceptre inactif de mon père, se réveillassent tourmentés par l'aiguillon d'une vie plus inquiète; que la moisson ne poussât plus d'elle-même dans des champs sans culture; que les ruisseaux de miel ne coulassent plus dans les forêts; que le vin ne jaillît plus en sources abondantes, et ne courût plus remplir les coupes en pétillant sur la rive. Je n'étais point jaloux de ces biens (les dieux pourraient-ils être envieux ou méchants?); mais pourquoi le luxe, ennemi de la vertu, et l'abondance engourdissent-ils l'esprit des mortels? Il faut que la pauvreté stimule ces esprits paresseux, et que peu à peu elle trouve dans son génie des secrets inconnus! L'industrie doit enfanter les arts, et l'expérience les alimenter. Mais voici que la nature me poursuit de ses plaintes amères; elle demande l'affranchissement des mortels; elle m'appelle tyran barbare et cruel; elle me retrace le règne de mon père, et crie que Jupiter est économe de ses faveurs, quand elle prodigue ses biens. Pourquoi veux-tu, me dit-elle, que les champs restent en friche, que la campagne se hérisse de ronces? Pourquoi l'année perdra-t-elle sa parure de fruits? Eh quoi! mère du genre humain, je suis devenue sa marâtre! L'homme avait-il besoin de puiser son âme dans les cieux; pourquoi sa tête regarde-t-elle le séjour des dieux, s'il doit, comme la brute, errer dans les plaines incultes, si sa dent ne broie, comme elle, que le gland, leur commune pâture? Semblable à l'animal sauvage, vivra-t-il toujours enfoui dans les bois? Fatigué de ces plaintes de la nature, et plus clément, j'ai voulu arracher l'homme à la vie grossière des forêts. Cérès donc, qui ignore encore son malheur, et qui poursuit avec sa farouche mère les lions du mont Ida, parcourra dans sa douleur inquiète et la terre et les mers : tel est mon arrêt. Je veux qu'heureuse de retrouver les traces de sa fille, elle accorde à l'homme les moissons; que son char parcoure, en s'égarant, le monde, pour répandre chez les peuples ses trésors inconnus, et que ses dragons azurés se plient sous le joug d'un nourrisson d'Athènes. Maintenant, si l'un de vous ose révéler à Cérès le ravisseur de sa fille, j'en jure par ma formidable puissance, par l'harmonie de l'univers, fût-ce mon fils, ou ma sœur, ou mon épouse, ou l'une de mes nombreuses filles, se vantât-elle d'être sortie de mon cerveau, elle sentira le poids de ma colère; malgré son égide, elle sentira les coups de la foudre; quel que soit le coupable, il aura regret d'être né immortel, il appellera la mort. Alors, déchiré de blessures, je le livrerai à mon gendre lui-même; il subira la puissance de cet empire qu'il a trahi, il apprendra si le Tartare sait défendre sa cause. Voilà mes ordres : que ce soit là le cours immuable des destinées. » Il dit, et le mouvement terrible de sa tête a ébranlé les cieux.

Mais déjà Cérès, dans ces grottes qui retentissent du bruit des armes, sent son repos et sa sécurité troublés par l'image d'un malheur déjà consommé.

Les nuits redoublent sa crainte, et son sommeil lui montre Proserpine perdue sans retour. Tantôt ses entrailles sont déchirées par des traits ennemis, tantôt elle voit ses vêtements se voiler d'une couleur lugubre, et l'orme stérile se couvrir de feuillage au sein de son foyer... Bientôt l'image de Proserpine, annonçant ses malheurs sans détours, vint troubler le sommeil de sa mère. Elle semblait cachée dans le réduit ténébreux d'une prison, et chargée de chaînes cruelles : ce n'était plus cette Proserpine qu'elle avait confiée aux champs de la Sicile, et que les déesses avaient admirée dans les vallées fleuries de l'Henna. Sa chevelure, plus brillante que l'or, tombait en désordre; un nuage voilait les éclairs de ses yeux; la peur, avec son froid de glace, avait flétri les roses de ses joues : l'incarnat de son beau visage, et ses membres aussi blancs que la neige, sont déjà couverts de la teinte lugubre du royaume infernal.

JUVENCUS (C. Vittius Aquilinus). — Il vécut sous Constantin, et ne craignit pas, dit saint Jérôme, de faire passer sous les lois du mètre la majesté de l'Évangile. Le poëte, Espagnol de naissance, a nommé son œuvre *Histoire évangélique*, et il a mérité l'admiration des grands hommes du IVe siècle. Son style simple, quoique élevé, avait fait adopter son poëme dans les écoles chrétiennes de son temps.

JÉSUS APAISE LA TEMPÊTE
(Livre II , 25-43.)

Tous montent dans la barque; un vent favorable enfle les voiles, et la carène en sifflant vole avec rapidité sur les flots. Mais à peine la nef a gagné la haute mer, les ondes se soulèvent furieuses sous l'effort des vents agités qui les gonflent, et dressent leurs montagnes à pic jusqu'au ciel. Tantôt la masse des flots vient battre la poupe, tantôt un tourbillon se brise sur la proue; il semble que les eaux veuillent couvrir le pont tout entier de la barque : et cependant Jésus dormait à la poupe d'un paisible sommeil. Ses disciples tremblants et les matelots eux-mêmes s'approchent, le réveillent et lui montrent l'effroyable danger qui les menace. « Hommes, leur dit-il, que votre confiance est petite! La crainte est donc entrée dans vos faibles cœurs! » Alors il commande à la tempête; il étend sur la plaine des ondes et le calme et la paix. Et ses disciples étonnés s'entretiennent tout bas de ce prodige, de cette admirable puissance, de cet empire auquel se soumettent les mers en furie, les menaces des vents et l'orgueil de la tempête!

VICTORINUS (Marius). — Ce rhéteur africain vécut sous Constance, et enseigna la rhétorique à Rome, en 350. Ce ne fut qu'à la fin de sa vie qu'il embrassa le christianisme. Il nous a laissé un poëme sur les sept frères Machabées, poëme plein de mouvement et d'énergie.

LA MÈRE AU PLUS JEUNE DE SES FILS

« Enfant que ton âge tendre me rend si cher, plus cher qu'un royaume, plus cher que ma vie, tu peux rendre complète la sainte victoire de ta mère. Tu es le dernier de mes fils, c'est par toi que je verrai le terme de mes dou-

leurs. Si tu m'aimes, si tu gardes en ton cœur les vertus que ta mère y a
semées, cher enfant, si jeune que tu sois, prête une oreille pieuse à mes dernières leçons. Apprends d'abord, pauvre petit, quel sort t'est réservé, si tu
sais souffrir : tu dois vivre, tu vivras encore ; tu te retrouveras auprès de tes
frères devenus saints, dans le calme, dans le repos, pendant toute la durée
des siècles de ce monde cruel. Oui, après un temps bien court, tu reverras
la lumière, tu entreras dans cet éternel royaume où le mal ne pénètre pas,
où les justes jouissent de la concorde parfaite, où la mort n'a plus accès, où
l'on n'entend plus le bruit des chevaux et des armes, où demeure la paix
éternelle. Crois ta mère : elle ne veut que ton bonheur. Pourquoi donc sem-
bles-tu repousser mes paroles avec tristesse ? Pourquoi détourner la tête ?
Prends pitié de moi, prends pitié de toi-même ! Ah ! si je le pouvais, je mourrais la première ; je ne le puis, hélas ! mais je te suivrai du moins, quand je
t'aurai vu victorieux. Tu veux que j'espère ? Non, je ne parle plus que pour
toi, je ne souffre plus que pour mon enfant. Penses-tu comme nous ? Voudrais-tu faire reproche à ta mère, à tes frères, à ta famille ? Oh ! qu'il n'en
soit pas ainsi, je t'en conjure, par ces mamelles qui t'ont nourri, par mes
larmes, par ces pleurs que m'arrachent mes enfants ! Voudrais-tu vivre ?
Mais alors tu vivrais donc seul, tu vivrais privé de la consolation de tes frères. Ce serait déshonorer les noms sacrés de tes frères, ce serait déshonorer
ta mère, ta race, ta patrie, que de fermer l'oreille à mes paroles. Sauve,
sauve plutôt ta vie jusque dans l'éternité, en suivant la trace de tes frères.
Ne crains rien ; oublie un instant ton effroi : conçois Dieu dans ton cœur ; il
y mettra la force d'un homme ! »

SÉDULIUS. — C'est l'auteur du *Poëme pascal*, ouvrage écrit au
Ve siècle sous Théodose le Jeune et Valentinien III, et loué par
le pape Gélase et par Cassiodore. Nous en citerons un fragment,
plein de force et de foi.

NAISSANCE DU CHRIST

Quelle lumière nouvelle luit sur le monde ! quelle grâce resplendit au ciel !
quel éclat apparut sur la terre, quand naquit le Christ du sein de Marie !
Ainsi se montre l'Époux radieux, le plus beau des enfants des hommes, qui
porte la grâce répandue sur ses lèvres vermeilles. O facile piété ! pour nous
épargner le joug humiliant du péché, le Seigneur daigna prendre le corps
de la servitude ; celui qui, dès l'origine du monde, revêt la créature de ses
dons, voulut couvrir sa chair du voile de la misère ; celui que ne peuvent
contenir et l'Océan agité et puissant dans la même tempête, et le sol entier
de l'univers, et l'immense convexité des cieux, se renferme tout entier dans
les membres d'un enfant : lui qui est Dieu repose dans une crèche étroite.

Salut, sainte mère qui enfantes le roi du ciel et de la terre, le maître souverain dont l'empire sans borne embrasse l'éternité ; salut à toi qui unis
les joies de la mère à l'honneur de la virginité ! Seule tu n'as pas eu de
modèle, seule tu n'as aucune émule ; seule entre toutes les femmes tu as su
complaire au Christ !

SAINT HILAIRE D'ARLES. — Il fut nommé, après saint Honorat,
évêque d'Arles en 429, et mourut en 449. On le croit auteur d'un
poëme sur la création, remarquable par la simplicité et par la
pureté du style.

Victor (Claudius Marius). — Ce poëte laïque du vᵉ siècle a mis en vers pleins de simplicité et de sentiment le récit de la *Genèse*, auquel il a su conserver la majesté splendide de l'original.

LA MORT D'ABEL
(Livre II.)

Quand la première famille se fut accrue de deux enfants, douce consolation au milieu de tant de misères, quand nos premiers parents se virent renaître dans leurs deux rejetons, leur tendresse doublée soulagea leur pénible affliction, et ils conçurent l'espoir de trouver avec cet appui un secours dans les rudes travaux des champs. L'aîné, c'était Caïn, ouvrait le sein de la terre sous l'effort de son fer; Abel vivait du produit innocent de ses troupeaux qu'il menait paître aux sommets des collines et sur l'herbe des prés, et dont il rapportait le lait à ses chers parents. Dès qu'ils récoltèrent les fruits attendus de leurs sueurs, reconnaissant pour la grâce divine qui multipliait leurs espérances, ils voulurent l'un et l'autre offrir à leur bienfaiteur les prémices de leurs travaux. L'un charge ses autels des premiers dons de la terre, l'autre d'un agneau blanc comme la neige... La fumée de l'agneau immolé monta sur-le-champ jusqu'au ciel, tandis que le Seigneur repoussait vers la terre l'odeur des fruits offerts par Caïn. Peut-être n'avait-il présenté en sacrifice que le rebut de sa moisson, peut-être Dieu dédaigne-t-il les dons que lui fait un cœur avare. Caïn conçoit en son âme une violente colère, l'envie et la haine y prennent naissance, comme elles avaient pénétré déjà le cœur du serpent; et, profitant de l'innocente sécurité d'Abel, il le frappe et le tue.

Saint Avit. — Il fut appelé, vers la fin du vᵉ siècle, au siége épiscopal de Vienne, et assista à plusieurs conciles auxquels il apporta les lumières d'une grande sagesse, et une puissante énergie contre les ariens. Il composa cinq poëmes sur la *Genèse* et sur l'*Exode*. «M. Guizot fait remarquer que les trois premiers forment un tout complet, et qu'on peut les intituler *Paradis perdu*; il compare saint Avit à Milton, et donne quelquefois l'avantage au premier sur le second.» Sa versification est pure et son style est toujours clair, qualité rare parmi les poëtes de ce temps.

LE DÉLUGE

Le ciel se couvre, le soleil vaincu disparaît sous un voile de ténèbres, et cependant la crainte pénètre avec peine dans le cœur endurci des hommes. Les brouillards tombent du ciel, se fondent en des torrents de pluie, et détrempent tout à coup les parties arides de la terre. L'Égypte reçoit stupéfaite l'eau abondante des nuages; le Garamante s'étonne de se sentir frissonner, et les froids humides ont atteint pour la première fois les déserts brûlants des Massyliens. Mais déjà ce n'est plus une pluie, ce ne sont plus des gouttes qui s'échappent d'en haut: les cieux s'entr'ouvrent et versent des torrents... C'est peu que les nuages répandent à la fois toutes leurs eaux: la terre elle-même apporte son tribut pour servir la colère du Seigneur. Le sol se brise, les champs se fendent çà et là; de nouvelles sources, des fleuves inconnus surgissent. La lourdeur des nuages change leur équilibre et les renverse: ainsi les ondes descendent d'en haut et s'élèvent d'en bas; les éléments unissent leurs fureurs pour précipiter le désastre universel. Les fleuves laissent dépasser la limite de leur lit; le courant rompt tous les obstacles et envahit violemment les plaines.

Cependant, dans cette rivalité des éléments qui cherchent à couvrir la terre et à inonder le monde, la sentence de mort prononcée contre l'humanité fût peut-être demeurée suspendue, le terrible sort qui menaçait toute chair mortelle eût été retardé, si l'Océan lui-même indigné contre la terre, l'Océan qui l'enveloppe tout entière d'une ceinture de rivages, n'avait, rompant ses limites, épandu ses flots sur la campagne. Oui, vengeur redoutable déchaîné contre le globe, il méprise les lois éternelles, il abandonne son antique séjour, il veut régner sur un autre monde, il jette le désordre dans la nature. Et les fleuves les plus larges, ceux dont la renommée célèbre le cours majestueux, s'étonnent d'abord d'éprouver une pression nouvelle; puis, comme s'ils apprenaient à fuir, ils rebroussent leurs ondes et les répandent sur les terres à mesure que la mer les soulève. L'Océan les poursuit, il presse la fuite de leurs eaux gonflées par la masse salée de ses flots.

Alors les mortels sont frappés de terreur à cet épouvantable fracas; ils escaladent les tours, ils montent jusque sur leurs toits, ils veulent retarder leur destin au moins pour quelques instants. L'eau qui se hausse sans cesse atteint les uns au milieu de leurs efforts, elle poursuit les fuyards, elle les atteint. D'autres fatiguent inutilement leurs membres à la nage, ils succombent à leurs efforts; ou, écrasés sous la masse des ondes, leurs corps s'affaissent gonflés par les torrents d'eau qu'ils ont bus. D'autres périssent sous les décombres de leur demeure renversée, que les flots roulent à la fois avec leurs cadavres. Un cri immense formé de mille cris s'élève jusqu'aux cieux : les mugissements des animaux entraînés dans la punition du genre humain mêlent leurs bruits retentissants à la voix plaintive des hommes.

Et, dans cette terrible catastrophe d'un monde, l'on aperçoit l'arche ballottée malgré son poids sur cette immense surface; son vaste corps frémit, sa charpente fait entendre un sourd gémissement. Cependant les ondes ne la pénètrent point, malgré leurs sinistres battements; elle reste entière et solide au-dessus du gouffre frémissant.

CHAPITRE IV

POÉSIE GNOMIQUE

Ce genre qui, chez les Grecs, était si fort en honneur, ne trouve chez les Latins qu'un représentant, c'est Publius Syrus, que Sénèque tenait en haute estime, et que la Bruyère s'est approprié presque tout entier. « Ces sentences, dit A. Pierron, sont célèbres et elles méritent leur réputation... Syrus n'avait pourtant écrit que des mimes, et ses mimes étaient pleins de bouffonneries. C'est à travers les quolibets qu'ont été ramassées ces admirables sentences. Il y en a plus de mille, toutes monostiques, sauf une ou deux, et rangées alphabétiquement en deux séries, l'une des vers iambiques sénaires, l'autre des vers trochaïques. C'est la première lettre de chaque vers qui détermine la place de chaque sentence. Tous les sujets sont donc confondus, et ce n'est pas là peut-être un des moindres agréments du recueil, du moins à mes yeux : on lit sans effort ; la variété soutient l'attention, et fournit sans cesse de nouveaux plaisirs. » Le nom de Syrus, donné à ce poëte du siècle d'Auguste, indique son origine : né en esclavage, il était Syrien d'origine. C'est dans Sénèque, dans Aulu-Gelle et dans Macrobe que ces précieuses sentences ont été presque toutes retrouvées.

SENTENCES DIVERSES [1]

Le prêt d'une petite somme fait un obligé; d'une forte, un ennemi.
Nous demandons tous : Est-il riche? Personne : Est-il vertueux?
L'arbre une fois abattu, en prend du bois qui veut.
Quel mal souhaiter à l'avare, si ce n'est une longue vie ?
Un bienfait reçu, ne l'oublie jamais; accordé, oublie-le aussitôt.
C'est secourir deux fois un malheureux que de le secourir promptement.
C'est un grand mal que l'habitude des bonnes choses.
Une chaste épouse, en obéissant à son mari, lui commande.
Le désir et la colère sont les pires des conseillers.
Avec l'aide de Dieu, l'on naviguerait sur une branche d'osier.
S'entendre blâmer et faire le bien, c'est agir en roi.
Le malheur même est une occasion de vertu.
Un cheveu même a son ombre.
Il n'y a que celui qui n'a pas d'honneur qui le perde.
La fortune prête beaucoup, elle ne donne rien.
L'ennemi le plus à craindre est celui qui se cache dans notre cœur.
C'est en ne faisant rien que l'homme s'habitue à mal faire.
Les honneurs parent l'honnête homme, ils flétrissent qui ne l'est pas.
Pardonne souvent aux autres, jamais à toi.
Tout le monde peut être pilote sur une mer tranquille.
L'inférieur connait toutes les fautes du supérieur.
Il n'est pas d'affront pour l'honnête homme.
Le juge est condamné, quand le coupable est absous.
On peut toujours franchir la source du plus grand fleuve.
Qui ne saura pas bien mourir aura mal vécu.
Un plan est mauvais, quand on ne peut le modifier.
L'intempérance est la nourrice de la médecine.
Moins la fortune a donné, moins elle reprend.
Je t'estime malheureux, si tu ne le fus jamais.
Point de fruit qui n'ait été âpre, avant d'être mûr.
Sois en paix avec les hommes, en guerre avec les vices.
Refuser d'abord, accorder ensuite, c'est tromper.
Dieu regarde si les mains sont pures, non si elles sont pleines.
Qu'il est triste d'être attaqué par ceux qui vous ont défendu!
Tout ce qui doit être beau s'achève lentement.
Qu'est-ce que pratiquer la bienfaisance? Imiter Dieu.
Si ce que tu fais est mal, il n'importe pas dans quel esprit tu le fais.
Retourner au lieu d'où l'on est venu, ne doit attrister personne.
Avertis en secret tes amis : loue-les en public.

(1) T. Baudement.

Le parti le plus sûr, c'est de ne rien craindre que Dieu.
Tais-toi, ou dis quelque parole qui vaille mieux que le silence.
L'union de deux cœurs bienveillants est la plus proche parenté.
On a tort d'accuser Neptune, quand on fait naufrage pour la seconde fois.
La méchanceté boit elle-même la plus grande partie de son poison.
Qu'importe ce que tu possèdes? Il y a bien plus de choses que tu n'as pas.
L'avare est privé de ce qu'il a, autant que le malheureux de ce qu'il n'a pas.

CHAPITRE V

POÉSIE DRAMATIQUE

PRÉCEPTES

Les lois du théâtre latin sont celles du théâtre grec; mais il y a
loin de la manière tragique de Sénèque à celle de sublimes artistes
tels qu'Euripide, Sophocle et Eschyle. La comédie, à Rome, a seule
approché des maîtres grecs, par une imitation pleine de goût et de
talent, à laquelle il n'a manqué, pour produire des œuvres véritablement de génie, que d'être moins servile et plus romaine.
Quand on sentit le désir d'un théâtre national dans la grande
ville, les sujets ne manquèrent pas, mais le talent fit défaut.

TRAGÉDIE. — « Sénèque, dit un célèbre critique, résume en lui
la tragédie romaine. C'est, il est vrai, un poëte bel esprit; il écrit
avec beaucoup de verve et de grâce; ce qu'il raconte, il le raconte
à merveille; il a beaucoup de goût, de sagacité, il ne manque pas
d'invention, mais où est la pitié? où est la terreur? Le chœur a
beau crier à chaque instant : « Que le ciel pleure, que la terre se
« fonde en larmes, que l'Océan soit rempli de tristesse; et toi
« aussi, soleil! » Ni la terre, ni le soleil ne répondent aux invocations du poëte : tout comme le spectateur, ils restent froids,
immobiles, glacés. Non, ce n'est pas en invoquant la terre, le ciel
et les étoiles, que vous pourrez agiter tout un peuple. Une larme,
une seule larme, partie du fond du cœur, vaudrait mieux que
toutes vos invocations...

« Rome, il faut bien le dire, à l'époque où la tragédie voulut
prendre place dans la littérature, n'était pas faite pour les nobles
délassements de la muse tragique. Rome ne comprenait que les
passions violentes, les acharnements insensés, les fureurs de l'ambition, les folies de la conquête... Qu'allez-vous parler de Médée

et de Phèdre, et d'Hercule sur le mont OEta?... Pour que le Romain s'amuse, il lui faut une arène, et dans cette arène du sang, des hommes qui s'entr'égorgent, des bêtes féroces à combattre, des éléphants à dompter! Voilà ce qui plaît au Romain. L'odeur du sang, le râle des mourants, les cadavres qu'on emporte, les chrétiens immolés dans le cirque, à ce grand cri : *Les dieux s'en vont!*... Donc Quintilius Varus, dont les tragédies se sont perdues, donc Sénèque le poëte tragique, Plaute le poëte comique, Térence le collaborateur de Scipion l'Africain, étaient bien malvenus à vouloir charmer ce peuple féroce par toutes les grâces et toute l'harmonie du langage. » On sait du reste, et nous le redirons, que le peu de tragédies latines qui soient venues jusqu'à nous, n'ont pas été représentées.

COMÉDIE. — La comédie du moins fut représentée et fut goûtée à Rome, sans doute parce que les spectacles de gladiateurs et de bêtes n'avaient pas encore pris possession absolue du goût de la nation. Mais on doit dire avec la Harpe qu'il n'y a pas, à bien dire, de comédie latine, puisque les Latins ne firent que traduire ou imiter les pièces grecques. « Jamais, dit le critique, ils ne mirent sur le théâtre un personnage romain; dans toutes leurs pièces, c'est toujours une ville grecque qui est le lieu de la scène. » Cependant on assure qu'Afranius, sous Auguste, avait peint les véritables mœurs des Romains. L'on peut dire cependant, à la louange de la comédie latine, qu'elle ne poussa jamais la licence, même dans Plaute, jusqu'où alla celle des Grecs. « Les Romains sous les consuls, dit Marmontel, jaloux de la dignité de leur gouvernement, n'auraient jamais permis que la république fût exposée aux traits insolents de leurs poëtes. Aussi les premiers comiques latins qui abordèrent la satire personnelle, n'osèrent jamais aborder la satire politique. »

Nous n'exposerons pas le détail des différentes comédies latines, que l'on distinguait à Rome, d'après le récit, d'après l'action, d'après les costumes, d'après le dialogue, etc. Ces différences étaient plutôt matérielles et locales, dit Héreau, que fondées sur l'essence même de la comédie et la variété des genres qu'elle peut comporter. Nous remarquerons seulement que la fable était précédée d'un prologue explicatif, qui souvent prenait la forme d'un avis aux spectateurs ou d'une recommandation de la pièce. Ajoutons que, malgré leur origine grecque, les comédies chez les Latins n'avaient point de chœurs, comme celles d'Aristophane ou de Ménandre.

Nota. Nous dirons quelques mots des drames, appelés *mimes* à l'époque où ils firent leur apparition dans la littérature des Latins.

AUTEURS ET MORCEAUX

1ʳᵉ Époque

TRAGÉDIE. — Livius Andronicus. — Ce poëte, que nous considérons ici seulement comme auteur dramatique, avait traduit nombre de pièces grecques, tragédies ou comédies, dont il ne nous reste que quelques titres, tels que *Égisthe, Térée, Hermione, Ajax, Hélène,* le *Poignard.* Les fragments qui sont attribués à cet auteur sont en vers dont le mètre est fort difficile à déterminer, et dans une langue qui devait avoir bien vieilli au siècle d'Auguste.

Ennius (Quintus). — (Voir *Poésie épique,* première période.)

Pacuvius (Marcus). — « Neveu d'Ennius et natif de Brindes, dit Schœll, il perfectionna la tragédie romaine. Il vécut à Rome et mourut à Tarente dans un âge fort avancé. Les anciens citent de ce poëte dix-neuf tragédies, dont nous n'avons que les titres et des fragments peu considérables. Le style en est obscur et peu harmonieux. Quintilien vante la profondeur de ses sentences, la force de son style et la vérité de ses caractères. Horace lui donne l'épithète de docte. Pline atteste qu'il a poussé à une certaine perfection l'art de la peinture. »

Attius (Lucius). — Attius, fils d'un affranchi, cultiva la tragédie avec succès, et il a mérité les éloges d'Horace. On trouve dans les auteurs les titres d'un grand nombre de ses tragédies; il y en avait une dont le sujet était national : c'était *Brutus.* « Nous ne savons pas, dit A. Pierron. comment Attius avait traité ce dramatique sujet; nous savons seulement qu'il ne s'était pas borné à mettre en action le récit des historiens, et qu'il avait vivifié sa pièce par de poétiques inventions... Ainsi il montrait quelque part Tarquin, troublé d'un songe, appelant les devins autour de lui, et les devins interprétant le songe. « J'avais commencé, durant la « nuit, à livrer mon corps au repos, et à délasser par le sommeil « mes membres fatigués. J'aperçois en songe un berger, qui dirige « vers moi un troupeau de moutons d'une grande beauté. Je choi« sis dans le troupeau deux béliers du même sang, et j'immole « le plus beau des deux. Puis son frère s'élance sur moi, me heurte « de ses cornes, et me renverse du coup. Me voilà étendu à « terre, sur le dos, et grièvement blessé. Là, j'aperçois dans le « ciel un saisissant et merveilleux prodige : c'était le soleil qui « changeait de route, et dont l'orbe rayonnant et enflammé

« s'avançait vers la droite. » Les devins, après avoir médité sur
ce récit, répondaient à Tarquin : « O roi, les habitudes des hommes
« dans la vie, leurs pensées, leurs soucis, les spectacles qui les
« frappent, les actions ou les réflexions qui les occupent durant
« la veille, se reproduisent en nous pendant notre sommeil. Il n'y
« a rien là dont on ait à s'émouvoir ; mais ce n'est pas sans raison
« que ces images, en de telles conjonctures, s'offrent à l'impro-
« viste. Prends donc garde que celui que tu crois stupide à l'égal
« d'une bête, ne porte une âme d'élite, une âme fortifiée de sa-
« gesse, et qu'il ne te chasse du trône. Car le phénomène dont tu
« as été témoin au ciel, présage dans le peuple une révolution
« très-prochaine. Puisse l'événement être heureux pour le peuple !
« Mais l'astre majestueux a pris sa course de gauche à droite ;
« l'augure en est certain : la chose publique de Rome atteindra
« au faîte de la gloire. »

On cite encore d'Attius les titres de tragédies : *Marcellus*, les
Trachiniennes, les *Phéniciennes*, *Décius*, *Prométhée*, etc. Deux de
ces pièces au moins devaient être encore des tragédies nationales.

COMÉDIE. — LIVIUS ANDRONICUS. — Nous avons déjà donné la
biographie de ce poëte, qui fit également représenter à Rome des
comédies. On cite le titre de l'une, le *Poignard*.

NÆVIUS (Cnæus). — Ce comique était à moitié grec par éducation ; cependant il servit dans la première guerre punique. Dans
ses comédies, qui approchèrent de la licence d'Aristophane, il
attaqua la gloire du grand Scipion. L'opinion et les magistrats
vengèrent sa victoire en le condamnant à la prison. Il mourut
vers l'an 550 de Rome. Nous n'avons de lui qu'un petit nombre
de fragments.

PLAUTE (Marcus Accius). — Plaute naquit en 227 av. J.-C. à
Sarpine, village de l'Ombrie : c'était l'époque de la deuxième
guerre punique. Il était fort laid, dit-on, et probablement esclave.
A dix-sept ans, nous le voyons acteur et auteur à la fois, traitant
avec les édiles de la vente de ses pièces : ses premiers essais lui
valurent quelque réputation, mais ne l'enrichirent pas. Ses tentatives commerciales n'ayant pas été plus heureuses, il se vit
alors contraint de se faire l'esclave de ses débiteurs. Réduit à
tourner la meule, sans doute il versifiait encore pour se consoler,
et préparait, par l'étude sérieuse de son art, les succès qu'il allait
obtenir. Ses nouveaux ouvrages lui procurèrent enfin les moyens
de se libérer de la servitude et de ses dettes : sa renommée alla
croissant avec le nombre de ses pièces, qu'on a portées, à tort évi-

demment, à cent trente. Varron en reconnait vingt-trois comme
authentiques, et nous n'en possédons qu'une vingtaine. Il mourut
vers l'an 184 av. J.-C.

Les pièces qui nous sont parvenues sont : *Amphitryon*, original
de la comédie de Molière ; *Asinaria* ou *le Père indulgent*, *Aulu-
laria*, le *Pot* ou *la Marmite*, imitée et surpassée par Molière dans
l'*Avare*; *Bacchides*, où se trouve l'idée des *Fourberies de Scapin* ;
les *Captifs*, pièce touchante et pleine de décence, mérite trop rare
dans Plaute ; *Casina* ou *le Sort*, *Cistellaria* ou *la Corbeille*, *Cur-
culio* ou *le Charançon*, c'est-à-dire le Parasite ; *Épidicus* ou *le Querelleur*, où Scapin a dû encore puiser de ses tours; les *Ménechmes*
ou *les Semblables*, imitée par Regnard, Shakespeare et Goldoni ;
le *Marchand*, le *Soldat fanfaron*, *Mostellaria*, le *Revenant*, à laquelle Regnard a emprunté son *Retour imprévu* ; la *Persane*, le
Jeune Carthaginois, l'*Imposteur*, *Rudens*, le *Câble*, pièce morale
comme les *Captifs* ; *Stichus*, le *Trésor caché*, *Truculentus*, le *Brutal*.
Toutes ces pièces sont des peintures de mœurs grecques et des
imitations de Démophile, de Diphile, d'Épicharme, de Ménandre
et de Philémon. Il faut convenir cependant que, si les sujets sont
empruntés à la Grèce avec les costumes, le détail, le langage, la
plaisanterie, tout le reste est romain.

Horace fut le premier qui osa critiquer notre comique, et l'on
regrette qu'il se soit montré injuste et de mauvais goût. « Nos
aïeux, dit-il, ont admiré les vers et les plaisanteries de Plaute.
Excès d'indulgence, à mon sens, pour ne pas dire sottise ; si toutefois vous et moi nous savons distinguer un bon mot d'un mot
grossier, et marquer du doigt et de l'oreille la juste cadence des
sons. » D'autres habiles maitres lui ont rendu meilleure justice,
tout en blâmant ce qu'il avait de blâmable. « Dans toutes les pièces
de Plaute, dit Schœll, il s'agit de fils libertins, d'esclaves fripons,
de femmes malhonnètes, de pères faibles et trompés, d'enfants
enlevés à leurs parents et vendus comme esclaves, de reconnais-
sances théâtrales, de parasites complaisants, de militaires ridicules
par leurs forfanteries. Les expositions des comédies de Plaute sont
peu heureuses, et le dénoûment en est ordinairement forcé; mais
dans toutes il règne une véritable force comique; l'action y marche
rapidement, et le dialogue est admirable. Ambitionnant moins
les suffrages de la partie éclairée de la nation que les applaudissements d'une populace ignorante, Plaute tâcha de frapper ses
spectateurs par des coups de théâtre imprévus, par des surprises,
par des jeux de mots et des équivoques, par la peinture des
mœurs des dernières classes de la société. Averti par l'exemple
de Névius, il se garda bien de traiter la comédie politique, qui ne
pouvait pas réussir devant son public ; mais, en peignant les

mœurs privées des citoyens d'une classe moyenne, il s'abandonne
à toute la fougue de son esprit satirique, qui souvent passe les
bornes de la décence et de la vérité. En un mot, Plaute est le véritable père de la comédie latine, et, quoiqu'il ait imité des modèles
grecs, on peut dire qu'il est un des poëtes les plus originaux des
Romains.

« La diction de Plaute est peu harmonieuse; mais elle est naturelle, forte et même élégante, quoique remplie d'archaïsmes.
Varron dit que les Muses auraient adopté le langage de Plaute, si
elles avaient voulu parler latin. Cicéron cite les comédies de Plaute
comme des modèles d'une plaisanterie fine et élégante... Sous le
rapport de la versification, Plaute est, sans doute, infiniment au-
dessous d'Aristophane; et, si l'orateur romain fut moins sensible
qu'Horace au défaut d'harmonie qui règne dans les poésies de
Plaute, il est possible que cela vint de ce que le premier était
accoutumé d'entendre déclamer ces vers par un acteur comme
Roscius. »

Nous serons, avec un écrivain aussi libre, fort sobres de citations, et l'immoralité de quelques pièces nous obligera même à
en taire le sujet.

AMPHITRYON

(Cette pièce, où les dieux jouent un rôle peu noble, nous montre Jupiter
prenant la figure d'Amphitryon, Mercure celle de l'esclave Sosie. Ces dégui-
sements amènent un comique de situation dont Molière a su tirer grand
parti, en compliquant encore l'intrigue par le personnage de Cléanthis,
femme de Sosie.)

MERCURE ET SOSIE

ACTE I, SCÈNE I

SOSIE, *sans voir Mercure.*

Est-il homme au monde plus hardi, plus audacieux que moi? Sachant ce
que je sais des mœurs de nos jeunes gens, me promener ainsi la nuit, tout
seul! Et si les triumvirs allaient me rencontrer et me fourrer en prison!
J'en sortirais demain; oui, mais ce serait pour recevoir les étrivières, sans
qu'on me permit une explication, sans que mon maître se dérangeât pour
me délivrer. Huit fort gaillards prendraient mon dos pour une enclume, et
chacun d'applaudir et chacun de crier : « Il l'a bien mérité! » Quelle bienvenue, quel retour de mon grand voyage! Et cela, par l'impatience de mon
maître qui m'a renvoyé du port ici bien malgré moi, à cette heure de nuit,
comme s'il n'avait pu me faire partir de jour! Oh! le dur service que celui
d'un homme riche! Que le sort de ses esclaves est pénible! Le jour, la nuit,
pas de répit; plus de besogne qu'on n'en saurait faire ou dire; aucun instant
de repos. Le maître, lui, sans travail, sans fatigue, croit possible tout ce qui
lui passe par la tête; juste ou non, il faut que l'esclave exécute son caprice,
si fatigué qu'il se sente. Ah! l'on est bien à plaindre de servir! et pas moyen
de se soustraire à tant de maux!

32

MERCURE, *à part.*

J'aurais bien plutôt raison de me plaindre de la servitude, moi libre, devenu esclave pour obéir à mon père. Le drôle se plaint, et il est esclave de père en fils; mais un dieu être condamné à servir comme un vaurien!

SOSIE.

Tiens! j'y pense; si je priais les dieux et les remerciais comme ils le méritent. Ma foi! s'ils me récompensaient comme je le mérite, moi, ils m'adresseraient quelque bon drille qui me frotterait la figure comme il faut. Le fait est que je ne les ai guère remerciés du bien qu'ils ont pu me faire.

MERCURE, *à part.*

En voilà un du moins qui se rend justice; et c'est rare.

SOSIE.

Certes, ni moi, ni personne, nous ne devions espérer pareille chance: nous voilà pourtant revenus sains et saufs. L'ennemi est vaincu; nos troupes sont ramenées triomphantes; nos adversaires sont taillés en pièces et la guerre est finie. Oui, ce peuple qui a causé la perte de tant de Thébains, ce peuple est conquis par la valeur de nos soldats, sous la conduite et les auspices d'Amphitryon, mon maître... Il m'a chargé de venir du port ici apporter cette nouvelle à sa femme, raconter son triomphe, son habileté, sa fortune. Ah çà! en arrivant, comment vais-je débiter mon récit? Je mentirai bien un peu, suivant mon habitude; car, si l'on a combattu avec vigueur, moi je fuyais avec vigueur aussi; et cependant, il faut exposer, comme témoin, ce que je n'ai pas vu, ce que je sais par ouï-dire. Voyons: cherchons en quels termes je pourrai raconter la chose. Songeons un peu: bien! m'y voici.

A peine sommes-nous arrivés, à peine avons-nous débarqué... (Plaute met dans la bouche de Sosie le récit de la bataille.)

MERCURE, *à part.*

Allons! jusqu'à présent son récit est exact; car j'étais présent moi-même au combat avec mon père.

SOSIE.

... Oui, voilà comme je dois raconter les choses à ma maîtresse. Maintenant, exécutons les ordres d'Amphitryon et entrons au logis.

MERCURE, *à part.*

Oh! oh! il approche; je vais au-devant de lui, et je l'empêcherai bien d'entrer aujourd'hui dans cette maison. Avec sa figure, je vais un peu rire à ses dépens. Mais, puisque j'ai déjà sa tournure et son visage, prenons ses mœurs et son caractère: soyons vaurien, fourbe, fripon; servons-nous pour le battre de ses propres armes. Ah! ah! il regarde le ciel; voyons ce qu'il prétend faire.

SOSIE.

Par ma foi! ou je me trompe fort, ou Nocturnus cette nuit a bu trop d'un coup et il dort en cuvant son vin... Les astres ne bougent pas de leur place, et la Nuit s'entête à ne pas céder au Jour.

MERCURE.

Continue, plaisante Nuit; montre-toi soumise à la volonté de mon père...

SOSIE.

Je n'ai jamais vu si longue nuit, excepté celle où, suspendu au gibet, je reçus des coups du soir au matin. Oh! oui, elle a duré plus longtemps encore.

Pardieu! je jurerais bien que Phébus a fait trop joyeuse chère, et s'est endormi sous la table!

MERCURE, *à part.*

Ah! drôle, tu crois, à ce qu'il paraît, que les dieux te ressemblent? Attends, coquin, tu vas payer cher tes insolences. Approche, et tu n'auras pas à rire de ma rencontre.

SOSIE.

... Allons; acquittons-nous du message dont Amphitryon m'a chargé pour Alcmène. (*Il aperçoit Mercure.*) Tiens! qui se tient à cette heure devant notre porte? cela ne me dit rien de bon.

MERCURE, *à part.*

A-t-on jamais vu pareil poltron?

SOSIE.

Hom! on dirait bien qu'il songe à retourner mon manteau.

MERCURE.

Il a peur. Amusons-nous.

SOSIE.

Je suis perdu! la joue me démange : ce gaillard-là va me régaler de soufflets. C'est trop de bonté: mon maître m'a forcé de veiller; celui-ci m'assommera pour me faire dormir. Bien sûr, c'est fait de moi! Quelle taille, quelle vigueur il vous a!

MERCURE, *à part.*

Parlons haut, faisons-nous entendre; il s'agit d'augmenter son effroi. (*Haut.*) Allons, mes poings, en besogne! il y a longtemps que vous me faites jeûner. Il me semble que vous dormez depuis un siècle, bien qu'hier vous ayez assommé et mis à nu quatre hommes.

SOSIE.

Je crains fort de changer de nom, et de m'appeler Quintus (*cinquième*) au lieu de Sosie! Il a assommé quatre hommes; j'ai peur de grossir le nombre.

MERCURE.

Allons! je suis prêt; y sommes-nous?

SOSIE, *à part.*

Il s'arrange, le voilà en position.

MERCURE.

Avant de partir, il en tâtera.

SOSIE.

Qui donc?

MERCURE.

Le premier qui se présente, je lui fais avaler mes deux poings.

SOSIE, *à part.*

Moi! je ne mange pas la nuit, et d'ailleurs j'ai soupé. Garde ce repas-là pour les affamés.

MERCURE.

Voilà un poignet d'assez bon poids.

SOSIE, *à part.*

C'est fini : il pèse ses poings.

MERCURE.

Si je le caressais un peu, seulement pour l'endormir!

SOSIE, *à part.*

Bon cela! voilà trois nuits que je veille.

MERCURE.

Malheureusement, cette main n'a jamais su frapper convenablement un visage; dès qu'elle touche une figure, elle la rend méconnaissable.

SOSIE, *à part.*

Cet homme-là va me façonner, et me donner une autre physionomie.

MERCURE.

Quand mon poing tombe juste, il ne laisse pas un os à sa place dans une mâchoire.

SOSIE, *à part.*

Décidément il tient à me désosser comme une lamproie : loin d'ici, mauvais désosseur d'hommes. C'est fait de moi, s'il m'aperçoit.

MERCURE.

Je sens l'odeur d'un homme par ici : gare à lui!

SOSIE, *à part.*

Comment cela? Ai-je une odeur à présent?

MERCURE.

Et il n'est pas loin... mais il revient de loin.

SOSIE, *à part.*

C'est un sorcier.

MERCURE.

Les poings me démangent.

SOSIE, *à part.*

Si tu veux les exercer sur moi, amollis-les au moins d'abord contre la muraille.

MERCURE.

Une voix a volé jusqu'à mes oreilles.

SOSIE.

Allons; ma voix a des ailes. Maladroit que je suis, de ne les avoir pas coupées... La peur m'empêche de remuer; adieu ma commission, adieu le malheureux Sosie lui-même. Bah! parlons-lui avec assurance, à cet homme; qu'il nous prenne pour un brave, et il n'osera pas nous toucher.

MERCURE.

Oh là! toi, l'homme à la lanterne!

SOSIE.

Et toi, le désosseur de mâchoires d'hommes, que demandes-tu?

MERCURE.

Es-tu esclave ou libre?

SOSIE.

Selon mon caprice.

MERCURE.

Plaît-il?

SOSIE.

C'est comme je dis.

MERCURE.

Grenier à coups de poing!

SOSIE.

Tu en as menti pour le moment.

MERCURE.

Oh! je ne mentirai pas longtemps.

SOSIE.

A quoi bon?

MERCURE.

Or çà, peut-on savoir où tu vas, à qui tu es, ce qui t'amène?

SOSIE.

Je vais là; je suis à mon maître; es-tu plus avancé?

MERCURE.

... Que viens-tu faire dans ce logis?

SOSIE.

Qu'y viens-tu faire toi-même?

MERCURE.

... Je ne sais trop si tu es de la maison; mais, si tu ne déguerpis sur-le-champ, tu ne seras pas reçu certainement en ami de la maison.

SOSIE.

Mais puisque j'y demeure, te dis-je; je suis l'esclave des maîtres de ce logis...

MERCURE.

Prends garde à toi; prends le parti de te sauver bien vite, si tu ne veux être battu.

SOSIE.

Quoi donc! après le voyage que j'ai fait, tu veux m'empêcher de rentrer chez moi?

MERCURE.

Bah! c'est là ta maison?

SOSIE.

Eh! sans doute.

MERCURE.

Quel est donc ton maître?

SOSIE.

Amphitryon, général des Thébains, le mari d'Alcmène.

MERCURE.

Ah! et comment te nommes-tu?

SOSIE.

On m'appelle à Thèbes Sosie, fils de Dave.

MERCURE.

Il t'arrivera malheur aujourd'hui, effronté qui viens ici avec ces paroles cousues de mensonges et de fourberies.

SOSIE.

Ce n'est pas avec des paroles, mais avec des habits cousus que je viens.

MERCURE.

Encore un mensonge : c'est avec tes pieds que tu es venu.

SOSIE.

Certainement.

MERCURE.

Certainement aussi ton mensonge te vaudra des coups.

SOSIE.

Certainement, je n'y consens pas.

MERCURE.

Certainement tu en recevras, bon gré, mal gré. C'est une affaire décidé Tiens! (*Il le frappe.*)

SOSIE.

Grâce! je t'en supplie.

MERCURE.

Oses-tu prendre encore le nom de Sosie, quand c'est moi qui le suis?

SOSIE.

Je suis mort!

MERCURE.

Ce n'est rien que cela; tu en verras bien d'autres. A qui es-tu maintenant?

SOSIE.

A toi, grâce à tes poings. Au secours! citoyens; à moi, Thébains!

MERCURE.

Ah! tu oses crier, bourreau! Réponds, qu'es-tu venu faire ici?

SOSIE.

Pour te donner occasion de battre.

MERCURE.

A qui appartiens-tu?

SOSIE.

Moi, Sosie? à Amphitryon.

MERCURE.

Ah! tu mens encore! je vais t'assommer. Sosie, c'est moi, et non pas toi.

SOSIE, *à part.*

Plût aux dieux que tu le fusses à ma place! Comme je t'arrangerais!

MERCURE.

Tu murmures, je crois.

SOSIE.

Je me tais.

MERCURE.

Quel est ton maître?

SOSIE.

Qui tu voudras.

MERCURE.

Ton nom ?

SOSIE.

Je n'en ai pas; à moins que tu ne veuilles m'en donner un.

MERCURE.

Ne disais-tu pas que tu étais Sosie, à Amphitryon?

SOSIE.

J'avais tort. Ce n'est pas Sosie, c'est associé à Amphitryon que j'ai voulu dire.

MERCURE.

Je savais bien qu'il n'y avait pas ici d'autre Sosie que moi. Tu as perdu la tête.

SOSIE, *à part*.

Ah! si tu pouvais aussi bien avoir perdu tes poings!

MERCURE.

Ce Sosie, que tu te disais être, ce Sosie, c'est moi.

SOSIE.

Permets-moi de causer un instant en paix, sans que les poings s'en mêlent.

MERCURE.

Soit : faisons trêve, et dis tout ce que tu voudras.

SOSIE.

Je me tais, si la paix n'est conclue; tu as les poings trop forts.

MERCURE.

Parle, te dis-je; je ne te ferai pas de mal.

SOSIE.

Parole d'honneur?

MERCURE.

Oui.

SOSIE.

Mais si tu me trompes?

MERCURE.

Que toute la colère de Mercure retombe sur Sosie!

SOSIE.

Eh bien! écoute, puisque j'ai la liberté de parler franchement. Je suis Sosie, esclave d'Amphitryon.

MERCURE.

Encore!

SOSIE.

La paix est faite et le traité conclu : je dis la vérité.

MERCURE.

Tu seras battu!

SOSIE.

Fais ce que tu voudras, puisque tu es le plus fort; mais, ma foi, tant pis, je dirai ce qui est.

MERCURE.

Et toi, tant que tu vivras, tu ne pouras m'empêcher d'être Sosie.

SOSIE.

Mais toi, par Pollux, tu ne m'empêcheras pas d'être moi, d'être de notre maison. Il ne peut exister d'autre Sosie que moi, qui ai suivi Amphitryon quand il est parti pour l'armée.

MERCURE.

Cet homme est fou.

SOSIE.

C'est plutôt toi qui es fou. Comment, diantre! je ne suis pas Sosie, esclave d'Amphitryon! Quoi! un de nos vaisseaux ne m'a pas amené cette nuit du port Persique! Mon maître ne m'a-t-il pas envoyé? Est-ce que je ne suis pas là devant notre maison? N'ai-je pas encore ma lanterne à la main? Ne parlé-je pas? Ne suis-je pas éveillé? N'ai-je pas reçu de cet homme une grêle de coups? Certes oui, et mes mâchoires s'en ressentent encore. A quoi bon attendre? rentrons chez nous.

MERCURE.

Comment? chez vous!

SOSIE.

Eh! sans doute.

MERCURE.

Tu n'as dit que des mensonges. C'est moi qui suis Sosie, l'esclave d'Amphitryon. Notre vaisseau m'a amené cette nuit du port Persique; nous avons pris la ville où régnait Ptérilas, nous avons battu les troupes Téléboennes; Amphitryon a tué le roi même de sa propre main.

SOSIE.

Ma foi! je ne me crois plus moi-même, à l'entendre parler de la sorte; c'est qu'en vérité il raconte tout par le menu sans se tromper. Mais, dis-moi, qu'a-t-on donné à Amphitryon sur le butin?

MERCURE.

La coupe d'or dont Ptérilas se servait à table.

SOSIE.

Il l'a dit... Où est-elle, cette coupe?

MERCURE.

Dans un coffre scellé du cachet d'Amphitryon.

SOSIE.

Et ce cachet...

MERCURE.

... Représente le soleil levant sur son char. Tu crois m'attraper, coquin!

SOSIE, à part.

Voilà des preuves certainement; je n'ai plus à chercher un autre nom. Où a-t-il pu voir tout cela? Mais je vais bien l'y prendre cette fois. Ce que j'ai fait tout seul, dans ma tente, sans témoins, je parie bien qu'il ne pourra pas me le dire. (Haut.) Si tu es Sosie, au plus fort du combat, que faisais-tu dans la tente. Dis-le : je m'avoue vaincu.

MERCURE.

Il y avait là un tonneau de vin; j'en remplis un gros flacon...

SOSIE.

Allons, l'y voilà!

MERCURE.

Et tout pur, comme il vint au monde, je l'avalai.

SOSIE.

C'est à n'y rien comprendre, s'il n'était caché dans le flacon même. Le fait est que j'ai bu le vin, et je l'ai bu tout pur.

MERCURE.

T'ai-je convaincu maintenant que tu n'es pas Sosie ?

SOSIE.

Et tu soutiens que je ne le suis pas ?

MERCURE.

Certes, puisque moi, je le suis.

SOSIE.

Par Jupiter ! je jure que je suis Sosie et que je dis la vérité.

MERCURE.

Et moi, par Mercure ! j'affirme que Jupiter ne te croira pas. Il s'en rapportera plus à un seul mot de moi qu'à tous tes serments.

SOSIE.

Eh bien ! alors, si je ne suis pas Sosie, qui suis-je, dis-le-moi.

MERCURE.

Quand je ne voudrai plus être Sosie, tu seras Sosie ; mais, comme présentement je le suis, tu seras battu si tu ne déguerpis, drôle sans nom.

SOSIE.

Par Pollux ! quand je l'examine, quand je me rappelle ma figure telle que je l'ai vue au miroir, c'est tout à fait mon vrai portrait ; c'est moi-même : le chapeau, l'habit, la jambe, le pied, la taille, les cheveux, les yeux, le nez, les dents, les lèvres, les joues, le menton, la barbe, le cou, tout est pareil. Ma foi ! s'il a le dos labouré par les étrivières, il ne peut y avoir ressemblance plus frappante. Cependant, quand j'y songe, je ne reste pas moins ce que j'étais. Je connais mon maître, je connais ma maison, je me sens, je jouis de ma raison : on dira ce que l'on voudra, frappons.

MERCURE.

Où vas-tu ?

SOSIE.

Chez nous.

MERCURE.

Tu aurais beau monter sur le char de Jupiter pour fuir plus vite, tu n'éviterais pas l'ouragan qui va fondre sur toi.

SOSIE.

Voyons ! je ne puis donc faire à ma maîtresse le rapport dont je suis chargé ?

MERCURE.

A ta maîtresse, volontiers ; mais à la mienne qui est ici, non, tu n'approcheras seulement pas ; et, si tu m'échauffes la bile, je te casse les reins.

SOSIE.

Partons donc. Grands dieux ! venez à mon aide ! Que suis-je devenu ? Où m'a-t-on changé ? où ma figure s'est-elle perdue ? Est-ce que, par mégarde, je ne me serais pas laissé là-bas ?...

LA MARMITE [1]

(*Argument de Priscien.* — Une marmite pleine d'or a été trouvée par Euclion. Il fait sentinelle auprès, et s'inquiète et se tourmente. Mégadore
demande en mariage sans dot la fille du vieillard; et, pour engager Euclion
à consentir, il fournit le festin avec les cuisiniers. Euclion tremble pour son
or, et va le cacher hors de chez lui. Un esclave le guettait; il enlève la marmite. Le jeune homme la rapporte, et Euclion donne à Lyconide, maître de
l'esclave, son trésor et sa fille en récompense.)

L'AVARE

EUCLION, *seul.*

Ce n'est pas par hasard que le corbeau a chanté à ma gauche, et puis il
rasait la terre de ses pieds en croassant. Mon cœur aussitôt a fait le métier
de danseur, et a bondi dans mon sein. Pourquoi tarder? Courons. (*A Strobile, qui se présente subitement.*) Hors d'ici, animal rampant, qui viens de
sortir de dessous terre. On ne te voyait pas tout à l'heure; tu te montres, et
l'on t'écrase. Par Pollux! je vais t'arranger de la bonne manière, subtil
coquin!

STROBILE.

Quel démon te tourmente? Qu'avons-nous à démêler ensemble, vieillard?
Pourquoi me pousser à me jeter par terre? Pourquoi me tirer de la sorte?
Pourquoi me frapper?

EUCLION.

Grenier à coups de fouet! tu le demandes? Voleur! que dis-je? triple
voleur!

STROBILE.

Que t'ai-je pris?

EUCLION.

Rends-le-moi, et vite.

STROBILE.

Que veux-tu que je te rende?

EUCLION, *ironiquement.*

Tu ne le sais pas?

STROBILE.

Je n'ai rien pris qui t'appartienne.

EUCLION.

Mais ce qui t'appartient maintenant par le vol, rends-le. Eh bien!

STROBILE.

Eh bien?

EUCLION.

Ton vol ne te réussira pas.

STROBILE.

Qu'est-ce que tu as donc?...

EUCLION.

Remets-moi cela, te dis-je. Pas de plaisanterie. Je ne badine pas, moi.

[1) Naudet.

STROBILE.

Qu'exiges-tu que je te remette? Nomme la chose par son nom. Je jure que je n'ai rien pris, rien touché.

EUCLION.

Voyons tes mains.

STROBILE, *montrant une main.*

Tiens.

EUCLION.

Montre donc.

STROBILE.

Les voici.

EUCLION.

Je vois. Maintenant, la troisième.

STROBILE.

Ce vieillard est fou. Les fantômes et les vapeurs de l'enfer lui troublent le cerveau. Tu ne diras pas que tu ne me fais pas injure?

EUCLION.

Oui, très-grande; car tu devrais déjà être fustigé. Et cela t'arrivera certainement, si tu n'avoues.

STROBILE.

Que dois-je avouer?

EUCLION.

Qu'est-ce que tu m'as dérobé?

STROBILE.

Que le ciel me foudroie, si je t'ai pris quelque chose!

EUCLION, *sur le même ton, avec affectation.*

... Et si je n'ai pas voulu prendre! Allons, secoue ton manteau.

STROBILE.

Tant que tu voudras.

EUCLION.

Ne l'aurais-tu pas sous ta tunique?

STROBILE.

Tâte partout.

EUCLION.

Ah! le scélérat, comme il fait le bon, pour qu'on ne le soupçonne pas! Nous connaissons vos finesses. Or çà, montre-moi encore une fois ta main droite.

STROBILE.

Regarde.

EUCLION.

Et la gauche.

STROBILE.

Les voici toutes deux.

EUCLION.

Je ne veux pas chercher davantage. Rends-le-moi.

STROBILE.

Mais quoi?

EUCLION.

Tous ces détours sont inutiles. Tu l'as certainement.

STROBILE.

Je l'ai? moi! Qu'est-ce que j'ai?

EUCLION.

Je ne le dirai pas. Tu voudrais me le faire dire. Quoi que ce soit, rends-moi mon bien.

STROBILE.

Tu extravagues. N'as-tu pas fouillé à ton aise, sans rien trouver sur moi qui t'appartienne.

EUCLION.

Demeure, demeure. Quel autre était ici avec toi? Je suis perdu! grands dieux! il y a là dedans quelqu'un qui fait des siennes. (*A part.*) Si je lâche celui-ci, il s'en ira. Après tout, je l'ai fouillé; il n'a rien. Va-t'en, si tu veux, et que Jupiter et tous les dieux t'exterminent!

STROBILE.

Beau remercîment!

EUCLION.

Je vais rentrer, et j'étranglerai ton complice. Fuis de ma présence. T'en iras-tu?

STROBILE.

Je pars.

EUCLION.

Que je ne te revoie plus; prends-y garde. (Strobile, éclairé sur l'existence du trésor, jure de l'enlever et y réussit; Euclion s'aperçoit qu'il est volé.)

EUCLION, *seul.*

Je suis mort! je suis égorgé! je suis assassiné! Où courir? où ne pas courir? Arrêtez! arrêtez! Qui! lequel? je ne sais; je ne vois plus, je marche dans les ténèbres. Où vais-je? où suis-je? Qui suis-je? je ne sais; je n'ai plus ma tête. Ah! je vous en prie, je vous conjure, secourez-moi. Montrez-moi celui qui me l'a ravie... Vous autres, cachés, sous vos robes blanchies, et assis comme des honnêtes gens... Parle, toi, je veux t'en croire; ta figure annonce un homme de bien... Qu'est-ce? pourquoi riez-vous? On vous connaît tous. Certainement, il y a ici plus d'un voleur... Eh bien! dis; aucun d'eux ne l'a prise... Tu me donnes le coup de la mort. Dis-moi donc, qui est-ce qui l'a? Tu l'ignores! Ah! malheureux, malheureux! C'est fait de moi; plus de ressource, je suis dépouillé de tout! Jour déplorable, jour funeste, qui m'apporte la misère et la faim! Il n'y a pas de mortel sur la terre qui ait éprouvé un pareil désastre. Et qu'ai-je à faire de la vie, à présent que j'ai perdu un si beau trésor, que je gardais avec tant de soin? Pour lui, je me dérobais le nécessaire, je me refusais toute satisfaction, tout plaisir. Et il fait la joie d'un autre qui me ruine et qui me tue! Non, je n'y survivrai pas!

LES BACCHIDES

(Nous ne donnerons pas l'analyse de cette pièce immorale; mais nous citerons la scène où Chrysale trompe Nicobule sur son fils; c'est là que Molière a dû trouver l'idée de la *fâcheuse galère* des *Fourberies de Scapin.*)

NICOBULE ET CHRYSALE [1]

NICOBULE, *sans voir Chrysale.*

Je vais au Pirée m'informer s'il n'est pas venu d'Éphèse quelque vaisseau marchand. La peur trouble mon âme, en voyant que mon fils reste si longtemps à Éphèse, et qu'il ne revient pas.

CHRYSALE, *à part.*

Je vais (les dieux me le permettent!) le travailler de la bonne manière. Pas de paresse! il faut de la matière chrysaline à Chrysale. Abordons le vieillard, je vais lui raser son or et le tondre jusqu'au vif. (*Haut.*) Salut à mon maître Nicobule!

NICOBULE.

O dieux immortels! Chrysale, que fait mon fils?

CHRYSALE.

Il faudrait d'abord répondre à mon salut.

NICOBULE.

Bonjour. Mais que fait Mnésiloque?

CHRYSALE.

Il est plein de vie et de santé.

NICOBULE.

Vient-il?

CHRYSALE.

Oui.

NICOBULE.

Ah! tu ranimes mes sens. S'est-il toujours bien porté?

CHRYSALE.

C'est une santé pancratique, athlétique.

NICOBULE.

Et la commission pour laquelle je l'avais envoyé à Éphèse, est-elle faite? Mon ami Archidame a-t-il rendu l'argent?

CHRYSALE.

Hélas! Nicobule, mon cœur saigne, ma tête se fend, quand on me parle de cet homme-là. Peux-tu appeler ton ami un tel ennemi?

NICOBULE.

Et pourquoi donc? dis-moi, je te prie.

CHRYSALE.

Pourquoi? Par Pollux! jamais Vulcain, le Soleil, la Lune, le Jour, non, jamais ces quatre divinités n'éclairèrent un plus grand scélérat.

NICOBULE.

Archidame?

CHRYSALE.

Oui, Archidame.

[1] Naudet.

NICOBULE.

Qu'a-t-il fait ?

CHRYSALE.

Demande plutôt ce qu'il n'a pas fait. D'abord il a nié la dette à ton fils, prétendant ne te devoir pas un tribole. Mnésiloque aussitôt invoque l'assistance de notre ancien hôte, le vieux Pélagon, et, devant lui, il montre la pièce de crédit que tu lui avais promise pour la représenter à l'imposteur.

NICOBULE.

Eh bien ! quand il vit cette pièce ?

CHRYSALE.

Il se met à dire qu'il ne la reconnaît pas, que c'est une pièce fausse. Ce bon jeune homme ! combien il essuya d'injures ! S'entendre traiter de faussaire, de menteur !

NICOBULE.

Avez-vous l'or? Voilà ce que je veux d'abord savoir.

CHRYSALE.

La préteur nous donna des juges. Notre homme fut condamné et contraint à restituer 1200 philippes.

NICOBULE.

C'est le montant de la dette.

CHRYSALE.

Tu n'es pas au bout. Il tenta encore un autre assaut.

NICOBULE.

Encore.

CHRYSALE.

Oui, tu vas voir; et de trois.

NICOBULE.

Que j'ai été dupe ! C'était à un autre Autolycus que j'avais confié mon or.

CHRYSALE.

Écoute-moi donc.

NICOBULE.

Ah! je ne connaissais pas mon hôte et son humeur rapace.

CHRYSALE.

L'or une fois emporté, nous nous embarquons, impatients de revenir. Je m'assieds sur le tillac, et je promène par distraction autour de nous mes regards. Qu'aperçois-je? un vaisseau long, un appareil formidable, sinistre.

NICOBULE.

Aïe ! aïe ! je suis mort ! l'appareil aigrit ma plaie.

CHRYSALE.

Le navire appartenait en commun à ton hôte et à des pirates.

NICOBULE.

Bélître que j'étais, d'avoir eu confiance en lui, quand son nom même d'Archidame m'avertissait que ce serait à mon dam qu'il aurait crédit de ma part.

CHRYSALE.

Leur navire en voulait à notre vaisseau. J'observe toutes leurs manœuvres.

Cependant nous levons l'ancre, et nous sortons du port. Eux aussitôt de nous suivre à force de rames; les oiseaux et les vents ne sont pas plus rapides. Je devine leur intention, notre vaisseau s'arrête. Quand ils nous voient arrêtés, ils se mettent à courir çà et là dans le port.

NICOBULE.

Voyez les coquins! Et alors que fîtes-vous?

CHRYSALE.

Nous rentrâmes dans le port.

NICOBULE.

C'était le plus sage. Et nos gens?

CHRYSALE.

Ils revinrent à terre le soir.

NICOBULE.

Il n'y a pas de doute. Ils voulaient ravir mon or : c'est où tendaient leurs menées.

CHRYSALE.

Du premier coup je m'en aperçus.

NICOBULE.

Je n'avais plus de sang dans les veines.

CHRYSALE.

Voyant qu'on en veut à notre or, nous prenons notre parti sans balancer. Le lendemain, l'or est enlevé du vaisseau, devant eux, sans mystère, ostensiblement, de manière qu'ils le voient bien.

NICOBULE.

Parfaitement avisé! Et ensuite, eux? dis-moi.

CHRYSALE.

Ils furent très-marris quand ils nous virent rentrer tout droit en ville avec notre or, et ils tirèrent leur navire sur le rivage, en hochant la tête. Nous allâmes mettre l'or en dépôt chez Théotime.

NICOBULE.

Qui est ce Théotime?

CHRYSALE.

Le fils de Mégalobule, prêtre de Diane Éphésienne, extrêmement cher aux Éphésiens.

NICOBULE.

Par Hercule! il serait bien plus cher encore pour moi, s'il me soufflait mon or.

CHRYSALE.

Oh! que non; l'or est déposé dans le temple de Diane, sous la surveillance de l'autorité publique.

NICOBULE.

Mort de ma vie! j'aimerais bien mieux qu'il fût ici sous ma surveillance particulière. Est-ce que vous n'avez rien rapporté?

CHRYSALE.

Si; mais je ne sais pas combien.

NICOBULE.

Tu ne sais pas?

CHRYSALE.

Non. Mnésiloque se rendit la nuit secrètement chez Théotime, et il ne voulut se lier ni à moi, ni à personne de l'équipage. Je ne sais pas ce qu'il a pris, mais ce n'est pas beaucoup.

NICOBULE.

La moitié, crois-tu?

CHRYSALE.

Je l'ignore, sur ma foi; mais je ne crois pas.

NICOBULE.

Le tiers?

CHRYSALE.

Oh! non, à ce que je crois. Au juste... Je ne sais pas au juste. Assurément, tout ce que je sais, c'est que je ne sais rien. Il faudra maintenant t'embarquer, et te mettre en route pour aller à Éphèse retirer l'ordre des mains de Théotime. Ah çà!

NICOBULE.

Quoi?

CHRYSALE.

N'oublie pas de prendre l'anneau de ton fils.

NICOBULE.

A quoi bon cet anneau?

CHRYSALE.

C'est le signe convenu. Théotime remettra l'or au porteur.

NICOBULE.

Tu as raison de m'avertir; je m'en souviendrai. Ce Théotime est-il riche?

CHRYSALE.

Demande-le-moi. C'est un homme qui garnit d'or les semelles de ses souliers.

NICOBULE.

Pourquoi donc ce mépris?

CHRYSALE.

Sa richesse est si grande! il ne sait que faire de son or.

NICOBULE.

Hé bien! qu'il me le donne! En présence de quels témoins le mien lui a-t-il été donné?

CHRYSALE.

Le peuple en fut témoin. Tout le monde à Éphèse sait cela.

NICOBULE.

Du moins mon fils a-t-il fait preuve de prudence, en choisissant un homme riche pour dépositaire. On pourra reprendre l'or quand on voudra.

CHRYSALE.

Oh! tu n'attendras pas le moins du monde: il te le comptera le jour même de ton arrivée.

NICOBULE.

Je croyais, à mon âge, être quitte des courses maritimes et des fatigues de la navigation. Il faudra, bon gré mal gré, en tâter encore. J'en suis redevable à mon aimable hôte Archidame. Que fait Mnésiloque en ce moment?

CHRYSALE.

Il est allé saluer les dieux, et puis ses amis sur la grande place.

NICOBULE.

Il me tarde de le voir. J'y vais de ce pas. (*Il sort.*)

CHRYSALE, *seul.*

Le vieillard en a sa charge, et plus qu'il n'en peut porter. Pour commencer, ma trame n'est pas mal ourdie. Voilà notre jeune homme à son aise, grâce à moi; permis à lui de prendre tout l'or qu'il voudra, il n'a qu'à puiser. Il pourra ne rendre à son père qu'autant qu'il lui plaira. Le vieillard ira chercher son or à Éphèse, et nous mènerons ici une vie fort douce. Car j'espère bien que nous resterons, et qu'il n'emmènera point avec lui Mnésiloque ni moi. Que je vais causer de remue-ménage!... Mais qu'arrivera-t-il, quand le vieillard apprendra tout? quand il saura que nous l'avons fait courir pour rien, et que nous avons converti son or à notre usage? A quoi dois-je m'attendre? Je suis sûr, ma foi, que tout en arrivant il me fera changer de nom, et que je deviendrai *Crucisaltor* au lieu de Chrysale. Eh! mais, je prendrai la fuite au besoin... Oui, et au cas qu'on me rattrape?... Nargue du vieillard, et la peste pour lui! S'il a du bouleau sur ses terres, moi j'ai un bon dos à ma disposition. Allons instruire Mnésiloque de tout ce que j'ai machiné pour notre or...

LES CAPTIFS

(C'est un père, dit A. Pierron, qui retrouve ses deux fils, dont l'un avait été enlevé en bas âge, et dont l'autre avait été fait prisonnier dans un combat. Il n'y a, dans cette comédie, ni amours, ni valets fripons, ni pères imbéciles. Un parasite anime de ses bons mots la fable, plus touchante que gaie, et qui n'est d'un bout à l'autre qu'un irréprochable tableau de vertus et de dévouement.)

LE PARASITE (1)

ERGASILE, *seul.*

C'est une malheureuse condition que celle de chercher un dîner en ville et de ne le trouver que difficilement. Plus malheureux encore est celui qui se donne tant de peine pour ne rien trouver. Mais le plus malheureux de tous, c'est celui qui a faim et n'a rien à mettre sous la dent. Maudit jour! je lui arracherais volontiers les yeux, pour l'influence fatale qu'il exerce sur tous ceux à qui je m'adresse depuis ce matin! Jamais homme n'eut l'estomac plus affamé, plus creux que le mien, et ne réussit plus mal dans toutes ses tentatives pour le remplir. Mon ventre et mon gosier chôment la fête de la Famine. L'art du parasite est tué. La jeunesse de nos jours repousse les bouffons dans l'indigence. Elle a réformé les Lacédémoniens du bas-bout, ces souffre-douleurs dont toute la fortune consiste en jargon. Elle ne donne à dîner qu'à ceux qui sont en état de rendre. Ces faquins vont eux-mêmes au marché, ce domaine réservé des parasites! Ils viennent effrontément marchander des esclaves dans le forum, et cela de l'air grave dont ils jugeraient les coupables

(1) Andrieux.

33

de leur tribu. Ils ne font aucun cas des diseurs de bons mots; ils n'ont
d'amour que pour eux-mêmes. Tantôt, en partant d'ici, j'ai abordé vingt
jeunes gens sur la place : « Je vous salue, leur ai-je dit; où dîne-t-on aujourd'hui?» Point de réponse. Quoi! personne ne me dit: « Venez chez moi?»
Ils sont tous muets; ils ne se moquent même pas de moi. « Où souperons-
nous au moins?» Un signe de tête me répond : point de souper. J'ai recours
à l'un de mes plus joyeux contes, un de ces contes qui jadis m'assuraient à
dîner pour un mois entier. Personne ne rit. J'ai vu que c'était un parti pris.
Nul d'entre eux n'a même daigné faire la grimace d'un chien en colère : s'ils
ne voulaient pas rire, ils pouvaient au moins montrer le bout des dents.
Voyant que j'étais leur dupe, je les quitte; j'en vais trouver d'autres, puis
d'autres, et encore d'autres; même accueil. Ils s'entendent tous comme des
marchands d'huile sur le quai de Vélabre. Bafoué de nouveau, je quitte
encore la place. D'autres parasites se promenaient aux environs et sans
plus de succès. Je suis résolu d'avoir recours à la loi, et d'intenter un bel et
bon procès à toute cette jeunesse coalisée pour nous faire mourir de faim.
Je les ajournerai; je requerrai une forte amende, je les ferai condamner à
me donner dix repas à discrétion, d'autant que les vivres sont fort chers.
Voilà ce qu'il faut faire. Je m'en vais de ce pas au port : c'est le seul endroit
où j'espère encore accrocher un souper. Si cet espoir est trompé, mon pis-
aller sera de revenir chez Hégion, et de manger son dîner, quelque maigre
qu'il soit.

(Ergasile annonce à Hégion qu'il lui a retrouvé son fils : le père joyeux lui
donne carte blanche pour le festin de réjouissance.)

Le voilà parti! il m'a confié toutes les provisions. Grands dieux! que de
têtes je vais trancher! Pauvre porcs, pauvres sangliers, pauvres truies, quel
carnage vous menace! Que je vais donner de besogne aux bouchers et aux
charcutiers! Mais, sans perdre le temps à nommer tous les morceaux qui
font partie d'un bon repas, prenons possession de mon gouvernement. Je
commencerai par faire le procès au lard. Ensuite j'irai au secours de ces
pauvres jambons qu'on a pendus sans les entendre; et je compte bien les dé-
crocher. (*Il entre chez Hégion.*)

LE CHARANÇON

(Cette pièce peint encore un parasite, diseur de plaisanteries, menteur et
escroc comme tous ses pareils. Plaute y introduit aussi un capitaine vantard,
Thérapontigone Platagidore. Au quatrième acte, le chef de chœur vient réciter un intermède dans le genre des *parabases* d'Aristophane, où il se moque
des ridicules du temps.)

LE CHEF DE CHŒUR [1]

Par Pollux! Phédrome a rencontré là un farceur qui joue bien son rôle!
je ne sais quel nom il mérite le mieux, de menteur ou de fourbe. Je crains
bien de ne jamais revoir les habits que j'ai loués. Après tout, je n'ai point affaire à lui : c'est à Phédrome que je les ai confiés. Ne laissons pas d'y veiller
néanmoins. En attendant le retour de Curculion, je vais vous apprendre où
l'on trouve les différentes espèces d'hommes; et, pour vous épargner les recherches, je vous dirai où l'on rencontre l'homme vertueux et le fripon, le

bon et le méchant. Vous faut-il un parjure? allez aux comices (1); un menteur, un fanfaron? allez au temple de Cloacine (2); des hommes prodigues
et libertins? vous en trouverez sous la basilique (3), avec de vieilles femmes
malhonnêtes et des intrigants; des gourmands? courez au marché aux poissons. C'est au bas de la place que les gens de bien, les citoyens riches se
promènent. Au centre, le long du canal (4), se pavanent les fats et les ambitieux. Au-dessus du lac, vous verrez les sots, les bavards, les diseurs de
méchants propos, calomniant avec audace sur les moindres apparences du
mal, sans songer à toutes les vérités qu'ils méritent eux-mêmes. Derrière le
temple de Castor s'assemblent les emprunteurs et les usuriers, auxquels je
ne vous conseille pas de vous fier; dans la rue de Toscane, ceux qui se
vendent eux-mêmes; sur le quai Vélabre, les boulangers, les bouchers, les
devins, les faiseurs d'affaires, et les dupes de la maison Leucadia Oppia (5),
rendez-vous des hommes ruinés. Mais j'entends le bruit de la porte : trêve
de bavardage.

LES MÉNECHMES

(C'est, dit A. Pierron, l'original des *Ménechmes* de Régnard, et un original
que la copie, malgré tout son mérite, est loin d'avoir éclipsé. « Ce n'est plus
ici la différence de l'*Avare* à l'*Aululaire*. La Harpe cite bien quelques traits
où Régnard a, en effet, surpassé son modèle, mais on en pourrait citer davantage encore où le poëte français a eu le dessous. »)

LES IMPORTUNS (6)

MÉNECHME.

Quelle sotte et ennuyeuse manie nous avons d'augmenter le nombre de
nos clients en proportion de notre fortune et de notre rang! Qu'ils soient
honnêtes ou fripons, on ne s'en informe pas. C'est au bien du client qu'on
s'attache, et non à sa probité, à sa réputation. S'il est pauvre et honnête, il
ne vaut rien; s'il est riche et fripon, c'est un client précieux. Ils ne respectent ni les lois, ni la justice, ni la morale, et causent mille tourments à
leurs patrons. Ils nient les présents qu'on leur a faits; artisans de chicanes,
avides, sans foi, ils ne s'enrichissent que par l'usure et les faux serments.
Ils n'ont l'esprit occupé que de procès. Quand ils sont assignés, le patron
l'est aussi; il est forcé de plaider pour eux, et de prendre la défense de tous
leurs méfaits : et l'affaire est portée devant le peuple, ou au tribunal, ou
devant des arbitres. Moi, par exemple, un mauvais client m'a tourmenté
toute la journée; je n'ai pu rien faire de ce que je voulais : il m'a retenu,
mis à la chaîne. Il m'a fallu batailler devant les édiles pour une cause détestable, proposer un arrangement équivoque, captieux. Je disais ce qu'il fallait
et ce qu'il ne fallait pas pour obtenir une transaction. Lui, que fait-il? Ce
qu'il fait? il a été forcé de donner caution. Jamais je ne vis d'homme plus
évidemment convaincu. Trois témoins accablants ont déposé de toutes ses
friponneries. Que les dieux le confondent, et moi avec lui, d'avoir eu l'idée
de mettre aujourd'hui les pieds au Forum, pour perdre ainsi ma journée (7)!
J'avais fait préparer un dîner... on m'attend, j'en suis sûr. Dès qu'il m'a été
possible, je me suis échappé bien vite du Forum. Ah! comme on doit être
en colère contre moi!... »

(1) Place voisine du palais de justice. — 2) Déesse dont le simulacre avait été trouvé par le roi Tatius
dans un égout. — (3) La Bourse de Rome. — (4) Promenade. — (5) Demeure de la famille célèbre des
Oppiens. — (6) A. François. — (7) Voilà les mœurs romaines qui se montrent sous le costume grec.

LE SOLDAT FANFARON

(Le bravache dont Plaute nous avait donné une ébauche dans le *Charançon*, est ici le héros comique de la fable. C'est le *Falstaff* de Shakspeare, un fat et un faux brave, qui se laisse jouer le plus facilement du monde par tous ceux qui ont intérêt à le tromper.)

PYRGOPOLYNICE ET ARTOTROGUS [1]

PYRGOPOLYNICE.

Soignez mon bouclier; que son éclat soit plus resplendissant que les rayons du soleil dans un ciel pur. Il faut qu'au jour de la bataille, quand il sera temps, les ennemis, dans le feu de la mêlée, aient la vue éblouie par ses feux. Et toi, mon épée, console-toi, ne te lamente pas tant, ne laisse point abattre ton courage, s'il y a trop longtemps que je te porte oisive à mon côté, tandis que tu frémis d'impatience de faire un hachis d'ennemis. Mais où est Artotrogus?

ARTOTROGUS.

Le voici, fidèle compagnon d'un guerrier fortuné, intrépide, beau comme un roi, vaillant comme un héros. Mars n'oserait, pour vanter ses prouesses, les comparer aux tiennes.

PYRGOPOLYNICE.

Lui que je sauvai dans les champs Gurgustidoniens, où commandait en chef Bombomachidès Cluninstaridysarchidès, petit-fils de Neptune?

ARTOTROGUS.

Je m'en souviens; tu veux parler de ce guerrier aux armes d'or, dont tu dispersas d'un souffle les légions, comme le vent dissipe les feuilles ou le chaume des toits.

PYRGOPOLYNICE.

Ce n'est rien, par Pollux! que cette prouesse.

ARTOTROGUS.

Rien, par Hercule! au prix de toutes les autres... (*à part*) que tu n'as jamais faites. Si l'on peut voir un plus effronté menteur, un glorieux plus vain, je me livre, à qui le trouvera, en toute propriété pour une confiture d'olives, et je consens à enrager la faim dans ma nouvelle condition.

PYRGOPOLYNICE.

Où es-tu ?

ARTOTROGUS.

Me voici. Et dans l'Inde, par Pollux ! comme tu cassas, d'un coup de poing, le bras à un éléphant !

PYRGOPOLYNICE.

Comment, le bras?

ARTOTROGUS.

Je voulais dire la cuisse.

PYRGOPOLYNICE.

Et j'y allais négligemment.

(1) Naudet.

ARTOTROGUS.

Si tu y avais mis toute ta force, par Pollux ! tu aurais traversé le cuir, le ventre, la mâchoire de l'éléphant avec ton bras.

PYRGOPOLYNICE.

Trêve pour le moment à ce récit.

ARTOTROGUS.

Par Hercule ! tu n'as pas besoin de me raconter tes hauts faits, à moi qui les connais si bien. (*A part.*) C'est mon ventre qui me cause tous ces ennuis ; il faut que mes oreilles les endurent, pour que mes dents ne s'allongent pas ; et je suis obligé d'applaudir à tous les mensonges qu'il lui plaît d'inventer.

PYRGOPOLYNICE.

Qu'est-ce que je voulais dire ?

ARTOTROGUS.

Voici, je sais déjà ta pensée. Oui, le fait est vrai, par Hercule ! je m'en souviens.

PYRGOPOLYNICE.

Qu'est-ce ?

ARTOTROGUS.

Tout ce qu'il te plaira.

PYRGOPOLYNICE.

As-tu des tablettes?

ARTOTROGUS.

Veux-tu faire des enrôlements? J'ai aussi un poinçon.

PYRGOPOLYNICE.

Que tes pensées s'accordent heureusement avec les miennes!

ARTOTROGUS.

C'est un devoir pour moi de connaître ton humeur, de m'en faire une étude assidue, pour que mon esprit vole au-devant de tes désirs.

PYRGOPOLYNICE.

Te souviens-tu ? ..

ARTOTROGUS.

Oui, cent cinquante hommes en Cilicie, cent Sycolatronides, trente Sardes, soixante Macédoniens, périrent sous tes coups en un seul jour.

PYRGOPOLYNICE.

Combien cela fait-il de morts?

ARTOTROGUS.

Sept mille.

PYRGOPOLYNICE.

Ce doit être là le nombre : tu comptes bien.

ARTOTROGUS.

Je n'ai pas besoin de tenir registre pour m'en souvenir.

PYRGOPOLYNICE.

Par Pollux ! ta mémoire est excellente.

ARTOTROGUS, *à part.*

Les bons morceaux me la rafraîchissent.

PYRGOPOLYNICE.

Tant que tu te comporteras comme jusqu'à ce jour, tu seras constamment bien nourri; je t'admettrai toujours à ma table.

ARTOTROGUS, *avec chaleur.*

Et en Cappadoce, si ton glaive ne s'était pas émoussé, n'aurais-tu pas tué d'un seul coup cinq cents ennemis, seuls restes de l'infanterie, s'ils ont échappé? Et pourquoi te dirais-je ce qui est connu de l'univers, que Pyrgopolynice efface tout ce qui existe sur la terre par sa beauté, sa bravoure, sa force invincible...

PYRGOPOLYNICE.

Il est l'heure, je crois, d'aller à la place, pour payer aux soldats que j'enrôlai hier le prix de leur engagement. Le roi Séleucus m'a prié avec instance de lever et d'enrôler pour lui des soldats mercenaires. Je veux consacrer la journée au service de ce prince.

ARTOTROGUS, *d'un air belliqueux.*

Eh bien! marchons.

PYRGOPOLYNICE, *à sa suite.*

Soldats, suivez-moi.

LE REVENANT

(Cette comédie devait être pleine d'intérêt pour les Romains, fort curieux de contes de sorcières, de récits de prodiges, etc. Un jeune homme, en l'absence de son père, s'est livré à tous les désordres. Le père revient tout à coup. Le serviteur qui a perdu le fils par ses conseils attend son vieux maître de pied ferme, et lui raconte mille événements plus surprenants les uns que les autres.)

THEUROPIDE, TRANION, ESCLAVES PORTANT DES BAGAGES [1]

THEUROPIDE.

Je te rends de grandes actions de grâces, Neptune, de m'avoir laissé sortir vivant de ton empire; mais, à l'avenir, si tu apprends que je me suis aventuré sur les eaux de la longueur de mon pied, je te permets bien de faire incontinent de moi ce que tu voulais en faire ces jours-ci. Plus, plus de commerce avec toi. A compter de ce jour, c'est fini; tu as eu de ma confiance tout ce que tu devais en avoir.

TRANION, *à part.*

Par Pollux! que tu as mal fait, Neptune, de manquer une si belle occasion !

THEUROPIDE.

J'arrive, après trois ans, de l'Égypte dans mes foyers, fort attendu, je crois, de tout mon monde.

TRANION, *à part.*

Bien plus attendu, par Pollux! viendrait celui qui apporterait la nouvelle de ta mort.

THEUROPIDE, *près d'entrer chez lui.*

Mais qu'est-ce que cela signifie? la porte fermée pendant le jour! Frappons. Holà! quelqu'un! Ouvrez cette porte !

_____
(1) Naudet.

TRANION, *baissant la voix et affectant de se tenir éloigné.*
Quel est l'homme qui s'est approché de notre maison?

THEUROPIDE, *se tournant vers lui.*
C'est mon esclave Tranion.

TRANION.
O Theuropide, mon maître, salut. Je me réjouis de te voir revenu en bonne santé. T'es-tu toujours bien porté?

THEUROPIDE.
Toujours, comme tu vois.

TRANION.
Quel bonheur!

THEUROPIDE.
Et vous autres, êtes-vous fous?

TRANION.
Pourquoi?

THEUROPIDE.
Oui, parce que vous allez vous promener sans que personne qui vive garde la maison, ni pour ouvrir, ni pour répondre. J'ai presque brisé la porte en frappant avec mes pieds.

TRANION, *d'un air d'effroi.*
O ciel! tu as touché cette maison?

THEUROPIDE.
Pourquoi ne la toucherais-je pas? et même, j'ai presque brisé la porte à frapper.

TRANION.
Tu l'as touchée?

THEUROPIDE.
Oui, te dis-je, et j'ai frappé.

TRANION. (*Cri de terreur.*)
Ah!

THEUROPIDE.
Qu'est-ce?

TRANION.
Tu as eu grand tort, par Hercule!

THEUROPIDE.
Qu'est-ce qui se passe?

TRANION.
L'indigne, la méchante action que tu as faite! il n'y a pas d'expression pour cela!

THEUROPIDE.
Quoi donc?

TRANION.
Fuis, je t'en conjure, éloigne-toi de la maison. Fuis de ce côté, approche par ici. Tu as touché cette porte?

THEUROPIDE.
Comment aurais-je frappé cette porte sans y toucher?

TRANION.
Tu as exterminé, par Hercule!...

THEUROPIDE.

Qui donc?

TRANION.

Tout ton monde.

THEUROPIDE.

Que les dieux et les déesses t'exterminent toi-même, avec ton présage!

TRANION.

J'ai bien peur qu'il n'y ait pas d'expiation pour purger et toi et ta suite.

THEUROPIDE.

Quel prodige surprenant as-tu à m'annoncer?

TRANION, *montrant les esclaves qui portent le bagage.*

Vite, ordonne-leur, je te prie, de se retirer de là.

THEUROPIDE.

Retirez-vous. (*Il touche du doigt la terre en s'éloignant.*)

TRANION, *aux esclaves.*

Ne touchez pas la maison; et touchez la terre aussi, vous.

THEUROPIDE.

Je t'en conjure par Hercule, explique-toi donc.

TRANION.

Il y a sept mois que personne n'a mis le pied dans cette maison, depuis que nous l'avons abandonnée.

THEUROPIDE.

Apprends-moi ce que c'est.

TRANION.

Regarde aux alentours, s'il n'y a personne qui épie nos paroles.

THEUROPIDE, *après avoir regardé.*

Il n'y a pas de danger.

TRANION.

Regarde encore.

THEUROPIDE, *avec impatience.*

Il n'y a personne : parle enfin.

TRANION.

Il s'est commis un atroce assassinat.

THEUROPIDE.

Qu'est-ce? je ne comprends pas.

TRANION, *avec mystère.*

Il s'est commis, te dis-je, un crime anciennement, il y a longtemps. La chose est ancienne, mais nous ne faisons que de l'apprendre.

THEUROPIDE.

Quel est donc ce crime? qui en est l'auteur? dis-moi.

TRANION.

C'est un hôte qui surprit son hôte, et l'égorgea. L'assassin était probablement celui qui t'a vendu la maison.

THEUROPIDE.

L'assassin?

TRANION.

Il lui vola son or, et puis il l'enterra ici même dans la maison.

THEUROPIDE.

D'où vous vient le soupçon de ce crime?

TRANION, *d'un ton emphatique.*

Je vais te le dire, écoute bien. Un jour que ton fils avait soupé en ville, lorsqu'il fut rentré dans la maison, nous étions tous allés nous coucher, et nous étions endormis. J'avais oublié d'éteindre ma lanterne; tout à coup il pousse un grand cri.

THEUROPIDE.

Qui cela? mon fils?

TRANION.

St, tais-toi; écoute seulement. Il me dit qu'il avait vu en songe venir auprès de lui le mort.

THEUROPIDE, *tremblant.*

En songe, n'est-ce pas?

TRANION.

Oui; mais écoute donc; et que le mort lui avait parlé ainsi.

THEUROPIDE.

En songe?

TRANION.

C'est étonnant qu'il ne l'ait pas entendu tout éveillé, puisqu'il y a soixante ans que l'homme a été assassiné? Tu es quelquefois d'une bêtise!

THEUROPIDE.

Je me tais. Parle.

TRANION.

Mais voici ce qu'il entendit. (*D'un ton sépulcral.*) Je suis Diapontius, étranger. J'habite ici. Cette habitation est en ma puissance. Pluton n'a pas voulu me recevoir sur les bords de l'Achéron, parce que j'ai péri d'une mort prématurée. Je fus victime de la trahison : mon hôte m'assassina dans ce lieu, et il enterra mon cadavre, sans funérailles, en ce lieu même; le scélérat en voulait à mon or. Maintenant abandonne cette maison; elle est souillée par le crime : l'habiter est impie. (*Reprenant sa voix naturelle.*) Pour te raconter tous les prodiges qui se voient ici, ce serait presque l'affaire d'une année. (*S'interrompant comme pour écouter.*) St, st!...

THEUROPIDE.

Qu'est-ce qui arrive?

TRANION.

La porte a craqué? N'est-ce pas lui qui frappe?

THEUROPIDE, *tout tremblant.*

Je n'ai pas une goutte de sang dans les veines; les morts veulent me faire descendre vivant aux bords de l'Achéron. (*On entend des éclats de rire dans l'intérieur.*)

TRANION, *à part.*

Ils déconcerteront toute ma fable; je tremble que le vieillard ne me prenne dans mon piége.

THEUROPIDE.

Pourquoi parles-tu tout seul?

TRANION.

Éloigne-toi de la porte. Fuis, je t'en conjure, par Hercule!

THEUROPIDE.

Où fuir? Est-ce que tu ne fuis pas aussi?

TRANION.

Je n'ai rien à craindre, moi; je suis en paix avec les morts.

THEUROPIDE.

Hé! Tranion!

TRANION, *feignant de se tromper, et se tournant du côté de la maison, comme pour parler au mort.*

Tu ne dois pas m'appeler, entends-tu? Je ne suis pas coupable; ce n'est pas moi qui ai frappé à la porte.

THEUROPIDE.

De quoi es-tu en peine, je te prie? Qu'est-ce qui te trouble l'esprit, Tranion? A qui parles-tu?

TRANION.

Est-ce toi, je te prie, qui m'avais appelé? Par les dieux qui me soient en aide, j'ai cru que c'était le mort qui se plaignait parce que tu avais frappé à la porte. Mais tu restes encore? Tu ne veux pas faire ce que je te dis?

THEUROPIDE.

Que ferai-je?

TRANION.

Fuis sans regarder en arrière, et en t'enveloppant la tête.

THEUROPIDE.

Pourquoi ne fuis-tu pas?

TRANION.

Je suis en paix avec les morts.

THEUROPIDE.

Je le pense. Mais cependant, tout à l'heure, pourquoi étais-tu si effrayé?

TRANION.

Ne t'inquiète pas de moi; je prendrai mes précautions. Toi, ne t'arrête pas, et fuis tant que tu auras des jambes. Tu invoqueras Hercule en même temps.

THEUROPIDE.

Hercule, je t'invoque. (*Il sort en courant.*)

TRANION, *à part.*

Et moi aussi. Puisse-t-il t'envoyer aussi mal de mort. (*Seul.*) O dieux immortels! secourez-moi. Dans quelle affaire me suis-je embarqué!

L'IMPOSTEUR

(Cette pièce, une de celles que Plaute préférait, est encore une suite d'intrigues, de friponneries, de ruses. C'est un esclave qui fait à un marchand d'esclaves toutes sortes de tours. L'esclave a le dessus, son complot réussit, le marchand est battu. Le spectateur romain devait être satisfait.)

LE MARCHAND ET LES ESCLAVES [1]

BALLION, *aux esclaves* (2).

Venez, avancez, marchez donc, fainéants, mauvais sujets nourris pour rien, et trop chèrement achetés, dont pas un n'aurait jamais l'idée de bien faire, et de qui je ne puis tirer de service qu'en m'y prenant de cette manière. (*Il les bat.*) Je n'ai jamais vu d'hommes plus ânes que ceux-là, tant ils ont les côtes endurcies aux coups. Quand on les bat, on se fait plus de mal qu'à eux-mêmes : ils sont d'un tempérament à user les étrivières. Ils n'ont qu'une seule pensée : piller dès que l'occasion se présente, dérober, voler, agripper, boire, manger, s'enfuir, voilà toute leur besogne. On aimerait mieux laisser des loups dans une bergerie, que de pareils gardiens à la maison. Et cependant, à regarder leur mine, on les prendrait pour de bons sujets; mais à l'œuvre, quel mécompte! Maintenant, si vous ne faites tous attention à mes ordres, si vous ne bannissez de votre cœur et de vos yeux le sommeil et la paresse, avec mon fouet je vous arrangerai les reins de façon qu'ils seront plus chamarrés de dessins et de couleurs que les tentures de Campanie ou les tapisseries de pourpre d'Alexandrie, toutes parsemées d'animaux. Ne vous avais-je pas donné vos instructions hier? N'avais-je pas distribué à chacun son emploi? Mais vous êtes de tels vauriens, de tels fainéants, une si méchante espèce, que vous me forcez toujours de vous avertir de votre devoir à coups de fouet. Ainsi votre parti est bien pris : triomphez par la dureté de votre peau de ceci (*montrant un fouet*) et de moi... Regardez-les, par plaisir; à quoi pensent-ils? Attention! écoutez-moi ! prêtez l'oreille à mes discours, race patibulaire! Non, par Pollux ! le cuir de votre dos ne sera pas plus dur que le cuir de mon fouet! (*Il frappe.*) Hein! le sentez-vous? Voilà comme on en donne à ceux qui méprisent les ordres de leur maître. Allons, rangez-vous tous devant moi, et qu'on m'écoute avec attention. (*A l'un des esclaves.*) Toi qui tiens la cruche, apporte de l'eau, et remplis le chaudron vitement. (*A un autre.*) Toi, avec ta hache, je te donne la charge de fendeur de bois.

L'ESCLAVE, *montrant sa hache.*

Mais elle est tout usée.

BALLION.

Sers-t'en comme elle est : est-ce que vous ne l'êtes pas tous aussi, vous autres, par les coups? Je ne m'en sers pas moins de vous. (*A un autre esclave.*) Toi, je te recommande de bien nettoyer la maison; tu auras de quoi t'occuper; dépêche, va-t'en. (*A un autre.*) Toi, je te charge de la salle à manger; lave l'argenterie et range-la. Ayez soin qu'à mon retour du Forum je trouve tout apprêté, balayé, arrosé, essuyé, dressé, accommodé, cuit à point. C'est aujourd'hui l'anniversaire de ma naissance; vous devez tous célébrer cette fête. (*Au marmiton.*) Mets dans l'eau un jambon, un filet, des ris de porc, une tetine : tu m'entends? je veux traiter magnifiquement de grands personnages pour qu'ils me croient riche. (*A tous les esclaves.*) Rentrez : qu'on s'empresse d'exécuter mes ordres et de disposer tout, afin que le cuisinier, quand il viendra, ne soit pas obligé d'attendre. Moi, je vais au marché acheter les poissons les plus rares. (*A un esclave qui porte la bourse.*) Marche devant, petit garçon, de peur que quelque filou ne coupe la bourse sur ton épaule... Mais attends, j'ai encore quelques ordres à donner à la maison; j'allais l'oublier...

---

(1) A. François. — (2) Roscius produisait, dit-on, un grand effet dans ce monologue.

STICHUS

(« Il s'agit dans cette pièce, dit A. Pierron, de deux jeunes femmes, de deux sœurs, dont les époux sont absents, et que leur père veut forcer au divorce. Elles résistent à toutes ses instances, et elles demeurent fidèles. » Plaute nous peint encore un parasite affamé dans cette comédie.)

GÉLASIME, CROCOTIS [1]

GÉLASIME, *sans voir Crocotis.*

Je soupçonne que j'ai pour mère la Faim; car jamais, depuis ma naissance, je n'ai pu me rassasier. Et personne ne témoignera autant de reconnaissance à sa mère que je n'en ai témoigné à la mienne, à mon corps défendant; car elle me porta dix mois, et moi je la porte depuis plus de dix ans... Et ce n'est pas une toute petite faim que je porte dans mon sein; par Hercule! c'est une faim énorme, dévorante. Maintenant, s'il est quelqu'un qui veuille faire acquisition d'un plaisant, je suis à vendre avec tout mon costume. Je cherche partout de quoi remplir le vide que je souffre. Mon père me donna dans mon enfance le nom de Gélasime, parce que j'étais déjà plaisant dès l'âge le plus tendre. La Pauvreté m'a fait mériter mon nom; car c'est elle qui m'a contraint à prendre le métier de plaisant : la Pauvreté, en effet, enseigne toutes sortes d'industries à celui dont elle s'empare. Mon père m'a dit que j'étais né dans un temps de disette; c'est pour cela, je pense, que je suis maintenant si affamé. Mais tel est, en revanche, le bon naturel dont notre race fut douée, je ne refuse jamais si l'on m'invite à manger. Il y avait jadis, dans la conversation et dans l'usage, des façons de parler qui se sont perdues; c'est grand dommage, par Hercule! car elles étaient excellentes, à mon sens, et tout aimables : « Viens souper ici; accepte, il faut que tu promettes; ne te fais pas prier; es-tu libre? je veux que tu acceptes; je ne te laisserai pas que tu ne viennes. » En place de cette phrase, on en a inventé une qui ne signifie rien, qui ne vaut rien : « Je t'inviterais à souper, si moi-même je ne soupais en ville. » Maudite phrase! je voudrais, par Hercule! qu'on lui cassât les reins, ou que le menteur crevât, s'il mange chez lui. Ces phrases me contraignent d'adopter le genre de vie des barbares, et de faire le métier de crieur, pour annoncer ma vente et me mettre à l'encan.

CROCOTIS, *à part.*

Voici le parasite que j'allais chercher; écoutons ce qu'il dit avant que je lui parle.

GÉLASIME.

Il y avait ici nombre de curieux impertinents, empressés de s'occuper des affaires d'autrui, parce qu'ils n'ont rien à eux dont ils s'occupent. Apprennent-ils qu'on va faire une vente, ils accourent, ils s'informent du motif; si c'est pour satisfaire à des créanciers, ou pour faire bombance... Tous ces gens-là, je ne veux pas les retenir, et je proclame tout de suite la cause de ma vente, pour leur apprêter de quoi se réjouir... Je procède moi-même à la criée. J'ai essuyé d'énormes, de déplorables pertes; je suis ruiné misérablement... Une multitude de franches lippées me sont mortes; de combien de soupers j'ai pleuré le trépas! Combien de parties à boire et de vin parfumé, combien de dîners j'ai perdus coup sur coup dans ces trois années! Aussi je dépéris de chagrin et de tristesse; je suis presque mort de faim.

[1] Naudet.

CROCOTIS, *à part.*

C'est bien le plus drôle de corps quand la faim le talonne.

GÉLASIME.

Je suis résolu à faire une vente publique. Il faut que je me défasse de tout ce que je possède. Arrivez; allons, c'est un butin pour qui se présentera. (*Aux spectateurs.*) A vendre, des propos risibles; courage, enchérissez. Qui en veut pour un souper? qui pour un dîner? Hercule te soit en aide! Tu dis un dîner?... Et toi, un souper?... Hein! tu fais oui? Tu ne trouveras nulle part meilleurs quolibets; je ne permets à aucun parasite d'en avoir de meilleurs. Veut-on encore des frictions à la grecque pour essuyer la sueur, ou d'autres pour adoucir ou pour désenivrer? Veut-on des mots subtils, de gentilles flatteries, de jolis mensonges parasitiques, une étrille rouillée, avec une fiole de cuir noircie, un parasite vide pour y serrer les restes? Je suis obligé de vendre tout cela au plus vite, pour offrir la dîme à Hercule...

LE TRÉSOR CACHÉ

(Pendant l'absence de son père, un jeune homme mal dirigé a mangé son patrimoine, et vendu même la maison, où se trouve un trésor caché. C'était un ami du père, instruit de la cachette, qui, pour sauver le trésor, avait acheté la maison. Le père revient et pardonne à son fils.)

LE PÈRE ET LE FILS (1)

LYSITÈLE.

Me voilà, mon père : donnez-moi vos ordres, je m'empresserai de vous obéir; jamais je ne me déroberai à vos regards.

PHILTON.

Tu ne feras que persévérer dans ta conduite en respectant ton père... Mais, au nom de cette piété filiale, je te recommande de ne pas fréquenter les mauvais sujets, d'éviter leur rencontre... Je connais ce siècle et sa dépravation. Les mauvais sujets se plaisent à corrompre les bons pour qu'ils leur ressemblent. Les mauvaises mœurs répandent le trouble, le désordre partout; l'avarice et l'envie triomphent. Cette tourbe avide s'empare des choses sacrées qu'elle profane, et des affaires publiques qu'elle gouverne comme ses affaires privées : j'en gémis, et ces désordres me désespèrent. Je te le répète, le jour et la nuit, prends garde à toi : la main des méchants n'épargne que ce qu'elle ne peut toucher. Leur devise est celle-ci : prends, pille, fuis et cache-toi. Je verse des larmes en voyant ces horreurs. Pourquoi ai-je vécu jusqu'au règne de ces infâmes? Que n'ai-je rejoint tous nos pères! On loue les mœurs de nos ancêtres, et l'on couvre de déshonneur ceux qu'on loue... N'imite pas cette conduite, ne laisse pas corrompre ton cœur : agis comme moi, pratique les antiques vertus; suis mes conseils : je méprise souverainement ces mœurs dissolues, turbulentes, qui déshonorent des gens de bien. Va; mes paroles, si tu sais en profiter, jetteront dans ton esprit les semences de la vertu.

LYSITÈLE.

... Dès ma plus tendre enfance, j'ai obéi en esclave à vos préceptes. Indé-

(1) A. François.

pendant, libre par droit de naissance, je vous appartiens tout entier par ma
docilité. J'ai soumis mon âme au joug légitime de votre sagesse.

PHILTON.

Celui qui dès son enfance lutte avec lui-même pour savoir s'il doit prendre
pour guide le mouvement de son cœur, ou la voix de ses parents et de sa
famille, est perdu s'il cède à son penchant : il satisfera sa passion et non sa
conscience. Mais, s'il dompte son cœur, il est pour le reste de sa vie tout-
puissant sur lui-même. Si donc tu soumets ton cœur, et ne te laisses point
dompter par lui, c'est un beau triomphe. Il vaut mieux pour ton bonheur
être le maître de tes passions, que d'en être maîtrisé. Ceux qui savent se
commander restent vertueux.

LYSITÈLE.

Ces principes ont garanti ma jeunesse : fuir les réunions dangereuses, respecter le bien d'autrui, ne pas vous causer de chagrin, ô mon cher père,
telle a été mon étude constante, et je n'ai cherché d'autre gloire que celle
de suivre vos conseils.

PHILTON.

As-tu sujet de t'en plaindre ? Tu as bien fait pour ton intérêt, non pour le
mien. Cela t'importe plus qu'à moi, dont la carrière est bientôt finie. Celui-
là seul est homme de bien, qui craint toujours de ne pas l'être assez : celui
qui est toujours satisfait de lui-même n'est pas vraiment vertueux. Entassez
les bonnes actions les unes sur les autres, pour qu'elles se consolident. Celui
qui se méprise lui-même a le zèle de la vertu.

LYSITÈLE.

C'est ce que je me disais à l'instant... Mais j'ai une grâce à vous demander,
mon père.

PHILTON.

Laquelle ? je suis prêt à te l'accorder.

LYSITÈLE.

Un jeune homme de bonne famille, mon ami, a par imprudence fait d'assez
mauvaises affaires ; je voudrais, avec votre agrément, mon père, venir à son
secours.

PHILTON.

Avec ta propre bourse ?

LYSITÈLE.

Oui ; car votre bourse n'est-elle pas la mienne ? Mon bien aussi n'est-il pas
le vôtre ?

PHILTON.

Ton ami est donc dans le besoin ?

LYSITÈLE.

Oui.

PHILTON.

Avait-il du bien ?

LYSITÈLE.

Sans doute.

PHILTON.

Comment l'a-t-il perdu ? Est-ce dans les affaires publiques, ou dans le
commerce maritime ? S'est-il ruiné en travaillant pour son compte, ou par
commission ?

LYSITÈLE.

Rien de tout cela.

PHILTON.

Comment donc?

LYSITÈLE.

Eh! par trop de facilité, mon père... Et puis les passions l'ont souvent entraîné!

PHILTON.

Voilà un homme qui trouve en toi un avocat bien zélé ! S'il s'est ruiné, s'il n'a rien, ce n'est pas la vertu qui en est cause. Je n'entends pas que tu fréquentes un ami doué de si belles qualités.

LYSITÈLE.

Ce n'est pas un mauvais sujet, et je voudrais soulager sa détresse.

PHILTON.

C'est rendre un mauvais service à un mendiant, que de lui donner de quoi boire et manger. On perd ce qu'on lui donne, et l'on prolonge sa misère. Ce que j'en dis n'est pas pour m'opposer à tes désirs... mais pour que ta compassion à l'égard des autres ne te réduise pas un jour à réclamer aussi leur pitié.

LYSITÈLE.

Abandonner un ami, lui refuser secours dans l'adversité, ce serait une honte.

PHILTON.

La honte vaut mieux que le repentir.

LYSITÈLE.

La bonté des dieux, la sagesse de nos ancêtres et la vôtre, mon père, nous ont donné une légitime opulence; aidons un ami, nous ne nous en repentirons pas; nous rougirions d'agir autrement.

PHILTON.

Cette opulence, mon fils, s'augmentera-t-elle en dormant?

LYSITÈLE.

Non, sans doute; mais ne savez-vous pas ce que l'on chante aux oreilles de l'avare?

Puisse le sort contraire	L'avare, avec le bien
Au cœur avide et bas	Qu'il garde par système,
Enlever ce qu'il a, donner ce qu'il n'a pas...	N'est jamais bon à rien :
Un grand fonds de misère !	S'il nous laisse jeûner, il meurt de faim lui-même.

PHILTON.

Je sais bien cela. Mais, mon cher enfant, on n'est tenu à rien, quand on n'a rien.

LYSITÈLE.

Mais la bonté des dieux nous a accordé assez de bien pour nous suffire à nous-mêmes et soulager les autres.

PHILTON.

Allons, je ne puis te rien refuser. Quel est celui que tu veux secourir? Parle librement à ton père.

LYSITÈLE.

C'est le jeune Lesbonique, fils de Charmide, qui demeure ici près.

PHILTON.

Celui qui a mangé ce qu'il avait, et ce qu'il n'avait pas.

LYSITÈLE.

Ne le condamnez pas, mon père. L'homme est le jouet des événements...

PHILTON.

Mon fils, tu en imposes, contre ton habitude : le sage est lui-même l'artisan de sa fortune. Ce qui lui arrive, il l'a voulu d'avance; à moins qu'il n'ait mal pris ses mesures.

LYSITÈLE.

Il faut beaucoup d'expérience pour être le maître de ses actions... Il est jeune...

PHILTON.

Ce n'est pas l'âge, c'est le caractère qui donne la sagesse. L'âge la murit; il en est l'aliment. Voyons, parle, que veux-tu lui donner?

LYSITÈLE.

Rien, mon père... Mais vous ne me défendez pas d'accepter, s'il me donne quelque chose.

PHILTON.

Ah! tu soulageras sa misère en recevant des cadeaux de lui?

LYSITÈLE.

Précisément, mon père.

PHILTON.

Explique-moi le moyen... Je suis curieux...

LYSITÈLE.

Volontiers. Vous connaissez la famille de Lesbonique.

PHILTON.

Oui, elle est très-honorable.

LYSITÈLE.

Il a une sœur... je voudrais l'épouser.

PHILTON.

Sans dot?

LYSITÈLE.

Sans dot.

PHILTON.

L'épouser?

LYSITÈLE.

Oui, avec votre agrément. Vous lui rendrez par cette alliance le plus signalé service! et c'est le meilleur moyen de venir à son aide.

PHILTON.

Je consentirai que tu prennes une femme sans dot?

LYSITÈLE.

Vous y consentirez, mon père; et cette union répandra de l'éclat sur notre maison.

PHILTON.

Que de belles choses j'aurais à dire là-dessus! Quel sujet d'éloquence! que d'autorités ma vieillesse trouverait dans l'histoire des temps passés! Mais je te vois si jaloux de répandre sur ma famille une considération nouvelle, l'honneur d'une illustre alliance; quoique j'y répugne, j'entre dans tes vues. Je consens à tout; fais la demande et épouse.

LYSITÈLE.

Que le ciel me conserve un père tel que vous! Mais daignez ajouter une faveur à cette grâce.

PHILTON.

Laquelle?

LYSITÈLE.

Je vais vous le dire. Allez trouver vous-même Lesbonique, rendez-le-nous favorable, et faites la demande.

PHILTON.

Fort bien.

LYSITÈLE.

Vous arrangerez cela plus promptement que moi. Ce que vous aurez conclu sera plus certain. Une seule de vos paroles a plus d'autorité que cent des miennes.

PHILTON.

La belle affaire que ma complaisance me met sur les bras! Allons, je m'en charge...

TÉRENCE (Publius). — 192 ans av. J.-C., né en Afrique, six ans avant la mort de Plaute, d'une famille riche des environs de Carthage. Enlevé par des pirates, il devint l'esclave de Térentius Lucanus, dont il prit le nom et qui le fit élever avec soin. On sait qu'il vécut, après son affranchissement, dans l'intimité de Lélius et de Scipion l'Africain. On a même prétendu, du temps de Térence et depuis, que ces deux héros avaient été ses collaborateurs. Nous ne croyons pas à cette assertion, quoique Térence, par une réserve polie, ne se soit pas défendu d'avoir eu des auxiliaires illustres dans ses travaux. Il mourut en Grèce, à l'âge de 39 ans.

Nous n'avons de Térence que six comédies, les seules peut-être qu'il ait écrites : 1° l'*Andrienne*, imitée de deux pièces de Ménandre, et que Baron a imitée à son tour; 2° l'*Eunuque*, qui a servi à la Fontaine et à Brueys, et qui eut à Rome un immense succès à son apparition : Ménandre avait fourni à l'*Eunuque* quelques caractères; 3° le *Père puni par lui-même*, emprunté à Ménandre par notre poëte, qui l'a complété; 4° les *Adelphes* ou *les Frères*, qui a donné à Molière l'idée de son *École des maris;* 5° *Phormion*, où Molière a puisé ce que Plaute ne lui avait pas fourni pour les *Fourberies de Scapin;* 6° l'*Hécyre* ou *la Belle-mère*.

M. Patin a jugé ainsi les deux grands comiques latins : « Plaute, dit-il, c'est le poëte populaire qui veut plaire à tous, qui fait la part de tous; qui a, au besoin, une élégance exquise, même dans les emportements de sa licencieuse gaieté; pour la populace, au contraire, force lazzi et quolibets; pour la masse du public, de l'observation, du comique, qui fait au vice une rude guerre, l'exposant tout nu sur la scène, sans pitié et sans vergogne, à la risée des spectateurs ; le faisant expirer, en moraliste impitoyable, sous les coups d'un sanglant ridicule.

« Térence, c'est le poëte de la bonne compagnie, du beau monde, aimé des premiers rangs qu'il fait sourire, déserté de la foule dont il ne tient guère à provoquer la grosse gaieté ; il ne peint que des vices aimables, d'intéressants désordres ; il se complaît surtout dans la peinture naïvement élégante des affections les plus générales, les plus universelles du genre humain… Le tableau des quatre âges, dans Horace, est comme une analyse du théâtre de Térence. Pour Plaute, je l'appellerais volontiers le Juvénal de Rome républicaine. »

L'ANDRIENNE

(Pamphile veut épouser une jeune fille d'Andros ; Simon, son père, qui destine une autre épouse au jeune homme, fait semblant de tout préparer pour la noce. Davus, esclave de Pamphile, donne à son jeune maître le conseil de paraître accéder aux désirs de son père, sur l'assurance que Chrémès, père de la jeune fille qu'on lui destine, ne consentira pas au mariage ; mais ce plan échoue. Heureusement Chrémès apprend que l'Andrienne est sa fille qu'il croyait perdue, et il la donne en mariage à Pamphile.)

DAVIS ET SIMON [1]

DAVUS.

Voici notre vieillard qui croit que je vais lui servir un plat de mon métier, et que c'est pour cela que je suis demeuré ici.

SIMON.

Que dit Davus ?

DAVUS.

Ma foi, monsieur, rien pour l'heure.

SIMON.

Quoi, rien ? hon !

DAVUS.

Rien du tout.

SIMON.

Je m'attendais bien pourtant que tu dirais quelque chose.

DAVUS, *à part.*

Il a été trompé, je le vois bien ; et cela fait enrager ce fin matois.

SIMON.

Peux-tu me dire la vérité ?

DAVUS.

Rien n'est plus facile.

SIMON.

Ce mariage ne fait-il point de peine à mon fils… à cause de cette étrangère ?

(1) Mme Dacier.

DAVUS.

Non, en vérité; ou, s'il en a quelque petit chagrin, cela ne durera que deux ou trois jours, vous entendez bien : après cela, après cela, il n'y pensera plus; car vous voyez qu'il a pris la chose comme il fallait, et de bonne grâce.

SIMON.

J'en suis fort content.

DAVUS.

... Il faut se marier; vous voyez comme il a fixé son esprit au mariage.

SIMON.

Il m'a pourtant paru un peu triste.

DAVUS.

Ho! ce n'est pas de cela qu'il est triste, et il y a une chose où il se plaint un peu de vous.

SIMON.

Qu'est-ce donc?

DAVUS.

C'est une badinerie d'enfant.

SIMON.

Quoi?

DAVUS.

Un rien.

SIMON.

Dis-moi donc ce que c'est.

DAVUS.

Il dit que, dans une occasion comme celle-ci, on fait trop peu de dépense.

SIMON.

Qui, moi?

DAVUS.

Vous-même A peine, dit-il, mon père a-t-il dépensé dix drachmes pour le souper; dirait-on qu'il marie son fils? Qui de mes amis pourrai-je prier à souper, un jour comme aujourd'hui? Et ma foi, aussi, entre nous, vous faites les choses avec trop de lésine; je n'approuve pas cela.

SIMON.

Je te prie de te taire.

DAVUS, à part.

Je lui en ai donné.

SIMON.

J'aurai soin que tout aille comme il faut. (A part.) Que signifie tout ce dialogue? Et que veut dire ce vieux routier? S'il arrive quelque désordre en cette affaire, il ne faudra pas en aller chercher l'auteur ailleurs.

L'EUNUQUE

(Ce qui rend cette comédie divertissante, ce sont les personnages du soldat fanfaron Thrason, et de Gnathon, parasite plaisant, qui parvient à mettre d'accord tout le monde. Brueys et Palaprat ont fait de cette pièce une imitation, appelée le *Muet.*)

GNATON LE PARASITE [1]

GNATHON.

Quelle différence, grands dieux, d'un homme à un autre homme! d'un
sot, par exemple, à un homme d'esprit! Voici à propos de quoi je fais cette
réflexion. Aujourd'hui, je rencontre en arrivant un individu de mon pays,
un homme de ma condition, un bon vivant, qui a fricassé comme moi tout
son patrimoine. Je le trouve malpropre, dégoûtant, efflanqué, dépouillé,
vieux à faire peur : «Hé! lui dis-je, que signifie cet équipage! — Que j'ai
perdu tout ce que j'avais. Voilà où j'en suis réduit. Amis et connaissances,
tout le monde m'a tourné le dos. » Alors, le regardant du haut de ma grandeur : «Comment, repris-je, lâche que tu es! t'es-tu donc arrangé de manière
à ne pas trouver en toi-même la moindre ressource? As-tu perdu ton esprit
avec ton bien? Je suis de même condition que toi : regarde, quel air élégant, quel teint fleuri, quelle mise, quel embonpoint! Je suis riche, et je n'ai
pas le sou; je n'ai rien, et rien ne me manque. — Mais, j'ai un malheur,
moi : c'est que je ne sais ni faire le bouffon, ni supporter les coups. — Et tu
t'imagines que les choses se font de cette manière? Tu en es à cent lieues.
C'était bon jadis pour les parasites du vieux temps, de l'autre siècle : nous
avons une nouvelle manière de piper les oiseaux, et c'est moi qui en suis
l'inventeur. Il est certaines gens qui veulent être les premiers en tout, et
qui ne le sont pas : je m'attache à eux; je ne fais point métier de les égayer
par mes bons mots, mais je ris des leurs, en m'extasiant sur leur génie.
Quoi qu'ils disent, j'applaudis; l'instant d'après, s'ils disent le contraire,
j'applaudis encore. On dit non? je dis non : oui? je dis oui. Enfin je me suis
fais une loi d'applaudir à tout. C'est le métier qui rapporte le plus aujour-
d'hui. »

PARMENON, à part.

L'habile homme, par ma foi! Qu'on lui donne un sot, il en aura bientôt
fait un insensé.

GNATHON.

Tout en causant de la sorte, nous arrivons au marché. Aussitôt je vois accourir vers moi avec empresssement tous les fournisseurs, marchands de
marée, bouchers, traiteurs, rôtisseurs, pêcheurs, chasseurs, gens à qui j'ai
fait gagner de l'argent, quand j'en avais, et à qui j'en fais gagner tous les
jours encore, depuis que je n'en ai plus. Ils me saluent, m'invitent à dîner,
me font compliment sur mon retour. Quand ce misérable meurt-de-faim me
voit en si grand honneur, et si peu embarrassé de trouver ma vie, le voilà
qui se met à me conjurer de le laisser se former à mon école. J'en ai fait mon
disciple; je veux qu'à l'exemple des sectes de philosophes, qui prennent le
nom de leurs chefs, les parasites prennent un jour, s'il est possible, celui de
gnathoniciens.

PARMENON, à part.

Voyez un peu où conduisent l'oisiveté et les franches lippées!

L'HEAUTONTIMOROUMENOS

Ménédème, mécontent de son fils, l'a laissé s'enrôler au service du roi de
Perse ; affligé de sa sévérité, il s'est retiré à la campagne et se livre aux travaux les plus rudes. Le fils revient : le père, apprenant que la jeune fille
aimée par son fils est l'enfant de son ami Chrémès, la lui donne en mariage.

1 A. Magin

CHRÉMÈS ET MÉNÉDÈME [1]

CHRÉMÈS.

Notre connaissance ne date pas de très-loin, puisqu'elle remonte seulement à l'époque où vous avez acheté une propriété près de la mienne; et nous n'avons guère eu de rapports jusqu'à ce jour. Cependant l'estime que j'ai pour vous, ou le voisinage qui, selon moi, entre pour quelque chose dans les liaisons d'amitié, m'engage à vous dire, avec la franchise d'un ami, qu'il me semble que vous vous traitez plus durement que ne le comporte votre âge et ne l'exige votre position. Car, au nom des dieux, je vous prie, quel est votre but? que voulez-vous? Vous avez soixante ans, et même davantage, si je ne me trompe. Il n'y a point, dans le canton, de terre qui soit meilleure et qui rapporte plus que la vôtre. Des esclaves, vous n'en manquez pas; et pourtant vous faites comme si vous n'aviez personne; vous remplissez vous-même avec un soin scrupuleux toutes leurs fonctions. Si matin que je sorte, si tard que je rentre, je vous trouve toujours bêchant, labourant, et portant quelque fardeau. Bref, vous ne vous donnez pas un moment de répit, vous êtes sans pitié pour vous. Ce n'est pas que vous y trouviez du plaisir, j'en suis bien sûr. Mais, me direz-vous, je ne suis pas content de l'ouvrage que me font mes esclaves. Si vous preniez pour les faire travailler autant de mal que vous vous en donnez pour travailler vous-même, vous vous en trouveriez mieux.

MÉNÉDÈME.

Vos affaires vous laissent donc bien du loisir, que vous vous mêlez de celles d'autrui, de ce qui vous est indifférent?

CHRÉMÈS.

Je suis homme; tout ce qui intéresse les hommes ne saurait m'être indifférent. Prenez que je vous donne conseil, ou que je veux m'instruire. Si vous faites bien, je vous imiterai; si vous faites mal, je chercherai à vous corriger.

MÉNÉDÈME.

Je me trouve bien ainsi : faites pour vous-même comme vous le trouverez à propos.

CHRÉMÈS.

Quel est l'homme qui peut avoir besoin de se torturer?

MÉNÉDÈME.

Moi.

CHRÉMÈS.

Si vous avez quelque chagrin, j'en suis désolé. Mais qu'avez-vous à vous reprocher, je vous prie, et pourquoi vous traiter de la sorte?

MÉNÉDÈME.

Hélas! hélas!

CHRÉMÈS.

Ne pleurez pas, et dites-moi ce que ce peut être. Voyons, parlez, ne craignez rien; fiez-vous à moi, vous dis-je. Je vous consolerai, je vous aiderai de mes conseils et de ma bourse.

MÉNÉDÈME.

Vous voulez donc le savoir?

[1] A. Magin.

CHRÉMÈS.

Oui, par la raison que je viens de vous dire.

MÉNÉDÈME.

Eh bien! vous le saurez.

CHRÉMÈS.

Quittez-moi d'abord ce râteau; ne vous fatiguez pas.

MÉNÉDÈME.

Point du tout.

CHRÉMÈS.

Que voulez-vous faire?

MÉNÉDÈME.

Laissez-moi; que je ne me donne pas un moment de repos.

CHRÉMÈS.

Je ne le souffrirai pas, vous dis-je.

MÉNÉDÈME.

Ah! vous êtes bien peu raisonnable.

CHRÉMÈS.

Comment? un râteau si lourd?

MÉNÉDÈME.

C'est autant que j'en mérite.

CHRÉMÈS.

Parlez maintenant.

MÉNÉDÈME.

J'ai un fils unique, fort jeune. Hélas! que dis-je, j'ai un fils? j'en avais un, Chrémès, mais aujourd'hui je ne sais si je l'ai encore.

CHRÉMÈS.

Qu'est-ce à dire?

MÉNÉDÈME.

Je m'explique (il raconte les projets de mariage de son fils, projets blâmés par lui). Bref, je fis tant et si bien, que le pauvre garçon, à force de s'entendre gronder sans cesse, n'y put tenir. Il pensa que mon âge et ma tendresse pour lui me faisaient voir plus clair et mieux comprendre ses intérêts que lui-même. Il est allé en Asie s'enrôler au service du grand roi, Chrémès!

CHRÉMÈS.

Que me dites-vous là?

MÉNÉDÈME.

Il est parti sans me prévenir; voilà trois mois qu'il est absent.

CHRÉMÈS.

Vous avez eu tort tous les deux. Cependant cette détermination prouve qu'il a du cœur et qu'il vous respecte.

MÉNÉDÈME.

Instruit de son départ par ceux qu'il avait mis dans sa confidence, je rentre chez moi, triste, désespéré, presque fou de chagrin. Je tombe sur un siége. Mes esclaves accourent, me déchaussent. D'autres se hâtent de dresser la table et de servir le dîner. Chacun fait de son mieux pour adoucir ma peine. Voyant cela, je me dis à moi-même : « Eh ! tant de gens pour moi seul, qui s'empressent à me servir, à satisfaire mes désirs! tant de femmes pour faire mes vêtements! Je ferais à moi seul tant de dépenses! et mon fils unique, qui devrait jouir de cette fortune autant et plus que moi, car il est plus en âge d'en jouir, je l'ai chassé d'ici, moi, en l'accablant de persécutions! Je mériterais toutes sortes de maux, si j'en usais de la sorte. Tant qu'il vivra de cette vie de privations, loin de son pays, dont je l'ai si cruellement éloigné, je me punirai moi-même pour le venger; je travaillerai, j'amasserai, j'économiserai; tout cela pour lui. » Et je l'ai fait à la lettre; je n'ai laissé chez moi ni meuble ni étoffe; j'ai tout vendu. Femmes et esclaves, je les ai tous conduits au marché et mis en vente, excepté ceux qui pouvaient m'indemniser de leur dépense en travaillant à la terre; j'ai mis un écriteau à ma porte. Avec la somme de quinze talents environ que je me suis faite, j'ai acheté ce domaine. J'y travaille du matin au soir. J'ai pensé, Chrémès, que mes torts envers mon fils seraient un peu moins grands, si je me condamnais à souffrir, et que je ne devais me permettre ici aucune jouissance, tant que celui qui doit partager mes joies ne serait pas revenu sain et sauf.

CHRÉMÈS.

Je crois que vous êtes naturellement bon père, et que votre fils eût été très-docile, si l'on eût su le bien prendre. Mais vous ne vous connaissiez pas assez l'un l'autre; ce qui arrive toujours, quand on vit sans règle ni raison. Vous ne lui avez jamais laissé voir combien vous l'aimiez; et lui, il n'a pas osé se confier à vous comme un fils le doit à son père. Si vous aviez agi de la sorte, tout cela ne serait pas arrivé.

MÉNÉDÈME.

C'est vrai, j'en conviens, les plus grands torts sont de mon côté.

CHRÉMÈS.

Allons, Ménédème, j'ai bon espoir qu'il vous reviendra bientôt.

MÉNÉDÈME.

Que les dieux vous entendent!

CHRÉMÈS.

Vous verrez. Maintenant, si vous le voulez bien, venez souper avec moi. C'est aujourd'hui la fête de Bacchus dans ce canton.

MÉNÉDÈME.

Je ne le puis.

CHRÉMÈS.

Pourquoi donc? De grâce, ménagez-vous un peu. Ce fils dont vous pleurez l'absence vous en prie comme moi.

MÉNÉDÈME.

Je ne dois pas, après l'avoir réduit à souffrir, me soustraire moi-même à cette nécessité.

CHRÉMÈS.

Vous êtes bien décidé?

MÉNÉDÈME.

Oui.

CHRÉMÈS.

Adieu donc.

MÉNÉDÈME.

Adieu.

LES ADELPHES

(On sait que Molière a pris l'idée de l'*École des Maris* dans cette comédie de Térence. La Harpe a dit : « Térence n'a fait qu'opposer un excès à un autre : si l'un des vieillards refuse tout à son fils, l'autre permet tout au sien : ce sont deux excès également blâmables ; et qu'Eschine commette des violences et fasse des dettes pour son compte ou pour celui de son frère, sa conduite n'en est pas moins répréhensible. Il en résulte seulement que le vieillard trompé fait rire, en s'applaudissant d'une éducation qui, dans le fait, n'a pas mieux réussi que l'autre ; au lieu que Molière, au comique de la méprise, a joint l'utilité de la leçon. »)

LES DEUX FRÈRES [1]

MICION.

Vous allez bien, Déméa ? j'en suis ravi.

DÉMÉA.

Ah ! vous voici fort à propos, je vous cherchais.

MICION.

Pourquoi cet air soucieux ?

DÉMÉA.

Quoi ! vous qui vous êtes chargé de notre Eschine, vous me demandez pourquoi j'ai l'air soucieux ?

MICION, *à part.*

Ne l'avais-je pas dit ? (*Haut.*) Qu'a-t-il donc fait ?

DÉMÉA.

Ce qu'il a fait ? un drôle qui n'a honte de rien, qui ne craint personne, qui se croit au-dessus de toutes les lois. Je ne parle pas du passé ; mais il vient encore de nous en faire de belles !

MICION.

Qu'y a-t-il ?

DÉMÉA.

Il a enfoncé une porte, et pénétré de force dans une maison ; il a battu, laissé pour mort le maître du logis, et tous ses gens... tout le monde crie que c'est une indignité. Quand je suis arrivé, c'était à qui me saluerait de cette nouvelle. Il n'est bruit que de cela dans la ville. S'il lui faut un exemple, n'a-t-il pas celui de son frère, qui est tout entier à ses affaires, qui vit à la campagne avec économie et sobriété ? Qu'on me cite de celui-là un trait semblable. Et ce que je dis d'Eschine, mon frère, c'est à vous que je l'adresse. C'est vous qui le laissez se débaucher.

MICION.

Je ne sache rien de plus injuste qu'un homme sans expérience, qui ne trouve bien que ce qu'il fait.

DÉMÉA.

Que voulez-vous dire ?

MICION.

Que vous jugez mal de tout ceci, mon frère ! Ce n'est pas un si grand

1. A. Magin

crime à un jeune homme, croyez-le bien, que de boire, d'enfoncer des portes. Si nous n'en avons pas fait autant, vous et moi, c'est que nos moyens ne nous le permettaient pas. Et aujourd'hui vous voulez vous faire un mérite d'avoir été sage malgré vous. Ce n'est pas juste ; car, si nous avions eu de quoi, nous aurions fait comme les autres. Et, si vous étiez un homme raisonnable, vous laisseriez le vôtre s'amuser tandis qu'il est jeune, plutôt que de le réduire à désirer le moment où il vous aura porté en terre, pour se livrer à des plaisirs qui ne sont plus de son âge.

DÉMÉA.

Par Jupiter! l'homme raisonnable, vous me faites devenir fou. Comment! ce n'est pas un si grand crime à un jeune homme de faire ce qu'il a fait?

MICION.

Ah! écoutez-moi, afin de ne plus me rompre la tête à ce propos. Vous m'avez donné votre fils; il est devenu le mien par adoption. S'il fait des sottises, mon frère, tant pis pour moi; c'est moi qui en porterai la peine. Il fait bonne chère? il boit? il se parfume? c'est à mes frais. Je lui donnerai de l'argent tant que je pourrai; et, quand je ne le pourrai plus, ce sera lui qu'on mettra à la porte. Il a enfoncé une porte? on la fera rétablir; déchiré des habits? on les raccommodera. J'ai, grâce aux dieux, de quoi suffire à ces dépenses, et jusqu'à présent elles ne m'ont pas gêné. Pour en finir, laissez-moi tranquille, ou prenons tel arbitre que vous voudrez, et je vous ferai voir que c'est vous qui avez tort.

DÉMÉA.

Mon Dieu! apprenez donc à être père de ceux qui le sont réellement.

MICION.

Si la nature vous a fait son père, moi, je le suis par éducation.

DÉMÉA.

Par l'éducation? vous?

MICION.

Ah! si vous continuez, je m'en vais.

DÉMÉA.

Voilà comme vous êtes !

MICION.

Mais aussi, pourquoi me répéter cent fois la même chose?

DÉMÉA.

C'est que cet enfant me préoccupe.

MICION.

Et moi aussi, il me préoccupe. Voyons, mon frère, occupons-nous, chacun pour notre part, vous de l'un, moi de l'autre. Car vous occuper de tous les deux, c'est, pour ainsi dire, me redemander celui que vous m'avez donné.

DÉMÉA.

Ah! Micion!

MICION.

Je le pense ainsi.

DÉMÉA.

Comment donc? Puisque cela vous plaît, qu'il dissipe, qu'il jette l'argent par la fenêtre, qu'il se perde! cela ne me regarde point. Si je vous en parle jamais...

MICION.

Voilà que vous recommencez, mon frère.

DÉMÉA.

Croyez-vous donc... Moi, vous redemander celui que je vous ai donné! mais tout cela me fâche : je ne suis pas un étranger pour lui. Si je m'oppose... Bah! en voilà assez. Vous voulez que je ne m'occupe que du mien? D'accord. Et je rends grâce aux dieux de ce qu'il est tel que je le désire. Quant au vôtre, il sentira lui-même par la suite... Je n'en veux pas dire davantage. (*Il sort.*)

MICION, *seul.*

Si tout n'est pas vrai dans ce qu'il dit, tout n'est pas faux, et cela ne laisse pas de me chagriner un peu; mais je n'ai pas voulu qu'il pût s'en douter. Car voilà notre homme : pour le calmer, il faut absolument lui rompre en visière et crier plus fort que lui. Encore a-t-il bien de la peine à s'humaniser. Si je l'excitais, ou si je me prêtais le moins du monde à sa mauvaise humeur, je serais aussi fou que lui. Pourtant Eschine a bien quelques torts envers nous en tout ceci... Mais je veux savoir au juste ce qu'il en est, et joindre mon drôle, si je le trouve sur la place.

PHORMION

(Cette comédie a donné à Molière l'idée des *Fourberies de Scapin;* mais, si gai et si vif que soit Térence, le valet de la pièce française fait bien plus rire que le parasite Phormion et l'esclave Géta. Ces deux fripons s'exercent à tromper deux vieillards trop crédules, et à leur soutirer de l'argent pour servir la mauvaise conduite de leurs fils.)

GÉTA ET ANTIPHON [1]

GÉTA, *à part.*

C'en est fait, tu es perdu sans ressource, mon pauvre Géta, si tu ne trouves bien vite quelque bon expédient; voilà tout d'un coup mille maux qui vont fondre sur ta tête sans que tu y sois préparé. Je ne sais comment faire, ni pour les prévenir, ni pour m'en tirer; car ce serait une folie de croire que notre belle équipée puisse être plus longtemps secrète.

ANTIPHON.

Qu'a-t-il donc à venir si épouvanté?

GÉTA.

Et ce qu'il y a de plus fâcheux, c'est que je n'ai qu'un moment pour prendre mes mesures; car voilà mon maître qui va venir tout présentement.

ANTIPHON.

Quel malheur est-ce là?

GÉTA.

Quand il aura tout appris, que pourrai-je trouver pour apaiser sa colère? Parlerai-je? Cela ne fera que l'enflammer davantage. Me tairai-je? C'est le moyen de le faire cabrer. Quoi donc? me justifier? C'est peine perdue. Que je suis malheureux! Mais ce n'est pas pour moi seul que je suis en peine; le

(1) Mme Dacier.

malheur d'Antiphon me touche bien plus sensiblement; j'ai pitié de lui, c'est pour lui que je crains. Je puis bien dire que c'est lui seul qui me retient ici; car sans lui j'aurais déjà pourvu à mes affaires, et je me serais vengé de la mauvaise humeur de notre bonhomme; j'aurais plié la toilette, et j'aurais gagné au pied.

ANTIPHON.

Que dit-il de plier la toilette, et de gaguer au pied?

GÉTA.

Mais où trouverai-je Antiphon, et où l'irai-je chercher?

PHÉDRIA.

Il parle de vous.

ANTIPHON.

J'attends quelque grand malheur de ce qu'il va me dire.

PHÉDRIA.

Ah! êtes-vous sage?

GÉTA.

Je m'en vais au logis; il y est la plupart du temps.

PHÉDRIA.

Rappelons-le.

ANTIPHON.

Arrête tout à l'heure.

GÉTA.

Ho! ho! vous parlez bien en maître, qui que vous soyez.

ANTIPHON.

Géta!

GÉTA.

Voilà justement l'homme que je cherchais.

ANTIPHON.

Quelles nouvelles m'apportes-tu? Dis vite en un mot, si cela se peut.

GÉTA.

Je le ferai.

ANTIPHON.

Parle.

GÉTA.

Je viens de voir au port...

ANTIPHON.

Quoi! mon...?

GÉTA.

Vous y voilà!

ANTIPHON.

Je suis mort!

PHÉDRIA.

Quoi?

ANTIPHON.

Que ferai-je?

PHÉDRIA.

Que dis-tu?

GÉTA.

Que je viens de voir son père au port, votre oncle.

ANTIPHON.

Quel remède trouver à un malheur si subit? Ah! si je suis réduit à me sé-parer de vous, Phanion, je ne puis plus souhaiter de vivre.

GÉTA.

Puisque cela est ainsi, vous devez travailler d'autant plus à vous tenir sur vos gardes. La fortune aide les gens de cœur.

ANTIPHON.

Je ne suis pas maître de moi.

GÉTA.

Il est pourtant plus nécessaire que jamais que vous le soyez; car, si votre père s'aperçoit que vous ayez peur, il ne doutera pas que vous ne soyez coupable.

PHÉDRIA.

Cela est vrai.

ANTIPHON.

Je ne puis pas me changer.

GÉTA.

Où en seriez-vous donc, s'il vous fallait faire des choses plus difficiles?

ANTIPHON.

Puisque je ne puis faire l'un, je ferais encore moins l'autre.

GÉTA.

Cet homme va tout gâter, Phédria; voilà qui est fait : à quoi bon perdre ici davantage notre temps? Je m'en vais.

PHÉDRIA.

Et moi aussi.

ANTIPHON.

Eh! je vous prie, si je contrefaisais ainsi l'assuré, serait-ce assez?

GÉTA.

Vous vous moquez.

ANTIPHON.

Voyez cette contenance; qu'en dites-vous? Y suis-je?

GÉTA.

Non.

ANTIPHON.

Et présentement?

GÉTA.

À peu près.

ANTIPHON.

Et comme me voilà?

GÉTA.

Vous y êtes. Ne changez pas, et souvenez-vous de répondre parole pour parole, et de lui bien tenir tête, afin que, dans son emportement, il n'aille pas vous renverser d'abord par les choses dures et fâcheuses qu'il vous dira.

ANTIPHON.

J'entends.

GÉTA.

Dites-lui que vous avez été forcé, malgré vous, par la loi, et par la sentence qui a été rendue. Entendez-vous? Mais qui est ce vieillard que je vois au fond de la place?

ANTIPHON.

C'est lui, je ne saurais l'attendre.

GÉTA.

Ah! qu'allez-vous faire? où allez-vous? Arrêtez! arrêtez! vous dis-je.

ANTIPHON.

Je me connais, je sais la faute que j'ai faite. Je vous recommande Phanion, et je remets ma vie entre vos mains.

PHÉDRIA.

Que ferons-nous donc, Géta?

GÉTA.

Pour vous, vous allez entendre une bonne mercuriale, et moi je vais avoir les étrivières, ou je suis fort trompé. Mais, monsieur, je serais d'avis que nous suivions le même conseil que nous donnions tout à l'heure.

PHÉDRIA.

Va te promener, avec ton « je serais d'avis »; ordonne hardiment ce que tu veux que je fasse.

GÉTA.

Vous souvenez-vous de ce que vous aviez résolu de dire tous deux quand vous commençâtes cette belle affaire, que la cause de cette fille était la meilleure du monde, la mieux établie, la plus juste.

PHÉDRIA.

Je m'en souviens.

GÉTA.

Voilà ce que vous devez dire à présent, ou même trouver de meilleures raisons et de plus subtiles, si c'est possible.

PHÉDRIA.

Je n'oublierai rien pour cela.

GÉTA.

Attaquez-le donc le premier; je serai ici comme un corps de réserve pour vous soutenir en cas de besoin.

PHÉDRIA.

Fais.

L'HÉCYRE

(L'*Hécyre* ou *la Belle-Mère*, dit A. Pierron, « est une sorte de drame bourgeois, ou, selon l'expression de W. Schlegel, un véritable tableau de famille. L'intérêt de cette comédie n'est pas très-vif; l'action en est froide et languissante, et Térence eût probablement pu mieux choisir dans le théâtre d'Apollodore. » Citons une querelle conjugale, où se reconnaît la finesse du comique.)

LACHÈS ET SOSTRATE (1)

LACHÈS.

Grands dieux! quelle engeance que les femmes! Elles se sont donc donné le mot! En fait de goût ou d'antipathies, vous n'en verrez pas une faire ex-

(1) Magin.

ception à l'instinct de l'espèce. Point de belle-mère que sa bru ne prenne en haine. Point de femme qui ne se fasse un plaisir de contrecarrer son mari, et qui n'y mette de l'amour-propre. Pour nous faire enrager, on les dirait toutes formées à la même école. Ah! si l'école existe, une femme, à coup sûr, y est maîtresse!

SOSTRATE.

Que je suis malheureuse! accusée sans savoir de quoi.

LACHÈS.

Sans savoir de quoi?

SOSTRATE.

Aussi vrai, mon cher Lachès, que j'attends des dieux protection et la grâce de passer mes jours avec vous.

LACHÈS.

Les dieux m'en préservent!

SOSTRATE.

Vous reconnaîtrez plus tard votre injustice.

LACHÈS.

Mon injustice! vraiment! comme si on pouvait être trop sévère pour une conduite comme la vôtre, qui déshonore mari, famille et vous-même! Vous faites le malheur de votre fils; vous nous aliénez cette famille qui nous est alliée, qui l'a honoré de son choix, qui lui a confié son enfant. Oui, tout ce mal, c'est vous seule qui en êtes la cause, avec votre maudit caractère.

SOSTRATE.

Moi?

LACHÈS.

Oui, vous, madame, qui me prenez apparemment pour une borne, et non pour un homme. Est-ce que vous vous figurez que, parce que je vis à la campagne, j'en suis moins au fait de votre vie à tous? Je sais mieux ce qui se passe ici que là où j'habite; et j'ai mes raisons pour cela. Ne suis-je pas en bon ou mauvais renom, suivant qu'on se gouverne chez moi bien ou mal? Il y a longtemps, je le sais, que Philumène ne peut vous souffrir. Je n'en suis pas surpris; c'est le contraire qui m'étonnerait. Mais ce que je n'aurais jamais pensé, c'est que vous lui feriez haïr toute la maison. Si je l'avais prévu, elle serait ici, et c'est vous qui en seriez sortie. Mais voyez, Sostrate, combien je devais peu m'attendre à de tels procédés. Je me suis relégué à la campagne, je vous ai cédé la place, et j'ai vécu d'économie, pour que notre fortune pût suffire à vos dépenses et à votre oisiveté. On sait si je m'épargne au travail; j'en prends plus que ne permet mon âge. Ne devriez-vous pas, en retour, vous montrer plus attentive à m'épargner des chagrins?

SOSTRATE.

En vérité, il n'y a point là de ma volonté ni de ma faute.

LACHÈS.

Impossible. Il n'y avait ici que vous : donc vous êtes seule coupable, Sostrate. C'est bien le moins que vous me répondiez de l'intérieur, quand je vous tiens quitte de tout autre soin. N'avez-vous pas honte, à votre âge, de vous quereller avec un enfant? Vous allez me dire peut-être que c'est sa faute.

SOSTRATE.

Je ne dis pas cela, mon cher Lachès.

LACHÈS.

Tant mieux pour Pamphile; car, pour ce qui est de vous, un tort de plus ou de moins, ce n'est pas une affaire.

SOSTRATE.

Mais que savez-vous, mon ami, si cette prétention de ne pouvoir vivre avec moi n'est pas un petit manége pour rester plus de temps avec sa mère?

LACHÈS.

Quelle idée! Est-ce que son refus de recevoir votre visite hier n'était pas significatif?

SOSTRATE.

Elle était très-fatiguée, me dit-on; voilà pourquoi je n'ai pas été admise.

LACHÈS.

M'est avis que son mal vient de votre humeur plus que de toute autre cause; et il y a de quoi. Voilà comme vous êtes toutes : c'est à qui se verra belle-mère. On trouve à vos fils des partis sortables; et, quand vous les avez poussés à prendre femme, vous les poussez à chasser celle qu'ils ont prise.

Atta (L. Quinctius); Afranius (Lucius), comparé à Ménandre par Horace; Turpilius (Sextus), ami de Térence; Trabéus (Quintus); Imbrex (Licinius), sont des auteurs de comédies estimées dont il ne nous est rien resté. « Lorsque le goût frivole et fastueux des dernières années de la république eut, dit M. Geruzez, arrêté l'essor de la comédie, on vit reparaitre les *atellanes*, canevas donnés par le poëte et brodés par les acteurs, petits drames plaisants et licencieux, ébauchés dans l'orgie. L. Pomponius et Q. Nævius s'y firent un nom. Les mimes, genre analogue aux atellanes, envahirent surtout le théâtre, et se rapprochèrent, par la liberté du langage, de la comédie ancienne des Grecs. La satire politique y prit place à côté des sentences morales. Les maximes recueillies sous le nom de P. Syrus, sont tirées des mimes de ce poëte, qui se distingua au théâtre, du temps de J. César, avec ce Labérius qui, forcé par l'autorité du dictateur de venir lui-même remplir un rôle dans une de ses pièces, déplora cette contrainte imposée à la vieillesse d'un chevalier romain, dans des vers admirables que Macrobe nous a conservés. Cnéius Mattius écrivit aussi des mimiambes en vers scazons. »

2ᵉ Époque

« Le théâtre, sous Auguste, continue notre auteur, ne présente guère que les mimes, petites comédies d'ordre secondaire, dans laquelle Labérius et P. Syrus avaient rivalisé de talent à la fin de l'époque précédente. La comédie proprement dite vivait sur les pièces de Plaute et de Térence; la tragédie était abandonnée, et il est probable que les pièces de ce genre, composées à cette époque, n'étaient pas destinées à la représentation. Aucune de ces tragédies ne nous est parvenue, et l'on regrette surtout la perte de la *Médée* d'Ovide et du *Thyeste* de Varius. » Parmi les auteurs de mimes, nommons un Catulle, cité par Juvénal, Latinus et Lentulus; parmi les auteurs dramatiques sérieux, C. Julius Cæsar Strabo; Jules César, le dictateur; Asinius Pollion, les comiques Titinnius, et Mecænas Mélissus.

SÉNÈQUE (Lucius Annæus). — Le Sénèque qui a écrit. les dix tragédies dont nous allons parler est-il le philosophe, précepteur de Néron? Est-ce, comme l'ont pensé quelques auteurs, un poëte qui fleurit sous Trajan? Cette question, restée sans réponse, nous dispense de donner la biographie du tragique; nous ne parlerons que de ses œuvres. Il est certain que ces tragédies n'ont pas été écrites pour le théâtre : c'étaient des exercices destinés aux applaudissements de l'école. « Elles présentent, dit M. Geruzez, peu d'intérêt, mais elles offrent des détails ingénieux et des vers remarquables. La recherche des antithèses, l'affectation de la forme sententieuse, la subtilité des idées, sont rachetées de temps en temps par des beautés d'un ordre supérieur. » Ces pièces sont : *Médée*, sujet traité par Ovide; *Hippolyte*, imité d'Euripide et traité par Racine; *Agamemnon*, les *Troyennes* (ces quatre tragédies sont particulièrement attribuées à Sénèque le Philosophe), *Hercule furieux*, emprunté à Euripide; *Thyeste*, les *Phéniciennes*, *Œdipe*, imitation de Sophocle; *Hercule sur l'Æta*, et *Octavie*, sujet national.

MÉDÉE

(Médée, par vengeance, fait périr l'épouse de Jason, et immole sous ses yeux les enfants qu'il a eus d'elle.)

LA VENGEANCE (1)

LA NOURRICE.

Médée, quittez les rivages de la Grèce.

MÉDÉE.

Que je m'éloigne d'ici! J'y reviendrais si j'en étais partie! Je contemple la fête nuptiale. Qui l'arrête, mon âme? Suis ton heureux mouvement. Combien est faible cette partie de ta vengeance dont tu t'applaudis!... Il te suffit donc d'avoir privé Jason de son épouse. Invente quelque châtiment extraordinaire... Ne respecte plus rien... C'est une médiocre vengeance qu'une vengeance sans crime. Excite ta colère, réveille ta langueur, et fais sortir du fond de ton sein tes anciennes fureurs, mais plus violentes que jamais. Je

(1) Desforges.

veux qu'on dise que jusqu'ici je fus humain et sensible... Montrons combien furent médiocres et vulgaires les crimes que j'ai commis pour les autres. Ce n'était qu'un prélude à ma propre vengeance... Qu'attendre de la fureur d'une jeune fille? Je suis Médée maintenant; mon génie a grandi à force de crimes. Je m'applaudis d'avoir tranché la tête à mon frère, disséminé ses membres, dépouillé mon père du trésor qu'il gardait; d'avoir engagé des filles à déchirer leur père. Invente, ô mon désespoir, un moyen de te venger; voici des mains exercées à toutes sortes de crimes... Insensée! j'ai trop pressé ma vengeance. Plût aux dieux qu'il eût des enfants de sa complice! Regarde comme enfants de Créuse ceux qui sont nés de toi et de lui. Oui, ce châtiment me plaît et a droit de me plaire: c'est le comble du crime... Enfants, autrefois les miens, subissez les châtiments des forfaits de votre père. Mais quoi! l'horreur me saisit; mon corps frissonne; mon cœur s'est troublé; ma colère s'évanouit; la mère a remplacé l'épouse irritée. Quoi! je répandrais le sang de mes fils, mon propre sang! O ma fureur! donne-moi d'autres conseils... Infortunés! quel crime ont-ils commis? Leur crime, c'est d'avoir Jason pour père; et un plus grand encore, Médée pour mère. Qu'ils périssent! ils ne sont pas à moi; qu'ils meurent! ils sont mes fils. Quel crime leur imputer? Ils sont innocents, je l'avoue; mais mon frère était innocent comme eux. Quoi! mon cœur, tu hésites? Pourquoi mes joues sont-elles baignées de larmes? Je me laisse emporter tantôt à la colère, tantôt à la tendresse; les mouvements les plus contraires agitent mon cœur. De même que les vents, lorsqu'ils se livrent des combats furieux, poussent et repoussent tour à tour les flots soulevés, et font bouillonner la mer; ainsi flotte mon âme incertaine... Venez, venez, mes enfants, mon unique consolation! pressez-moi entre vos bras caressants. Vivez pour votre père, pourvu que votre mère jouisse aussi de votre vie! Que dis-je? il faut m'exiler et fuir. On va les arracher de mon sein, malgré leurs pleurs. Qu'ils soient ravis aux baisers de leur père, puisqu'ils le sont à ceux de leur mère. Ma colère renaît, et ma haine se rallume. La Furie... pousse ma main qui résiste. Eh bien! ma colère, je m'abandonne à toi...

Mais où va cette troupe de Furies menaçantes? Qui cherchent-elles? Pourquoi ces traits enflammés? Pour qui les torches sanglantes que brandissent ces ministres de l'enfer? J'entends siffler leurs fouets, formés de longs serpents. Qui Mégère va-t-elle frapper de son sinistre brandon? Quelle ombre traîne ici ses membres déchirés? C'est mon frère: il demande vengeance. Tu l'auras, mon frère; mais tourne contre moi tous ces feux: déchire, brûle ce sein que je présente aux Furies... Apaisons tes mânes par cette victime. (*Elle frappe un de ses enfants.*) Qui cause ce bruit soudain? On court aux armes; on en veut à mes jours. Montons, après ce premier meurtre, au sommet de ma maison... Mon âme, montre à ce peuple de quoi ton bras est capable. (*Elle monte au haut du palais.*) Apprête, Jason, les funérailles et le bûcher de tes fils.

JASON.

Cruelle, donne-moi plutôt la mort.

MÉDÉE.

Mais c'est implorer ma pitié. (*Elle frappe le second de ses enfants.*) Je suis contente. C'en est fait: je ne pouvais, ô ma haine, t'offrir plus de victimes!

AGAMEMNON

(L'ombre de Thyeste pousse Égisthe à venger sur Agamemnon le crime d'Atrée: le forfait est accompli, malgré les prédictions de Cassandre.)

AGAMEMNON, CASSANDRE (1)

AGAMEMNON.

Après tant de périls, je revois mes dieux domestiques; salut, terre chérie! Cent peuples barbares t'ont livré leurs dépouilles. Troie, si longtemps florissante, met sous tes lois la puissante Asie. Mais d'où vient que cette prophétesse est étendue sans force et tremblante? Elle laisse tomber sa tête. Relevez-la, et qu'une eau fraîche lui rende le sentiment. Elle rouvre à la lumière ses yeux languissants. Prenez courage, nous voici dans ce port désiré, terme de nos souffrances. Ce jour est un jour de fête.

CASSANDRE.

C'est donc un jour de fête que Troie a péri.

AGAMEMNON.

Allons au pied des autels.

CASSANDRE.

C'est au pied des autels que mon père fut égorgé.

AGAMEMNON.

Prions ensemble Jupiter.

CASSANDRE.

Jupiter Hercéen?

AGAMEMNON.

Vous croyez voir Ilion?

CASSANDRE.

Oui, et Priam.

AGAMEMNON.

Nous ne sommes pas à Troie.

CASSANDRE.

Je vois une Troie partout où je vois une Hélène.

AGAMEMNON.

Ne craignez rien de votre maîtresse.

CASSANDRE.

Je serai bientôt libre.

AGAMEMNON.

Vivez, rassurez-vous.

CASSANDRE.

Mon assurance est dans la mort.

AGAMEMNON.

Vous n'êtes menacée d'aucun danger.

CASSANDRE.

Un grand danger vous menace.

AGAMEMNON.

Que peut craindre le vainqueur.

CASSANDRE.

Ce qu'il ne craint pas.

AGAMEMNON.

Fidèles serviteurs, veillez sur elle tant qu'elle sera en proie à ce délire...

(1) Desforges.

LES TROYENNES

(Les Grecs, après la ruine de Troie, sont retenus par les vents contraires : Achille leur apparaît et réclame le sacrifice de Polyxène, sa fiancée. Calchas, consulté, déclare qu'il faut ajouter à cette victime le jeune Astyanax, fils d'Hector. Le double sacrifice a lieu.)

LES PLAINTES D'HÉCUBE [1]

Que celui qui compte sur la possession d'un trône, et qui, sans craindre l'inconstance des dieux, s'abandonne sans défiance aux charmes de la prospérité, contemple ma chute et regarde Troie. Jamais la fortune n'a montré, par une preuve plus éclatante, sur quel fondement fragile s'appuie l'orgueil des princes. Il est tombé ce rempart de la puissante Asie, merveilleux ouvrage des dieux ! En vain étaient accourus pour le défendre, et ceux qui boivent les eaux glacées du Tanaïs aux sept embouchures ; et ceux qui, recevant les premiers rayons du jour, voient le Tigre mêler ses tièdes eaux à celles d'une mer que rougit l'Aurore ; et ces guerrières, sans époux, qui habitent près des Scythes errants et occupent les rives du Pont-Euxin. Le fer a renversé Pergame : elle est accablée sous ses propres débris. Nos toits sont embrasés, et ces murs, bâtis avec tant de magnificence, ne sont plus que décombres ; la flamme dévore notre palais, et la ville entière d'Assaracus est un monceau de ruines fumantes. Mais l'incendie n'arrête pas l'avide vainqueur ; la flamme ne saurait garantir Troie du pillage : des torrents de fumée couvrent le ciel.., la cendre de nos demeures obscurcit la lumière du jour. Les vainqueurs, bien qu'avides de vengeance, s'arrêtent, et mesurent des yeux cet Ilion qui les retint si longtemps : ils comprennent les dix ans de travaux qu'il leur a coûtés. Troie abattue les effraye encore ; ils s'en voient les maîtres, ils ne peuvent croire qu'ils aient pu la réduire. Les Grecs enlèvent les richesses amassées par Dardanus, et leurs mille vaisseaux ne peuvent contenir tant de dépouilles.

J'en atteste et les dieux qui me sont si cruels, et les cendres de ma patrie, et les mânes d'un époux enseveli sous les débris de son empire, et toi qui, tant que tu vécus, fus le plus ferme appui de nos murs ; vous, que je chérissais le plus après eux, chère et nombreuse postérité d'Hécube, oui, tout ce qui nous est arrivé de funeste, les malheurs que nous prédisait la vierge inspirée d'Apollon, mais que ce dieu nous empêchait de croire, je les ai prévus, et je n'ai pas caché mes craintes. Avant et comme Cassandre, j'ai prédit et l'on ne m'a pas cru...

Mais quoi ! vous cessez de gémir, sinistres compagnes de ma captivité ? Frappez votre poitrine à coups redoublés ; poussez des cris plaintifs, célébrez les funérailles de Troie. Que les échos de l'Ida, où siégea le juge fatal, répondent à vos accents douloureux !

HIPPOLYTE

(C'est le sujet traité par Euripide sous le même nom, et par Racine sous celui de *Phèdre*. Racine a évité les fautes du tragique latin, il a embelli le tragique grec. Nous citons ici le récit du messager qui a vu mourir Hippolyte.)

[1] Desforges.

LA MORT D'HIPPOLYTE [1]

LE MESSAGER.

Dès qu'il fut sorti de la ville, comme un fugitif, marchant d'un pas égaré, il attelle ses coursiers superbes, et ajuste les mors dans leurs bouches dociles. Il se parlait à lui-même, détestant sa patrie, et répétant le nom de son père. Déjà sa main impatiente agitait les rênes flottantes; tout à coup nous voyons en pleine mer une vague s'enfler, et s'élever jusqu'aux nues. Aucun souffle cependant n'agitait les flots; le ciel était calme et serein : la mer paisible enfantait seule cette tempête. Jamais l'Auster n'en suscita d'aussi violente au détroit de Sicile ; moins furieux sont les flots soulevés par le Corus dans la mer d'Ionie, quand ils battent les rochers gémissants, et couvrent le sommet de Leucate de leur écume blanchissante. Une montagne humide s'élève au-dessus de la mer, et s'élance vers la terre avec le monstre qu'elle porte dans son sein; car ce fléau rapide ne menace pas les vaisseaux, il est destiné à la terre. Le flot s'avance lentement, et l'onde semble gémir sous une masse qui l'accable. Quelle terre, disions-nous, va tout à coup paraître sous le ciel? C'est une nouvelle Cyclade. Déjà elle dérobe à nos yeux les rochers consacrés au dieu d'Epidaure, ceux que le barbare Sciron a rendus si fameux, et cet étroit espace resserré par deux mers. Tandis que nous regardions ce prodige avec effroi, la mer rugit, et les rochers lui répondent. Du sommet de cette montagne s'échappait par intervalle l'eau de la mer, qui retombait en rosée mêlée d'écume. Telle, au milieu de l'Océan, la vaste baleine rejette les flots qu'elle a engloutis. Enfin cette masse heurte le rivage, se brise, et vomit un monstre qui surpasse nos craintes. La mer entière s'élance sur le bord, et suit le monstre qu'elle a enfanté; l'épouvante a glacé nos cœurs.

THÉSÉE.

De quelle forme était ce monstre énorme?

LE MESSAGER.

Taureau impétueux, son cou est azuré; une épaisse crinière se dresse sur son front verdoyant: ses oreilles sont droites et velues; ses cornes, de diverses couleurs, rappellent les taureaux qui paissent dans nos plaines... Ses yeux tantôt jettent des flammes, tantôt brillent d'un bleu étincelant; ses muscles se gonflent affreusement sur son cou énorme; il ouvre en frémissant ses larges naseaux; une écume épaisse et verdâtre découle de sa poitrine et de son fanon; une teinte rouge est répandue le long de ses flancs; enfin, par un assemblage monstrueux, le reste de son corps est écaillé et se déroule en replis tortueux. Tel est cet habitant des mers, qui engloutit et rejette les vaisseaux.

La terre voit ce monstre avec horreur; les troupeaux effrayés se dispersent; le pâtre abandonne ses génisses; les animaux sauvages quittent leurs retraites, et les chasseurs sont glacés d'épouvante. Le seul Hippolyte, inaccessible à la peur, arrête ses coursiers d'une main ferme, et d'une voix qui leur est connue, s'efforce de les rassurer... Le monstre s'anime au combat, et aiguise sa rage .. Il s'élance par bonds impétueux, et, touchant à peine la terre dans sa course rapide, il se jette au devant des chevaux effrayés. Votre fils, sans changer de visage, s'apprête à le repousser, et, d'un air menaçant et d'une voix terrible : « Ce monstre ne saurait abattre mon courage ; mon père m'a instruit à terrasser les taureaux. » Mais les chevaux, ne connaissant plus le frein, entraînent le char, et, quittant le chemin battu, n'écoutent plus que la frayeur qui les précipite à travers les rochers... Hippolyte tantôt tire à lui les rênes, tantôt il frappe ses coursiers. Le moustre, s'attachant à ses pas, bondit tantôt à côté du char, tantôt devant les coursiers, et partout redouble leur terreur.

Enfin il leur ferme le passage et s'arrête devant eux, leur présentant sa gueule effroyable. Les coursiers épouvantés, sourds à la voix de leur maitre, cherchent à se dégager des traits; il se cabrent et renversent le char. Le prince tombe embarrassé dans les rênes, le visage contre terre. Plus il se débat, plus il resserre les liens funestes qui le retiennent. Les chevaux se sentent libres, et leur fougue désordonnée emporte le char vide partout où la peur les conduit. Tels les chevaux du Soleil... abandonnèrent leur route, précipitant du ciel le téméraire Phaéton. La plage est rougie du sang du malheureux Hippolyte; sa tête se brise en heurtant les rochers. Les ronces arrachent ses cheveux, les pierres meurtrissent son visage, et ces traits délicats sont déchirés par mille blessures. Mais, tandis que le char rapide emporte çà et là cet infortuné, un tronc à demi brûlé, qui s'élevait au-dessus de la terre, se trouve sur son passage, et l'arrête. Ce coup affreux retient un instant le char; mais les chevaux forcent l'obstacle en déchirant leur maitre qui respirait encore. Les ronces achèvent de le mettre en pièces. Il n'est pas un buisson, pas un tronc qui ne porte quelque lambeau de son corps. Ses compagnons éperdus courent à travers la plaine, et suivent la route sanglante que le char a marquée. Les chiens mêmes cherchent en gémissant les traces de leur maitre. Hélas! nos soins n'ont pu rassembler encore tous les restes de votre fils. Voilà ce prince naguère si beau! Voilà donc celui qui partageait glorieusement le trône de son maitre, et qui devait lui succéder un jour! Ce matin il brillait comme un astre; maintenant ses membres épars sont ramassés pour le bûcher.

HERCULE FURIEUX

(Pendant qu'Hercule était descendu aux enfers, Lycus s'était emparé du trône de Thèbes; il avait fait mourir le roi et ses enfants, et s'était attaqué même à Mégare, la vertueuse épouse du héros. Hercule tue l'usurpateur, mais Junon lui fait perdre la raison; et, dans sa folie, il immole sa femme et ses enfants.)

LE HÉROS EN DÉLIRE [1]

HERCULE.

Terrassé par ce bras vengeur, Lycus a mordu la poussière; les complices du tyran ont partagé son sort... Je vais offrir un sacrifice à mon père et aux dieux du ciel... (A deux prêtres.) Jetez de l'encens sur la flamme.

AMPHITRYON.

Mon fils, purifie d'abord tes mains, souillées encore du sang de ton ennemi.

HERCULE.

Ah! que ne puis-je répandre ici même son sang odieux! jamais libation plus agréable n'aurait coulé sur les autels des dieux...

AMPHITRYON.

Implore de ton père un terme à tes travaux; qu'enfin il nous accorde à tous un repos chèrement acheté.

[1] Th. Savalète.

HERCULE.

Je ne formerai que des vœux dignes de Jupiter et de moi. Que le ciel, que la terre et que l'air conservent à jamais la place qui leur est assignée! Que rien ne trouble la course éternelle des astres! Qu'une paix inaltérable règne dans l'univers... Mais que vois-je? La nuit enveloppe le soleil au milieu de sa course, et son disque s'obscurcit dans un ciel sans nuage. Qui fait ainsi reculer le dieu du jour, et le repousse vers l'Orient?... Pourquoi vois-je briller dans une vaste étendue des régions célestes le Lion, le premier ennemi que j'ai vaincu?...

AMPHITRYON.

Quel trouble t'égare? Pourquoi, mon fils, tourner çà et là tes regards furieux? Ton œil abusé te fait voir au ciel ce qui n'y fut jamais.

HERCULE.

J'ai dompté la terre, triomphé de la fureur des flots; j'ai porté la terreur jusque dans les royaumes sombres. Le ciel n'a pas encore éprouvé mon courage; cette conquête est digne d'Alcide... Je vois les divinités de l'Olympe qui m'appellent et m'ouvrent les portes. Une seule s'y oppose. Veux-tu m'admettre dans le ciel et m'en livrer l'entrée? ou dois-je briser la porte qui me résiste? Tu hésites? Eh bien! je romprai les fers de Saturne; j'armerai l'aïeul contre le fils impie qui l'a dépouillé. Que les Titans furieux s'apprêtent à combattre sous mes ordres; je m'armerai de rochers couverts de forêts; je déracinerai les montagnes peuplées de Centaures; je les entasserai pour escalader le ciel...

AMPHITRYON.

Loin de toi ces pensées sacriléges. Reviens d'un emportement où l'on reconnait le héros, mais le héros en délire.

HERCULE.

Que vois-je?... Titye s'est échappé des enfers. Je vois sa poitrine ouverte et vide d'entrailles; il touche presque aux cieux. Le Cithéron s'ébranle, les remparts de Pallène et le vallon de Tempé ont tremblé. L'un vient d'arracher le Pinde, l'autre l'Œta. Mimas se livre à sa rage terrible. Erinnys, la brûlante Erinnys fait résonner son fouet; elle approche de plus en plus de mon visage un brandon qu'elle a retiré d'un bûcher. La cruelle Tisiphone, dont le front est armé de serpents, garde la porte autrefois confiée à Cerbère, et menace de sa torche ceux qui tenteraient de sortir. (*Il aperçoit ses enfants.*) Mais ces enfants qui se cachent sont ceux de mon ennemi; c'est la race exécrable de Lycus. Attendez: cette main va vous réunir. Allons, mon arc, que ta corde vibre. C'est là que doivent frapper les flèches d'Hercule.

AMPHITRYON.

Ciel! quel but va chercher sa rage? Il a tendu son arc gigantesque; le carquois s'ouvre; la flèche vole en sifflant. Ah! elle a percé d'outre en outre le cou de l'enfant, laissant derrière elle une horrible blessure.

HERCULE.

Fouillons les retraites les plus cachées; exterminons cette race entière. Hâtons-nous. Une guerre plus importante m'appelle à Mycènes. Détruisons de nos propres mains ces murs bâtis par les Cyclopes; faisons voler les murs de ce palais; brisons ses portes et les colonnes qui le soutiennent. Déjà le jour y pénètre de tous côtés, et j'y vois un fils du coupable Lycus qui se cache.

AMPHITRYON.

Hélas! un de ses fils touche ses genoux d'une main caressante, et cherche à l'attendrir par ses prières. O crime effroyable! Hercule a saisi la main suppliante de l'enfant, le fait tournoyer et le lance avec fureur. La tête du malheureux est fracassée, et sa cervelle a jailli sur ces murs. Ah! voilà l'infortunée Mégare qui, couvrant de ses bras le plus jeune de ses fils, fuit hors d'elle-même, et abandonne la retraite où elle s'était réfugiée.

HERCULE.

Quand tu chercherais un asile entre les bras mêmes de Jupiter, cette main irait t'y saisir et t'en arracher.

AMPHITRYON.

Malheureuse, où courez-vous? Il n'est pas de retraite contre le courroux d'Hercule. Pressez-le plutôt entre vos bras, et tâchez de l'apaiser par vos prières.

MÉGARE.

Arrête, cher époux, reconnais Mégare et ce fils, ta vivante image. Vois comme il tend vers toi ses faibles mains.

HERCULE.

Je tiens donc ma cruelle marâtre! Viens recevoir le châtiment qui t'est dû, et que ta mort délivre Jupiter d'un joug qui l'avilit. (*Il l'entraine hors de la scène.*) Mais immolons, avant la mère, le petit monstre qu'elle embrasse.

MÉGARE.

Insensé! que fais-tu? C'est ton sang que tu vas répandre!

AMPHITRYON.

Terrassé des regards de feu de son père, l'enfant est mort sans avoir été blessé : la crainte a fait envoler son âme. Dieux! il lève sur son épouse sa massue menaçante : elle a brisé les os. La tête, séparée du tronc, disparaît anéantie. O vieillesse impassible! tu supportes une telle vue!...

HERCULE.

C'est bien! cette race de l'infâme est extirpée!...

AMPHITRYON.

Vous n'avez pas fini, mon fils; achevez le sacrifice. Une dernière victime est devant l'autel, la tête baissée; elle attend le coup mortel; oui, je l'attends, je le cherche, je l'implore; frappe... Mais quoi! son regard semble errer; son œil est triste et morne... Un sommeil léthargique appesantit ses paupières... Esclaves, écartez ces armes, de peur qu'il ne les ressaisisse dans un nouvel accès de fureur.

THYESTE

(Atrée et Thyeste se disputent le trône : Thyeste trompe Atrée, qui cherche la vengeance. Il feint de se réconcilier avec son frère, il immole les enfants de Thyeste, fait manger leurs membres à leur père dans un festin, et lui fait boire leur sang dans du vin.)

LES DEUX FRÈRES (1)

ATRÉE.

Mon frère, célébrons avec allégresse ce jour heureux qui affermit le sceptre dans ma main, et qui est le gage d'une paix inviolable.

_____

(1) Th. Savalète.

THYESTE.

J'ai goûté assez longtemps les plaisirs de la table ; tu mettras le comble à ma joie en me permettant de la partager avec mes fils.

ATRÉE.

Crois qu'ils sont déjà entre les bras de leur père ; ils y seront, ils y seront toujours. Aucun d'eux ne saurait désormais être séparé de toi... Prends cependant cette coupe de vin : c'est la coupe de nos ancêtres.

THYESTE.

Je la prends avec joie de la main d'un frère, et je la viderai aussitôt que j'en aurai fait une libation aux dieux de notre famille. Mais quel est ce prodige ? Ma main refuse d'obéir. La coupe devient si pesante que je ne la puis porter. C'est en vain que je l'approche de ma bouche ; la liqueur, qui semble fuir, échappe à mes lèvres entr'ouvertes. La table elle-même s'agite sur le plancher tremblant ; les flambeaux ont perdu tout leur éclat... Mais quoi ! des secousses sans cesse plus violentes ébranlent la voûte céleste..., la nuit se perd dans une nuit plus obscure... Dieux ! épargnez du moins mon frère et mes fils, et que l'orage n'éclate que sur le malheureux Thyeste. (*A son frère.*) Hâte-toi de me rendre mes fils !

ATRÉE.

Je vais te les rendre ; et l'on ne pourra désormais t'en séparer.

THYESTE.

Quel trouble agite mes entrailles ? Qu'ai-je senti frémir au dedans de moi ? Quelque chose est là qui souffre et se plaint. Des gémissements, qui ne sont pas les miens, s'échappent de ma poitrine. Mes enfants ! Venez... mes enfants ! votre malheureux père vous appelle. Venez... votre vue mettra fin à ma douleur... D'où partent leurs voix ?

ATRÉE.

Ouvre-leur tes bras ! les voici. Reconnais-tu tes enfants ?

THYESTE.

Je reconnais mon frère...

ATRÉE.

Voilà donc l'accueil que tu fais à ces fils si vivement désirés ? Jouis de leur présence ; ton frère n'y met pas d'obstacle. Partage entre eux tes caresses et tes baisers.

THYESTE.

Voilà donc nos traités ! voilà cette réconciliation touchante ! voilà donc la foi jurée par un frère ! voilà comme tu renonces à ta haine ! Je ne te demande plus de me rendre mes fils vivants. Ce que j'implore de toi n'ôtera rien de ton crime ni de ta vengeance... ; qu'il me soit permis de leur donner la sépulture. Rends-moi leurs corps, je les brûlerai à l'instant.

ATRÉE.

Tout ce qui te reste de tes fils, tu l'auras. Ce qui manque, tu l'as déjà.

THYESTE.

Les aurais-tu livrés à la voracité des vautours ?...

ATRÉE.

C'est toi-même qui viens de t'en repaître, impie !

THYESTE.

Voilà donc ce qui révoltait les dieux!... Ah! j'ai devant moi les têtes de mes fils, leurs mains et leurs pieds; c'est tout ce qui a échappé à la voracité d'un père. Mais leurs entrailles s'agitent dans les miennes; leurs chairs, affreuse nourriture! enfermées dans mes flancs, font de vains efforts pour en sortir... Mon frère, donne-moi ton épée; donne; elle est déjà rougie de mon sang; elle ouvrira un passage à mes enfants... Le père a englouti ses enfants; ses enfants déchirent ses entrailles. Le crime n'a-t-il pas de limites?

ATRÉE.

Oui, le crime peut avoir des bornes; la vengeance n'en a pas. La mienne me semble encore trop faible. Je devais égorger tes fils sous tes yeux; et, tandis qu'ils respiraient encore, te faire boire le sang qui jaillissait tout fumant de leurs blessures. Ma haine, par trop d'impatience, s'est fait tort à elle-même. J'ai frappé, il est vrai, mes victimes; je les ai immolées au pied de l'autel, et j'ai apaisé mes dieux lares par ce sacrifice que je leur avais promis. J'ai coupé, divisé leurs corps en morceaux; une partie a été jetée dans l'airain bouillonnant; j'ai exposé le reste à la chaleur d'un feu modéré; j'ai détaché leurs membres, enlevé leurs chairs avant qu'ils fussent expirés; j'ai vu leurs fibres palpiter encore autour du fer qui les traversait; j'ai moi-même attisé les flammes... Les dents cruelles du père ont déchiré ses enfants; mais ni lui ni ses enfants ne l'ont su.

OCTAVIE

(Néron répudie Octavie pour épouser Poppée : une sédition s'élève dans Rome : Néron ordonne le supplice des révoltés et fait tuer Octavie.)

L'OMBRE D'AGRIPPINE [1]

J'ai brisé les voûtes de la terre et quitté le Tartare. Ma sanglante main va éclairer de cette torche, allumée aux flammes de l'enfer, un coupable hyménée. Que sa lueur sinistre éclaire l'union de Poppée et de mon fils; et le ressentiment d'une mère changera ce flambeau en torches funèbres. Je n'ai pas oublié chez les morts le parricide dont j'ai été la victime, et mes mânes s'indignent de n'avoir pas encore été vengés. Je n'ai pas oublié cette nuit où, pour prix de tant de bienfaits, pour prix de l'empire que je lui avais donné, un perfide m'attira sur le vaisseau qui me précipita dans la mer... Il ajoute un parricide au premier. Des assassins accourent, et, frappant à l'envi, m'arrachent, sous les yeux de mes dieux domestiques, une vie que les flots avaient épargnée. Mon sang n'a pas suffi pour éteindre la haine de mon fils : le farouche tyran poursuit le nom de sa mère : il s'efforce d'anéantir la mémoire de mes bienfaits. Il commande, sous peine de mort, que l'on détruise mes images et mes inscriptions dans ce vaste empire que, pour mon malheur, ma tendresse fatale lui assura, lorsqu'il n'était encore qu'un enfant. Mon époux dans les enfers poursuit mon ombre sans relâche; furieux, menaçant, il tourne contre mon visage une torche ardente; il me reproche sa mort, ses funérailles différées; il demande le sang du meurtrier de son fils. Un moment encore, tu seras satisfait. Erinnys apprête à ce tyran impie une mort digne de lui... C'est en vain qu'il se bâtit des palais de marbre, que l'or étincelle sur ses lambris superbes, qu'une garde menaçante veille sans cesse à

[1] Desforges.

sa porte, que l'univers s'épuise pour ses plaisirs... Le jour approche où,
expiant tous ses forfaits, abandonné, proscrit, manquant de tout, il tendra
la gorge à ses ennemis. Voilà donc, hélas! ce qu'ont produit mes soins et
mes vœux! Se peut-il que ta fureur et ton aveuglement t'aient précipité dans
un malheur si grand, qu'il désarme le courroux d'une mère à qui tu as
arraché la vie? Ah! pourquoi des bêtes féroces n'ont-elles pas déchiré mes
entrailles, avant que je t'eusse mis au jour? Tu aurais péri sans avoir connu
l'existence, mais exempt de crime! Uni pour jamais à ta mère, tu habiterais
sous la terre la paisible demeure des ombres près de ton père et de tes aïeux,
ces illustres Romains; tandis que nous sommes pour eux l'un et l'autre un
sujet éternel de honte et de douleur, toi, monstre, par tes crimes; moi, pour
t'avoir donné le jour.

Mais hâte-toi de fuir dans le Tartare, toi qui, marâtre, épouse ou mère, fus
toujours fatale à tous les tiens!

SCAURUS (M. Æmilius) composa, sous Tibère, une *Atrée*. Le
prince y vit une allusion qui causa la mort du poëte.

SECUNDUS (Pomponius) dut écrire des tragédies qui furent représentées; il n'en reste que des fragments insignifiants.

MATERNUS (Curatius) écrivit, dit-on, quatre tragédies intitulées
Médée, *Thyeste*, *Domitien* et *Caton*; il fut victime de la cruauté de
Domitien.

ROMANUS (Virginius) composa, du temps de Pline, des mimes
et des comédies estimées de leur temps; il ne nous en est rien
parvenu.

4ᵉ Époque

Le genre dramatique est muet à cette époque, qui fut, du reste,
nommée avec raison l'âge d'airain de la poésie latine.

CHAPITRE IV

POÉSIE DIDACTIQUE ET DESCRIPTIVE

PRÉCEPTES

Nous renvoyons, pour les préceptes, à ce que nous en avons dit
dans la partie grecque. Nous nous contentons d'ajouter que Lucrèce et Virgile ont donné, en ce genre, la supériorité à leur langue
sur celle de la Grèce.

AUTEURS ET MORCEAUX

1re Époque

LUCRÈCE (T. Cérus). — Ce poëte naquit vers 95 av. J.-C., d'une famille de chevaliers, et mourut le jour même de la naissance de Virgile, dans un accès de folie furieuse, dit-on. On ne sait rien de sa vie, mais on possède de lui le poëme de la *Nature des choses*, en six chants. C'est le développement poétique de la doctrine épicurienne, matière grave et lourde, à laquelle Lucrèce a su donner de l'attrait et de la beauté. Malheureusement cette philosophie matérialiste devait dessécher le cœur du poëte, émousser le sens moral et ne laisser place dans ce génie qu'à l'amour de la renommée et à l'égoïsme qui respire dans ses plus beaux vers.

Lucrèce est mort fou, dit-on, à 43 ans. « L'athéisme, dit Geruzez, eût suffi à troubler sa raison ; il y ajouta l'intempérance. »

LA PESTE D'ATHÉNES (1)

(Chap. VI.)

Une maladie causée par des vapeurs mortelles désola jadis les contrées où régna Cécrops, rendit les chemins déserts, et épuisa cette ville d'habitants. Née au fond de l'Égypte, après avoir franchi les espaces immenses des airs et des mers, elle se fixa sur les murs de Pandion; et tous les habitants à la fois devinrent la proie de la maladie et de la mort. Le mal s'annonçait par un feu dévorant qui se portait à la tête. Les yeux devenaient rouges et enflammés. L'intérieur du gosier était baigné d'une sueur de sang noir, le canal de la voix fermé et resserré par des ulcères, et la langue, interprète de l'âme, souillée de sang, affaiblie par la douleur, pesante, immobile, rude au toucher. Quand l'humeur était descendue de la gorge dans la poitrine, et s'était rassemblée autour du cœur malade, tous les soutiens de la vie s'ébranlaient à la fois; la bouche exhalait une odeur fétide, semblable à celle des cadavres corrompus, l'âme perdait ses forces, et le corps languissant paraissait toucher le seuil de la mort. A ces maux insupportables se joignaient, et le tourment d'une inquiétude continuelle, et des plaintes mêlées de gémissements, et des sanglots redoublés jour et nuit, qui, en irritant les nerfs, en roidissant les membres, en déliant les articulations, épuisaient ces malheureux qui succombaient déjà à la fatigue. Cependant les extrémités de leurs corps ne paraissaient pas trop ardentes, et ne faisaient éprouver au toucher qu'une impression de tiédeur. En même temps leur corps entier était rouge, comme si leurs ulcères eussent été enflammés, ou que le feu sacré se fût répandu sur leurs membres. Une ardeur intérieure dévorait jusqu'à leurs os. La flamme bouillonnait dans leur estomac comme en une fournaise. Les étoffes les plus légères étaient un fardeau pour eux. Toujours exposés à l'air et au froid, les uns, dans l'ardeur qui les dévorait, se précipitaient dans les fleuves glacés, et plongeaient leurs membres nus dans les ondes les plus froides; les autres se jetaient au fond des puits, vers lesquels ils se traînaient la bouche béante. Mais leur soif inextinguible ne mettait pas de différence

(1) Lagrange.

entre les flots abondants et une goutte insensible. La douleur ne leur laissait aucun repos. Leurs membres étendus ne suffisaient pas à ces assauts continuels, et la médecine balbutiait en tremblant à leurs côtés. En effet, leurs yeux ardents, ouverts des nuits entières, roulaient dans leurs orbites sans jouir du sommeil. On remarquait en eux mille autres symptômes de mort. Leur âme était troublée par le chagrin et par la crainte, leurs sourcils froncés, leurs yeux hagards et furieux, leurs oreilles inquiétées de tintements continuels, leur respiration tantôt vive et précipitée, tantôt forte et lente; leur cou baigné d'une sueur transparente, leur salive appauvrie, teinte d'une couleur de safran, chargée de sel, et chassée avec peine de leurs gosiers par une toux violente. Les nerfs de leurs mains se roidissaient, leurs membres frissonnaient, et le froid de la mort se glissait par degrés des pieds au tronc. Enfin, dans les derniers moments, leurs narines étaient resserrées et affilées, leurs yeux enfoncés, leurs tempes creuses, leur peau froide et rude, leurs lèvres retirées, leur front tendu et saillant : peu de temps après ils expiraient, et la huitième ou la neuvième aurore entendait leurs derniers gémissements. Si quelqu'un échappait au trépas, comme cela arrivait quelquefois, par la sécrétion des ulcères ou des noires matières du ventre, le poison et la mort les attendait néanmoins, quoique plus tard. Un sang corrompu coulait en abondance de leurs narines, avec des douleurs de tête violentes ; leurs forces, leur substance se perdaient par cette voie : si la maladie ne prenait pas son cours par les narines, et n'occasionnait pas une pareille hémorragie, elle se jetait sur les nerfs, se répandait dans les membres... Les uns, pour éviter la mort qu'ils voyaient s'approcher, abandonnaient au fer leurs pieds et leurs mains; d'autres se laissaient ravir l'usage de la vie : tant la crainte de la mort frappait ces malheureux. On en vit même qui perdaient le souvenir du passé jusqu'à ne plus se reconnaître.

Quoique la terre fût couverte de cadavres, accumulés sans sépulture, les oiseaux de proie et les quadrupèdes voraces en fuyaient l'odeur infecte, ou, après en avoir goûté, languissaient et ne tardaient pas à mourir... Les chiens, ces animaux fidèles, étendus dans les rues, rendaient les derniers soupirs que la contagion leur arrachait avec effort. Les convois étaient enlevés à la hâte, sans pompe et sans suite. Il n'y avait pas de remède sûr ou général; et le breuvage qui avait prolongé la vie aux uns, était dangereux et mortel pour les autres.

Ce qu'il y avait de plus triste et de plus déplorable, c'est que les malheureux en proie à la maladie se désespéraient comme des criminels condamnés à périr, tombaient dans l'abattement, voyaient la mort devant eux, et mouraient au milieu de ces terreurs. Ce qui multipliait les funérailles, c'est que l'avide contagion passait des uns aux autres; ceux qui évitaient leurs amis malades, par trop d'amour pour la vie et de crainte pour la mort, périssaient bientôt victimes de la même insensibilité, abandonnés de tous et privés de secours, comme l'animal qui porte la laine et celui qui laboure nos champs; ceux, au contraire, qui ne craignaient pas de s'exposer, succombaient à la contagion et à la fatigue que le devoir et les plaintes touchantes de leurs amis mourants les obligeaient de supporter. C'était là la mort des citoyens les plus vertueux. Après avoir enseveli la foule de leurs parents, ils retournaient dans leurs demeures, les larmes aux yeux, la douleur dans le cœur, et se mettaient au lit pour y expirer de chagrin. En un mot, on ne voyait que des morts, des mourants, ou des infortunés qui les pleuraient. Les gardiens des troupeaux de toute espèce et le robuste conducteur de la charrue, étaient aussi frappés; la contagion les allait chercher jusqu'au fond de leur chaumière, et la pauvreté, jointe à la maladie, rendait leur mort inévitable. On voyait les cadavres des parents étendus sur ceux de leurs enfants, et les enfants rendre les derniers soupirs sur les corps de leurs parents.

La contagion venait en grande partie des habitants de la campagne, qui se rendaient en foule dans la ville, à la première attaque de la maladie. Les lieux publics, les édifices particuliers en étaient remplis, et ainsi rassemblés, il était plus facile à la mort d'accumuler les cadavres. Un grand nombre expirait au milieu des rues; d'autres se traînaient au bord des fontaines publiques, y restaient étendus sans vie, suffoqués par l'excès de l'eau qu'ils avaient bue. Les chemins étaient couverts de corps languissants, enveloppés de vils lambeaux, et dont les membres tombaient en pourriture. Leurs os n'étaient revêtus que d'une peau livide, sur laquelle les ulcères et la corruption avaient produit le même effet que la sépulture sur les cadavres.

La mort avait rempli les édifices sacrés de ses impures dépouilles. Les temples étaient jonchés de cadavres. Là, les gardes des lieux saints déposaient leurs hôtes; car alors on s'embarrassait peu de la religion et de la divinité ; la douleur était le sentiment dominant. Les cérémonies observées de temps immémorial pour les obsèques n'avaient plus lieu dans la ville. Le trouble et la confusion régnaient partout; et, au milieu de cette consternation, chacun inhumait, comme il pouvait, le corps dont il était chargé. L'indigence et la nécessité inspiraient même des violences inouïes jusqu'alors. Il y en eut qui placèrent à grands cris, sur des bûchers construits pour d'autres, les corps de leurs proches, et qui, après y avoir mis le feu, soutenaient des combats sanglants, plutôt que d'abandonner leurs cadavres.

2ᵉ Époque

VIRGILE. — Nous étudions ici ce poëte comme auteur des *Géorgiques*, poëme didactique en quatre chants, qui traitent de l'agriculture, de la culture des arbres, de l'éducation des bestiaux et de celle des abeilles. C'est le chef-d'œuvre de Virgile, et le modèle de poésie latine le plus parfait : l'intérêt y est habilement ménagé, et soutenu par des tableaux et des épisodes magnifiques.

LE SOLEIL ANNONCE LA MORT DE CÉSAR (1)

(Chap. I.)

Ainsi ce dieu puissant, dans sa marche féconde,
Tandis que de ses feux il ranime le monde,
Sur l'humble laboureur veille du haut des cieux,
Lui prédit les beaux jours, et les jours pluvieux.
Qui pourrait, ô soleil! t'accuser d'imposture?
Tes immenses regards embrassent la nature :
C'est toi qui nous prédis ces tragiques fureurs
Qui couvent sourdement dans l'abîme des cœurs.
Quand César expira, plaignant notre misère,
D'un nuage sanglant tu voilas ta lumière;
Tu refusas le jour à ce siècle pervers;
Une éternelle nuit menaça l'univers.
Que dis-je? tout sentait notre douleur profonde,
Tout annonçait nos maux: le ciel, la terre et l'onde,
Les hurlements des chiens et les cris des oiseaux.

(1) Delille.

Combien de fois l'Etna, brisant ses arsenaux,
Parmi des rocs ardents, des flammes ondoyantes,
Vomit en bouillonnant ses entrailles brûlantes!
Des bataillons armés dans les airs se heurtaient;
Sous leurs glaçons tremblants les Alpes s'agitaient;
On vit errer, la nuit, des spectres lamentables;
Des bois muets sortaient des voix épouvantables;
L'airain même parut sensible à nos malheurs;
Sur le marbre amolli l'on vit couler des pleurs :
La terre s'entr'ouvrit, les fleuves reculèrent;
Et, pour comble d'effroi..., les animaux parlèrent.
Le superbe Éridan, le souverain des eaux,
Traîne et roule à grand bruit forêts, bergers, troupeaux;
Le prêtre, environné de victimes mourantes,
Observe avec horreur leurs fibres menaçantes;
L'onde changée en sang roule des flots impurs;
Des loups hurlant dans l'ombre épouvantent nos murs;
Même en un jour serein l'éclair luit, le ciel gronde,
Et la comète en feu vient effrayer le monde.

Ainsi la Macédoine a vu nos combattants
Une seconde fois s'égorger dans ses champs;
Deux fois le ciel souffrit que ces fatales plaines
S'engraissassent du sang des légions romaines.
Un jour le laboureur, dans ces mêmes sillons,
Où dorment les débris de tant de bataillons,
Heurtant avec le soc leur antique dépouille,
Trouvera, plein d'effroi, des dards rongés de rouille;
Verra de vieux tombeaux sous ses pas s'écrouler,
Et des soldats romains les ossements rouler.

O père des Romains, fils du dieu des batailles!
Protectrice du Tibre, appui de nos murailles,
Vesta! dieux paternels, ô dieux de mon pays!
Ah! du moins que César rassemble nos débris!
Par ces revers sanglants dont elle fut la proie,
Rome a bien effacé les parjures de Troie.
Hélas! le ciel, jaloux du bonheur des Romains,
César, te redemande aux profanes humains.
Que d'horreurs, en effet, ont souillé la nature!
Les villes sont sans loi, la terre sans culture;
En des champs de carnage on change nos guérets,
Et Mars forge ses dards des armes de Cérès.
Ici le Rhin se trouble, et là mugit l'Euphrate;
Partout la guerre tonne et la discorde éclate;
Des augustes traités le fer tranche les nœuds,
Et Bellone en grondant se déchaîne en cent lieux.
Ainsi, lorsqu'une fois lancés de la barrière
D'impétueux coursiers volent dans la carrière,
Leur guide les rappelle et se roidit en vain;
Le char n'écoute plus ni la voix ni le frein.

FÉLICITÉ DE LA VIE DES CHAMPS [1]
(Chap. II.)

Trop heureux les laboureurs, s'ils connaissaient leurs biens! Loin du bruit des armes et des discordes furieuses, la terre équitable répand pour eux une facile nourriture. Ils ne voient pas le matin nos palais superbes rejeter par leurs mille portiques le flot tumultueux des clients; ils ne vont pas s'ébahir devant ces portes incrustées de magnifiques écailles, devant ces vêtements chamarrés d'or, devant l'airain précieux de Corinthe; pour eux les poisons d'Assyrie n'altèrent pas la blanche laine; la pure liqueur de l'olive n'est point corrompue par la case : mais ils ont une vie tranquille, assurée, innocente, et riche de mille biens; mais ils goûtent le repos dans leurs vastes domaines; ils ont des grottes, des lacs d'eau vive; ils ont les fraîches vallées, les mugissements des troupeaux, et les doux sommeils à l'ombre de leurs arbres : là sont les pâtis et les repaires des bêtes fauves. C'est là qu'on trouve une jeunesse dure au travail, et accoutumée à vivre de peu; c'est là que la religion est en honneur, et les pères vénérés à l'égal des dieux : ce fut parmi les laboureurs qu'Astrée, prête à quitter la terre, laissa la trace de ses derniers pas...

Heureux celui qui peut connaître les causes premières des choses! Heureux celui qui a mis sous ses pieds les vaines terreurs des mortels, le destin inexorable, et les vains bruits de l'avare Achéron! Heureux aussi celui qui connaît les dieux champêtres, Pan, le vieux Sylvain et la troupe des Nymphes! Rien ne l'émeut, ni les faisceaux que le peuple donne, ni la pourpre des rois, ni la discorde qui met aux prises les frères perfides, ni les Daces conjurés descendant des bords de l'Ister, ni les affaires romaines et les empires périssables de la terre : il n'a point à s'apitoyer sur le pauvre; il n'a point à envier le riche. Content des biens que ses champs d'eux-mêmes et sans effort lui abandonnent, il cueille les fruits de ses arbres : il ne connaît ni les lois de fer, ni le Forum et ses fureurs, ni les actes publics.

Les uns tourmentent avec la rame les mers ténébreuses, et se précipitent sur le fer ennemi; ou bien ils pénètrent dans les cours et rampent sur le seuil des rois. Celui-ci va saccager une ville et de malheureux pénates, afin de boire dans le saphir et de dormir sur la pourpre tyrienne. Celui-là enfouit ses trésors, et se couche sur son or enseveli. Cet autre s'arrête stupéfait devant la tribune aux harangues; cet autre, la bouche béante, est tout saisi des applaudissements redoublés du sénat et du peuple, que lui renvoient les gradins du théâtre. Les frères se réjouissent d'avoir trempé leurs mains dans le sang de leurs frères; et, quittant pour l'exil le lieu de leur naissance et le doux seuil de leur maison, ils vont chercher une autre patrie sous un autre soleil.

Cependant le laboureur ouvre la terre avec la charrue recourbée. C'est là le travail de toute l'année; c'est par là qu'il soutient sa patrie, ses enfants, ses troupeaux, ses bœufs qui ont bien mérité de lui. Point de repos pour le laboureur, avant que l'année ne l'ait comblé de fruits, n'ait repeuplé ses bergeries, rempli ses sillons de gerbes fécondes et de moissons entassées, et fait gémir ses greniers. Voici venir l'hiver : alors on broie sous le pressoir l'olive de Sicyone; les pourceaux repus de glands reviennent joyeux à l'étable; la forêt donne ses baies sauvages; l'automne laisse tomber ses fruits; et, sur les hauts coteaux, les rochers qu'échauffe le midi achèvent de mûrir la vendange.

Cependant le laboureur voit ses enfants chéris se suspendre à ses baisers;

[1] Nisard.

sous son chaste toit on garde la pudeur; ses vaches laissent pendre leurs mamelles pleines de lait; et, dans les riantes prairies, ses gras chevreaux luttent à l'envi en se heurtant de leurs cornes. Lui aussi célèbre des jours de fête, et, couché sur l'herbe, où brille la flamme de l'autel, et où ses compagnons remplissent leurs coupes jusqu'aux bords, il t'invoque, ô Bacchus! en te faisant des libations : tantôt fixant à l'orme un but pour le javelot rapide, il propose des prix aux bergers; tantôt il les voit exercer à des luttes champêtres leurs corps nus et nerveux.

Ainsi vivaient les anciens Sabins; ainsi vécurent les frères Romulus et Rémus : c'est par là que s'accrut la belliqueuse Étrurie, et que Rome devint la maîtresse du monde, et que, seule entre les cités, elle renferma sept collines dans ses murs. Même avant le règne de Jupiter, avant que la race impie des mortels eût osé se nourrir de la chair des taureaux égorgés, Saturne, en cet âge d'or, menait cette simple vie sur la terre. Alors le clairon des batailles n'avait pas enflé sa voix, et le marteau ne forgeait pas encore les épées sur l'enclume retentissante.

L'ÉPIZOOTIE [1]
(Chap. III.)

Autant qu'on voit de flots se briser sur les mers,
Autant dans un bercail règnent de maux divers :
Encor s'ils s'arrêtaient dans leur funeste course !
Pères, mères, enfants, tout périt sans ressource.
Timave, Noricie, ô lieux jadis si beaux,
Empire des bergers, délices des troupeaux,
C'est vous que j'en atteste : hélas! depuis vos pertes,
Vous n'offrez plus au loin que des plaines désertes.

Là, l'automne exhalant tous les feux de l'été,
De l'air qu'on respirait souilla la pureté,
Empoisonna les lacs, infecta les herbages,
Fit mourir les troupeaux et les monstres sauvages.
Mais quelle affreuse mort! D'abord des feux brûlants
Couraient de veine en veine et desséchaient leurs flancs;
Tout à coup aux accès de cette fièvre ardente
Se joignait le poison d'une liqueur mordante,
Qui, dans leur sein livide épanchée à grands flots,
Calcinait lentement et dévorait leurs os.
Quelquefois aux autels la victime tremblante
Des prêtres en tombant prévient la main trop lente;
Ou, si d'un coup plus prompt le ministre l'atteint,
D'un sang noir et brûlé le fer à peine est teint :
On n'ose interroger ses fibres corrompues,
Et les fêtes des dieux restent interrompues.
Tout meurt dans le bercail, dans les champs tout périt;
L'agneau tombe en suçant le lait qui le nourrit;
La génisse languit dans un vert pâturage;
Le chien si caressant expire dans la rage;
Et d'une horrible toux les accès violents
Etouffe l'animal qui s'engraisse de glands.

Le coursier, l'œil éteint, et l'oreille baissée,

(1) Delille.

Distillant lentement une sueur glacée,
Languit, chancelle, tombe et se débat en vain;
Sa peau rude se sèche et résiste à la main;
Il néglige les eaux, renonce au pâturage,
Et sent s'évanouir son superbe courage.

Tels sont de ses tourments les préludes affreux :
Mais, si le mal accroit ses accès douloureux,
Alors son œil s'enflamme; il gémit; son haleine
De ses flancs palpitants ne s'échappe qu'à peine;
Sa narine à longs flots vomit un sang grossier,
Et sa langue épaissie assiége son gosier.
Un vin pur, épanché dans sa gorge brûlante,
Parut calmer d'abord sa douleur violente;
Mais ses forces bientôt se changent en fureur,
(O ciel! loin des Romains ces transports pleins d'horreur!)
L'animal frénétique, à son heure dernière,
Tournait contre lui-même une dent meurtrière.

Voyez-vous le taureau, fumant sous l'aiguillon,
D'un sang mêlé d'écume inonder son sillon?
Il meurt : l'autre, affligé de la mort de son frère,
Regague tristement l'étable solitaire;
Son maître l'accompagne, accablé de regrets,
Et laisse en soupirant ses travaux imparfaits.

Le doux tapis des prés, l'asile d'un bois sombre,
La fraîcheur du matin jointe à celle de l'ombre,
Le cristal d'un ruisseau qui rajeunit les prés,
Et roule une eau d'argent sur des sables dorés,
Rien ne peut des troupeaux ranimer la faiblesse;
Leurs flancs sont décharnés; une morne tristesse
De leurs stupides yeux éteint le mouvement,
Et leur front affaissé tombe languissamment.
Hélas! que leur servit de sillonner nos plaines,
De nous donner leur lait, de nous céder leurs laines?
Pourtant nos mets flatteurs, nos perfides boissons,
N'ont jamais dans leur sang fait couler leurs poisons :
Leurs mets, c'est l'herbe tendre et la fraîche verdure;
Leur boisson, l'eau d'un fleuve ou d'une source pure;
Sur un lit de gazon ils trouvent le sommeil,
Et jamais les soucis n'ont hâté leur réveil...

Le loup même oubliait ses ruses sanguinaires;
Le cerf parmi les chiens errait près des chaumières;
Le timide chevreuil ne songeait plus à fuir,
Et le daim si léger s'étonnait de languir.
La mer ne sauve pas ses monstres du ravage;
Leurs cadavres épars flottent sur le rivage;
Les phoques, désertant ces gouffres infectés,
Dans les fleuves surpris courent épouvantés;
Le serpent cherche en vain le creux de ses murailles;
L'hydre étonnée expire en dressant ses écailles;
L'oiseau même est atteint, et des traits du trépas
Le vol le plus léger ne le garantit pas.

OVIDE. — Outre ses *Métamorphoses*, ce poëte a écrit plusieurs poëmes didactiques ; les uns qui, par la nature de leur sujet, ne méritent pas notre étude ; les autres, tels que la *Pêche* et les *Fastes*, sont dignes du talent que nous avons déjà reconnu à ce poëte facile. Les *Fastes* sont des poésies mythologiques ou historiques ; nous en donnons quelques extraits.

LUCRÈCE [1]

(Faste I.)

Tarquin régnait à Rome ; il ne devait pas avoir de successeurs. Injuste, mais brave, il avait conquis ou détruit nombre de villes ; une honteuse trahison l'avait rendu maître de Gabies. Le plus jeune de ses trois enfants, digne fils de celui qu'on appelait le Superbe, au milieu d'une nuit silencieuse, pénètre chez les ennemis ; à l'instant mille épées se lèvent sur sa tête. « Frappez, dit-il, je suis sans armes ; mes frères vous rendront grâces, ainsi que Tarquin mon père, qui a couvert mon corps de ces cruelles cicatrices. Et, en parlant ainsi, il montrait les traces des blessures que lui-même s'était faites. Il avait dépouillé ses vêtements, et les ennemis, à la clarté de la lune, découvrant le dos du jeune homme tout sillonné d'empreintes sanglantes, remettent leurs épées dans le fourreau ; ils pleurent et le conjurent de combattre dans leurs rangs ; le fourbe accepte, s'applaudissant de leur simplicité. Quand son crédit s'est affermi, il dépêche à son père un homme dévoué, et lui demande comment Gabies pourra être remise entre ses mains. Près du palais était un jardin émaillé de fleurs parfumées, et qu'arrosait, avec un doux murmure, l'eau fraîche d'un ruisseau ; c'est là que Tarquin reçoit le secret message de son fils. Pour toute réponse, il abat la tête des lis les plus élevés ; le messager retourne, et raconte ce qu'il a vu. « J'ai compris mon père, dit Sextus ; il sera obéi. » Sur-le-champ il fait mettre à mort les principaux de Gabies ; et la ville, privée de ses chefs, ouvre ses portes aux Romains.

O prodige sinistre ! voici que, des autels mêmes, un serpent s'élance, et va enlever les entrailles des victimes jusque dans le feu sacré qui s'éteint. On consulte Phébus, et son oracle rend cette réponse : « Celui qui le premier aura donné un baiser à sa mère sera vainqueur. » Pleins de foi dans ces paroles dont ils n'ont pas pénétré le sens, tous partent à la hâte, et c'est à qui le premier touchera les lèvres maternelles. Brutus, assez sensé pour contrefaire l'insensé, afin de donner le change à la haine soupçonneuse d'un tyran cruel, Brutus, sans rien dire, tombe à genoux, comme si le pied lui eût manqué, et il baise la terre, mère commune des humains.

Cependant les bataillons romains environnent Ardée ; on se résigne de part et d'autre aux longueurs d'un siége. Pendant cette sorte de trève, comme les ennemis évitent d'en venir aux mains, le soldat, inoccupé, se livre, dans le camp, à des jeux militaires. Un jour que Sextus avait invité ses amis à boire avec lui et à faire bonne chère, nommé par eux roi du festin, il leur parle ainsi : « Tandis que nous nous consumons devant cette ville imprenable, qui nous empêche de revenir suspendre nos armes devant les dieux de nos foyers ?... Savons-nous si nos femmes s'ennuient comme nous de l'absence ? » Chacun de louer la sienne à l'envi ; les répliques échauffent le débat, et le vin, qu'on ne ménage pas, ne laisse refroidir ni les éloges ni la passion. Celui dont le nom rappelle la glorieuse conquête de Collatia se lève soudain.

1. Fbenteloc

« Que prouvent tous nos discours ? Jugez-en par vos yeux. La nuit n'est pas près de finir ; montons à cheval, allons à Rome. » On accepte : les chevaux sont bridés, les princes sont à Rome : ils vont droit au palais. Point de gardes aux portes : ils entrent. La belle-fille du roi, entourée de coupes de vin et parée de guirlandes, prolongeait un festin nocturne. Sans perdre de temps, on court chez Lucrèce ; elle filait : ses laines, ses corbeilles étaient çà et là autour de son lit.

Sous ses yeux, à la faible lueur d'une lampe, ses femmes travaillaient aussi : « Hâtez-vous, mes filles, disait-elle d'une voix douce ; il faudra envoyer ce vêtement de guerre à notre maître, dès que nous l'aurons achevé. Mais que dit-on ? car c'est à vous qu'il faut demander les nouvelles. Combien pense-t-on que le siége doive encore durer ? Tu succomberas à la fin, Ardée : tu résistes à plus fort que toi, ville maudite, qui nous prives si longtemps de nos époux ! Puissent les dieux au moins nous les ramener ! Mais le mien est si téméraire !... Il se précipite partout où il voit briller des épées. Toutes les fois que je me le figure au milieu des combats, je me sens chanceler et mourir ; un froid soudain me prend au cœur. » Ses larmes coulent à ces mots : le fil s'échappe de ses mains, et sa tête s'incline sur sa poitrine. La douleur lui donne une nouvelle grâce ; sa pudeur brille d'un nouvel éclat dans ses larmes, et la beauté de son visage égale et révèle en ce moment la beauté de son âme. « Rassure-toi, me voici, » s'écrie Collatia ; et Lucrèce, rappelée à la vie, a déjà suspendu à son cou le doux fardeau d'une épouse bien-aimée.

SÉVÉRUS (P. Cornélius). — Né en 14 av. J.-C., eut pour ami Ovide, et fut loué par Quintilien. Il avait écrit un poëme sur la guerre de Sextus Pompée et d'Octave, qu'il n'eut pas le temps d'achever, et le *Poëme royal* dont parle Ovide dans ses *Pontiques*.

VARRON (P. Térentius Atacinus). — Il vivait sous le premier triumvirat et avait écrit une *Chronographie ;* on lui attribue aussi un poëme sur la navigation, et peut-être est-il l'auteur du poëme des *Éclipses* que nous possédons, et qui est d'un certain mérite.

FALISCUS (Gratius). — On ne peut préciser ni sa naissance ni sa mort, et l'antiquité même semble l'avoir méconnu, bien que sa manière soit du grand siècle. Il composa des *Cynégétiques*, dont nous n'avons plus que 540 vers.

LE CHIEN [1]

Un bon chien a la tête haute, les oreilles velues, une large gueule qui semble lancer des flammes en aboyant, un ventre resserré par les côtes, une queue courte, des flancs développés, un cou d'où descend une crinière peu épaisse, mais qui suffit à garantir du froid ; et, sous des épaules vigoureuses, une poitrine qui suffit aux grandes émotions. Repousse celui dont la plante imprime de larges vestiges : il est mou dans la chasse. Je veux que le tien ait les jambes nerveuses, les jarrets secs et les ongles solides...

Celui qui sera un jour l'honneur de tes chasses peut à peine auprès de sa

1) Nisard

mère rester immobile, malgré la faiblesse de ses membres. Il se montre impatient à l'excès de faire voir sa supériorité. Il affecte la domination, même sous le sein maternel... Il a le dos libre et découvert, quand la chaleur embrase l'atmosphère : quand, au contraire, règne la bise, et que le froid exerce ses rigueurs, sa fougue s'apaise, et il use de sa puissance pour s'en garantir sous le corps de ses frères engourdis. Tu peux aussi, en le pesant dans tes mains, apprécier ses forces futures. Son poids l'emportera sur celui des autres. Ces gages sont certains et mes présages ne te tromperont pas.

GERMANICUS (Cæsar). — La biographie du fils de Drusus appartient à l'histoire. Il fut regardé de son temps comme un poëte distingué, traduisit en vers les *Phénomènes d'Aratus,* et composa des *Pronostics,* dont nous avons quelques fragments.

MACER (Æmilius). — Il naquit à Vérone, et mourut 17 ans avant J.-C. Il fut l'ami de Tibulle et d'Ovide. Ses œuvres connues sont *Thériaca* et les *Oiseaux.* Il en reste à peine quelques vers.

MANILIUS (Marcus). — On suppose que ce poëte, auteur des *Astronomiques,* dont cinq chants nous sont parvenus, appartient à cette même époque. Il est en général peu élégant, mais précieux pour la science. Nous citerons les premiers vers du poëme qui en exposent le plan.

EXPOSITION [1]

J'entreprends, dans mes chants, de faire descendre du ciel des connaissances vraiment divines, et les astres mêmes, confidents du destin, et dont le pouvoir, dirigé par une sagesse suprême, produit tant de vicissitudes dans le cours de la vie humaine. Je serai le premier des Romains qui ferai entendre sur l'Hélicon ces nouveaux concerts, et qui déposerai au pied de ses arbres, dont la cime toujours verte est sans cesse agitée, des dons qu'on ne leur a pas encore offerts. C'est vous, César, vous prince et père de la patrie, qui, par des lois respectables, régissez l'univers soumis, vous, vrai dieu, qui méritez une place dans le ciel où votre illustre père a été admis; c'est vous qui m'inspirez, vous qui me donnez la force nécessaire pour chanter d'aussi sublimes objets. La nature, devenue plus favorable aux vœux de ceux qui cherchent à l'approfondir, semble désirer qu'on révèle, dans des chants mélodieux, les richesses qu'elle renferme. La paix seule peut donner ces loisirs. Il est doux de s'élever au plus haut de l'espace, de passer ses jours à en parcourir les routes immenses, de connaître les signes célestes et les mouvements des étoiles errantes, opposés à celui de l'univers. Mais c'est peu de s'en tenir à ces premières connaissances : il faut s'efforcer de pénétrer ce que le ciel a de plus secret; il faut montrer le pouvoir que ses signes exercent sur la production et la conservation de tout ce qui respire; il faut décrire ces choses dans des vers dictés par Apollon. Le feu sacré s'allume pour moi sur deux autels : je dois mon encens à deux temples différents, parce que deux difficultés m'effrayent, celle du vers et celle du sujet. Je m'astreins à une mesure soumise à des lois sévères; et l'univers, faisant retentir autour

(1) Nisard.

de moi le bruit imposant des parties qui le composent, m'offre des objets
qu'on pourrait à peine décrire dans un langage affranchi des entraves de la
poésie.

Horace. — Bien que l'*Art poétique* soit en réalité une épître
adressée aux Pisons, ce n'en est pas moins un chef-d'œuvre didactique, dont nous donnerons le plan et des extraits.

L'ART POÉTIQUE

(Horace commence par tracer pour ceux qui veulent écrire des règles qui
s'appliquent surtout au genre dramatique. Le premier soin doit être d'observer
l'unité, la convenance et la proportion des parties entre elles.)

Supposez un peintre (1) qui s'avisât de placer sur un cou de cheval une
tête humaine, qui couvrît de divers plumages des membres empruntés à des
animaux divers, et qui, au mépris du goût, terminât en hideux poisson une
figure qui promettait une femme charmante; venez voir, mes amis, un pareil
monstre, et tâchez de ne pas rire.

(Le deuxième, de mettre en un ordre convenable ces mêmes parties.)

Le mérite, le charme de l'ordre consistent, si je ne me trompe, à dire
d'abord ce qui doit être dit, à retarder d'autres détails, et à les remettre à
un autre temps.

(Le dernier consiste à donner ses soins au langage, à la versification et au
style.)

Le style (en nous conformant au plan d'Horace) varie et dans la tragédie
et dans la comédie. En chacune d'elles, il faut tenir compte encore du sujet,
des circonstances, des personnages et des caractères.
Il y aura une grande différence entre le langage que doit tenir un esclave
ou un héros, un vieillard mûri par l'âge ou un jeune homme bouillant d'ardeur, une dame romaine ou une nourrice attentive, le marchand cosmo-
polite ou le cultivateur d'un champ, l'habitant de Colchide ou celui d'Assyrie, le citoyen de Thèbes ou celui d'Argos.
Pour vos caractères, suivez l'opinion reçue, ou du moins qu'ils ne se démentent pas. Si vous peignez Achille vengé, qu'il soit ardent, emporté, implacable, bouillant; que, dédaignant des lois qui ne sont pas faites pour lui,
il veuille tout tenir de ses armes. Que Médée soit fière et implacable, Ino gémissante, Ixion perfide, Io errante, Oreste triste et sombre.

(Et le poëte déclare qu'Homère est la source principale où il faut puiser
pour cette étude des caractères; que c'est Homère qu'il faut surtout imiter.
De là, passant aux mœurs, Horace expose ce que c'est qu'une action théâ-
trale; il indique comment une pièce doit être mise sur la scène. Il parle des
chœurs, de l'accompagnement musical des chœurs, des frais et de la magnificence du théâtre, et des abus du luxe qui en furent la suite. Mais le poëme
satyrique est une sorte de drame qui tient de la comédie et de la tragédie,
et le critique fait ses remarques à ce sujet.)

(1) Goubaux.

Le poëte qui avait disputé le bouc, vil prix de ses vers tragiques, offrit bientôt aux yeux les Satyres dans leur sauvage nudité, et essaya d'allier à la dignité de la scène une gaieté mordante; car il fallait tout le charme, tout l'attrait de la nouveauté pour retenir des spectateurs qui sortaient des sacrifices, et à qui les vapeurs du vin faisaient oublier qu'il est des lois... Il est indigne de la tragédie de débiter des vers burlesques, et elle ne se mêlera aux Satyres qu'avec la pudeur d'une femme modeste, forcée de danser un jour de fête.

(Là se trouvent naturellement placés des conseils sur la versification qui convient au drame; et, par extension, des avis sur le soin à apporter au perfectionnement des œuvres littéraires, qui, en poésie surtout, ne doivent jamais souffrir la médiocrité.)

O fils de Numa! dédaignez un poëme que le temps, qu'un goût sévère n'a pas poli, qui n'a pas été sans pitié remis vingt fois sur le métier.

(Après une sage comparaison des Grecs et des Romains qui se sont occupés du genre dramatique, Horace, reprochant à certains versificateurs les licences qu'ils se permettent, s'attache à donner aux poëtes les conseils dont ils ont besoin. Un poëte doit d'abord avoir du bon sens et du génie; mais, hélas! on ne songe plus qu'à la fortune!)

Les Grecs n'étaient avides que de gloire. Les jeunes Romains apprennent par de longs calculs à partager un as en cent parties. Demandez au fils d'Albinus : « Si de cinq onces on en ôte une, que reste-t-il? Il va vous repondre : Quatre. — Très-bien, mon garçon, tu sauras conserver ta fortune. Et si aux cinq onces on en ajoute une, qu'a-t-on? — Une demi-livre. » Quand une pareille rouille, une telle avarice infecte les esprits, quelle espérance de voir composer des poëmes dignes d'être frottés d'huile de cèdre, ou conservés dans le bois poli du cyprès?

Le poëte doit encore joindre l'utile à l'agréable, comme les anciens chantres lui en ont tracé la route; il ne doit pas compter seulement sur ses dispositions natives, il a besoin de l'étude et du travail; enfin il doit rechercher les jugements de la critique et redouter la flatterie.

Votre générosité a-t-elle obligé ou promis d'obliger quelqu'un, n'étalez pas vos vers devant cet homme heureux de vos bienfaits. Il s'écriera: «Bien! très-bien! à merveille! » Il pâlira d'attendrissement, son œil bienveillant prodiguera les larmes, il sautera, il trépignera. Les pleureurs qu'on loue pour des funérailles, dans leurs paroles et leurs actions, vont bien plus loin que ceux qui sont affligés au fond de l'âme. Ainsi le flatteur qui vous joue parait bien plus ému que l'homme sincère qui vous approuve.

(Horace termine par la peinture du poëte, toujours empressé de lire ses vers, toujours pénétré de son mérite, et incapable de se guérir d'une folie qui fait son bonheur.)

3ᵉ Époque

Lucilius Junior. — Ce poëte était l'ami de Sénèque, qui lui a écrit un grand nombre de lettres et dédié plusieurs de ses œuvres. Six cent quarante vers sur l'Etna (qui nous sont parvenus) lui ont été attribués, ainsi qu'à Cornélius Séverus et même à Virgile.

LES ENFANTS PIEUX (1)

Un jour, le feu de cette montagne, après avoir renversé tous les obstacles et brisé toutes les digues qui s'opposaient à son passage, sortait avec violence et se répandait de tous côtés. Ce torrent, aussi prompt que la foudre, quand Jupiter en courroux la lance à travers les nuages qui obscurcissent le ciel, portait partout le ravage et la désolation. Les moissons et tous les lieux cultivés d'alentour, les maisons, les forêts et les collines couvertes de verdure, tout était la proie de ce terrible fléau. Les flammes avaient à peine commencé à se répandre, que Catane se sentit agitée d'un violent tremblement de terre, et que l'incendie avait déjà pénétré dans la ville. Chacun tâcha alors, selon ses forces et son courage, d'arracher ses richesses à la fureur du feu. L'un gémit sous le pesant fardeau de son argent; l'autre est si troublé qu'il prend ses armes, comme s'il voulait combattre un tel ennemi. Celui-ci, accablé sous le poids de ses richesses, peut-être acquises par ses crimes, ne peut avancer, tandis que le pauvre, chargé d'un fardeau plus léger, court avec une extrême vitesse; enfin chacun fuit, chacun emporte ce qu'il a de plus précieux; mais tous ne peuvent pas également le sauver. Le feu dévore les plus lents, et ceux qu'une sordide avarice a retenus trop longtemps; tel qui croit avoir échappé à la fureur de l'incendie, en est atteint, et perd en un moment ses richesses et le fruit de ses peines.

Ces précieuses dépouilles deviennent la proie des flammes, dont la fureur épargne seulement ceux que la piété anime, tels qu'Amphinomus et son frère, qui portaient tous deux avec un courage égal un bien précieux fardeau. Comme le feu gagnait déjà les maisons voisines, ils aperçoivent leur père et leur mère, accablés de vieillesse et d'infirmités et se soutenant à peine, à la porte de leur maison où ils s'étaient traînés; ces deux enfants courent à eux, les prennent, et se partagent ce fardeau, sous lequel ils sentent augmenter leur force. Foule avare, épargne-toi la peine d'emporter tes trésors! Jette les yeux sur ces deux frères, qui ne connaissent d'autres richesses que leur père et leur mère. Ils enlèvent ce trésor et marchent à travers les flammes, comme si le feu leur avait promis de les épargner. Oui, la piété filiale est la plus grande de toutes les vertus, et celle qui doit être la plus chère aux hommes! Les flammes la respectent dans ces jeunes gens, et, de quelque côté qu'ils tournent leurs pas, elles se retirent. Jour heureux, terre fortunée! quoique l'incendie exerce de tous côtés sa fureur, les deux frères traversent les flammes comme en triomphe. Ils échappent l'un et l'autre, sous ce pieux fardeau, à la violence des sens qui modère sa rage autour d'eux. Enfin ils arrivent, avec leurs dieux tutélaires, en un lieu sûr, sans avoir éprouvé aucun mal. Les poètes ont chanté leurs louanges. Après leur mort, Pluton, voulant que leur mémoire fût à jamais célébrée, ne les confondit pas parmi les ombres : ce saint couple de frères ne subit pas la destinée du commun des hommes; ils jouissent du bienheureux séjour réservé à la piété filiale.

COLUMELLE (L. Junius Modératus). — Columelle a écrit en prose sur l'agriculture; mais son dixième livre, qui traite des jardins, est en vers, quoique d'un style simple. Virgile, dans ses *Géorgiques*, avait omis cette partie si intéressante.

(1, Nisard.

PRÉCEPTES GÉNÉRAUX [1]

Je vous enseignerai aussi, Silvinus, la culture des jardins, et ces détails que Virgile nous a laissé le soin de traiter, quand, restreint jadis dans des limites trop resserrées, il chantait la fécondité des moissons, les présents de Bacchus, et vous, grande Palès, et le miel, cet aliment digne des habitants des cieux.

D'abord, qu'un champ fertile recouvert d'une couche féconde d'humus, et dont la surface profondément ameublie imite la ténuité du sable, soit affecté au jardin dont on attend d'abondantes productions. Il est propre à cette destination, le terrain qui produit des herbes vigoureuses, et qui, dans sa fraîcheur, donne naissance aux baies rouges de l'hièble ; mais on doit rejeter tout emplacement aride, aussi bien que celui qui, recouvert d'eaux stagnantes, retentit continuellement du coassement plaintif de la grenouille. Faites choix d'un sol qui produise spontanément l'orme au feuillage touffu, qui se couvre de palmiers sauvages, qui se hérisse de forêts de poiriers non cultivés, qui donne à foison les fruits pierreux du prunellier, et qui voie le pommier s'élever de son sein fécond, sans y avoir été planté ; mais ne vous fiez pas à cette terre qui produit l'hellébore et le galbanum au suc funeste, non plus qu'à celle qui voit croître l'if et qui laisse échapper des exhalaisons pernicieuses. Il n'y a rien à redouter de celle où fleurit la mandragore..., où s'élèvent la triste ciguë, la férule si dure à la main qu'elle frappe, les buissons de ronces qui déchirent les jambes, et le paliure aux épines acérées.

Que des eaux courantes soient voisines de ce lieu, afin que le cultivateur endurci au travail puisse les conduire au secours de ses jardins toujours altérés ; ou bien qu'une source distille son onde dans un puits peu profond, pour que la fatigue n'essouffle pas ceux qui doivent y puiser.

Ce terrain sera clos, soit de murailles, soit de haies épineuses, pour le rendre inaccessible aux bestiaux et aux voleurs. Il n'est pas nécessaire de recourir aux chefs-d'œuvre de la main de Dédale, ni à l'art de Polyclète, de Phradmon ou d'Agélade ; mais que le tronc façonné d'un vieux arbre expose à la vénération le dieu Priape, qui ne cessera de menacer les enfants et les voleurs.

MAURUS (Térentianus). — Cet écrivain a composé un poëme sur la quantité des syllabes, ouvrage fort pratique et fort utile pour l'étude de la prosodie. Il vivait à l'époque qui nous occupe, et était probablement d'origine africaine.

4ᵉ Époque

Parmi les poëtes didactiques de cette époque de décadence, nous citerons, chez les profanes, Némésien, auteur d'*Halieutiques*, de *Nautiques* et de *Cynégétiques* ; Rutilius Palladius, qui écrivit un poëme sur la greffe ; Aviénus, sur la description du monde ; Rutilius Numatianus, sur *Ses Voyages* ou l'*Itinéraire*.

(1) L. Du Bois.

DÉBUT DE NÉMÉSIEN [1]

(Cynégétiques.)

Je chante la chasse et ses mille secrets, ses fatigues et ses plaisirs, les courses précipitées et les combats sans péril dont la campagne est le théâtre. Déjà mon âme est transportée d'un poétique délire; le dieu de l'Hélicon m'ordonne de parcourir les plaines immenses; le dieu de Castalie offre une fois encore à mes lèvres des coupes remplies à une source féconde; il ouvre devant moi des espaces sans bornes; il soumet le poëte au joug; il retient dans des chaînes de lierre ma tête obéissante; il m'entraîne dans des lieux escarpés, qui ne reçurent jamais l'empreinte d'une roue.

Je vais, d'un pas rapide, parcourir les bois, et les vastes prairies, et les campagnes immenses, et des plaines sans nombre; je vais, avec un chien docile, poursuivre les hôtes des forêts, percer le lièvre timide, le daim craintif, le loup audacieux, et mettre en défaut les ruses du renard; je vais errer sous les ombrages voisins des fleuves, chercher l'ichneumon dans une moisson de roseaux, sur des rives silencieuses; attacher au tronc d'un arbre, avec de longs traits, le chat menaçant, et emporter le corps épineux du hérisson replié sur lui-même. Telle sera l'occupation de nos loisirs, aujourd'hui que ma faible nacelle, accoutumée à voguer près du rivage et à fendre avec la rame l'onde inoffensive des golfes, livre pour la première fois ses voiles au souffle des vents, renonce au calme du port, et ose braver les tempêtes de l'Adriatique.

EXTRAIT DE RUTILIUS [2]

Il s'éleva tout à coup un grand vent du nord; nous tâchâmes de le vaincre à force de rames; les astres de la nuit commençaient alors à disparaître, et le soleil s'approchait. Le jour nous découvrit le rivage de Populonia, dont nous n'étions pas fort éloignés. Nous entrâmes dans le port, fait par la nature au milieu des terres. On n'y voit point de phare qui, s'élevant jusqu'aux nues, éclaire pendant la nuit les abîmes de la mer. Au lieu de ce secours, il y avait autrefois, dans l'endroit où la montagne, s'avançant en pointe dans les flots, les contraint et les resserre, un château très-fort, bâti sur des rochers escarpés qui servaient de défense à la côte et de signal aux navigateurs. Cette ancienne forteresse ne subsiste plus; le temps, qui consume tout, en a ruiné les murs. Il n'en paraît que des vestiges d'espace en espace : ces hautes tours sont ensevelies sous un amas confus de décombres et de débris. Ne murmurons plus de la dissolution de nos corps, consolons-nous de cette disgrâce, à la vue de tant d'édifices détruits, de tant de villes renversées.

Le vent du nord souffla de nouveau; nous déployâmes toutes nos voiles, et nous partîmes au lever de l'aurore. La Corse nous montrait de loin ses montagnes obscures, dont les sommets se perdent dans les nuées qui les environnent.

Parmi les poëtes chrétiens qui se rapprochent de ce genre, outre Prudence, avec son *Apothéose* et ses écrits à Symmaque, nous mentionnerons l'auteur incertain de la *Providence divine*, saint Orient, qui, au v° siècle, écrivit ses *Exhortations;* saint Prosper d'Aquitaine, qui composa le poëme des *Ingrats* vers le même

_____

[1] Nisard. — [2] *Idem.*

temps, et saint Théodulphe, qui, au VIIIᵉ siècle, rédigea les *Conseils
aux juges*.

EXTRAIT DE LA PROVIDENCE

L'être puissant qui créa l'admirable masse du monde, est encore celui qui
la régit ; et, de même que tout a pris naissance de lui, ainsi rien ne peut
subsister s'il se retire. Sans doute, ceux qui attribuent à la Divinité un oisif
repos, craignent de la voir succomber à ses veilles et à ses fatigues ; ils la
croient insuffisante à une œuvre si grande. O hommes aveugles ! ô mortels,
privés du feu divin, plus clairvoyants des yeux du corps que de ceux de l'esprit ! Parce que, tenant sous votre sceptre de grandes villes et de grands
peuples, vous jugez indignes de vos soins d'appliquer à des détails votre
pensée vigilante..., croyez-vous être pieux en appréciant de même le Seigneur, qu'aucun travail ne fatigue et que le moindre point préoccupe ? Le
temps arrive et passe ; ce qui naît, ce qui enfante trouve sa fin : Dieu demeure, maître des faits accomplis et des faits à accomplir, vivant au delà de
l'avenir et antérieur au passé ; spectateur perpétuel des événements ; seul
mettant des bornes au temps, sans que le temps le limite ; durée qui précède et dépasse les nombres et les intervalles, immensité qui ne s'arrête pas
à l'espace. Rien n'est si grand, qui ne trouve son terme : le ciel, la terre,
l'univers même rencontre sa fin : l'altitude a sa borne, la profondeur a son
terme. A Dieu seul il est donné d'être partout à la fois, de pénétrer librement et d'envelopper tous les membres du monde.

Seule cette force parfaite peut partager sa prévoyance en d'innombrables
soins, et rester aussi puissante au sein de son repos, sans que la rapidité lui
échappe, sans que la lenteur l'arrête. Toujours éclairée, toujours présente,
elle ne se rapproche jamais et jamais ne s'éloigne : sa science n'a pas besoin
d'étude pour tout voir et tout approfondir.

EXTRAIT DES EXHORTATIONS

C'est une bête qui conduit les autres bêtes à leurs gras pâturages : la génisse réjouie adresse à ses compagnes sa voix mugissante, et reçoit pour
réponse les rudes accents qu'elles ont appris à produire : on les voit se lécher
les unes les autres de leurs langues dociles. On trouve sous les ondes et les
flots de tendres affections ; l'oiseau chérit l'oiseau, le monstre des bois aime
son semblable. Si un ennemi puissant vient se jeter sur une faible troupe et
l'attaque de l'ongle ou du bec, la foule des oiseaux, la foule des bêtes fauves
semble s'organiser pour défendre les siens assaillis : elle semble vouloir par
la course, par la masse, par les cris, par le vol, arracher à l'ennemi la victime captive, quand même ses efforts devraient être inutiles. Quand ces êtres
sans sagesse et sans raison se défendent ainsi par le secours que leur prête
la nature, devons-nous être surpris de voir l'homme prêter son aide à
l'homme, le frère servir l'intérêt de son frère de son expérience, de son habileté, de sa fortune, de sa raison ? Oui, c'est de là que naquit cette sentence
à laquelle ont souscrit les mortels, cet axiome qui soumet le genre humain
tout entier : « Ne fais pas à autrui ce que tu ne veux pas qu'on te fasse ; fais
aux autres le bien que tu en attends. »

EXTRAIT DE THÉODULPHE
(Aux juges.)

Appelle directement au tribunal par leurs noms ceux que la probité recommande et que leurs droits protégent : prête-leur ton savoir, fais-leur

voir et connaître la route qui doit les mener au salut. Qu'un huissier docile écarte la foule curieuse et sans frein, et l'empêche d'introduire la licence dans le calme de la loi; crains le tumulte bruyant des plaideurs qui impose silence à la vérité. Ne permets pas au subordonné le misérable gain que lui offre une foule impatiente : c'est un crime de s'enrichir aux dépens d'un client malheureux; mais, hélas! c'est le crime de tous les assesseurs de la justice, et c'est le crime même du juge; à peine un seul juge sur mille a-t-il horreur de cette souillure! La cupidité se rencontre à tous les degrés; mais il n'y a qu'une forme pour l'amour ou plutôt pour la rage de posséder. C'est un fléau terrible qui parcourt le monde entier et dévore le plus grand nombre des hommes. Tout âge, tout ordre en est infecté : l'enfant et le vieillard, l'homme fait et la jeune fille. Les grands ont de grands désirs, les petits de petites convoitises : s'il faut une brebis au lion, le chat poursuit la souris.

Juge, la charge et le rang que tu occupes veulent que, l'instruction faite et les préliminaires réglés, quand le sénat est assis au milieu du peuple, quand ton siége élevé te montre aux yeux de tous, ils veulent que, jetant ton regard sur la foule, tu lui adresses ces sages conseils, et tu te dises à toi-même dans la sollicitude de ton cœur : « Apprenez à observer la justice, connaissez les ordres des cieux, les préceptes que le Père nous adresse des sommités de son trône. Dieu, les prophètes, les lois, le prince sont les régulateurs du juste, que le juste domine sur nos consciences. Si la justice nous dirige, nous saurons diriger les peuples. L'âme que Dieu gouverne est en état de gouverner le monde. »

CHAPITRE VII

ÉLÉGIE, SATIRE, GENRE PASTORAL, ÉPIGRAMMES, APOLOGUE

PRÉCEPTES

Après les appréciations sur ces différents genres, que nous ont inspirées les Grecs, il ne nous reste plus rien à dire, si ce n'est qu'ici les Latins sont moins imitateurs que pour le reste. Ovide, Properce dans l'élégie, Virgile dans l'églogue, Horace et Juvénal dans la satire, Phèdre dans l'apologue, sont de puissants maîtres qui n'ont rien ou peu de chose à envier à leurs devanciers. La satire surtout, qu'il fallait deviner chez les Grecs, s'élève dès son origine, chez les Latins, à la plus grande hauteur, et demeure comme l'unique modèle pour les modernes. Phèdre, dans l'apologue, est un écrivain plein d'originalité, que l'on ne peut comparer à aucun devancier. L'épigramme seule, plus plaisante que celle des Grecs, manque très-souvent de dignité et n'atteint pas toujours la finesse qu'elle a poursuivie.

AUTEURS ET MORCEAUX

1ʳᵉ Époque

SATIRE. — « Suivant Quintilien, dit Geruzez, la satire est
d'origine romaine. On en attribue l'invention à Ennius. Elle
avait pour objet principal la censure des mœurs, et elle suppléait
la comédie personnelle des Grecs, que la rigueur des lois romaines
bannissait du théâtre. Pacuvius entra dans la même voie, et il y
fut suivi par Lucilius, qui surpassa ses devanciers. Ce poëte, né à
Suessa, en 158 av. J.-C., écrivit trente livres de satires, dont il nous
reste des fragments. Comme écrivain, Lucilius est supérieur à
Ennius et à Pacuvius. Cicéron l'estimait, et il a été loué par Quintilien. Horace, si sévère à l'égard des poëtes qui l'avaient précédé,
mêle cependant quelques éloges aux reproches qu'il lui adresse...
Après Lucilius, Varron d'Atax, né dans la Gaule Narbonnaise,
tenta la satire sans y réussir beaucoup, si nous en croyons le
témoignage d'Horace.

MARCUS TÉRENTIUS VARRON. — Né à Rome, 116 ans av. J.-C.,
mort âgé de 90 ans, grammairien, philosophe, historien et poëte,
le plus savant des Romains, composa des satires auxquelles il
donna le nom de *Ménippées*, du nom de Ménippe, philosophe
cynique, renommé par la vivacité mordante de son esprit. Ennius
avait employé dans ses satires des mètres différents; Varron alla
plus loin, et il entremêla de la prose à des vers de différentes
mesures. Nous ne connaissons ces compositions que par le témoignage des anciens, et de courts passages que rapporte Nonius.
Ainsi, les seuls monuments de la satire de cette époque sont
quelques vers épars d'Ennius et de Pacuvius, et les nombreux
fragments de Lucilius. » Nommons encore parmi les satiriques
Valérius Caton, auteur des *Imprécations contre Battarus*, et Marcus
Furius Bibaculus, célèbre par sa causticité, et placé par les
anciens au même rang qu'Horace.

LES ÉPIGRAMMES. — PORCIUS LICINIUS. — Nous trouvons deux
épigrammes de cet auteur, l'une dans Aulu-Gelle, et l'autre dans
la vie de Térence par Suétone. Nous citons la dernière :

Tandis que Térence (1) ambitionne les bruyants plaisirs des nobles et leurs
trompeuses louanges; tandis que, d'une oreille avide, il écoute la voix divine de l'Africain; tandis qu'il attend une place aux soupers de Furius et de

_____
1) Baudement.

Lélius; tandis qu'il se croit aimé d'eux et qu'il espère que sa jeunesse le fera souvent appeler à leur maison d'Albe, tout son avoir se dissipe, et il tombe dans la dernière misère.

Alors, fuyant tous les regards, il se retira à l'extrémité de la Grèce et mourut à Stymphale; une ville d'Arcadie fut le tombeau de Térence! Il ne tira de Publius Scipion aucun secours, aucun de Lélius, de Furius aucun. Ces trois nobles amis goûtaient, pendant ce temps-là, toutes les douceurs d'une heureuse vie, et il n'en reçut même pas le modique présent d'une maison à loyer, où un pauvre esclave pût au moins apporter la nouvelle que son père était mort.

Q. LUTATIUS CATULUS. — Nous ne le connaissons que par deux épigrammes, que nous ont transmises Cicéron et Aulu-Gelle. Voici celle que cite Cicéron; elle regarde Roscius :

> J'admirais (1) du soleil la naissante clarté,
>   Quand Roscius d'autre côté
>   Tout à coup s'offrant à ma vue :
>   « Habitants du céleste lieu,
> Excusez, ai-je dit, mon audace ingénue :
> A mes yeux le mortel est plus beau que le dieu. »

On peut nommer encore L. Valérius Ædituus et L. Pomponius.

2ᵉ Époque

ÉLÉGIE. — CATULLE. — Le premier qui fit connaître ce genre aux Romains composa quatre élégies, dont l'une, la *Chevelure de Bérénice,* est traduite de Callimaque.

SUR LA MORT DU MOINEAU DE LESBIE (2)

Pleurez, grâces; pleurez, amours; soyez en deuil, cour aimable de Vénus. Il est mort, le moineau de ma jeune amie; le moineau, qui faisait les délices de Lesbie, lui qu'elle aimait plus que ses yeux! Doux et gentil oiseau! jamais petite fille ne connut mieux sa mère. A peine quittait-il son giron; mais, sautant-ci, sautant-là, tout autour, il ne gazouillait que pour sa maîtresse. Et voilà qu'il s'en va dans ce chemin tout noir d'où l'on dit que personne ne revient. Honte à vous, méchantes ténèbres de l'enfer qui engloutissez toutes les jolies choses! Nous avoir enlevé un moineau si gentil! c'est bien mal! Pauvre petite bête! si tu savais comme ta maîtresse te pleure! ses yeux mignons en sont tout rouges!

GALLUS (C. Cornélius). — Ami de Virgile et loué par lui, il dut être le meilleur poëte élégiaque des Romains. Il avait composé quatre livres d'élégies qui ne nous sont pas parvenues ; car celles

---

1) Nisard. — (2) Denanfrid.

qui lui ont été attribuées sont évidemment d'une époque plus
rapprochée.

TIBULLE (Albius). — « Ce poëte, dit Schœll, était issu d'une famille de l'ordre des chevaliers; il jouissait d'une fortune assez
considérable, dont il perdit une partie, étant fort jeune encore,
par suite des proscriptions. La nature lui avait donné une belle
figure et une âme tendre et aimante. Il fit, sous Messala, une
campagne en Aquitaine; l'année suivante, il voulut accompagner
son protecteur en Asie; mais, arrivé à Corfou, il tomba malade
et renonça à ce voyage. » On a mis sous le nom de Tibulle quatre
livres d'élégies; mais il est probable que les deux premiers seuls
lui appartiennent réellement : ils suffisent à sa gloire. Tibulle est
le maître de l'élégie, dont il a su percevoir et exprimer le véritable caractère, les sentiments, l'harmonie et la grâce. Malheureusement, le genre même qu'il a adopté nous oblige dans nos
citations à la plus grande réserve.

ÉLÉGIE PREMIÈRE [1]

(Extrait.)

Qu'un autre amasse de l'or, possède d'immenses et riches campagnes; mais
qu'une inquiétude incessante l'assiége, et lui montre l'ennemi toujours prêt
à ravager ses champs! Que la trompette de Mars chasse le sommeil de ses
paupières! Pour moi, puisse la pauvreté m'assurer une vie exempte de soins,
auprès de mon foyer où luit un petit feu; pourvu que mes espérances ne
soient pas trompées, que mes corbeilles se remplissent de blé, et ma cuve
d'un vin doux et onctueux! Que mes mains rustiques plantent la tendre
vigne, et greffent légèrement mes arbres fruitiers dans la saison favorable.
Je ne rougirai pas de manier le hoyau, ni de presser de l'aiguillon mes bœufs
tardifs : je rapporterai soigneusement dans mon sein la jeune brebis ou le
faible chevreau oublié par sa mère. Chaque année, je purifie mon berger, et
je fais sur l'autel de Palès des libations de lait.

Car je t'adore, ô déesse des campagnes, soit qu'un tronc informe et délaissé te représente dans nos champs, ou qu'un marbre antique, enlacé de
fleurs, m'offre ton image dans les carrefours; et, quelque récolte que le
printemps me promette, j'en consacrerai les prémices à la divinité des laboureurs.

Blonde Cérès, que les épis de nos moissons, tressés en couronne, soient
appendus au parvis de ton temple! que l'image rubiconde de Priape soit
placée dans mes vergers! que sa faux menaçante en écarte les oiseaux! Et
vous, mes lares, jadis protecteurs de mes riches domaines, et maintenant
gardiens de leurs débris, je n'oublie pas de vous faire mes offrandes. Autrefois une génisse était le tribut que je vous payais pour mes innombrables
troupeaux; maintenant un faible agneau est la riche victime que fournit
mon pauvre héritage : un agneau tombera au pied de vos autels, aux acclamations de cette jeunesse qui vous implore en faveur des moissons et des

1 Mirabeau.

vendanges. Dieux, soyez-nous propices ! Ne méprisez pas les dons d'une table frugale, ni les libations de ces vases de terre, mais purs ; les premiers hommes ne formaient-ils pas les leurs d'une argile ductile et obéissante ?

Loups et voleurs, épargnez mes moutons ; portez vos ravages dans de plus nombreux troupeaux : je ne regrette ni les richesses de mes pères, ni ces moissons recueillies si longtemps par mes aïeux : une faible récolte me suffit, heureux de trouver le repos sous mon toit rustique, sur cette couche, refuge ordinaire de mes membres fatigués. Oh ! qu'il est doux d'entendre mugir l'orage de la nuit..., de s'assoupir sans crainte au bruit de l'averse que répandent les vents glacés de l'hiver ! Que ce soit là mon sort ! Qu'il soit riche celui qui peut braver les hasards de la mer et les sombres Hyades : pour moi, content dans ma médiocrité, je ne m'abandonnerai point à des voyages lointains ; mais je fuirai les chaleurs de la canicule à l'abri d'une ombre champêtre, près d'un ruisseau fugitif... Loin d'ici, clairons, étendards ! Portez des blessures et des richesses aux ambitieux et aux avares. Pour moi, content de mon champ paisible, je méprise l'opulence et je défie la pauvreté.

PROPERCE (S. Aurélius). — Ce poëte est né 52 ans av. J.-C. Comme Tibulle, il perdit dans la proscription son patrimoine, et, plus malheureux encore, son père. Après avoir étudié pour le barreau, l'amour de la poésie l'éloigna de toute autre occupation que celle des vers. Il mourut à l'âge d'environ 40 ans, après avoir écrit quatre livres d'élégies, plus colorées que celles de Tibulle, plus prétentieuses, mais moins décentes et moins marquées au coin de la véritable sensibilité que demande le genre élégiaque.

NAUFRAGE DE PÉTUS [1]

Maudit argent, tu es la source première de mes angoisses ; c'est toi qui abréges le chemin de la mort ; tu fournis à l'homme la funeste pâture de ses vices ; c'est de toi que découle la semence de nos chagrins. Pétus fait voile pour l'Égypte ; il t'y poursuit sur les flots ; et tu l'engloutis dans l'abîme qui trois fois le submerge. L'infortuné périt à la fleur de sa jeunesse : les monstres, habitants de ces mers lointaines, voient flotter une nouvelle proie. Malheureux Pétus ! ta mère ne pourra s'acquitter du pieux devoir, couvrir tes restes d'une terre sacrée, ni les déposer auprès des cendres de tes ancêtres. Déjà les oiseaux marins se sont emparés de ton cadavre, et tu n'as d'autre tombeau que la mer de Carpathie.

Cruel Aquilon, quelles si riches dépouilles te revient-il de ce naufrage ? Et toi, Neptune, pourquoi t'en applaudir ? Le frêle esquif ne vous offrait que d'innocentes victimes. O Pétus ! tu as beau réclamer les droits de ta jeunesse et redire aux flots le nom chéri de ta mère, ces flots n'ont pas de dieux qui t'entendent ! Les câbles de ton vaisseau se rompent, ses ancres l'abandonnent ; une nuit profonde ajoute aux horreurs de la tempête.

Les rives du Céphise menaçant attestent le naufrage du jeune Argennus et les regrets d'Agamemnon. Le fils d'Atrée, inconsolable, diffère de lever l'ancre, et ses délais entraînent le sacrifice d'Iphigénie.

Gouffres profonds qui eûtes sa vie, rendez du moins ses cendres à la terre !

1. Delonchamps.

Et vous, rivages, couvrez de vous-mêmes, couvrez Pétus d'un peu de sable ;
qu'à la vue de ce tombeau le navigateur s'écrie en passant :

Encore une leçon qui fait trembler l'audace !

Construisez donc maintenant ces vastes vaisseaux qui conduisent à la
mort ! Sa marche rapide est l'ouvrage de notre industrie. C'était peu de la
terre, nous y joignons la mer ; nous multiplions, à force d'art, les routes du
malheur. Tes pénates n'ont pu t'arrêter, et tu penses qu'une ancre fixera ton
vaisseau ! L'homme à qui la terre ne suffit pas est bien digne de son sort !
Tous ces agrès sont dévoués aux tempêtes ! Un vaisseau ne vieillit point, le
port même n'est pas toujours un abri.

Pour tromper l'avare, la nature aplanit les mers ; une fois au plus on
échappe à ce piége. Une flotte triomphante vient se briser contre les rochers
de Capharée. Dans ce naufrage, la Grèce est dispersée sur les flots ; Ulysse
pleure ses compagnons tour à tour submergés, et son génie si fécond ne
peut rien contre Neptune.

Ah ! si Pétus eût borné ses vœux à cultiver l'héritage de ses pères ; s'il eût
fait cas de mes avis, heureux dans sa frugale médiocrité, il jouirait encore
de ses pénates : pauvre et content sur la terre, il n'aurait point de malheur
à déplorer !... Hélas ! ses mânes encore tendres viennent d'opposer une manœuvre pénible et vaine aux fureurs de la tempête bruyante...

Il se proposait de reposer mollement sur les duvets variés d'une couche de
cèdre ou de térébinthe, et le voilà porté sur le fragile débris qu'une mer ténébreuse dispute à ses ombres déchirées. Il cède enfin, et disparaît dans le
tourbillon qui s'engouffre avec lui. Que de maux rassemblés contre une
seule tête ! Mais les derniers soupirs du mourant Pétus se sont exhalés dans
ces gémissements, que l'onde décolorée étouffe à leur passage : « Dieux de la
mer Égée, flots entassés sur ma tête, et vous, Aquilons, leurs souverains,
dans quels abîmes entraînez-vous la fleur de mes tristes années ! Malheureux
que je suis ! mes bras n'ont donc mesuré cette vaste étendue de mer que pour
m'attacher à la pointe de ces rochers peuplés d'alcyons ! C'est pour ma perte
que Neptune s'arme de son trident ! Encore si mes tristes restes étaient portés
sur quelque flot dans une terre de l'Italie ! Ah ! que ma mère y recueille son
fils, je ne demande rien de plus ! » Il dit, et l'onde tournoyante le précipite
dans son vaste gouffre. Ce jour de ténèbres est le dernier jour de Pétus.

O vous, dont la tendresse maternelle a connu la douleur, Thétis, et vous,
innombrables filles de Nérée, comment n'avez-vous point soutenu sa tête
affaissée sous le poids des eaux ? Un fardeau si léger ne pouvait lasser tant
de bras.

Cruel Aquilon, jamais tu ne verras mes voiles braver tes fureurs !...

OVIDE. — Nous avons déjà donné la biographie de ce poëte :
nous le mentionnons ici comme auteur d'élégies, moins chastes
encore que celles de Properce, mais aussi plus vives et plus piquantes.

ÉLÉGIE D'OVIDE [1]

(III, 2.)

Il était donc dans mes destinées de voir la Scythie et le pays situé sous la
constellation de la fille de Lycaon. Ni vous, doctes Muses, ni toi, fils de
Latone, n'êtes venus au secours de votre pontife ! et il ne m'a servi de rien

(1) Nisard.

que mes jeux fussent au fond innocents, et que ma vie fût moins libre que ma muse! Il ne me reste, après mille dangers courus sur mer et sur terre, pour asile que le Pont, avec ses frimas éternels et destructeurs. Moi qui jadis, ennemi des affaires, et né pour les loisirs tranquilles, vivais dans la mollesse et étais incapable de supporter la fatigue, je supporte tout maintenant, et cette mer sans ports, et ce voyage si plein de vicissitudes, n'ont pu parvenir à me perdre. Mon âme a suffi à tant de malheurs, et, fort de l'énergie qu'elle lui prêtait, mon corps a enduré des maux à peine tolérables.

Tant que je luttai contre les caprices des vents et des flots, cette lutte donna le change à mes inquiétudes, à mon désespoir; mais, depuis que je suis au terme de mon voyage, depuis que j'ai cessé d'être en mouvement, et que je touche la terre de mon exil, je ne me plais que dans les larmes, et elles coulent de mes yeux avec autant d'abondance que l'eau des neiges au printemps. Rome, ma maison, l'image de ces lieux si regrettés, et tout ce qui reste de moi-même dans cette ville perdue pour moi, m'apparaissent avec tous les charmes. Hélas! pourquoi les portes de mon tombeau, que j'ai tant de fois heurtées, ne se sont-elles jamais ouvertes? Pourquoi ai-je échappé à tant de glaives? Pourquoi la tempête n'a-t-elle pas mis fin à mon existence, qu'elle a si souvent menacée?

Dieux, dont j'éprouve les infatigables rigueurs, et qu'un seul dieu a intéressés à sa vengeance, hâtez, je vous en prie, la mort trop lente à venir, et faites que les portes de la tombe cessent enfin de m'être fermées!

PONTIQUES

(II , IV.)

Atticus, ô toi dont l'attachement ne saurait m'être suspect, reçois ce billet qu'Ovide t'écrit des bords glacés de l'Ister. As-tu gardé quelque souvenir de ton malheureux ami? Ta sollicitude ne s'est-elle pas un peu ralentie? Non, je ne le puis croire : les dieux ne me sont pas tellement contraires, qu'ils aient permis que tu m'oubliasses si vite! Ton image est toujours présente à mes yeux; je vois toujours tes traits gravés dans mon cœur. Je me rappelle nos entretiens fréquents et sérieux et ces longues heures passées en joyeux divertissements. Souvent, dans le charme de nos conversations, ces instants nous parurent trop courts; souvent les causeries se prolongèrent au delà du jour. Souvent tu m'entendis lire les vers que je venais d'achever, et ma muse, encore novice, se soumettre à ton jugement. Loué par toi, je croyais l'être par le public, et c'était là le prix le plus doux de mes récentes veilles. Pour que mon livre portât l'empreinte de la lime d'un ami, j'ai, suivant tes conseils, effacé bien des choses.

Souvent on nous voyait ensemble dans le Forum, sous les portiques, et dans les rues; aux théâtres, nous étions souvent réunis. Enfin, ô mon meilleur ami! notre attachement était tel qu'il rappelait celui d'Achille et de Patrocle. Non, quand tu aurais bu à pleine coupe les eaux du Léthé, fleuve d'oubli, je ne croirais pas que tant de souvenirs soient morts dans ton cœur. Les jours d'été seront plus courts que ceux d'hiver, et les nuits d'hiver plus courtes que celles d'été; Babylone n'aura plus de chaleurs, et le Pont plus de frimas; l'odeur du souci l'emportera sur le parfum de la rose de Pæstum, avant que mon souvenir s'efface de ta mémoire. Il n'est pas dans ma destinée de subir un désenchantement si cruel. Prends garde cependant de faire dire que ma confiance m'abuse, et qu'elle ne passe pour une sotte crédulité. Défends ton vieil ami avec une fidélité constante ; protége-le autant que tu le peux, et autant que je ne te serai pas à charge.

Nous nommerons encore Sulpicia et P. Albinovanus.

37

SATIRE. — Horace. — Nous nous rangeons à l'opinion d'un grand nombre de critiques, et nous croyons avec eux qu'Horace n'avait fait aucune différence de genre entre ses satires et ses épîtres. La simplicité du style, la forme vive, le pétillant esprit, la pensée philosophique, sinon toujours morale, en rendent la lecture très-attachante pour l'homme fait. Il y a deux livres de satires et deux livres d'épîtres.

Les plus remarquables des satires sont dans le premier livre. La première s'élève contre la fureur de s'enrichir qui possédait alors la société romaine; la quatrième, où le poëte se défend des mauvais jugements portés contre ses satires précédentes; la cinquième, relation d'un voyage entrepris avec Mécène et des amis; la neuvième, qui nous donne le spectacle d'un fâcheux insupportable par ses prétentions et son bavardage. — Dans le deuxième livre, la première, où Horace repousse, dans un dialogue, les attaques de ses ennemis; la troisième, contre les stoïciens; la sixième, sur les embarras de la ville et les charmes des champs; la septième, dialogue entre le poëte et son esclave; la huitième, le repas ridicule.

Dans le premier livre des épîtres, les plus remarquables sont : la première, à Mécène; la quatrième, à Tibulle; la cinquième, invitation à un souper; la dixième, éloge de la vie champêtre; la quatorzième, à son esclave fermier; la vingtième, à son Livre. — Le deuxième n'a que deux épîtres, l'une sur la poésie mise en face de la civilisation, l'autre sur les mauvais poëtes.

LE FACHEUX [1]

(I, 9.)

Je suivais un jour la rue Sacrée, selon mon usage, préoccupé de je ne sais quelles bagatelles; j'y étais tout entier. Accourt un quidam que je connais seulement de nom, et qui, me saisissant la main : « Comment va la santé, mon très-cher ami? — Assez bien pour le moment, lui dis-je, et prêt à vous rendre mes devoirs. » Comme il ne s'en allait pas, je suis le premier à reprendre : « Souhaitez-vous quelque chose de moi? » Et lui : « Eh! vous nous connaissez bien! Nous sommes un savant aussi. — Je vous en estime d'autant plus. » Et, tâchant de m'en dépêtrer, je presse le pas, je m'arrête, je fais semblant de parler à l'oreille de mon valet; la sueur me coulait de la tête aux pieds. « Oh! pensais-je en moi-même, ô Bolanus! qu'on est heureux d'avoir son franc-parler ! » L'autre cependant jasait à tort et à travers : « Les belles rues! la belle ville! » Je ne répondais mot. « Vous grillez d'être débarrassé de moi, je l'ai vu de prime abord; mais non, je m'accroche à vous, je ne vous lâche point. Où allez-vous de ce pas? — Ce n'est pas la peine de vous faire promener; je vais rendre visite chez quelqu'un que vous ne connaissez pas, et qui demeure fort loin de l'autre côté du Tibre, près des jardins de César. — Je n'ai rien à faire, et ne suis pas paresseux, j'irai partout avec

(1 Génin.

vous. » Ici je baisse les oreilles comme un âne contrarié de se sentir sur le dos une charge extraordinaire. Mon homme reprend de plus belle : « Si je me juge bien, vous ne me préférerez ni votre ami Viscus, ni Varius. En effet, qui pourrait fabriquer plus de vers que moi, en moins de temps? danser avec plus de grâce ? Hermogène envierait mon talent de chanteur!... » Il était bien temps de l'interrompre : «Avez-vous encore une mère, des parents intéressés à vous conserver? — Pas une âme! je les ai tous enterrés!» Qu'ils sont heureux! il ne reste plus que moi! Achève, bourreau; car, je le vois, l'horoscope va s'accomplir, que m'a tiré dans mon enfance une vieille sorcière du pays des Sabins, après avoir consulté son urne magique : « Cet enfant ne mourra ni par le poison, ni par l'épée des ennemis, ni d'un point de côté, ni d'un catarrhe, ni de la goutte; un bavard occasionnera sa cruelle agonie. Quand il sera grand, qu'il évite les bavards, s'il est sage. »

Nous étions arrivés au temple de Vesta ; il était déjà plus de neuf heures, et, de fortune, mon fâcheux avait une assignation à comparoir; s'il y manquait, il perdait son procès. « Si vous êtes mon ami, dit-il, attendez un peu ici. — Je veux mourir si je puis m'arrêter, ou si j'entends rien à la chicane! Et puis, je cours où vous savez! — Me voilà bien en peine ! Que dois-je faire? Vous abandonner, ou mon procès? — Moi! s'il vous plaît. — Non, non, je suis décidé... » et il passe le premier. Moi, comme il ne faut pas lutter avec son vainqueur, je le suis. Il recommence : « Et Mécène ? comment êtes-vous ensemble? — Peu de gens lui conviennent; c'est un homme d'un sens exquis. — Oui, personne n'a mieux tiré parti de son bonheur! Vous auriez un bon auxiliaire, très-capable du second rôle, si vous vouliez introduire près de lui votre serviteur. Je veux mourir si vous n'évinciez tous les autres! — On ne vit pas chez Mécène comme vous vous le figurez; il n'y a pas de maison plus pure, plus étrangère à ces sortes d'intrigues. Celui-ci est plus riche que moi, celui-là plus savant, cela ne me fait absolument aucun tort : chacun a sa place marquée. — Voilà qui est prodigieux et à peine croyable. — C'est pourtant la vérité. — Vous enflammez encore mon désir d'être admis! — Vous n'avez qu'à vouloir; avec votre mérite, la place est à vous. Il sent bien qu'on peut le vaincre, aussi les premiers abords sont-ils difficiles. — Oh! je ne me manquerai pas à moi-même! je gagnerai ses domestiques; repoussé aujourd'hui, je ne quitterai pas la partie : je guetterai l'instant dans la rue; je me trouverai sur son passage, et me mettrai à sa suite. C'est la condition humaine; on n'a rien sans beaucoup de travail. »

Sur ce point, nous rencontrons Fuscus Aristius, qui est mon ami et qui connaissait fort bien le personnage: «D'où venez-vous? Où allez-vous? » Après la question, la réponse. Je le tire par l'habit, je lui serre la main; ses bras sont morts! Je lui fais des yeux à en devenir louche pour qu'il me tire d'affaire; le mauvais plaisant sourit et ne comprend pas! Je brûlais de dépit. « A propos! vous aviez à me communiquer je ne sais quel secret, n'est-ce pas? — Oui, oui; mais je prendrai mieux mon temps : c'est aujourd'hui le trentième sabbat; voulez-vous insulter aux Juifs? — Oh! je n'ai pas de scrupules! — Oui; bien moi j'ai les idées un peu étroites comme le peuple. Vous m'excusez? ce sera pour une autre fois. »

Hélas! que ce jour s'est mal levé pour moi! le traître s'enfuit et me laisse sous le couteau! Par bonheur, sa partie adverse vient à passer et lui crie : « Où vas-tu, canaille?... Voulez-vous être mon témoin? » Eh! vite! je tends l'oreille. L'autre le traîne en justice; grand bruit des deux parts; la foule s'amasse... et voilà comme Apollon me sauva!

LE REPAS RIDICULE [1]
(II, 8.)

..... Pour premier plat un sanglier de Lucanie ; il avait été pris, nous disait le héros de la fête, par un bon petit vent du midi. Alentour, des raves piquantes, des laitues, des racines propres à éveiller l'estomac engourdi ; du céleri, de la saumure d'anchois, de la lie de vin de Cos. Ce plat disparu, un jeune esclave à la robe retroussée vint nettoyer la table d'érable avec un torchon rouge, et un autre ramassa tout ce qui était inutile et pouvait gêner les convives. Alors, comme les vierges d'Athènes chargées des offrandes à Cérès, nous vîmes s'avancer le noir Hydaspe, portant le vin de Cécube, et Alcon, chargé d'un vin de Chio, qui n'a jamais passé la mer. Le maître prend la parole : « Si vous aimez mieux, Mécène, du vin d'Albe et de Falerne que ceux qu'on a servis, nous avons de l'un et de l'autre... »

J'étais au haut du premier lit, près de moi Viscus de Thurium, et au-dessous, si je m'en souviens bien, Varius. Avec Servilius Balatro se trouvait Vibidius, tous deux convives supplémentaires amenés par Mécène. Nomentanus était placé au-dessus de notre hôte, qui avait au-dessous de lui Porcius ; ce personnage nous fit bien rire en avalant des pâtés entiers d'une bouchée. Nomentanus, de son côté, si un plat ne nous était pas bien connu, nous le montrait du doigt ; car nous autres, vulgaires, nous mangeons des oiseaux, des coquillages, des poissons, sans savoir qu'ils renferment une saveur bien différente de celle que nous connaissons ; c'est ce dont je m'aperçus quand il m'eut servi le corps d'un carrelet et d'un turbot, tels que je n'en avais jamais goûté. Ensuite il m'apprit que les pommes de paradis deviennent rouges quand on les cueille au dernier croissant de la lune ; en quoi cela importe, c'est ce qu'il vous apprendra mieux que moi.

En ce moment, Vibidius dit à Balatro : « Si nous ne le ruinons à force de boire, nous mourrons sans vengeance ; » et il demande des coupes plus grandes. A ces mots, notre amphitryon pâlit et change de visage ; car il ne craint rien tant que d'intrépides buveurs, soit parce qu'ils sont plus libres et plus méchants dans leurs propos, soit parce qu'un vin chaud émousse la délicatesse du palais. Vibidius et Balatro, avec leurs larges coupes d'Alifa, mettent les brocs sens dessus dessous ; tout le monde les imite, excepté les convives du dernier lit, qui ne firent aucun tort aux flacons.

Mais on apporte une lamproie étendue dans un vaste plat où nageaient des squilles : « Elle a été prise pleine, nous dit notre hôte ; plus tard, elle eût été moins bonne. Voici les ingrédients qui entrent dans cette sauce : de l'huile de la première fabrique de Vénafre, de la saumure de poisson d'Espagne, du vin de cinq ans, mais d'un cru d'Italie ; car c'est celui qui convient à ce poisson lorsqu'on le cuit ; après la cuisson, celui de tous qui l'assaisonne le mieux est le vin de Chio : on y a encore ajouté du poivre blanc et de la liqueur mordante que donne, en s'aigrissant, le vin de Méthymne. Curtillus et moi, nous avons montré les premiers à faire cuire dans la saumure de coquillages marins, moi la roquette verte et l'année amère, lui les hérissons de mer, sans les laver à l'eau douce ; cette méthode est bien meilleure. »

Pendant ces frais d'érudition, le dais suspendu tomba lourdement sur le plat, entraînant avec lui autant de noire poussière qu'en élève l'aquilon dans les champs de la Campanie. On craignait quelque chose de pire ; mais quand on vit qu'il n'y avait aucun danger, on se remit. Rufus penche la tête et se prend à pleurer, comme s'il eût perdu un fils dans la fleur de l'âge ; je ne

(1) Goubaux.

sais quel terme eût eu sa douleur, si le sage Nomentanus n'eût relevé le courage de son ami : « Fortune ! quel dieu plus que toi est cruel envers nous ? Comme tu prends plaisir à te jouer des pauvres humains ! » Varius pouvait à peine étouffer, avec sa serviette, son envie de rire.

Balatro, qui trouve partout à railler : « Voilà, disait-il, les chances de la vie ; et jamais l'honneur ne répond à la peine qu'on s'est donnée. Vous vous tourmentez de mille inquiétudes pour me bien recevoir, pour qu'on ne serve pas un pain brûlé, une sauce manquée, pour que vos esclaves propres, et en règle, soient prêts à servir ; et puis, ajoutez les accidents comme celui que nous venons de voir, un dais qui tombe, un valet dont le pied glisse et qui brise un plat. Mais le maître de maison, comme le général d'armée, méconnu dans le bonheur, révèle son génie dans l'adversité. » Nasidiénus ne peut que répondre : « Puissent les dieux vous accorder tous les biens que vous désirez ! Vous êtes un bon ami et un aimable convive. » Et il demande ses pantoufles. Alors vous eussiez vu sur quatre lits les convives chuchoter à l'oreille de leur voisin...

Tandis que Vibidius s'informe aux esclaves si la bouteille aussi est cassée, puisqu'on ne lui donne pas à boire, quoiqu'il en demande ; pendant qu'on rit de ses contes, encouragés par Balatro, tu rentres, grand Nasidiénus, et sur ton front changé on lit que, par l'art, tu vas corriger la fortune. Derrière lui venaient des esclaves, portant dans un énorme plat les membres dépecés d'une grue, largement saupoudrés de sel et de farine ; le foie d'une oie blanche, farci de figues grasses ; des épaules de lièvre sans le râble, comme bien plus délicates. Nous vîmes aussi servir sur la table des merles brûlés et des pigeons, toutes choses excellentes, si Nasidiénus ne nous eût dit pourquoi et comment elles l'étaient. Pour toute vengeance, nous nous sommes enfuis sans toucher à un seul de ces plats, comme si l'haleine de Canidie, plus venimeuse que celle des serpents d'Afrique, les eût empoisonnés.

ÉPITRE A CELSUS [1]
(I, 8.)

Muse, va souhaiter de ma part joie et prospérité à Celsus Albinovanus, ami et secrétaire de Néron. S'il te demande ce que je fais, dis-lui : Beaucoup de projets, les plus beaux du monde ; d'ailleurs assez triste, assez mécontent, non que la grêle ait ravagé mes vignes, que le soleil ait brûlé mes olives, ou que la mortalité enlève mes troupeaux dans des terres lointaines ; mais parce que, plus malade d'esprit que de corps, je ne veux rien écouter ni rien apprendre de ce qui pourrait me soulager ; que je m'irrite contre les médecins, contre des amis fidèles, qui voudraient me tirer d'une langueur funeste ; que je cours après ce qui m'a fait mal, et ne puis souffrir ce qui me ferait bien ; que je tourne à tout vent, et voudrais être à Tivoli quand je suis à Rome, à Rome quand je suis à Tivoli.

Après cela, demande-lui comment il se porte, comment il se gouverne, lui et sa barque ; comment il est avec le jeune général et avec sa troupe choisie. S'il te dit : Très-bien, félicite-le ; puis glisse-lui ce petit mot à l'oreille : « Nous userons de vous, cher Celsus, comme vous userez de la fortune. »

A MON LIVRE
(I, 20.)

Petit livre, je vois que tu regardes du côté de Vertumne et de Janus ; tu brûles de t'offrir au public, poli avec tout l'art des Sosies. Il t'ennuie d'être

(1) Binet.

sous la clef; tu détestes l'enveloppe, qu'un peu plus de modestie te ferait aimer. Tu murmures de n'être montré qu'à peu de personnes; tu ne connais de
bonheur que la publicité. Tu ne fus pourtant pas nourri dans ces maximes.
Hé bien, pars, va chercher cet honneur où tu aspires; mais, une fois sorti
de mes mains, plus de retour pour toi. Qu'ai-je fait, malheureux? à quoi
pensais-je? diras-tu, quand tu te sentiras piqué de quelque trait malin : tu
sais que l'auditeur même le plus empressé se lasse, et qu'il faut bien alors
te replier? Au reste, si l'excès de ton imprudence ne me fait pas illusion,
voici le sort que je t'annonce. Tu seras goûté des Romains tant que tu con-
serveras les grâces de la jeunesse ; mais, dès qu'on te verra tout sale et tout
usé courir entre les mains de la populace, alors, sans oser te plaindre, tu
serviras, dans un coin, de pâture aux vers, ou tu iras chercher fortune à
Utique, ou quelqu'un t'enverra prisonnier dans quelque ballot à Lérida. Que
fera celui dont tu n'auras pas écouté les conseils? Il rira comme le bonhomme qui, voyant son âne en faire à sa tête, le poussa de colère dans un
précipice. En effet, pourquoi s'obstiner à sauver qui veut périr?

Une autre bonne fortune t'attend, c'est d'être dans les faubourgs au service de ces vieux pédagogues, pour montrer à lire aux enfants.

Lorsque, dans un beau jour, les auditeurs feront un peu foule pour t'entendre, tu diras de moi que, fils d'un simple affranchi, né avec peu de bien,
je n'en ai pas moins élevé mon vol au-dessus de ma fortune, rendant ainsi
au mérite ce que tu ôteras à la naissance. Ajoute que j'ai su plaire à ce que
Rome avait de plus illustre, et dans la paix et dans la guerre. Peins-moi
d'une taille assez petite, la tête grise avant le temps, supportant mieux le
chaud que le froid; prompt à me fâcher, mais ne gardant pas longtemps ma
colère. Si par hasard on te demande mon âge, dis que je comptais quarante-
quatre hivers, quand Lollius se donna Lépide pour collègue dans le consulat.

OVIDE a écrit à Tomes un poème assez long : l'*Ibis*, dans le
genre satirique; ce poème est au-dessous de ses autres œuvres.

GENRE PASTORAL. — VIRGILE. — Le grand poëte a imité
Théocrite, mais il lui est resté inférieur. Ses églogues, au nombre
de dix, mettent en scène des bergers auxquels il prête à la fois ses
propres sentiments et un langage trop relevé pour leur condition.
Il en résulte que, tout en restant plus que son modèle dans la
réalité, il fait moins d'illusion au lecteur et le laisse plus charmé
de la grâce et du style, qu'enthousiasmé de la fiction et de la simplicité de la forme.

PREMIÈRE ÉGLOGUE [1]

MÉLIBÉE.

Quoi ! mollement couché sous la voûte d'un hêtre,
Tu cherches des accords sur ta flûte champêtre,
Tityre; et nous, hélas ! indignement proscrits,
Loin de nos champs heureux, loin de ces bords chéris,
Nous fuyons : tu peux seul, en repos sous l'ombrage,
Du nom d'Amaryllis enchanter ce bocage.

1, Delille.

TITYRE.

Un dieu, car de ce nom j'appelle un bienfaiteur,
Un dieu m'a procuré ce tranquille bonheur :
Lui seul de mes agneaux obtiendra les prémices.
Si tu vois dans mes prés s'égarer mes génisses,
Si ma flûte aujourd'hui s'anime sous mes doigts,
C'est à lui, Mélibée, à lui que je le dois.

MÉLIBÉE.

Dans le public effroi, dans la douleur commune,
Moins jaloux que surpris, j'admire ta fortune.
Mes chèvres que voilà suivent mon triste sort ;
Celle-ci, qu'après moi je traîne avec effort,
Avortant sur un roc, laisse dans la bruyère
Deux petits nés ensemble, et mourant sur la pierre.
Hélas ! de mon troupeau c'était le faible espoir ;
Aveugle que j'étais ! je devais tout prévoir ;
Les menaces des dieux n'étaient pas incertaines,
Quand la foudre, à ma gauche, a frappé nos vieux chênes,
Ou que, de noirs complots sinistres précurseurs,
Les cris de la corneille ont prédit ces malheurs.
Mais ce dieu, quel est-il ? que Tityre le nomme.

TITYRE.

Cette ville aux sept monts, et qu'ils appellent Rome,
Je me la figurais, habitant des hameaux,
Telle que la cité qui reçoit nos agneaux :
Ainsi je comparais le cèdre à la charmille,
La chienne qui nourrit à sa jeune famille ;
J'osais, par les petits, juger des grands objets.
Mais, tel qu'un chêne antique, au milieu des forêts,
Couvre de ses rameaux la timide bruyère,
Rome sur les cités lève sa tête altière.

MÉLIBÉE.

Et quel vif intérêt dans ces murs t'a conduit ?

TITYRE.

La liberté ! Bien tard son doux rayon me luit ;
Le temps de ses frimas couvre ma barbe grise ;
Mais d'un regard enfin le ciel me favorise,
Depuis qu'Amaryllis, oubliant sa rigueur,
Des fers de Galatée a délivré mon cœur.
Oui, tant que sous ses lois je demeurai fidèle,
En vain de mes brebis j'épuisais la mamelle :
Esclave sans espoir, en vain de mon troupeau
Chaque jour la cité recevait un agneau ;
Jamais vers ma famille, en secret affligée,
Ma main d'un juste prix ne retournait chargée.

MÉLIBÉE.

Je ne m'étonne plus si, dans ses longs ennuis,
Galatée aux rameaux laissait périr ses fruits ;
Tityre était absent : forêt, vergers, fontaine,
Tout semblait t'appeler et gémir de sa peine.

TITYRE.

Que faire, ô Mélibée! accablé de revers,
Quel dieu propice, ailleurs, eût fait tomber mes fers?
J'ai vu cet immortel qui, dans la fleur de l'âge,
Douze fois tous les ans recevra mon hommage;
A peine eus-je exposé la rigueur de ses lois,
Soudain, me rassurant du geste et de la voix :
« Il suffit, je sais tout et je connais vos peines,
Dit-il ; comme autrefois rentrez sur vos domaines.
Allez, enfants, allez, reprenez vos travaux,
Et la paix vous rendra de plus nombreux troupeaux. »

MÉLIBÉE.

Heureux vieillard! ainsi ton antique héritage,
Le champ de tes aïeux restera ton partage !
Nos malheurs désormais n'en sauraient approcher.
Que t'importe alentour ce long mur de rocher,
Que chargé de roseaux un noir marais inonde ?
Ce champ, qui te suffit, sera pour toi le monde.
Tes agneaux, à ta voix prompts à s'y rassembler,
A des troupeaux impurs n'iront point se mêler !
Heureux vieillard! ici, dans ces tranquilles plaines,
Entre des flots connus et les dieux des fontaines,
Tu vivras entouré d'ombrage et de fraîcheur !
Là, de son dard aigu picotant chaque fleur,
Pour assoupir tes sens, la diligente abeille
D'un sourd bourdonnement flattera ton oreille ;
Là, d'un roc allongé tes bûcherons couverts,
De leurs joyeux refrains ébranleront les airs :
Et, sous l'antique ormeau, tes palombes heureuses
Roucouleront autour leurs plaintes langoureuses.

TITYRE.

Oui, le cerf dans la nue atteindra les oiseaux,
Les poissons altérés fuiront au sein des eaux,
De l'Euphrate orageux les ondes fugitives
De la Saône et du Rhin iront chercher les rives,
Avant que de mon cœur ses traits soient effacés.

MÉLIBÉE.

Et nous, dans les déserts nous fuyons dispersés!
L'un, du noir Africain troublera la retraite ;
L'autre, au bord de l'Oaxe ira chercher la Crète,
Ou de notre univers le Breton séparé!
C'en est fait. Quoi! jamais, jamais je ne pourrai
Contempler seulement le toit qui m'a vu naître,
Mes champs, mon beau verger, mon royaume champêtre!
Un barbare, un soldat viendra sur mes sillons
Arracher mes épis, dévorer ces moissons!
Juste ciel! voilà donc où nous réduit la guerre,
Et pour qui, de mes bras, j'ai tourmenté la terre !
Va, poursuis Mélibée; oui, qu'un maître nouveau
Trouve pour lui ta vigne alignée au cordeau;
Greffe des fruits plus doux sur tes poiriers sauvages :

Adieu, grotte chérie! adieu, riants bocages!
C'est là que mes accents respiraient le bonheur!
Plus de vers, plus de chants! Là, tranquille pasteur,
Je voyais mes brebis sur ces monts répandues,
A ces rochers lointains mes chèvres suspendues.
Troupeau jadis heureux! oubliez à la fois
Et la fleur du cytise, et le saule, et ma voix!

TITYRE.

Mais suspends, tu le peux, un pénible voyage;
Accepte à mes côtés un lit de vert feuillage.
Nous aurons des fruits mûrs, nouvellement cueillis;
Ceux de mon châtaignier sous la cendre amollis!
Du lait, qu'un sel piquant durcit dans mes corbeilles,
Et le miel onctueux de mes jeunes abeilles.
La fumée, en tournant, s'élève des hameaux,
Et l'ombre immense au loin descend de nos coteaux.

LES ÉPIGRAMMES. — Nous nous contenterons de nommer les poëtes de cette époque qui ont écrit des épigrammes, sans en rien citer, vu le peu d'importance de ces poésies ; ce sont : Auguste et J. César, Cicéron, Gallus, Mécène et Varron.

APOLOGUE. — Horace. — Nous citons ici ce poëte, comme, chez les Grecs, nous avons cité Hésiode pour le même genre. La fable du *Rat de ville et du rat des champs* est un accident et un essai.

LE RAT DE VILLE ET LE RAT DES CHAMPS [1]

(Satire II , 6.)

Autrefois le rat des champs reçut dans son humble trou le rat de ville. Le vieil ami fut accueilli par le vieux solitaire, dont la rigoureuse économie franchit en faveur de son hôte ses étroites limites. Que vous dirai-je? Il n'épargna ni sa provision de pois, ni son avoine de plusieurs années; apportant les mets entre ses dents, il donna et du raisin sec et des morceaux de lard à demi-rongés, voulant, par la variété des plats, triompher du dégoût de son convive, dont la dent dédaigneuse touchait à peine à quelque chose; tandis que le maître de la maison, étendu sur de la paille fraîche, rongeait quelques grains de blé ou d'ivraie, laissant à son ami les meilleurs morceaux. Enfin le citadin lui dit : « Quel plaisir trouvez-vous, mon cher, à vivre ainsi de privations sur le dos de ce rocher boisé? Voulez-vous abandonner ces sauvages forêts pour les honneurs de la ville? Suivez-moi, croyez-m'en, puisque tout ce qui habite la terre n'a reçu qu'une vie mortelle, et que ni grands ni petits ne peuvent échapper à la mort. Ainsi donc, tandis que vous le pouvez, vivez heureux au milieu des plaisirs; vivez, sans oublier combien la vie est courte. » Ce discours décide le rat des champs; il saute légèrement hors de son trou, et tous deux font la route projetée, désirant se glisser de nuit sous les murs de la ville.

La nuit avait déjà parcouru la moitié du ciel, quand notre couple arrive dans une riche maison où des tapis du plus bel écarlate brillaient sur des lits

(1) Goubaux.

d'ivoire : ils y trouvèrent les restes nombreux d'un grand souper de la veille, que contenaient des corbeilles entassées dans un coin. Dès que l'hôte de ces lieux a placé le campagnard, qui se couche à son aise sur un tapis de pourpre, d'un pas agile, il court, va, vient ; grâce à lui, les mets se succèdent sans interruption ; il remplit ses fonctions en valet bien dressé, et goûte d'avance tous les mets qu'il apporte. Nonchalamment étendu, le rat des champs se réjouit de son changement de fortune, et fait, en joyeux convive, honneur à la fête, quand tout à coup un grand bruit de portes les fait sauter de leur lit. Ils courent effrayés par toute la chambre, bien plus tremblants et éperdus encore, quand la maison entière retentit des aboiements des dogues. Alors le rustique : « Cette vie, dit-il, n'est pas ce qu'il me faut : adieu. Ma forêt et mon trou sont exempts de dangers ; c'est ce qui me console d'y vivre de lentilles. »

SATIRE. — Perse (A. Flaccus). — Ce poëte était d'une famille illustre et riche, et naquit en 34 ap. J.-C., dans l'Étrurie. Envoyé jeune à Rome, il reçut de A. Cornutus une éducation toute stoïcienne, et conçut une vive indignation contre les désordres de son siècle, tout en restant un homme doux, aimable et entouré d'amis. Sa rude franchise n'avait pas épargné Néron lui-même, et son maître fit disparaître des vers de Perse de dangereuses allusions. Il nous a laissé six satires que la postérité a conservées avec respect. « Sa morale, dit A. B., est saine et pure, son style noble et mâle ; il excelle à lancer les traits mordants de l'ironie et en expressions d'une admirable énergie ; mais on lui fait le reproche d'être souvent obscur et inintelligible. » Il mourut à 28 ans.

L'HOMME D'ÉTAT [1]
(Satire IV.)

Vous gouvernez l'État (c'est le maître qui parle, le maître vénérable qu'emporta la cruelle ciguë) : qu'avez-vous pour cela? Répondez, pupille du grand Périclès [2]. L'intelligence et l'expérience des affaires vous sont apparemment venues avant la barbe ; vous savez en parler et vous taire. Ainsi, quand la populace en fureur fermente et se soulève, vous osez affronter la troupe mutinée, et, d'un geste majestueux, lui imposer silence. Fort bien ; qu'allez-vous dire maintenant? « Romains, ceci ne me paraît pas juste ; cela est mal ; voici qui serait mieux. » Vous savez, en effet, tenir d'une main sûre la balance de la justice ; vous discernez le vrai au point où il va se confondre avec le faux, alors même que la règle n'est plus un guide fidèle, et c'est à vous qu'il appartient de marquer le crime de la lettre fatale [3]!... Soyons vrais ; vous n'avez que l'éclat de quelques dehors. Pourquoi donc vous hâter d'étaler votre plumage aux yeux d'un peuple adulateur [4]? et que ne vous purgez-vous plutôt à grands flots d'ellébore?

Quel est le souverain bien, selon vous? C'est de faire chère lie tous les jours, et de chauffer tous les jours au soleil ses membres parfumés d'essences. A merveille ; c'est répondre ce que répondrait cette vieille. Allez donc après cela vous vanter d'être fils de Dinomaque [5], et dire : « Moi, j'ai de la

_____

[1] A. Perreau. — [2] Alcibiade. — [3] M, la mort, Θ, chez les Grecs et les Romains. — [4] Comme le paon. — [5] Mère d'Alcibiade, descendant des Alcméonides.

figure! » Soit; mais pour de la sagesse, pas plus que la Baucis en haillons qui se chamaille avec un vaurien d'esclave.

Quoi! personne ne veut descendre en soi-même, personne, et nous n'avons des yeux que pour voir la besace sur le dos de celui qui nous précède! Vous demandez : « Connaissez-vous les domaines de Vectidius? — Duquel? du richard qui possède près de Cures plus de terres labourables que n'en peut embrasser un milan dans son vol? Parlez-vous de celui-là? — De lui-même, de cet avare haï des dieux et mal avec son génie, qui, lorsqu'il a les jours de fête suspendu la charrue à l'autel du carrefour, rompt à regret le cachet d'une petite cruche jadis pleine, et dit en gémissant : « Vive la joie! » Qui mord dans un oignon au gros sel encore dans son enveloppe, et qui, tandis que ses esclaves s'extasient devant un chaudron de bouillie, savoure la lie couverte de peaux d'un vinaigre à sa fin. — Fort bien; mais vous-même, quand vous venez chauffer au soleil vos membres tout couverts d'huile et de parfums, entendez-vous cet homme qui vous pousse le coude révéler sans pitié vos turpitudes ?... »

Ainsi va le monde : on blesse et l'on reçoit soi-même des blessures. Oui, nous le savons; vous avez dans le flanc une secrète plaie; mais tout est caché par le large baudrier d'or. A la bonne heure! donnez-nous le change et trompez aussi vos nerfs, si vous pouvez. — Mais, quand mon mérite est vanté par tout ce qui m'entoure, comment ne pas y croire? — Non, vous ne valez rien; et, puisque la vue d'un écu vous donne la fièvre..., puisque vous vous escrimez bravement contre les comptoirs du Forum, vous ne pouvez vous enivrer de l'encens du vulgaire. N'acceptez que ce qui vous est dû; que la canaille reprenne ses hommages : descendez en vous-même, et voyez combien l'âme est peu meublée!

JUVÉNAL (Décius Junius). — Ce poëte naquit à Aquinum, sous Caligula, et ses œuvres ne furent publiées que sous Adrien. Leur sel mordant l'avait fait exiler en Égypte à un âge fort avancé. On sait qu'il avait débuté au barreau avec talent, et qu'il fut l'ami de Martial l'épigrammatiste. L'époque de sa mort est inconnue; mais il nous a laissé seize satires, pleines d'indignation et d'amertume. Boileau a dit de lui :

> Juvénal, élevé dans les cris de l'école,
> Poussa jusqu'à l'excès sa mordante hyperbole.

LE TURBOT [1]
(Satire IV.)

Voici de nouveau Crispinus, et je le citerai souvent: c'est un monstre dont les vices ne sont rachetés par aucune vertu; énervé et débile, il n'a d'élans que ceux de la débauche... Qu'importent donc et ses portiques assez longs pour y lasser ses chevaux, et les vastes forêts à l'ombre desquelles il se fait traîner? Qu'importent les palais et les jardins qu'il acheta près du Forum? Un méchant ne saurait être heureux; encore moins un corrupteur...

Mais aujourd'hui je vais parler de moindres délits : si quelque autre cependant s'en fût rendu coupable, il subirait les rigueurs de la censure. Mais ce qui flétrirait les gens de bien, les Titius, les Séius, honore Crispinus. Que faire, lorsqu'il n'est pas de crime qui ne soit au-dessous de la turpitude

1) Dusaulx.

de l'homme? Il a compté six mille sesterces pour un surmulet : il est vrai
qu'il pesait six livres, si toutefois il en faut croire ceux qui se plaisent à
grossir le merveilleux. J'approuverais sa politique, si, par ce beau présent,
il eût voulu acheter la succession d'un vieillard sans enfants, ou la bienveillance de cette riche matrone qu'on promène en litière fermée. Rien de
tel; il acheta le poisson pour lui seul. Nous voyons des excès inconnus à
l'économe, au frugal Apicius. Six mille sesterces pour un surmulet! et c'est
toi, Crispinus, qui les payes, toi que l'on vit autrefois revêtu de grosse toile
d'Égypte! Le pêcheur t'eût moins coûté peut-être : la province offre des
terres au même prix, et la Pouille t'en donnerait à meilleur compte.

Comment se figurer l'intempérance de l'empereur et la profusion de ses
festins, quand son vil bouffon, revêtu depuis de la pourpre, et à la tête de
l'ordre équestre, quand un misérable, qui parcourait la ville en criant des
poissons à vendre en détail, n'a pu, malgré tant de sesterces, procurer à sa
voracité que le moindre des mets qu'on eût pris au hasard sur les bords
de la table de son prodigue maître? Calliope! viens à mon aide : arrêtons-
nous ici; il ne s'agit pas d'une fiction, mais d'un fait. Et vous, vierges
Piérides, inspirez-moi dans ce récit, ne fût-ce que pour vous avoir décorées
de ce nom.

Le dernier des Flaviens (1) déchirait l'univers expirant : Rome gémissait
sous le joug de ce chauve Néron (2), lorsque, dans la mer Adriatique et non
loin du temple de Vénus, adorée dans Ancône, un turbot monstrueux fut
pris par un pêcheur dont il remplit le filet; car il ne le cédait point en grosseur à ceux que les Méotides engraissent pendant l'hiver, et qu'ils versent
tout engourdis dans l'onde immobile du Pont-Euxin, quand le soleil a
fondu les glaces qui les retenaient. Le maître de la barque et du filet, étonné
de sa prise, la destine au souverain pontife. Qui eût osé la vendre ou l'acheter? Les rivages voisins étaient couverts de délateurs, et les inspecteurs de
la côte n'auraient pas manqué d'intenter un procès au pauvre pêcheur; ils
eussent prouvé que ce turbot, longtemps nourri dans les étangs de César,
s'en était échappé, et devait retourner à son ancien maître. Si l'on en croit
Palfurius et Armillatus, la mer n'a rien de beau, rien de rare, dans quelques
parages que ce soit, qui n'appartienne au fisc. Que faire du poisson? Le
donner, pour ne pas le perdre tout à fait. Déjà l'automne, avec son souffle
empoisonné, faisait place aux frimas, et déjà les malades attendaient la
fièvre quarte; les vents d'hiver sifflaient, et préservaient de la corruption
cette proie récente : cependant le pêcheur se hâte, comme s'il avait à craindre les vents du midi.

A peine a-t-il franchi le lac voisin d'Albe, à peine est-il entré dans cette
ville presque détruite, et dont les habitants nourrissent encore l'ancien
feu des Troyens dans le temple de Vesta, honorée à Rome avec plus de magnificence, qu'il est un moment retardé par la foule étonnée : elle s'é-
coule, et les portes du salon impérial s'ouvrent aussitôt à son aspect. Les
sénateurs attendent en dehors que leur maître ait reçu l'offrande. On s'approche du nouvel Atride : « Agréez, dit le pêcheur, un morceau trop considérable pour des foyers vulgaires; consacrez ce jour à votre bon génie, et
que votre estomac, à l'instant nettoyé, se remplisse à loisir de ce turbot
que les dieux réservaient à votre siècle : il s'est jeté de lui-même dans mon
filet. » Quoi de plus grossier? Cependant la crête lui dressait. Le pouvoir
suprême croit tout, quand on le flatte.

Mais où trouver un vase capable de contenir le poisson? Ce point méritait
qu'on en délibérât. Les grands sont convoqués au nom de l'empereur; les
grands qu'il détestait, et sur le front pâlissant desquels était empreinte la

_____

(1) Domitien. — (2) Domitien, aussi cruel que Néron.

défiance, inséparable d'un commerce si élevé et si redoutable. Le premier qui parut, après que le Liburnien eut crié : « Accourez, l'empereur vous attend, » fut Pégasus, qui se pressait d'arriver en rajustant sa robe endossée à la hâte. Depuis peu, et au grand étonnement des citoyens, il avait été créé fermier de la ville : car les préfets de Rome méritaient-ils un autre titre? De tous les courtisans ce fut le plus honnête, de tous les magistrats le plus intègre, quoiqu'il crût nécessaire, dans ces jours désastreux, d'ôter à Thémis son glaive et sa balance. Venait ensuite Crispus, cet aimable vieillard dont le caractère et les mœurs, conformes à son éloquence, respiraient la douceur, qui méritait mieux d'aider de ses conseils un maître de l'univers, s'il eût été permis, sous ce fléau du genre humain, de blâmer la cruauté et d'ouvrir un avis généreux? Mais quoi de plus irritable que l'oreille de ce tyran, qui, pour un mot, sacrifiait ses amis, ne l'eussent-ils entretenu que des pluies de l'automne ou des orages du printemps. Crispus sentit donc qu'il était inutile de s'opposer au torrent, alors que chacun retenait dans son sein la vérité captive, et n'osait la dire au péril de sa vie. Ce fut par là qu'il vit tant de fois le soleil recommencer sa course, et parvint à son seizième lustre. La même politique soutint Acilius au milieu de cette cour dangereuse : à peu près du même âge que Crispus, il accourait accompagné d'un jeune homme qui ne méritait pas la mort cruelle qui l'attendait; mais la victime était déjà réservée au glaive impérial. Depuis longtemps c'est un prodige que de voir un noble parvenir à la vieillesse : aussi préférerais-je de n'être que l'un des fils de la Terre, et le dernier de la race des géants. Il ne servit donc de rien à ce malheureux adolescent d'avoir affronté tout nu, sur l'arène d'Albe, la fureur des lions de Numidie. Qui ne pénètre pas aujourd'hui les motifs secrets de nos patriciens? Qui serait, ô Brutus, la dupe de ton vieux stratagème? Il était plus facile d'en imposer à nos antiques rois?

Malgré la bassesse de son extraction, Rubinus n'arrivait pas avec plus d'assurance; il se sentait coupable d'un ancien outrage qu'il fallait toujours taire; et cependant il avait l'effronterie d'un débauché écrivant contre les mœurs du siècle. On vit aussi paraître, et Montanus, retardé par son gros ventre, et Crispinus, dégouttant de plus de parfums qu'il n'en faudrait pour embaumer deux cadavres. Plus cruel que ce dernier, venait Pompéius, habile à faire couler le sang par de secrètes calomnies, et Fuscus, qui devait bientôt porter ses entrailles aux vautours des Daces, après avoir vainement médité l'art de la guerre au milieu des marbres de sa maison de plaisance. L'artificieux Véjenton accompagnait l'assassin Catullus..., monstre d'infamie même dans notre siècle, flatteur quoique aveugle, qui de mendiant devint satellite, et ne méritait que de poursuivre en suppliant les chars qui descendaient la colline d'Aricie. Personne ne parut plus émerveillé à l'aspect du turbot : le poisson est à droite, il l'admire à gauche. C'est ainsi qu'il jugeait des combats et des coups du gladiateur Cilicien, du jeu des machines, quand elles soulevaient les enfants jusqu'aux voiles du théâtre. Véjenton, non moins ardent que Catullus, et tel qu'un fanatique pressé des aiguillons de Bellone, prononce cet oracle : « Prince, voici le présage certain du triomphe le plus mémorable et le plus éclatant; vous ferez quelque roi prisonnier, ou bien Arviragus tombera du trône britannique. Le monstre est étranger. Voyez-vous de quels dards son dos est hérissé? » Il ne manquait à Véjenton que de dire le pays et l'âge du turbot.

« Quel est donc votre avis? demande l'empereur : faut-il le mettre en pièces? — Gardons-nous, répondit Montanus, de lui faire cet affront; que l'on fabrique un bassin assez profond, et qui soit assez large pour le recevoir tout entier dans ses minces parois. Ce grand œuvre exige l'art et l'activité d'un nouveau Prométhée. Que l'on prépare au plus tôt et la roue et l'argile. A compter d'aujourd'hui, César, que des potiers suivent toujours votre camp.»

Cet avis, digne de l'auteur, l'emporta. Montanus se souvenait de l'intempérance des premiers empereurs, et des orgies que continuait jusqu'au milieu des nuits ce Néron qui savait renouveler la faim dans son estomac surchargé d'aliments, et quand ses poumons étaient embrasés de Falerne. Nul de notre temps n'eut le tact plus fin, le palais plus délicat : il distinguait du premier coup de dent l'huître de Circé de celle des rochers de Lucrin, ou du promontoire de Rutupe ; du premier coup d'œil il pouvait dire de quels parages venait un hérisson de mer.

Chacun se lève : le conseil est fini, et l'on fait sortir tous ces grands que leur sublime maître avait forcés d'accourir en désordre et pleins d'effroi dans la citadelle d'Albe, comme s'il se fût agi des Cattes ou des Sicambres ; comme si de fâcheuses nouvelles fussent arrivées subitement des quatre points du globe. Que n'a-t-il consumé dans ces extravagances la durée d'un règne qui ravit impunément à la patrie, et sans qu'il s'élevât un vengeur, tant de citoyens illustres et généreux! Mais il périt à son tour, et ce fut quand les derniers citoyens commencèrent à le craindre ; voilà ce qui purgea la terre d'un monstre couvert du sang des Lamia.

Les autres satiriques de cette époque sont : Pétrone, dont le *Satiricon* est plutôt un roman qu'une satire ; Turnus, auquel on attribue une satire contre Néron : il nous en reste trente vers ; et Sulpicia, qui écrivit contre Domitien.

EXTRAIT DE SULPICIA [1]

Et voilà qu'un tyran oppresseur de Rome, courbé lui-même, non sous la poutre, mais du dos, et tout blême de sa gloutonne avidité, a tout proscrit, et la sagesse, et les sages, et leur race, et leur nom ; il a tout chassé de la ville. Que faisons-nous? Nous avons délaissé les Grecs, les cités, séjour des beaux-arts ; nous avons voulu que Rome, plus qu'elles, fût pourvue de leurs doctes personnages. Maintenant, ainsi qu'à l'arrivée de Camille, le sauveur du Capitole, les Gaulois épouvantés prirent la fuite, laissant leurs épées et leurs balances ; des vieillards, dit-on, enfants de la patrie, sont réduits à fuir, contraints d'anéantir eux-mêmes leurs écrits comme un fardeau de mort. Il a donc failli le héros destructeur de Numance et de Carthage, l'élève du sage de Rhodes, Scipion, et avec lui ce nombreux essaim de guerriers, orateurs ceints des palmes de la victoire? Parmi eux, le vieux Caton se demandait si, mieux que la prospérité, les revers ne devaient pas raffermir la puissance de Rome : oui, les revers ; car, dès que l'amour de la patrie, dès qu'une épouse captive au sein de ses foyers, appellent le guerrier à les défendre, celui-ci court à l'ennemi. Ainsi vole à la rencontre des guêpes qui habitent le temple de Junon Monéta un essaim d'abeilles, au corps fauve, hérissé de dards prêts à les percer. Mais l'abeille revient-elle libre de soucis, les enfants et la mère, oublieux de leur industrie, succombent à de molles langueurs. Ainsi Rome se consume sous le poids d'une trop longue paix.

LES ÉPIGRAMMES. — MARTIAL (M. Valérius). — Ce poëte naquit à Bilbilis en Espagne, l'an 40 ap. J.-C. Après avoir étudié le droit, il vint à Rome à 22 ans, et, pour y trouver à vivre, n'eut d'autre ressource que la poésie. Protégé par Domitien, il obtint

(1) C. Diverneresse.

plusieurs charges ; mais, vers l'âge de 50 ans, il retourna en Espagne, s'y maria et y mourut. Il nous a laissé quatorze livres d'épigrammes, qui se rapprochent beaucoup de l'épigramme moderne, par le trait qui les termine ordinairement. Martial a dit avec raison : « Il y en a de bonnes, quelques-unes sont médiocres et la plupart mauvaises. » L'ignorance où nous sommes des circonstances qui les ont dictées, en rend un grand nombre assez obscures.

EXTRAIT DE MARTIAL [1]

A CATON.

Puisque tu connaissais les fêtes de l'aimable Flore, les joies et les plaisirs du peuple, pourquoi, sévère Caton, entrais-tu au théâtre? N'était-ce que pour en sortir?

A ÉLIA.

Il te restait, Élia, s'il m'en souvient, quatre dents. Un premier accès de toux t'en fit cracher deux ; un second, les deux autres. Désormais tu peux impunément tousser du matin au soir; un troisième accès n'a plus rien à faire.

SUR LE MÉDECIN DIAULUS.

Diaulus était médecin, maintenant il est croque-mort; il n'a pas changé de métier.

A FABULLA.

Tu es jolie, on le sait ; jeune, cela est vrai ; riche, qui peut dire le contraire? Mais, lorsque tu t'en vantes avec tant de complaisance, Fabulla, tu n'es ni riche, ni jeune, ni jolie.

CONTRE ZOÏLE.

Avec ton habit magnifique, Zoïle, tu te moques de mon habit râpé. Râpé, j'en conviens, Zoïle; mais il est à moi.

A PONTICUS.

Pourquoi, Ponticus, as-tu coupé la langue à ton valet? Ignores-tu que ce qu'il peut dire, tout le monde le dit?

A CINNA.

Ce que tu demandes est si peu de chose, dis-tu, que ce n'est rien. Puisque tu ne demandes rien, Cinna, je te l'accorde.

SUR PHILÉNIS.

Philénis ne pleure jamais que d'un œil. — Comment cela? — Elle est borgne.

CONTRE UN AVARE.

Tu m'as envoyé six mille sesterces et je t'en demandais douze mille; pour en obtenir douze, je t'en demanderai vingt-quatre.

SUR THAÏS ET LÉCANIA.

Thaïs a les dents noires, Lécania les a blanches comme la neige : pourquoi cela? — L'une a ses dents, l'autre en achète.

(1) Nisard.

A THÉODORUS.

Tu es surpris, Théodorus, de ce que, malgré tes prières réitérées, je ne te donne pas mes ouvrages. La raison en est simple : je crains que tu ne me donnes les tiens.

CONTRE CINNA.

Ta toge est plus sale que la boue, et ta chaussure plus blanche que la neige; pourquoi, imbécile, laisses-tu flotter la première sur tes pieds? Retrousse-la, Cinna; ou c'en est fait de ta chaussure.

A BITHYNICUS.

Il ne vous a rien légué, ce Fabius à qui vous faisiez une pension annuelle de six mille sesterces. Il n'a rien laissé à personne plus qu'à vous, Bithynicus; cessez donc de vous plaindre : c'est une rente annuelle de six mille sesterces qu'il vous a léguée.

CONTRE MARON.

Tu ne veux rien me donner de ton vivant; tu me promets tout après ta mort. Si tu n'es pas un sot, Maron, tu sais ce que je veux.

Nous comptons encore, parmi les épigrammatistes : Gallus, surnommé Saloninus, victime de Tibère; Alfius Flavus; Lentulus, surnommé Gétalicus, habile général, mentionné par Martial; Pline le Jeune, dont nous avons deux épigrammes; Sénèque, Faliscus, Vulcatius Sedigitus, Sentius Augurinus et Pétrone.

ÉPIGRAMME DE PLINE LE JEUNE (1)

Comme on voit un morceau de cire,
Entre les mains de l'ouvrier,
Se laisser si bien manier,
Qu'à son ordre aussitôt elle est ce qu'il désire;
Qu'elle devient et Mars et Pallas tour à tour,
Ou Vénus, ou son fils l'Amour;
Comme l'eau répandue éteint les incendies,
Ou va par différents canaux,
Coulant à travers les roseaux,
Porter l'émail dans les prairies;
Il faut de même que l'esprit
Se prête à différents caprices,
Et que, docile, il obéisse
Aux règles que l'art lui prescrit.

APOLOGUE. — Phèdre. — Le fabuliste latin, dans le peu de clarté qu'il jette sur lui-même, n'a pas révélé l'époque de sa naissance; il nous apprend seulement que, né en Thrace, devenu esclave, amené à Rome, il dut la liberté à Auguste, et, plus tard, fut persécuté par Séjan, ministre du soupçonneux Tibère, à qui la vérité, si voilée qu'elle fût, n'avait pas le don de plaire. Phèdre

(1) Nisard.

composa cinq livres de fables; les deux premiers parurent sous Tibère; les trois autres, sous Caligula et Claude. Dans les fables mêmes qu'il a imitées d'Ésope, Phèdre, dit Schœll, « a le mérite de l'invention; c'est un poëte aussi original que la Fontaine, qui, comme lui, a pris ailleurs que dans son imagination le sujet d'une grande partie de ses fables. Phèdre se distingue par une précision, une grâce, une naïveté qui n'ont pas été surpassées. Sa simplicité est le plus sûr garant de l'authenticité de ses fables. Sa diction n'en est pas moins élégante, quelquefois même un peu recherchée. » On ignore l'époque de sa mort.

LE LOUP ET L'AGNEAU [1]

(I, 1.)

Un loup et un agneau, conduits tous deux par la soif, étaient venus boire au même ruisseau. Le loup avait le dessus de l'eau; l'agneau s'était arrêté beaucoup plus bas. Aussitôt le brigand, n'écoutant que son estomac glouton, cherche à faire naître une querelle. « Pourquoi, dit-il, troubles-tu l'eau pendant que je suis à boire? — O loup! répondit en tremblant la bête à laine, comment puis-je faire, je vous prie, ce dont vous vous plaignez? l'eau où je me désaltère vient de vous à moi. » Confondu par l'évidence, le loup reprit : « Tu as médit de moi, il y a six mois bientôt. » L'agneau répondit : « Mais je n'étais pas né encore! — Par Hercule! ce fut donc ton père! » Là-dessus, le loup s'élance et met en pièces la pauvre bête, sans qu'elle eût mérité la mort.

Cette fable a été écrite contre ceux qui ont recours au mensonge pour perdre l'innocence.

LE CERF ET LE BŒUF

(II, 8.)

Chassé des asiles de la forêt, un cerf, pour sauver sa vie menacée par les chasseurs, gagna dans le trouble de la peur une ferme voisine, et se réfugia dans une étable qui se présenta fort à propos. Comme il venait de s'y blot-tir, un des bœufs lui dit : « A quoi penses-tu, malheureux! d'aller ainsi toi-même au-devant de la mort, et de confier ta tête à l'habitation des hommes? — Veuillez toujours ne pas me trahir, répondit le cerf d'un ton suppliant; je repartirai d'ici à la première occasion. » Le jour s'écoule; la nuit succède au jour; le bouvier donne le feuillage sans voir le cerf; tous les valets vont et viennent de temps à autre; aucun d'eux ne l'aperçoit; le fermier lui-même passe et ne se doute de rien. Le cerf, dans son contentement, remerciait les inoffensives bêtes de lui avoir accordé un refuge dans un moment si critique. L'une d'elles répondit : « Nous ne demandons pas mieux que tu échappes; mais, si l'homme aux cent yeux s'avise de venir ici, ta vie sera fort en péril. » Sur cela, le maître arrive, au sortir du souper; et, comme il avait remarqué récemment que les bœufs souffraient, il s'approche des râteliers : « Pour-quoi si peu de feuillage? Manque-t-on de litière ici? Coûterait-il beaucoup d'enlever ces toiles d'araignées?» En faisant ainsi sa revue, il découvre aussi la haute ramure du cerf; il appelle tous ses gens, ordonne qu'on le tue, et fait enlever sa prise.

[1] Fleutelot.

38

Cette fable prouve que le maître est celui qui voit le plus clair dans ses propres affaires.

LE FRÈRE ET LA SŒUR
(III , 8.)

Instruit par la leçon suivante, jetez souvent les yeux sur vous-même.

Un homme avait une fille très-laide, et un fils dont le visage était d'une remarquable beauté. Ces deux enfants, en se livrant aux jeux de leur âge, s'étaient vus par hasard dans un miroir laissé sur la chaise de la mère. Le garçon s'écrie qu'il est charmant, la jeune fille s'irrite ; elle ne peut supporter les railleries d'un frère si infatué de lui-même, et prend, comme de raison, chacune de ses paroles pour une injure. Afin de le chagriner à son tour, elle court vers son père, et cherche à lui faire trouver fort mauvais qu'un homme ait porté les mains sur un meuble de femme. Le père les serre l'un et l'autre dans ses bras, les baise et donne à tous deux une égale part de sa tendre affection. « Je veux, dit-il, que chaque jour vous vous serviez du miroir, toi, pour ne pas déparer ta beauté par l'odieux de la méchanceté ; toi, pour faire oublier ta disgrâce par un aimable caractère. »

LE CHEVAL ET LE SANGLIER
(IV, 4.)

Le sanglier, en se vautrant, troubla l'eau d'un gué où le cheval avait coutume d'étancher sa soif. De là une querelle. L'animal au pied sonnant, furieux contre la bête sauvage, appelle l'homme à son secours, se laisse monter par lui, et retourne attaquer l'ennemi. Le cavalier perça la bête de ses traits et la tua, puis il dit au cheval : « Je me réjouis de t'avoir secouru, comme tu m'en as prié ; car j'ai fait là une belle prise, et j'ai appris quels services tu pouvais rendre. » Aussitôt il força le cheval de se laisser passer un mors, malgré qu'il en eût. « Insensé que je suis ! dit celui-ci avec tristesse, en voulant me venger d'une offense légère, j'ai trouvé la servitude. »

Cette fable apprendra aux hommes trop prompts à s'irriter, qu'il vaut mieux encore laisser une injure impunie, que de se mettre dans la dépendance d'autrui.

LE BOUFFON ET LE PAYSAN
(V, 5.)

Souvent les hommes jugent mal, aveuglés par d'injustes préventions, et, tandis qu'ils s'obstinent dans leurs idées fausses, l'évidence les force bientôt à convenir qu'ils s'étaient trompés.

Un homme riche et de haute naissance, voulant célébrer des jeux, fit annoncer partout qu'il donnerait une récompense à quiconque pourrait offrir quelque spectacle d'un genre nouveau. Nombre d'artistes accoururent pour disputer cet honneur. Parmi eux se trouvait un bouffon connu par ses saillies spirituelles. Il dit qu'il avait à présenter un divertissement qu'on n'avait vu jusqu'ici dans aucun théâtre. Cette nouvelle se répand, et met en mouvement toute la ville ; l'enceinte, déserte tout à l'heure, n'est plus assez vaste pour contenir la foule. Quand on vit le bouffon paraître sur la scène, sans appareil, sans second autour de lui, la curiosité même rendit tous les spectateurs silencieux. Celui-ci tout à coup enfonce sa tête sous son manteau, et se met à contrefaire avec sa voix le cri d'un cochon de lait, mais si bien, qu'on prétendit qu'il avait réellement un cochon sous ses vêtements ; on lui ordonne de les secouer, il obéit, on ne trouve rien ; le bouffon alors reçoit mille compliments : on l'applaudit à outrance. Un paysan, témoin de

cette scène, s'écria : « Par Hercule! cet homme ne sera pas plus habile que
moi. » Et aussitôt il annonce que le lendemain il en fera autant, et mieux
encore. L'affluence redouble; mais les esprits sont prévenus, on s'apprête
à se moquer du paysan, plutôt qu'à voir ce qu'il sait faire. Les deux rivaux
paraissent : le bouffon grogne le premier; on l'applaudit; les exclamations
partent de tous côtés. Le paysan alors fait semblant de bien cacher un
cochon de lait sous ses vêtements, et il y en avait un en effet, mais personne
n'y songeait, parce qu'on n'en avait pas trouvé sur l'autre. Pinçant donc
l'oreille de l'animal qu'il tenait enveloppé, il le force par la douleur à faire
entendre la voix que la nature lui a donnée. Le peuple s'écrie que le bouffon
a poussé l'imitation plus loin, et veut qu'on jette dehors le paysan. Celui-ci
alors tire le cochon de dessous sa robe, et leur montrant ainsi, par une
preuve bien claire, combien ils s'étaient grossièrement trompés. « Voici
quelqu'un, s'écria-t-il, qui peut dire quels bons juges vous êtes. »

4ᵉ Époque

ÉLÉGIE. — Ce genre, qui est déjà comme mort à la troisième
époque, se tait presque entièrement à la quatrième. Nous citerons
néanmoins : au IVᵉ siècle, Arborius, oncle d'Ausone, auteur d'une
élégie *A une jeune fille trop parée ;* au vᵉ, Pentadius, qui écrivit les
élégies *A la Fortune* et sur le *Retour du printemps ;* Sidoine Apollinaire, Rufinus, qui composa deux élégies sur Mévius, meurtrier
innocent de son frère; et au vIᵉ, Fortunat, une élégie sur la
Ruine du royaume de Thuringe.

SATIRE. — Les poëtes qui écrivirent à cette époque des épîtres
ou des satires sont : au IVᵉ siècle, Aviénus, Ausone et saint Paulin,
à qui sont dues de nombreuses épîtres; Prudence, dont les écrits
contre les hérétiques sont presque des satires; au vᵉ, Claudien,
dont les poésies panégyriques et satiriques ne sont pas sans mérite;
Marcianus Capella, Servastus, Rufinus, Sédulius, Claudius Victor,
et au vIᵉ, saint Columban.

AUSONE A SAINT PAULIN

J'espérais, cher Paulin, que la douce plainte de ma dernière épître aurait
fléchi ton cœur, que mes tendres reproches appelleraient une réponse de toi.
Mais, comme initié par serment à des mystères sacrés, tu persistes dans un
silence obstiné. T'est-il donc défendu de parler? ou rougirais-tu de trouver
toujours en moi un ami avec les droits d'un père, et de rester pour Ausone
un fils rempli d'égards ? Laisse aux méchants de telles préoccupations; rejette au loin toute crainte; garde sans honte la bonne coutume d'une correspondance réciproquement fidèle. Peut-être crains-tu près de toi quelque
traître, quelques recherches, quelques censures : un peu de finesse couvrira
nos secrets. Écris avec le lait: le papier sec ne laissera aucune trace visible;
mais le feu fera reparaître les caractères. Ou bien imite la scytale des Lacédémoniens : c'est une bande de parchemin enroulée autour d'un cylindre de

bois. On y écrit les lignes à la suite; et, la bande détachée, les mots ne se correspondent plus, jusqu'à ce que la bande soit roulée de nouveau autour du cylindre. J'ai mille moyens à t'indiquer, Paulin, si tu crains qu'on ne te fasse un crime de mon amitié. Cache nos lettres à ta compagne, et méprise les autres censeurs. Mais crains de garder le silence avec un père, avec celui qui t'a nourri, qui fut ton premier maître, ton protecteur, avec le maître qui t'introduisit dans le sanctuaire des Muses.

PRUDENCE CONTRE LES JUIFS

Race ingrate! tu blasphèmes le Christ, le Seigneur. Quel sang, dis-moi, quel sang consacre et solennise ta Pâque? Quel est donc cet agneau d'un an que tu immoles? Oui, c'est un sacrifice anniversaire; mais c'est le sacrifice d'un agneau. C'est désormais une folle superstition de marquer ainsi ta porte du sang de la bête bêlante, de former des chœurs de danse, de manger l'azyme, quand ton cœur est gonflé du levain du péché. Ne vois-tu pas, insensé! que ta Pâque est seulement l'ombre de la nôtre? L'antique loi est l'ébauche de notre sacrement sacré contenu dans le véritable sacrifice, du sacrifice qui marque nos fronts du sang pur et défend la demeure de nos corps avec le signe de la croix...

O Judée! apprends la lumière! ô Grèce, instruis-toi! ô grande Rome, sache enfin accorder tes hommages au vrai Dieu!... Tout répète son nom; tout célèbre le Christ, chante le Christ; les animaux muets eux-mêmes proclament le nom du Christ!...

CLAUDIEN CONTRE RUFIN [1]

(I.)

Souvent mon esprit incertain s'est demandé si les dieux s'occupaient de la terre, ou si, abandonnées à elles-mêmes, les choses humaines suivaient le caprice du hasard... Ces doutes, le châtiment de Rufin les a enfin dissipés; les dieux sont absous. Que les méchants arrivent au faîte de la puissance, je ne m'en plaindrai plus; s'ils s'élèvent aussi haut, c'est pour tomber avec plus de fracas.

Muses, révélez-moi quelle source a vomi un si grand fléau. Un jour, l'implacable Alecto, à la vue de la paix qui régnait dans toutes les parties de l'empire, ressentit les déchirements de l'envie...

Dès que Rufin s'est glissé au milieu des splendeurs de la cour, soudain de toutes parts naît l'ambition, l'équité prend la fuite, et le vil intérêt prend sa place; les secrets sont vendus, les clients trompés... Il n'est faute que ce monstre n'exagère; il entretient la colère dans le cœur du prince, et la moindre blessure est irritée par ses traits envenimés...

Chaque jour croissait sa coupable soif..., sans que la honte de demander arrêtât jamais : médite-t-il un parjure, il prodigue les caresses; une trahison, il serre la main de sa victime. S'il arrivait que son insatiable exigence éprouvât quelque refus, soudain de fougueux transports s'emparaient de lui... La foi jurée, les lois de l'hospitalité sont également méconnues par lui : c'est peu que le mari, la femme et les enfants soient immolés à sa haine; le trépas de leurs proches, l'exil de leurs amis ne lui suffisent même pas; anéantir leurs concitoyens, faire disparaître jusqu'au nom de leur patrie, tel est le but de ses efforts. Encore si la mort était prompte; mais il faut auparavant qu'il jouisse de l'agonie de ses victimes : le glaive reste en suspens pour faire place aux tortures, aux chaines et aux horreurs des cachots. Triste fa-

1) Alph. Trognon.

veur, plus cruelle que le supplice même! délai cruel, acheté au prix de la souffrance! La mort est-elle donc si peu de chose? Des prétextes mensongers couvrent ses poursuites; il accuse en personne l'innocence étonnée de le trouver pour juge. Lent pour tout le reste, il est tout de feu pour le crime; alors on le voit parcourir sans relâche les contrées les plus lointaines : ni les ardeurs de Sirius, ni le souffle glacé de l'aquilon ne retardent sa marche. Dévoré d'inquiétude, il tremble que quelque mortel n'échappe à son glaive, ou que la clémence d'Auguste ne lui ravisse l'occasion d'un forfait. Il n'est ni jeunesse ni vieillesse qui touche ou ébranle son cœur : la tête sanglante du fils tombe sous la hache aux pieds du père éploré, et le vieillard, condamné à survivre à ce qu'il a de plus cher, va terminer dans l'exil une vie qu'illustra le consulat... La crainte de sa haine toujours cachée avait répandu partout la consternation; on ensevelit ses plaintes dans le silence, on craint de faire éclater son indignation.

Mais la vertu magnanime de Stilicon échappe à cet abattement : seul au milieu de l'effroi de tous, il ose tourner ses traits contre l'hydre, contre ce monstre altéré de rapine; cependant le vol d'un coursier ne le protége pas; Pégase ne lui prête pas le secours de ses ailes. Par lui le monde obtint le repos qu'il désirait tant; il devint pour tous la tour de refuge, un bouclier à opposer à la férocité de l'ennemi. Près de lui, le fugitif trouva un asile, l'opprimé une bannière, l'homme vertueux un rempart contre la violence. A sa vue, Rufin, menaçant, s'arrêtait tout à coup et prenait lâchement la fuite.

M. VICTOR SUR LES MŒURS [1]

SALMON.

En venant déposer ta prière suppliante à l'autel du Seigneur..., tu as dû voir autant de sanctuaires du Christ que tu as vu d'hommes! Mais voudrais-tu jouir des douceurs de la conversation? Ici habite Thesbon, ton hôte et mon ami, où nos pères trouvent la fraîcheur d'un antre ombragé des rameaux d'une vigne touffue.

VICTOR.

Dis-moi, Salmon, dis-moi, quel est maintenant ton sort? quelle est la condition de notre patrie? le bonheur dont tu jouis? Hélas! les terres, les fortunes, la vie même a été troublée par le flot envahissant des barbares... Mais, hélas! si le Sarmate renverse, si le Vandale brûle, si l'Alain ravit, quand nos faibles efforts et nos ressources trompeuses cherchent à rétablir les choses dans leur premier état, nous ne songeons pas à réparer les maux que nos fautes ont amenés; nous laissons nos âmes s'engourdir dans l'iniquité, nous livrons nos cous au joug du péché et nos mains aux entraves du vice. Nous nettoyons la vigne, nous retraçons nos sentiers, nous redressons notre porte et rattachons nos fenêtres, au lieu de réparer le désordre de nos âmes, et de relever l'abaissement de nos esprits... Rien n'est sacré pour nous, si ce n'est l'intérêt; tout gain est honnête à nos yeux, s'il est considérable; nous donnons à nos vices d'honorables noms, et l'avarice se décore du nom d'économie... Voilà, Salmon, voilà quels sont nos crimes.

SALMON.

Mais ce n'est rien que tant de désordres, si les fureurs des femmes ne les ont surpassés.

VICTOR.

La nuit humide avec ses ténèbres aurait remplacé le jour, Salmon, avant

---

(1) On remarquera combien le ton de ce dialogue se rapproche de celui de la 1re églogue de Virgile.

que j'aie suffi à énumérer les crimes de l'autre sexe. Hélas ! puisque Dieu
les a soumises à nos lois, c'est à nous qu'il faut encore attribuer les crimes
de nos femmes.

SALMON.

Mais au moins parmi vous la vertu fleurit encore, et l'Église nourrit de
pieux serviteurs.

VICTOR.

Oui, bon père, oui, il y a encore parmi nous des modèles de pureté auxquels je voudrais ressembler; oui, dans notre peuple, il y a des chrétiens
des deux sexes qui méritent de porter la couronne des vainqueurs...

GENRE PASTORAL. — Dans ce genre ont écrit : au IIIe siècle,
Calpurnius, auteur de sept et peut-être de onze églogues imitées
de celles de Virgile, et non sans mérite; au IVe, Ausone, Sévérus
Sanctus, qui a écrit sur la mort des bestiaux une églogue chrétienne; au Ve, Claudien, dont les idylles se rapprochent du genre
didactique, et Gallus ou Maximien.

LE TEMPLE [1]

(CALPURNIUS . Églogue VIII.)

LYCOTAS.

Que ton séjour à Rome a été long, ô Corydon ! Vingt nuits se sont écoulées
depuis que nos forêts désirent te revoir, et que nos taureaux attristés attendent que tu fasses retentir les joyeux éclats de ta voix.

CORYDON.

Ah ! Lycotas ! il faut être indolent comme toi, et plus insensible que le
bois d'un essieu, pour préférer la vue de ces vieux hêtres aux spectacles que
notre jeune dieu vient de donner dans l'arène du cirque !

LYCOTAS.

Je ne pouvais imaginer quel motif retardait ton retour, ni pourquoi ta
flûte se taisait si longtemps dans le silence de nos forêts, tandis que, le front
ceint d'une pâle couronne de lierre, Stimicon seul y faisait entendre sa
voix...

CORYDON.

Que l'invincible Stimicon remporte tous les prix et s'enrichisse à force de
vaincre; quand il s'applaudirait d'avoir gagné... tous les troupeaux..., son
bonheur n'égalerait pas le mien. Non, si l'on me donnait tous les bestiaux
que nourrit la forêt de Lucanie, un tel don ne me causerait pas plus de
plaisir que les spectacles que Rome m'a offerts.

LYCOTAS.

Parle, Corydon, et ne dédaigne pas de m'en faire le récit; je n'en serai pas
moins charmé que je ne le suis lorsque j'entends ta voix disputer le prix du
chant...

CORYDON.

J'ai vu un amphithéâtre formé par l'assemblage de poutres colossales; il
s'élevait jusqu'aux nues, et semblait regarder au-dessous de lui le mont

(1) L. Puget.

Tarpéien : ses degrés étaient immenses, et régnaient sur une pente douce et facile. J'ai pris place sur un des siéges destinés au peuple sombre et indigent, et sur les autres siéges, qui n'étaient couverts que par la voûte des cieux, on voyait se presser en foule les chevaliers et les tribuns en habits blancs... Deux énormes théâtres, qui se réunissaient à leurs extrémités, renfermaient l'arène sous leurs arcs prodigieux, et lui donnaient une forme elliptique... Immobile, les yeux fixes, la bouche béante, j'admirais toute chose, sans me rendre compte de mon admiration, lorsqu'un vieillard, dont la place se trouvait par hasard à gauche de la mienne, me dit : « Est-il surprenant, simple habitant des campagnes, que tant de richesses accumulées te ravissent en extase, toi dont les yeux ne sont pas faits à l'éclat de l'or, et qui ne connais que tes étables et tes rustiques cabanes? Tu vois comme ma tête tremble, comme l'âge a blanchi mes cheveux; j'ai vieilli dans cette ville, et cependant je suis moi-même frappé d'étonnement... » Je vois encore rayonner à l'envi et les pierres précieuses du premier degré, et l'or qui couvre le portique. Sur la limite de l'arène, au bas du mur de marbre dont elle était entourée, tournait une roue merveilleuse, formée de morceaux d'ivoire rapportés avec art, dont la surface glissante devait tromper l'effort des bêtes féroces quand elles y posaient leurs griffes, et les faire tomber en les frappant de vertige. L'amphithéâtre était défendu par de superbes filets de tresses d'or, armées de dents d'éléphant, toutes égales, et tournées du côté de l'arène. Ces dents, me croiras-tu, Lycotas? étaient plus longues que nos râteaux... J'ai vu toutes sortes d'animaux, des lièvres aussi blancs que la neige, des sangliers armés de cornes, une manticore, des élans qui sortaient d'un bois semblable à ceux où l'on a coutume de les trouver, des taureaux qui avaient la tête élevée, et portaient sur le dos une protubérance monstrueuse; d'autres, sur le cou desquels flottait une épaisse crinière, avaient une longue barbe pendante sous leur mâchoire, et le tremblant fanon couvert d'une soie hérissée. Outre ces monstres habitants des forêts, j'ai vu des veaux marins qui combattaient contre des ours, et des animaux informes qu'on pourrait comparer au cheval, et qui naissent dans le fleuve dont les eaux fertilisent les terres par leurs débordements. Ah! combien de fois ne fûmes-nous pas saisis de frayeur, lorsque, l'arène s'entr'ouvrant à nos yeux, il en sortait, comme d'un gouffre, tantôt des bêtes féroces, tantôt une forêt d'arbousiers à l'écorce d'or.

LYCOTAS.

Que tu es heureux, ô Corydon, de n'avoir pas à lutter contre la tremblante vieillesse!..

DE LA MORT DES BESTIAUX

(S. SANCTUS.)

ÉGON.

Buculus, pourquoi errer seul ainsi, triste, les yeux abaissés, de grosses larmes aux yeux? Confie tes peines à un ami...

BUCULUS.

Tu sais, Égon, combien étaient beaux et nombreux mes troupeaux : ils couvraient les rives des fleuves, le creux des vallées et le sommet des montagnes. Maintenant je n'ai plus à attendre qu'une complète ruine : le fruit de tant d'années et de tant d'efforts est perdu en deux jours, tant est rapide le progrès de ce mal.

ÉGON.

Cette contagion horrible a parcouru, dit-on, la Pannonie, l'Illyrie; elle fait chez les Belges de terribles ravages : c'est à nous aujourd'hui qu'en veulent ses fureurs. Mais toi, si habile autrefois à guérir tes bêtes malades par des simples salutaires, pourquoi n'as-tu pas prévenu le mal et donné aux troupeaux des soins anticipés?

BUCULUS.

Nul signe précurseur ne révèle le fléau : tout bœuf frappé succombe au mal, sans langueur, sans répit. Il meurt avant même que la maladie soit déclarée... (*Le bouvier raconte en détail les horreurs de cette peste; il s'apitoie avec tendresse sur le sort de ses pauvres bœufs.*)

ÉGON.

... Mais voici Tityre : il pousse devant lui un troupeau qui, certes, n'a pas été atteint par le fléau.

BUCULUS.

Je le vois. Dis-moi, Tityre, quel dieu t'a préservé de nos malheurs? Comment ce mal, qui fait tant de victimes parmi nos bœufs, a-t-il respecté les tiens?

TITYRE.

C'est grâce à ce signe, qu'on nomme le signe de la croix de Dieu, du Dieu que révèrent seul les grandes villes (1), dont le Fils unique est le Christ, gloire de son éternelle divinité. Ce signe, imprimé sur le front, suffit à préserver tous les êtres vivants; et c'est parce que Dieu a tout pouvoir pour sauver qu'on l'a nommé *Sauveur*. Devant lui disparaît toute trace du redoutable fléau. Tu peux t'adresser à ce grand Dieu : crois seulement; la foi seule peut faire exaucer tes vœux...

BUCULUS.

Si tu dis vrai, Tityre, je ne veux pas tarder de reconnaître cette croyance salutaire; je quitterai volontairement la superstition ancienne, car elle est vaine et trompeuse.

TITYRE.

Mon cœur soupire après le temple du souverain Dieu; j'y cours. Viens, Buculus; nous allons faire ensemble cette route peu longue; nous allons confesser la divinité du Christ...

LES ÉPIGRAMMES.

LES ÉPIGRAMMES. — Les auteurs d'épigrammes sont : au IIᵉ siècle, Adrien, Julius Florus; au IVᵉ, Ausone, Pentadius, Ablavius; au Vᵉ, Claudien, saint Prosper d'Aquitaine, Avitus; au VIᵉ, Luxorius, F. Félix, Ennodius, Alcimus, Modestus et Pollux.

DERNIÈRE ÉPIGRAMME D'ADRIEN (2)

Ma petite âme, ma mignonne,
Tu t'en vas donc, ma fille, et Dieu sache où tu vas (3).
Tu pars seulette et tremblotante, hélas!
Que deviendra ton honneur, folichonne?
Que deviendront tant de jolis ébats?

1. Depuis Constantin, les faux dieux n'étaient plus adorés que par les paysans (*pagani*, païens). — 2. Nisard dans Spartien. — (3) Voi'a où en était la philosophie de ce temps.

DE LA VIE HEUREUSE

(Pentadius.)

Non, ce que vous appelez une vie heureuse, ne l'est pas réellement. Le bonheur, ce n'est pas d'avoir les mains brillantes de pierreries, de reposer sur un lit incrusté d'écailles, de s'enfoncer mollement sur une couche de plumes, de boire dans l'or, de marcher sur la pourpre, de charger sa table de mets dignes d'un roi, de ne pouvoir contenir dans son cellier les richesses de l'Afrique; non, le bonheur, c'est de ne rien craindre, de ne tenir aucun compte de la faveur populaire, de n'avoir souci de la guerre ni du glaive : celui qui vit ainsi tranquille peut être fier; il est maître de la fortune.

MALLIUS ET ADRIEN

(Claudien.)

Mallius passe à dormir et ses jours et ses nuits; Adrien, toujours éveillé, pille et ravit le profane et le sacré. Peuples de l'Italie, faites des vœux au ciel! obtenez de lui que Mallius veille et qu'Adrien dorme.

HOMÈRE ET VIRGILE

(Avitus.)

« Dis-nous, fut-il demandé à Apollon, dis-nous si le chantre de Méonie aura jamais son égal ? » Apollon sourit : « S'il a pu naître, ô Homère, un poète qui te servit de modèle; il naîtra un poète, Homère, qui te prendra pour modèle. »

LIVRE DEUXIÈME

ORATEURS

CHAPITRE PREMIER

I. CONSIDÉRATIONS GÉNÉRALES.

Les préceptes de l'éloquence ont été donnés par nous dans la partie grecque de ce volume; nous n'avons pas à y revenir. Notons que l'imitation s'est moins fait sentir chez les Latins pour l'art oratoire que pour la poésie. Avant que les chefs-d'œuvre de Démosthène fussent parvenus à Rome, on y avait parlé avec éloquence et avec énergie. La forme républicaine, les assemblées du sénat et celles du peuple durent inspirer de bonne heure le goût de la parole, et la pensée de dominer par elle sur les esprits. Ce qui surtout contribua puissamment au développement de l'éloquence, ce fut cette lutte acharnée et perpétuelle qui mit aux prises à Rome le parti aristocratique et le parti populaire. Quelle étude curieuse nous offrirait le recueil des discours agressifs, virulents, sans ménagements, que les tribuns du peuple firent entendre durant cette période pour attaquer leurs adversaires patriciens; et celui des répliques plus sages, plus modérées, plus habiles, prononcées par les membres du sénat! Ce que nous trouvons dans Tite-Live et dans Salluste n'est certes pas la reproduction fidèle des efforts des orateurs politiques; nous examinerons cependant les essais qu'il introduit dans ses histoires, comme un écho lointain des éclats de cette grande et interminable querelle.

L'éloquence brute des premiers Romains se polit merveilleusement à mesure que le sentiment républicain s'émousse et que la liberté s'éteint. L'art des Grecs a pénétré dans Rome d'ailleurs, et l'on y enseigne la rhétorique publiquement sur les grands modèles d'Athènes, qui ne vont plus rester sans rivaux. Les Gracques, Cicéron, Marc-Antoine, Hortensius, possèdent, avec le génie oratoire, toutes les finesses et toutes les ressources de l'école. C'est l'âge d'or de l'éloquence romaine ; et l'étude devient facile, parce que le modèle est large et abondant ; les discours politiques et judiciaires de Cicéron seul suffiront presque à notre curiosité.

Le règne du panégyrique et de la déclamation commence où finit, avec la république, celui de l'éloquence politique. Le sophisme impose silence à l'inspiration de la nature et des faits ; la recherche du pur rhéteur prend la place des grands mouvements et des passions du citoyen. C'est l'imitation des Grecs poussée jusqu'à la minutie ; mais du milieu de cette servile préoccupation, il ne ressort que la faiblesse, et la pauvreté de l'esprit avec la stérilité des sujets.

Heureusement, la salutaire révolution qui avait ranimé la saine éloquence chez les Grecs, donne aussi chez les Latins une vie et une inspiration nouvelles à l'art oratoire. Le goût est devenu moins délicat et moins fin, l'art est dégénéré, la langue même se corrompt ; mais la grande et sublime idée chrétienne, la force du confesseur de J.-C., la conviction de l'apôtre, donnent à la parole des Pères de l'Église une véhémence, une vertu, un charme que les leçons de l'école avaient fait tomber en désuétude.

II. LES QUATRE ÉPOQUES DE L'ÉLOQUENCE LATINE.

Pour rester fidèles à notre plan, nous suivons encore, bien qu'elle soit déjà indiquée plus haut, la division de M. Geruzez. « L'histoire de l'éloquence romaine, dit-il, se partage naturellement en quatre époques : la première époque, qui commence avec la république, s'étend jusqu'à la lutte de Marius et de Sylla ; la seconde embrasse les deux triumvirats et finit avec la liberté romaine ; la troisième comprend les premiers siècles de l'empire ; et la quatrième, qui commence avec Constantin, se termine à la chute de l'empire d'Occident. La première de ces époques nous a légué plus de noms illustres que de monuments ; la seconde est tout entière dans Cicéron, les discours de ses rivaux d'éloquence ne nous étant pas parvenus ; la troisième, qui conserve quelques traces de l'éloquence politique dans les délibérations du sénat dégénéré, est le règne des rhéteurs, des avocats, et l'avénement des premiers orateurs chrétiens ; la quatrième nous montre le triomphe de l'éloquence chrétienne à côté des déclamations de l'école. »

CHAPITRE II

1re Époque

Nous ne possédons des orateurs de cette époque que le souvenir historique de leur renommée, et le choix des harangues ornées que Tite-Live a mises sur leurs lèvres. Comme pour les orateurs grecs de la première époque, nous exposerons, dans la biographie des personnages, les circonstances où leur éloquence s'est produite, et quelquefois nous citerons l'interprétation de l'historien.

Brutus (Junius). — L'auteur de la révolution qui renversa à Rome la monarchie n'a pas besoin que nous esquissions ici sa biographie : on la connaît assez. Rappelons seulement quel dut être le magnifique mouvement d'éloquence qui, faisant sortir tout à coup Brutus de son imbécillité feinte, le montra au peuple et au sénat comme un sauveur, comme le vengeur de la liberté publique, comme le gardien de l'honneur, et décida cette nation jalouse à le nommer son premier magistrat. Plus tard, cette parole eut l'occasion de développer sa force menaçante et sa sombre énergie, quand, avec son collègue, il jura et fit jurer, par une violente imprécation, la mort de quiconque essayerait de rappeler les rois déchus. Sa vertu féroce devait accomplir ce terrible serment.

Agrippa (Ménénius). — Vainqueur des Sabins, Ménénius jouissait d'une grande considération dans sa patrie. Quand éclatèrent les dissensions amenées par les rigueurs des créanciers, et que les plébéiens se furent retirés en armes sur le mont Sacré, on chargea le premier triomphateur d'aller, avec neuf de ses collègues, porter aux séditieux des paroles de consolation. Il apaisa la querelle par cet apologue :

« Dans le temps où l'harmonie ne régnait pas encore comme aujourd'hui dans le corps humain, mais où chaque membre avait son instinct et son langage à part, toutes les parties du corps s'indignèrent de ce que l'estomac obtenait tout par leurs soins, leurs travaux, leur ministère, tandis que, tranquille au milieu d'elles, il ne faisait que jouir des plaisirs qu'elles lui procuraient. Elles formèrent donc une conspiration : les mains refusèrent de porter la nourriture à la bouche, la bouche de la recevoir, les dents de la broyer. Tandis que, dans leur ressentiment, ils voulaient dompter le corps par la faim, les membres et le corps tout entier tombèrent dans une extrême langueur. Ils virent alors que l'estomac ne restait pas oisif, et que, si on le nourrissait, il nourrissait à son tour, en renvoyant dans toutes les parties du corps ce sang qui fait notre vie et notre force, et en le distribuant également dans toutes les veines, après l'avoir élaboré par la digestion des aliments (1). »

CÉTHÉGUS (M. Cornélius.) — Il vivait vers l'an 204 av. J.-C.; il fut général et orateur, et Ennius l'a appelé *Os suaviloquens,* la bouche au doux parler.

CATON L'ANCIEN. — 232 av. J.-C., celui que ses contemporains devaient appeler le *Démosthène romain.* Homme nouveau, il sut employer les deux grands moyens par lesquels on faisait à Rome son chemin : la guerre et l'éloquence. Après avoir rendu de brillants services dans la seconde guerre punique, il fut successivement tribun militaire, questeur, préteur en Sardaigne, et enfin consul. Il remporta en Espagne des avantages signalés, qui lui valurent le triomphe; et, plus tard, il s'illustra encore en Étolie et aux Thermopyles.

Comme orateur, il se distingua d'abord en plaidant dans la ville et dans le voisinage de Rome; bientôt on l'entendit dans les assemblées publiques. La censure devait révéler toute sa puissance; quand il la sollicita, il sembla plutôt imposer ses lois que réclamer une faveur. Il s'éleva contre l'introduction des arts efféminés de la Grèce, contre le relâchement des mœurs, contre le luxe : il fallait, dit-il, des hommes fermes et sévères, des magistrats déterminés à opposer une digue à ce débordement. Il obtint la censure, et l'exerça avec l'énergie qu'il avait mise à la briguer. Ses rigueurs soulevèrent contre lui des colères et des procès : il fut accusé quarante-quatre fois devant le peuple, et absous quarante-quatre fois. Les cent cinquante discours qu'il avait publiés, et auxquels Cicéron reconnaît avoir fait d'utiles emprunts, ne nous sont malheureusement pas parvenus, pas plus que ses autres ouvrages. A 85 ans, il étudia la langue grecque. Il mourut entouré de la considération publique, et fut regardé comme l'oracle du sénat. On sait qu'il avait fait décider la troisième guerre punique, en terminant toutes ces harangues par ces mots : *Et j'opine à ce qu'on détruise Carthage!*

(1) Nisard.

CATON POUR LA LOI OPPIA [1]

(TITE-LIVE, XXXIV.)

... Romains, vous m'avez souvent entendu déplorer les dépenses, celles des citoyens comme celles des magistrats; souvent j'ai répété que deux vices contraires, le luxe et l'avarice, minaient la république. Ce sont des fléaux qui ont causé la ruine des grands empires. Aussi, plus notre situation devient heureuse et florissante, plus notre empire s'agrandit, plus je les redoute. Nous avons pénétré dans la Grèce et dans l'Asie... Nous tenons dans nos mains les trésors des rois. Ne dois-je pas craindre qu'au lieu d'être les maîtres de ces richesses, nous n'en devenions les esclaves? C'est pour le malheur de Rome qu'on a introduit dans ses murs les statues de Syracuse. Je n'entends que trop de gens vanter les chefs-d'œuvre de Corinthe et d'Athènes, et se moquer des dieux d'argile qu'on voit dans nos temples.

Pour moi, je préfère ces dieux qui nous ont protégés, et qui nous protégeront encore, je l'espère, si nous les laissons à leur place. Du temps de nos pères, Cinéas, envoyé à Rome par Pyrrhus, essaya de séduire par des présents les hommes et même les femmes pour le triomphe de sa cause. Il n'y avait pas encore de loi Oppia pour réprimer le luxe des femmes; et pourtant aucune n'accepta. Quelle fut, à votre avis, la cause de ce refus? La même qui avait engagé nos aïeux à ne pas établir de loi à ce sujet : il n'y avait pas de luxe à réprimer... Aujourd'hui, que Cinéas parcoure la ville, il trouvera nos femmes dans les rues et disposées à recevoir ses présents.

LES GRACQUES (Tibérius et Caïus). — Ces deux petits-fils de Scipion l'Africain, ces deux tribuns populaires devant lesquels le sénat trembla, et auxquels il ne put imposer silence que par le meurtre, ont été sans doute de puissants orateurs.

Tibérius proposa la loi agraire avec une éloquence entraînante; il parvint à faire passer, malgré l'opposition patricienne, le décret qui distribuait aux citoyens le trésor d'Attale; il allait proposer des lois plus sanglantes encore contre l'aristocratie romaine, quand il périt victime de sa vengeance.

Caïus, qui s'était couvert de gloire dans les armées, sortit de la retraite où il s'était prudemment renfermé après la mort de Tibérius, se justifia des accusations du sénat, et réussit à obtenir la confirmation de la loi agraire et l'établissement de distributions en faveur des pauvres. Jusque-là le sénat lui-même s'était incliné devant sa probité, son talent et son influence; mais Caïus, fier de ces premiers succès, ayant proposé l'admission des Italiens au droit de suffrages, les sénateurs revinrent de leur admiration en présence de ce nouveau péril. Un tribun gagné par eux, Drusus, dépasse à dessein les réformes et les largesses de Caïus; l'orateur est forcé d'accepter une mission qui le fait un instant oublier. A son retour, il avait perdu presque toute sa popularité; il périt misérablement, comme Tibérius, sous les coups de ses ennemis.

---

1. Nisard. — (2) Les femmes intervenaient alors déjà dans la politique.

Les témoignages de leurs contemporains attestent seuls les succès oratoires des Gracques; mais on peut juger, par la haine acharnée qu'ils soulevèrent contre leurs personnes, par l'enthousiasme public qui frémissait autour d'eux, par leur mort tragique, de la force de leur éloquence et de ses puissants efforts.

GALBA (Supicius). — Préteur en Lusitanie, le même qui, par sa précipitation, causa à son armée la perte de 7,000 hommes, désastre dont il tira vengeance en dévastant les champs de ses ennemis. Les Lusitaniens, trompés par une fausse paix, furent désarmés; 9,000 d'entre eux périrent, et Galba s'enrichit aux dépens de la ville. Caton accusa le préteur devant le peuple; mais Galba, le plus grand orateur de ce temps, au dire même de Cicéron qui le place au-dessus de Caton, présenta si habilement sa défense qu'il fut absous et bientôt nommé consul. On dit qu'il entraîna le peuple par une péroraison pathétique, et en pressant dans ses bras ses deux fils en bas âge.

MARIUS (Caïus). — Ce grand homme, né en 156 av. J.-C., d'une famille obscure, et qui obtint plus tard le titre de second libérateur de Rome, a mêlé avec tant d'éclat sa vie à l'histoire, que ce n'est pas ici le lieu de la raconter. Mais il appartient par tous ses actes à l'art oratoire; il lui appartient par son intervention puissante dans la querelle populaire, soit qu'il attaque les patriciens au Forum, soit qu'il effraye les sénateurs de ses menaces au milieu de la Curie. Nous empruntons à Salluste le discours prononcé par Marius dans l'assemblée du peuple, au moment de marcher contre Jugurtha.

MARIUS AU PEUPLE [1]

(SALLUSTE, *Jugurtha.*)

Romains, je sais combien la plupart de vos magistrats diffèrent de conduite dans la demande et dans l'exercice d'une place. D'abord actifs, suppliants, modérés, ils sont ensuite lâches et superbes. Il me semble, au contraire, qu'autant la patrie l'emporte sur le consulat et la préture, autant on devrait la gouverner avec plus de soin que l'on n'en met à briguer ces honneurs. Je n'ignore pas quel fardeau m'impose votre illustre bienfait. Préparer la guerre et ménager à la fois les deniers publics, contraindre à servir et ne pas offenser, pourvoir à tout au dedans et au dehors, et se conduire ainsi au milieu de l'envie, des obstacles et des factions : c'est là, Romains, une tâche plus pénible qu'on ne le pense.

D'ailleurs d'autres ont-ils failli, leur noblesse, les hauts faits de leurs aïeux, le crédit de leurs parents et de leurs alliés, de nombreux clients, tout les protége ; moi, tout mon espoir est dans moi. Il faut donc que mon courage et mon intégrité me défendent, puisque ce sont mes seules armes. Ro-

(1) C. L. Mollevault.

mains! tous les regards se tournent vers moi. Les hommes justes et honnêtes me favorisent ; ils savent que mes services sont utiles à l'État. La noblesse cherche à m'attaquer ; je n'en dois faire que plus d'efforts pour répondre à votre espoir et tromper son attente. Depuis mon enfance, les travaux, les dangers me sont familiers. Si je les ai affrontés sans salaire, pensez-vous, Romains, quand vous m'en payez, que je change de conduite ? Il est difficile qu'ils se modèrent dans les grandeurs, ceux qui couvraient leur ambition du masque de la probité ; pour moi, qui passai ma vie dans l'exercice des vertus, l'habitude de bien faire m'est devenue naturelle. Vous m'avez ordonné de combattre Jugurtha : la noblesse en murmure ; mais réfléchissez si vous devez changer votre décret, et, parmi ces nobles, nommer pour cette guerre ou toute autre un homme d'ancienne famille, qui compte beaucoup d'aïeux sans compter une campagne. Vous verrez dans cette entreprise sa profonde ignorance, son trouble et sa précipitation, heureux de prendre pour conseiller un plébéien ; car souvent celui que vous chargez de commander cherche un homme qui le commande. Romains, j'en connais qui, nommés consuls, lisent pour la première fois l'histoire de nos ancêtres et les préceptes des Grecs sur la guerre : ils renversent l'ordre naturel, car la théorie doit précéder la pratique ; mais, par le fait et par l'usage, c'est le contraire.

Romains, comparez à ces patriciens superbes Marius, homme nouveau. Ce qu'ils entendent ou lisent, je l'ai vu ou fait ; ce qu'ils ont appris dans les livres, je l'ai vu dans les combats. Voyez ce qui vaut le mieux des actions ou des discours : ils méprisent ma naissance ; moi, leur lâcheté : ils m'objectent ma condition ; moi, leur opprobre. Je pense que la nature rend les hommes égaux, que le plus noble c'est le plus brave. Eh ! si vous demandiez aux ancêtres d'Albinus et de Bestia qui ils préféreraient pour fils d'eux ou de moi, ne répondraient-ils pas : « Nous préférons le plus vertueux ! » S'ils ont le droit de me mépriser, qu'ils méprisent donc leurs ancêtres ennoblis comme moi par leur mérite. Ils envient ma place ; qu'ils envient aussi mes travaux, mon intégrité, mes périls, source de mon élévation. Mais ces hommes, corrompus par l'orgueil, passent leur vie comme s'ils méprisaient vos dignités, et les recherchent comme s'ils vivaient avec honneur. Quel abus de convoiter des choses si opposées, les voluptés de la mollesse et les récompenses de la vertu ! Lorsqu'ils haranguent vous ou le sénat, ils exaltent leurs aïeux ; en louant tant de hauts faits ils se croient plus illustres. C'est le contraire ; plus l'héroïsme des uns fut éclatant, plus la lâcheté des autres est infâme. Et certes la gloire des ancêtres est un flambeau qui ne permet pas que les vices et les vertus de leurs descendants restent dans les ténèbres.

Romains, je n'ai pas leurs titres ; mais, ce qui m'honore davantage, j'ai mes actions, et je puis en parler. Mais voyez leur injustice. Ce qu'ils s'attribuent par la vertu d'autrui, ils ne veulent pas que je le reçoive de la mienne ; c'est que je n'ai pas d'aïeux renommés, c'est que ma noblesse est nouvelle. Il vaut mieux se la créer soi-même que d'avilir celle de ses pères. Je le sais, s'ils veulent me répondre, leur éloquence sera adroite et recherchée ; mais, comblé de vos bienfaits, quand ils accablent d'imprécations et vous et moi, je n'ai pas dû me taire, de peur d'être accusé par mon silence ; et, j'en suis convaincu, leurs discours ne peuvent me nuire : vrais, ils feront mon éloge ; faux, ma conduite les réfute. Cependant, puisqu'ils blâment vos résolutions, vous qui m'avez revêtu d'un commandement suprême, réfléchissez, oui, réfléchissez si vous devez vous en repentir. Je ne puis, pour assurer votre confiance, étaler les images, les triomphes, les consulats de mes pères ; mais, s'il le faut, je puis montrer des lances, des étendards, des colliers, d'autres récompenses militaires, et cette poitrine couverte de cicatrices : voilà mes images, voilà ma noblesse ; comme eux, je ne l'ai pas reçue par succession ; je l'ai achetée au prix de ma sueur et de mon sang.

L'art brille peu dans mes discours ; que m'importe? La vertu brille assez d'elle-même : eux, pour cacher leur turpitude, ils ont besoin d'une artificieuse éloquence. Si je n'ai pas appris la langue des Grecs, c'est qu'il me plaisait peu de l'apprendre, puisqu'elle n'a pas rendu meilleurs ceux qui l'ont enseignée ; mais frapper l'ennemi, garder un poste, ne rien craindre hors le déshonneur, supporter le chaud et le froid, coucher sur la terre, endurer les travaux et la faim, voilà mes études, plus importantes pour la république. Je veux que ma conduite exhorte mes soldats. Leur misère ne nourrira pas mon opulence ; leurs travaux n'élèveront pas ma gloire... C'est en agissant comme moi que nos ancêtres illustrèrent eux et l'État.

... Ils m'accusent d'ignorance et de grossièreté, parce que j'ordonne mal un festin... et que mon cuisinier ne me coûte pas plus que mon esclave des champs. Je suis fier d'en faire l'aveu, Romains, car j'ai appris de mon père que le luxe est pour les femmes, le travail pour les hommes; qu'il faut à un guerrier plus de gloire que de richesses, que ses ornements sont ses armes et non ses meubles. Eh bien ! ce qui leur plaît tant, ce qu'ils estiment tant, puissent-ils s'y livrer toujours!... Qu'ils passent leurs dernières années comme leur jeunesse, dans les festins et les débauches; qu'ils nous laissent à nous la sueur, la poussière, et ce que nous préférons à leurs orgies... Mais, ô comble de l'injustice ! ces vices ne nuisent pas aux coupables, ils ruinent la république qui est innocente.

Maintenant que j'en ai dit assez pour moi, trop peu pour leur dépravation, je vous parlerai un moment de la chose publique. Rassurez-vous sur la guerre de Numidie; vous venez d'écarter ce qui jusqu'alors a protégé Jugurtha : l'avarice, l'impéritie et l'orgueil. Votre armée connaît le pays; mais certes elle a plus de bravoure que de bonheur, car elle a été presque détruite par l'avarice ou la témérité des chefs. Vous donc qui êtes en âge de combattre, joignez-vous à moi, défendez la république, et ne vous effrayez pas du malheur de ses soldats et de l'insolence de ses généraux. Moi-même, dans la marche, dans les combats, je serai votre guide, le compagnon de vos dangers ; tout sera commun entre vous et moi; et certes la faveur des dieux va tout nous accorder : la victoire, le butin, la renommée. Si ces avantages étaient éloignés ou incertains, tout citoyen vertueux devrait encore secourir la république : en effet, la lâcheté ne rend pas immortel, et les pères souhaitent à leurs enfants non de vivre toujours, mais de vivre avec honneur et intégrité. Romains, j'en dirais davantage si les paroles fortifiaient les lâches; j'en ai dit assez pour des braves.

SYLLA (L. Cornélius). — Sylla fut en politique le rival de Marius; il le fut encore en éloquence. Pendant que ce dernier se posait en champion du peuple, Sylla défendait de sa parole l'aristocratie dégradée et sans force. L'histoire lui reprochera éternellement, ainsi qu'à son ennemi, l'usage cruel qu'il fit du pouvoir que ses talents lui avaient acquis. Nous avons donné un échantillon de la manière sauvage et habile à la fois de Marius; l'éloquence de Sylla, au contraire, était toujours aussi fière et aussi hautaine qu'elle était ornée.

CRASSUS (L. Licinius). — Il obtint le consulat 26 ans après le meurtre de Caïus Gracchus ; il prononça, à 20 ans, un discours contre Carbon. Cicéron, qui parle de ce discours comme d'un chef-d'œuvre, a fait de Crassus le principal interlocuteur de son *de Oratore*.

MARC-ANTOINE. — Il reçut à Rome le titre de l'*Orateur*, et Cicéron le compare aux grands maîtres de la parole en Grèce. Malheureusement il ne publiait pas ses plaidoyers, et rien ne nous en est parvenu, si ce n'est le plan de deux discours tracé par Cicéron lui-même. Il débitait d'une manière séduisante, son raisonnement était ferme et serré, sa réfutation irrésistible. Il excellait dans l'action : c'est lui qui gagna la cause d'un vieux soldat en entr'ouvrant sa tunique et en montrant de glorieuses cicatrices. Appelé au consulat 99 ans av. J.-C., il fut par la suite victime des proscriptions de Marius.

2ᵉ Époque

HORTENSIUS (Q. Ortalus). — 113 av. J.-C. Cet orateur débuta au barreau à 19 ans, et il y eût occupé le premier rang, si Cicéron ne le lui eût ravi. Hortensius reconnut la supériorité de son vainqueur et voulut être son ami. Il fut tribun, préteur et même consul, l'an 70; mais il ne prit point de rôle politique, satisfait d'avoir vu admirer son éloquence et de jouir de sa large fortune. On sait qu'il prit contre Cicéron la défense de Verrès et qu'il fut vaincu. Toutes ses harangues sont perdues, et le jugement que son rival en porte nous les fait d'autant plus regretter; Quintilien, moins enthousiaste, déclare qu'elles produisaient plus d'effet à la tribune qu'à la lecture. Le travail et l'énergie manquaient à ses compositions; mais le style brillant, le charme du débit, cachaient aux auditeurs ce qu'elles avaient d'imparfait.

JULES CÉSAR. — « Si César, dit Quintilien, avait suivi la carrière du barreau, il serait le seul qu'on pût comparer à Cicéron. En effet, la force, la vivacité, le mouvement de ses discours, démontrent avec évidence qu'il a été orateur avec ce même génie qui l'a fait guerrier; toutes ces qualités sont embellies par une très-grande élégance de diction, qu'il soignait d'une manière extraordinaire. » Cicéron le regardait aussi comme le plus élégant des orateurs latins. Faute de discours authentiques, nous citerons ici celui que Salluste lui prête dans le sénat, lors de la délibération qui eut lieu sur le sort des complices de Catilina.

CÉSAR DANS LE SÉNAT [1]

(Sall. Catil.)

Pères conscrits, tous ceux qui délibèrent sur les affaires douteuses doivent être exempts d'amitié, de haine, de colère et de pitié ; celui qu'aveuglent des préventions découvre avec peine la vérité, et personne ne sert à la fois sa passion et ses vrais intérêts : si votre esprit est libre, il sera fort ; si la passion l'obsède et le domine, la raison est sans force. Combien pourrais-je vous citer de rois et de peuples que la colère ou la pitié a mal conseillés ! Mais j'aime mieux vous dire comment nos ancêtres, en se domptant, furent justes et généreux. Dans la guerre de Macédoine contre Persée, la superbe cité des Rhodiens, opulente par nos bienfaits, nous trahit et s'arma contre nous. La guerre terminée, on délibéra sur le sort de Rhodes ; nos ancêtres, craignant d'être accusés de s'armer plutôt contre ses richesses que contre l'injustice, la laissèrent impunie. Pendant les longues guerres puniques, souvent les Carthaginois violèrent une paix ou une trêve par d'atroces perfidies. Les Romains, dans l'occasion, n'usèrent jamais de représailles ; ils consultaient plus leur dignité que les droits de la justice.

Vous aussi, pères conscrits, prenez garde que le crime de Lentulus et de ses complices ne triomphe de votre dignité ; consultez moins votre courroux que votre gloire : si vous trouvez une peine égale à leurs forfaits, innovez, j'y consens ; si la grandeur de leur attentat surpasse tous les supplices, n'allez pas au delà des lois. La plupart de ceux qui ont opiné avant moi, déplorant avec art et éloquence l'infortune de l'État, ont retracé les fureurs de la guerre et les maux des vaincus ; les enfants arrachés aux embrassements de leurs pères, les maisons, les temples dépouillés, le carnage et l'incendie, partout les armes, les cadavres, le sang et les pleurs. Mais, au nom des dieux ! à quoi tendent ces discours ? A vous faire exécrer la conjuration. Quoi ! celui qu'un crime si atroce ne révolte pas, un discours l'enflammerait ! Non, jamais les hommes ne trouvent leur propre injure légère ; souvent même ils l'exagèrent sans raison : mais ils n'ont pas tous la même liberté ; celui qui mène une vie obscure, si son courroux l'égare, on l'ignore ; sa renommée et sa fortune sont égales ; celui qui, possesseur de dignités, passe sa vie dans les grandeurs, ne fait rien qui ne soit connu ; aussi plus on est élevé, moins on est libre ; il faut fuir la prévention, la haine, surtout l'emportement ; dans le peuple on nomme colère ce qui, chez les grands, s'appelle orgueil et cruauté.

Certes, je pense que toutes les tortures n'égaleront jamais leur attentat, mais la plupart des hommes gardent les dernières impressions ; ils oublient le crime des plus grands scélérats, pour blâmer leur supplice s'il fut un peu trop sévère.

Ce qu'a dit Silanus, homme probe et courageux, il l'a dit, je le sais, par amour du bien public. Dans une si grande affaire, il n'exerce ni faveur ni inimitié ; je connais son caractère et son équité ; pourtant son avis me semble, je ne dirai pas cruel (peut-on être cruels envers de tels hommes ?), mais contraire à nos mœurs. Sans doute, Silanus, la crainte ou l'indignation vous force, consul désigné, à décerner un nouveau genre de peine : la crainte, il est inutile d'en parler, surtout quand l'active prévoyance d'un illustre consul a mis tant d'hommes sous les armes ; quant au châtiment, disons la vérité ; dans le deuil, dans l'infortune, la mort est le sommeil de nos peines, et non un supplice ; elle emporte tous les maux ; au delà il n'est plus de chagrin ni de joie.

[1] Mollevault.

Mais, au nom des dieux! pourquoi n'ajoutiez - vous pas qu'ils seraient d'abord frappés de verges? Est-ce parce que la loi Porcia le défend? D'autres lois aussi défendent d'arracher la vie aux citoyens condamnés, et prescrivent l'exil. Est-ce parce qu'il est plus cruel d'être frappé de verges que mis à mort? Mais est-il rien de trop rigoureux pour des hommes convaincus du plus noir attentat? Dira-t-on que la peine est trop légère? Convient-il de respecter la loi dans un cas peu grave, et de la violer dans un point si important?

Qui blâmera vos jugements contre les assassins de la patrie? La circonstance, la fortune, dont les caprices gouvernent le monde. Quel que soit leur sort, ils l'auront mérité; mais vous, pères conscrits, considérez l'influence de vos décrets. L'innovation la plus sage a toujours des suites funestes; si l'empire passe à des hommes ignorants et corrompus, cette innovation juste et raisonnable s'applique injustement et sans raison. Athènes vaincue, les Lacédémoniens lui imposèrent le joug de trente chefs. D'abord ils firent mourir sans jugement ceux que signalaient leurs crimes ou la haine publique; le peuple se réjouit et les approuva. Peu à peu l'abus du pouvoir s'accrut; leur caprice immola les bons et les méchants, et la terreur pesait sur tous: Athènes, opprimée par la servitude, paya chèrement sa folle joie. De nos jours, quand Sylla vainqueur ordonna d'égorger Damasippe et les brigands élevés sur les ruines de l'État, qui n'approuva pas cette action? Ces scélérats et ces factieux qui bouleversèrent la république, périssaient, disait-on, avec justice; mais ce fut le signal d'un grand carnage. Quelqu'un convoitait-il une maison, une campagne, un vase, un simple vêtement, il en faisait proscrire le possesseur; et ceux qui s'étaient réjouis de la mort de Damasippe périrent bientôt eux-mêmes, et le massacre ne cessa qu'à l'instant où Sylla eut gorgé tous les siens de richesses.

Cicéron et ces temps me mettent à l'abri de telles craintes; mais, dans un grand État, la variété des esprits est prodigieuse. A une autre époque, sous un autre consul maître d'une armée, peut-être un complot imaginaire sera cru véritable; et, dès qu'à cet exemple, et d'après un décret du sénat, le consul aura tiré le glaive, qui arrêtera, qui règlera ses coups?

Nos ancêtres, pères conscrits, ne manquèrent ni de prudence ni de fermeté; l'orgueil ne s'opposait pas à ce qu'ils adoptassent les institutions étrangères, si elles étaient sages. Ils prirent des Samnites leurs armures et leurs traits; des Toscans, une partie des ornements de la magistrature; enfin, ce qu'ils trouvaient d'utile chez leurs alliés ou leurs ennemis, ils s'empressaient de l'adopter, aimant mieux les imiter que leur porter envie. En ce temps, comme les Grecs, ils battaient de verges et mettaient à mort les citoyens coupables. Quand la république s'agrandit, qu'un peuple plus nombreux fit prévaloir les factions, on opprima l'innocent, on exerça mille vengeances; alors furent rendues la loi Porcia et d'autres qui permettaient l'exil aux condamnés. Cette considération, pères conscrits, est, selon moi, la plus forte contre l'innovation proposée. Certes ces hommes, qui, avec de si faibles moyens, créèrent un tel empire, avaient plus de sagesse et de vertus que nous, qui conservons à peine un héritage acquis si noblement.

Faut-il donc relâcher les détenus et renforcer les troupes de Catilina? Non; mais qu'on saisisse leurs biens, qu'on les tienne aux fers dans les plus fortes villes municipales; que personne ne puisse jamais en référer au sénat, ou bien en appeler au peuple, sans être déclaré par le sénat ennemi de la république et du salut de tous.

CICÉRON (M. Tullius). — Il naquit 107 ans av. J.-C., dans un petit municipe du pays des Volsques, à Arpinum, et mourut assas-

siné à 64 ans. « L'orateur romain pour la postérité, dit M. Geruzez, c'est Cicéron, le premier de tous les orateurs dans l'éloquence judiciaire, et le second dans l'éloquence politique. Sa vie
appartient à l'histoire ; ses œuvres oratoires se composent, pour la
politique : 1° du discours sur la loi Manilia ; 2° de trois discours
sur la loi agraire contre le tribun P. Serv. Rullius ; 3° des quatre
Catilinaires ; 4° des quatorze discours ou Philippiques contre Antoine. Les autres discours de Cicéron, au nombre de trente-quatre,
appartiennent au genre judiciaire, et ont été prononcés par Cicéron
comme accusateur ou comme défenseur. Les plus célèbres dans
cette catégorie sont : le discours pour Roscius, brillant début où
l'éloquence est déjà complète et le goût encore imparfait ; les *Verrines* et le *pro Milone*.

« Le caractère de Cicéron a été diversement jugé. La faiblesse ou
plutôt l'indécision qu'on lui reproche, malgré tant de marques
d'intrépidité, paraît tenir à l'étendue de ses lumières et à sa probité. Aux époques de discorde et de corruption, où la ligne du devoir n'est pas bien tracée, ceux qui veulent la suivre ne se décident pas aussi facilement que les ambitieux et les intrigants, qui
vont à l'assaut du pouvoir et de la fortune sans égard aux moyens.
Ce que l'on ne saurait contester à Cicéron, c'est le désintéressement et l'ardent amour de la patrie. Son malheur et aussi sa
gloire, c'est d'avoir cherché le bien commun, de s'être attaché
exclusivement aux intérêts de la république, lorsque les plus clairvoyants ne savaient pas s'il fallait, pour les servir, remonter
avec effort vers le passé, ou se laisser entraîner à la suite du
succès vers un avenir inconnu. »

Le génie de Cicéron n'a pas cessé, depuis l'antiquité, d'être un
sujet d'étonnement. « Ce grand homme, dit Villemain, n'a rien
perdu de sa gloire en traversant les siècles : il reste au premier
rang comme orateur et comme écrivain. Peut-être même, si on le
considère dans l'ensemble et dans la variété de ses ouvrages, est-il
permis de voir en lui le premier écrivain du monde. » Puisons
encore à la même source l'appréciation des harangues de Cicéron.
« Elles abondent en pensées fortes, ingénieuses et profondes ; mais
la connaissance de son art l'oblige à leur donner toujours ce développement utile pour l'intelligence et la conviction de l'auditeur,
et le bon goût ne lui permet pas de les jeter en traits détachés.
Elles sortent moins au dehors, parce qu'elles sont, pour ainsi dire,
répandues sur toute la diction. C'est une lumière brillante, mais
égale ; toutes les parties s'éclairent, s'embellissent et se soutiennent ; et la perfection générale nuit seule aux effets particuliers.

« Les nombreux écrits de Cicéron sur la théorie de l'art oratoire
le placent encore au premier rang des critiques : les uns expli-

quent et appliquent les principes des rhéteurs précédents; les
autres ajoutent à la science par les observations personnelles du
grand orateur. Comme moraliste, Cicéron n'a pas d'égal parmi
les anciens. Le *Traité des devoirs* marque la limite où s'est arrêtée
la morale avant le christianisme. »

Les bornes de cet ouvrage nous obligent à un choix très-restreint
entre tant de chefs-d'œuvre; cependant, si nous avons pu faire
apprécier les *Verrines*, le plaidoyer *pour Milon*, une *Philippique*
et une *Catilinaire*, nous aurons atteint notre but, celui d'offrir à
l'admiration ce que les talents antiques ont produit de plus remarquable.

CONTRE VERRÈS, SUR LES SUPPLICES

(Ce discours est la cinquième partie du plaidoyer de Cicéron contre Verrès; il peut se partager en quatre chefs d'accusation : 1° la conduite du préteur au moment de la guerre des esclaves; 2° ce qu'il a fait à l'occasion de
celle des pirates; 3° sa cruauté à l'égard des capitaines de la flotte pour
cacher sa propre lâcheté; 4° son oubli de toute humanité et de toute dignité, en livrant aux verges et à la mort des citoyens romains. L'orateur,
dans son exorde, plaisante sur les talents militaires de l'accusé.)

... On m'annonce pour la défense (1) un moyen imposant, merveilleux,
auquel je ne puis répondre qu'après avoir mûrement réfléchi. On se propose
de prouver que, dans les circonstances les plus difficiles, sa valeur et sa
vigilance ont préservé la Sicile des fureurs des esclaves révoltés.

Que faire? De quel côté diriger mes efforts? A mes attaques on oppose,
comme un mur d'airain, le titre de grand général. Je connais ce lieu commun; je vois la carrière qui s'ouvre à l'éloquence d'Hortensius. Il vous
peindra les périls de la guerre..., il parlera de la disette de bons généraux...
Je ne peux le dissimuler, j'appréhende que ses talents militaires n'assurent
à Verrès l'impunité de ses forfaits... Que Verrès soit un brigand, qu'il soit
un sacrilége, un monstre souillé de tous les crimes, flétri de tous les vices;
ils l'accordent. Mais, disent-ils, c'est un grand général, c'est un guerrier
heureux, un héros qu'il faut réserver pour les besoins de la république.

(Verrès s'est donc signalé dans la guerre des esclaves; mais ils n'ont pas
pénétré en Sicile. Pourtant il y a eu quelque chose; et le préteur a même
fait condamner les esclaves de Léonidas. Mais alors, pourquoi les a-t-il res-
titués à leur maître? Il en a été bien payé sans doute. Quelle partialité! il
poursuit d'un autre côté Apollonius pour un esclave qui n'a pas existé.
Ainsi voilà son habileté dans une guerre d'esclaves : ce sont les esclaves
qu'il délivre et les maîtres qu'il punit. Quant à ses vertus militaires,
écoutez!)

Il ne faut pas que, dans un siècle si stérile en grands hommes, vous ignoriez le mérite d'un tel général. Vous ne retrouverez pas en lui la circonspec-
tion de Fabius, l'ardeur du premier des Scipions... Son mérite est d'un
autre genre, vous allez sentir... avec quel soin vous devez le conserver.
Les marches sont ce qu'il y a de plus pénible dans l'art militaire... Apprenez à quel point il a su, par une sage combinaison, les rendre faciles et

(1) Guéroult.

agréables pour lui. Voici la ressource admirable qu'il s'était ménagée, pendant l'hiver, contre la rigueur du froid, la violence des tempêtes et les débordements. Il avait choisi pour résidence la ville de Syracuse, dont la position est si heureuse et le ciel si pur... Cet excellent général y passait toute la saison, de manière que personne à peine ne pouvait l'apercevoir, je ne dis pas hors du palais, mais hors du lit. La courte durée du jour était donnée aux festins. Au printemps, et son printemps à lui ne datait pas du retour des zéphirs..., il ne croyait l'hiver fini que lorsqu'il avait vu des roses : alors il se mettait en marche, et soutenait la fatigue des voyages avec tant de courage et de force, que jamais on ne le vit à cheval.

A l'exemple des rois de Bithynie, mollement étendu dans une litière à huit porteurs, il s'appuyait sur un coussin d'étoffe transparente et rempli de roses de Malte. Une couronne de roses ceignait sa tête, une guirlande serpentait autour de son cou ; il tenait à la main un réseau du tissu le plus fin, plein de roses dont il ne cessait de respirer le parfum. Après cette marche pénible, s'il arrivait dans une ville, cette même litière le déposait dans l'intérieur de son appartement. Les magistrats des Siciliens, les chevaliers romains se rendaient auprès de lui... Les procès étaient soumis à ce tribunal secret ; et les vainqueurs emportaient les décrets obtenus au poids de l'or...

Oh ! qu'il fut bien inspiré par les dieux, ce murmure du sénat assemblé dans le temple de Bellone !... On venait de nous informer d'un rassemblement auprès du temple ; on n'avait personne qui pût être envoyé dans cette contrée. Quelqu'un observa que Verrès n'était pas loin de Temsa. Quel frémissement s'éleva de toutes les parties de la salle ! avec quelle chaleur les chefs du sénat repoussèrent cette idée !...

(Au moins Verrès s'est signalé contre les pirates ? Cette guerre a été pour lui une source de rapines et d'exactions. Il a dispensé de contribuer les Messéniens, il a chargé les Taurominiens, suivant qu'il a été bien ou mal payé ; il a reçu un vaisseau qui lui sert à transporter son butin. Bien plus, il vend aux matelots leur congé, et nomme amiral de la flotte un Syracusain, qui fuit devant les pirates.)

On cherche le préteur, et, quand on apprend qu'il ignore tout, la multitude furieuse court au palais. On l'éveille..., il prend un habit de guerre. Déjà le jour commençait à paraître ; il sort appesanti par le vin et le sommeil... Il s'entend reprocher son séjour sur le rivage et ses orgies scandaleuses... On veut qu'il produise ce Cléomène qu'il a nommé commandant de la flotte... Il dut son salut aux circonstances, à l'effroi que causaient les pirates, au respect de la multitude pour les citoyens romains qui, dans cette province, soutiennent dignement l'honneur de notre république.

Comme le préteur, à peine réveillé, n'était capable de rien, les habitants s'encouragent les uns les autres ; ils s'arment et remplissent le Forum. Les pirates, sans s'arrêter, laissent les débris de la flotte encore fumants et s'approchent de Syracuse. Sans doute ils avaient ouï dire que rien n'égale la beauté de ses murs et de son port, et ils sentaient bien qu'ils ne les verraient jamais, s'ils ne les voyaient pas sous la préture de Verrès...

Sous votre préture, Verrès, des barques de pirates se sont promenées avec sécurité dans ce lieu où périrent 300 vaisseaux d'Athènes, seule flotte qui, dans la durée des siècles, en ait pu forcer l'entrée... Spectacle honteux et déplorable ! la gloire de Rome, le nom romain, sont avilis en présence d'un peuple nombreux ! Une barque de pirates triomphe de la flotte du peuple romain, dans le port de Syracuse, et ses rameurs font jaillir l'onde écumante jusque sur les yeux du plus pervers et du plus lâche des préteurs !

(Verrès implore le silence des capitaines de la flotte, et bientôt il cherche à les faire disparaître : ils sont condamnés.)

Le jour du supplice est fixé. On le commence dans la personne de leurs parents; on ne leur permet pas d'arriver jusqu'à leurs fils; on les empêche de leur porter des vivres et des vêtements. Ces pères, dont vous voyez les larmes, restaient étendus sur le seuil de la prison. De malheureuses mères passaient la nuit près de la porte qui les séparait de leurs enfants. Hélas! elles demandaient pour unique faveur de recueillir leur dernier soupir. Sestius était là : Sestius, le geôlier de la prison, le chef des bourreaux, la mort et la terreur de nos alliés et de nos citoyens. Ce féroce licteur mettait un prix à chaque larme, fixait un tarif à chaque douleur. Pour entrer, il faut tant ; pour introduire des vivres, tant. Personne ne refusait. Mais que donneras-tu pour que, du premier coup, j'abatte la tête de ton fils? pour qu'il ne souffre pas longtemps? pour qu'il ne soit frappé qu'une fois? pour que la vie lui soit ôtée sans qu'il sente la hache?

(Un seul s'est échappé et va accuser le persécuteur. Le tribunal prononcera.)

Et vous viendrez dire ici : Tel juge est mon ami, tel autre est l'ami de mon père!.. L'ami de votre père! Eh! votre père lui-même, s'il était juge, que pourrait-il faire? « Mon fils, vous dirait-il, tu étais préteur dans une province du peuple romain ; et, quand ton devoir était de tout disposer pour une guerre maritime, tu as dispensé Messine du vaisseau que le traité l'obligeait de fournir... Tu faisais contribuer les villes pour l'équipement d'une flotte, et tu vendais à ton profit les congés des matelots... Tu n'as pas craint de frapper de la hache des hommes reconnus comme citoyens romains!... Tu t'enivrais sur le rivage...; à tes festins, tu admettais ton fils, mon petit-fils, à peine sorti de l'enfance, afin que, dans cet âge tendre et flexible, l'exemple de son père fût pour lui la première leçon du vice.... Un port où nul ennemi n'a jamais pénétré, des pirates y sont entrés sous ta préture...Tu as, sans aucune raison, arraché les capitaines des bras de leurs parents et de tes hôtes, pour les traîner aux tourments et à la mort. Témoin de la douleur et des larmes de ces pères infortunés, mon nom qu'ils invoquaient n'a pas adouci ton cœur, et le sang de l'innocent a tout à la fois assouvi ta cruauté et ton avarice. » Si votre père vous adressait ce langage, pourriez-vous même solliciter sa pitié?

(Encore si ce monstre n'eût exercé ses fureurs que sur nos alliés; mais qu'a-t-il fait de nos citoyens? Gavius a été battu de verges et mis en croix. C'est un attentat contre Rome! Qui pourra désormais sauver nos citoyens hors de l'Italie?)

Depuis la fondation de Messine, nulle autre croix n'a été dressée en ce lieu. Verrès a choisi l'aspect de l'Italie, afin que ce malheureux, expirant dans les douleurs, pût mesurer l'espace étroit qui séparait la liberté de la servitude, et que l'Italie pût voir un de ses enfants mourir dans le plus cruel des supplices réservés aux esclaves.

Enchaîner un citoyen romain est un crime; le battre de verges est un forfait; lui faire subir la mort, c'est presque un parricide; mais l'attacher à une croix, les expressions manquent pour caractériser une action aussi exécrable! Ce n'est pas assez de tant de barbarie. Qu'il regarde sa patrie, qu'il meure à la vue des lois et de la liberté... Verrès a choisi dans la province le lieu qu'il a pu trouver le plus semblable à Rome par l'affluence du peuple, et le plus rapproché de nous par sa position. Il a voulu que le monument de sa scélératesse et de son audace fût érigé à la vue de l'Italie, à l'entrée de la Sicile, sur le passage de tous ceux qui navigueraient dans le détroit.

(Tout romain exigera le châtiment de ce forfait : que les juges se gardent d'une absolution qui les déshonorerait, puisque l'accusé a compté sur la corruption. L'accusateur est tranquille : il a fait son devoir.)

Juges, si la scélératesse, l'audace, la perfidie, la débauche, l'avarice, la cruauté de Verrès sont des crimes sans exemple, que votre arrêt lui fasse subir le sort que mérite une vie souillée de tant de forfaits : que la république et ma conscience ne m'imposent plus un devoir aussi rigoureux, et qu'il me soit permis désormais de défendre les bons citoyens, sans être réduit à la nécessité d'accuser les méchants.

PLAIDOYER POUR MILON [1]

(Exorde, narration et péroraison. — Extraits.)

(Milon voulait être consul, et Clodius être préteur ; ils étaient ennemis, et chacun d'eux s'entourait d'une armée de partisans. Les rivaux se rencontrèrent dans la rue Appia, et les esclaves, épousant la querelle de leurs maîtres, en vinrent aux mains. Clodius, accompagné d'une trentaine de personnes, tandis que Milon, en voiture avec sa femme, avait une assez nombreuse escorte, menace et frappe même la suite de Milon : il est tué par les esclaves de son ennemi. Les partisans de Clodius exposèrent son corps sanglant, tandis que Milon distribuait de l'argent à Rome pour apaiser le peuple, et était mis en accusation.

Cicéron se chargea de le défendre ; mais les armes qui couvraient la place, les cris du peuple, la présence de Pompée, tout l'intimida ; il perdit toutes ses ressources et échoua. Le discours qui nous occupe fut composé après celui qu'il prononça. En recevant ce chef-d'œuvre à Marseille, où il supportait bravement son exil, Milon s'écria, dit-on : « Ah ! Cicéron ! si vous aviez parlé de la sorte, je ne mangerais pas à Marseille de si bon poisson ! » Nous donnons ici des extraits de l'exorde insinuant, de l'habile narration, et de la pathétique péroraison de cet admirable discours.)

Juges, quoiqu'il soit peut-être honteux pour moi de trembler quand je prends la défense de l'homme le plus courageux, et, quand A. Milon, oubliant son propre danger, ne s'occupe que de celui de la patrie, de ne pouvoir apporter à sa cause une fermeté égale à la sienne ; toutefois cet appareil d'un tribunal extraordinaire effraye mes regards. De quelque côté qu'ils se portent, mes yeux ne reconnaissent ni l'ancien usage du Forum, ni la forme ordinaire des jugements ; cette enceinte où vous siégez n'est pas environnée par la foule, nous n'avons pas à nos côtés ces habitués à nos audiences. Ces troupes que vous voyez placées devant les temples, quoique destinées à repousser la violence, ne laissent pas de faire impression sur l'orateur ; et, quoique le Forum et le tribunal soient environnés de troupes pour notre sûreté, nous ne saurions nous défendre d'une sorte de crainte. Si je croyais ces dispositions prises contre Milon, je céderais aux circonstances, et ne penserais pas qu'au milieu de cette force armée l'orateur puisse faire entendre sa voix ; mais les intentions de Pompée, le plus sage et le plus juste des hommes, me rassurent et dissipent mes craintes. Sans doute son équité

[1] Frémont.

ne lui permettrait pas de livrer au fer des soldats un accusé qu'il a remis au pouvoir des juges, ni sa sagesse d'armer de l'autorité publique les fureurs d'une multitude mutinée.

Aussi ces armes, ces centurions, ces cohortes nous annoncent un protection et non des dangers; ils doivent calmer nos inquiétudes et nous remplir de courage; ils me promettent un appui, et le silence nécessaire à ma cause. Pour toute cette multitude composée de citoyens, elle nous est entièrement favorable, et il n'est aucun de ceux que vous voyez, dans l'attente du jugement, fixer leurs regards de tous les points d'où l'on peut apercevoir le Forum, qui ne forme des vœux pour la cause de Milon, qui ne croie que c'est lui-même, ses enfants, la patrie, ses intérêts, qui sont l'objet de la discussion d'aujourd'hui.

Clodius voulait tourmenter la république, pendant sa préture, par tous les crimes possibles; mais, voyant les comices tellement retardés qu'il ne pourrait exercer sa préture que quelques mois (ce n'était pas l'honneur d'être nommé qu'il considérait, mais il voulait éviter pour collègue Paulus, citoyen d'un rare mérite, et désirait une armée pour déchirer le sein de la république), il se désista de sa demande et la remit à l'année suivante... Il sentait bien que, sous un consul tel que Milon, il ne pouvait qu'être gêné dans l'exercice de sa préture, et il voyait que le peuple romain, d'une voix unanime, le désignait consul. Il se joint à ses compétiteurs, mais de manière que, même malgré eux, il dirige toutes les brigues, et porte les comices sur ses épaules : ce sont ses expressions. Il convoque les tribuns, marchande les suffrages, enrôle la plus vile populace dans la nouvelle tribu Colline. Mais plus il met le désordre, plus les forces de Milon s'accroissent. Déterminé à tous les crimes, dès qu'il voit que cet homme intrépide, son ennemi, sera consul..., il agit à visage découvert, et dit ouvertement qu'il faut tuer Milon.

Il avait fait descendre de l'Apennin des esclaves sauvages et barbares dont il s'était servi pour dévaster les forêts publiques et ravager l'Étrurie... Il répétait qu'on ne pouvait ôter à Milon le consulat, mais qu'on pouvait lui ôter la vie : il l'a donné à entendre dans le sénat, il l'a dit en pleine assemblée. Favonius, cet illustre personnage, lui demandant ce qu'il espérait de ses fureurs lorsque Milon vivait, il répondit que, sous trois ou quatre jours au plus, Milon périrait. Favonius sur-le-champ fit part de cette réponse à Caton ici présent.

Cependant il savait qu'un motif légitime, indispensable, obligeait Milon de faire, le 13e d'avant les calendes de février, un voyage à Lanuvium, où il devait nommer un flamine. La veille, Clodius sort tout à coup de Rome pour dresser à Milon des embûches devant une de ses terres, comme l'événement l'a prouvé : son départ précipité ne lui permit pas d'assister à une assemblée tumultueuse, tenue ce jour, où l'on regretta bien l'absence de ce furieux ; et, s'il n'eût voulu s'assurer du temps et du lieu pour exécuter son crime, il n'eût eu garde d'y manquer.

Milon, qui ce jour-là était resté au sénat jusqu'à la fin de la séance, rentre chez lui, change de vêtements et de chaussures, attend que sa femme ait fait ses apprêts; enfin il partit, quand Clodius eût pu être de retour, s'il eût voulu revenir à Rome ce jour-là. Clodius vint au-devant de lui, à cheval, sans voiture, sans embarras, sans sa femme qui ne le quittait pas; Milon, ce brigand qui avait prétexté ce voyage pour commettre un assassinat, était en voiture avec sa femme, enveloppé d'un manteau, avec une troupe de femmes et d'enfants, cortége embarrassant, faible et timide.

On se rencontre devant une terre de Clodius, à onze heures, ou peu s'en faut; une troupe de gens, postés sur une éminence, fond les armes à la main : ceux qui étaient en face tuent le cocher. Milon saute à bas de son char, jette son manteau et se défend avec courage; ceux qui étaient près de Clodius mettent l'épée à la main; les uns accourent près du char, atta - quent Milon par derrière; les autres, le croyant déjà tué, massacrent les esclaves derrière lui. Pleins de fidélité et de zèle pour leur maître, les uns furent tués; les autres, voyant l'action engagée près de la voiture, dans l'impossibilité de secourir leur maître, entendant Clodius crier que Milon était déjà tué et le croyant eux-mêmes, firent alors (je dirai le fait tel qu'il est, sans chercher à éluder l'accusation), sans que leur maître leur en eût donné l'ordre, sans qu'il le sût, ce que chacun aurait voulu que ses esclaves fissent en pareille circonstance.

Je vous prends à témoin, Romains, qui avez versé tant de sang pour la république, braves centurions, vaillants soldats, c'est à vous que je m'adresse dans le danger où se trouve un homme courageux, un citoyen invincible : quoi! non-seulement sous vos yeux, mais lorsque vous êtes armés pour pro- téger ce tribunal, nous verrons un citoyen tel que Milon, repoussé, banni, rejeté loin de Rome!

Malheureux que je suis! tu as bien pu, Milon, par le moyen de ces juges, obtenir mon retour dans ma patrie! et moi je ne pourrai, par leur secours, t'y maintenir toi-même! Que répondrai-je à mes enfants qui te regardent comme un second père? Que vous répondrai-je, mon frère, vous qui, pour le moment absent, partageâtes avec moi ses infortunes? Vous dirai-je que je n'ai pu défendre Milon, par l'aide même de ceux dont il s'est servi pour nous sauver. Et dans quelle cause? Dans une cause où tous les peuples sont pour nous. De qui n'ai-je pas pu l'obtenir? De ceux-là même à qui la mort de Clodius a procuré le repos. Qui a intercédé pour lui? moi.

Quel crime si grand ai-je donc commis, de quel attentat me suis-je rendu coupable, lorsque j'ai recherché, découvert, dévoilé, étouffé cette conspira- tion qui menaçait l'État? C'est de cette source fatale que retombent tous ces maux, et sur moi et sur les miens. Pourquoi avez-vous voulu mon re- tour? Était-ce pour voir bannir sous mes yeux ceux qui m'avaient ramené? Ne souffrez pas, je vous en conjure, que ce retour soit plus douloureux pour moi que ne l'a été ce pénible départ. Comment puis-je me croire rétabli, si je me vois arraché d'entre les bras de ceux qui m'ont replacé au sein de Rome?

Plût aux dieux immortels (pardonne, ô ma patrie! car je crains de pro- noncer une imprécation contre toi en laissant parler l'amitié), plût aux dieux que non-seulement Clodius vécût, mais qu'il fût préteur, consul, dic- tateur, plutôt que d'être moi-même témoin d'un tel spectacle! Dieux im- mortels, quel courage et combien Milon est digne que vous le conserviez! Non, non, s'écrie-t-il, que le scélérat ait subi la peine qu'il méritait! subis- sons, s'il le faut ainsi, celle que nous ne méritons pas. Cet homme généreux, né pour le salut de la patrie, mourra-t-il autre part que dans sa patrie? ou si par hasard il meurt pour sa patrie, conserverez-vous des monuments de son courage, sans accorder à son corps un tombeau dans l'Italie? Quelqu'un de vous osera-t-il chasser de cette ville celui que toutes les villes appelle- ront quand vous l'aurez chassé?

Heureux le pays qui recevra ce grand homme! O Rome ingrate, si elle le bannit! Rome malheureuse, si elle le perd! Mais finissons; les larmes étouf- fent ma voix, et Milon ne veut pas être défendu par des larmes. Je vous prie et vous conjure, Messieurs, dans le jugement que vous allez prononcer, d'é- couter le cri de votre conscience. Croyez-moi, votre fermeté, votre justice, votre intégrité emporteront surtout l'approbation de celui qui, dans le choix des juges, a préféré les plus intègres, les plus sages et les plus fermes des Romains.

DEUXIÈME PHILIPPIQUE (1)

(C'est la plus énergique de toutes. Sûr de son autorité sur le sénat, il fait
à peine un exorde avant d'entrer en matière. Le discours se divise en deux
parties. Dans la première, après avoir repoussé les calomnies qu'on a faites
contre lui, il fait admirablement triompher son honneur et sa cause. Dans
la seconde, il attaque à son tour son adversaire; et, dans la peinture de cette
vie agitée d'Antoine, Cicéron va quelquefois plus loin que le bon goût ne le
demande. Nous donnerons quelques extraits de ce discours.)

Il a porté la grossièreté et l'oubli des bienséances jusqu'à vous lire une
lettre qu'il disait avoir reçue de moi. Pour peu que l'on connaisse les procédés et les usages des honnêtes gens, s'avisa-t-on jamais, sous prétexte de
mécontentement, de publier et de lire la lettre d'un ami? Anéantir toute
communication de pensées entre les amis absents, n'est-ce pas rompre les
liens de la société? Combien de plaisanteries dans une lettre paraîtront
insipides, si on les rend publiques! Combien de choses sérieuses qui, dans
aucun cas, ni doivent être divulguées!...

Mais enfin, que répondrez-vous, si je dis que cette lettre n'est pas de moi?
Par quelle preuve me convaincre? par l'écriture? Vous êtes expert en écriture, et cet art vous a beaucoup profité. Ici votre science est en défaut; la
lettre est de la main d'un secrétaire. Je porte envie à ce maître, que vous
avez si bien payé pour vous apprendre à n'avoir pas le sens commun. En
effet, quel orateur, ou, pour mieux dire, quel homme est assez absurde
pour objecter un fait, sur lequel on peut le réduire au silence par une simple dénégation?

Mais je ne nie rien, et je veux, par cette lettre seule, vous convaincre à
la fois de grossièreté et d'extravagance. En effet, y trouvera-t-on un mot
qui ne soit une expression de politesse, d'amitié, de bienveillance? Mon
seul tort est de ne pas paraître avoir mauvaise opinion de vous, et de vous
écrire comme à un citoyen, à un homme d'honneur, et non comme à un
scélérat et à un brigand. Vous m'avez donné le droit de lire aussi vos lettres :
je n'imiterai pas votre exemple. Je ne produirai point celle par laquelle
vous me priez de consentir au rappel d'un certain banni, en me donnant
votre foi que vous ne ferez rien sans mon agrément. J'acquiesçai à votre
demande. A quoi bon, en effet, m'exposer à votre audace, que ni le sénat,
ni le peuple, ni les lois ne pouvaient réprimer? Toutefois, quel besoin de
me solliciter en faveur de cet homme, s'il était rappelé par la loi de César?
Vous vouliez sans doute qu'il m'eût obligation d'une faveur qui ne dépendait pas même de vous; la loi avait prononcé...

Écoutez à présent, pères conscrits, non plus les dissolutions de cet homme
et ses infamies domestiques, mais les horreurs qu'il a osées contre nos personnes et nos fortunes; en un mot, contre la république entière. Vous trouverez que sa scélératesse a été le principe de toutes les calamités. Aux calendes
de janvier, sous le consulat de Lentulus et de Marcellus, vous désiriez soutenir la république sur le penchant de sa ruine; vous vouliez sauver César
lui-même, s'il pouvait encore écouter la raison; à vos sages conseils, Antoine
opposa la force d'un tribunal vendu et livré à César; il appela sur sa tête
cette hache, qui souvent a frappé des têtes bien moins criminelles. Oui, le
sénat dont le pouvoir était encore sans atteinte, et qui comptait alors dans
son sein tant de grands hommes qui ne sont plus, le sénat rendit contre

1. Guéroult.

vous, Antoine, le décret que nos ancêtres portaient contre les citoyens ennemis de la patrie. Et vous avez osé déclamer contre moi dans le sénat, qui
m'a nommé le conservateur de Rome, qui vous en a déclaré l'ennemi! On a
cessé de parler de votre crime, mais la mémoire n'en est pas abolie : tant
que le genre humain subsistera, tant que vivra le nom du peuple romain,
et certes il sera immortel, à moins qu'il ne soit anéanti par vous, on parlera
de votre exécrable opposition... Les prières du chef de l'État, les avertissements des vieillards, les instances d'un sénat nombreux, ne purent rien
obtenir : vous restâtes fidèle à celui qui vous avait acheté. Alors, après avoir
épuisé tous les moyens, on fut contraint de recourir à une mesure qui fut
rarement employée, mais qui ne le fut jamais en vain : le sénat arma contre vous les consuls et toutes les autorités. Vous auriez succombé si vous
n'aviez pas fui dans le camp de César.

C'est vous, Antoine, oui, c'est vous qui, le premier, donnâtes à l'avide
ambition de César un prétexte pour faire la guerre à la patrie!...

Antoine! au nom des dieux, tournez enfin vos regards vers la république;
considérez de quel sang vous êtes né, et non avec quels amis vous vivez.
Soyez avec moi ce que vous voudrez; mais réconciliez-vous avec la patrie.
Au reste, c'est à vous de voir ce que vous avez à faire. Pour moi, je le proclame hautement : jeune, j'ai défendu la république; je ne l'abandonnerai
pas dans ma vieillesse. J'ai méprisé le poignard de Catilina, je ne craindrai
pas les vôtres. J'offre volontiers ma vie, si ma mort peut hâter la liberté de
Rome. Puisse la douleur du peuple donner une prompte explosion à la vengeance dès longtemps amassée dans les cœurs! Si j'ai dit il y a vingt ans, et
dans ce temple même, que la mort ne peut être prématurée pour un consulaire, avec combien plus de vérité dirai-je aujourd'hui qu'elle ne peut l'être
pour un vieillard? Pères conscrits, après tant d'honneurs, après avoir fait tant
de choses, je n'ai plus à désirer que la mort. Je forme seulement un double
vœu : le premier, c'est qu'en mourant je laisse Rome libre; les dieux ne
peuvent m'accorder une plus grande faveur; l'autre, c'est que chacun reçoive la récompense ou le châtiment qu'il aura mérité, pour le bien ou pour
le mal qu'il aura fait à la république!

LA PREMIÈRE CATILINAIRE (1)

(Les projets exécrables de Catilina allaient éclater : dans la nuit du 6 au
7 novembre, il avait réuni les conspirateurs qui avaient décidé le meurtre
de Cicéron, l'embrasement de Rome, et la guerre civile. Le consul échappe
aux assassins et convoque le sénat : Catilina se présente, on s'écarte de lui;
Cicéron, vaincu par son indignation, s'écrie :)

Jusques à quand abuseras-tu de notre patience, Catilina? Combien de
temps encore serons-nous le jouet de ta fureur? Jusqu'où s'emportera ton
audace effrénée? Quoi! ni la garde qui veille la nuit sur le mont Palatin, ni
les forces répandues dans toute la ville, ni la consternation du peuple, ni ce
concours de tous les bons citoyens, ni le lieu fortifié choisi pour cette assemblée, ni les regards indignés de tous les sénateurs, rien n'a pu t'ébranler?
Tu ne vois pas que tes projets sont découverts? que ta conjuration est ici
environnée de témoins, enchaînée de toutes parts? Penses-tu qu'aucun de
nous ignore ce que tu as fait la nuit dernière et celle qui l'a précédée; dans
quelle maison tu t'es rendu; quels complices tu as réunis; quelles résolutions tu as prises? O temps! aux mœurs! tous ces complots, le sénat les con-

(1) Burnouf.

naît, le consul les voit, et Catilina vit encore! Il vit; que dis-je? il vient au sénat; il est admis aux conseils de la république; il choisit parmi nous et marque de l'œil ceux qu'il veut immoler. Et nous, hommes pleins de courage, nous croyons faire assez pour la patrie, si nous évitons sa fureur et ses poignards!...

(Autrefois, il n'en était pas ainsi; qu'on se rappelle Tib. Gracchus et Scipion, Serv. Ahala et Sp. Mélius.)

Je m'accuse moi-même; je condamne ma propre lâcheté. Une armée prête à nous faire la guerre est campée dans les gorges de l'Étrurie... Le général de cette armée est dans nos murs; il est dans le sénat; nous l'y voyons méditant sans cesse quelque nouveau moyen de bouleverser la république. Si j'ordonnais, Catilina, que tu fusses saisi, livré à la mort, qui pourrait trouver ma justice trop sévère? Ah! je craindrais plutôt que tous les bons citoyens ne la jugeassent trop tardive.

(Toute la conspiration est connue, et Cicéron raconte à Catilina et au sénat les projets des conjurés, leurs séances, dans le plus grand détail.)

Oses-tu le nier? Tu gardes le silence! Je te convaincrai, si tu le nies; car je vois ici, dans le sénat, des hommes qui étaient avec toi. Dieux! où sommes-nous? Dans quelle ville, ô ciel! vivons-nous? Quel gouvernement est le nôtre! Ici, pères conscrits, ici même, dans ce conseil auguste, où se pèsent les destinées de l'univers, des traîtres conspirent ma perte, la vôtre, celle de Rome, celle du monde entier!... Catilina, achève tes desseins; sors de Rome; les portes sont ouvertes, pars : depuis trop longtemps l'armée de Mallius, ou plutôt la tienne, attend son général. Emmène avec toi tous tes complices...; que la ville en soit purgée. Je serai délivré de mortelles alarmes, dès qu'un mur me séparera de toi. Non, tu ne peux vivre plus longtemps avec nous; je ne pourrais le souffrir; je ne dois pas le permettre!... Ennemi de Rome, le consul t'ordonne d'en sortir...

En effet, Catilina, quel charme peut désormais avoir pour toi le séjour d'une ville où, à l'exception des pervers qui en ont avec toi juré la ruine, il n'est personne qui ne te craigne, personne qui ne te haïsse! Est-il un opprobre domestique dont ton front n'ait à rougir?...

(L'orateur fait ici la peinture de tous les crimes de Catilina, puis revient sur les tentatives faites contre sa personne.)

Combien de fois ce poignard dont tu nous menaces a-t-il été arraché de tes mains? Combien de fois un hasard imprévu l'en a-t-il fait tomber? Et cependant il faut que ta main le relève aussitôt. Dis-nous donc sur quel affreux autel tu l'as consacré, et quel vœu sacrilége t'oblige à le plonger dans le sein d'un consul?

(Puis, prenant le ton de la pitié, l'orateur ajoute :)

Tu viens d'entrer dans le sénat : eh bien! dans une assemblée aussi nombreuse, où tu as tant d'amis et de proches, quel est celui qui a daigné te saluer?... N'as-tu pas vu, à ton arrivée, tous les siéges rester vides autour de toi? N'as-tu pas vu tous ces consulaires, dont tu as si souvent résolu la mort, quitter leur place quand tu t'es assis, et laisser désert tout ce côté de l'enceinte? Comment peux-tu supporter tant d'humiliation?... La patrie, notre mère commune, te hait; elle te craint... Eh quoi! tu braveras sa puissance? Je crois l'entendre en ce moment t'adresser la parole : « Catilina, semble-t-elle te dire, depuis quelques années il ne s'est pas commis un forfait dont tu ne sois l'auteur, pas un scandale où tu n'aies pris part... Contre toi, les lois sont muettes et les tribunaux impuissants, ou plutôt tu les as renversés, anéantis. Tant d'outrages méritaient toute ma colère; je les ai dévorés en silence. Mais être condamnée à de perpétuelles alarmes à cause de toi seul; ne voir jamais mon repos menacé que ce ne soit par Catilina..., c'est un sort auquel je ne peux me soumettre. Pars donc, et délivre-moi des terreurs qui m'obsèdent, si elles sont fondées, afin que je ne périsse point; si elles sont chimériques, afin que je cesse de craindre... »

... Tu veux que je propose au sénat le décret de ton exil; et, s'il plaît à cette assemblée de le prononcer, tu promets d'obéir. Non, Catilina, je ne ferai pas une proposition qui répugne à mon caractère; et cependant tu vas connaître la volonté de tes juges... Sors de Rome, Catilina; délivre la république de ses craintes; pars; oui, si c'est ce mot que tu attends, pars pour l'exil... Que vois-je, Catilina? remarques-tu l'effet de cette parole? le silence des sénateurs? Ils m'entendent et ils se taisent. Qu'est-il besoin que leurs voix te bannisse, lorsque, sans parler, ils prononcent si clairement ton arrêt?...

(Mais pourquoi Cicéron inviterait-il davantage Catilina à sortir de Rome, puisque le plan de sa sortie est déjà tout préparé? C'est pour cette lutte que Catilina s'est endurci aux fatigues, au froid, à la faim. L'orateur craint plutôt qu'on ne lui reproche d'avoir laissé échapper l'odieux conspirateur.)

Si la patrie m'adressait la parole : « Tullius, pourrait-elle me dire, que fais-tu? Eh quoi! celui que tu as reconnu pour mon ennemi; celui qui s'apprête à porter la guerre dans mon sein; celui qu'une armée de rebelles attend pour marcher; celui qui soulève les esclaves et enrôle les mauvais citoyens..., tu lui ouvres les portes, et tu ne vois pas que c'est moins un fugitif que tu laisses sortir de Rome, qu'un furieux que tu déchaînes contre elle? Pourquoi n'ordonnes-tu pas qu'il soit chargé de fers, traîné à la mort, livré au dernier supplice?... »

(Cicéron explique ici pourquoi il ne sévit pas d'abord avec rigueur : c'est qu'il y a des sénateurs qui croient ou feignent de croire qu'il n'existe aucun danger. Et cette opinion est justement ce qui a nourri et développé la conjuration. Mais, quand Catilina sera dans le camp de Mallius, on ne pourra plus être assez aveugle pour se refuser à une telle évidence.)

Que les méchants se retirent donc, pères conscrits; qu'ils se séparent des bons; qu'ils se rassemblent dans un même lieu; qu'ils mettent un mur entre eux et nous; qu'ils cessent d'attenter à la vie du consul dans sa propre maison, d'environner le tribunal du préteur, d'assiéger le sénat dans le lieu de ses délibérations, d'amasser des torches pour embraser nos demeures; enfin, qu'on puisse bien lire écrits sur le front de chacun les sentiments qui l'animent. Je vous le promets, pères conscrits, tels seront la vigilance des consuls, l'autorité de vos décrets, le courage des chevaliers, le zèle unanime de tous les gens de bien, qu'aussitôt Catilina sorti de Rome, vous verrez tous ses complots découverts, mis au grand jour, étouffés et punis.

Voilà de quels présages j'accompagne ton départ, Catilina. Va, pour le salut de la république, pour ton malheur et ta ruine, pour la peste de ceux que le crime et le parricide unissent à tes destins, va commencer une guerre impie et sacrilége. Et toi, Jupiter Stator, dont le culte fut fondé par Romulus sous les mêmes auspices que cette ville, toi dont le nom même promet à Rome et à l'empire une éternelle durée, tu protégeras, contre ses coups et ceux de ses complices, tes autels et tous tes temples, nos maisons et nos murailles, la vie et la fortune des citoyens ; et ces persécuteurs des gens de bien, ces ennemis de la patrie, ces dévastateurs de l'Italie entière, qu'une affreuse société de forfaits a réunis par un pacte abominable, tu les livreras, et pendant leur vie et après leur mort, à des supplices qui ne cesseront jamais.

3ᵉ Époque

Les plus illustres que nous puissions citer durant cette période offrent petite matière à l'admiration. Comme chez les Grecs du même temps, l'inspiration a disparu chez les Latins ; l'éloquence s'est réfugiée dans les écoles, et n'est plus qu'un exercice du genre démonstratif. Hermagoras, professeur de rhétorique sous Tibère, s'était posé en dépréciateur du talent de Cicéron ; Gabinianus, professeur à Rome et dans la Gaule ; Rufus (Virginius), auteur d'une rhétorique, vivait sous Néron ; Sénèque, Espagnol, né vers l'an 58 av. J.-C. et probablement père du philosophe, a composé des *Conseils* et des *Controverses*, où il traite les questions les moins sérieuses avec toutes les recherches et les boursoufflures de style ; telles sont ces questions : « Cicéron fera-t-il des excuses à Marc-Antoine ? Alexandre s'embarquera-t-il sur l'Océan ? Une vestale ne s'est pas tuée en tombant de la roche Tarpéienne ; faut-il la mettre à mort ? etc. Quintilien (M. Fabius), Espagnol comme Sénèque, lui est bien supérieur par le talent et le bon goût. Il naquit 42 ans ap. J.-C. et professa la rhétorique officiellement aux gages de l'empire. C'est surtout par ses plaidoyers nombreux qu'il nous eût été intéressant de l'étudier ; mais ils ne sont pas venus jusqu'à nous. La renommée est due à ses *Institutions oratoires*, dans lesquelles il a recueilli le fruit de ses études et de son habile critique. Il fut consul et précepteur des princes.

PLINE LE JEUNE (C. Secundus). — Il naquit vers 62 ap. J.-C., et s'honora d'être élève de Quintilien. Après un essai dans le genre tragique, il se fit connaître au barreau ; et, successivement tribun, questeur, préteur, il parvint heureusement jusqu'aux règnes de Nerva et de Trajan, qui le tint en haute estime et entretint avec lui une active correspondance. Sa mort arriva vers l'an 110 ap. J.-C. ; il laissait la renommée d'un honnête homme, et d'un homme éclairé et habile.

Outre ses lettres, Pline avait écrit bien des discours qui ne nous sont pas parvenus ; un seul nous reste, le *Panégyrique de Trajan*, qui, malgré des traces de décadence littéraire, n'en est pas moins une œuvre oratoire fort estimable, une composition châtiée et de haut style. « Pline, dit Schœll, y peint son héros comme homme public, comme administrateur et comme prince. Il loue son amour pour les sciences, sa justice et sa générosité. Il peint ensuite la simplicité de sa vie privée. Toutes les parties de ce discours sont réunies par des transitions extrêmement heureuses. L'auteur y a semé de belles images, des descriptions intéressantes et des sentences profondes. »

EXTRAIT DU PANÉGYRIQUE (1)

(Exorde.)

Pères conscrits, c'est une sage coutume que nos ancêtres nous ont transmise, de consacrer nos discours comme nos actions, en invoquant d'abord les immortels, puisque l'assistance, l'inspiration des dieux et les honneurs qu'on leur rend peuvent seuls assurer la justice et le succès des entreprises humaines. Et qui doit être plus religieux observateur de cette coutume qu'un consul? Et en quelle occasion y doit-il être plus fidèle, que lorsque, par l'ordre du sénat et au nom de la république, il est chargé d'offrir des actions de grâces au meilleur de tous les princes? En effet, un prince qui, par la pureté et l'innocence de ses mœurs, nous représente si bien les dieux, n'est-il pas le présent le plus rare et le plus précieux qu'ils aient pu nous faire? Quand on aurait douté jusqu'ici si c'est le ciel ou le hasard qui donne des souverains à la terre, pourrait-on maintenant ne pas convenir que nous ne devons le nôtre qu'à la protection de quelque divinité? Ce n'est pas par l'ordre impénétrable des destins qu'il règne; c'est Jupiter lui-même qui l'a choisi, qui l'a donné aux Romains prosternés devant ses autels, et dans ce temple où nous éprouvons tous les jours qu'il n'est pas moins présent que dans le ciel. La justice et la religion veulent donc que j'implore votre secours, puissant maître des dieux, qui, après avoir fondé cet empire, le soutenez encore si visiblement. Faites qu'il n'échappe rien dans mon discours qui ne soit digne d'un consul, du sénat et de l'empereur; faites que la franchise, la vérité, éclatent dans mes paroles, et que cet hommage paraisse aussi exempt de flatterie qu'il est libre et volontaire!

MAXIMES DE GOUVERNEMENT (2)

Notre empereur est d'autant plus grand qu'il croit n'être qu'un citoyen comme nous. Il se souvient qu'il est homme, il se souvient qu'il commande à des hommes. — Les riches ont d'assez grands motifs pour donner des citoyens à l'État; il n'y a qu'un bon gouvernement qui puisse encourager les pauvres à devenir pères. Que les bienfaits du prince soutiennent ceux que la confiance de ses vertus a fait naître; négliger le peuple pour les grands, c'est croire que la tête peut subsister en affamant le corps; c'est hâter la chute de l'État. Les libéralités et les secours peuvent sans doute beaucoup pour exciter à élever les enfants; mais l'espérance de la liberté et de la sûreté peut encore plus. Que le prince ne donne rien, pourvu qu'il n'ôte rien; qu'il ne nourrisse pas, mais aussi qu'il ne tue pas; et les enfants naîtront en foule.

En détruisant les délateurs, votre sage sévérité a empêché qu'une ville fondée sur les lois ne fût renversée par les lois. — Ce serait bien assez que la vertu ne fût pas funeste à ceux qui l'ont : vous faites plus, elle leur est utile. — Vos prédécesseurs aimaient mieux voir autour d'eux le spectacle

(1) J. Pierrot. — 2 Éloge de Trajan.

des vices que des vertus : d'abord parce qu'on désire que les autres soient
ce qu'on est soi-même ; ensuite parce qu'ils croyaient trouver plus de soumission à l'esclavage dans ceux qui ne méritaient, en effet, que d'être esclaves. — Le prince qui permet d'être vertueux, fait peut-être plus pour les
mœurs que celui qui l'ordonne.

Du moment qu'on est prince, on est condamné à l'immortalité; mais il
y en a deux, celle des vertus et celle du crime : le prince n'a que le choix.
— Prince, pour juger des hommes, rapportez-vous-en à la renommée; c'est
elle qu'il faut croire, et non pas quelques hommes; car quelques hommes
peuvent et séduire et être séduits, mais personne n'a trompé un peuple
entier, et un peuple entier n'a jamais trompé personne. — Sous un prince
plus grand que ses aïeux, ceux qui ont créé leur noblesse seraient-ils donc
moins honorés que ceux qui n'ont qu'hérité de la leur.

Quand on est dans la première place du monde, on ne peut plus s'élever
qu'en abaissant sa propre grandeur. — Trop longtemps les sujets et le
prince ont eu des intérêts différents : aujourd'hui le prince ne peut plus être
heureux sans les sujets, ni les sujets sans le prince.

Dans certaines assemblées, ce qui est approuvé avec transport de tous,
est ce qui déplaît le plus souvent à tous. — Vous avez des amis, parce que
vous l'êtes vous-mêmes; car on commande tout aux sujets, excepté l'amour.
De tous les sentiments, l'amour est le plus fier, le plus indépendant et le
plus libre. Un prince, peut-être, peut inspirer la haine sans la mériter et la
sentir; mais, à coup sûr, il ne peut être aimé, s'il n'aime lui-même.

4e Époque

ORATEURS PAIENS. — Avant de parler des orateurs chrétiens qui font la gloire de cette époque, nous nommerons quelques
panégyristes : Calpurnius Flaccus, Apulée, auteur de l'*Apologie*,
ouvrage plein de vivacité et de mordantes plaisanteries; Voconius
(Métius), qui prononça devant l'empereur Tacite un discours
dans le genre de celui de Pline le Jeune; Mamertus (Claudianus),
orateur gaulois, fit l'éloge de Maximien Hercule; Euménius, auteur de quatre panégyriques, deux en l'honneur de Constance
Chlore, deux en l'honneur de Constantin; Ennodius, Ausone,
Rufinianus, Emporius, Sulpicius Victor et Symmaque, le dernier
champion du paganisme.

RÉPONSE D'APULÉE A SON CALOMNIATEUR ÉMILIANUS [1]

(Apologie.)

Pudens, son frère expiré, abandonnant sa mère, est allé loger chez son
oncle pour exécuter plus commodément loin de nous ce beau dessein.
Car Émilianus entre dans les vues du beau-père et en espère du profit...
Qu'entends-je? oui, vous faites bien de m'en avertir. Eh bien ! ce cher
oncle ménage et caresse dans son neveu ses espérances personnelles, en
homme qui sait que la loi, sinon l'équité, le fait hériter de **Pudens** en cas
d'intestat. Je n'aurais pas voulu que la chose vînt de moi ; il n'est pas de

_____
(1) Nisard.

ma modération de déclarer tout haut le soupçon universel. C'est votre tort à vous qui m'y avez poussé. Mais, si tu veux savoir la vérité, Émilianus, tout le monde s'étonne de cette tendresse subite qui t'est venue pour cet enfant depuis la mort de son frère, lui qui t'était si étranger, que, le rencontrant dans la rue, tu ne reconnaissais pas en lui ton neveu. Aujourd'hui tu lui montres tant de condescendance, tu courtises si complaisamment ses défauts, tu résistes si peu à ses fantaisies, que tu donnes crédit à tous les soupçons. Innocent, tu l'avais reçu de nous; effronté, tu nous l'as rendu. Quand nous le dirigions, il était assidu aux écoles; il les fuit maintenant; il dédaigne les amitiés sérieuses; c'est avec des jeunes gens du bas peuple, au milieu des courtisans et des verres, qu'un jeune enfant de son âge se livre à la table. Chez toi, il est maître, il commande aux esclaves, il préside aux festins; il ne manque à aucun spectacle de gladiateurs. Il sait les noms, il juge des coups et des blessures, il profite en enfant docile des leçons du maître gladiateur. Il ne parle que carthaginois, sauf qu'il y mêle quelques mots de grec appris chez sa mère. Quant au latin, il ne peut ni ne veut le parler. Vous venez de l'entendre, Maximus : ô honte! mon fils, le frère de Pontianus, ce jeune homme si instruit, quand vous lui avez demandé si c'était par mon impulsion que sa mère lui avait fait cette donation, a pu bégayer à peine quelques syllabes! Eh bien! Maximus, et vous ses assesseurs, et vous tous qui m'écoutez, soyez témoins que le déshonneur de cet enfant, que ses mœurs perdues sont l'ouvrage de son oncle que vous voyez, et de ce beau-père en robe blanche; et que désormais je n'irai pas me faire un tourment de ce qu'un pareil beau-fils a secoué ma tutelle, ni supplier sa mère de lui rendre ses bonnes grâces. Car j'oubliais que dernièrement, depuis la mort de Pontianus, Pudentilla, qui se sentait malade, ayant fait son testament, il me fallut avoir une lutte avec elle pour l'empêcher de déshériter Pudens pour tant d'affronts et d'injustices. Elle avait déjà écrit au long ses motifs : je la suppliai de les effacer, jusqu'à la menacer de me séparer d'elle; je voulus qu'elle me fît cette grâce, qu'elle triomphât à force de bonté d'un fils ingrat, qu'elle me mit à l'abri de tout soupçon odieux; je n'eus pas de cesse qu'elle n'y consentît.

Je regrette d'avoir ôté ce scrupule à Émilianus, et de lui avoir ôté ce sentier inespéré... Voyez donc, Maximus, comme mes dernières paroles l'ont stupéfié!

ORATEURS CHRÉTIENS. — TERTULLIEN (A. Septimius). — Né à Carthage, sous le règne de Sévère et de Caracalla, mort en 220. Il fut élevé dans le paganisme, mais il ne put résister longtemps à l'influence qu'exerçait alors sur tous les esprits d'élite la fermeté et la constance des martyrs : il embrassa le christianisme et en devint le plus convaincu et le plus énergique défenseur. On sait qu'il se sépara plus tard de la foi orthodoxe en adoptant l'hérésie de Montan, dont la doctrine sévère le séduisit. Nous ne pouvons partager l'opinion de certains auteurs, qui affirment que l'illustre écrivain est rentré, vers la fin de sa vie, dans le sein de l'Église.

Outre l'*Apologétique*, le plus beau et le plus savant de ses ouvrages, Tertullien a écrit le *Traité de la patience*, une *Exhortation au martyre*, les *Quatre Livres contre Marcion* et le *Traité contre les Juifs*. Le style de cet orateur est plein d'une sauvage énergie; son argumentation est vive et serrée; mais Fénelon trouve son style extraordinaire et plein de faste, et il exhorte les prédicateurs à ne pas imiter ces défauts séduisants. Balzac disait : « Ce style est de fer; mais avouons qu'avec ce fer Tertullien a forgé d'excellentes armes. »

Nous avons dit que l'*Apologétique* était son chef-d'œuvre. « Il y discute, dit Villagre, avec une prodigieuse verve d'argumentation, les charges que le préjugé populaire faisait peser sur les chrétiens. Aux accusations d'insubordination et de révolte, il opposa leur docilité aux lois de l'empire, et leur inaltérable résignation devant les menaces de la tyrannie. Il les montre humbles, patients, et subissant sans murmure les lois existantes, si dures qu'elles soient. Quant aux accusations de vices hideux qu'on dirigeait contre les sectateurs de la nouvelle religion, Tertullien défie ses adversaires de citer à cet égard un fait précis et appuyé sur des preuves solides. Rien de plus fort, de plus véhément, de plus chaleureux que ce plaidoyer qui se termine par un énergique appel à la justice et à l'impartialité des magistrats. »

APOLOGÉTIQUE [1]

(Exorde et péroraison.)

S'il ne vous est pas libre, souverains magistrats..., sous les yeux de la multitude, de faire des informations exactes sur la cause des chrétiens; si la crainte ou le respect humain vous porte à vous écarter, en cette seule occasion, des règles étroites de la justice; si la haine du nom chrétien, trop disposée à recevoir les délations domestiques, ferme les oreilles à toute défense judiciaire, que la vérité puisse du moins, par le canal secret de nos lettres, parvenir jusqu'à vous.

Elle ne demande pas de grâce, parce que la persécution ne l'étonne pas. Étrangère sur la terre, elle s'attend bien à y trouver des ennemis. Fille du ciel, c'est là qu'elle a son trône, ses espérances, son crédit et sa gloire. Elle ne souhaite qu'une chose ici, c'est de ne pas être condamnée sans avoir été entendue. Qu'avez-vous à craindre pour vos lois, en permettant à la vérité de se défendre dans le siége de leur empire? Est-ce que leur puissance se montrerait avec plus d'éclat en condamnant la vérité sans l'entendre? Mais, outre la haine que vous attire une injustice si criante, vous faites soupçonner que vous ne refusez de l'entendre que parce que vous ne pourriez plus la condamner si vous l'aviez entendue. Voilà notre premier grief, cette haine injuste pour le nom chrétien.

Votre ignorance même, qui semblerait devoir l'excuser, est précisément ce qui prouve cette injustice et la rend criminelle. Quoi de plus injuste que de haïr ce qu'on ne connaît pas, quand même ce qu'on ne connaît pas serait par hasard haïssable! Sans doute ce n'est pas le hasard, mais la connaissance du crime qui peut fonder votre haine?... Puis donc que vous haïssez, parce que vous ne connaissez pas, pourquoi ne vous arriverait-il pas de haïr ce qui ne mérite pas d'être haï?

De là nous concluons, et que vous ne nous connaissez pas tant que vous nous haïssez, et que vous haïssez injustement tant que vous ne nous

connaissez pas .. Ceux qui nous haïssaient, faute de savoir ce que nous
étions, cessent de nous haïr dès qu'ils le savent. Bientôt ils deviennent chrétiens... Ils commencent à détester ce qu'ils étaient et à professer ce qu'ils
détestaient. Leur nombre est à présent innombrable. Aussi se plaint-on
amèrement que la ville est assiégée, que les campagnes, les îles, les châteaux
sont remplis de chrétiens, que tout âge, tout sexe, toute condition courent
en foule s'enrôler parmi eux...

Mais, dites-vous, de ce qu'un grand nombre d'hommes embrassent le
christianisme, il ne s'ensuit pas que c'est un bien... Les méchants cherchent
à se cacher; tremblent, s'ils sont découverts; nient, s'ils sont accusés; ils
n'avouent qu'à peine dans les tortures, ou même ils n'avouent pas; condamnés, ils se font à eux-mêmes les plus vifs reproches; ils se désespèrent;
ou, ne voulant pas se reconnaître pour les auteurs du mal qu'ils avouent,
ils attribuent au destin, à leur étoile, et les emportements et les égarements
de leurs passions.

A-t-on jamais rien vu de semblable parmi les chrétiens? Jamais un chrétien ne rougit, ne se repent, si ce n'est de n'avoir pas toujours été chrétien.
Si on le dénonce comme tel, il en fait gloire; si on l'accuse, il ne se défend
pas; interrogé, il se confesse hautement; condamné, il rend grâces. Quelle
étrange sorte de mal, qui n'a aucun des caractères du mal : ni crainte, ni
honte, ni détour, ni repentir, ni regret! Quel mal, dont le prétendu coupable se réjouit, dont l'accusation est l'objet de ses vœux, dont le châtiment
fait son bonheur!

Cela étant, dites-vous, pourquoi vous plaignez-vous d'être persécutés,
puisque vous voulez l'être? Vous devez aimer ceux de qui vous souffrez ce
que vous voulez souffrir. Sans doute nous aimons les souffrances, mais
comme on aime la guerre, où personne ne s'engage volontiers, à cause des
alarmes et des périls; mais on combat de toutes ses forces, on se réjouit de
la victoire après s'être plaint de la guerre, parce qu'on en sort chargé de
gloire et de butin. On nous déclare la guerre, lorsqu'on nous mène devant
les tribunaux, où nous combattons pour la vérité au péril de notre tête.
Nous remportons la victoire, puisque nous obtenons ce qui fait le sujet du
combat. Le fruit de la victoire, c'est la gloire de plaire à Dieu, c'est la conquête de la vie éternelle. Nous perdons la vie, il est vrai; mais nous empor-
tons en mourant ce qui fait l'objet de notre ambition. Nous mourons au sein
de la victoire, et par notre mort nous échappons à nos ennemis...

Les vaincus ont bien sujet de ne pas nous aimer : aussi nous traitent-ils
de furieux et de désespérés. Mais cette fureur et ce désespoir, produits par
la passion de la gloire et de la réputation, sont chez vous l'étendard de
l'héroïsme. Scévola brûle lui-même sa main : quelle constance! Empédocle
se précipite dans les flammes du mont Etna : quel courage! Régulus, plutôt
que d'être échangé contre plusieurs ennemis, souffre des tourments inouïs :
ô magnanimité digne d'un Romain vainqueur, tout captif qu'il est!... Je ne
dis rien de ceux qui ont prétendu s'immortaliser en se donnant la mort
avec le fer, ou de quelque autre façon plus douce...

Voilà une gloire légitime, parce que c'est une gloire humaine. Il n'y a ici
ni préjugé, ni fanatisme, ni désespoir dans le mépris de la vie et des supplices : il est permis d'endurer pour la patrie, pour l'empire, pour l'amitié,
ce qu'il est défendu d'endurer pour Dieu. Vous élevez des statues à ces héros
profanes; vous gravez leur éloge sur le marbre et l'airain, pour éterniser
leur nom, s'il était possible... Le héros chrétien, qui attend de Dieu la véritable récompense, et qui souffre pour lui dans cette espérance, vous le regardez comme un insensé.

Pour vous, dignes magistrats, assurés comme vous l'êtes des applaudissements du peuple, tant que vous lui immolerez des chrétiens, condamnez-nous,

tourmentez-nous, écrasez-nous : votre injustice est la preuve de notre innocence; c'est pourquoi Dieu permet que nous soyons persécutés... Mais vos
cruautés les plus raffinées ne servent de rien; c'est un attrait de plus pour
notre religion. Nous nous multiplions à mesure que vous nous moissonnez :
notre sang est une semence de chrétiens. Plusieurs de vos philosophes ont
écrit des traités pour engager à souffrir la douleur et la mort, comme Cicéron
ses *Tusculanes*, Sénèque, Diogène, Pyrrhon, Callinicus; mais les exemples
des chrétiens sont plus fréquents que tous les ouvrages des philosophes. Et
cette invincible fermeté dont vous nous faites un crime est une instruction.
Qui peut en être témoin sans être ébranlé, sans vouloir en pénétrer la cause?
Quand on l'a pénétrée, ne vient-on pas se joindre à nous? Ne désire-t-on
pas de souffrir pour obtenir la grâce de Dieu, pour acheter au prix de son
sang le pardon de ses péchés? Car il n'en est pas que le martyre n'efface :
c'est pour cela que nous vous remercions des arrêts que vous portez contre
nous. Mais que les jugements de Dieu sont opposés à ceux des hommes!
Tandis que vous nous condamnez, Dieu nous absout.

MINUCIUS FÉLIX. — On sait peu de chose de Minucius, si ce n'est
qu'il naquit en Afrique, comme Tertullien, vers la fin du IIe siècle.
Il a écrit une *Apologie* du christianisme en forme de dialogue et
nommée *Octavius*. Le style en est élégant et bien supérieur à celui
de Tertullien.

EXTRAIT D'OCTAVIUS (1)

Quel plus beau spectacle pour Dieu que de voir un chrétien combattre
contre la douleur; se préparer contre toute sorte de tourments, de menaces
et de supplices; regarder sans crainte le visage de ses bourreaux; se jeter
hardiment au milieu des apprêts de la mort; défendre sa liberté contre les
rois et les princes; résister à tout, hormis à son Dieu à qui il est; enfin,
triompher de son juge; car celui-là est victorieux, qui a obtenu ce qu'il
demande! Où est le soldat qui n'affronte les dangers en la présence de son
prince? Car personne ne reçoit la récompense qu'il n'ait combattu. Et encore
le prince ne peut donner ce qu'il n'a pas; je veux dire qu'il ne saurait prolonger nos jours, quoiqu'il puisse honorer notre vaillance. Mais le soldat de
J.-C. n'est point abandonné dans les dangers; il triomphe même dans la
mort. Ainsi il peut bien paraître misérable, mais il ne l'est pas. Vous-mêmes
vous élevez jusqu'au ciel ceux qui ont souffert courageusement, tels qu'un
Mucius Scévola, qui, ayant failli à frapper un roi, eût été cruellement puni,
s'il n'eût laissé brûler sa main. Et combien parmi nous, sans donner une
marque de crainte, ont vu brûler leurs membres pouvant se délivrer d'une
parole! Mais j'ai tort de faire entrer en comparaison vos hommes illustres
avec les nôtres. Nos femmes et nos enfants se moquent des croix et des tourments, montrent un visage assuré devant les bêtes farouches, enfin souffrent
la douleur sans gémir, par la patience que Dieu leur inspire. Cependant vous
savez bien qu'il n'y a personne qui veuille souffrir des peines sans raison,
ni qui les puisse endurer constamment sans l'assistance divine. Mais quoi!
ceux qui ne connaissent pas Dieu abondent en richesses, et triomphent dans
les honneurs et les dignités. Misérables! ils sont élevés plus haut, afin que
leur chute soit plus terrible. Ce sont des bêtes qu'on engraisse pour le sacrifice; ce sont des victimes qu'on couronne avant de les immoler. Vous di-
riez, à voir leur vie et leurs débordements, qu'ils n'ont été élevés sur des

(1) J.-A.-C. Buchon.

trônes que pour abuser de leur pouvoir, et pécher avec plus de licence.
D'ailleurs, sans la connaissance de Dieu, qui peut avoir une solide félicité?
Les grandeurs humaines ressemblent à un songe qui s'évanouit en un
instant. Les rois reçoivent autant de crainte qu'ils en donnent, et, quoiqu'une
grande foule les accompagne, ils se trouvent seuls dans le danger. Tu es
riche; mais il ne fait pas bon se fier à la fortune; et, après tout, tant d'appro-
visionnement pour si peu de chemin ne sert pas tant qu'il n'embarrasse. Tu
te glorifies dans ta pourpre et tes dignités; mais ta vanité est injuste, et
c'est un faible ornement que ton écarlate, si tu as l'âme souillée. Tu es grand
en noblesse; ta race te rend glorieux; mais ne sais-tu pas que notre naissance est égale, et qu'il n'y a que la vertu qui mette de la différence entre
les hommes? C'est donc avec raison que les chrétiens, qui ne tirent leur
motif de louange que de leurs mœurs et de leur vie, méprisent vos spectacles, vos voluptés et vos pompes, et les fuient comme des corruptions
agréables. C'est avec raison qu'ils s'abstiennent de ces cérémonies dont ils
savent la naissance et l'origine; car qui n'a horreur, dans la course des chariots, de voir la fureur de tout un peuple qui s'emporte et qui dispute? Qui
ne s'étonne de voir, dans les jeux des gladiateurs, la discipline de l'homicide? Pour les théâtres, la fureur n'y est pas moindre, mais l'infamie y est
plus grande... Ils déshonorent vos dieux en leur attribuant des haines,
des tourments et des adultères. Par des douleurs feintes, ils vous tirent des
larmes véritables; vous souhaitez de vrais homicides, et vous en pleurez
de faux.

SAINT CYPRIEN. — Né en Afrique vers l'an 210, mort à Carthage
en 258. D'abord païen, il enseignait la rhétorique, lorsque Cécilius
le convertit. Il fut fait évêque de Carthage, et, durant la persécution de Dèce et dans ces temps d'épreuve, il crut devoir se retirer à l'écart et exhorter son troupeau au courage et à la patience.
Sous Valérien, il fut exilé; rappelé bientôt auprès des fidèles, il
souffrit le martyre. Outre quatre-vingt-trois lettres, Cyprien a
laissé un *Traité de l'unité de l'Église*, une *Exhortation au martyre*,
des discours sur la patience, sur l'Oraison dominicale, sur les
bonnes œuvres, etc. Nous citerons ici le jugement que Fénelon en
a porté : « Quoique son style et sa diction sentent l'enflure de son
temps et la dureté africaine, il a pourtant beaucoup de force et
d'éloquence. On voit partout une grande âme, une âme éloquente
qui exprime ses sentiments d'une manière noble et touchante. On
trouve, il est vrai, dans son style des ornements affectés et trop
de fleurs semées; mais, dans les endroits où il s'anime fortement,
il laisse là tous les jeux d'esprit : il prend un tour sérieux et sublime.

DE L'ENVIE [1]
(Extraits.)

Il y en a qui s'imaginent, mes frères, que c'est un léger péché d'envier le
bien d'autrui; et, parce qu'ils croient ce péché léger, ils le dédaignent et ne
se mettent pas en peine de l'éviter... Si l'on considère bien ce vice, on

[1] J.-A.-C. Buchon.

verra qu'il n'y en a pas qu'un chrétien doive plus soigneusement éviter, parce qu'il n'y en a guère de plus imperceptible ni qui nous fasse plus tôt périr sans que nous l'apercevions... Remontons à l'origine de l'envie... Dès le commencement du monde, cette malheureuse passion fut cause que le diable se perdit et perdit l'homme... Combien grand est ce crime, mes frères, qui a pu précipiter l'ange du haut du ciel, qui a renversé une créature si noble et si excellente, qui a trompé celui qui trompe les autres!...

C'est là la source de la haine que conçut un frère contre son frère, qui fut suivie d'un exécrable parricide, tandis que Caïn est animé de sa jalousie contre le juste Abel... La fureur de l'envie le transporta de telle sorte, qu'il ne put être arrêté ni par l'amour fraternel, ni par la crainte de Dieu, ni par l'énormité du crime, ni par la punition qu'il en devait attendre. Celui qui le premier avait montré le chemin de la justice est injustement immolé; celui qui ne savait ce que c'était que la haine en ressent la cruauté; et l'on massacre barbarement celui qui se laisse égorger comme un agneau. C'est l'envie aussi qui fut cause de l'inimitié d'Ésaü contre Jacob... Les frères de Joseph de même ne le vendirent que par l'envie qu'ils conçurent contre lui... N'est-ce pas elle qui a été cause de la perte des Juifs, pendant que, remplis de jalousie contre J.-C., ils ne voulurent pas ajouter foi à ce qu'il leur disait?... Ils tâchaient de décrier ses miracles, et n'avaient point d'yeux pour voir les choses divines qu'il opérait.

Profitons du malheur des autres, et devenons sages à leurs dépens... Ce vice n'est pas moins fécond que pernicieux. C'est la racine de tous les maux, la pépinière des crimes, et la matière des péchés. De là naissent la haine et l'animosité. De là vient l'avarice, lorsqu'on ne saurait souffrir qu'un autre soit plus riche que nous. De là l'ambition, tandis que, pour s'élever plus haut que les autres, on méprise la crainte de Dieu, on néglige les enseignements de J.-C., on ne prévoit pas le jour du jugement, on est orgueilleux, cruel, perfide, impatient, colère, querelleur, sans qu'on se puisse jamais retenir depuis qu'on a une fois lâché la bride à cette passion. C'est l'envie qui est cause qu'on rompt le lien de la paix, qu'on viole la charité fraternelle, qu'on corrompt la vérité, qu'on déchire l'unité pour former des schismes et des hérésies, pendant qu'on se plaint de n'avoir pas été ordonné évêque, ou qu'on ne veut pas obéir à celui qui nous a été préféré...

Quelle joie un homme de la sorte peut-il avoir au monde? Il soupire et se plaint continuellement : la jalousie ne le laisse reposer ni le jour ni la nuit. Les autres crimes ont une fin et se terminent par l'accomplissement. Un voleur se tient en repos quand il a fait son vol. Un faussaire est satisfait lorsqu'il a commis une fausseté; mais l'envie ne s'arrête jamais... Elle met les menaces dans la bouche, la colère dans les yeux, la pâleur au visage, fait grincer les dents et dire des paroles outrageuses, pousse les mains au meurtre et à la violence; c'est pourquoi le Saint-Esprit dit dans les psaumes : « Ne portez pas envie à qui tout succède heureusement... »

Qui que vous soyez qui êtes malin et envieux, vous avez beau chercher les moyens de nuire à celui que vous haïssez, vous ne lui ferez jamais tant de mal que vous vous en faites. Celui que vous persécutez peut vous échapper, mais vous ne vous sauriez fuir vous-même. Partout où vous êtes, votre adversaire est avec vous. Vous portez toujours votre ennemi... C'est pourquoi Notre-Seigneur, voulant prévenir un si grand mal, et empêcher qu'il ne fît tomber personne dans les filets de la mort, répondit à ses disciples qui lui demandaient quel était le plus grand d'entre eux : « Celui qui sera le moindre parmi vous sera grand. » Par cette réponse il a coupé pied à toute jalousie... Il n'est plus permis à un disciple de J.-C. d'être envieux. Nous ne pouvons plus disputer de gloire et d'élévation entre nous, puisqu'on n'y arrive que par l'humilité...

Or, parmi tant de préceptes salutaires qu'il a donnés à ses disciples, que leur a-t-il recommandé davantage que de s'entr'aimer de la même sorte qu'il les a aimés? Et comment peut-il aimer ses frères, celui qui a une jalousie continuelle contre eux? Aussi saint Paul, faisant voir les avantages de la paix et de la charité..., dit : « La charité est généreuse, elle est bonne, elle n'est point jalouse ; » pour montrer qu'il n'y a que ceux qui sont généreux, bons, exempts d'envie, qui puissent posséder cette vertu...

Voilà les méditations dont nous nous devons servir, mes frères, pour fortifier notre cœur et le rendre invulnérable à tous les traits de l'ennemi... Un chrétien n'a pas à attendre la seule couronne du martyre; la paix a aussi ses couronnes, récompense des victoires que nous remportons sur notre ennemi. Surmonter la volupté, dompter la colère, souffrir les injures, triompher de l'avarice, supporter les afflictions, tout cela mérite une couronne. Celui qui ne s'enorgueillit pas dans la bonne fortune, sera récompensé de son humilité. Celui qui est aumônier et charitable, aura un trésor dans le ciel. Celui qui n'est pas curieux et qui vit paisiblement avec ses frères, recevra le prix de sa douceur...

Vous donc qui avez été possédés de l'envie, défaites-vous de cette malignité pour entrer dans le chemin de la vie éternelle. Arrachez de votre cœur ces ronces et ces épines... Vomissez le fiel et le poison de la discorde; purifiez votre esprit du venin du serpent, et que J.-C. ôte par sa douceur l'amertume de votre âme. Si vous prenez la nourriture et le breuvage eucharistique comme le sacrement de la croix, le bois qui adoucit les eaux de Mara, et qui en était la figure, adoucira votre cœur, et il ne faudra pas d'autre remède pour vous rendre la santé... Aimez ceux que vous haïssiez... Imitez les gens de bien si vous le pouvez; sinon, réjouissez-vous de ce qu'ils sont meilleurs que vous. Unissez-vous à eux d'affection, afin d'avoir part à leurs mérites, et que le lien de la charité vous fasse leur cohéritier. Vos dettes seront remises, quand vous remettrez ce qu'on vous doit. Dieu recevra vos sacrifices, lorsque vous approcherez de lui avec un esprit de paix... Pensez au paradis, où Caïn n'est point entré parce qu'il tua son frère par envie. Pensez au royaume céleste, où Dieu n'admet que ceux qui sont d'accord ensemble. Pensez que ceux-là seuls peuvent être appelés enfants de Dieu, qui sont paisibles, et qui se servent de l'avantage de leur renaissance et des instructions divines pour se rendre semblables à J.-C. par l'union qu'ils ont avec leurs frères. Pensez que nous sommes toujours en la présence de Dieu, que nous l'avons pour juge et pour témoin de nos actions, et que l'unique moyen de le voir un jour, c'est de lui plaire ici-bas par nos bonnes œuvres, et de nous rendre dignes de sa grâce en ce monde pour l'être de sa gloire dans l'autre.

ARNOBE. — Il professait sous Dioclétien la rhétorique, quand il embrassa le christianisme. Il crut devoir faire acte de catéchumène en publiant pour la défense de la foi un ouvrage contre les gentils. On peut reprocher à son style africain d'être peu régulier et plein d'aspérités; mais le raisonnement en est vigoureux, et il se moque avec finesse des superstitions païennes. Sa vie chrétienne est restée inconnue.

LACTANCE. — Il vécut sous Dioclétien, et fut en Afrique disciple d'Arnobe, qu'il a laissé loin derrière lui. On sait qu'il mourut à Trèves vers l'an 325, et qu'il fut précepteur de Crispus, le malheu-

reux fils de Constantin. Comme son maître, Lactance avait été d'a-
bord païen ; lorsqu'il eut abjuré le paganisme, il devint un des champions les plus ardents du christianisme. « Il n'a pas fait de discours, dit M. Geruzez, mais ses traités sont des monuments d'une
haute éloquence. La pureté et l'abondance de son style l'ont fait
surnommer par saint Jérôme le *Cicéron chrétien*. Ses *Institutions
divines*, divisées en sept livres, passent pour un chef-d'œuvre. Sans
parler de la langue, qui est celle des meilleurs écrivains, on y
admire la force et l'enchaînement des idées. Lactance est surtout
remarquable comme apologiste de la religion chrétienne et comme
philosophe ; dans l'exposition de la doctrine, il n'a pas la même
autorité. Il s'est élevé avec force contre la persécution, dont le
spectacle avait déchiré son cœur, mais à laquelle il avait eu le
bonheur d'échapper, malgré son courage et l'éclat de ses talents. »
Il a écrit avec passion sur la mort des persécuteurs de l'Église ;
nous avons encore de lui de l'*Ouvrage de Dieu* et de la *Colère de
Dieu*.

INSTITUTIONS DIVINES [1]

(Livre IV.)

Quand je considère, empereur Constantin, l'état des premiers temps, et
que je vois que la folie d'un siècle a répandu de si épaisses ténèbres sur
l'esprit des hommes qui ont vécu dans les siècles suivants, qu'ils se sont
oubliés eux-mêmes jusqu'à chercher sur la terre l'objet de leur culte et de
leur bonheur, au lieu de le chercher dans le ciel, je n'en conçois pas moins
d'indignation que d'étonnement : ce monstrueux dérèglement a changé leur
félicité en disgrâce, lorsque abandonnant Dieu, l'auteur de toutes les créatures, ils ont commencé à adorer l'ouvrage de leurs mains. En se détournant du souverain bien, sous prétexte qu'il ne peut être vu, touché ni compris, et en s'éloignant de la pratique des vertus par lesquelles ils le pouvaient
posséder, ils ont recherché des dieux corruptibles et fragiles, et, n'ayant
soin que des choses qui peuvent servir à parer, à nourrir et à réjouir le corps,
ils sont tombés dans une mort éternelle. Leur superstition a été accompagnée d'injustice et d'impiété ; car, ayant tourné leur esprit aussi bien que
leur visage vers la terre au lieu de les tourner vers le ciel, ils se sont attachés à des religions et à des biens qui n'ont rien que de terrestre. C'est de
là que sont venues les querelles et les guerres, la mauvaise foi, et tous les
crimes que la mauvaise foi entraîne. Les hommes ont méprisé les biens
temporels et périssables, et ont préféré le mal présent au bien à venir. Voilà
comment, après avoir joui de la lumière, ils ont été enveloppés de ténèbres,
et, ce qui est plus étonnant, voilà comment ils ont commencé à se faire
appeler sages aussitôt qu'ils ont perdu la sagesse. Personne ne s'attribuait
ce nom au temps auquel tout le monde le méritait. Plût à Dieu que, maintenant qu'il est si rare, au lieu qu'autrefois il était si commun, ceux qui le
prennent sussent ce qu'il signifie! Ils pourraient peut-être par leur esprit, par
leur autorité et par leurs conseils, retirer le peuple des erreurs et des vices où
il est engagé. Mais ils sont tous fort éloignés de la sagesse, et la vanité avec
laquelle ils en prennent le nom ne montre que trop qu'ils n'en ont pas l'effet.
Avant néanmoins que la philosophie commune dont on parle tant fût inven-

[1. J.-A.-C. Buchon.

tée, on dit qu'il y a eu sept hommes qui, pour avoir recherché les premiers les secrets de la nature, ont mérité d'être appelés sages. Oh! le malheureux siècle où il ne s'est trouvé que sept hommes! Car nul n'est homme, s'il n'est sage. Si tous les autres ont été fous, ces sept-là n'ont pas été sages, parce que, pour l'être en effet, il ne le faut pas être selon le jugement des fous. Tant s'en faut qu'ils aient été sages, que, dans les siècles suivants, où les sciences ont fait de notables progrès et où elles ont été cultivées par d'excellents esprits, la vérité n'a pu être découverte! Depuis le temps de ces sept sages, les Grecs ont brûlé d'un désir incroyable d'apprendre, et, au lieu néanmoins de s'attribuer le nom superbe de sages, ils se sont contentés de celui d'amateurs de la sagesse. Ainsi ils ont couronné la folie et l'orgueil des autres, et ont reconnu en même temps leur propre ignorance; car, toutes les fois qu'ils ont trouvé de l'obscurité dans les questions qu'ils traitaient, et qu'ils ont vu que la nature se couvrait comme d'un voile pour les empêcher de pénétrer ses secrets, ils ont avoué franchement qu'ils ne voyaient rien; en quoi ils ont sans doute été plus sages en reconnaissant leur peu de lumière et de suffisance, que ceux qui se sont persuadés eux-mêmes de l'être.

Si les premiers qui ont pris le nom de sages ne l'ont pas été en effet, et si les seconds, qui n'ont pas fait difficulté d'avouer qu'ils ne l'étaient pas, ne l'étaient pas en effet, il s'ensuit nécessairement qu'il faut chercher ailleurs la sagesse...

MATERNUS. — On croit que Maternus fut évêque de Milan, sous le règne des fils de Constantin. Il a écrit un traité sur l'erreur des religions profanes : nous en donnerons ici un aperçu. Après avoir passé en revue les différentes religions de l'Égypte, de l'Assyrie, de la Perse, dont il démontre l'absurdité; les fêtes de la Grèce et celles de leurs dieux, dont il condamne la superstition, il expose la vérité chrétienne, l'incarnation, la vie du Christ, sa mort, sa résurrection et le mystère eucharistique. Enfin, revenant sur l'erreur du paganisme, il termine en exhortant les empereurs Constant et Constantin à renverser les dernières idoles. Inutile d'ajouter que le talent de Maternus n'est qu'un pâle reflet de celui de Lactance.

SAINT HILAIRE. — Le *Rhône de l'éloquence latine*, comme l'a appelé saint Jérôme, naquit à la fin du III⁰ siècle, mourut à 80 ans, vers l'an 370 ap. J.-C., et fut l'*Athanase* de l'Église d'Occident, dans sa lutte victorieuse contre l'arianisme. Né à Poitiers, d'une famille illustre des Gaules, son cœur pur et son esprit pénétrant, aidés de la lecture des saints livres, lui firent rompre avec les erreurs païennes pour embrasser la vraie foi, dont il devint une des plus fermes colonnes. Nommé évêque de Poitiers, il s'unit aux prélats des Gaules contre la violence des ariens, et écrivit à Constance une énergique protestation contre eux. L'empereur le bannit en Phrygie. C'est là qu'il composa la plupart de ses ouvrages. Nous le retrouvons plus tard aux conciles de Séleucie et de Constantinople, soutenant l'orthodoxie avec la plus grande

vigueur. Il fut enfin renvoyé dans les Gaules, et son premier
soin, en reprenant son siége épiscopal, fut de ramener les évêques
de ces provinces à l'unité de l'Église. Il eut encore la consolation
de rappeler à la foi de Nicée grand nombre de fidèles de Milan,
égarés par l'évêque arien Auxence. Saint Hilaire finit ses jours
dans son diocèse. Ses ouvrages sont : des *Commentaires sur saint
Matthieu*, le *Traité de la Trinité*, le *Livre sur les synodes*, des discours et des lettres à Constance, etc.

Saint Hilaire est, dans son style, d'une énergie et d'une impétuosité toujours soutenues; mais, quand le grand apôtre se laisse
aller jusqu'à la violence, quand le zèle de la foi le transporte, son
style manque alors de grâce et souvent de clarté. Le *Discours à
Constance*, que nous citons ici, est plus que véhément : il a tout
le caractère de l'invective.

CONTRE L'EMPEREUR CONSTANCE

Il faut parler : le temps des ménagements est passé. Appelons le Christ,
car l'antéchrist a pris sa place; que les pasteurs crient, car les mercenaires
se sont enfuis; donnons notre vie pour nos brebis, car les voleurs sont entrés, et le lion furieux tourne autour de la bergerie... Supportons une tribu-
lation comme il n'y en a pas eu depuis la constitution du monde; mais
persuadons-nous que ces jours « seront abrégés en faveur des élus de Dieu.»
(MATTH.) La prophétie s'est accomplie : « Il viendra un temps où ils ne
souffriront pas même la saine doctrine, et où ayant une extrême déman-
geaison d'entendre ce qui les flatte, ils se choisiront à eux-mêmes une
multitude de faux docteurs, qui les instruiront selon leurs désirs déréglés.
Alors, fermant l'oreille à la vérité, ils l'ouvriront à des fables. » (S. PAUL.)
Mais attendons la promesse de celui qui a dit : « Vous serez heureux lorsqu'à mon sujet les hommes vous chargeront d'injures, qu'ils vous persé-
cuteront, et que, contre la vérité, ils diront de vous toute sorte de mal.
Réjouissez-vous alors et tressaillez de joie, parce qu'une grande récompense
vous est réservée dans le ciel; car c'est ainsi qu'ils ont persécuté les prophètes qui ont été avant vous. » (MATTH.) Tenons-nous fermes devant les
juges et les puissances pour le nom du Christ; car il est bien heureux, celui
qui persévère jusqu'à la fin. (*Id.*) Ne craignons pas celui qui peut tuer
le corps et ne peut tuer l'âme; mais craignons celui qui peut perdre à jamais et le corps et l'âme. (*Id.*) Et n'ayez pas souci de nous : car les cheveux
de notre tête ont été comptés. (*Id.*) Et par l'Esprit-Saint suivons la vérité,
de peur que, par l'esprit d'erreur, nous n'ajoutions foi au mensonge. Mourons avec le Christ pour régner avec le Christ. Se taire plus longtemps, ce
serait une preuve de défiance, non le fait de la modération; car il n'est pas
moins périlleux de toujours se taire, que de ne se taire jamais.

Saint Hilaire rappelle d'abord avec quelle douceur il a toujours défendu
sa foi; quelle réserve il a su toujours garder envers ses adversaires. Ce qu'il
dit aujourd'hui de violent ne lui est pas dicté par la colère, mais par la
liberté du chrétien.)

Dieu tout-puissant! créateur du monde! Père de J.-C. N.-S., que n'avez-
vous accordé à mon âge et à ces temps que j'eusse à remplir le devoir de

vous confesser, vous et votre Fils unique, aux jours des Nérons et des Dèces!
Certes..., je n'aurais pas craint le chevalet..., je n'aurais pas redouté les
feux de la fournaise..., je n'eusse pas reculé devant une croix et la rupture
de mes os... Contre vos ennemis déclarés, cette lutte m'eût paru désirable;
on ne pouvait douter que ces tyrans ne fussent des persécuteurs, puisqu'ils
employaient, pour obliger à renier votre nom, le fer, le feu et les tourments, et que des chrétiens n'ont rien de plus à offrir que leur vie pour
attester leur foi. Oui, nous combattrions ouvertement et avec confiance
contre nos persécuteurs déclarés; et vos peuples, comprenant la menace de
la persécution, nous prendraient pour guides en marchant au martyre.

Mais aujourd'hui nous rencontrons un persécuteur dissimulé, un ennemi
caressant, Constance l'antéchrist; il ne frappe pas nos corps, il flatte nos
passions; il ne proscrit pas pour sauver, il enrichit pour perdre; s'il n'ouvre
pas les cachots qui procurent la liberté, il accorde dans son pays des honneurs qui rendent esclave; il ne torture pas nos membres, il prend possession de nos cœurs; son glaive ne tranche pas nos têtes, mais son or donne
la mort à nos âmes... Il a ton nom à la bouche et sur les lèvres, ô mon Dieu!
mais il fait tout pour que l'on ne te reconnaisse pas Dieu comme le Père.

(Après s'être justifié du reproche de mensonge ou de fausseté, il continue :)

Constance, je te dirai ce que j'eusse dit à Néron, à Dèce ou à Maximien :
« Tu combats contre Dieu, tu sévis contre l'Église, tu persécutes les saints,
tu hais les prédicateurs du Christ, tu détruis la religion... Tu te donnes pour
chrétien, et tu es un nouvel ennemi du Christ... Tu remportes au nom du
démon un triomphe rare et inouï, et tu persécutes sans martyre. »

(Nous étions plus redevables, ajoute Hilaire, aux ennemis ouverts de la
foi. Que faire contre Constance, qui honore le Seigneur par paroles et non
par actions, qui crée en quelque sorte un faux dieu, qui se couvre d'une
peau de brebis et qui agit comme un loup ravissant? Et il raconte ce qu'il a
fait souffrir à Alexandrie, à Trèves, à Milan, à Rome, etc.; ce qui s'est passé
au synode de Séleucie, les blasphèmes prononcés ouvertement.)

Oui, je ne cite que ce que j'ai entendu dans une séance publique : « Dieu
était ce qu'il est. Il n'était pas Père, parce qu'il n'avait pas de Fils... » Ô mes
tristes oreilles! qui avez entendu de si funestes paroles sortir de la bouche
d'un homme prêchant dans l'Église sur Dieu et sur le Christ!...

(Ainsi les ariens proclament de nouveau cette doctrine tant de fois condamnée, parce que le pouvoir les appuie et les protège. Et cependant les
Écritures annoncent que le Fils est égal au Père. Saint Hilaire expose alors
la doctrine orthodoxe, et montre les variations mêmes de la foi de Constance,
qui, s'en étant pris à tous dans l'hésitation de la croyance, a exercé mille
violences contre l'Orient et l'Afrique; il termine par de nouveaux reproches.)

Oh! comme ton impiété va s'accroissant de jour en jour! Les autres hommes ne font la guerre qu'à leurs ennemis vivants, la haine s'arrête pour
eux à la mort de leur adversaire; pour toi, l'inimitié n'a point de terme.
Nos pères enveloppés dans le repos de la tombe, tu les attaques encore, et
tu prétends atteindre jusqu'à leurs décrets. Prenez part aux nécessités des
saints, a dit saint Paul; toi, tu veux les condamner. Est-il aujourd'hui quelqu'un, vivant ou mort, dont tu n'aies déchiré les paroles? Les épiscopats
mêmes, qui se voient aujourd'hui, tu les as ébranlés jusqu'aux fondements...

Qui communiquera maintenant avec la mémoire des saints? Trois cent dix-huit évêques réunis à Nicée te sont anathème; anathème, tous ceux qui, depuis, ont assisté aux diverses expositions de la foi; anathème, ton propre père qui n'est plus! Il fut la sauvegarde du synode de Nicée, que tu troubles, toi, par les faussetés, que tu déshonores, dont tes satellites attaquent les divins jugements... Prête l'oreille à l'intelligence des paroles sacrées, regarde l'imperturbable constitution de l'Église, songe à l'orthodoxie de ton père, considère la sécurité confiante de l'espérance humaine... Comprends que tu t'es fait l'ennemi de la religion divine, l'adversaire de la mémoire des saints et l'héritier rebelle de la piété paternelle!

SAINT AMBROISE. — Né vers l'an 340, mort en 397. Il fut évêque de Milan en 374. Théodose a dit de lui : « Je n'ai connu qu'un évêque, c'est Ambroise. » Il eut, comme saint Hilaire, à lutter contre les ariens que soutenait l'impératrice Justine. Ce modèle de l'épiscopat, ce père illustre entre tous les Pères de l'Église latine, brilla par son éloquence pleine d'énergie, et par le courage qu'il déploya contre Théodose en lui interdisant l'entrée de l'Église après le massacre des habitants de Thessalonique. Le discours qu'il prononça en cette circonstance est resté comme le type de la liberté religieuse. On se rappelle qu'il fut chargé de répondre à Symmaque, réclamant avec opiniâtreté le rétablissement de l'autel de la Victoire.

Les autres œuvres d'Ambroise sont : les sermons sur la *Genèse*, sur l'*Histoire sainte*, sur David et les psaumes, sur les Évangiles; plusieurs traités sur la morale et sur le dogme; deux livres ou discours sur la mort de son frère Satyre; des lettres et quelques hymnes.

« L'orateur, a dit Villemain, pensait quelquefois avec son talent; malheureusement il écrivait presque toujours avec le goût de son siècle. » Voici ce qu'en a écrit Fénelon : « Saint Ambroise suit quelquefois la mode de son temps. Il donne à son discours les ornements qu'on estimait alors; mais, après tout, ne voyons-nous pas saint Ambroise, nonobstant quelques jeux de mots, écrire à Théodose avec une force et une persuasion inimitables? Nous avons même, dans le Bréviaire romain, un discours de lui sur la fête de saint Jean, qu'Hérode respecte et craint encore après sa mort : prenez-y garde, vous en trouverez la fin sublime. » Nous donnons des extraits du premier discours sur la mort de son frère.

SUR LA MORT DE SATYRE

Nous avons rendu les derniers honneurs, ô frères bien-aimés! à cette hostie qui est mienne, hostie sans tache, hostie agréable à Dieu, le respectable Satyre qui est mon frère. Je savais qu'il était mortel... Je n'ai donc pas sujet de me plaindre, mais occasion de remercier Dieu. En effet, j'ai toujours souhaité que, si le malheur devait atteindre ou l'Église ou

moi, ce fût sur moi ou sur ma maison qu'il tombât de préférence. Donc,
grâce à Dieu! dans l'effroi de tous, au milieu de l'agitation produite par les
barbares, j'ai demandé le rachat de la douleur commune au prix de ma douleur, et les maux que je craignais pour tous se sont retournés contre moi.
Plaise à Dieu qu'ils s'arrêtent ainsi! plaise à Dieu que mon chagrin paye à
lui seul pour le chagrin public!

Non, frères aimés! non, rien sur la terre ne m'était plus précieux qu'un
frère comme le mien; rien de plus aimable, rien de plus aimé; mais l'intérêt public passe avant les affections privées. Et, si vous pouviez interroger
Satyre, il vous dirait qu'il aime mieux mourir pour les autres que de vivre
pour lui-même; car le Christ est mort pour tous selon la chair, afin de nous
apprendre à ne pas vivre pour nous seuls... O mon frère! je t'avais choisi
pour héritier, et c'est toi qui me laisses ton héritage; je voulais que tu me
survécusses, et tu m'as laissé te survivre. Afin de répondre aux dons que tu
m'as faits, j'adressai au ciel tous mes vœux pour toi; mes vœux ont été perdus, mais tes bienfaits n'ont pas péri. Que ferai-je, hélas! moi, successeur
de mon héritier; moi, qui survis à ma vie; moi, privé de la lumière de mes
yeux. Et quelles grâces, quels remercîments te rendrai-je, mon frère? Je
ne puis te donner que mes larmes. Et, peut-être heureux par tes vertus, ces
pleurs, le seul présent que je puis te faire, tu ne les demandes plus aujour-
d'hui... En déplorant notre perte, prenons garde de sembler désespérer de
tes mérites... Cette revue de tes bienfaits, cet examen de tes vertus affecte
toute mon âme; mais je me repose dans cette émotion: ces souvenirs re-
nouvellent ma douleur, et m'apportent aussi de la joie. Puis-je ou ne pas penser à toi, ou jamais penser à toi sans larmes... Quel plaisir ai-je connu, qui
ne fût venu de toi! Qu'ai-je rencontré d'agréable sans toi? Qu'as-tu trouvé
doux sans moi? Et ce commerce journalier, cette vue, ce sommeil dont
nous jouissions comme en commun? N'avons-nous pas toujours eu la même
volonté? Nos pas n'ont-ils pas laissé les mêmes traces?

Mais non, frère, ce n'est pas à nous que le Seigneur t'a enlevé; c'est aux
dangers qu'il t'a ravi; ce n'est pas la vie que tu as perdue, tu as échappé à
la crainte des fléaux qui nous menacent. Quelle serait aujourd'hui la déchi-
rante pitié de ton cœur vertueux, si tu voyais l'Italie pressée comme elle
l'est par les approches de l'ennemi! Quelle serait ta douleur, quels seraient
tes gémissements, si tu sentais que nous n'avons plus d'autre rempart pour
nous défendre que les Alpes, d'autre retranchement pour abriter notre honte
que l'abatis de nos forêts? Avec quelle affliction mesurerais-tu le peu de
distance qui sépare maintenant de tes concitoyens l'ennemi, l'ennemi impur
et cruel, l'ennemi qui n'épargne ni la vie ni l'honneur!. . . . .

. . . .
... Pourquoi faut-il, mon frère, que je te revoie ainsi sans que tu aies une
parole, un baiser pour ton frère?... Entre nous, même pensée dans le cœur,
même expression sur le visage! Qui te voyait croyait me voir moi-même.
Je saluais par hasard des amis que tu avais salués toi-même. Vous m'avez
déjà salué, me disaient-ils. Que de gens t'ont reparlé des secrets qu'ils
croyaient m'avoir confiés à moi-même! Alors, quelle joie, quels ravisse-
ments j'éprouvais d'avoir été confondu avec mon frère! O douce erreur!
ô méprise agréable! ô pieuse tromperie! Ah! je n'avais rien à redouter
ni de tes actions, ni de tes paroles; j'étais fier de me sentir attribuer tes
vertus!...

Hélas! mon frère, qu'attendre encore? Que mes paroles meurent, que mon
discours soit enveloppé dans la tombe avec toi! Bien que cette vaine image,
cette forme inanimée, me console encore; bien que la grâce qui réside
encore sur ses traits soit un charme pour mes tristes yeux, allons, marchons vers ton sépulcre. Mais, d'abord et devant ce peuple, reçois mon

dernier adieu, mon dernier souhait de paix, mon dernier baiser. Précède-moi vers cette demeure commune et réservée à tous les mortels, vers ce séjour, maintenant ma suprême espérance. Va préparer la place de ton frère; ici-bas tout fut commun entre nous, qu'au ciel nous ne soyons pas séparés...

Dieu tout-puissant! je vous recommande cette âme innocente, je vous offre ici une victime qui est mienne; recevez-la, accueillez avec bienveillance ce présent de mon frère, ce sacrifice du prêtre. Je vous adresse ici les prémices de moi-même: je viens à vous sous ce gage chéri, non de mes biens, mais de ma vie : ne me laissez pas trop longtemps dépositaire d'un si grand trésor... Je puis supporter la dette, si vous ne tardez pas à me le réclamer.

Saint Jérôme. — Né en 340 en Dalmatie, mort en 420. Il était d'une famille distinguée et reçut une éducation complète. Il visita Rome, dont les désordres l'indignèrent; l'Italie, la Gaule, où il se forma dans les lettres chrétiennes auprès de saint Hilaire; la Thrace, le Pont, la Bithynie, la Cappadoce; puis, renonçant au monde, il alla oublier, dans les déserts de la Syrie, les souvenirs séducteurs de Rome. Obligé de quitter sa retraite, il revint dans la ville éternelle en s'arrêtant à Jérusalem, à Antioche, où il reçut la prêtrise, et à Constantinople. A Rome, il fut chargé de rédiger la correspondance du pontife, et c'est alors qu'il écrivit ses lettres qui nous tiennent lieu de discours, ses lettres dont quelques-unes sont de véritables oraisons funèbres. Des ennemis excitèrent le peuple contre lui et le contraignirent à demeurer à Bethléem. Là, il acheva son grand ouvrage, la *Vulgate ;* c'est là que, attentif aux périls de l'Église, il luttait avec une puissante dialectique contre Vigilance, Pélage et Jovinien, les hérésiarques de son temps.

En outre de ses lettres et de la *Vulgate,* nous avons encore de saint Jérôme des *Commentaires sur l'Écriture*, une *Géographie de la Palestine*, le *Catalogue des auteurs ecclésiastiques*, et plusieurs écrits polémiques. Les lettres de ce grand homme sont écrites avec le cœur et avec l'imagination; le style en est plein d'énergie et de noblesse. « Ses expressions sont mâles et grandes, dit Fénelon ; il n'est pas régulier, mais il est bien plus éloquent que la plupart des gens qui se piquent de l'être. »

A PAULA, SUR LA MORT DE SA FILLE [1]

Qui donnera de l'eau à ma tête et une source de larmes à mes yeux pour pleurer, non pas, comme Jérémie, la mort des enfants de mon peuple, ni comme le Sauveur, les malheurs de Jérusalem, mais la sainteté, la miséricorde, l'innocence, la chasteté et toutes les vertus qui ont été ensevelies avec Blésilla dans un même tombeau? Ce n'est pas que je plaigne sa destinée, ni que je l'estime malheureuse d'avoir quitté la terre; mais c'est que je ne saurais

[1] L. Matougues.

assez déplorer la perte que nous avons faite d'une personne d'un si grand mérite. En effet, qui pourrait, sans verser des larmes, se souvenir qu'on l'a vue, à l'âge de vingt ans, animée de ce beau zèle qu'inspire la foi, porter courageusement l'étendard de la foi?... Qui pourrait, sans gémir, parler de son assiduité à la prière, de la grâce avec laquelle elle savait s'exprimer, de la fidélité de sa mémoire, de la vivacité de son esprit?... La pauvreté de ses habits n'était pas en elle la marque d'une vanité secrète; elle était l'effet d'une humilité profonde et sincère, qui la portait à ne se distinguer des femmes qui la servaient que par un air plus modeste. Abattue par une longue maladie, pouvant à peine se soutenir, elle avait néanmoins toujours le livre de l'Évangile ou des prophètes entre les mains...

Consumée par les ardeurs d'une violente fièvre, et près d'expirer, elle dit à ses parents... : « Priez le Seigneur de me faire miséricorde, parce que je n'ai pu exécuter le dessein que j'avais formé de me consacrer entièrement à son service. » Ah! ne craignez rien, Blésilla!... Mais que faisons-nous? je veux arrê-ter les larmes d'une mère affligée, et je ne saurais m'empêcher d'en répandre moi-même. Je ne puis dissimuler ici mes sentiments; on ne verra dans cette lettre aucun caractère qui ne soit imprimé de mes larmes. J.-C. lui-même en répandit sur la mort de Lazare, parce qu'il l'aimait. Hélas! qu'on est peu propre à consoler les autres, quand on succombe soi-même sous le poids de la douleur, et que la voix est entrecoupée par les sanglots et étouffée par les larmes! J.-C., que Blésilla suit maintenant, et les saints anges avec qui elle se trouve, me sont témoins que je partage vos peines et vos chagrins. Je sens que j'étais son père et son nourricier selon l'esprit...

Combien de fois, agité et troublé..., ai-je dit en moi-même : «Pourquoi voit-on des hommes qui ont vieilli dans le crime et l'iniquité? Pourquoi des jeunes gens qui ont encore toute leur innocence sont-ils enlevés tout à coup par une mort précipitée?...» Le prophète-roi a calmé aussitôt toutes ces pen-sées dont j'étais agité. « J'ai voulu pénétrer la profondeur de ce mystère, mais je me suis donné sur cela des peines inutiles; quand je serai entré dans le sanctuaire de Dieu, alors seulement je comprendrai quelle doit être la fin des méchants... » Dieu est bon; et, comme il agit toujours par bonté, il ne saurait rien faire qui ne soit bon. Si je perds un mari, cette perte m'est sensible; mais, parce qu'elle me vient de la part du Seigneur, je la souffre sans murmure. Si la mort m'enlève un fils unique, quelque cruelle que soit cette perte, je la supporte avec patience, sachant que c'est Dieu qui reprend ce qu'il m'avait donné. Si je deviens aveugle, je me servirai pour lui des yeux d'un ami, et je trouverai en lui une ressource à ma disgrâce. Si je viens aussi à perdre l'ouïe, ma surdité me garantira de la corruption du vice, et toute mon occupation sera alors de penser à Dieu. Si, pour comble de misère, je me vois encore réduit à souffrir la pauvreté, le froid, la nudité, la maladie, j'espérerai que la mort mettra fin à mes peines, et tous les maux de la vie présente me paraîtront courts dans l'attente d'une vie plus heureuse.

Considérons un peu ce que dit David dans un psaume où il a renfermé une morale si belle : « Vous êtes juste, Seigneur, dit ce prophète, et vos ju-gements sont équitables. » Ces pieux sentiments n'appartiennent qu'à une âme qui bénit le Seigneur au fort de sa misère, et qui, attribuant à ses pro-pres péchés toutes les peines qu'elle endure, ne cesse de louer au milieu de ses adversités celui qui l'a fait souffrir...

Pourquoi se révolter contre un mal inévitable? Pourquoi pleurer une per-sonne que la mort nous enlève? Sommes-nous au monde pour y vivre éter-nellement? Abraham, Moïse, Isaac, saint Pierre, saint Jacques, saint Paul, ce vaisseau d'élection, J.-C. lui-même, n'ont-ils pas tous été sujets à la mort? Pourquoi donc murmurer, lorsque nous venons à perdre une personne qui nous était chère? Peut-être que le « Seigneur ne l'a enlevée du monde que pour la sauver de la corruption du siècle, et qu'il s'est hâté de retirer du milieu de l'iniquité une âme qui lui était agréable, » de peur que, dans le long voyage de la vie, elle ne s'engageât dans des routes écartées...

Si une mort imprévue, ce qu'à Dieu ne plaise, l'avait surprise avec un cœur tout occupé des plaisirs de la vie présente, nous aurions sujet de déplorer son sort et de répandre des torrents de larmes sur une mort si funeste. Mais puisque, par une grâce particulière de J.-C., le vœu qu'elle avait fait quatre mois avant sa mort de se consacrer à Dieu a été pour elle comme un second baptême, et que, depuis ce temps, elle a méprisé les vanités du monde et tourné ses pensées vers le monastère, ne craignez-vous pas que le Sauveur ne vous dise : « Paula, pourquoi vous désolez-vous de ce que votre fille est devenue la mienne? Pourquoi, jalouse de me voir en possession de Blésilla, m'outragez-vous par des larmes que répand un cœur rebelle à mes volontés? Pouvez-vous pénétrer les desseins que j'ai sur votre famille?...

Vous me direz peut-être : « Pourquoi ne pas pleurer la mort de ma fille? Jacob ne se couvrit-il pas d'un sac pour pleurer celle de Joseph?... «Je pleu-« rerai toujours, disait-il, jusqu'à ce que je descende avec mon fils dans le « tombeau... » Jacob pleura son fils, persuadé qu'il avait été tué et que bientôt la mort devait les réunir tous deux..., parce que J.-C. n'avait pas encore ouvert la porte du paradis, ni éteint par son sang ce glaive de feu que tenait un chérubin pour en défendre l'entrée... «La mort a régné depuis Adam jusqu'à Moïse, même sur ceux qui n'ont point péché. » Mais, depuis l'établissement de l'Evangile, c'est-à-dire sous J.-C., ce véritable Josué qui nous a ouvert le paradis, on célèbre avec joie les funérailles des morts...

Je ne saurais blâmer les larmes d'une mère; je vous prie seulement de donner des bornes à votre douleur. Vous êtes mère, et vous pleurez la mort de votre fille; je ne veux pas vous faire un crime d'une affection si légitime; mais vous êtes aussi et chrétienne et religieuse : ces deux titres doivent exclure en vous les sentiments de la nature. Je touche votre plaie avec toute sorte de précautions; mais elle est encore trop récente, et je sens bien que ma main ne sert qu'à irriter le mal au lieu de le guérir. Cependant, pourquoi ne vaincriez-vous pas par raison un mal que le temps doit un jour adoucir?...

Dans l'accablement où elle vous voit, Blésilla vous crie du haut du ciel : «Si jamais vous m'avez aimée, ma chère mère, si vous m'avez nourrie de votre lait et élevée dans la pratique de la vertu, par vos sages conseils, ne m'enviez pas la gloire que je possède, et n'obligez pas Dieu par vos plaintes à nous séparer pour toujours. Ne pensez pas que je sois seule; si je vous ai perdue, j'ai ici la sainte Vierge, mère du Sauveur, qui me dédommage de cette perte, j'y vois plusieurs personnes que je n'avais pas connues, et je trouve en leur compagnie un agrément qu'on ne rencontre pas dans les sociétés mondaines. J'ai le bonheur d'y vivre avec Anne, cette illustre veuve qui autrefois a prophétisé la venue du Sauveur; et, ce qui doit redoubler votre joie et vous combler de consolations, c'est que j'ai mérité en trois mois la même gloire qu'elle n'a acquise que par un long travail et une viduité de plusieurs années; et nous avons reçu également, elle et moi, la récompense que Dieu réserve à la chasteté des veuves. Vous me plaignez de ce que je ne suis plus au monde; mais vous me paraissez bien plus à plaindre d'être encore asservie aux vanités du siècle, et réduite à la dure nécessité de combattre tantôt la colère, tantôt l'avarice, ici la volupté, là toutes sortes de vices qui vous entraînent dans des précipices affreux. Si vous voulez que je vous reconnaisse pour ma mère, ayez soin de plaire à J.-C.; car je ne saurais vous donner ce nom tant que vous serez désagréable à ses yeux. »

... Blésilla prie le Seigneur pour vous ; et, comme je connais son cœur, je suis persuadé qu'elle emploie aussi le crédit qu'elle a auprès de lui pour m'obtenir le pardon de mes péchés, afin de reconnaître par là mes salutaires conseils, le zèle avec lequel je l'ai sollicitée de se donner à Dieu et les chagrins qu'il m'a attirés de la part de ses parents. C'est pourquoi je promets de lui consacrer tous mes travaux tant que je serai au monde, et d'employer mon esprit et ma langue à publier ses louanges. Il n'y aura dans mes ouvrages aucune page qui ne porte le nom de Blésilla ; elle les suivra partout, et j'apprendrai aux vierges, aux veuves, aux solitaires et aux évêques le mérite de cette vertueuse femme dont je conserve toujours le souvenir. L'immortalité de son nom la dédommagera du peu de temps qu'elle a vécu sur la terre. Elle vit dans le ciel avec J.-C., et elle vivra encore dans la bouche des hommes. Le siècle présent passera, et les siècles futurs jugeront sans intérêt et sans passion des vertus de cette illustre veuve. Je la placerai entre Paula et Eustochia ; elle vivra éternellement dans mes écrits, et elle m'entendra toujours parler d'elle avec sa mère et sa sœur.

Saint Augustin. — Né à Tagaste en Numidie, en 354 ; mort à Hippone, en 430. Le premier des Pères latins était fils du païen Patrice et de sainte Monique, dont les prières contribuèrent à la conversion du père et du fils. Ses premières années se passèrent dans une dissipation voisine du désordre, et il fut même partisan des doctrines manichéennes. Après avoir enseigné la rhétorique dans sa ville natale et à Carthage, il vint la professer à Milan, où il se lia avec saint Ambroise, qui, par ses exhortations pleines de douceur, parvint à le ramener à la vraie foi. Renonçant alors à toute gloire mondaine, il retourna dans sa patrie pour ne plus penser qu'au salut de son âme. Il fut, en 395, nommé évêque d'Hippone ; à partir de ce moment, il s'imposa une vie plus rigide et partagea tous les exercices des clercs : aussi le regarde-t-on comme le fondateur des séminaires, dirigés par les leçons et l'exemple de leur évêque. Son épiscopat donna l'exemple de la force, de l'humilité, de la sainteté accomplie ; après avoir lutté en docteur contre les donatistes, les manichéens et les pélagiens, en chrétien contre les misères des pauvres et l'ignorance des méchants, il lutta encore contre l'affliction et le découragement de ses ouailles aux jours de l'invasion des Vandales.

Les ouvrages principaux de saint Augustin sont : la *Cité de Dieu*, les traités de la *Grâce* et du *Libre arbitre*, la *Rétractation*, les *Confessions*, des *Traités sur l'Écriture*, un *Commentaire sur les psaumes*, des lettres, des sermons et des polémiques. Le génie de saint Augustin est vraiment universel. « Le fond de saint Augustin, dit Bossuet, c'est d'être nourri de l'Écriture, d'en tirer l'esprit, d'en prendre les plus hauts principes, de les manier en maître et avec la diversité convenable. Après cela, qu'il ait ses défauts, comme le soleil a ses taches, je ne daignerai ni les avouer, ni les nier, ni les excuser ou les défendre. Tout ce que je sais certainement, c'est que quiconque saura pénétrer sa théologie, aussi solide que sublime, gagné par le fond des choses et par l'impression de la vérité, n'aura que du mépris ou de la pitié pour les critiques de nos jours, qui sembleraient se faire honneur de déprécier ce qu'ils n'entendent pas. » La littérature moderne a de saint Augustin une opinion non moins haute et non moins bien appuyée. « Nous arrivons, dit Villemain, à l'homme le plus étonnant de l'Église latine, à celui qui porta le plus d'imagination dans la théologie, le plus d'éloquence et même de sensibilité dans la scolastique. Donnez-lui un autre siècle, placez-le dans une meilleure civilisation, jamais homme n'aura paru doué d'un génie plus vaste et plus facile. Métaphysique, histoire, antiquités, science des mœurs, connaissance des arts, Augustin avait tout embrassé. Il écrit sur la musique comme sur le libre arbitre; il explique le phénomène de la mémoire comme il raisonne sur la décadence de l'empire romain. Son esprit subtil et vigoureux a souvent conservé, dans des problèmes mystiques, une force de sagacité qui suffisait aux plus sublimes conceptions. Son éloquence, entachée d'affectation et de barbarie, est souvent neuve et simple; ses ouvrages, immense répertoire où puisait cette science théologique qui a tant agité l'Europe, sont la plus vive image de la société chrétienne à la fin du IVe siècle. »

EXTRAIT DES CONFESSIONS [1]

(I, ii.)

Étant encore dans l'enfance, j'avais entendu parler de la vie éternelle qui nous a été promise par le mystère de l'incarnation de J.-C., votre Fils et N.-S., qui est venu guérir notre orgueil par son humilité prodigieuse. Et ma mère ne m'eut pas plutôt mis au monde, qu'agissant comme une personne qui avait une ferme espérance en vous, elle eut le soin de me faire marquer du signe de la croix sur le front, en me mettant au nombre des catéchumènes, et de me faire goûter ce sel divin et mystérieux, qui est la figure de la vraie sagesse.

Vous savez, Seigneur, que, lorsque j'étais encore enfant, je me trouvai un jour surpris d'une douleur d'estomac, et pressé d'un étouffement si soudain et si violent, qu'on me croyait près de rendre l'esprit. Vous savez, dis-je, mon Dieu, vous qui, dès lors, m'aviez pris en votre garde, avec quelle ferveur et quelle foi je demandai à recevoir le baptême de J.-C. votre Fils, qui est mon Seigneur et mon Dieu, et que j'en conjurai la tendresse et la charité de ma mère, et de la mère commune de tous les fidèles, qui est votre Église. Vous savez combien ma mère fut troublée dans la surprise d'un mal si subit et si mortel; que son cœur chaste se pressant de m'enfanter comme une seconde fois, en me procurant par la foi la vie éternelle, elle se sentait plus animée d'ardeur et d'amour pour me mettre ainsi dans le ciel, qu'elle ne l'avait été pour me mettre au monde, et qu'elle se hâtait pour donner ordre à me faire recevoir le sacrement divin et salutaire, afin que je fusse purifié de

(1) A. d'Andilly.

mes péchés, en faisant profession de croire en vous, Jésus mon Sauveur. Mais dans ce même temps je me trouvai soulagé, et, mon mal diminuant, on différa de me laver dans les eaux sacrées du baptême, parce qu'on croyait qu'il était comme impossible que, recouvrant la santé, je ne me souillasse encore par de nouvelles offenses, et que l'on craignait de m'exposer à ce danger, parce que les crimes auxquels on retombe, après avoir été plongé dans ce bain céleste, sont beaucoup plus grands et périlleux que ceux que l'on a commis avant qu'être baptisé.

Ainsi, je croyais dès lors en vous aussi bien que ma mère et notre famille. Et il ne restait plus que mon père qui n'y croyait pas encore, et qui ne put néanmoins, par ses persuasions, surmonter dans mon esprit l'autorité si légitime que ma mère y avait acquise par son insigne piété, ni me détourner par son exemple de croire en vous et en J.-C. Car elle travaillait sans cesse afin que je vous eusse plutôt pour père, vous mon Dieu et mon Créateur, que celui par lequel vous m'aviez donné la vie. Et votre grâce la soutenait et l'assistait en ce dessein, la rendant plus forte et plus puissante que son mari, à qui elle ne laissait pas, quoiqu'il fût beaucoup meilleure que lui, d'être soumise en toutes choses; parce qu'en cela même c'était à vous qu'elle était soumise, puisque c'était vous qui lui commandiez de lui obéir.

Pardonnez-moi, s'il vous plaît, mon Dieu, le désir que j'ai de savoir, si toutefois vous voulez bien que je le sache, par quel conseil on différa alors de me baptiser, et s'il m'était utile que l'on m'eût ainsi comme abandonné à moi-même, et donné comme une pleine et entière liberté de me laisser aller aux vices et aux péchés. Car, si ce n'était pas me donner cette liberté, d'où vient qu'encore aujourd'hui nous entendons si souvent retentir à nos oreilles cette parole commune sur le sujet de toutes sortes de personnes : « Laissez-le, qu'il fasse ce qu'il voudra, il n'est pas encore baptisé; » quoique, pour ce qui regarde la santé du corps, nous ne disons pas : « Laissez-le, qu'il se blesse de nouveau, s'il le veut, il n'est pas encore guéri. »

MÉDITATIONS

(*Soliloq.* xxxvi.)

Ayez pitié, Seigneur, par votre bonté infinie, ayez pitié d'un misérable pécheur qui souffre justement la peine de son injustice, et qui ne souffre sans cesse que parce qu'il ne cesse de pécher. Si je considère, ô mon Dieu, les maux que j'ai commis, aurai-je lieu de me plaindre des maux que je puis souffrir, quelque grands qu'ils puissent être? Et qu'est-ce que je souffre pour expier tant de maux? Vous êtes, Seigneur, infiniment juste, et vos jugements ne sont pas moins que la justice et la vérité même. Vous êtes vous-même, mon Seigneur et mon Dieu, la souveraine justice, le souverain ordre, et l'on ne saurait même trouver en vous aucune ombre d'iniquité. C'est uniquement par justice et non par cruauté que vous nous affligez en punition de nos péchés, ô Seigneur tout-puissant, Dieu de miséricorde, seul auteur de notre être. Nous nous sommes perdus nous-mêmes par notre faute; avec quelle bonté avez-vous réparé notre perte! Peut-on trop adorer une telle miséricorde! Rien ne se fait par hasard : vous êtes le seul auteur de tous les événements de la vie. C'est vous seul, ô mon Dieu! qui prenez soin de toutes choses, mais principalement de vos fidèles serviteurs, dont toute l'espérance est fondée sur votre seule miséricorde. Ne me traitez donc pas selon mes péchés, par où j'ai mérité si justement les effets de votre colère, mais selon cette miséricorde infiniment au-dessus de tous les péchés des hommes. Faites-nous souffrir avec une humble et continuelle patience toutes les peines dont vous nous punissez, et que mon cœur n'en soit que

plus porté à publier vos louanges. Ayez pitié de moi, Seigneur, ayez pitié
de moi, et me donnez tous les secours dont vous savez que j'ai besoin, tant
à l'égard de ce corps corruptible qu'à l'égard de mon âme; vous savez et
pouvez tout, vous qui seul vivez, ô mon Dieu, dans toute la durée des siècles. Ainsi soit-il.

DE LA CITÉ DE DIEU (1)

(Livre I.)

Je me suis souvenu de ta prière et de ma promesse, mon cher fils Marcellin, et ne veux pas tarder plus longtemps à défendre la cité de Dieu contre ceux qui ne craignent pas d'opposer leurs idoles à son divin fondateur.
Cité glorieuse, soit qu'on la considère dans le cours des temps et dans le
lieu de son pèlerinage, encore mêlée aux impies et vivant de la foi, ou dans
l'état immuable du séjour éternel qu'elle attend maintenant avec patience,
« jusqu'à ce que la justice soit convertie en jugement, » et où elle doit enfin
arriver triomphante par une dernière victoire, suivie d'une paix parfaite.
L'entreprise est grande et difficile, mais Dieu est mon aide. Eh! qui n'aurait pas besoin de son secours pour faire comprendre aux esprits superbes
ce que c'est que l'humilité, qui, en abaissant l'homme, l'élève infiniment
au-dessus de toutes les grandeurs éphémères et chancelantes de la terre?
Élévation sans faste, qui n'est pas une usurpation de la vanité humaine,
mais un don de la grâce divine, comme le roi et le fondateur de cette cité
l'a révélé à son peuple, en disant : « Dieu résiste aux superbes et donne la
grâce aux humbles. » Que dis-je? cet attribut, qui n'appartient qu'à Dieu,
nous voyons l'homme, dans son orgueil, chercher à se l'approprier, et n'estimer rien tant que de s'entendre louer, comme le peuple romain, de savoir
« pardonner à l'ennemi abattu qui se soumet, et dompter la résistance orgueilleuse. (2) » Aussi, selon que mon sujet l'exigera ou le permettra, m'ar-
rêterai-je à parler de cette cité de la terre, qui, tout en dominant sur les
nations, ne laisse pas d'être elle-même esclave de la passion de dominer.

N'est-ce pas, en effet, de cette cité terrestre que s'élancent ces ennemis,
contre l'attaque desquels nous avons à défendre la cité divine? Plusieurs
d'entre eux, il est vrai, abjurant leur impiété, viennent grossir le nombre
des serviteurs du vrai Dieu, et font oublier leurs erreurs passées; mais
aussi combien n'en voit on pas qui, dans leur haine aveugle, poussent
l'ingratitude jusqu'à blasphémer le nom de leur divin Rédempteur, eux
dont la bouche serait muette aujourd'hui, s'ils n'eussent trouvé dans nos
sanctuaires un asile contre le glaive des barbares, et la remise d'une vie
que, dans leur orgueil, ils tournent aujourd'hui contre celui dont ils la tiennent! Car ces ennemis du nom du Christ, ne sont-ce pas ces mêmes Romains
que les barbares ont épargnés à cause du Christ? Les sépulcres des martyrs
et les basiliques des apôtres l'attestent, qui, dans cette désolation de Rome,
ont accueilli tout ce qui venait s'y réfugier, fidèle ou infidèle. Au dehors,
l'ennemi se baignait, sans scrupule, dans le sang; mais là s'arrêtait la fureur du glaive; là des vainqueurs, désarmés par la pitié, amenaient ceux
qu'ils voulaient sauver, pour les soustraire aux mains de ceux qui n'éprouvaient pas la même commisération... Beaucoup ont échappé à la mort, qui
calomnient aujourd'hui les temps nouveaux, imputant au Christ les maux
que Rome a soufferts, et n'attribuant qu'à leur destin la conservation de
leur vie, laquelle n'est pourtant l'effet que du respect que les barbares ont
eu pour le nom du Christ...

Bien des guerres ont eu lieu avant et depuis la fondation de Rome. Eh

(1) Lombert. — (2) Virgile.

bien! qu'on ouvre l'histoire, qu'on nous montre des étrangers, des ennemis, maîtres d'une ville, épargnant ceux qui s'étaient réfugiés dans les temples de leurs dieux; qu'on nous montre un chef barbare donnant l'ordre, après la prise d'une ville, de faire grâce à quiconque serait trouvé dans tel ou tel temple. Énée n'a-t-il pas vu Priam, « égorgé au pied des autels, éteindre de son sang les feux que lui-même avait consacrés (1)? » Diomède et Ulysse « n'ont-ils pas osé profaner de leurs mains sanglantes les bandelettes sacrées de la chaste déesse (2)? » Virgile, dira-t-on, ajoute que « de ce moment les Grecs sentirent leurs espérances s'évanouir (3); » mais l'histoire dément le poëte; car depuis, les Grecs furent vainqueurs; depuis, ils mirent Troie à feu et à sang; depuis, ils égorgèrent Priam au pied des autels où il s'était réfugié. Et Troie ne périt pas pour avoir perdu Minerve; car Minerve elle-même, pour périr, n'avait-elle rien perdu auparavant? Ses gardes, peut-être? Oui, certes; et, ses gardes morts, on put l'enlever. En effet, ce n'était pas la statue qui gardait les hommes, c'étaient les hommes qui gardaient la statue. Comment donc adorait-on comme gardienne de la patrie et des citoyens une déesse qui n'avait pas le pouvoir de garder ses propres gardes?...

Nos adversaires ne veulent pas que nous préférions à Caton le saint homme Job, qui aima mieux souffrir en sa chair les plus cruelles douleurs que de s'en délivrer par la mort; non plus que les autres saints dont l'Écriture, ce livre d'une si haute autorité et si digne de foi, fait mention, et qui aimèrent mieux supporter la captivité que de s'affranchir par la mort de la domination de leurs ennemis; mais nous pouvons bien, d'après leurs livres mêmes, lui préférer Régulus. En effet, Caton n'avait jamais vaincu César; et, vaincu par lui, il dédaigna de se soumettre et aima mieux se tuer. Régulus, au contraire, avait déjà vaincu les Carthaginois; et, chef des armées romaines, à la gloire de l'empire romain, il avait remporté, non contre ses concitoyens, mais contre leurs ennemis, une victoire qui était, non un sujet de deuil, mais une matière de triomphe. Cependant, après avoir vaincu les Carthaginois, il aima mieux vivre sous leur domination en demeurant leur prisonnier, que de s'y soustraire en se donnant la mort. Ainsi, il fit éclater sa patience dans sa soumission aux Carthaginois, et sa constance dans son amour pour les Romains, également incapable de dérober son corps vaincu à ses ennemis, et de détacher son âme invincible de ses concitoyens. Et ce ne fut pas l'amour de la vie qui l'empêcha de se tuer, comme il le fit bien voir quand, pour rester fidèle à son serment, il n'hésita pas à retourner parmi des ennemis qu'il avait blessés plus mortellement par ses paroles dans le sénat que par ses armes sur le champ de bataille. Cet homme donc, qui méprisait si généreusement la vie, préférant la finir dans les plus cruels tourments que la rage de ses ennemis put inventer contre lui, plutôt que de se tuer lui-même, témoigna bien par là que c'était à ses yeux un grand crime que de se donner la mort. Les Romains, entre leurs plus grands personnages, n'en sauraient citer un plus éminent que ce Régulus, qui ne se laissa point corrompre par la bonne fortune, puisque, après une si grande victoire, il vécut toujours très-pauvrement; ni abattu par la mauvaise, puisqu'il retourna intrépidement s'exposer à une mort si cruelle. Si donc de si magnanimes et de si illustres défenseurs de la patrie terrestre, qui adoraient, mais en vérité, des dieux de mensonge, et observaient si religieusement leur serment; qui, suivant la coutume et le droit de la guerre, pouvaient frapper l'ennemi vaincu, vaincus par l'ennemi, n'ont pas voulu se frapper eux-mêmes, et, bien qu'ils ne craignissent pas la mort, ont mieux aimé souffrir la domination du vainqueur que de s'y soustraire par une

(1) Virgile. — (2) Idem. — (3) Idem.

mort volontaire : combien plus les chrétiens, qui servent le vrai Dieu et
qui soupirent après la céleste patrie, se doivent-ils abstenir de ce crime,
quand la Providence, pour les éprouver ou les châtier, les assujettit pour
un temps à leurs ennemis, humiliation passagère, dans laquelle ne les abandonne pas celui qui, de si haut, est venu si humble pour l'amour d'eux ;
combien plus, dis-je, se doivent-ils abstenir de se tuer eux-mêmes, eux qui
n'ont ni puissance militaire, ni loi de la guerre qui les oblige à frapper leur
ennemi vaincu ! Que dire de cette pernicieuse erreur?...

Nommons encore saint Léon, pape ; saint Salvien, prêtre de
Marseille, et saint Grégoire le Grand, pape, qui vécurent tous les
trois dans le ve siècle. « Saint Léon, dit Fénelon, est enflé, mais
il est grand. Saint Grégoire, pape, était encore dans un siècle
pire : il a pourtant écrit plusieurs choses avec beaucoup de
dignité. »

LIVRE TROISIÈME

HISTORIENS

—

CHAPITRE PREMIER

LES ÉPOQUES DE L'HISTOIRE LATINE

Rome resta longtemps sans historiens proprement dits; les annales des Romains, écrites dans une langue encore barbare, étaient une espèce de journal sec et précis des événements, dont la science doit vivement regretter la perte, mais où l'art n'aurait eu rien à voir ni à admirer. Toute l'histoire des Latins, pendant plusieurs siècles, consista donc dans les tableaux affichés par les pontifes. « Les annales des pontifes, a dit M. Le Clerc, étaient des espèces de tables chronologiques, tracées d'abord sur des tables de bois peintes en blanc, et où le grand pontife, peut-être depuis le Iᵉʳ siècle de Rome, mais au moins depuis l'an 330 jusqu'à 623 ou peu de temps après, indiquait année par année, d'un style bref et simple, les événements publics les plus remarquables. »

A partir du jour où Q. Fabius Pictor écrit ses annales, nous datons nos époques de l'histoire des Latins. La première époque comprend peu de noms, et moins encore de modèles; les débuts historiques se font au milieu des guerres puniques; et le goût, le style, la langue, tout est grossier encore. Caton écrit ses *Origines* durant cette période; mais des historiens de la première époque, il ne reste que peu de fragments. La seconde époque est celle des historiens modèles, qui luttent avec avantage contre les Grecs, et qui, même, les surpassent incontestablement. On hésite à se prononcer entre J. César, qui savait raconter les batailles comme il les gagnait, et dont les *Commentaires* sont le type absolu de la

narration historique; entre le brillant Salluste, qui excelle dans
la peinture des hommes, et Tacite, profond et concis, éloquent
dans l'indignation, mesuré dans l'expression de la haine, toujours
intéressant; mais on accorde la palme à Tite-Live, soutenu, clair,
impartial, exact, et mêlant à la rigueur et à l'inflexibilité des
faits la variété et le pathétique d'une action dramatique. Voilà les
maîtres de cette époque; mais elle offre encore, après eux, des
talents et des beautés dans Velléius Paterculus, Cornélius Népos,
Suétone et Quinte-Curce. La troisième époque est celle des abrévia-
teurs et des compilateurs; on n'y trouve plus le génie, mais on y
rencontre encore certain talent. Si Valère-Maxime est un écrivain
d'anecdotes froid et déclamateur, Florus est plein de finesse et
d'originalité; Justin, trop crédule, est élégant et pur. Après eux,
les écrits de Lampride, de Capitolin, d'Ammien Marcellin, etc.,
n'ont plus de prix que comme monuments historiques, comme
recueils de faits peu connus, etc.; le mérite littéraire a presque
totalement disparu.

Nous suivrons la division que nous venons d'indiquer : la première époque ne nous fournira guère qu'une nomenclature; pour
la deuxième époque, nous n'aurons d'autre souci que celui de
bien choisir au milieu des chefs-d'œuvre; pour la troisième,
nous donnerons, comme pour la première, la liste des historiens
nombreux qui s'y rencontrent, et, après cette liste, quelques extraits capables d'intéresser nos jeunes disciples.

CHAPITRE II

1re Époque

Ainsi qu'il a été dit plus haut, nous n'aurons ici qu'une nomenclature à faire, et nous la dressons sur les indications de
l'*Histoire de la littérature romaine* de Schœll, en y joignant les
documents que nous avons pu recueillir.

Au IIIe siècle, deux écrivains donnent l'histoire de Rome en
grec : ce sont L. Cincius Alimentus et C. Acilius. Le premier, qui
servit dans la deuxième guerre punique, a été loué par Tite-Live;
le second, traduit en latin par un certain Claudius, a été cité par
Cicéron et par Tite-Live. Après eux, vient Q. Fabius Pictor, qui
a dû écrire en latin, quoi qu'en ait dit Denys d'Halicarnasse, qui
avait pu lire une traduction grecque de cet auteur. Il vécut pen-

dant la deuxième guerre punique, et fut chargé, après Cannes, d'aller à Delphes consulter l'oracle sur les moyens d'apaiser la colère des dieux. Son nom de Pictor lui vient d'un de ses ancêtres qui avait peint le temple de la déesse Salus. Ses *Annales*, citées par Tite-Live, Denys d'Halicarnasse, Aulu-Gelle, etc., respiraient le sentiment religieux et le respect des traditions. Les fragments qui nous sont parvenus sont peu considérables.

M. Porcius Caton écrivit, dans un âge avancé, les *Origines romaines*, dont il ne reste que des fragments. Cet ouvrage, en sept livres, contenait l'histoire des premiers temps de Rome et des villes de l'Italie, et racontait les deux premières guerres puniques et d'autres grands événements jusqu'à l'an 603 de la fondation de Rome. Les *Origines romaines* renfermaient encore des renseignements utiles sur les mœurs, les monuments et les productions de l'Italie ancienne.

Scribonius Libon, A. Postumius Albinus, Calpurnius Pison Frugi écrivirent aussi des annales; Cassius Hémina, l'histoire de la seconde guerre punique. Nous nommerons encore Q. Fabius Maximus Servilianus, C. Fannius, Sempronius Tuditanus, auteurs d'annales et de commentaires; Cœlius Antipater, historien de la seconde guerre punique; Sempronius Asellio, de la guerre de Numance; Sextus et Cnéius Gellius, Clodius Licinius, Junius Graéchanus, Œlius Tubéron, Lutatius Catulus, vainqueur des Cimbres avec Marius; Otacilius Pilitus, biographe de Pompée; L. Sisenna, auteur d'une histoire romaine depuis la prise de Rome par les Gaulois jusqu'aux guerres de Sylla.

Enfin Æmilius Scaurus, Rutilus Rufus et Sylla avaient laissé leurs mémoires, dont nous devons vivement regretter la perte.

2ᵉ Époque

Les historiens qui ont précédé César ne nous étant connus que par les citations des auteurs, nous nous bornerons à les nommer dans l'ordre chronologique; ce sont : Claudius Quadrigarius, auteur d'annales, ainsi que Valérius Antias; Licinius Macer et Pompilius Andronicus, auteurs d'histoires romaines; Hortensius, le rival de Cicéron, cité par V. Paterculus; Pomponius Atticus, dont Cicéron loue le travail (son abrégé embrassait l'histoire de sept siècles) ; Cicéron, qui a écrit sur son consulat; Térentius Varron, auteur d'annales et de biographies; L. Luccéius, qui publia l'histoire de la guerre civile; Tanusius Géminus, Volusus et Procilius.

JULES CÉSAR. — Nous n'avons pas à esquisser la vie de ce grand

homme ; contentons-nous de désigner ses écrits historiques. Nous
avons dit qu'il avait composé des harangues, des traités, etc.; il
reste encore de lui les *Commentaires sur les guerres des Gaules* en
sept livres, et les *Commentaires sur la guerre civile* en trois livres.
Nous rapporterons sur César historien les jugements qu'en portèrent Cicéron et un historien moderne cité par Schœll. « César,
a dit Cicéron, a écrit des commentaires fort estimables; ils sont
simples, clairs et élégants. L'auteur a dépouillé son style de tout
ornement, comme on rejette un vêtement inutile; mais il a voulu
laisser des matériaux à ceux qui se proposaient d'écrire l'histoire.
Peut-être a-t-il rendu service aux sots qui auront envie de la
parer de colifichets, mais certainement il a ôté aux hommes de
bon sens le courage d'écrire après lui. »

« Je sens, dit J. de Müller, que César me rend infidèle à Tacite.
Il est impossible d'écrire avec plus d'élégance et de pureté. Il a la
véritable précision, celle qui consiste à dire tout ce qui est nécessaire, et pas un mot de plus. Il a écrit en homme d'État, toujours
sans passion. Tacite est philosophe, orateur, ami zélé de l'humanité, et à tous ces titres il se passionne quelquefois ; si je m'en
fie aveuglément à lui, il peut me mener trop loin : avec César, je
ne cours jamais ce risque... Une élégance admirable, le don si
rare, non-seulement de ne rien dire de trop, ce qui n'est pas difficile, mais de ne rien omettre d'essentiel; une harmonie toujours
appropriée à la gravité de son sujet ; et, par-dessus tout, une
étonnante égalité de style et une mesure parfaite; toutes ces qualités justifient à mes yeux l'expression de Tacite : « Le premier des
« écrivains, le divin Jules. »

Un extrait de la *Guerre des Gaules*, la lutte contre Arioviste, et,
dans la *Guerre civile,* la bataille de Pharsale, donneront une idée
suffisante du style et de la manière de cet écrivain.

ARIOVISTE ET CÉSAR [1]

(Livre I.)

César résolut d'envoyer à Arioviste des députés chargés de l'inviter à désigner, pour un entretien, quelque lieu intermédiaire. Il voulait conférer
avec lui des intérêts de la république et d'affaires importantes pour tous
deux. Arioviste répondit que, s'il avait besoin de César, il irait vers lui ; que
si César voulait de lui quelque chose, il eût à venir le trouver; que, d'ailleurs, il n'osait se rendre sans armée dans la partie de la Gaule que possédait
César, et qu'une armée ne pouvait être rassemblée sans beaucoup de frais
et de peine; enfin, qu'il lui semblait étonnant que, dans la Gaule, sa propriété par le droit de la guerre et de la victoire, il eût quelque chose à démêler avec César ou avec le peuple romain.

(1) R. Baudement.

Cette réponse rapportée à César, il envoie de nouveaux députés vers Arioviste avec ces instructions : « Puisque après avoir été comblé de bienfaits par le peuple romain et par César, sous le consulat de qui il avait reçu le titre de roi et d'ami, pour toute reconnaissance de cette faveur, il refuse de se rendre à l'entrevue à laquelle il est invité, et qu'il ne juge pas à propos de traiter avec lui de leurs intérêts communs, voici ce qu'il demande : 1° de ne plus attirer dans la Gaule cette multitude venant d'au delà du Rhin ; 2° de restituer aux Édues les otages qu'il tient d'eux, et de permettre aux Séquanes de rendre ceux qu'ils ont reçus de leur côté ; de mettre fin à ses violences envers les Édues, et de ne faire la guerre ni à eux ni à leurs alliés. S'il se soumet à ces demandes, il peut compter sur l'éternelle bienveillance et l'amitié de César et du peuple romain ; s'il s'y refuse, attendu le décret du sénat rendu sous le consulat de M. Messala et de M. Pison, qui charge le gouverneur de la Gaule de faire ce qui est avantageux pour la république, et de défendre les Édues et les autres alliés de Rome, il ne négligera pas de venger leur injure. »

Arioviste répondit que, « par le droit de la guerre, le vainqueur pouvait disposer à son gré du vaincu, et que Rome avait coutume de traiter le peuple conquis à sa guise et non à celle d'autrui ; s'il ne prescrit pas aux Romains comment ils doivent user de leur droit, il ne faut pas qu'ils le gênent dans l'exercice du sien. Les Édues ont voulu tenter le sort des armes : ils ont succombé et sont devenus ses tributaires. Il a lui-même un grave sujet de plainte contre César, dont l'arrivée diminue ses revenus. Il ne rendra pas aux Édues leurs otages ; il ne fera la guerre ni à eux ni à leurs alliés, s'ils restent fidèles à leurs conventions et payent le tribut chaque année ; sinon, le titre de frères du peuple romain sera loin de leur servir. Quant à la déclaration de César, « qu'il ne négligerait pas de venger les injures faites aux « Édues, » personne ne s'était encore, sans s'en repentir, attaqué à Arioviste ; ils se mesureraient quand il voudrait ; César apprendrait ce que peut la valeur des Germains, nation invincible et aguerrie, qui, depuis quatorze ans, n'avait point reposé sous un toit. »

... César fit rassembler des vivres en toute hâte, et marcha à grandes journées contre Arioviste... Pendant le peu de jours qu'il passa à Vesontio..., les réponses que faisaient aux questions de nos soldats les Gaulois et les marchands qui leur parlaient de la taille gigantesque des Germains, de leur incroyable valeur, de leur grande habitude de la guerre, de leur aspect terrible et du feu de leurs regards qu'ils avaient à peine pu soutenir dans de nombreux combats, jetèrent une vive terreur dans toute l'armée ; un trouble universel et profond s'empara des esprits. Cette frayeur commença par les tribuns militaires, par les préfets, et par ceux qui, ayant suivi César par amitié, n'avaient que peu d'expérience de la guerre ; les uns, alléguant diverses nécessités, lui demandaient qu'il leur permît de partir ; d'autres, retenus par la honte, ne restaient que pour ne pas encourir le reproche de lâcheté ; ils ne pouvaient ni composer leurs visages, ni retenir leurs larmes qui s'échappaient quelquefois. Cachés dans leurs tentes, ils se plaignaient de leur sort ou déploraient avec leurs amis le danger commun. Dans tout le camp, chacun faisait son testament. Ces plaintes et cette terreur ébranlèrent peu à peu ceux mêmes qui avaient vieilli dans les camps, les soldats, les centurions, les commandants de la cavalerie. Ceux qui voulaient passer pour les moins effrayés disaient que ce n'était pas l'ennemi qu'ils craignaient, mais la difficulté des chemins, la profondeur des forêts qui les séparaient d'Arioviste, et les embarras du transport des vivres. On rapporta même à César que, quand il ordonnerait de livrer le camp et de porter les enseignes en avant, les soldats effrayés resteraient sourds à sa voix et laisseraient les enseignes immobiles.

Ayant réfléchi sur ces rapports, il convoque une assemblée, y appelle les centurions de tous les rangs, et leur reproche : d'abord, de s'informer du pays où il les mène et de juger ses desseins. Pendant son consulat, Arioviste a recherché avec le plus grand empressement l'amitié des Romains. Pourquoi le supposerait-on assez téméraire pour s'écarter de son devoir? Il est persuadé que, dès qu'Arioviste connaîtra ses demandes et en aura apprécié l'équité, il ne voudra renoncer ni à ses bonnes grâces ni à celles des Romains. Si, poussé par une démence furieuse, il se décide à la guerre, qu'y a-t-il donc à craindre? et pourquoi désespérer de leur courage et de son activité? Le péril dont les menaçait cet ennemi, leurs pères l'avaient bravé, lorsque, sous C. Marius, l'armée, repoussant les Cimbres et les Teutons, s'acquit autant de gloire que le général; ils l'avaient eux-mêmes récemment bravé en Italie, dans la guerre des esclaves; et cet ennemi avait cependant le secours de l'expérience et de la discipline qu'il tenait des Romains. On pouvait juger par là des avantages de la fermeté, puisque ceux qu'on avait, sans motif, redoutés quelque temps, bien qu'ils fussent sans armes, on les avait soumis ensuite armés et victorieux... S'il en est qu'effrayent la défaite et la fuite des Gaulois, ceux-là pourront se convaincre, s'ils en cherchent les causes, que les Gaulois étaient fatigués sans doute de la longueur de la guerre; qu'Arioviste, après s'être tenu plusieurs mois dans son camp et dans ses marais, sans accepter la bataille, les avait soudainement attaqués, désespérant déjà de combattre et dispersés, et les avait vaincus plutôt par habileté que par courage. Si de tels moyens ont pu être bons contre des barbares et des ennemis sans expérience, il n'espérait pas les employer avec le même succès contre des armées romaines. Ceux qui cachent leur crainte sous le prétexte des subsistances et de la difficulté des chemins, sont bien arrogants de croire que le général puisse manquer à son devoir, ou de le lui prescrire. Ce soin lui appartient : le blé sera fourni par les Séquanes, les Leukes, les Lingons; déjà même il est mûr dans les campagnes. Quant aux chemins, ils en jugeront eux-mêmes dans peu de temps. Les soldats, dit-on, n'obéiront pas à ses ordres et ne lèveront pas les enseignes; ces menaces ne l'inquiètent pas; car il sait qu'une armée ne se montre rebelle à la voix de son chef que quand, par sa faute, la fortune lui a manqué, ou qu'il est convaincu de quelque crime, comme de cupidité. Sa vie entière prouve son intégrité, et la guerre d'Helvétie, le bonheur de ses armes. Aussi le départ, qu'il voulait remettre à un jour plus éloigné, il l'avance; et, la nuit suivante, à la quatrième veille, il lèvera le camp, afin de savoir avant tout ce qui prévaut sur eux, ou l'honneur, ou le devoir, ou la peur. Si pourtant personne ne le suit, il partira avec la dixième légion seule, dont il ne doute pas, et elle sera sa cohorte prétorienne. César avait toujours particulièrement favorisé cette légion, et se fiait entièrement à sa valeur...

... Le septième jour, il marchait encore, quand il apprit, par ses éclaireurs, que les troupes d'Arioviste étaient à vingt mille pas des nôtres. Instruit de l'arrivée de César, Arioviste lui envoie des députés : « il acceptait la demande qui lui avait été faite d'une entrevue... » César ne rejeta pas sa proposition... L'entrevue fut fixée au cinquième jour à partir de celui-là. Dans cet intervalle, on s'envoya de part et d'autre de fréquents messages; Arioviste demanda que César n'amenât aucun fantassin; il craignait des embûches et une surprise; tous deux seraient accompagnés par de la cavalerie; s'il en était autrement, il ne viendrait pas. César, ne voulant pas que la conférence manquât par aucun prétexte, et n'osant commettre sa sûreté à la cavalerie gauloise, trouva un expédient plus commode : il prit tous leurs chevaux aux cavaliers gaulois, et les fit monter par des soldats de la dixième légion, qui avait toute sa confiance... Cela fit dire assez plaisamment à un des soldats de cette légion « que César les favorisait au delà de ses promesses, puisque, ayant promis aux soldats de la dixième d'en faire sa cohorte prétorienne, il les faisait chevaliers. »

Dans une vaste plaine était un tertre assez élevé, à une distance à peu près égale des deux camps. Ce fut là que, selon les conventions, eut lieu l'entrevue. César plaça à deux cents pas de ce tertre la légion qu'il avait amenée sur les chevaux des Gaulois. Les cavaliers d'Arioviste s'arrêtèrent à la même distance; celui-ci demanda qu'on s'entretînt à cheval, et que dix hommes fussent leur seule escorte à cette conférence...

Pendant l'entretien, on vint annoncer à César que les cavaliers d'Arioviste s'approchaient du tertre et s'avançaient vers les nôtres, sur lesquels ils lançaient déjà des pierres et des traits. César mit fin à l'entretien, se retira vers les siens et leur défendit de renvoyer un seul trait aux ennemis... Il ne voulait pas donner aux ennemis qu'il devait repousser sujet de dire qu'on les avait surpris à la faveur d'une conférence perfide...

Arioviste leva son camp, et vint prendre position au pied d'une montagne, à six milles de celui de César. Le lendemain, il fit marcher ses troupes à la vue de l'armée romaine, et alla camper à deux milles par delà, pour intercepter le grain et les vivres qu'expédiaient les Séquanes et les Édues. Pendant les cinq jours qui suivirent, César fit avancer ses troupes à la tête du camp, et les rangea en bataille, pour laisser à Arioviste liberté d'engager le combat. Celui-ci, durant tout ce temps, retint son armée dans son camp, et fit chaque jour des escarmouches de cavalerie. Les Germains étaient particulièrement exercés à ce genre de combat. Ils avaient un corps de six mille cavaliers et d'un pareil nombre de fantassins des plus agiles et des plus courageux; chaque cavalier avait choisi le sien pour lui confier son salut; ils combattaient ensemble. La cavalerie se repliait sur eux; ceux-ci, dans les moments difficiles, venaient à son secours; si un cavalier, grièvement blessé, tombait de cheval, ils l'environnaient; s'il fallait se porter en avant ou faire une retraite précipitée, l'exercice les avait rendus si agiles qu'en se tenant à la crinière des chevaux, ils les égalaient à la course.

Voyant qu'Arioviste se tenait renfermé, César, pour n'être pas plus longtemps séparé des subsistances, choisit une position avantageuse six cents pas au delà de celle que les Germains occupaient, et ayant formé son armée sur trois lignes, il vint occuper cette position. Il fit tenir la 1re et la 2e sous les armes et travailler la 3e aux retranchements. Ce lieu était, comme nous l'avons dit, à six cents pas de l'ennemi. Arioviste détacha seize mille hommes de troupes légères avec toute sa cavalerie pour effrayer nos soldats et interrompre les travaux. Néanmoins César, selon qu'il l'avait arrêté d'avance, ordonna aux deux premières lignes de repousser l'attaque, à la 3e de continuer le retranchement. Le camp fortifié, César y laissa deux légions et une partie des auxiliaires, et ramena les quatre autres au camp principal.

Le lendemain, suivant son usage, il fit sortir ses troupes des deux camps, et, s'étant avancé à quelque distance du grand, il les mit en bataille et présenta le combat aux ennemis. Voyant qu'ils ne faisaient aucun mouvement, il fit rentrer l'armée vers midi. Alors Arioviste détacha une grande partie de ses forces pour l'attaque du petit camp. Un combat opiniâtre se prolongea jusqu'au soir. Au coucher du soleil, Arioviste retira ses troupes; il y eut beaucoup de blessés de part et d'autre. Comme César s'enquérait des prisonniers pourquoi Arioviste refusait de combattre, il apprit que la coutume des Germains était de faire décider par les femmes, d'après les sorts et les règles de la divination, s'il fallait ou non livrer bataille, et qu'elles avaient déclaré toute victoire impossible pour eux, s'ils combattaient avant la nouvelle lune.

Le jour suivant, César laissa dans les deux camps une garde suffisante, et plaça devant l'ennemi les troupes auxiliaires, en avant du petit. Le nombre des légionnaires étant inférieur à celui des Germains, les alliés lui servirent à étendre son front. Il rangea l'armée sur trois lignes et s'avança contre le camp ennemi. Alors les Germains, forcés enfin de combattre, sortirent de leur camp et se placèrent par ordre de nation à des intervalles égaux : Harudes, Marcomans, Tribokes, Vangions, Némètes, Séduses, Suèves; ils formèrent autour de leur armée une enceinte d'équipages et de chariots, pour s'interdire tout espoir de fuite. Placées sur ces bagages, les femmes tendaient les bras aux soldats qui marchaient et les conjuraient en pleurant de ne les point livrer en esclavage aux Romains.

César mit à la tête de chaque légion un lieutenant et un questeur, pour que chacun eût en eux des témoins de sa valeur. Il engagea le combat par son aile droite, du côté où il avait remarqué que l'ennemi était le plus faible. Au signal, les soldats se précipitèrent avec une telle impétuosité et l'ennemi accourut si vite qu'on n'eut pas le temps de lancer les javelots; on ne s'en servit pas et l'on combattit de près avec le glaive. Mais les Germains, ayant promptement formé leur phalange accoutumée, soutinrent le choc de nos armes. On vit alors plusieurs de nos soldats s'élancer sur cette phalange, arracher avec la main les boucliers de l'ennemi, et le blesser en le frappant d'en haut. Tandis que l'aile gauche des Germains était rompue et mise en déroute, à l'aile droite les masses ennemies nous pressaient vivement. Le jeune P. Crassus, qui commandait la cavalerie, s'en aperçut, et, plus libre que ceux qui étaient engagés dans la mêlée, il envoya la 3e ligne au secours de nos légions ébranlées.

Le combat fut ainsi rétabli : tous les ennemis prirent la fuite et ne s'arrêtèrent qu'après être parvenus au Rhin, à cinq mille pas environ du champ de bataille; quelques-uns, se fiant à leurs forces, essayèrent de le passer à la nage, d'autres se sauvèrent sur des barques. De ce nombre fut Arioviste, qui, trouvant une nacelle attachée au rivage, s'échappa ainsi. Tous les autres furent taillés en pièces par notre cavalerie.

BATAILLE DE PHARSALE [1]

Pompée, qui avait son camp sur une hauteur, se bornait à ranger ses troupes au pied de la colline, attendant que César s'engageât dans un poste désavantageux. César, pensant qu'il ne pourrait attirer Pompée au combat, crut bon de décamper et d'être toujours en marche, espérant... avoir les vivres plus faciles et trouver quelque bonne occasion d'en venir aux mains; du moins il épuiserait par là l'armée ennemie, peu accoutumée à la fatigue. Ce parti pris, le signal du départ donné et les tentes pliées, César s'aperçut que l'ennemi, contre sa coutume, venait de s'avancer un peu plus hors des retranchements, et qu'il pourrait le combattre sans désavantage... Aussitôt il fait marcher ses troupes en avant.

Pompée..., cédant aux instances des siens, s'était décidé à livrer bataille. Il avait même dit en plein conseil que l'armée de César serait défaite avant qu'on en vînt aux mains... « Je sais, dit-il, que je promets une chose presque incroyable; mais écoutez mon dessein, et vous marcherez avec plus d'assurance à l'ennemi. D'après mes conseils, notre cavalerie s'est engagée, lorsqu'elle serait à portée de l'aile droite de l'ennemi, à la prendre en flanc, afin que, l'infanterie l'enveloppant par derrière, l'armée de César soit mise en déroute avant que nous ayons lancé un trait. Ainsi nous terminerons la guerre sans exposer les légions et presque sans tirer l'épée. — ... Ne crois pas, répondit Labiénus, ô Pompée, que ce soit ici la même armée qui a conquis la Gaule et la Germanie... » Le conseil se sépara plein de joie et d'espoir : il croyait déjà tenir la victoire; la parole d'un général aussi habile, et dans une circonstance si décisive, ne leur permettait aucun doute.

César s'étant approché du camp de Pompée, observa son ordre de bataille. A l'aile gauche étaient les deux légions, nommées la première et la troisième, que César avait envoyées à Pompée... C'est là que se tenait Pompée. Scipion occupait le centre avec les légions de Syrie. La légion de Cilicie, jointe aux cohortes espagnoles, était placée à l'aile droite. Pompée regardait ces dernières troupes comme les meilleures. Le reste avait été distribué entre le centre et les deux ailes, et le tout montait à cent dix cohortes, qui faisaient quarante-cinq mille hommes. Deux mille vétérans environ, précédemment récompensés pour leurs services, étaient venus le joindre; il les avait dispersés dans toute son armée. Les autres cohortes, au nombre de sept, avaient été laissées à la garde du camp et des forts voisins. Son aile droite était couverte par un ruisseau aux bords escarpés; aussi avait-il mis toute sa cavalerie, ses archers et ses frondeurs à l'aile gauche.

César, gardant son ancien ordre de bataille, avait placé la dixième légion à l'aile droite, et à la gauche la neuvième, quoique fort affaiblie par les combats de Dyrrachium; il y joignit la huitième légion, en sorte que les deux réunies n'en formaient à peu près qu'une, et il leur recommanda de se soutenir l'une l'autre. Il avait en ligne quatre-vingts cohortes, environ vingt-deux mille hommes. Deux cohortes avaient été laissées à la garde du camp. César avait donné le commandement de l'aile gauche à Antoine, celui de la droite à P. Sylla, celui du centre à C. Domitius. Pour lui, il se plaça en face de Pompée. Mais, après avoir reconnu la disposition de l'armée ennemie, craignant que son aile ne fût enveloppée par la nombreuse cavalerie de Pompée, il tira de sa troisième ligne une cohorte par légion, et en forma une quatrième ligne pour l'opposer à la cavalerie; il lui montra ce qu'elle avait à faire, et l'avertit que le succès de la journée dépendait de sa valeur. En même temps il commanda à toute l'armée, et en particulier à la troisième ligne, de ne pas s'ébranler sans son ordre, se réservant, quand il le jugerait à propos, de donner le signal au moyen de l'étendard... Les soldats, pleins d'ardeur, demandaient le combat : il fit sonner la charge...

Il ne restait entre les deux armées qu'autant d'espace qu'il en fallait pour le choc; mais Pompée avait recommandé aux siens d'essuyer notre premier effort sans s'ébranler, et de laisser ainsi notre ligne s'ouvrir : c'était, dit-on, C. Triarius qui avait donné ce conseil, afin d'amortir notre élan et d'épuiser nos forces, de mettre nos rangs en désordre, puis de tomber sur nous, serrés, lorsque nous serions entr'ouverts; il se flattait que nos javelots feraient bien moins d'effet, ses troupes demeurant à leur poste, que si elles marchaient au-devant de nos coups; et que nos soldats, ayant doublé la course, perdraient haleine et tomberaient épuisés. En cela, ce nous semble, Pompée agit sans raison; car l'émulation et la vivacité naturelle à l'homme s'enflamment encore par l'ardeur du combat. Les généraux doivent exciter et non comprimer cet élan; et ce n'est pas pour rien que, de temps immémorial, il a été établi qu'avant le combat les trompettes sonneraient, et que de grands cris seraient poussés par les troupes : par là, une armée épouvante l'ennemi et s'anime elle-même.

Cependant nos soldats, au signal donné, s'élancent le javelot à la main; mais, ayant remarqué que ceux de Pompée ne couraient point à eux, instruits par l'expérience, et formés par les combats précédents, ils ralentirent d'eux-mêmes le pas, et s'arrêtèrent au milieu de leur course, pour ne pas arriver hors d'haleine; et, quelques moments après, ayant repris leur course, ils lancèrent leurs javelots, et puis, selon l'ordre de César, saisirent leurs épées. Les soldats de Pompée firent bonne contenance; ils reçurent la

décharge des traits, soutinrent, sans se rompre, le choc des légions, et, après
avoir lancé leurs javelots, mirent aussi l'épée à la main. En même temps
la cavalerie de Pompée, qui était à l'aile gauche, s'élança comme elle en
avait l'ordre, et la foule des archers se répandit de toutes parts. Notre cavalerie ne soutint pas le choc et plia quelque peu : celle de Pompée ne la
pressa que plus vivement, et commença à développer ses escadrons et à
nous envelopper par le flanc. A cette vue, César donna le signal à la quatrième ligne, composée de six cohortes. Elles s'ébranlèrent aussitôt, et
chargèrent avec tant de vigueur la cavalerie de Pompée, que pas un ne tint
ferme, et que tous, ayant tourné bride, non-seulement quittèrent la place,
mais s'enfuirent à la hâte vers les plus hautes montagnes. Eux partis, les
frondeurs et les archers se trouvèrent sans défense et sans appui, et tous
furent taillés en pièces. Du même pas, les cohortes se portèrent sur l'aile
gauche, dont le centre soutenait encore nos efforts, l'enveloppèrent et le
prirent à revers.

En même temps César fit avancer la troisième ligne, qui jusque-là s'était
tenue tranquille à son poste. Ces troupes fraîches, ayant relevé celles qui
étaient fatiguées, les soldats de Pompée, d'ailleurs pressés à dos, ne purent
résister, et tous prirent la fuite. César ne s'était pas trompé, lorsqu'il avait
prédit à ses troupes... que ces cohortes, qu'il avait placées en quatrième
ligne pour les opposer à la cavalerie ennemie, commenceraient la victoire.
Ce fut, en effet, par elles que la cavalerie fut d'abord repoussée; par elles
que les chariots et les frondeurs furent taillés en pièces; par elles que l'aile
gauche de l'ennemi fut enveloppée, ce qui décida la déroute. Dès que Pompée vit sa cavalerie repoussée, et cette partie de l'armée sur laquelle il
comptait le plus saisie de terreur, se fiant peu au reste, il quitta la bataille,
et courut à cheval vers son camp, où, s'adressant aux centurions qui gardaient la porte prétorienne, il leur dit à haute voix pour être entendu des
soldats : « Gardez bien le camp, et défendez-le avec zèle, je vais en faire le
tour et assurer les postes. » Cela dit, il se retira au prétoire, désespérant du
succès, et néanmoins attendant le résultat.

Après avoir forcé l'ennemi en déroute de se jeter dans les retranchements,
César... exhorta les soldats à profiter de leur avantage et à attaquer le camp;
et ceux-ci, bien qu'accablés par la chaleur..., ne refusèrent aucune fatigue et
obéirent. Le camp fut d'abord fort bien défendu par les cohortes qui en
avaient la garde, et surtout par les Thraces et les barbares; car, pour les
soldats qui avaient fui de la bataille, pleins de frayeur et accablés de fatigue, ils avaient jeté leurs armes, leurs enseignes, et songeaient bien plus
à se sauver qu'à défendre leur camp. Bientôt même ceux qui avaient tenu
bon sur le retranchement, ne purent tenir bon à une nuée de traits; couverts de blessures, ils abandonnèrent la place; et, conduits par leurs centurions et leurs tribuns, ils se réfugièrent sur les hauteurs voisines du camp...
Pompée, dès qu'il nous vit franchir ses retranchements, monta sur le premier cheval qu'il rencontra, dépouillé des insignes du commandement; il
s'échappa par la porte Décumane, et courut à toute bride jusqu'à Larisse...

SALLUSTE (C. Crispus). — Né à Amiterme, 87 av. J.-C.; mort
l'an 36 av. J.-C. Il avait étudié sous Prétextatus les modèles de la
littérature des Grecs. Questeur à 27 ans, et tribun du peuple
à 34, il se fit l'adversaire du parti de Pompée et de Cicéron, qui
eurent assez de crédit pour le faire exclure du sénat, à cause de sa
jeunesse débauchée. En le forçant ainsi à se livrer aux travaux de
l'esprit, ils ont fait peut-être un grand historien de celui qui n'eût

été qu'un brouillon politique. Mis au fait de la conjuration de
Catilina, il dut naturellement songer à en retracer l'histoire ;
lorsqu'il fut appelé au proconsulat de Numidie, il y recueillit
les documents de la *Guerre de Jugurtha*. Ami et admirateur de
César, il croyait voir en lui le régénérateur de Rome ; César mort,
il abandonna les affaires et se renferma dans la retraite, retraite
que les lettres et une grande fortune rendirent pour lui des plus
agréables. Outre les deux œuvres dont nous avons parlé, et qui
nous sont heureusement parvenues, il avait écrit l'histoire de
Rome depuis Sylla, et une description du Pont-Euxin.

Salluste, historien, se fait remarquer par sa pensée fine, la
largeur de son plan, la grâce et la pureté de son style ; il excelle
à peindre les passions du cœur et les vices de son temps ; il donne
une forme toute dramatique aux événements et aux batailles et
révèle dans toute leur vérité le caractère rusé de Jugurtha, la corruption raisonnée de Catilina et l'ambition sans bornes de Marius.
« Les lignes de son style, a dit un critique, ont une pureté et une
grâce exquises ; on dirait une statue de Phidias. La majesté de la
forme s'unit à la correction la plus parfaite. »

MORT DE CATILINA [1]

Dès qu'on apprit dans le camp la découverte de la conjuration à Rome et
le supplice de Lentulus, de Céthégus et des autres, la plupart de ceux que
l'espoir du butin ou le désir de la nouveauté avait entraînés à la guerre,
commencèrent à déserter. Catilina conduit le reste à marches forcées, à travers des monts escarpés, jusqu'au territoire de Pistoie, dans le dessein de
s'échapper, par des sentiers peu connus, dans la Gaule cisalpine. Mais
Métellus Céler, qui était en observation avec trois légions dans le Picen-
tin, devina le projet de Catilina d'après le péril où il se trouvait ; et, sitôt
qu'il eut appris par des transfuges la route qu'il tenait, il leva son camp à
la hâte et alla se poster au pied des montagnes par où Catilina devait descendre. De son côté, Antoine le suivait d'aussi près que pouvait le faire une
grande armée, obligée de choisir un terrain uni, et poursuivant des troupes
dont rien ne gênait la fuite. Alors Catilina, se voyant enfermé entre les montagnes et l'ennemi, déjoué dans Rome, sans aucun espoir de fuir ou d'être
secouru, et pensant que le mieux à faire pour lui était de tenter la fortune
des armes, prit la résolution de livrer au plus tôt bataille à Antoine. Ayant
donc assemblé ses troupes, il leur tint à peu près ce discours : « Je sais bien,
soldats, que des paroles ne donnent pas du courage, que la harangue d'un
général ne fait pas d'un lâche un brave et de troupes timides une armée
aguerrie... Celui que n'excitent ni la gloire ni les périls, c'est en vain que
vous l'exhorterez ; la peur ferme son oreille. Aussi je ne vous ai rassemblés
que pour vous donner quelques avis et vous expliquer ma résolution.

« Vous savez, soldats, combien la lâcheté et les lenteurs de Lentulus sont
devenues funestes à lui-même et à nous, et comment, attendant des secours
de Rome, je n'ai pu me retirer dans la Gaule. Maintenant, vous connaissez
tout aussi bien que moi la situation de nos affaires ; deux armées ennemies

nous coupent le passage, l'une du côté de Rome, l'autre du côté de la Gaule. Quand même vous en auriez le plus grand désir, nous ne saurions nous maintenir ici plus longtemps; le manque de grains et de subsistances nous le défend; quelque chemin que nous choisissions, le fer doit nous l'ouvrir. Montrez-vous donc résolus, intrépides; et, en marchant au combat, souvenez-vous que les richesses, les honneurs, la gloire, bien plus, la liberté et la patrie sont en vos mains : vainqueurs, tout nous est assuré; les vivres abondent, les colonies et les villes municipales ouvrent leurs portes; si la peur nous fait lâcher pied, tout nous devient contraire; nul poste, nul ami ne défendront celui que ses armes n'auront pas su défendre. D'ailleurs, nous, soldats, nous combattons pour la patrie, pour la liberté, pour la vie; à ceux-ci que leur importe de combattre pour le profit de quelques ambitieux? Attaquez donc avec d'autant plus d'audace, et rappelez-vous votre ancienne valeur.

« Il n'a tenu qu'à nous de traîner notre vie dans un infâme exil; quelques-uns même d'entre vous pouvaient rester à Rome, après la perte de leur fortune, et y mendier des secours étrangers : cette existence vous a paru honteuse et intolérable à des hommes de cœur, et vous avez préféré ce parti. Si vous voulez changer votre position, il faut de l'audace. Le vainqueur seul fait succéder la paix à la guerre; car mettre son espoir de salut dans la fuite, après avoir jeté les armes qui vous protégent, serait le comble de la démence. Toujours, dans les combats, le plus grand péril est pour celui qui craint le plus; l'audace vaut un rempart. Quand je vous considère, soldats, et que je me rappelle vos exploits, j'ai le plus grand espoir de la victoire. Votre âge, votre vigueur, votre bravoure, m'inspirent cette confiance, outre la nécessité qui donne du courage même aux plus timides; d'ailleurs, au milieu des défilés où nous sommes, nos ennemis, malgré l'avantage du nombre, ne pourront nous envelopper. Et, si la fortune vient à trahir votre courage, prenez garde de périr sans vengeance; plutôt que de vous laisser prendre et égorger comme de vils troupeaux, combattez en hommes, et ne laissez à l'ennemi qu'une victoire sanglante et pleine de deuil. »

Après ce discours, il s'arrête un instant, fait sonner la marche et conduit son armée en bon ordre dans la plaine; ensuite il renvoie tous les chevaux, afin que le soldat, voyant le péril égal pour tous, n'en ait que plus de cœur; et lui-même, à pied, dispose ses troupes selon leur nombre et le terrain. Comme la plaine se trouvait bornée à gauche par des montagnes, à droite par des roches escarpées, il place en tête huit cohortes; avec le reste il forme sa réserve, à laquelle il donne moins d'étendue, et en tire, pour fortifier sa première ligne, les centurions d'élite et les soldats les plus braves et les mieux armés. Il confie à C. Mallius le commandement de la droite; celui de la gauche à un homme de Fésules. Quant à lui, avec les affranchis et les vétérans, il se place près de l'aigle, qui était la même, dit-on, que Marius avait dans son armée lors de la guerre des Cimbres.

De l'autre côté, Antoine, qu'une attaque de goutte empêchait de se trouver au combat, avait remis le commandement à M. Pétréius, son lieutenant. Celui-ci place en première ligne les cohortes des vétérans enrôlés par décret ou pour cause de tumulte (1), met derrière eux, comme réserve, le reste de l'armée; puis, parcourant à cheval tous les rangs, il adresse la parole à chaque soldat, l'appelant par son nom; il les exhorte, il les engage à se souvenir qu'ils défendent, contre des brigands mal armés, leur patrie, leurs enfants, leurs foyers. Cet homme de guerre qui, pendant plus de trente ans, tribun, préfet, lieutenant ou préteur, avait toujours joui de la plus belle réputation dans l'armée, connaissait la plupart des soldats et leurs faits d'armes, et, en les leur rappelant, il enflammait leur courage.

---

1 Dans les grands dangers, on faisait à Rome cette proclamation : *Il y a tumulte.*

Toutes ces mesures prises, Pétréius fait sonner la charge et ordonne aux cohortes d'avancer au petit pas. L'ennemi fait de même. Dès que l'on fut assez approché pour que les gens de trait pussent engager le combat, les deux armées, poussant de grands cris, coururent l'une sur l'autre, les étendards en avant; on quitte les javelots, l'affaire s'engage avec les épées. Les vétérans, se souvenant de leur ancienne valeur, serrent vivement l'ennemi; celui-ci leur oppose un courage égal; on se bat avec acharnement. Cependant Catilina, avec un gros de troupes légères, court le long de la ligne, soutient ceux qui plient, remplace les blessés par des soldats frais, pourvoit à tout, combat lui-même, frappe souvent l'ennemi. Il remplissait à la fois les devoirs d'un brave soldat et d'un bon général. Pétréius voyant, contre son attente, Catilina faire de si grands efforts, pousse sa cohorte prétorienne au milieu des ennemis, trouble les rangs, massacre ceux qui résistent, et prend ensuite les deux ailes en flanc. Mallius et l'homme de Fésules périssent des premiers en combattant. Alors Catilina, voyant sa troupe défaite..., prend une résolution digne de sa naissance et de son ancienne gloire; il se précipite dans le plus épais de la mêlée et tombe percé de coups.

PORTRAIT DE JUGURTHA [1]

Dès sa première jeunesse, Jugurtha, doué d'une grande force corporelle, d'une belle physionomie, et surtout d'une intelligence des plus remarquables, ne se laissa point séduire par les trompeuses amorces des plaisirs ni de l'oisiveté. Fidèle aux usages de son pays, il s'adonna avec les jeunes gens de son âge aux exercices de l'équitation, du tir et de la course; et, quoiqu'il éclipsât tous ses rivaux, il sut néanmoins se concilier l'affection de tous. La chasse prenait aussi une grande partie de son temps; on le voyait toujours le premier ou l'un des premiers terrasser le lion et d'autres animaux carnassiers. D'une activité sans égale, il ne parlait jamais de lui.

Charmé de ces débuts, Micipsa entrevit d'abord dans ce jeune homme le futur ornement de son règne; mais ensuite, songeant à sa vieillesse, à ses fils, encore enfants, au crédit sans cesse grandissant de Jugurtha, qui était dans toute la force de l'âge, mille réflexions poignantes l'assaillirent à la fois. Il savait (et c'était là le motif de ses inquiétudes) combien la nature de l'homme est avide de commander et prompte à tout faire dans l'intérêt de cette passion; d'ailleurs son âge et celui de ses enfants offraient à la cupidité une de ces occasions qui jettent hors du droit chemin jusqu'aux âmes les moins ambitieuses. Mais Jugurtha jouissait parmi les Numides d'une popularité immense, et il était à craindre que le meurtre d'un personnage aussi influent ne devint le signal d'une révolte et d'une guerre civile.

Au milieu de ces perplexités, Micipsa comprit qu'il ne pouvait recourir ni au poignard, ni au poison, pour se défaire d'un homme qui était adoré de son peuple; connaissant le courage téméraire de Jugurtha et sa passion pour la gloire des armes, il résolut de l'exposer aux dangers et de tenter ainsi les hasards de la fortune. Lors de la guerre de Numance, Micipsa fut tenu de fournir au peuple romain des troupes auxiliaires de cavalerie et d'infanterie. Il remit à Jugurtha le commandement des Numides qu'il envoyait en Espagne, dans l'espoir que celui-ci ne tarderait pas à être victime soit de sa brillante bravoure, soit de la fureur de l'ennemi. Mais le dénoûment fut loin de répondre à son attente. En effet, Jugurtha, doué d'un génie actif et pénétrant, eut vite apprécié le caractère de P. Scipion, qui commandait alors les Romains, et discerné les habitudes de l'ennemi; aussi infatigable que vigilant, d'une subordination parfaite, courant toujours au-devant du péril, sa réputation s'accrut tellement que bientôt il devint l'idole de nos soldats et la terreur des Numantins. Il possédait deux qualités qui vont rarement de pair : la bravoure sur le champ de bataille et la sagesse dans les conseils; l'une, fille de l'audace, accuse ordinairement un esprit aventureux; l'autre, provenant de la prudence, semble l'apanage de la timidité. Aussi le général en chef confiait-il à Jugurtha presque toutes les missions difficiles; il l'honorait d'une affection dont les liens se resserraient chaque jour davantage, car tous ses conseils, toutes ses entreprises étaient couronnées de succès. La générosité de Jugurtha et la souplesse de son caractère lui concilièrent encore de nombreux amis parmi les Romains.

Il y avait alors dans notre armée une foule d'hommes nouveaux et de nobles, plus amis des richesses que des principes du devoir, jouissant à Rome d'un puissant crédit, et auprès de nos alliés de plus de renommée que de considération. Ils enflammèrent l'esprit naturellement ambitieux de Jugurtha et lui persuadèrent qu'après la mort de Micipsa, il resterait seul maître du royaume de Numidie. La supériorité de ses talents, disaient-ils, était incontestable, et d'ailleurs à Rome tout s'achetait.

Numance détruite, Scipion voulut congédier ses auxiliaires et rentrer dans ses foyers. Après avoir comblé Jugurtha, en présence de toute l'armée, d'éloges et de présents magnifiques, il l'amena dans sa tente. Là, dans le tête-à-tête, il lui recommanda de consulter, dans ses rapports avec le peuple romain, plutôt l'intérêt général de l'État que les relations privées; de s'interdire par conséquent les largesses individuelles, car il était peu sage de compter sur quelques créatures pour conquérir l'assentiment d'une nation. « Persévère, ajouta-t-il, dans ta noble conduite, la gloire et la couronne viendront à toi sans que tu les cherches; mais si, au contraire, tu veux trop te hâter, tes libéralités n'aboutiront qu'à te précipiter dans un abîme. »

Après ces paroles, Scipion le congédia en lui remettant pour Micipsa une lettre ainsi conçue : « Ton cher Jugurtha a fait preuve, pendant le siége de Numance, d'une bravoure incomparable; tu l'apprendras, j'en suis sûr, avec beaucoup de joie. Ses éminents services lui ont acquis toute mon affection; je ferai tous mes efforts pour qu'il obtienne celle du sénat et du peuple romain. Je te félicite sincèrement, au nom de l'amitié qui nous lie, de posséder un neveu digne de toi et de son aïeul Massinissa. »

Micipsa, voyant tout ce que lui avait appris la voix publique confirmé par le témoignage de Scipion, séduit d'ailleurs par les grandes qualités et le crédit croissant de son neveu, s'adoucit à son égard et voulut le gagner à force de bienfaits. Il l'adopta sur-le-champ et l'institua, par testament, son héritier au même titre que ses enfants.

TITE-LIVE. — Né à Padoue en 58 av. J.-C.; mort 18 ans ap. J.-C. La vie de ce grand historien est presque inconnue; on préjuge d'après son histoire qu'il dut consacrer 21 ans à ce vaste travail. Dans la lecture qu'il faisait de temps en temps à ses amis de divers fragments de cette histoire, il lui a été donné de jouir, de son vivant, de sa gloire. Ami d'Auguste, il resta exempt de flatterie à l'égard du nouveau maître qui lui donnait en riant le surnom de Pompée, et qui le chargea de l'éducation du jeune Claude. Son histoire se composait de cent quarante livres, dont trente-cinq seulement nous sont parvenus : nous avons perdu

encore de cet illustre auteur un ouvrage bien précieux : c'était
un plan d'éducation pour son propre fils.

« Tite-Live, dit M. Geruzez, sait donner aux événements un
intérêt dramatique ; il met en scène les héros de son histoire, et
les discours qu'il leur prête sont des modèles de convenance et
d'éloquence. Son style, abondant et précis, a du nerf et de la couleur. Nous ne savons pas sur quelles parties porte le reproche de
patavinité que Pollion adressait à ce style, qui nous parait irréprochable. L'accusation qui repose sur une trop grande facilité
à accueillir des faits merveilleux est mieux fondée ; mais Tite-Live
les admet comme traditions accréditées et à titre d'ornements.
Nous n'avons pas le courage de blâmer sa partialité en faveur des
Romains, car ce sentiment fait l'unité de son œuvre, et lui a
donné l'ardeur nécessaire pour accomplir cet immense travail. »
L'étendue de cet ouvrage nous oblige à donner du grand historien des citations évidemment trop restreintes.

VÉTURIE ET CORIOLAN [1]
(Livre II.)

Les députés, envoyés à Marcius pour traiter de la paix, rapportèrent cette
dure réponse : « Si l'on rend aux Volsques leur territoire, on pourra traiter
de la paix. Mais, si les Romains voulaient jouir de leurs conquêtes au sein du
repos, lui qui n'a oublié ni l'injustice de ses concitoyens, ni les bienfaits de
ses hôtes, il s'efforcera de faire voir que l'exil a stimulé et non abattu son
courage. » Envoyés une seconde fois, les mêmes députés ne sont pas admis
dans le camp. Suivant la tradition, les prêtres aussi, couverts de leurs ornements sacrés, se présentèrent en suppliants aux portes du camp ennemi ;
ils ne parvinrent pas plus que les députés à fléchir le courroux de Coriolan.
Alors les dames romaines se rendent en foule auprès de Véturie, mère de
Coriolan, et de Volumnie, sa femme. Cette démarche fut-elle le résultat
d'une délibération publique, ou l'effet d'une crainte naturelle à ce sexe ? Je
ne saurais le décider. Ce qu'il y a de certain, c'est qu'elles obtinrent que
Véturie, malgré son grand âge, et Volumnie portant dans ses bras deux fils
qu'elle avait eus de Marcius, viendraient avec elles dans le camp des ennemis,
et que, femmes, elles défendraient, par les larmes et les prières, cette ville
que les hommes ne pouvaient défendre par les armes. Dès qu'elles furent
arrivées devant le camp, et qu'on eut annoncé à Coriolan qu'une troupe
nombreuse de femmes se présentait, lui que, ni la majesté de la république,
dans la personne de ses ambassadeurs, ni l'appareil touchant et sacré de la
religion, dans la personne de ses prêtres, n'avait pu émouvoir, se promettait d'être plus insensible encore à des larmes féminines. Mais quelqu'un
de sa suite, ayant reconnu dans la foule Véturie, remarquable par l'excès
de sa douleur, debout au milieu de sa bru et de ses petits-enfants, vint lui
dire : « Si mes yeux ne me trompent, ta mère, ta femme et tes enfants sont
ici. » Coriolan, éperdu et comme hors de lui-même, s'élance de son siége,
et court au-devant de sa mère pour l'embrasser ; mais elle, passant tout à
coup des prières à l'indignation : « Arrête, lui dit-elle ; avant de recevoir tes
embrassements, que je sache si je viens auprès d'un ennemi ou d'un fils ;

(1) Nisard.

et si, dans ton camp, je suis ta captive ou ta mère? N'ai-je donc tant vécu,
ne suis-je parvenue à cette déplorable vieillesse, que pour te voir exilé,
puis armé contre ta patrie? As-tu bien pu ravager cette terre, qui t'a donné
le jour et qui t'a nourri? Malgré ton ressentiment et tes menaces, ton courroux, en franchissant nos frontières, ne s'est pas apaisé à la vue de Rome;
tu ne t'es pas dit : « Derrière ces murailles sont ma maison, mes pénates, ma
« mère, ma femme et mes enfants? » Ainsi donc, si je n'avais pas été mère,
Rome ne serait pas affligée; si je n'avais pas de fils, je mourrais libre dans
ma patrie libre. Pour moi, désormais, je n'ai plus rien à craindre qui ne
soit plus honteux pour toi que malheureux pour ta mère; et, quelque malheureuse que je sois, je ne le serai pas longtemps. Mais ces enfants, songe
à eux : si tu persistes, une mort prématurée les attend ou une longue servitude. » A ces mots, l'épouse et les enfants de Coriolan l'embrassent; les
larmes que versent toutes ces femmes, leurs gémissements sur leur sort et
sur celui de la patrie, brisent enfin ce cœur inflexible; après avoir serré sa
famille dans ses bras, il la congédie, et va camper à une grande distance de
Rome; ensuite il fit sortir les légions du territoire romain, et périt, dit-on,
victime de la haine qu'il venait d'encourir. D'autres historiens rapportent
sa mort d'une manière différente. Je lis dans Fabius, le plus ancien de tous,
qu'il vécut jusqu'à un âge avancé; du moins il rapporte que souvent il répétait, à la fin de sa vie : « L'exil est bien pénible pour un vieillard ! » Les
Romains n'envièrent pas aux femmes la gloire qu'elles venaient d'acquérir;
tant l'on connaissait peu alors l'envie qui rabaisse le mérite d'autrui! Pour
perpétuer le souvenir de cet événement, un temple fut élevé, et on le consacra à la fortune des femmes.

PACUVIUS ET PÉROLLA.

(Livre XXIII.)

Annibal s'en alla demeurer chez deux hommes de la famille des Ninnius
Célérès : c'était Sténius et Pacuvius, renommés pour leur noblesse et leur
fortune. Pacuvius Calavius, dont nous avons déjà parlé, était à la tête du
parti qui avait décidé le peuple de Capoue à se tourner du côté d'Annibal :
il amena son jeune fils avec lui. Or il l'avait arraché presque à Décius Ma-
gius, qui l'avait entraîné de cœur à servir le parti romain contre les Carthaginois; et cela, malgré la chaleur qu'avait mise Capoue à se ranger
du parti opposé, et surtout malgré l'influence de son père. Ce dernier sut
apaiser Annibal par ses prières plus que par une justification de son fils :
enfin le Carthaginois, cédant aux sollicitations et aux pleurs de Pacuvius,
invita Pérolla avec son père : il ne devait se trouver à ce repas d'autre Cam-
panien que ses hôtes et Jubellius Tauréa, capitaine fort distingué. On se mit
à table qu'il faisait encore jour; et le festin n'offrait l'exemple ni de la sobriété punique, ni de la discipline militaire, mais il ne laissait rien regretter
de ce que pouvaient présenter une ville et une maison riches et luxueuses, où
se rencontraient toutes les recherches du plaisir. Un seul convive demeura
insensible et à l'invitation de ses hôtes et à l'appel fréquent d'Annibal :
c'était Pérolla, fils de Calavius, s'excusant sur sa santé. Son père alléguait
aussi la timidité qu'il devait naturellement éprouver. Vers le soir, Calavius sortit suivi de Pérolla; dès qu'ils furent seuls (le jardin était situé
derrière la maison) : « Père, dit Pérolla, mon dessein en me rendant ici,
c'était de nous faire pardonner par les Romains notre abandon; mais c'était
surtout de placer auprès d'eux les Campaniens en une faveur et une dignité
qu'ils n'avaient jamais connue. — Quel est ton dessein? » lui dit son père
tout surpris. Pérolla écarte alors sa toge de son épaule, lui découvre une

épée cachée à sa ceinture : « Je sanctionnerai, dit-il, l'alliance romaine avec le sang d'Annibal; je t'en donne avis, au cas où tu préférerais n'être pas là au moment de l'exécution. »

A ces mots, à la vue du glaive, le vieillard hors de lui, comme s'il voyait déjà s'accomplir le projet de son fils : « Par tous les liens qui unissent les pères et les enfants, s'écria-t-il, je t'en prie, mon fils, je t'en supplie, ne force pas ton père à assister à ton crime et à ton supplice. Il y a quelques heures, nous avons juré par ce que tous les dieux ont de plus sacré, nous avons, les mains pressées, engagé notre foi à Annibal : sera-ce pour que ces mains, liées par un serment aussi solennel, s'arment contre lui au sortir de cet entretien? Quoi! tu quittes une table hospitalière, où tu fus admis avec deux autres Campaniens seulement, et tu veux la souiller du sang de ton hôte! Moi, ton père, j'ai pu obtenir d'Annibal la grâce de mon fils; et de mon fils je ne pourrai obtenir celle d'Annibal! Mais oublions tout ce qui est sacré, l'honneur, la religion, la piété filiale; oui, ose accomplir ton odieux forfait, si le crime n'amène pas avec lui notre perte. Seul, tu prétends t'attaquer à Annibal? Quoi! cette foule d'hommes libres et d'esclaves; quoi! tous ces hommes attentifs à le suivre; quoi! ces bras armés pour le défendre, ta folie pourra-t-elle les paralyser? Et ce regard d'Annibal, ce regard que des armées ne peuvent soutenir dans la lutte, ce regard qui fait pâlir le peuple romain, pourras-tu le braver? Enfin, suppose qu'il n'ait plus d'autre défense, oseras-tu bien me frapper moi-même, moi qui ferai de mon corps un rempart à celui d'Annibal? Oui, c'est au travers de mon cœur qu'il te faudra chercher et percer cette victime. Laisse-toi maintenant détourner de ton dessein, plutôt que de succomber tout à l'heure. Que mes prières aient autant de puissance sur toi qu'elles en ont en pour toi aujourd'hui même! » Le jeune homme fond en larmes; son père le voit, le presse dans ses bras, le couvre de baisers, et ne cesse ses prières qu'il ne lui ait fait déposer son glaive, et jurer qu'il renonce à son projet. « Ah! s'écrie le jeune Pérolla, cet amour que je dois à ma patrie, j'en accorderai le gage à mon père! Je plains ton sort, car on te reprochera d'avoir trahi trois fois la patrie : d'abord en déterminant la révolte contre Rome; ensuite, en traitant avec Annibal; enfin, en m'empêchant de rendre plus tôt Capoue aux Romains. O patrie! ce fer, que j'avais pris en pénétrant dans l'asile où s'est introduit notre ennemi, reçois-le; c'est mon père qui me l'arrache. » En disant ces mots, il jette son épée sur la voie en la lançant au-dessus du mur du jardin; et, pour repousser tout soupçon, il rentre lui-même dans la salle du festin.

PERSÉE ET PAUL·ÉMILE [2].

(Livre XLV.)

La prise de Persée était une seconde victoire. A cette occasion, Paul-Émile offrit un sacrifice aux dieux, assembla son conseil, et, après avoir donné lecture des dépêches du préteur, envoya Q. Ælius Tubéron à la rencontre du roi, et fit rester tous les autres chefs dans sa tente. Jamais spectacle n'avait attiré une si grande affluence. Nos pères avaient vu le roi Syphax amené prisonnier dans le camp romain; mais, outre que son illustration personnelle n'égalait pas celle de Persée, ni que ses Numides ne valaient pas les Macédoniens, il n'avait joué qu'un rôle secondaire dans la guerre punique, comme Gentius dans celle de Macédoine. Persée, au contraire, était l'âme de la guerre. Non-seulement sa propre gloire, celle de son père, de son aïeul et de tous les rois dont il était le descendant, attiraient

(1) Nisard.

sur lui les regards; mais on voyait rejaillir sur lui l'éclat de ce Philippe et de cet Alexandre le Grand, qui avaient donné aux Macédoniens l'empire du monde. Persée entra dans le camp en habits de deuil, sans aucun des siens, sans aucun ami, qui, en partageant son infortune, redoublât la compassion qu'il inspirait. La foule de ceux qui s'empressaient pour le voir l'empêchait d'avancer; mais le consul envoya ses licteurs pour lui ouvrir un passage jusqu'à sa tente. Dès que le roi parut, le consul se leva, en ordonnant aux autres de rester assis; il fit quelques pas à sa rencontre, et lui présenta la main. Persée voulut se jeter à ses pieds, mais Émilius le releva avant qu'il eût pu embrasser ses genoux, le fit entrer dans sa tente et l'invita à s'asseoir en face des officiers appelés au conseil.

Émilius commença par lui demander quel grief l'avait porté à entreprendre avec tant d'acharnement contre le peuple romain une guerre qui le mettait, lui et son royaume, à deux doigts de sa perte. Chacun attendait sa réponse; mais Persée, les yeux baissés vers la terre, ne répondit que par ses larmes. « Si vous étiez monté sur le trône dans un âge peu avancé, reprit le consul, je serais moins surpris de voir que vous ayez ignoré combien le peuple romain est un ami puissant et un ennemi redoutable; mais, après avoir pris part à la guerre que votre père nous a faite, quand vous deviez vous rappeler le traité de paix qui la suivit, et la rigoureuse exactitude avec laquelle nous l'avons observé, comment avez-vous pu préférer la guerre à la paix, avec un peuple dont vous aviez éprouvé la force dans l'une et la fidélité dans l'autre? » Persée resta muet à ces reproches comme il l'avait été aux premières questions : « Quoi qu'il en soit, poursuivit Émilius, que cette conduite provienne d'une erreur due à la faiblesse humaine, du hasard ou de la volonté du destin, ayez bon courage. La clémence du peuple romain, que tant de rois et de peuples ont éprouvée dans leurs revers, doit non-seulement vous donner l'espoir, mais presque l'assurance d'un avenir meilleur. » Émilius avait parlé au roi en langue grecque; il s'adressa au conseil en latin : « Vous voyez, dit-il, un exemple frappant des vicissitudes humaines. Jeunes gens, c'est surtout à vous que je m'adresse. Il faut se garder avec soin dans la prospérité d'user envers qui que ce soit de violence ou de hauteur, et de trop se fier à sa fortune présente; car on ne sait pas le matin ce que le soir peut amener. L'homme vraiment digne de ce nom ne doit ni s'enorgueillir des succès, ni se laisser abattre par les revers. » Après avoir congédié le conseil, il confia la garde du roi à Q. Ælius. Ce jour-là, Émilius invita Persée à sa table, et lui rendit tous les hommages que comportait sa situation...

Paul-Émile triompha du roi Persée et des Macédoniens pendant trois jours : le 4, le 3 et le 2 des calendes de décembre. Ce triomphe surpasse, tant par la grandeur du roi vaincu que par la richesse des dépouilles ou la quantité de l'argent conquis, la magnificence et la splendeur de tous ceux qu'on avait vus jusque-là. Le peuple, vêtu de toges blanches, était placé pour voir le cortège sur des espèces d'amphithéâtres élevés dans le Forum et les autres parties de la ville par où il devait passer. Tous les temples furent ouverts et ornés de festons; l'encens fumait sur les autels; les licteurs et les satellites, écartant les flots de la multitude qui se pressait de toutes parts, ouvraient un passage vaste et libre... Le premier jour suffit à peine au transport des statues et des tableaux provenant du butin et qu'on avait placés sur deux cent cinquante chariots. Le jour suivant, on vit défiler un grand nombre de voitures chargées des armes macédoniennes les plus belles et les plus magnifiques, dont le fer ou l'airain, récemment poli, jetait un vif éclat... C'étaient des casques pêle-mêle avec des boucliers, des cuirasses avec des bottines, des boucliers échancrés..., des carquois avec des freins de coursiers, des glaives hors du fourreau, présentant en avant leurs têtes menaçantes, et, sur les côtés, le fer aigu des sarisses. Toutes ces armes étaient liées entre elles par des courroies assez lâches; et, lorsqu'elles s'entre-choquaient dans la marche, elles rendaient un son martial et terrible, qui causait aux vainqueurs eux-mêmes une sorte de frémissement. Venaient ensuite trois mille hommes portant sept cent cinquante vases remplis d'argent monnayé. Chacun de ces vases, soutenu par quatre hommes, contenait trois talents; d'autres portaient des cratères d'argent, des coupes de formes différentes disposées avec symétrie, et remarquables par leur grandeur, leur poids et leurs admirables ciselures. Le troisième jour, la marche fut ouverte par les trompettes, qui... sonnèrent la charge comme s'il eût fallu marcher à l'ennemi. Venaient ensuite cent vingt bœufs gras, les cornes dorées, tout couverts de bandelettes et de guirlandes. Ils étaient conduits par des jeunes gens ceints d'écharpes brodées avec un art merveilleux, et accompagnés eux-mêmes d'enfants qui tenaient à la main des coupes d'or et d'argent. Derrière eux s'avançaient des soldats portant l'or monnayé dans soixante-dix-sept vases dont chacun contenait trois talents, comme ceux dans lesquels l'argent avait été transporté. Puis venait une coupe sacrée du poids de dix talents d'or, incrustée de pierres précieuses, qui avait été faite par les ordres de Paul-Émile; puis les antigonides, les séleucides, les thériclées et les autres coupes d'or qui ornaient la table de Persée. Derrière était le char de Persée, chargé de ses armes et de son diadème. La foule des captifs suivait : parmi eux était Bitys, fils du roi Cotys, que son père avait envoyé comme otage en Macédoine; il avait été pris par les Romains avec les enfants de Persée; ces jeunes princes s'avançaient accompagnés de leurs gouverneurs et de leurs précepteurs, qui tendaient vers la foule leurs mains suppliantes, et apprenaient à leurs élèves à implorer humblement la pitié du peuple vainqueur. Ils étaient trois, deux fils et une fille; leur aspect touchait d'autant plus que leur âge ne leur permettait pas d'apprécier l'étendue de leur malheur. Aussi la plupart des curieux ne purent retenir leurs larmes, et tous se sentirent pénétrés d'une secrète tristesse; ils ne goûtèrent pas une joie sans mélange, tant qu'ils eurent ces enfants sous les yeux. Derrière ses fils marchait Persée avec sa femme. Il était vêtu de deuil et chaussé du cothurne grec; il avait l'air d'un homme hébété, à qui l'excès de ses maux aurait fait perdre tout sentiment. Il était suivi d'un grand nombre de ses amis et de ses courtisans, qui portaient tous sur le visage l'expression d'une douleur profonde, et dont les yeux, constamment fixés sur leur maître et le visage inondé de pleurs, montraient assez qu'ils oubliaient leurs propres souffrances pour ne songer qu'aux siennes. Persée avait voulu se soustraire à cette ignominie, et il avait fait prier son vainqueur de permettre qu'il ne parût pas dans le triomphe. Paul-Émile avait répondu, en riant de sa lâcheté : « C'est une chose qui a toujours été et qui est toujours en son pouvoir. » C'était lui dire de prévenir par une mort courageuse l'humiliation qu'il redoutait (1). Mais l'âme de Persée fut trop faible pour prendre une résolution énergique : soutenu par je ne sais quel espoir, il aima mieux figurer au milieu des ornements du triomphe...

TACITE. — Né à Intéramne 57 ans av. J.-C.; mort vers l'an 117. Disciple de Quintilien, il dut à son maître la forme sévère et le style grave qu'il introduisit dans ses ouvrages. Il fut aimé de Vespasien, qui lui donna la charge de procurateur dans la Gaule et lui fit épouser la fille d'Agricola. Sous Domitien, il fut questeur, puis

(1) C'est là la triste doctrine des stoïciens qui entraîna le vertueux Caton lui-même à se donner la mort.

préteur; sous Nerva, il devint consul; et le règne paisible de
Trajan lui donna le loisir de composer son livre sur la *Germanie*
et la *Vie d'Agricola,* œuvres postérieures à son *Dialogue des ora-*
teurs. Enfin il composa ses *Histoires,* et, douze ans après, ses *An-*
nales. Il mourut sous Adrien.

Le *Dialogue des orateurs* se recommande par la pureté et par la
modestie de la critique; il est moins vigoureux que les autres
ouvrages de Tacite. La *Vie d'Agricola* est un modèle de style, de
vertu et de sentiment. Les *Annales* et les *Histoires* sont le chef-
d'œuvre antique de la dignité païenne, de l'indignation honnête,
de la pensée la plus profonde. Plaçons ici le jugement que Schœll
en a porté.

« Tacite, dit-il, cite rarement ses sources; mais une grande
partie des événements qu'il rapporte s'était passée sous ses yeux,
ou avaient eu pour témoins des personnes qui pouvaient lui fournir des renseignements suffisants. On ne saurait douter qu'un
homme de son caractère et de son importance n'eût à sa disposition tous les matériaux historiques que l'on gardait dans les
familles, ou que la crainte inspirée par la tyrannie avait fait cacher. Son esprit philosophique ne se contente pas du récit des événements; il ne croit pas avoir assez fait s'il ne remonte à leurs
causes, et n'en développe toutes les conséquences. Maître du cœur
humain, dont il avait fait une étude approfondie, ses regards
pénètrent dans l'âme de ses acteurs et lisent dans le secret de
leurs pensées. Aucun artifice du despotisme, aucune intrigue de
cour n'échappe à sa pénétration. Il doit être la terreur de tous les
tyrans, auxquels il prouve qu'aucun de leurs ténébreux mystères ne
peut rester caché à la clairvoyance de l'homme de bien et à la
censure de la postérité. Jamais Tacite n'oublie la dignité des
fonctions qu'exerce l'historien; son ton est toujours grave et sérieux; la vérité s'exprime toujours avec énergie par sa plume.
Une grande connaissance de la politique, un respect profond pour
la vertu et la sagesse, une sévérité produite par l'indignation :
tels sont les caractères qui distinguent Tacite comme historien.
Peut-être la tristesse dont l'aspect de la servitude et de la dégénéra-
tion générale empreignent son âme, l'a-t-elle rendu quelquefois
injuste, et lui a-t-elle fait supposer des intentions perfides à des actions indifférentes. Ce reproche, s'il est fondé, est le seul qu'on
puisse faire à cet écrivain vertueux et patriote. Son style est
d'une concision plus grande que celle de Salluste, qui paraît avoir
été son modèle. Il est riche en idées, et souvent la langue ne suffit
pas pour exprimer toutes celles dont il est plein. Ses phrases
disent beaucoup plus qu'elles ne semblent dire. Il en résulte peut-
être de l'obscurité; mais Tacite mérite bien que l'on réfléchisse

sur ses expressions. Quelquefois cette obscurité est le produit d'un dessein prémédité; l'historien ne dit pas tout ce qu'il pense, et il laisse à la sagacité du lecteur de deviner ce qu'il supprime. »

RÉVOLTE DES LÉGIONS PANNONIENNES [1].

(Ann. I.)

La sédition se mit parmi les légions de Pannonie. Elle n'eut d'autre cause que le changement de maître, qui semblait promettre à la licence l'impunité, et à l'avarice une guerre civile. Trois légions étaient réunies dans un même camp d'été, sous Junius Blésus. Cet officier, à la nouvelle de la mort d'Auguste et de l'avénement de Tibère, avait suspendu les exercices à cause du deuil ou des réjouissances. Le soldat se livra au libertinage, devint mutin, écouta les mauvais propos, s'accoutuma au plaisir et à l'oisiveté, se dégoûta de la discipline et du travail. Il y avait dans ce camp un certain Percennius, autrefois chef d'une des factions théâtrales, alors simple soldat, hardi discoureur, habile dans l'art de susciter des émeutes. Il en avait fait l'apprentissage au service des comédiens. Cet homme, en s'insinuant par degrés dans les esprits, remua une foule crédule et inquiète sur les changements que la mort d'Auguste pouvait amener dans la condition du soldat. Le soir ou la nuit, quand les bons sujets étaient retirés, il assemblait ce qu'il y avait de véreux dans le camp. Quand il eut formé des suppôts, il fit foule et prêcha publiquement la sédition.

« Quoi! vous vous laissez traiter en esclaves par quelques centurions, par un moindre nombre de tribuns? Quand oserez-vous corriger votre sort, si vous ne profitez des premiers moments d'un règne mal affermi pour demander ou pour menacer? Vous n'avez que trop montré de faiblesse, en souffrant qu'on exigeât des vieillards, la plupart couverts de blessures, vingt ou quarante ans de services; et ceux mêmes qui obtiennent leur congé, on les retient sous les drapeaux pour y supporter, sous un autre nom, les mêmes fatigues. S'ils n'y succombent pas, on les traîne dans des climats étrangers, pour leur donner, à titre de récompense, des marais ou des roches stériles à cultiver. Autant le métier est dur, autant il est ingrat. Ame et corps pour dix as par jour. Avec cela, fournissez-vous d'habits, d'armes, de tentes. Économisez pour vous racheter de la cruauté des centurions, pour payer, au besoin, une dispense. En revanche, ce qui ne manque jamais, ce sont les coups, les blessures, les rigueurs de l'hiver, les travaux de l'été, une guerre où vous risquez tout, une paix où vous ne gagnez rien. L'unique remède à tant de maux, c'est d'exiger de nouvelles conditions; le denier par jour, congé au bout de seize ans, sans prorogation de service, et, au lieu de terres, une somme payée dans le camp en recevant votre congé. Quoi! les prétoriens qui ont deux deniers par jour, qui, au bout de seize ans, sont rendus à leurs pénates, sont-ils exposés à plus de périls que nous? Je ne méprise pas cette milice qui garde Rome : mais moi, relégué au milieu des nations barbares, de ma tente, je vois l'ennemi. »

La soldatesque l'encourageait par ses cris confus et bruyants. Les uns montraient les coups qu'ils avaient reçus, les autres leurs cheveux blancs, leurs corps nus ou couverts de haillons : tous éclataient en reproches. La fureur alla si loin, que les trois légions voulurent se réunir en une seule. Mais, chacune prétendant donner son nom aux autres, cette rivalité leur fait prendre un autre parti. Elles forment un faisceau de leurs aigles et de leurs enseignes, et s'empressent d'ériger un tribunal de gazon pour placer en un lieu plus éminent ce trophée de la sédition. Ils y travaillaient avec chaleur, lorsque Blésus survint. Il tonne, il menace, il retient les bras des soldats : « Trempez plutôt vos mains dans mon sang; vous serez moins coupables en égorgeant votre général, qu'en vous révoltant contre votre prince. Ou je vivrai pour conserver à mes légions leur innocence, ou je mourrai pour hâter leur repentir. »

L'ouvrage avançait, et déjà il était à hauteur d'appui, lorsqu'ils l'abandonnèrent, vaincus par les remontrances obstinées de leur chef... « Si vous persistez en pleine paix dans des prétentions que vous n'eûtes pas lorsque vous sortîtes victorieux des guerres civiles, pourquoi... employer la violence? Nommez des députés, et donnez-leur vos ordres devant moi. » Tous, par acclamation, nommèrent à cette espèce d'ambassade le fils de Blésus, qui était tribun, avec ordre de demander congé absolu au bout de seize ans. Il fut sursis aux autres demandes, en attendant le succès de celle-ci. Après le départ du jeune Blésus, le camp fut assez tranquille. Mais le fils du général, nommé orateur de la cause commune, donna de l'orgueil aux soldats, en prouvant qu'ils avaient emporté de force ce que la soumission n'eût pas obtenu.

Sur ces entrefaites, quelques compagnies envoyées à Nauport avant la sédition pour travailler aux chemins, aux ponts et à d'autres corvées, apprenant ce qui s'était passé dans le camp, enlèvent leurs enseignes, pillent le pays et Nauport même, qui en était comme le chef-lieu. Les centurions qui s'y opposent sont bafoués, injuriés, frappés. C'est surtout contre A. Rufus, préfet du camp, que leur rage se déchaîne. Ils l'arrachent de sa voiture, le surchargent de bagage, le font marcher à la tête de la troupe, et lui demandent d'un ton moqueur comment il se trouve de la marche et du fardeau. Ce Rufus, de soldat, était monté de grade en grade à celui de préfet de camp. Vieux militaire, endurci au métier, il voulait ramener la sévérité de l'ancienne discipline, et l'exigeait d'autant plus rigoureusement qu'il y avait été soumis lui-même.

A leur arrivée, la sédition recommence. Les soldats se dispersent et pillent les campagnes. Blésus, pour faire exemple, ordonne les verges et la prison contre les plus chargés de butin : car tous les centurions et les bons soldats lui obéissaient encore. Les coupables résistent, embrassent les genoux de ceux qui les environnent, appellent par leur nom les camarades à leur secours. Chacun invoque sa compagnie, sa cohorte, sa légion, en criant que tous doivent s'attendre au même traitement. Ils vomissent mille injures contre le commandant, attestent le ciel et les dieux; ils n'oublient rien pour émouvoir la haine, la pitié, la peur, la colère. La foule accourt, brise les portes de la prison, rompt les fers des prisonniers, s'associe les déserteurs et les scélérats condamnés à mort... Un soldat, nommé Vibulénus, paraît vis-à-vis du tribunal, monté sur les épaules de ses camarades... : « Vous venez, dit-il, de rendre le jour et l'espérance à des innocents; mais qui rendra la vie à mon frère?... Envoyé par l'armée de Germanie pour délibérer avec nous sur nos intérêts communs, il a été égorgé cette nuit par les gladiateurs que ce tyran arme et soudoie pour être les bourreaux des soldats. Réponds, Blésus, où as-tu fait jeter son corps? L'ennemi même ne refuse pas la sépulture. Laisse-moi rassasier ma douleur, en lui prodiguant mes baisers et mes larmes. Puis fais-moi tuer aussi, pourvu qu'il soit permis à ceux qui m'entendent de réunir au même tombeau ces malheureux dont le crime fut d'avoir voulu servir les légions. » Il ajoutait à l'effet de ce discours en poussant des sanglots, en se frappant la poitrine, en se meurtrissant le visage. Soudain il écarte ceux qui le soutiennent, saute à terre; et, se jetant aux genoux de ses camarades, il excite une telle fermentation que les soldats se dispersent, les uns pour se saisir des gladiateurs et des domestiques de Blésus, les autres pour chercher le cadavre. Et, s'il n'eût été promptement avéré que le corps ne se trouvait pas, que les esclaves de Blésus, mis à la question, niaient constamment le fait, et que Vibulénus n'avait jamais eu de frère, les soldats allaient massacrer leur général. Mais ils chassèrent les tribuns avec le préfet, pillèrent leurs effets, et tuèrent le centurion Lucilius, qu'ils appelaient par dérision *un autre*, parce que, quand il avait rompu un bâton sur le dos d'un soldat, il disait aussitôt *un autre*, puis encore *un autre*. Les autres centurions leur échappèrent en se cachant...

Tout mystérieux qu'était Tibère, surtout s'il s'agissait de dissimuler ses inquiétudes, ces nouvelles le forcèrent de faire partir aussitôt Drusus avec deux cohortes prétoriennes..., renforcées de vieux soldats..., d'un gros détachement de cavaliers prétoriens et de l'élite des Germains... Lorsque Drusus fut près du camp, les légions allèrent au-devant de lui, comme pour lui faire honneur; mais, au lieu d'allégresse et de drapeaux décorés, on ne voyait que l'image du deuil avec l'air de la révolte.

Dès que Drusus est dans le camp, les séditieux s'assurent des portes, et font occuper les divers postes par des pelotons de soldats. La foule environne le tribunal. Drusus, debout, fait signe qu'on l'écoute. Quand les soldats promènent leurs regards sur leur nombre, l'air retentit de voix menaçantes; quand ils les arrêtent sur César, la crainte leur ferme la bouche... Diversement affectés eux-mêmes tour à tour, ils tremblent et font trembler. Drusus profite d'un moment de calme et fait lecture de la lettre de son père : « Les braves légions qu'il avait si souvent conduites à l'ennemi lui étaient toujours chères; aussitôt que sa douleur lui donnerait relâche, il porterait leurs demandes au sénat; en attendant, il leur envoyait son fils, pour leur accorder sur-le-champ tout ce qui dépendait de lui; il fallait réserver le reste au sénat, qui avait droit d'influer autant sur les récompenses que sur les punitions. »

... Clémens expose leur demande : « Congé absolu au bout de seize ans; récompense avec le congé; pour solde, le denier par jour; plus de prorogation de service sous le nom de vétérance. » Drusus se retranchant sur les droits du sénat et de son père, un cri général lui coupa la parole. « Sans pouvoir pour augmenter notre solde, pour abréger nos travaux, pour nous accorder des grâces, qu'êtes-vous venu faire ici? En attendant nos corps, nos vies sont à la disposition de tous les officiers. Tibère, sous le nom d'Auguste, se jouait de nos demandes. Drusus aujourd'hui a recours au même artifice. Ne nous enverra-t-on jamais que des fils de famille? Tibère reconnaît le sénat pour arbitre des bienfaits. Il faut donc le consulter aussi quand il s'agit de châtiments et de combats. Mais non : délibération pour les récompenses, despotisme pour les supplices. »

Ils désertent le tribunal, en menaçant de mort les prétoriens et les amis de César... Ils en voulaient surtout à Lentulus. Ils l'accusaient de se servir du poids que lui donnaient son âge et ses exploits pour roidir Drusus... Comme il sortait avec le prince pour chercher sûreté dans le camp d'hiver, il est accueilli par une troupe furieuse qui lui demande « où il va; si c'est auprès de l'empereur ou du sénat pour s'opposer au bien des légions. » Blessé par une pierre, tout en sang, menacé de la mort, il fut heureusement sauvé par la suite de César...

Un phénomène inattendu prévint les craintes dont la nuit nous menaçait. Le ciel était pur et serein : la lune pâlit tout à coup. Les soldats, qui en ignoraient la cause, y virent un présage de leur sort; et, comparant l'éclipse à la crise où ils se trouvaient, ils crurent qu'ils en sortiraient triomphants, si la déesse recouvrait sa lumière et son éclat. Dans cette idée, ils font grand bruit avec leurs boucliers. À mesure que la lune devient plus lumineuse ou plus pâle, ils poussent des cris de joie ou de douleur. Enfin des nuages la dérobent à leurs yeux; ils la croient pour jamais ensevelie dans les ténèbres. Alors, comme il n'y a qu'un pas de la frayeur à la superstition, ils se croient condamnés à d'éternels travaux, et déplorent leurs attentats dont les dieux se déclarent les vengeurs. César songe à profiter de cette disposition... Il envoie des émissaires dans les tentes, il mande Clémens, et ceux qui, par des moyens honnêtes, s'étaient rendus agréables à la multitude. Ils s'insinuent par son ordre dans les corps de garde, parmi les patrouilles, avec ceux qui gardent les portes du camp. Ils mettent en jeu l'espérance et la crainte. « Jusques à quand retiendrons-nous prisonnier dans son camp le fils de notre maître? Où aboutiront ces démêlés? Prêterons-nous serment à un Percennius, à un Vibulénus? Percennius, Vibulénus, donneront-ils la paye aux soldats, et des terres aux vétérans? Commanderont-ils à la place des Nérons et des Drusus? Que ne sommes-nous les premiers à nous repentir, comme nous avons été les derniers à faillir? L'effet des demandes communes est lent; les services particuliers sont payés aussitôt que reconnus. » Ces propos ébranlent les esprits et sèment la méfiance entre les jeunes soldats et les vieux, de légion à légion. L'amour du devoir renaît. . Drusus convoque l'assemblée. Sans être orateur, il savait parler avec dignité. « La terreur et les menaces sont impuissantes contre lui; mais il écoute le repentir. Si les soldats avouent leurs torts, il se rendra médiateur auprès de son père, pour désarmer son courroux et le rendre favorable à leurs demandes. »

... Dans le conseil qui suivit, les avis furent partagés : les uns voulaient qu'en attendant le retour des envoyés, on ne s'occupât que de calmer les esprits par la douceur; les autres opinaient pour la sévérité. « La multitude, disaient-ils, ne connaît pas de milieu : elle ose tout ou n'ose rien... Aux terreurs religieuses, il faut ajouter la crainte de l'autorité, en faisant un exemple des instigateurs. » Drusus inclinait naturellement pour la rigueur. Il mande Percennius et Vibulénus, et les fait tuer en sa présence... On recherche ceux qui avaient soufflé le feu. Errants dans la campagne, la plupart furent tués ou par leurs centurions, ou par les prétoriens, et quelques-uns livrés par leurs compagnies, qui prouvèrent ainsi leur repentir.

MORT DE BRITANNICUS ET D'AGRIPPINE [1].

(Livre XIII et XIV.)

Agrippine ne se contient plus; elle éclate en menaces terribles; elle crie, aux oreilles même du prince, que Britannicus n'est plus un enfant; que c'est le vrai, le digne héritier de l'empire paternel, qu'un étranger, un adoptif retient pour insulter sa mère...; qu'elle et les dieux ont conservé les jours de Britannicus; qu'ils iront ensemble au camp; qu'on entendra d'un côté la fille de Germanicus, et, de l'autre, le vieux Burrhus et le déclamateur Sénèque... Elle joignait à ces discours les gestes les plus violents; elle entassait les invectives; elle appelait du haut des cieux et du fond des enfers les vengeances de Claude, celles de Silanus, et la juste punition de tant de forfaits dont elle ne recueillait que la honte.

Ces menaces, au moment où Britannicus entrait dans sa quinzième année, effrayèrent Néron... S'il était alarmé des emportements d'Agrippine, il l'était aussi du caractère même de Britannicus, lequel venait de se déceler par un indice léger, il est vrai, mais qui lui avait concilié l'affection publique. Pendant les Saturnales, ils avaient tiré au sort la royauté; elle était échue à Néron. Celui-ci donna aux autres enfants des ordres qui n'avaient rien d'em-

---

[1] Dureau de Lamalle.

barrassant pour leur timidité. Quand il fut à Britannicus, il lui commanda de se lever, de s'avancer au milieu de l'assemblée, et de chanter, espérant faire rire aux dépens d'un enfant... Mais lui, avec beaucoup d'assurance, récita des vers qu'on pouvait appliquer à son exclusion du trône et au rang de son père, ce qui produisit un attendrissement assez marqué, la nuit et la gaieté de la fête ayant banni la dissimulation. Néron comprit qu'on ne l'aimait point, et n'en haït que plus; et, les menaces d'Agrippine redoublant, comme on ne pouvait inculper Britannicus, et qu'il n'osait ordonner publiquement sa mort, il prit des mesures secrètes. Il fit préparer du poison par l'entremise de J. Pollio, qui était chargé de la garde de Locuste, condamnée pour empoisonnement et célèbre par ses crimes. Quant à ce qui approchait Britannicus, on avait pris soin de ne l'entourer que de gens qu'aucun scrupule n'arrêtait. Le premier poison lui fut donné par ses instituteurs mêmes; mais une évacuation qui survint en détruisit toute la force, ou, peut-être, l'avait-on mitigé exprès, pour qu'il n'agît pas sur le champ. Néron, irrité de ces lenteurs, s'emportait en menaces contre le tribun et voulait presser le supplice de l'empoisonneuse... Ils lui promirent alors une mort aussi subite que si elle était donnée par le fer. Néron fit composer le poison sous ses yeux; chaque drogue fut éprouvée; l'effet était terrible.

Comme les mets et la boisson étaient goûtés par un esclave de confiance, et qu'on ne voulait ni omettre cet usage, ni déceler le crime par la mort de l'un et de l'autre, on trouva cet expédient. On présenta à Britannicus, après l'essai, un breuvage non empoisonné, mais si chaud, qu'il fallut le renvoyer. Alors on versa dans l'eau froide le poison, qui attaqua ses membres si violemment, qu'il lui ravit à la fois la parole et la vie. Les plus voisins de Britannicus se précipitent autour de lui, les imprudents s'enfuient; mais ceux qui avaient plus de pénétration restent à leur place, les yeux fixés sur Néron... Lui, se tenant comme il était, penché sur son lit, avec l'air de ne rien savoir, dit que c'était un accès d'épilepsie, mal qui, dès sa première enfance, avait affligé Britannicus, et qu'insensiblement la vie et le sentiment lui reviendraient. Pour Agrippine, l'effroi, la consternation de son âme éclatèrent si visiblement sur son visage, qu'on la jugea bien étrangère à ce crime... Son fils lui enlevait par là sa dernière ressource et s'essayait au parricide...

Cependant Néron évite de se trouver avec sa mère; quand elle partait pour ses jardins de Tusculum ou d'Antium, il la félicitait de songer à la retraite. Enfin... il prit la résolution de la faire périr, n'hésitant que sur les moyens, le poison, le fer ou tout autre. Le poison lui plut d'abord, mais on ne pouvait le donner à la table du prince sans déceler le mystère, par une ressemblance trop marquée avec la mort de Britannicus, et il paraissait dangereux de chercher à corrompre les esclaves d'une femme à qui l'habitude du crime avait appris à s'en défier; d'ailleurs, par l'usage des antidotes, elle s'était munie d'avance contre les poisons. Le fer présentait aussi des inconvénients; on ne trouvait pas de moyens pour cacher un assassinat, et l'on craignait la désobéissance du satellite qu'on chargerait d'un tel attentat. L'affranchi Anicétus offrit ses talents; il commandait la flotte de Misène; il avait élevé l'enfance de Néron, et haïssait Agrippine autant qu'il en était haï. Il propose de construire un vaisseau, dont une partie, artistement disposée pour se démonter en pleine mer, submergerait Agrippine tout à coup. Point de champ plus fécond en événements que la mer : dans un naufrage, qui serait assez injuste pour imputer au crime le tort des vents et des flots? Le prince prodiguerait, après la mort, les temples, les autels, tous les témoignages de tendresse les plus éclatants.

On goûta l'invention, que d'ailleurs les circonstances favorisaient; l'empereur était à Baïes, où il célébrait les fêtes de Minerve. Il y attire Agrippine, à force de répéter qu'il fallait bien oublier ses ressentiments et souffrir quelque chose d'une mère, voulant autoriser par là le bruit d'une réconciliation qui ne manquerait pas de séduire Agrippine, les femmes croyant facilement ce qui les flatte. A son arrivée d'Antium, il va au-devant d'elle le long du rivage; il la prend par la main, la serre dans ses bras... Le vaisseau fatal se faisait remarquer entre tous les autres par sa magnificence; ce qui avait l'air encore d'une distinction qu'il réservait pour sa mère; car elle était dans l'usage de se promener en trirème, et de se faire conduire par les rameurs de la flotte; de plus, on l'avait invitée à un grand souper, afin d'avoir la nuit pour mieux cacher le crime. On assure que le secret fut trahi, et qu'Agrippine, avertie du complot, ne sachant encore si elle devait y croire, s'était rendue en litière à Baïes. Là, ses craintes furent dissipées par toutes les caresses de son fils, qui l'accabla de prévenances, et la fit asseoir au-dessus de lui. Divers entretiens prolongèrent le festin bien avant dans la nuit; Néron parlait à sa mère, tantôt avec l'effusion d'un jeune cœur, tantôt avec cette réserve qu'on met à des confidences importantes. Il la reconduisit encore à son départ, soit qu'il voulût pousser jusqu'au bout la dissimulation, soit que les derniers regards d'une mère qui allait périr attendrissent ce cœur, tout féroce qu'il était.

Il sembla que les dieux, pour que le forfait fût manifeste, eussent ménagé à cette nuit tout l'éclat des feux célestes et le calme d'une mer paisible. Le vaisseau n'était pas fort avancé en mer; Agrippine avait avec elle deux personnes de sa cour, Crépéréius et Acerronie. Crépéréius se tenait debout près du gouvernail; Acerronie, appuyée sur les pieds du lit d'Agrippine, qui était couchée, parlait avec transport du repentir de Néron et du retour de la faveur d'Agrippine; tout à coup, au signal donné, le plancher de la chambre croule sous des masses de plomb énorme dont on le charge. Crépéréius fut écrasé et mourut sur-le-champ. Agrippine et Acerronie furent garanties par les saillies du dais, qui se trouva assez fort pour résister à la chute; et le vaisseau ne s'entr'ouvrait pas, comme il le devait, à cause du trouble général, et parce que la plupart, n'étant pas instruits, gênaient ceux qui l'étaient. On ordonna aux rameurs de peser tous du même côté, pour submerger le navire. Mais un ordre si subit fut exécuté sans concert; et d'autres, faisant contre-poids, ménagèrent aux naufragées une chute plus douce. Cependant Acerronie, assez mal habile pour crier qu'elle était Agrippine, et qu'on vint sauver la mère du prince, est assommée à coups de crocs, de rames et des premiers instruments que l'on trouve. Agrippine, gardant le silence, ce qui l'empêcha d'être reconnue, reçut pourtant une blessure à l'épaule. Ayant gagné à la nage, puis sur des barques qu'elle rencontra, le lac Lucrin, elle se fait porter à sa maison de campagne.

Là, songeant pour quelle fin on lui avait écrit ces lettres perfides et prodigué tant d'honneurs; que le vaisseau avait péri tout près du rivage, sans qu'il y eût le moindre vent, le moindre écueil, en croulant par le haut, comme une machine arrangée exprès; puis, considérant le meurtre d'Acerronie, sa propre blessure, et jugeant que le seul moyen de se garantir était de paraître n'avoir rien pénétré, elle envoya l'affranchi Agérinus dire à Néron que la bonté des dieux et la fortune de l'empereur l'avaient sauvée d'un grand péril; que, malgré l'effroi que pouvait causer à un fils le danger d'une mère, elle le conjurait de différer sa visite; qu'elle avait besoin de repos pour le moment. Et, affectant de la sécurité, elle applique un appareil sur sa blessure et des fomentations sur tout son corps. Elle fait rechercher le testament et mettre le scellé sur les biens d'Acerronie; en cela seulement il n'y avait pas de dissimulation.

Au moment où Néron se flattait d'apprendre le succès du complot, on lui annonce qu'Agrippine, blessée légèrement, s'était échappée, après avoir couru assez de risques pour qu'il ne lui restât pas le moindre doute sur l'auteur du crime. Frappé de consternation, il croit à chaque instant la voir accourir, avide de vengeance, armant les esclaves, ou soulevant l'armée, ou bien invoquant le peuple et le sénat, leur demandant justice de son naufrage, de sa blessure, de ses amis assassinés; et, dans ce danger, quelle ressource pour lui, à moins que Sénèque et Burrhus n'imaginassent quelque expédient?... Tous deux restèrent longtemps dans le silence, sentant l'inutilité des représentations, ou peut-être croyant la chose arrivée à ce point que, si l'on ne prévenait Agrippine, la perte de Néron était inévitable. Enfin Sénèque se décide le premier à regarder Burrhus, et lui demande s'il fallait commander le meurtre aux soldats. Burrhus répond que les prétoriens sont trop attachés à toute la famille des Césars et à la mémoire de Germanicus pour se permettre un attentat contre sa fille, que c'était à Anicétus à achever son ouvrage. Celui-ci accepte sans balancer. A ce mot, Néron s'écrie qu'il ne règne que de ce moment, qu'il doit l'empire à un affranchi. Il lui commande d'aller au plus vite, et de prendre avec lui ce qu'il y avait de plus déterminé. Lui-même, ayant appris qu'Agérinus était venu de la part d'Agrippine, forme là-dessus un plan d'accusation. Tandis qu'Agérinus expose son message, il lui jette une épée entre les jambes; puis, comme si on l'eût surpris avec cette arme, il le fait arrêter, pour débiter ensuite qu'Agrippine avait projeté d'assassiner son fils, et que, dans le dépit de voir le crime découvert, elle s'était donné elle-même la mort.

Cependant, au premier bruit du péril qu'avait couru Agrippine, chacun, l'attribuant au hasard, se précipite au rivage. Ceux-ci montent sur la digue, ceux-là dans des barques... Tout le rivage retentit de regrets, de vœux, de demandes, de réponses hasardées... Quand on sut Agrippine sauvée, tous se disposaient à la féliciter, quand la vue d'une troupe armée, marchant d'un air menaçant, les dispersa. Anicétus fait investir la maison; puis, ayant enfoncé la porte, il arrête les esclaves qu'il rencontre, jusqu'à ce qu'il soit près de l'entrée de l'appartement. Il y était resté peu de monde : la peur les avait presque tous dispersés; et, dans l'appartement même, il n'y avait qu'une lumière et une esclave. Agrippine s'alarmait de plus en plus de ne voir personne de la part de son fils, pas même Agérinus. La face de ces lieux, qui venait de changer presque entièrement, sa solitude, ce bruit soudain, tout semblait lui annoncer les plus grands malheurs. Enfin, sa dernière esclave la quittant : « Eh quoi! tu m'abandonnes aussi? » lui dit-elle. Et en même temps elle aperçoit Anicétus... « Si tu viens pour me voir, annonce à Néron mon rétablissement; si c'est pour le crime, j'en crois mon fils incapable; non, mon fils n'a pas ordonné un parricide. » Les meurtriers entourent son lit; et le triérarque le premier lui décharge un coup sur la tête. Le centurion tirant l'épée pour l'en percer, elle découvre son sein : « Frappe ici! » s'écria-t-elle, et elle expira percée de plusieurs coups.

VELLÉIUS PATERCULUS. — Né environ 19 ans av. J.-C., il fut le contemporain et l'ami de Tibère. Cet auteur écrivit un ouvrage historique qui ne nous est parvenu que par fragments et dont la perte est regrettable. C'était l'*Histoire romaine*, ou plutôt une histoire générale, où Velléius avait réuni tous les renseignements qui pouvaient être aux Romains de quelque intérêt. Le fragment le plus important que nous ayons renferme l'histoire de 200 ans (de 170 ans avant jusqu'à 30 ans après J.-C.). Cet historien se rapproche assez du genre de Salluste, dont il imite la concision sans en avoir l'énergie : ses portraits sont remarquables. On lui reproche avec raison les basses flatteries qu'il prodigue à Tibère et à son odieux ministre Séjan.

LA PROSCRIPTION [1]

(Fragment.)

Déclarés ennemis de la république, Antoine et Lépide aimèrent mieux se rappeler ce qu'ils avaient souffert que ce qu'ils avaient mérité; et, malgré la résistance de César [2], qui se trouvait seul contre deux, ils renouvelèrent dans leur fureur les proscriptions dont Sylla avait donné l'affreux exemple. Quoi de plus révoltant que de voir César obligé de proscrire, et Cicéron proscrit! La scélératesse d'Antoine étouffa cette voix éloquente, l'organe de la patrie; et l'homme qui avait défendu l'État et les particuliers, ne trouva personne pour le défendre. C'est en vain, Marc Antoine (je ne puis contenir mon indignation dans la forme ordinaire de ces récits), c'est en vain que tu as mis à prix cette tête glorieuse, et que, par l'appât d'un funeste salaire, tu as armé le bras d'un assassin contre le sauveur de la république, contre le plus éloquent de nos orateurs et le plus illustre de nos consuls! Tu n'as pu ravir à Cicéron que les derniers jours d'une vieillesse inquiète et débile, qu'une vie qui, sous ta domination, aurait été plus misérable que la mort ne pouvait l'être sous ton triumvirat. Loin d'obscurcir la gloire de ses actions et de ses discours, tu n'as fait que l'accroître. Son nom vit et vivra dans la mémoire des siècles, tant que subsistera l'univers... Ce magnifique ensemble que seul peut-être, entre tous les Romains, il pénétra par la force de son esprit, embrassa par l'étendue de son génie, éclaira par sa parole; la postérité la plus reculée admirera les discours qu'il a composés contre toi, et maudira la vengeance atroce que tu as exercée contre lui. Le genre humain périra plutôt que le souvenir de Cicéron.

Il n'y a pas assez de larmes pour pleurer dignement les malheurs de ces temps déplorables; les paroles manquent pour les retracer. Remarquons cependant que, dans ces proscriptions, les femmes se signalèrent par leur fidélité pour leurs époux, les affranchis et les esclaves par leur dévouement pour leurs maîtres; mais que les fils ne témoignèrent que de l'indifférence pour le péril de leurs pères : tant les hommes supportent avec peine l'ajournement de leurs espérances, quelles qu'elles soient. Pour mettre le comble à la violation des lois, des plus saintes lois, pour ne laisser au crime aucun encouragement, aucune récompense à désirer, Antoine proscrivit Lucius César, son oncle maternel, et Lépide, son frère. Paulus Plancus même eut assez de crédit pour faire mettre Plancus Plotius, son frère, sur la liste fatale. Aussi tous ceux qui suivaient le char triomphal de Lépide et de Plancus, répétaient-ils au milieu des railleries et des malédictions des citoyens :

Vous triomphez, consuls romains,
Non des Gaulois, mais des Germains [3].

Quinte-Curce. — On ne peut fixer au juste la date de la naissance et de la mort de cet historien : l'opinion la plus commune le fait vivre sous les règnes de Vespasien et de Trajan. Son œuvre en dix livres, dont les deux premiers, la fin du cinquième et le

(1) Herbet. — (2) Auguste. — (3) Germain (Germanus) a en latin le sens de frère.

commencement du sixième, sont perdus, est l'*Histoire d'Alexandre le Grand;* elle ne mérite aucune confiance comme document. C'est un roman plein d'erreurs et d'anachronismes, un recueil de traditions les moins conciliables. Mais le style, un peu trop chargé d'ornements, est élégant et clair, la latinité est pure et noble, et le livre intéressant.

ALEXANDRE ET LE MÉDECIN PHILIPPE [1]

(Livre III.)

La rivière de Cydne passe par le milieu (de la ville de Tarse); et l'on étoit alors au cœur de l'été, durant lequel il n'y a pas de climat au monde où les chaleurs soient si excessives qu'en la Cilicie, outre que c'étoit l'heure du jour que le soleil lance ses rayons avec plus de violence. Le roi arrivoit tout couvert de sueur et de poussière ; et, voyant cette eau si claire et si belle, il lui prit envie de s'y baigner, tout échauffé qu'il étoit ; de sorte que, s'étant dépouillé à la vue de son armée, et jugeant même que cela n'auroit pas mauvaise grâce de faire voir aux gens de guerre comme, sans chercher l'appareil ni l'artifice des bains délicieux, il se contentoit de la première eau qu'il trouvoit en son chemin, il se jeta au milieu du fleuve; mais il ne fut pas sitôt dedans, qu'il lui prit un grand tremblement par tous les membres; il devint pâle, comme s'il eût rendu l'esprit à l'heure même, et presque toute sa chaleur naturelle l'abandonna. Aussitôt ses gens le prennent entre leurs bras, et l'emportent en sa tente plus mort que vif, ayant perdu toute connoissance.

C'étoit déjà un trouble et une consternation par tout le camp, comme s'il eût été mort : ils fondoient tous en larmes, et se plaignoient de ce que « le plus grand prince qui fut jamais leur étoit aussi malheureusement ravi au milieu de ses prospérités et au fort de sa conquête, non pas en une bataille ou en un assaut, mais pour s'être baigné dans un fleuve; que Darius étoit proche, et qu'il étoit victorieux avant même que d'avoir vu l'ennemi; qu'ils seroient contraints de s'enfuir, et de repasser avec honte par où ils étoient venus triomphants; que c'étoit tout pays ruiné ou par eux ou par les Perses; et, qu'ayant à traverser tant de déserts, il ne falloit que la faim et la disette pour les défaire, quand personne ne les poursuivroit. Qui seroit celui qui les conduiroit dans leur fuite? Qui seroit celui qui oseroit succéder à Alexandre? Et, quand ils seroient si heureux que de gagner l'Hellespont, qui leur donnerait des vaisseaux pour passer? » Puis ne songeant plus à eux, et tournant leurs pensées sur Alexandre, ce n'étoient que regrets et que plaintes de ce qu'en la fleur de sa jeunesse, dans cette vigueur de courage, celui qui étoit et leur roi et leur compagnon de guerre tout ensemble leur fût si cruellement enlevé et arraché d'entre les bras.

Cependant il avoit commencé à reprendre ses esprits, et peu à peu revenant à soi il entr'ouvroit les yeux et reconnoissoit ceux qui étoient autour de lui. Toutefois la violence de son mal ne sembloit s'être relâchée qu'en ce point qu'il commençoit à le sentir. Mais l'esprit étoit encore plus travaillé que le corps, car il avoit nouvelle que Darius devoit arriver dans cinq jours; si bien qu'il ne cessoit de se plaindre de sa destinée, qui le livroit pieds et mains liés à son ennemi, et lui déroboit une si belle victoire, le réduisant à mourir dans une tente, d'une mort obscure, et bien éloignée de cette gloire si éclatante qu'il s'étoit promise. Là-dessus, ayant fait entrer ses familiers

[1] Vaugelas.

et ses médecins, il leur dit : « Vous voyez, mes amis, en quel point la fortune me prend, et comme celui que je suis venu chercher me provoque lui-même au combat ; il me semble que j'entends déjà le bruit des armes des ennemis ; et je ne m'étonne pas si Darius écrivoit des lettres si superbes, car je crois qu'il étoit d'intelligence avec mon malheur, et qu'il savoit bien ce qu'il me préparoit. Mais il n'en est pas où il pense, si l'on me permet de me faire traiter à ma mode. L'état de mes affaires ne demande pas des remèdes lents, ni des médecins timides ; une mort prompte m'est meilleure qu'une tardive guérison. C'est pourquoi, s'il y a quelque secret dans la médecine dont je doive attendre des secours, qu'on sache que je ne cherche pas tant à vivre qu'à combattre. »

Une résolution si étrange donna de la frayeur à tout le monde, et chacun en particulier se mit à le supplier de ne vouloir rien gâter par la précipitation, mais de laisser faire la médecine : « que ce n'étoit pas sans cause que les remèdes extraordinaires leur étoient suspects, puisque Darius, pour se défaire de lui, sollicitoit même la fidélité de ses domestiques, et tâchoit de les corrompre à force d'argent ; qu'il avoit fait publier qu'il donneroit mille talents à quiconque feroit mourir Alexandre ; et qu'après cela, ils ne croyoient pas qu'il se trouvât un homme assez hardi pour hasarder un remède qui pût donner du soupçon.

Or, entre plusieurs fameux médecins qui avoient suivi le roi en partant de Macédoine, il y en avoit un nommé Philippe, Acarnanien de nation, lequel lui ayant été donné dès son bas âge pour être auprès de lui et avoir soin de sa personne, l'aimoit avec une tendresse et une passion incroyables, non-seulement comme son roi, mais comme son nourrisson. Celui-ci entreprit de le guérir avec un remède qui ne seroit point violent, et qui ne laisseroit pas de faire un prompt et puissant effet. Cette proposition n'agréoit à personne, qu'à celui sur qui l'épreuve du remède se devoit faire ; car il est certain que toute autre chose lui étoit plus aisée à supporter que le retardement. Il n'avoit plus que les armes dans l'esprit, il ne respiroit que le combat ; et, pourvu qu'il pût seulement paroître à la tête de ses troupes, il se tenoit assuré de la victoire. Il portoit même impatiemment que, par l'ordonnance du médecin, il fallût attendre trois jours à prendre la médecine. Sur ces entrefaites, il reçut des lettres de Parménion, celui de tous les grands de la cour en qui il avoit le plus de créance, par lesquelles il lui mandoit « qu'il se gardât bien de mettre son salut entre les mains de Philippe, à cause que Darius l'avoit corrompu, en lui donnant mille talents et lui faisant espérer sa sœur en mariage. »

Ces lettres le mirent dans une étrange perplexité ; et tout ce que la crainte et l'espérance lui pouvoient représenter de part et d'autre lui revint devant les yeux et lui partagea l'esprit, sans qu'il sût à quoi se résoudre. « Quoi ! disoit-il en lui-même, prendrai-je cette médecine, afin que, si je suis empoisonné, ou m'impute encore d'être péri par ma faute ? Mais condamnerai-je la fidélité de mon médecin ? Me laisserai-je ainsi opprimer dans une tente ? Arrive pourtant ce qui en pourra arriver ; j'aime mieux mourir par la méchanceté d'autrui que par ma défiance. » Après avoir été longtemps agité de diverses pensées, il ne communiqua à personne ce qu'on lui avoit écrit, mais recacheta la lettre de son cachet, et la mit sous son chevet. Deux jours se passèrent dans ces inquiétudes ; au troisième, le médecin entre, la médecine à la main. Le roi, se soulevant et s'appuyant sur les coudes, prit d'une main la lettre de Parménion et de l'autre le breuvage, qu'il avala sans délibérer. Puis il donna la lettre à Philippe pour la lire, et, tant qu'il la lut, ne leva jamais les yeux de dessus lui, estimant qu'il pourroit découvrir sur son visage quelques marques de ce qu'il avoit dans l'âme. Mais Philippe, après l'avoir toute lue, se montra plus irrité qu'effrayé ; et, jetant la lettre et son manteau par dépit devant le lit du roi : « Seigneur, dit-il, il est certain que mon salut a toujours été attaché au vôtre ; mais il ne fut jamais si vrai qu'aujourd'hui, que je ne vis plus que par vous, et que je ne dois plus respirer qu'autant que vous respirerez vous-même. Votre guérison me va justifier du parricide dont on m'accuse ; et, comme je vous sauverai la vie, vous me la sauverez aussi. La seule grâce que je vous demande est que, bannissant toute crainte, vous laissiez opérer le remède, et que vous délivriez votre esprit des inquiétudes où l'ont jeté vos amis, pleins de zèle à la vérité, mais d'un zèle indiscret et hors de saison. »

Ces paroles ne rassurèrent pas seulement le roi, mais lui remplirent l'âme de joie et d'espérance ; tellement qu'il dit à Philippe : « Si les dieux t'avoient donné le choix de tous les moyens par lesquels tu aurois pu connaître la créance que j'ai en toi, je crois bien que tu en aurois choisi un autre que celui dont tu viens de faire l'expérience ; mais d'en avoir un plus assuré que celui-là, tu m'avoueras qu'il n'étoit pas en ton pouvoir même de le souhaiter. Tu as vu comme, nonobstant la lettre, je n'ai pas laissé de prendre la médecine ; et, si je suis en peine de ce qui en arrivera, tu dois croire que c'est autant pour ton intérêt que pour le mien. » Et, ayant dit cela, il lui présenta la main en signe de confiance.

Toutefois le remède le travailla de telle sorte, que les accidents qui s'ensuivirent fortifioient beaucoup l'accusation de Parménion ; car il perdit la parole, et tomba en si grande foiblesse, qu'il n'avoit presque plus de pouls ni de respiration. Mais Philippe n'oublia rien de ce qui étoit de son art pour le secourir. Il lui réchauffa toutes les parties destituées de chaleur, il excita par l'odeur du vin et de certaines viandes ses esprits languissants ; et, à force de mettre toutes sortes de remèdes en œuvre, il ne cessa qu'il ne l'eût fait revenir. Puis, quand il fut un peu revenu à lui, il se mit à l'entretenir de choses agréables, lui parlant tantôt de sa mère et de ses sœurs, et tantôt de cette grande victoire qui s'avançoit à grands pas pour couronner ses triomphes. Enfin, comme la médecine se fut rendue maîtresse et qu'elle eut commencé à faire heureusement son opération, l'esprit fut le premier à reprendre sa vigueur, et le corps ensuite recouvra aussi ses forces beaucoup plus tôt qu'on ne l'avoit espéré, de sorte que, trois jours après avoir été dans cette extrémité, il se fit voir à son armée, qui ne regardoit pas le médecin avec moins de plaisir et d'empressement que le roi même ; chacun le venoit embrasser et lui rendre grâce, comme à un dieu qui eût sauvé la vie à ce prince.

CORNÉLIUS NÉPOS. — Né vers l'an 60 av. J.-C., probablement à Vérone. On sait peu de chose de sa vie, sinon qu'il vécut dans l'amitié des plus grandes illustrations de son temps : Catulle, Cicéron, Atticus. Son talent d'historien a été relevé par Suétone, Tertullien, Lactance, saint Jérôme, Aulu-Gelle, Pline, Plutarque, etc. Des nombreux ouvrages qu'il avait composés, la *Vie des historiens Grecs*, seize livres des *Hommes illustres*, une *Histoire universelle*, les *Vies de Caton* et de *Cicéron*, des ouvrages géographiques et des lettres, il ne nous reste que les *Vies des grands capitaines*, petit ouvrage qui a suffi à la renommée de Cornélius Népos. « Le style de Cornélius Népos, a dit Rollin, est pur, net, élégant ; la simplicité, qui en fait un des principaux caractères, est relevée par des pensées nobles et solides. »

PHOCION [1]

Quoique Phocion ait souvent commandé les armées et rempli les premières places de la république, il est plus connu par l'intégrité de sa vie que par la gloire de ses exploits. On ne parle nullement de ceux-ci, mais beaucoup de sa vertu, qui le fit surnommer *l'homme de bien*. Pouvant acquérir d'immenses richesses dans l'exercice des honneurs et des emplois dont il fut revêtu par le peuple, il vécut toujours pauvre. Il refusa une grande somme d'argent que le roi Philippe lui faisait offrir. Comme les envoyés de ce prince le pressaient de l'accepter, et lui représentaient que, s'il lui était aisé de s'en passer lui-même, il devait penser à ses enfants, qui, dans une si grande pauvreté, ne pourraient soutenir l'éclat de la gloire de leur père : « Si mes enfants me ressemblent, dit Phocion, ce petit champ, qui m'a suffi pour parvenir à ce degré d'élévation, suffira sans doute à leur subsistance. S'ils diffèrent de moi, je ne veux pas leur laisser de quoi nourrir leur luxe et leurs excès. »

Après avoir joui d'un bonheur constant jusqu'à près de quatre-vingts ans, Phocion encourut la haine de ses concitoyens. Ils l'accusaient premièrement d'avoir comploté avec Démade de livrer Athènes à Antipater, et, en second lieu, d'avoir fait bannir par un décret du peuple Démosthène et les autres citoyens qu'on jugeait avoir bien mérité de la république. Il était à leurs yeux, non-seulement un mauvais patriote, mais un ami infidèle. Il devait, en effet, son élévation aux bons offices de Démosthène... Le même orateur l'avait défendu et fait absoudre plusieurs fois dans des accusations capitales ; et Phocion, loin de prendre sa défense dans le péril, avait trahi ses intérêts. Mais voici ce qui acheva de le perdre. Lorsqu'il avait le gouvernement absolu de sa république, Dercyllus l'instruisant de l'entreprise que Nicanor, lieutenant de Cassandre, méditait contre le Pirée, port nécessaire à l'existence d'Athènes, et le requérant de prendre des mesures pour empêcher que la ville ne fût privée de vivres, il lui répondit, en présence du peuple assemblé, qu'il n'y avait rien à craindre et qu'il répondait de tout. Cependant Nicanor se rendit maître du Pirée peu de temps après. Non-seulement Phocion ne fit armer personne pour le reprendre ; mais, le peuple étant accouru en armes dans ce dessein, il refusa de se mettre à sa tête.

Athènes était alors partagée en deux factions, celle du peuple et celle des grands. De cette dernière étaient Phocion et Démétrius de Phalère. Elles avaient l'une et l'autre des partisans parmi les Macédoniens. Le parti démocratique était uni avec Polysperchon : l'aristocratique, avec Cassandre. Cependant ce dernier fut chassé de la Macédoine par Polysperchon. Le peuple, devenu par là le plus fort, força les chefs de la faction contraire, entre autres Phocion et Démétrius de Phalère, à se bannir de leur patrie, en les condamnant à mort, et députa vers Polysperchon pour le prier de ratifier ses décrets. Phocion se rendit aussi en Macédoine, où il lui fut ordonné de se défendre, en apparence, au tribunal du roi Philippe, mais en effet à celui de Polysperchon, alors à la tête des affaires. Là, accusé par Agnonide d'avoir livré le Pirée à Nicanor, il fut condamné, jeté dans les fers, et conduit à Athènes pour y être jugé selon les lois.

Dès qu'il entra dans la ville, porté sur un chariot, parce qu'il ne pouvait aller à pied à cause de son grand âge, le peuple accourut en foule à son passage. Les uns, se rappelant son ancienne réputation, avaient pitié de sa vieillesse ; les autres, en plus grand nombre, le soupçonnant d'avoir livré le Pirée, et l'ayant vu surtout s'opposer, sur la fin de ses jours, aux avan-

[1] L'abbé Paul.

tages du peuple, sentaient redoubler leur colère à sa vue. Aussi ne lui permit-on pas de parler et de se défendre. Après quelques formalités d'usage, il fut condamné par les juges, et remis entre les mains des Onze, auxquels on livre à Athènes les criminels destinés au supplice.

Pendant qu'on le conduisait à la mort, Emphylète, un de ses intimes amis, se présenta sur ses pas : « O Phocion, lui dit ce citoyen les larmes aux yeux, quel indigne traitement ! — Au moins, répondit-il, n'est-il pas inopiné pour moi ; car tel a été le sort de presque tous les grands hommes d'Athènes. » Le peuple était si irrité contre lui, qu'aucune personne libre n'osa lui rendre les derniers devoirs, et qu'il fut enseveli par des esclaves.

SUÉTONE (C. Tranquillus). — Né sous Néron, il fut d'abord rhéteur et grammairien. L'amitié de Pline le Jeune lui valut les faveurs de Trajan et celles d'Adrien, qui en avait fait son secrétaire intime, mais qui plus tard le disgracia. Outre les *Vies des douze Césars*, son œuvre capitale, Suétone, nous a laissé les *Grammairiens illustres*, et plusieurs *Biographies*. « Suétone dit Schœll, trace ses caractères avec la plus grande vérité, et, selon l'expression intraduisible de saint Jérôme, avec la même liberté avec laquelle les empereurs avaient vécu ; ni la haine, ni l'adulation ne conduisent jamais sa plume. Il donne avec candeur, sans réflexions ni jugements, les détails qu'il a trouvés dans les sources où il a puisé. Il raconte une foule de faits que nous ignorerions sans lui, et qui sont de la plus haute importance, non-seulement pour l'histoire, mais aussi pour l'archéologie. Le style de Suétone est simple, concis et correct, sans ornements et sans affectation. » On ignore l'époque de sa mort.

CALIGULA [1]

...... J'ai parlé jusqu'ici d'un prince, je vais maintenant parler d'un monstre... On ne sera pas étonné de la manière dont il traita ses proches et ses amis, Ptolémée, par exemple, son propre cousin... ; malgré les droits de la parenté, malgré le souvenir des bienfaits, ils périrent tous d'une mort sanglante. Il n'eut pas plus de respect ni de bonté pour les membres du sénat. Il souffrit que plusieurs... courussent à pied et en toge, à côté de son char, l'espace de plusieurs milles, et que, pendant ses repas, ils se tinssent debout derrière son lit, ou à ses pieds, une serviette sous le bras. Il en fit tuer quelques-uns secrètement, et il ne laissait pas de les mander au palais, comme s'ils eussent encore vécu. Au bout de quelque temps, il disait, par un odieux mensonge, qu'ils avaient fini leurs jours volontairement. Il destitua des consuls qui avaient oublié de faire un édit sur l'anniversaire de sa naissance, et la république resta trois jours sans premiers magistrats. Son questeur ayant été nommé dans une conjuration, il le fit battre de verges, et lui ôta lui-même ses vêtements, qu'il étendit sous les pieds des soldats, pour qu'ils fussent, en le frappant, plus fermes sur leurs jambes... Importuné du bruit de la foule, qui allait, dès le milieu de la nuit, occuper les places gratuites du cirque, il la fit chasser à coups de fouet. Plus de vingt chevaliers romains furent écrasés dans ce tumulte, et autant de mères de famille, sans

(1) Baudement.

compter beaucoup de menu peuple. Les jours de spectacle, il se plaisait à semer la discorde entre les plébéiens et les chevaliers, en faisant commencer les distributions avant l'heure accoutumée, afin que ceux-ci trouvassent leurs bancs envahis par les gens de la plus basse condition. Pendant les jeux, il faisait retirer tout d'un coup, par le soleil le plus ardent, les toiles qui en garantissaient les spectateurs, et il défendait que personne ne sortît de l'amphithéâtre. Au lieu des combats ordinaires, il opposait parfois à des bêtes épuisées ce qu'il y avait de plus abject et de plus vieux parmi les combattants : des gladiateurs de tréteaux, des pères de famille respectables, mais bien connus par quelque infirmité. Plus d'une fois même il fit fermer les greniers publics, et menaça le peuple de famine.

... Comme les animaux coûtaient trop cher pour la nourriture des bêtes féroces destinées aux spectacles, il les nourrit de la chair des criminels, qu'on leur donnait à déchirer tout vivants; et, un jour qu'il visitait les prisons, il ordonna..., sans consulter les registres..., que tous les prisonniers indistinctement fussent, devant lui, conduits aux bêtes. Il contraignit un citoyen, qui avait fait vœu de combattre dans l'arène pour la santé de l'empereur, à remplir sa promesse... Un autre avait juré de mourir pour lui, s'il le fallait, il le prit au mot; mais, le voyant hésiter, il le fit couronner, comme une victime, de verveine et de bandelettes, et le livra à une troupe d'enfants qui avaient ordre de le poursuivre dans les rues en lui rappelant son vœu, jusqu'à ce qu'il fût précipité de la roche Tarpéienne. Il condamna aux mines, aux travaux des chemins ou aux bêtes, une foule de citoyens distingués, après les avoir fait marquer d'un fer chaud. Il les enfermait aussi dans des cages où ils étaient obligés de se tenir dans la posture des quadrupèdes, ou bien il les faisait scier par le milieu du corps... Il forçait les pères d'assister au supplice de leurs enfants. L'un d'eux s'étant excusé sur sa santé, Caligula lui envoya sa litière; un autre fut traîné, de cet affreux spectacle, à la table de l'empereur, qui l'excita, par toutes sortes de moyens, à rire et à plaisanter. Il fit battre devant lui, avec des chaînes, plusieurs jours de suite, celui qui avait soin des jeux et des chasses dans le cirque; et il n'ordonna de le tuer que lorsqu'il se sentit incommodé de l'odeur de sa cervelle en putréfaction... Un chevalier, exposé aux bêtes, cria qu'il était innocent ; Caligula le fit revenir, lui fit couper la langue, et le renvoya au supplice...

Il faisait frapper ses victimes à petits coups redoublés, et il ne manquait jamais d'adresser aux bourreaux cette recommandation : « Frappez de manière à ce qu'il se sente mourir. » ... Il avait sans cesse à la bouche ce mot d'une tragédie : « Qu'on me haïsse, pourvu qu'on me craigne. » ... Furieux de voir la foule favoriser, au cirque, une faction à laquelle il était contraire, il s'écria : « Plût au ciel que le peuple romain n'eût qu'une tête! » ... On l'entendit se plaindre de ce que son règne n'était marqué par aucune calamité publique, tandis que celui d'Auguste l'avait été par la défaite de Varus, et celui de Tibère par la chute de l'amphithéâtre de Fidènes. Le sien, ajoutait-il, était menacé d'oubli par trop de bonheur; et il souhaitait souvent des défaites sanglantes, la famine, la peste, de vastes incendies, des tremblements de terre.

Sa férocité ne le quittait pas même au milieu de ses plaisirs... On donnait la question sous ses yeux, pendant qu'il dînait... Un soldat, habile à couper des têtes, exerçait devant lui son talent sur les prisonniers qu'on lui amenait... Pendant un sacrifice, au moment où la victime allait être immolée, il se ceignit à la manière des sacrificateurs, et, levant le maillet, il assomma celui qui présentait le couteau sacré. Au milieu d'un repas splendide, il se mit tout à coup à rire aux éclats : les consuls, assis à côté de lui, lui demandèrent, d'un ton flatteur, ce qu'il avait à rire : « C'est que je songe, dit-il, que je puis d'un signe vous faire étrangler tous les deux. »

Il se plaça un jour près d'une statue de Jupiter, et demanda au tragédien Apelle lequel des deux lui paraissait le plus grand. Comme l'acteur hésitait à répondre, il le fit battre de verges, et trouva qu'il avait la voix agréable et belle dans les prières et jusque dans les gémissements. Quand il embrassait sa femme, il disait : « Cette jolie tête tombera dès que je le voudrai. »

HIRTIUS (Aulus). — On attribue à Hirtius, ami et disciple de Cicéron, le huitième livre des *Commentaires de J.-César* sur la guerre des Gaules; il avait été lieutenant de César dans cette guerre. Aulus Hirtius périt à la bataille de Modène; il était alors consul. On le croit encore auteur des *Commentaires sur la guerre d'Alexandrie et d'Afrique,* lesquels sont ordinairement joints à ceux du dictateur.

TROGUE-POMPÉE. — Cet écrivain florissait vers l'an 41 avant J.-C., et son père avait été secrétaire de J.-César. Il écrivit, en quarante-quatre livres, une sorte d'*Histoire universelle,* depuis Ninus jusqu'à son temps : elle ne nous est pas parvenue. Justin, dont nous parlerons bientôt, en avait fait l'abrégé ou plutôt un extrait, circonstance qui est peut-être cause que l'ouvrage de Trogue-Pompée a été négligé par les copistes, comme étant trop considérable. Les notions géographiques que donnait l'auteur, et dont l'abréviateur n'a tenu aucun compte, nous rendent cette perte encore plus regrettable. Le style de Trogue-Pompée était pur et élégant.

FENESTELLA (L.). — Cet historien écrivit des *Annales* dont il reste peu de fragments. Il appartenait au siècle d'Auguste.

A cette liste déjà si riche nous ajouterons : C. Asinius Pollion, ami d'Horace et protecteur de Virgile, orateur, poëte et historien; Auguste, qui écrivit, dit-on, ses *Mémoires* en treize livres; M. Vipsanius Agrippa, qui avait laissé l'histoire de sa vie; Messala Corvinus, Arruntius, auteur d'une *Histoire de la première guerre punique;* Eulogius, Cremutius Cordus, auteur d'*Annales* brûlées par l'ordre de Tibère; M. Verrius Flaccus, T. Labiénus et Aufidius Bassus, loué par Quintilien pour ses écrits sur la guerre civile et sur les guerres de Germanie.

VALÈRE MAXIME. — Ce compilateur a dû naître vers la fin du règne d'Auguste. On sait peu de chose de sa vie, si ce n'est qu'il servit en Asie sous Sextus Pompée. De retour à Rome, il ne se mêla pas aux affaires publiques, et mourut vers l'an 32 ou 33 ap. J.-C. Son ouvrage intitulé : *Faits et actes mémorables,* se composait de dix livres, dont un a été perdu. C'est un amas presque confus de déclamations et de flatteries; une compilation de bons mots et d'actions vertueuses. Les flagorneries qu'il adresse aux princes et en particulier à Tibère provoquent le dégoût du lecteur déjà fatigué du poids de cette masse indigeste et de la marche pénible et froide de l'ouvrage. Tout le plan de V. Maxime consiste à prendre pour titre une vertu, et à citer, à grand renfort de transitions, les exemples qui s'y rattachent plus ou moins, d'abord chez les Romains, ensuite chez les étrangers.

La préface que nous reproduisons donnera une idée de la manière de l'auteur et des odieuses flatteries qu'il prodigue à Tibère.

PRÉFACE DE V. MAXIME [1]

A L'EMPEREUR TIBÈRE.

Les actions et les paroles mémorables du peuple romain et des nations étrangères sont trop disséminées dans les autres ouvrages pour qu'on puisse s'en instruire en peu de temps. Je me suis proposé d'en faire un choix, extrait des auteurs les plus célèbres, et de le publier, pour épargner de longues recherches aux lecteurs qui désirent puiser des enseignements dans l'histoire. Je n'ai pas eu l'ambition de tout embrasser : qui pourrait renfermer en quelques livres les faits de tous les âges précédents? ou quel homme sensé, voyant toute la suite de l'histoire, tant étrangère que nationale, traitée avec une telle supériorité par les écrivains antérieurs, oserait se flatter d'apporter dans le même travail ou une exactitude plus scrupuleuse, ou une plus rare éloquence? Aussi ai-je recours à vous dans mon entreprise ; vous, aux mains de qui le suffrage unanime des hommes et des dieux a confié le gouvernement de la terre et des mers : ô vous, en qui repose le salut de la patrie, César, j'invoque votre appui tutélaire! vous qui, dans votre céleste providence, encouragez avec une bonté suprême les vertus que je vais décrire, et châtiez les vices avec une égale vérité. Si les anciens orateurs commençaient à juste titre leurs discours par une invocation à Jupiter souverainement bon, souverainement grand; si les plus excellents poëtes ont emprunté leurs débuts de quelque divinité, je dois, dans ma faiblesse, recourir à votre auguste bienveillance, avec d'autant plus de raison, que la divinité des autres dieux ne se connaît que par la pensée, au lieu que la vôtre, frappant nos sens de témoignages visibles, offre à nos regards l'aspect d'un astre semblable à ceux de votre père et de votre aïeul, astres radieux dont l'éclat a jeté sur nos cérémonies un lustre mémorable. Nous avons reçu les autres dieux; mais nous avons donné les Césars. Mon intention étant de commencer par la religion, je vais entrer en matière par un exposé sommaire de ses principes...

FLORUS (L. Annæus). — Né en Espagne, il vécut sous le règne de Trajan, sans qu'on puisse déterminer ni la date ni le lieu précis de sa naissance. Il a écrit un *Abrégé de l'histoire romaine*. « Son ouvrage, a dit Villemain, est un panégyrique concis, lequel abonde en traits qui font parfaitement connaître tout un homme et toute une époque. » Ce précis prend Rome à sa fondation et la

[1] Frémion.

conduit jusqu'au jour où Auguste prend en main le gouvernement du monde; il est écrit avec une énergie soutenue et une
pensée toujours suivie. Si le style est affecté et emphatique, on
oublie souvent ce défaut au milieu des brillantes couleurs, des
vives images, des idées profondes qu'il recouvre.

DÉBUT DE LA SECONDE GUERRE PUNIQUE [1]

A peine avait-on joui de quatre années de paix depuis la première guerre
punique, qu'on vit éclater la seconde, moins longue, il est vrai (elle ne fut
que de dix-huit ans), mais bien plus féconde en désastres, et en désastres
si terribles, que, si l'on compare les pertes des deux peuples, le vainqueur
pourra paraître le vaincu.

C'était, pour une nation fière, une douleur cuisante, d'être déchue de l'empire de la mer, de la possession de ses îles, et de payer des tributs au lieu
d'en imposer. Annibal enfant, la main sur les autels, avait juré à son père
de venger son pays, et il brûlait d'accomplir son serment. Pour faire naître un
sujet de guerre, il attaque Sagonte, antique et opulente cité d'Espagne, illustre, mais déplorable monument de fidélité aux Romains. Les deux peuples, d'un commun accord, lui avaient garanti son indépendance. Annibal,
voulant exciter de nouveaux troubles, rompit l'alliance, et Sagonte, en s'é-
croulant sous sa main redoutable et sous celles de ses propres habitants,
lui ouvrit le chemin de l'Italie.

Les Romains observent religieusement les traités. En apprenant le danger
d'une ville alliée, ils n'oublient point qu'un pacte semblable les unit aux
Carthaginois; et, avant de recourir aux armes, ils font entendre, suivant leur
coutume, de légitimes plaintes. Cependant, pressés par la faim, par les béliers
et par le fer, les Sagontins succombent après neuf mois de résistance. Leur
fidélité se tourne en rage; ils élèvent un immense bûcher sur la place publique, et y périssent avec leurs familles et leurs richesses par le fer et par
le feu. Rome demande qu'on lui livre Annibal, l'auteur de ce tragique événement. Les Carthaginois cherchant des détours : « Que tardez-vous, leur
dit Fabius, chef de l'ambassade; dans le pli de cette robe, je porte et la guerre
et la paix : choisissez? — Guerre! guerre! répondent à grands cris les Carthaginois. — Eh bien! recevez donc la guerre, » reprend Fabius. Puis, secouant
sa robe qui se déploie, il semble déchaîner la guerre au milieu du sénat
épouvanté. L'issue de la lutte répondit à ce terrible prélude. La désolation
de l'Italie, la captivité de l'Afrique, le trépas des rois et des généraux qui
parurent dans ce grand démêlé, vengèrent les mânes des Sagontins, comme
si leurs dernières imprécations, au milieu de leur fatal incendie et de leur
vaste parricide, eussent invoqué ces sanglantes expiations pour le tombeau
d'un peuple entier.

LA BATAILLE D'ACTIUM [1]

La fureur d'Antoine n'avait pu être étouffée par les mauvais succès de son
ambition; elle le fut enfin par le luxe et par la débauche. Après son expédition contre les Parthes, détestant la guerre, il s'abandonna à la mollesse.
Cléopâtre lui demande l'empire romain. Antoine le lui promet, comme si
les Romains étaient moins indomptables que les Parthes. Il marche donc,
et ouvertement, à la tyrannie : oubliant à la fois et sa patrie, et son nom, et

(1) F. Ragon. — (2) *Idem*.

la toge, et les faisceaux, il change tout, sentiments, principes, et costume même. Il porte un sceptre d'or à la main, un cimeterre à son côté, une robe de pourpre agrafée de grosses pierres précieuses; il ceint même le diadème: ne fallait-il pas un roi pour cette reine?

Au premier bruit de ces nouveaux mouvements, César s'était embarqué à Brundusium, et était allé au-devant de l'orage. Ayant placé son camp en Épire, il avait entouré d'une flotte formidable l'île et le promontoire de Leucade, et les deux pointes du golfe d'Ambracie. Nous n'avions pas moins de quatre cents vaisseaux; les ennemis n'en avaient pas plus de deux cents, mais qui, par leur grandeur, compensaient l'infériorité du nombre. Ils étaient tous de six à neuf rangs de rames, surmontés de tours à plusieurs étages; ils ressemblaient à des citadelles ou à des villes flottantes; la mer gémissait sous leur poids, et tout l'effort des vents suffisait à peine pour les mouvoir. L'énormité même de leur masse causa leur perte. Les navires de César, de trois à six rangs de rames, propres à toutes les évolutions, attaquaient, se retiraient, se détournaient avec facilité; et, s'attachant plusieurs en même temps à une seule de ces lourdes masses inhabiles à toute manœuvre, ils la choquaient de leurs éperons, et la couvraient de traits et de feux. Aussi les eurent-ils bientôt dissipés. La grandeur des forces ennemies parut surtout après la victoire. Les débris de cette flotte immense, détruite par la guerre comme par un naufrage, roulaient au loin sur les ondes; et les vagues, agitées par la tempête, rejetaient incessamment sur les côtes la pourpre et l'or, dépouilles des Arabes, des Sabéens et de mille autres nations asiatiques.

La reine, donnant l'exemple de la fuite, gagne la haute mer sur son vaisseau à poupe d'or et à voiles de pourpre; Antoine la suit de près. César s'élance sur leurs traces. Ils ont préparé leur fuite sur l'Océan; des garnisons défendent Parétonium et Péluse, les deux boulevards de l'Égypte; mais c'est en vain. Déjà ils vont tomber aux mains d'Octave. Antoine alors se perce le premier de son épée .. La beauté de Cléopâtre ne peut rien sur la continence du prince. Toutefois, ce qui l'agite, ce n'est pas la crainte de la mort (on lui offre la vie), c'est la passion de régner. Dès qu'elle a perdu tout espoir de conserver sa part du royaume, et qu'elle se voit réservée pour le triomphe, profitant de la négligence de ses gardes, elle va s'enfermer dans un mausolée... Là, revêtue, selon son usage, des plus pompeux ornements, elle place dans un cercueil rempli de parfums, auprès de son cher Antoine ; et, se faisant piquer les veines par des serpents, elle s'endort dans une mort paisible comme le sommeil.

Ce fut là le terme des guerres civiles.

BRUTIDIUS NIGER écrivit une *Vie de Cicéron;* Tibère, Claude et Agrippine avaient, dit-on, laissé des *Mémoires.* Citons encore, vers les mêmes temps, Lentulus Gætulicus, Domitius Corbulon, l'habile général que Néron fit périr, auteur de *Mémoires;* Suétonius Paulinus, écrivain de la *Guerre d'Afrique;* T. Pætus, biographe de Caton; Cluvius Rufus, Sénécion et Nonianus.

JUSTIN (M. Junianus). — La vie de cet écrivain est inconnue; on sait seulement qu'il vécut sous Antonin. Son œuvre consiste en un abrégé de l'*Histoire universelle* écrite par Trogue-Pompée, ou en des *Extraits,* comme il les appelle lui-même : il s'est attaché dans son choix à prendre ce qu'il rencontrait de plus inté-

ressant comme fait, et il a passé rapidement sur le reste. Cet
abrégé a bien son prix, puisque l'original est perdu. Le style de
Justin ne manque ni de pureté, ni même d'une certaine élégance; mais la critique fait défaut entièrement à l'historien.

MORT DE CYRUS [1]

(Livre I.)

Cyrus, vainqueur de l'Asie et maître de tout l'Orient, porta la guerre chez
les Scythes. Tomyris, alors reine de Scythie, loin de trembler, comme une
femme, à l'approche des ennemis, les laissa franchir l'Araxe, dont elle eût pu
leur disputer le passage, sachant bien qu'elle se défendrait avec plus d'avantage dans l'intérieur de ses États, et que l'ennemi aurait plus de peine à fuir,
étant obligé de repasser le fleuve. Cyrus fait donc traverser ses troupes, et
dresse son camp à quelque distance du rivage; puis, le lendemain, comme
saisi d'une frayeur soudaine, il le quitte avec l'empressement d'un homme
qui se met à fuir, et le laisse pourvu d'une grande quantité de vins et de provisions de toute espèce. La reine, instruite de sa retraite, envoie à la poursuite des fuyards son fils encore adolescent, et avec lui le tiers de son armée.
Arrivé au camp de Cyrus, le jeune prince, encore inhabile au métier de la
guerre, semble moins conduire ses troupes à un combat qu'à un festin; il
ne pense plus à l'ennemi, et laisse ses soldats se gorger de vin tout à leur
aise, comme des barbares qui n'en ont pas l'habitude. Aussi les Scythes sont-
ils vaincus par l'ivresse, avant de l'être par le fer. Cyrus revient pendant la
nuit, tombe sur ces hommes sans défiance, les égorge tous, et avec eux le
fils de la reine. Ni la perte d'une armée puissante, ni celle bien plus douloureuse d'un fils unique, n'arrachèrent une larme à Tomyris. C'est dans la
vengeance qu'elle cherche une consolation; c'est en faisant tomber à leur
tour dans le piége ses ennemis enflés de leur triomphe. Elle feint d'être dé-
couragée par ce désastre, recule, et attire Cyrus au milieu d'un défilé où ses
troupes sont embusquées. Plus de vingt mille Perses sont taillés en pièces;
Cyrus lui-même est massacré. La victoire eut cela de mémorable, que pas
un soldat ne survécut pour en répandre la nouvelle. La reine fit couper la
tête de Cyrus et la fit jeter dans une outre remplie de sang humain, en lui
reprochant sa cruauté : « Bois, dit-elle, ce sang dont tu eus toujours soif, et
qui ne te désaltéra jamais. » Cyrus avait régné trente ans; et ce règne,
depuis la première année jusqu'à la dernière, n'avait été qu'une suite de
succès.

ÉPAMINONDAS [2]

(Livre II.)

Épaminondas mourut..., et avec lui la puissance de sa patrie; car, comme
en rompant la pointe d'une flèche on met le reste hors d'état de nuire, la
perte d'un chef qui était le bras des Thébains énerva leur république; en-
sorte qu'ils semblèrent moins l'avoir perdu, qu'avoir été tous ensevelis
dans son tombeau. Avant qu'il fût à leur tête, ils n'avaient fait aucune guerre
mémorable; et, s'ils furent connus après sa mort, ce fut par leur défaite et
non par leurs exploits : ce qui montre évidemment que la gloire de Thèbes
naquit et périt avec lui. On douta, au reste, s'il était plus grand par sa valeur que par sa vertu. Il chercha toujours dans ses travaux à agrandir sa
patrie, et non à s'élever lui-même; et il pensait si peu à s'enrichir, qu'il ne

laissa pas même de quoi fournir aux frais de ses funérailles. Aussi exempt
d'ambition que d'avarice, il n'accepta que malgré lui toutes les charges qu'on
lui prodigua, et il les remplit avec tant de dignité, que, loin de paraître
illustré par elles, il semblait les honorer en les exerçant. Il était si versé
dans les belles-lettres et dans la philosophie, qu'on s'étonnait avec raison
qu'un homme né parmi les livres se fût rendu si profond dans l'art militaire. Sa mort répondit à sa vie. Lorsqu'on l'eût transporté à demi-mort
dans le camp, et qu'il eut recouvré ses sens et l'usage de la parole, il se
contenta de demander à ceux qui l'environnaient si les ennemis s'étaient
emparés de son bouclier dans le moment de sa blessure et de sa chute.
Ayant appris qu'on l'avait sauvé de leurs mains, et le voyant sous ses yeux,
il le baisa comme le compagnon de ses travaux et de sa gloire. Il demanda
encore qui avait vaincu. Quand on lui eut dit que c'étaient les Thébains :
« Voilà, dit-il, qui va bien ! » et il expira dans l'instant, comme en félicitant
sa patrie.

MORT D'ALEXANDRE [1]
(Livre XII.)

Tandis qu'Alexandre revenait à Babylone, pour y tenir l'assemblée de l'u-
nivers, un mage l'avertit de ne pas y entrer, affirmant que cette ville lui
serait fatale. Il quitta donc la route de Babylone, et vint à Borsippa, ville
située au delà de l'Euphrate, et jadis abandonnée. Là, le philosophe Anaxar-
que le détermine à mépriser les prédictions du mage, comme fausses et incertaines ; ajoutant que les décrets du destin sont impénétrables à l'homme,
et que ce qui se rattache au cours naturel des choses est inévitable. Alexandre retourna donc à Babylone, s'y reposa plusieurs jours, et se livra sans
mesure à la joie et aux plaisirs. Un soir qu'il se retirait, après avoir passé le
jour et la nuit à table, le Thessalien Médius l'invita, ainsi que les autres
convives, à venir chez lui recommencer la fête. Alexandre prend une coupe,
mais à peine en a-t-il bu la moitié, qu'il pousse un gémissement, comme
s'il eût été percé d'un trait. On l'emporte à demi mort, et souffrant des douleurs si vives qu'il demandait un poignard pour remède, et se plaignait d'un
simple attouchement comme d'une blessure. Ses amis publièrent que son intempérance était la cause de sa maladie ; mais il fut, en effet, victime d'une
trahison dont la puissance de ses successeurs étouffa l'infamie. L'auteur de
ce crime fut Antipater... Le quatrième jour, Alexandre, sentant que sa maladie était mortelle, dit « qu'il reconnaissait la destinée de sa famille, la plupart des Eacides étant morts avant trente ans. » Il calma lui-même l'irritation
des soldats. qui le croyaient victime d'une trahison, se fit porter dans le
lieu le plus élevé de la ville, et leur présenta sa main à baiser. Ils l'arrosè-
rent de leurs larmes ; quant à lui, non-seulement il ne pleura pas, mais il
ne montra nulle tristesse, consola ceux dont la douleur paraissait trop vive,
donna des ordres à quelques-uns pour leurs familles ; il fut aussi intrépide
contre la mort que contre l'ennemi. Après avoir fait retirer ses soldats, il
demanda à ses amis qui l'entouraient « s'ils pensaient trouver un roi qui
lui ressemblât? » Et, comme ils gardaient le silence, il ajouta « que, pour
lui, il l'ignorait ; mais qu'il savait bien et le leur prédisait, comme s'il l'eût
déjà vu de ses propres yeux, que cette question coûterait des flots de sang
à la Macédoine, et que d'affreux massacres étaient les honneurs funèbres
réservés à ses mânes. » Il finit par ordonner qu'on déposât son corps dans
le temple d'Hammon. Ses amis, le voyant défaillir, lui demandèrent à qui
il laissait l'empire. Il répondit : « Au plus digne... » La réponse fut pour ses

(1) Nisard.

amis un signal de guerre... Chacun se mit à briguer secrètement la faveur des soldats. Le sixième jour, Alexandre, se trouvant hors d'état de parler, tira de son doigt un anneau, et le remit à Perdiccas, apaisant ainsi pour quelques instants les désordres qui s'envenimaient de jour en jour... Ainsi mourut, à l'âge de trente-trois ans et un mois, cet Alexandre, si supérieur aux autres hommes par la grandeur de son génie.

A la suite de Justin, nous pourrions donner la nomenclature d'une quarantaine d'auteurs qui ont écrit la vie des empereurs et dont les ouvrages sont perdus; nous citerons seulement les écrivains de l'*Histoire Auguste*. On désigne par ce nom une collection historique, contenant la vie de trente-quatre empereurs depuis Adrien jusqu'à Dioclétien; elle est due aux compilateurs Spartien, Lampride, Vospicius, Pollion, Capitolin et Vulcatius Gallicanus. Cette collection n'offre à la vérité aucun mérite littéraire; mais elle est précieuse pour les documents qu'elle apporte à cette partie de l'histoire généralement peu connue, et pour les fragments d'auteurs perdus qu'elle a cités.

PORTRAIT D'ADRIEN
(Spartien.)

Adrien mourut âgé de soixante-douze ans cinq mois et dix-sept jours; il avait régné vingt et un ans et onze mois. C'était un homme de grande taille et de belles proportions; il soignait particulièrement sa chevelure et portait la barbe longue pour dissimuler quelques plaies naturelles qu'il avait au visage; vigoureux du reste, il montait souvent à cheval, était grand marcheur, faisait avec plaisir l'exercice des armes et du javelot. Il lui arriva plus d'une fois de tuer à la chasse un lion de sa propre main; mais cet exercice lui devint fatal; il se brisa un jour la clavicule et une côte. On sait qu'il partageait toujours avec ses amis le produit de sa chasse. Durant les repas, il faisait entendre, suivant les cas, des tragédies, des atellanes, des joueurs de harpe, des lecteurs et des poëtes. Sa villa de Tibur fut ornée par lui d'une manière admirable; il y avait inscrit les noms des provinces et des lieux les plus célèbres : le Lycée, l'Académie, le Prytanée, Canope, le Pécile, Tempé; il y fit même figurer les enfers, pour que rien n'y manquât.

Voici les signes qui annoncèrent sa mort : au dernier anniversaire de sa naissance, au moment où il recommandait Antonin aux dieux, sa prétexte s'étant détachée découvrit sa tête; son anneau, où était gravée sa figure, tomba de lui-même. La veille de l'anniversaire, un homme inconnu se précipita en hurlant vers le sénat, et Adrien y vit l'annonce de sa mort prochaine, bien qu'on n'eût rien pu discerner d'un pareil discours. Et, en parlant au sénat, au lieu de dire « après la mort de mon fils, » il dit « après ma mort... »

MARC-AURÈLE [1]
(Capitolin.)

Marc-Antonin (Aurèle) se conduisait avec le peuple comme s'il eût vécu dans un État libre. Plein de bonté pour les hommes, il avait l'art de les dé-

[1] A. Rendement

tourner du mal et de les tourner au bien, donnant des récompenses aux uns, adoucissant les peines des autres. Il rendit bons les méchants et excellents les bons. Il supporta avec modération les railleries de quelques personnes... Craignant de punir trop facilement, il avait l'habitude, quand un magistrat, fût-ce un préteur, s'était mal conduit, non de le contraindre à résigner ses fonctions, mais de les donner à un de ses collègues. Jamais il ne jugea en faveur du fisc, dans les causes qui pouvaient l'enrichir. Il savait être ferme et bon tout ensemble. Lorsque son frère revint victorieux de la Syrie, on donna aux deux empereurs le titre de *Pères de la patrie*, parce qu'Antoine s'était conduit, en l'absence de Vérus, avec beaucoup de modération envers les sénateurs et les citoyens. On leur offrit même à tous les deux la couronne civique, et Lucius demanda qu'Antonin partageât avec lui les honneurs du triomphe; il demanda aussi que les fils de ce prince fussent appelés Césars. Antonin poussa si loin la modestie, que, malgré son triomphe avec son frère, il lui laissa après sa mort le nom de *Parthique*, et il prit celui de *Germanique*, que ses propres exploits lui avaient mérité. Entre autres preuves de l'humanité de Marc-Aurèle, on doit louer l'intention qu'il eut de faire mettre des matelas sous les danseurs de corde, après la chute de l'un d'eux.

ODÉNAT (1)

(POLLION.)

C'en était fait de l'empire en Orient, si Odénat, chef des Palmyriens, ne se fût emparé du trône après la captivité de Valérien et les pertes essuyées par la république. S'étant saisi du pouvoir royal avec sa femme Zénobie, son fils aîné Hérode, et les deux plus jeunes Hérennianus et Timolaüs, il rassembla une armée et marcha contre les Perses. Il réduisit d'abord en son pouvoir Nisibe et la plupart des villes d'Orient, ainsi que la Mésopotamie. Il vainquit ensuite le roi lui-même et le mit en fuite. Enfin il poursuivit Sapor et ses enfants jusqu'à Ctésiphonte, fit sur lui un immense butin, et se dirigea vers l'Orient, dans l'espoir d'accabler Macrien, qui disputait l'empire à Gallien. Mais Macrien, qui était déjà parti pour combattre Auréole et Gallien, périt dans cette entreprise, et Odénat fit mourir son fils Quiétus. Baliste, suivant le témoignage de plusieurs écrivains, avait usurpé le trône afin d'échapper à la mort. Odénat avait amélioré l'état de l'Orient, lorsque son cousin Méonius, qui lui-même avait pris la couronne, le tua avec son fils Hérode, proclamé empereur en même temps que son père, après le retour de la Perse. Dieu sans doute, irrité contre la république, ne voulut pas conserver Odénat après la mort de Valérien. Ce prince aurait certainement rétabli, avec sa femme Zénobie, non-seulement l'Orient qu'il avait déjà reconstitué, mais aussi toutes les parties de l'empire. C'était un grand homme de guerre, et, d'après ce qu'en ont dit la plupart des écrivains, un des plus fameux chasseurs dont on ait gardé la mémoire. Il avait employé l'activité de sa mâle jeunesse à prendre des lions, des léopards, des ours et d'autres bêtes féroces; passant sa vie dans les forêts et sur les montagnes, supportant la chaleur, les pluies, et toutes les fatigues inséparables des plaisirs de la chasse. Ainsi endurci à la fatigue, il put d'autant mieux braver, quand il fit la guerre en Perse, le soleil et les sables brûlants de ce pays. Sa femme ne menait pas un genre de vie différent; et, si l'on en croit plusieurs auteurs, elle était encore plus intrépide que son mari. Elle était, par sa naissance, la plus noble de toutes les femmes de l'Orient, et, comme le prétend Capitolin, la plus belle.

(1) A Baudement.

Le style des historiens, qui devient de moins en moins littéraire, nous contraint à borner ici nos citations; il nous reste toutefois à mentionner ici les écrivains qui ont écrit l'histoire en latin.

AURÉLIUS VICTOR vivait sous Julien, Théodose et Valentinien, et il écrivit plusieurs compilations historiques, d'une latinité médiocre, l'*Origine de la race romaine*, des *Hommes illustres de Rome* et l'*Histoire des Césars*.

EUTROPE appartient à la même époque : il accompagna Julien dans sa funeste expédition de Perse. Il écrivit un *Abrégé de l'histoire romaine* en dix livres, depuis la fondation de Rome jusqu'au règne de Valens. Cet abrégé est estimé, mais il manque de critique.

SEXTUS RUFUS, imitateur de Florus, a composé l'*Abrégé des victoires romaines*.

AMMIEN MARCELLIN, le dernier, a dit Schœll, qui mérite chez les Latins le nom d'historien, était un Grec d'Antioche : il fit, sous Julien, la guerre en Orient, en Gaule et en Perse; et, de retour dans sa patrie, il composa, pour continuer Tacite, trente-un livres sur l'*Histoire des empereurs*, depuis Nerva jusqu'à Valens. Les treize premiers livres se sont perdus. Ce qui nous est parvenu est entaché des défauts de ce siècle, c'est-à-dire de dureté et d'emphase; mais l'auteur est sincère, et il fournit sur ces temps de précieux renseignements qu'on ne trouve pas ailleurs.

Les autres historiens profanes sont : le chroniqueur Lucius Dexter, Exsupérance, historien des *Guerres civiles de Marius, Lépide et Sertorius*; Paul Orose, qui écrivit, à l'instigation de saint Augustin, une *Histoire universelle*; Prosper d'Aquitaine, auteur de deux chroniques, depuis la création du monde jusqu'à Genséric; Idacius, Cassiodore, ministre sous Théodoric, historien des Goths; Jornandès, abréviateur de Cassiodore; Denis le Petit, Marcellinus, Gildas, Victor, continuateur de la chronique de Prosper, et continué lui-même par Jean de Biclaro et par Marius; saint Isidore de Séville et Bède le Vénérable.

Le même motif énoncé plus haut nous engage à ne donner ici que la nomenclature des historiens ecclésiastiques. Ces historiens sont : saint Jérôme et Rufin, traducteurs de la *Chronique* d'Eusèbe; Sulpice Sévère, né en Gaule vers l'an 363 ap. J.-C., auteur d'une histoire sacrée depuis la création du monde jusqu'à 400, le meilleur ouvrage ecclésiastique pour le temps où il fut écrit; Épiphanius, Gennadius, saint Grégoire de Tours, surnommé le *Père de* l'histoire de France, né en France l'an 554, auteur de l'*Histoire ecclésiastique de France*, en dix livres, allant d'Adam à la mort de saint Martin de Tours; Frédegaire, continuateur de Grégoire jusqu'en 641, et continué lui-même jusqu'en 768; saint Ildefonse, continuateur de saint Isidore de Séville; Julianus et enfin Bède le Vénérable, qui composa l'*Histoire ecclésiastique de la nation anglaise*.

FIN.

TABLE ANALYTIQUE

DES MATIÈRES

PREMIÈRE PARTIE

LITTÉRATURE GRECQUE

DEUXIÈME PARTIE

LITTÉRATURE LATINE

LIVRE III — HISTORIENS

FIN DE LA TABLE.

Imprimé en France
FROC030916191020
25456FR00015B/356

9 782329 473635